E. T. A. Hoffmann

# Die Elixiere des Teufels
# Lebens-Ansichten des Katers Murr

Zwei Romane



Deutscher Taschenbuch Verlag

Nach dem Text der Erstausgabe unter Hinzuziehung der Ausgaben von Carl Georg von Maassen und Georg Ellinger. Mit einem Nachwort von Walter Müller-Seidel, Anmerkungen von Wolfgang Kron und Literaturhinweisen.

Von E. T. A. Hoffmann
sind im Deutschen Taschenbuch Verlag erschienen:
Nachtstücke. Erster und zweiter Teil (2128)

Ungekürzte Ausgabe
1. Auflage April 1977
5. Auflage März 1985: 27. bis 30. Tausend
Deutscher Taschenbuch Verlag GmbH & Co. KG,
München
Lizenzausgabe des Winkler Verlages, München
ISBN 3-538-05112-7
Umschlaggestaltung: Celestino Piatti unter Verwendung
einer Illustration von Theodor Hosemann zur ersten
Gesamtausgabe 1844/45
Gesamtherstellung:
C. H. Beck'sche Buchdruckerei, Nördlingen
Printed in Germany · ISBN 3-423-02020-2

## VORWORT DES HERAUSGEBERS

Gern möchte ich dich, günstiger Leser! unter jene dunkle Platanen führen, wo ich die seltsame Geschichte des Bruders Medardus zum ersten Male las. Du würdest dich mit mir auf dieselbe, in duftige Stauden und bunt glühende Blumen halb versteckte, steinerne Bank setzen; du würdest, so wie ich, recht sehnsüchtig nach den blauen Bergen schauen, die sich in wunderlichen Gebilden hinter dem sonnichten Tal auftürmen, das am Ende des Laubganges sich vor uns ausbreitet. Aber nun wendest du dich um, und erblickest kaum zwanzig Schritte hinter uns ein gotisches Gebäude, dessen Portal reich mit Statüen verziert ist. – Durch die dunklen Zweige der Platanen schauen dich Heiligenbilder recht mit klaren lebendigen Augen an; es sind die frischen Freskogemälde, die auf der breiten Mauer prangen. – Die Sonne steht glutrot auf dem Gebürge, der Abendwind erhebt sich, überall Leben und Bewegung. Flüsternd und rauschend gehen wunderbare Stimmen durch Baum und Gebüsch: als würden sie steigend und steigend zu Gesang und Orgelklang, so tönt es von ferne herüber. Ernste Männer, in weit gefalteten Gewändern, wandeln, den frommen Blick emporgerichtet, schweigend, durch die Laubgänge des Gartens. Sind denn die Heiligenbilder lebendig worden, und herabgestiegen von den hohen Simsen? – Dich umwehen die geheimnisvollen Schauer der wunderbaren Sagen und Legenden die dort abgebildet, dir ist, als geschähe alles vor deinen Augen, und willig magst du daran glauben. In dieser Stimmung liesest du die Geschichte des Medardus, und wohl magst du auch dann die sonderbaren Visionen des Mönchs für mehr halten, als für das regellose Spiel der erhitzten Einbildungskraft.

Da du, günstiger Leser! soeben Heiligenbilder, ein Kloster und Mönche geschaut hast, so darf ich kaum hinzufügen, daß es der herrliche Garten des Kapuzinerklosters in B. war, in den ich dich geführt hatte.

Als ich mich einst in diesem Kloster einige Tage aufhielt, zeigte mir der ehrwürdige Prior, die von dem Bruder Medardus nachgelassene, im Archiv aufbewahrte Papiere, als eine Merkwürdigkeit, und nur mit Mühe überwand ich des Priors

Bedenken, sie mir mitzuteilen. Eigentlich, meinte der Alte, hätten diese Papiere verbrannt werden sollen. – Nicht ohne Furcht, du werdest des Priors Meinung sein, gebe ich dir, günstiger Leser! nun das aus jenen Papieren geformte Buch in die Hände. Entschließest du dich aber, mit dem Medardus, als seist du sein treuer Gefährte, durch finstre Kreuzgänge und Zellen – durch die bunte – bunteste Welt zu ziehen, und mit ihm das Schauerliche, Entsetzliche, Tolle, Possenhafte seines Lebens zu ertragen, so wirst du dich vielleicht an den mannigfachen Bildern der Camera obscura, die sich dir aufgetan, ergötzen. – Es kann auch kommen, daß das gestaltlos Scheinende, sowie du schärfer es ins Auge fassest, sich dir bald deutlich und rund darstellt. Du erkennst den verborgenen Keim, den ein dunkles Verhängnis gebar, und der, zur üppigen Pflanze emporgeschossen, fort und fort wuchert in tausend Ranken, bis *eine* Blüte, zur Frucht reifend, allen Lebenssaft an sich zieht, und den Keim selbst tötet.

Nachdem ich die Papiere des Kapuziners Medardus recht emsig durchgelesen, welches mir schwer genug wurde, da der Selige eine sehr kleine, unleserliche mönchische Handschrift geschrieben, war es mir auch, als könne das, was wir insgemein Traum und Einbildung nennen, wohl die symbolische Erkenntnis des geheimen Fadens sein, der sich durch unser Leben zieht, es festknüpfend in allen seinen Bedingungen, als sei *der* aber für verloren zu achten, der mit jener Erkenntnis die Kraft gewonnen glaubt, jenen Faden gewaltsam zu zerreißen, und es aufzunehmen, mit der dunklen Macht, die über uns gebietet.

Vielleicht geht es dir, günstiger Leser! wie mir, und das wünschte ich denn, aus erheblichen Gründen, recht herzlich.

ERSTER BAND

*Erster Abschnitt*

# DIE JAHRE DER KINDHEIT UND DAS KLOSTERLEBEN

Nie hat mir meine Mutter gesagt, in welchen Verhältnissen mein Vater in der Welt lebte; rufe ich mir aber alles das ins Gedächtnis zurück, was sie mir schon in meiner frühesten Jugend von ihm erzählte, so muß ich wohl glauben, daß es ein mit tiefen Kenntnissen begabter lebenskluger Mann war. Eben aus diesen Erzählungen und einzelnen Äußerungen meiner Mutter, über ihr früheres Leben, die mir erst später verständlich worden, weiß ich, daß meine Eltern von einem bequemen Leben, welches sie im Besitz vieles Reichtums führten, herabsanken in die drückendste bitterste Armut, und daß mein Vater, einst durch den Satan verlockt zum verruchten Frevel, eine Todsünde beging, die er, als ihn in späten Jahren die Gnade Gottes erleuchtete, abbüßen wollte, auf einer Pilgerreise nach der heiligen Linde im weit entfernten kalten Preußen. – Auf der beschwerlichen Wanderung dahin, fühlte meine Mutter nach mehreren Jahren der Ehe zum erstenmal, daß diese nicht unfruchtbar bleiben würde, wie mein Vater befürchtet, und seiner Dürftigkeit unerachtet war er hoch erfreut, weil nun eine Vision in Erfüllung gehen sollte, in welcher ihm der heilige Bernardus Trost und Vergebung der Sünde durch die Geburt eines Sohnes zugesichert hatte. In der heiligen Linde erkrankte mein Vater, und je weniger er die vorgeschriebenen beschwerlichen Andachtsübungen seiner Schwäche unerachtet aussetzen wollte, desto mehr nahm das Übel überhand; er starb entsündigt und getröstet in demselben Augenblick, als ich geboren wurde. – Mit dem ersten Bewußtsein dämmern in mir die lieblichen Bilder von dem Kloster, und von der herrlichen Kirche in der heiligen Linde, auf. Mich umrauscht noch der dunkle Wald – mich umduften noch die üppig aufgekeimten Gräser, die bunten Blumen, die meine Wiege waren. Kein giftiges Tier, kein schädliches Insekt nistet in dem Heiligtum der Gebenedeiten; nicht das Sumsen einer Fliege, nicht das Zirpen des Heimchens unterbricht die heilige Stille, in der nur die frommen Gesänge der Priester erhallen, die, mit den Pilgern goldne Rauchfässer schwingend, aus denen der Duft des Weihrauchopfers emporsteigt, in langen Zügen daherziehen. Noch sehe ich, mitten in der Kirche, den mit Silber überzogenen Stamm der Linde, auf welche die Engel das wundertätige Bild der heiligen Jungfrau niedersetzten. Noch lächeln mich die bunten Gestalten der Engel – der Heiligen – von den Wänden, von der Decke der Kirche an! – Die Erzählungen meiner Mutter von dem wundervollen Kloster, wo ihrem tiefsten Schmerz gnadenreicher Trost zuteil wurde, sind so in mein Innres gedrungen, daß ich alles selbst gesehen, selbst erfahren zu haben glaube, unerachtet es unmöglich ist, daß meine Erinnerung so weit hinausreicht, da meine Mutter nach anderthalb Jahren die heilige Stätte verließ. – So ist es mir, als hätte ich selbst einmal in der öden Kirche die wunderbare Gestalt eines ernsten Mannes gesehen, und es sei eben der fremde Maler gewesen, der in uralter Zeit, als eben die Kirche gebaut, erschien, dessen Sprache niemand verstehen konnte und der mit kunstgeübter Hand in gar kurzer Zeit, die Kirche auf das herrlichste ausmalte, dann aber, als er fertig worden, wieder verschwand. – So gedenke ich ferner noch eines alten fremdartig gekleideten Pilgers mit langem grauen Barte, der mich oft auf den Armen umhertrug, im Walde allerlei bunte Moose und Steine suchte, und mit mir spielte; unerachtet ich gewiß glaube, daß nur aus der Beschreibung meiner Mutter sich im Innern sein lebhaftes Bild erzeugt hat. Er brachte einmal einen fremden wunderschönen Knaben mit, der mit mir von gleichem Alter war. Uns herzend und küssend saßen wir im Grase, ich schenkte ihm alle meine bunten Steine und er wußte damit allerlei Figuren auf dem Erdboden zu ordnen, aber immer bildete sich daraus zuletzt die Gestalt des Kreuzes. Meine Mutter saß neben uns auf einer steinernen Bank, und der Alte schaute hinter ihr stehend, mit mildem Ernst unsern kindischen Spielen zu. Da traten einige Jünglinge aus dem Gebüsch, die, nach ihrer Kleidung und nach ihrem ganzen Wesen zu urteilen, wohl nur aus Neugierde und Schaulust nach der heiligen Linde gekommen waren. Einer von ihnen rief, indem er uns gewahr wurde, lachend: „Sieh da! eine heilige Familie, das ist etwas für meine Mappe!“ – Er zog wirklich Papier und Krayon hervor und schickte sich an uns zu zeichnen, da erhob der alte Pilger sein Haupt und rief zornig: „Elender Spötter, du willst ein Künstler sein und in deinem Innern brannte nie die Flamme des Glaubens und der Liebe; aber deine Werke werden tot und starr bleiben wie du selbst, und du wirst wie ein Verstoßener in einsamer Leere verzweifeln und untergehen in deiner eignen Armseligkeit." – Die Jünglinge eilten bestürzt von dannen. – Der alte Pilger sagte zu meiner Mutter: „Ich habe Euch heute ein wunderbares Kind gebracht, damit es in Euerm Sohn den Funken der Liebe entzünde, aber ich muß es wieder von Euch nehmen und Ihr werdet es wohl, so wie mich selbst, nicht mehr schauen. Euer Sohn ist mit vielen Gaben herrlich ausgestattet, aber die Sünde des Vaters kocht und gärt in seinem Blute, er kann jedoch sich zum wackern Kämpen für den Glauben aufschwingen, lasset ihn geistlich werden!" – Meine Mutter konnte nicht genug sagen, welchen tiefen unauslöschlichen Eindruck die Worte des Pilgers auf sie gemacht hatten; sie beschloß aber demunerachtet meiner Neigung durchaus keinen Zwang anzutun, sondern ruhig abzuwarten, was das Geschick über mich verhängen und wozu es mich leiten würde, da sie an irgendeine andere höhere Erziehung, als die sie selbst mir zu geben imstande war, nicht denken konnte. – Meine Erinnerungen aus deutlicher selbst gemachter Erfahrung, heben von dem Zeitpunkt an als meine Mutter, auf der Heimreise, in das Zisterzienser Nonnenkloster gekommen war, dessen gefürstete Äbtissin, die meinen Vater gekannt hatte, sie freundlich aufnahm. Die Zeit von jener Begebenheit mit dem alten Pilger, welche ich in der Tat aus eigner Anschauung weiß, so daß sie meine Mutter nur rücksichts der Reden des Malers und des alten Pilgers ergänzt hat, bis zu dem Moment, als mich meine Mutter zum erstenmal zur Äbtissin brachte, macht eine völlige Lücke: nicht die leiseste Ahnung ist mir davon übrig geblieben. Ich finde mich erst wieder, als die Mutter meinen Anzug, soviel es ihr nur möglich war, besserte und ordnete. Sie hatte neue Bänder in der Stadt gekauft, sie verschnitt mein wildverwachsnes Haar, sie putzte mich mit aller Mühe und schärfte mir dabei ein, mich ja recht fromm und artig bei der Frau Äbtissin zu betragen. Endlich stieg ich, an der Hand meiner Mutter, die breiten steinernen Treppen herauf und trat in das hohe, gewölbte, mit heiligen Bildern ausgeschmückte Gemach, in dem wir die Fürstin fanden. Es war eine große majestätische schöne Frau, der die Ordenstracht eine Ehrfurcht einflößende Würde gab. Sie sah mich mit einem ernsten bis ins Innerste dringenden Blick an, und frug: „Ist das Euer Sohn?" – Ihre Stimme, ihr ganzes Ansehn – selbst die fremde Umgebung, das hohe Gemach, die Bilder, alles wirkte so auf mich, daß ich, von dem Gefühl eines inneren Grauens ergriffen, bitterlich zu weinen anfing. Da sprach die Fürstin, indem sie mich milder und gütiger anblickte: „Was ist dir Kleiner, fürchtest du dich vor mir? – Wie heißt Euer Sohn, liebe Frau?“ – „Franz“, erwiderte meine Mutter, da rief die Fürstin mit der tiefsten Wehmut: „Franziskus!“ und hob mich auf und drückte mich heftig an sich, aber in dem Augenblick preßte mir ein jäher Schmerz, den ich am Halse fühlte, einen starken Schrei aus, so daß die Fürstin erschrocken mich losließ, und die durch mein Betragen ganz bestürzt gewordene Mutter auf mich zusprang um nur gleich mich fortzuführen. Die Fürstin ließ das nicht zu; es fand sich, daß das diamantne Kreuz, welches die Fürstin auf der Brust trug, mich, indem sie heftig mich an sich drückte, am Halse so stark beschädigt hatte, daß die Stelle ganz rot und mit Blut unterlaufen war. „Armer Franz“, sprach die Fürstin, „ich habe dir weh getan, aber wir wollen doch noch gute Freunde werden.“ – Eine Schwester brachte Zuckerwerk und süßen Wein, ich ließ mich, jetzt schon dreister geworden, nicht lange nötigen, sondern naschte tapfer von den Süßigkeiten, die mir die holde Frau, welche sich gesetzt und mich auf den Schoß genommen hatte, selbst in den Mund steckte. Als ich einige Tropfen des süßen Getränks, das mir bis jetzt ganz unbekannt gewesen, gekostet, kehrte mein munterer Sinn, die besondere Lebendigkeit, die, nach meiner Mutter Zeugnis, von meiner frühsten Jugend mir eigen war, zurück. Ich lachte und schwatzte zum größten Vergnügen der Äbtissin und der Schwester, die im Zimmer geblieben. Noch ist es mir unerklärlich, wie meine Mutter darauf verfiel, mich aufzufordern, der Fürstin von den schönen herrlichen Dingen meines Geburtsortes zu erzählen, und ich, wie von einer höheren Macht inspiriert, ihr die schönen Bilder des fremden unbekannten Malers so lebendig, als habe ich sie im tiefsten Geiste aufgefaßt, beschreiben konnte. Dabei ging ich ganz ein in die herrlichen Geschichten der Heiligen, als sei ich mit allen Schriften der Kirche schon bekannt und vertraut geworden. Die Fürstin, selbst meine Mutter, blickten mich voll Erstaunen an, aber je mehr ich sprach, desto höher stieg meine Begeisterung und als mich endlich die Fürstin frug: „Sage mir liebes Kind, woher weißt du denn das alles?“ – da antwortete ich, ohne mich einen Augenblick zu besinnen, daß der schöne wunderbare Knabe, den einst ein fremder Pilgersmann mitgebracht hätte, mir alle Bilder in der Kirche erklärt, ja selbst noch manches Bild mit bunten Steinen gemalt und mir nicht allein den Sinn davon gelöset, sondern auch noch viele andere heilige Geschichten erzählt hätte.

Man läutete zur Vesper, die Schwester hatte eine Menge Zuckerwerk in eine Düte gepackt, die sie mir gab und die ich voller Vergnügen einsteckte. Die Äbtissin stand auf und sagte zu meiner Mutter: „Ich sehe Euern Sohn als meinen Zögling an, liebe Frau! und will von nun an für ihn sorgen." Meine Mutter konnte vor Wehmut nicht sprechen, sie küßte, heiße Tränen vergießend, die Hände der Fürstin. Schon wollten wir zur Türe hinaustreten, als die Fürstin uns nachkam, mich nochmals aufhob, sorgfältig das Kreuz beiseite schiebend, mich an sich drückte, und heftig weinend, so daß die heißen Tropfen auf meine Stirne fielen, ausrief: „Franziskus! – Bleibe fromm und gut!" – Ich war im Innersten bewegt und mußte auch weinen, ohne eigentlich zu wissen warum.

Durch die Unterstützung der Äbtissin gewann der kleine Haushalt meiner Mutter, die unfern dem Kloster in einer kleinen Meierei wohnte, bald ein besseres Ansehen. Die Not hatte ein Ende, ich ging besser gekleidet und genoß den Unterricht des Pfarrers, dem ich zugleich, wenn er in der Klosterkirche das Amt hielt, als Chorknabe diente.

Wie umfängt mich noch wie ein seliger Traum die Erinnerung an jene glückliche Jugendzeit! – Ach wie ein fernes herrliches Land, wo die Freude wohnt, und die ungetrübte Heiterkeit des kindlichen unbefangenen Sinns, liegt die Heimat weit, weit hinter mir, aber wenn ich zurückblicke, da gähnt mir die Kluft entgegen, die mich auf ewig von ihr geschieden. Von heißer Sehnsucht ergriffen, trachte ich immer mehr und mehr die Geliebten zu erkennen, die ich drüben, wie im Purpurschimmer des Frührots wandelnd, erblicke, ich wähne ihre holden Stimmen zu vernehmen. Ach! – gibt es denn eine Kluft, über die die Liebe mit starkem Fittich sich nicht hinwegschwingen könnte. Was ist für die Liebe der Raum, die Zeit! – Lebt sie nicht im Gedanken und kennt *der* denn ein Maß? – Aber finstre Gestalten steigen auf, und immer dichter und dichter sich zusammendrängend, immer enger und enger mich einschließend, versperren sie die Aussicht und befangen meinen Sinn mit den Drangsalen der Gegenwart, daß selbst die Sehnsucht, welche mich mit namenlosem wonnevollem Schmerz erfüllte, nun zu tötender heilloser Qual wird!

Der Pfarrer war die Güte selbst, er wußte meinen lebhaften Geist zu fesseln, er wußte seinen Unterricht so nach meiner Sinnesart zu formen, daß ich Freude daran fand, und schnelle Fortschritte machte. – Meine Mutter liebte ich über alles, aber die Fürstin verehrte ich wie eine Heilige, und es war ein feierlicher Tag für mich, wenn ich sie sehen durfte. Jedesmal nahm ich mir vor, mit den neuerworbenen Kenntnissen recht vor ihr zu leuchten, aber wenn sie kam, wenn sie freundlich mich anredete, da konnte ich kaum ein Wort herausbringen, ich mochte nur *sie* anschauen, nur *sie* hören. Jedes ihrer Worte blieb tief in meiner Seele zurück, noch den ganzen Tag über, wenn ich sie gesprochen, befand ich mich in wunderbarer feierlicher Stimmung und ihre Gestalt begleitete mich auf den Spaziergängen, die ich dann besuchte. – Welches namenlose Gefühl durchbebte mich, wenn ich, das Rauchfaß schwingend am Hochaltare stand, und nun die Töne der Orgel von dem Chore herabströmten und, wie zur brausenden Flut anschwellend, mich fortrissen – wenn ich dann in dem Hymnus ihre Stimme erkannte, die, wie ein leuchtender Strahl zu mir herabdrang, und mein Inneres mit den Ahnungen des Höchsten – des Heiligsten erfüllte. Aber der herrlichste Tag, auf den ich mich wochenlang freute, ja, an den ich niemals ohne inneres Entzücken denken konnte, war das Fest des heiligen Bernardus, welches, da er der Heilige der Zisterzienser ist, im Kloster durch einen großen Ablaß auf das feierlichste begangen wurde. Schon den Tag vorher strömten aus der benachbarten Stadt, so wie aus der ganzen umliegenden Gegend, eine Menge Menschen herbei und lagerten sich auf der großen blumichten Wiese, die sich an das Kloster schloß, so daß das frohe Getümmel, Tag und Nacht nicht aufhörte. Ich erinnere mich nicht, daß die Witterung in der günstigen Jahreszeit (der Bernardustag fällt in den August) dem Feste jemals ungünstig gewesen sein sollte. In bunter Mischung sah man hier andächtige Pilger, Hymnen singend, daherwandeln, dort Bauerbursche sich mit den geputzten Dirnen jubelnd umhertummeln – Geistliche, die in frommer Betrachtung, die Hände andächtig gefaltet, in die Wolken schauen – Bürgerfamilien im Grase gelagert, die die hochgefüllten Speisekörbe auspacken und ihr Mahl verzehren. Lustiger Gesang, fromme Lieder, die inbrünstigen Seufzer der Büßenden, das Gelächter der Fröhlichen, Klagen, Jauchzen, Jubel, Scherze, Gebet erfüllen wie in wunderbarem betäubendem Konzert die Lüfte! – Aber, sowie die Glocke des Klosters anschlägt, verhallt das Getöse plötzlich – so weit das Auge nur reicht, ist alles in dichte Reihen gedrängt auf die Knie gesunken, und nur das dumpfe Murmeln des Gebets unterbricht die heilige Stille. Der letzte Schlag der Glocke tönt aus, die bunte Menge strömt wieder durcheinander, und aufs neue erschallt der nur minutenlang unterbrochene Jubel. – Der Bischof selbst, welcher in der benachbarten Stadt residiert, hielt an dem Bernardustage in der Kirche des Klosters, bedient von der untern Geistlichkeit des Hochstifts, das feierliche Hochamt, und seine Kapelle führte auf einer Tribune, die man zur Seite des Hochaltars errichtet, und mit reicher, seltener Hautelisse behängt hatte, die Musik aus. – Noch jetzt sind die Empfindungen, die damals meine Brust durchbebten, nicht erstorben, sie leben auf, in jugendlicher Frische, wenn ich mein Gemüt ganz zuwende jener seligen Zeit, die nur zu schnell verschwunden. Ich gedenke lebhaft eines Gloria, welches mehrmals ausgeführt wurde, da die Fürstin eben diese Komposition vor allen andern liebte. – Wenn der Bischof das Gloria intoniert hatte, und nun die mächtigen Töne des Chors daherbrausten: Gloria in excelsis deo! – war es nicht, als öffne sich die Wolkenglorie über dem Hochaltar? – ja, als erglühten durch ein göttliches Wunder die gemalten Cherubim und Seraphim zum Leben, und regten und bewegten die starken Fittiche, und schwebten auf und nieder, Gott lobpreisend mit Gesang und wunderbarem Saitenspiel? – Ich versank in das hinbrütende Staunen der begeisterten Andacht, die mich durch glänzende Wolken in das ferne bekannte heimatliche Land trug, und in dem duftenden Walde ertönten die holden Engelsstimmen, und der wunderbare Knabe, trat wie aus hohen Lilienbüschen mir entgegen, und frug mich lächelnd: „Wo warst du denn so lange, Franziskus? – ich habe viele schöne bunte Blumen, die will ich dir alle schenken, wenn du bei mir bleibst, und mich liebst immerdar."

Nach dem Hochamt hielten die Nonnen, unter dem Vortritt der Äbtissin, die mit der Inful geschmückt war, und den silbernen Hirtenstab trug, eine feierliche Prozession durch die Gänge des Klosters und durch die Kirche. Welche Heiligkeit, welche Würde, welche überirdische Größe strahlte aus jedem Blick der herrlichen Frau, leitete jede ihrer Bewegungen! Es war die triumphierende Kirche selbst, die dem frommen gläubigen Volke Gnade und Segen verhieß. Ich hätte mich vor ihr in den Staub werfen mögen, wenn ihr Blick zufällig auf mich fiel. – Nach beendigtem Gottesdienst wurde die Geistlichkeit, so wie die Kapelle des Bischofs, in einem großen Saal des Klosters bewirtet. Mehrere Freunde des Klosters, Offizianten, Kaufleute aus der Stadt, nahmen an dem Mahle teil, und ich durfte, weil mich der Konzertmeister des Bischofs liebgewonnen, und gern sich mit mir zu schaffen machte, auch dabei sein. Hatte sich erst mein Inneres, von heiliger Andacht durchglüht, ganz dem Überirdischen zugewendet, so trat jetzt das frohe Leben auf mich ein, und umfing mich mit seinen bunten Bildern. Allerlei lustige Erzählungen, Späße und Schwänke wechselten unter dem lauten Gelächter der Gäste, wobei die Flaschen fleißig geleert wurden, bis der Abend hereinbrach, und die Wagen zur Heimfahrt bereitstanden.

Sechszehn Jahre war ich alt geworden, als der Pfarrer erklärte, daß ich nun vorbereitet genug sei, die höheren theologischen Studien in dem Seminar der benachbarten Stadt zu beginnen: ich hatte mich nämlich ganz für den geistlichen Stand entschieden, und dies erfüllte meine Mutter mit der innigsten Freude, da sie hiedurch die geheimnisvollen Andeutungen des Pilgers, die in gewisser Art mit der merkwürdigen, mir unbekannten Vision meines Vaters in Verbindung stehen sollten, erklärt und erfüllt sah. Durch meinen Entschluß glaubte sie erst die Seele meines Vaters entsühnt, und von der Qual ewiger Verdammnis errettet. Auch die Fürstin, die ich jetzt nur im Sprachzimmer sehen konnte, billigte höchlich mein Vorhaben, und wiederholte ihr Versprechen, mich bis zur Erlangung einer geistlichen Würde mit allem Nötigen zu unterstützen. Unerachtet die Stadt so nahe lag, daß man von dem Kloster aus, die Türme sehen konnte, und nur irgend rüstige Fußgänger von dort her, die heitre anmutige Gegend des Klosters zu ihren Spaziergängen wählten, so wurde mir doch der Abschied von meiner guten Mutter, von der herrlichen Frau, die ich so tief im Gemüte verehrte, so wie von meinem guten Lehrer, recht schwer. Es ist ja auch gewiß, daß dem Schmerz der Trennung jede Spanne außerhalb dem Kreise der Lieben, der weitesten Entfernung gleich dünkt! – Die Fürstin war auf besondere Weise bewegt, ihre Stimme zitterte vor Wehmut, als sie noch salbungsvolle Worte der Ermahnung sprach. Sie schenkte mir einen zierlichen Rosenkranz, und ein kleines Gebetbuch mit sauber illuminierten Bildern. Dann gab sie mir noch ein Empfehlungsschreiben an den Prior des Kapuzinerklosters in der Stadt, den sie mir empfahl gleich aufzusuchen, da er mir in allem mit Rat und Tat eifrigst beistehen werde.

Gewiß gibt es nicht so leicht eine anmutigere Gegend, als diejenige ist, in welcher das Kapuzinerkloster dicht vor der Stadt liegt. Der herrliche Klostergarten mit der Aussicht in die Gebürge hinein, schien mir jedesmal, wenn ich in den langen

Alleen wandelte, und bald bei dieser, bald bei jener üppigen Baumgruppe stehen blieb, in neuer Schönheit zu erglänzen. – Gerade in diesem Garten traf ich den Prior Leonardus, als ich zum erstenmal das Kloster besuchte, um mein Empfehlungsschreiben von der Äbtissin abzugeben. – Die dem Prior eigne Freundlichkeit wurde noch erhöht, als er den Brief las, und er wußte so viel Anziehendes von der herrlichen Frau, die er schon in frühen Jahren in Rom kennen gelernt, zu sagen, daß er schon dadurch im ersten Augenblick mich ganz an sich zog. Er war von den Brüdern umgeben, und man durchblickte bald das ganze Verhältnis des Priors mit den Mönchen, die ganze klösterliche Einrichtung und Lebensweise: die Ruhe und Heiterkeit des Geistes, welche sich in dem Äußerlichen des Priors deutlich aussprach, verbreitete sich über alle Brüder. Man sah nirgends eine Spur des Mißmuts oder jener feindlichen ins Innere zehrenden Verschlossenheit, die man sonst wohl auf den Gesichtern der Mönche wahrnimmt. Unerachtet der strengen Ordensregel, waren die Andachtsübungen dem Prior Leonardus mehr Bedürfnis des dem Himmlischen zugewandten Geistes, als aszetische Buße für die der menschlichen Natur anklebende Sünde, und er wußte diesen Sinn der Andacht so in den Brüdern zu entzünden, daß sich über alles, was sie tun mußten um der Regel zu genügen, eine Heiterkeit und Gemütlichkeit ergoß, die in der Tat ein höheres Sein, in der irdischen Beengtheit erzeugte. – Selbst eine gewisse schickliche Verbindung mit der Welt, wußte der Prior Leonardus herzustellen, die für die Brüder nicht anders als heilsam sein konnte. Reichliche Spenden, die von allen Seiten dem allgemein hochgeachteten Kloster dargebracht wurden, machten es möglich, an gewissen Tagen die Freunde und Beschützer des Klosters in dem Refektorium zu bewirten. Dann wurde in der Mitte des Speisesaals eine lange Tafel gedeckt, an deren oberem Ende der Prior Leonardus bei den Gästen saß. Die Brüder blieben an der schmalen, der Wand entlang stehenden Tafel, und bedienten sich ihres einfachen Geschirres, der Regel gemäß, während an der Gasttafel alles sauber und zierlich mit Porzellan und Glas besetzt war. Der Koch des Klosters wußte vorzüglich auf eine leckere Art Fastenspeisen zuzubereiten, die den Gästen gar wohl schmeckten. Die Gäste sorgten für den Wein, und so waren die Mahle im Kapuzinerkloster ein freundliches gemütliches Zusammentreten des Profanen mit dem Geistlichen, welches in wechselseitiger Rückwirkung, für das Leben nicht ohne Nutzen sein konnte. Denn, indem die im weltlichen Treiben Befangenen hinaustraten, und eingingen in die Mauern, wo alles das ihrem Tun schnurstracks entgegengesetzte Leben der Geistlichen verkündet, mußten sie, von manchem Funken, der in ihre Seele fiel, aufgeregt, eingestehen, daß auch wohl auf andere Wege, als auf dem, den sie eingeschlagen, Ruhe und Glück zu finden sei, ja, daß vielleicht der Geist, je mehr er sich über das Irdische erhebe, dem Menschen schon hienieden ein höheres Sein bereiten könne. Dagegen gewannen die Mönche an Lebensumsicht und Weisheit, da die Kunde, welche sie von dem Tun und Treiben der bunten Welt außerhalb ihrer Mauern erhielten, in ihnen Betrachtungen mancherlei Art erweckte. Ohne dem Irdischen einen falschen Wert zu verleihen, mußten sie in der verschiedenen, aus dem Innern bestimmten Lebensweise der Menschen, die Notwendigkeit einer solchen Strahlenbrechung des geistigen Prinzips, ohne welche alles farb- und glanzlos geblieben wäre, anerkennen. Über alle hocherhaben, rücksichts der geistigen und wissenschaftlichen Ausbildung, stand von je her der Prior Leonardus. Außerdem, daß er allgemein für einen wackern Gelehrten in der Theologie galt, so, daß er mit Leichtigkeit und Tiefe die schwierigsten Materien abzuhandeln wußte, und sich die Professoren des Seminars oft bei ihm Rat und Belehrung holten, war er auch mehr, als man es wohl einem Klostergeistlichen zutrauen kann, für die Welt ausgebildet. Er sprach mit Fertigkeit und Eleganz das Italienische und Französische, und seiner besonderen Gewandheit wegen, hatte man ihn in früherer Zeit zu wichtigen Missionen gebraucht. Schon damals, als ich ihn kennen lernte, war er hochbejahrt, aber indem sein weißes Haar von seinem Alter zeugte, blitzte aus den Augen noch jugendliches Feuer, und das anmutige Lächeln, welches um seine Lippen schwebte, erhöhte den Ausdruck der innern Behaglichkeit und Gemütsruhe. Dieselbe Grazie, welche seine Rede schmückte, herrschte in seinen Bewegungen, und selbst die unbehülfliche Ordenstracht schmiegte sich wundersam den wohlgebauten Formen seines Körpers an. Es befand sich kein einziger unter den Brüdern, den nicht eigne freie Wahl, den nicht sogar das von der innern geistigen Stimmung erzeugte Bedürfnis in das Kloster gebracht hätte; aber auch den Unglücklichen, der im Kloster den Port gesucht hätte, um der Vernichtung zu entgehen, hätte Leonardus bald getröstet; seine Buße wäre der kurze Übergang zur Ruhe geworden, und, mit der Welt versöhnt, ohne ihren Tand zu achten, hätte er, im Irdischen lebend, doch sich bald über das Irdische erhoben. Diese ungewöhnlichen Tendenzen des Klosterlebens, hatte Leonardus in Italien aufgefaßt, wo der Kultus, und mit ihm die ganze Ansicht des religiösen Lebens heitrer ist, als in dem katholischen Deutschland. So wie bei dem Bau der Kirchen, noch die antiken Formen sich erhielten, so scheint auch ein Strahl aus jener heitern lebendigen Zeit des Altertums in das mystische Dunkel des Christianism gedrungen zu sein, und es mit dem wunderbaren Glanze erhellt zu haben, der sonst die Götter und Helden umstrahlte.

Leonardus gewann mich lieb, er unterrichtete mich im Italienischen und Französischen, vorzüglich waren es aber die mannigfachen Bücher, welche er mir in die Hände gab, so wie seine Gespräche, die meinen Geist auf besondere Weise ausbildeten. Beinahe die ganze Zeit, welche meine Studien im Seminar mir übrig ließen, brachte ich im Kapuzinerkloster zu, und ich spürte, wie immer mehr meine Neigung zunahm, mich einkleiden zu lassen. Ich eröffnete dem Prior meinen Wunsch; ohne mich indessen gerade davon abbringen zu wollen, riet er mir, wenigstens noch ein paar Jahre zu warten, und unter der Zeit mich mehr, als bisher in der Welt umzusehen. So wenig es mir indessen an anderer Bekanntschaft fehlte, die ich mir vorzüglich durch den bischöflichen Konzertmeister, welcher mich in der Musik unterrichtete, erworben, so fühlte ich mich doch in jeder Gesellschaft, und vorzüglich wenn Frauenzimmer zugegen waren, auf unangenehme Weise befangen, und dies, so wie überhaupt der Hang zum kontemplativen Leben, schien meinen innern Beruf zum Kloster zu entscheiden.

Einst hatte der Prior viel Merkwürdiges mit mir gesprochen, über das profane Leben; er war eingedrungen in die schlüpfrigsten Materien, die er aber mit seiner gewöhnlichen Leichtigkeit und Anmut des Ausdrucks zu behandeln wußte, so daß er, alles nur im mindesten Anstößige vermeidend, doch immer auf den rechten Fleck traf. Er nahm endlich meine Hand, sah mir scharf ins Auge, und frug, ob ich noch unschuldig sei? – Ich fühlte mich erglühen, denn indem Leonardus mich so verfänglich frug, sprang ein Bild in den lebendigsten Farben hervor, welches so lange ganz von mir gewichen. – Der Konzertmeister hatte eine Schwester, welche gerade nicht schön genannt zu werden verdiente, aber doch in der höchsten Blüte stehend, ein überaus reizendes Mädchen war. Vorzüglich zeichnete sie ein im reinsten Ebenmaß geformter Wuchs aus; sie hatte die schönsten Arme, den schönsten Busen in Form und

Kolorit, den man nur sehen kann. – Eines Morgens als ich zum Konzertmeister gehen wollte, meines Unterrichts halber, überraschte ich die Schwester im leichten Morgenanzuge, mit beinahe ganz entblößter Brust; schnell warf sie zwar das Tuch über, aber doch schon zu viel hatten meine gierigen Blicke erhascht, ich konnte kein Wort sprechen, nie gekannte Gefühle regten sich stürmisch in mir, und trieben das glühende Blut durch die Adern, daß hörbar meine Pulse schlugen. Meine Brust war krampfhaft zusammengepreßt, und wollte zerspringen, ein leiser Seufzer machte mir endlich Luft. Dadurch, daß das Mädchen, ganz unbefangen auf mich zukam, mich bei der Hand faßte, und frug, was mir dann wäre, wurde das Übel wieder ärger, und es war ein Glück, daß der Konzertmeister in die Stube trat, und mich von der Qual erlöste. Nie hatte ich indessen solche falsche Akkorde gegriffen, nie so im Gesange detoniert, als dasmal. Fromm genug war ich, um später das Ganze für eine böse Anfechtung des Teufels zu halten, und ich pries mich nach kurzer Zeit recht glücklich, den bösen Feind durch die aszetischen Übungen, die ich unternahm, aus dem Felde geschlagen zu haben. Jetzt bei der verfänglichen Frage des Priors, sah ich des Konzertmeisters Schwester mit entblößtem Busen vor mir stehen, ich fühlte den warmen Hauch ihres Atems, den Druck ihrer Hand – meine innere Angst stieg mit jedem Momente. Leonardus sah mich mit einem gewissen ironischen Lächeln an, vor dem ich erbebte. Ich konnte seinen Blick nicht ertragen, ich schlug die Augen nieder, da klopfte mich der Prior auf die glühenden Wangen und sprach: „Ich sehe mein Sohn, daß Sie mich gefaßt haben, und daß es noch gut mit Ihnen steht, der Herr bewahre Sie vor der Verführung der Welt, die Genüsse, die sie Ihnen darbietet sind von kurzer Dauer, und man kann wohl behaupten, daß ein Fluch darauf ruhe, da in dem unbeschreiblichen Ekel in der vollkommenen Erschlaffung, in der Stumpfheit für alles Höhere, die sie hervorbringen, das bessere geistige Prinzip des Menschen untergeht." – So sehr ich mich mühte, die Frage des Priors, und das Bild, welches dadurch hervorgerufen wurde, zu vergessen, so wollte es mir doch durchaus nicht gelingen, und war es mir erst geglückt, in Gegenwart jenes Mädchens unbefangen zu sein, so scheute ich doch wieder jetzt mehr als jemals ihren Anblick, da mich schon bei dem Gedanken an sie, eine Beklommenheit, eine innere Unruhe überfiel, die mir um so gefährlicher schien, als zugleich eine unbekannte wundervolle Sehnsucht, und mit ihr eine Lüsternheit sich regte, die wohl sündlich sein mochte. Ein Abend sollte diesen zweifelhaften Zustand entscheiden. Der Konzertmeister hatte mich, wie er manchmal zu tun pflegte, zu einer musikalischen Unterhaltung, die er mit einigen Freunden veranstaltet, eingeladen. Außer seiner Schwester, waren noch mehrere Frauenzimmer zugegen, und dieses steigerte die Befangenheit, die mir schon bei der Schwester allein den Atem versetzte. Sie war sehr reizend gekleidet, sie kam mir schöner als je vor, es war, als zöge mich eine unsichtbare unwiderstehliche Gewalt zu ihr hin, und so kam es denn, daß ich, ohne selbst zu wissen wie, mich immer ihr nahe befand, jeden ihrer Blicke, jedes ihrer Worte begierig aufhaschte, ja mich so an sie drängte, daß wenigstens ihr Kleid im Vorbeistreifen mich berühren mußte, welches mich mit innerer, nie gefühlter Lust erfüllte. Sie schien es zu bemerken, und Wohlgefallen daran zu finden; zuweilen war es mir, als müßte ich sie wie in toller Liebeswut an mich reißen, und inbrünstig an mich drücken! – Sie hatte lange neben dem Flügel gesessen, endlich stand sie auf, und ließ auf dem Stuhl einen ihrer Handschuhe liegen, den ergriff ich, und drückte ihn im Wahnsinn heftig an den Mund! – Das sah eins von den Frauenzimmern, die ging zu des Konzertmeisters Schwester, und flüsterte ihr etwas ins Ohr, nun schauten sie beide auf mich, und kicherten und lachten höhnisch! – Ich war wie vernichtet, ein Eisstrom goß sich durch mein Inneres – besinnungslos stürzte ich fort ins Kollegium – in meine Zelle. Ich warf mich, wie in toller Verzweiflung auf den Fußboden – glühende Tränen quollen mir aus den Augen, ich verwünschte – ich verfluchte das Mädchen – mich selbst – dann betete ich wieder und lachte dazwischen, wie ein Wahnsinniger! Überall erklangen um mich Stimmen, die mich verspotteten, verhöhnten; ich war im Begriff, mich durch das Fenster zu stürzen, zum Glück verhinderten mich die Eisenstäbe daran, mein Zustand war in der Tat entsetzlich. Erst als der Morgen anbrach, wurde ich ruhiger, aber fest war ich entschlossen, sie niemals mehr zu sehen, und überhaupt der Welt zu entsagen. Klarer als jemals stand der Beruf zum eingezogenen Klosterleben, von dem mich keine Versuchung mehr ablenken sollte, vor meiner Seele. Sowie ich nur von den gewöhnlichen Studien loskommen konnte, eilte ich zu dem Prior in das Kapuzinerkloster, und eröffnete ihm, wie ich nun entschlossen sei, mein Noviziat anzutreten, und auch schon meiner Mutter, so wie der Fürstin, Nachricht davon gegeben habe. Leonardus schien über meinen plötzlichen Eifer verwundert, ohne in mich zu dringen, suchte er doch auf diese und jene Weise zu erforschen, was mich wohl darauf gebracht haben könne, nun mit einemmal auf meine Einweihung zum Klosterleben zu bestehen, denn er ahndete wohl, daß ein besonderes Ereignis mir den Impuls dazu gegeben haben müsse. Eine innere Scham, die ich nicht zu überwinden vermochte, hielt mich zurück, ihm die Wahrheit zu sagen, dagegen erzählte ich ihm mit dem Feuer der Exaltation, das noch in mir glühte, die wunderbaren Begebenheiten meiner Kinderjahre, welche alle auf meine Bestimmung zum Klosterleben hindeuteten. Leonardus hörte mich ruhig an, und ohne gerade gegen meine Visionen Zweifel vorzubringen, schien er doch, sie nicht sonderlich zu beachten, er äußerte vielmehr, wie das alles noch sehr wenig für die Echtheit meines Berufs spräche, da eben hie eine Illusion sehr möglich sei. Überhaupt pflegte Leonardus nicht gern von den Visionen der Heiligen, ja selbst von den Wundern der ersten Verkündiger des Christentums zu sprechen, und es gab Augenblicke, in denen ich in Versuchung geriet, ihn für einen heimlichen Zweifler zu halten. Einst erdreistete ich mich, um ihn zu irgendeiner bestimmten Äußerung zu nötigen, von den Verächtern des katholischen Glaubens zu sprechen, und vorzüglich auf diejenigen zu schmälen, die im kindischen Übermute alles Übersinnliche mit dem heillosen Schimpfworte des Aberglaubens abfertigten. Leonardus sprach sanft lächelnd: „Mein Sohn, der Unglaube ist der ärgste Aberglaube", und fing ein anderes Gespräch von fremden gleichgültigen Dingen an. Erst später durfte ich eingehen in seine herrliche Gedanken über den mystischen Teil unserer Religion, der die geheimnisvolle Verbindung unsers geistigen Prinzips, mit höheren Wesen in sich schließt, und mußte mir denn wohl gestehen, daß Leonardus die Mitteilung alles des Sublimen, das aus seinem Innersten sich ergoß, mit Recht nur für die höchste Weihe seiner Schüler aufsparte.

Meine Mutter schrieb mir, wie sie es längst geahnet, daß der weltgeistliche Stand mir nicht genügen, sondern, daß ich das Klosterleben erwählen werde. Am Medardustage sei ihr der alte Pilgersmann aus der heiligen Linde erschienen, und habe mich im Ordenskleide der Kapuziner an der Hand geführt. Auch die Fürstin war mit meinem Vorhaben ganz einverstanden. Beide sah ich noch einmal vor meiner Einkleidung, welche, da mir meinem innigsten Wunsche gemäß, die Hälfte des Noviziats erlassen wurde, sehr bald erfolgte. Ich nahm auf

Veranlassung der Vision meiner Mutter den Klosternamen Medardus an.

Das Verhältnis der Brüder untereinander, die innere Einrichtung rücksichts der Andachtsübungen und der ganzen Lebensweise im Kloster, bewährte sich ganz in der Art, wie sie mir bei dem ersten Blick erschienen. Die gemütliche Ruhe, die in allem herrschte, goß den himmlischen Frieden in meine Seele, wie er mich, gleich einem seligen Traum aus der ersten Zeit meiner frühsten Kinderjahre, im Kloster der heiligen Linde umschwebte. Während des feierlichen Akts meiner Einkleidung, erblickte ich unter den Zuschauern des Konzertmeisters Schwester; sie sah ganz schwermütig aus, und ich glaubte, Tränen in ihren Augen zu erblicken, aber vorüber war die Zeit der Versuchung, und vielleicht war es frevelnder Stolz auf den so leicht erfochtenen Sieg, der mir das Lächeln abnötigte, welches der an meiner Seite wandelnde Bruder Cyrillus bemerkte. „Worüber erfreuest du dich so, mein Bruder?“ frug Cyrillus. „Soll ich denn nicht froh sein, wenn ich der schnöden Welt und ihrem Tand entsage?“ antwortete ich, aber nicht zu leugnen ist es, daß indem ich diese Worte sprach, ein unheimliches Gefühl, plötzlich das Innerste durchbebend, mich Lügen strafte. – Doch dies war die letzte Anwandlung irdischer Selbstsucht, nach der jene Ruhe des Geistes eintrat. Wäre sie nimmer von mir gewichen, aber die Macht des Feindes ist groß! – Wer mag der Stärke seiner Waffen, wer mag seiner Wachsamkeit vertrauen, wenn die unterirdischen Mächte lauern.

Schon fünf Jahre war ich im Kloster, als nach der Verordnung des Priors mir der Bruder Cyrillus, der alt und schwach worden, die Aufsicht über die reiche Reliquienkammer des Klosters übergeben sollte. Da befanden sich allerlei Knochen von Heiligen, Späne aus dem Kreuze des Erlösers und andere Heiligtümer, die in saubern Glasschränken aufbewahrt, und an gewissen Tagen dem Volk zur Erbauung ausgestellt wurden. Der Bruder Cyrillus machte mich mit jedem Stücke, so wie mit den Dokumenten, die über ihre Echtheit und über die Wunder, welche sie bewirkt, vorhanden, bekannt. Er stand, rücksichts der geistigen Ausbildung unserm Prior an der Seite, und um so weniger trug ich Bedenken, das zu äußern, was sich gewaltsam aus meinem Innern hervordrängte. „Sollten denn, lieber Bruder Cyrillus“, sagte ich, „alle diese Dinge gewiß und wahrhaftig das sein, wofür man sie ausgibt? – Sollte auch hier nicht die betrügerische Habsucht manches untergeschoben haben, was nun als wahre Reliquie dieses oder jenes Heiligen gilt? So z. B. besitzt irgendein Kloster das ganze Kreuz unsers Erlösers, und doch zeigt man überall wieder so viel Späne davon, daß, wie jemand von uns selbst, freilich in frevelichem Spott, behauptete, unser Kloster ein ganzes Jahr hindurch damit geheizt werden könnte." – „Es geziemt uns wohl eigentlich nicht", erwiderte der Bruder Cyrillus, „diese Dinge einer solchen Untersuchung zu unterziehen, allein offenherzig gestanden, bin ich der Meinung, daß, der darüber sprechenden Dokumente unerachtet, wohl wenige dieser Dinge *das* sein dürften, wofür man sie ausgibt. Allein es scheint mir auch gar nicht darauf anzukommen. Merke wohl auf, lieber Bruder Medardus! wie ich und unser Prior darüber denken, und du wirst unsere Religion in neuer Glorie erblicken. Ist es nicht herrlich, lieber Bruder Medardus, daß unsere Kirche darnach trachtet, jene geheimnisvollen Fäden zu erfassen, die das Sinnliche mit dem Übersinnlichen verknüpfen, ja unseren zum irdischen Leben und Sein gediehenen Organism so anzuregen, daß sein Ursprung aus dem höhern geistigen Prinzip, ja seine innige Verwandtschaft mit dem wunderbaren Wesen, dessen Kraft wie ein glühender Hauch die ganze Natur durchdringt, klar hervortritt, und uns die Ahndung eines höheren Lebens, dessen Keim wir in uns tragen, wie mit Seraphsfittichen umweht. – Was ist jenes Stückchen Holz – jenes Knöchlein, jenes Läppchen – man sagt aus dem Kreuz Christi sei es gehauen, dem Körper – dem Gewande eines Heiligen entnommen; aber den Gläubigen, der ohne zu grübeln, sein ganzes Gemüt darauf richtet, erfüllt bald jene überirdische Begeisterung, die ihm das Reich der Seligkeit erschließt, das er hienieden nur geahnet; und so wird der geistige Einfluß des Heiligen, dessen auch nur angebliche Reliquie den Impuls gab, erweckt, und der Mensch vermag Stärke und Kraft im Glauben von dem höheren Geiste zu empfangen, den er im Innersten des Gemüts um Trost und Beistand anrief. Ja, diese in ihm erweckte höhere geistige Kraft wird selbst Leiden des Körpers zu überwinden vermögen, und daher kommt es, daß diese Reliquien jene Mirakel bewirken, die, da sie so oft vor den Augen des versammelten Volks geschehen, wohl nicht geleugnet werden können." – Ich erinnerte mich augenblicklich gewisser Andeutungen des Priors, die ganz mit den Worten des Bruders Cyrillus übereinstimmten, und betrachtete nun die Reliquien, die mir sonst nur als religiöse Spielerei erschienen, mit wahrer innerer Ehrfurcht und Andacht. Dem Bruder Cyrillus entging diese Wirkung seiner Rede nicht, und er fuhr nun fort, mit größerem Eifer und mit recht zum Gemüte sprechender Innigkeit, mir die Sammlung Stück vor Stück zu erklären. Endlich nahm er aus einem wohlverschlossenen Schranke ein Kistchen heraus und sagte: „Hierinnen, lieber Bruder Medardus! ist die geheimnisvollste wunderbarste Reliquie enthalten, die unser Kloster besitzt. Solange ich im Kloster bin, hat dieses Kistchen niemand in der Hand gehabt, als der Prior und ich; selbst die andern Brüder, viel weniger Fremde, wissen etwas von dem Dasein dieser Reliquie. Ich kann die Kiste nicht ohne inneren Schauer anrühren, es ist als sei darin ein böser Zauber verschlossen, der, gelänge es ihm, den Bann der ihn umschließt und wirkungslos macht, zu zersprengen, Verderben und heillosen Untergang jedem bereiten könnte, den er ereilt. – Das was darinnen enthalten, stammt unmittelbar von dem Widersacher her, aus jener Zeit, als er noch sichtlich gegen das Heil der Menschen zu kämpfen vermochte." – Ich sah den Bruder Cyrillus im höchsten Erstaunen an; ohne mir Zeit zu lassen, etwas zu erwidern, fuhr er fort: „Ich will mich lieber Bruder Medardus gänzlich enthalten, in dieser höchst mystischen Sache nur irgendeine Meinung zu äußern, oder wohl gar diese – jene – Hypothese aufzutischen, die mir durch den Kopf gefahren, sondern lieber getreulich dir das erzählen, was die, über jene Reliquie vorhandenen Dokumente davon sagen. – Du findest diese Dokumente in jenem Schrank und kannst sie selbst nachlesen. – Dir ist das Leben des heiligen Antonius zur Gnüge bekannt, du weißt, daß er, um sich von allem Irdischen zu entfernen, um seine Seele ganz dem Göttlichen zuzuwenden, in die Wüste zog, und da sein Leben den strengsten Buß- und Andachtsübungen weihte. Der Widersacher verfolgte ihn und trat ihm oft sichtlich in den Weg, um ihn in seinen frommen Betrachtungen zu stören. So kam es denn, daß der h. Antonius einmal in der Abenddämmerung eine finstre Gestalt wahrnahm, die auf ihn zuschritt. In der Nähe erblickte er zu seinem Erstaunen, daß aus den Löchern des zerrissenen Mantels, den die Gestalt trug, Flaschenhälse hervorguckten. Es war der Widersacher, der in diesem seltsamen Aufzuge ihn höhnisch anlächelte und frug, ob er nicht von den Elixieren, die er in den Flaschen bei sich trüge, zu kosten begehre? Der heilige Antonius, den diese Zumutung nicht einmal verdrießen konnte, weil der Widersacher, ohnmächtig und kraftlos geworden, nicht mehr imstande war, sich auf irgendeinen Kampf einzulassen, und sich daher auf höhnende Reden beschränken mußte, frug ihn: warum er denn so viele Flaschen und auf solche besondere Weise bei sich trüge? Da antwortete der Widersacher: ‚Siehe, wenn mir ein Mensch begegnet, so schaut er mich verwundert an und kann es nicht lassen nach meinen Getränken zu fragen, und zu kosten aus Lüsternheit. Unter so vielen Elixieren findet er ja wohl eins, was ihm recht mundet und er säuft die ganze Flasche aus, und wird trunken, und ergibt sich mir und meinem Reiche.' – So weit steht das in allen Legenden; nach dem besonderen Dokument, das wir über diese Vision des heiligen Antonius besitzen, heißt es aber weiter, daß der Widersacher, als er sich von dannen hub, einige seiner Flaschen auf einen Rasen stehen ließ, die der h. Antonius schnell in seine Höhle mitnahm und verbarg, aus Furcht, selbst in der Einöde könnte ein Verirrter, ja wohl gar einer seiner Schüler, von dem entsetzlichen Getränke kosten und ins ewige Verderben geraten. – Zufällig, erzählt das Dokument weiter, habe der heilige Antonius einmal eine dieser Flaschen geöffnet, da sei ein seltsamer betäubender Dampf herausgefahren und allerlei scheußliche sinneverwirrende Bilder der Hölle, hätten den Heiligen umschwebt, ja ihn mit verführerischen Gaukeleien zu verlocken gesucht, bis er sie durch strenges Fasten und anhaltendes Gebet wieder vertrieben. – In diesem Kistchen befindet sich nun aus dem Nachlaß des h. Antonius eben eine solche Flasche mit einem Teufelselixier und die Dokumente sind so authentisch und genau, daß wenigstens daran, daß die Flasche wirklich nach dem Tode des h. Antonius unter seinen nachgebliebenen Sachen gefunden wurde, kaum zu zweifeln ist. Übrigens kann ich versichern, lieber Bruder Medardus! daß, sooft ich die Flasche, ja nur dieses Kistchen, worin sie verschlossen, berühre, mich ein unerklärliches inneres Grauen anwandelt, ja daß ich wähne, etwas von einem ganz seltsamen Duft zu spüren, der mich betäubt und zugleich eine innere Unruhe des Geistes hervorbringt, die mich selbst bei den Andachtsübungen zerstreut. Indessen überwinde ich diese böse Stimmung, welche offenbar von dem Einfluß irgendeiner feindlichen Macht herrührt, sollte ich auch an die unmittelbare Einwirkung des Widersachers nicht glauben, durch standhaftes Gebet. Dir, lieber Bruder Medardus, der du noch so jung bist, der du noch alles, was dir deine von fremder Kraft aufgeregte Fantasie vorbringen mag, in glänzenderen lebhafteren Farben erblickst, der du noch, wie ein tapferer aber unerfahrner Krieger, zwar rüstig im Kampfe, aber vielleicht zu kühn, das Unmögliche wagend, deiner Stärke zu sehr vertraust, rate ich, das Kistchen niemals, oder wenigstens erst nach Jahren zu öffnen, und damit dich deine Neugierde nicht in Versuchung führe, es dir weit weg aus den Augen zu stellen.“

Der Bruder Cyrillus verschloß die geheimnisvolle Kiste wieder in den Schrank, wo sie gestanden, und übergab mir den Schlüsselbund, an dem auch der Schlüssel jenes Schranks hing: die ganze Erzählung hatte auf mich einen eignen Eindruck gemacht, aber je mehr ich eine innere Lüsternheit emporkeimen fühlte, die wunderbare Reliquie zu sehen, desto mehr war ich, der Warnung des Bruders Cyrillus gedenkend, bemüht, auf jede Art mir es zu erschweren. Als Cyrillus mich verlassen, übersah ich noch einmal die mir anvertrauten Heiligtümer, dann löste ich aber das Schlüsselchen, welches den gefährlichen Schrank schloß, vom Bunde ab, und versteckte es tief unter meine Skripturen im Schreibpulte.

Unter den Professoren im Seminar gab es einen vortrefflichen Redner, jedesmal, wenn er predigte, war die Kirche überfüllt; der Feuerstrom seiner Worte riß alles unwiderstehlich fort, die inbrünstigste Andacht im Innern entzündend. Auch mir drangen seine herrlichen begeisterten Reden ins Innerste, aber indem ich den Hochbegabten glücklich pries, war es mir, als rege sich eine innere Kraft, die mich mächtig antrieb, es ihm gleichzutun. Hatte ich ihn gehört, so predigte ich auf meiner einsamen Stube, mich ganz der Begeisterung des Moments überlassend, bis es mir gelang, meine Ideen, meine Worte festzuhalten und aufzuschreiben. – Der Bruder, welcher im Kloster zu predigen pflegte, wurde zusehends schwächer, seine Reden schlichen wie ein halbversiegter Bach mühsam und tonlos dahin, und die ungewöhnlich gedehnte Sprache, welche der Mangel an Ideen und Worten erzeugte, da er ohne Konzept sprach, machte seine Reden so unausstehlich lang, daß vor dem Amen schon der größte Teil der Gemeinde, wie bei dem bedeutungslosen eintönigen Geklapper einer Mühle, sanft eingeschlummert war, und nur durch den Klang der Orgel wieder erweckt werden konnte. Der Prior Leonardus war zwar ein ganz vorzüglicher Redner, indessen trug er Scheu zu predigen, weil es ihn bei den schon erreichten hohen Jahren zu stark angriff, und sonst gab es im Kloster keinen, der die Stelle jenes schwächlichen Bruders hätte ersetzen können. Leonardus sprach mit mir über diesen Übelstand, der der Kirche den Besuch mancher Frommen entzog; ich faßte mir ein Herz und sagte ihm, wie ich schon im Seminar einen innern Beruf zum Predigen gespürt und manche geistliche Rede aufgeschrieben habe. Er verlangte, sie zu sehen, und war so höchlich damit zufrieden, daß er in mich drang schon am nächsten heiligen Tage, den Versuch mit einer Predigt zu machen, der um so weniger mißlingen werde, als mich die Natur mit allem ausgestattet habe, was zum guten Kanzelredner gehöre, nämlich mit einer einnehmenden Gestalt, einem ausdrucksvollen Gesicht und einer kräftigen tonreichen Stimme. Rücksichts des äußern Anstandes, der richtigen Gestikulation unternahm Leonardus selbst mich zu unterrichten. Der Heiligentag kam heran, die Kirche war besetzter als gewöhnlich, und ich bestieg nicht ohne inneres Erbeben die Kanzel. – Im Anfange blieb ich meiner Handschrift getreu, und Leonardus sagte mir nachher, daß ich mit zitternder Stimme gesprochen, welches aber gerade den andächtigen wehmutsvollen Betrachtungen, womit die Rede begann, zugesagt, und bei den mehrsten für eine besondere wirkungsvolle Kunst des Redners gegolten habe. Bald aber war es, als strahle der glühende Funke himmlischer Begeisterung durch mein Inneres – ich dachte nicht mehr an die Handschrift, sondern überließ mich ganz den Eingebungen des Moments. Ich fühlte, wie das Blut in allen Pulsen glühte und sprühte – ich hörte meine Stimme durch das Gewölbe donnern – ich sah mein erhobenes Haupt, meine ausgebreiteten Arme, wie von Strahlenglanz der Begeisterung umflossen. – Mit einer Sentenz, in der ich alles Heilige und Herrliche, das ich verkündet, nochmals wie in einem flammenden Fokus zusammenfaßte, schloß ich meine Rede, deren Eindruck ganz ungewöhnlich, ganz unerhört war. Heftiges Weinen – unwillkürlich den Lippen entfliehende Ausrufe der andachtvollsten Wonne – lautes Gebet, hallten meinen Worten nach. Die Brüder zollten mir ihre höchste Bewunderung, Leonardus umarmte mich, er nannte mich den Stolz des Klosters. Mein Ruf verbreitete sich schnell, und um den Bruder Medardus zu hören, drängte sich der vornehmste, der gebildetste Teil der Stadtbewohner, schon eine Stunde vor dem Läuten, in die nicht allzugroße Klosterkirche. Mit der Bewunderung stieg mein Eifer und meine Sorge, den Reden im stärksten Feuer Ründe und Gewandtheit zu geben. Immer mehr gelang es mir, die Zuhörer zu fesseln, und, immer steigend und steigend, glich bald die Verehrung, die sich überall, wo ich ging und stand in den stärksten Zügen an den Tag legte, beinahe der Vergötterung eines Heiligen. Ein religiöser Wahn hatte die Stadt ergriffen, alles strömte bei irgendeinem Anlaß, auch an gewöhnlichen Wochentagen, nach dem Kloster, um den Bruder Medardus zu sehen, zu sprechen. – Da keimte in mir der Gedanke auf, ich sei ein besonders Erkorner des Himmels; die geheimnisvollen Umstände bei meiner Geburt, am heiligen Orte zur Entsündigung des verbrecherischen Vaters, die wunderbaren Begebenheiten in meinen ersten Kinderjahren, alles deutete dahin, daß mein Geist, in unmittelbarer Berührung mit dem Himmlischen, sich schon hienieden über das Irdische erhebe, und ich nicht der Welt, den Menschen angehöre, denen Heil und Trost zu geben, ich hier auf Erden wandle. Es war mir nun gewiß, daß der alte Pilgram in der heiligen Linde, der heilige Joseph, der wunderbare Knabe aber das Jesuskind selbst gewesen, das in mir den Heiligen der auf Erden zu wandeln bestimmt, begrüßt habe. Aber so wie dies alles immer lebendiger vor meiner Seele stand, wurde mir auch meine Umgebung immer lästiger und drückender. Jene Ruhe und Heiterkeit des Geistes, die mich sonst umfing, war aus meiner Seele entschwunden – ja alle gemütliche Äußerungen der Brüder, die Freundlichkeit des Priors, erweckten in mir einen feindseligen Zorn. Den *Heiligen*, den hoch über sie erhabenen, sollten sie in mir erkennen, sich niederwerfen in den Staub, und die Fürbitte erflehen vor dem Throne Gottes. So aber hielt ich sie für befangen in verderblicher Verstocktheit. Selbst in meine Reden flocht ich gewisse Anspielungen ein, die darauf hindeuteten, wie nun eine wundervolle Zeit, gleich der in schimmernden Strahlen leuchtenden Morgenröte, angebrochen, in der Trost und Heil bringend der gläubigen Gemeinde ein Auserwählter Gottes auf Erden wandle. Meine eingebildete Sendung kleidete ich in mystische Bilder ein, die um so mehr wie ein fremdartiger Zauber auf die Menge wirkten, je weniger sie verstanden wurden. Leonardus wurde sichtlich kälter gegen mich, er vermied, mit mir ohne Zeugen zu sprechen, aber endlich, als wir einst zufällig von allen Brüdern verlassen, in der Allee des Klostergartens einhergingen, brach er los: „Nicht verhehlen kann ich es dir, lieber Bruder Medardus, daß du seit einiger Zeit durch dein ganzes Betragen mir Mißfallen erregst. – Es ist etwas in deine Seele gekommen, das dich dem Leben in frommer Einfalt abwendig macht. In deinen Reden herrscht ein feindliches Dunkel, aus dem nur noch manches hervorzutreten sich scheut, was dich wenigstens mit mir auf immer entzweien würde. – Laß mich offenherzig sein! – Du trägst in diesem Augenblick die Schuld unseres sündigen Ursprungs, die jedem mächtigen Emporstreben unserer geistigen Kraft die Schranken des Verderbnisses öffnet, wohin wir uns in unbedachtem Fluge nur zu leicht verirren! – Der Beifall, ja die abgöttische Bewunderung, die dir die leichtsinnige, nach jeder Anreizung lüsterne Welt gezollt, hat dich geblendet, und du siehst dich selbst in einer Gestalt, die nicht dein eigen, sondern ein Trugbild ist, welches dich in den verderblichen Abgrund lockt. Gehe in dich, Medardus! – entsage dem Wahn der dich betört – ich glaube ihn zu kennen! – schon jetzt ist dir die Ruhe des Gemüts, ohne welche kein Heil hienieden zu finden, entflohen. – Laß dich warnen, weiche aus dem Feinde der dir nachstellt. – Sei wieder der gutmütige Jüngling, den ich mit ganzer Seele liebte." – Tränen quollen aus den Augen des Priors, als er dies sprach; er hatte meine Hand ergriffen, sie loslassend entfernte er sich schnell, ohne meine Antwort abzuwarten. – Aber nur feindselig waren seine Worte in mein Innres gedrungen; er hatte des Beifalls, ja der höchsten Bewunderung erwähnt, die ich mir durch meine außerordentliche Gaben erworben, und es war mir deutlich, daß nur kleinlicher Neid jenes Mißbehagen an mir erzeugt habe, das er so unverhohlen äußerte. Stumm und in mich gekehrt, blieb ich vom innern Groll ergriffen, bei den Zusammenkünften der Mönche, und ganz erfüllt von dem neuen Wesen, das mir aufgegangen, sann ich den Tag über, und in den schlaflosen Nächten, wie ich alles in mir Aufgekeimte, in prächtige Worte fassen und dem Volk verkünden wollte. Je mehr ich mich nun von Leonardus und den Brüdern entfernte, mit desto stärkeren Banden wußte ich die Menge an mich zu ziehen.

Am Tage des heiligen Antonius war die Kirche so gedrängt voll, daß man die Türen weit öffnen mußte, um dem zuströmenden Volke zu vergönnen, mich auch noch vor der Kirche zu hören. Nie hatte ich kräftiger, feuriger, eindringender gesprochen. Ich erzählte, wie es gewöhnlich, manches aus dem Leben des Heiligen, und knüpfte daran fromme, tief ins Leben eindringende Betrachtungen. Von den Verführungen des Teufels, dem der Sündenfall die Macht gegeben, die Menschen zu verlocken, sprach ich, und unwillkürlich führte mich der Strom der Rede hinein in die Legende von den Elixieren, die ich wie eine sinnreiche Allegorie darstellen wollte. Da fiel mein in der Kirche umherschweifender Blick auf einen langen hageren

Mann, der mir schräg über auf eine Bank gestiegen, sich an einen Eckpfeiler lehnte. Er hatte auf seltsame fremde Weise einen dunkelvioletten Mantel umgeworfen, und die übereinandergeschlagenen Arme darin gewickelt. Sein Gesicht war leichenblaß, aber der Blick der großen schwarzen stieren Augen, fuhr wie ein glühender Dolchstich durch meine Brust. Mich durchbebte ein unheimliches grauenhaftes Gefühl, schnell wandte ich mein Auge ab und sprach, alle meine Kraft zusammennehmend, weiter. Aber wie von einer fremden zauberischen Gewalt getrieben, mußte ich immer wieder hinschauen, und immer starr und bewegungslos stand der Mann da, den gespenstischen Blick auf mich gerichtet. So wie bittrer Hohn – verachtender Haß, lag es auf der hohen gefurchten Stirn, in dem herabgezogenen Munde. Die ganze Gestalt hatte etwas Furchtbares – Entsetzliches! – Ja! – es war der unbekannte Maler aus der heiligen Linde. Ich fühlte mich, wie von eiskalten grausigen Fäusten gepackt – Tropfen des Angstschweißes standen auf meiner Stirn – meine Perioden stockten – immer verwirrter und verwirrter wurden meine Reden – es entstand ein Flüstern – ein Gemurmel in der Kirche – aber starr und unbeweglich lehnte der fürchterliche Fremde am Pfeiler, den stieren Blick auf mich gerichtet. Da schrie ich auf in der Höllenangst wahnsinniger Verzweiflung. „Ha Verruchter! hebe dich weg! – hebe dich weg – denn ich bin es selbst! – ich bin der heilige Antonius!" – Als ich aus dem bewußtlosen Zustand, in den ich mit jenen Worten versunken, wieder erwachte, befand ich mich auf meinem Lager, und der Bruder Cyrillus saß neben mir, mich pflegend und tröstend. Das schreckliche Bild des Unbekannten stand mir noch lebhaft vor Augen, aber je mehr der Bruder Cyrillus, dem ich alles erzählte, mich zu überzeugen suchte, daß dieses nur ein Gaukelbild meiner durch das eifrige und starke Reden erhitzten Fantasie gewesen, desto tiefer fühlte ich bittre Reue und Scham über mein Betragen auf der Kanzel. Die Zuhörer dachten, wie ich nachher erfuhr, es habe mich ein plötzlicher Wahnsinn überfallen, wozu ihnen vorzüglich mein letzter Ausruf gerechten Anlaß gab. Ich war zerknirscht – zerrüttet im Geiste; eingeschlossen in meine Zelle, unterwarf ich mich den strengsten Bußübungen, und stärkte mich durch inbrünstige Gebete zum Kampfe mit dem Versucher, der mir selbst an heiliger Stätte erschienen, nur in frechem Hohn die Gestalt borgend von dem frommen Maler in der heiligen Linde. Niemand wollte übrigens den Mann im violetten Mantel erblickt haben, und der Prior

Leonardus verbreitete nach seiner anerkannten Gutmütigkeit auf das eifrigste überall, wie es nur der Anfall einer hitzigen Krankheit gewesen, welcher mich in der Predigt auf solche entsetzliche Weise mitgenommen, und meine verwirrten Reden veranlaßt habe: wirklich war ich auch noch siech und krank, als ich nach mehreren Wochen wieder in das gewöhnliche klösterliche Leben eintrat. Dennoch unternahm ich es wieder die Kanzel zu besteigen, aber, von innerer Angst gefoltert, verfolgt von der entsetzlichen bleichen Gestalt, vermochte ich kaum zusammenhängend zu sprechen, viel weniger mich wie sonst, dem Feuer der Beredsamkeit zu überlassen. Meine Predigten waren gewöhnlich – steif – zerstückelt. – Die Zuhörer bedauerten den Verlust meiner Rednergabe, verloren sich nach und nach, und der alte Bruder, der sonst gepredigt und nun noch offenbar besser redete, als ich, ersetzte wieder meine Stelle.

Nach einiger Zeit begab es sich, daß ein junger Graf, von seinem Hofmeister, mit dem er auf Reisen begriffen, begleitet, unser Kloster besuchte, und die vielfachen Merkwürdigkeiten desselben zu sehen begehrte. Ich mußte die Reliquienkammer aufschließen und wir traten hinein, als der Prior, der mit uns durch Chor und Kirche gegangen, abgerufen wurde, so daß ich mit den Fremden allein blieb. Jedes Stück hatte ich gezeigt und erklärt, da fiel dem Grafen der, mit zierlichem altteutschen Schnitzwerk geschmückte, Schrank ins Auge, in dem sich das Kistchen mit dem Teufelselixier befand. Unerachtet ich nun nicht gleich mit der Sprache heraus wollte, was in dem Schrank verschlossen, so drangen beide, der Graf und der Hofmeister, doch so lange in mich, bis ich die Legende vom h. Antonius und dem arglistigen Teufel erzählte, und mich über die, als Reliquie aufbewahrte Flasche, ganz getreu nach den Worten des Bruder Cyrillus ausließ, ja sogar die Warnung hinzufügte, die er mir rücksichts der Gefahr des Öffnens der Kiste und des Vorzeigens der Flasche gegeben. Unerachtet der Graf unserer Religion zugetan war, schien er doch ebensowenig, als der Hofmeister auf die Wahrscheinlichkeit der heiligen Legenden viel zu bauen. Sie ergossen sich beide in allerlei witzigen Anmerkungen und Einfällen über den komischen Teufel, der die Verführungsflaschen im zerrissenen Mantel trage, endlich nahm aber der Hofmeister eine ernsthafte Miene an und sprach: „Haben Sie an uns leichtsinnigen Weltmenschen kein Ärgernis, ehrwürdiger Herr! – Sein Sie überzeugt, daß wir beide, ich und mein Graf, die Heiligen als herrliche von der Religion hoch begeisterte Menschen verehren, die dem Heil ihrer Seele, so wie dem Heil der Menschen, alle Freuden des Lebens, ja, das Leben selbst opferten, was aber solche Geschichten betrifft, wie die soeben von Ihnen erzählte, so glaube ich, daß nur eine geistreiche, von dem Heiligen ersonnene Allegorie durch Mißverstand, als wirklich geschehen, ins Leben gezogen wurde."

Unter diesen Worten hatte der Hofmeister den Schieber des Kistchens schnell aufgeschoben und die schwarze, sonderbar geformte Flasche herausgenommen. Es verbreitete sich wirklich, wie der Bruder Cyrillus es mir gesagt, ein starker Duft, der indessen nichts weniger, als betäubend, sondern vielmehr angenehm und wohltätig wirkte. „Ei", rief der Graf: „ich wette, daß das Elixier des Teufels weiter nichts ist, als herrlicher echter Syrakuser." – „Ganz gewiß", erwiderte der Hofmeister: „und stammt die Flasche wirklich aus dem Nachlaß des h. Antonius, so geht es Ihnen, ehrwürdiger Herr! beinahe besser, wie dem Könige von Neapel, den die Unart der Römer, den Wein nicht zu pfropfen, sondern nur durch darauf getröpfeltes Öl zu bewahren, um das Vergnügen brachte, altrömischen Wein zu kosten. Ist dieser Wein auch lange nicht so alt, als jener gewesen wäre, so ist es doch fürwahr der älteste, den es wohl geben mag, und darum täten Sie wohl, die Reliquie in Ihren Nutzen zu verwenden und getrost auszunippen." – „Gewiß", fiel der Graf ein: „dieser uralte Syrakuser würde neue Kraft in Ihre Adern gießen und die Kränklichkeit verscheuchen, von der Sie, ehrwürdiger Herr! heimgesucht scheinen." Der Hofmeister holte einen stählernen Korkzieher aus der Tasche und öffnete, meiner Protestationen unerachtet, die Flasche. – Es war mir als zucke mit dem Herausfliegen des Korks ein blaues Flämmchen empor, das gleich wieder verschwand. – Stärker stieg der Duft aus der Flasche und wallte durch das Zimmer. Der Hofmeister kostete zuerst und rief begeistert: „Herrlicher – herrlicher Syrakuser! In der Tat, der Weinkeller des heiligen Antonius war nicht übel, und machte der Teufel seinen Kellermeister, so meinte er es mit dem heiligen Mann nicht so böse, als man glaubt – kosten Sie Graf!" – Der Graf tat es, und bestätigte das, was der Hofmeister gesprochen. Beide scherzten noch mehr über die Reliquie, die offenbar die schönste in der ganzen Sammlung sei – sie wünschten sich einen ganzen Keller voll solcher Reliquien u. s. w. Ich hörte alles schweigend mit niedergesenktem Haupte, mit zur Erde starrendem Blick an; der Frohsinn der Fremden, hatte für mich, in meiner düsteren

Stimmung, etwas Quälendes; vergebens drangen sie in mich, auch von dem Wein des heiligen Antonius zu kosten, ich verweigerte es standhaft und verschloß die Flasche, wohl zugepropft, wieder in ihr Behältnis.

Die Fremden verließen das Kloster, aber als ich einsam in meiner Zelle saß, konnte ich mir selbst ein gewisses innres Wohlbehagen, eine rege Heiterkeit des Geistes nicht ableugnen. Es war offenbar, daß der geistige Duft des Weins mich gestärkt hatte. Keine Spur der üblen Wirkung, von der Cyrillus gesprochen, empfand ich, und nur der entgegengesetzte wohltätige Einfluß zeigte sich auf auffallende Weise: je mehr ich über die Legende des heiligen Antonius nachdachte, je lebhafter die Worte des Hofmeisters in meinem Innern widerklangen, desto gewisser wurde es mir, daß die Erklärung des Hofmeisters die richtige sei, und nun erst durchfuhr mich, wie ein leuchtender Blitz der Gedanke: daß, an jenem unglücklichen Tage, als eine feindselige Vision mich in der Predigt auf so zerstörende Weise unterbrach, ich ja selbst im Begriff gewesen, die Legende auf dieselbe Weise, als eine geistreiche belehrende Allegorie des heiligen Mannes vorzutragen. Diesem Gedanken knüpfte sich ein anderer an, welcher bald mich so ganz und gar erfüllte, daß alles übrige in ihm unterging. – Wie, dachte ich, wenn das wunderbare Getränk mit geistiger Kraft dein Inneres stärkte, ja die erloschene Flamme entzünden könnte, daß sie in neuem Leben emporstrahlte? – Wenn schon dadurch eine geheimnisvolle Verwandtschaft deines Geistes mit den in jenem Wein verschlossenen Naturkräften sich offenbaret hätte, daß derselbe Duft, der den schwächlichen Cyrillus betäubte, auf dich nur wohltätig wirkte? – Aber, war ich auch schon entschlossen, dem Rate der Fremden zu folgen, wollte ich schon zur Tat schreiten, so hielt mich immer wieder ein inneres, mir selbst unerklärliches Widerstreben davon zurück. Ja, im Begriff, den Schrank aufzuschließen, schien es mir, als erblicke ich in dem Schnitzwerk das entsetzliche Gesicht des Malers, mit den mich durchbohrenden lebendigtotstarren Augen, und von gespenstischem Grauen gewaltsam ergriffen, floh ich aus der Reliquienkammer, um an heiliger Stätte meinen Vorwitz zu bereuen. Aber immer und immer verfolgte mich der Gedanke, daß nur durch den Genuß des wunderbaren Weins mein Geist sich erlaben und stärken könne. – Das Betragen des Priors – der Mönche – die mich, wie einen geistig Erkrankten, mit gutgemeinter, aber niederbeugender Schonung behandelten, brachte mich zur Verzweiflung, und als Leonardus nun gar mich von den gewöhnlichen Andachtsübungen dispensierte, damit ich meine Kräfte ganz sammeln solle, da beschloß ich, in schlafloser Nacht von tiefem Gram gefoltert, auf den Tod alles u wagen, um die verlorne geistige Kraft wiederzugewinnen, oder unterzugehn.

Ich stand vom Lager auf, und schlich wie ein Gespenst, mit der Lampe, die ich bei dem Marienbilde auf dem Gange des Klosters angezündet, durch die Kirche nach der Reliquienkammer. Von dem flackernden Scheine der Lampe beleuchtet, schienen die heiligen Bilder in der Kirche sich zu regen, es war, als blickten sie mitleidsvoll auf mich herab, es war, als höre ich in dem dumpfen Brausen des Sturms, der durch die zerschlagenen Fenster ins Chor hineinfuhr, klägliche warnende Stimmen, ja, als riefe mir meine Mutter zu aus weiter Ferne: „Sohn Medardus, was beginnst du, laß ab von dem gefährlichen Unternehmen!" – Als ich in die Reliquienkammer getreten, war alles still und ruhig, ich schloß den Schrank auf, ich ergriff das Kistchen, die Flasche, bald hatte ich einen kräftigen Zug getan! – Glut strömte durch meine Adern und erfüllte mich mit dem Gefühl unbeschreiblichen Wohlseins – ich trank noch einmal, und die Lust eines neuen herrlichen Lebens ging mir auf! – Schnell verschloß ich das leere Kistchen in den Schrank, eilte rasch mit der wohltätigen Flasche nach meiner Zelle, und stellte sie in mein Schreibepult. – Da fiel mir der kleine Schlüssel in die Hände, den ich damals, um jeder Versuchung zu entgehen, vom Bunde löste, und doch hatte ich ohne ihn, sowohl damals, als die Fremden zugegen waren, als jetzt, den Schrank aufgeschlossen? – Ich untersuchte meinen Schlüsselbund, und siehe ein unbekannter Schlüssel, mit dem ich damals und jetzt den Schrank geöffnet, ohne in der Zerstreuung darauf zu merken, hatte sich zu den übrigen gefunden. – Ich erbebte unwillkürlich, aber ein buntes Bild jug das andere bei dem, wie aus tiefem Schlaf aufgerüttelten Geiste vorüber. Ich hatte nicht Ruh, nicht Rast, bis der Morgen heiter anbrach, und ich hinabeilen konnte in den Klostergarten, um mich in den Strahlen der Sonne, die feurig und glühend hinter den Bergen emporstieg, zu baden. Leonardus, die Brüder, bemerkten meine Veränderung; statt daß ich sonst in mich verschlossen, kein Wort sprach, war ich heiter und lebendig. Als rede ich vor versammelter Gemeinde, sprach ich mit dem Feuer der Beredsamkeit, wie es sonst mir eigen. Da ich mit Leonardus allein geblieben, sah er mich lange an, als wollte er mein Innerstes durchdringen; dann sprach er aber, indem ein leises ironisches Lächeln über sein Gesicht flog: „Hat der Bruder Medardus vielleicht in einer Vision neue Kraft und verjüngtes Leben von oben herab erhalten?“ – Ich fühlte mich vor Scham erglühen, denn in dem Augenblick kam mir meine Exaltation, durch einen Schluck alten Weins erzeugt, nichtswürdig und armselig vor. Mit niedergeschlagenen Augen und gesenktem Haupte, stand ich da, Leonardus überließ mich meinen Betrachtungen. Nur zu sehr hatte ich gefürchtet, daß die Spannung, in die mich der genossene Wein versetzt, nicht lange anhalten, sondern vielleicht zu meinem Gram noch größere Ohnmacht nach sich ziehn würde; es war aber dem nicht so, vielmehr fühlte ich, wie, mit der wiedererlangten Kraft, auch jugendlicher Mut, und jenes rastlose Streben nach dem höchsten Wirkungskreise, den mir das Kloster darbot, zurückkehrte. Ich bestand darauf, am nächsten heiligen Tage wieder zu predigen, und es wurde mir vergönnt. Kurz vorher ehe ich die Kanzel bestieg, genoß ich von dem wunderbaren Weine; nie hatte ich darauf feuriger, salbungsreicher, eindringender gesprochen. Schnell verbreitete sich der Ruf meiner gänzlichen Wiederherstellung, und so wie sonst füllte sich wieder die Kirche, aber je mehr ich den Beifall der Menge erwarb, desto ernster und zurückhaltender wurde Leonardus, und ich fing an, ihn von ganzer Seele zu hassen, da ich ihn von kleinlichem Neide und mönchischem Stolz befangen glaubte.

Der Bernardustag kam heran, und ich war voll brennender Begierde, vor der Fürstin recht mein Licht leuchten zu lassen, weshalb ich den Prior bat, es zu veranstalten, daß mir es vergönnt werde, an dem Tage im Zisterzienserkloster zu predigen. – Den Leonardus schien meine Bitte auf besondere Weise zu überraschen, er gestand mir unverhohlen, daß er gerade diesesmal im Sinn gehabt habe, selbst zu predigen, und daß deshalb schon das Nötige angeordnet sei, desto leichter sei indessen die Erfüllung meiner Bitte, da er sich mit Krankheit entschuldigen und mich statt seiner herausschicken werde.

Das geschah wirklich! – Ich sah meine Mutter, so wie die Fürstin, den Abend vorher; mein Innres war aber so ganz von meiner Rede erfüllt, die den höchsten Gipfel der Beredsamkeit erreichen sollte, daß ihr Wiedersehen nur einen geringen Eindruck auf mich machte. Es war in der Stadt verbreitet, daß ich statt des erkrankten Leonardus predigen würde, und dies hatte vielleicht noch einen größeren Teil des gebildeten Publikums herbeigezogen. Ohne das mindeste aufzuschreiben, nur in Gedanken die Rede, in ihren Teilen ordnend, rechnete ich auf die hohe Begeisterung, die das feierliche Hochamt, das versammelte andächtige Volk, ja selbst die herrliche hochgewölbte Kirche in mir erwecken würde, und hatte mich in der Tat nicht geirrt. – Wie ein Feuerstrom flossen meine Worte, die mit der Erinnerung an den heiligen Bernhard die sinnreichsten Bilder, die frömmsten Betrachtungen enthielten dahin, und in allen auf mich gerichteten Blicken, las ich Staunen und Bewunderung. Wie war ich darauf gespannt, was die Fürstin wohl sagen werde, wie erwartete ich den höchsten Ausbruch ihres innigsten Wohlgefallens, ja es war mir, als müsse sie den, der sie schon als Kind in Erstaunen gesetzt, jetzt die ihm inwohnende höhere Macht deutlich ahnend, mit unwillkürlicher Ehrfurcht empfangen. Als ich sie sprechen wollte, ließ sie mir sagen, daß sie, plötzlich von einer Kränklichkeit überfallen, niemanden, auch mich nicht sprechen könne. – Dies war mir um so verdrießlicher, als nach meinem stolzen Wahn, die Äbtissin in der höchsten Begeisterung das Bedürfnis hätte fühlen sollen, noch salbungsreiche Worte von mir zu vernehmen. Meine Mutter schien einen heimlichen Gram in sich zu tragen, nach dessen Ursache ich mich nicht unterstand zu forschen, weil ein geheimes Gefühl mir selbst die Schuld davon aufbürdete, ohne daß ich mir dies hätte deutlicher enträtseln können. Sie gab mir ein kleines Billett von der Fürstin, das ich erst im Kloster öffnen sollte: kaum war ich in meiner Zelle, als ich zu meinem Erstaunen folgendes las:

„Du hast mich, mein lieber Sohn (denn noch will ich Dich so nennen) durch die Rede, die Du in der Kirche unseres Klosters hieltest, in die tiefste Betrübnis gesetzt. Deine Worte kommen nicht aus dem andächtigen ganz dem Himmlischen zugewandten Gemüte, Deine Begeisterung war nicht diejenige, welche den Frommen auf Seraphsfittichen emporträgt, daß er in heiliger Verzückung, das himmlische Reich zu schauen vermag. Ach! – Der stolze Prunk Deiner Rede, Deine sichtliche Anstrengung, nur recht viel Auffallendes, Glänzendes zu sagen, hat mir bewiesen, daß Du, statt die Gemeinde zu belehren und zu frommen Betrachtungen zu entzünden, nur nach dem Beifall, nach der wertlosen Bewunderung der weltlich gesinnten Menge trachtest. Du hast Gefühle geheuchelt, die nicht in Deinem Innern waren, ja Du hast selbst gewisse sichtlich studierte Mienen und Bewegungen erkünstelt, wie ein eitler Schauspieler, alles nur des schnöden Beifalls wegen. Der Geist des Truges ist in Dich gefahren, und wird Dich verderben, wenn Du nicht in Dich gehst und der Sünde entsagest. Denn Sünde, große Sünde, ist Dein Tun und Treiben, um so mehr, als Du Dich zum frömmsten Wandel, zur Entsagung aller irdischen Torheit im Kloster, dem Himmel verpflichtet. Der heilige Bernardus, den Du durch Deine trügerische Rede so schnöde beleidigt, möge Dir nach seiner himmlischen Langmut verzeihen, ja Dich erleuchten, daß Du den rechten Pfad, von dem Du durch den Bösen verlockt abgewichen, wieder findest, und er fürbitten könne für das Heil Deiner Seele. Gehab Dich wohl!"

Wie hundert Blitze durchfuhren mich die Worte der Äbtissin, und ich erglühte vor innerm Zorn, denn nichts war mir gewisser, als daß Leonardus, dessen mannigfache Andeutungen über meine Predigten ebendahin gewiesen hatten, die Andächtelei der Fürstin benutzt, und sie gegen mich und mein Rednertalent aufgewiegelt habe. Kaum konnte ich ihn mehr anschauen, ohne vor innerlicher Wut zu erbeben, ja es kamen mir oft Gedanken, ihn zu verderben, in den Sinn, vor denen ich selbst erschrak. Um so unerträglicher waren mir die Vorwürfe der Äbtissin und des Priors, als ich in der tiefsten Tiefe meiner Seele, wohl die Wahrheit derselben fühlte; aber immer fester und fester beharrend in meinem Tun, mich stärkend durch Tropfen Weins aus der geheimnisvollen Flasche, fuhr ich fort, meine Predigten mit allen Künsten der Rhetorik auszuschmücken und mein Mienenspiel, meine Gestikulationen sorgfältig zu studieren, und so gewann ich des Beifalls, der Bewunderung immer mehr und mehr.

Das Morgenlicht brach in farbichten Strahlen durch die bunten Fenster der Klosterkirche; einsam, und in tiefe Gedanken versunken, saß ich im Beichtstuhl; nur die Tritte des dienenden Laienbruders, der die Kirche reinigte, hallten durch das Gewölbe. Da rauschte es in meiner Nähe, und ich erblickte ein großes schlankes Frauenzimmer, auf fremdartige Weise gekleidet, einen Schleier über das Gesicht gehängt, die durch die Seitenpforte hereingetreten, sich mir nahte, um zu beichten. Sie bewegte sich mit unbeschreiblicher Anmut, sie kniete nieder, ein tiefer Seufzer entfloh ihrer Brust, ich fühlte ihren glühenden Atem, es war als umstricke mich ein betäubender Zauber, noch ehe sie sprach! – Wie vermag ich den ganz eignen, ins Innerste dringenden Ton ihrer Stimme zu beschreiben. – Jedes ihrer Worte griff in meine Brust, als sie bekannte, wie sie eine verbotene Liebe hege, die sie schon seit langer Zeit vergebens bekämpfe, und daß diese Liebe um so sündlicher sei, als den Geliebten heilige Bande auf ewig fesselten; aber im Wahnsinn hoffnungsloser Verzweiflung, habe sie diesen Banden schon geflucht. – Sie stockte – mit einem Tränenstrom, der die Worte beinahe erstickte, brach sie los: „Du selbst – du selbst, Medardus bist es, den ich so unaussprechlich liebe!" – Wie im tötenden Krampf zuckten alle meine Nerven, ich war außer mir selbst, ein niegekanntes Gefühl zerriß meine Brust, sie sehen, sie an mich drücken – vergehen vor Wonne und Qual, eine Minute dieser Seligkeit für ewige Marter der Hölle! – Sie schwieg, aber ich hörte sie tief atmen. – In einer Art wilder Verzweiflung raffte ich mich gewaltsam zusammen, was ich gesprochen, weiß ich nicht mehr, aber ich nahm wahr, daß sie schweigend aufstand und sich entfernte, während ich das Tuch fest vor die Augen drückte, und wie erstarrt, bewußtlos im Beichtstuhle sitzen blieb.

Zum Glück kam niemand mehr in die Kirche, ich konnte daher unbemerkt in meine Zelle entweichen. Wie so ganz anders erschien mir jetzt alles, wie töricht, wie schal mein ganzes Streben. – Ich hatte das Gesicht der Unbekannten nicht gesehen und doch lebte sie in meinem Innern und blickte mich an mit holdseligen dunkelblauen Augen, in denen Tränen perlten, die wie mit verzehrender Glut in meine Seele fielen, und die Flamme entzündeten, die kein Gebet, keine Bußübung mehr dämpfte. Denn diese unternahm ich, mich züchtigend bis aufs Blut mit dem Knotenstrick, um der ewigen Verdammnis zu entgehen, die mir drohte, da oft jenes Feuer, das das fremde Weib in mich geworfen, die sündlichsten Begierden, welche sonst mir unbekannt geblieben, erregte, so daß ich mich nicht zu retten wußte, vor wollüstiger Qual.

Ein Altar in unserer Kirche war der heiligen Rosalia geweiht, und ihr herrliches Bild in dem Moment gemalt, als sie den Märtyrertod erleidet. – Es war meine Geliebte, ich erkannte sie, ja sogar ihre Kleidung war dem seltsamen Anzug der Unbekannten völlig gleich. Da lag ich stundenlang, wie von verderblichem Wahnsinn befangen, niedergeworfen auf den Stufen des Altars und stieß heulende entsetzliche Töne der Verzweiflung aus, daß die Mönche sich entsetzten und scheu von mir wichen. – In ruhigeren Augenblicken lief ich im Klostergarten auf und ab, in duftiger Ferne sah ich sie wandeln, sie trat aus den Gebüschen, sie stieg empor aus den Quellen, sie schwebte auf blumichter Wiese, überall nur sie, nur sie! – Da verwünschte ich mein Gelübde, mein Dasein! – Hinaus in die Welt wollte ich, und nicht rasten, bis ich sie gefunden, sie erkaufen mit dem Heil meiner Seele. Es gelang mir endlich wenigstens, mich in den Ausbrüchen meines den Brüdern und dem Prior unerklärlichen Wahnsinns zu mäßigen, ich konnte ruhiger scheinen, aber immer tiefer ins Innere hinein, zehrte die verderbliche Flamme. Kein Schlaf! – Keine Ruhe! – Von ihrem Bilde verfolgt, wälzte ich mich auf dem harten Lager und rief die Heiligen an, nicht, mich zu retten von dem verführerischen Gaukelbilde, das mich umschwebte, nicht, meine Seele zu bewahren vor ewiger Verdammnis, nein! – mir das Weib zu geben, meinen Schwur zu lösen, mir Freiheit zu schenken zum sündigen Abfall!

Endlich stand es fest in meiner Seele, meiner Qual durch die Flucht aus dem Kloster ein Ende zu machen. Denn nur die Befreiung von den Klostergelübden schien mir nötig zu sein, um das Weib in meinen Armen zu sehen und die Begierde zu stillen, die in mir brannte. Ich beschloß, unkenntlich geworden durch das Abscheren meines Barts und weltliche Kleidung, so lange in der Stadt umherzuschweifen, bis ich sie gefunden, und dachte nicht daran, wie schwer, ja wie unmöglich dies vielleicht sein werde, ja, wie ich vielleicht, von allem Gelde entblößt, nicht einen einzigen Tag außerhalb den Mauern würde leben können.

Der letzte Tag, den ich noch im Kloster zubringen wollte, war endlich herangekommen, durch einen günstigen Zufall hatte ich anständige bürgerliche Kleider erhalten; in der nächsten Nacht, wollte ich das Kloster verlassen, um nie wieder zurückzukehren. Schon war es Abend geworden, als der Prior mich ganz unerwartet zu sich rufen ließ; ich erbebte, denn nichts glaubte ich gewisser, als daß er von meinem heimlichen Anschlage etwas bemerkt habe. Leonardus empfing mich mit ungewöhnlichem Ernst, ja mit einer imponierenden Würde, vor der ich unwillkürlich erzittern mußte. „Bruder Medardus“, fing er an: „dein unsinniges Betragen, das ich nur für den stärkeren Ausbruch jener geistigen Exaltation halte, die du seit längerer Zeit vielleicht nicht aus den reinsten Absichten herbeigeführt hast, zerreißt unser ruhiges Beisammensein, ja es wirkt zerstörend auf die Heiterkeit und Gemütlichkeit, die ich als das Erzeugnis eines stillen frommen Lebens bis jetzt unter den Brüdern zu erhalten strebte. – Vielleicht ist aber auch irgendein feindliches Ereignis, das dich betroffen, daran schuld. Du hättest bei mir, deinem väterlichen Freunde, dem du sicher alles vertrauen konntest, Trost gefunden, doch du schwiegst, und ich mag um so weniger in dich dringen, als mich jetzt dein Geheimnis, um einen Teil meiner Ruhe bringen könnte, die ich im heitern Alter über alles schätze. – Du hast oftmals, vorzüglich bei dem Altar der heiligen Rosalia, durch anstößige entsetzliche Reden, die dir wie im Wahnsinn zu entfahren schienen, nicht nur den Brüdern, sondern auch Fremden, die sich zufällig in der Kirche befanden, ein heilloses Ärgernis gegeben; ich könnte dich daher nach der Klosterzucht hart strafen, doch will ich dies nicht tun, da vielleicht irgendeine böse Macht – der Widersacher selbst, dem du nicht genugsam widerstanden, an deiner Verirrung schuld ist, und gebe dir nur auf, rüstig zu sein in Buße und Gebet. – Ich schaue tief in deine Seele! – Du willst ins Freie!"

Durchdringend schaute Leonardus mich an, ich konnte seinen Blick nicht ertragen, schluchzend stürzte ich nieder in den Staub, mich bewußt, des bösen Vorhabens. „Ich verstehe dich", fuhr Leonardus fort, „und glaube selbst, daß besser, als die Einsamkeit des Klosters, die Welt, wenn du sie in Frömmigkeit durchziehst, dich von deiner Verirrung heilen wird. Eine Angelegenheit unseres Klosters erfordert die Sendung eines Bruders nach Rom. Ich habe dich dazu gewählt, und schon morgen kannst du, mit den nötigen Vollmachten und Instruktionen versehen, deine Reise antreten. Um so mehr eignest du dich zur Ausführung dieses Auftrages, als du noch jung, rüstig, gewandt in Geschäften, und der italienischen Sprache vollkommen mächtig bist. – Begib dich jetzt in deine Zelle; bete mit Inbrunst, um das Heil deiner Seele, ich will ein gleiches tun, doch unterlasse alle Kasteiungen, die dich nur schwächen und zur Reise untauglich machen würden. Mit dem Anbruch des Tages erwarte ich dich hier im Zimmer."

Wie ein Strahl des Himmels erleuchteten mich die Worte des ehrwürdigen Leonardus, ich hatte ihn gehaßt, aber jetzt durchdrang mich wie ein wonnevoller Schmerz *die* Liebe, welche mich sonst an ihn gefesselt hatte. Ich vergoß heiße Tränen, ich drückte seine Hände an die Lippen. Er umarmte mich, und es war mir, als wisse er nun meine geheimsten Gedanken, und erteile mir die Freiheit, dem Verhängnis nachzugeben, das, über mich waltend, nach minutenlanger Seligkeit mich vielleicht in ewiges Verderben stürzen konnte.

Nun war die Flucht unnötig geworden, ich konnte das Kloster verlassen, und ihr, ihr, ohne die nun keine Ruhe, kein Heil für mich hienieden zu finden, rastlos folgen, bis ich sie gefunden. Die Reise nach Rom, die Aufträge dahin, schienen mir nur von Leonardus ersonnen, um mich auf schickliche Weise aus dem Kloster zu entlassen.

Die Nacht brachte ich betend, und mich bereitend zur Reise, zu, den Rest des geheimnisvollen Weins füllte ich in eine Korbflasche, um ihn als bewährtes Wirkungsmittel zu gebrauchen, und setzte *die* Flasche, welche sonst das Elixier enthielt, wieder in die Kiste.

Nicht wenig verwundert war ich, als ich aus den weitläuftigen Instruktionen des Priors wahrnahm, daß es mit meiner Sendung nach Rom nun wohl seine Richtigkeit hatte, und daß die Angelegenheit, welche dort die Gegenwart eines bevollmächtigten Bruders verlangte, gar viel bedeutete und in sich trug. Es fiel mir schwer aufs Herz, daß ich gesonnen, mit dem ersten Schritt aus dem Kloster, ohne alle Rücksicht mich meiner Freiheit zu überlassen; doch der Gedanke an *sie* ermutigte mich, und ich beschloß, meinem Plane treu zu bleiben.

Die Brüder versammelten sich, und der Abschied von ihnen, vorzüglich von dem Vater Leonardus, erfüllte mich mit der tiefsten Wehmut. – Endlich schloß sich die Klosterpforte hinter mir, und ich war gerüstet zur weiten Reise im Freien.

*Zweiter Abschnitt*

## DER EINTRITT IN DIE WELT

In blauen Duft gehüllt, lag das Kloster unter mir im Tale; der frische Morgenwind rührte sich und trug, die Lüfte durchstreichend, die frommen Gesänge der Brüder zu mir herauf. Unwillkürlich stimmte ich ein. Die Sonne trat in flammender Glut hinter der Stadt hervor, ihr funkelndes Gold erglänzte in den Bäumen und in freudigem Rauschen fielen die Tautropfen wie glühende Diamanten herab auf tausend bunte Insektlein, die sich schwirrend und sumsend erhoben. Die Vögel erwachten und flatterten, singend und jubilierend und sich in froher Lust liebkosend, durch den Wald! – Ein Zug von Bauerburschen und festlich geschmückter Dirnen kam den Berg herauf. „Gelobt sei Jesus Christus!" riefen sie, bei mir vorüberwandelnd. „In Ewigkeit!" antwortete ich, und es war mir, als trete ein neues Leben, voll Lust und Freiheit, mit tausend holdseligen Erscheinungen auf mich ein! – Nie war mir so zumute gewesen, ich schien mir selbst ein andrer, und, wie von neuerweckter Kraft beseelt und begeistert, schritt ich rasch fort durch den Wald, den Berg herab. Den Bauer, der mir jetzt in den Weg kam, frug ich nach dem Orte, den meine Reiseroute als den ersten bezeichnete, wo ich übernachten sollte; und er beschrieb mir genau einen nähern, von der Heerstraße abweichenden, Richtsteig mitten durchs Gebürge. Schon war ich eine ziemliche Strecke einsam fortgewandelt, als mir erst der Gedanke an die Unbekannte und an den fantastischen Plan sie aufzusuchen wiederkam. Aber ihr Bild, war wie von fremder unbekannter Macht verwischt, so daß ich nur mit Mühe die bleichen entstellten Züge wiedererkennen konnte; je mehr ich trachtete, die Erscheinung im Geiste festzuhalten, desto mehr zerrann sie in Nebel. Nur mein ausgelassenes Betragen im Kloster, nach jener geheimnisvollen Begebenheit, stand mir noch klar vor Augen. Es war mir jetzt selbst unbegreiflich, mit welcher Langmut der Prior das alles ertragen, und mich statt der wohlverdienten Strafe in die Welt geschickt hatte. Bald war ich überzeugt, daß jene Erscheinung des unbekannten Weibes nur eine Vision gewesen, die Folge gar zu großer Anstrengung, und statt, wie ich sonst getan haben würde, das verführerische verderbliche Trugbild der steten Verfolgung des Widersachers zuzuschreiben, rechnete ich es nur der Täuschung der eignen aufgeregten Sinne zu, da der Umstand, daß die Fremde ganz wie die heilige Rosalia gekleidet gewesen, mir zu beweisen schien, daß das lebhafte Bild jener Heiligen, welches ich wirklich, wiewohl in beträchtlicher Ferne und in schiefer Richtung aus dem Beichtstuhl sehen konnte, großen Anteil daran gehabt habe. Tief bewunderte ich die Weisheit des Priors, der das richtige Mittel zu meiner Heilung wählte, denn, in den Klostermauern eingeschlossen, immer von denselben Gegenständen umgeben, immer brütend und hineinzehrend in das Innere, hätte mich jene Vision, der die Einsamkeit glühendere, keckere Farben lieh, zum Wahnsinn gebracht. Immer vertrauter werdend mit der Idee nur geträumt zu haben, konnte ich mich kaum des Lachens über mich selbst erwehren, ja mit einer Frivolität, die mir sonst nicht eigen, scherzte ich im Innern über den Gedanken, eine Heilige in mich verliebt zu wähnen, wobei ich zugleich daran dachte, daß ich ja selbst schon einmal der heilige Antonius gewesen.

Schon mehrere Tage war ich durch das Gebürge gewandelt, zwischen kühn emporgetürmten schauerlichen Felsenmassen, über schmale Stege, unter denen reißende Waldbäche brausten; immer öder, immer beschwerlicher wurde der Weg. Es war hoher Mittag, die Sonne brannte auf mein unbedecktes Haupt, ich lechzte vor Durst, aber keine Quelle war in der Nähe, und noch immer konnte ich nicht das Dorf erreichen, auf das ich stoßen sollte. Ganz entkräftet setzte ich mich auf ein Felsstück, und konnte nicht widerstehen, einen Zug aus der Korbflasche zu tun, unerachtet ich das seltsame Getränk so viel nur möglich, aufsparen wollte. Neue Kraft durchglühte meine Adern, und erfrischt und gestärkt schritt ich weiter, um mein Ziel, das nicht mehr fern sein konnte, zu erreichen. Immer dichter und dichter wurde der Tannenwald, im tiefsten Dickicht rauschte es, und bald darauf wieherte laut ein Pferd, das dort angebunden. Ich trat einige Schritte weiter und erstarrte beinahe vor Schreck, als ich dicht an einem jähen entsetzlichen Abgrund stand, in den sich, zwischen schroffen spitzen Felsen, ein Waldbach zischend und brausend hinabstürzte, dessen donnerndes Getöse ich schon in der Ferne vernommen. Dicht, dicht an dem Sturz, saß auf einem über die Tiefe hervorragenden Felsenstück, ein junger Mann in Uniform, der Hut mit dem hohen Federbusch, der

Degen, ein Portefeuille lagen neben ihm. Mit dem ganzen Körper über den Abgrund hängend, schien er eingeschlafen und immer mehr und mehr herüberzusinken. – Sein Sturz war unvermeidlich. Ich wagte mich heran; indem ich ihn mit der Hand ergreifen und zurückhalten wollte, schrie ich laut: „Um Jesus willen! Herr! – erwacht! – Um Jesus willen.“ – Sowie ich ihn berührte, fuhr er aus tiefem Schlafe, aber in demselben Augenblick stürzte er, das Gleichgewicht verlierend, hinab in den Abgrund, daß, von Felsenspitze zu Felsenspitze geworfen, die zerschmetterten Glieder zusammenkrachten; sein schneidendes Jammergeschrei verhallte in der unermeßlichen Tiefe, aus der nur ein dumpfes Gewimmer herauftönte, das endlich auch erstarb. Leblos vor Schreck und Entsetzen stand ich da, endlich ergriff ich den Hut, den Degen, das Portefeuille, und wollte mich schnell von dem Unglücksorte entfernen, da trat mir ein junger Mensch aus dem Tannenwalde entgegen, wie ein Jäger gekleidet, schaute mir erst starr ins Gesicht, und fing dann an, ganz übermäßig zu lachen, so daß ein eiskalter Schauer mich durchbebte.

„Nun, gnädiger Herr Graf“, sprach endlich der junge Mensch, „die Maskerade ist in der Tat vollständig und herrlich, und wäre die gnädige Frau nicht schon vorher davon unterrichtet, wahrhaftig, sie würde den Herzensgeliebten nicht wiedererkennen. Wo haben Sie aber die Uniform hingetan, gnädiger Herr?“ – „Die schleuderte ich hinab in den Abgrund“, antwortete es aus mir hohl und dumpf, denn ich war es nicht, der diese Worte sprach, unwillkürlich entflohen sie meinen Lippen. In mich gekehrt, immer in den Abgrund starrend, ob der blutige Leichnam des Grafen sich nicht mir drohend erheben werde, stand ich da. – Es war mir, als habe ich ihn ermordet, noch immer hielt ich den Degen, Hut und Portefeuille krampfhaft fest. Da fuhr der junge Mensch fort: „Nun gnädiger Herr, reite ich den Fahrweg herab nach dem Städtchen, wo ich mich in dem Hause dicht vor dem Tor linker Hand verborgen halten will, Sie werden wohl gleich herab nach dem Schlosse wandeln, man wird Sie wohl schon erwarten, Hut und Degen nehme ich mit mir.“ – Ich reichte ihm beides hin. „Nun leben Sie wohl, Herr Graf! recht viel Glück im Schlosse“, rief der junge Mensch und verschwand singend und pfeifend in dem Dickicht. Ich hörte, daß er das Pferd, was dort angebunden, losmachte, und mit sich fortführte. Als ich mich von meiner Betäubung erholt und die ganze Begebenheit überdachte, mußte ich mir wohl eingestehen, daß ich bloß dem Spiel des Zufalls, der mich mit einem Ruck in das sonderbarste Verhältnis geworfen, nachgegeben. Es war mir klar, daß eine große Ähnlichkeit meiner Gesichtszüge und meiner Gestalt, mit der des unglücklichen Grafen, den Jäger getäuscht, und der Graf gerade die Verkleidung als Kapuziner gewählt haben müsse, um irgendein Abenteuer in dem nahen Schlosse zu bestehen. Der Tod hatte ihn ereilt, und ein wunderbares Verhängnis mich in demselben Augenblick an seine Stelle geschoben. Der innere unwiderstehliche Drang in mir, wie es jenes Verhängnis zu wollen schien, die Rolle des Grafen fortzuspielen, überwog jeden Zweifel und übertäubte die innere Stimme, welche mich des Mordes und des frechen Frevels bezieh. Ich eröffnete das Portefeuille, welches ich behalten; Briefe, beträchtliche Wechsel fielen mir in die Hand. Ich wollte die Papiere einzeln durchgehen, ich wollte die Briefe lesen um mich von den Verhältnissen des Grafen zu unterrichten, aber die innere Unruhe, der Flug von tausend und tausend Ideen, die durch meinen Kopf brausten, ließ es nicht zu.

Ich stand nach einigen Schritten wieder still, ich setzte mich auf ein Felsstück, ich wollte eine ruhigere Stimmung erzwingen, ich sah die Gefahr, so ganz unvorbereitet mich in den Kreis mir fremder Erscheinungen zu wagen; da tönten lustige Hörner durch den Wald, und mehrere Stimmen jauchzten und jubelten immer näher und näher. Das Herz pochte mir in gewaltigen Schlägen, mein Atem stockte, nun sollte sich mir eine neue Welt, ein neues Leben erschließen! – Ich bog in einen schmalen Fußsteig ein, der mich einen jähen Abhang hinabführte; als ich aus dem Gebüsch trat, lag ein großes schön gebautes Schloß vor mir im Talgrunde. – Das war der Ort des Abenteuers, welches der Graf zu bestehen im Sinne gehabt, und ich ging ihm mutig entgegen. Bald befand ich mich in den Gängen des Parks, welcher das Schloß umgab; in einer dunklen Seitenallee sah ich zwei Männer wandeln, von denen der eine, wie ein Weltgeistlicher gekleidet war. Sie kamen mir näher, aber ohne mich gewahr zu werden gingen sie in tiefem Gespräch bei mir vorüber. Der Weltgeistliche war ein Jüngling, auf dessen schönem Gesichte die Totenblässe eines tief nagenden Kummers lag, der andere schlicht aber anständig gekleidet, schien ein schon bejahrter Mann. Sie setzten sich, mir den Rükken zuwendend, auf eine steinerne Bank, ich konnte jedes Wort verstehen, was sie sprachen. „Hermogen!“ sagte der Alte: „Sie bringen durch Ihr starrsinniges Schweigen Ihre Familie zur

Verzweiflung, Ihre düstre Schwermut steigt mit jedem Tage, Ihre jugendliche Kraft ist gebrochen, die Blüte verwelkt, Ihr Entschluß, den geistlichen Stand zu wählen, zerstört alle Hoffnungen, alle Wünsche Ihres Vaters! – Aber willig würde er diese Hoffnungen aufgeben, wenn ein wahrer innerer Beruf, ein unwiderstehlicher Hang zur Einsamkeit, von Jugend auf den Entschluß in Ihnen erzeugt hätte, er würde dann nicht *dem* zu widerstreben wagen, was das Schicksal einmal über ihn verhängt. Die plötzliche Änderung Ihres ganzen Wesens, hat indessen nur zu deutlich gezeigt, daß irgendein Ereignis, das Sie uns hartnäckig verschweigen, Ihr Inneres auf furchtbare Weise erschüttert hat, und nun zerstörend fortarbeitet. – Sie waren sonst ein froher unbefangener lebenslustiger Jüngling! – Was konnte Sie denn dem Menschlichen so entfremden, daß Sie daran verzweifeln in eines Menschen Brust könne Trost für Ihre kranke Seele zu finden sein. Sie schweigen? Sie starren vor sich hin? – Sie seufzen? Hermogen! Sie liebten sonst Ihren Vater mit seltener Innigkeit, ist es Ihnen aber jetzt unmöglich worden, ihm Ihr Herz zu erschließen, so quälen Sie ihn wenigstens nicht durch den Anblick Ihres Rocks, der auf den für ihn entsetzlichen Entschluß hindeutet. Ich beschwöre Sie, Hermogen! werfen Sie diese verhaßte Kleidung ab. Glauben Sie mir, es liegt eine geheimnisvolle Kraft in diesen äußerlichen Dingen; es kann Ihnen nicht mißfallen, denn ich glaube von Ihnen ganz verstanden zu werden, wenn ich in diesem Augenblick freilich auf fremdartig scheinende Weise der Schauspieler gedenke, die oft, wenn sie sich in das Kostüm geworfen, wie von einem fremden Geist sich angeregt fühlen, und leichter in den darzustellenden Charakter eingehen. Lassen Sie mich, meiner Natur gemäß, heitrer von der Sache sprechen, als sich sonst wohl ziemen würde. – Meinen Sie denn nicht, daß wenn dieses lange Kleid nicht mehr Ihren Gang zur düstern Gravität einhemmen würde, Sie wieder rasch und froh dahinschreiten, ja laufen, springen würden, wie sonst? Der blinkende Schein der Epauletts, die sonst auf Ihren Schultern prangten, würde wieder jugendliche Glut auf diese blassen Wangen werfen, und die klirrenden Sporen würden, wie liebliche Musik, dem muntern Rosse ertönen, das Ihnen entgegenwieherte, vor Lust tanzend, und den Nacken beugend dem geliebten Herrn. Auf, Baron! – Herunter mit dem schwarzen Gewande, das Ihnen nicht ansteht! – Soll Friedrich Ihre Uniform hervorsuchen?"

Der Alte stand auf und wollte fortgehen, der Jüngling fiel

ihm in die Arme. „Ach, Sie quälen mich, guter Reinhold!" rief er mit matter Stimme: „Sie quälen mich unaussprechlich! – Ach, je mehr Sie sich bemühen, die Saiten in meinem Innern anzuschlagen, die sonst harmonisch erklangen, desto mehr fühle ich, wie des Schicksals eherne Faust mich ergriffen, mich erdrückt hat, so daß, wie in einer zerbrochenen Laute, nur Mißtöne in mir wohnen!" – „So scheint es Ihnen, lieber Baron", fiel der Alte ein: „Sie sprechen von einem ungeheuern Schicksal, das Sie ergriffen, worin das bestanden, verschweigen Sie, dem sei aber, wie ihm wolle, ein Jüngling, so wie Sie, mit innerer Kraft, mit jugendlichem Feuermute ausgerüstet, muß vermögen sich gegen des Schicksals eherne Faust zu wappnen, ja er muß, wie durchstrahlt von einer göttlichen Natur, sich über sein Geschick erheben, und so dies höhere Sein in sich selbst erweckend und entzündend sich emporschwingen, über die Qual dieses armseligen Lebens! Ich wüßte nicht Baron, welch ein Geschick denn imstande sein sollte, dies kräftige innere Wollen zu zerstören." – Hermogen trat einen Schritt zurück, und den Alten mit einem düsteren, wie im verhaltenen Zorn glühenden Blicke, der etwas Entsetzliches hatte, anstarrend, rief er mit dumpfer, hohler Stimme: „So wisse denn, daß ich selbst das Schicksal bin, das mich vernichtet, daß ein ungeheures Verbrechen auf mir lastet, ein schändlicher Frevel, den ich abbüße in Elend und Verzweiflung. – Darum sei barmherzig und flehe den Vater an, daß er mich fortlasse in die Mauern!" – „Baron", fiel der Alte ein: „Sie sind in einer Stimmung, die nur dem gänzlich zerrütteten Gemüte eigen, Sie sollen nicht fort, Sie dürfen durchaus nicht fort. In diesen Tagen kommt die Baronesse mit Aurelien, *die* müssen Sie sehen." Da lachte der Jüngling, wie in furchtbarem Hohn, und rief mit einer Stimme, die durch mein Innres dröhnte: „Muß ich? – muß ich bleiben? – Ja, wahrhaftig, Alter, du hast recht, ich muß bleiben, und meine Buße wird hier schrecklicher sein, als in den dumpfen Mauern." – Damit sprang er fort durch das Gebüsch, und ließ den Alten stehen, der, das gesenkte Haupt in die Hand gestützt, sich ganz dem Schmerz zu überlassen schien. „Gelobt sei Jesus Christus!" sprach ich, zu ihm hinantretend. – Er fuhr auf, er sah mich ganz verwundert an, doch schien er sich bald auf meine Erscheinung, wie auf etwas ihm schon Bekanntes zu besinnen, indem er sprach: „Ach gewiß sind Sie es, ehrwürdiger Herr! dessen Ankunft uns die Frau Baronesse zum Trost der in Trauer versunkenen Familie, schon vor einiger Zeit ankündigte?" – Ich bejahte das, Reinhold ging bald ganz in die Heiterkeit über, die ihm eigentümlich zu sein schien, wir durchwanderten den schönen Park, und kamen endlich in ein dem Schlosse ganz nah gelegenes Boskett, vor dem sich eine herrliche Aussicht ins Gebürge öffnete. Auf seinen Ruf eilte der Bediente, der eben aus dem Portal des Schlosses trat, herbei, und bald wurde uns ein gar stattliches Frühstück aufgetragen. Während, daß wir die gefüllten Gläser anstießen, schien es mir, als betrachte mich Reinhold immer aufmerksamer, ja, als suche er mit Mühe eine halb erloschene Erinnerung aufzufrischen. Endlich brach er los: „Mein Gott, ehrwürdiger Herr! Alles müßte mich trügen, wenn Sie nicht der Pater Medardus aus dem Kapuzinerkloster in . . r– wären, aber wie sollte das möglich sein? – und doch! Sie sind es – Sie sind es gewiß – sprechen Sie doch nur!“ – Als hätte ein Blitz aus heitrer Luft mich getroffen, bebte es bei Reinholds Worten mir durch alle Glieder. Ich sah mich entlarvt, entdeckt, des Mordes beschuldigt, die Verzweiflung gab mir Stärke, es ging nun auf Tod und Leben. „Ich bin allerdings der Pater Medardus aus dem Kapuzinerkloster in . . r– und mit Auftrag und Vollmacht des Klosters auf einer Reise nach Rom begriffen.“ – Dies sprach ich mit all der Ruhe und Gelassenheit, die ich nur zu erkünsteln vermochte. „So ist es denn vielleicht nur Zufall“, sagte Reinhold: „daß Sie auf der Reise, vielleicht von der Heerstraße verirrt, hier eintrafen, oder wie kam es, daß die Frau Baronesse mit Ihnen bekannt wurde und Sie herschickte?“ – Ohne mich zu besinnen, blindlings das nachsprechend, was mir eine fremde Stimme im Innern zuzuflüstern schien, sagte ich: „Auf der Reise machte ich die Bekanntschaft des Beichtvaters der Baronesse, und dieser empfahl mich, den Auftrag hier im Hause zu vollbringen.“ „Es ist wahr“, fiel Reinhold ein: „so schrieb es ja die Frau Baronesse. Nun, dem Himmel sei es gedankt, der Sie zum Heil des Hauses diesen Weg führte, und daß Sie, als ein frommer wackrer Mann, es sich gefallen lassen, mit Ihrer Reise zu zögern, um hier Gutes zu stiften. Ich war zufällig vor einigen Jahren in . . r und hörte Ihre salbungsvollen Reden, die Sie in wahrhaft himmlischer Begeisterung von der Kanzel herab hielten. Ihrer Frömmigkeit, Ihrem wahren Beruf, das Heil verlorner Seelen zu erkämpfen mit glühendem Eifer, Ihrer herrlichen aus innerer Begeisterung hervorströmenden Rednergabe, traue ich zu, daß Sie das vollbringen werden, was wir alle nicht vermochten. Es ist mir lieb, daß ich Sie traf, ehe Sie den Baron gesprochen, ich will dies dazu benutzen, Sie mit den Verhältnissen der Familie bekannt zu machen, und *so* aufrichtig sein, als ich es Ihnen, ehrwürdiger Herr, als einem heiligen Manne, den uns der Himmel selbst zum Trost zu schicken scheint, wohl schuldig bin. Sie müssen auch ohnedem, um Ihren Bemühungen die richtige Tendenz und gehörige Wirkung zu geben, über manches wenigstens Andeutungen erhalten, worüber ich gern schweigen möchte. – Alles ist übrigens mit nicht gar zu viel Worten abgetan. – Mit dem Baron bin ich aufgewachsen, die gleiche Stimmung unsrer Seelen machte uns zu Brüdern, und vernichtete die Scheidewand, die sonst unsere Geburt zwischen uns gezogen hätte. Ich trennte mich nie von ihm, und wurde in demselben Augenblick, als wir unsere akademischen Studien vollendet, und er die Güter seines verstorbenen Vaters hier im Gebürge in Besitz nahm, Intendant dieser Güter. – Ich blieb sein innigster Freund und Bruder, und als solcher eingeweiht in die geheimsten Angelegenheiten seines Hauses. Sein Vater hatte seine Verbindung mit einer ihm befreundeten Familie, durch eine Heirat gewünscht, und um so freudiger erfüllte er diesen Willen, als er in der ihm bestimmten Braut ein herrliches, von der Natur reich ausgestattetes Wesen fand, zu dem er sich unwiderstehlich hingezogen fühlte. Selten kam wohl der Wille der Väter so vollkommen mit dem Geschick überein, das die Kinder in allen nur möglichen Beziehungen füreinander bestimmt zu haben schien. Hermogen und Aurelie waren die Frucht der glücklichen Ehe. Mehrenteils brachten wir den Winter in der benachbarten Hauptstadt zu, als aber bald nach Aureliens Geburt die Baronesse zu kränkeln anfing, blieben wir auch den Sommer über in der Stadt, da sie unausgesetzt des Beistandes geschickter Ärzte bedurfte. Sie starb, als eben im herannahenden Frühling ihre scheinbare Besserung den Baron mit den frohsten Hoffnungen erfüllte. Wir flohen auf das Land, und nur die Zeit vermochte den tiefen zerstörenden Gram zu mildern, der den Baron ergriffen hatte. Hermogen wuchs zum herrlichen Jüngling heran, Aurelie wurde immer mehr das Ebenbild ihrer Mutter, die sorgfältige Erziehung der Kinder war unser Tagewerk und unsere Freude. Hermogen zeigte entschiedenen Hang zum Militär, und dies zwang den Baron, ihn nach der Hauptstadt zu schicken, um dort unter den Augen seines alten Freundes, des Gouverneurs, die Laufbahn zu beginnen. – Erst vor drei Jahren brachte der Baron mit Aurelien und mit mir wieder, wie vor alter Zeit, zum erstenmal den ganzen Winter in der Residenz zu, teils, seinen Sohn wenigstens einige Zeit hindurch in der Nähe zu haben, teils seine Freunde, die ihn unaufhörlich dazu aufgefordert, wiederzusehen. Allgemeines Aufsehen in der Hauptstadt erregte damals die Erscheinung der Nichte des Gouverneurs, welche aus der Residenz dahin gekommen. Sie war elternlos und hatte sich unter den Schutz des Oheims begeben, wiewohl sie, einen besonderen Flügel des Palastes bewohnend, ein eignes Haus machte, und die schöne Welt um sich zu versammeln pflegte. Ohne Euphemien näher zu beschreiben, welches um so unnötiger, da Sie, ehrwürdiger Herr! sie bald selbst sehen werden, begnüge ich mich zu sagen, daß alles, was sie tat, was sie sprach, von einer unbeschreiblichen Anmut belebt, und so der Reiz ihrer ausgezeichneten körperlichen Schönheit, bis zum Unwiderstehlichen erhöht wurde. – Überall, wo sie erschien, ging ein neues herrliches Leben auf, und man huldigte ihr mit dem glühendsten Enthusiasmus; den Unbedeutendsten, Leblosesten wußte sie selbst in sein eignes Inneres hinein zu entzünden, daß er, wie inspiriert, sich über die eigne Dürftigkeit erhob, und entzückt in den Genüssen eines höheren Lebens schwelgte, die ihm unbekannt gewesen. Es fehlte natürlicherweise nicht an Anbetern, die täglich zu der Gottheit mit Inbrunst flehten; man konnte indessen nie mit Bestimmtheit sagen, daß sie diesen oder jenen besonders auszeichne, vielmehr wußte sie mit schalkhafter Ironie, die, ohne zu beleidigen, nur wie starkes brennendes Gewürz anregte und reizte, alle mit einem unauflöslichen Bande zu umschlingen, daß sie sich, festgezaubert in dem magischen Kreise, froh und lustig bewegten. Auf den Baron hatte diese Circe einen wunderbaren Eindruck gemacht. Sie bewies ihm gleich bei seinem Erscheinen eine Aufmerksamkeit, die von kindlicher Ehrfurcht erzeugt zu sein schien; in jedem Gespräch mit ihm, zeigte sie den gebildetsten Verstand und tiefes Gefühl, wie er es kaum noch bei Weibern gefunden. Mit unbeschreiblicher Zartheit suchte und fand sie Aureliens Freundschaft, und nahm sich ihrer mit so vieler Wärme an, daß sie sogar es nicht verschmähte für die kleinsten Bedürfnisse ihres Anzuges und sonst wie eine Mutter zu sorgen. Sie wußte dem blöden unerfahrnen Mädchen in glänzender Gesellschaft auf eine so feine Art beizustehen, daß dieser Beistand, statt bemerkt zu werden, nur dazu diente, Aureliens natürlichen Verstand und tiefes richtiges Gefühl so herauszuheben, daß man sie bald mit der höchsten Achtung auszeichnete. Der Baron ergoß sich bei jeder

Gelegenheit in Euphemiens Lob, und hier traf es sich vielleicht zum erstenmal in unserm Leben, daß wir so ganz verschiedener Meinung waren. Gewöhnlich machte ich in jeder Gesellschaft mehr den stillen aufmerksamen Beobachter, als daß ich hätte unmittelbar eingehen sollen in lebendige Mitteilung und Unterhaltung. So hatte ich auch Euphemien, die nur dann und wann, nach ihrer Gewohnheit niemanden zu übersehen, ein paar freundliche Worte mit mir gewechselt, als eine höchst interessante Erscheinung recht genau beobachtet. Ich mußte eingestehen, daß sie das schönste, herrlichste Weib von allen war, daß aus allem was sie sprach, Verstand und Gefühl hervorleuchtete; und doch wurde ich auf ganz unerklärliche Weise von ihr zurückgestoßen, ja ich konnte ein gewisses unheimliches Gefühl nicht unterdrücken, das sich augenblicklich meiner bemächtigte, sobald ihr Blick mich traf, oder sie mit mir zu sprechen anfing. In ihren Augen brannte oft eine ganz eigne Glut, aus der, wenn sie sich unbemerkt glaubte, funkelnde Blitze schossen, und es schien ein inneres verderbliches Feuer, das nur mühsam überbaut, gewaltsam hervorzustrahlen. Nächst dem schwebte oft um ihren sonst weich geformten Mund eine gehässige Ironie, die mich, da es oft der grellste Ausdruck des hämischen Hohns war, im Innersten erbeben machte. Daß sie oft den Hermogen, der sich wenig oder gar nicht um sie bemühte, in dieser Art anblickte, machte es mir gewiß, daß manches hinter der schönen Maske verborgen, was wohl niemand ahne. Ich konnte dem ungemessenen Lob des Barons freilich nichts entgegensetzen, als meine physiognomischen Bemerkungen, die er nicht im mindesten gelten ließ, vielmehr in meinem innerlichen Abscheu gegen Euphemie nur eine höchst merkwürdige Idiosynkrasie fand. Er vertraute mir, daß Euphemie wahrscheinlich in die Familie treten werde, da er alles anwenden wolle, sie künftig mit Hermogen zu verbinden. Dieser trat, als wir soeben recht ernstlich über die Angelegenheit sprachen, und ich alle nur mögliche Gründe hervorsuchte, meine Meinung über Euphemien zu rechtfertigen, ins Zimmer, und der Baron, gewohnt in allem schnell und offen zu handeln, machte ihn augenblicklich mit seinen Plänen und Wünschen rücksichts Euphemiens bekannt. Hermogen hörte alles ruhig an, was der Baron darüber und zum Lobe Euphemiens mit dem größten Enthusiasmus sprach. Als die Lobrede geendet, antwortete er, wie er sich auch nicht im mindesten von Euphemien angezogen fühle, sie niemals lieben könne, und daher recht herzlich bitte, den Plan jeder näheren Verbindung mit ihr aufzugeben. Der Baron war nicht wenig bestürzt, seinen Lieblingsplan so beim ersten Schritt zertrümmert zu sehen, indessen war er um so weniger bemüht, noch mehr in Hermogen zu dringen, als er nicht einmal Euphemiens Gesinnungen hierüber wußte. Mit der ihm eignen Heiterkeit und Gemütlichkeit, scherzte er bald über sein unglückliches Bemühen, und meinte, daß Hermogen mit mir vielleicht die Idiosynkrasie teile, obgleich er nicht begreife, wie in einem schönen interessanten Weibe solch ein zurückschreckendes Prinzip wohnen könne. Sein Verhältnis mit Euphemien blieb natürlicherweise dasselbe; er hatte sich so an sie gewöhnt, daß er keinen Tag zubringen konnte, ohne sie zu sehen. So kam es denn, daß er einmal, in ganz heitrer gemütlicher Laune, ihr scherzend sagte: wie es nur einen einzigen Menschen in ihrem Zirkel gebe, der nicht in sie verliebt sei, nämlich Hermogen. – Er habe die Verbindung mit ihr, die er, der Baron, doch so herzlich gewünscht, hartnäckig ausgeschlagen.

Euphemie meinte, daß es auch wohl noch darauf angekommen sein würde, was sie zu der Verbindung gesagt, und daß ihr zwar jedes nähere Verhältnis mit dem Baron wünschenswert sei, aber nicht durch Hermogen, der ihr viel zu ernst und launisch wäre. Von der Zeit, als dieses Gespräch, das mir der Baron gleich wieder erzählte, stattgefunden, verdoppelte Euphemie ihre Aufmerksamkeit für den Baron und Aurelien: ja in manchen leisen Andeutungen führte sie den Baron darauf, daß eine Verbindung mit ihm selbst dem Ideal, das sie sich nun einmal von einer glücklichen Ehe mache, ganz entspreche. Alles, was man rücksichts des Unterschieds der Jahre, oder sonst entgegensetzen konnte, wußte sie auf die eindringendste Weise zu widerlegen, und mit dem allen ging sie so leise, so fein, so geschickt Schritt vor Schritt vorwärts, daß der Baron glauben mußte, alle die Ideen, alle die Wünsche, die Euphemie gleichsam nur in seine Inneres hauchte, wären eben in seinem Innern emporgekeimt. Kräftiger, lebensvoller Natur, wie er war, fühlte er sich bald von der glühenden Leidenschaft des Jünglings ergriffen. Ich konnte den wilden Flug nicht mehr aufhalten, es war zu spät. Nicht lange dauerte es, so war Euphemie, zum Erstaunen der Hauptstadt, des Barons Gattin. Es war mir, als sei nun das bedrohliche grauenhafte Wesen, das mich in der Ferne geängstigt, recht in mein Leben getreten, und als müsse ich wachen und auf sorglicher Hut sein für meinen

Freund und für mich selbst. – Hermogen nahm die Verheiratung seines Vaters mit kalter Gleichgültigkeit auf. Aurelie, das liebe ahnungsvolle Kind, zerfloß in Tränen.

Bald nach der Verbindung sehnte sich Euphemie ins Gebürge; sie kam her, und ich muß gestehen, daß ihr Betragen in hoher Liebenswürdigkeit sich so ganz gleich blieb, daß sie mir unwillkürliche Bewunderung abnötigte. So verflossen zwei Jahre in ruhigem ungestörten Lebensgenuß. Die beiden Winter brachten wir in der Hauptstadt zu, aber auch hier bewies die Baronesse dem Gemahl so viel unbegrenzte Ehrfurcht, so viel Aufmerksamkeit für seine leisesten Wünsche, daß der giftige Neid verstummen mußte, und keiner der jungen Herren, die sich schon freien Spielraum für ihre Galanterie bei der Baronesse geträumt hatten, sich auch die kleinste Glosse erlaubte. Im letzten Winter mochte ich auch wieder der einzige sein, der, ergriffen von der alten kaum verwundenen Idiosynkrasie, wieder arges Mißtrauen zu hegen anfing.

Vor der Verbindung mit dem Baron war der Graf Viktorin, ein junger schöner Mann, Major bei der Ehrengarde, und nur abwechselnd in der Hauptstadt, einer der eifrigsten Verehrer Euphemiens, und der einzige, den sie oft wie unwillkürlich, hingerissen von dem Eindruck des Moments, vor den andern auszeichnete. Man sprach einmal sogar davon, daß wohl ein näheres Verhältnis zwischen ihm und Euphemien stattfinden möge, als man es nach dem äußern Anschein vermuten sollte, aber das Gerücht verscholl ebenso dumpf als es entstanden. Graf Viktorin war eben den Winter wieder in der Hauptstadt, und natürlicherweise in Euphemiens Zirkeln, er schien sich aber nicht im mindesten um sie zu bemühen, sondern vielmehr sie absichtlich zu vermeiden. Demunerachtet war es mir oft, als begegneten sich, wenn sie nicht bemerkt zu werden glaubten, ihre Blicke, in denen inbrünstige Sehnsucht, lüsternes, glühendes Verlangen wie verzehrendes Feuer brannte. Bei dem Gouverneur war eines Abends eine glänzende Gesellschaft versammelt, ich stand in ein Fenster gedrückt, so daß mich die herabwallende Draperie des reichen Vorhangs halb versteckte, nur zwei bis drei Schritte vor mir stand Graf Viktorin. Da streifte Euphemie, reizender gekleidet als je, und in voller Schönheit strahlend, an ihm vorüber; er faßte, so daß es niemand, als gerade ich bemerken konnte, mit leidenschaftlicher Heftigkeit ihren Arm – sie erbebte sichtlich; ihr ganz unbeschreiblicher Blick – es war die glutvollste Liebe, die nach Genuß dürstende Wollust selbst – fiel auf ihn. Sie lispelten einige Worte, die ich nicht verstand. Euphemie mochte mich erblikken; sie wandte sich schnell um, aber ich vernahm deutlich die Worte: ‚Wir werden bemerkt!'

Ich erstarrte vor Erstaunen, Schrecken und Schmerz! – Ach, wie soll ich Ihnen, ehrwürdiger Herr! denn mein Gefühl beschreiben! – Denken Sie an meine Liebe, an meine treue Anhänglichkeit, mit der ich dem Baron ergeben war – an meine böse Ahnungen, die nun erfüllt wurden; denn die wenigen Worte hatten es mir ja ganz erschlossen, daß ein geheimes Verhältnis zwischen der Baronesse und dem Grafen stattfand. Ich mußte wohl vorderhand schweigen, aber die Baronesse wollte ich bewachen mit Argusaugen, und dann, bei erlangter Gewißheit ihres Verbrechens, die schändlichen Bande lösen, mit denen sie meinen unglücklichen Freund umstrickt hatte. Doch wer vermag teuflischer Arglist zu begegnen; umsonst, ganz umsonst waren meine Bemühungen, und es wäre lächerlich gewesen, dem Baron das mitzuteilen, was ich gesehen und gehört, da die Schlaue Auswege genug gefunden haben würde, mich als einen abgeschmackten, törichten Geisterseher darzustellen.

Der Schnee lag noch auf den Bergen, als wir im vergangenen Frühling hier einzogen, demunerachtet machte ich manchen Spaziergang in die Berge hinein; im nächsten Dorfe begegne ich einem Bauer, der in Gang und Stellung etwas Fremdartiges hat, als er den Kopf umwendet, erkenne ich den Grafen Viktorin, aber in demselben Augenblick verschwindet er hinter den Häusern und ist nicht mehr zu finden. – Was konnte ihn anders zu der Verkleidung vermocht haben, als das Verständnis mit der Baronesse! – Eben jetzt weiß ich gewiß, daß er sich wieder hier befindet, ich habe seinen Jäger vorüberreiten gesehn, unerachtet es mir unbegreiflich ist, daß er die Baronesse nicht in der Stadt aufgesucht haben sollte! – Vor drei Monaten begab es sich, daß der Gouverneur heftig erkrankte und Euphemien zu sehen wünschte, sie reiste mit Aurelien augenblicklich dahin, und nur eine Unpäßlichkeit hielt den Baron ab, sie zu begleiten. Nun brach aber das Unglück und die Trauer ein in unser Haus, denn bald schrieb Euphemie dem Baron, wie Hermogen plötzlich von einer oft in wahnsinnige Wut ausbrechenden Melancholie befallen, wie er einsam umherirre, sich und sein Geschick verwünsche und wie alle Bemühungen der Freunde und der Ärzte bis jetzt umsonst gewesen. Sie können denken, ehrwürdiger Herr, welch einen Eindruck diese Nachricht auf den

Baron machte. Der Anblick seines Sohnes würde ihn zu sehr erschüttert haben, ich reiste daher allein nach der Stadt. Hermogen war durch starke Mittel, die man angewandt, wenigstens von den wilden Ausbrüchen des wütenden Wahnsinns befreit, aber eine stille Melancholie war eingetreten, die den Ärzten unheilbar schien. Als er mich sah, war er tief bewegt – er sagte mir, wie ihn ein unglückliches Verhängnis treibe, dem Stande, in welchem er sich jetzt befinde, auf immer zu entsagen, und nur als Klostergeistlicher könne er seine Seele erretten von ewiger Verdammnis. Ich fand ihn schon in der Tracht, wie Sie, ehrwürdiger Herr, ihn vorhin gesehen, und es gelang mir seines Widerstrebens unerachtet endlich ihn hieher zu bringen. Er ist ruhig, aber läßt nicht ab von der einmal gefaßten Idee, und alle Bemühungen das Ereignis zu erforschen, das ihn in diesen Zustand versetzt, bleiben fruchtlos, unerachtet die Entdeckung dieses Geheimnisses vielleicht am ersten auf wirksame Mittel führen könnte ihn zu heilen.

Vor einiger Zeit schrieb die Baronesse, wie sie auf Anraten ihres Beichtvaters einen Ordensgeistlichen hersenden werde, dessen Umgang und tröstender Zuspruch, vielleicht besser als alles andere, auf Hermogen wirken könne, da sein Wahnsinn augenscheinlich eine ganz religiöse Tendenz genommen. – Es freut mich recht innig, daß die Wahl Sie, ehrwürdiger Herr! den ein glücklicher Zufall in die Hauptstadt führte, traf. Sie können einer gebeugten Familie die verlorne Ruhe wiedergeben, wenn Sie Ihre Bemühungen, die der Herr segnen möge, auf einen doppelten Zweck richten. Erforschen Sie Hermogens entsetzliches Geheimnis, seine Brust wird erleichtert sein, wenn er sich, sei es auch in heiliger Beichte, entdeckt hat, und die Kirche wird ihn dem frohen Leben in der Welt, der er angehört, wiedergeben, statt ihn in den Mauern zu begraben. – Aber treten Sie auch der Baronesse näher. – Sie wissen alles – Sie stimmen mir bei, daß meine Bemerkungen von der Art sind, daß so wenig sich darauf eine Anklage gegen die Baronesse bauen läßt, doch eine Täuschung, ein ungerechter Verdacht kaum möglich ist. Ganz meiner Meinung werden Sie sein, wenn Sie Euphemien sehen und kennen lernen. Euphemie ist religiös schon aus Temperament, vielleicht gelingt es Ihrer besonderen Rednergabe, tief in ihr Herz zu dringen, sie zu erschüttern und zu bessern, daß sie den Verrat am Freunde, der sie um die ewige Seligkeit bringt, unterläßt. Noch muß ich sagen, ehrwürdiger Herr! daß es mir in manchen Augenblicken scheint, als trage der Baron einen Gram in der Seele, dessen Ursache er mir verschweigt, denn außer der Bekümmernis um Hermogen kämpft er sichtlich mit einem Gedanken, der ihn beständig verfolgt. Es ist mir in den Sinn gekommen, daß vielleicht ein böser Zufall noch deutlicher ihm die Spur von dem verbrecherischen Umgange der Baronesse mit dem fluchwürdigen Grafen zeigte, als mir. – Auch meinen Herzensfreund, den Baron, empfehle ich, ehrwürdiger Herr! Ihrer geistlichen Sorge."

Mit diesen Worten schloß Reinhold seine Erzählung, die mich auf mannigfache Weise gefoltert hatte, indem die seltsamsten Widersprüche in meinem Innern sich durchkreuzten. Mein eignes Ich zum grausamen Spiel eines launenhaften Zufalls geworden, und in fremdartige Gestalten zerfließend, schwamm ohne Halt wie in einem Meer all der Ereignisse, die wie tobende Wellen auf mich hineinbrausten. – Ich konnte mich selbst nicht wiederfinden! – Offenbar wurde Viktorin durch den Zufall der meine Hand, nicht meinen Willen, leitete in den Abgrund gestürzt! – Ich trete an seine Stelle, aber Reinhold kennt den Pater Medardus, den Prediger im Kapuzinerkloster in . . r, und so bin ich ihm das wirklich, was ich bin! – Aber das Verhältnis mit der Baronesse, welches Viktorin unterhält, kommt auf mein Haupt, denn ich bin selbst Viktorin. Ich bin das, was ich scheine, und scheine das nicht, was ich bin, mir selbst ein unerklärlich Rätsel, bin ich entzweit mit meinem Ich!

Des Sturms in meinem Innern unerachtet, gelang es mir die dem Priester ziemliche Ruhe zu erheucheln, und so trat ich vor den Baron. Ich fand in ihm einen bejahrten Mann, aber in den erloschenen Zügen lagen noch die Andeutungen seltner Fülle und Kraft. Nicht das Alter, sondern der Gram hatten die tiefen Furchen auf seiner breiten offnen Stirn gezogen, und die Lokken weiß gefärbt. Unerachtet dessen herrschte noch in allem, was er sprach, in seinem ganzen Benehmen, eine Heiterkeit und Gemütlichkeit, die jeden unwiderstehlich zu ihm hinziehen mußte. Als Reinhold mich als den vorstellte, dessen Ankunft die Baronesse angekündigt, sah er mich an mit durchdringendem Blick, der immer freundlicher wurde, als Reinhold erzählte, wie er mich schon vor mehreren Jahren im Kapuzinerkloster zu . . r predigen gehört, und sich von meiner seltnen Rednergabe überzeugt hätte. Der Baron reichte mir treuherzig die Hand und sprach, sich zu Reinhold wendend: „Ich weiß nicht, lieber Reinhold! wie so sonderbar mich die Gesichtszüge des ehrwürdigen Herrn bei dem ersten Anblick ansprachen; sie weckten eine Erinnerung die vergebens strebte, deutlich und lebendig hervorzugehen."

Es war mir als würde er gleich herausbrechen: „Es ist ja Graf Viktorin", denn auf wunderbare Weise glaubte ich nun wirklich Viktorin zu sein, und ich fühlte mein Blut heftiger wallen und aufsteigend meine Wangen höher färben. – Ich baute auf Reinhold, der mich ja als den Pater Medardus kannte, unerachtet mir das eine Lüge zu sein schien: nichts konnte meinen verworrenen Zustand lösen.

Nach dem Willen des Barons sollte ich sogleich Hermogens Bekanntschaft machen, er war aber nirgends zu finden; man hatte ihn nach dem Gebürge wandeln gesehen und war deshalb nicht besorgt um ihn, weil er schon mehrmals tagelang auf diese Weise entfernt gewesen. Den ganzen Tag über blieb ich in Reinholds und des Barons Gesellschaft, und nach und nach faßte ich mich so im Innern, daß ich mich am Abend voll Mut und Kraft fühlte, keck all den wunderlichen Ereignissen entgegenzutreten, die meiner zu harren schienen. In der einsamen Nacht öffnete ich das Portefeuille, und überzeugte mich ganz davon, daß es eben Graf Viktorin war, der zerschmettert im Abgrunde lag, doch waren übrigens die an ihn gerichteten Briefe gleichgültigen Inhalts, und kein einziger führte mich nur auch mit einer Silbe ein in seine nähere Lebensverhältnisse. Ohne mich darum weiter zu kümmern, beschloß ich *dem* mich ganz zu fügen, was der Zufall über mich verhängt haben würde, wenn die Baronesse angekommen und mich gesehen. – Schon den andern Morgen traf die Baronesse mit Aurelien ganz unerwartet ein. Ich sah beide aus dem Wagen steigen und, von dem Baron und Reinhold empfangen, in das Portal des Schlosses gehen. Unruhig schritt ich im Zimmer auf und ab von seltsamen Ahnungen bestürmt, nicht lange dauerte es, so wurde ich herabgerufen. – Die Baronesse trat mir entgegen – ein schönes, herrliches Weib, noch in voller Blüte. – Als sie mich erblickte, schien sie auf besondere Weise bewegt, ihre Stimme zitterte, sie vermochte kaum Worte zu finden. Ihre sichtliche Verlegenheit gab mir Mut, ich schaute ihr keck ins Auge, und gab ihr nach Klostersitte den Segen – sie erbleichte, sie mußte sich niederlassen. Reinhold sah mich an, ganz froh und zufrieden lächelnd. In dem Augenblick öffnete sich die Türe und der Baron trat mit Aurelien hinein.

Sowie ich Aurelien erblickte, fuhr ein Strahl in meine Brust, und entzündete all die geheimsten Regungen, die wonnevollste Sehnsucht, das Entzücken der inbrünstigen Liebe, alles was sonst nur gleich einer Ahnung aus weiter Ferne im Innern erklungen, zum regen Leben; ja das Leben selbst ging mir nun erst auf farbicht und glänzend, denn alles vorher lag kalt und erstorben in öder Nacht hinter mir. – Sie war es selbst, sie die ich in jener wundervollen Vision im Beichtstuhl geschaut. Der schwermütige kindlich fromme Blick des dunkelblauen Auges, die weichgeformten Lippen, der wie in betender Andacht sanft vorgebeugte Nacken, die hohe schlanke Gestalt, nicht Aurelie, die heilige Rosalie selbst war es. – Sogar der azurblaue Shawl, den Aurelie über das dunkelrote Kleid geschlagen war im fantastischen Faltenwurf ganz dem Gewande ähnlich, wie es die Heilige auf jenem Gemälde, und eben die Unbekannte in jener Vision trug. – Was war der Baronesse üppige Schönheit gegen Aureliens himmlischen Liebreiz. Nur sie sah ich, indem alles um mich verschwunden. Meine innere Bewegung konnte den Umstehenden nicht entgehen. „Was ist Ihnen, ehrwürdiger Herr!" fing der Baron an; „Sie scheinen auf ganz besondere Weise bewegt?" – Diese Worte brachten mich zu mir selbst, ja ich fühlte in dem Augenblick eine übermenschliche Kraft in mir emporkeimen, einen nie gefühlten Mut alles zu bestehen, denn *sie* mußte der Preis des Kampfes werden.

„Wünschen Sie sich Glück, Herr Baron!" rief ich, wie von hoher Begeisterung plötzlich ergriffen: „wünschen Sie sich Glück! – eine Heilige wandelt unter uns in diesen Mauern, und bald öffnet sich in segensreicher Klarheit der Himmel, und sie selbst, die heilige Rosalia, von den heiligen Engeln umgeben, spendet Trost und Seligkeit den Gebeugten, die fromm und gläubig sie anflehten. – Ich höre die Hymnen verklärter Geister, die sich sehnen nach der Heiligen, und sie im Gesange rufend, aus glänzenden Wolken herabschweben. Ich sehe ihr Haupt strahlend in der Glorie himmlischer Verklärung, emporgehoben nach dem Chor der Heiligen, der ihrem Auge sichtlich! – Sancta Rosalia, ora pro nobis!"

Ich sank mit in die Höhe gerichteten Augen auf die Knie, die Hände faltend zum Gebet, und alles folgte meinem Beispiel. Niemand frug mich weiter, man schrieb den plötzlichen Ausbruch meiner Begeisterung irgendeiner Inspiration zu, so daß der Baron beschloß, wirklich am Altar der heiligen Rosalia, in der Hauptkirche der Stadt, Messen lesen zu lassen. Herrlich hatte ich mich auf diese Weise aus der Verlegenheit gerettet, und immer mehr war ich bereit, alles zu wagen, denn es galt Aureliens Besitz, um den mir selbst mein Leben feil war. – Die Baronesse schien in ganz besonderer Stimmung, ihre Blicke verfolgten mich, aber sowie ich sie unbefangen anschaute, irrten ihre Augen unstet umher. Die Familie war in ein anderes Zimmer getreten, ich eilte in den Garten hinab und schweifte durch die Gänge, mit tausend Entschlüssen, Ideen, Plänen für mein künftiges Leben im Schlosse arbeitend und kämpfend. Schon war es Abend worden, da erschien Reinhold und sagte mir, daß die Baronesse, durchdrungen von meiner frommen Begeisterung, mich auf ihrem Zimmer zu sprechen wünsche.

Als ich in das Zimmer der Baronesse trat, kam sie mir einige Schritte entgegen, mich bei beiden Ärmen fassend, sah sie mir starr ins Auge, und rief: „Ist es möglich – ist es möglich! – Bist du Medardus, der Kapuzinermönch? – Aber die Stimme, die Gestalt, deine Augen, dein Haar! sprich oder ich vergehe in Angst und Zweifel." – „Viktorinus!" lispelte ich leise, da umschlang sie mich mit dem wilden Ungestüm, unbezähmbarer Wollust – ein Glutstrom brauste durch meine Adern, das Blut siedete, die Sinne vergingen mir in namenloser Wonne, in wahnsinniger Verzückung; aber sündigend war mein ganzes Gemüt nur Aurelien zugewendet und *ihr* nur opferte ich in dem Augenblick, durch den Bruch des Gelübdes, das Heil meiner Seele.

Ja! Nur Aurelie lebte in mir, mein ganzer Sinn war von ihr erfüllt, und doch ergriff mich ein innerer Schauer, wenn ich daran dachte, sie wiederzusehen, was doch schon an der Abendtafel geschehen sollte. Es war mir, als würde mich ihr frommer Blick heilloser Sünden zeihen, und als würde ich, entlarvt und vernichtet, in Schmach und Verderben sinken. Ebenso konnte ich mich nicht entschließen, die Baronesse gleich nach jenen Momenten wiederzusehen, und alles dieses bestimmte mich, eine Andachtsübung vorschützend, in meinem Zimmer zu bleiben, als man mich zur Tafel einlud. Nur weniger Tage bedurfte es indessen, um alle Scheu, alle Befangenheit zu überwinden; die Baronesse war die Liebenswürdigkeit selbst, und je enger sich unser Bündnis schloß, je reicher an frevelhaften Genüssen es wurde, desto mehr verdoppelte sich ihre Aufmerksamkeit für den Baron. Sie gestand mir, daß nur meine Tonsur, mein natürlicher Bart, so wie mein echt klösterlicher Gang, den ich aber jetzt nicht mehr so strenge, als anfangs beibehalte, sie in tausend Ängsten gesetzt habe. Ja bei meiner plötzlichen begeisterten Anrufung der heiligen Rosalia, sei sie beinahe überzeugt worden, irgendein Irrtum, irgendein feindlicher Zufall habe ihren mit Viktorin so schlau entworfenen Plan vereitelt, und einen verdammten wirklichen Kapuziner an die Stelle geschoben. Sie bewunderte meine Vorsicht, mich wirklich tonsurieren und mir den Bart wachsen zu lassen, ja mich in Gang und Stellung so ganz in meine Rolle einzustudieren, daß sie oft selbst mir recht ins Auge blicken müsse, um nicht in abenteuerliche Zweifel zu geraten.

Zuweilen ließ sich Viktorins Jäger, als Bauer verkleidet, am Ende des Parks sehen, und ich versäumte nicht, insgeheim mit ihm zu sprechen, und ihn zu ermahnen, sich bereit zu halten, um mit mir fliehen zu können, wenn vielleicht ein böser Zufall mich in Gefahr bringen sollte. Der Baron und Reinhold schienen höchlich mit mir zufrieden, und drangen in mich, ja des tiefsinnigen Hermogen mich mit aller Kraft, die mir zu Gebote stehe, anzunehmen. Noch war es mir aber nicht möglich geworden, auch nur ein einziges Wort mit ihm zu sprechen, denn sichtlich wich er jeder Gelegenheit aus, mit mir allein zu sein, und traf er mich in der Gesellschaft des Barons oder Reinholds, so blickte er mich auf so sonderbare Weise an, daß ich in der Tat Mühe hatte, nicht in augenscheinliche Verlegenheit zu geraten. Er schien tief in meine Seele zu dringen und meine geheimste Gedanken zu erspähen. Ein unbezwinglicher tiefer Mißmut, ein unterdrückter Groll, ein nur mit Mühe bezähmter Zorn lag auf seinem bleichen Gesichte, sobald er mich ansichtig wurde. – Es begab sich, daß er mir einmal, als ich eben im Park lustwandelte, ganz unerwartet entgegentrat; ich hielt dies für den schicklichen Moment, endlich das drückende Verhältnis mit ihm aufzuklären, daher faßte ich ihn schnell bei der Hand, als er mir ausweichen wollte, und mein Rednertalent machte es mir möglich, so eindringend, so salbungsvoll zu sprechen, daß er wirklich aufmerksam zu werden schien, und eine innere Rührung nicht unterdrücken konnte. Wir hatten uns auf eine steinerne Bank am Ende eines Ganges, der nach dem Schloß führte, niedergelassen. Im Reden stieg meine Begeisterung, ich sprach davon, daß es sündlich sei, wenn der Mensch, im innern Gram sich verzehrend, den Trost, die Hülfe der Kirche, die den Gebeugten aufrichte, verschmähe, und so den Zwecken des Lebens, wie die höhere Macht sie ihm gestellt, feindlich entgegenstrebe. Ja daß selbst der Verbrecher nicht zweifeln solle an der Gnade des Himmels, da dieser Zweifel ihn eben um die

Seligkeit bringe, die er, entsündigt durch Buße und Frömmigkeit, erwerben könne. Ich forderte ihn endlich auf, gleich jetzt mir zu beichten, und so sein Inneres wie vor Gott auszuschütten, indem ich ihm von jeder Sünde, die er begangen, Absolution zusage: da stand er auf, seine Augenbraunen zogen sich zusammen, die Augen brannten, eine glühende Röte überflog sein leichenblasses Gesicht, und mit seltsam gellender Stimme rief er: „Bist du denn rein von der Sünde, daß du es wagst, wie der Reinste, ja wie Gott selbst, den du verhöhnest, in meine Brust schauen zu wollen, daß du es wagst, mir Vergebung der Sünde zuzusagen, du, der du selbst vergeblich ringen wirst nach der Entsündigung, nach der Seligkeit des Himmels, die sich dir auf ewig verschloß? Elender Heuchler, bald kommt die Stunde der Vergeltung, und in den Staub getreten, wie ein giftiger Wurm, zuckst du im schmachvollen Tode vergebens nach Hülfe, nach Erlösung von unnennbarer Qual ächzend, bis du verdirbst in Wahnsinn und Verzweiflung!" – Er schritt rasch von dannen, ich war zerschmettert, vernichtet, all meine Fassung, mein Mut, war dahin. Ich sah Euphemien aus dem Schlosse kommen mit Hut und Shawl, wie zum Spaziergange gekleidet; bei ihr nur, war Trost und Hülfe zu finden, ich warf mich ihr entgegen, sie erschrak über mein zerstörtes Wesen, sie frug nach der Ursache, und ich erzählte ihr getreulich, den ganzen Auftritt, den ich eben mit dem wahnsinnigen Hermogen gehabt, indem ich noch meine Angst, meine Besorgnis, daß Hermogen vielleicht durch einen unerklärlichen Zufall unser Geheimnis verraten, hinzusetzte. Euphemie schien über alles nicht einmal betroffen, sie lächelte auf so ganz seltsame Weise, daß mich ein Schauer ergriff, und sagte: „Gehen wir tiefer in den Park, denn hier werden wir zu sehr beobachtet, und es könnte auffallen, daß der ehrwürdige Pater Medardus so heftig mit mir spricht." Wir waren in ein ganz entlegenes Boskett getreten, da umschlang mich Euphemie mit leidenschaftlicher Heftigkeit; ihre heißen glühenden Küsse brannten auf meinen Lippen. „Ruhig, Viktorin", sprach Euphemie, „ruhig kannst du sein über das alles, was dich so in Angst und Zweifel gestürzt hat; es ist mir sogar lieb, daß es so mit Hermogen gekommen, denn nun darf und muß ich mit dir über manches sprechen, wovon ich so lange schwieg. – Du mußt eingestehen, daß ich mir eine seltene geistige Herrschaft über alles, was mich im Leben umgibt, zu erringen gewußt, und ich glaube, daß dies dem Weibe leichter ist, als Euch. Freilich gehört nichts Geringeres dazu, als daß außer jenem unnennbaren unwiderstehlichen Reiz der äußern Gestalt, den die Natur dem Weibe zu spenden vermag, dasjenige höhere Prinzip in ihr wohne, welches eben jenen Reiz mit dem geistigen Vermögen in eins verschmilzt, und nun nach Willkür beherrscht. Es ist das eigne wunderbare Heraustreten aus sich selbst, das die Anschauung des eignen Ichs vom andern Standpunkte gestattet, welches dann als ein sich dem höheren Willen schmiegendes Mittel erscheint, *dem* Zweck zu dienen, den er sich als den höchsten, im Leben zu erringenden, gesetzt. – Gibt es etwas Höheres als das Leben im Leben zu beherrschen, alle seine Erscheinungen, seine reichen Genüsse wie im mächtigen Zauber zu bannen, nach der Willkür, die dem Herrscher verstattet? – Du, Viktorin, gehörtest von jeher zu den wenigen, die mich ganz verstanden, auch du hattest dir den Standpunkt über dein Selbst gestellt, und ich verschmähte es daher nicht, dich wie den königlichen Gemahl auf meinen Thron im höheren Reiche zu erheben. Das Geheimnis erhöhte den Reiz dieses Bundes, und unsere scheinbare Trennung diente nur dazu, unserer fantastischen Laune Raum zu geben, die wie zu unserer Ergötzlichkeit mit den untergeordneten Verhältnissen des gemeinen Alltagslebens spielte. Ist nicht unser jetziges Beisammensein das kühnste Wagstück, das, im höheren Geiste gedacht, der Ohnmacht konventioneller Beschränktheit spottet? Selbst bei deinem so ganz fremdartigen Wesen, das nicht allein die Kleidung erzeugt, ist es mir als unterwerfe sich das Geistige dem herrschenden es bedingenden Prinzip, und wirke so mit wunderbarer Kraft nach außen, selbst das Körperliche anders formend und gestaltend, so daß es ganz der vorgesetzten Bestimmung gemäß erscheint. – Wie herzlich ich nun bei dieser tief aus meinem Wesen entspringenden Ansicht der Dinge alle konventionelle Beschränktheit verachte, indem ich mit ihr spiele, weißt du. – Der Baron ist mir eine bis zum höchsten Überdruß ekelhaft gewordene Maschine, die zu meinem Zweck verbraucht tot daliegt, wie ein abgelaufenes Räderwerk. – Reinhold ist zu beschränkt, um von mir beachtet zu werden, Aurelie ein gutes Kind, wir haben es nur mit Hermogen zu tun. – Ich gestand dir schon, daß Hermogen, als ich ihn zum ersten Male sah, einen wunderbaren Eindruck auf mich machte. – Ich hielt ihn für fähig, einzugehen in das höhere Leben, das ich ihm erschließen wollte, und irrte mich zum erstenmal. – Es war etwas mir Feindliches in ihm, was in stetem regen Widerspruch sich gegen mich auflehnte, ja der Zauber, womit ich die andern unwillkürlich zu umstricken wußte, stieß ihn zurück. Er blieb kalt, düster verschlossen, und reizte, indem er mit eigner wunderbarer Kraft mir widerstrebte, meine Empfindlichkeit, meine Lust den Kampf zu beginnen, in dem er unterliegen sollte. – Diesen Kampf hatte ich beschlossen, als der Baron mir sagte, wie er Hermogen eine Verbindung mit mir vorgeschlagen, dieser sie aber unter jeder Bedingung abgelehnt habe. – Wie ein göttlicher Funke durchstrahlte mich, in demselben Moment, der Gedanke, mich mit dem Baron selbst zu vermählen, und so mit einemmal all die kleinen konventionellen Rücksichten, die mich oft einzwängten auf widrige Weise, aus dem Wege zu räumen: doch ich habe ja selbst mit dir, Viktorin, oft genug über jene Vermählung gesprochen, ich widerlegte deine Zweifel mit der Tat, denn es gelang mir, den Alten in wenigen Tagen zum albernen zärtlichen Liebhaber zu machen und er mußte das, was ich gewollt, als die Erfüllung seines innigsten Wunsches, den er laut werden zu lassen kaum gewagt, ansehen. Aber tief im Hintergrunde lag noch in mir der Gedanke der Rache an Hermogen, die mir nun leichter und befriedigender werden sollte. Der Schlag wurde verschoben, um richtiger, tötender, zu treffen. – Kennte ich weniger dein Inneres, wüßte ich nicht, daß du dich zu der Höhe meiner Ansichten zu erheben vermagst, ich würde Bedenken tragen, dir mehr von der Sache zu sagen, die nun einmal geschehen. Ich ließ es mir angelegen sein, Hermogen recht in seinem Innern aufzufassen, ich erschien in der Hauptstadt, düster, in mich gekehrt, und bildete so den Kontrast mit Hermogen, der in den lebendigen Beschäftigungen des Kriegsdienstes sich heiter und lustig bewegte. Die Krankheit des Oheims verbot alle glänzende Zirkel, und selbst den Besuchen meiner nächsten Umgebung wußte ich auszuweichen. – Hermogen kam zu mir, vielleicht nur um die Pflicht, die er der Mutter schuldig, zu erfüllen, er fand mich in düstres Nachdenken versunken, und als er, befremdet von meiner auffallenden Änderung, dringend nach der Ursache frug, gestand ich ihm unter Tränen, wie des Barons mißliche Gesundheitsumstände, die er nur mühsam verheimliche, mich befürchten ließen, ihn bald zu verlieren, und wie dieser Gedanke mir schrecklich, ja unerträglich sei. Er war erschüttert, und als ich nun, mit dem Ausdruck des tiefsten Gefühls, das Glück meiner Ehe mit dem Baron schilderte, als ich zart und lebendig in die kleinsten Einzelnheiten unseres Lebens auf dem Lande einging, als ich immer mehr des Barons herrliches Gemüt, sein ganzes Ich in vollem Glanz darstellte, so daß es immer lichter hervortrat, wie grenzenlos ich ihn verehre, ja wie ich so ganz in ihm lebe, da schien immer mehr seine Verwunderung, sein Erstaunen zu steigen. – Er kämpfte sichtlich mit sich selbst, aber die Macht, die jetzt wie mein Ich selbst in sein Inneres gedrungen, siegte über das feindliche Prinzip, das sonst mir widerstrebte; mein Triumph war mir gewiß, als er schon am andern Abend wiederkam.

Er fand mich einsam, noch düstrer, noch aufgeregter als gestern, ich sprach von dem Baron und von meiner unaussprechlichen Sehnsucht, ihn wiederzusehen. Hermogen war bald nicht mehr derselbe, er hing an meinen Blicken, und ihr gefährliches Feuer fiel zündend in sein Inneres. Wenn meine Hand in der seinigen ruhte, zuckte diese oft krampfhaft, tiefe Seufzer entflohen seiner Brust. Ich hatte die höchste Spitze dieser bewußtlosen Exaltation richtig berechnet. Den Abend als er fallen sollte, verschmähte ich selbst jene Künste nicht, die so verbraucht sind, und immer wieder so wirkungsvoll erneuert werden. Es gelang! – Die Folgen waren entsetzlicher, als ich sie mir gedacht, und doch erhöhten sie meinen Triumph, indem sie meine Macht auf glänzende Weise bewährten. – Die Gewalt, mit der ich das feindliche Prinzip bekämpfte, das wie in seltsamen Ahnungen in ihm sich sonst aussprach, hatte seinen Geist gebrochen, er verfiel in Wahnsinn, wie du weißt, ohne daß du jedoch bis jetzt die eigentliche Ursache gekannt haben solltest. – Es ist etwas Eignes, daß Wahnsinnige oft, als ständen sie in näherer Beziehung mit dem Geiste, und gleichsam in ihrem eignen Innern leichter, wiewohl bewußtlos angeregt vom fremden geistigen Prinzip, oft das in uns Verborgene durchschauen, und in seltsamen Anklängen aussprechen, so daß uns oft die grauenvolle Stimme eines zweiten Ichs mit unheimlichen Schauer befängt. Es mag daher wohl sein, daß, zumal in der eignen Beziehung, in der du, Hermogen und ich stehen, er auf geheimnisvolle Weise dich durchschaut, und so dir feindlich ist, allein Gefahr für uns ist deshalb nicht im mindesten vorhanden. Bedenke, selbst wenn er mit seiner Feindschaft gegen dich offen ins Feld rückte, wenn er es ausspräche: traut nicht dem verkappten Priester, wer würde das für was anderes halten, als für eine Idee, die der Wahnsinn erzeugte, zumal, da Reinhold so gut gewesen ist, in dir den Pater Medardus wiederzuerkennen? – Indessen bleibt es gewiß, daß du nicht mehr, wie ich gewollt und gedacht hatte, auf Hermogen wirken kannst. Meine Rache ist erfüllt und Hermogen mir nun wie ein weggeworfenes Spielzeug unbrauchbar, und um so überlästiger als er es wahrscheinlich für eine Bußübung hält, mich zu sehen, und daher mit seinen stieren lebendigtoten Blicken mich verfolgt. Er muß fort, und ich glaubte dich dazu benutzen zu können, ihn in der Idee ins Kloster zu gehen zu bestärken, und den Baron, so wie den ratgebenden Freund Reinhold, zu gleicher Zeit durch die dringendsten Vorstellungen, wie Hermogens Seelenheil nun einmal das Kloster begehre, geschmeidiger zu machen, daß sie in sein Vorhaben willigten. – Hermogen ist mir in der Tat höchst zuwider, sein Anblick erschüttert mich oft, er muß fort! – Die einzige Person, der er ganz anders erscheint, ist Aurelie, das fromme kindische Kind; durch sie allein kannst du auf Hermogen wirken, und ich will dafür sorgen, daß du in nähere Beziehung mit ihr trittst. Findest du einen schicklichen Zusammenhang der äußern Umstände, so kannst du auch Reinholden, oder dem Baron entdecken, wie dir Hermogen ein schweres Verbrechen gebeichtet, das du natürlicherweise, deiner Pflicht gemäß, verschweigen müßtest. – Doch davon künftig mehr! – Nun weißt du alles, Viktorin, handle und bleibe mein. Herrsche mit mir über die läppische Puppenwelt, wie sie sich um uns dreht. Das Leben muß uns seine herrlichsten Genüsse spenden, ohne uns in seine Beengtheit einzuzwängen." – Wir sahen den Baron in der Entfernung, und gingen ihm, wie im frommen Gespräch begriffen, entgegen.

Es bedurfte vielleicht nur Euphemiens Erklärung über die Tendenz ihres Lebens, um mich selbst die überwiegende Macht fühlen zu lassen, die wie der Ausfluß höherer Prinzipe mein Inneres beseelte. Es war etwas Übermenschliches in mein Wesen getreten, das mich plötzlich auf einen Standpunkt erhob, von dem mir alles in anderm Verhältnis, in anderer Farbe als sonst erschien. Die Geistesstärke, die Macht über das Leben womit Euphemie prahlte, war mir des bittersten Hohns würdig. In dem Augenblick, daß die Elende ihr loses unbedachtes Spiel, mit den gefährlichsten Verknüpfungen des Lebens zu treiben wähnte, war sie hingegeben dem Zufall oder dem bösen Verhängnis, das meine Hand leitete. Es war nur *meine* Kraft, entflammt von geheimnisvollen Mächten, die sie zwingen konnte im Wahn, *den* für den Freund und Bundesbruder zu halten, der, nur ihr zum Verderben die äußere zufällige Bildung jenes Freundes tragend, sie wie die feindliche Macht selbst umkrallte, so daß keine Freiheit mehr möglich. Euphemie wurde mir in ihrem eitlen selbstsüchtigen Wahn verächtlich, und das

Verhältnis mit ihr um so widriger, als Aurelie in meinem Innern lebte, und nur *sie* die Schuld meiner begangenen Sünden trug, wenn ich das, was mir jetzt die höchste Spitze alles irdischen Genusses zu sein schien, noch für Sünde gehalten hätte. Ich beschloß von der mir einwohnenden Macht den vollsten Gebrauch zu machen, und *so* selbst den Zauberstab zu ergreifen, um die Kreise zu beschreiben, in denen sich all die Erscheinungen um mich her mir zur Lust bewegen sollten. Der Baron und Reinhold wetteiferten miteinander, mir das Leben im Schlosse recht angenehm zu machen; nicht die leiseste Ahnung von meinem Verhältnis mit Euphemien stieg in ihnen auf, vielmehr äußerte der Baron oft, wie in unwillkürlicher Herzensergießung, daß erst durch mich, ihm Euphemie ganz wiedergegeben sei, und dies schien mir die Richtigkeit der Vermutung Reinholds, daß irgendein Zufall dem Baron wohl die Spur von Euphemiens verbotenen Wegen entdeckt haben könne, klar anzudeuten. Den Hermogen sah ich selten, er vermied mich mit sichtlicher Angst und Beklemmung, welches der Baron und Reinhold der Scheu vor meinem heiligen frommen Wesen, und vor meiner geistigen Kraft, die das zerrüttete Gemüt durchschaute, zuschrieben. Auch Aurelie schien sich absichtlich meinem Blick zu entziehen, sie wich mir aus, und wenn ich mit ihr sprach, war auch sie ängstlich und beklommen, wie Hermogen. Es war mir beinahe gewiß, daß der wahnsinnige Hermogen, gegen Aurelie, jene schreckliche Ahnungen, die mich durchbebten, ausgesprochen, indessen schien mir der böse Eindruck zu bekämpfen möglich. – Wahrscheinlich auf Veranlassung der Baronesse, die mich in näheren Rapport mit Aurelien setzen wollte, um durch sie auf Hermogen zu wirken, bat mich der Baron, Aurelien in den höheren Geheimnissen der Religion zu unterrichten. So verschaffte mir Euphemie selbst die Mittel, das Herrlichste zu erreichen, was mir meine glühende Einbildungskraft in tausend üppigen Bildern vorgemalt. Was war jene Vision in der Kirche anderes, als das Versprechen der höheren auf mich einwirkenden Macht, mir *die* zu geben, von deren Besitz allein die Besänftigung des Sturms zu hoffen, der in mir rasend, mich wie auf tobenden Wellen umherwarf. – Aureliens Anblick, ihre Nähe, ja die Berührung ihres Kleides, setzte mich in Flammen. Des Blutes Glutstrom stieg fühlbar auf in die geheimnisvolle Werkstatt der Gedanken, und so sprach ich von den wundervollen Geheimnissen der Religion in feurigen Bildern, deren tiefere Bedeutung die wollüstige Raserei der glühendsten verlangenden Liebe war. So sollte diese Glut meiner Rede, wie in elektrischen Schlägen, Aureliens Inneres durchdringen, und sie sich vergebens dagegen wappnen. – Ihr unbewußt sollten die in ihre Seele geworfenen Bilder sich wunderbar entfalten, und glänzender, flammender in der tieferen Bedeutung hervorgehen, und diese ihre Brust dann mit den Ahnungen des unbekannten Genusses erfüllen, bis sie sich, von unnennbarer Sehnsucht gefoltert und zerrissen, selbst in meine Arme würfe. Ich bereitete mich auf die sogenannten Lehrstunden bei Aurelien sorgsam vor, ich wußte den Ausdruck meiner Rede zu steigern; andächtig, mit gefalteten Händen, mit niedergeschlagenen Augen hörte mir das fromme Kind zu, aber nicht eine Bewegung, nicht ein leiser Seufzer verrieten irgendeine tiefere Wirkung meiner Worte. – Meine Bemühungen brachten mich nicht weiter; statt in Aurelien das verderbliche Feuer zu entzünden, das sie der Verführung preisgeben sollte, wurde nur qualvoller und verzehrender die Glut, die in meinem Innern brannte. – Rasend vor Schmerz und Wollust, brütete ich über Pläne zu Aureliens Verderben und, indem ich Euphemien Wonne und Entzücken heuchelte, keimte ein glühender Haß in meiner Seele empor, der, im seltsamen Widerspruch, meinem Betragen bei der Baronesse etwas Wildes, Entsetzliches gab, vor dem sie selbst erbebte. – Fern von ihr war jede Spur des Geheimnisses, das in meiner Brust verborgen, und unwillkürlich mußte sie der Herrschaft Raum geben, die ich immer mehr und mehr über sie mir anzumaßen anfing. – Oft kam es mir in den Sinn, durch einen wohlberechneten Gewaltstreich, dem Aurelie erliegen sollte, meine Qual zu enden, aber sowie ich Aurelien erblickte, war es mir, als stehe ein Engel neben ihr, sie schirmend und schützend und Trotz bietend der Macht des Feindes. Ein Schauer bebte dann durch meine Glieder, in dem mein böser Vorsatz erkaltete. Endlich fiel ich darauf, mit ihr zu beten: denn im Gebet strömt feuriger die Glut der Andacht, und die geheimsten Regungen werden wach, und erheben sich wie auf brausenden Wellen, und strecken ihre Polypenarme aus, um das Unbekannte zu fahen, das die unnennbare Sehnsucht stillen soll, von der die Brust zerrissen. Dann mag das Irdische, sich wie Himmlisches verkündend, keck dem aufgeregten Gemüt entgegentreten, und im höchsten Genuß schon hienieden die Erfüllung des Überschwenglichen verheißen; die bewußtlose Leidenschaft wird getäuscht, und das Streben nach dem Heiligen, Überirdischen wird gebrochen in dem namenlosen nie gekannten Entzücken irdischer Begierde. – Selbst darin, daß sie von mir verfaßte Gebete nachsprechen sollte, glaubte ich Vorteile für meine verräterische Absichten zu finden. – Es war dem so! – Denn neben mir knieend, mit zum Himmel gewandtem Blick meine Gebete nachsprechend, färbten höher sich ihre Wangen, und ihr Busen wallte auf und nieder. – Da nahm ich wie im Eifer des Gebets ihre Hände, und drückte sie an meine Brust, ich war ihr so nahe, daß ich die Wärme ihres Körpers fühlte, ihre losgelösten Locken hingen über meine Schulter; ich war außer mir vor rasender Begierde, ich umschlang sie mit wildem Verlangen, schon brannten meine Küsse auf ihrem Munde, auf ihrem Busen, da wand sie sich mit einem durchdringenden Schrei aus meinen Armen; ich hatte nicht Kraft sie zu halten, es war als strahle ein Blitz herab, mich zerschmetternd! – Sie entfloh rasch in das Nebenzimmer! die Türe öffnete sich, und Hermogen zeigte sich in derselben, er blieb stehen, mich mit dem furchtbaren entsetzlichen Blick des wilden Wahnsinns anstarrend. Da raffte ich alle meine Kraft zusammen, ich trat keck auf ihn zu, und rief mit trotziger gebietender Stimme: „Was willst du hier? Hebe dich weg Wahnsinniger!“ Aber Hermogen streckte mir die rechte Hand entgegen, und sprach dumpf und schaurig: „Ich wollte mit dir kämpfen, aber ich habe kein Schwert, und du bist der Mord, denn Blutstropfen quillen aus deinen Augen und kleben in deinem Barte!“

Er verschwand, die Türe heftig zuschlagend, und ließ mich allein, knirschend vor Wut über mich selbst, der ich mich hatte hinreißen lassen von der Gewalt des Moments, so daß nun der Verrat mir Verderben drohte. Niemand ließ sich sehen, ich hatte Zeit genug, mich ganz zu ermannen, und der mir inwohnende Geist gab mir bald die Anschläge ein, jeder üblen Folge des bösen Beginnens auszuweichen.

Sobald es tunlich war, eilte ich zu Euphemien, und mit kekkem Übermut erzählte ich ihr die ganze Begebenheit mit Aurelien. Euphemie schien die Sache nicht so leicht zu nehmen, als ich es gewünscht hatte, und es war mir begreiflich, daß, ihrer gerühmten Geistesstärke, ihrer hohen Ansicht der Dinge unerachtet, wohl kleinliche Eifersucht in ihr wohnen, sie aber überdem noch befürchten könne, daß Aurelie über mich klagen, so der Nimbus meiner Heiligkeit verlöschen, und unser Geheimnis in Gefahr geraten werde: aus einer mir selbst unerklärlichen Scheu, verschwieg ich Hermogens Hinzutreten und seine entsetzlichen mich durchbohrenden Worte.

Euphemie hatte einige Minuten geschwiegen, und schien, mich seltsamlich anstarrend, in tiefes Nachdenken versunken.

„Solltest du nicht, Viktorin!" sprach sie endlich: „erraten, welche herrliche Gedanken meines Geistes würdig mich durchströmen? – Aber du kannst es nicht, doch rüttle frisch die Schwingen, um dem kühnen Fluge zu folgen, den ich zu beginnen bereit bin. Daß du, der du mit voller Herrschaft über alle Erscheinungen des Lebens schweben solltest, nicht neben einem leidlich schönen Mädchen knien kannst, ohne sie zu umarmen und zu küssen, nimmt mich wunder, so wenig ich dir das Verlangen verarge, das in dir aufstieg. So wie ich Aurelien kenne, wird sie voller Scham über die Begebenheit schweigen, und sich höchstens nur unter irgendeinem Vorwande deinem zu leidenschaftlichen Unterrichte entziehen. Ich befürchte daher nicht im mindesten die verdrießlichen Folgen, die dein Leichtsinn, deine ungezähmte Begierde hätte herbeiführen können. – Ich hasse sie nicht, diese Aurelie, aber ihre Anspruchlosigkeit, ihr stilles Frommtun, hinter dem sich ein unleidlicher Stolz versteckt, ärgert mich. Nie habe ich, unerachtet ich es nicht verschmähte mit ihr zu spielen, ihr Zutrauen gewinnen können, sie blieb scheu und verschlossen. Diese Abgeneigtheit sich mir zu schmiegen, ja diese stolze Art mir auszuweichen, erregt in mir die widrigsten Gefühle. – Es ist ein sublimer Gedanke, die Blume, die auf dem Prunk ihrer glänzenden Farben so stolz tut, gebrochen und dahinwelken zu sehen! – ich gönne es dir, diesen sublimen Gedanken auszuführen, und es soll nicht an Mitteln fehlen, den Zweck leicht und sicher zu erreichen. – Auf Hermogens Haupt soll die Schuld fallen und ihn vernichten!" – Euphemie sprach noch mehr über ihren Plan und wurde mir mit jedem Worte verhaßter, denn nur das gemeine verbrecherische Weib sah ich in ihr, und so sehr ich nach Aureliens Verderben dürstete, da ich nur dadurch Befreiung von der grenzenlosen Qual wahnsinniger Liebe, die meine Brust zerfleischte, hoffen konnte, so war mir doch Euphemiens Mitwirkung verächtlich. Ich wies daher zu ihrem nicht geringen Erstaunen ihren Anschlag von der Hand, indem ich im Innern fest entschlossen war, das durch eigne Macht zu vollführen, wozu Euphemie mir ihre Beihülfe aufdringen wollte.

So wie die Baronesse es vermutet, blieb Aurelie in ihrem Zimmer, sich mit einer Unpäßlichkeit entschuldigend, und so sich meinem Unterricht für die nächsten Tage entziehend. Hermogen war wider seine Gewohnheit jetzt viel in der Gesellschaft Reinholds und des Barons, er schien weniger in sich gekehrt, aber wilder, zorniger. Man hörte ihn oft laut und nachdrücklich sprechen, und ich bemerkte, daß er mich mit Blicken des verhaltenen Grimms ansah, sooft der Zufall mich ihm in den Weg führte: das Betragen des Barons und Reinholds veränderte sich in einigen Tagen auf ganz seltsame Weise. Ohne im Äußerlichen, im mindesten von der Aufmerksamkeit und Hochachtung, die sie mir sonst bezeigt, nachzulassen, schien es, als wenn sie, gedrückt von einem wunderbaren ahnenden Gefühl, nicht jenen gemütlichen Ton finden konnten, der sonst unsre Unterhaltung belebte. Alles was sie mit mir sprachen, war so gezwungen, so frostig, daß ich mich ernstlich mühen mußte, von allerlei Vermutungen ergriffen, wenigstens unbefangen zu scheinen.

Euphemiens Blicke, die ich immer richtig zu deuten wußte, sagten mir, daß irgend etwas vorgegangen, wovon sie sich besonders aufgeregt fühlte, doch war es den ganzen Tag unmöglich, uns unbemerkt zu sprechen.

In tiefer Nacht, als alles im Schlosse längst schlief, öffnete sich eine Tapetentüre in meinem Zimmer, die ich selbst noch nicht bemerkt, und Euphemie trat herein, mit einem zerstörten Wesen, wie ich sie noch niemals gesehen. „Viktorin", sprach sie: „es droht uns Verrat, Hermogen, der wahnsinnige Hermogen ist es, der, durch seltsame Ahnungen auf die Spur geleitet, unser Geheimnis entdeckt hat. In allerlei Andeutungen, die gleich schauerlichen entsetzlichen Sprüchen einer dunklen Macht, die über uns waltet, lauten, hat er dem Baron einen Verdacht eingeflößt, der ohne deutlich ausgesprochen zu sein, mich doch auf quälende Weise verfolgt. – Wer du bist, daß unter diesem heiligen Kleide Graf Viktorin verborgen, das scheint Hermogen durchaus verschlossen geblieben; dagegen behauptet er, aller Verrat, alle Arglist, alles Verderben, das über uns einbrechen werde, ruhe in dir, ja wie der Widersacher selbst, sei der Mönch in das Haus getreten, der von teuflischer Macht beseelt, verdammten Verrat brüte. – Es kann so nicht bleiben, ich bin es müde, diesen Zwang zu tragen, den mir der kindische Alte auferlegt, der nun mit kränkelnder Eifersucht, wie es scheint, ängstlich meine Schritte bewachen wird. Ich will dies Spielzeug, das mir langweilig worden, wegwerfen, und du, Viktorin, wirst dich um so williger meinem Begehren fügen, als du auf einmal selbst der Gefahr entgehst, endlich ertappt zu werden, und so das geniale Verhältnis, das unser

Geist ausbrütete, in eine gemeine verbrauchte Mummerei, in eine abgeschmackte Ehestandsgeschichte herabsinken zu sehen! Der lästige Alte muß fort, und wie das am besten ins Werk zu richten ist, darüber laß uns zu Rate gehen, höre aber erst meine Meinung. Du weißt, daß der Baron jeden Morgen, wenn Reinhold beschäftigt, allein hinausgeht in das Gebürge, um sich an den Gegenden nach seiner Art zu erlaben. – Schleiche dich früher hinaus, und suche ihm am Ausgange des Parks zu begegnen. Nicht weit von hier gibt es eine wilde schauerliche Felsengruppe; wenn man sie erstiegen, gähnt dem Wandrer auf der einen Seite ein schwarzer bodenloser Abgrund entgegen, dort ist, oben über den Abgrund herüberragend, der sogenannte Teufelssitz. Man fabelt, daß giftige Dünste aus dem Abgrunde steigen, die den, der vermessen hinabschaut, um zu erforschen, was drunten verborgen, betäuben und rettungslos in den Tod hinabziehen. Der Baron, dieses Märchen verlachend, stand schon oft auf jenem Felsstück, über dem Abgrund, um die Aussicht, die sich dort öffnet, zu genießen. Es wird leicht sein, ihn selbst darauf zu bringen, daß er dich an die gefährliche Stelle führt; steht er nun dort, und starrt in die Gegend hinein, so erlöst uns ein kräftiger Stoß deiner Faust, auf immer von dem ohnmächtigen Narren." – „Nein, nimmermehr", schrie ich heftig, „ich kenne den entsetzlichen Abgrund, ich kenne den Sitz des Teufels, nimmermehr! fort mit dir und dem Frevel, den du mir zumutest!" Da sprang Euphemie auf, wilde Glut entflammte ihren Blick, ihr Gesicht war verzerrt, von der wütenden Leidenschaft, die in ihr tobte. „Elender Schwächling", rief sie: „du wagst es in dumpfer Feigheit, dem zu widerstreben, was ich beschloß? Du willst dich lieber dem schmachvollen Joche schmiegen, als mit mir herrschen? Aber du bist in meiner Hand, vergebens entwindest du dich der Macht, die dich gefesselt hält zu meinen Füßen! – Du vollziehst meinen Auftrag, morgen darf der, dessen Anblick mich peinigt nicht mehr leben!"

Indem Euphemie die Worte sprach, durchdrang mich die tiefste Verachtung ihrer armseligen Prahlerei, und im bittern Hohn lachte ich ihr gellend entgegen, daß sie erbebte, und die Totenblässe der Angst und des tiefen Grauens, ihr Gesicht überflog. – „Wahnsinnige", rief ich: „die du glaubst über das Leben zu herrschen, die du glaubst mit seinen Erscheinungen zu spielen, habe acht, daß dies Spielzeug nicht in deiner Hand zur schneidenden Waffe wird, die dich tötet! Wisse Elende, daß ich, den du in deinem ohnmächtigen Wahn zu beherrschen glaubst, dich wie das Verhängnis selbst in meiner Macht festgekettet halte, dein frevelhaftes Spiel ist nur das krampfhafte Winden des gefesselten Raubtiers im Käfig! – Wisse, Elende, daß dein Buhle zerschmettert in jenem Abgrunde liegt, und daß du statt seiner den Geist der Rache selbst umarmtest! – Geh und verzweifle!"

Euphemie wankte; im konvulsivischen Erbeben war sie im Begriff zu Boden zu sinken, ich faßte sie und drückte sie durch die Tapetentüre den Gang hinab. – Der Gedanke stieg mir auf, sie zu töten, ich unterließ es ohne mich dessen bewußt zu sein, denn im ersten Augenblick, als ich die Tapetentüre schloß, glaubte ich die Tat vollbracht zu haben! – Ich hörte einen durchdringenden Schrei und Türen zuschlagen.

Jetzt hatte ich mich selbst auf einen Standpunkt gestellt, der mich dem gewöhnlichen menschlichen Tun ganz entrückte; jetzt mußte Schlag auf Schlag folgen, und, mich selbst als den bösen Geist der Rache verkündend, mußte ich das Ungeheuere vollbringen. – Euphemiens Untergang war beschlossen, und der glühendste Haß sollte, mit der höchsten Inbrunst der Liebe sich vermählend, mir *den* Genuß gewähren, der nun noch dem übermenschlichen mir inwohnenden Geiste würdig. – In dem Augenblick, daß Euphemie untergegangen, sollte Aurelie mein werden.

Ich erstaunte über Euphemiens innere Kraft, die es ihr möglich machte, den andern Tag unbefangen und heiter zu scheinen. Sie sprach selbst darüber, daß sie vorige Nacht in eine Art Somnambulismus geraten, und dann heftig an Krämpfen gelitten, der Baron schien sehr teilnehmend, Reinholds Blicke waren zweifelhaft und mißtrauisch. Aurelie blieb auf ihrem Zimmer, und je weniger es mir gelang, sie zu sehen, desto rasender tobte die Wut in meinem Innern. Euphemie lud mich ein, auf bekanntem Wege in ihr Zimmer zu schleichen, wenn alles im Schlosse ruhig geworden. – Mit Entzücken vernahm ich das, denn der Augenblick der Erfüllung ihres bösen Verhängnisses war gekommen. – Ein kleines spitzes Messer, das ich schon von Jugend auf bei mir trug, und mit dem ich geschickt in Holz zu schneiden wußte, verbarg ich in meiner Kutte, und so zum Morde entschlossen, ging ich zu ihr. „Ich glaube", fing sie an: „wir haben beide gestern schwere ängstliche Träume gehabt, es kam viel von Abgründen darin vor, doch das ist nun vorbei!" – Sie gab sich darauf, wie gewöhnlich meinen frevelnden Liebkosungen hin, ich war erfüllt von entsetzlichem teuflischen Hohn, indem ich nur die Lust empfand, die mir der Mißbrauch ihrer eignen Schändlichkeit erregte. Als sie in meinen Armen lag, entfiel mir das Messer, sie schauerte zusammen, wie von Todesangst ergriffen, ich hob das Messer rasch auf, den Mord noch verschiebend, der mir selbst andere Waffen in die Hände gab. – Euphemie hatte italienischen Wein und eingemachte Früchte auf den Tisch stellen lassen. – Wie so ganz plump und verbraucht, dachte ich, verwechselte geschickt die Gläser, und genoß nur scheinbar die mir dargebotenen Früchte, die ich in meinen weiten Ärmel fallen ließ. Ich hatte zwei, drei Gläser von dem Wein, aber aus dem Glase, das Euphemie für sich hingestellt, getrunken, als sie vorgab, Geräusch im Schlosse zu hören, und mich bat sie schnell zu verlassen. – Nach ihrer Absicht sollte ich auf meinem Zimmer enden! Ich schlich durch die langen schwach erhellten Korridore, ich kam bei Aureliens Zimmer vorüber, wie festgebannt blieb ich stehen. – Ich sah sie, es war als schwebe sie daher, mich voll Liebe anblickend, wie in jener Vision, und mir winkend, daß ich ihr folgen sollte. – Die Türe wich durch den Druck meiner Hand, ich stand im Zimmer, nur angelehnt war die Türe des Kabinetts, eine schwüle Luft wallte mir entgegen, meine Liebesglut stärker entzündend, mich betäubend; kaum konnte ich atmen. – Aus dem Kabinett quollen die tiefen angstvollen Seufzer der vielleicht von Verrat und Mord Träumenden, ich hörte sie im Schlafe beten! – „Zur Tat, zur Tat, was zauderst du, der Augenblick entflieht", so trieb mich die unbekannte Macht in meinem Innern. – Schon hatte ich einen Schritt ins Kabinett getan, da schrie es hinter mir: „Verruchter, Mordbruder! nun gehörst du mein!" und ich fühlte mich mit Riesenkraft von hinten festgepackt. – Es war Hermogen, ich wand mich, alle meine Stärke aufbietend, endlich von ihm los und wollte mich fortdrängen, aber von neuem packte er mich hinterwärts und zerfleischte meinen Nacken mit wütenden Bissen! – Vergebens rang ich, unsinnig vor Schmerz und Wut, lange mit ihm, endlich zwang ihn ein kräftiger Stoß, von mir abzulassen, und als er von neuem über mich herfiel, da zog ich mein Messer; zwei Stiche, und er sank röchelnd zu Boden, daß es dumpf im Korridor widerhallte. – Bis heraus aus dem Zimmer hatten wir uns gedrängt im Kampfe der Verzweiflung.

Sowie Hermogen gefallen, rannte ich in wilder Wut die Treppe herab, da riefen gellende Stimmen durch das ganze

Schloß: „Mord! Mord!“ – Lichter schweiften hin und her, und die Tritte der Herbeieilenden schallten durch die langen Gänge, die Angst verwirrte mich, ich war auf entlegene Seitentreppen geraten. – Immer lauter, immer heller wurde es im Schlosse, immer näher und näher erscholl es gräßlich: „Mord, Mord!“ Ich unterschied die Stimme des Barons und Reinholds, welche heftig mit den Bedienten sprachen. – Wohin fliehen, wohin mich verbergen? – Noch vor wenig Augenblicken, als ich Euphemien mit demselben Messer ermorden wollte, mit dem ich den wahnsinnigen Hermogen tötete, war es mir, als könne ich, mit dem blutigen Mordinstrument in der Hand, vertrauend auf meine Macht, keck hinaustreten, da keiner, von scheuer Furcht ergriffen, es wagen würde, mich aufzuhalten; jetzt war ich selbst von tödlicher Angst befangen. Endlich, endlich war ich auf der Haupttreppe, der Tumult hatte sich nach den Zimmern der Baronesse gezogen, es wurde ruhiger, in drei gewaltigen Sprüngen war ich hinab, nur noch wenige Schritte vom Portal entfernt. Da gellte ein durchdringender Schrei durch die Gänge, dem ähnlich, den ich in voriger Nacht gehört. – „Sie ist tot, gemordet durch das Gift, das sie mir bereitet“, sprach ich dumpf in mich hinein. Aber nun strömte es wieder hell aus Euphemiens Zimmern. Aurelie schrie angstvoll um Hülfe. Aufs neue erscholl es gräßlich: „Mord, Mord!“ – Sie brachten Hermogens Leichnam! – „Eilt nach dem Mörder“, hört ich Reinhold rufen. Da lachte ich grimmig auf, daß es durch den Saal, durch die Gänge dröhnte, und rief mit schrecklicher Stimme: „Wahnwitzige, wollt ihr das Verhängnis fahen, das die frevelnden Sünder gerichtet?“ – Sie horchten auf, der Zug blieb wie festgebannt, auf der Treppe stehen. – Nicht fliehen wollt ich mehr – ja ihnen entgegenschreiten, die Rache Gottes an den Frevlern in donnernden Worten verkündend. Aber – des gräßlichen Anblicks! – vor mir! – vor mir, stand Viktorins blutige Gestalt, nicht ich, er hatte die Worte gesprochen. – Das Entsetzen sträubte mein Haar, ich stürzte in wahnsinniger Angst heraus, durch den Park! – Bald war ich im Freien, da hörte ich Pferdegetrappel hinter mir, und indem ich meine letzte Kraft zusammennahm, um der Verfolgung zu entgehen, fiel ich über eine Baumwurzel strauchelnd zu Boden. Bald standen die Pferde bei mir. Es war Viktorins Jäger. „Um Jesus willen, gnädiger Herr“, fing er an: „was ist im Schlosse vorgefallen, man schreit Mord! Schon ist das Dorf im Aufruhr. – Nun, was es auch sein mag, ein guter Geist hat es mir eingegeben aufzupacken, und aus dem Städtchen hieher zu reiten; es ist alles im Felleisen auf Ihrem Pferde, gnädiger Herr, denn wir werden uns doch wohl trennen müssen vorderhand, es ist gewiß recht was Gefährliches geschehen, nicht wahr?“ – Ich raffte mich auf, und mich aufs Pferd schwingend, bedeutete ich den Jäger, in das Städtchen zurückzureiten, und dort meine Befehle zu erwarten. Sobald er sich in der Finsternis entfernt hatte, stieg ich wieder vom Pferde und leitete es behutsam in den dicken Tannenwald hinein, der sich vor mir ausbreitete.

*Dritter Abschnitt*

## DIE ABENTEUER DER REISE

Als die ersten Strahlen der Sonne durch den finstern Tannenwald brachen, befand ich mich an einem frisch und hell über glatte Kieselsteine dahinströmenden Bach. Das Pferd, welches ich mühsam durch das Dickicht geleitet, stand ruhig neben mir, und ich hatte nichts Angelegentlicheres zu tun, als das Felleisen, womit es bepackt war, zu untersuchen. – Wäsche, Kleidungsstücke, ein mit Gold wohlgefüllter Beutel, fielen mir in die Hände. – Ich beschloß, mich sogleich umzukleiden; mit Hülfe der kleinen Schere und des Kamms, den ich in einem Besteck gefunden, verschnitt ich den Bart, und brachte die Haare, so gut es gehen wollte, in Ordnung. Ich warf die Kutte ab, in welcher ich noch das kleine verhängnisvolle Messer, Viktorins Portefeuille, so wie die Korbflasche mit dem Rest des Teufelselixiers vorfand, und bald stand ich da, in weltlicher Kleidung mit der Reisemütze auf dem Kopf, so daß ich mich selbst, als mir der Bach mein Bild heraufspiegelte, kaum wiedererkannte. Bald war ich am Ausgange des Waldes, und der in der Ferne aufsteigende Dampf, so wie das helle Glockengeläute, das zu mir herübertönte, ließen mich ein Dorf in der Nähe vermuten. Kaum hatte ich die Anhöhe vor mir erreicht, als ein freundliches schönes Tal sich öffnete, in dem ein großes Dorf lag. Ich schlug den breiten Weg ein, der sich hinabschlängelte, und sobald der Abhang weniger steil wurde, schwang ich mich aufs Pferd, um soviel möglich mich an das mir ganz fremde Reiten zu gewöhnen. – Die Kutte hatte ich in einen hohlen Baum verborgen, und mit ihr all die feindseligen Erscheinungen auf dem Schlosse in dem finstern Wald gebannt; denn ich fühlte mich froh und mutig, und es war mir, als habe nur meine überreizte Fantasie mir Viktorins blutige gräßliche Gestalt gezeigt, und als wären die letzten Worte, die ich den mich Verfolgenden entgegenrief, wie in hoher Begeisterung, unbewußt, aus meinem Innern hervorgegangen, und hätten die wahre geheime Beziehung des Zufalls, der mich auf das Schloß brachte, und das was ich dort begann, herbeiführte, deutlich ausgesprochen. – Wie das waltende Verhängnis selbst trat ich ein, den boshaften

Frevel strafend, und den Sünder in dem ihm bereiteten Untergange entsündigend. Nur Aureliens holdes Bild lebte noch wie sonst in mir, und ich konnte nicht an sie denken, ohne meine Brust beengt, ja physisch einen nagenden Schmerz in meinem Innern zu fühlen. – Doch war es mir, als müsse ich sie vielleicht in fernen Landen wiedersehen, ja, als müsse sie, wie von unwiderstehlichem Drange hingerissen, von unauflöslichen Banden an mich gekettet, mein werden.

Ich bemerkte, daß die Leute, welche mir begegneten, stillstanden und mir verwundert nachsahen, ja daß der Wirt im Dorfe vor Erstaunen über meinen Anblick kaum Worte finden konnte, welches mich nicht wenig ängstigte. Während, daß ich mein Frühstück verzehrte, und mein Pferd gefüttert wurde, versammelten sich mehrere Bauern in der Wirtsstube, die, mit scheuen Blicken mich anschielend, miteinander flüsterten. – Immer mehr drängte sich das Volk zu, und, mich dicht umringend, gafften sie mich an mit dummen Erstaunen. Ich bemühte mich, ruhig und unbefangen zu bleiben, und rief mit lauter Stimme den Wirt, dem ich befahl mein Pferd satteln, und das Felleisen aufpacken zu lassen. Er ging, zweideutig lächelnd hinaus, und kam bald darauf mit einem langen Mann zurück, der mit finstrer Amtsmiene und komischer Gravität auf mich zuschritt. Er faßte mich scharf ins Auge, ich erwiderte den Blick, indem ich aufstand und mich dicht vor ihn stellte. Das schien ihn etwas außer Fassung zu setzen, indem er sich scheu nach den versammelten Bauern umsah. „Nun was ist es“, rief ich: „Ihr scheint, mir etwas sagen zu wollen.“ Da räusperte sich der ernsthafte Mann, und sprach, indem er sich bemühte, in den Ton seiner Stimme recht viel Gewichtiges zu legen: „Herr! Ihr kommt nicht eher von hinnen, bis Ihr Uns, dem Richter hier am Orte, umständlich gesagt, wer Ihr seid, mit allen Qualitäten, was Geburt, Stand und Würde anbelangt, auch woher ihr gekommen; und wohin Ihr zu reisen gedenkt, nach allen Qualitäten, der Lage des Orts, des Namens, Provinz und Stadt, und was weiter zu bemerken, und über das alles müßt Ihr Uns, dem Richter, einen Paß vorzeigen, geschrieben und unterschrieben, untersiegelt nach allen Qualitäten, wie es recht ist und gebräuchlich!“ – Ich hatte noch gar nicht daran gedacht, daß es nötig sei, irgendeinen Namen anzunehmen, und noch weniger war mir eingefallen, daß das Sonderbare, Fremde meines Äußern – welches durch die Kleidung, der sich mein mönchischer Anstand nicht fügen wollte, so wie durch die Spuren des übelverschnittenen Bartes erzeugt wurde – mich jeden Augenblick in die Verlegenheit setzen würde, über meine Person ausgeforscht zu werden. Die Frage des Dorfrichters kam mir daher so unerwartet, daß ich vergebens sann, ihm irgendeine befriedigende Antwort zu geben. Ich entschloß mich zu versuchen, was entschiedene Keckheit bewirken würde, und sagte mit fester Stimme: „Wer ich bin, habe ich Ursache zu verschweigen, und deshalb trachtet Ihr vergeblich meinen Paß zu sehen, übrigens hütet Euch, eine Person von Stande, mit Eueren läppischen Weitläuftigkeiten, nur einen Augenblick aufzuhalten." – „Hoho!" rief der Dorfrichter, indem er eine große Dose hervorzog, in die, als er schnupfte, fünf Hände der hinter ihm stehenden Gerichtsschöppen hineingriffen, gewaltige Prisen herausholend: „hoho, nur nicht so barsch, gnädigster Herr! – Ihre Exzellenz wird sich gefallen lassen müssen, Uns dem Richter Rede zu stehen, und den Paß zu zeigen, denn, nun gerade herausgesagt, hier im Gebürge gibt es seit einiger Zeit allerlei verdächtige Gestalten, die dann und wann aus dem Walde kucken, und wieder verschwinden, wie der Gottseibeiuns selbst, aber es ist verfluchtes Diebs- und Raubgesindel, die den Reisenden auflauern und allerlei Schaden anrichten durch Mord und Brand, und Ihr, mein gnädigster Herr, seht in der Tat so absonderlich aus, daß Ihr ganz dem Bilde ähnlich seid, das die hochlöbliche Landesregierung von einem großen Räuber, und Hauptspitzbuben geschrieben und beschrieben, nach allen Qualitäten an Uns den Richter geschickt hat. Also nur ohne alle weitere Umstände und zeremonische Worte, den Paß oder in den Turm!" – Ich sah, daß mit dem Mann *so* nichts auszurichten war, ich schickte mich daher an, zu einem andern Versuch. „Gestrenger Herr Richter", sprach ich, „wenn Ihr mir die Gnade erzeigen wolltet, daß ich mit Euch allein sprechen dürfte, so wollte ich alle Eure Zweifel leicht aufklären, und im Vertrauen auf Eure Klugheit Euch das Geheimnis offenbaren, das mich in dem Aufzuge, der Euch so auffallend dünkt, herführt." – „Ha ha! Geheimnisse offenbaren", sprach der Richter: „ich merke schon, was das sein wird; nun geht nur hinaus, ihr Leute, bewacht die Türe und die Fenster, und laßt niemanden hinein und heraus!" – Als wir allein waren, fing ich an: „Ihr seht in mir, Herr Richter, einen unglücklichen Flüchtling, dem es endlich durch seine Freunde glückte, einem schmachvollen Gefängnis, und der Gefahr, auf ewig ins Kloster gesperrt zu werden, zu entgehen. Erlaßt mir die näheren Umstände meiner

Geschichte, die das Gewebe von Ränken und Bosheiten einer rachsüchtigen Familie ist. Die Liebe zu einem Mädchen niedern Standes, war die Ursache meiner Leiden. In dem langen Gefängnis war mir der Bart gewachsen, und man hatte mir schon die Tonsur geben lassen, wie Ihr's bemerken könnet, so wie ich auch in dem Gefängnisse, in dem ich schmachtete, in eine Mönchskutte gekleidet gehen mußte. Erst nach meiner Flucht, hier im Walde, durfte ich mich umkleiden, weil man mich sonst ereilt haben würde. Ihr merkt nun selbst, woher das Auffallende in meinem Äußern rührt, das mich bei Euch in solch bösen Verdacht gesetzt hat. Einen Paß kann ich Euch, wie Ihr seht, nun nicht vorzeigen, aber für die Wahrheit meiner Behauptungen, habe ich gewisse Gründe, die Ihr wohl für richtig anerkennen werdet." – Mit diesen Worten zog ich den Geldbeutel hervor, legte drei blanke Dukaten auf den Tisch, und der gravitätische Ernst des Herrn Richters verzog sich zum schmunzelnden Lächeln. „Eure Gründe, mein Herr", sagte er, „sind gewiß einleuchtend genug, aber nehmt es nicht übel, mein Herr! es fehlt Ihnen noch eine gewisse überzeugende Gleichheit nach allen Qualitäten! Wenn Ihr wollt, daß ich das Ungerade für gerade nehmen soll, so müssen Eure Gründe auch so beschaffen sein." – Ich verstand den Schelm, und legte noch einen Dukaten hinzu. „Nun sehe ich", sprach der Richter, „daß ich Euch mit meinem Verdacht unrecht getan habe; reiset nur weiter, aber schlagt, wie Ihr es wohl gewohnt sein möget, hübsch die Nebenwege ein, haltet Euch von der Heerstraße ab, bis Ihr Euch des verdächtigen Äußern ganz entledigt. "– Er öffnete die Türe nun weit, und rief laut, der versammelten Menge entgegen: „Der Herr da drinnen ist ein vornehmer Herr, nach allen Qualitäten, er hat sich Uns, dem Richter, in einer geheimen Audienz entdeckt, er reiset inkognito, das heißt, unbekannterweise, und daß ihr alle davon nichts zu wissen und zu vernehmen braucht, ihr Schlingel! – Nun, glückliche Reise, gnädger Herr!" Die Bauern zogen, ehrfurchtsvoll schweigend, die Mützen ab, als ich mich auf das Pferd schwang. Rasch wollte ich durch das Tor sprengen, aber das Pferd fing an sich zu bäumen, meine Unwissenheit, meine Ungeschicklichkeit im Reiten versagte mir jedes Mittel, es von der Stelle zu bringen, im Kreise drehte es sich mit mir herum, und warf mich endlich, unter dem schallenden Gelächter der Bauern, dem herbeieilenden Richter und dem Wirte in die Arme. „Das ist ein böses Pferd", sagte der Richter mit unterdrücktem Lachen. – „Ein böses Pferd!" wiederholte ich, mir den Staub abklopfend. Sie halfen mir wieder herauf, aber von neuem bäumte sich schnaubend und prustend das Pferd, durchaus war es nicht durch das Tor zu bringen. Da rief ein alter Bauer: „Ei seht doch, da sitzt ja das Zeterweib, die alte Liese, an dem Tor und läßt den gnädigen Herrn nicht fort, aus Schabernack, weil er ihr keinen Groschen gegeben." – Nun erst fiel mir ein altes zerlumptes Bettelweib ins Auge, die dicht am Torwege niedergekauert saß und mich mit wahnsinnigen Blicken anlachte. „Will die Zeterhexe gleich aus dem Weg!" schrie der Richter, aber die Alte kreischte: „Der Blutbruder hat mir keinen Groschen gegeben, seht ihr nicht den toten Menschen vor mir liegen? über den kann der Blutbruder nicht wegspringen, der tote Mensch richtet sich auf, aber ich drücke ihn nieder, wenn mir der Blutbruder einen Groschen gibt." Der Richter hatte das Pferd bei dem Zügel ergriffen und wollte es, ohne auf das wahnwitzige Geschrei der Alten zu achten, durch das Tor ziehen, vergeblich war indessen alle Anstrengung, und die Alte schrie gräßlich dazwischen. „Blutbruder, Blutbruder, gib mir Groschen, gib mir Groschen!" Da griff ich in die Tasche und warf ihr Geld in den Schoß, und jubelnd und jauchzend sprang die Alte auf in die Lüfte, und schrie: „Seht die schönen Groschen, die mir der Blutbruder gegeben, seht die schönen Groschen!" Aber mein Pferd wieherte laut, und kurbettierte, von dem Richter losgelassen, durch das Tor. „Nun geht es gar schön und herrlich mit dem Reiten, gnädiger Herr, nach allen Qualitäten", sagte der Richter, und die Bauern, die mir bis vors Tor nachgelaufen, lachten noch einmal über die Maßen, als sie mich unter den Sprüngen des muntern Pferdes, so auf und nieder fliegen sahen, und riefen: „Seht doch, seht doch, der reitet wie ein Kapuziner!"

Der ganze Vorfall im Dorfe, vorzüglich die verhängnisvollen Worte des wahnsinnigen Weibes, hatten mich nicht wenig aufgeregt. Die vornehmsten Maßregeln, die ich jetzt zu ergreifen hatte, schienen mir, bei der ersten Gelegenheit alles Auffallende aus meinem Äußern zu verbannen, und mir irgendeinen Namen zu geben, mit dem ich mich ganz unbemerkt in die Masse der Menschen eindrängen könne. – Das Leben lag vor mir, wie ein finstres undurchschauliches Verhängnis, was konnte ich anders tun, als mich in meiner Verbannung ganz den Wellen des Stroms überlassen, der mich unaufhaltsam dahinriß. Alle Faden, die mich sonst an bestimmte Lebensverhältnisse banden, waren zerschnitten, und daher kein Halt für mich zu finden. Immer lebendiger und lebendiger wurde die Heerstraße, und alles kündigte schon in der Ferne, die reiche lebhafte Handelsstadt an, der ich mich jetzt näherte. In wenigen Tagen lag sie mir vor Augen; ohne gefragt, ja ohne einmal eben genau betrachtet zu werden, ritt ich in die Vorstadt hinein. Ein großes Haus mit hellen Spiegelfenstern, über dessen Türe ein goldner geflügelter Löwe prangte, fiel mir in die Augen. Eine Menge Menschen wogte hinein und hinaus, Wagen kamen und fuhren ab, aus den untern Zimmern schallte mir Gelächter und Gläserklang entgegen. Kaum hielt ich an der Türe, als geschäftig der Hausknecht herbeisprang, mein Pferd bei dem Zügel ergriff, und es, als ich abgestiegen, hineinführte. Der zierlich gekleidete Kellner kam mit dem klappernden Schlüsselbunde, und schritt mir voran die Treppe herauf; als wir uns im zweiten Stock befanden, sah er mich noch einmal flüchtig an, und führte mich dann noch eine Treppe höher, wo er mir ein mäßiges Zimmer öffnete, und mich dann höflich frug, was ich vorderhand beföhle, um zwei Uhr würde gespeiset im Saal No. 10. erster Stock u. s. w. „Bringen Sie mir eine Flasche Wein!" Das war in der Tat das erste Wort, das ich der dienstfertigen Geschäftigkeit dieser Leute einschieben konnte.

Kaum war ich allein, als es klopfte, und ein Gesicht zur Türe hereinsah, das einer komischen Maske glich, wie ich sie wohl ehemals gesehen. Eine spitze rote Nase, ein paar kleine funkelnde Augen, ein langes Kinn und dazu ein aufgetürmtes gepudertes Toupet, das, wie ich nachher wahrnahm, ganz unvermuteterweise hinten in einen Titus ausging, ein großes Jabot, ein brennend rotes Gilet, unter dem zwei starke Uhrketten hervorhingen, Pantalons, ein Frack, der manchmal zu enge, dann aber auch wieder zu weit war, kurz mit Konsequenz überall nicht paßte! – So schritt die Figur, in der Krümmung des Bücklings, der in der Türe begonnen, herein, Hut, Schere und Kamm in der Hand, sprechend: „Ich bin der Friseur des Hauses, und biete meine Dienste, meine unmaßgeblichen Dienste gehorsamst an." – Die kleine winddürre Figur hatte so etwas Possierliches, daß ich das Lachen kaum unterdrücken konnte. Doch war mir der Mann willkommen, und ich stand nicht an, ihn zu fragen, ob er sich getraue, meine durch die lange Reise, und noch dazu durch übles Verschneiden ganz in Verwirrung geratene Haare in Ordnung zu bringen! Er sah meinen Kopf mit kunstrichterlichen Augen an, und sprach, indem er die rechte Hand, graziös gekrümmt, mit ausgespreizten Fingern auf die rechte Brust legte. „In Ordnung bringen? – O Gott! Pietro Belcampo, du, den die schnöden Neider schlechtweg Peter Schönfeld nennen, wie den göttlichen Regimentspfeifer und Hornisten Giacomo Punto, Jakob Stich, du wirst verkannt. Aber stellst du nicht selbst dein Licht unter den Scheffel, statt es leuchten zu lassen vor der Welt? Sollte der Bau dieser Hand, sollte der Funke des Genies, der aus diesem Auge strahlt, und wie ein lieblich Morgenrot die Nase färbt im Vorbeistreifen, sollte dein ganzes Wesen nicht dem ersten Blick des Kenners verraten, daß der Geist dir einwohnt, der nach dem Ideal strebt? – In Ordnung bringen! – ein kaltes Wort mein Herr!"

Ich bat den wunderlichen kleinen Mann, sich nicht so zu ereifern, indem ich seiner Geschicklichkeit alles zutraue. „Geschicklichkeit?" fuhr er in seinem Eifer fort, „was ist Geschicklichkeit? – Wer war geschickt? – Jener der das Maß nahm, nach fünf Augenlängen und dann springend dreißig Ellen weit in den Graben stürzte? – Jener der ein Linsenkorn auf zwanzig Schritte weit durch ein Nähnadelöhr schleuderte? – Jener der fünf Zentner an den Degen hing, und so ihn an der Nasenspitze balancierte sechs Stunden, sechs Minuten, sechs Sekunden und einen Augenblick? – Ha was ist Geschicklichkeit! Sie ist fremd dem Pietro Belcampo, den die Kunst die heilige durchdringt. – Die Kunst, mein Herr, die Kunst! – Meine Fantasie irrt in dem wunderbaren Lockenbau, in dem künstlichen Gefüge, das der Zephirhauch in Wellenzirkeln baut und zerstört. – Da schafft sie und wirkt und arbeitet. – Ha es ist was Göttliches um die Kunst, denn die Kunst, mein Herr, ist eigentlich nicht sowohl die Kunst von der man so viel spricht, sondern sie entsteht vielmehr erst aus dem allen, was man die Kunst heißt! – Sie verstehen mich, mein Herr, denn Sie scheinen mir ein denkender Kopf, wie ich aus dem Löckchen schließe, das sich rechter Hand über Dero verehrte Stirn gelegt." – Ich versicherte, daß ich ihn vollkommen verstände, und indem mich die ganz originelle Narrheit des Kleinen höchlich ergötzte, beschloß ich, seine gerühmte Kunst in Anspruch nehmend, seinen Eifer, seinen Pathos nicht im mindesten zu unterbrechen. „Was gedenken Sie denn", sagte ich, „aus meinen verworrenen Haaren herauszubringen?" – „Alles was Sie wollen", erwiderte der Kleine: „soll Pietro Belcampo des Künstlers Rat aber etwas vermögen, so lassen Sie mich erst in den gehörigen Weiten, Breiten und Längen, Ihr wertes Haupt, Ihre ganze Gestalt,

Ihren Gang, Ihre Mienen, Ihr Gebärdenspiel betrachten, dann werde ich sagen, ob Sie sich mehr zum Antiken oder zum Romantischen, zum Heroischen, Großen, Erhabenen, zum Naiven, zum Idyllischen, zum Spöttischen, zum Humoristischen hinneigen; dann werde ich die Geister des Caracalla, des Titus, Karls des Großen, Heinrich des Vierten, Gustav Adolfs, oder Virgils, Tassos, Boccaccios, heraufbeschwören. – Von ihnen beseelt zucken die Muskeln meiner Finger, und unter der sonoren zwitschernden Schere geht das Meisterstück hervor. Ich werde es sein, mein Herr, der Ihre Charakteristik, wie sie sich aussprechen soll im Leben, vollendet. Aber jetzt bitte ich, die Stube einigemal auf und ab zu schreiten, ich will beobachten, bemerken, anschauen, ich bitte!"

Dem wunderlichen Mann mußte ich mich wohl fügen, ich schritt daher, wie er gewollt, die Stube auf und ab, indem ich mir alle Mühe gab, den gewissen mönchischen Anstand, den keiner ganz abzulegen vermag, ist es auch noch so lange her, daß er das Kloster verlassen, zu verbergen. Der Kleine betrachtete mich aufmerksam, dann aber fing er an, um mich her zu trippeln, er seufzte und ächzte, er zog sein Schnupftuch hervor und wischte sich die Schweißtropfen von der Stirne. Endlich stand er still, und ich frug ihn, ob er nun mit sich einig worden, wie er mein Haar behandeln müsse. Da seufzte er und sprach: „Ach, mein Herr! was ist denn das? – Sie haben sich nicht ihrem natürlichen Wesen überlassen, es war ein Zwang in dieser Bewegung, ein Kampf streitender Naturen. Noch ein paar Schritte, mein Herr!" – Ich schlug es ihm rund ab, mich noch einmal zur Schau zu stellen, indem ich erklärte, daß wenn er *nun* sich nicht entschließen könne, mein Haar zu verschneiden, ich darauf verzichten müsse, seine Kunst in Anspruch zu nehmen. „Begrabe dich, Pietro", rief der Kleine in vollem Eifer: „denn du wirst verkannt in dieser Welt, wo keine Treue, keine Aufrichtigkeit mehr zu finden. Aber Sie sollen doch meinen Blick, der in die Tiefe schaut bewundern, ja den Genius in mir verehren, mein Herr! Vergebens suchte ich lange all das Widersprechende, was in Ihrem ganzen Wesen, in Ihren Bewegungen liegt, zusammenzufügen. Es liegt in Ihrem Gange etwas, das auf einen Geistlichen hindeutet. Ex profundis clamavi ad te Domine – Oremus – Et in omnia saecula saeculorum Amen!" – Diese Worte sang der Kleine mit heisrer, quäckender Stimme, indem er mit treuster Wahrheit, Stellung und Gebärde der Mönche nachahmte. Er drehte sich wie vor dem Altar, er kniete und stand wieder auf, aber nun nahm er einen stolzen trotzigen Anstand an, er runzelte die Stirn, er riß die Augen auf und sprach: „Mein ist die Welt! – Ich bin reicher, klüger, verständiger, als ihr alle, ihr Maulwürfe; beugt euch vor mir! Sehen Sie, mein Herr", sagte der Kleine, „das sind die Hauptingredienzien Ihres äußern Anstandes, und wenn Sie es wünschen, so will ich, Ihre Züge, Ihre Gestalt, Ihre Sinnesart beachtend, etwas Caracalla, Abälard und Boccaz zusammengießen, und so in der Glut, Form und Gestalt bildend, den wunderbaren antik-romantischen Bau ätherischer Locken und Löckchen beginnen." – Es lag so viel Wahres in der Bemerkung des Kleinen, daß ich es für geraten hielt, ihm zu gestehen, wie ich in der Tat geistlich gewesen, und schon die Tonsur erhalten, die ich jetzt soviel möglich zu verstecken wünsche.

Unter seltsamen Sprüngen, Grimassen und wunderlichen Reden, bearbeitete der Kleine mein Haar. Bald sah er finster und mürrisch aus, bald lächelte er, bald stand er in athletischer Stellung, bald erhob er sich auf den Fußspitzen, kurz es war mir kaum möglich, nicht noch mehr zu lachen, als schon wider meinen Willen geschah. – Endlich war er fertig, und ich bat ihn, noch ehe er in die Worte ausbrechen konnte, die ihm schon auf der Zunge schwebten, mir jemanden heraufzuschicken, der sich, ebenso wie *er* des Haupthaars, meines verwirrten Barts annehmen könnte. Da lächelte er ganz seltsam, schlich auf den Zehen zur Stubentüre und verschloß sie. Dann trippelte er leise bis mitten ins Zimmer, und sprach: „Goldene Zeit, als noch Bart und Haupthaar in *einer* Lockenfülle sich zum Schmuck des Mannes ergoß, und die süße Sorge *eines* Künstlers war. – Aber du bist dahin! – der Mann hat seine schönste Zierde verworfen, und eine schändliche Klasse hat sich hingegeben, den Bart mit entsetzlichen Instrumenten bis auf die Haut zu vertilgen. Oh, ihr schnöden schmählichen Bartkratzer und Bartputzer, wetzt nur eure Messer auf schwarzen, mit übelriechendem Öl getränkten Riemen zum Hohn der Kunst, schwingt eure betroddelten Beutel, klappert mit euern Becken und schaumt die Seife, heißes, gefährliches Wasser umherspritzend, fragt im frechen Frevel euere Patienten, ob sie über den Daumen oder über den Löffel rasiert sein wollen. – Es gibt Pietros die euerm schnöden Gewerbe entgegenarbeiten und, sich erniedrigend zu euerm schmachvollen Treiben, die Bärte auszurotten, noch das zu retten suchen, was sich über die Wellen der Zeit erhebt. Was sind die tausendmal variierten Backenbärte in lieblichen

Windungen und Krümmungen, bald sich sanft schmiegend der Linie des sanften Ovals, bald traurig niedersinkend in des Halses Vertiefung, bald keck emporstrebend über die Mundwinkel heraus, bald bescheiden sich einengend in schmaler Linie, bald sich auseinanderbreitend in kühnem Lockenschwunge – was sind sie anders, als die Erfindung unserer Kunst, in der sich das hohe Streben nach dem Schönen, nach dem Heiligen entfaltet? Ha, Pietro! zeige, welcher Geist dir einwohnt, ja, was du für die Kunst zu unternehmen bereit bist, indem du herabsteigst zum unleidlichen Geschäft der Bartkratzer." – Unter diesen Worten hatte der Kleine ein vollständiges Barbierzeug hervorgezogen und fing an, mich mit leichter geübter Hand von meinem Barte zu befreien. Wirklich ging ich aus seinen Händen ganz anders gestaltet hervor, und es bedurfte nur noch anderer, weniger ins Auge fallender Kleidungsstücke, um mich der Gefahr zu entziehen, wenigstens durch mein Äußeres eine mir gefährliche Aufmerksamkeit zu erregen. Der Kleine stand, in inniger Zufriedenheit mich anlächelnd, da. Ich sagte ihm, daß ich ganz unbekannt in der Stadt wäre, und daß es mir angenehm sein würde, mich bald nach der Sitte des Orts kleiden zu können. Ich drückte ihm für seine Bemühung, und um ihn aufzumuntern, meinen Kommissionär zu machen, einen Dukaten in die Hand. Er war wie verklärt, er beäugelte den Dukaten in der flachen Hand. „Wertester Gönner und Mäzen", fing er an: „ich habe mich nicht in Ihnen betrogen, der Geist leitete meine Hand, und im Adlerflug des Backenbarts sind Ihre hohe Gesinnungen rein ausgesprochen. Ich habe einen Freund, einen Damon, einen Orest, der das am Körper vollendet, was ich am Haupt begonnen, mit demselben tiefen Sinn, mit demselben Genie. Sie merken, mein Herr, daß es ein Kostümkünstler ist, denn *so* nenne ich ihn, statt des gewöhnlichen trivialen Ausdrucks *Schneider*. – Er verliert sich gern in das Ideelle, und so hat er, Formen und Gestalten in der Fantasie bildend, ein Magazin der verschiedensten Kleidungsstücke angelegt. Sie erblikken den modernen Elegant in allen möglichen Nuancen, wie er, bald keck und kühn alles überleuchtend, bald in sich versunken nichts beachtend, bald naiv tändelnd, bald ironisch, witzig, übellaunigt, schwermütig, bizarr, ausgelassen, zierlich, burschikos erscheinen will. Der Jüngling, der sich zum erstenmal einen Rock machen lassen, ohne einengenden Rat der Mama, oder des Hofmeisters; der Vierziger, der sich pudern muß, des weißen Haars wegen; der lebenslustige Alte, der Gelehrte, wie er sich in der Welt bewegt, der reiche Kaufmann, der wohlhabende Bürger: alles hängt in meines Damons Laden vor Ihren Augen; in wenigen Augenblicken sollen sich die Meisterstücke meines Freundes Ihrem Blick entfalten." – Er hüpfte schnell von dannen, und erschien bald mit einem großen, starken, anständig gekleideten Manne wieder, der gerade den Gegensatz des Kleinen machte, sowohl im Äußern, als in seinem ganzen Wesen, und den er mir doch eben als seinen Damon vorstellte. – Damon maß mich mit den Augen, und suchte dann selbst aus dem Paket, das ihm ein Bursche nachgetragen, Kleidungsstücke heraus, die den Wünschen, welche ich ihm eröffnet, ganz entsprachen. Ja erst in der Folge habe ich den feinen Takt des Kostümkünstlers, wie ihn der Kleine preziös nannte, eingesehen, der in dem Sinn durchaus nicht aufzufallen, sondern unbemerkt und doch beim Bemerktwerden geachtet, ohne Neugierde über Stand, Gewerbe u. s. w. zu erregen, zu wandeln, so richtig wählte. Es ist in der Tat schwer, sich so zu kleiden, daß der gewisse allgemeinere Charakter des Anzuges irgendeine Vermutung, man treibe dies oder jenes Gewerbe, nicht aufkommen läßt, ja daß niemand daran denkt, darauf zu sinnen. Das Kostüm des Weltbürgers wird wohl nur durch das Negative bedingt, und läuft ungefähr darauf hinaus, was man das gebildete Benehmen heißt, das auch mehr im Unterlassen, als im Tun liegt. – Der Kleine ergoß sich noch in allerlei sonderbaren grotesken Redensarten, ja da ihm vielleicht wenige so williges Ohr verliehen als ich, schien er überglücklich sein Licht recht leuchten lassen zu können. – Damon, ein ernster, und wie mir schien verständiger Mann, schnitt ihm aber plötzlich die Rede ab, indem er ihn bei der Schulter faßte und sprach: „Schönfeld! du bist heute wieder einmal recht im Zuge tolles Zeug zu schwatzen; ich wette, daß dem Herrn schon die Ohren wehe tun, von all dem Unsinn, den du vorbringst." – Belcampo ließ traurig sein Haupt sinken, aber dann ergriff er schnell den bestaubten Hut, und rief laut, indem er zur Türe hinaussprang: „So werd ich prostituiert von meinen besten Freunden!" – Damon sagte, indem er sich mir empfahl: „Es ist ein Hasenfuß ganz eigner Art, dieser Schönfeld! – Das viele Lesen hat ihn halb verrückt gemacht, aber sonst ein gutmütiger Mensch und in seinem Metier geschickt, weshalb ich ihn leiden mag, denn leistet man recht viel wenigstens in *einer* Sache, so kann man sonst wohl etwas weniges über die Schnur hauen." – Als ich allein war, fing ich vor dem großen Spiegel, der im Zimmer aufgehängt war, eine förmliche Übung im Gehen an. Der kleine Friseur hatte mir einen richtigen Fingerzeig gegeben. Den Mönchen ist eine gewisse schwerfällige ungelenke Geschwindigkeit im Gehen eigen, die durch die lange Kleidung, welche die Schritte hemmt und durch das Streben, sich schnell zu bewegen, wie es der Kultus erfordert, hervorgebracht wird. Ebenso liegt in dem zurückgebeugten Körper und in dem Tragen der Ärme, die niemals herunterhängen dürfen, da der Mönch die Hände, wenn er sie nicht faltet in die weiten Ärmel der Kutte steckt, etwas so Charakteristisches, das dem Aufmerksamen nicht leicht entgeht. Ich versuchte dies alles abzulegen, um jede Spur meines Standes zu verwischen. Nur darin fand ich Trost für mein Gemüt, daß ich mein ganzes Leben als ausgelebt möcht ich sagen, als überstanden ansah, und nun in ein neues Sein so eintrat, als belebe ein geistiges Prinzip die neue Gestalt, von der überbaut selbst die Erinnerung ehemaliger Existenz immer schwächer und schwächer werdend, endlich ganz unterginge. Das Gewühl der Menschen, der fortdauernde Lärm des Gewerbes, das sich auf den Straßen rührte, alles war mir neu und ganz dazu geeignet, die heitre Stimmung zu erhalten, in die mich der komische Kleine versetzt. In meiner neuen anständigen Kleidung wagte ich mich hinab an die zahlreiche Wirtstafel, und jede Scheu verschwand, als ich wahrnahm, daß mich niemand bemerkte, ja daß mein nächster Nachbar sich nicht einmal die Mühe gab mich anzuschauen, als ich mich neben ihn setzte. In der Fremdenliste hatte ich, meiner Befreiung durch den Prior gedenkend mich Leonhard genannt, und für einen Privatmann ausgegeben, der zu seinem Vergnügen reise. Dergleichen Reisende mochte es in der Stadt gar viele geben, und um so weniger veranlaßte ich weitere Nachfrage. – Es war mir ein eignes Vergnügen, die Straßen zu durchstreichen und mich an dem Anblick der reichen Kaufladen, der ausgehängten Bilder und Kupferstiche zu ergötzen. Abends besuchte ich die öffentlichen Spaziergänge, wo mich oft meine Abgeschiedenheit mitten im lebhaftesten Gewühl der Menschen mit bittern Empfindungen erfüllte. – Von niemanden gekannt zu sein, in niemandes Brust die leiseste Ahnung vermuten zu können, wer ich sei, welch ein wunderbares merkwürdiges Spiel des Zufalls mich hieher geworfen, ja was ich alles in mir selbst verschließe, so wohltätig es mir in meinem Verhältnis sein mußte, hatte doch für mich etwas wahrhaft Schauerliches, indem ich mir selbst dann vorkam, wie ein abgeschiedener Geist, der noch auf Erden wandle, da alles ihm sonst im Leben Befreundete längst gestorben. Dachte ich daran, wie ehemals den berühmten Kanzelredner alles freundlich und ehrfurchtsvoll grüßte, wie alles nach seiner Unterhaltung, ja nach ein paar Worten von ihm geizte, so ergriff mich bittrer Unmut. – Aber jener Kanzelredner war der Mönch Medardus, der ist gestorben und begraben in den Abgründen des Gebürges, ich bin es nicht, denn ich lebe, ja mir ist erst jetzt das Leben neu aufgegangen, das mir seine Genüsse bietet. – So war es mir, wenn Träume mir die Begebenheiten im Schlosse wiederholten, als wären sie einem anderen, nicht mir, geschehen; dieser andere war doch wieder der Kapuziner, aber nicht ich selbst. Nur der Gedanke an Aurelien verknüpfte noch mein voriges Sein mit dem jetzigen, aber wie ein tiefer nie zu verwindender Schmerz tötete er oft die Lust, die mir aufgegangen, und ich wurde dann plötzlich herausgerissen aus den bunten Kreisen, womit mich immer mehr das Leben umfing. – Ich unterließ nicht, die vielen öffentlichen Häuser zu besuchen, in denen man trank, spielte u. d. m. und vorzüglich war mir in dieser Art ein Hotel in der Stadt lieb geworden, in dem sich, des guten Weins wegen, jeden Abend eine zahlreiche Gesellschaft versammelte. – An einem Tisch im Nebenzimmer sah ich immer dieselben Personen, ihre Unterhaltung war lebhaft und geistreich. Es gelang mir, den Männern die einen geschlossenen Zirkel gebildet hatten, näher zu treten, indem ich erst in einer Ecke des Zimmers still und bescheiden meinen Wein trank, endlich irgendeine interessante literarische Notiz nach der sie vergebens suchten, mitteilte, und so einen Platz am Tische erhielt, den sie mir um so lieber einräumten, als ihnen mein Vortrag, so wie meine mannigfachen Kenntnisse, die ich, täglich mehr eindringend in all die Zweige der Wissenschaft, die mir bisher unbekannt bleiben mußten, erweiterte, zusagten. So erwarb ich mir eine Bekanntschaft, die mir wohl tat, und, mich immer mehr und mehr an das Leben in der Welt gewöhnend, wurde meine Stimmung täglich unbefangener und heitrer; ich schliff all die rauhen Ecken ab die mir von meiner vorigen Lebensweise übrig geblieben.

Seit mehreren Abenden sprach man in der Gesellschaft die ich besuchte, viel von einem fremden Maler, der angekommen und eine Ausstellung seiner Gemälde veranstaltet habe: Alle außer mir hatten die Gemälde schon gesehen, und rühmten ihre Vortrefflichkeit so sehr, daß ich mich entschloß auch hinzugehen. Der Maler war nicht zugegen, als ich in den Saal trat, doch machte ein alter Mann den Cicerone und nannte die Meister der fremden Gemälde, die der Maler zugleich mit den seinigen ausgestellt. – Es waren herrliche Stücke, mehrenteils Originale berühmter Meister, deren Anblick mich entzückte. – Bei manchen Bildern, die der Alte flüchtige, großen Freskogemälden entnommene Kopien nannte, dämmerten in meiner Seele Erinnerungen aus meiner frühsten Jugend auf. – Immer deutlicher und deutlicher, immer lebendiger erglühten sie in regen Farben. Es waren offenbar Kopien aus der heiligen Linde. So erkannte ich auch bei einer heiligen Familie in Josephs Zügen ganz das Gesicht jenes fremden Pilgers, der mir den wunderbaren Knaben brachte. Das Gefühl der tiefsten Wehmut durchdrang mich, aber eines lauten Ausrufs konnte ich mich nicht erwehren, als mein Blick auf ein lebensgroßes Porträt fiel, in dem ich die Fürstin, meine Pflegemutter, erkannte. Sie war herrlich, und mit jener im höchsten Sinn aufgefaßten Ähnlichkeit, wie Van Dyck seine Porträts malte, in der Tracht, wie sie in der Prozession am Bernardustage vor den Nonnen einherzuschreiten pflegte, gemalt. Der Maler hatte gerade den Moment ergriffen, als sie nach vollendetem Gebet sich anschickt aus ihrem Zimmer zu treten um die Prozession zu beginnen, auf welche das versammelte Volk in der Kirche, die sich in der Perspektive des Hintergrundes öffnet, erwartungsvoll harrt. In dem Blick der herrlichen Frau lag ganz der Ausdruck des zum Himmlischen erhobenen Gemüts, ach es war, als schien sie Vergebung für den frevelnden frechen Sünder zu erflehen, der sich gewaltsam von ihrem Mutterherzen losgerissen und dieser Sünder war ja ich selbst! Gefühle, die mir längst fremd worden, durchströmtenn meine Brust, eine unaussprechliche Sehnsucht riß mich fort, ich war wieder bei dem guten Pfarrer im Dorfe des Zisterzienserklosters, ein muntrer, unbefangener, froher Knabe, vor Lust jauchzend, weil der Bernardustag gekommen. Ich sah sie! – „Bist du recht fromm und gut gewesen Franziskus?“ frug sie mit der Stimme, deren vollen Klang die Liebe dämpfte, daß sie weich und lieblich zu mir herübertönte. – „Bist du recht fromm und gut gewesen?“ Ach, was konnte ich ihr antworten? – Frevel auf Frevel habe ich gehäuft, dem Bruch des Gelübdes folgte der Mord! – Von Gram und Reue zerfleischt, sank ich halbohnmächtig auf die Knie, Tränen entstürzten meinen Augen. – Erschrocken sprang der Alte auf mich zu und frug heftig: „Was ist Ihnen, was ist Ihnen, mein

Herr?" – „Das Bild der Äbtissin ist meiner, eines grausamen Todes gestorbenen Mutter so ähnlich", sagte ich dumpf in mich hinein, und suchte, indem ich aufstand, so viel Fassung als möglich zu gewinnen. „Kommen Sie, mein Herr!" sagte der Alte: „solche Erinnerungen sind zu schmerzhaft, man darf sie vermeiden, es ist noch ein Porträt hier, welches mein Herr für sein bestes hält. Das Bild ist nach dem Leben gemalt und unlängst vollendet, wir haben es verhängt, damit die Sonne nicht die noch nicht einmal ganz eingetrockneten Farben verderbe." – Der Alte stellte mich sorglich in das gehörige Licht und zog dann schnell den Vorhang weg. – Es war Aurelie! – Mich ergriff ein Entsetzen, das ich kaum zu bekämpfen vermochte. – Aber ich erkannte die Nähe des Feindes, der mich in die wogende Flut, der ich kaum entronnen, gewaltsam hineindrängen, mich vernichten wollte, und mir kam der Mut wieder, mich aufzulehnen gegen das Ungetüm, das in geheimnisvollem Dunkel auf mich einstürmte.

Mit gierigen Blicken verschlang ich Aureliens Reize, die aus dem in regem Leben glühenden Bilde hervorstrahlten. – Der kindliche milde Blick des frommen Kindes schien den verruchten Mörder des Bruders anzuklagen, aber jedes Gefühl der Reue erstarb in dem bittern feindlichen Hohn, der, in meinem Innern aufkeimend, mich wie mit giftigen Stacheln hinaustrieb aus dem freundlichen Leben. – Nur *das* peinigte mich, daß in jener verhängnisvollen Nacht auf dem Schlosse, Aurelie nicht mein worden. Hermogens Erscheinung vereitelte das Unternehmen, aber er büßte mit dem Tode! – Aurelie lebt, und das ist genug, der Hoffnung Raum zu geben, sie zu besitzen! – Ja es ist gewiß, daß sie noch mein wird, denn das Verhängnis waltet, dem sie nicht entgehen kann; und bin ich nicht selbst dieses Verhängnis?

So ermutigte ich mich zum Frevel, indem ich das Bild anstarrte. Der Alte schien über mich verwundert. Er kramte viel Worte aus über Zeichnung, Ton, Kolorit, ich hörte ihn nicht. Der Gedanke an Aurelie, die Hoffnung, die nur aufgeschobene böse Tat noch zu vollbringen, erfüllte mich so ganz und gar, daß ich forteilte ohne nach dem fremden Maler zu fragen, und so vielleicht näher zu erforschen, was für eine Bewandtnis es mit den Gemälden haben könne, die wie in einem Zyklus Andeutungen über mein ganzes Leben enthielten. – Um Aureliens Besitz war ich entschlossen alles zu wagen, ja es war mir, als ob ich selbst über die Erscheinungen meines Lebens gestellt und sie durchschauend, niemals zu fürchten, und daher auch niemals zu wagen haben könne. Ich brütete über allerlei Pläne und Entwürfe, meinem Ziele näher zu kommen, vorzüglich glaubte ich nun, von dem fremden Maler manches zu erfahren und manche mir fremde Beziehung zu erforschen, die mir zu wissen, als Vorbereitung zu meinem Zweck, nötig sein konnte. Ich hatte nämlich nichts Geringeres im Sinn, als in meiner jetzigen neuen Gestalt auf das Schloß zurückzukehren, und das schien mir nicht einmal ein sonderlich kühnes Wagstück zu sein. – Am Abend ging ich in jene Gesellschaft; es war mir darum zu tun, der immer steigenden Spannung meines Geistes, dem ungezähmten Arbeiten meiner aufgeregten Fantasie Schranken zu setzen.

Man sprach viel von den Gemälden des fremden Malers, und vorzüglich von dem seltnen Ausdruck, den er seinen Porträts zu geben wüßte; es war mir möglich in dies Lob einzustimmen, und mit einem besondern Glanz des Ausdrucks, der nur der Reflex der höhnenden Ironie war, die in meinem Innern wie verzehrendes Feuer brannte, die unnennbaren Reize, die über Aureliens frommes engelschönes Gesicht verbreitet, zu schildern. Einer sagte, daß er den Maler, den die Vollendung mehrerer Porträts, die er angefangen, noch am Orte festhielte, und der ein interessanter herrlicher Künstler, wiewohl schon ziemlich bejahrt sei, morgen abends in die Gesellschaft mitbringen wolle.

Von seltsamen Gefühlen, von unbekannten Ahnungen bestürmt, ging ich den andern Abend, später als gewöhnlich, in die Gesellschaft; der Fremde saß mit mir zugekehrtem Rücken am Tische. Als ich mich setzte, als ich ihn erblickte, da starrten mir die Züge jenes fürchterlichen Unbekannten entgegen, der am Antoniustage an den Eckpfeiler gelehnt stand, und mich mit Angst und Entsetzen erfüllte. – Er sah mich lange an mit tiefem Ernst, aber die Stimmung, in der ich mich befand, seitdem ich Aureliens Bild geschaut hatte, gab mir Mut und Kraft diesen Blick zu ertragen. Der Feind war nun sichtlich ins Leben getreten, und es galt, den Kampf auf den Tod mit ihm zu beginnen. – Ich beschloß, den Angriff abzuwarten, aber dann ihn mit den Waffen, auf deren Stärke ich bauen konnte, zurückzuschlagen. Der Fremde schien mich nicht sonderlich zu beachten, sondern setzte, den Blick wieder von mir abwendend, das Kunstgespräch fort, in dem er begriffen gewesen, als ich eintrat. Man kam auf seine Gemälde, und lobte vorzüglich Aureliens Porträt. Jemand behauptete, daß das Bild, unerachtet es sich auf den ersten Blick als Porträt ausspreche, doch als Studie dienen, und zu irgendeiner Heiligen benutzt werden könne. – Man frug nach meinem Urteil, da ich eben jenes Bild so herrlich mit allen seinen Vorzügen in Worten dargestellt, und unwillkürlich fuhr es mir heraus, daß ich die heilige Rosalia mir nicht wohl anders denken könne, als ebenso wie das Porträt der Unbekannten. Der Maler schien meine Worte kaum zu bemerken, indem er sogleich einfiel: „In der Tat ist jenes Frauenzimmer, die das Porträt getreulich darstellt, eine fromme Heilige, die im Kampfe sich zum Himmlischen erhebt. Ich habe sie gemalt, als sie, von dem entsetzlichsten Jammer ergriffen, doch in der Religion Trost, und von dem ewigen Verhängnis, das über den Wolken thront, Hülfe hoffte; und den Ausdruck dieser Hoffnung, die nur in dem Gemüt wohnen kann, das sich über das Irdische hoch erhebt, habe ich dem Bilde zu geben gesucht." – Man verlor sich in andere Gespräche, der Wein, der heute, dem fremden Maler zu Ehren, in beßrer Sorte und reichlicher getrunken wurde als sonst, erheiterte die Gemüter. Jeder wußte irgend etwas Ergötzliches zu erzählen, und wiewohl der Fremde nur im Innern zu lachen, und dies innere Lachen sich nur im Auge abzuspiegeln schien, so wußte er doch oft nur durch ein paar hineingeworfene kräftige Worte, das Ganze in besonderem Schwunge zu erhalten. – Konnte ich auch, sooft mich der Fremde ins Auge faßte, ein unheimliches grauenhaftes Gefühl nicht unterdrücken, so überwand ich doch immer mehr und mehr die entsetzliche Stimmung, von der ich erst ergriffen, als ich den Fremden erblickte. Ich erzählte von dem possierlichen Belcampo, den alle kannten, und wußte zu ihrer Freude seine fantastische Hasenfüßigkeit recht ins grelle Licht zu stellen, so daß ein recht gemütlicher dicker Kaufmann, der mir gegenüber zu sitzen pflegte, mit vor Lachen tränenden Augen versicherte: das sei seit langer Zeit der vergnügteste Abend, den er erlebe. Als das Lachen endlich zu verstummen anfing, frug der Fremde plötzlich: „Haben Sie schon den Teufel gesehen, meine Herren?" – Man hielt die Frage für die Einleitung zu irgendeinem Schwank, und versicherte allgemein, daß man noch nicht die Ehre gehabt; da fuhr der Fremde fort: „Nun es hätte wenig gefehlt, so wäre ich zu der Ehre gekommen, und zwar auf dem Schlosse des Barons F. im Gebürge." – Ich erbebte, aber die andern riefen lachend: „Nur weiter, weiter!" „Sie kennen", nahm der Fremde wieder das Wort: „wohl alle wahrscheinlich, wenn Sie die Reise durch das Gebürge machten, jene wilde schauerliche Gegend, in der, wenn der Wanderer aus dem dicken Tannenwalde auf die hohen Felsenmassen tritt, sich ihm ein tiefer schwarzer Abgrund öffnet. Es ist der sogenannte Teufelsgrund, und oben ragt ein Felsenstück hervor, welches den sogenannten Teufelssitz bildet. – Man spricht davon, daß der Graf Viktorin, mit bösen Anschlägen im Kopfe, eben auf diesem Felsen saß, als plötzlich der Teufel erschien, und, weil er beschlossen, Viktorins ihm wohlgefällige Anschläge selbst auszuführen, den Grafen in den Abgrund schleuderte. Der Teufel erschien sodann als Kapuziner auf dem Schlosse des Barons, und nachdem er seine Lust mit der Baronesse gehabt, schickte er sie zur Hölle, so wie er auch den wahnsinnigen Sohn des Barons, der durchaus des Teufels Inkognito nicht dulden wollte, sondern laut verkündete: ‚Es ist der Teufel!' erwürgte, wodurch denn aber eine fromme Seele aus dem Verderben errettet wurde, das der arglistige Teufel beschlossen. Nachher verschwand der Kapuziner auf unbegreifliche Weise, und man sagt, er sei feige geflohn vor Viktorin, der aus seinem Grabe blutig emporgestiegen. – Dem sei nun allem, wie ihm wolle, so kann ich Sie doch davon versichern, daß die Baronesse an Gift umkam, Hermogen meuchlings ermordet wurde, der Baron kurz darauf vor Gram starb, und Aurelie, eben die fromme Heilige, die ich in der Zeit, als das Entsetzliche geschehen auf dem Schlosse malte, als verlassene Waise in ein fernes Land, und zwar in ein Zisterzienserkloster, flüchtete, dessen Äbtissin ihrem Vater befreundet war. Sie haben das Bild dieser herrlichen Frau in meiner Galerie gesehn. Doch das alles wird Ihnen dieser Herr (er wies nach mir) viel umständlicher und besser erzählen können, da er während der ganzen Begebenheit auf dem Schlosse zugegen war." – Alle Blicke waren voll Erstaunen auf mich gerichtet, entrüstet sprang ich auf und rief mit heftiger Stimme: „Ei, mein Herr, was habe ich mit Ihren albernen Teufelsgeschichten, mit Ihren Morderzählungen zu schaffen, Sie verkennen mich, Sie verkennen mich in der Tat, und ich bitte, mich ganz aus dem Spiel zu lassen." Bei dem Aufruhr in meinem Innern, wurde es mir schwer genug, meinen Worten noch diesen Anstrich von Gleichgültigkeit zu geben; die Wirkung der geheimnisvollen Reden des Malers, so wie meine leidenschaftliche Unruhe, die ich zu verbergen mich vergebens bemühte, war nur zu sichtlich. Die heitre Stimmung verschwand, und die Gäste, nun sich erinnernd, wie ich, allen gänzlich fremd, mich so nach und nach dazu gefunden, sahen mich mit mißtrauischen argwöhnischen Blicken an.

Der fremde Maler war aufgestanden und durchbohrte mich mit den stieren lebendigtoten Augen, wie damals in der Kapuzinerkirche. – Er sprach kein Wort, er schien starr und leblos, aber sein gespenstischer Anblick sträubte mein Haar, kalte Tropfen standen auf der Stirn, und von Entsetzen gewaltig erfaßt, erbebten alle Fibern. – „Hebe dich weg“, schrie ich außer mir: „du bist selbst der Satan, du bist der frevelnde Mord, aber über mich hast du keine Macht!“

Alles erhob sich von den Sitzen: „Was ist das, was ist das?“ rief es durcheinander; aus dem Saale drängten sich, das Spiel verlassend, die Menschen hinein, von dem fürchterlichen Ton meiner Stimme erschreckt. „Ein Betrunkener, ein Wahnsinniger! bringt ihn fort, bringt ihn fort“, riefen mehrere. Aber der fremde Maler stand unbeweglich mich anstarrend. Unsinnig vor Wut und Verzweiflung, riß ich das Messer, womit ich Hermogen getötet, und das ich stets bei mir zu tragen pflegte, aus der Seitentasche, und stürzte mich auf den Maler, aber ein Schlag warf mich nieder, und der Maler lachte im fürchterlichen Hohn, daß es im Zimmer widerhallte: „Bruder Medardus, Bruder Medardus, falsch ist dein Spiel, geh und verzweifle in Reue und Scham.“ – Ich fühlte mich von den Gästen angepackt, da ermannte ich mich, und wie ein wütender Stier drängte und stieß ich gegen die Menge, daß mehrere zur Erde stürzten, und ich mir den Weg zur Türe bahnte. – Rasch eilte ich durch den Korridor, da öffnete sich eine kleine Seitentüre, ich wurde in ein finsteres Zimmer hineingezogen, ich widerstrebte nicht, weil die Menschen schon hinter mir herbrausten. Als der Schwarm vorüber, führte man mich eine Seitentreppe hinab in den Hof, und dann durch das Hintergebäude auf die Straße. Bei dem hellen Schein der Laternen erkannte ich in meinem Retter den possierlichen Belcampo. „Dieselben scheinen“, fing er an: „einige Fatalität mit dem fremden Maler zu haben, ich trank im Nebenzimmer ein Gläschen, als der Lärm anging, und beschloß, da mir die Gelegenheit des Hauses bekannt, Sie zu retten, denn nur ich allein bin an der ganzen Fatalität schuld.“ „Wie ist das möglich?“ frug ich voll Erstaunen. – „Wer gebietet dem Moment, wer widerstrebt den Hingebungen des höhern Geistes!“ fuhr der Kleine voll Pathos fort: „Als ich Ihr Haupthaar arrangierte, Verehrter, entzündeten sich in mir comme à l'ordinaire die sublimsten Ideen, ich überließ mich dem wilden Ausbruch ungeregelter Fantasie, und darüber vergaß ich nicht allein, die Locke des Zorns auf dem Hauptwirbel gehörig zur weichen Runde abzuglätten, sondern ließ auch sogar siebenundzwanzig Haare der Angst und des Entsetzens über der Stirne stehen, diese richteten sich auf bei den starren Blicken des Malers, der eigentlich ein Revenant ist, und neigten sich ächzend gegen die Locke des Zorns, die zischend und knisternd auseinanderfuhr. Ich habe alles geschaut, da zogen Sie, von Wut entbrannt, ein Messer, Verehrter, an dem schon diverse Blutstropfen hingen, aber es war ein eitles Bemühen, dem Orkus *den* zuzusenden, der dem Orkus schon gehörte, denn dieser Maler ist Ahasverus der ewige Jude, oder Bertram de Bornis, oder Mephistopheles, oder Benvenuto Cellini, oder der heilige Peter, kurz ein schnöder Revenant, und durch nichts anders zu bannen, als durch ein glühendes Lockeneisen, welches die Idee krümmt, welche eigentlich *er* ist, oder durch schickliches Frisieren der Gedanken, die er einsaugen muß, um die Idee zu nähren, mit elektrischen Kämmen. – Sie sehen, Verehrter! daß *mir*, dem Künstler und Fantasten von Profession, dergleichen Dinge wahre Pomade sind, welches Sprüchwort, aus meiner Kunst entnommen, weit bedeutender ist, als man wohl glaubt, sobald nur die Pomade echtes Nelkenöl enthält." Das tolle Geschwätz des Kleinen, der unterdessen mit mir durch die Straßen rannte, hatte in dem Augenblick für mich etwas Grauenhaftes, und wenn ich dann und wann seine skurrile Sprünge, sein komisches Gesicht bemerkte, mußte ich, wie im konvulsivischen Krampf, laut auflachen. Endlich waren wir in meinem Zimmer; Belcampo half mir packen, bald war alles zur Reise bereit, ich drückte dem Kleinen mehrere Dukaten in die Hand, er sprang hoch auf vor Freude und rief laut: „Heisa, nun habe ich ehrenwertes Geld, lauter flimmerndes Gold mit Herzblut getränkt, gleißend und rote Strahlen spielend. Das ist ein Einfall und noch dazu ein lustiger, mein Herr, weiter nichts."

Den Zusatz mochte ihm mein Befremden über seinen Ausruf entlocken; er bat sich es aus, der Locke des Zorns noch die gehörige Ründe geben, die Haare des Entsetzens kürzer schneiden und ein Löckchen Liebe zum Andenken mitnehmen zu dürfen. Ich ließ ihn gewähren, und er vollbrachte alles unter den possierlichsten Gebärden und Grimassen. – Zuletzt ergriff er das Messer, welches ich beim Umkleiden auf den Tisch gelegt, und stach damit, indem er eine Fechterstellung annahm, in die Luft hinein. „Ich töte Ihren Widersacher", rief er: „und da er eine bloße Idee ist, muß er getötet werden können, durch eine Idee, und erstirbt demnach an dieser, der meinigen, die ich, um die Expression zu verstärken, mit schicklichen Leibesbewegungen begleite. ‚Apage Satanas apage, apage, Ahasverus, allez-vous-en!‘ – Nun das wäre getan“, sagte er, das Messer weglegend, tief atmend und sich die Stirne trocknend, wie einer, der sich tüchtig angegriffen, um eine schwere Arbeit zu vollbringen. Rasch wollte ich das Messer verbergen, und fuhr damit in den Ärmel, als trüge ich noch die Mönchskutte, welches der Kleine bemerkte und ganz schlau belächelte. Indem blies der Postillon vor dem Hause, da veränderte Belcampo plötzlich Ton und Stellung, er holte ein kleines Schnupftuch hervor, tat als wische er sich die Tränen aus den Augen, bückte sich einmal über das andere ganz ehrerbietig, küßte mir die Hand und den Rock und flehte: „Zwei Messen für meine Großmutter, die an einer Indigestion, vier Messen für meinen Vater, der an unwillkürlichem Fasten starb, ehrwürdger Herr! Aber für mich jede Woche eine, wenn ich gestorben. – Vorderhand Ablaß für meine vielen Sünden. – Ach, ehrwürdger Herr, es steckt ein infamer sündlicher Kerl in meinem Innern, und spricht: ‚Peter Schönfeld, sei kein Affe, und glaube, daß du bist, sondern ich bin eigentlich *du*, heiße Belcampo und bin eine geniale Idee, und wenn du das nicht glaubst, so stoße ich dich nieder mit einem spitzigen haarscharfen Gedanken.‘ Dieser feindliche Mensch, Belcampo genannt, Ehrwürdiger! begeht alle mögliche Laster; unter andern zweifelt er oft an der Gegenwart, betrinkt sich sehr, schlägt um sich, und treibt Unzucht mit schönen jungfräulichen Gedanken: dieser Belcampo hat mich, den Peter Schönfeld, ganz verwirrt und konfuse gemacht, daß ich oft ungebührlich springe und die Farbe der Unschuld schände, indem ich singend in dulci jubilo mit weißseidenen Strümpfen in den Dr– setze. Vergebung für beide, Pietro Belcampo, und Peter Schönfeld!“ – Er kniete vor mir nieder und tat als schluchze er heftig. Die Narrheit des Menschen wurde mir lästig. – „Sein Sie doch vernünftig“, rief ich ihm zu, der Kellner trat hinein um mein Gepäck zu holen. Belcampo sprang auf, und wieder in seinen lustigen Humor zurückkommend, half er, indem er in einem fort schwatzte, dem Kellner das herbeibringen, was ich noch in der Eile verlangte. „Der Kerl ist ein ausgemachter Hasenfuß, man darf sich mit ihm nicht viel einlassen“, rief der Kellner, indem er die Wagentüre zuschlug. Belcampo schwenkte den Hut und rief: „Bis zum letzten Hauch meines Lebens!" als ich mit bedeutendem Blick den Finger auf den Mund legte.

Als der Morgen zu dämmern anfing, lag die Stadt schon weit hinter mir, und die Gestalt des furchtbaren entsetzlichen Menschen, der wie ein unerforschliches Geheimnis mich grauenvoll umfing, war verschwunden. – Die Frage der Postmeister: „Wohin?" rückte es immer wieder aufs neue mir vor, wie ich nun jeder Verbindung im Leben abtrünnig worden, und den wogenden Wellen des Zufalls preisgegeben, umherstreiche. Aber, hatte nicht eine unwiderstehliche Macht mich gewaltsam herausgerissen aus allem, was mir sonst befreundet, nur damit der mir inwohnende Geist in ungehemmter Kraft seine Schwingen rüstig entfalte und rege? – Rastlos durchstrich ich das herrliche Land, nirgends fand ich Ruhe, es trieb mich unaufhaltsam fort, immer weiter hinab in den Süden, ich war, ohne daran zu denken, bis jetzt kaum merklich von der Reiseroute abgewichen, die mir Leonardus bezeichnet, und so wirkte der Stoß, mit dem er mich in die Welt getrieben, wie mit magischer Gewalt fort in gerader Richtung.

In einer finstern Nacht fuhr ich durch einen dichten Wald, der sich bis über die nächste Station ausdehnen sollte, wie mir der Postmeister gesagt, und deshalb geraten hatte, bei ihm den Morgen abzuwarten, welches ich, um nur so rasch als möglich ein Ziel zu erreichen, das mir selbst ein Geheimnis war, ausschlug. Schon als ich abfuhr, leuchteten Blitze in der Ferne, aber bald zogen schwärzer und schwärzer die Wolken herauf, die der Sturm zusammengeballt hatte, und brausend vor sich her jagte: der Donner hallte furchtbar im tausendstimmigen Echo wider, und rote Blitze durchkreuzten den Horizont, so weit das Auge reichte; die hohen Tannen krachten, bis in die Wurzel erschüttert, der Regen goß in Strömen herab. Jeden Augenblick liefen wir Gefahr von den Bäumen erschlagen zu werden, die Pferde bäumten sich, scheu geworden durch das Leuchten der Blitze, bald konnten wir kaum noch fort; endlich wurde der Wagen so hart umgeschleudert, daß das Hinterrad zerbrach. So mußten wir nun auf der Stelle bleiben, und warten, bis das Gewitter nachließ, und der Mond durch die Wolken brach. Jetzt bemerkte der Postillion, daß er in der Finsternis ganz von der Straße abgekommen, und in einen Waldweg geraten sei; es war kein anderes Mittel, als diesen Weg, so gut es gehen wollte, zu verfolgen, und so vielleicht mit Tagesanbruch in ein Dorf zu kommen. Der Wagen wurde mit einem Baumast gestützt, und so ging es Schritt vor Schritt fort. Bald bemerkte ich, der ich voranging, in der Ferne den Schimmer eines Lichts, und glaubte Hundegebell zu vernehmen; ich hatte mich nicht getäuscht, denn kaum waren wir einige Minuten länger gegangen, als ich ganz deutlich Hunde anschlagen hörte. Wir kamen an ein ansehnliches Haus, das in einem großen, mit einer Mauer umschlossenen Hofe stand. Der Postillion klopfte an die Pforte, die Hunde sprangen tobend und bellend herbei, aber im Hause selbst blieb alles stille und tot, bis der Postillion sein Horn erschallen ließ; da wurde im obern Stock das Fenster, aus dem mir das Licht entgegenschimmerte geöffnet, und eine tiefe rauhe Stimme rief herab: „Christian, Christian!" – „Ja, gestrenger Herr", antwortete es unten. „Da klopft und bläst es", fuhr die Stimme von oben fort: „an unserm Tor, und die Hunde sind ganz des Teufels. Nehm Er einmal die Laterne und die Büchse No. 3 und sehe Er zu, was es gibt." – Bald darauf hörten wir, wie Christian die Hunde ablockte, und sahen ihn endlich mit der Laterne kommen. Der Postillion meinte, es sei kein Zweifel, wie er gleich, als der Wald begonnen, statt geradeaus zu fahren, seitwärts eingebogen sein müsse, da wir bei der Försterwohnung wären, die von der letzten Station eine Stunde rechts abliege. – Als wir dem Christian den Zufall, der uns betroffen, geklagt, öffnete er sogleich beide Flügel des Tors, und half den Wagen hinein. Die beschwichtigten Hunde schwänzelten und schnüffelten um uns her, und der Mann, der sich nicht vom Fenster entfernt, rief unaufhörlich herab: „Was da, was da? Was für eine Karawane?" – ohne daß Christian, oder einer von uns Bescheid gegeben. Endlich trat ich, während Christian Pferde und Wagen unterbrachte, ins Haus, das Christian geöffnet, und es kam mir ein großer starker Mann mit sonneverbranntem Gesicht, den großen Hut mit grünem Federbusch auf dem Kopf, übrigens im Hemde, nur die Pantoffeln an die Füße gesteckt, mit dem bloßen Hirschfänger in der Hand, entgegen, indem er mir barsch entgegenrief: „Woher des Landes? – Was turbiert man die Leute in der Nacht, das ist hier kein Wirtshaus, keine Poststation. – Hier wohnt der Revierförster, und das bin ich! – Christian ist ein Esel, daß er das Tor geöffnet." Ich erzählte ganz kleinmütig meinen Unfall, und daß nur die Not uns hier hineingetrieben, da wurde der Mann geschmeidiger, er sagte: „Nun freilich, das Unwetter war gar heftig, aber, der Postillion ist doch ein Schlingel, daß er falsch fuhr, und den Wagen zerbrach. – Solch ein Kerl muß mit verbundenen Augen im Walde fahren können, er muß darin zu Hause sein, wie unsereins." – Er führte mich herauf, und indem er den Hirschfänger aus der Hand legte, den Hut abnahm und den Rock überwarf, bat er, seinen rauhen Empfang nicht übel zu deuten, da er hier in der abgelegenen Wohnung, um so mehr auf der Hut sein müsse, als wohl öfters allerlei liederlich Gesindel den Wald durchstreife, und er vorzüglich mit den sogenannten Freischützen, die ihm schon oft nach dem Leben getrachtet, beinahe in offner Fehde liege. „Aber", fuhr er fort: „die Spitzbuben können mir nichts anhaben, denn mit der Hülfe Gottes verwalte ich mein Amt treu und redlich, und im Glauben und Vertrauen auf ihn, und auf mein gut Gewehr, biete ich ihnen Trotz." – Unwillkürlich schob ich, wie ich es noch oft aus alter Gewohnheit nicht lassen konnte, einige salbungsvolle Worte über die Kraft des Vertrauens auf Gott ein, und der Förster erheiterte sich immer mehr und mehr. Meiner Protestationen unerachtet weckte er seine Frau, eine betagte, aber muntre rührige Matrone, die, wiewohl aus dem Schlafe gestört, doch freundlich den Gast bewillkommte, und auf des Mannes Geheiß sogleich ein Abendessen zu bereiten anfing. Der Postillion sollte, so hatte es ihm der Förster als Strafe aufgegeben, noch in derselben Nacht mit dem zerbrochenen Wagen auf die Station zurück, von der er gekommen, und ich von ihm, dem Förster, nach meinem Belieben, auf die nächste Station gebracht werden. Ich ließ mir das um so eher gefallen, als mir selbst wenigstens eine kurze Ruhe nötig schien. Ich äußerte deshalb dem Förster, daß ich wohl bis zum Mittag des folgenden Tages dazubleiben wünsche, um mich ganz von der Ermüdung zu erholen, die mir das beständige, unaufhörliche Fahren, mehrere Tage hindurch verursacht. „Wenn ich Ihnen raten soll, mein Herr", erwiderte der Förster, „so bleiben Sie morgen den ganzen Tag über hier, und warten Sie bis übermorgen, da bringt Sie mein ältester Sohn, den ich in die fürstliche Residenz schicke, selbst bis auf die nächste Station." Auch damit war ich zufrieden, indem ich die Einsamkeit des Orts rühmte, die mich wunderbar anziehe. „Nun, mein Herr!" sagte der Förster: „einsam ist es hier wohl gar nicht, Sie müßten denn so nach den gewöhnlichen Begriffen der Städter, jede Wohnung einsam nennen, die im Walde liegt, unerachtet es denn doch sehr darauf ankommt, wer sich darin aufhält. Ja, wenn hier in diesem alten Jagdschloß noch so ein griesgrammiger alter Herr wohnte, wie ehemals, der sich in seinen vier Mauern einschloß, und keine

Lust hatte an Wald und Jagd, da möchte es wohl ein einsamer Aufenthalt sein, aber seitdem er tot ist und der gnädige Landesfürst, das Gebäude zur Försterwohnung einrichten lassen, da ist es hier recht lebendig worden. Sie sind doch wohl so ein Städter, mein Herr! der nichts weiß von Wald und Jagdlust, da können Sie sich's denn nicht denken, was wir Jägersleute für ein herrlich freudig Leben führen. Ich mit meinen Jägerburschen mache nur eine Familie aus, ja, Sie mögen das nun kurios finden, oder nicht, ich rechne meine klugen anstelligen Hunde auch dazu; die verstehen mich und passen auf mein Wort, auf meinen Wink und sind mir treu bis zum Tode. – Sehen Sie wohl, wie mein Waldmann da, mich so verständig anschaut, weil er weiß, daß ich von ihm rede? – Nun, Herr, gibt es beinahe immer was im Walde zu tun, da ist denn nun abends ein Vorbereiten und Wirtschaften, und sowie der Morgen graut, bin ich aus den Federn, und trete heraus, ein lustig Jägerstückchen auf meinem Horn blasend. Da rüttelt und rappelt sich alles aus dem Schlafe, die Hunde schlagen an, sie juchzen vor Mut und Jagdbegier. Die Bursche werfen sich schnell in die Kleider, Jagdtasch umgeworfen, Gewehr über der Schulter, treten sie hinein in die Stube, wo meine Alte das Jägerfrühstück bereitet, und nun geht's heraus in Jubel und Lust. Wir kommen hin an die Stellen, wo das Wild verborgen, da nimmt jeder vom andern entfernt einzeln seinen Platz, die Hunde schleichen, den Kopf geduckt zur Erde und schnüffeln und spüren, und schauen den Jäger an, wie mit klugen menschlichen Augen, und der Jäger steht, kaum atmend, mit gespanntem Hahn regungslos, wie eingewurzelt auf der Stelle. – Und wenn nun das Wild herausspringt aus dem Dickicht, und die Schüsse knallen, und die Hunde stürzen hinterdrein, ei Herr, da klopft einem das Herz und man ist ein ganz andrer Mensch. Und jedesmal ist solch ein Ausziehen zur Jagd was Neues, denn immer kommt was ganz Besonderes vor, was noch nicht dagewesen. Schon dadurch, daß das Wild sich in die Zeiten teilt, so daß nun dies, dann jenes sich zeigt, wird das Ding so herrlich, daß kein Mensch auf Erden es satt haben kann. Aber, Herr! auch der Wald schon an und vor sich selbst, der Wald ist ja so lustig und lebendig, daß ich mich niemals einsam fühle. Da kenne ich jedes Plätzchen und jeden Baum, und es ist mir wahrhaftig so, als wenn jeder Baum, der unter meinen Augen aufgewachsen und nun seine blanken regen Wipfel in die Lüfte streckt, mich auch kennen und lieb haben müßte, weil ich ihn gehegt und gepflegt, ja ich glaube ordentlich, wenn es manchmal so wunderbar rauscht und flüstert, als spräche es zu mir mit ganz eignen Stimmen, und das wäre eigentlich das wahre Lobpreisen Gottes und seiner Allmacht, und ein Gebet, wie man es gar nicht mit Worten auszusprechen vermag. – Kurz, ein rechtschaffener frommer Jägersmann, führt ein gar lustig herrlich Leben, denn es ist ihm ja wohl noch etwas von der alten schönen Freiheit geblieben, wie die Menschen so recht in der Natur lebten, und von all dem Geschwänzel und Geziere nichts wußten, womit sie sich in ihren gemauerten Kerkern quälen, so daß sie auch ganz entfremdet sind all den herrlichen Dingen, die Gott um sie hergestellt hat, damit sie sich daran erbauen und ergötzen sollen, wie es sonst die Freien taten, die mit der ganzen Natur in Liebe und Freundschaft lebten, wie man es in den alten Geschichten lieset."

Alles das sagte der alte Förster mit einem Ton und Ausdruck, daß man wohl überzeugt sein mußte, wie er es tief in der Brust fühle, und ich beneidete ihn in der Tat um sein glückliches Leben, um seine im Innersten tiefbegründete ruhige Gemütsstimmung, die der meinigen so unähnlich war.

Im andern Teil des, wie ich jetzt wahrnahm, ziemlich weitläuftigen Gebäudes wies mir der Alte ein kleines nett aufgeputztes Gemach an, in welchem ich meine Sachen bereits vorfand, und verließ mich, indem er versicherte, daß mich der frühe Lärm im Hause nicht wecken würde, da ich mich von der übrigen Hausgenossenschaft ganz abgesondert befinde, und daher so lange ruhen könne, als ich wolle, nur erst, wenn ich hinabrufe, würde man mir das Frühstück bringen, ich aber ihn, den Alten, erst beim Mittagsessen wiedersehen, da er früh mit den Burschen in den Wald ziehe, und vor Mittag nicht heimkehre. Ich warf mich auf das Lager, und fiel, ermüdet wie ich war, bald in tiefen Schlaf, aber es folterte mich ein entsetzliches Traumbild. – Auf ganz wunderbare Weise fing der Traum mit dem Bewußtsein des Schlafs an, ich sagte mir nämlich selbst: „Nun das ist herrlich, daß ich gleich eingeschlafen bin, und so fest und ruhig schlummere, das wird mich von der Ermüdung ganz erlaben; nur muß ich ja nicht die Augen öffnen." Aber demunerachtet war es mir, als könne ich das nicht unterlassen, und doch wurde mein Schlaf dadurch nicht unterbrochen: da ging die Türe auf, und eine dunkle Gestalt trat hinein, die ich zu meinem Entsetzen, als mich selbst, im Kapuzinerhabit, mit Bart und Tonsur erkannte. Die Gestalt kam näher und näher an mein Bett, ich war regungslos, und jeder Laut, den ich herauszupressen suchte, erstickte in dem Starrkrampf, der mich ergriffen. Jetzt setzte sich die Gestalt auf mein Bett, und grinsete mich höhnisch an. „Du mußt jetzt mit mir kommen“, sprach die Gestalt: „wir wollen auf das Dach steigen, unter die Wetterfahne, die ein lustig Brautlied spielt, weil der Uhu Hochzeit macht. Dort wollen wir ringen miteinander, und wer den andern herabstößt, ist König, und darf Blut trinken.“ – Ich fühlte, wie die Gestalt mich packte, und in die Höhe zog, da gab mir die Verzweiflung meine Kraft wieder. „Du bist nicht ich, du bist der Teufel“, schrie ich auf, und griff wie mit Krallen dem bedrohlichen Gespenst ins Gesicht, aber es war, als bohrten meine Finger sich in die Augen, wie in tiefe Höhlen, und die Gestalt lachte von neuem auf in schneidendem Ton. In dem Augenblick erwachte ich, wie von einem plötzlichen Ruck emporgeschüttelt. Aber das Gelächter dauerte fort im Zimmer. Ich fuhr in die Höhe, der Morgen brach in lichten Strahlen durch das Fenster, und ich sah vor dem Tisch, den Rücken mir zugewendet, eine Gestalt im Kapuzinerhabit stehen. – Ich erstarrte vor Schreck, der grauenhafte Traum trat ins Leben. – Der Kapuziner stöberte unter den Sachen, die auf dem Tische lagen. Jetzt wandte er sich, und mir kam aller Mut wieder, als ich ein fremdes Gesicht mit schwarzem verwildertem Barte erblickte, aus dessen Augen der gedankenlose Wahnsinn lachte: gewisse Züge erinnerten entfernt an Hermogen. – Ich beschloß abzuwarten, was der Unbekannte beginnen werde, und nur irgendeiner schädlichen Unternehmung Einhalt zu tun. Mein Stilett lag neben mir, ich war deshalb und schon meiner körperlichen Leibesstärke wegen, auf die ich bauen konnte, auch ohne weitere Hülfe des Fremden mächtig. Er schien mit meinen Sachen wie ein Kind zu spielen, vorzüglich hatte er Freude an dem roten Portefeuille, das er hin und her gegen das Fenster wandte, und dabei auf seltsame Weise in die Höhe sprang. Endlich fand er die Korbflasche mit dem Rest des geheimnisvollen Weins; er öffnete sie und roch daran, da bebte es ihm durch alle Glieder, er stieß einen Schrei aus, der dumpf und grauenvoll im Zimmer widerklang. Eine helle Glocke im Hause schlug drei Uhr, da heulte er wie von entsetzlicher Qual ergriffen, aber dann brach er wieder aus in das schneidende Gelächter, wie ich es im Traum gehört; er schwenkte sich in wilden Sprüngen, er trank aus der Flasche und rannte dann, sie von sich schleudernd, zur Türe hinaus. Ich stand schnell auf, und lief ihm nach, aber er war mir schon aus dem Gesichte, ich hörte ihn die entfernte Treppe hinabpoltern, und einen dumpfen Schlag, wie von einer hart zugeworfenen Türe. Ich verriegelte mein Zimmer, um eines zweiten Besuchs überhoben zu sein, und warf mich aufs neue ins Bette. Zu erschöpft war ich nun, um nicht bald wieder einzuschlafen; erquickt und gestärkt erwachte ich, als schon die Sonne ins Gemach hineinfunkelte. – Der Förster war, wie er es gesagt hatte, mit seinen Söhnen und den Jägerburschen in den Wald gezogen; ein blühendes freundliches Mädchen, des Försters jüngere Tochter, brachte mir das Frühstück, während die ältere mit der Mutter in der Küche beschäftigt war. Das Mädchen wußte gar lieblich zu erzählen, wie sie hier alle Tage froh und friedlich zusammen lebten, und nur manchmal es Tumult von vielen Menschen gäbe, wenn der Fürst im Revier jage, und dann manchmal im Hause übernachte. So schlichen ein paar Stunden hin, da war es Mittag, und lustiger Jubel und Hörnerklang verkündeten den Förster, der mit seinen vier Söhnen, herrlichen blühenden Jünglingen, von denen der jüngste kaum funfzehn Jahr alt sein mochte, und drei Jägerburschen, heimkehrte. – Er frug, wie ich denn geschlafen, und ob mich nicht der frühe Lärm vor der Zeit geweckt habe; ich mochte ihm das überstandene Abenteuer nicht erzählen, denn die lebendige Erscheinung des grauenhaften Mönchs, hatte sich so fest an das Traumbild gereiht, daß ich kaum zu unterscheiden vermochte, wo der Traum übergegangen sei ins wirkliche Leben. – Der Tisch war gedeckt, die Suppe dampfte, der Alte zog sein Käppchen ab, um das Gebet zu halten, da ging die Türe auf, und der Kapuziner, den ich in der Nacht gesehen, trat hinein. Der Wahnsinn war aus seinem Gesichte verschwunden, aber er hatte ein düstres störrisches Ansehen. „Sein Sie willkommen, ehrwürdiger Herr!“ rief ihm der Alte entgegen: „ – sprechen Sie das Gratias und speisen Sie dann mit uns.“ – Da blickte er um sich mit zornfunkelnden Augen, und schrie mit fürchterlicher Stimme: „Der Satan soll dich zerreißen mit deinem ehrwürdigen Herrn und deinem verfluchten Beten; hast du mich nicht hergelockt, damit ich der dreizehnte sein soll, und du mich umbringen lassen kannst von dem fremden Mörder? – Hast du mich nicht in diese Kutte gesteckt, damit niemand den Grafen, deinen Herrn und Gebieter, erkennen soll. – Aber hüte dich, Verfluchter, vor meinem Zorn!“ – Damit ergriff der Mönch einen schweren Krug, der auf dem Tische stand, und schleuderte ihn nach dem Alten, der nur durch eine geschickte Wendung dem Wurf auswich, der ihm den Kopf zerschmettert hätte. Der Krug flog gegen die Wand, und zerbrach in tausend Scherben. Aber in dem Augenblick packten die Jägerbursche den Rasenden, und hielten ihn fest. „Was!“ rief der Förster: „du verruchter gotteslästerlicher Mensch, du wagst es, hier wieder mit deinem rasenden Beginnen unter fromme Leute zu treten, du wagst es, mir, der ich dich aus viehischem Zustande, aus der ewigen Verderbnis errettet, aufs neue nach dem Leben zu trachten? – Fort mit dir in den Turm!“ – Der Mönch fiel auf die Knie, er flehte heulend um Erbarmen, aber der Alte sagte: „Du mußt in den Turm, und darfst nicht eher wieder hieher kommen, bis ich weiß, daß du dem Satan entsagt hast, der dich verblendet, sonst mußt du sterben.“ Da schrie der Mönch auf, wie im trostlosen Jammer der Todesnot, aber die Jägerbursche brachten ihn fort, und berichteten, wiederkehrend, daß der Mönch ruhiger geworden, sobald er in das Turmgemach getreten. Christian, der ihn bewache, habe übrigens erzählt, daß der Mönch die ganze Nacht über in den Gängen des Hauses herumgepoltert, und vorzüglich nach Tagesanbruch geschrien habe: „Gib mir noch mehr von deinem Wein, und ich will mich dir ganz ergeben; mehr Wein, mehr Wein!“ Es habe dem Christian übrigens wirklich geschienen, als taumle der Mönch wie betrunken, unerachtet er nicht begriffen, wie der Mönch an irgendein starkes berauschendes Getränk gekommen sein könne. – Nun nahm ich nicht länger Anstand, das überstandene Abenteuer zu erzählen, wobei ich nicht vergaß der ausgeleerten Korbflasche zu gedenken. „Ei, das ist schlimm“, sagte der Förster, „doch Sie scheinen mir ein mutiger frommer Mann, ein anderer hätte des Todes sein können vor Schreck.“ Ich bat ihn, mir näher zu sagen, was es mit dem wahnsinnigen Mönch für eine Bewandtnis habe. „Ach“, erwiderte der Alte: „das ist eine lange abenteuerliche Geschichte, so was taugt nicht beim Essen. Schlimm genug schon, daß uns der garstige Mensch, eben als wir, was uns Gott beschert, froh und freudig genießen wollten, mit seinem frevelichen Beginnen so gestört hat; aber nun wollen wir auch gleich an den Tisch.“ Damit zog er sein Mützchen ab, sprach andächtig und fromm das Gratias, und unter lustigen frohen Gesprächen verzehrten wir das ländliche, kräftig und schmackhaft zubereitete Mahl. Dem Gast zu Ehren ließ der Alte guten Wein heraufbringen, den er mir nach patriarchalischer Sitte aus einem schönen Pokal zutrank. Der Tisch war indessen abgeräumt, die Jägerbursche nahmen ein paar Hörner von der Wand, und bliesen ein Jägerlied. – Bei der zweiten Wiederholung fielen die Mädchen singend ein, und mit ihnen wiederholten die Försterssöhne im Chor die Schlußstrophe. – Meine Brust erweiterte sich auf wunderbare Weise: seit langer Zeit war mir nicht im Innersten so wohl gewesen, als unter diesen einfachen, frommen Menschen. Es wurden mehrere gemütliche wohltönende Lieder gesungen, bis der Alte aufstand, und mit dem Ausruf: „Es leben alle brave Männer, die das edle Weidwerk ehren", sein Glas leerte; wir stimmten alle ein, und so war das frohe Mahl, das mir zu Ehren durch Wein und Gesang verherrlicht wurde, beschlossen.

Der Alte sprach zu mir: „Nun, mein Herr! schlafe ich ein halbes Stündchen, aber dann gehen wir in den Wald, und ich erzähle es Ihnen, wie der Mönch in mein Haus gekommen, und was ich sonst von ihm weiß. Bis dahin tritt die Dämmerung ein, dann gehen wir auf den Anstand, da es, wie mir Franz sagt, Hühner gibt. Auch *Sie* sollen ein gutes Gewehr erhalten, und Ihr Glück versuchen." Die Sache war mir neu, da ich als Seminarist zwar manchmal nach der Scheibe, aber nie nach Wild geschossen; ich nahm daher des Försters Anerbieten an, der höchlich darüber erfreut schien, und mir mit treuherziger Gutmütigkeit in aller Eil noch vor dem Schlaf, den er zu tun gedachte, die ersten unentbehrlichsten Grundsätze der Schießkunst beizubringen suchte.

Ich wurde mit Flinte und Jagdtasche ausgerüstet, und so zog ich mit dem Förster in den Wald, der die Geschichte von dem seltsamen Mönch in folgender Art anfing.

„Künftigen Herbst sind es schon zwei Jahre her, als meine Bursche im Walde oft ein entsetzliches Heulen vernahmen, das, so wenig Menschliches es auch hatte, doch wie Franz, mein jüngst angenommener Lehrling meinte, von einem Menschen herrühren mochte. Franz war dazu bestimmt, von dem heulenden Ungetüm geneckt zu werden, denn, wenn er auf den Anstand ging, so verscheuchte das Heulen, welches sich dicht bei ihm hören ließ, die Tiere, und er sah zuletzt, wenn er auf ein Tier anlegen wollte, ein borstiges unkenntliches Wesen aus dem Gebüsch springen, das seinen Schuß vereitelte. Franz hatte den Kopf voll von all den spukhaften Jägerlegenden, die ihm sein Vater, ein alter Jäger, erzählt, und er war geneigt, das Wesen für den Satan selbst zu halten, der ihm das Weidhandwerk verleiden, oder ihn sonst verlocken wolle. Die anderen

Bursche, selbst meine Söhne, denen auch das Ungetüm aufgestoßen, pflichteten ihm endlich bei, und um so mehr war mir daran gelegen, dem Dinge näher auf die Spur zu kommen, als ich es für eine List der Freischützen hielt, meine Jäger vom Anstand wegzuschrecken. – Ich befahl deshalb meinen Söhnen und den Burschen, die Gestalt, falls sie sich wieder zeigen sollte, anzurufen, und falls sie nicht stehen, oder Bescheid geben sollte, nach Jägerrecht, ohne weiteres, nach ihr zu schießen. – Den Franz traf es wieder, der erste zu sein, dem das Ungetüm auf dem Anstand in den Weg trat. Er rief ihm zu, das Gewehr anlegend, die Gestalt sprang ins Gebüsch, Franz wollte hinterdrein knallen, aber der Schuß versagte, und nun lief er voll Angst und Schrecken zu den andern, die von ihm entfernt standen, überzeugt, daß es der Satan sei, der ihm zum Trutz das Wild verscheuche, und sein Gewehr verzaubere; denn in der Tat traf er, seitdem ihn das Ungetüm verfolgte, kein Tier, so gut er sonst geschossen. Das Gerücht von dem Spuk im Walde, verbreitete sich, und man erzählte schon im Dorfe, wie der Satan dem Franz in den Weg getreten, und ihm Freikugeln angeboten, und noch anderes tolles Zeug mehr. – Ich beschloß, dem Unwesen ein Ende zu machen, und das Ungetüm, das mir selbst noch niemals aufgestoßen, auf den Stätten, wo es sich zu zeigen pflegte, zu verfolgen. Lange wollte es mir nicht glücken; endlich, als ich an einem neblichten Novemberabend gerade da, wo Franz das Ungetüm zuerst erblickt, auf dem Anstand war, rauschte es mir ganz nahe im Gebüsch, ich legte leise das Gewehr an, ein Tier vermutend, aber eine gräßliche Gestalt mit rotfunkelnden Augen und schwarzen borstigen Haaren, mit Lumpen behangen, brach hervor. Das Ungetüm stierte mich an, indem es entsetzliche heulende Töne ausstieß. Herr! – es war ein Anblick, der dem Beherztesten Furcht einjagen könnte, ja mir war es, als stehe wirklich der Satan vor mir, und ich fühlte, wie mir der Angstschweiß ausbrach. Aber im kräftigen Gebet, das ich mit starker Stimme sprach, ermutigte ich mich ganz. Sowie ich betete, und den Namen Jesus Christus aussprach, heulte wütender das Ungetüm, und brach endlich in entsetzliche gotteslästerliche Verwünschungen aus. Da rief ich: ‚Du verfluchter, bübischer Kerl, halt ein mit deinen gotteslästerlichen Reden, und gib dich gefangen, oder ich schieße dich nieder.‘ Da fiel der Mensch wimmernd zu Boden, und bat um Erbarmen. Meine Bursche kamen herbei, wir packten den Menschen, und führten ihn nach Hause, wo ich ihn in den Turm bei dem Nebengebäude einsperren ließ, und den nächsten Morgen, den Vorfall der Obrigkeit anzeigen wollte. Er fiel, sowie er in den Turm kam, in einen ohnmächtigen Zustand. Als ich den andern Morgen zu ihm ging, saß er auf dem Strohlager, das ich ihm bereiten lassen, und weinte heftig. Er fiel mir zu Füßen, und flehte mich an, daß ich mit ihm Erbarmen haben solle; schon seit mehreren Wochen habe er im Walde gelebt, und nichts gegessen, als Kräuter und wildes Obst, er sei ein armer Kapuziner aus einem weit entlegenen Kloster, und aus dem Gefängnisse, in das man ihn wahnsinnshalber gesperrt, entsprungen. Der Mensch war in der Tat in einem erbarmungswürdigen Zustande, ich hatte Mitleiden mit ihm, und ließ ihm Speise und Wein zur Stärkung reichen, worauf er sich sichtlich erholte. Er bat mich auf das eindringendste, ihn nur einige Tage im Hause zu dulden, und ihm ein neues Ordenshabit zu verschaffen, er wolle dann selbst nach dem Kloster zurückwandeln. Ich erfüllte seinen Wunsch, und sein Wahnsinn schien wirklich nachzulassen, da die Paroxysmen minder heftig und seltner wurden. In den Ausbrüchen der Raserei stieß er entsetzliche Reden aus, und ich bemerkte, daß er, wenn ich ihn deshalb hart anredete, und mit dem Tode drohte, in einen Zustand innerer Zerknirschung überging, in dem er sich kasteite, ja sogar Gott und die Heiligen anrief, ihn von der Höllenqual zu befreien. Er schien sich dann für den heiligen Antonius zu halten, so wie er in der Raserei immer tobte: er sei Graf und gebietender Herr, und er wolle uns alle ermorden lassen, wenn seine Diener kämen. In den lichten Zwischenräumen bat er mich um Gottes willen ihn nicht zu verstoßen, weil er fühle, daß nur sein Aufenthalt bei mir ihn heilen könne. Nur ein einziges Mal gab es noch einen harten Auftritt mit ihm, und zwar, als der Fürst hier eben im Revier gejagt, und bei mir übernachtet hatte. Der Mönch war, nachdem er den Fürsten mit seiner glänzenden Umgebung gesehen, ganz verändert. Er blieb störrisch und verschlossen, er entfernte sich schnell, wenn wir beteten, es zuckte ihm durch alle Glieder wenn er nur ein andächtiges Wort hörte, und dabei schaute er meine Tochter Anne mit solchen lüsternen Blicken an, daß ich beschloß, ihn fortzubringen, um allerlei Unfug zu verhüten. In der Nacht vorher, als ich den Morgen meinen Plan ausführen wollte, weckte mich ein durchdringendes Geschrei auf dem Gange, ich sprang aus dem Bette, und lief schnell mit angezündetem Licht, nach dem Gemach, wo meine Töchter schliefen. Der Mönch war aus dem

Turm, wo ich ihn allnächtlich eingeschlossen, gebrochen und in viehischer Brunst nach dem Gemach meiner Töchter gerannt, dessen Türe er mit einem Fußtritt sprengte. Zum Glück hatte den Franz ein unausstehlicher Durst aus der Kammer, wo die Bursche schlafen, hinausgetrieben, und er wollte gerade nach der Küche gehen, um sich Wasser zu schöpfen, als er den Mönch über den Gang poltern hörte. Er lief herbei, und packte ihn gerade in dem Augenblick, als er die Türe einstieß, von hinten her; aber der Junge war zu schwach, den Rasenden zu bändigen, sie balgten sich unter dem Geschrei der erwachten Mädchen in der Türe, und ich kam gerade in dem Augenblick herzu, als der Mönch den Burschen zu Boden geworfen, und ihn meuchlerisch bei der Kehle gepackt hatte. Ohne mich zu besinnen, faßte ich den Mönch, und riß ihn von Franzen weg, aber plötzlich, noch weiß ich nicht, wie das zugegangen, blinkte ein Messer in des Mönchs Faust, er stieß nach mir, aber Franz, der sich aufgerafft, fiel ihm in den Arm, und mir, der ich nun wohl ein starker Mann bin, gelang es bald, den Rasenden so fest an die Mauer zu drücken, daß ihm schier der Atem ausgehen wollte. Die Bursche waren, ob dem Lärm, alle wach worden, und herbeigelaufen; wir banden den Mönch, und schmissen ihn in den Turm, ich holte aber meine Hetzpeitsche herbei, und zählte ihm zur Abmahnung von künftigen Untaten ähnlicher Art, einige kräftige Hiebe auf, so daß er ganz erbärmlich ächzte und wimmerte; aber ich sprach: ‚Du Bösewicht, das ist noch viel zu wenig für deine Schändlichkeit, daß du meine Tochter verführen wollen, und mir nach dem Leben getrachtet, eigentlich solltest du sterben.‘ – Er heulte vor Angst und Entsetzen, denn die Furcht vor dem Tode, schien ihn ganz zu vernichten. Den andern Morgen war es nicht möglich, ihn fortzubringen, denn er lag totenähnlich in gänzlicher Abspannung da, und flößte mir wahres Mitleiden ein. Ich ließ ihm in einem bessern Gemach ein gutes Bette bereiten, und meine Alte pflegte seiner, indem sie ihm stärkende Suppen kochte, und aus unserer Hausapotheke das reichte, was ihm dienlich schien. Meine Alte hat die gute Gewohnheit, wenn sie einsam sitzt, oft ein andächtig Lied anzustimmen, aber wenn es ihr recht wohl ums Herz sein soll, muß meine Anne mit ihrer hellen Stimme, ihr solch ein Lied vorsingen. – Das geschah nun auch vor dem Bette des Kranken. – Da seufzte er oft tief, und sah meine Alte und die Anne mit recht wehmütigen Blicken an, oft flossen ihm die Tränen über die Wangen. Zuweilen bewegte er die

Hand und die Finger, als wolle er sich kreuzigen, aber das gelang nicht, die Hand fiel kraftlos nieder; dann stieß er auch manchmal leise Töne aus, als wolle er in den Gesang einstimmen. Endlich fing er an zusehends zu genesen, jetzt schlug er oft das Kreuz nach Sitte der Mönche, und betete leise. Aber ganz unvermutet fing er einmal an lateinische Lieder zu singen, die meiner Alten und der Anne, unerachtet sie die Worte nicht verstanden, mit ihren ganz wunderbaren heiligen Tönen bis ins Innerste drangen, so daß sie nicht genug sagen konnten, wie der Kranke sie erbaue. Der Mönch war so weit hergestellt, daß er aufstehen, und im Hause umherwandeln konnte, aber sein Aussehen, sein Wesen war ganz verändert. Die Augen blickten sanft, statt daß sonst ein gar böses Feuer in ihnen funkelte, er schritt ganz nach Klostersitte, leise und andächtig mit gefalteten Händen umher, jede Spur des Wahnsinns war verschwunden. Er genoß nichts als Gemüse, Brot und Wasser, und nur selten konnte ich ihn in der letzten Zeit dahin bringen, daß er sich an meinen Tisch setzte, und etwas von den Speisen genoß, so wie einen kleinen Schluck Wein trank. Dann sprach er das Gratias und ergötzte uns mit seinen Reden, die er so wohl zu stellen wußte, wie nicht leicht einer. Oft ging er im Walde einsam spazieren, so kam es denn, daß ich ihn einmal begegnete, und ohne gerade viel zu denken frug: ob er nicht nun bald in sein Kloster zurückkehren werde. Er schien sehr bewegt, er faßte meine Hand und sprach: ‚Mein Freund, ich habe dir das Heil meiner Seele zu danken, du hast mich errettet von der ewigen Verderbnis, noch kann ich nicht von dir scheiden, laß mich bei dir sein. Ach, habe Mitleid mit mir, den der Satan verlockt hat, und der unwiederbringlich verloren war, wenn ihn der Heilige, zu dem er flehte in angstvollen Stunden, nicht im Wahnsinn in diesen Wald gebracht hätte. – Sie fanden mich‘, fuhr der Mönch nach einigem Stillschweigen fort: ‚in einem ganz entarteten Zustande, und ahnden auch jetzt gewiß nicht, daß ich einst ein von der Natur reich ausgestatteter Jüngling war, den nur eine schwärmerische Neigung zur Einsamkeit und zu den tiefsinnigsten Studien ins Kloster brachte. Meine Brüder liebten mich alle ausnehmend, und ich lebte so froh, als es nur in dem Kloster geschehen kann. Durch Frömmigkeit und musterhaftes Betragen, schwang ich mich empor, man sah in mir schon den künftigen Prior. Es begab sich, daß einer der Brüder von weiten Reisen heimkehrte, und dem Kloster verschiedene Reliquien, die er sich auf dem Wege zu verschaffen gewußt, mitbrachte. Unter diesen befand sich eine verschlossene Flasche, die der heilige Antonius dem Teufel, der darin ein verführerisches Elixier bewahrte, abgenommen haben sollte. Auch diese Reliquie wurde sorgfältig aufbewahrt, unerachtet mir die Sache ganz gegen den Geist der Andacht, den die wahren Reliquien einflößen sollen, und überhaupt ganz abgeschmackt zu sein schien. Aber eine unbeschreibliche Lüsternheit bemächtigte sich meiner, das zu erforschen, was wohl eigentlich in der Flasche enthalten. Es gelang mir, sie beiseite zu schaffen, ich öffnete sie, und fand ein herrlich duftendes, süß schmeckendes starkes Getränk darin, das ich bis auf den letzten Tropfen genoß. – Wie nun mein ganzer Sinn sich änderte, wie ich einen brennenden Durst nach der Lust der Welt empfand, wie das Laster in verführerischer Gestalt, mir als des Lebens höchste Spitze erschien, das alles mag ich nicht sagen, kurz, mein Leben wurde eine Reihe schändlicher Verbrechen, so daß, als ich meiner teuflischen List unerachtet verraten wurde, mich der Prior zum ewigen Gefängnis verurteilte. Als ich schon mehrere Wochen in dem dumpfen feuchten Kerker zugebracht hatte, verfluchte ich mich und mein Dasein, ich lästerte Gott und die Heiligen, da trat, im glühend roten Scheine, der Satan zu mir und sprach, daß, wenn ich meine Seele ganz dem Höchsten abwenden, und ihm dienen wolle, er mich befreien werde. Heulend stürzte ich auf die Knie und rief: Es ist kein Gott, dem ich diene, du bist mein Herr, und aus deinen Gluten strömt die Lust des Lebens. – Da brauste es in den Lüften, wie eine Windsbraut, und die Mauern dröhnten, wie vom Erdbeben erschüttert, ein schneidender Ton pfiff durch den Kerker, die Eisenstäbe des Fensters fielen zerbröckelt herab, und ich stand von unsichtbarer Gewalt hinausgeschleudert im Klosterhofe. Der Mond schien hell durch die Wolken, und in seinen Strahlen erglänzte das Standbild des heiligen Antonius, das mitten im Hofe bei einem Springbrunnen aufgerichtet war. – Eine unbeschreibliche Angst zerriß mein Herz, ich warf mich zerknirscht nieder vor dem Heiligen, ich schwor dem Bösen ab, und flehte um Erbarmen; aber da zogen schwarze Wolken herauf, und aufs neue brauste der Orkan durch die Luft, mir vergingen die Sinne, und ich fand mich erst im Walde wieder, in dem ich wahnsinnig vor Hunger und Verzweiflung umhertobte, und aus dem Sie mich erretteten.‘ – So erzählte der Mönch, und seine Geschichte machte auf mich solch einen tiefen Eindruck, daß ich nach vielen Jahren, noch so wie heute imstande sein werde, alles Wort für Wort zu wiederholen. Seit der Zeit hat sich der Mönch, so fromm, so gutmütig betragen, daß wir ihn alle liebgewannen, und um so unbegreiflicher ist es mir, wie in voriger Nacht sein Wahnsinn hat aufs neue ausbrechen können."

„Wissen Sie denn gar nicht", fiel ich dem Förster ins Wort: „aus welchem Kapuzinerkloster der Unglückliche entsprungen ist?" – „Er hat mir es verschwiegen", erwiderte der Förster: „und ich mag um so weniger darnach fragen, als es mir beinahe gewiß ist, daß es wohl derselbe Unglückliche sein mag, der unlängst das Gespräch des Hofes war, unerachtet man seine Nähe nicht vermutete, und ich auch meine Vermutung zum wahren Besten des Mönchs, nicht gerade bei Hofe laut werden lassen mochte." – „Aber ich darf sie wohl erfahren", versetzte ich: „da ich ein Fremder bin, und noch überdies mit Hand und Mund versprechen will, gewissenhaft zu schweigen." – „Sie müssen wissen", sprach der Förster weiter: „daß die Schwester unserer Fürstin Äbtissin des Zisterzienserklosters in *** ist. Diese hatte sich des Sohnes einer armen Frau, deren Mann mit unserm Hofe in gewissen geheimnisvollen Beziehungen gestanden haben soll, angenommen, und ihn aufziehen lassen. Aus Neigung wurde er Kapuziner, und als Kanzelredner weit und breit bekannt. Die Äbtissin schrieb ihrer Schwester sehr oft über den Pflegling, und betrauerte vor einiger Zeit tief seinen Verlust. Er soll durch den Mißbrauch einer Reliquie schwer gesündigt haben, und aus dem Kloster, dessen Zierde er so lange war, verbannt worden sein. Alles dieses weiß ich aus einem Gespräch des fürstlichen Leibarztes mit einem andern Herrn vom Hofe, das ich vor einiger Zeit anhörte. Sie erwähnten einiger sehr merkwürdiger Umstände, die mir jedoch, weil ich all die Geschichten nicht von Grund aus kenne, unverständlich geblieben, und wieder entfallen sind. Erzählt nun auch der Mönch seine Errettung aus dem Klostergefängnis auf andere Weise, soll sie nämlich durch den Satan geschehen sein, so halte ich dies doch für eine Einbildung, die ihm noch vom Wahnsinn zurückblieb, und meine, daß der Mönch kein anderer, als eben der Bruder Medardus ist, den die Äbtissin zum geistlichen Stande erziehen ließ, und den der Teufel zu allerlei Sünden verlockte, bis ihn Gottes Gericht mit viehischer Raserei strafte."

Als der Förster den Namen Medardus nannte, durchbebte mich ein innerer Schauer, ja die ganze Erzählung hatte mich, wie mit tödlichen Stichen, die mein Innerstes trafen gepeinigt. – Nur zu sehr war ich überzeugt, daß der Mönch die Wahrheit gesprochen, da nur eben ein solches Getränk der Hölle, das er lüstern genossen, ihn aufs neue in verruchten gotteslästerlichen Wahnsinn gestürzt hatte. – Aber ich selbst war herabgesunken zum elenden Spielwerk der bösen geheimnisvollen Macht, die mich mit unauflöslichen Banden umstrickt hielt, so daß ich, der ich frei zu sein glaubte, mich nur innerhalb des Käfichts bewegte, in den ich rettungslos gesperrt worden. – Die guten Lehren des frommen Cyrillus, die ich unbeachtet ließ, die Erscheinung des Grafen und seines leichtsinnigen Hofmeisters, alles kam mir in den Sinn. – Ich wußte nun, woher die plötzliche Gärung im Innern, die Änderung meines Gemüts entstanden; ich schämte mich meines frevelichen Beginnens, und diese Scham galt mir in dem Augenblick für die tiefe Reue und Zerknirschung, die ich in wahrhafter Buße hätte empfinden sollen. So war ich in tiefes Nachdenken versunken, und hörte kaum auf den Alten, der nun, wieder auf die Jägerei gekommen, mir manchen Strauß schilderte, den er mit den bösen Freischützen gehabt. Die Dämmerung war eingebrochen, und wir standen vor dem Gebüsch, in dem die Hühner liegen sollten; der Förster stellte mich auf meinen Platz, schärfte mir ein, weder zu sprechen, noch sonst mich viel zu regen, und mit gespanntem Hahn recht sorglich zu lauschen. Die Jäger schlichen leise auf ihre Plätze, und ich stand einsam in der Dunkelheit, die immer mehr zunahm. – Da traten Gestalten aus meinem Leben hervor im düstern Walde. Ich sah meine Mutter, die Äbtissin, sie schauten mich an mit strafenden Blicken. – Euphemie rauschte auf mich zu mit totenbleichem Gesicht, und starrte mich an mit ihren schwarzen glühenden Augen, sie erhob ihre blutigen Hände, mir drohend, ach es waren Blutstropfen Hermogens Todeswunde entquollen, ich schrie auf! – Da schwirrte es über mir in starkem Flügelschlag, ich schoß blindlings in die Luft, und zwei Hühner stürzten getroffen herab. „Bravo!" rief der unfern von mir stehende Jägerbursche, indem er das dritte herabschoß. – Schüsse knallten jetzt ringsumher, und die Jäger versammelten sich, jeder seine Beute herbeitragend. Der Jägerbursche erzählte, nicht ohne listige Seitenblicke auf mich, wie ich ganz laut aufgeschrien, da die Hühner dicht über meinen Kopf weggestrichen, als hätte ich großen Schreck, und dann ohne einmal recht anzulegen, blindlings drunter geschossen, und doch zwei Hühner getroffen; ja es sei in der Finsternis ihm vorgekommen, als hätte ich das Gewehr ganz nach anderer Richtung hingehalten, und doch wären die Hühner gestürzt. Der alte Förster lachte laut auf, daß ich so über die Hühner erschrocken sei, und mich nur gewehrt habe, mit Drunterschießen. – „Übrigens, mein Herr!" fuhr er scherzend fort: „will ich hoffen, daß Sie ein ehrlicher frommer Weidmann, und kein Freijäger sind, der es mit dem Bösen hält, und hinschießen kann, wo er will, ohne das zu fehlen, was er zu treffen willens." – Dieser gewiß unbefangene Scherz des Alten, traf mein Innerstes, und selbst mein glücklicher Schuß in jener aufgeregten entsetzlichen Stimmung, den doch nur der Zufall herbeigeführt, erfüllte mich mit Grauen. Mit meinem Selbst mehr als jemals entzweit, wurde ich mir selbst zweideutig, und ein inneres Grausen umfing mein eignes Wesen mit zerstörender Kraft.

Als wir ins Haus zurückkamen, berichtete Christian, daß der Mönch sich im Turm ganz ruhig verhalten, kein einziges Wort gesprochen, und auch keine Nahrung zu sich genommen habe. „Ich kann ihn nun nicht länger bei mir behalten", sprach der Förster: „denn wer steht mir dafür, daß sein, wie es scheint, unheilbarer Wahnsinn nach langer Zeit nicht aufs neue ausbricht, und er irgendein entsetzliches Unheil hier im Hause anrichtet; er muß morgen in aller Frühe mit Christian und Franz nach der Stadt; mein Bericht über den ganzen Vorgang ist längst fertig, und da mag er denn in die Irrenanstalt gebracht werden."

Als ich in meinem Gemach allein war, stand mir Hermogens Gestalt vor Augen, und wenn ich sie fassen wollte mit schärferem Blick, wandelte sie sich um in den wahnsinnigen Mönch. Beide flossen in meinem Gemüt in eins zusammen, und bildeten so die Warnung der höhern Macht, die ich wie dicht vor dem Abgrunde vernahm. Ich stieß an die Korbflasche, die noch auf dem Boden lag; der Mönch hatte sie bis auf den letzten Tropfen ausgeleert, und so war ich jeder neuen Versuchung, davon zu genießen, enthoben: aber auch selbst die Flasche, aus der noch ein starker berauschender Duft strömte, schleuderte ich fort, durch das offne Fenster über die Hofmauer weg, um so jede mögliche Wirkung des verhängnisvollen Elixiers zu vernichten. – Nach und nach wurde ich ruhiger, ja der Gedanke ermutigte mich, daß ich auf jeden Fall in geistiger Hinsicht erhaben sein müsse über jenen Mönch, den das dem meinigen gleiche Getränk in wilden Wahnsinn stürzte. Ich fühlte, wie dies entsetzliche Verhängnis bei mir vorübergestreift; ja daß der alte Förster, den Mönch eben für den unglücklichen Medardus, für mich selbst, hielt, war mir ein Fingerzeig der höheren heiligen Macht, die mich noch nicht sinken lassen wollte, in das trostlose Elend. – Schien nicht der Wahnsinn, der überall sich mir in den Weg stellte, nur allein vermögend, mein Inneres zu durchblicken, und immer dringender vor dem bösen Geiste zu warnen, der mir, wie ich glaubte, sichtbarlich in der Gestalt des bedrohlichen gespenstischen Malers erschienen?

Unwiderstehlich zog es mich fort nach der Residenz. Die Schwester meiner Pflegemutter, die, wie ich mich besann, der Äbtissin ganz ähnlich war, da ich ihr Bild öfters gesehen, sollte mich wieder zurückführen in das fromme schuldlose Leben, wie es ehemals mir blühte, denn dazu bedurfte es in meiner jetzigen Stimmung nur ihres Anblicks und der dadurch erweckten Erinnerungen. Dem Zufall wollte ich es überlassen, mich in ihre Nähe zu bringen.

Kaum war es Tag worden, als ich des Försters Stimme im Hofe vernahm; früh sollte ich mit dem Sohne abreisen, ich warf mich daher schnell in die Kleider. Als ich herabkam, stand ein Leiterwagen mit Strohsitzen zum Abfahren bereit, vor der Haustür; man brachte den Mönch, der mit totenbleichem und verstörtem Gesicht sich geduldig führen ließ. Er antwortete auf keine Frage, er wollte nichts genießen, kaum schien er die Menschen um sich zu gewahren. Man hob ihn auf den Wagen, und band ihn mit Stricken fest, da sein Zustand allerdings bedenklich schien, und man vor dem plötzlichen Ausbruch einer innern verhaltenen Wut keinesweges sicher war. Als man seine Ärme festschnürte, verzog sich sein Gesicht krampfhaft, und er ächzte leise. Sein Zustand durchbohrte mein Herz, er war mir verwandt worden, ja nur seinem Verderben verdankte ich vielleicht meine Rettung. Christian und ein Jägerbursche setzten sich neben ihm in den Wagen. Erst im Fortfahren fiel sein Blick auf mich, und er wurde plötzlich von tiefem Staunen ergriffen; als der Wagen sich schon entfernte (wir waren ihm bis vor die Mauer gefolgt) blieb sein Kopf gewandt, und sein Blick auf mich gerichtet. „Sehen Sie“, sagte der alte Förster: „wie er Sie so scharf ins Auge faßt; ich glaube, daß Ihre Gegenwart im Speisezimmer, die er nicht vermutete, auch viel zu seinem rasenden Beginnen beigetragen hat, denn selbst in seiner guten Periode blieb er ungemein scheu, und hatte immer den Argwohn, daß ein Fremder kommen, und ihn töten würde.

Vor dem Tode hat er nämlich eine ganz ungemessene Furcht, und durch die Drohung ihn gleich erschießen zu lassen, habe ich oft den Ausbrüchen seiner Raserei widerstanden."

Mir war wohl und leicht, daß der Mönch, dessen Erscheinung mein eignes Ich in verzerrten gräßlichen Zügen reflektierte, entfernt worden. Ich freuete mich auf die Residenz, denn es war mir, als solle dort die Last des schweren finstern Verhängnisses, die mich niedergedrückt, mir entnommen werden, ja, als würde ich mich dort, erkräftigt, der bösen Macht, die mein Leben befangen, entreißen können. Als das Frühstück verzehrt, fuhr der saubre mit raschen Pferden bespannte Reisewagen des Försters vor. – Kaum gelang es mir, der Frau für die Gastlichkeit, mit der ich aufgenommen, etwas Geld, so wie den beiden bildhübschen Töchtern einige Galanteriewaren, die ich zufällig bei mir trug, aufzudringen. Die ganze Familie nahm so herzlichen Abschied, als sei ich längst im Hause bekannt gewesen, der Alte scherzte noch viel über mein Jägertalent. Heiter und froh fuhr ich von dannen.

*Vierter Abschnitt*

## DAS LEBEN AM FÜRSTLICHEN HOFE

Die Residenz des Fürsten bildete gerade den Gegensatz zu der Handelsstadt, die ich verlassen. Im Umfange bedeutend kleiner, war sie regelmäßiger und schöner gebaut, aber ziemlich menschenleer. Mehrere Straßen worin Alleen gepflanzt, schienen mehr Anlagen eines Parks zu sein, als zur Stadt zu gehören; alles bewegte sich still und feierlich, selten von dem rasselnden Geräusch eines Wagens unterbrochen. Selbst in der Kleidung, und in dem Anstande der Einwohner, bis auf den gemeinen Mann, herrschte eine gewisse Zierlichkeit, ein Streben, äußere Bildung zu zeigen.

Der fürstliche Palast war nichts weniger als groß, auch nicht im großen Stil erbaut, aber rücksichts der Eleganz, der richtigen Verhältnisse, eines der schönsten Gebäude, die ich jemals gesehen; an ihn schloß sich ein anmutiger Park, den der liberale Fürst den Einwohnern zum Spaziergange geöffnet.

Man sagte mir in dem Gasthause, wo ich eingekehrt, daß die fürstliche Familie gewöhnlich abends einen Gang durch den Park zu machen pflege, und daß viele Einwohner diese Gelegenheit niemals versäumten, den gütigen Landesherrn zu sehen. Ich eilte um die bestimmte Stunde in den Park, der Fürst trat mit seiner Gemahlin und einer geringen Umgebung aus dem Schlosse. – Ach! – bald sah ich nichts mehr, als die Fürstin, sie die meiner Pflegemutter so ähnlich war! – Dieselbe Hoheit, dieselbe Anmut in jeder ihrer Bewegungen, derselbe geistvolle Blick des Auges, dieselbe freie Stirne, das himmlische Lächeln. – Nur schien sie mir im Wuchse voller und jünger, als die Äbtissin. Sie redete liebreich mit mehreren Frauenzimmern, die sich eben in der Allee befanden, während der Fürst mit einem ernsten Mann im interessanten eifrigen Gespräch begriffen schien. – Die Kleidung, das Benehmen der fürstlichen Familie, ihre Umgebung, alles griff ein in den Ton des Ganzen. Man sah wohl, wie die anständige Haltung in einer gewissen Ruhe und anspruchslosen Zierlichkeit, in der sich die Residenz erhielt, von dem Hofe ausging. Zufällig stand ich bei einem aufgeweckten Mann, der mir auf alle mögliche Fragen

Bescheid gab, und manche muntere Anmerkung einzuflechten wußte. Als die fürstliche Familie vorüber war, schlug er mir vor einen Gang durch den Park zu machen, und mir, dem Fremden, die geschmackvollen Anlagen zu zeigen, welche überall in denselben anzutreffen: das war mir nun ganz recht, und ich fand in der Tat, daß überall der Geist der Anmut und des geregelten Geschmacks verbreitet, wiewohl mir oft in den im Park zerstreuten Gebäuden, das Streben nach der antiken Form, die nur die grandiosesten Verhältnisse duldet, den Bauherrn zu Kleinlichkeiten verleitet zu haben schien. Antike Säulen, deren Kapitäler ein großer Mann beinahe mit der Hand erreicht, sind wohl ziemlich lächerlich. Ebenso gab es in entgegengesetzter Art im andern Teil des Parks ein paar gotische Gebäude, die sich in ihrer Kleinheit gar zu kleinlich ausnahmen. Ich glaube, daß das Nachahmen gotischer Formen beinahe noch gefährlicher ist, als jenes Streben nach dem Antiken. Denn ist es auch allerdings richtig, daß kleine Kapellen dem Baumeister, der rücksichts der Größe des Gebäudes, und der darauf zu verwendenden Kosten eingeschränkt ist, Anlaß genug geben, in jenem Stil zu bauen, so möchte es doch wohl mit den Spitzbogen, bizarren Säulen, Schnörkeln, die man dieser oder jener Kirche nachahmt, nicht getan sein, da nur *der* Baumeister etwas Wahrhaftiges in der Art leisten wird, der sich von dem tiefen Sinn – wie er in den alten Meistern wohnte, welche das willkürlich, ja das heterogen Scheinende, so herrlich zu einem sinnigen bedeutungsvollen Ganzen zu verbinden wußten – beseelt fühlt. Es ist mit einem Wort, der seltene Sinn für das Romantische, der den gotischen Baumeister leiten muß, da hier von dem Schulgerechten, an das er sich bei der antiken Form halten kann, nicht die Rede ist. Ich äußerte alles dieses meinem Begleiter; er stimmte mir vollkommen bei, und suchte nur für jene Kleinigkeiten darin eine Entschuldigung, daß die in einem Park nötige Abwechslung, und selbst das Bedürfnis, hie und da Gebäude, als Zufluchtsort bei plötzlich einbrechendem Unwetter, oder auch nur zur Erholung, zum Ausruhen zu finden, beinahe von selbst jene Mißgriffe herbeiführe. – Die einfachsten anspruchlosesten Gartenhäuser, Strohdächer auf Baumstämme gestützt, und in anmutige Gebüsche versteckt, die eben jenen angedeuteten Zweck erreichten, meinte ich dagegen, wären mir lieber, als alle jene Tempelchen und Kapellchen; und sollte denn nun einmal gezimmert und gemauert werden, so stehe dem geistreichen Baumeister, der rücksichts des Umfanges und der Kosten beschränkt sei, wohl ein Stil zu Gebote, der, sich zum antiken oder zum gotischen hinneigend, ohne kleinliche Nachahmerei, ohne Anspruch, das grandiose alte Muster zu erreichen, nur das Anmutige, den dem Gemüte des Beschauers wohltuenden Eindruck bezwecke.

„Ich bin ganz Ihrer Meinung", erwiderte mein Begleiter: „indessen rühren alle diese Gebäude, ja die Anlage des ganzen Parks von dem Fürsten selbst her, und dieser Umstand beschwichtigt, wenigstens bei uns Einheimischen, jeden Tadel. – Der Fürst ist der beste Mensch, den es auf der Welt geben kann, von jeher hat er den wahrhaft landesväterlichen Grundsatz, daß die Untertanen nicht seinetwegen da wären, er vielmehr der Untertanen wegen da sei, recht an den Tag gelegt. Die Freiheit, alles zu äußern, was man denkt; die Geringfügigkeit der Abgaben, und der daraus entspringende niedrige Preis aller Lebensbedürfnisse; das gänzliche Zurücktreten der Polizei, die nur dem boshaften Übermute ohne Geräusch Schranken setzt, und weit entfernt ist den einheimischen Bürger, so wie den Fremden, mit gehässigem Amtseifer zu quälen; die Entfernung alles soldatischen Unwesens, die gemütliche Ruhe, womit Geschäfte, Gewerbe getrieben werden: alles das wird Ihnen den Aufenthalt in unserm Ländchen erfreulich machen. Ich wette, daß man Sie bis jetzt noch nicht nach Namen und Stand gefragt hat, und der Gastwirt keinesweges, wie in andern Städten, in der ersten Viertelstunde mit dem großen Buche unterm Arm feierlich angerückt ist, worin man genötigt wird, seinen eignen Steckbrief mit stumpfer Feder und blasser Tinte hineinzukritzeln. Kurz, die ganze Einrichtung unseres kleinen Staats, in dem die wahre Lebensweisheit herrscht, geht von unserm herrlichen Fürsten aus, da vorher die Menschen, wie man mir gesagt hat, durch albernen Pedantismus eines Hofes, der die Ausgabe des benachbarten großen Hofes in Taschenformat war, gequält wurden. Der Fürst liebt Künste und Wissenschaften, daher ist ihm jeder geschickte Künstler, jeder geistreiche Gelehrte willkommen, und der Grad seines Wissens nur ist die Ahnenprobe, die die Fähigkeit bestimmt, in der nächsten Umgebung des Fürsten erscheinen zu dürfen. Aber eben in die Kunst und Wissenschaft des vielseitig gebildeten Fürsten, hat sich etwas von dem Pedantismus geschlichen, der ihn bei seiner Erziehung einzwängte, und der sich jetzt in dem sklavischen Anhängen an irgendeine Form, ausspricht. Er schrieb und zeichnete den Baumeistern mit ängstlicher Genauigkeit jedes

Detail der Gebäude vor, und jede geringe Abweichung, von dem aufgestellten Muster, das er mühsam aus allen nur möglichen antiquarischen Werken herausgesucht, konnte ihn ebenso ängstigen, als wenn dieses oder jenes dem verjüngten Maßstab, den ihm die beengten Verhältnisse aufdrangen, sich durchaus nicht fügen wollte. Durch eben das Anhängen an diese oder jene Form, die er liebgewonnen, leidet auch unser Theater, das von der einmal bestimmten Manier, der sich die heterogensten Elemente fügen müssen, nicht abweicht. Der Fürst wechselt mit gewissen Lieblingsneigungen, die aber gewiß niemals irgend jemanden zu nahe treten. Als der Park angelegt wurde, war er leidenschaftlicher Baumeister und Gärtner, dann begeisterte ihn der Schwung, den seit einiger Zeit die Musik genommen, und dieser Begeisterung verdanken wir die Einrichtung einer ganz vorzüglichen Kapelle. – Dann beschäftigte ihn die Malerei, in der er selbst das Ungewöhnliche leistet. Selbst bei den täglichen Belustigungen des Hofes, findet dieser Wechsel statt. – Sonst wurde viel getanzt, jetzt wird an Gesellschaftstagen eine Farobank gehalten, und der Fürst ohne im mindesten eigentlicher Spieler zu sein, ergötzt sich an den sonderbaren Verknüpfungen des Zufalls, doch bedarf es nur irgendeines Impulses, um wieder etwas anderes an die Tagesordnung zu bringen. Dieser schnelle Wechsel der Neigungen hat dem guten Fürsten den Vorwurf zugezogen, daß ihm diejenige Tiefe des Geistes fehle, in der sich wie in einen klaren sonnenhellen See das farbenreiche Bild des Lebens unverändert spiegelt; meiner Meinung nach tut man ihm aber unrecht, da eine besondere Regsamkeit des Geistes nur ihn dazu treibt, diesem oder jenem nach erhaltenem Impuls mit besonderer Leidenschaft nachzuhängen, ohne daß darüber das ebenso Edle vergessen, oder auch nur vernachlässigt werden sollte. Daher kommt es, daß Sie diesen Park so wohl erhalten sehen, daß unsere Kapelle, unser Theater fortdauernd auf alle mögliche Weise unterstützt und gehoben, daß die Gemäldesammlung nach Kräften bereichert wird. Was aber den Wechsel der Unterhaltungen bei Hofe betrifft, so ist das wohl ein heitres Spiel im Leben, das jeder dem regsamen Fürsten zur Erholung vom ernsten oft mühevollen Geschäft recht herzlich gönnen mag."

Wir gingen eben bei ganz herrlichen, mit tiefem malerischem Sinn gruppierten Gebüschen und Bäumen vorüber, ich äußerte meine Bewunderung, und mein Begleiter sagte: „Alle diese Anlagen, diese Pflanzungen, diese Blumengruppen sind das

Werk der vortrefflichen Fürstin. Sie ist selbst vollendete Landschaftsmalerin, und außerdem die Naturkunde ihre Lieblingswissenschaft. Sie finden daher ausländische Bäume, seltene Blumen und Pflanzen, aber nicht wie zur Schau ausgestellt, sondern mit tiefem Sinn so geordnet, und in zwanglose Partien verteilt, als wären sie ohne alles Zutun der Kunst aus heimatlichem Boden entsprossen. – Die Fürstin äußerte einen Abscheu gegen all die aus Sandstein unbeholfen gemeißelten Götter und Göttinnen, Najaden und Dryaden, wovon sonst der Park wimmelte. Diese Standbilder sind deshalb verbannt worden, und Sie finden nur noch einige gute Kopien nach der Antike, die der Fürst gewisser, ihm teurer Erinnerungen wegen gern im Park behalten wollte, die aber die Fürstin so geschickt – mit zartem Sinn des Fürsten innerste Willensmeinung ergreifend – aufstellen zu lassen wußte, daß sie auf jeden, dem auch die geheimere Beziehungen fremd sind, ganz wunderbar wirken."

Es war später Abend geworden, wir verließen den Park, mein Begleiter nahm die Einladung an, mit mir im Gasthofe zu speisen, und gab sich endlich als den Inspektor der fürstlichen Bildergalerie zu erkennen.

Ich äußerte ihm, als wir bei der Mahlzeit vertrauter geworden, meinen herzlichen Wunsch, der fürstlichen Familie näher zu treten, und er versicherte, daß nichts leichter sei, als dieses, da jeder gebildete, geistreiche Fremde im Zirkel des Hofes willkommen wäre. Ich dürfe nur dem Hofmarschall den Besuch machen, und ihn bitten, mich dem Fürsten vorzustellen. Diese diplomatische Art, zum Fürsten zu gelangen, gefiel mir um so weniger, als ich kaum hoffen konnte, gewissen lästigen Fragen des Hofmarschalls, über das „Woher?" über Stand und Charakter zu entgehen; ich beschloß daher, dem Zufall zu vertrauen, der mir vielleicht den kürzeren Weg zeigen würde, und das traf auch in der Tat bald ein. Als ich nämlich eines Morgens in dem, zur Stunde gerade ganz menschenleeren, Park lustwandelte, begegnete mir der Fürst in einem schlichten Oberrock. Ich grüßte ihn, als sei er mir gänzlich unbekannt, er blieb stehen, und eröffnete das Gespräch mit der Frage: ob ich fremd hier sei? – Ich bejahte es, mit dem Zusatz, wie ich vor ein paar Tagen angekommen, und bloß durchreisen wollen; die Reize des Orts, und vorzüglich die Gemütlichkeit und Ruhe die hier überall herrsche, hätten mich aber vermocht zu verweilen. Ganz unabhängig, bloß der Wissenschaft und der Kunst lebend, wäre ich gesonnen, recht lange hierzubleiben, da mich die ganze Umgebung auf höchste Weise anspreche und anziehe. Dem Fürsten schien das zu gefallen, und er erbot sich mir als Cicerone alle Anlagen des Parks zu zeigen. Ich hütete mich zu verraten, daß ich das alles schon gesehen, sondern ließ mich durch alle Grotten, Tempel, gotische Kapellen, Pavillons führen, und hörte geduldig die weitschweifigen Kommentare an, die der Fürst von jeder Anlage gab. Überall nannte er die Muster, nach welchen gearbeitet worden, machte mich auf die genaue Ausführung der gestellten Aufgaben aufmerksam, und verbreitete sich überhaupt über die eigentliche Tendenz, die bei der ganzen Einrichtung *dieses* Parks zum Grunde gelegen, und die bei jedem Park vorwalten sollte. Er frug nach meiner Meinung; ich rühmte die Anmut des Orts, die üppige herrliche Vegetation, unterließ aber auch nicht rücksichts der Gebäude, mich ebenso wie gegen den Galerie-Inspektor zu äußern. Er hörte mich aufmerksam an, er schien manches meiner Urteile nicht gerade zu verwerfen, indessen schnitt er jede weitere Diskussion über diesen Gegenstand durch die Äußerung ab, daß ich zwar in ideeller Hinsicht recht haben könne, indessen mir die Kenntnis des Praktischen, und der wahren Art der Ausführung fürs Leben, abzugehen scheine. Das Gespräch wandte sich zur Kunst, ich bewies mich als guter Kenner der Malerei, und als praktischer Tonkünstler, ich wagte manchen Widerspruch gegen seine Urteile, die geistreich und präzis seine innere Überzeugung aussprachen, aber auch wahrnehmen ließen, daß seine Kunstbildung zwar bei weitem *die* übertraf, wie sie die Großen gemeinhin zu erhalten pflegen, indessen doch viel zu oberflächlich war, um nur die Tiefe zu ahnen, aus der dem wahren Künstler die herrliche Kunst aufgeht, und in ihm den göttlichen Funken des Strebens nach dem Wahrhaftigen entzündet. Meine Widersprüche, meine Ansichten galten ihm nur als Beweis meines Dilettantismus, der gewöhnlich nicht von der wahren praktischen Einsicht erleuchtet werde. Er belehrte mich über die wahren Tendenzen der Malerei und der Musik, über die Bedingnisse des Gemäldes, der Oper. – Ich erfuhr viel von Kolorit, Draperie, Pyramidalgruppen, von ernster und komischer Musik, von Szenen für die Primadonna, von Chören, vom Effekt, vom Helldunkel, der Beleuchtung u. s. w. Ich hörte alles an, ohne den Fürsten, der sich in dieser Unterhaltung recht zu gefallen schien, zu unterbrechen. Endlich schnitt er selbst seine Rede ab, mit der schnellen Frage: „Spielen Sie Faro?“ –

Ich verneinte es. „Das ist ein herrliches Spiel“, fuhr er fort: „in seiner hohen Einfachheit das wahre Spiel für geistreiche Männer. Man tritt gleichsam aus sich selbst heraus, oder besser, man stellt sich auf einen Standpunkt, von dem man die sonderbaren Verschlingungen und Verknüpfungen, die die geheime Macht, welche wir Zufall nennen, mit unsichtbarem Faden spinnt, zu erblicken imstande ist. Gewinn und Verlust sind die beiden Angeln, auf denen sich die geheimnisvolle Maschine bewegt, die wir angestoßen, und die nun der ihr einwohnende Geist nach Willkür forttreibt. – Das Spiel müssen Sie lernen, ich will selbst Ihr Lehrmeister sein.“ – Ich versicherte, bis jetzt nicht viel Lust zu einem Spiel in mir zu spüren, das, wie mir oft versichert worden, höchst gefährlich und verderblich sein solle. – Der Fürst lächelte, und fuhr, mich mit seinen lebhaften klaren Augen scharf anblickend, fort: „Ei, das sind kindische Seelen, die das behaupten, aber am Ende halten Sie mich wohl für einen Spieler, der Sie ins Garn locken will. – Ich bin der Fürst; gefällt es Ihnen hier in der Residenz, so bleiben Sie hier, und besuchen Sie meinen Zirkel, in dem wir manchmal Faro spielen, ohne daß ich zugebe, daß sich irgend jemand durch dies Spiel derangiere, unerachtet das Spiel bedeutend sein muß, um zu interessieren, denn der Zufall ist träge, sobald ihm nur Unbedeutendes dargeboten wird.“

Schon im Begriff mich zu verlassen, kehrte der Fürst sich noch zu mir, und frug: „Mit wem habe ich aber gesprochen?“ – Ich erwiderte, daß ich Leonard heiße, und als Gelehrter privatisiere, ich sei übrigens keinesweges von Adel, und dürfe vielleicht daher von der mir angebotenen Gnade, im Hofzirkel zu erscheinen, keinen Gebrauch machen. „Was Adel, was Adel“, rief der Fürst heftig: „Sie sind, wie ich mich überzeugt habe, ein sehr unterrichteter, geistreicher Mann. – Die Wissenschaft adelt Sie, und macht Sie fähig, in meiner Umgebung zu erscheinen. Adieu, Herr Leonard, auf Wiedersehen!“ – So war denn mein Wunsch früher und leichter, als ich es mir gedacht hatte, erfüllt. Zum erstenmal in meinem Leben, sollte ich an einem Hofe erscheinen, ja, in gewisser Art selbst am Hofe leben, und mir gingen all die abenteuerlichen Geschichten von den Kabalen, Ränken, Intrigen der Höfe, wie sie sinnreiche Roman- und Komödienschreiber aushecken, durch den Kopf. Nach Aussage dieser Leute, mußte der Fürst von Bösewichtern aller Art umgeben, und verblendet, insonderheit aber der Hofmarschall ein ahnenstolzer abgeschmackter Pinsel, der erste Minister ein ränkevoller habsüchtiger Bösewicht, die Kammerjunker müssen aber lockere Menschen und Mädchenverführer sein. – Jedes Gesicht ist kunstmäßig in freundliche Falten gelegt, aber im Herzen Lug und Trug; sie schmelzen vor Freundschaft und Zärtlichkeit, sie bücken und krümmen sich, aber jeder ist des andern unversöhnlicher Feind, und sucht ihm hinterlistig ein Bein zu stellen, daß er rettungslos umschlägt, und der Hintermann in seine Stelle tritt, bis ihm ein gleiches widerfährt. Die Hofdamen sind häßlich, stolz, ränkevoll, dabei verliebt, und stellen Netze und Sprenkeln, vor denen man sich zu hüten hat, wie vor dem Feuer! – So stand das Bild eines Hofes in meiner Seele, als ich im Seminar so viel davon gelesen; es war mir immer, als treibe der Teufel da recht ungestört sein Spiel, und unerachtet mir Leonardus manches von Höfen, an denen er sonst gewesen, erzählte, was zu meinen Begriffen davon durchaus nicht passen wollte, so blieb mir doch eine gewisse Scheu vor allem Höfischen zurück, die noch jetzt, da ich im Begriff stand, einen Hof zu sehen, ihre Wirkung äußerte. Mein Verlangen, der Fürstin näher zu treten, ja eine innere Stimme, die mir unaufhörlich, wie in dunklen Worten zurief, daß *hier* mein Geschick sich bestimmen werde, trieben mich unwiderstehlich fort, und um die bestimmte Stunde befand ich mich, nicht ohne innere Beklemmung, im fürstlichen Vorsaal.

Mein ziemlich langer Aufenthalt in jener Reichs- und Handelsstadt, hatte mir dazu gedient, all das Ungelenke, Steife, Ekkichte meines Betragens, das mir sonst noch vom Klosterleben anklebte, ganz abzuschleifen. Mein von Natur geschmeidiger, vorzüglich wohlgebauter Körper, gewöhnte sich leicht an die ungezwungene freie Bewegung, die dem Weltmann eigen. Die Blässe, die den jungen Mönch auch bei schönem Gesicht entstellt, war aus meinem Gesicht verschwunden, ich befand mich in den Jahren der höchsten Kraft, die meine Wangen rötete, und aus meinen Augen blitzte; meine dunkelbraunen Locken verbargen jedes Überbleibsel der Tonsur. Zu dem allen kam, daß ich eine feine zierliche schwarze Kleidung im neuesten Geschmack trug, die ich aus der Handelsstadt mitgebracht, und so konnte es nicht fehlen, daß meine Erscheinung angenehm auf die schon Versammelten wirken mußte, wie sie es durch ihr zuvorkommendes Betragen, das, sich in den Schranken der höchsten Feinheit haltend, nicht zudringlich wurde, bewiesen. So wie nach meiner, aus Romanen und Komödien gezogenen Theorie, der Fürst, als er mit mir im Park sprach, bei den

Worten: „Ich bin der Fürst", eigentlich den Oberrock rasch aufknöpfen, und mir einen großen Stern entgegenblitzen lassen mußte, so sollten auch all die Herren, die den Fürsten umgaben, in gestickten Röcken, steifen Frisuren u. s. w. einhergehen, und ich war nicht wenig verwundert, nur einfache, geschmackvolle Anzüge zu bemerken. Ich nahm wahr, daß mein Begriff vom Leben am Hofe wohl überhaupt ein kindisches Vorurteil sein könne, meine Befangenheit verlor sich, und ganz ermutigte mich der Fürst, der mit den Worten auf mich zutrat: „Sieh da, Herr Leonard!" und dann über meinen strengen kunstrichterlichen Blick scherzte, mit dem ich seinen Park gemustert. – Die Flügeltüren öffneten sich, und die Fürstin trat in den Konversationssaal, nur von zwei Hofdamen begleitet. Wie erbebte ich bei ihrem Anblick im Innersten, wie war sie nun, beim Schein der Lichter, meiner Pflegemutter noch ähnlicher als sonst. – Die Damen umringten sie, man stellte mich vor, sie sah mich an mit einem Blick, der Erstaunen, eine innere Bewegung verriet; sie lispelte einige Worte, die ich nicht verstand, und kehrte sich dann zu einer alten Dame, der sie etwas leise sagte, worüber diese unruhig wurde, und mich scharf anblickte. Alles dieses geschah in einem Moment. – Jetzt teilte sich die Gesellschaft in kleinere und größere Gruppen, lebhafte Gespräche begonnen, es herrschte ein freier ungezwungener Ton, und doch fühlte man es, daß man sich im Zirkel des Hofes, in der Nähe des Fürsten befand, ohne daß dies Gefühl nur im mindesten gedrückt hätte. Kaum eine einzige Figur fand ich, die in das Bild des Hofes, wie ich ihn mir sonst dachte, gepaßt haben sollte. Der Hofmarschall war ein alter lebenslustiger aufgeweckter Mann, die Kammerjunker muntre Jünglinge, die nicht im mindesten darnach aussahen, als führten sie Böses im Schilde. Die beiden Hofdamen schienen Schwestern, sie waren sehr jung, und ebenso unbedeutend, zum Glück aber sehr anspruchslos geputzt. Vorzüglich war es ein kleiner Mann mit aufgestützter Nase, und lebhaft funkelnden Augen, schwarz gekleidet, den langen Stahldegen an der Seite, der, indem er sich mit unglaublicher Schnelle durch die Gesellschaft wand und schlängelte, und bald hier, bald dort war, nirgends weilend, keinem Rede stehend, hundert witzige sarkastische Einfälle, wie Feuerfunken umhersprühte, überall reges Leben entzündete. Es war des Fürsten Leibarzt. – Die alte Dame, mit der die Fürstin gesprochen, hatte unbemerkt mich so geschickt zu umkreisen gewußt, daß ich, ehe ich mir's versah, mit ihr allein im Fenster stand. Sie ließ sich alsbald in ein Gespräch mit mir ein, das, so schlau sie es anfing, bald den einzigen Zweck verriet, mich über meine Lebensverhältnisse auszufragen. – Ich war auf dergleichen vorbereitet, und überzeugt, daß die einfachste anspruchloseste Erzählung in solchen Fällen die unschädlichste und gefahrloseste ist, schränkte ich mich darauf ein, ihr zu sagen, daß ich ehemals Theologie studiert, jetzt aber, nachdem ich den reichen Vater beerbt, aus Lust und Liebe reise. Meinen Geburtsort verlegte ich nach dem polnischen Preußen, und gab ihm einen solchen barbarischen Zähne und Zunge zerbrechenden Namen, der der alten Dame das Ohr verletzte, und ihr jede Lust benahm noch einmal zu fragen. „Ei, ei", sagte die alte Dame: „Sie haben ein Gesicht, mein Herr, das hier gewisse traurige Erinnerungen wecken könnte, und sind vielleicht mehr als Sie scheinen wollen, da Ihr Anstand keinesweges auf einen Studenten der Theologie deutet."

Nachdem Erfrischungen gereicht worden, ging es in den Saal, wo der Farotisch in Bereitschaft stand. Der Hofmarschall machte den Bankier, doch stand er, wie man mir sagte, mit dem Fürsten in der Art im Verein, daß er allen Gewinn behielt, der Fürst ihm aber jeden Verlust, insofern er den Fonds der Bank schwächte, ersetzte. Die Herren versammelten sich um den Tisch, bis auf den Leibarzt, der durchaus niemals spielte, sondern bei den Damen blieb, die an dem Spiel keinen Anteil nahmen. Der Fürst rief mich zu sich, ich mußte neben ihm stehen, und er wählte meine Karten, nachdem er mir in kurzen Worten das Mechanische des Spiels erklärt. Dem Fürsten schlugen alle Karten um, und auch ich befand mich, so genau ich den Rat des Fürsten befolgte, fortwährend im Verlust, der bedeutend wurde, da ein Louisdor als niedrigster Point galt. Meine Kasse war ziemlich auf der Neige, und schon oft hatte ich gesonnen, wie es gehen würde, wenn die letzten Louisdors ausgegeben, um so mehr war mir das Spiel, welches mich auf einmal arm machen konnte, fatal. Eine neue Taille begann, und ich bat den Fürsten, mich nun ganz mir selbst zu überlassen, da es scheine, als wenn ich, als ein ausgemacht unglücklicher Spieler, ihn auch in Verlust brächte. Der Fürst meinte lächelnd, daß ich noch vielleicht meinen Verlust hätte einbringen können, wenn ich nach dem Rat des erfahrnen Spielers fortgefahren, indessen wolle er nun sehn, wie ich mich benehmen würde, da ich mir so viel zutraue. – Ich zog aus meinen Karten, ohne sie anzusehen, blindlings eine heraus, es war die Dame. – Wohl mag es lächerlich zu sagen sein, daß ich in diesem blassen leblosen Kartengesicht, Aureliens Züge zu entdecken glaubte. Ich starrte das Blatt an, kaum konnte ich meine innere Bewegung verbergen; der Zuruf des Bankiers, ob das Spiel gemacht sei, riß mich aus der Betäubung. Ohne mich zu besinnen, zog ich die letzten fünf Louisdors, die ich noch bei mir trug, aus der Tasche, und setzte sie auf die Dame. Sie gewann, nun setzte ich immer fort und fort auf die Dame, und immer höher, so wie der Gewinn stieg. Jedesmal, wenn ich wieder die Dame setzte, riefen die Spieler: „Nein es ist unmöglich, jetzt muß die Dame untreu werden" – und alle Karten der übrigen Spieler schlugen um. „Das ist mirakulos, das ist unerhört", erscholl es von allen Seiten, indem ich still, und in mich gekehrt, ganz mein Gemüt Aurelien zugewendet, kaum das Gold achtete, das mir der Bankier einmal übers andere zuschob. – Kurz in den vier letzten Taillen hatte die Dame unausgesetzt gewonnen, und ich die Taschen voll Gold. Es waren an zweitausend Louisdors, die mir das Glück durch die Dame zugeteilt, und unerachtet ich nun aller Verlegenheit enthoben, so konnte ich mich doch eines innern unheimlichen Gefühls nicht erwehren. – Auf wunderbare Art fand ich einen geheimen Zusammenhang zwischen dem glücklichen Schuß aufs Geratewohl, der neulich die Hühner herabwarf, und zwischen meinem heutigen Glück. Es wurde mir klar, daß nicht ich, sondern die fremde Macht, die in mein Wesen getreten, alles das Ungewöhnliche bewirke, und ich nur das willenlose Werkzeug sei, dessen sich jene Macht bediene, zu mir unbekannten Zwecken. Die Erkenntnis dieses Zwiespalts, der mein Inneres feindselig trennte, gab mir aber Trost, indem sie mir das allmähliche Aufkeimen eigner Kraft, die bald stärker und stärker werdend, dem Feinde widerstehen, und ihn bekämpfen werde, verkündete. – Das ewige Abspiegeln von Aureliens Bild, konnte nichts anderes sein, als ein verruchtes Verlocken zum bösen Beginnen, und eben dieser freveliche Mißbrauch des frommen lieben Bildes, erfüllte mich mit Grausen und Abscheu.

In der düstersten Stimmung, schlich ich des Morgens durch den Park, als mir der Fürst, der um die Stunde auch zu lustwandeln pflegte, entgegentrat. „Nun, Herr Leonard", rief er: „wie finden Sie mein Farospiel? – was sagen Sie von der Laune des Zufalls, der Ihnen alles tolle Beginnen verzieh, und das Gold zuwarf. Sie hatten glücklicherweise die Carte Favorite getroffen, aber so blindlings dürfen Sie selbst der Carte Favorite nicht immer vertrauen." – Er verbreitete sich weitläuftig über den Begriff der Carte Favorite, gab mir die wohlersonnensten Regeln, wie man dem Zufall in die Hand spielen müsse, und schloß mit der Äußerung, daß ich nun mein Glück im Spiel wohl eifrigst verfolgen werde. Ich versicherte dagegen freimütig, daß es mein fester Vorsatz sei, nie mehr eine Karte anzurühren. Der Fürst sah mich verwundert an. – „Eben mein gestriges wunderbares Glück", fuhr ich fort: „hat diesen Entschluß erzeugt, denn alles das, was ich sonst von dem Gefährlichen, ja Verderblichen dieses Spiels gehört, ist dadurch bewährt worden. Es lag für mich etwas Entsetzliches darin, daß, indem die gleichgültige Karte, die ich blindlings zog, in mir eine schmerzhafte herzzerreißende Erinnerung weckte, ich von einer unbekannten Macht ergriffen wurde, die das Glück des Spiels, den losen Geldgewinn mir zuwarf, als entsprösse es aus meinem eignen Innern, als wenn ich selbst, jenes Wesen denkend, das aus der leblosen Karte mir mit glühenden Farben entgegenstrahlte, dem Zufall gebieten könne, seine geheimsten Verschlingungen erkennend." – „Ich verstehe Sie", unterbrach mich der Fürst: „Sie liebten unglücklich, die Karte rief das Bild der verlornen Geliebten in Ihre Seele zurück, obgleich mich das, mit Ihrer Erlaubnis, possierlich anspricht, wenn ich mir das breite, blasse komische Kartengesicht der Coeurdame, die Ihnen in die Hand fiel, lebhaft imaginiere. – Doch Sie dachten nun einmal an die Geliebte, und sie war Ihnen im Spiel treuer und wohltuender, als vielleicht im Leben; aber was darin Entsetzliches, Schreckbares liegen soll, kann ich durchaus nicht begreifen, vielmehr muß es ja erfreulich sein, daß Ihnen das Glück wohlwollte. Überhaupt! – ist Ihnen denn nun einmal die ominöse Verknüpfung des Spielglücks mit Ihrer Geliebten so unheimlich, so trägt nicht das Spiel die Schuld, sondern nur Ihre individuelle Stimmung." – „Mag das sein, gnädigster Herr", erwiderte ich: „aber ich fühle nur zu lebhaft, daß es nicht sowohl die Gefahr ist, durch bedeutenden Verlust in die übelste Lage zu geraten, welche dieses Spiel so verderblich macht, sondern vielmehr die Kühnheit, geradezu wie in offener Fehde, es mit der geheimen Macht aufzunehmen, die aus dem Dunkel glänzend hervortritt, und uns wie ein verführerisches Trugbild in eine Region verlockt, in der sie uns höhnend ergreift, und zermalmt. Eben dieser Kampf mit jener Macht scheint das anziehende Wagestück zu sein, das der Mensch, seiner Kraft kindisch vertrauend, so gern unternimmt, und das er, einmal begonnen, beständig, ja noch im Todeskampfe den Sieg hoffend, nicht mehr lassen kann. Daher kommt meines Bedünkens die wahnsinnige Leidenschaft der Farospieler, und die innere Zerrüttung des Geistes, die der bloße Geldverlust nicht nach sich zu ziehen vermag, und die sie zerstört. Aber auch schon in untergeordneter Hinsicht, kann selbst dieser Verlust auch den leidenschaftlosen Spieler, in den noch nicht jenes feindselige Prinzip gedrungen, in tausend Unannehmlichkeiten, ja in offenbare Not stürzen, da er doch nur durch die Umstände veranlaßt spielte. Ich darf es gestehen, gnädigster Herr! daß ich selbst gestern im Begriff stand, meine ganze Reisekasse gesprengt zu sehen." – „Das hätte ich erfahren", fiel der Fürst rasch ein: „und Ihnen den Verlust dreidoppelt ersetzt, denn ich will nicht, daß sich jemand meines Vergnügens wegen ruiniere, überhaupt kann das bei mir nicht geschehen, da ich meine Spieler kenne, und sie nicht aus den Augen lasse." – „Aber eben diese Einschränkung, gnädigster Herr!" erwiderte ich: „hebt wieder die Freiheit des Spiels auf, und setzt selbst jenen besonderen Verknüpfungen des Zufalls Schranken, deren Betrachtung Ihnen, gnädigster Herr, das Spiel so interessant macht. Aber wird nicht auch dieser oder jener, den die Leidenschaft des Spiels unwiderstehlich ergriffen, Mittel finden zu seinem eignen Verderben der Aufsicht zu entgehen, und so ein Mißverhältnis in sein Leben bringen, das ihn zerstört? – Verzeihen Sie meine Freimütigkeit, gnädigster Herr! – Ich glaube überdem, daß jede Einschränkung der Freiheit, sollte diese auch gemißbraucht werden, drückend, ja, als dem menschlichen Wesen schnurstracks entgegenstrebend, unausstehlich ist." – „Sie sind nun einmal, wie es scheint, überall nicht meiner Meinung, Herr Leonard", fuhr der Fürst auf, und entfernte sich rasch, indem er mir ein leichtes „Adieu" zuwarf. – Kaum wußte ich selbst, wie ich dazu gekommen, mich so offenherzig zu äußern, ja ich hatte niemals, unerachtet ich in der Handelsstadt oft an bedeutenden Banken als Zuschauer stand, genug über das Spiel nachgedacht, um meine Überzeugung im Innern so zu ordnen, wie sie mir jetzt unwillkürlich von den Lippen floß. Es tat mir leid, die Gnade des Fürsten verscherzt, und das Recht verloren zu haben, im Zirkel des Hofes erscheinen, und der Fürstin näher treten zu dürfen. Ich hatte mich indessen geirrt, denn noch denselben Abend erhielt ich eine Einladungskarte zum Hofkonzert, und der Fürst sagte im Vorbeistreifen mit freundlichem Humor zu mir: „Guten Abend, Herr Leonard, gebe der Himmel, daß meine Kapelle heute Ehre einlegt, und meine Musik Ihnen besser gefällt, als mein Park."

Die Musik war in der Tat recht artig, es ging alles präzis, indessen schien mir die Wahl der Stücke nicht glücklich, indem eins die Wirkung des andern vernichtete, und vorzüglich erregte mir eine lange Szene, die mir, wie nach einer aufgegebenen Formel komponiert zu sein schien, herzliche Langeweile. Ich hütete mich wohl, meine wahre innere Meinung zu äußern, und hatte um so klüger daran getan, als man mir in der Folge sagte, daß eben jene lange Szene eine Komposition des Fürsten gewesen.

Ohne Bedenken fand ich mich in dem nächsten Zirkel des Hofes ein, und wollte selbst am Farospiel teilnehmen, um den Fürsten ganz mit mir auszusöhnen, aber nicht wenig erstaunte ich, als ich keine Bank erblickte, vielmehr sich einige gewöhnliche Spieltische formten, und unter den übrigen Herren und Damen, die sich im Zirkel um den Fürsten setzten, eine lebhafte geistreiche Unterhaltung begann. Dieser oder jener wußte manches Ergötzliche zu erzählen, ja Anekdoten mit scharfer Spitze wurden nicht verschmäht; meine Rednergabe kam mir zustatten, und es waren Andeutungen aus meinem eignen Leben, die ich unter der Hülle romantischer Dichtung auf anziehende Weise vorzutragen wußte. So erwarb ich mir die Aufmerksamkeit und den Beifall des Zirkels; der Fürst liebte aber mehr das Heitre Humoristische, und darin übertraf niemand den Leibarzt, der in tausend possierlichen Einfällen und Wendungen unerschöpflich war.

Diese Art der Unterhaltung erweiterte sich dahin, daß oft dieser oder jener etwas aufgeschrieben hatte, das er in der Gesellschaft vorlas, und so kam es denn, daß das Ganze bald das Ansehen eines wohlorganisierten literarisch-ästhetischen Vereins erhielt, in dem der Fürst präsidierte, und in welchem jeder das Fach ergriff, welches ihm am mehrsten zusagte. – Einmal hatte ein Gelehrter, der ein trefflicher tiefdenkender Physiker war, uns mit neuen interessanten Entdeckungen im Gebiet seiner Wissenschaft überrascht, und so sehr dies *den* Teil der Gesellschaft ansprach, der wissenschaftlich genug war, den Vortrag des Professors zu fassen, so sehr langweilte sich *der* Teil, dem das alles fremd und unbekannt blieb. Selbst der Fürst, schien sich nicht sonderlich in die Ideen des Professors zu finden, und auf den Schluß mit herzlicher Sehnsucht zu warten. Endlich hatte der Professor geendet, der Leibarzt war vorzüglich erfreut, und brach aus in Lob und Bewunderung, indem er hinzufügte, daß dem tiefen Wissenschaftlichen wohl zur Erheiterung des Gemüts etwas folgen könne, das nun eben auf nichts weiter Anspruch mache, als auf Erreichung dieses Zwecks. – Die Schwächlichen, die die Macht der ihnen fremden Wissenschaft gebeugt hatte, richteten sich auf, und selbst des Fürsten Gesicht überflog ein Lächeln, welches bewies, wie sehr ihm die Rückkehr ins Alltagsleben wohltat.

„Sie wissen, gnädigster Herr!" hob der Leibarzt an, indem er sich zum Fürsten wandte: „daß ich auf meinen Reisen nicht unterließ, all die lustigen Vorfälle, wie sie das Leben durchkreuzen, vorzüglich aber die possierlichen Originale, die mir aufstießen, treu in meinem Reisejournal zu bewahren, und eben aus diesem Journal bin ich im Begriff etwas mitzuteilen, das ohne sonderlich bedeutend zu sein, doch mir ergötzlich scheint. – Auf meiner vorjährigen Reise kam ich in später Nacht in das schöne große Dorf vier Stunden von B.; ich entschloß mich in den stattlichen Gasthof einzukehren, wo mich, ein freundlicher aufgeweckter Wirt empfing. Ermüdet, ja zerschlagen von der weiten Reise, warf ich mich in meinem Zimmer gleich ins Bette, um recht auszuschlafen, aber es mochte eben eins geschlagen haben, als mich eine Flöte, die dicht neben mir geblasen wurde, weckte. In meinem Leben hatt ich solch ein Blasen nicht gehört. Der Mensch mußte ungeheure Lungen haben, denn mit einem schneidenden durchdringenden Ton, der den Charakter des Instruments ganz vernichtete, blies er immer dieselbe Passage hintereinander fort, so daß man sich nichts Abscheulicheres, Unsinnigeres denken konnte. Ich schimpfte und fluchte auf den verdammten tollen Musikanten, der mir den Schlaf raubte, und die Ohren zerriß, aber wie ein aufgezogenes Uhrwerk rollte die Passage fort, bis ich endlich einen dumpfen Schlag vernahm, als würde etwas gegen die Wand geschleudert, worauf es still blieb, und ich ruhig fortschlafen konnte.

Am Morgen hörte ich ein starkes Gezänk unten im Hause. Ich unterschied die Stimme des Wirts und eines Mannes, der unaufhörlich schrie: ‚Verdammt sei Ihr Haus, wäre ich nie über die Schwelle getreten. – Der Teufel hat mich in Ihr Haus geführt, wo man nichts trinken, nichts genießen kann! – alles ist infam schlecht, und hundemäßig teuer. – Da haben Sie Ihr Geld, adieu, Sie sehn mich nicht wieder in Ihrer vermaladeiten Kneipe.' – Damit sprang ein kleiner, winddürrer Mann, in einem kaffeebraunen Rocke und fuchsroter runder Perücke, auf die er einen grauen Hut ganz schief und martialisch gestülpt, schnell zum Hause heraus, und lief nach dem Stalle, aus dem ich ihn bald auf einem ziemlich steifen Gaule in schwerfälligem Galopp zum Hofe hinausreiten sah.

Natürlicherweise hielt ich ihn für einen Fremden, der sich mit dem Wirt entzweit habe, und nun abgereiset sei; eben deshalb nahm es mich nicht wenig wunder, als ich mittags, da ich mich in der Wirtsstube befand, dieselbe komische kaffeebraune Figur, mit der fuchsroten Perücke, welche des Morgens hinausritt, eintreten, und ohne Umstände an dem gedeckten Tisch Platz nehmen sah. Es war das häßlichste und dabei possierlichste Gesicht, das mir jemals aufstieß. In dem ganzen Wesen des Mannes lag so etwas drollig Ernstes, daß man ihn betrachtend, sich kaum des Lachens enthalten konnte. Wir aßen miteinander, und ein wortkarges Gespräch schlich zwischen mir und dem Wirt hin, ohne daß der Fremde, der gewaltig aß, daran Anteil nehmen wollte. Offenbar war es, wie ich nachher einsah, Bosheit des Wirts, daß er das Gespräch geschickt auf nationelle Eigentümlichkeiten lenkte, und mich geradezu frug, ob ich wohl schon Irländer kennen gelernt, und von ihren sogenannten Bulls etwas wisse? ‚Allerdings!' erwiderte ich, indem mir gleich eine ganze Reihe solcher Bulls durch den Kopf ging. Ich erzählte von jenem Irländer, der, als man ihn frug, warum er den Strumpf verkehrt angezogen, ganz treuherzig antwortete: ‚Auf der rechten Seite ist ein Loch!' – Es kam mir ferner der herrliche Bull jenes Irländers in den Sinn, der mit einem jähzornigen Schotten zusammen in einem Bette schlief, und den bloßen Fuß unter der Decke hervorgestreckt hatte. Nun bemerkte dies ein Engländer, der im Zimmer befindlich, und schnallte flugs dem Irländer den Sporn an den Fuß, den er von seinem Stiefel heruntergenommen. Der Irländer zog schlafend den Fuß wieder unter die Decke, und ritzte mit dem Sporn, den Schotten, der darüber aufwachte, und dem Irländer eine tüchtige Ohrfeige gab. Darauf entspann sich unter ihnen folgendes sinnreiche Gespräch: ‚Was Teufel ficht dich an, warum schlägst du mich?' – ‚Weil du mich mit deinem Sporn geritzt hast!' – ‚Wie ist das möglich, da ich mit bloßen Füßen bei dir im Bette liege?' – ‚Und doch ist es so, sieh nur her.' – ‚Gott verdamm mich, du hast recht, hat der verfluchte Kerl von Hausknecht mir den Stiefel ausgezogen, und den Sporn sitzen lassen.' – Der Wirt brach in ein unmäßiges Gelächter aus, aber der Fremde, der eben mit dem Essen fertig worden, und ein großes Glas Bier heruntergestürzt hatte, sah mich ernst an, und sprach: ‚Sie haben ganz recht, die Irländer machen oft dergleichen Bulls, aber es liegt keinesweges an dem Volke, das regsam und geistreich ist, vielmehr weht dort eine solche verfluchte Luft, die einen mit dergleichen Tollheiten, wie mit einem Schnupfen befällt, denn, mein Herr! ich selbst bin zwar ein Engländer, aber in Irland geboren und erzogen, und nur deshalb jener verdammten Krankheit der Bulls unterworfen.' – Der Wirt lachte noch stärker, und ich mußte unwillkürlich einstimmen, denn sehr ergötzlich war es doch, daß der Irländer, nur von Bulls sprechend, gleich selbst einen ganz vortrefflichen zum besten gab. Der Fremde, weit entfernt durch unser Gelächter beleidigt zu werden, riß die Augen weit auf, legte den Finger an die Nase und sprach: ‚In England sind die Irländer das starke Gewürz, das der Gesellschaft hinzugefügt wird, um sie schmackhaft zu machen. Ich selbst bin in dem einzigen Stück dem Falstaff ähnlich, daß ich oft nicht allein selbst witzig bin, sondern auch den Witz anderer erwecke, was in dieser nüchternen Zeit kein geringes Verdienst ist. Sollten Sie denken, daß in dieser ledernen leeren Bierwirtsseele sich auch oft dergleichen regt, bloß auf meinen Anlaß? Aber dieser Wirt ist ein guter Wirt, er greift sein dürftig Kapital von guten Einfällen durchaus nicht an, sondern leiht hie und da in Gesellschaft der Reichen nur einen aus auf hohe Zinsen; er zeigt, ist er dieser Zinsen nicht versichert, wie eben jetzt, höchstens den Einband seines Hauptbuchs, und der ist sein unmäßiges Lachen; denn in dies Lachen hat er seinen Witz eingewickelt. Gott befohlen, meine Herrn!' – damit schritt der originelle Mann zur Türe hinaus, und ich bat den Wirt sofort um Auskunft über ihn. ‚Dieser Irländer', sagte der Wirt, ‚der Ewson heißt, und deswegen ein Engländer sein will, weil sein Stammbaum in England wurzelt, ist erst seit kurzer Zeit hier, es werden nun gerade zweiundzwanzig Jahre sein. – Ich hatte, als ein junger Mensch, den Gasthof gekauft und hielt Hochzeit als Herr Ewson, der auch noch ein Jüngling war, aber schon damals eine fuchsrote Perücke, einen grauen Hut und einen kaffeebraunen Rock von demselben Schnitt wie heute trug, auf der Rückreise nach seinem Vaterlande begriffen, hier vorbeikam, und durch die Tanzmusik, die lustig erschallte, hereingelockt wurde. Er schwur, daß man nur auf dem Schiffe zu tanzen verstehe, wo er es seit seiner Kindheit erlernt, und führte, um dies zu beweisen, indem er auf gräßliche Weise dazu zwischen den Zähnen pfiff, einen

Hornpipe aus, wobei er aber bei einem Hauptsprunge sich den Fuß dermaßen verrenkte, daß er bei mir liegen bleiben, und sich heilen lassen mußte. – Seit der Zeit hat er mich nicht wieder verlassen. Mit seinen Eigenheiten habe ich meine liebe Not; jeden Tag, seit den vielen Jahren, zankt er mit mir, er schmält auf die Lebensart, er wirft mir vor, daß ich ihn überteure, daß er ohne Roastbeef und Porter nicht länger leben könne, packt sein Felleisen, setzt seine drei Perücken auf, eine über die andere, nimmt von mir Abschied, und reitet auf seinem alten Gaule davon. Das ist aber nur sein Spazierritt, denn mittags kommt er wieder zum andern Tore herein, setzt sich, wie Sie heute gesehen haben, ruhig an den Tisch, und ißt von den ungenießbaren Speisen für drei Mann. Jedes Jahr erhält er einen starken Wechsel; dann sagt er mir ganz wehmütig Lebewohl, er nennt mich seinen besten Freund, und vergießt Tränen, wobei mir auch die Tränen über die Backen laufen, aber vor unterdrücktem Lachen. Nachdem er noch, lebens- und sterbenshalber, seinen letzten Willen aufgesetzt, und, wie er sagt, meiner ältesten Tochter sein Vermögen vermacht hat, reitet er ganz langsam und betrübt nach der Stadt. Den dritten oder höchstens vierten Tag ist er aber wieder hier, und bringt zwei kaffeebraune Röcke, drei fuchsrote Perücken, eine gleißender, wie die andere, sechs Hemden, einen neuen grauen Hut und andere Bedürfnisse seines Anzuges, meiner ältesten Tochter, seiner Lieblingin, aber ein Tütchen Zuckerwerk mit, wie einem Kinde, unerachtet sie nun schon achtzehn Jahr alt worden. Er denkt dann weder an seinen Aufenthalt in der Stadt, noch an die Heimreise. Seine Zeche berichtigt er jeden Abend, und das Geld für das Frühstück wirft er mir jeden Morgen zornig hin, wenn er wegreitet, um nicht wiederzukommen. Sonst ist er der gutmütigste Mensch von der Welt, er beschenkt meine Kinder bei jeder Gelegenheit, er tut den Armen im Dorfe wohl, nur den Prediger kann er nicht leiden, weil er, wie Herr Ewson es von dem Schulmeister erfuhr, einmal ein Goldstück, das Ewson in die Armenbüchse geworfen, eingewechselt und lauter Kupferpfennige dafür gegeben hat. Seit der Zeit weicht er ihm überall aus, und geht niemals in die Kirche, weshalb der Prediger ihn für einen Atheisten ausschreit. Wie gesagt, habe ich also oft meine liebe Not mit ihm, weil er jähzornig ist, und ganz tolle Einfälle hat. Erst gestern hörte ich, als ich nach Hause kam, schon von weitem ein heftiges Geschrei, und unterschied Ewsons Stimme. Als ich ins Haus trat, fand ich ihn im stärksten

Zank mit der Hausmagd begriffen. Er hatte, wie es im Zorn immer geschieht, bereits seine Perücke weggeschleudert, und stand im kahlen Kopf, ohne Rock, in Hemdärmeln dicht vor der Magd, der er ein großes Buch unter die Nase hielt, und stark schreiend und fluchend mit dem Finger hineinwies. Die Magd hatte die Hände in die Seiten gestemmt, und schrie: er möge andere zu seinen Streichen brauchen, er sei ein schlechter Mensch, der an nichts glaube u. s. w. Mit Mühe gelang es mir, die Streitenden auseinanderzubringen, und der Sache auf den Grund zu kommen. – Herr Ewson hatte verlangt, die Magd solle ihm Oblate verschaffen zum Briefsiegeln; die Magd verstand ihn anfangs gar nicht, zuletzt fiel ihr ein, daß das Oblate sei was bei dem Abendmahl gebraucht werde, und meinte, Herr Ewson wolle mit der Hostie verruchtes Gespötte treiben, weil der Herr Pfarrer ohnedies gesagt, daß er ein Gottesleugner sei. Sie widersetzte sich daher und Herr Ewson, der da glaubte nur nicht richtig ausgesprochen zu haben, und nicht verstanden zu sein, holte sofort sein englisch-deutsches Wörterbuch, und demonstrierte daraus der Bauermagd, die kein Wort lesen konnte, was er haben wolle, wobei er zuletzt nichts als englisch sprach, welches die Magd für das sinnverwirrende Gewäsche des Teufels hielt. Nur mein Dazwischentreten verhinderte die Prügelei, in der Herr Ewson vielleicht den kürzeren gezogen.‘

Ich unterbrach den Wirt in der Erzählung von dem drolligen Manne, indem ich frug, ob das vielleicht auch Herr Ewson gewesen, der mich in der Nacht durch sein gräßliches Flötenblasen so gestört, und geärgert habe. ‚Ach, mein Herr!‘ fuhr der Wirt fort, ‚das ist nun auch eine von Herrn Ewsons Eigenheiten, womit er mir beinahe die Gäste verscheucht. Vor drei Jahren kam mein Sohn aus der Stadt hieher; der Junge bläst eine herrliche Flöte, und übte hier fleißig sein Instrument. Da fiel es Herrn Ewson ein, daß er ehemals auch Flöte geblasen, und ließ nicht nach, bis ihm Fritz seine Flöte und ein Konzert, das er mitgebracht hatte, für schweres Geld verkaufte.

Nun fing Herr Ewson, der gar keinen Sinn für Musik, gar keinen Takt hat, mit dem größten Eifer an, das Konzert zu blasen. Er kam aber nur bis zum zweiten Solo des ersten Allegros, da stieß ihm eine Passage auf, die er nicht herausbringen konnte, und diese einzige Passage bläst er nun seit den drei Jahren fast jeden Tag hundertmal hintereinander, bis er im höchsten Zorn erst die Flöte und dann die Perücke an die Wand schleudert. Da dies nun wenige Flöten lange aushalten, so braucht er gar oft neue, und hat jetzt gewöhnlich drei bis vier im Gange. Ist nur ein Schraubchen zerbrochen oder eine Klappe schadhaft, so wirft er sie mit einem: ‚Gott verdamm mich, nur in England macht man Instrumente, die was taugen!' – durchs Fenster. Ganz erschrecklich ist es, daß ihn diese Passion der Flötenbläserei oft nachts überfällt, und er dann meine Gäste aus dem tiefsten Schlafe dudelt. Sollten Sie aber glauben, daß hier im Amtshause sich, beinahe ebenso lange als Herr Ewson bei mir ist, ein englischer Doktor aufhält, der Green heißt, und mit Herrn Ewson darin sympathisiert, daß er ebenso originell, ebenso voll sonderbaren Humors ist? – Sie zanken sich unaufhörlich, und können doch nicht ohne einander leben. Es fällt mir eben ein, daß Herr Ewson auf heute abend einen Punsch bei mir bestellt hat, zu dem er den Amtmann und den Doktor Green eingeladen. Wollen Sie es sich, mein Herr, gefallen lassen, noch bis morgen früh hier zu verweilen, so können Sie heute abend bei mir das possierlichste Kleeblatt sehen, das sich nur zusammenfinden kann.'

Sie stellen sich es vor, gnädigster Herr, daß ich mir den Aufschub der Reise gern gefallen ließ, weil ich hoffte den Herrn Ewson in seiner Glorie zu sehen. Er trat, sowie es Abend worden, ins Zimmer, und war artig genug, mich zu dem Punsch einzuladen, indem er hinzusetzte, wie es ihm nur leid täte, mich mit dem nichtswürdigen Getränk, das man hier Punsch nenne, bewirten zu müssen; nur in England trinke man Punsch, und da er nächstens dahin zurückkehren werde, hoffe er, käme ich jemals nach England, mir es beweisen zu können, daß er es verstehe, das köstliche Getränk zu bereiten. – Ich wußte, was ich davon zu denken hatte. – Bald darauf traten auch die eingeladenen Gäste ein. Der Amtmann war ein kleines kugelrundes, höchst freundliches Männlein mit vergnügt blickenden Augen, und einem roten Näschen; der Doktor Green ein robuster Mann von mittlern Jahren mit einem auffallenden Nationalgesicht, modern, aber nachlässig gekleidet, Brill auf der Nase, Hut auf dem Kopfe. – ‚Gebt mir Sekt, daß meine Augen rot werden!' rief er pathetisch, indem er auf den Wirt zuschritt, und ihn, bei der Brust packend, heftig schüttelte: ‚Halunkischer Kambyses, sprich! wo sind die Prinzessinnen? Nach Kaffee riecht's, und nicht nach Trank der Götter!' – ‚Laß ab von mir, o Held! weg mit der starken Faust, zermalmst im Zorne mir die Ribben!' – rief der Wirt keuchend. ‚Nicht eher, feiger Schwächling', fuhr der Doktor fort, ‚bis süßer Dampf des Punsches Sinn umnebelnd Nase kitzelt, nicht eher laß ich dich, du ganz unwerter Wirt!' – Aber nun schoß Eswon grimmig auf den Doktor los, und schalt: ‚Unwürdger Green! grün soll's dir werden vor den Augen, ja greinen sollst du gramerfüllt, wenn du nicht abläßt von schmachvoller Tat!' – Nun, dacht ich, würde Zank und Tumult losbrechen, aber der Doktor sagte: ‚So will ich, feiger Ohnmacht spottend, ruhig sein, und harrn des Göttertranks den du bereitet, würdger Ewson.' – Er ließ den Wirt los, der eiligst davonsprang, setzte sich mit einer Catos Miene an den Tisch, ergriff die gestopfte Pfeife, und blies große Dampfwolken von sich. – ‚Ist das nicht, als wäre man im Theater?' sagte der freundliche Amtmann zu mir, ‚aber der Doktor, der sonst kein teutsches Buch in die Hand nimmt, fand zufällig Schlegels Shakespeare bei mir, und seit der Zeit spielt er, nach seinem Ausdruck, uralte bekannte Melodien auf einem fremden Instrumente. Sie werden bemerkt haben, daß sogar der Wirt rhythmisch spricht, der Doktor hat ihn sozusagen eingejambt.' – Der Wirt brachte den dampfenden Punschnapf, und unerachtet Ewson und Green schwuren, er sei kaum trinkbar, so stürzten sie doch ein großes Glas nach dem andern hinab. Wir führten ein leidlich Gespräch. Green blieb wortkarg, nur dann und wann gab er auf komische Weise, die Opposition behauptend, etwas von sich. So sprach z. B. der Amtmann von dem Theater in der Stadt, und ich versicherte: der erste Held spiele vortrefflich. – ‚Das kann ich nicht finden', fiel sogleich der Doktor ein: ‚glauben Sie nicht, daß, hätte der Mann sechsmal besser gespielt, er des Beifalls viel würdger sein würde?' Ich mußte das notgedrungen zugeben, und meinte nur, daß dies sechsmal besser Spielen *dem* Schauspieler not tue, der die zärtlichen Väter ganz erbärmlich tragiere. – ‚Das kann ich nicht finden', sagte Green wieder: ‚der Mann gibt alles, was er in sich trägt! Kann er dafür, daß seine Tendenz sich zum Schlechten hinneigt? er hat es aber im Schlechten zu rühmlicher Vollkommenheit gebracht, man muß ihn deshalb loben!' – Der Amtmann saß mit seinem Talent, die beiden anzuregen zu allerlei tollen Einfällen und Meinungen, in ihrer Mitte, wie das exzitierende Prinzip, und so ging es fort, bis der starke Punsch zu wirken anfing. Da wurde Ewson ausgelassen lustig, er sang mit krächzender Stimme Nationallieder, er warf Perücke und Rock durchs Fenster in den Hof, und fing an mit den sonderbarsten Grimassen, auf so drollige Weise zu tanzen, daß man sich vor Lachen hätte ausschütten mögen. Der Doktor blieb ernsthaft, hatte aber die seltsamsten Visionen. Er sah den Punschnapf für eine Baßgeige an, und wollte durchaus darauf herumstreichen, mit dem Löffel Ewsons Lieder akkompagnierend, wovon ihn nur des Wirts dringendste Protestationen abhalten konnten. – Der Amtmann war immer stiller und stiller geworden, am Ende stolperte er in eine Ecke des Zimmers, wo er sich hinsetzte und heftig zu weinen anfing. Ich verstand den Wink des Wirts, und frug den Amtmann um die Ursache seines tiefen Schmerzes. – ‚Ach! ach!' brach er schluchzend los: ‚der Prinz Eugen war doch ein großer Feldherr, und dieser heldenmütige Fürst mußte sterben. Ach, ach!' – und damit weinte er heftiger, daß ihm die hellen Tränen über die Backen liefen. Ich versuchte ihn über den Verlust dieses wackern Prinzen des längst vergangenen Jahrhunderts möglichst zu trösten, aber es war vergebens. Der Doktor Green hatte indessen eine große Lichtschere ergriffen, und fuhr damit unaufhörlich gegen das offene Fenster. – Er hatte nichts Geringeres im Sinn, als den Mond zu putzen, der hell hineinschien. Ewson sprang und schrie, als wäre er besessen von tausend Teufeln, bis endlich der Hausknecht, des hellen Mondscheins unerachtet, mit einer großen Laterne in das Zimmer trat, und laut rief: ‚Da bin ich, meine Herrn! nun kann's fortgehen.' Der Doktor stellte sich dicht vor ihm hin, und sprach, ihm die Dampfwolken ins Gesicht blasend: ‚Willkommen, Freund! Bist du der Squenz der Mondschein trägt, und Hund, und Dornbusch? Ich habe dich geputzt, Halunke, darum scheinst du hell! Gut Nacht denn, viel des schnöden Safts hab ich getrunken, gut Nacht, mein werter Wirt, gut Nacht mein Pylades!' – Ewson schwur, daß kein Mensch zu Hause gehen solle, ohne den Hals zu brechen, aber niemand achtete darauf, vielmehr nahm der Hausknecht den Doktor unter den einen, den Amtmann, der noch immer über den Verlust des Prinzen Eugen lamentierte, unter den andern Arm, und so wackelten sie über die Straße fort nach dem Amtshause. Mit Mühe brachten wir den närrischen Ewson in sein Zimmer, wo er noch die halbe Nacht auf der Flöte tobte, so daß ich kein Auge zutun, und mich erst im Wagen schlafend, von dem tollen Abend im Gasthause erholen konnte."

Die Erzählung des Leibarztes wurde oft durch lauteres Gelächter, als man es wohl sonst im Zirkel eines Hofes hören mag, unterbrochen. Der Fürst schien sich sehr ergötzt zu haben. „Nur eine Figur", sagte er zum Leibarzt: „haben Sie in dem Gemälde zu sehr in den Hintergrund gestellt, und das ist Ihre eigne, denn ich wette, daß Ihr zuzeiten etwas boshafter Humor den närrischen Ewson, so wie den pathetischen Doktor zu tausend tollen Ausschweifungen verleitet hat, und daß Sie eigentlich das exzitierende Prinzip waren, für das Sie den lamentablen Amtmann ausgeben." – „Ich versichere, gnädigster Herr!" erwiderte der Leibarzt, „daß dieser aus seltner Narrheit komponierte Klub, so in sich abgeründet war, daß alles Fremde nur dissoniert hätte. Um in dem musikalischen Gleichnis zu bleiben, waren die drei Menschen der reine Dreiklang, jeder verschieden, im Ton aber harmonisch mitklingend, der Wirt sprang hinzu wie eine Septime." – Auf diese Weise wurde noch manches hin und her gesprochen, bis sich, wie gewöhnlich, die fürstliche Familie in ihre Zimmer zurückzog, und die Gesellschaft in der gemütlichsten Laune auseinanderging. – Ich bewegte mich heiter und lebenslustig in einer neuen Welt. Je mehr ich in den ruhigen gemütlichen Gang des Lebens in der Residenz und am Hofe eingriff, je mehr man mir einen Platz einräumte, den ich mit Ehre und Beifall behaupten konnte, desto weniger dachte ich an die Vergangenheit, so wie daran, daß mein hiesiges Verhältnis sich jemals ändern könne. Der Fürst schien ein besonderes Wohlgefallen an mir zu finden, und aus verschiedenen flüchtigen Andeutungen, konnte ich schließen, daß er mich auf diese oder jene Weise in seiner Umgebung fest zu stellen wünschte. Nicht zu leugnen war es, daß eine gewisse Gleichförmigkeit der Ausbildung, ja eine gewisse angenommene gleiche Manier in allem wissenschaftlichen und künstlerischen Treiben, die sich vom Hofe aus über die ganze Residenz verbreitete, manchem geistreichen, und an unbedingte Freiheit gewöhnten Mann, den Aufenthalt daselbst bald verleidet hätte; indessen kam mir, sooft auch die Beschränkung, welche die Einseitigkeit des Hofes hervorbrachte, lästig wurde, das frühere Gewöhnen an eine bestimmte Form, die wenigstens das Äußere regelt, dabei sehr zustatten. Mein Klosterleben war es, das hier, freilich unmerklicherweise, noch auf mich wirkte. – Sosehr mich der Fürst auszeichnete, sosehr ich mich bemühte, die Aufmerksamkeit der Fürstin auf mich zu ziehen, so blieb diese doch kalt und verschlossen. Ja! meine Gegenwart schien sie oft auf besondere Weise zu beunruhigen, und nur mit Mühe erhielt sie es über sich, mir wie den andern ein paar freundliche Worte zuzuwerfen. Bei den Damen, die sie umgaben, war ich glücklicher; mein Äußeres schien einen günstigen Eindruck gemacht zu haben, und indem ich mich oft in ihren Kreisen bewegte, gelang es mir bald, diejenige wunderliche Weltbildung zu erhalten, welche man Galanterie nennt, und die in nichts anderm besteht, als die äußere körperliche Geschmeidigkeit, vermöge der man immer da, wo man steht oder geht, hinzupassen scheint, auch in die Unterhaltung zu übertragen. Es ist die sonderbare Gabe, über nichts mit bedeutenden Worten zu schwatzen, und so den Weibern ein gewisses Wohlbehagen zu erregen, von dem, wie es entstanden, sie sich selbst nicht Rechenschaft geben können. Daß diese höhere und eigentliche Galanterie sich nicht mit plumpen Schmeicheleien abgeben kann, fließt aus dem Gesagten, wiewohl in jenem interessanten Geschwätz, das wie ein Hymnus der Angebeteten erklingt, eben das gänzliche Eingehen in ihr Innerstes liegt, so daß ihr eignes Selbst ihnen klar zu werden scheint, und sie sich in dem Reflex ihres eignen Ichs mit Wohlgefallen spiegeln. – – Wer hätte nun noch den Mönch in mir erkennen sollen! – Der einzige mir gefährliche Ort war vielleicht nur noch die Kirche, in welcher es mir schwer wurde, jene klösterliche Andachtsübungen, die ein besonderer Rhythmus, ein besonderer Takt auszeichnet, zu vermeiden.

Der Leibarzt war der einzige, der das Gepräge, womit alles, wie gleiche Münze ausgestempelt war, nicht angenommen hatte, und dies zog mich zu ihm hin, so wie *er* sich deshalb an mich anschloß, weil ich, wie er recht gut wußte, anfangs die Opposition gebildet, und meine freimütigen Äußerungen, die dem für kecke Wahrheit empfänglichen Fürsten eindrangen, das verhaßte Farospiel mit einemmal verbannt hatten.

So kam es denn, daß wir oft zusammen waren, und bald über Wissenschaft und Kunst, bald über das Leben, wie es sich vor uns ausbreitete, sprachen. Der Leibarzt verehrte ebenso hoch die Fürstin, als ich, und versicherte, daß nur sie es sei, die manche Abgeschmacktheit des Fürsten abwende, und diejenige sonderbare Art Langeweile, welche ihn auf der Oberfläche hin und her treibe, dadurch zu verscheuchen wisse, daß sie ihm oft ganz unvermerkt ein unschädliches Spielzeug in die Hände gebe. Ich unterließ nicht, bei dieser Gelegenheit mich zu beklagen, daß ich, ohne den Grund erforschen zu können, der Fürstin durch meine Gegenwart oft ein unausstehliches Mißbehagen zu erregen scheine. Der Leibarzt stand sofort auf, und holte, da wir uns gerade in seinem Zimmer befanden, ein kleines Miniaturbild aus dem Schreibepult, welches er mir, mit der Weisung, es recht genau zu betrachten, in die Hände gab. Ich tat es, und erstaunte nicht wenig, als ich in den Zügen des Mannes, den das Bild darstellte, ganz die meinigen erkannte. Nur der Änderung der Frisur und der Kleidung, die nach verjährter Mode gemalt war, nur der Hinzufügung meines starken Backenbarts, dem Meisterstück Belcampos, bedurfte es, um das Bild ganz zu meinem Porträt zu machen. Ich äußerte dies unverhohlen dem Leibarzt. „Und eben diese Ähnlichkeit", sagte er: „ist es, welche die Fürstin erschreckt und beunruhigt, sooft Sie in ihre Nähe kommen, denn Ihr Gesicht erneuert das Andenken einer entsetzlichen Begebenheit, die vor mehreren Jahren den Hof traf, wie ein zerstörender Schlag. Der vorige Leibarzt, der vor einigen Jahren starb, und dessen Zögling in der Wissenschaft ich bin, vertraute mir jenen Vorgang in der fürstlichen Familie, und gab mir zugleich das Bild, welches den ehemaligen Günstling des Fürsten, Francesko, darstellt, und zugleich, wie Sie sehen, rücksichts der Malerei, ein wahres Meisterstück ist. Es rührt von dem wunderlichen fremden Maler her, der sich damals am Hofe befand, und eben in jener Tragödie, die Hauptrolle spielte." – Bei der Betrachtung des Bildes regten sich gewisse verworrene Ahnungen in mir, die ich vergebens trachtete klar aufzufassen. – Jene Begebenheit schien mir ein Geheimnis erschließen zu wollen, in das ich selbst verflochten war, und um so mehr drang ich in den Leibarzt, mir das zu vertrauen, welches zu erfahren, mich die zufällige Ähnlichkeit mit Francesko zu berechtigen scheine. – „Freilich", sagte der Leibarzt: „muß dieser höchst merkwürdige Umstand Ihre Neugierde nicht wenig aufregen, und so ungern ich eigentlich von jener Begebenheit sprechen mag, über die noch jetzt, für mich wenigstens, ein geheimnisvoller Schleier liegt, den ich auch weiter gar nicht lüften will, so sollen Sie doch alles erfahren, was ich davon weiß. Viele Jahre sind vergangen, und die Hauptpersonen von der Bühne abgetreten, nur die Erinnerung ist es, welche feindselig wirkt. Ich bitte, gegen niemanden von dem, was Sie erfuhren, etwas zu äußern." Ich versprach das, und der Arzt fing in folgender Art seine Erzählung an:

„Eben zu der Zeit, als unser Fürst sich vermählte, kam sein Bruder in Gesellschaft eines Mannes, den er Francesko nannte, unerachtet man wußte, daß er ein Deutscher war, so wie eines Malers, von weiten Reisen zurück. Der Prinz war einer der schönsten Männer, die man gesehen, und schon deshalb stach er vor unserm Fürsten hervor, hätte er ihn auch nicht an Lebensfülle und geistiger Kraft übertroffen. Er machte auf die junge

Fürstin, die damals bis zur Ausgelassenheit lebhaft, und der der Fürst viel zu formell, viel zu kalt war, einen seltenen Eindruck, und ebenso fand sich der Prinz von der jungen bildschönen Gemahlin seines Bruders angezogen. Ohne an ein strafbares Verhältnis zu denken, mußten sie der unwiderstehlichen Gewalt nachgeben, die ihr inneres Leben, nur wie wechselseitig sich entzündend, bedingte, und so die Flamme nähren, die ihr Wesen in eins verschmolz. – Francesko allein war es, der in jeder Hinsicht seinem Freunde an die Seite gesetzt werden konnte, und so, wie der Prinz auf die Gemahlin seines Bruders, so wirkte Francesko auf die ältere Schwester der Fürstin. Francesko wurde sein Glück bald gewahr, benutzte es mit durchdachter Schlauheit, und die Neigung der Prinzessin wuchs bald zur heftigsten brennendsten Liebe. Der Fürst war von der Tugend seiner Gemahlin zu sehr überzeugt, um nicht alle hämische Zwischenträgerei zu verachten, wiewohl ihn das gespannte Verhältnis mit dem Bruder drückte; und nur dem Francesko, den er seines seltnen Geistes, seiner lebensklugen Umsicht halber liebgewonnen, war es möglich, ihn in gewissen Gleichmut zu erhalten. Der Fürst wollte ihn zu den ersten Hofstellen befördern, Francesko begnügte sich aber mit den geheimen Vorrechten des ersten Günstlings, und mit der Liebe der Prinzessin. In diesen Verhältnissen bewegte sich der Hof so gut es gehen wollte, aber nur die vier durch geheime Bande verknüpfte Personen waren glücklich in dem Eldorado der Liebe, das sie sich gebildet, und das anderen verschlossen. – Wohl mochte es der Fürst, ohne daß man es wußte, veranstaltet haben, daß mit vielem Pomp eine italienische Prinzessin am Hofe erschien, die früher dem Prinzen als Gemahlin zugedacht war, und der er, als er auf der Reise sich am Hofe ihres Vaters befand, sichtliche Zuneigung bewiesen hatte. – Sie soll ausnehmend schön, und überhaupt die Grazie, die Anmut selbst gewesen sein, und dies spricht auch das herrliche Porträt aus, was Sie noch auf der Galerie sehen können. Ihre Gegenwart belebte den in düstre Langeweile versunkenen Hof, sie überstrahlte alles, selbst die Fürstin und ihre Schwester nicht ausgenommen. Franceskos Betragen änderte sich bald nach der Ankunft der Italienerin auf eine ganz auffallende Weise; es war, als zehre ein geheimer Gram an seiner Lebensblüte, er wurde mürrisch, verschlossen, er vernachlässigte seine fürstliche Geliebte. Der Prinz war ebenso tiefsinnig geworden, er fühlte sich von Regungen ergriffen, denen er nicht zu widerstehen vermochte.

Der Fürstin stieß die Ankunft der Italienerin einen Dolch ins Herz. Für die zur Schwärmerei geneigte Prinzessin, war nun mit Franceskos Liebe alles Lebensglück entflohen, und so waren die vier Glücklichen, Beneidenswerten, in Gram und Betrübnis versenkt. Der Prinz erholte sich zuerst, indem er, bei der strengen Tugend seiner Schwägerin, den Lockungen des schönen verführerischen Weibes nicht widerstehen konnte. Jenes kindliche, recht aus dem tiefsten Innern entsprossene Verhältnis mit der Fürstin, ging unter, in der namenlosen Lust, die ihm die Italienerin verhieß, und so kam es denn, daß er bald aufs neue in den alten Fesseln lag, denen er, seit nicht lange her, sich entwunden. – Je mehr der Prinz dieser Liebe nachhing, desto auffallender wurde Franceskos Betragen, den man jetzt beinahe gar nicht mehr am Hofe sah, sondern der einsam umherschwärmte, und oft wochenlang von der Residenz abwesend war. Dagegen ließ sich der wunderliche menschenscheue Maler mehr sehen als sonst, und arbeitete vorzüglich gern in dem Atelier, das ihm die Italienerin in ihrem Hause einrichten lassen. Er malte sie mehrmals mit einem Ausdruck ohnegleichen; der Fürstin schien er abhold, er wollte sie durchaus nicht malen, dagegen vollendete er das Porträt der Prinzessin, ohne daß sie ihm ein einziges Mal gesessen, auf das ähnlichste und herrlichste. Die Italienerin bewies diesem Maler so viel Aufmerksamkeit, und er dagegen begegnete ihr mit solcher vertraulicher Galanterie, daß der Prinz eifersüchtig wurde, und dem Maler, als er ihn einmal im Atelier arbeitend antraf, und er, fest den Blick auf den Kopf der Italienerin, den er wieder hingezaubert, gerichtet, sein Eintreten gar nicht zu bemerken schien – rund heraussagte: Er möge ihm den Gefallen tun, und hier nicht mehr arbeiten, sondern sich ein anderes Atelier suchen. Der Maler schnickte gelassen den Pinsel aus, und nahm schweigend das Bild von der Staffelei. Im höchsten Unmute riß es der Prinz ihm aus der Hand, mit der Äußerung: es sei so herrlich getroffen, daß *er* es besitzen müsse. Der Maler, immer ruhig und gelassen bleibend, bat, nur zu erlauben, daß er das Bild mit ein paar Zügen vollende. Der Prinz stellte das Bild wieder auf die Staffelei, nach ein paar Minuten gab der Maler es ihm zurück, und lachte hell auf, als der Prinz über das gräßlich verzerrte Gesicht erschrak, zu dem das Porträt geworden. Nun ging der Maler langsam aus dem Saal, aber nah an der Türe kehrte er um, sah den Prinzen an mit ernstem durchdringendem Blick, und sprach dumpf und feierlich: ‚Nun bist du verloren!'

Dies geschah als die Italienerin schon für des Prinzen Braut erklärt war, und in wenigen Tagen die feierliche Vermählung vor sich gehen sollte. Des Malers Betragen achtete der Prinz um so weniger, als er in dem allgemeinen Ruf stand zuweilen von einiger Tollheit heimgesucht zu werden. Er saß, wie man erzählte, nun wieder in seinem kleinen Zimmer, und starrte tagelang eine große aufgespannte Leinwand an, indem er versicherte, wie er eben jetzt an ganz herrlichen Gemälden arbeite; so vergaß er den Hof und wurde von diesem wieder vergessen.

Die Vermählung des Prinzen mit der Italienerin ging in dem Palast des Fürsten auf das feierlichste vor sich; die Fürstin hatte sich in ihr Geschick gefügt, und einer zwecklosen nie zu befriedigenden Neigung entsagt; die Prinzessin war wie verklärt, denn ihr geliebter Francesko war wieder erschienen, blühender, lebensfroher als je. Der Prinz sollte mit seiner Gemahlin den Flügel des Schlosses beziehen, den der Fürst erst zu dem Behuf einrichten lassen. Bei diesem Bau war er recht in seinem Wirkungskreise, man sah ihn nicht anders, als von Architekten, Malern, Tapezierern umgeben, in großen Büchern blätternd, und Plane, Risse, Skizzen vor sich ausbreitend, die er zum Teil selbst gemacht, und die mitunter schlecht genug geraten waren. Weder der Prinz noch seine Braut durften früher etwas von der inneren Einrichtung sehen, bis am späten Abend des Vermählungstages, an dem sie von dem Fürsten in einem langen feierlichen Zuge durch die in der Tat mit geschmackvoller Pracht dekorierten Zimmer geleitet wurden, und ein Ball in einem herrlichen Saal, der einem blühenden Garten glich, das Fest beschloß. In der Nacht entstand in dem Flügel des Prinzen ein dumpfer Lärm, aber lauter und lauter wurde das Getöse, bis es den Fürsten selbst aufweckte. Unglück ahnend sprang er auf, eilte, von der Wache begleitet, nach dem entfernten Flügel, und trat in den breiten Korridor, als eben der Prinz gebracht wurde, den man vor der Türe des Brautgemachs durch einen Messerstich in den Hals ermordet gefunden. Man kann sich das Entsetzen des Fürsten, der Prinzessin Verzweiflung, die tiefe herzzerreißende Trauer der Fürstin denken. – Als der Fürst ruhiger worden, fing er an, der Möglichkeit, wie der Mord geschehen, wie der Mörder durch die überall mit Wachen besetzten Korridore habe entfliehen können, nachzuspähen; alle Schlupfwinkel wurden durchsucht, aber vergebens. Der Page, der den Prinzen bedient, erzählte, wie er seinen Herrn, der, von banger Ahnung ergriffen, sehr unruhig gewesen, und lange in seinem Kabinett auf und ab gegangen sei, endlich entkleidet, und mit dem Armleuchter in der Hand bis an das Vorzimmer des Brautgemachs geleuchtet habe. Der Prinz hätte ihm den Leuchter aus der Hand genommen und ihn zurückgeschickt; kaum sei er aber aus dem Zimmer gewesen, als er einen dumpfen Schrei, einen Schlag, und das Klirren des fallenden Armleuchters gehört. Gleich sei er zurückgerannt und habe bei dem Schein eines Lichts, das noch auf der Erde fortgebrannt, den Prinzen vor der Türe des Brautgemachs, und neben ihm ein kleines blutiges Messer liegen gesehen, nun aber gleich Lärm gemacht. – Nach der Erzählung der Gemahlin des unglücklichen Prinzen war er, gleich nachdem sie die Kammerfrauen entfernt, hastig ohne Licht in das Zimmer getreten, hatte alle Lichter schnell ausgelöscht, war wohl eine halbe Stunde bei ihr geblieben und hatte sich dann wieder entfernt; erst einige Minuten darauf geschah der Mord. – Als man sich in Vermutungen, wer der Mörder sein könne, erschöpfte, als es durchaus kein einziges Mittel mehr gab, dem Täter auf die Spur zu kommen, da trat eine Kammerfrau der Prinzessin auf, die in einem Nebenzimmer, dessen Türe geöffnet war, jenen verfänglichen Auftritt des Prinzen mit dem Maler bemerkt hatte; den erzählte sie nun mit allen Umständen. Niemand zweifelte, daß der Maler sich auf unbegreifliche Weise in den Palast zu schleichen gewußt, und den Prinzen ermordet habe. Der Maler sollte im Augenblick verhaftet werden, schon seit zwei Tagen war er aber aus dem Hause verschwunden, niemand wußte wohin, und alle Nachforschungen blieben vergebens. Der Hof war in die tiefste Trauer versenkt, die die ganze Residenz mit ihm teilte, und es war nur Francesko, der, wieder unausgesetzt bei Hofe erscheinend, in dem kleinen Familienzirkel manchen Sonnenblick aus den trüben Wolken hervorzuzaubern wußte.

Die Prinzessin fühlte sich schwanger, und da es klar zu sein schien, daß der Mörder des Gemahls die ähnliche Gestalt zum verruchten Betruge gemißbraucht, begab sie sich auf ein entferntes Schloß des Fürsten, damit die Niederkunft verschwiegen bliebe, und so die Frucht eines höllischen Frevels wenigstens nicht vor der Welt, der der Leichtsinn der Diener die Ereignisse der Brautnacht verraten, den unglücklichen Gemahl schände.

Franceskos Verhältnis mit der Schwester der Fürstin wurde in dieser Trauerzeit immer fester und inniger, und ebensosehr verstärkte sich die Freundschaft des fürstlichen Paars für ihn. Der Fürst war längst in Franceskos Geheimnis eingeweiht, er konnte bald nicht länger dem Andringen der Fürstin und der Prinzessin widerstehen, und willigte in Franceskos heimliche Vermählung mit der Prinzessin. Francesko sollte sich im Dienst eines entfernten Hofes zu einem hohen militärischen Grad aufschwingen, und dann die öffentliche Kundmachung seiner Ehe mit der Prinzessin erfolgen. An jenem Hofe war das damals, bei den Verbindungen des Fürsten mit ihm, möglich.

Der Tag der Verbindung erschien, der Fürst mit seiner Gemahlin, so wie zwei vertraute Männer des Hofes (mein Vorgänger war einer von ihnen) waren die einzigen, die der Trauung in der kleinen Kapelle im fürstlichen Palast beiwohnen sollten. Ein einziger Page, in das Geheimnis eingeweiht, bewachte die Türe.

Das Paar stand vor dem Altar, der Beichtiger des Fürsten, ein alter ehrwürdiger Priester, begann das Formular, nachdem er ein stilles Amt gehalten. – Da erblaßte Francesko, und mit stieren, auf den Eckpfeiler beim Hochaltar gerichteten Augen, rief er mit dumpfer Stimme: ‚Was willst du von mir?' – An den Eckpfeiler gelehnt stand der Maler, in fremder seltsamer Tracht, den violetten Mantel um die Schulter geschlagen, und durchbohrte Francesko mit dem gespenstischen Blick seiner hohlen schwarzen Augen. Die Prinzessin war der Ohnmacht nahe, alles erbebte vom Entsetzen ergriffen, nur der Priester blieb ruhig, und sprach zu Francesko: ‚Warum erschreckt dich die Gestalt dieses Mannes, wenn dein Gewissen rein ist?' Da raffte sich Francesko auf, der noch gekniet, und stürzte mit einem kleinen Messer in der Hand auf den Maler, aber noch ehe er ihn erreicht, sank er mit einem dumpfen Geheul ohnmächtig nieder, und der Maler verschwand hinter dem Pfeiler. Da erwachten alle wie aus einer Betäubung, man eilte Francesko zu Hülfe, er lag totenähnlich da. Um alles Aufsehen zu vermeiden, wurde er von den beiden vertrauten Männern in die Zimmer des Fürsten getragen. Als er aus der Ohnmacht erwachte, verlangte er heftig, daß man ihn entlasse in seine Wohnung, ohne eine einzige Frage des Fürsten über den geheimnisvollen Vorgang in der Kirche zu beantworten. Den andern Morgen war Francesko aus der Residenz, mit den Kostbarkeiten, die ihm die Gunst des Prinzen und des Fürsten zugewendet, entflohen. Der Fürst unterließ nichts, um dem Geheimnisse, dem gespenstischen

Erscheinen des Malers, auf die Spur zu kommen. Die Kapelle hatte nur zwei Eingänge, von denen einer aus den inneren Zimmern des Palastes nach den Logen neben dem Hochaltar, der andere hingegen aus dem breiten Hauptkorridor in das Schiff der Kapelle führte. Diesen Eingang hatte der Page bewacht, damit kein Neugieriger sich nahe, der andere war verschlossen, unbegreiflich blieb es daher, wie der Maler in der Kapelle erscheinen, und wieder verschwinden können. – Das Messer, welches Francesko gegen den Maler gezückt, behielt er, ohnmächtig werdend, wie im Starrkrampf in der Hand, und der Page (derselbe, der an dem unglücklichen Vermählungsabende den Prinzen entkleidete, und der nun die Türe der Kapelle bewachte) behauptete, es sei dasselbe gewesen, was damals neben dem Prinzen gelegen, da es seiner silbernen blinkenden Schale wegen sehr ins Auge falle. – Nicht lange nach diesen geheimnisvollen Begebenheiten kamen Nachrichten von der Prinzessin; an eben dem Tage, da Franceskos Vermählung vor sich gehen sollte, hatte sie einen Sohn geboren, und war bald nach der Entbindung gestorben. – Der Fürst betrauerte ihren Verlust, wiewohl das Geheimnis der Brautnacht schwer auf ihr lag, und in gewisser Art einen vielleicht ungerechten Verdacht gegen sie selbst erweckte. Der Sohn, die Frucht einer frevelichen verruchten Tat, wurde in entfernten Landen unter dem Namen des Grafen Viktorin erzogen. Die Prinzessin (ich meine die Schwester der Fürstin) im Innersten zerrissen von den schrecklichen Begebenheiten, die in so kurzer Zeit auf sie eindrangen, wählte das Kloster. Sie ist, wie es Ihnen bekannt sein wird, Äbtissin des Zisterzienserklosters in ***. – Ganz wunderbar, und geheimnisvoll sich beziehend auf jene Begebenheiten an unserm Hofe, ist nun aber ein Ereignis, das sich unlängst auf dem Schlosse des Barons F. zutrug, und diese Familie, so wie damals unsern Hof, auseinanderwarf. – Die Äbtissin hatte nämlich, gerührt von dem Elende einer armen Frau, die mit einem kleinen Kinde auf der Pilgerfahrt von der heiligen Linde ins Kloster einkehrte, ihren –"

Hier unterbrach ein Besuch die Erzählung des Leibarztes, und es gelang mir den Sturm, der in mir wogte zu verbergen. Klar stand es vor meiner Seele, Francesko war mein Vater, *er* hatte den Prinzen mit demselben Messer ermordet, mit dem ich Hermogen tötete! – Ich beschloß, in einigen Tagen nach Italien abzureisen, und so endlich aus dem Kreise zu treten, in den mich die böse feindliche Macht gebannt hatte. Denselben Abend erschien ich im Zirkel des Hofes; man erzählte viel von einem herrlichen bildschönen Fräulein, die als Hofdame in der Umgebung der Fürstin heute zum erstenmal erscheinen werde, da sie erst gestern angekommen.

Die Flügeltüren öffneten sich, die Fürstin trat herein, mit ihr die Fremde. – Ich erkannte Aurelien.

ZWEITER BAND

*Erster Abschnitt*

## DER WENDEPUNKT

In wessen Leben ging nicht einmal das wunderbare, in tiefster Brust bewahrte, Geheimnis der Liebe auf! – Wer du auch sein magst, der du künftig diese Blätter liesest, rufe dir jene höchste Sonnenzeit zurück, schaue noch einmal das holde Frauenbild, das, der Geist der Liebe selbst, dir entgegentrat. Da glaubtest du ja nur in *ihr*, dich, dein höheres Sein zu erkennen. Weißt du noch, wie die rauschenden Quellen, die flüsternden Büsche; wie der kosende Abendwind von ihr, von deiner Liebe, so vernehmlich zu dir sprachen? Siehst du es noch, wie die Blumen dich mit hellen freundlichen Augen anblickten, Gruß und Kuß von ihr bringend? – Und sie kam, sie wollte dein sein ganz und gar. Du umfingst sie voll glühenden Verlangens und wolltest, losgelöset von der Erde, auflodern in inbrünstiger Sehnsucht! – Aber das Mysterium blieb unerfüllt, eine finstre Macht zog stark und gewaltig dich zur Erde nieder, als du dich aufschwingen wolltest mit ihr zu dem fernen Jenseits, das dir verheißen. Noch ehe du zu hoffen wagtest, hattest du sie verloren, alle Stimmen, alle Töne waren verklungen, und nur die hoffnungslose Klage des Einsamen ächzte grauenvoll durch die düstre Einöde. – Du, Fremder! Unbekannter! hat dich je solch namenloser Schmerz zermalmt, so stimme ein in den trostlosen Jammer des ergrauten Mönchs, der in finstrer Zelle der Sonnenzeit seiner Liebe gedenkend, das harte Lager mit blutigen Tränen netzt, dessen bange Todesseufzer in stiller Nacht durch die düstren Klostergänge hallen. – Aber auch du, du mir im Innern Verwandter, auch du glaubst es, daß der Liebe höchste Seligkeit, die Erfüllung des Geheimnisses im Tode aufgeht. – So verkünden es uns die dunklen weissagenden Stimmen, die aus jener, keinem irdischen Maßstab meßlichen Urzeit zu uns herübertönen, und wie in den Mysterien, die die Säuglinge der Natur feierten, ist uns ja auch der Tod, das Weihfest der Liebe!

Ein Blitz fuhr durch mein Innres, mein Atem stockte, die Pulse schlugen, krampfhaft zuckte das Herz, zerspringen wollte die Brust! – Hin zu ihr – hin zu ihr – sie an mich reißen in toller

Liebeswut! – „Was widerstrebst du, Unselige! der Macht, die dich unauflöslich an mich gekettet? Bist du nicht mein! – mein immerdar?“ Doch besser, wie damals, als ich Aurelien zum erstenmal im Schlosse des Barons erblickte, hemmte ich den Ausbruch meiner wahnsinnigen Leidenschaft. Überdem waren aller Augen auf Aurelien gerichtet, und so gelang es mir, im Kreise gleichgültiger Menschen mich zu drehen und zu wenden, ohne daß irgendeiner mich sonderlich bemerkt oder gar angeredet hätte, welches mir unerträglich gewesen sein würde, da ich nur *sie*, sehen – hören – denken wollte.

Man sage nicht, daß das einfache Hauskleid das wahrhaft schöne Mädchen am besten ziere, der Putz der Weiber übt einen geheimnisvollen Zauber, dem wir nicht leicht widerstehen können. In ihrer tiefsten Natur mag es liegen, daß im Putz recht aus ihrem Innern heraus, sich alles schimmernder und schöner entfaltet, wie Blumen nur dann vollendet sich darstellen, wenn sie in üppiger Fülle in bunten glänzenden Farben aufgebrochen. – Als du die Geliebte zum erstenmal geschmückt sahst, fröstelte da nicht ein unerklärlich Gefühl dir durch Nerv und Adern? – Sie kam dir so fremd vor, aber selbst das gab ihr einen unnennbaren Reiz. Wie durchbebten dich Wonne und namenlose Lüsternheit, wenn du verstohlen ihre Hand drükken konntest! – Aurelien hatte ich nie anders als im einfachen Hauskleide gesehen, heute erschien sie, der Hofsitte gemäß, in vollem Schmuck. – Wie schön sie war! wie fühlte ich mich bei ihrem Anblick von unnennbarem Entzücken, von süßer Wollust durchschauert! – Aber da wurde der Geist des Bösen mächtig in mir und erhob seine Stimme, der ich williges Ohr lieh. „Siehst du es nun wohl, Medardus“, so flüsterte es mir zu: „siehst du es nun wohl, wie du dem Geschick gebietest, wie der Zufall, dir untergeordnet, nur die Faden geschickt verschlingt, die du selbst gesponnen?“ – Es gab in dem Zirkel des Hofes Frauen, die für vollendet schön geachtet werden konnten, aber vor Aureliens, das Gemüt tief ergreifendem Liebreiz verblaßte alles wie in unscheinbarer Farbe. Eine eigne Begeisterung regte die Trägsten auf, selbst den älteren Männern riß der Faden gewöhnlicher Hofkonversation, wo es nur auf Wörter ankommt, denen von außen her einiger Sinn anfliegt, jählings ab, und es war lustig, wie jeder mit sichtlicher Qual darnach rang, in Wort und Miene recht sonntagsmäßig vor der Fremden zu erscheinen. Aurelie nahm diese Huldigungen mit niedergeschlagenen Augen in holder Anmut hoch errötend auf; aber als nun der Fürst die älteren Männer um sich sammelte und mancher bildschöne Jüngling sich schüchtern mit freundlichen Worten Aurelien nahte, wurde sie sichtlich heitrer und unbefangener. Vorzüglich gelang es einem Major von der Leibgarde, ihre Aufmerksamkeit auf sich zu ziehen, so daß sie bald in lebhaftem Gespräch begriffen schienen. Ich kannte den Major als entschiedenen Liebling der Weiber. Er wußte, mit geringem Aufwande harmlos scheinender Mittel, Sinn und Geist aufzuregen und zu umstricken. Mit feinem Ohr auch den leisesten Anklang erlauschend, ließ er schnell, wie ein geschickter Spieler, alle verwandte Akkorde nach Willkür vibrieren, so daß die Getäuschte in den fremden Tönen, nur ihre eigne innere Musik zu hören glaubte. – Ich stand nicht fern von Aurelien, sie schien mich nicht zu bemerken – ich wollte hin zu ihr, aber wie mit eisernen Banden gefesselt, vermochte ich nicht, mich von der Stelle zu rühren. – Noch einmal den Major scharf anblickend, war es mir plötzlich, als stehe Viktorin bei Aurelien. Da lachte ich auf im grimmigen Hohn: „Hei! – Hei! Du Verruchter, hast du dich im Teufelsgrunde so weich gebettet, daß du in toller Brunst trachten magst nach der Buhlin des Mönchs?“

Ich weiß nicht, ob ich diese Worte wirklich sprach, aber ich hörte mich selbst lachen, und fuhr auf wie aus tiefem Traum, als der alte Hofmarschall, sanft meine Hand fassend, frug: „Worüber erfreuen Sie sich so, lieber Herr Leonard?“ – Eiskalt durchbebte es mich!

Waren das nicht die Worte des frommen Bruders Cyrill, der mich ebenso frug, als er bei der Einkleidung mein frevelliches Lächeln bemerkte? – Kaum vermochte ich, etwas Unzusammenhängendes herzustammeln. Ich fühlte es, daß Aurelie nicht mehr in meiner Nähe war, doch wagte ich es nicht, aufzublikken, ich rannte fort durch die erleuchteten Säle. Wohl mag mein ganzes Wesen gar unheimlich erschienen sein; denn ich bemerkte, wie mir alles scheu auswich, als ich die breite Haupttreppe mehr herabsprang, als herabstieg.

Ich mied den Hof, denn Aurelien, ohne Gefahr mein tiefstes Geheimnis zu verraten, wiederzusehen, schien mir unmöglich. Einsam lief ich durch Flur und Wald, nur sie denkend, nur sie schauend. Fester und fester wurde meine Überzeugung, daß ein dunkles Verhängnis ihr Geschick in das meinige verschlungen habe, und daß das, was mir manchmal als sündhafter Frevel erschienen, nur die Erfüllung eines ewigen unabänderlichen

Ratschlusses sei. So mich ermutigend lachte ich der Gefahr, die mir dann drohen könnte, wenn Aurelie in mir Hermogens Mörder erkennen sollte. Dies dünkte mir jedoch überdem höchst unwahrscheinlich. – Wie erbärmlich erschienen mir nun jene Jünglinge, die in eitlem Wahn sich um *die* bemühten, die so ganz und gar mein eigen worden, daß ihr leisester Lebenshauch nur durch das Sein in mir bedingt schien. – Was sind mir diese Grafen, diese Freiherren, diese Kammerherren, diese Offiziere in ihren bunten Röcken – in ihrem blinkenden Golde, ihren schimmernden Orden, anders als ohnmächtige, geschmückte Insektlein, die ich, wird mir das Volk lästig, mit kräftiger Faust zermalme. – In der Kutte will ich unter sie treten, Aurelien bräutlich geschmückt in meinen Armen, und diese stolze feindliche Fürstin soll selbst das Hochzeitslager bereiten, dem siegenden Mönch, den sie verachtet. – In solchen Gedanken arbeitend, rief ich oft laut Aureliens Namen und lachte und heulte wie ein Wahnsinniger. Aber bald legte sich der Sturm. Ich wurde ruhiger und fähig, darüber Entschlüsse zu fassen, wie ich nun mich Aurelien nähern wollte. – Eben schlich ich eines Tages durch den Park, nachsinnend, ob es ratsam sei, die Abendgesellschaft zu besuchen, die der Fürst ansagen lassen, als man von hinten her auf meine Schulter klopfte. Ich wandte mich um, der Leibarzt stand vor mir. „Erlauben Sie mir Ihren werten Puls!“ fing er sogleich an, und griff, mir starr ins Auge blickend nach meinem Arm. „Was bedeutet das?“ frug ich erstaunt. „Nicht viel“, fuhr er fort: „es soll hier still und heimlich einige Tollheit umherschleichen, die die Menschen recht banditenmäßig überfällt und ihnen eins versetzt, daß sie laut aufkreischen müssen, klingt das auch zuweilen nur wie ein unsinnig Lachen. Indessen kann alles auch nur ein Fantasma oder jener tolle Teufel nur ein gelindes Fieber mit steigender Hitze sein, darum erlauben Sie Ihren werten Puls, Liebster!“ – „Ich versichere Sie, mein Herr! daß ich von dem allen kein Wort verstehe!“ So fiel ich ein, aber der Leibarzt hatte meinen Arm gefaßt und zählte den Puls mit zum Himmel gerichtetem Blick – eins – zwei, drei. – Mir war sein wunderliches Betragen rätselhaft, ich drang in ihn, mir doch nur zu sagen, was er eigentlich wolle. „Sie wissen also nicht, werter Herr Leonard, daß Sie neulich den ganzen Hof in Schrecken und Bestürzung gesetzt haben? – Die Oberhofmeisterin leidet bis dato an Krämpfen, und der Konsistorial-Präsident versäumt die wichtigsten Sessionen, weil es Ihnen beliebt hat, über seine podagrischen Füße wegzurennen, so daß er, im Lehnstuhl sitzend, noch über mannigfache Stiche beträchtlich brüllt! – das geschah nämlich, als Sie, wie von einiger Tollheit heimgesucht, aus dem Saale stürzten, nachdem sie ohne merkliche Ursache so aufgelacht hatten, daß allen ein Grausen ankam und sich die Haare sträubten!" – In dem Augenblick dachte ich an den Hofmarschall und meinte, daß ich mich nun wohl erinnere in Gedanken laut aufgelacht zu haben, um so weniger könne das aber von solch wunderlicher Wirkung gewesen sein, als der Hofmarschall mich ja ganz sanft gefragt hätte: worüber ich mich so erfreue? „Ei, ei!" – fuhr der Leibarzt fort: „das will nichts bedeuten, der Hofmarschall ist solch ein homo impavidus, der sich aus dem Teufel selbst nichts macht. Er blieb in seiner ruhigen Dolcezza, obgleich erwähnter Konsistorial-Präsident wirklich meinte, der Teufel habe aus Ihnen, mein Teurer! auf seine Weise gelächelt, und unsere schöne Aurelie von solchem Grausen und Entsetzen ergriffen wurde, daß alle Bemühungen der Herrschaft sie zu beruhigen, vergebens blieben, und sie bald die Gesellschaft verlassen mußte, zur Verzweiflung sämtlicher Herren, denen sichtlich das Liebesfeuer aus den exaltierten Toupets dampfte! In dem Augenblick, als Sie, werter Herr Leonard, so lieblich lachten, soll Aurelie mit schneidendem in das Herz dringenden Ton: ‚Hermogen!' gerufen haben. Ei, ei! was mag das bedeuten? – Das könnten *Sie* vielleicht wissen – Sie sind überhaupt ein lieber, lustiger, kluger Mann, Herr Leonard, und es ist mir nicht unlieb, daß ich Ihnen Franceskos merkwürdige Geschichte anvertraut habe, das muß recht lehrreich für Sie werden!" – Immerfort hielt der Leibarzt meinen Arm fest, und sah mir starr in die Augen. – „Ich weiß", sagte ich, mich ziemlich unsanft losmachend: „ich weiß Ihre wunderliche Reden nicht zu deuten, mein Herr, aber ich muß gestehen, daß, als ich Aurelien von den geschmückten Herren umlagert sah, denen, wie Sie witzig bemerken, das Liebesfeuer aus den exaltierten Toupets dampfte, mir eine sehr bittre Erinnerung aus meinem früheren Leben durch die Seele fuhr, und daß ich, von recht grimmigem Hohn über mancher Menschen töricht Treiben ergriffen, unwillkürlich hell auflachen mußte. Es tut mir leid, daß ich, ohne es zu wollen, so viel Unheil angerichtet habe, und ich büße dafür, indem ich mich selbst auf einige Zeit vom Hofe verbanne. Mag mir die Fürstin, mag mir Aurelie verzeihen." „Ei, mein lieber Herr Leonard", versetzte der Leibarzt, „man hat ja wohl wunderliche Anwandlungen, denen man leicht widersteht, wenn man sonst nur reinen Herzens ist.“ – „Wer darf sich dessen rühmen hienieden?“ frug ich dumpf in mich hinein. Der Leibarzt änderte plötzlich Blick und Ton. „Sie scheinen mir“, sprach er milde und ernst: „Sie scheinen mir aber doch wirklich krank. – Sie sehen blaß und verstört aus – Ihr Auge ist eingefallen und brennt seltsam in rötlicher Glut ... Ihr Puls geht fieberhaft ... Ihre Sprache klingt dumpf ... soll ich Ihnen etwas aufschreiben?“ – „Gift!“ sprach ich kaum vernehmbar. – „Ho ho!“ rief der Leibarzt, „steht es so mit Ihnen? Nun nun, statt des Gifts das niederschlagende Mittel zerstreuender Gesellschaft. – Es kann aber auch sein daß ... Wunderlich ist es aber doch ... vielleicht –“ „Ich bitte Sie, mein Herr!“ rief ich ganz erzürnt: „ich bitte Sie mich nicht mit abgebrochenen unverständlichen Reden zu quälen, sondern lieber geradezu alles ...“ – „Halt!“ unterbrach mich der Leibarzt: „halt ... es gibt die wunderlichsten Täuschungen, mein Herr Leonard: beinahe ist's mir gewiß, daß man auf augenblicklichen Eindruck eine Hypothese gebaut hat, die vielleicht in wenigen Minuten in nichts zerfällt. Dort kommt die Fürstin mit Aurelien, nützen Sie dieses zufällige Zusammentreffen, entschuldigen Sie Ihr Betragen ... Eigentlich ... mein Gott! eigentlich haben Sie ja auch nur gelacht ... freilich auf etwas wunderliche Weise, wer kann aber dafür, daß schwachnervige Personen darüber erschrecken. Adieu!“

Der Leibarzt sprang mit der ihm eignen Behendigkeit davon. Die Fürstin kam mit Aurelien den Gang herab. – Ich erbebte. – Mit aller Gewalt raffte ich mich zusammen. Ich fühlte nach des Leibarztes geheimnisvollen Reden, daß es nun galt, mich auf der Stelle zu behaupten. Keck trat ich den Kommenden entgegen. Als Aurelie mich ins Auge faßte, sank sie mit einem dumpfen Schrei wie tot zusammen, ich wollte hinzu, mit Abscheu und Entsetzen winkte mich die Fürstin fort, laut um Hülfe rufend. Wie von Furien und Teufeln gepeitscht, rannte ich fort durch den Park. Ich schloß mich in meine Wohnung ein, und warf mich, vor Wut und Verzweiflung knirschend, aufs Lager! – Der Abend kam, die Nacht brach ein, da hörte ich die Haustüre aufschließen, mehrere Stimmen murmelten und flüsterten durcheinander, es wankte und tappte die Treppe herauf – endlich pochte man an meine Türe und befahl mir, im Namen der Obrigkeit, aufzumachen. Ohne deutliches Bewußtsein, was mir drohen könne, glaubte ich zu fühlen, daß ich nun verloren sei. Rettung durch Flucht – so dachte ich, und riß das Fenster auf. – Ich erblickte Bewaffnete vor dem Hause, von denen mich einer sogleich bemerkte. „Wohin?“ rief er mir zu, und in dem Augenblick wurde die Türe meines Schlafzimmers gesprengt. Mehrere Männer traten herein; bei dem Leuchten der Laterne die einer von ihnen trug, erkannte ich sie für Polizeisoldaten. Man zeigte mir die Ordre des Kriminalgerichts, mich zu verhaften, vor; jeder Widerstand wäre töricht gewesen. Man warf mich in den Wagen, der vor dem Hause hielt, und als ich, an den Ort, der meine Bestimmung schien, angekommen, frug, wo ich mich befände? so erhielt ich zur Antwort: „In den Gefängnissen der obern Burg.“ Ich wußte, daß man hier gefährliche Verbrecher während des Prozesses einsperre. Nicht lange dauerte es, so wurde mein Bette gebracht, und der Gefangenwärter frug mich, ob ich noch etwas zu meiner Bequemlichkeit wünsche? Ich verneinte das, und blieb endlich allein. Die lange nachhallenden Tritte und das Auf- und Zuschließen vieler Türen ließen mich wahrnehmen, daß ich mich in einem der innersten Gefängnisse auf der Burg befand. Auf mir selbst unerklärliche Weise war ich während der ziemlich langen Fahrt ruhig geworden, ja in einer Art Sinnesbetäubung erblickte ich alle Bilder die mir vorübergingen nur in blassen halberloschenen Farben. Ich erlag nicht dem Schlaf, sondern einer Gedanken und Fantasie lähmenden Ohnmacht. Als ich am hellen Morgen erwachte, kam mir nur nach und nach die Erinnerung dessen, was geschehen und wo ich hingebracht worden. Die gewölbte ganz zellenartige Kammer wo ich lag, hätte mir kaum ein Gefängnis geschienen, wenn nicht das kleine Fenster stark mit Eisenstäben vergittert und so hoch angebracht gewesen wäre, daß ich es nicht einmal mit ausgestreckter Hand erreichen, viel weniger hinausschauen konnte. Nur wenige Sonnenstrahlen fielen sparsam hinein; mich wandelte die Lust an, die Umgebungen meines Aufenthaltes zu erforschen, ich rückte daher mein Bette heran und stellte den Tisch darauf. Eben wollte ich hinaufklettern, als der Gefangenwärter hereintrat und über mein Beginnen sehr verwundert schien. Er frug mich, was ich da mache, ich erwiderte, daß ich nur hinausschauen wollen; schweigend trug er Tisch, Bette und den Stuhl fort und schloß mich sogleich wieder ein. Nicht eine Stunde hatte es gedauert, als er, von zwei andern Männern begleitet, wieder erschien und mich durch lange Gänge treppauf, treppab führte, bis ich endlich in einen kleinen

Saal eintrat, wo mich der Kriminalrichter erwartete. Ihm zur Seite saß ein junger Mann, dem er in der Folge alles, was ich auf die an mich gerichtete Fragen erwidert hatte, laut in die Feder diktierte. Meinen ehemaligen Verhältnissen bei Hofe und der allgemeinen Achtung, die ich in der Tat so lange genossen hatte, mochte ich die höfliche Art danken, mit der man mich behandelte, wiewohl ich auch die Überzeugung darauf baute, daß nur Vermutungen, die hauptsächlich auf Aureliens ahnendes Gefühl beruhen konnten, meine Verhaftung veranlaßt hatten. Der Richter forderte mich auf, meine bisherigen Lebensverhältnisse genau anzugeben; ich bat ihn, mir erst die Ursache meiner plötzlichen Verhaftung zu sagen, er erwiderte, daß ich über das mir schuld gegebene Verbrechen zu seiner Zeit genau genug vernommen werden solle. Jetzt komme es nur darauf an, meinen ganzen Lebenslauf bis zur Ankunft in der Residenz auf das genaueste zu wissen, und er müsse mich daran erinnern, daß es dem Kriminalgericht nicht an Mitteln fehlen würde, auch dem kleinsten von mir angegebenen Umstande nachzuspüren, weshalb ich denn ja der strengsten Wahrheit treu bleiben möge. Diese Ermahnung, die der Richter, ein kleiner dürrer Mann mit fuchsroten Haaren, mit heiserer, lächerlich quäckender Stimme mir hielt, indem er die grauen Augen weit aufriß, fiel auf einen fruchtbaren Boden; denn ich erinnerte mich nun, daß ich in meiner Erzählung den Faden genau so aufgreifen und fortspinnen müsse, wie ich ihn angelegt, als ich bei Hofe meinen Namen und Geburtsort angab. Auch war es wohl nötig, alles Auffallende vermeidend, meinen Lebenslauf ins Alltägliche, aber weit Entfernte, Ungewisse zu spielen, so daß die weitern Nachforschungen dadurch auf jeden Fall weit aussehend und schwierig werden mußten. In dem Augenblicke kam mir auch ein junger Pole ins Gedächtnis, mit dem ich auf dem Seminar in B. studierte; ich beschloß, seine einfachen Lebensumstände mir anzueignen. So gerüstet, begann ich in folgender Art: „Es mag wohl sein, daß man mich eines schweren Verbrechens beschuldigt, ich habe indessen hier unter den Augen des Fürsten und der ganzen Stadt gelebt, und es ist während der Zeit meines Aufenthaltes kein Verbrechen verübt worden, für dessen Urheber ich gehalten werden oder dessen Teilnehmer ich sein könnte. Es muß also ein Fremder sein, der mich eines in früherer Zeit begangenen Verbrechens anklagt, und da ich mich von aller Schuld völlig rein fühle, so hat vielleicht nur eine unglückliche Ähnlichkeit die Vermutung meiner

Schuld erregt; um so härter finde ich es aber, daß man mich leerer Vermutungen und vorgefaßter Meinungen wegen, dem überführten Verbrecher gleich, in ein strenges Kriminalgefängnis sperrt. Warum stellt man mich nicht meinem leichtsinnigen, vielleicht boshaften Ankläger unter die Augen? . . . Gewiß ist es am Ende ein alberner Tor, der . . .“ „Gemach, gemach Herr Leonard“, quäckte der Richter: „menagieren Sie sich, Sie könnten sonst garstig anstoßen gegen hohe Personen, und die fremde Person, die Sie, mein Herr Leonard, oder Herr . . . (er biß sich schnell in die Lippen) erkannt hat, ist auch weder leichtsinnig noch albern, sondern . . . Nun, und dann haben wir gute Nachrichten aus der . . .“ Er nannte die Gegend, wo die Güter des Barons F. lagen und alles klärte sich dadurch mir deutlich auf. Entschieden war es, daß Aurelie in mir den Mönch erkannt hatte, der ihren Bruder ermordete. Dieser Mönch war ja aber Medardus, der berühmte Kanzelredner aus dem Kapuzinerkloster in B. Als diesen hatte ihn Reinhold erkannt und so hatte er sich auch selbst kund getan. Daß Francesko der Vater jenes Medardus war, wußte die Äbtissin, und so mußte meine Ähnlichkeit mit ihm, die der Fürstin gleich anfangs so unheimlich worden, die Vermutungen, welche die Fürstin und die Äbtissin vielleicht schon brieflich unter sich angeregt hatten, beinahe zur Gewißheit erheben. Möglich war es auch, daß Nachrichten selbst aus dem Kapuzinerkloster in B. eingeholt worden; daß man meine Spur genau verfolgt und so die Identität meiner Person mit dem Mönch Medardus festgestellt hatte. Alles dieses überdachte ich schnell, und sah die Gefahr meiner Lage. Der Richter schwatzte noch fort, und dies brachte mir Vorteil, denn es fiel mir auch jetzt der lange vergebens gesuchte Name des polnischen Städtchens ein, das ich der alten Dame bei Hofe als meinen Geburtsort genannt hatte. Kaum endete daher der Richter seinen Sermon mit der barschen Äußerung, daß ich nun ohne weiteres meinen bisherigen Lebenslauf erzählen solle, als ich anfing: „Ich heiße eigentlich Leonard Krczynski und bin der einzige Sohn eines Edelmanns der sein Gütchen verkauft hatte und sich in Kwiecziczewo aufhielt.“ „Wie, was?“ – rief der Richter, indem er sich vergebens bemühte, meinen, so wie den Namen meines angeblichen Geburtsorts, nachzusprechen. Der Protokollführer wußte gar nicht, wie er die Wörter aufschreiben sollte; ich mußte beide Namen selbst einrücken, und fuhr dann fort: „Sie bemerken, mein Herr, wie schwer es der deutschen Zunge wird, meinen konsonantenreichen Namen nachzusprechen und darin liegt die Ursache, warum ich ihn, sowie ich nach Deutschland kam, wegwarf und mich bloß nach meinem Vornamen, Leonard, nannte. Übrigens kann keines Menschen Lebenslauf einfacher sein, als der meinige. Mein Vater, selbst ziemlich unterrichtet, billigte meinen entschiedenen Hang zu den Wissenschaften, und wollte mich eben nach Krakau zu einem ihm verwandten Geistlichen, Stanislaw Krczynski schicken, als er starb. Niemand kümmerte sich um mich, ich verkaufte die kleine Habe, zog einige Schulden ein, und begab mich wirklich mit dem ganzen mir von meinem Vater hinterlassenen Vermögen nach Krakau, wo ich einige Jahre unter meines Verwandten Aufsicht studierte. Dann ging ich nach Danzig und nach Königsberg. Endlich trieb es mich, wie mit unwiderstehlicher Gewalt, eine Reise nach dem Süden zu machen; ich hoffte, mich mit dem Rest meines kleinen Vermögens durchzubringen und dann eine Anstellung bei irgendeiner Universität zu finden, doch wäre es mir hier beinahe schlimm ergangen, wenn nicht ein beträchtlicher Gewinn an der Farobank des Fürsten mich in den Stand gesetzt hätte, hier noch ganz gemächlich zu verweilen und dann, wie ich es in Sinn hatte, meine Reise nach Italien fortzusetzen. Irgend etwas Ausgezeichnetes, das wert wäre, erzählt zu werden, hat sich in meinem Leben gar nicht zugetragen. Doch muß ich wohl noch erwähnen, daß es mir leicht gewesen sein würde, die Wahrheit meiner Angaben ganz unzweifelhaft nachzuweisen, wenn nicht ein ganz besonderer Zufall mich um meine Brieftasche gebracht hätte, worin mein Paß, meine Reiseroute und verschiedene andere Skripturen befindlich waren, die jenem Zweck gedient hätten." – Der Richter fuhr sichtlich auf, er sah mich scharf an, und frug mit beinahe spöttischem Ton, welcher Zufall mich denn außerstande gesetzt hätte, mich, wie es verlangt werden müßte, zu legitimieren. „Vor mehreren Monaten", so erzählte ich: „befand ich mich auf dem Wege hieher im Gebürge. Die anmutige Jahreszeit, so wie die herrliche romantische Gegend bestimmten mich, den Weg zu Fuße zu machen. Ermüdet saß ich eines Tages in dem Wirtshause eines kleinen Dörfchens; ich hatte mir Erfrischungen reichen lassen und ein Blättchen aus meiner Brieftasche genommen, um irgend etwas, das mir eingefallen aufzuzeichnen; die Brieftasche lag vor mir auf dem Tische. Bald darauf kam ein Reiter dahergesprengt, dessen sonderbare Kleidung und verwildertes Ansehen meine Aufmerksamkeit erregte. Er trat ins Zimmer, forderte einen Trunk und setzte sich, finster und scheu mich anblickend, mir gegenüber an den Tisch. Der Mann war mir unheimlich, ich trat daher ins Freie hinaus. Bald darauf kam auch der Reiter, bezahlte den Wirt und sprengte, mich flüchtig grüßend, davon. Ich stand im Begriff, weiterzugehen, als ich mich der Brieftasche erinnerte, die ich in der Stube auf dem Tische liegen lassen; ich ging hinein und fand sie noch auf dem alten Platz. Erst des andern Tages, als ich die Brieftasche hervorzog, entdeckte ich, daß es nicht die meinige war, sondern daß sie wahrscheinlich dem Fremden gehörte, der gewiß aus Irrtum die meinige eingesteckt hatte. Nur einige mir unverständliche Notizen und mehrere an einen Grafen Viktorin gerichtete Briefe befanden sich darin. Diese Brieftasche nebst dem Inhalt wird man noch unter meinen Sachen finden; in der meinigen hatte ich, wie gesagt, meinen Paß, meine Reiseroute und, wie mir jetzt eben einfällt, sogar meinen Taufschein; um das alles bin ich durch jene Verwechslung gekommen."

Der Richter ließ sich den Fremden, dessen ich erwähnte, von Kopf bis zu Fuß beschreiben, und ich ermangelte nicht, die Figur mit aller nur möglichen Eigentümlichkeit aus der Gestalt des Grafen Viktorin und aus der meinigen auf der Flucht aus dem Schlosse des Barons F. geschickt zusammenzufügen. Nicht aufhören konnte der Richter, mich über die kleinsten Umstände dieser Begebenheit auszufragen, und indem ich alles befriedigend beantwortete, ründete sich das Bild davon so in meinem Innern, daß ich selbst daran glaubte, und keine Gefahr lief, mich in Widersprüche zu verwickeln. Mit Recht konnte ich es übrigens wohl für einen glücklichen Gedanken halten, wenn ich, den Besitz jener an den Grafen Viktorin gerichteten Briefe, die in der Tat sich noch im Portefeuille befanden, rechtfertigend, zugleich eine fingierte Person einzuflechten suchte, die künftig, je nachdem die Umstände darauf hindeuteten, den entflohenen Medardus oder den Grafen Viktorin vorstellen konnte. Dabei fiel mir ein, daß vielleicht unter Euphemiens Papieren sich Briefe vorfanden, die über Viktorins Plan, als Mönch im Schlosse zu erscheinen, Aufschluß gaben, und daß dies aufs neue den eigentlichen Hergang der Sache verdunkeln und verwirren könne. Meine Fantasie arbeitete fort indem der Richter mich frug, und es entwickelten sich mir immer neue Mittel, mich vor jeder Entdeckung zu sichern, so daß ich auf das Ärgste gefaßt zu sein glaubte. – Ich erwartete nun, da über mein Leben im allgemeinen alles genug erörtert schien, daß der

Richter dem mir angeschuldigten Verbrechen näher kommen würde, es war aber dem nicht so; vielmehr frug er, warum ich habe aus dem Gefängnis entfliehen wollen? – Ich versicherte, daß mir dies nicht in den Sinn gekommen sei. Das Zeugnis des Gefangenwärters, der mich an das Fenster hinaufkletternd angetroffen, schien aber wider mich zu sprechen. Der Richter drohte mir, daß ich nach einem zweiten Versuch angeschlossen werden solle. Ich wurde in den Kerker zurückgeführt. – Man hatte mir das Bette genommen und ein Strohlager auf dem Boden bereitet, der Tisch war festgeschraubt, statt des Stuhles fand ich eine sehr niedrige Bank. Es vergingen drei Tage, ohne daß man weiter nach mir frug, ich sah nur das mürrische Gesicht eines alten Knechts, der mir das Essen brachte, und abends die Lampe ansteckte. Da ließ die gespannte Stimmung nach, in der es mir war, als stehe ich im lustigen Kampf auf Leben und Tod, den ich wie ein wackrer Streiter ausfechten werde. Ich fiel in ein trübes düstres Hinbrüten, alles schien mit gleichgültig, selbst Aureliens Bild war verschwunden. Doch bald rüttelte sich der Geist wieder auf, aber nur um stärker von dem unheimlichen, krankhaften Gefühl befangen zu werden, das die Einsamkeit, die dumpfe Kerkerluft erzeugt hatte, und dem ich nicht zu widerstehen vermochte. Ich konnte nicht mehr schlafen. In den wunderlichen Reflexen, die der düstre flackernde Schein der Lampe an Wände und Decke warf, grinzten mich allerlei verzerrte Gesichter an; ich löschte die Lampe aus, ich barg mich in die Strohkissen, aber gräßlicher tönte dann das dumpfe Stöhnen, das Kettengerassel der Gefangenen durch die grauenvolle Stille der Nacht. Oft war es mir, als höre ich Euphemiens – Viktorins Todesröcheln: „Bin ich denn schuld an euerm Verderben? wart ihr es nicht selbst, Verruchte! die ihr euch hingabt meinem rächenden Arm?" – So schrie ich laut auf, aber dann ging ein langer, tief ausatmender Todesseufzer durch die Gewölbe, und in wilder Verzweiflung heulte ich: „Du bist es Hermogen! ... nah ist die Rache! ... Keine Rettung mehr!" – In der neunten Nacht mochte es sein, als ich, halb ohnmächtig von Grauen und Entsetzen, auf dem kalten Boden des Gefängnisses ausgestreckt lag. Da vernahm ich deutlich unter mir ein leises, abgemessenes Klopfen. Ich horchte auf, das Klopfen dauerte fort, und dazwischen lachte es seltsamlich aus dem Boden hervor! – Ich sprang auf, und warf mich auf das Strohlager, aber immerfort klopfte es, und lachte und stöhnte dazwischen. – Endlich rief es leise, leise, aber wie mit häßlicher, heiserer, stammelnder Stimme hintereinander fort: „Me-dar-dus! Me-dar-dus!" – Ein Eisstrom goß sich mir durch die Glieder! Ich ermannte mich und rief: „Wer da! Wer ist da?" – Lauter lachte es nun, und stöhnte und ächzte und klopfte und stammelte heiser: „Me-dar-dus ... Me-dar-dus!" – Ich raffte mich auf vom Lager. „Wer du auch bist, der du hier tollen Spuk treibst, stell dich her sichtbarlich vor meine Augen, daß ich dich schauen mag, oder höre auf mit deinem wüsten Lachen und Klopfen!" – So rief ich in die dicke Finsternis hinein, aber recht unter meinen Füßen klopfte es stärker und stammelte: „Hihihi ... hihihi ... Brü-der-lein ... Brü-der-lein ... Me-dar-dus ... ich bin da ... bin da ... ma-mach auf ... auf ... wir wo-wollen in den Wa-Wald gehn ... Wald gehn!" – Jetzt tönte die Stimme dunkel in meinem Innern wie bekannt; ich hatte sie schon sonst gehört, doch nicht, wie mich es dünkte, so abgebrochen und so stammelnd. Ja mit Entsetzen glaubte ich, meinen eignen Sprachton zu vernehmen. Unwillkürlich, als wollte ich versuchen, ob es dem so sei, stammelte ich nach: „Me-dar-dus ... Me-dar-dus!" Da lachte es wieder, aber höhnisch und grimmig, und rief: „Brü-der-lein ... Brü-der-lein, hast ... du, du mi-mich erkannt ... erkannt? ... ma-mach auf ... wir wo-wollen in den Wa-Wald ... in den Wald!" – „Armer Wahnsinniger", so sprach es dumpf und schauerlich aus mir heraus: „Armer Wahnsinniger, nicht aufmachen kann ich dir, nicht heraus mit dir in den schönen Wald, in die herrliche freie Frühlingsluft, die draußen wehen mag; eingesperrt im dumpfen düstern Kerker bin ich wie du!" – Da ächzte es im trostlosen Jammer, und immer leiser und unvernehmlicher wurde das Klopfen, bis es endlich ganz schwieg; der Morgen brach durch das Fenster, die Schlösser rasselten, und der Kerkermeister, den ich die ganze Zeit über nicht gesehen, trat herein. „Man hat", fing er an: „in dieser Nacht allerlei Lärm in Ihrem Zimmer gehört und lautes Sprechen. Wie ist es damit?" – „Ich habe die Gewohnheit", erwiderte ich so ruhig, als es mir nur möglich war: „laut und stark im Schlafe zu reden, und führte ich auch im Wachen Selbstgespräche, so glaube ich, daß mir dies wohl erlaubt sein wird." – „Wahrscheinlich", fuhr der Kerkermeister fort: „ist Ihnen bekannt worden, daß jeder Versuch zu entfliehen, jedes Einverständnis mit den Mitgefangenen hart geahndet wird." – Ich beteuerte, nichts dergleichen hätte ich vor. Ein paar Stunden nachher führte man mich hinauf zum Kriminalgericht. Nicht der Richter, der mich zuerst vernommen, sondern ein anderer, ziemlich junger Mann, dem ich auf den ersten Blick anmerkte, daß er dem vorigen an Gewandtheit und eindringenden Sinn weit überlegen sein müsse, trat freundlich auf mich zu, und lud mich zum Sitzen ein. Noch steht er mir gar lebendig vor Augen. Er war für seine Jahre ziemlich untersetzt, sein Kopf beinahe haarlos, er trug eine Brille. In seinem ganzen Wesen lag so viel Güte und Gemütlichkeit, daß ich wohl fühlte, gerade deshalb müsse jeder nicht ganz verstockte Verbrecher ihm schwer widerstehen können. Seine Fragen warf er leicht, beinahe im Konversationston hin, aber sie waren überdacht und so präzis gestellt, daß nur bestimmte Antworten erfolgen konnten. „Ich muß Sie zuvörderst fragen", (so fing er an) „ob alles das, was Sie über Ihren Lebenslauf angegeben haben, wirklich gegründet ist, oder ob bei reiflichem Nachdenken Ihnen nicht dieser oder jener Umstand einfiel, den Sie noch erwähnen wollen?"

„Ich habe alles gesagt, was ich über mein einfaches Leben zu sagen wußte."

„Haben Sie nie mit Geistlichen . . . mit Mönchen Umgang gepflogen?"

„Ja, in Krakau . . . Danzig . . . Frauenburg . . . Königsberg. Am letztern Ort mit den Weltgeistlichen die bei der Kirche als Pfarrer und Kapellan angestellt waren."

„Sie haben früher nicht erwähnt, daß Sie auch in Frauenburg gewesen sind?"

„Weil ich es nicht der Mühe wert hielt, eines kurzen, wie mich dünkt achttägigen Aufenthalts dort, auf der Reise von Danzig nach Königsberg, zu erwähnen."

„Also in Kwiecziczewo sind Sie geboren?"

Dies frug der Richter plötzlich in polnischer Sprache, und zwar in echt polnischem Dialekt, jedoch ebenfalls ganz leichthin. Ich wurde in der Tat einen Augenblick verwirrt, raffte mich jedoch zusammen, besann mich auf das wenige Polnische, was ich von meinem Freunde Krcszinski im Seminar gelernt hatte, und antwortete:

„Auf dem kleinen Gute meines Vaters bei Kwiecziczewo."

„Wie hieß dieses Gut?"

„Krcziniewo, das Stammgut meiner Familie."

„Sie sprechen, für einen Nationalpolen, das Polnische nicht sonderlich aus. Aufrichtig gesagt, in ziemlich deutschem Dialekt. Wie kommt das?"

„Schon seit vielen Jahren spreche ich nichts als Deutsch. Ja selbst schon in Krakau hatte ich viel Umgang mit Deutschen, die das Polnische von mir erlernen wollten; unvermerkt mag ich ihren Dialekt mir angewöhnt haben, wie man leicht provinzielle Aussprache annimmt, und die bessere, eigentümliche darüber vergißt."

Der Richter blickte mich an, ein leises Lächeln flog über sein Gesicht, dann wandte er sich zum Protokollführer und diktierte ihm leise etwas. Ich unterschied deutlich die Worte: „sichtlich in Verlegenheit" und wollte mich eben noch mehr über mein schlechtes Polnisch auslassen, als der Richter frug:

„Waren Sie niemals in B.?"

„Niemals!"

„Der Weg von Königsberg hieher kann Sie über den Ort geführt haben?"

„Ich habe eine andere Straße eingeschlagen."

„Haben Sie nie einen Mönch aus dem Kapuzinerkloster in B. kennen gelernt?"

„Nein!"

Der Richter klingelte, und gab dem hereintretenden Gerichtsdiener leise einen Befehl. Bald darauf öffnete sich die Türe, und wie durchbebten mich Schreck und Entsetzen, als ich den Pater Cyrillus eintreten sah. Der Richter frug:

„Kennen Sie diesen Mann?"

„Nein! . . . ich habe ihn früher niemals gesehen!"

Da heftete Cyrillus den starren Blick auf mich, dann trat er näher; er schlug die Hände zusammen, und rief laut, indem Tränen ihm aus den Augen gewaltsam hervorquollen: „Medardus, Bruder Medardus! . . . um Christus willen, wie muß ich dich wiederfinden, im Verbrechen teuflisch frevelnd. Bruder Medardus, gehe in dich, bekenne, bereue . . . Gottes Langmut ist unendlich!" – Der Richter schien mit Cyrillus' Rede unzufrieden, er unterbrach ihn mit der Frage: „Erkennen Sie diesen Mann für den Mönch Medardus aus den Kapuzinerkloster in B.?"

„So wahr mir Christus helfe zur Seligkeit", erwiderte Cyrillus: „so kann ich nicht anders glauben, als daß dieser Mann, trägt er auch weltliche Kleidung, jener Medardus ist, der im Kapuzinerkloster zu B. unter meinen Augen Noviz war und die Weihe empfing. Doch hat Medardus das rote Zeichen eines Kreuzes an der linken Seite des Halses, und wenn dieser Mann . . ." „Sie bemerken", unterbrach der Richter den Mönch, sich zu mir wendend: „daß man Sie für den Kapuziner Medardus aus dem Kloster in B. hält, und daß man eben diesen Medardus schwerer Verbrechen halber angeklagt hat. Sind Sie nicht dieser Mönch, so wird es Ihnen leicht werden, dies darzutun; eben daß jener Medardus ein besonderes Abzeichen am Halse trägt – welches Sie, sind Ihre Angaben richtig, nicht haben können – gibt Ihnen die beste Gelegenheit dazu. Entblößen Sie Ihren Hals." – „Es bedarf dessen nicht", erwiderte ich gefaßt, „ein besonderes Verhängnis scheint mir die treueste Ähnlichkeit mit jenem angeklagten, mir gänzlich unbekannten, Mönch Medardus gegeben zu haben, denn selbst ein rotes Kreuzzeichen trage ich an der linken Seite des Halses." – Es war dem wirklich so, jene Verwundung am Halse, die mir das diamantne Kreuz der Äbtissin zufügte, hatte eine rote kreuzförmige Narbe hinterlassen, die die Zeit nicht vertilgen konnte. „Entblößen Sie Ihren Hals", wiederholte der Richter. – Ich tat es, da schrie Cyrillus laut: „Heilige Mutter Gottes, es ist es, es ist das rote Kreuzzeichen! . . . Medardus . . . Ach, Bruder Medardus, hast du denn ganz entsagt dem ewigen Heil?" – Weinend und halb ohnmächtig sank er in einen Stuhl. „Was erwidern Sie auf die Behauptung dieses ehrwürdigen Geistlichen", frug der Richter. In dem Augenblick durchfuhr es mich wie eine Blitzesflamme; alle Verzagtheit, die mich zu übermannen drohte, war von mir gewichen, ach, es war der Widersacher selbst, der mir zuflüsterte: „Was vermögen diese Schwächlinge gegen dich Starken in Sinn und Geist? . . . Soll Aurelie denn nicht dein werden?" – Ich fuhr heraus beinahe in wildem, höhnendem Trotz: „Dieser Mönch da, der ohnmächtig im Stuhle liegt, ist ein schwachsinniger, blöder Greis, der in toller Einbildung mich für irgendeinen verlaufenen Kapuziner seines Klosters hält, von dem ich vielleicht eine flüchtige Ähnlichkeit trage." – Der Richter war bis jetzt in ruhiger Fassung geblieben, ohne Blick und Ton zu ändern; zum erstenmal verzog sich nun sein Gesicht zum finstern, durchbohrenden Ernst, er stand auf und blickte mir scharf ins Auge. Ich muß gestehen, selbst das Funkeln seiner Gläser hatte für mich etwas Unerträgliches, Entsetzliches, ich konnte nicht weiterreden; von innerer verzweifelnder Wut grimmig erfaßt, die geballte Faust vor der Stirn, schrie ich laut auf: „Aurelie!" – „Was soll das, was bedeutet der Name?" frug der Richter heftig. – „Ein dunkles Verhängnis opfert mich dem schmachvollen Tode", sagte ich dumpf, „aber ich bin unschuldig, gewiß . . . ich bin ganz unschuldig . . . entlassen Sie mich . . . haben

Sie Mitleiden . . . ich fühle es, daß Wahnsinn mir durch Nerv und Adern zu toben beginnt . . . entlassen Sie mich!“ – Der Richter, wieder ganz ruhig geworden, diktierte dem Protokollführer vieles, was ich nicht verstand, endlich las er mir eine Verhandlung vor, worin alles was er gefragt und was ich geantwortet, so wie, was sich mit Cyrillus zugetragen hatte, verzeichnet war. Ich mußte meinen Namen unterschreiben, dann forderte mich der Richter auf, irgend etwas polnisch und deutsch aufzuzeichnen, ich tat es. Der Richter nahm das deutsche Blatt, und gab es dem Pater Cyrillus, der sich unterdessen wieder erholt hatte, mit der Frage in die Hände: „Haben diese Schriftzüge Ähnlichkeit mit der Hand, die Ihr Klosterbruder Medardus schrieb?“ – „Es ist ganz genau seine Hand, bis auf die kleinsten Eigentümlichkeiten“, erwiderte Cyrillus, und wandte sich wieder zu mir. Er wollte sprechen, ein Blick des Richters wies ihn zur Ruhe. Der Richter sah das von mir geschriebene polnische Blatt sehr aufmerksam durch, dann stand er auf, trat dicht vor mir hin, und sagte mit sehr ernstem, entscheidendem Ton:

„Sie sind kein Pole. Diese Schrift ist durchaus unrichtig, voller grammatischer und orthographischer Fehler. Kein Nationalpole schreibt so, wäre er auch viel weniger wissenschaftlich ausgebildet, als Sie es sind.“

„Ich bin in Krcziniewo geboren, folglich allerdings ein Pole. Selbst aber in dem Fall, daß ich es nicht wäre, daß geheimnisvolle Umstände mich zwängen, Stand und Namen zu verleugnen, so würde ich deshalb doch nicht der Kapuziner Medardus sein dürfen, der aus dem Kloster in B., wie ich glauben muß, entsprang.“

„Ach Bruder Medardus“, fiel Cyrillus ein: „schickte dich unser ehrwürdiger Prior Leonardus nicht im Vertrauen auf deine Treue und Frömmigkeit nach Rom? . . . Bruder Medardus! um Christus willen, verleugne nicht länger auf gottlose Weise den heiligen Stand, dem du entronnen.“

„Ich bitte Sie, uns nicht zu unterbrechen“, sagte der Richter, und fuhr dann, sich zu mir wendend, fort:

„Ich muß Ihnen bemerklich machen, wie die unverdächtige Aussage dieses ehrwürdigen Herrn, die dringendste Vermutung bewirkt, daß Sie wirklich der Medardus sind, für den man Sie hält. Nicht verhehlen mag ich auch, daß man Ihnen mehrere Personen entgegenstellen wird, die Sie für jenen Mönch unzweifelhaft erkannt haben. Unter diesen Personen befindet sich eine, die Sie, treffen die Vermutungen ein, schwer fürchten müssen. Ja selbst unter Ihren eigenen Sachen hat sich manches gefunden, was den Verdacht wider Sie unterstützt. Endlich werden bald die Nachrichten über Ihre vorgebliche Familienumstände eingehen, um die man die Gerichte in Posen ersucht hat. ... Alles dieses sage ich Ihnen offner, als es mein Amt gebietet, damit Sie sich überzeugen, wie wenig ich auf irgendeinen Kunstgriff rechne, Sie, haben jene Vermutungen Grund, zum Geständnis der Wahrheit zu bringen. Bereiten Sie sich vor, wie Sie wollen; sind Sie wirklich jener angeklagte Medardus, so glauben Sie, daß der Blick des Richters die tiefste Verhüllung bald durchdringen wird; Sie werden dann auch selbst sehr genau wissen, welcher Verbrechen man Sie anklagt. Sollten Sie dagegen wirklich der Leonard von Krczinski sein, für den Sie sich ausgeben, und ein besonderes Spiel der Natur Sie, selbst rücksichts besonderer Abzeichen, jenem Medardus ähnlich gemacht haben, so werden Sie selbst leicht Mittel finden, dies klar nachzuweisen. Sie schienen mir erst in einem sehr exaltierten Zustande, schon deshalb brach ich die Verhandlung ab, indessen wollte ich Ihnen zugleich auch Raum geben zum reiflichen Nachdenken. Nach dem was heute geschehen, kann es Ihnen an Stoff dazu nicht fehlen."

„Sie halten also meine Angaben durchaus für falsch? ... Sie sehen in mir den verlaufenen Mönch Medardus?" – So frug ich; der Richter sagte mit einer leichten Verbeugung: „Adieu, Herr von Krczinski!" und man brachte mich in den Kerker zurück.

Die Worte des Richters durchbohrten mein Innres wie glühende Stacheln. Alles was ich vorgegeben, kam mir seicht und abgeschmackt vor. Daß die Person, der ich entgegengestellt werden, und die ich so schwer zu fürchten haben sollte, Aurelie sein mußte, war nur zu klar. Wie sollt ich das ertragen! Ich dachte nach, was unter meinen Sachen wohl verdächtig sein könne, da fiel es mir schwer aufs Herz, daß ich noch aus jener Zeit meines Aufenthaltes auf dem Schlosse des Barons von F. einen Ring mit Euphemiens Namen besaß, so wie, daß Viktorins Felleisen, das ich auf meiner Flucht mit mir genommen, noch mit dem Kapuzinerstrick zugeschnürt war! – Ich hielt mich für verloren! – Verzweifelnd rannte ich den Kerker auf und ab. Da war es, als flüsterte, als zischte es mir in die Ohren: „Du Tor, was verzagst du? denkst du nicht an Viktorin?" – Laut rief ich: „Ha! nicht verloren, gewonnen ist das

Spiel.“ Es arbeitete und kochte in meinem Innern! – Schon früher hatte ich daran gedacht, daß unter Euphemiens Papieren sich wohl etwas gefunden haben müsse, was auf Viktorins Erscheinen auf dem Schlosse als Mönch hindeute. Darauf mich stützend, wollte ich auf irgendeine Weise ein Zusammentreffen mit Viktorin, ja selbst mit dem Medardus für den man mich hielt, vorgeben; jenes Abenteuer auf dem Schlosse, das so fürchterlich endete, als von Hörensagen erzählen, und mich selbst, meine Ähnlichkeit mit jenen beiden, auf unschädliche Weise geschickt hineinverflechten. Der kleinste Umstand mußte reiflich erwogen werden; aufzuschreiben beschloß ich daher den Roman, der mich retten sollte! – Man bewilligte mir die Schreibematerialien, die ich forderte, um schriftlich noch manchen verschwiegenen Umstand meines Lebens zu erörtern. Ich arbeitete mit Anstrengung bis in die Nacht hinein; im Schreiben erhitzte sich meine Fantasie, alles formte sich wie eine geründete Dichtung, und fester und fester spann sich das Gewebe endloser Lügen, womit ich dem Richter die Wahrheit zu verschleiern hoffte.

Die Burgglocke hatte zwölfe geschlagen, als sich wieder leise und entfernt das Pochen vernehmen ließ, das mich gestern so verstört hatte. – Ich wollte nicht darauf achten, aber immer lauter pochte es in abgemessenen Schlägen, und dabei fing es wieder an, dazwischen zu lachen und zu ächzen. – Stark auf dem Tisch schlagend, rief ich laut: „Still ihr da drunten!“ und glaubte mich so von dem Grauen, das mich befing, zu ermutigen; aber da lachte es gellend und schneidend durch das Gewölbe, und stammelte: „Brü-der-lein, Brü-der-lein . . . zu dir her-auf . . . herauf . . . ma-mach auf . . . mach auf!“ – Nun begann es dicht neben mir im Fußboden zu schaben, zu rasseln und zu kratzen, und immer wieder lachte es und ächzte; stärker und immer stärker wurde das Geräusch, das Rasseln, das Kratzen – dazwischen dumpf dröhnende Schläge wie das Fallen schwerer Massen. – Ich war aufgestanden, mit der Lampe in der Hand. Da rührte es sich unter meinem Fuß, ich schritt weiter und sah, wie an der Stelle, wo ich gestanden, sich ein Stein des Pflasters losbröckelte. Ich erfaßte ihn, und hob ihn mit leichter Mühe vollends heraus. Ein düstrer Schein brach durch die Öffnung, ein nackter Arm mit einem blinkenden Messer in der Hand streckte sich mir entgegen. Von tiefem Entsetzen durchschauert bebte ich zurück. Da stammelte es von unten herauf: „Brü-der-lein! Brü-der-lein, Medar-dus ist da-da, herauf . . .

nimm, nimm! . . . brich . . . brich . . . in den Wa-Wald . . . in den Wald!" – Schnell dachte ich Flucht und Rettung; alles Grauen überwunden, ergriff ich das Messer, das die Hand mir willig ließ, und fing an, den Mörtel zwischen den Steinen des Fußbodens emsig wegzubrechen. Der, der unten war, drückte wacker herauf. Vier, fünf Steine lagen zur Seite weggeschleudert, da erhob sich plötzlich ein nackter Mensch bis an die Hüften aus der Tiefe empor und starrte mich gespenstisch an mit des Wahnsinns grinsendem, entsetzlichem Gelächter. Der volle Schein der Lampe fiel auf das Gesicht – ich erkannte mich selbst – mir vergingen die Sinne. – Ein empfindlicher Schmerz an den Armen weckte mich aus tiefer Ohnmacht! – hell war es um mich her, der Kerkermeister stand mit einer blendenden Leuchte vor mir, Kettengerassel und Hammerschläge hallten durch das Gewölbe. Man war beschäftigt, mich in Fesseln zu schmieden. Außer den Hand- und Fußschellen wurde ich mittelst eines Ringes um den Leib und einer daran befestigten Kette an die Mauer gefesselt. „Nun wird es der Herr wohl bleiben lassen, an das Durchbrechen zu denken", sagte der Kerkermeister. – „Was hat denn der Kerl eigentlich getan?" frug ein Schmiedeknecht. „Ei", erwiderte der Kerkermeister: „weißt du denn das nicht, Jost? . . . die ganze Stadt ist ja davon voll. 's ist ein verfluchter Kapuziner, der drei Menschen ermordet hat. Sie haben's schon ganz heraus. In wenigen Tagen haben wir große Gala, da werden die Räder spielen." – Ich hörte nichts mehr, denn aufs neue entschwanden mir Sinn und Gedanken. Nur mühsam erholte ich mich aus der Betäubung, finster blieb es, endlich brachen einige matte Streiflichter des Tages herein in das niedrige, kaum sechs Fuß hohe Gewölbe, in das, wie ich jetzt zu meinem Entsetzen wahrnahm, man mich aus meinem vorigen Kerker gebracht hatte. Mich dürstete, ich griff nach dem Wasserkruge, der neben mir stand, feucht und kalt schlüpfte es mir durch die Hand, ich sah eine aufgedunsene scheußliche Kröte schwerfällig davonhüpfen. Voll Ekel und Abscheu ließ ich den Krug fahren. „Aurelie!" stöhnte ich auf, in dem Gefühl des namenlosen Elends, das nun über mich hereingebrochen. „Und darum das armselige Leugnen und Lügen vor Gericht? – alle gleißnerischen Künste des teuflischen Heuchlers? – darum, um ein zerrissenes, qualvolles Leben einige Stunden länger zu fristen? Was willst du, Wahnsinniger! Aurelien besitzen, die nur durch ein unerhörtes Verbrechen dein werden konnte? – denn immerdar, lügst du auch der Welt deine Unschuld vor, würde sie in dir Hermogens verruchten Mörder erkennen und dich tief verabscheuen. Elender, wahnwitziger Tor, wo sind nun deine hochfliegenden Pläne, der Glaube an deine überirdische Macht, womit du das Schicksal selbst nach Willkür zu lenken wähntest; nicht zu töten vermagst du den Wurm der an deinem Herzmark mit tödlichen Bissen nagt, schmachvoll verderben wirst du in trostlosem Jammer, wenn der Arm der Gerechtigkeit auch deiner schont." So, laut klagend, warf ich mich auf das Stroh und fühlte in dem Augenblick einen Druck auf der Brust, der von einem harten Körper in der Busentasche meiner Weste herzurühren schien. Ich faßte hinein, und zog ein kleines Messer hervor. Nie hatte ich, solange ich im Kerker war, ein Messer bei mir getragen, es mußte daher dasselbe sein, das mir mein gespenstisches Ebenbild heraufgereicht hatte. Mühsam stand ich auf, und hielt das Messer in den stärker hereinbrechenden Lichtstrahl. Ich erblickte das silberne blinkende Heft. Unerforschliches Verhängnis! es war dasselbe Messer, womit ich Hermogen getötet, und das ich seit einigen Wochen vermißt hatte. Aber nun ging plötzlich in meinem Innern, wunderbar leuchtend, Trost und Rettung von der Schmach auf. Die unbegreifliche Art wie ich das Messer erhalten, war mir ein Fingerzeig der ewigen Macht, wie ich meine Verbrechen büßen, wie ich im Tode Aurelien versöhnen solle. Wie ein göttlicher Strahl im reinen Feuer, durchglühte mich nun die Liebe zu Aurelien, jede sündliche Begierde war von mir gewichen. Es war mir, als sähe ich sie selbst, wie damals, als sie am Beichtstuhl in der Kirche des Kapuzinerklosters erschien. „Wohl liebe ich dich, Medardus, aber du verstandest mich nicht! ... meine Liebe ist der Tod!" – so umsäuselte und umflüsterte mich Aureliens Stimme, und fest stand mein Entschluß, dem Richter frei die merkwürdige Geschichte meiner Verirrungen zu gestehen, und dann mir den Tod zu geben.

Der Kerkermeister trat herein und brachte mir bessere Speisen, als ich sonst zu erhalten pflegte, so wie eine Flasche Wein. – „Vom Fürsten so befohlen", sprach er, indem er den Tisch, den ihm sein Knecht nachtrug, deckte, und die Kette, die mich an die Wand fesselte, losschloß. Ich bat ihn, dem Richter zu sagen, daß ich vernommen zu werden wünsche, weil ich vieles zu eröffnen hätte was mir schwer auf dem Herzen liege. Er versprach, meinen Auftrag auszurichten, indessen wartete ich vergebens, daß man mich zum Verhör abholen solle; niemand ließ sich mehr sehen, bis der Knecht, als es schon ganz finster worden, hereintrat und die am Gewölbe hängende Lampe anzündete. In meinem Innern war es ruhiger als jemals, doch fühlte ich mich sehr erschöpft, und versank bald in tiefen Schlaf. Da wurde ich in einen langen, düstern, gewölbten Saal geführt, in dem ich eine Reihe in schwarzen Talaren gekleideter Geistlicher erblickte, die der Wand entlang auf hohen Stühlen saßen. Vor ihnen, an einem mit blutroter Decke behangenen Tisch, saß der Richter, und neben ihm ein Dominikaner im Ordenshabit. „Du bist jetzt", sprach der Richter mit feierlich erhabener Stimme: „dem geistlichen Gericht übergeben, da du, verstockter, frevelicher Mönch, vergebens deinen Stand und Namen verleugnet hast. Franziskus, mit dem Klosternamen Medardus genannt, sprich, welcher Verbrechen bist du beziehen worden?" – Ich wollte alles, was ich je Sündhaftes und Freveliches begangen, offen eingestehen, aber zu meinem Entsetzen war das, was ich sprach, durchaus nicht das, was ich dachte und sagen wollte. Statt des ernsten, reuigen Bekenntnisses, verlor ich mich in ungereimte, unzusammenhängende Reden. Da sagte der Dominikaner, riesengroß vor mir dastehend, und mit gräßlich funkelndem Blick mich durchbohrend: „Auf die Folter mit dir, du halsstarriger, verstockter Mönch." Die seltsamen Gestalten ringsumher erhoben sich und streckten ihre langen Arme nach mir aus, und riefen in heiseren grausigem Einklang: „Auf die Folter mit ihm." Ich riß das Messer heraus und stieß nach meinem Herzen, aber der Arm fuhr unwillkürlich herauf! ich traf den Hals und am Zeichen des Kreuzes sprang die Klinge wie in Glasscherben, ohne mich zu verwunden. Da ergriffen mich die Henkersknechte, und stießen mich hinab in ein tiefes unterirdisches Gewölbe. Der Dominikaner und der Richter stiegen mir nach. Noch einmal forderte mich dieser auf, zu gestehen. Nochmals strengte ich mich an, aber in tollem Zwiespalt stand Rede und Gedanke. – Reuevoll, zerknirscht von tiefer Schmach, bekannte ich im Innern alles – abgeschmackt, verwirrt, sinnlos war, was der Mund ausstieß. Auf den Wink des Dominikaners zogen mich die Henkersknechte nackt aus, schnürten mir beide Arme über den Rücken zusammen, und hinaufgewunden fühlte ich, wie die ausgedehnten Gelenke knackend zerbröckeln wollten. In heillosem, wütendem Schmerz schrie ich laut auf, und erwachte. Der Schmerz an den Händen und Füßen dauerte fort, er rührte von den schweren Ketten her, die ich trug, doch empfand ich noch außerdem einen Druck über den Augen, die ich nicht aufzuschlagen vermochte. Endlich war es, als würde plötzlich eine Last mir von der Stirn genommen, ich richtete mich schnell empor, ein Dominikanermönch stand vor meinem Strohlager. Mein Traum trat in das Leben, eiskalt rieselte es mir durch die Adern. Unbeweglich, wie eine Bildsäule, mit übereinandergeschlagenen Armen stand der Mönch da, und starrte mich an mit den hohlen schwarzen Augen. Ich erkannte den gräßlichen Maler, und fiel halb ohnmächtig auf mein Strohlager zurück. – Vielleicht war es nur eine Täuschung der durch den Traum aufgeregten Sinne? Ich ermannte mich, ich richtete mich auf, aber unbeweglich stand der Mönch und starrte mich an mit den hohlen schwarzen Augen. Da schrie ich in wahnsinniger Verzweiflung: „Entsetzlicher Mensch . . . hebe dich weg! . . . Nein! . . . Kein Mensch, du bist der Widersacher selbst, der mich stürzen will in ewige Verderbnis . . . hebe dich weg, Verruchter! hebe dich weg!" – „Armer, kurzsichtiger Tor, ich bin nicht der, der dich ganz unauflöslich zu umstricken strebt mit ehernen Banden! – der dich abwendig machen will dem heiligen Werk zu dem dich die ewige Macht berief. – Medardus! – armer kurzsichtiger Tor! – schreckbar, grauenvoll bin ich dir erschienen, wenn du über dem offenen Grabe ewiger Verdammnis leichtsinnig gaukeltest. Ich warnte dich, aber du hast mich nicht verstanden! Auf! nähere dich mir!" der Mönch sprach alles dieses im dumpfen Ton der tiefen, herzzerschneidendsten Klage; sein Blick, mir sonst so fürchterlich, war sanft und milde worden, weicher die Form seines Gesichts. Eine unbeschreibliche Wehmut durchbebte mein Innerstes; wie ein Gesandter der ewigen Macht mich aufzurichten, mich zu trösten im endlosen Elend, erschien mir der sonst so schreckliche Maler. – Ich stand auf vom Lager, ich trat ihm nahe, es war kein Fantom, ich berührte sein Kleid; ich kniete unwillkürlich nieder, er legte die Hand auf mein Haupt, wie mich segnend. Da gingen in lichten Farben herrliche Gebilde in mir auf. – Ach! ich war in dem heiligen Walde! – ja es war derselbe Platz, wo, in früher Kindheit, der fremdartig gekleidete Pilger mir den wunderbaren Knaben brachte. Ich wollte fortschreiten, ich wollte hinein in die Kirche, die ich dicht vor mir erblickte. Dort sollte ich (so war es mir) büßend und bereuend Ablaß erhalten von schwerer Sünde. Aber ich blieb regungslos – mein eignes Ich konnte ich nicht erschauen, nicht erfassen. Da sprach eine dumpfe, hohle Stimme: „Der Gedanke ist die Tat!" – Die Träume verschwebten; es war der

Maler, der jene Worte gesprochen. „Unbegreifliches Wesen, warst *du* es denn selbst? an jenem unglücklichen Morgen in der Kapuzinerkirche zu B.? in der Reichsstadt, und nun?" – „Halt ein", unterbrach mich der Maler: „ich war es, der überall dir nahe war, um dich zu retten von Verderben und Schmach, aber dein Sinn blieb verschlossen! Das Werk zu dem du erkoren, mußt du vollbringen zu deinem eignen Heil." – „Ach", rief ich voll Verzweiflung: „warum hieltst du nicht meinen Arm zurück, als ich in verruchtem Frevel jenen Jüngling . . ." „Das war mir nicht vergönnt", fiel der Maler ein: „Frage nicht weiter! vermessen ist es, vorgreifen zu wollen dem, was die ewige Macht beschlossen. . . . Medardus! du gehst deinem Ziel entgegen . . . morgen!" – Ich erbebte in eiskaltem Schauer, denn ich glaubte, den Maler ganz zu verstehen. Er wußte und billigte den beschlossenen Selbstmord. Der Maler wankte mit leisem Tritt nach der Tür des Kerkers. „Wann, wann sehe ich dich wieder?" – „Am Ziele!" – rief er, sich noch einmal nach mir umwendend, feierlich und stark, daß das Gewölbe dröhnte – „Also morgen?" – Leise drehte sich die Türe in den Angeln, der Maler war verschwunden.

Sowie der helle Tag nur angebrochen, erschien der Kerkermeister mit seinen Knechten, die mir die Fesseln von den wunden Armen und Füßen ablösten. Ich solle bald zum Verhör hinaufgeführt werden, hieß es. Tief in mich gekehrt, mit dem Gedanken des nahen Todes vertraut, schritt ich hinauf in den Gerichtssaal; mein Bekenntnis hatte ich im Innern so geordnet, daß ich dem Richter eine kurze, aber den kleinsten Umstand mit aufgreifende Erzählung zu machen hoffte. Der Richter kam mir schnell entgegen, ich mußte höchst entstellt aussehen, denn bei meinem Anblick verzog sich schnell das freudige Lächeln, das erst auf seinem Gesicht schwebte, zur Miene des tiefsten Mitleids. Er faßte meine beiden Hände und schob mich sanft in seinen Lehnstuhl. Dann mich starr anschauend, sagt er langsam und feierlich: „Herr von Krczinski! ich habe Ihnen Frohes zu verkünden! Sie sind frei! die Untersuchung ist auf Befehl des Fürsten niedergeschlagen worden. Man hat Sie mit einer andern Person verwechselt, woran Ihre ganz unglaubliche Ähnlichkeit mit dieser Person schuld ist. Klar, ganz klar ist Ihre Schuldlosigkeit dargetan! . . . Sie sind frei!" – Es schwirrte und sauste und drehte sich alles um mich her. – Des Richters Gestalt blinkte, hundertfach vervielfältigt, durch den düstern Nebel, alles schwand in dicker Finsternis. – Ich fühlte endlich, daß man mir die Stirne mit starkem Wasser rieb, und erholte mich aus dem ohnmachtähnlichen Zustande in den ich versunken. Der Richter las mir ein kurzes Protokoll vor, welches sagte, daß er mir die Niederschlagung des Prozesses bekannt gemacht, und meine Entlassung aus dem Kerker bewirkt habe. Ich unterschrieb schweigend, keines Wortes war ich mächtig. Ein unbeschreibliches, mich im Innersten vernichtendes Gefühl ließ keine Freude aufkommen. Sowie mich der Richter mit recht in das Herz dringender Gutmütigkeit anblickte, war es mir, als müsse ich nun, da man an meine Unschuld glaubte und mich freilassen wollte, allen verruchten Frevel, den ich begangen, frei gestehen und dann mir das Messer in das Herz stoßen. – Ich wollte reden – der Richter schien meine Entfernung zu wünschen. Ich ging nach der Türe, da kam er mir nach, und sagte leise: „Nun habe ich aufgehört Richter zu sein; von dem ersten Augenblick, als ich Sie sah, interessierten Sie mich auf das höchste. So sehr, wie (Sie werden dies selbst zugeben müssen) der Schein wider Sie war, so wünschte ich doch gleich, daß Sie in der Tat nicht der abscheuliche, verbrecherische Mönch sein möchten, für den man Sie hielt. Jetzt darf ich Ihnen zutraulich sagen . . . Sie sind kein Pole. Sie sind nicht in Kwiecziczewo geboren. Sie heißen nicht Leonard von Krcszinski." – Mit Ruhe und Festigkeit antwortete ich: „Nein!" – „Und auch kein Geistlicher?" frug der Richter weiter indem er die Augen niederschlug, wahrscheinlich um mir den Blick des Inquisitors zu ersparen. Es wallte auf in meinem Innern. – „So hören Sie denn", fuhr ich heraus – „Still", unterbrach mich der Richter: „was ich gleich anfangs geglaubt und noch glaube, bestätigt sich. Ich sehe, daß hier rätselhafte Umstände walten, und daß Sie selbst mit gewissen Personen des Hofes in ein geheimnisvolles Spiel des Schicksals verflochten sind. Es ist nicht mehr meines Berufs, tiefer einzudringen, und ich würde es für unziemlichen Vorwitz halten, Ihnen irgend etwas über Ihre Person, über Ihre wahrscheinlich ganz eigne Lebensverhältnisse entlocken zu wollen! – Doch, wie wäre es, wenn Sie, sich losreißend von allem Ihrer Ruhe Bedrohlichem, den Ort verließen. Nach dem, was geschehen, kann Ihnen ohnedies der Aufenthalt hier nicht wohltun." – Sowie der Richter dieses sprach, war es, als flöhen alle finstre Schatten, die sich drückend über mich gelegt hatten, schnell von hinnen. Das Leben war wiedergewonnen, und die Lebenslust stieg durch Nerv und Adern glühend in mir auf. Aurelie! *sie* dachte ich wieder, und ich sollte jetzt fort von dem Orte, fort von ihr? – Tief seufzte ich auf: „Und *sie* verlassen?" – Der Richter blickte mich im höchsten Erstaunen an, und sagte dann schnell: „Ach! jetzt glaube ich klar zu sehen! Der Himmel gebe, Herr Leonnard! daß eine sehr schlimme Ahnung, die mir eben jetzt recht deutlich wird, nicht in Erfüllung gehen möge." – Alles hatte sich in meinem Innern anders gestaltet. Hin war alle Reue und wohl mochte es beinahe frevelnde Frechheit sein, daß ich den Richter mit erheuchelter Ruhe frug: „Und Sie halten mich doch für schuldig?" – „Erlauben Sie, mein Herr!" erwiderte der Richter sehr ernst: „daß ich meine Überzeugungen, die doch nur auf ein reges Gefühl gestützt scheinen, für mich behalte. Es ist ausgemittelt, nach bester Form und Weise, daß Sie nicht der Mönch Medardus sein können, da eben dieser Medardus sich hier befindet und von dem Pater Cyrill, der sich durch Ihre ganz genaue Ähnlichkeit täuschen ließ, anerkannt wurde, ja auch selbst gar nicht leugnet, daß er jener Kapuziner sei. Damit ist nun alles geschehen, was geschehen konnte, um Sie von jedem Verdacht zu reinigen, und um so mehr muß ich glauben, daß Sie sich frei von jeder Schuld fühlen." – Ein Gerichtsdiener rief in diesem Augenblick den Richter ab und so wurde ein Gespräch unterbrochen, als es eben begann mich zu peinigen.

Ich begab mich nach meiner Wohnung, und fand alles so wieder, wie ich es verlassen. Meine Papiere hatte man in Beschlag genommen, in ein Paket gesiegelt lagen sie auf meinem Schreibtische, nur Viktorins Brieftasche, Euphemiens Ring und den Kapuzinerstrick vermißte ich, meine Vermutungen im Gefängnisse waren daher richtig. Nicht lange dauerte es, so erschien ein fürstlicher Diener, der mit einem Handbillet des Fürsten mir eine goldene, mit kostbaren Steinen besetzte Dose überreichte. „Es ist Ihnen übel mitgespielt worden, Herr von Krcszinski", schrieb der Fürst: „aber weder ich noch meine Gerichte sind schuld daran. Sie sind einem sehr bösen Menschen auf ganz unglaubliche Weise ähnlich; alles ist aber nun zu Ihrem Besten aufgeklärt: Ich sende Ihnen ein Zeichen meines Wohlwollens und hoffe, Sie bald zu sehen." – Des Fürsten Gnade war mir ebenso gleichgültig als sein Geschenk; eine düstre Traurigkeit, die geisttötend mein Inneres durchschlich, war die Folge des strengen Gefängnisses; ich fühlte, daß mir körperlich aufgeholfen werden müsse, und lieb war es mir daher, als der Leibarzt erschien. Das Ärztliche war bald besprochen. „Ist es nicht", fing nun der Leibarzt an, „eine besondere Fügung des Schicksals, daß eben in dem Augenblick als man davon zu überzeugt sein glaubt, daß Sie jener abscheuliche Mönch sind, der in der Familie des Barons von F. so viel Unheil anrichtete, dieser Mönch wirklich erscheint, und Sie von jedem Verdacht rettet?"

„Ich muß versichern, daß ich von den nähern Umständen, die meine Befreiung bewirkten, nicht unterrichtet bin; nur im allgemeinen sagte mir der Richter, daß der Kapuziner Medardus, dem man nachspürte, und für den man mich hielt, sich hier eingefunden habe."

„Nicht eingefunden hat er sich, sondern hergebracht ist er worden, festgebunden auf einem Wagen, und seltsamerweise zu derselben Zeit, als Sie hergekommen waren. Eben fällt mir ein, daß, als ich Ihnen einst jene wunderbaren Ereignisse erzählen wollte, die sich vor einiger Zeit an unserm Hofe zutrugen, ich gerade dann unterbrochen wurde, als ich auf den feindlichen Medardus, Franceskos Sohn, und auf seine verruchte Tat im Schlosse des Barons von F. gekommen war. Ich nehme den Faden der Begebenheit da wieder auf, wo er damals abriß. – Die Schwester unserer Fürstin, wie Sie wissen, Äbtissin im Zisterzienserkloster zu B. nahm einst freundlich eine arme Frau mit einem Kinde auf, die von der Pilgerfahrt nach der heiligen Linde wiederkehrte."

„Die Frau war Franceskos Witwe, und der Knabe eben der Medardus."

„Ganz recht, aber wie kommen Sie dazu, dies zu wissen?"

„Auf die seltsamste Weise sind mir die geheimnisvollen Lebensumstände des Kapuziners Medardus bekannt worden. Bis zu dem Augenblick, als er aus dem Schloß des Barons von F. entfloh, bin ich von dem, was sich dort zutrug, genau unterrichtet."

„Aber wie? ... von wem" ...

„Ein lebendiger Traum hat mir alles dargestellt."

„Sie scherzen?"

„Keinesweges. Es ist mir wirklich so, als hätte ich träumend die Geschichte eines Unglücklichen gehört, der, ein Spielwerk dunkler Mächte, hin und her geschleudert und von Verbrechen zu Verbrechen getrieben wurde. In dem ... tzer Forst hatte mich auf der Reise hierher der Postillon irre gefahren; ich kam in das Försterhaus, und dort ..."

„Ha! ich verstehe alles, dort trafen Sie den Mönch an" ...

„So ist es, er war aber wahnsinnig."

„Er scheint es nicht mehr zu sein. Schon damals hatte er lichte Stunden und vertraute Ihnen alles?" . . .

„Nicht geradezu. In der Nacht trat er, von meiner Ankunft im Försterhause nicht unterrichtet, in mein Zimmer. Ich, mit der treuen beispiellosen Ähnlichkeit, war ihm furchtbar. Er hielt mich für seinen Doppeltgänger, dessen Erscheinung ihm den Tod verkünde. – Er stammelte – stotterte Bekenntnisse her – unwillkürlich übermannte mich, von der Reise ermüdet, der Schlaf; es war mir, als spreche der Mönch nun ruhig und gefaßt weiter, und ich weiß in der Tat jetzt nicht, wo und wie der Traum eintrat. Es dünkt mich, daß der Mönch behauptete, nicht *er* habe Euphemien und Hermogen getötet, sondern beider Mörder, sei der Graf Viktorin –"

„Sonderbar, höchst sonderbar, aber warum verschwiegen Sie das alles dem Richter?"

„Wie konnte ich hoffen, daß der Richter auch nur einiges Gewicht auf eine Erzählung legen werde, die ihm ganz abenteuerlich klingen mußte. Darf denn überhaupt ein erleuchtetes Kriminalgericht an das Wunderbare glauben?"

„Wenigstens hätten Sie aber doch gleich ahnen, daß man Sie mit dem wahnsinnigen Mönch verwechsle und diesen als den Kapuziner Medardus bezeichnen sollen?"

„Freilich – und zwar nachdem mich ein alter blöder Greis, ich glaube er heißt Cyrillus, durchaus für seinen Klosterbruder halten wollte. Es ist mir nicht eingefallen, daß der wahnsinnige Mönch eben der Medardus, und das Verbrechen, das er mir bekannte, Gegenstand des jetzigen Prozesses sein könne. Aber, wie mir der Förster sagte, hatte er *ihm* niemals seinen Namen genannt – wie kam man zur Entdeckung?"

„Auf die einfachste Weise. Der Mönch hatte sich, wie Sie wissen, einige Zeit bei dem Förster aufgehalten; er schien geheilt, aber aufs neue brach der Wahnsinn so verderblich aus, daß der Förster sich genötigt sah, ihn hierherzuschaffen, wo er in das Irrenhaus eingesperrt wurde. Dort saß er Tag und Nacht mit starrem Blick, ohne Regung, wie eine Bildsäule. Er sprach kein Wort und mußte gefüttert werden, da er keine Hand bewegte. Verschiedene Mittel, ihn aus der Starrsucht zu wecken, blieben fruchtlos, zu den stärksten durfte man nicht schreiten, ohne Gefahr ihn wieder in wilde Raserei zu stürzen. Vor einigen Tagen kommt des Försters ältester Sohn nach der Stadt, er geht in das Irrenhaus um den Mönch wiederzusehen. Ganz erfüllt von dem trostlosen Zustande des Unglücklichen, tritt er aus dem Hause, als eben der Pater Cyrillus aus dem Kapuzinerkloster in B. vorüberschreitet. Den redet er an, und bittet ihn, den unglücklichen, hier eingesperrten Klosterbruder zu besuchen, da ihm Zuspruch eines Geistlichen seines Ordens vielleicht heilsam sein könne. Als Cyrillus den Mönch erblickt, fährt er entsetzt zurück. ‚Heilige Mutter Gottes! Medardus, unglückseliger Medardus!' So ruft Cyrillus, und in dem Augenblick beleben sich die starren Augen des Mönchs. Er steht auf, und fällt mit einem dumpfen Schrei kraftlos zu Boden. – Cyrillus, mit den übrigen die bei dem Ereignis zugegen waren, geht sofort zum Präsidenten des Kriminalgerichts, und zeigt alles an. Der Richter, dem die Untersuchungen wider Sie übertragen, begibt sich mit Cyrillus nach dem Irrenhause; man findet den Mönch sehr matt, aber frei von allem Wahnsinn. Er gesteht ein, daß er der Mönch Medardus aus dem Kapuzinerkloster in B. sei. Cyrillus versicherte seinerseits, daß Ihre unglaubliche Ähnlichkeit mit Medardus ihn getäuscht habe. Nun bemerke er wohl, wie Herr Leonard sich in Sprache, Blick, Gang und Stellung sehr merklich von dem Mönch Medardus, den er nun vor sich sehe, unterscheide. Man entdeckte auch das bedeutende Kreuzeszeichen an der linken Seite des Halses, von dem in Ihrem Prozeß so viel Aufhebens gemacht worden ist. Nun wird der Mönch über die Begebenheiten auf dem Schlosse des Barons von F. befragt. – ‚Ich bin ein abscheulicher, verruchter Verbrecher', sagt er mit matter, kaum vernehmbarer Stimme: ‚ich bereue tief, was ich getan. – Ach ich ließ mich um mein Selbst, um meine unsterbliche Seele betrügen! . . . Man habe Mitleiden! . . . man lasse mir Zeit . . . Alles . . . alles will ich gestehen.' – Der Fürst, unterrichtet, befiehlt sofort den Prozeß wider Sie aufzuheben und Sie der Haft zu entlassen. Das ist die Geschichte Ihrer Befreiung. – Der Mönch ist nach dem Kriminalgefängnis gebracht worden."

„Und hat alles gestanden? Hat er Euphemien, Hermogen ermordet? wie ist es mit dem Grafen Viktorin? . . ."

„Soviel wie ich weiß, fängt der eigentliche Kriminalprozeß wider den Mönch erst heute an. Was aber den Grafen Viktorin betrifft, so scheint es, als wenn nun einmal alles was nur irgend mit jenen Ereignissen an unserm Hofe in Verbindung steht, dunkel und unbegreiflich bleiben müsse."

„Wie die Ereignisse auf dem Schlosse des Barons von F. aber mit jener Katastrophe an Ihrem Hofe sich verbinden sollen, sehe ich in der Tat nicht ein."

„Eigentlich meinte ich auch mehr die spielenden Personen, als die Begebenheit.“

„Ich verstehe Sie nicht.“

„Erinnern Sie sich genau meiner Erzählung jener Katastrophe, die dem Prinzen den Tod brachte!“

„Allerdings.“

„Ist es Ihnen dabei nicht völlig klar worden, daß Francesko verbrecherisch die Italienerin liebte? daß *er* es war, der vor dem Prinzen in die Brautkammer schlich, und den Prinzen niederstieß? – Viktorin ist die Frucht jener frevelichen Untat. – Er und Medardus sind Söhne *eines* Vaters. Spurlos ist Viktorin verschwunden, alles Nachforschen blieb vergebens.“

„Der Mönch schleuderte ihn hinab in den Teufelsgrund. Fluch dem wahnsinnigen Brudermörder!“

Leise – leise ließ sich in dem Augenblick, als ich heftig diese Worte ausstieß, jenes Klopfen des gespenstischen Unholds aus dem Kerker hören. Vergebens suchte ich das Grausen zu bekämpfen, welches mich ergriff. Der Arzt schien so wenig das Klopfen als meinen innern Kampf zu bemerken. Er fuhr fort: „Was? . . . Hat der Mönch Ihnen gestanden, daß auch Viktorin durch seine Hand fiel?“

„Ja! . . . Wenigstens schließe ich aus seinen abgebrochenen Äußerungen, halte ich damit Viktorins Verschwinden zusammen, daß sich die Sache wirklich so verhält. Fluch dem wahnsinnigen Brudermörder!“ – Stärker klopfte es, und stöhnte und ächzte; ein feines Lachen, das durch die Stube pfiff, klang wie Medardus . . . Medardus . . . hi . . . hi . . . hi hilf! – Der Arzt, ohne das zu bemerken, fuhr fort:

„Ein besonderes Geheimnis scheint noch auf Franceskos Herkunft zu ruhen. Er ist höchstwahrscheinlich dem fürstlichen Hause verwandt. So viel ist gewiß, daß Euphemie die Tochter . . .“

Mit einem entsetzlichen Schlage, daß die Angeln zusammenkrachten, sprang die Tür auf, ein schneidendes Gelächter gellte herein. „Ho ho . . . ho . . . ho Brüderlein“, schrie ich wahnsinnig auf: „hoho . . . hieher . . . frisch frisch, wenn du kämpfen willst mit mir . . . der Uhu macht Hochzeit; nun wollen wir auf das Dach steigen und ringen miteinander, und wer den andern herabstößt, ist König und darf Blut trinken.“ – Der Leibarzt faßte mich in die Arme und rief: „Was ist das? was ist das? Sie sind krank . . . in der Tat, gefährlich krank. Fort, fort, zu Bette.“ – Aber ich starrte nach der offnen Türe, ob mein scheußlicher

Doppeltgänger nicht hereintreten werde, doch ich erschaute nichts und erholte mich bald von dem wilden Entsetzen, das mich gepackt hatte, mit eiskalten Krallen. Der Leibarzt bestand darauf, daß ich kränker sei, als ich selbst wohl glauben möge, und schob alles auf den Kerker und die Gemütsbewegung, die mir überhaupt der Prozeß verursacht haben müsse. Ich brauchte seine Mittel, aber mehr als seine Kunst trug zu meiner schnellen Genesung bei, daß das Klopfen sich nicht mehr hören ließ, der furchtbare Doppeltgänger mich daher ganz verlassen zu haben schien.

Die Frühlingssonne warf eines Morgens ihre goldnen Strahlen hell und freundlich in mein Zimmer, süße Blumendüfte strömten durch das Fenster; hinaus ins Freie trieb mich ein unendlich Sehnen, und des Arztes Verbot nicht achtend, lief ich fort in den Park. – Da begrüßten Bäume und Büsche rauschend und flüsternd den von der Todeskrankheit Genesenen. Ich atmete auf, wie aus langem schwerem Traum erwacht, und tiefe Seufzer waren des Entzückens unaussprechbare Worte, die ich hineinhauchte in das Gejauchze der Vögel, in das fröhliche Sumsen und Schwirren bunter Insekten.

Ja! – ein schwerer Traum dünkte mir, nicht nur die letzt vergangene Zeit, sondern mein ganzes Leben, seitdem ich das Kloster verlassen, als ich mich in einem von dunklen Platanen beschatteten Gange befand. – Ich war im Garten der Kapuziner zu B. Aus dem fernen Gebüsch ragte schon das hohe Kreuz hervor, an dem ich sonst oft mit tiefer Inbrunst flehte, um Kraft, aller Versuchung zu widerstehen. – Das Kreuz schien mir nun das Ziel zu sein, wo ich hinwallen müsse, um, in den Staub niedergeworfen, zu bereuen und zu büßen den Frevel sündhafter Träume, die mir der Satan vorgegaukelt; und ich schritt fort mir gefalteten emporgehobenen Händen, den Blick nach dem Kreuz gerichtet. – Stärker und stärker zog der Luftstrom – ich glaubte die Hymnen der Brüder zu vernehmen, aber es waren nur des Waldes wunderbare Klänge, die der Wind, durch die Bäume sausend, geweckt hatte, und der meinen Atem fortriß, so daß ich bald erschöpft stillstehen, ja mich an einen nahen Baum festhalten mußte, um nicht niederzusinken. Doch hin zog es mich mit unwiderstehlicher Gewalt nach dem fernen Kreuz; ich nahm alle meine Kraft zusammen und wankte weiter fort, aber nur bis an den Moossitz dicht vor dem Gebüsch konnte ich gelangen; alle Glieder lähmte plötzlich tödliche Ermattung; wie ein schwacher Greis, ließ ich langsam mich nieder und in dumpfem Stöhnen suchte ich die gepreßte Brust zu erleichtern. – Es rauschte im Gange dicht neben mir . . . Aurelie! Sowie der Gedanke mich durchblitzte, stand sie vor mir! – Tränen inbrünstiger Wehmut quollen aus den Himmelsaugen, aber durch die Tränen funkelte ein zündender Strahl; es war der unbeschreibliche Ausdruck der glühendsten Sehnsucht, der Aurelien fremd schien. Aber so flammte der Liebesblick jenes geheimnisvollen Wesens am Beichtstuhl, das ich oft in süßen Träumen sah. „Können Sie mir jemals verzeihen!“ lispelte Aurelie. Da stürzte ich wahnsinnig vor namenlosem Entzücken vor ihr hin, ich ergriff ihre Hände! – „Aurelie . . . Aurelie . . . für dich Marter! . . . Tod!“ Ich fühlte mich sanft emporgehoben – Aurelie sank an meine Brust, ich schwelgte in glühenden Küssen. Aufgeschreckt durch ein nahes Geräusch, wand sie sich endlich los aus meinen Armen, ich durfte sie nicht zurückhalten. „Erfüllt ist all mein Sehnen und Hoffen“, sprach sie leise, und in dem Augenblick sah ich die Fürstin den Gang heraufkommen. Ich trat hinein in das Gebüsch, und wurde nun gewahr, daß ich wunderlicherweise einen dürren grauen Stamm für ein Kruzifix gehalten.

Ich fühlte keine Ermattung mehr, Aureliens Küsse durchglühten mich mit neuer Lebenskraft; es war mir, als sei jetzt hell und herrlich das Geheimnis meines Seins aufgegangen. Ach, es war das wunderbare Geheimnis der Liebe, das sich nun erst in rein strahlender Glorie mir erschlossen. Ich stand auf dem höchsten Punkt des Lebens; abwärts mußte es sich wenden, damit ein Geschick erfüllt werde, das die höhere Macht beschlossen. – Diese Zeit war es, die mich wie ein Traum aus dem Himmel umfing, als ich das aufzuzeichnen begann, was sich nach Aureliens Wiedersehen mit mir begab. Dich Fremden, Unbekannten! der du einst diese Blätter lesen wirst, bat ich, du solltest jene höchste Sonnenzeit deines eigenen Lebens zurückrufen, dann würdest du den trostlosen Jammer des in Reue und Buße ergrauten Mönchs verstehen und einstimmen in seine Klagen. Noch einmal bitte ich dich jetzt, laß jene Zeit im Innern dir aufgehen, und nicht darf ich dann dir's sagen: wie Aureliens Liebe mich und alles um mich her verklärte, wie reger und lebendiger mein Geist das Leben im Leben erschaute und ergriff, wie mich, den göttlich Begeisterten, die Freudigkeit des Himmels erfüllte. Kein finstrer Gedanke ging durch meine Seele, Aureliens Liebe hatte mich entsündigt, ja! auf wunderbare Weise keimte in mir die feste Überzeugung auf, daß nicht ich jener ruchlose Frevler auf dem Schlosse des Barons von F. war, der Euphemien – Hermogen erschlug, sondern, daß der wahnsinnige Mönch, den ich im Försterhause traf, die Tat begangen. Alles, was ich dem Leibarzt gestand, schien mir nicht Lüge, sondern der wahre geheimnisvolle Hergang der Sache zu sein, der mir selbst unbegreiflich blieb. – Der Fürst hatte mich empfangen, wie einen Freund, den man verloren glaubt und wiederfindet; dies gab natürlicherweise den Ton an, in den alle einstimmen mußten, nur die Fürstin, war sie auch milder als sonst, blieb ernst und zurückhaltend.

Aurelie gab sich mir mit kindlicher Unbefangenheit ganz hin, ihre Liebe war ihr keine Schuld, die sie der Welt verbergen mußte, und ebensowenig vermochte ich, auch nur im mindesten das Gefühl zu verhehlen, in dem allein ich nur lebte. Jeder bemerkte mein Verhältnis mit Aurelien, niemand sprach darüber, weil man in des Fürsten Blicken las, daß er unsre Liebe, wo nicht begünstigen, doch stillschweigend dulden wolle. So kam es, daß ich zwanglos Aurelien öfter, manchmal auch wohl ohne Zeugen sah. – Ich schloß sie in meine Arme, sie erwiderte meine Küsse, aber es fühlend, wie sie erbebte in jungfräulicher Scheu, konnte ich nicht Raum geben der sündlichen Begierde; jeder freveliche Gedanke erstarb in dem Schauer, der durch mein Innres glitt. Sie schien keine Gefahr zu ahnen, wirklich gab es für sie keine, denn oft, wenn sie im einsamen Zimmer neben mir saß, wenn mächtiger als je ihr Himmelsreiz strahlte, wenn wilder die Liebesglut in mir aufflammen wollte, blickte sie mich an so unbeschreiblich milde und keusch, daß es mir war, als vergönne es der Himmel dem büßenden Sünder, schon hier auf Erden der Heiligen zu nahen. Ja, nicht Aurelie, die heilige Rosalia selbst war es, und ich stürzte zu ihren Füßen und rief laut: „O du, fromme, hohe Heilige, darf sich denn irdische Liebe zu dir, im Herzen regen?“ – Dann reichte sie mir die Hand und sprach mit süßer milder Stimme: „Ach keine hohe Heilige bin ich, aber wohl recht fromm, und liebe dich gar sehr!“

Ich hatte Aurelien mehrere Tage nicht gesehen, sie war mit der Fürstin auf ein nahe gelegenes Lustschloß gegangen. Ich ertrug es nicht länger, ich rannte hin. – Am späten Abend angekommen, traf ich im Garten auf eine Kammerfrau, die mir Aureliens Zimmer nachwies. Leise, leise öffnete ich die Tür – ich trat hinein – eine schwüle Luft, ein wunderbarer Blumengeruch wallte mir sinnebetäubend entgegen. Erinnerungen stiegen in mir auf, wie dunkle Träume! Ist das nicht Aureliens Zimmer auf dem Schlosse des Barons, wo ich ... Sowie ich dies dachte, war es, als erhöbe sich hinter mir eine finstre Gestalt, und: Hermogen! rief es in meinem Innern! Entsetzt rannte ich vorwärts, nur angelehnt war die Türe des Kabinetts. Aurelie kniete, den Rücken mir zugekehrt vor einem Taburett auf dem ein aufgeschlagenes Buch lag. Voll scheuer Angst blickte ich unwillkürlich zurück – ich schaute nichts, da rief ich im höchsten Entzücken: „Aurelie, Aurelie!" – Sie wandte sich schnell um, aber noch ehe sie aufgestanden, lag ich neben ihr und hatte sie fest umschlungen. „Leonard! mein Geliebter!" – lispelte sie leise. Da kochte und gärte in meinem Innern rasende Begier, wildes, sündiges Verlangen. Sie hing kraftlos in meinen Armen; die genestelten Haare waren aufgegangen und fielen in üppigen Locken über meine Schultern, der jugendliche Busen quoll hervor – sie ächzte dumpf – ich kannte mich selbst nicht mehr! – Ich riß sie empor, sie schien erkräftigt, eine fremde Glut brannte in ihrem Auge, feuriger erwiderte sie meine wütenden Küsse. Da rauschte es hinter uns wie starker, mächtiger Flügelschlag; ein schneidender Ton, wie das Angstgeschrei des zum Tode Getroffenen, gellte durch das Zimmer. – „Hermogen!" schrie Aurelie, und sank ohnmächtig hin aus meinen Armen. Von wildem Entsetzen erfaßt, rannte ich fort! – Im Flur trat mir die Fürstin, von einem Spaziergange heimkehrend, entgegen. Sie blickte mich ernst und stolz an, indem sie sprach: „Es ist mir in der Tat sehr befremdlich, Sie hier zu sehen, Herr Leonard!" – Meine Verstörtheit im Augenblick bemeisternd, antwortete ich in beinahe bestimmterem Ton, als es ziemlich sein mochte: daß man oft gegen große Anregungen vergebens ankämpfe, und daß oft das unschicklich Scheinende für das Schicklichste gelten könne! – Als ich durch die finstre Nacht der Residenz zueilte, war es mir, als liefe jemand neben mir her, und als flüstere eine Stimme: „I ... Imm ... Immer bin ich bei di ... dir ... Brü ... Brüderlein ... Brüderlein Medardus!" – Blickte ich um mich her, so merkte ich wohl, daß das Fantom des Doppeltgängers nur in meiner Fantasie spuke; aber nicht los konnte ich das entsetzliche Bild werden, ja es war mir endlich, als müsse ich mit ihm sprechen und ihm erzählen, daß ich wieder recht albern gewesen sei, und mich habe schrecken lassen, von dem tollen Hermogen; die heilige Rosalia sollte denn nun bald mein – ganz mein sein, denn dafür wäre ich Mönch und habe die Weihe erhalten. Da lachte und stöhnte mein Doppeltgänger, wie er sonst getan, und stotterte: „Aber schn . . . schnell . . . schnell!“ – „Gedulde dich nur“, sprach ich wieder: „gedulde dich nur, mein Junge! Alles wird gut werden. Den Hermogen habe ich nur nicht gut getroffen, er hat solch ein verdammtes Kreuz am Halse, wie wir beide, aber mein flinkes Messerchen ist noch scharf und spitzig.“ – „Hi . . . hi hi . . . tri . . . triff gut . . . triff gut!“ – So verflüsterte des Doppeltgängers Stimme im Sausen des Morgenwindes, der von dem Feuerpurpur herstrich, welches aufbrannte im Osten.

Eben war ich in meiner Wohnung angekommen, als ich zum Fürsten beschieden wurde. Der Fürst kam mir sehr freundlich entgegen. „In der Tat, Herr Leonard!“ fing er an: „Sie haben sich meine Zuneigung im hohen Grade erworben; nicht verhehlen kann ich's Ihnen, daß mein Wohlwollen für Sie wahre Freundschaft geworden ist. Ich möchte Sie nicht verlieren, ich möchte Sie glücklich sehen. Überdem ist man Ihnen für das, was Sie gelitten haben, alle nur mögliche Entschädigung zu gewähren schuldig. Wissen Sie wohl, Herr Leonard! wer Ihren bösen Prozeß einzig und allein veranlaßte? wer Sie anklagte?“

„Nein, gnädigster Herr!“

„Baronesse Aurelie! . . . Sie erstaunen? Ja ja, Baronesse Aurelie, mein Herr Leonard, die hat Sie“ (er lachte laut auf) „die hat Sie für einen Kapuziner gehalten! – Nun bei Gott! sind Sie ein Kapuziner, so sind Sie der liebenswürdigste, den je ein menschliches Auge sah! – Sagen Sie aufrichtig, Herr Leonard, sind Sie wirklich so ein Stück von Klostergeistlichen?“

„Gnädigster Herr, ich weiß nicht, welch ein böses Verhängnis mich immer zu dem Mönch machen will, der . . .“

„Nun nun! – ich bin kein Inquisitor! – fatal wär's doch wenn ein geistliches Gelübde Sie bände. – Zur Sache! – möchten Sie nicht für das Unheil, das Baronesse Aurelie Ihnen zufügte, Rache nehmen?“

„In welches Menschen Brust könnte ein Gedanke der Art gegen das holde Himmelsbild aufkommen?“

„Sie lieben Aurelien?“

Dies frug der Fürst, mir ernst und scharf ins Auge blickend. Ich schwieg, indem ich die Hand auf die Brust legte. Der Fürst fuhr weiter fort:

„Ich weiß es, Sie haben Aurelien geliebt, seit dem Augenblick, als sie mit der Fürstin hier zum erstenmal in den Saal trat. – Sie werden wiedergeliebt, und zwar mit einem Feuer, das ich der sanften Aurelie nicht zugetraut hätte. Sie lebt nur in Ihnen, die Fürstin hat mir alles gesagt. Glauben Sie wohl, daß nach Ihrer Verhaftung Aurelie sich einer ganz trostlosen, verzweifelten Stimmung überließ, die sie auf das Krankenbett warf und dem Tode nahe brachte? Aurelie hielt Sie damals für den Mörder ihres Bruders, um so unerklärlicher war uns ihr Schmerz. Schon damals wurden Sie geliebt. Nun, Herr Leonard, oder vielmehr Herr von Krczinski, Sie sind von Adel, ich fixiere Sie bei Hofe auf eine Art, die Ihnen angenehm sein soll. Sie heiraten Aurelien. – In einigen Tagen feiern wir die Verlobung, ich selbst werde die Stelle des Brautvaters vertreten.“ – Stumm, von den widersprechendsten Gefühlen zerrissen stand ich da. – „Adieu, Herr Leonard!“ rief der Fürst und verschwand, mir freundlich zuwinkend, aus dem Zimmer.

Aurelie mein Weib! – Das Weib eines verbrecherischen Mönchs! Nein! so wollen es die dunklen Mächte nicht, mag auch über die Arme verhängt sein, was da will! – Dieser Gedanke erhob sich in mir, siegend über alles, was sich dagegen auflehnen mochte. Irgendein Entschluß, das fühlte ich, mußte auf der Stelle gefaßt werden, aber vergebens sann ich auf Mittel, mich schmerzlos von Aurelien zu trennen. Der Gedanke sie nicht wiederzusehen, war mir unerträglich, aber daß sie mein Weib werden sollte, das erfüllte mich mit einem mir selbst unerklärlichen Abscheu. Deutlich ging in mir die Ahnung auf, daß, wenn der verbrecherische Mönch vor dem Altar des Herrn stehen werde, um mit heiligen Gelübden freveliches Spiel zu treiben, jenes fremden Malers Gestalt, aber nicht milde tröstend wie im Gefängnis, sonder Rache und Verderben furchtbar verkündend, wie bei Franceskos Trauung, erscheinen, und mich stürzen werde in namenlose Schmach, in zeitliches, ewiges Elend. Aber dann vernahm ich tief im Innern eine dunkle Stimme: „Und doch muß Aurelie dein sein! Schwachsinniger Tor, wie gedenkst du zu ändern das, was über euch verhängt ist.“ Und dann rief es wiederum: „Nieder – nieder wirf dich in den Staub! – Verblendeter, du frevelst! – nie kann sie dein werden; es ist die heilige Rosalia selbst, die du zu umfangen gedenkst in irdischer Liebe.“ So im Zwiespalt grauser Mächte hin und her getrieben, vermochte ich nicht zu denken, nicht zu ahnen, was ich tun müsse, um dem Verderben zu entrinnen, das mir überall zu drohen schien. Vorüber war jene begeisterte Stimmung, in der mein ganzes Leben, mein verhängnisvoller Aufenthalt auf dem Schlosse des Barons von F. mir nur ein schwerer Traum schien. In düstrer Verzagtheit sah ich in mir nur den gemeinen Lüstling und Verbrecher. Alles, was ich dem Richter, dem Leibarzt gesagt, war nun nichts, als alberne, schlecht erfundene Lüge, nicht eine innere Stimme, hatte gesprochen, wie ich sonst mich selbst überreden wollte.

Tief in mich gekehrt, nichts außer mir bemerkend und vernehmend, schlich ich über die Straße. Der laute Zuruf des Kutschers, das Gerassel des Wagens weckte mich, schnell sprang ich zur Seite. Der Wagen der Fürstin rollte vorüber, der Leibarzt bückte sich aus dem Schlage und winkte mir freundlich zu; ich folgte ihm nach seiner Wohnung. Er sprang heraus und zog mich mit den Worten: „Eben komme ich von Aurelien, ich habe Ihnen manches zu sagen!“ herauf in sein Zimmer. „Ei, ei“, fing er an: „Sie Heftiger, Unbesonnener! was haben Sie angefangen. Aurelien sind Sie erschienen plötzlich, wie ein Gespenst, und das arme nervenschwache Wesen ist darüber erkrankt!“ – Der Arzt bemerkte mein Erbleichen. „Nun nun“, fuhr er fort: „arg ist es eben nicht, sie geht wieder im Garten umher und kehrt morgen mit der Fürstin nach der Residenz zurück. Von Ihnen, lieber Leonard! sprach Aurelie viel, sie empfindet herzliche Sehnsucht Sie wiederzusehen, und sich zu entschuldigen. Sie glaubt, Ihnen albern und töricht erschienen zu sein.“

Ich wußte, dachte ich daran, was auf dem Lustschlosse vorgegangen, Aureliens Äußerung nicht zu deuten.

Der Arzt schien von dem, was der Fürst mit mir im Sinn hatte, unterrichtet, er gab mir dies nicht undeutlich zu verstehen, und mittelst seiner hellen Lebendigkeit, die alles um ihn her ergriff, gelang es ihm bald, mich aus der düstern Stimmung zu reißen, so daß unser Gespräch sich heiter wandte. Er beschrieb noch einmal, wie er Aurelien getroffen, die, dem Kinde gleich, das sich nicht von schweren Traum erholen kann, mit halbgeschlossenen, in Tränen lächelnden Augen auf dem Ruhbette, das Köpfchen in die Hand gestützt, gelegen, und ihm ihre krankhafte Visionen geklagt habe. Er wiederholte ihre Worte, die durch leise Seufzer unterbrochene Stimme des schüchternen Mädchens nachahmend, und wußte, indem er manche ihrer Klagen neckisch genug stellte, das anmutige Bild durch einige kecke ironische Lichtblicke so zu heben, daß es gar heiter und lebendig vor mir aufging. Dazu kam, daß er im Kontrast die gravitätische Fürstin hinstellte, welches mich nicht wenig ergötzte. „Haben Sie wohl gedacht“, fing er endlich an: „Haben Sie wohl gedacht, als Sie in die Residenz einzogen, daß Ihnen so viel Wunderliches hier geschehen würde? Erst das tolle Mißverständnis, das Sie in die Hände des Kriminalgerichts brachte, und dann das wahrhaft beneidenswerte Glück, das Ihnen der fürstliche Freund bereitet!"

„Ich muß in der Tat gestehen, daß gleich anfangs der freundliche Empfang des Fürsten mir wohl tat; doch fühle ich, wie sehr ich jetzt in seiner, in aller Achtung bei Hofe gestiegen bin, das habe ich gewiß meinem erlittenen Unrecht zu verdanken."

„Nicht sowohl *dem*, als einem andern ganz kleinen Umstande, den Sie wohl erraten können."

„Keinesweges."

„Zwar nennt man Sie, weil Sie es so wollen, schlechtweg Herr Leonard, wie vorher, jeder weiß aber jetzt, daß Sie von Adel sind, da die Nachrichten, die man aus Posen erhalten hat, Ihre Angaben bestätigten."

„Wie kann das aber auf den Fürsten, auf die Achtung, die ich im Zirkel des Hofes genieße, von Einfluß sein? Als mich der Fürst kennen lernte und mich einlud, im Zirkel des Hofes zu erscheinen, wandte ich ein, daß ich nur von bürgerlicher Abkunft sei, da sagte mir der Fürst, daß die Wissenschaft mich adle und fähig mache, in seiner Umgebung zu erscheinen."

„Er hält es wirklich so, kokettierend mit aufgeklärtem Sinn für Wissenschaft und Kunst. Sie werden im Zirkel des Hofes manchen bürgerlichen Gelehrten und Künstler bemerkt haben, aber die Feinfühlenden unter diesen, denen Leichtigkeit des innern Seins abgeht, die sich nicht in heitrer Ironie auf den hohen Standpunkt stellen können, der sie über das Ganze erhebt, sieht man nur selten, sie bleiben auch wohl ganz aus. Bei dem besten Willen, sich recht vorurteilsfrei zu zeigen, mischt sich in das Betragen des Adlichen gegen den Bürger ein gewisses Etwas, das wie Herablassung, Duldung des eigentlich Unziemlichen aussieht; das leidet kein Mann, der im gerechten Stolz wohl fühlt, wie in adlicher Gesellschaft oft nur er es ist, der sich herablassen und dulden muß, das geistig Gemeine und Abgeschmackte. Sie sind selbst von Adel, Herr Leonard, aber wie ich höre ganz geistlich und wissenschaftlich erzogen. Daher mag es kommen, daß Sie der erste Adliche sind, an dem ich selbst im Zirkel des Hofes unter Adlichen auch jetzt nichts Adliches, im schlimmen Sinn genommen, verspürt habe. Sie könnten glauben, ich spräche da, als Bürgerlicher, vorgefaßte Meinungen aus, oder mir sei persönlich etwas begegnet, das ein Vorurteil erweckt habe, dem ist aber nicht so. Ich gehöre nun einmal zu einer der Klassen, die ausnahmsweise nicht bloß toleriert, sondern wirklich geliegt und gepflegt werden. Ärzte und Beichtväter sind regierende Herren – Herrscher über Leib und Seele, mithin allemal von gutem Adel. Sollten denn auch nicht Indigestion und ewige Verdammnis den Courfähigsten etwas weniges inkommodieren können? Von Beichtvätern gilt das aber nur bei den katholischen. Die protestantischen Prediger, wenigstens auf dem Lande, sind nur Hausoffizianten, die, nachdem sie der gnädigen Herrschaft das Gewissen gerührt, am untersten Ende des Tisches sich in Demut an Braten und Wein erlaben. Mag es schwer sein, ein eingewurzeltes Vorurteil abzulegen, aber es fehlt auch meistenteils an gutem Willen, da mancher Adlicher ahnen mag, daß nur als solcher er eine Stellung im Leben behaupten könne, zu der ihm sonst nichts in der Welt ein Recht gibt. Der Ahnen- und Adelsstolz ist in unserer, alles immer mehr vergeistigenden Zeit, eine höchst seltsame, beinahe lächerliche Erscheinung. – Vom Rittertum, von Krieg und Waffen ausgehend, bildet sich eine Kaste, die ausschließlich die andern Stände schützt, und das subordinierte Verhältnis des Beschützten gegen den Schutzherrn erzeugt sich von selbst. Mag der Gelehrte seine Wissenschaft, der Künstler seine Kunst, der Handwerker, der Kaufmann sein Gewerbe rühmen, siehe sagt der Ritter, da kommt ein ungebärdiger Feind, dem ihr, des Krieges Unerfahrne, nicht zu widerstehen vermöget, aber ich Waffengeübter stelle mich mit meinem Schlachtschwert vor euch hin, und was mein Spiel, was meine Freude ist, rettet euer Leben, euer Hab und Gut. – Doch immer mehr schwindet die rohe Gewalt von der Erde, immer mehr treibt und schafft der Geist, und immer mehr enthüllt sich seine alles überwältigende Kraft. Bald wird man gewahr, daß eine starke Faust, ein Harnisch, ein mächtig geschwungenes Schwert nicht hinreichen *das* zu besiegen, was der Geist will; selbst Krieg und Waffenübung unterwerfen sich dem geistigen Prinzip der Zeit. Jeder wird immer mehr und mehr auf sich selbst gestellt, aus seinem innern geistigen Vermögen muß er das schöpfen, womit er, gibt der Staat ihm auch irgendeinen blendenden äußern Glanz, sich der Welt geltend machen muß. Auf das entgegengesetzte Prinzip stützt sich der aus dem Rittertum hervorgehende Ahnenstolz, der nur in dem Satz seinen Grund findet: Meine Voreltern waren Helden, also bin ich dito ein Held. Je höher das hinaufgeht, desto besser; denn kann man das leicht absehen, wo einem Großpapa der Heldensinn kommen, und ihm der Adel verliehen worden, so traut man dem, wie allem Wunderbaren, das zu nahe liegt, nicht recht. Alles bezieht sich wieder auf Heldenmut und körperliche Kraft. Starke, robuste Eltern haben wenigstens in der Regel eben dergleichen Kinder, und ebenso vererbt sich kriegerischer Sinn und Mut. Die Ritterkaste rein zu erhalten, war daher wohl Erfordernis jener alten Ritterzeit, und kein geringes Verdienst für ein altstämmiges Fräulein, einen Junker zu gebären, zu dem die arme bürgerliche Welt flehte: ‚Bitte, friß uns nicht, sondern schütze uns vor andern Junkern'; mit dem geistigen Vermögen ist es nicht so. Sehr weise Väter erzielen oft dumme Söhnchen, und es möchte, eben weil die Zeit dem physischen Rittertum das psychische untergeschoben hat, rücksichts des Beweises angeerbten Adels ängstlicher sein, von Leibniz abzustammen, als von Amadis von Gallien oder sonst einem uralten Ritter der Tafelrunde. In der einmal bestimmten Richtung schreitet der Geist der Zeit vorwärts, und die Lage des ahnenstolzen Adels verschlimmert sich merklich; daher denn auch wohl jenes taktlose, aus Anerkennung des Verdienstes und widerlicher Herablassung gemischte Benehmen gegen, der Welt und dem Staat hoch geltende Bürgerliche, das Erzeugnis eines dunkeln, verzagten Gefühls sein mag, in dem sie ahnen, daß vor den Augen der Weisen, der veraltete Tand längst verjährter Zeit abfällt, und die lächerliche Blöße sich ihnen frei darstellt. Dank sei es dem Himmel, viele Adliche, Männer und Frauen, erkennen den Geist der Zeit und schwingen sich auf im herrlichen Fluge zu der Lebenshöhe, die ihnen Wissenschaft und Kunst darbieten; diese werden die wahren Geisterbanner jenes Unholds sein."

Des Leibarztes Gespräch hatte mich in ein fremdes Gebiet geführt. Niemals war es mir eingefallen, über den Adel und über sein Verhältnis zum Bürger zu reflektieren. Wohl mochte der Leibarzt nicht ahnen, daß ich ehedem eben zu der zweiten Klasse gehört hatte, die, nach seiner Behauptung, der Stolz des Adels nicht trifft. – War ich denn nicht in den vornehmsten adlichen Häusern zu B., der hochgeachtete, hochverehrte Beichtiger? – Weiter nachsinnend erkannte ich, wie ich *selbst* aufs neue mein Schicksal verschlungen hatte, indem aus dem Namen, Kwiecziczewo, den ich jener alten Dame bei Hofe nannte, mein Adel entsprang, und *so* dem Fürsten der Gedanke einkam, mich mit Aurelien zu vermählen.

Die Fürstin war zurückgekommen. Ich eilte zu Aurelien. Sie empfing mich mit holder jungfräulicher Verschämtheit; ich schloß sie in meine Arme und glaubte in dem Augenblick daran, daß sie mein Weib werden könne. Aurelie war weicher, hingebender als sonst. Ihr Auge hing voll Tränen, und der Ton, in dem sie sprach, war wehmütige Bitte, so wie wenn im Gemüt des schmollenden Kindes sich der Zorn bricht, in dem es gesündigt. – Ich durfte an meinen Besuch im Lustschloß der Fürstin denken, lebhaft drang ich darauf, alles zu erfahren; ich beschwor Aurelien mir zu vertrauen, was sie damals so erschrekken konnte. – Sie schwieg, sie schlug die Augen nieder, aber sowie mich selbst der Gedanke meines gräßlichen Doppeltgängers stärker erfaßte, schrie ich auf: „Aurelie! um aller Heiligen willen, welche schreckliche Gestalt erblicktest du hinter uns!" Sie sah mich voll Verwunderung an, immer starrer und starrer wurde ihr Blick, dann sprang sie plötzlich auf, als wolle sie fliehen, doch blieb sie und schluchzte, beide Hände vor die Augen gedrückt: „Nein, nein, nein – er ist es ja nicht!" – Ich erfaßte sie sanft, erschöpft ließ sie sich nieder. „Wer, wer ist es nicht?" – frug ich heftig, wohl alles ahnend, was in ihrem Innern sich entfalten mochte. – „Ach, mein Freund, mein Geliebter", sprach sie leise und wehmütig: „würdest du mich nicht für eine wahnsinnige Schwärmerin halten, wenn ich alles ... alles ... dir sagen sollte, was mich immer wieder so verstört im vollen Glück der reinsten Liebe? – Ein grauenvoller Traum geht durch mein Leben, er stellte sich mit seinen entsetzlichen Bildern zwischen uns, als ich dich zum ersten Male sah; wie mit kalten Todesschwingen wehte er mich an, als du so plötzlich eintratst in mein Zimmer auf dem Lustschloß der Fürstin. Wisse, so wie du damals, kniete einst neben mir ein verruchter Mönch, und wollte heiliges Gebet mißbrauchen zum gräßlichen Frevel. Er wurde, als er, wie ein wildes Tier listig auf seine Beute lauernd, mich umschlich, der Mörder meines Bruders! Ach und du! ... deine Züge ! ... deine Sprache ... jenes Bild! ... laß mich schweigen, o laß mich schweigen." Aurelie bog sich zurück; in halbliegender Stellung lehnte sie, den Kopf auf die Hand gestützt, in die Ecke des Sofas, üppiger traten die schwellenden Umrisse des jugendlichen Körpers hervor. Ich stand vor ihr, das lüsterne Auge schwelgte in dem unendlichen Liebreiz, aber mit der Lust kämpfte der teuflische Hohn, der in mir rief: „Du Unglückselige, du dem Satan Erkaufte, bist du ihm denn entflohen, dem Mönch, der dich im Gebet zur Sünde verlockte? Nun bist du seine Braut ... seine Braut!" – In dem Augenblick war jene Liebe zu Aurelien, die ein Himmelsstrahl zu entzünden schien, als dem Gefängnis, dem Tode entronnen, ich sie im Park wiedersah, aus meinem Innern verschwunden, und der Gedanke: daß ihr Verderben meines Lebens glänzendster Lichtpunkt sein könne, erfüllte mich ganz und gar. – Man rief Aurelien zur Fürstin. Klar wurde es mir, daß Aureliens Leben gewisse mir noch unbekannte Beziehungen auf mich selbst haben müsse; und doch fand ich keinen Weg dies zu erfahren, da Aurelie alles Bittens unerachtet, jene einzelne hingeworfene Äußerungen nicht näher deuten wollte. Der Zufall enthüllte mir das, was sie zu verschweigen gedachte. – Eines Tages befand ich mich in dem Zimmer des Hofbeamten, dem es oblag, alle Privatbriefe des Fürsten und der dem Hofe Angehörigen zur Post zu befördern. Er war eben abwesend, als Aureliens Mädchen mit einem starken Briefe hineintrat, und ihn auf den Tisch zu den übrigen, die schon dort befindlich, legte. Ein flüchtiger Blick überzeugte mich, daß die Aufschrift an die Äbtissin, der Fürstin Schwester, von Aureliens Hand war. Die Ahnung, alles noch nicht Erforschte sei darin enthalten, durchflog mich mit Blitzesschnelle; noch ehe der Beamte zurückgekehrt, war ich fort mit dem Briefe Aureliens.

Du Mönch, oder im weltlichen Treiben Befangener, der du aus meinem Leben Lehre und Warnung zu schöpfen trachtest, lies die Blätter die ich hier einschalte, lies die Geständnisse des frommen, reinen Mädchens, von den bittern Tränen des reuigen, hoffnungslosen Sünders benetzt. Möge das fromme Gemüt dir aufgehen, wie leuchtender Trost in der Zeit der Sünde und des Frevels.

*Aurelie an die Äbtissin*
*des Zisterzienser-Nonnenklosters zu ....*

Meine teure gute Mutter! mit welchen Worten soll ich Dir's denn verkünden, daß Dein Kind glücklich ist, daß endlich die grause Gestalt, die, wie ein schrecklich drohendes Gespenst, alle Blüten abstreifend, alle Hoffnungen zerstörend in mein Leben trat, gebannt wurde, durch der Liebe göttlichen Zauber. Aber nun fällt es mir recht schwer aufs Herz, daß wenn du meines unglücklichen Bruders, meines Vaters, den der Gram tötete, gedachtest und mich aufrichtetest in meinem trostlosen Jammer – daß ich dann Dir nicht, wie in heiliger Beichte, mein Innres ganz aufschloß. Doch ich vermag ja auch nun erst das düstre Geheimnis auszusprechen das tief in meiner Brust verborgen lag. Es ist, als wenn eine böse unheimliche Macht mir mein höchstes Lebensglück recht trügerisch wie ein grausiges Schreckbild vorgaukelte. Ich sollte wie auf einem wogenden Meer hin und her schwanken und vielleicht rettungslos untergehen. Doch der Himmel half, wie durch ein Wunder, in dem Augenblick, als ich im Begriff stand, unnennbar elend zu werden. – Ich muß zurückgehen in meine frühe Kinderzeit, um alles, alles zu sagen, denn schon damals wurde der Keim in mein Innres gelegt, der so lange Zeit hindurch verderblich fortwucherte. Erst drei oder vier Jahre war ich alt, als ich einst, in der schönsten Frühlingszeit, im Garten unseres Schlosses mit Hermogen spielte. Wir pflückten allerlei Blumen, und Hermogen, sonst eben nicht dazu aufgelegt, ließ es sich gefallen, mir Kränze zu flechten, in die ich mich putzte. „Nun wollen wir zur Mutter gehen", sprach ich als ich mich über und über mit Blumen behängt hatte; da sprang aber Hermogen hastig auf, und rief mit wilder Stimme: „Laß uns nur hier bleiben, klein Ding! die Mutter ist im blauen Cabinet und spricht mit dem Teufel!" – Ich wußte gar nicht, was er damit sagen wollte, aber dennoch erstarrte ich vor Schreck, und fing endlich an jämmerlich zu weinen. „Dumme Schwester, was heulst du", rief Hermogen, „Mutter spricht alle Tage mit dem Teufel, er tut ihr nichts!" Ich fürchtete mich vor Hermogen, weil er so finster vor sich hin blickte, so rauh sprach, und schwieg stille. Die Mutter war damals schon sehr kränklich, sie wurde oft von fürchterlichen Krämpfen ergriffen, die in einen todähnlichen Zustand übergingen. Wir, ich und Hermogen, wurden dann fortgebracht. Ich hörte nicht auf zu klagen, aber Hermogen sprach dumpf in sich hinein: „Der Teufel hat's ihr angetan!" So wurde in meinem kindischen Gemüt der Gedanke erweckt, die Mutter habe Gemeinschaft mit einem bösen häßlichen Gespenst, denn anders dachte ich mir nicht den Teufel, da ich mit den Lehren der Kirche noch unbekannt war. Eines Tages hatte man mich allein gelassen, mir wurde ganz unheimlich zumute, und vor Schreck vermochte ich nicht zu fliehen, als ich wahrnahm, daß ich eben in dem blauen Cabinet mich befand, wo nach Hermogens Behauptung, die Mutter mit dem Teufel sprechen sollte. Die Türe ging auf, die Mutter trat leichenblaß herein und vor eine leere Wand hin. Sie rief mit dumpfer tief klagender Stimme: „Francesko, Francesko!" Da rauschte und regte es sich hinter der Wand, sie schob sich auseinander und das lebensgroße Bild eines schönen, in einem violetten Mantel wunderbar gekleideten Mannes wurde sichtbar. Die Gestalt, das Gesicht dieses Mannes machte einen unbeschreiblichen Eindruck auf mich, ich jauchzte auf vor Freude; die Mutter umblickend, wurde nun erst mich gewahr und rief heftig: „Was willst du hier Aurelie? – wer hat dich hieher gebracht?“ – Die Mutter, sonst so sanft und gütig, war erzürnter, als ich sie je gesehen. Ich glaubte daran schuld zu sein. „Ach“, stammelte ich unter vielen Tränen, „sie haben mich hier allein gelassen, ich wollte ja nicht hier bleiben.“ Aber als ich wahrnahm, daß das Bild verschwunden, da rief ich: „Ach das schöne Bild, wo ist das schöne Bild!“ – Die Mutter hob mich in die Höhe, küßte und herzte mich und sprach: „Du bist mein gutes, liebes Kind, aber das Bild darf niemand sehen, auch ist es nun auf immer fort!“ Niemand vertraute ich, was mir widerfahren, nur zu Hermogen sprach ich einmal: „Höre! die Mutter spricht nicht mit dem Teufel, sondern mit einem schönen Mann, aber der ist nur ein Bild, und springt aus der Wand, wenn Mutter ihn ruft.“ Da sah Hermogen starr vor sich hin und murmelte: „Der Teufel kann aussehen wie er will, sagt der Herr Pater, aber der Mutter tut er doch nichts.“ – Mich überfiel ein Grauen, und ich bat Hermogen flehentlich, doch ja nicht wieder von dem Teufel zu sprechen. Wir gingen nach der Hauptstadt, das Bild verlor sich aus meinem Gedächtnis und wurde selbst dann nicht wieder lebendig, als wir nach dem Tode der guten Mutter auf das Land zurückgekehrt waren. Der Flügel des Schlosses, in welchem jenes blaue Cabinet gelegen, blieb unbewohnt; es waren die Zimmer meiner Mutter, die der Vater nicht betreten konnte, ohne die schmerzlichsten Erinnerungen in sich aufzuregen. Eine Reparatur des Gebäudes machte es endlich nötig die Zimmer zu öffnen; ich trat in das blaue Cabinet, als die Arbeiter eben beschäftiget waren, den Fußboden aufzureißen. Sowie einer von ihnen eine Tafel in der Mitte des Zimmers emporhob, rauschte es hinter der Wand, sie schob sich auseinander, und das lebensgroße Bild des Unbekannten wurde sichtbar. Man entdeckte die Feder im Fußboden, welche, angedrückt, eine Maschine hinter der Wand in Bewegung setzte, die ein Feld des Tafelwerks, womit die Wand bekleidet, auseinanderschob. Nun gedachte ich lebhaft jenes Augenblicks meiner Kinderjahre, meine Mutter stand wieder vor mir, ich vergoß heiße Tränen, aber nicht wegwenden konnte ich den Blick von dem fremden herrlichen Mann, der mich mit lebendig strahlenden

Augen anschaute. Man hatte wahrscheinlich meinem Vater gleich gemeldet was sich zugetragen, er trat herein, als ich noch vor dem Bilde stand. Nur einen Blick hatte er daraufgeworfen, als er, von Entsetzen ergriffen, stehenblieb und dumpf in sich hineinmurmelte: „Francesko, Francesko!" Darauf wandte er sich rasch zu den Arbeitern, und befahl mit starker Stimme: „Man breche sogleich das Bild aus der Wand, rolle es auf und übergebe es Reinhold." Es war mir, als solle ich den schönen herrlichen Mann, der in seinem wunderbaren Gewande mir, wie ein hoher Geisterfürst vorkam, niemals wiedersehen, und doch hielt mich eine unüberwindliche Scheu zurück, den Vater zu bitten, das Bild ja nicht vernichten zu lassen. In wenigen Tagen verschwand jedoch der Eindruck, den der Auftritt mit dem Bilde auf mich gemacht hatte, spurlos aus meinem Innern. – Ich war schon vierzehn Jahr alt worden, und noch ein wildes, unbesonnenes Ding, so daß ich sonderbar genug gegen den ernsten feierlichen Hermogen abstach und der Vater oft sagte, daß wenn Hermogen mehr ein stilles Mädchen schiene, ich ein recht ausgelassener Knabe sei. Das sollte sich bald ändern. Hermogen fing an, mit Leidenschaft und Kraft ritterliche Übungen zu treiben. Er lebte nur in Kampf und Schlacht, seine ganze Seele war davon erfüllt, und da es eben Krieg geben sollte, lag er dem Vater an, ihn nur gleich Dienste nehmen zu lassen. Mich überfiel dagegen eben zu der Zeit eine solch unerklärliche Stimmung, die ich nicht zu deuten wußte, und die bald mein ganzes Wesen verstörte. Ein seltsames Übelbefinden schien aus der Seele zu kommen, und alle Lebenspulse gewaltsam zu ergreifen. Ich war oft der Ohnmacht nahe, dann kamen allerlei wunderliche Bilder und Träume, und es war mir, als solle ich einen glänzenden Himmel voll Seligkeit und Wonne erschauen und könne nur, wie ein schlaftrunknes Kind, die Augen nicht öffnen. Ohne zu wissen, warum? konnte ich oft bis zum Tode betrübt, oft ausgelassen fröhlich sein. Bei dem geringsten Anlaß stürzten mir die Tränen aus den Augen, eine unerklärliche Sehnsucht stieg oft bis zu körperlichem Schmerz, so daß alle Glieder krampfhaft zuckten. Der Vater bemerkte meinen Zustand, schrieb ihn überreizten Nerven zu und suchte die Hülfe des Arztes, der allerlei Mittel verordnete die ohne Wirkung blieben. Ich weiß selbst nicht wie es kam, urplötzlich erschien mir das vergessene Bild jenes unbekannten Mannes so lebhaft, daß es mir war, als stehe es vor mir, Blicke des Mitleids auf mich gerichtet. „Ach! – soll ich denn sterben? – was ist es, das mich so unaussprechlich quält?“ So rief ich dem Traumbilde entgegen, da lächelte der Unbekannte und antwortete: „Du liebst mich, Aurelie; das ist deine Qual, aber kannst du die Gelübde des Gottgeweihten brechen?“ – Zu meinem Erstaunen wurde ich nun gewahr, daß der Unbekannte das Ordenskleid der Kapuziner trug. – Ich raffte mich mit aller Gewalt auf, um nur aus dem träumerischen Zustande zu erwachen. Es gelang mir. Fest war ich überzeugt, daß jener Mönch nur ein loses trügerisches Spiel meiner Einbildung gewesen und doch ahnte ich nur zu deutlich, daß das Geheimnis der Liebe sich mir erschlossen hatte. Ja! – ich liebte den Unbekannten mit aller Stärke des erwachten Gefühls, mit aller Leidenschaft und Inbrunst deren das jugendliche Herz fähig. In jenen Augenblicken träumerischen Hinbrütens, als ich den Unbekannten zu sehen glaubte, schien mein Übelbefinden den höchsten Punkt erreicht zu haben, ich wurde zusehends wohler, indem meine Nervenschwäche nachließ, und nur das stete starre Festhalten jenes Bildes, die fantastische Liebe zu einem Wesen, das nur in mir lebte, gab mir das Ansehen einer Träumerin. Ich war für alles verstummt, ich saß in der Gesellschaft ohne mich zu regen, und indem ich, mit meinem Ideal beschäftigt, nicht darauf achtete, was man sprach, gab ich oft verkehrte Antworten, so daß man mich für ein einfältig Ding achten mochte. In meines Bruders Zimmer sah ich ein fremdes Buch auf dem Tische liegen; ich schlug es auf, es war ein aus dem Englischen übersetzter Roman: Der Mönch! – Mit eiskaltem Schauer durchbebte mich der Gedanke, daß der unbekannte Geliebte ein Mönch sei. Nie hatte ich geahnt, daß die Liebe zu einem Gottgeweihten sündlich sein könne, nun kamen mir plötzlich die Worte des Traumbildes ein: „Kannst du die Gelübde des Gottgeweihten brechen?“ – und nun erst verwundeten sie, mit schwerem Gewicht in mein Innres fallend, mich tief. Es war mir, als könne jenes Buch mir manchen Aufschluß geben. Ich nahm es mit mir, ich fing an zu lesen, die wunderbare Geschichte riß mich hin, aber als der erste Mord geschehen, als immer verruchter der gräßliche Mönch frevelt, als er endlich ins Bündnis tritt mit dem Bösen, da ergriff mich namenloses Entsetzen, denn ich gedachte jener Worte Hermogens: „Die Mutter spricht mit dem Teufel!“ Nun glaubte ich, so wie jener Mönch im Roman, sei der Unbekannte ein dem Bösen Verkaufter, der mich verlocken wolle. Und doch konnte ich nicht gebieten der Liebe zu dem Mönch, der in mir lebte. Nun erst wußte ich, daß es frevelhafte Liebe gebe, mein Abscheu dagegen kämpfte mit dem Gefühl, das meine Brust erfüllte, und dieser Kampf machte mich auf eigne Weise reizbar. Oft bemeisterte sich meiner, in der Nähe eines Mannes ein unheimliches Gefühl, weil es mir plötzlich war, als sei es der Mönch, der nun mich erfassen und fortreißen werde ins Verderben. Reinhold kam von einer Reise zurück, und erzählte viel von einem Kapuziner Medardus, der als Kanzelredner weit und breit berühmt sei und den er selbst in . . .r mit Verwunderung gehört habe. Ich dachte an den Mönch im Roman und es überfiel mich eine seltsame Ahnung, daß das geliebte und gefürchtete Traumbild jener Medardus sein könne. Der Gedanke war mir schrecklich, selbst wußte ich nicht, warum? und mein Zustand wurde in der Tat peinlicher und verstörter, als ich es zu ertragen vermochte. Ich schwamm in einem Meer von Ahnungen und Träumen. Aber vergebens suchte ich das Bild des Mönchs aus meinem Innern zu verbannen; ich unglückliches Kind konnte nicht widerstehen der sündigen Liebe zu dem Gottgeweihten. – Ein Geistlicher besuchte einst, wie er es wohl manchmal zu tun pflegte, den Vater. Er ließ sich weitläuftig über die mannigfachen Versuchungen des Teufels aus und mancher Funke fiel in meine Seele, indem der Geistliche den trostlosen Zustand des jungen Gemüts beschrieb, in das sich der Böse den Weg bahnen wolle und worin er nur schwaches Widerstreben fände. Mein Vater fügte manches hinzu, als ob er von mir rede. Nur unbegrenzte Zuversicht, sagte endlich der Geistliche, nur unwandelbares Vertrauen, nicht sowohl zu befreundeten Menschen, als zur Religion und ihren Dienern, könne Rettung bringen. Dies merkwürdige Gespräch bestimmte mich, den Trost der Kirche zu suchen, und meine Brust, durch reuiges Geständnis in heiliger Beichte, zu erleichtern. Am frühen Morgen des andern Tages wollte ich, da wir uns eben in der Residenz befanden, in die dicht neben unserm Hause gelegene Klosterkirche gehen. Es war eine qualvolle, entsetzliche Nacht, die ich zu überstehen hatte. Abscheuliche, freveliche Bilder, wie ich sie nie gesehen, nie gedacht, umgaukelten mich, aber dann mitten drunter stand der Mönch da, mir die Hand wie zur Rettung bietend und rief: „Sprich es nur aus, daß du mich liebst, und frei bist du aller Not." Da mußt ich unwillkürlich rufen: „Ja Medardus, ich liebe dich!" – und verschwunden waren die Geister der Hölle! Endlich stand ich auf, kleidete mich an, und ging nach der Klosterkirche.

Das Morgenlicht brach eben in farbigen Strahlen durch die

bunten Fenster, ein Laienbruder reinigte die Gänge. Unfern der Seitenpforte, wo ich hineingetreten, stand ein der heiligen Rosalia geweihter Altar, dort hielt ich ein kurzes Gebet, und schritt dann auf den Beichtstuhl zu, in dem ich einen Mönch erblickte. Hilf, heiliger Himmel! – es war Medardus! Kein Zweifel blieb übrig, eine höhere Macht sagte es mir. Da ergriff mich wahnsinnige Angst und Liebe, aber ich fühlte, daß nur standhafter Mut mich retten könne. Ich beichtete ihm selbst meine sündliche Liebe zu dem Gottgeweihten, ja mehr als das! ... Ewiger Gott! in dem Augenblicke war es mir, als hätte ich schon oft in trostloser Verzweiflung den heiligen Banden, die den Geliebten fesselten, geflucht, und auch das beichtete ich. „Du selbst, du selbst, Medardus, bist es, den ich so unaussprechlich liebe.“ Das waren die letzten Worte, die ich zu sprechen vermochte, aber nun floß lindernder Trost der Kirche, wie des Himmels Balsam, von den Lippen des Mönchs, der mir plötzlich nicht mehr Medardus schien. Bald darauf nahm mich ein alter, ehrwürdiger Pilger in seine Arme und führte mich langsamen Schrittes durch die Gänge der Kirche zur Hauptpforte hinaus. Er sprach hochheilige, herrliche Worte, aber ich mußte entschlummern wie ein unter sanften, süßen Tönen eingewiegtes Kind. Ich verlor das Bewußtsein. Als ich erwachte, lag ich angekleidet auf dem Sofa meines Zimmers. „Gott und den Heiligen Lob und Dank, die Krisis ist vorüber, sie erholt sich!“ rief eine Stimme. Es war der Arzt, der diese Worte zu meinem Vater sprach. Man sagte mir, daß man mich des Morgens in einem erstarrten, todähnlichen Zustande gefunden und einen Nervenschlag befürchtet habe. Du siehst, meine liebe, fromme Mutter, daß meine Beichte bei dem Mönch Medardus nur ein lebhafter Traum in einem überreizten Zustande war, aber die heilige Rosalia, zu der ich oft flehte, und deren Bildnis ich ja auch im Traum anrief, hat mir wohl alles so erscheinen lassen, damit ich errettet werden möge aus den Schlingen, die mir der arglistige Böse gelegt. Verschwunden war aus meinem Innern die wahnsinnige Liebe zu dem Trugbilde im Mönchsgewand. Ich erholte mich ganz: und trat nun erst heiter und unbefangen in das Leben ein. – Aber, gerechter Gott, noch einmal sollte mich jener verhaßte Mönch auf entsetzliche Weise bis zum Tode treffen. Für eben jenen Medardus, dem ich im Traum gebeichtet, erkannte ich augenblicklich den Mönch, der sich auf unserm Schlosse eingefunden. „Das ist der Teufel, mit dem die Mutter gesprochen, hüte dich, hüte dich! – er stellt dir nach!" so rief der unglückliche Hermogen immer in mich hinein. Ach, es hätte dieser Warnung nicht bedurft. Von dem ersten Moment an, als mich der Mönch mit vor frevelicher Begier funkelnden Augen anblickte, und dann in geheuchelter Verzückung die heilige Rosalia anrief, war er mir unheimlich und entsetzlich. Du weißt alles Fürchterliche, was sich darauf begab, meine gute liebe Mutter. Ach aber, muß ich es nicht Dir auch gestehen, daß der Mönch mir desto gefährlicher war, als sich tief in meinem Innersten ein Gefühl regte, dem gleich als zuerst der Gedanke der Sünde in mir entstand und als ich ankämpfen mußte gegen die Verlockung des Bösen? Es gab Augenblicke, in denen ich Verblendete den heuchlerischen frommen Reden des Mönchs traute, ja in denen es mir war, als strahle aus seinem Innern der Funke des Himmels, der mich zur reinen überirdischen Liebe entzünden könne. Aber dann wußte er mit verruchter List, selbst in begeisterter Andacht, eine Glut anzufachen, die aus der Hölle kam. Wie den mich bewachenden Schutzengel sandten mir dann die Heiligen, zu denen ich inbrünstig flehte, den Bruder. – Denke Dir, liebe Mutter, mein Entsetzen, als hier, bald nachdem ich zum erstenmal bei Hofe erschienen, ein Mann auf mich zutrat, den ich auf den ersten Blick für den Mönch Medardus zu erkennen glaubte, unerachtet er weltlich gekleidet ging. Ich wurde ohnmächtig, als ich ihn sah. In den Armen der Fürstin erwacht, rief ich laut: „Er ist es, er ist es, der Mörder meines Bruders." – „Ja er ist es", sprach die Fürstin: „der verkappte Mönch Medardus der dem Kloster entsprang; die auffallende Ähnlichkeit mit seinem Vater Francesko ..." Hilf, heiliger Himmel, indem ich diesen Namen schreibe, rinnen eiskalte Schauer mir durch alle Glieder. Jenes Bild meiner Mutter war Francesko ... das trügerische Mönchsgebilde, das mich quälte, hatte ganz seine Züge! – Medardus, ihn erkannte ich als jenes Gebilde in dem wunderbaren Traum der Beichte. Medardus ist Franceskos Sohn, Franz, den Du, meine gute Mutter, so fromm erziehen ließest und der in Sünde und Frevel geriet. Welche Verbindung hatte meine Mutter mit jenem Francesko, daß sie sein Bild heimlich aufbewahrte, und bei seinem Anblick sich dem Andenken einer seligen Zeit zu überlassen schien? – Wie kam es, daß in diesem Bilde Hermogen den Teufel sah, und daß es den Grund legte zu meiner sonderbaren Verirrung? Ich versinke in Ahnungen und Zweifel. – Heiliger Gott, bin ich denn entronnen der bösen Macht, die mich umstrickt hielt? – Nein, ich kann nicht weiterschreiben, mir ist, als würd ich von dunkler Nacht befangen und kein Hoffnungsstern leuchte, mir freundlich den Weg zeigend, den ich wandeln soll!

(Einige Tage später.)

Nein! Keine finstere Zweifel sollen mir die hellen Sonnentage verdüstern, die mir aufgegangen sind. Der ehrwürdige Pater Cyrillus hat Dir, meine teure Mutter, wie ich weiß, schon ausführlich berichtet, welch eine schlimme Wendung der Prozeß Leonards nahm, den meine Übereilung den bösen Kriminalgerichten in die Hände gab. Daß der wirkliche Medardus eingefangen wurde, daß sein vielleicht verstellter Wahnsinn bald ganz nachließ, daß er seine Freveltaten eingestand, daß er seine gerechte Strafe erwartet und . . . doch nicht weiter, denn nur zu sehr würde das schmachvolle Schicksal des Verbrechers, der als Knabe Dir so teuer war, Dein Herz verwunden. – Der merkwürdige Prozeß war das einzige Gespräch bei Hofe. Man hielt Leonard für einen verschmitzten, hartnäckigen Verbrecher, weil er alles leugnete. – Gott im Himmel! – Dolchstiche waren mir manche Reden, denn auf wunderbare Weise sprach eine Stimme in mir: er ist unschuldig und das wird klar werden, wie der Tag. – Ich empfand das tiefste Mitleid mit ihm, gestehen mußte ich es mir selbst, daß mir sein Bild, rief ich es mir wieder zurück, Regungen erweckte, die ich nicht mißdeuten konnte. Ja! – ich liebte ihn schon unaussprechlich, als er der Welt noch ein frevelicher Verbrecher schien. Ein Wunder mußte ihn und mich retten, denn ich starb, sowie Leonard durch die Hand des Henkers fiel. Er ist schuldlos, er liebt mich, und bald ist er ganz mein. So geht eine dunkle Ahnung aus frühen Kindesjahren, die mir eine feindliche Macht arglistig zu vertrüben suchte, herrlich, herrlich auf in regen wonnigem Leben. O gib mir, gib dem Geliebten Deinen Segen, Du fromme Mutter! – Ach könnte Dein glückliches Kind nur ihre volle Himmelslust recht ausweinen an Deinem Herzen! – Leonard gleicht ganz jenem Francesko, nur scheint er größer, auch unterscheidet ihn ein gewisser charakteristischer Zug, der seiner Nation eigen, (Du weißt daß er ein Pole ist) von Francesko und dem Mönch Medardus sehr merklich. Albern war es wohl überhaupt, den geistreichen, gewandten, herrlichen Leonard auch nur einen Augenblick für einen entlaufenen Mönch anzusehen. Aber so stark ist noch der fürchterliche Eindruck jener gräßlichen Szenen auf unserm Schlosse, daß oft, tritt Leonard unvermutet zu mir herein und blickt mich an mit seinem strahlenden Auge, das, ach nur zu sehr jenem Medardus gleicht, mich unwillkürliches Grausen befällt und ich Gefahr laufe durch mein kindisches Wesen, den Geliebten zu verletzen. Mir ist, als würde erst des Priesters Segen die finstere Gestalten bannen, die noch jetzt recht feindlich manchen Wolkenschatten in mein Leben werfen. Schließe mich und den Geliebten in Dein frommes Gebet, meine teure Mutter! – Der Fürst wünscht, daß die Vermählung bald vor sich gehe; den Tag schreibe ich Dir, damit Du Deines Kindes gedenken mögest, in ihres Lebens feierlicher, verhängnisvoller Stunde etc.

Immer und immer wieder las ich Aureliens Blätter. Es war, als wenn der Geist des Himmels, der daraus hervorleuchtete, in mein Inneres dringe und vor seinem reinen Strahl alle sündliche freveliche Glut verlösche. Bei Aureliens Anblick überfiel mich heilige Scheu, ich wagte es nicht mehr, sie stürmisch zu liebkosen, wie sonst. Aurelie bemerkte mein verändertes Betragen, ich gestand ihr reuig den Raub des Briefes an die Äbtissin; ich entschuldigte ihn mit einem unerklärlichen Drange, dem ich, wie der Gewalt einer unsichtbaren höheren Macht, nicht widerstehen können, ich behauptete, daß eben jene höhere, auf mich einwirkende Macht, mir jene Vision am Beichtstuhle habe kund tun wollen, um mir zu zeigen, wie unsere innigste Verbindung ihr ewiger Ratschluß sei. „Ja, du frommes Himmelskind", sprach ich: „Auch mir ging einst ein wunderbarer Traum auf, indem du mir deine Liebe gestandest, aber ich war ein unglücklicher vom Geschick zermalmter Mönch dessen Brust tausend Qualen der Hölle zerrissen. – Dich – dich liebte ich mit namenloser Inbrunst, doch Frevel, doppelter, verruchter Frevel war meine Liebe, denn ich war ja ein Mönch, und du die heilige Rosalia." Erschrocken fuhr Aurelie auf. „Um Gott", sprach sie: ‚Um Gott, es geht ein tiefes unerforschliches Geheimnis durch unser Leben; ach, Leonard, laß uns nie an dem Schleier rühren, der es umhüllt, wer weiß, was Grauenvolles Entsetzliches dahinter verborgen. Laß uns fromm sein, und fest aneinander halten in treuer Liebe, so widerstehen wir der dunkeln Macht, deren Geister uns vielleicht feindlich bedrohen. Daß du meinen Brief lasest, das mußte so sein; ach! ich selbst hätte dir alles erschließen sollen, kein Geheimnis darf unter uns walten. Und doch ist es mir, als kämpftest du mit manchem, was früher recht verderblich eintrat in dein Leben und was du nicht vermöchtest, über die Lippen zu bringen vor unrechter Scheu! – Sei aufrichtig, Leonard! – Ach wie wird ein freimütiges Geständnis deine Brust erleichtern, und heller unsere Liebe strahlen?" – Wohl fühlte ich bei diesen Worten Aureliens recht marternd, wie der Geist des Truges in mir wohne, und wie ich nur noch vor wenigen Augenblicken das fromme Kind recht frevelig getäuscht; und dies Gefühl regte sich stärker und stärker auf in wunderbarer Weise, ich mußte Aurelien alles – alles entdecken und doch ihre Liebe gewinnen. „Aurelie – du meine Heilige – die mich rettet von . . ." In dem Augenblick trat die Fürstin herein, ihr Anblick warf mich plötzlich zurück in die Hölle, voll Hohn und Gedanken des Verderbens. Sie *mußte* mich jetzt dulden, ich blieb, und stellte mich als Aureliens Bräutigam kühn und keck ihr entgegen. Überhaupt war ich nur frei von allen bösen Gedanken, wenn ich mit Aurelien allein mich befand; dann ging mir aber auch die Seligkeit des Himmels auf. Jetzt erst wünschte ich lebhaft meine Vermählung mit Aurelien. – In einer Nacht stand lebhaft meine Mutter vor mir, ich wollte ihre Hand ergreifen, und wurde gewahr, daß es nur Duft sei, der sich gestaltet. „Weshalb diese alberne Täuschung", rief ich erzürnt; da flossen helle Tränen aus meiner Mutter Augen, die wurden aber zu silbernen, hellblinkenden Sternen, aus denen leuchtende Tropfen fielen, und um mein Haupt kreisten, als wollten sie einen Heiligenschein bilden, doch immer zerriß eine schwarze fürchterliche Faust den Kreis. „Du, den ich rein von jeder Untat geboren", sprach meine Mutter mit sanfter Stimme: „ist denn deine Kraft gebrochen, daß du nicht zu widerstehen vermagst den Verlockungen des Satans? – Jetzt kann ich erst dein Innres durchschauen, denn mir ist die Last des Irdischen entnommen! – Erhebe dich Franziskus! ich will dich schmücken mit Bändern und Blumen, denn es ist der Tag des heiligen Bernardus gekommen und du sollst wieder ein frommer Knabe sein!" – Da war es mir, als müsse ich wie sonst einen Hymnus anstimmen zum Lobe des Heiligen, aber entsetzlich tobte es dazwischen, mein Gesang wurde ein wildes Geheul, und schwarze Schleier rauschten herab, zwischen mir und der Gestalt meiner Mutter. – Mehrere Tage nach dieser Vision begegnete mir der Kriminalrichter auf der Straße. Er trat freundlich auf mich zu. „Wissen Sie schon", fing er an: „daß der Prozeß des Kapuziners Medardus wieder zweifelhaft worden? Das Urteil das ihm höchstwahrscheinlich den Tod zuerkannt hätte, sollte schon abgefaßt werden, als er aufs neue Spuren des Wahnsinns zeigte. Das Kriminalgericht erhielt nämlich die Nachricht von dem Tode seiner Mutter; ich machte es ihm bekannt, da lachte er wild auf und rief mit einer Stimme, die selbst dem standhaftesten Gemüt Entsetzen erregen konnte: ‚Ha ha ha! – die Prinzessin von . . .' (er nannte die Gemahlin des ermordeten Bruders unsers Fürsten), ist längst gestorben!' – Es ist jetzt eine neue ärztliche Untersuchung verfügt, man glaubt jedoch, daß der Wahnsinn des Mönchs verstellt sei." – Ich ließ mir Tag und Stunde des Todes meiner Mutter sagen! sie war mir in demselben Momente als sie starb erschienen, und tief eindringend in Sinn und Gemüt, war nun auch die nur zu sehr vergessene Mutter die Mittlerin zwischen mir und der reinen Himmelsseele, die mein werden sollte. Milder und weicher geworden, schien ich nun erst Aureliens Liebe ganz zu verstehen, ich mochte sie wie eine mich beschirmende Heilige kaum verlassen, und mein düsteres Geheimnis wurde, indem sie nicht mehr deshalb in mich drang, nun ein mir selbst unerforschliches, von höheren Mächten verhängtes, Ereignis. – Der von dem Fürsten bestimmte Tag der Vermählung war gekommen. Aurelie wollte in erster Frühe vor dem Altar der heiligen Rosalia, in der nahe gelegenen Klosterkirche, getraut sein. Wachend, und nach langer Zeit zum erstenmal inbrünstig betend, brachte ich die Nacht zu. Ach! ich Verblendeter fühlte nicht, daß das Gebet, womit ich mich zur Sünde rüstete, höllischer Frevel sei! – Als ich zu Aurelien eintrat, kam sie mir, weißgekleidet, und mit duftenden Rosen geschmückt, in holder Engelsschönheit entgegen. Ihr Gewand, so wie ihr Haarschmuck, hatte etwas sonderbar Altertümliches, eine dunkle Erinnerung ging in mir auf, aber von tiefen Schauer fühlte ich mich durchbebt, als plötzlich lebhaft das Bild des Altars, an dem wir getraut werden sollten, mir vor Augen stand. Das Bild stellte das Martyrium der heiligen Rosalia vor, und gerade so wie Aurelie, war sie gekleidet. – Schwer wurde es mir, den grausigen Eindruck den dies auf mich machte, zu verbergen. Aurelie gab mir, mit einem Blick, aus dem ein ganzer Himmel voll Liebe und Seligkeit strahlte, die Hand, ich zog sie an meine Brust, und mit dem Kuß des reinsten Entzückens, durchdrang mich aufs neue das deutliche Gefühl, daß nur durch Aurelie meine Seele errettet werden könne. Ein fürstlicher Bedienter meldete, daß die Herrschaft bereit sei, uns zu empfangen. Aurelie zog schnell die Handschuhe an, ich nahm ihren Arm, da bemerkte das Kammermädchen, daß das Haar in Unordnung gekommen sei, sie sprang fort um Nadeln zu holen. Wir warteten an der Türe, der Aufenthalt schien Aurelien unangenehm. In dem Augenblick entstand ein dumpfes Geräusch auf der Straße, hohle Stimmen riefen durcheinander, und das dröhnende Gerassel eines schweren langsam rollenden Wagens ließ sich vernehmen. Ich eilte ans Fenster! – Da stand eben vor dem Palast der vom Henkersknecht geführte Leiterwagen, auf dem der Mönch rückwärts saß, vor ihm ein Kapuziner, laut und eifrig mit ihm betend. Er war entstellt von der Blässe der Todesangst und dem struppigen Bart – doch waren die Züge des gräßlichen Doppeltgängers mir nur zu kenntlich. – Sowie der Wagen, augenblicklich gehemmt durch die andrängende Volksmasse, wieder fortrollte, warf er den stieren, entsetzlichen Blick der funkelnden Augen zu mir herauf, und lachte und heulte herauf: „Bräutigam, Bräutigam! . . . komm . . . komm aufs Dach . . . aufs Dach . . . da wollen wir ringen miteinander, und wer den andern herabstößt ist König und darf Blut trinken!“ Ich schrie auf: „Entsetzlicher Mensch . . . was willst du . . . was willst du von mir.“ – Aurelie umfaßte mich mit beiden Armen, sie riß mich mit Gewalt vom Fenster, rufend: „Um Gott und der Heiligen Jungfrau willen . . . Sie führen den Medardus . . . den Mörder meines Bruders, zum Tode . . . Leonard . . . Leonard!“ – Da wurden die Geister der Hölle in mir wach, und bäumten sich auf mit der Gewalt die ihnen verliehen über den frevelnden verruchten Sünder. – Ich erfaßte Aurelien mit grimmer Wut, daß sie zusammenzuckte: „Ha ha ha . . . Wahnsinniges, töriges Weib . . . *ich* . . . *ich*, dein Buhle, dein Bräutigam, bin der Medardus . . . bin deines Bruders Mörder . . . du, Braut des Mönchs, willst Verderben herabwinseln über deinen Bräutigam? Ho ho ho! . . . ich bin König . . . ich trinke dein Blut!“ – Das Mordmesser riß ich heraus – ich stieß nach Aurelien, die ich zu Boden fallen lassen – ein Blutstrom sprang hervor über meine Hand. – Ich stürzte die Treppen hinab, durch das Volk hin zum Wagen, ich riß den Mönch herab, und warf ihn zu Boden; da wurde ich festgepackt, wütend stieß ich mit dem Messer um mich herum – ich wurde frei – ich sprang fort – man drang auf mich ein, ich fühlte mich in der Seite durch einen Stich verwundet, aber das Messer in der rechten Hand, und mit der linken kräftige Faustschläge austeilend, arbeitete ich mich durch bis an die nahe Mauer des Parks, die ich mit einem fürchterlichen Satz übersprang. „Mord . . . Mord . . . Haltet . . . haltet den Mörder!“

riefen Stimmen hinter mir her, ich hörte es rasseln, man wollte das verschlossene Tor des Parks sprengen, unaufhaltsam rannte ich fort. Ich kam an den breiten Graben, der den Park von dem dicht dabei gelegenen Walde trennte, ein mächtiger Sprung – ich war hinüber, und immer fort und fort rannte ich durch den Wald, bis ich erschöpft unter einem Baume niedersank. Es war schon finstre Nacht worden, als ich, wie aus tiefer Betäubung, erwachte. Nur der Gedanke, zu fliehen, wie ein gehetztes Tier, stand fest in meiner Seele. Ich stand auf, aber kaum war ich einige Schritte fort, als, aus dem Gebüsch hervorrauschend, ein Mensch auf meinen Rücken sprang, und mich mit den Armen umhalste. Vergebens versuchte ich, ihn abzuschütteln – ich warf mich nieder, ich drückte mich hinterrücks an die Bäume, alles umsonst. Der Mensch kicherte und lachte höhnisch; da brach der Mond helleuchtend durch die schwarzen Tannen, und das totenbleiche, gräßliche Gesicht des Mönchs – des vermeintlichen Medardus, des Doppeltgängers, starrte mich an mit dem gräßlichen Blick, wie von dem Wagen herauf. – „Hi... hi... hi... Brüderlein... Brüderlein, immer immer bin ich bei dir... lasse dich nicht... lasse... dich nicht... Kann nicht lau... laufen... wie du... mußt mich tra... tragen ... Komme vom Ga... Galgen... haben mich rä... rädern wollen... hi hi..." So lachte und heulte das grause Gespenst, indem ich, von wildem Entsetzen gekräftigt, hoch emporsprang wie ein von der Riesenschlange eingeschnürter Tiger! – Ich raste gegen Baum- und Felsstücke, um ihn wo nicht zu töten, doch wenigstens hart zu verwunden, daß er mich zu lassen genötigt sein sollte. Dann lachte er stärker und *mich* nur traf jäher Schmerz; ich versuchte seine unter meinem Kinn festgeknoteten Hände loszuwinden, aber die Gurgel einzudrücken drohte mir des Ungetümes Gewalt. Endlich, nach tollem Rasen, fiel er plötzlich herab, aber kaum war ich einige Schritte fortgerannt, als er von neuem auf meinem Rücken saß, kichernd und lachend, und jene entsetzliche Worte stammelnd! Aufs neue jene Anstrengungen wilder Wut – aufs neue befreit! – aufs neue umhalst von dem fürchterlichen Gespenst. – Es ist mir nicht möglich, deutlich anzugeben, wie lange ich, von dem Doppeltgänger verfolgt, durch finstre Wälder floh, es ist mir so, als müsse das Monate hindurch, ohne daß ich Speise und Trank genoß, gedauert haben. Nur *eines* lichten Augenblicks erinnere ich mich lebhaft, nach welchem ich in gänzlich bewußtlosen Zustand verfiel. Eben war es mir geglückt, meinen Doppeltgänger abzuwerfen, als ein heller Sonnenstrahl, und mit ihm ein holdes anmutiges Tönen den Wald durchdrang. Ich unterschied eine Klosterglocke die zur Frühmette läutete. „Du hast Aurelie ermordet!" Der Gedanke erfaßte mich mit des Todes eiskalten Armen, und ich sank bewußtlos nieder.

*Zweiter Abschnitt*

## DIE BUSSE

Eine sanfte Wärme glitt durch mein Inneres. Dann fühlte ich es in allen Adern seltsam arbeiten und prickeln; dies Gefühl wurde zu Gedanken, doch war mein Ich hundertfach zerteilt. Jeder Teil hatte im eignen Regen eignes Bewußtsein des Lebens und umsonst gebot das Haupt den Gliedern, die wie untreue Vasallen sich nicht sammeln mochten unter seiner Herrschaft. Nun fingen die Gedanken der einzelnen Teile an sich zu drehen, wie leuchtende Punkte, immer schneller und schneller, so daß sie einen Feuerkreis bildeten, der wurde kleiner, so wie die Schnelligkeit wuchs, daß er zuletzt nur eine stillstehende Feuerkugel schien. Aus der schossen rotglühende Strahlen und bewegten sich im farbichten Flammenspiel. „Das sind meine Glieder, die sich regen, jetzt erwache ich!" So dachte ich deutlich, aber in dem Augenblick durchzuckte mich ein jäher Schmerz, helle Glockentöne schlugen an mein Ohr. „Fliehen, weiter fort! – weiter fort!" rief ich laut, wollte mich schnell aufraffen, fiel aber entkräftet zurück. Jetzt erst vermochte ich die Augen zu öffnen. Die Glockentöne dauerten fort – ich glaubte noch im Walde zu sein, aber wie erstaunte ich, als ich die Gegenstände ringsumher, als ich mich selbst betrachtete. In dem Ordenshabit der Kapuziner lag ich, in einem hohen einfachen Zimmer, auf einer wohlgepolsterten Matratze ausgestreckt. Ein paar Rohrstühle, ein kleiner Tisch und ein ärmliches Bett waren die einzigen Gegenstände, die sich noch im Zimmer befanden. Es wurde mir klar, daß mein bewußtloser Zustand eine Zeitlang gedauert haben, und daß ich in demselben auf diese oder jene Weise in ein Kloster gebracht sein mußte, das Kranke aufnehme. Vielleicht war meine Kleidung zerrissen, und man gab mir vorläufig eine Kutte. Der Gefahr, so schien es mir, war ich entronnen. Diese Vorstellungen beruhigten mich ganz, und ich beschloß abzuwarten, was sich weiter zutragen würde, da ich voraussetzen konnte, daß man bald nach dem Kranken sehen würde. Ich fühlte mich sehr matt, sonst aber ganz schmerzlos. Nur einige Minuten hatte ich so, zum vollkommenen Bewußtsein erwacht, gelegen, als ich

Tritte vernahm, die sich wie auf einem langen Gange näherten. Man schloß meine Türe auf und ich erblickte zwei Männer, von denen einer bürgerlich gekleidet war, der andere aber den Ordenshabit der Barmherzigen Brüder trug. Sie traten schweigend auf mich zu, der bürgerlich Gekleidete sah mir scharf in die Augen und schien sehr verwundert. „Ich bin wieder zu mir selbst gekommen, mein Herr“, fing ich mit matter Stimme an: „dem Himmel sei es gedankt, der mich zum Leben erweckt hat – wo befinde ich mich aber? wie bin ich hergekommen?“ – Ohne mir zu antworten wandte sich der bürgerlich Gekleidete zu dem Geistlichen, und sprach auf italienisch: „Das ist in der Tat erstaunenswürdig, der Blick ist ganz geändert, die Sprache rein, nur matt . . . es muß eine besondere Krisis eingetreten sein.“ – „Mir scheint“, erwiderte der Geistliche: „mir scheint, als wenn die Heilung nicht mehr zweifelhaft sein könne.“ „Das kommt“, fuhr der bürgerlich Gekleidete fort: „das kommt darauf an, wie er sich in den nächsten Tagen hält. Verstehen Sie nicht so viel Deutsch um mit ihm zu sprechen?“ „Leider nein“, antwortete der Geistliche. – „Ich verstehe und spreche Italienisch“, fiel ich ein; „sagen Sie mir, wo ich bin, wie bin ich hergekommen?“ – Der bürgerlich Gekleidete, wie ich wohl merken konnte, ein Arzt, schien freudig verwundert. „Ah“, rief er aus: „ah das ist gut. Ihr befindet Euch, ehrwürdiger Herr! an einem Orte, wo man nur für Euer Wohl auf alle mögliche Weise sorgt. Ihr wurdet vor drei Monaten in einem sehr bedenklichen Zustande hergebracht. Ihr wart sehr krank, aber durch unsere Sorgfalt und Pflege scheint Ihr Euch auf dem Wege der Genesung zu befinden. Haben wir das Glück, Euch ganz zu heilen, so könnt Ihr ruhig Eure Straße fortwandeln, denn wie ich höre, wollt Ihr nach Rom?“ – „Bin ich denn“, frug ich weiter, „in der Kleidung die ich trage zu Euch gekommen?“ – „Freilich“, erwiderte der Arzt, „aber laßt das Fragen, beunruhigt Euch nur nicht, alles sollt Ihr erfahren, die Sorge für Eure Gesundheit ist jetzt das vornehmlichste.“ Er faßte meinen Puls, der Geistliche hatte unterdessen eine Tasse herbeigebracht, die er mir darreichte. „Trinkt“, sprach der Arzt: „und sagt mir dann, wofür Ihr das Getränk haltet.“ – „Es ist“, erwiderte ich, nachdem ich getrunken: „es ist eine gar kräftig zubereitete Fleischbrühe.“ – Der Arzt lächelte zufrieden und rief dem Geistlichen zu: „Gut sehr gut!“ – Beide verließen mich. Nun war meine Vermutung, wie ich glaubte, richtig. Ich befand mich in einem öffentlichen Krankenhause. Man pflegte mich mit stärkenden Nahrungsmitteln und kräftiger Arzenei, so daß ich nach drei Tagen imstande war, aufzustehen. Der Geistliche öffnete ein Fenster, eine warme herrliche Luft, wie ich sie nie geatmet, strömte herein, ein Garten schloß sich an das Gebäude, herrliche fremde Bäume grünten und blühten, Weinlaub rankte sich üppig an der Mauer empor, vor allem aber war mir der dunkelblaue duftige Himmel eine Erscheinung aus ferner Zauberwelt. „Wo bin ich denn", rief ich voll Entzücken aus, „haben mich die Heiligen gewürdigt, in einem Himmelslande zu wohnen?" Der Geistliche lächelte wohlbehaglich, indem er sprach: „Ihr seid in Italien, mein Bruder! in Italien!" – Meine Verwunderung wuchs bis zum höchsten Grade, ich drang in den Geistlichen, mir genau die Umstände meines Eintritts in dies Haus zu sagen, er wies mich an den Doktor. Der sagte mir endlich, daß vor drei Monaten mich ein wunderlicher Mensch hergebracht und gebeten habe mich aufzunehmen; ich befände mich nämlich in einem Krankenhause, das von Barmherzigen Brüdern verwaltet werde. So wie ich mich mehr und mehr erkräftigte, bemerkte ich, daß beide, der Arzt und der Geistliche, sich in mannigfache Gespräche mit mir einließen und mir vorzüglich Gelegenheit gaben, lange hintereinander zu erzählen. Meine ausgebreiteten Kenntnisse in den verschiedensten Fächern des Wissens gaben mir reichen Stoff dazu, und der Arzt lag mir an, manches niederzuschreiben, welches er dann in meiner Gegenwart las und sehr zufrieden schien. Doch fiel es mir oft seltsamlich auf, daß er, statt meine Arbeit selbst zu loben, immer nur sagte: „In der Tat . . . das geht gut . . . ich habe mich nicht getäuscht! . . . wunderbar . . . wunderbar!" Ich durfte nun zu gewissen Stunden in den Garten hinab, wo ich manchmal grausig entstellte, totenblasse, bis zum Geripp ausgetrocknete Menschen, von Barmherzigen Brüdern geleitet, erblickte. Einmal begegnete mir, als ich schon im Begriff stand, in das Haus zurückzukehren, ein langer, hagerer Mann, in einem seltsamen erdgelben Mantel, der wurde von zwei Geistlichen bei den Armen geführt, und nach jedem Schritt machte er einen possierlichen Sprung, und pfiff dazu mit durchdringender Stimme. Erstaunt, blieb ich stehen, doch der Geistliche, der mich begleitete, zog mich schnell fort, indem er sprach: „Kommt, kommt, lieber Bruder Medardus! das ist nichts für Euch." – „Um Gott", rief ich aus: „woher wißt Ihr meinen Namen?" – Die Heftigkeit, womit ich diese Worte ausstieß, schien meinen Begleiter zu beunruhigen. „Ei", sprach er: „wie sollten wir denn Euern Namen nicht wissen? Der Mann, der Euch herbrachte, nannte ihn ja ausdrücklich, und Ihr seid eingetragen in die Register des Hauses: Medardus, Bruder des Kapuzinerklosters zu B." – Eiskalt bebte es mir durch die Glieder. Aber mochte der Unbekannte, der mich in das Krankenhaus gebracht hatte, sein wer er wollte, mochte er eingeweiht sein in mein entsetzliches Geheimnis: er konnte nicht Böses wollen, denn er hatte ja freundlich für mich gesorgt, und ich war ja frei.

Ich lag im offnen Fenster und atmete in vollen Zügen die herrliche, warme Luft ein, die durch Mark und Adern strömend neues Leben in mir entzündete, als ich eine kleine, dürre Figur, ein spitzes Hütchen auf dem Kopfe, und in einen ärmlichen erblichenen Überrock gekleidet, den Hauptgang nach dem Hause herauf mehr hüpfen und trippeln als gehen sah. Als er mich erblickte schwenkte er den Hut in der Luft und warf mir Kußhändchen zu. Das Männlein hatte etwas Bekanntes, doch konnte ich die Gesichtszüge nicht deutlich erkennen, und er verschwand unter den Bäumen, ehe ich mit mir einig worden, wer es wohl sein möge. Doch nicht lange dauerte es, so klopfte es an meine Türe, ich öffnete, und dieselbe Figur, die ich im Garten gesehen, trat herein. „Schönfeld", rief ich voll Verwunderung: „Schönfeld, wie kommen Sie her, um des Himmels willen?" – Es war jener närrische Friseur aus der Handelsstadt, der mich damals rettete aus großer Gefahr. „Ach – ach ach!" seufzte er, indem sich sein Gesicht auf komische Weise weinerlich verzog: „wie soll ich denn herkommen, ehrwürdiger Herr! wie soll ich denn herkommen anders, als geworfen – geschleudert, von dem bösen Verhängnis, das alle Genies verfolgt! Eines Mordes wegen mußte ich fliehen . . ." „Eines Mordes wegen?" unterbrach ich ihn heftig. „Ja eines Mordes wegen", fuhr er fort: „ich hatte im Zorn den linken Backenbart des jüngsten Kommerzienrates in der Stadt getötet, und dem rechten gefährliche Wunden beigebracht." – „Ich bitte Sie", unterbrach ich ihn aufs neue, „lassen Sie die Possen, sein Sie einmal vernünftig und erzählen Sie im Zusammenhange, oder verlassen Sie mich." – „Ei, lieber Bruder Medardus", fing er plötzlich sehr ernst an; „du willst mich fortschicken, nun du genesen, und mußtest mich doch in deiner Nähe leiden, als du krank dalagst und ich dein Stubenkamerad war und in jenem Bette schlief." – „Was heißt das", rief ich bestürzt aus, „wie kommen Sie auf den Namen Medardus?" – „Schauen Sie", sprach er lächelnd: „den rechten Zipfel Ihrer Kutte gefälligst an.“ Ich tat es, und erstarrte vor Schreck und Erstaunen, denn ich fand, daß der Name Medardus hineingenäht war, so wie mich, bei genauerer Untersuchung, untrügliche Kennzeichen wahrnehmen ließen, daß ich ganz unbezweifelt dieselbe Kutte trug, die ich auf der Flucht aus dem Schlosse des Barons von F. in einen hohlen Baum verborgen hatte. Schönfeld bemerkte meine innere Bewegung, er lächelte ganz seltsam; den Zeigefinger an die Nase gelegt, sich auf den Fußspitzen erhebend, schaute er mir ins Auge; ich blieb sprachlos, da fing er leise und bedächtig an: „Ew. Ehrwürden wundern sich merklich, über das schöne Kleid, das Ihnen angelegt worden, es scheint Ihnen überall wunderbar anzustehen und zu passen, besser als jenes nußbraune Kleid mit schnöden besponnenen Knöpfen, das mein ernsthafter vernünftiger Damon Ihnen anlegte . . . Ich . . . ich . . . der verkannte, verbannte Pietro Belcampo war es, der Eure Blöße deckte mit diesem Kleide. Bruder Medardus! Ihr wart nicht im sonderlichsten Zustande, denn als Überrock – Spenzer – englischen Frack trugt Ihr simplerweise Eure eigne Haut, und an schickliche Frisur war nicht zu denken, da Ihr, eingreifend in meine Kunst, Euern Karakalla mit dem zehnzahnichten Kamm, der Euch an die Fäuste gewachsen, selbst besorgtet.“ – „Laßt die Narrheiten“, fuhr ich auf: „Laßt die Narrheiten, Schönfeld“ . . . „Pietro Belcampo heiße ich“, unterbrach er mich in vollem Zorne: „ja Pietro Belcampo, hier in Italien, und du magst es nur wissen, Medardus, ich selbst, ich selbst bin die Narrheit, die ist überall hinter dir her, um deiner Vernunft beizustehen, und du magst es nun einsehen oder nicht, in der Narrheit findest du nur dein Heil, denn deine Vernunft ist ein höchst miserables Ding, und kann sich nicht aufrecht erhalten, sie taumelt hin und her wie ein gebrechliches Kind, und muß mit der Narrheit in Kompagnie treten, die hilft ihr auf und weiß den richtigen Weg zu finden nach der Heimat – das ist das Tollhaus, da sind wir beide richtig angelangt, mein Brüderchen Medardus.“ – Ich schauderte zusammen, ich dachte an die Gestalten, die ich gesehen; an den springenden Mann im erdgelben Mantel, und konnte nicht zweifeln, daß Schönfeld in seinem Wahnsinn mir die Wahrheit sagte. „Ja, mein Brüderchen Medardus“, fuhr Schönfeld mit erhobener Stimme und heftig gestikulierend fort: „Ja, mein liebes Brüderchen. Die Narrheit erscheint auf Erden, wie die wahre Geisterkönigin. Die Vernunft ist nur ein träger Statthalter, der sich nie darum kümmert, was außer den Grenzen des Reichs vorgeht, der nur aus Langerweile auf dem Paradeplatz die Soldaten exerzieren läßt, die können nachher keinen ordentlichen Schuß tun, wenn der Feind eindringt von außen. Aber die Narrheit, die wahre Königin des Volks zieht ein mit Pauken und Trompeten: hussa hussa! – hinter ihr her Jubel – Jubel – Die Vasallen erheben sich von den Plätzen, wo sie die Vernunft einsperrte, und wollen nicht mehr stehen, sitzen und liegen wie der pedantische Hofmeister es will; der sieht die Nummern durch und spricht: ‚Seht, die Narrheit hat mir meine besten Eleven entrückt – fortgerückt – verrückt – ja sie sind verrückt worden.' Das ist ein Wortspiel, Brüderlein Medardus – ein Wortspiel ist ein glühendes Lockeneisen in der Hand der Narrheit, womit sie Gedanken krümmt." – „Noch einmal", fiel ich dem albernen Schönfeld in die Rede, „noch einmal bitte ich Euch, das unsinnige Geschwätz zu lassen, wenn Ihr es vermöget, und mir zu sagen, wie Ihr hergekommen seid, und was Ihr von mir und von dem Kleide wißt, das ich trage." – Ich hatte ihn mit diesen Worten bei beiden Händen gefaßt und in einen Stuhl gedrückt. Er schien sich zu besinnen, indem er die Augen niederschlug und tief Atem schöpfte. „Ich habe Ihnen", fing er dann mit leiser matter Stimme an: „Ich habe Ihnen das Leben zum zweitenmal gerettet, ich war es ja, der Ihrer Flucht aus der Handelsstadt behülflich war, ich war es wiederum, der Sie herbrachte." – „Aber um Gott, um der Heiligen willen, wo fanden Sie mich?" – So rief ich laut aus, indem ich ihn losließ, doch in dem Augenblick sprang er auf, und schrie mit funkelnden Augen: „Ei, Bruder Medardus, hätt ich dich nicht, klein und schwach, wie ich bin, auf meinen Schultern fortgeschleppt, du lägst mit zerschmetterten Gliedern auf dem Rade." – Ich erbebte – wie vernichtet sank ich in den Stuhl, die Türe öffnete sich, und hastig trat der mich pflegende Geistliche herein. „Wie kommt Ihr hieher? wer hat Euch erlaubt, dies Zimmer zu betreten?" So fuhr er auf Belcampo los, dem stürzten aber die Tränen aus den Augen und er sprach mit flehender Stimme: „Ach, mein ehrwürdiger Herr! nicht länger konnte ich dem Drange widerstehen meinen Freund zu sprechen, den ich dringender Todesgefahr entrissen!" Ich ermannte mich. „Sagt mir, mein lieber Bruder!" sprach ich zu dem Geistlichen: „hat mich dieser Mann wirklich hergebracht?" – Er stockte. – „Ich weiß jetzt, wo ich mich befinde", fuhr ich fort: „ich kann vermuten, daß ich im schrecklichsten Zustande war, den es gibt, aber Ihr merkt, daß ich vollkommen genesen, und so darf ich wohl nun alles erfahren, was man mir bis jetzt absichtlich verschweigen mochte, weil man mich für zu reizbar hielt." „So ist es in der Tat", antwortete der Geistliche: „Dieser Mann brachte Euch, es mögen ungefähr drei bis viertehalb Monate her sein, in unsere Anstalt. Er hatte Euch, wie er erzählte, für tot in dem Walde, der vier Meilen von hier das . . . . sche von unserm Gebiet scheidet, gefunden, und Euch für den ihm früher bekannten Kapuzinermönch Medardus aus dem Kloster zu B. erkannt, der auf einer Reise nach Rom durch den Ort kam, wo er sonst wohnte. Ihr befandet Euch in einem vollkommen apathischen Zustande. Ihr gingt, wenn man Euch führte, Ihr bliebt stehen, wenn man Euch losließ, Ihr setztet, Ihr legtet Euch nieder, wenn man Euch die Richtung gab. Speise und Trank mußte man Euch einflößen. Nur dumpfe, unverständliche Laute vermochtet Ihr auszustoßen, Euer Blick schien ohne alle Sehkraft. Belcampo verließ Euch nicht, sondern war Euer treuer Wärter. Nach vier Wochen fielt Ihr in die schrecklichste Raserei, man war genötiget, Euch in eins der dazu bestimmten abgelegenen Gemächer zu bringen. Ihr waret dem wilden Tier gleich – doch nicht näher mag ich Euch einen Zustand schildern, dessen Erinnerung Euch vielleicht zu schmerzlich sein würde. Nach vier Wochen kehrte plötzlich jener apathische Zustand wieder, der in eine vollkommene Starrsucht überging, aus der Ihr genesen erwachtet." – Schönfeld hatte sich während dieser Erzählung des Geistlichen gesetzt, und, wie in tiefes Nachdenken versunken, den Kopf in die Hand gestützt. „Ja", fing er an: „ich weiß recht gut, daß ich zuweilen ein aberwitziger Narr bin, aber die Luft im Tollhause, vernünftigen Leuten verderblich, hat gar gut auf mich gewirkt. Ich fange an, über mich selbst zu räsonieren, und das ist kein übles Zeichen. Existiere ich überhaupt nur durch mein eignes Bewußtsein, so kommt es nur darauf an, daß dies Bewußtsein dem Bewußten die Hanswurstjacke ausziehe, und ich selbst stehe da als solider Gentleman. – O Gott! – ist aber ein genialer Friseur nicht schon an und vor sich selbst ein gesetzter Hasenfuß? – Hasenfüßigkeit schützt vor allem Wahnsinn, und ich kann Euch versichern, ehrwürdiger Herr! daß ich auch bei Nordnordwest einen Kirchturm von einem Leuchtenpfahl genau zu unterscheiden vermag." – „Ist dem wirklich so", sprach ich: „so beweisen Sie es dadurch, daß Sie mir ruhig den Hergang der Sache erzählen, wie Sie mich fanden, und wie Sie mich herbrachten." „Das will ich tun", erwiderte Schönfeld: „unerachtet der geistliche Herr hier ein gar besorgliches Gesicht schneidet; erlaube aber, Bruder Medardus, daß ich dich, als meinen Schützling, mit dem vertraulichen Du anrede. – Der fremde Maler war den andern Morgen, nachdem du in der Nacht entflohen, auch mit seiner Gemäldesammlung auf unbegreifliche Weise verschwunden. Sosehr die Sache überhaupt anfangs Aufsehen erregt hatte, so bald war' sie doch im Strome neuer Begebenheiten untergegangen. Nur als der Mord auf dem Schlosse des Barons F. bekannt wurde; als die . . sche Gerichte durch Steckbriefe den Mönch Medardus aus dem Kapuzinerkloster zu B. verfolgten, da erinnerte man sich daran, daß der Maler die ganze Geschichte im Weinhause erzählt und in dir den Bruder Medardus erkannt hatte. Der Wirt des Hotels wo du gewohnt hattest, bestätigte die Vermutung, daß *ich* deiner Flucht förderlich gewesen war. Man wurde auf mich aufmerksam, man wollte mich ins Gefängnis setzen. Leicht war mir der Entschluß, dem elenden Leben das schon längst mich zu Boden gedrückt hatte, zu entfliehen. Ich beschloß, nach Italien zu gehen, wo es Abbates und Frisuren gibt. Auf meinem Wege dahin sah ich dich in der Residenz des Fürsten von *** Man sprach von deiner Vermählung mit Aurelien und von der Hinrichtung des Mönchs Medardus. Ich sah auch diesen Mönch – Nun! – dem sei wie ihm wolle, ich halte *dich* nun einmal für den wahren Medardus. Ich stellte mich dir in den Weg, du bemerktest mich nicht, und ich verließ die Residenz, um meine Straße weiter zu verfolgen. Nach langer Reise rüstete ich mich einst in frühster Morgendämmerung, den Wald zu durchwandern, der in düstrer Schwärze vor mir lag. Eben brachen die ersten Strahlen der Morgensonne hervor, als es in dem dicken Gebüsch rauschte, und ein Mensch mit zerzaustem Kopfhaar und Bart, aber in zierlicher Kleidung, bei mir vorübersprang. Sein Blick war wild und verstört, im Augenblick war er mir aus dem Gesicht verschwunden. Ich schritt weiter fort, doch wie entsetzte ich mich, als ich dicht vor mir eine nackte menschliche Figur, ausgestreckt auf dem Boden, erblickte. Ich glaubte, es sei ein Mord geschehen, und der Fliehende sei der Mörder. Ich bückte mich herab zu dem Nackten, erkannte dich und wurde gewahr, daß du leise atmetest. Dicht bei dir lag die Mönchskutte, die du jetzt trägst; mit vieler Mühe kleidete ich dich darin, und schleppte dich weiter fort. Endlich erwachtest du aus tiefer Ohnmacht, du bliebst aber in dem Zustande, wie ihn dir der ehrwürdige Herr hier erst beschrieben.

Es kostete keine geringe Anstrengung, dich fortzuschaffen, und so kam es, daß ich erst am Abende eine Schenke erreichte, die mitten im Walde liegt. Wie schlaftrunken ließ ich dich auf einem Rasenplatze zurück, und ging hinein um Speise und Trank zu holen. In der Schenke saßen ***sche Dragoner, die sollten, wie die Wirtin sagte, einem Mönch bis an die Grenze nachspüren, der auf unbegreifliche Weise in dem Augenblicke entflohen sei, als er schwerer Verbrechen halber in *** hätte hingerichtet werden sollen. Ein Geheimnis war es mir, wie du aus der Residenz in den Wald kamst, aber die Überzeugung, *du* seist eben der Medardus, den man suche, hieß mich alle Sorgfalt anwenden, dich der Gefahr, in der du mir zu schweben schienst, zu entreißen. Durch Schleichwege schaffte ich dich fort, über die Grenze, und kam endlich mit dir in dies Haus, wo man dich und auch mich aufnahm, da ich erklärte, mich von dir nicht trennen zu wollen. Hier warst du sicher, denn in keiner Art hätte man den aufgenommenen Kranken fremden Gerichten ausgeliefert. Mit deinen fünf Sinnen war es nicht sonderlich bestellt, als ich hier im Zimmer bei dir wohnte, und dich pflegte. Auch die Bewegung deiner Gliedmaßen war nicht zu rühmen, Noverre und Vestris hätten dich tief verachtet, denn dein Kopf hing auf die Brust, und wollte man dich gerade aufrichten, so stülptest du um, wie ein mißratner Kegel. Auch mit der Rednergabe ging es höchst traurig, denn du warst verdammt einsilbig, und sagtest in aufgeräumten Stunden nur ‚Hu hu!' und ‚Me ... me ...' woraus dein Wollen und Denken nicht sonderlich zu vernehmen, und beinahe zu glauben, beides sei dir untreu worden und vagabondiere auf seine eigene Hand oder seinen eignen Fuß. Endlich wurdest du mit einemmal überaus lustig, du sprangst hoch in die Lüfte, brülltest vor lauter Entzücken und rissest dir die Kutte vom Leibe um frei zu sein, von jeder naturbeschränkenden Fessel – dein Appetit ..." „Halten Sie ein, Schönfeld", unterbrach ich den entsetzlichen Witzling: „Halten Sie ein! Man hat mich schon von dem fürchterlichen Zustande, in den ich versunken unterrichtet. Dank sei es der ewigen Langmut und Gnade des Herrn, Dank sei es der Fürsprache der Gebenedeiten und der Heiligen, daß ich errettet worden bin!" – „Ei, ehrwürdiger Herr!" fuhr Schönfeld fort: „was haben Sie denn nun davon! ich meine von der besonderen Geistesfunktion, die man Bewußtsein nennt, und die nichts anders ist, als die verfluchte Tätigkeit eines verdammten Toreinnehmers – Akziseoffizianten – Oberkontrollassistenten, der sein heilloses Comptoir im Oberstübchen aufgeschlagen hat, und zu aller Ware, die hinaus will! sagt: ‚Hei . . . hei . . . die Ausfuhr ist verboten . . . im Lande, im Lande bleibt's.' – Die schönsten Juwelen werden wie schnöde Saatkörner in die Erde gesteckt, und was emporschießt, sind höchstens Runkelrüben, aus denen die Praxis mit tausend Zentner schwerem Gewicht eine Viertel Unze übelschmeckenden Zucker preßt. . . . Hei hei . . . und doch sollte jene Ausfuhr einen Handelsverkehr begründen mit der herrlichen Gottesstadt, da droben, wo alles stolz und herrlich ist. – Gott im Himmel! Herr! Allen meinen teuer erkauften Puder à la Maréchal oder à la Pompadour oder à la reine de Golconde hätte ich in den Fluß geworfen, wo er am tiefsten ist, hätte ich nur wenigstens durch Transito-Handel ein Quentlein Sonnenstäubchen von dorther bekommen können, um die Perücken höchst gebildeter Professoren und Schulkollegen zu pudern, zuvörderst aber meine eigne! – Was sage ich? hätte mein Damon Ihnen, ehrwürdigster aller ehrwürdigen Mönche, statt des flohfarbnen Fracks einen Sonnenmatin umhängen können, in dem die reichen, übermütigen Bürger der Gottesstadt zu Stuhle gehen, wahrhaftig es wäre, was Anstand und Würde betrifft, alles anders gekommen; aber so hielt Sie die Welt für einen gemeinen glebae adscriptus und den Teufel für Ihren Cousin germain." – Schönfeld war aufgestanden und ging, oder hüpfte vielmehr, stark gestikulierend und tolle Gesichter schneidend, von einer Ecke des Zimmers zur andern. Er war im vollen Zuge, wie gewöhnlich, sich in der Narrheit durch die Narrheit zu entzünden, ich faßte ihn daher bei beiden Händen, und sprach: „Willst du dich denn durchaus statt meiner hier einbürgern? Ist es dir denn nicht möglich, nach einer Minute verständigen Ernstes das Possenhafte zu lassen?" Er lächelte auf seltsame Weise und sagte: „Ist wirklich alles so albern, was ich spreche, wenn mir der Geist kommt?" – „Das ist ja eben das Unglück", erwiderte ich: „daß deinen Fratzen oft tiefer Sinn zum Grunde liegt, aber du vertrödelst und verbrämst alles mit solch buntem Zeuge, daß ein guter, in echter Farbe gehaltener Gedanke, lächerlich und unscheinbar wird, wie ein, mit scheckigen Fetzen behängtes Kleid. – Du kannst, wie ein Betrunkener, nicht auf gerader Schnur gehen, du springst hinüber und herüber – deine Richtung ist schief!" – „Was ist Richtung", unterbrach mich Schönfeld leise, und fortlächelnd mit bittersüßer Miene. „Was ist Richtung, ehrwürdiger Kapuziner? Richtung setzt ein Ziel voraus, nach dem wir unsere Richtung nehmen. Sind Sie Ihres Ziels gewiß, teurer Mönch? – fürchten Sie nicht, daß Sie bisweilen zu wenig Katzenhirn zu sich genommen, statt dessen aber im Wirtshause neben der gezogenen Schnur zu viel Spirituöses genossen, und nun wie ein schwindlicher Turmdecker zwei Ziele sehn, ohne zu wissen, welches das rechte? – Überdem, Kapuziner! vergib es meinem Stande, daß ich das Possenhafte als eine angenehme Beimischung, spanischen Pfeffer zum Blumenkohl, in mir trage. Ohne das ist ein Haarkünstler, eine erbärmliche Figur, ein armseliger Dummkopf, der das Privilegium in der Tasche trägt, ohne es zu nutzen zu seiner Lust und Freude." Der Geistliche hatte bald mich, bald den grimassierenden Schönfeld mit Aufmerksamkeit betrachtet; er verstand, da wir deutsch sprachen, kein Wort; jetzt unterbrach er unser Gespräch. „Verzeihet, meine Herren! wenn es meine Pflicht heischt, eine Unterredung zu enden, die euch beiden unmöglich wohl tun kann. Ihr seid, mein Bruder, noch zu sehr geschwächt, um von Dingen, die wahrscheinlich aus Euerm frühern Leben schmerzhafte Erinnerungen aufregen, so anhaltend fortzusprechen; Ihr könnet ja nach und nach von Euerm Freunde alles erfahren, denn wenn Ihr auch ganz genesen unsere Anstalt verlasset, so wird Euch doch wohl Euer Freund weiter geleiten. Zudem habt Ihr (er wandte sich zu Schönfeld) eine Art des Vortrags, die ganz dazu geeignet ist, alles das, wovon Ihr sprecht, dem Zuhörer lebendig vor Augen zu bringen. In Deutschland muß man Euch für toll halten, und selbst bei uns würdet Ihr für einen guten Buffone gelten. Ihr könnt auf dem komischen Theater Euer Glück machen." Schönfeld starrte den Geistlichen mit weit aufgerissenen Augen an, dann erhob er sich auf den Fußspitzen, schlug die Hände über den Kopf zusammen und rief auf italienisch: „Geisterstimme! ... Schicksalsstimme, du hast aus dem Munde dieses ehrwürdigen Herrn zu mir gesprochen! ... Belcampo ... Belcampo ... so konntest du deinen wahrhaften Beruf verkennen ... es ist entschieden!" – Damit sprang er zur Türe hinaus. Den andern Morgen trat er reisefertig zu mir herein. „Du bist, mein lieber Bruder Medardus", sprach er: „nunmehr ganz genesen, du bedarfst meines Beistandes nicht mehr, ich ziehe fort, wohin mich mein innerster Beruf leitet ... Lebe wohl! ... doch erlaube, daß ich zum letztenmal meine Kunst, die mir nun wie ein schnödes Gewerbe vorkommt, an dir übe." Er zog Messer, Schere und Kamm hervor, und brachte unter tausend Grimassen und possenhaften Reden meine Tonsur und meinen Bart in Ordnung. Der Mensch war mir, trotz der Treue, die er mir bewiesen, unheimlich worden, ich war froh als er geschieden. Der Arzt hatte mir mit stärkender Arznei ziemlich aufgeholfen; meine Farbe war frischer worden, und durch immer längere Spaziergänge gewann ich meine Kräfte wieder. Ich war überzeugt, eine Fußreise aushalten zu können, und verließ ein Haus, das dem Geisteskranken wohltätig, dem Gesunden aber unheimlich und grauenvoll sein mußte. Man hatte mir die Absicht untergeschoben, nach Rom zu pilgern, ich beschloß, dieses wirklich zu tun, und so wandelte ich fort auf der Straße, die, als dorthin führend, mir bezeichnet worden war. Unerachtet mein Geist vollkommen genesen, war ich mir doch selbst eines gefühllosen Zustandes bewußt, der über jedes im Innern aufkeimende Bild einen düstern Flor warf, so daß alles farblos, grau in grau erschien. Ohne alle deutliche Erinnerung des Vergangenen, beschäftigte mich die Sorge für den Augenblick ganz und gar. Ich sah in die Ferne, um den Ort zu erspähen, wo ich würde einsprechen können, um mir Speise oder Nachtquartier zu erbetteln, und war recht innig froh, wenn Andächtige meinen Bettelsack und meine Flasche gut gefüllt hatten, wofür ich meine Gebete mechanisch herplapperte. Ich war selbst im Geist zum gewöhnlichen stupiden Bettelmönch herabgesunken. So kam ich endlich an das große Kapuzinerkloster, das, wenige Stunden von Rom, nur von Wirtschaftsgebäuden umgeben, einzeln daliegt. Dort mußte man den Ordensbruder aufnehmen, und ich gedachte, mich in voller Gemächlichkeit recht auszupflegen. Ich gab vor, daß, nachdem das Kloster in Deutschland, worin ich mich sonst befand, aufgehoben worden, ich fortgepilgert sei, und in irgendein anderes Kloster meines Ordens einzutreten wünsche. Mit der Freundlichkeit, die den italienischen Mönchen eigen, bewirtete man mich reichlich, und der Prior erklärte, daß, insofern mich nicht vielleicht die Erfüllung eines Gelübdes weiterzupilgern nötige, ich als Fremder so lange im Kloster bleiben könne, als es mir anstehen würde. Es war Vesperzeit, die Mönche gingen in den Chor, und ich trat in die Kirche. Der kühne, herrliche Bau des Schiffs setzte mich nicht wenig in Verwunderung, aber mein zur Erde gebeugter Geist konnte sich nicht erheben, wie es sonst geschah, seit der Zeit, als ich, ein kaum erwachtes Kind, die Kirche der heiligen Linde geschaut hatte. Nachdem ich mein Gebet am Hochaltar verrichtet, schritt ich durch die Seitengänge, die Altargemälde betrachtend, welche, wie gewöhnlich, die Martyrien der Heiligen, denen sie geweiht, darstellten. Endlich trat ich in eine Seitenkapelle, deren Altar von den, durch die bunten Fensterscheiben brechenden Sonnenstrahlen magisch beleuchtet wurde. Ich wollte das Gemälde betrachten, ich stieg die Stufen hinauf. – Die heilige Rosalia – das verhängnisvolle Altarblatt meines Klosters – Ach! – Aurelien erblickte ich! Mein ganzes Leben – meine tausendfachen Frevel – meine Missetaten – Hermogens – Aureliens Mord – Alles – alles nur *ein* entsetzlicher Gedanke, und *der* durchfuhr wie ein spitzes, glühendes Eisen mein Gehirn. – Meine Brust – Adern und Fibern zerrissen im wilden Schmerz der grausamsten Folter! – Kein lindernder Tod! – Ich warf mich nieder – ich zerriß in rasender Verzweiflung mein Gewand – ich heulte auf im trostlosen Jammer, daß es weit in der Kirche nachhallte: „Ich bin verflucht, ich bin verflucht! – Keine Gnade – kein Trost mehr, hier und dort! – Zur Hölle – zur Hölle – ewige Verdammnis über mich verruchten Sünder beschlossen!“ – Man hob mich auf – die Mönche waren in der Kapelle, vor mir stand der Prior, ein hoher ehrwürdiger Greis. Er schaute mich an mit unbeschreiblich mildem Ernst, er faßte meine Hände, und es war, als halte ein Heiliger, von himmlischem Mitleid erfüllt, den Verlornen in den Lüften über dem Flammenpfuhl fest, in dem er hinabstürzen wollte. „Du bist krank, mein Bruder!“ sprach der Prior, „wir wollen dich in das Kloster bringen, da magst du dich erholen.“ Ich küßte seine Hände, sein Kleid, ich konnte nicht sprechen, nur tiefe angstvolle Seufzer verrieten den fürchterlichen, zerrissenen Zustand meiner Seele. – Man führte mich in das Refektorium, auf einen Wink des Priors entfernten sich die Mönche, ich blieb mit ihm allein. „Du scheinst, mein Bruder!“ fing er an: „von schwerer Sünde belastet, denn nur die tiefste, trostloseste Reue über eine entsetzliche Tat kann sich so gebärden. Doch groß ist die Langmut des Herrn, stark und kräftig ist die Fürsprache der Heiligen, fasse Vertrauen – du sollst mir beichten und es wird dir, wenn du büßest, Trost der Kirche werden!“ In dem Augenblick schien es mir, als sei der Prior jener alte Pilger aus der heiligen Linde, und nur *der* sei das einzige Wesen, auf der ganzen weiten Erde, dem ich mein Leben voller Sünde und Frevel offenbaren müsse. Noch war ich keines Wortes mächtig, ich warf mich vor dem Greise nieder in den Staub. „Ich gehe in die Kapelle des Klosters“, sprach er, mit feierlichem Ton, und schritt von dannen. – Ich war gefaßt – ich eilte ihm nach, er saß im Beichtstuhl, und ich tat augenblicklich, wozu mich der

Geist unwiderstehlich trieb; ich beichtete alles – alles! – Schrecklich war die Buße, die mir der Prior auflegte. Verstoßen von der Kirche, wie ein Aussätziger verbannt aus den Versammlungen der Brüder, lag ich in den Totengewölben des Klosters, mein Leben kärglich fristend durch unschmackhafte in Wasser gekochte Kräuter, mich geißelnd und peinigend mit Marterinstrumenten, die die sinnreichste Grausamkeit erfunden, und meine Stimme erhebend nur zur eigenen Anklage, zum zerknirschten Gebet um Rettung aus der Hölle, deren Flammen schon in mir loderten. Aber wenn das Blut aus hundert Wunden rann, wenn der Schmerz in hundert giftigen Skorpionstichen brannte und dann endlich die Natur erlag, bis der Schlaf sie, wie ein ohnmächtiges Kind, schützend mit seinen Armen umfing, dann stiegen feindliche Traumbilder empor, die mir neue Todesmarter bereiteten. – Mein ganzes Leben gestaltete sich auf entsetzliche Weise. Ich sah Euphemien, wie sie in üppiger Schönheit mir nahte, aber laut schrie ich auf: „Was willst du von mir, Verruchte! Nein, die Hölle hat keinen Teil an mir." Da schlug sie ihr Gewand auseinander, und die Schauer der Verdammnis ergriffen mich. Zum Gerippe eingedorrt war ihr Leib, aber in dem Gerippe wanden sich unzählige Schlangen durcheinander und streckten ihre Häupter, ihre rotglühenden Zungen mir entgegen. „Laß ab von mir! . . . Deine Schlangen stechen hinein in die wunde Brust . . . sie wollen sich mästen von meinem Herzblut . . . aber dann sterbe ich . . . dann sterbe ich . . . der Tod entreißt mich deiner Rache." So schrie ich auf, da heulte die Gestalt: – „Meine Schlangen können sich nähren von deinem Herzblut . . . aber das fühlst du nicht, denn das ist nicht deine Qual – deine Qual ist in dir, und tötet dich nicht, denn du lebst in ihr. Deine Qual ist der Gedanke des Frevels und der ist ewig!" – Der blutende Hermogen stieg auf, aber vor ihm floh Euphemie und er rauschte vorüber, auf die Halswunde deutend, die die Gestalt des Kreuzes hatte. Ich wollte beten, da begann ein sinnverwirrendes Flüstern und Rauschen. Menschen, die ich sonst gesehen, erschienen zu tollen Fratzen verunstaltet. – Köpfe krochen mit Heuschreckenbeinen, die ihnen an die Ohren gewachsen, umher und lachten mich hämisch an – seltsames Geflügel – Raben mit Menschengesichtern rauschten in der Luft – Ich erkannte den Konzertmeister aus B. mit seiner Schwester, die drehte sich in wildem Walzer, und der Bruder spielte dazu auf, aber auf der eigenen Brust streichend, die zur Geige worden. – Belcampo, mit einem häßlichen Eidechsengesicht, auf einem ekelhaften geflügelten Wurm sitzend, fuhr auf mich ein, er wollte meinen Bart kämmen, mit eisernem glühendem Kamm – aber es gelang ihm nicht. – Toller und toller wird das Gewirre, seltsamer, abenteuerlicher werden die Gestalten, von der kleinsten Ameise mit tanzenden Menschenfüßchen bis zum langgedehnten Roßgerippe mit funkelnden Augen, dessen Haut zur Schabracke worden, auf der ein Reuter mit leuchtendem Eulenkopfe sitzt. – Ein bodenloser Becher ist sein Leibharnisch – ein umgestülpter Trichter sein Helm! – Der Spaß der Hölle ist emporgestiegen. Ich höre mich lachen, aber dies Lachen zerschneidet die Brust, und brennender wird der Schmerz und heftiger bluten alle Wunden. – Die Gestalt eines Weibes leuchtet hervor, das Gesindel weicht – sie tritt auf mich zu! – Ach es ist Aurelie! „Ich lebe, und bin nun ganz dein!" spricht die Gestalt. – Da wird der Frevel in mir wach. – Rasend vor wilder Begier umschlinge ich sie mit meinen Armen. – Alle Ohnmacht ist von mir gewichen, aber da legt es sich glühend an meine Brust – rauhe Borsten zerkratzen meine Augen, und der Satan lacht gellend auf! „Nun bist du ganz mein!" – Mit dem Schrei des Entsetzens erwache ich, und bald fließt mein Blut in Strömen von den Hieben der Stachelpeitsche, mit der ich mich in trostloser Verzweiflung züchtige. Denn selbst die Frevel des Traums, jeder sündliche Gedanke fordert doppelte Buße. – Endlich war die Zeit, die der Prior zur strengsten Buße bestimmt hatte, verstrichen und ich stieg empor aus dem Totengewölbe, um in dem Kloster selbst, aber in abgesonderter Zelle, entfernt von den Brüdern, die nun mir auferlegten Bußübungen vorzunehmen. Dann, immer in geringern Graden der Buße, wurde mir der Eintritt in die Kirche und in den Chor der Brüder erlaubt. Doch mir selbst genügte nicht diese letzte Art der Buße, die nur in täglicher gewöhnlicher Geißelung bestehen sollte. Ich wies standhaft jede bessere Kost zurück, die man mir reichen wollte, ganze Tage lag ich ausgestreckt auf dem kalten Marmorboden vor dem Bilde der heiligen Rosalia, und marterte mich in einsamer Zelle selbst auf die grausamste Weise, denn durch äußere Qualen gedachte ich die innere gräßliche Marter zu übertäuben. Es war vergebens, immer kehrten jene Gestalten, von dem Gedanken erzeugt, wieder, und dem Satan selbst war ich preisgegeben, daß er mich höhnend foltere und verlocke zur Sünde. Meine strenge Buße, die unerhörte Weise, wie ich sie vollzog, erregte die Aufmerksamkeit der Mönche. Sie betrachteten mich mit ehrfurchtsvoller Scheu, und ich hörte es sogar unter ihnen flüstern: „Das ist ein Heiliger!“ Dies Wort war mir entsetzlich, denn nur zu lebhaft erinnerte es mich an jenen gräßlichen Augenblick in der Kapuzinerkirche zu B., als ich dem mich anstarrenden Maler in vermessenem Wahnsinn entgegenrief: „Ich bin der heilige Antonius!“ – Die letzte, von dem Prior bestimmte Zeit der Buße war endlich auch verflossen, ohne daß ich davon abließ, mich zu martern, unerachtet meine Natur der Qual zu erliegen schien. Meine Augen waren erloschen, mein wunder Körper ein blutendes Gerippe, und es kam dahin, daß wenn ich stundenlang am Boden gelegen, ich ohne Hülfe anderer nicht aufzustehen vermochte. Der Prior ließ mich in sein Sprachzimmer bringen. „Fühlst du, mein Bruder!“ fing er an, „durch die strenge Buße dein Inneres erleichtert? Ist Trost des Himmels dir worden?“ – „Nein, ehrwürdiger Herr“, erwiderte ich in dumpfer Verzweiflung. „Indem ich dir“, fuhr der Prior mit erhöhter Stimme fort: „indem ich dir, mein Bruder! da du mir eine Reihe entsetzlicher Taten gebeichtet hattest, die strengste Buße auflegte, genügte ich den Gesetzen der Kirche, welche wollen, daß der Übeltäter, den der Arm der Gerechtigkeit nicht erreichte und der reuig dem Diener des Herrn seine Verbrechen bekannte, auch durch äußere Handlungen die Wahrheit seiner Reue kund tue. Er soll den Geist ganz dem Himmlischen zuwenden, und doch das Fleisch peinigen, damit die irdische Marter jede teuflische Lust der Untaten aufwäge. Doch glaube ich, und mir stimmen berühmte Kirchenlehrer bei, daß die entsetzlichsten Qualen, die sich der Büßende zufügt, dem Gewicht seiner Sünden auch nicht ein Quentlein entnehmen, sobald er darauf seine Zuversicht stützt und der Gnade des Ewigen deshalb sich würdig dünkt. Keiner menschlichen Vernunft erforschlich ist es, wie der Ewige unsere Taten mißt, verloren ist der, der, ist er auch von wirklichem Frevel rein, vermessen glaubt, den Himmel zu erstürmen durch äußeres Frommtun, und *der* Büßende, welcher nach der Bußübung seinen Frevel vertilgt glaubt, beweiset, daß seine innere Reue nicht wahrhaft ist. Du, lieber Bruder Medardus, empfindest noch keine Tröstung, das beweiset die Wahrhaftigkeit deiner Reue, unterlasse jetzt, ich will es, alle Geißelungen, nimm bessere Speise zu dir, und fliehe nicht mehr den Umgang der Brüder. – Wisse, daß dein geheimnisvolles Leben mir in allen seinen wunderbarsten Verschlingungen besser bekannt worden, als dir selbst. – Ein Verhängnis, dem du nicht entrinnen konntest, gab dem Satan Macht über dich, und indem du freveltest, warst du nur sein Werkzeug. Wähne aber nicht, daß du deshalb weniger sündig vor den Augen des Herrn erschienest, denn dir war die Kraft gegeben, im rüstigen Kampf den Satan zu bezwingen. In wessen Menschen Herz stürmt nicht der Böse, und widerstrebt dem Guten; aber ohne diesen Kampf gäb es keine Tugend, denn diese ist nur der Sieg des guten Prinzips über das böse, so wie aus dem umgekehrten die Sünde entspringt. – Wisse fürs erste, daß du dich *eines* Verbrechens anklagst, welches du nur im Willen vollbrachtest. – Aurelie lebt, in wildem Wahnsinn verletztest du dich selbst, das Blut deiner eigenen Wunde war es, was über deine Hand floß . . . Aurelie lebt . . . ich weiß es."

Ich stürzte auf die Knie, ich hob meine Hände betend empor, tiefe Seufzer entflohen der Brust, Tränen quollen aus den Augen! – „Wisse ferner", fuhr der Prior fort, „daß jener alte fremde Maler, von dem du in der Beichte gesprochen, schon so lange, als ich denken kann, zuweilen unser Kloster besucht hat und vielleicht bald wieder eintreffen wird. Er hat ein Buch mir in Verwahrung gegeben, welches verschiedene Zeichnungen, vorzüglich aber eine Geschichte enthält, der er jedesmal, wenn er bei uns einsprach, einige Zeilen zusetzte. – Er hat mir nicht verboten, das Buch jemanden in die Hände zu geben, und um so mehr will ich es dir anvertrauen, als dies meine heiligste Pflicht ist. Den Zusammenhang deiner eignen, seltsamen Schicksale, die dich bald in eine höhere Welt wunderbarer Visionen, bald in das gemeinste Leben versetzten, wirst du erfahren. Man sagt, das Wunderbare sei von der Erde verschwunden, ich glaube nicht daran. Die Wunder sind geblieben, denn wenn wir selbst das Wunderbarste von dem wir täglich umgeben, deshalb nicht mehr so nennen wollen, weil wir einer Reihe von Erscheinungen die Regel der zyklischen Wiederkehr abgelauert haben, so fährt doch oft durch jenen Kreis ein Phänomen, das all unsre Klugheit zuschanden macht, und an das wir, weil wir es nicht zu erfassen vermögen, in stumpfsinniger Verstocktheit nicht glauben. Hartnäckig leugnen wir dem innern Auge deshalb die Erscheinung ab, weil sie zu durchsichtig war, um sich auf der rauhen Fläche des äußern Auges abzuspiegeln. – Jenen seltsamen Maler rechne ich zu den außerordentlichen Erscheinungen, die jeder erlauerten Regel spotten; ich bin zweifelhaft, ob seine körperliche Erscheinung *das* ist, was wir *wahr* nennen. So viel ist gewiß, daß niemand die gewöhnlichen Funktionen des Lebens bei ihm bemerkt hat. Auch sah ich ihn niemals schreiben oder zeichnen, unerachtet im Buch, worin er nur zu lesen schien, jedesmal, wenn er bei uns gewesen, mehr Blätter als vorher beschrieben waren. Seltsam ist es auch, daß mir alles im Buche nur verworrenes Gekritzel, undeutliche Skizze eines fantastischen Malers zu sein schien, und nur dann erst erkennbar und lesbar wurde, als du, mein lieber Bruder Medardus! mir gebeichtet hattest. – Nicht näher darf ich mich darüber auslassen, was ich rücksichts des Malers ahne und glaube. Du selbst wirst es erraten, oder vielmehr das Geheimnis wird sich dir von selbst auftun. Gehe, erkräftige dich, und fühlst du dich, wie ich glaube, daß es in wenigen Tagen geschehen wird, im Geiste aufgerichtet, so erhältst du von mir des fremden Malers wunderbares Buch."

Ich tat nach dem Willen des Priors, ich aß mit den Brüdern, ich unterließ die Kasteiungen und beschränkte mich auf inbrünstiges Gebet an den Altären der Heiligen. Blutete auch meine Herzenswunde fort, wurde auch nicht milder der Schmerz, der aus dem Innern heraus mich durchbohrte, so verließen mich doch die entsetzlichen Traumbilder, und oft, wenn ich, zum Tode matt, auf dem harten Lager schlaflos lag, umwehte es mich, wie mit Engelsfittichen, und ich sah die holde Gestalt der lebenden Aurelie, die, himmlisches Mitleiden im Auge voll Tränen, sich über mich hinbeugte. Sie streckte die Hand, wie mich beschirmend aus, über mein Haupt, da senkten sich meine Augenlider, und ein sanfter erquickender Schlummer goß neue Lebenskraft in meine Adern. Als der Prior bemerkte, daß mein Geist wieder einige Spannung gewonnen, gab er mir des Malers Buch, und ermahnte mich, es aufmerksam in seiner Zelle zu lesen. – Ich schlug es auf, und das erste, was mir ins Auge fiel, waren die in Umrissen angedeuteten und dann in Licht und Schatten ausgeführten Zeichnungen der Fresko-Gemälde in der heiligen Linde. Nicht das mindeste Erstaunen, nicht die mindeste Begierde, schnell das Rätsel zu lösen, regte sich in mir auf. Nein! – es gab kein Rätsel für mich, längst wußte ich ja alles, was in diesem Malerbuch aufbewahrt worden. Das, was der Maler auf den letzten Seiten des Buchs in kleiner, kaum lesbarer bunt gefärbter Schrift zusammengetragen hatte, waren meine Träume, meine Ahnungen, nur deutlich, bestimmt in scharfen Zügen dargestellt, wie ich es niemals zu tun vermochte.

Bruder Medardus fährt hier, ohne sich weiter auf das, was er im Malerbuche fand, einzulassen, in seiner Erzählung fort, wie er Abschied nahm von dem in seine Geheimnisse eingeweihten Prior und von den freundlichen Brüdern, und wie er nach Rom pilgerte, und überall, in Sankt Peter, in St. Sebastian und Laurenz, in St. Giovanni a Laterano, in Sankta Maria Maggiore, u. s. w. an allen Altären kniete und betete, wie er selbst des Papstes Aufmerksamkeit erregte, und endlich in einen Geruch der Heiligkeit kam, der ihn – da er jetzt wirklich ein reuiger Sünder worden, und wohl fühlte, daß er nichts mehr als das sei – von Rom vertrieb. Wir, ich meine dich und mich, mein günstiger Leser! wissen aber viel zu wenig Deutliches von den Ahnungen und Träumen des Bruders Medardus, als daß wir, ohne zu lesen, was der Maler aufgeschrieben, auch nur im mindesten das Band zusammenzuknüpfen vermöchten, welches die verworren auseinanderlaufenden Fäden der Geschichte des Medardus, wie in einen Knoten einigt. Ein besseres Gleichnis übrigens ist es, daß uns der Fokus fehlt, aus dem die verschiedenen bunten Strahlen brachen. Das Manuskript des seligen Kapuziners war in altes vergelbtes Pergament eingeschlagen, und dies Pergament mit kleiner, beinahe unleserlicher Schrift beschrieben, die, da sich darin eine ganz seltsame Hand kund tat, meine Neugierde nicht wenig reizte. Nach vieler Mühe gelang es mir, Buchstaben und Worte zu entziffern, und wie erstaunte ich, als es mir klar wurde, daß es jene im Malerbuch aufgezeichnete Geschichte sei, von der Medardus spricht. Im alten Italienisch ist sie beinahe chronikenartig und sehr aphoristisch geschrieben. Der seltsame Ton klingt im Deutschen nur rauh und dumpf, wie ein gesprungenes Glas, doch war es nötig zum Verständnis des Ganzen hier die Übersetzung einzuschalten; dies tue ich, nachdem ich nur noch folgendes wehmütigst bemerkt. Die fürstliche Familie, aus der jener oft genannte Francesko abstammte, lebt noch in Italien, und ebenso leben noch die Nachkömmlinge des Fürsten, in dessen Residenz sich Medardus aufhielt. Unmöglich war es daher, die Namen zu nennen, und unbehülflicher, ungeschickter ist niemand auf der ganzen Welt, als derjenige, der dir, günstiger Leser, dies Buch in die Hände gibt, wenn er Namen erdenken soll, da, wo schon wirkliche, und zwar schön und romantisch tönende, vorhanden sind, wie es hier der Fall war. Bezeichneter

Herausgeber gedachte sich sehr gut mit dem: der Fürst, der Baron u. s. w. herauszuhelfen, nun aber der alte Maler die geheimnisvollsten, verwickeltsten Familienverhältnisse ins klare stellt, sieht er wohl ein, daß er mit den allgemeinen Bezeichnungen nicht vermag ganz verständlich zu werden. Er müßte den einfachen Chroniken-Choral des Malers mit allerlei Erklärungen und Zurechtweisungen, wie mit krausen Figuren, verschnörkeln und verbrämen. – Ich trete in die Person des Herausgebers, und bitte dich, günstiger Leser! du wollest, ehe du weiterliesest, folgendes dir gütigst merken. Camillo, Fürst von P., tritt als Stammvater der Familie auf, aus der Francesko, des Medardus Vater, stammt. Theodor, Fürst von W., ist der Vater des Fürsten Alexander von W., an dessen Hofe sich Medardus aufhielt. Sein Bruder Albert, Fürst von W., vermählte sich mit der italienischen Prinzessin Giazinta B. Die Familie des Barons F. im Gebürge ist bekannt, und nur zu bemerken, daß die Baronesse von F. aus Italien abstammte, denn sie war die Tochter des Grafen Pietro S., eines Sohnes des Grafen Filippo S. Alles wird sich lieber Leser, nun klärlich dartun, wenn du diese wenigen Vornamen und Buchstaben im Sinn behältst. Es folgt nunmehr, statt der Fortsetzung der Geschichte,

*das Pergamentblatt des alten Malers.*

– – – Und es begab sich, daß die Republik Genua, hart bedrängt von den algierischen Korsaren, sich an den großen Seehelden Camillo, Fürsten von P., wandte, daß er mit vier wohl ausgerüsteten und bemannten Galeonen einen Streifzug gegen die verwegenen Räuber unternehmen möge. Camillo, nach ruhmvollen Taten dürstend, schrieb sofort an seinen ältesten Sohn Francesko, daß er kommen möge, in des Vaters Abwesenheit das Land zu regieren. Francesko übte in Leonardo da Vincis Schule die Malerei, und der Geist der Kunst hatte sich seiner so ganz und gar bemächtigt, daß er nichts anders denken konnte. Daher hielt er auch die Kunst höher, als alle Ehre und Pracht auf Erden, und alles übrige Tun und Treiben der Menschen erschien ihm als ein klägliches Bemühen um eitlen Tand. Er konnte von der Kunst und von dem Meister, der schon hoch in den Jahren war, nicht lassen, und schrieb daher dem Vater zurück, daß er wohl den Pinsel, aber nicht den Zepter zu führen verstehe, und bei Leonardo bleiben wolle. Da war der alte stolze Fürst Camillo hoch erzürnt, schalt den Sohn einen unwürdigen Toren, und schickte vertraute Diener ab, die den Sohn zurückbringen sollten. Als nun aber Francesko standhaft verweigerte, zurückzukehren, als er erklärte, daß ein Fürst, von allem Glanz des Throns umstrahlt, ihm nur ein elendiglich Wesen dünke gegen einen tüchtigen Maler, und daß die größten Kriegestaten nur ein grausames irdisches Spiel wären, dagegen die Schöpfung des Malers, die reine Abspiegelung des ihm inwohnenden göttlichen Geistes sei, da ergrimmte der Seeheld Camillo und schwur, daß er den Francesko verstoßen und seinem jüngern Bruder Zenobio die Nachfolge zusichern wolle. Francesko war damit gar zufrieden, ja er trat in einer Urkunde seinem jüngern Bruder die Nachfolge auf den fürstlichen Thron mit aller Form und Feierlichkeit ab, und so begab es sich, daß, als der alte Fürst Camillo in einem harten blutigen Kampfe mit den Algierern sein Leben verloren hatte, Zenobio zur Regierung kam, Francesko dagegen, seinen fürstlichen Stand und Namen verleugnend, ein Maler wurde, und von einem kleinen Jahrgehalt, den ihm der regierende Bruder ausgesetzt, kümmerlich genug lebte. Francesko war sonst ein stolzer, übermütiger Jüngling gewesen, nur der alte Leonardo zähmte seinen wilden Sinn, und als Francesko dem fürstlichen Stand entsagt hatte, wurde er Leonardos frommer, treuer Sohn. Er half dem Alten manch wichtiges großes Werk vollenden, und es geschah, daß der Schüler, sich hinaufschwingend zu der Höhe des Meisters, berühmt wurde, und manches Altarblatt für Kirchen und Klöster malen mußte. Der alte Leonardo stand ihm treulich bei mit Rat und Tat, bis er denn endlich im hohen Alter starb. Da brach, wie ein lange mühsam unterdrücktes Feuer, in dem Jüngling Francesko wieder der Stolz und Übermut hervor. Er hielt sich für den größten Maler seiner Zeit und die erreichte Kunstvollkommenheit mit seinem Stande paarend, nannte er sich selbst den fürstlichen Maler. Von dem alten Leonardo sprach er verächtlich, und schuf, abweichend von dem frommen, einfachen Stil, sich eine neue Manier, die mit der Üppigkeit der Gestalten und dem prahlenden Farbenglanz die Augen der Menge verblendete, deren übertriebene Lobsprüche ihn immer eitler und übermütiger machten. Es geschah, daß er zu Rom unter wilde ausschweifende Jünglinge geriet, und wie er nun in allem der erste und vorzüglichste zu sein begehrte, so war er bald im wilden Sturm des Lasters der rüstigste Segler. Ganz von der falschen trügerischen Pracht des Heidentums verführt, bildeten die Jünglinge, an deren Spitze Francesko stand, einen geheimen Bund, in dem sie, das Christentum auf freveliche Weise verspottend, die Gebräuche der alten Griechen nachahmten und mit frechen Dirnen verruchte sündhafte Feste feierten. Es waren Maler, aber noch mehr Bildhauer unter ihnen, die wollten nur von der antikischen Kunst etwas wissen und verlachten alles, was neue Künstler, von dem heiligen Christentum entzündet, zur Glorie desselben erfunden und herrlich ausgeführt hatten. Francesko malte in unheiliger Begeisterung viele Bilder aus der lügenhaften Fabelwelt. Keiner als er vermochte, die buhlerische Üppigkeit der weiblichen Gestalten so wahrhaft darzustellen, indem er von lebenden Modellen die Karnation, von den alten Marmorbildern aber Form und Bildung entnahm. Statt, wie sonst, in den Kirchen und Klöstern sich an den herrlichen Bildern der alten frommen Meister zu erbauen, und sie mit künstlerischer Andacht aufzunehmen in sein Inneres, zeichnete er emsig die Gestalten der lügnerischen Heidengötter nach. Von keiner Gestalt war er aber so ganz und gar durchdrungen, als von einem berühmten Venusbilde, das er stets in Gedanken trug. Das Jahrgehalt, was Zenobio dem Bruder ausgesetzt hatte, blieb einmal länger als gewöhnlich aus, und so kam es, daß Francesko bei seinem wilden Leben, das ihm allen Verdienst schnell hinwegraffte, und das er doch nicht lassen wollte, in arge Geldnot geriet. Da gedachte er, daß vor langer Zeit ihm ein Kapuzinerkloster aufgetragen hatte, für einen hohen Preis das Bild der heiligen Rosalia zu malen, und er beschloß, das Werk, das er aus Abscheu gegen alle christliche Heiligen nicht unternehmen wollte, nun schnell zu vollenden um das Geld zu erhalten. Er gedachte die Heilige nackt, und in Form und Bildung des Gesichts jenem Venusbilde gleich, darzustellen. Der Entwurf geriet über die Maßen wohl, und die frevelichen Jünglinge priesen hoch Franceskos verruchten Einfall, den frommen Mönchen, statt der christlichen Heiligen, ein heidnisches Götzenbild in die Kirche zu stellen. Aber wie Francesko zu malen begann, siehe, da gestaltete sich alles anders, als er es in Sinn und Gedanken getragen, und ein mächtigerer Geist überwältigte den Geist der schnöden Lüge der ihn beherrscht hatte. Das Gesicht eines Engels aus dem hohen Himmelreiche fing an, aus düstern Nebeln hervorzudämmern; aber als wie von scheuer Angst, das Heilige zu verletzen und dann dem Strafgericht des Herrn zu erliegen, ergriffen, wagte Francesko nicht, das Gesicht zu vollenden, und um den nackt gezeichneten Körper legten in anmutigen Falten sich züchtige Gewänder, ein dunkelrotes Kleid und ein azurblauer Mantel. Die Kapuzinermönche hatten in dem Schreiben an den Maler Francesko nur des Bildes der heiligen Rosalia gedacht, ohne weiter zu bestimmen, ob dabei nicht eine denkwürdige Geschichte ihres Lebens der Vorwurf des Malers sein solle, und ebendaher hatte Francesko auch nur in der Mitte des Blatts die Gestalt der Heiligen entworfen; aber nun malte er, vom Geiste getrieben, allerlei Figuren ringsumher, die sich wunderbarlich zusammenfügten, um das Martyrium der Heiligen darzustellen. Francesko war in sein Bild ganz und gar versunken, oder vielmehr das Bild war selbst der mächtige Geist worden, der ihn mit starken Armen umfaßte und emporhielt über das freveliche Weltleben, das er bisher getrieben. Nicht zu vollenden vermochte er aber das Gesicht der Heiligen, und das wurde ihm zu einer höllischen Qual, die, wie mit spitzen Stacheln, in sein inneres Gemüt bohrte. Er gedachte nicht mehr des Venusbildes, wohl aber war es ihm, als sähe er den alten Meister Leonardo, der ihn anblickte mit kläglicher Gebärde, und ganz ängstlich und schmerzlich sprach: „Ach, ich wollte dir wohl helfen, aber ich darf es nicht, du mußt erst entsagen allem sündhaften Streben, und in tiefer Reue und Demut die Fürbitte der Heiligen erflehen, gegen die du gefrevelt hast.“ – Die Jünglinge, welche Francesko so lange geflohen, suchten ihn auf in seiner Werkstatt und fanden ihn, wie einen ohnmächtigen Kranken, ausgestreckt auf seinem Lager liegen. Da aber Francesko ihnen seine Not klagte, wie er, als habe ein böser Geist seine Kraft gebrochen, nicht das Bild der heiligen Rosalia fertig zu machen vermöge, da lachten sie alle auf und sprachen: „Ei mein Bruder, wie bist du denn mit einemmal so krank geworden? – Laßt uns dem Äskulap und der freundlichen Hygeia ein Weinopfer bringen, damit jener Schwache dort genese!“ Es wurde Syrakuser Wein gebracht, womit die Jünglinge die Trinkschalen füllten, und, vor dem unvollendeten Bilde den heidnischen Göttern Libationen darbringend, ausgossen. Aber als sie dann wacker zu zechen begannen, und dem Francesko Wein darboten, da wollte dieser nicht trinken, und nicht teilnehmen, an dem Gelage der wilden Brüder, unerachtet sie Frau Venus hochleben ließen! Da sprach einer unter ihnen: „Der törichte Maler da ist wohl wirklich in seinen Gedanken und Gliedmaßen krank, und ich muß nur einen Doktor herbeiholen.“ Er warf seinen Mantel um, steckte seinen Stoßdegen an und schritt zur Türe hinaus. Es hatte aber nur wenige Augenblicke gedauert, als er wieder hereintrat und sagte: „Ei seht doch nur, ich bin ja selbst schon der Arzt, der jenen Siechling dort heilen will.“ Der Jüngling, der gewiß einem alten Arzt in Gang und Stellung recht ähnlich zu sein begehrte, trippelte mit gekrümmten Knien einher, und hatte sein jugendliches Gesicht seltsamlich in Runzeln und Falten verzogen, so daß er anzusehen war, wie ein alter recht häßlicher Mann, und die Jünglinge lachten sehr und riefen: „Ei seht doch, was der Doktor für gelehrte Gesichter zu schneiden vermag!“ Der Doktor näherte sich dem kranken Francesko, und sprach mit rauher Stimme und verhöhnendem Ton: „Ei, du armer Geselle, ich muß dich wohl aufrichten aus trübseliger Ohnmacht! – Ei, du erbärmlicher Geselle, wie siehst du doch so blaß und krank aus, der Frau Venus wirst du so nicht gefallen! – Kann sein, daß Donna Rosalia sich deiner annehmen wird, wenn du gesundet! – Du ohnmächtiger Geselle, nippe von meiner Wunderarzenei. Da du Heilige malen willst, wird dich mein Trank wohl zu erkräftigen vermögen, es ist Wein aus dem Keller des heiligen Antonius.“ Der angebliche Doktor hatte eine Flasche unter dem Mantel hervorgezogen, die er jetzt öffnete. Es stieg ein seltsamlicher Duft aus der Flasche, der die Jünglinge betäubte, so daß sie, wie von Schläfrigkeit übernommen, in die Sessel sanken und die Augen schlossen. Aber Francesko riß in wilder Wut, verhöhnt zu sein als ein ohnmächtiger Schwächling, die Flasche dem Doktor aus den Händen und trank in vollen Zügen. „Wohl bekomm dir's“, rief der Jüngling, der nun wieder sein jugendliches Gesicht und seinen kräftigen Gang angenommen hatte. Dann rief er die andern Jünglinge aus dem Schlafe auf, worin sie versunken, und sie taumelten mit ihm die Treppe hinab. – So wie der Berg Vesuv in wildem Brausen verzehrende Flammen aussprüht, so tobte es jetzt in Feuerströmen heraus aus Franceskos Innern. Alle heidnische Geschichten, die er jemals gemalt, sah er vor Augen, als ob sie lebendig worden, und er rief mit gewaltiger Stimme: „Auch du mußt kommen, meine geliebte Göttin, du mußt leben und mein sein, oder ich weihe mich den unterirdischen Göttern!“ Da erblickte er Frau Venus, dicht vor dem Bilde stehend, und ihm freundlich zuwinkend. Er sprang auf von seinem Lager, und begann an dem Kopfe der heiligen Rosalia zu malen, weil er nun der Frau Venus reizendes Angesicht ganz getreulich abzukonterfeien gedachte. Es war ihm so, als könne der feste Wille nicht gebieten der Hand, denn immer glitt der Pinsel ab von den Nebeln, in denen der Kopf der heiligen Rosalia eingehüllt war, und strich unwillkürlich an den Häuptern der barbarischen Männer, von denen sie umgeben. Und doch kam das himmlische Antlitz der Heiligen immer sichtbarlicher zum Vorschein, und blickte den Francesko plötzlich mit solchen lebendig strahlenden Augen an, daß er, wie von einem herabfahrenden Blitze tödlich getroffen, zu Boden stürzte. Als er wieder nur etwas weniges seiner Sinnen mächtig worden, richtete er sich mühsam in die Höhe, er wagte jedoch nicht, nach dem Bilde, das ihm so schrecklich worden, hinzublicken, sondern schlich mit gesenktem Haupte nach dem Tische, auf dem des Doktors Weinflasche stand, aus der er einen tüchtigen Zug tat. Da war Francesko wieder ganz erkräftigt, er schaute nach seinem Bilde, es stand, bis auf den letzten Pinselstrich vollendet, vor ihm, und nicht das Antlitz der heiligen Rosalia, sondern das geliebte Venusbild lachte ihn mit üppigem Liebesblicke an. In demselben Augenblick wurde Francesko von wilden frevelichen Trieben entzündet. Er heulte vor wahnsinniger Begier, er gedachte des heidnischen Bildhauers Pygmalion, dessen Geschichte er gemalt, und flehte so wie er zur Frau Venus, daß sie seinem Bilde Leben einhauchen möge. Bald war es ihm auch, als finge das Bild an sich zu regen, doch als er es in seine Arme fassen wollte, sah er wohl, daß es tote Leinewand geblieben. Dann zerraufte er sein Haar und gebärdete sich wie einer, der von dem Satan besessen. Schon zwei Tage und zwei Nächte hatte es Francesko so getrieben; am dritten Tag, als er, wie eine erstarrte Bildsäule, vor dem Bilde stand, ging die Türe seines Gemachs auf, und es rauschte hinter ihm wie mit weiblichen Gewändern. Er drehte sich um und erblickte ein Weib, das er für das Original seines Bildes erkannte. Es wären ihm schier die Sinne vergangen, als er das Bild, welches er aus seinen innersten Gedanken nach einem Marmorbilde erschaffen, nun lebendig vor sich in aller nur erdenklichen Schönheit erblickte, und es wandelte ihn beinahe ein Grausen an, wenn er das Gemälde ansah, das nun wie eine getreuliche Abspiegelung des fremden Weibes erschien. Es geschah ihm dasjenige was die wunderbarliche Erscheinung eines Geistes zu bewirken pflegt, die Zunge war ihm gebunden, und er fiel lautlos vor der Fremden auf die Kniee und hob die Hände wie anbetend zu ihr empor. Das fremde Weib richtete ihn aber lächelnd auf und sagte ihm, daß sie ihn schon damals, als er in der Malerschule des alten Leonardo da Vinci gewesen, als ein kleines Mädchen oftmals gesehen und eine unsägliche Liebe zu ihm gefaßt habe. Eltern und Verwandte habe sie nun verlassen, und sei allein nach Rom gewandert, um ihn wiederzufinden, da eine in ihrem Innern ertönende Stimme ihr gesagt habe, daß er sie sehr liebe und sie aus lauter Sehnsucht und Begierde abkonterfeit habe, was denn, wie sie jetzt sehe, auch wirklich wahr sei. Francesko merkte nun, daß ein geheimnisvolles Seelenverständnis mit dem fremden Weibe obgewaltet, und daß dieses Verständnis das wunderbare Bild und seine wahnsinnige Liebe zu demselben geschaffen hatte. Er umarmte das Weib voll inbrünstiger Liebe, und wollte sie sogleich nach der Kirche führen, damit ein Priester sie durch das heilige Sakrament der Ehe auf ewig binde. Dafür schien sich das Weib aber zu entsetzen, und sie sprach: „Ei, mein geliebter Francesko, bist du denn nicht ein wackrer Künstler, der sich nicht fesseln läßt von den Banden der christlichen Kirche? Bist du nicht mit Leib und Seele dem freudigen frischen Altertum und seinen dem Leben freundlichen Göttern zugewandt? Was geht unser Bündnis die traurigen Priester an, die in düstern Hallen ihr Leben in hoffnungsloser Klage verjammern; laß uns heiter und hell das Fest unserer Liebe feiern." Francesko wurde von diesen Reden des Weibes verführt, und so geschah es, daß er mit den von sündigem, frevelichem Leichtsinn befangenen Jünglingen, die sich seine Freunde nannten, noch an demselben Abende sein Hochzeitsfest mit dem fremden Weibe nach heidnischen Gebräuchen beging. Es fand sich, daß das Weib eine Kiste mit Kleinodien und barem Gelde mitgebracht hatte, und Francesko lebte mit ihr, in sündlichen Genüssen schwelgend, und seiner Kunst entsagend, lange Zeit hindurch. Das Weib fühlte sich schwanger und blühte nun erst immer herrlicher und herrlicher in leuchtender Schönheit auf, sie schien ganz und gar das erweckte Venusbild, und Francesko vermochte kaum, die üppige Lust seines Lebens zu ertragen. Ein dumpfes angstvolles Stöhnen weckte in einer Nacht den Francesko aus dem Schlafe; als er erschrocken aufsprang und mit der Leuchte in der Hand nach seinem Weibe sah, hatte sie ihm ein Knäblein geboren. Schnell mußten die Diener eilen, um Wehmutter und Arzt herbeizurufen. Francesko nahm das Kind von dem Schoße der Mutter, aber in demselben Augenblick stieß das Weib einen entsetzlichen, durchdringenden Schrei aus und krümmte sich, wie von gewaltigen Fäusten gepackt, zusammen. Die Wehmutter kam mit ihrer Dienerin, ihr folgte der Arzt; als sie nun aber dem Weibe Hülfe leisten wollten, schauderten sie entsetzt zurück, denn das Weib war zum Tode erstarrt, Hals und Brust durch blaue, garstige Flecke verunstaltet, und statt des jungen schönen Gesichts erblickten sie ein gräßlich verzerrtes runzliches Gesicht mit offnen herausstarrenden Augen. Auf das Geschrei, das die beiden Weiber erhoben, liefen die Nachbarsleute herzu, man hatte von jeher von dem fremden Weibe allerlei Seltsames gesprochen; die üppige Lebensart, die sie mit Francesko führte, war allen ein Greuel gewesen, und es stand daran, daß man ihr sündhaftes Beisammensein ohne priesterliche Einsegnung, den geistlichen Gerichten anzeigen wollte. Nun, als sie die gräßlich entstellte Tote sahen, war es allen gewiß, daß sie im Bündnis mit dem Teufel gelebt, der sich jetzt ihrer bemächtigt habe. Ihre Schönheit war nur ein lügnerisches Trugbild verdammter Zauberei gewesen. Alle Leute die gekommen, flohen erschreckt von dannen, keiner mochte die Tote anrühren. Francesko wußte nun wohl, mit wem er es zu tun gehabt hatte, und es bemächtigte sich seiner eine entsetzliche Angst. Alle seine Frevel standen ihm vor Augen, und das Strafgericht des Herrn begann schon hier auf Erden, da die Flammen der Hölle in seinem Innern aufloderten.

Des andern Tages kam ein Abgeordneter des geistlichen Gerichts, mit den Häschern, und wollte den Francesko verhaften, da erwachte aber sein Mut und stolzer Sinn, er ergriff seinen Stoßdegen, machte sich Platz und entrann. Eine gute Strecke von Rom fand er eine Höhle, in die er sich ermüdet und ermattet verbarg. Ohne sich dessen deutlich bewußt zu sein, hatte er das neugeborne Knäblein in den Mantel gewickelt und mit sich genommen. Voll wilden Ingrimms wollte er das, von dem teuflischen Weibe ihm geborne Kind an den Steinen zerschmettern, aber indem er es in die Höhe hob, stieß es klägliche bittende Töne aus, und es wandelte ihn tiefes Mitleid an, er legte das Knäblein auf weiches Moos, und tröpfelte ihm den Saft einer Pommeranze ein, die er bei sich getragen. Francesko hatte, gleich einem büßenden Einsiedler, mehrere Wochen in der Höhle zugebracht, und sich abwendend von dem sündlichen Frevel, in dem er gelebt, inbrünstig zu den Heiligen gebetet. Aber vor allen andern rief er die von ihm schwer beleidigte Rosalia an, daß sie vor dem Throne des Herrn seine Fürsprecherin sein möge. Eines Abends lag Francesko, in der Wildnis betend, auf den Knien, und schaute in die Sonne, welche sich tauchte in das Meer, das in Westen seine roten Flammenwellen emporschlug. Aber, so wie die Flammen verblaßten im grauen

Abendnebel, gewahrte Francesko in den Lüften einen leuchtenden Rosenschimmer, der sich bald zu gestalten begann. Von Engeln umgeben sah Francesko die heilige Rosalia, wie sie auf einer Wolke kniete, und ein sanftes Säuseln und Rauschen sprach die Worte: „Herr, vergib dem Menschen, der in seiner Schwachheit und Ohnmacht nicht zu widerstehen vermochte, den Lockungen des Satans.“ Da zuckten Blitze durch den Rosenschimmer, und ein dumpfer Donner ging dröhnend durch das Gewölbe des Himmels: „Welcher sündige Mensch hat gleich diesem gefrevelt! Nicht Gnade, nicht Ruhe im Grabe soll er finden, solange der Stamm, den sein Verbrechen erzeugte, fortwuchert, in frevelicher Sünde!“ – – Francesko sank nieder in den Staub, denn er wußte wohl, daß nun sein Urteil gesprochen, und ein entsetzliches Verhängnis ihn trostlos umhertreiben werde. Er floh, ohne des Knäbleins in der Höhle zu gedenken, von dannen, und lebte, da er nicht mehr zu malen vermochte, im tiefen, jammervollen Elend. Manchmal kam es ihm in den Sinn, als müsse er zur Glorie der christlichen Religion, herrliche Gemälde ausführen, und er dachte große Stücke in der Zeichnung und Färbung aus, die die heiligen Geschichten der Jungfrau und der heiligen Rosalia darstellen sollten; aber wie konnte er solche Malerei beginnen, da er keinen Skudo besaß, um Leinwand und Farben zu kaufen, und nur von dürftigen Almosen, an den Kirchentüren gespendet, sein qualvolles Leben durchbrachte. Da begab es sich, daß als er einst in einer Kirche, die leere Wand anstarrend, in Gedanken malte, zwei in Schleier gehüllte Frauen auf ihn zutraten, von denen eine mit holder Engelsstimme sprach: „In dem fernen Preußen ist der Jungfrau Maria, da wo die Engel des Herrn ihr Bildnis auf einen Lindenbaum niedersetzten, eine Kirche erbaut worden, die noch des Schmuckes der Malerei entbehrt. Ziehe hin, die Ausübung deiner Kunst sei dir heilige Andacht, und deine zerrissene Seele wird gelabt werden mit himmlischem Trost.“ – Als Francesko aufblickte zu den Frauen, gewahrte er, wie sie in sanftleuchtenden Strahlen zerflossen, und ein Lilien- und Rosenduft die Kirche durchströmte. Nun wußte Francesko wer die Frauen waren und wollte den andern Morgen seine Pilgerfahrt beginnen. Aber noch am Abende desselben Tages fand ihn, nach vielem Mühen, ein Diener Zenobios auf, der ihm ein zweijähriges Gehalt auszahlte, und ihn einlud an den Hof seines Herrn. Doch nur eine geringe Summe behielt Francesko, das übrige teilte er aus an die Armen, und machte sich auf nach dem fernen

Preußen. Der Weg führte ihn über Rom, und er kam in das nicht ferne davon gelegene Kapuzinerkloster, für welches er die heilige Rosalia gemalt hatte. Er sah auch das Bild in den Altar eingefugt, doch bemerkte er, bei näherer Betrachtung, daß es nur eine Kopie seines Gemäldes war. Das Original hatten, wie er erfuhr, die Mönche nicht behalten mögen, wegen der sonderbaren Gerüchte, die man von dem entflohenen Maler verbreitete, aus dessen Nachlaß sie das Bild bekommen, sondern dasselbe nach genommener Kopie, an das Kapuzinerkloster in B. verkauft. Nach beschwerlicher Pilgerfahrt langte Francesko in dem Kloster der heiligen Linde in Ostpreußen an, und erfüllte den Befehl, den ihm die heilige Jungfrau selbst gegeben. Er malte die Kirche so wunderbarlich aus, daß er wohl einsah, wie der Geist der Gnade in ihm zu wirken beginne. Trost des Himmels floß in seine Seele.

Es begab sich, daß der Graf Filippo S. auf der Jagd in einer abgelegenen wilden Gegend von einem bösen Unwetter überfallen wurde. Der Sturm heulte durch die Klüfte, der Regen goß in Strömen herab, als solle in einer neuen Sündflut Mensch und Tier untergehen; da fand Graf Filippo eine Höhle, in die er sich, samt seinem Pferde, das er mühsam hineinzog, rettete. Schwarzes Gewölk hatte sich über den ganzen Horizont gelegt, daher war es, zumal in der Höhle, so finster, daß Graf Filippo nichts unterscheiden und nicht entdecken konnte, was dicht neben ihm so raschle und rausche. Er war voll Bangigkeit, daß wohl ein wildes Tier in der Höhle verborgen sein könne, und zog sein Schwert, um jeden Angriff abzuwehren. Als aber das Unwetter vorüber, und die Sonnenstrahlen in die Höhle fielen, gewahrte er zu seinem Erstaunen, daß neben ihm auf einem Blätterlager ein nacktes Knäblein lag und ihn mit hellen funkelnden Augen anschaute. Neben ihm stand ein Becher von Elfenbein, in dem der Graf Filippo noch einige Tropfen duftenden Weines fand, die das Knäblein begierig einsog. Der Graf ließ sein Horn ertönen, nach und nach sammelten sich seine Leute, die hierhin, dorthin geflüchtet waren, und man wartete auf des Grafen Befehl, ob sich nicht derjenige, der das Kind in die Höhle gelegt, einfinden würde, es abzuholen. Als nun aber die Nacht einzubrechen begann, da sprach der Graf Filippo: „Ich kann das Knäblein nicht hülflos liegen lassen, sondern will es mit mir nehmen, und daß ich dies getan, überall bekannt machen lassen, damit es die Eltern, oder sonst einer, der es in die Höhle legte, von mir abfordern kann." Es geschah so; aber Wochen, Monate und Jahre vergingen, ohne daß sich jemand gemeldet hätte. Der Graf hatte dem Fündling in heiliger Taufe den Namen Francesko geben lassen. Der Knabe wuchs heran und wurde an Gestalt und Geist ein wunderbarer Jüngling, den der Graf, seiner seltenen Gaben wegen, wie seinen Sohn liebte, und ihm, da er kinderlos war, sein ganzes Vermögen zuzuwenden gedachte. Schon fünfundzwanzig Jahre war Francesko alt worden, als der Graf Filippo in törichter Liebe zu einem armen bildschönen Fräulein entbrannte, und sie heiratete, unerachtet sie blutjung, er aber schon sehr hoch in Jahren war. Francesko wurde alsbald von sündhafter Begier nach dem Besitze der Gräfin erfaßt, und unerachtet sie gar fromm und tugendhaft war, und nicht die geschworene Treue verletzen wollte, gelang es ihm doch endlich nach hartem Kampfe, sie durch teuflische Künste zu verstricken, so daß sie sich der frevelichen Lust überließ, und er seinen Wohltäter mit schwarzem Undank und Verrat lohnte. Die beiden Kinder, Graf Pietro und Gräfin Angiola die der greise Filippo in vollem Entzücken der Vaterfreude an sein Herz drückte, waren die Früchte des Frevels, der ihm, so wie der Welt, auf ewig verborgen blieb.

Von innerm Geiste getrieben, trat ich zu meinem Bruder Zenobio und sprach: „Ich habe dem Throne entsagt, und selbst dann, wenn du kinderlos vor mir sterben solltest, will ich ein armer Maler bleiben und mein Leben in stiller Andacht, die Kunst übend, hinbringen. Doch nicht fremdem Staat soll unser Ländlein anheimfallen. Jener Francesko, den der Graf Filippo S. erzogen, ist mein Sohn. Ich war es, der auf wilder Flucht ihn in der Höhle zurückließ wo ihn der Graf fand. Auf dem elfenbeinernen Becher der bei ihm stand, ist unser Wappen geschnitzt, doch noch mehr als das schützt des Jünglings Bildung, die ihn als aus unserer Familie abstammend, getreulich bezeichnet, vor jedem Irrtum. Nimm, mein Bruder Zenobio! den Jüngling als deinen Sohn auf, und er sei dein Nachfolger!" – Zenobios Zweifel, ob der Jüngling Francesko in rechtmäßiger Ehe erzeugt sei, wurden durch die von dem Papst sanktionierte Adoptionsurkunde, die ich auswirkte, gehoben, und so geschah es, daß meines Sohnes sündhaftes, ehebrecherisches Leben endete und er bald in rechtmäßiger Ehe einen Sohn erzeugte, den er Paolo Francesko nannte. – Gewuchert hat der verbrecherische Stamm auf verbrecherische Weise. Doch, kann meines Sohnes Reue nicht seine Frevel sühnen? Ich stand vor ihm, wie das Strafgericht des Herrn, denn sein Innerstes lag vor mir offen und klar, und was der Welt verborgen, das sagte mir der Geist, der mächtig und mächtiger wird in mir, und mich emporhebt über den brausenden Wellen des Lebens, daß ich hinabzuschauen vermag in die Tiefe, ohne daß dieser Blick mich hinabzieht zum Tode.

Franceskos Entfernung brachte der Gräfin S. den Tod, denn nun erst erwachte sie zum Bewußtsein der Sünde, und nicht überstehen konnte sie den Kampf der Liebe zum Verbrecher, und der Reue über das, was sie begangen. Graf Filippo wurde neunzig Jahr alt, dann starb er als ein kindischer Greis. Sein vermeintlicher Sohn Pietro zog mit seiner Schwester Angiola an den Hof Franceskos, der dem Zenobio gefolgt war. Durch glänzende Feste wurde Paolo Franceskos Verlobung mit Vittoria, Fürstin von M., gefeiert, als aber Pietro die Braut in voller Schönheit erblickte, wurde er in heftiger Liebe entzündet, und ohne der Gefahr zu achten, bewarb er sich um Vittorias Gunst. Doch Paolo Franceskos Blicken entging Pietros Bestreben, da er selbst in seine Schwester Angiola heftig entbrannt war, die all sein Bemühen kalt zurückwies. Vittoria entfernte sich von dem Hofe um, wie sie vorgab, noch vor ihrer Heirat in stiller Einsamkeit ein heiliges Gelübde zu erfüllen. Erst nach Ablauf eines Jahres kehrte sie zurück, die Hochzeit sollte vor sich gehen, und gleich nach derselben wollte Graf Pietro mit seiner Schwester Angiola nach seiner Vaterstadt zurückkehren. Paolo Franceskos Liebe zur Angiola war durch ihr stetes, standhaftes Widerstreben, immer mehr entflammt worden, und artete jetzt aus in die wütende Begier des wilden Tieres, die er nur durch den Gedanken des Genusses zu bezähmen vermochte. – So geschah es, daß er durch den schändlichsten Verrat am Hochzeitstage ehe er in die Brautkammer ging, Angiola in ihrem Schlafzimmer überfiel, und ohne daß sie zur Besinnung kam, denn Opiate hatte sie beim Hochzeitmahl bekommen, seine freveliche Lust befriedigte. Als Angiola durch die verruchte Tat dem Tode nahe gebracht wurde, da gestand der von Gewissensbissen gefolterte Paolo Francesko ein, was er begangen. Im ersten Aufbrausen des Zorns, wollte Pietro den Verräter niederstoßen, aber gelähmt sank sein Arm nieder, da er daran dachte, daß seine Rache der Tat vorangegangen. Die kleine Giazinta, Fürstin von B., allgemein für die Tochter der Schwester Vittorias geltend, war die Frucht des geheimen Verständnisses, das Pietro mit Paolo Franceskos Braut unterhalten hatte. Pietro ging mit Angiola nach Deutschland, wo sie einen Sohn gebar, den man Franz nannte und sorgfältig erziehen ließ. Die schuldlose Angiola tröstete sich endlich über den entsetzlichen Frevel, und blühte wieder auf in gar herrlicher Anmut und Schönheit. So kam es, daß der Fürst Theodor von W. eine gar heftige Liebe zu ihr faßte, die sie aus tiefer Seele erwiderte. Sie wurde in kurzer Zeit seine Gemahlin, und Graf Pietro vermählte sich zu gleicher Zeit mit einem teutschen Fräulein, mit der er eine Tochter erzeugte, so wie Angiola dem Fürsten zwei Söhne gebar. Wohl konnte sich die fromme Angiola ganz rein im Gewissen fühlen, und doch versank sie oft in düsteres Nachdenken, wenn ihr, wie ein böser Traum, Paolo Franceskos verruchte Tat in den Sinn kam, ja es war ihr oft so zumute, als sei selbst die bewußtlos begangene Sünde strafbar, und würde gerächt werden an ihr und ihren Nachkommen. Selbst die Beichte und vollständige Absolution konnte sie nicht beruhigen. Wie eine himmlische Eingebung kam ihr nach langer Qual der Gedanke, daß sie alles ihrem Gemahl entdecken müsse. Unerachtet sie wohl sich des schweren Kampfes versah, den ihr das Geständnis des von dem Bösewicht Paolo Francesko verübten Frevels kosten würde, so gelobte sie sich doch feierlich, den schweren Schritt zu wagen, und sie hielt, was sie gelobt hatte. Mit Entsetzen vernahm Fürst Theodor die verruchte Tat, sein Inneres wurde heftig erschüttert, und der tiefe Ingrimm schien selbst der schuldlosen Gemahlin bedrohlich zu werden. So geschah es, daß sie einige Monate auf einem entfernten Schloß zubrachte; während der Zeit bekämpfte der Fürst die bittern Empfindungen, die ihn quälten, und es kam so weit, daß er nicht allein versöhnt der Gemahlin die Hand bot, sondern auch, ohne daß sie es wußte, für Franzens Erziehung sorgte. Nach dem Tode des Fürsten und seiner Gemahlin, wußte nur Graf Pietro und der junge Fürst Alexander von W. um das Geheimnis von Franzens Geburt. Keiner der Nachkömmlinge des Malers wurde jenem Francesko, den Graf Filippo erzog, so ganz und gar ähnlich an Geist und Bildung als dieser Franz. Ein wunderbarer Jüngling vom höheren Geiste belebt, feurig und rasch in Gedanken und Tat. Mag des Vaters, mag des Ahnherrn Sünde nicht auf ihm lasten, mag er widerstehen den bösen Verlockungen des Satans. Ehe Fürst Theodor starb, reiseten seine beiden

Söhne Alexander und Johann nach dem schönen Welschland, doch nicht sowohl offenbare Uneinigkeit, als verschiedene Neigung, verschiedenes Streben war die Ursache, daß die beiden Brüder sich in Rom trennten. Alexander, kam an Paolo Franceskos Hof, und faßte solche Liebe zu Paolos jüngster mit Vittoria erzeugten Tochter, daß er sich ihr zu vermählen gedachte. Fürst Theodor wies indessen mit einem Abscheu, der dem Fürsten Alexander unerklärlich war, die Verbindung zurück, und so kam es, daß erst nach Theodors Tode Fürst Alexander sich mit Paolo Franceskos Tochter vermählte. Prinz Johann hatte auf dem Heimwege seinen Bruder Franz kennen gelernt, und fand an dem Jünglinge, dessen nahe Verwandtschaft mit ihm er nicht ahnte, solches Behagen, daß er sich nicht mehr von ihm trennen mochte. Franz war die Ursache, daß der Prinz, statt heimzukehren nach der Residenz des Bruders, nach Italien zurückging. Das ewige unerforschliche Verhängnis wollte es, daß beide, Prinz Johann und Franz, Vittorias und Pietros Tochter Giazinta sahen, und beide in heftiger Liebe zu ihr entbrannten. – Das Verbrechen keimt, wer vermag zu widerstehen den dunkeln Mächten.

Wohl waren die Sünden und Frevel meiner Jugend entsetzlich, aber durch die Fürsprache der Gebenedeiten und der heiligen Rosalia bin ich errettet vom ewigen Verderben, und es ist mir vergönnt, die Qualen der Verdammnis zu erdulden hier auf Erden, bis der verbrecherische Stamm verdorret ist und keine Früchte mehr trägt. Über geistige Kräfte gebietend drückt mich die Last des Irdischen nieder, und das Geheimnis der düstern Zukunft ahnend, blendet mich der trügerische Farbenglanz des Lebens, und das blöde Auge verwirrt sich in zerfließenden Bildern, ohne daß es die wahre innere Gestaltung zu erkennen vermag! – Ich erblicke oft den Faden, den die dunkle Macht, sich auflehnend gegen das Heil meiner Seele, fortspinnt, und glaube töricht ihn erfassen, ihn zerreißen zu können. Aber dulden soll ich, und gläubig und fromm in fortwährender reuiger Buße die Marter ertragen, die mir auferlegt worden um meine Missetaten zu sühnen. Ich habe den Prinzen und Franz von Giazinta weggescheucht, aber der Satan ist geschäftig, dem Franz das Verderben zu bereiten, dem er nicht entgehen wird. – Franz kam mit dem Prinzen an den Ort, wo sich Graf Pietro mit seiner Gemahlin und seiner Tochter Aurelie, die eben funfzehn Jahr alt worden, aufhielt. So wie der verbrecherische Vater

Paolo Francesko in wilder Begier entbrannte, als er Angiola sah, so loderte das Feuer verbotener Lust auf in dem Sohn, als er das holde Kind Aurelie erblickte. Durch allerlei teuflische Künste der Verführung wußte er die fromme kaum erblühte Aurelie zu umstricken, daß sie mit ganzer Seele ihm sich ergab, und sie hatte gesündigt, ehe der Gedanke der Sünde aufgegangen in ihrem Innern. Als die Tat nicht mehr verschwiegen bleiben konnte, da warf er sich, wie voll Verzweiflung über das, was er begangen, der Mutter zu Füßen und gestand alles. Graf Pietro, unerachtet selbst in Sünde und Frevel befangen, hätte Franz und Aurelie ermordet. Die Mutter ließ den Franz ihren gerechten Zorn fühlen, indem sie ihn mit der Drohung, die verruchte Tat dem Grafen Pietro zu entdecken, auf immer aus ihren und der verführten Tochter Augen verbannte. Es gelang der Gräfin die Tochter den Augen des Grafen Pietro zu entziehen, und sie gebar an entfernten Orten ein Töchterlein. Aber Franz konnte nicht lassen von Aurelien, er erfuhr ihren Aufenthalt, eilte hin und trat in das Zimmer, als eben die Gräfin, verlassen vom Hausgesinde, neben dem Bette der Tochter saß und das Töchterlein, das erst acht Tage alt worden, auf dem Schoße hielt. Die Gräfin stand voller Schreck und Entsetzen über den unvermuteten Anblick des Bösewichts auf, und gebot ihm, das Zimmer zu verlassen. „Fort . . . fort sonst bist du verloren; Graf Pietro weiß, was du Verruchter begonnen!“ So rief sie, um dem Franz Furcht einzujagen, und drängte ihn nach der Türe; da übermannte den Franz wilde, teuflische Wut, er riß der Gräfin das Kind vom Arme, versetzte ihr einen Faustschlag vor die Brust, daß sie rücklings niederstürzte und rannte fort. Als Aurelie aus tiefer Ohnmacht erwachte, war die Mutter nicht mehr am Leben, die tiefe Kopfwunde (sie war auf einen mit Eisen beschlagenen Kasten gestürzt) hatte sie getötet. Franz hatte im Sinn, das Kind zu ermorden, er wickelte es in Tücher, lief am finstern Abend die Treppe hinab und wollte eben zum Hause hinaus, als er ein dumpfes Wimmern vernahm, das aus einem Zimmer des Erdgeschosses zu kommen schien. Unwillkürlich blieb er stehen, horchte und schlich endlich jenem Zimmer näher. In dem Augenblick trat eine Frau, welche er für die Kinderwärterin der Baronesse von S., in deren Hause er wohnte, erkannte, unter kläglichem Jammern heraus. Franz frug, weshalb sie sich so gebärde. „Ach Herr“, sagte die Frau: „mein Unglück ist gewiß, soeben saß die kleine Euphemie auf meinem Schoße und juchzte und lachte, aber mit einemmal läßt sie das

Köpfchen sinken und ist tot. – Blaue Flecken hat sie auf der Stirn, und so wird man mir Schuld geben, daß ich sie habe fallen lassen!" – Schnell trat Franz hinein, und als er das tote Kind erblickte, gewahrte er, wie das Verhängnis das Leben seines Kindes wollte, denn es war mit der toten Euphemie auf wunderbare Weise gleich gebildet und gestaltet. Die Wärterin, vielleicht nicht so unschuldig an dem Tode des Kindes als sie vorgab, und bestochen durch Franzens reichliches Geschenk, ließ sich den Tausch gefallen; Franz wickelte nun das tote Kind in die Tücher und warf es in den Strom. Aureliens Kind wurde als die Tochter der Baronesse von S., Euphemie mit Namen, erzogen und der Welt blieb das Geheimnis ihrer Geburt verborgen. Die Unselige wurde nicht durch das Sakrament der heiligen Taufe in den Schoß der Kirche aufgenommen, denn getauft war schon das Kind, dessen Tod ihr Leben erhielt. Aurelie hat sich nach mehreren Jahren mit dem Baron von F. vermählt; zwei Kinder, Hermogen und Aurelie sind die Frucht dieser Vermählung.

Die ewige Macht des Himmels hatte es mir vergönnt, daß als der Prinz mit Francesko (so nannte er den Franz auf italienische Weise) nach der Residenzstadt des fürstlichen Bruders zu gehen gedachte, ich zu ihnen treten und mitziehen durfte. Mit kräftigem Arm wollte ich den schwankenden Francesko erfassen, wenn er sich dem Abgrunde nahte, der sich vor ihm aufgetan. Törichtes Beginnen des ohnmächtigen Sünders, der noch nicht Gnade gefunden vor dem Throne des Herrn! – Francesko ermordete den Bruder nachdem er an Giazinta verruchten Frevel geübt! Franceskos Sohn ist der unselige Knabe, den der Fürst unter dem Namen des Grafen Viktorin erziehen läßt. Der Mörder Francesko gedachte sich zu vermählen mit der frommen Schwester der Fürstin, aber ich vermochte dem Frevel vorzubeugen in dem Augenblick, als er begangen werden sollte an heiliger Stätte.

Wohl bedurfte es des tiefen Elends in das Franz versank – nachdem er, gefoltert von dem Gedanken nie abzubüßender Sünde, entflohen – um ihn zur Reue zu wenden. Von Gram und Krankheit gebeugt kam er auf der Flucht zu einem Landmann, der ihn freundlich aufnahm. Des Landmanns Tochter, eine fromme, stille Jungfrau, faßte wunderbare Liebe zu dem Fremden, und pflegte ihn sorglich. So geschah es, daß als

Francesko genesen, er der Jungfrau Liebe erwiderte, und sie wurden durch das heilige Sakrament der Ehe vereinigt. Es gelang ihm durch seine Klugheit und Wissenschaft sich aufzuschwingen und des Vaters nicht geringen Nachlaß reichlich zu vermehren, so daß er viel irdischen Wohlstand genoß. Aber unsicher und eitel ist das Glück des mit Gott nicht versöhnten Sünders. Franz sank zurück in die bitterste Armut und tötend war sein Elend, denn er fühlte, wie Geist und Körper hinschwanden in kränkelnder Siechheit. Sein Leben wurde eine fortwährende Bußübung. Endlich sandte ihm der Himmel einen Strahl des Trostes. – Er soll pilgern nach der heiligen Linde und dort wird ihm die Geburt eines Sohnes die Gnade des Herrn verkünden.

In dem Walde, der das Kloster zur heiligen Linde umschließt, trat ich zu der bedrängten Mutter, als sie über dem neugebornen vaterlosen Knäblein weinte, und erquickte sie mit Worten des Trostes.

Wunderbar geht die Gnade des Herrn auf, dem Kinde, das geboren wird in dem segensreichen Heiligtum der Gebenedeiten! Oftmals begibt es sich, daß das Jesuskindlein sichtbarlich zu ihm tritt und früh in dem kindischen Gemüt den Funken der Liebe entzündet.

Die Mutter hat in heiliger Taufe dem Knaben des Vaters Namen, Franz, geben lassen! – Wirst du es denn sein, Franziskus, der, an heiliger Stätte geboren, durch frommen Wandel den verbrecherischen Ahnherrn entsündigt und ihm Ruhe schafft im Grabe? Fern von der Welt und ihren verführerischen Lockungen, soll der Knabe sich ganz dem Himmlischen zuwenden. Er soll geistlich werden. So hat es der heilige Mann, der wunderbaren Trost in meine Seele goß, der Mutter verkündet, und es mag wohl die Prophezeihung der Gnade sein, die mich mit wundervoller Klarheit erleuchtet, so daß ich in meinem Innern das lebendige Bild der Zukunft zu erschauen vermeine.

Ich sehe den Jüngling den Todeskampf streiten mit der finstern Macht, die auf ihn eindringt mit furchtbarer Waffe! – Er fällt, doch ein göttlich Weib erhebt über sein Haupt die Siegeskrone! – Es ist die heilige Rosalia selbst, die ihn errettet! – Sooft es mir die ewige Macht des Himmels vergönnt, will ich dem Knaben, dem Jünglinge, dem Mann nahe sein und ihn schützen, wie es die mir verliehene Kraft vermag. – Er wird sein wie –

Hier wird, günstiger Leser! die halb erloschene Schrift des alten Malers so undeutlich, daß weiter etwas zu entziffern, ganz unmöglich ist. Wir kehren zu dem Manuskript des merkwürdigen Kapuziners Medardus zurück.

*Dritter Abschnitt*

## DIE RÜCKKEHR IN DAS KLOSTER

Es war so weit gekommen, daß überall, wo ich mich in den Straßen von Rom blicken ließ, einzelne aus dem Volk still standen, und in gebeugter, demütiger Stellung um meinen Segen baten. Mocht es sein, daß meine strenge Bußübungen, die ich fortsetzte, schon Aufsehen erregten, aber gewiß war es, daß meine fremdartige, wunderliche Erscheinung den lebhaften fantastischen Römern bald zu einer Legende werden mußte, und daß sie mich vielleicht, ohne daß ich es ahnte, zu dem Helden irgendeines frommen Märchens erhoben hatten. Oft weckten mich bange Seufzer und das Gemurmel leiser Gebete aus tiefer Betrachtung, in die ich, auf den Stufen des Altars liegend, versunken, und ich bemerkte dann, wie rings um mich her Andächtige knieten, und meine Fürbitte zu erflehen schienen. So wie in jenem Kapuzinerkloster, hörte ich hinter mir rufen: il Santo! – und schmerzhafte Dolchstiche fuhren durch meine Brust. Ich wollte Rom verlassen, doch wie erschrak ich, als der Prior des Klosters, in dem ich mich aufhielt, mir ankündigte, daß der Papst mich hätte zu sich gebieten lassen. Düstre Ahnungen stiegen in mir auf, daß vielleicht aufs neue die böse Macht in feindlichen Verkettungen mich festzubannen trachte, indessen faßte ich Mut und ging zur bestimmten Stunde nach dem Vatikan. Der Papst, ein wohlgebildeter Mann, noch in den Jahren der vollen Kraft, empfing mich auf einem reich verzierten Lehnstuhl sitzend. Zwei wunderschöne geistlich gekleidete Knaben bedienten ihn mit Eiswasser und durchfächelten das Zimmer, mit Reiherbüschen, um, da der Tag überheiß war, die Kühle zu erhalten. Demütig trat ich auf ihn zu und machte die gewöhnliche Kniebeugung. Er sah mich scharf an, der Blick hatte aber etwas Gutmütiges und statt des strengen Ernstes, der sonst, wie ich aus der Ferne wahrzunehmen geglaubt, auf seinem Gesicht ruhte, ging ein sanftes Lächeln durch alle Züge. Er frug, woher ich käme, was mich nach Rom gebracht – kurz das Gewöhnlichste über meine persönliche Verhältnisse, und stand dann auf, indem er sprach: „Ich ließ Euch rufen, weil man mir von Eurer seltenen Frömmigkeit erzählt. – Warum,

Mönch Medardus, treibst du deine Andachtsübungen öffentlich vor dem Volk in den besuchtesten Kirchen? – Gedenkst du zu erscheinen als ein Heiliger des Herrn und angebetet zu werden von dem fanatischen Pöbel, so greife in deine Brust und forsche wohl, wie der innerste Gedanke beschaffen, der dich so zu handeln treibt. – Bist du nicht rein vor dem Herrn und vor mir, seinem Statthalter, so nimmst du bald ein schmähliches Ende, Mönch Medardus!" – Diese Worte sprach der Papst mit starker, durchdringender Stimme, und wie treffende Blitze funkelte es aus seinen Augen. Nach langer Zeit zum erstenmal fühlte ich mich nicht der Sünde schuldig, der ich angeklagt wurde, und so mußte es wohl kommen, daß ich nicht allein meine Fassung behielt, sondern auch von dem Gedanken, daß meine Buße aus wahrer innerer Zerknirschung hervorgegangen, erhoben wurde, und wie ein Begeisterter zu sprechen vermochte: „Ihr hochheiliger Statthalter des Herrn, wohl ist Euch die Kraft verliehen, in mein Inneres zu schauen; wohl mögt Ihr es wissen, daß zentnerschwer mich die unsägliche Last meiner Sünden zu Boden drückt, aber ebenso werdet Ihr die Wahrheit meiner Reue erkennen. Fern von mir ist der Gedanke schnöder Heuchelei, fern von mir jede ehrgeizige Absicht, das Volk zu täuschen auf verruchte Weise. – Vergönnt es dem büßenden Mönche, o hochheiliger Herr! daß er in kurzen Worten sein verbrecherisches Leben, aber auch das, was er in der tiefsten Reue und Zerknirschung begonnen, Euch enthülle!" – So fing ich an, und erzählte nun, ohne Namen zu nennen und so gedrängt als möglich, meinen ganzen Lebenslauf. Aufmerksamer und aufmerksamer wurde der Papst. Er setzte sich in den Lehnstuhl, und stützte den Kopf in die Hand; er sah zur Erde nieder, dann fuhr er plötzlich in die Höhe; die Hände übereinander geschlagen und mit dem rechten Fuß ausschreitend, als wolle er auf mich zutreten, starrte er mich an mit glühenden Augen. Als ich geendet, setzte er sich aufs neue. „Eure Geschichte, Mönch Medardus!" fing er an: „ist die verwunderlichste die ich jemals vernommen. – Glaubt Ihr an die offenbare sichtliche Einwirkung einer bösen Macht, die die Kirche Teufel nennt?" – Ich wollte antworten, der Papst fuhr fort: „Glaubt Ihr, daß der Wein, den Ihr aus der Reliquienkammer stahlt und austranket, Euch zu den Freveln trieb, die Ihr beginget?" – „Wie ein von giftigen Dünsten geschwängertes Wasser gab er Kraft dem bösen Keim, der in mir ruhete, daß er fortzuwuchern vermochte!" – Als ich dies erwidert, schwieg der Papst einige

Augenblicke, dann fuhr er mit ernstem in sich gekehrtem Blick fort: „Wie, wenn die Natur die Regel des körperlichen Organism auch im geistigen befolgte, daß gleicher Keim nur Gleiches zu gebären vermag? . . . Wenn Neigung und Wollen – wie die Kraft, die im Kern verschlossen, des hervorschießenden Baumes Blätter wieder grün färbt – sich fortpflanzte von Vätern zu Vätern, alle Willkür aufhebend? . . . Es gibt Familien von Mördern, von Räubern! . . . Das wäre die Erbsünde, des frevelhaften Geschlechts ewiger, durch kein Sühnopfer vertilgbarer Fluch!" – „Muß der vom Sünder Geborne wieder sündigen, vermöge des vererbten Organism, dann gibt es keine Sünde", so unterbrach ich den Papst. „Doch!" sprach er: „der ewige Geist schuf einen Riesen, der jenes blinde Tier, das in uns wütet, zu bändigen und in Fesseln zu schlagen vermag. Bewußtsein heißt dieser Riese, aus dessen Kampf mit dem Tier sich die Spontaneität erzeugt. Des Riesen Sieg ist die Tugend, der Sieg des Tieres, die Sünde." Der Papst schwieg einige Augenblicke, dann heiterte sein Blick sich auf, und er sprach mit sanfter Stimme: „Glaubt Ihr, Mönch Medardus, daß es für den Statthalter des Herrn schicklich sei, mit Euch über Tugend und Sünde zu vernünfteln?" – „Ihr habt hochheiliger Herr", erwiderte ich: „Euern Diener gewürdigt Eure tiefe Ansicht des menschlichen Seins zu vernehmen, und wohl mag es Euch ziemen über den Kampf zu sprechen, den Ihr längst, herrlich und glorreich siegend, geendet." – „Du hast eine gute Meinung von mir, Bruder Medardus", sprach der Papst: „oder glaubst du, daß die Tiara der Lorbeer sei, der mich als Helden und Sieger der Welt verkündet?" – „Es ist", sprach ich: „wohl etwas Großes, König sein und herrschen über ein Volk. So im Leben hochgestellt, mag alles rings umher näher zusammengerückt in jedem Verhältnis kommensurabler erscheinen, und eben durch die hohe Stellung sich die wunderbare Kraft des Überschauens entwickeln, die, wie eine höhere Weihe, sich kundtut im gebornen Fürsten." – „Du meinst", fiel der Papst ein, „daß selbst den Fürsten, die schwach an Verstande und Willen, doch eine gewisse wunderliche Sagazität beiwohne, die füglich für Weisheit geltend, der Menge zu imponieren vermag. Aber wie gehört das hieher?" – „Ich wollte", fuhr ich fort: „von der Weihe der Fürsten reden, deren Reich von dieser Welt ist, und dann von der heiligen, göttlichen Weihe des Statthalters des Herrn. Auf geheimnisvolle Weise erleuchtet der Geist des Herrn die im Konklave verschlossenen hohen Priester. Getrennt, in einzelnen Gemächern frommer Betrachtung hingegeben, befruchtet der Strahl des Himmels das nach der Offenbarung sich sehnende Gemüt, und *ein* Name erschallt, wie ein, die ewige Macht lobpreisender Hymnus, von den begeisterten Lippen. – Nur kundgetan in irdischer Sprache wird der Beschluß der ewigen Macht, die sich ihren würdigen Statthalter auf Erden erkor, und so, hochheiliger Herr! ist Eure Krone, im dreifachen Ringe das Mysterium Eures Herrn, des Herrn der Welten, verkündend, in der Tat der Lorbeer, der Euch als Helden und Sieger darstellt. – Nicht von dieser Welt ist Euer Reich, und doch seid Ihr berufen zu herrschen über alle Reiche dieser Erde, die Glieder der unsichtbaren Kirche sammelnd unter der Fahne des Herrn! – Das weltliche Reich, das Euch beschieden, ist nur Euer in himmlischer Pracht blühender Thron." – „Das gibst du zu", unterbrach mich der Papst – „das gibst du zu, Bruder Medardus, daß ich Ursache habe, mit diesem mir beschiedenen Thron zufrieden zu sein. Wohl ist meine blühende Roma geschmückt mit himmlischer Pracht, das wirst du auch wohl fühlen, Bruder Medardus! hast du deinen Blick nicht ganz dem Irdischen verschlossen. ... Doch das glaub ich nicht ... Du bist ein wackrer Redner und hast mir zum Sinn gesprochen. ... Wir werden uns, merk ich, näher verständigen! ... Bleibe hier! ... In einigen Tagen bist du vielleicht Prior, und später könnt ich dich wohl gar zu meinem Beichtvater erwählen. ... Gehe ... gebärde dich weniger närrisch in den Kirchen, zum Heiligen schwingst du dich nun einmal nicht hinauf – der Kalender ist vollzählig. Gehe." – Des Papstes letzte Worte verwunderten mich ebenso, wie sein ganzes Betragen überhaupt, das ganz dem Bilde widersprach, wie es sonst von dem Höchsten der christlichen Gemeinde, dem die Macht gegeben zu binden und zu lösen, in meinem Innern aufgegangen war. Es war mir nicht zweifelhaft, daß er alles, was ich von der hohen Göttlichkeit seines Berufs gesprochen, für eine leere listige Schmeichelei gehalten hatte. Er ging von der Idee aus, daß ich mich hatte zum Heiligen aufschwingen wollen, und daß ich, da er mir aus besondern Gründen den Weg dazu versperren mußte, nun gesonnen war, mir auf andere Weise Ansehn und Einfluß zu verschaffen. Auf dieses wollte er wieder aus besonderen mir unbekannten Gründen eingehen.

Ich beschloß – ohne daran zu denken, daß ich ja, ehe der Papst mich rufen ließ, Rom hatte verlassen wollen – meine Andachtsübungen fortzusetzen. Doch nur zu sehr im Innern fühlte ich mich bewegt, um wie sonst mein Gemüt ganz dem Himmlischen zuwenden zu können. Unwillkürlich dachte ich selbst im Gebet an mein früheres Leben; erblaßt war das Bild meiner Sünden und nur das Glänzende der Laufbahn, die ich als Liebling eines Fürsten begonnen, als Beichtiger des Papstes fortsetzen, und wer weiß auf welcher Höhe enden werde, stand grell leuchtend vor meines Geistes Augen. So kam es, daß ich, nicht weil es der Papst verboten, sondern unwillkürlich meine Andachtsübungen einstellte, und statt dessen in den Straßen von Rom umherschlenderte. Als ich eines Tages über den spanischen Platz ging, war ein Haufen Volks um den Kasten eines Puppenspielers versammelt. Ich vernahm Pulcinells komisches Gequäke und das wiehernde Gelächter der Menge. Der erste Akt war geendet, man bereitete sich auf den zweiten vor. Die kleine Decke flog auf, der junge David erschien mit seiner Schleuder und dem Sack voll Kieselsteinen. Unter possierlichen Bewegungen versprach er, daß nunmehr der ungeschlachte Riese Goliath ganz gewiß erschlagen und Israel errettet werden solle. Es ließ sich ein dumpfes Rauschen und Brummen hören. Der Riese Goliath stieg empor mit einem ungeheuern Kopfe. – Wie erstaunte ich, als ich auf den ersten Blick in dem Goliathskopf den närrischen Belcampo erkannte. Dicht unter dem Kopf hatte er mittelst einer besondern Vorrichtung einen kleinen Körper mit Ärmchen und Beinchen angebracht, seine eigenen Schultern und Ärme aber durch eine Draperie versteckt, die wie Goliaths breit gefalteter Mantel anzusehen war. Goliath hielt, mit den seltsamsten Grimassen und groteskem Schütteln des Zwergleibes, eine stolze Rede, die David nur zuweilen durch ein feines Kickern unterbrach. Das Volk lachte unmäßig, und ich selbst, wunderlich angesprochen von der neuen fabelhaften Erscheinung Belcampos, ließ mich fortreißen und brach aus in das längst ungewohnte Lachen der innern kindischen Lust. – Ach wie oft war sonst mein Lachen nur der konvulsivische Krampf der innern herzzerreißenden Qual. Dem Kampf mit dem Riesen ging eine lange Disputation voraus, und David bewies überaus künstlich und gelehrt, warum er den furchtbaren Gegner totschmeißen müsse und werde. Belcampo ließ alle Muskeln seines Gesichts wie knisternde Lauffeuer spielen und dabei schlugen die Riesenärmchen nach dem kleiner als kleinen David, der geschickt unterzuducken wußte und dann hie und da, ja selbst aus Goliaths eigner Mantelfalte zum Vorschein kam. Endlich flog der Kiesel an Goliaths Haupt, er sank hin und die Decke fiel. Ich lachte immer mehr, durch Belcampos tollen Genius gereizt, überlaut, da klopfte jemand leise auf meine Schulter. Ein Abbate stand neben mir. „Es freut mich", fing er an: „daß Ihr, mein ehrwürdiger Herr, nicht die Lust am Irdischen verloren habt. Beinahe traute ich Euch, nachdem ich Eure merkwürdige Andachtsübungen gesehen, nicht mehr zu, daß Ihr über solche Torheiten zu lachen vermöchtet." Es war mir so, als der Abbate dieses sprach, als müßte ich mich meiner Lustigkeit schämen, und unwillkürlich sprach ich, was ich gleich darauf schwer bereute gesprochen zu haben. „Glaubt mir, mein Herr Abbate", sagte ich, „daß dem, der in dem buntesten Wogenspiel des Lebens ein rüstiger Schwimmer war, nie die Kraft gebricht, aus dunkler Flut aufzutauchen und mutig sein Haupt zu erheben." Der Abbate sah mich mit blitzenden Augen an. „Ei", sprach er: „wie habt Ihr das Bild so gut erfunden und ausgeführt. Ich glaube Euch jetzt zu kennen ganz und gar, und bewundere Euch aus tiefstem Grunde meiner Seele."

„Ich weiß nicht, mein Herr! wie ein armer büßender Mönch Eure Bewunderung zu erregen vermochte!"

„Vortrefflich, Ehrwürdigster! – Ihr fallt zurück in Eure Rolle! – Ihr seid des Papstes Liebling?"

„Dem hochheiligen Statthalter des Herrn hat es gefallen, mich seines Blicks zu würdigen. – Ich habe ihn verehrt im Staube, wie es der Würde, die ihm die ewige Macht verlieh, als sie himmlisch reine Tugend bewährt fand in seinem Innern, geziemt."

„Nun, du ganz würdiger Vasall an dem Thron des dreifach Gekrönten, du wirst tapfer tun, was deines Amtes ist! – Aber glaube mir, der jetzige Statthalter des Herrn ist ein Kleinod der Tugend gegen Alexander den Sechsten, und da magst du dich vielleicht doch verrechnet haben! – Doch – spiele deine Rolle – ausgespielt ist bald, was munter und lustig begann. – Lebt wohl, mein sehr ehrwürdiger Herr!"

Mit gellendem Hohngelächter sprang der Abbate von dannen, erstarrt blieb ich stehen. Hielt ich seine letzte Äußerung mit meinen eignen Bemerkungen über den Papst zusammen, so mußte es mir wohl klar aufgehen, daß er keinesweges der nach dem Kampf mit dem Tier gekrönte Sieger war, für den ich ihn gehalten, und ebenso mußte ich auf entsetzliche Weise mich überzeugen, daß, wenigstens dem eingeweihten Teil des Publikums, meine Buße als ein heuchlerisches Bestreben erschienen war, mich auf diese oder jene Weise aufzuschwingen. Verwundet bis tief in das Innerste, kehrte ich in mein Kloster zurück und betete inbrünstig in der einsamen Kirche. Da fiel es mir wie Schuppen von den Augen, und ich erkannte bald die Versuchung der finstern Macht, die mich aufs neue zu verstricken getrachtet hatte, aber auch zugleich meine sündige Schwachheit und die Strafe des Himmels. – Nur schnelle Flucht konnte mich retten, und ich beschloß mit dem frühesten Morgen mich auf den Weg zu machen. Schon war beinahe die Nacht eingebrochen, als die Hausglocke des Klosters stark angezogen wurde. Bald darauf trat der Bruder Pförtner in meine Zelle und berichtete, daß ein seltsam gekleideter Mann durchaus begehre mich zu sprechen. Ich ging nach dem Sprachzimmer, es war Belcampo der nach seiner tollen Weise auf mich zusprang, bei beiden Armen mich packte, und mich schnell in einen Winkel zog. „Medardus", fing er leise und eilig an: „Medardus, du magst es nun anstellen wie du willst um dich zu verderben, die Narrheit ist hinter dir her auf den Flügeln des Westwindes – Südwindes oder auch Süd-Südwest – oder sonst, und packt dich, ragt auch nur noch ein Zipfel deiner Kutte hervor aus dem Abgrunde, und zieht dich herauf – O Medardus, erkenne das – erkenne was Freundschaft ist, erkenne was Liebe vermag, glaube an David und Jonathan, liebster Kapuziner!" – „Ich habe Sie als Goliath bewundert", fiel ich dem Schwätzer in die Rede, „aber sagen Sie mir schnell, worauf es ankommt – was Sie zu mir hertreibt? " – „Was mich hertreibt?" sprach Belcampo: „was mich hertreibt? – Wahnsinnige Liebe zu einem Kapuziner dem ich einst den Kopf zurechtsetzte, der umherwarf mit blutiggoldenen Dukaten – der Umgang hatte mit scheußlichen Revenants – der, nachdem er was weniges gemordet hatte – die Schönste der Welt heiraten wollte, bürgerlicher- oder vielmehr adlicherweise." – „Halt ein", rief ich: „halt ein, du grauenhafter Narr! Gebüßt habe ich schwer, was du mir vorwirfst im frevelichen Mutwillen." – „O Herr", fuhr Belcampo fort, „noch ist die Stelle so empfindlich, wo Euch die feindliche Macht tiefe Wunden schlug? – Ei, so ist Eure Heilung noch nicht vollbracht. – Nun will ich sanft und ruhig sein, wie ein frommes Kind, ich will mich bezähmen, ich will nicht mehr springen, weder körperlich noch geistig und Euch, geliebter Kapuziner, bloß sagen, daß ich Euch hauptsächlich Eurer sublimen Tollheit halber, so zärtlich liebe, und da es überhaupt nützlich ist, daß jedes tolle Prinzip so lange lebe und gedeihe auf Erden als nur immer möglich, so rette ich dich aus jeder Todesgefahr, in die du mutwilligerweise dich begibst. In meinem Puppenkasten habe ich ein Gespräch belauscht das dich betrifft. Der Papst will dich zum Prior des hiesigen Kapuzinerklosters und zu seinem Beichtiger erheben. Fliehe schnell, schnell fort von Rom, denn Dolche lauern auf dich. Ich kenne den Bravo, der dich ins Himmelreich spedieren soll. Du bist dem Dominikaner, der jetzt des Papstes Beichtiger ist, und seinem Anhange im Wege. – Morgen darfst du nicht mehr hier sein.“ – Diese neue Begebenheit konnte ich gar gut mit den Äußerungen des unbekannten Abbates zusammenräumen; so betroffen war ich, daß ich kaum bemerkte, wie der possierliche Belcampo mich ein Mal über das andere an das Herz drückte und endlich mit seinen gewöhnlichen seltsamen Grimassen und Sprüngen Abschied nahm.

Mitternacht mochte vorüber sein, als ich die äußere Pforte des Klosters öffnen und einen Wagen dumpf über das Pflaster des Hofes hereinrollen hörte. Bald darauf kam es den Gang herauf; man klopfte an meine Zelle, ich öffnete und erblickte den Pater Guardian, dem ein tief vermummter Mann mit einer Fackel folgte. „Bruder Medardus“, sprach der Guardian: „ein Sterbender verlangt in der Todesnot Euern geistlichen Zuspruch und die Letzte Ölung. Tut, was Eures Amtes ist, und folgt diesem Mann, der Euch dort hinführen wird, wo man Eurer bedarf.“ – Mich überlief ein kalter Schauer, die Ahnung daß man mich zum Tode führen wolle, regte sich in mir auf; doch durfte ich mich nicht weigern, und folgte daher dem Vermummten, der den Schlag des Wagens öffnete, und mich nötigte einzusteigen. Im Wagen fand ich zwei Männer die mich in ihre Mitte nahmen. Ich frug, wo man mich hinführen wolle? – *wer* gerade von *mir* Zuspruch und Letzte Ölung verlange? – Keine Antwort! In tiefem Schweigen ging es fort durch mehrere Straßen. Ich glaubte an dem Klange wahrzunehmen, daß wir schon außerhalb Rom waren, doch bald vernahm ich deutlich, daß wir durch ein Tor und dann wieder durch gepflasterte Straßen fuhren. Endlich hielt der Wagen, und schnell wurden mir die Hände gebunden und eine dicke Kappe fiel über mein Gesicht. „Euch soll nichts Böses widerfahren“, sprach eine rauhe Stimme, „nur schweigen müßt Ihr über alles, was Ihr sehen und hören werdet, sonst ist Euer augenblicklicher Tod gewiß.“ – Man hob mich aus dem Wagen, Schlösser klirrten, und ein Tor dröhnte auf in schweren ungefügigen Angeln. Man führte mich durch lange Gänge und endlich Treppen hinab – tiefer und tiefer. Der Schall der Tritte überzeugte mich, daß wir uns in Gewölben befanden deren Bestimmung der durchdringende Totengeruch verriet. Endlich stand man still – die Hände wurden mir losgebunden, die Kappe mir vom Kopfe gezogen. Ich befand mich in einem geräumigen, von einer Ampel schwach beleuchteten Gewölbe, ein schwarz vermummter Mann, wahrscheinlich derselbe, der mich hergeführt hatte, stand neben mir, rings umher saßen auf niedrigen Bänken Dominikanermönche. Der grauenhafte Traum, den ich einst in dem Kerker träumte, kam mir in den Sinn, ich hielt meinen qualvollen Tod für gewiß, doch blieb ich gefaßt und betete inbrünstig im stillen, nicht um Rettung, sondern um ein seliges Ende. Nach einigen Minuten düstern ahnungsvollen Schweigens trat einer der Mönche auf mich zu, und sprach mit dumpfer Stimme: „Wir haben einen Eurer Ordensbrüder gerichtet, Medardus! das Urteil soll vollstreckt werden. Von Euch, einem heiligen Manne, erwartet er Absolution und Zuspruch im Tode! – Geht und tut was Eures Amts ist." Der Vermummte, welcher neben mir stand, faßte mich unter den Arm und führte mich weiter fort, durch einen engen Gang in ein kleines Gewölbe. Hier lag, in einem Winkel, auf dem Strohlager ein bleiches, abgezehrtes, mit Lumpen behängtes Geripp. Der Vermummte setzte die Lampe, die er mitgebracht, auf dem steinernen Tisch in der Mitte des Gewölbes und entfernte sich. Ich nahte mich dem Gefangenen, er drehte sich mühsam nach mir um; ich erstarrte, als ich die ehrwürdigen Züge des frommen Cyrillus erkannte. Ein himmlisches verklärtes Lächeln überflog sein Gesicht. „So haben mich", fing er mit matter Stimme an, „die entsetzlichen Diener der Hölle, welche hier hausen, doch nicht getäuscht. Durch sie erfuhr ich, daß du, mein lieber Bruder Medardus, dich in Rom befändest, und als ich mich so sehnte nach dir, weil ich großes Unrecht an dir verübt habe, da versprachen sie mir, sie wollten dich zu mir führen in der Todesstunde. Die ist nun wohl gekommen und sie haben Wort gehalten." Ich kniete nieder bei dem frommen ehrwürdigen Greis, ich beschwor ihn, mir nur vor allen Dingen zu sagen, wie es möglich gewesen sei, ihn einzukerkern, ihn zum Tode zu verdammen. „Mein lieber Bruder Medardus", sprach Cyrill: „erst nachdem ich reuig bekannt, wie sündlich ich aus Irrtum an dir gehandelt, erst wenn du mich mit Gott versöhnt, darf ich von meinem Elende, von meinem irdischen Untergange zu dir reden! – Du weißt, daß ich, und mit mir unser Kloster, dich für den verruchtesten Sünder gehalten; die ungeheuersten Frevel hattest du (so glaubten wir) auf dein Haupt geladen, und ausgestoßen hatten wir dich aus aller Gemeinschaft. Und doch war es nur ein verhängnisvoller Augenblick, in dem der Teufel dir die Schlinge über den Hals warf und dich fortriß von der heiligen Stätte in das sündliche Weltleben. Dich um deinen Namen, um dein Kleid, um deine Gestalt betrügend, beging ein teuflischer Heuchler jene Untaten, die dir beinahe den schmachvollen Tod des Mörders zugezogen hätten. Die ewige Macht hat es auf wunderbare Weise offenbart, daß du zwar leichtsinnig sündigtest, indem dein Trachten darauf ausging, dein Gelübde zu brechen, daß du aber rein bist von jenen entsetzlichen Freveln. Kehre zurück in unser Kloster, Leonardus, die Brüder werden dich, den verloren Geglaubten, mit Liebe und Freudigkeit aufnehmen. – O Medardus ..." – Der Greis, von Schwäche übermannt, sank in eine tiefe Ohnmacht. Ich widerstand der Spannung, die seine Worte, welche eine neue wunderbare Begebenheit zu verkünden schienen, in mir erregt hatten, und nur an *ihn*, an das Heil *seiner* Seele denkend, suchte ich, von allen andern Hülfsmitteln entblößt, ihn dadurch ins Leben zurückzurufen, daß ich langsam und leise Kopf und Brust mit meiner rechten Hand anstrich, eine in unsern Klöstern übliche Art, Todkranke aus der Ohnmacht zu wecken. Cyrillus erholte sich bald, und beichtete mir, er der Fromme, dem frevelichen Sünder! – Aber es war, als würde, indem ich den Greis, dessen höchste Vergehen nur in Zweifel bestanden, die ihm hie und da aufgestoßen, absolvierte, von der hohen ewigen Macht, ein Geist des Himmels in mir entzündet, und als sei ich nur das Werkzeug, das körpergewordene Organ, dessen sich jene Macht bediene, um schon hienieden zu dem noch nicht entbundenen Menschen menschlich zu reden. Cyrillus hob den andachtsvollen Blick zum Himmel, und sprach: „Oh, mein Bruder Medardus, wie haben mich deine Worte erquickt! – Froh gehe ich dem Tode entgegen, den mir verruchte Bösewichter bereitet! Ich falle, ein Opfer der gräßlichsten Falschheit und Sünde die den Thron des dreifach Gekrönten umgibt." – Ich vernahm dumpfe Tritte, die näher und näher kamen, die Schlüssel rasselten im Schloß der Türe. Cyrillus raffte sich mit Gewalt empor, erfaßte meine Hand und rief mir ins Ohr: „Kehre in unser Kloster zurück – Leonardus ist von allem unterrichtet, er weiß, wie ich sterbe – beschwöre ihn, über meinen Tod zu schweigen. – Wie bald hätte mich ermatteten Greis auch sonst der Tod ereilt – Lebe wohl, mein Bruder! – Bete für das Heil meiner Seele! – Ich werde bei euch sein, wenn ihr im Kloster mein Totenamt haltet. Gelobe mir, daß du hier über alles was du erfahren, schweigen willst, denn du führst nur dein Verderben herbei, und verwickelst unser Kloster in tausend schlimme Händel!" – Ich tat, es, Vermummte waren hereingetreten, sie hoben den Greis aus dem Bette und schleppten ihn, der vor Mattigkeit nicht fortzuschreiten vermochte, durch den Gang nach dem Gewölbe, in dem ich früher gewesen. Auf den Wink der Vermummten war ich gefolgt, die Dominikaner hatten einen Kreis geschlossen, in den man den Greis brachte und auf ein Häufchen Erde, das man in der Mitte aufgeschüttet, niederknien hieß. Man hatte ihm ein Kruzifix in die Hand gegeben. Ich war, weil ich es meines Amts hielt, mit in den Kreis getreten und betete laut. Ein Dominikaner ergriff mich beim Arm und zog mich beiseite. In dem Augenblicke sah ich in der Hand eines Vermummten, der hinterwärte in den Kreis getreten, ein Schwert blitzen und Cyrillus' blutiges Haupt rollte zu meinen Füßen hin. – Ich sank bewußtlos nieder. Als ich wieder zu mir selbst kam, befand ich mich in einem kleinen zellenartigen Zimmer. Ein Dominikaner trat auf mich zu und sprach mit hämischem Lächeln: „Ihr seid wohl recht erschrocken, mein Bruder, und solltet doch billig Euch erfreuen, da Ihr mit eignen Augen ein schönes Martyrium angeschaut habt. *So* muß man ja wohl es nennen, wenn ein Bruder aus Euerm Kloster den verdienten Tod empfängt, denn Ihr seid wohl alle samt und sonders Heilige?" – „Nicht Heilige sind wir", sprach ich, „aber in unserm Kloster wurde noch nie ein Unschuldiger ermordet! – Entlaßt mich – ich habe mein Amt vollbracht mit Freudigkeit! – Der Geist des Verklärten wird mir nahe sein, wenn ich fallen sollte in die Hände verruchter Mörder!" – „Ich zweifle gar nicht", sprach der Dominikaner: „daß der selige Bruder Cyrillus Euch in dergleichen Fällen beizustehen imstande sein wird, wollet aber doch, lieber Bruder! seine Hinrichtung nicht etwa einen Mord nennen? – Schwer hat sich Cyrillus versündigt an dem Statthalter des Herrn, und dieser selbst war es, der seinen Tod befahl. – Doch er muß Euch ja wohl alles gebeichtet haben, unnütz ist es daher, mit Euch darüber zu sprechen, nehmt lieber dieses zur Stärkung und Erfrischung, Ihr seht ganz blaß und verstört aus." Mit diesen Worten reichte mir der Dominikaner einen kristallenen Pokal in dem ein dunkelroter stark duftender Wein schäumte. Ich weiß nicht, welche Ahnung mich durchblitzte, als ich den Pokal an den Mund brachte. – Doch war es gewiß, daß ich denselben Wein roch, den mir einst Euphemie in jener verhängnisvollen Nacht kredenzte und unwillkürlich, ohne deutlichen Gedanken, goß ich ihn aus in den linken Ärmel meines Habits, indem ich, wie von der Ampel geblendet, die linke Hand vor die Augen hielt. „Wohl bekomm es Euch", rief der Dominikaner indem er mich schnell zur Türe hinausschob. – Man warf mich in den Wagen, der zu meiner Verwunderung leer war, und zog mit mir von dannen. Die Schrecken der Nacht, die geistige Anspannung, der tiefe Schmerz über den unglücklichen Cyrill warfen mich in einen betäubten Zustand, so daß ich mich ohne zu widerstehen hingab, als man mich aus dem Wagen herausriß und ziemlich unsanft auf den Boden fallen ließ. Der Morgen brach an, und ich sah mich an der Pforte des Kapuzinerklosters liegen, dessen Glocke ich, als ich mich aufgerichtet hatte, anzog. Der Pförtner erschrack über mein bleiches, verstörtes Ansehen und mochte dem Prior die Art, wie ich zurückgekommen, gemeldet haben, denn gleich nach der Frühmesse trat dieser mit besorglichem Blick in meine Zelle. Auf sein Fragen erwiderte ich nur im allgemeinen, daß der Tod dessen, den ich absolvieren müssen, zu gräßlich gewesen sei um mich nicht im Innersten aufzuregen, aber bald konnte ich vor dem wütenden Schmerz, den ich am linken Arme empfand, nicht weiterreden, ich schrie laut auf. Der Wundarzt des Klosters kam, man riß mir den fest an dem Fleisch klebenden Ärmel herab, und fand den ganzen Arm wie von einer ätzenden Materie zerfleischt und zerfressen. – „Ich habe Wein trinken sollen – ich habe ihn in den Ärmel gegossen", stöhnte ich, ohnmächtig von der entsetzlichen Qual! – „Ätzendes Gift war in dem Weine", rief der Wundarzt, und eilte, Mittel anzuwenden, die wenigstens bald den wütenden Schmerz linderten. Es gelang der Geschicklichkeit des Wundarztes und der sorglichen Pflege, die mir der Prior angedeihen ließ, den Arm, der erst abgenommen werden sollte, zu retten, aber bis auf den Knochen dorrte das Fleisch ein und alle Kraft der Bewegung hatte der feindliche Schierlingstrank gebrochen. „Ich sehe nur zu deutlich", sprach der Prior, „was es mit jener Begebenheit, die Euch um Euern Arm brachte, für eine Bewandtnis hat. Der fromme Bruder Cyrillus verschwand aus unserm Kloster und aus Rom auf unbegreifliche Weise, und auch Ihr, lieber Bruder Medardus! werdet auf dieselbe

Weise verlorengehen, wenn Ihr Rom nicht alsbald verlasset. Auf verschiedene verdächtichte Weise erkundigte man sich nach Euch, während der Zeit als Ihr krank lagt, und nur meiner Wachsamkeit und der Einigkeit der frommgesinnten Brüder möget Ihr es verdanken, daß Euch der Mord nicht bis in Eure Zelle verfolgte. So wie Ihr überhaupt mir ein verwunderlicher Mann zu sein scheint, den überall verhängnisvolle Bande umschlingen, so seid Ihr auch seit der kurzen Zeit Eures Aufenthalts in Rom gewiß wider Euern Willen viel zu merkwürdig geworden, als daß es gewissen Personen nicht wünschenswert sein sollte, Euch aus dem Wege zu räumen. Kehrt zurück in Euer Vaterland, in Euer Kloster! – Friede sei mit Euch!"

Ich fühlte wohl, daß, solange ich mich in Rom befände, mein Leben in steter Gefahr bleiben müsse, aber zu dem peinigenden Andenken an alle begangene Frevel, das die strengste Buße nicht zu vertilgen vermocht hatte, gesellte sich der körperliche empfindliche Schmerz des abwelkenden Armes, und so achtete ich ein qualvolles sieches Dasein nicht, das ich durch einen schnell mir gegebenen Tod wie eine drückende Bürde fahren lassen konnte. Immer mehr gewöhnte ich mich an den Gedanken, eines gewaltsamen Todes zu sterben, und er erschien mir bald sogar als ein glorreiches durch meine strenge Buße erworbenes Märtyrertum. Ich sah mich selbst, wie ich zu den Pforten des Klosters hinausschritt, und wie eine finstre Gestalt mich schnell mit einem Dolch durchbohrte. Das Volk versammelte sich um den blutigen Leichnam – „Medardus – der fromme büßende Medardus ist ermordet!" – So rief man durch die Straßen und dichter und dichter drängten sich die Menschen, laut wehklagend um den Entseelten. – Weiber knieten nieder und trockneten mit weißen Tüchern die Wunde, aus der das Blut hervorquoll. Da sieht eine das Kreuz an meinem Halse, laut schreit sie auf: „Er ist ein Märtyrer, ein Heiliger – seht hier das Zeichen des Herrn, das er am Halse trägt" – da wirft sich alles auf die Knie. – Glücklich, der den Körper des Heiligen berühren, der nur sein Gewand erfassen kann! – schnell ist eine Bahre gebracht, der Körper hinaufgelegt, mit Blumen bekränzt, und im Triumphzuge unter lautem Gesang und Gebet tragen ihn Jünglinge nach St. Peter! – So arbeitete meine Fantasie ein Gemälde aus, das meine Verherrlichung hienieden mit lebendigen Farben darstellte, und nicht gedenkend, nicht ahnend, wie der böse Geist des sündlichen Stolzes mich auf neue Weise zu verlocken trachte, beschloß ich, nach meiner völligen

Genesung in Rom zu bleiben, meine bisherige Lebensweise fortzusetzen, und so entweder glorreich zu sterben oder, durch den Papst meinen Feinden entrissen, emporzusteigen zu hohen Würde der Kirche. – Meine starke lebenskräftige Natur ließ mich endlich den namenlosen Schmerz ertragen, und widerstand der Einwirkung des höllischen Safts der von außen her mein Inneres zerrütten wollte. Der Arzt versprach meine baldige Herstellung, und in der Tat empfand ich nur in den Augenblicken jenes Delirierens, das dem Einschlafen vorherzugehen pflegt, fieberhafte Anfälle, die mit kalten Schauern und fliegender Hitze wechselten. Gerade in diesen Augenblicken war es, als ich, ganz erfüllt von dem Bilde meines Martyriums, mich selbst, wie es schon oft geschehen, durch einen Dolchstich in der Brust ermordet schaute. Doch, statt daß ich mich sonst gewöhnlich auf dem spanischen Platz niedergestreckt und bald von einer Menge Volks, die meine Heiligsprechung verbreitete, umgeben sah, lag ich einsam in einem Laubgange des Klostergartens in B. – Statt des Blutes quoll ein ekelhafter farbloser Saft aus der weit aufklaffenden Wunde und eine Stimme sprach: „Ist *das* Blut vom Märtyrer vergossen? – Doch ich will das unreine Wasser klären und färben, und dann wird das Feuer, welches über das Licht gesiegt, ihn krönen!" *Ich* war es, der dies gesprochen, als ich mich aber von meinem toten Selbst getrennt fühlte, merkte ich wohl, daß ich der wesenlose Gedanke meines Ichs sei, und bald erkannte ich mich als das im Äther schwimmende Rot. Ich schwang mich auf zu den leuchtenden Bergspitzen – ich wollte einziehn durch das Tor goldner Morgenwolken in die heimatliche Burg, aber Blitze durchkreuzten, gleich im Feuer auflodernden Schlangen, das Gewölbe des Himmels, und ich sank herab, ein feuchter, farbloser Nebel. „*Ich – ich*", sprach der Gedanke, „ich bin es, der Eure Blumen – Euer Blut färbt – Blumen und Blut sind Euer Hochzeitschmuck, den ich bereite!" – So wie ich tiefer und tiefer niederfiel, erblickte ich die Leiche mit weit aufklaffender Wunde in der Brust, aus der jenes unreine Wasser in Strömen floß. Mein Hauch sollte das Wasser umwandeln in Blut, doch geschah es nicht, die Leiche richtete sich auf und starrte mich an mit hohlen gräßlichen Augen und heulte wie der Nordwind in tiefer Kluft: „Verblendeter, törichter Gedanke, kein Kampf zwischen Licht und Feuer, aber das Licht ist die Feuertaufe durch das Rot, das du zu vergiften trachtest" – Die Leiche sank nieder; alle Blumen auf der Flur neigten verwelkt ihre Häupter, Menschen, bleichen Gespenstern ähnlich, warfen sich zur Erde und ein tausendstimmiger trostloser Jammer stieg in die Lüfte: „O Herr, Herr! ist so unermeßlich die Last unsrer Sünde, daß du Macht gibst dem Feinde unseres Blutes Sühnopfer zu ertöten?“ Stärker und stärker, wie des Meeres brausende Welle, schwoll die Klage! – der Gedanke wollte zerstäuben in dem gewaltigen Ton des trostlosen Jammers, da wurde ich wie durch einen elektrischen Schlag emporgerissen aus dem Traum. Die Turmglocke des Klosters schlug zwölfe, ein blendendes Licht fiel aus den Fenstern der Kirche in meine Zelle. „Die Toten richten sich auf aus den Gräbern und halten Gottesdienst.“ So sprach es in meinem Innern und ich begann zu beten. Da vernahm ich ein leises Klopfen. Ich glaubte, irgendein Mönch wolle zu mir herein, aber mit tiefem Entsetzen hörte ich bald jenes grauenvolle Kichern und Lachen meines gespenstischen Doppeltgängers, und es rief neckend und höhnend: – „Brüderchen . . . Brüderchen . . . Nun bin ich wieder bei dir . . . die Wunde blutet . . . die Wunde blutet . . . rot . . . rot . . . Komm mit mir, Brüderchen Medardus, komm mit mir!“ – Ich wollte aufspringen vom Lager, aber das Grausen hatte seine Eisdecke über mich geworfen und jede Bewegung die ich versuchte, wurde zum innern Krampf, der die Muskeln zerschnitt. Nur der Gedanke blieb und war inbrünstiges Gebet: daß ich errettet werden möge von den dunklen Mächten, die aus der offenen Höllenpforte auf mich eindrangen. Es geschah, daß ich mein Gebet, nur im Innern gedacht, laut und vernehmlich hörte, wie es Herr wurde über das Klopfen und Kichern und unheimliche Geschwätz des furchtbaren Doppeltgängers, aber zuletzt sich verlor in ein seltsames Summen, wie wenn der Südwind Schwärme feindlicher Insekten geweckt hat, die giftige Saugrüssel ansetzen an die blühende Saat. Zu jener trostlosen Klage der Menschen wurde das Summen, und meine Seele frug, „ist das nicht der weissagende Traum, der sich auf deine blutende Wunde heilend und tröstend legen will?“ – In dem Augenblicke brach der Purpurschimmer des Abendrots durch den düstern farblosen Nebel, aber in ihm erhob sich eine hohe Gestalt. – Es war Christus, aus jeder seiner Wunden perlte ein Tropfen Bluts und wiedergegeben war der Erde das Rot, und der Menschen Jammer wurde ein jauchzender Hymnus, denn das Rot war die Gnade des Herrn die über ihnen aufgegangen! Nur Medardus' Blut floß noch farblos aus der Wunde, und er flehte inbrünstig: „Soll auf der ganzen weiten Erde *ich*, *ich* allein nur trostlos der ewigen Qual der Verdammten preisgegeben bleiben?“ da regte es sich in den Büschen – eine Rose, von himmlischer Glut hochgefärbt, streckte ihr Haupt empor und schaute den Medardus an mit englisch mildem Lächeln, und süßer Duft umfing ihn, und der Duft war das wunderbare Leuchten des reinsten Frühlingsäthers. „Nicht das Feuer hat gesiegt, kein Kampf zwischen Licht und Feuer. – Feuer ist das Wort, das den Sündigen erleuchtet.“ – Es war, als hätte die Rose diese Worte gesprochen, aber die Rose war ein holdes Frauenbild. – In weißem Gewande, Rosen in das dunkle Haar geflochten, trat sie mir entgegen. – „Aurelie“, schrie ich auf, aus dem Traume erwachend; ein wunderbarer Rosengeruch erfüllte die Zelle und für Täuschung meiner aufgeregten Sinne mußt ich es wohl halten, als ich deutlich Aureliens Gestalt wahrzunehmen glaubte, wie sie mich mit ernsten Blicken anschaute und dann in den Strahlen des Morgens, die in die Zelle fielen, zu verduften schien. – Nun erkannte ich die Versuchung des Teufels und meine sündige Schwachheit. Ich eilte herab und betete inbrünstig am Altar der heiligen Rosalia. – Keine Kasteiung – keine Buße im Sinn des Klosters, aber als die Mittagssonne senkrecht ihre Strahlen herabschoß, war ich schon mehrere Stunden von Rom entfernt. – Nicht nur Cyrillus' Mahnung, sondern eine innere unwiderstehliche Sehnsucht nach der Heimat, trieb mich fort auf demselben Pfade, den ich bis nach Rom durchwandert. Ohne es zu wollen hatte ich, indem ich meinem Beruf entfliehen wollte, den geradesten Weg nach dem mir von dem Prior Leonardus bestimmten Ziel genommen.

Ich vermied die Residenz des Fürsten, nicht weil ich fürchtete, erkannt zu werden und aufs neue dem Kriminalgericht in die Hände zu fallen, aber wie konnte ich ohne herzzerreißende Erinnerung den Ort betreten, wo ich in frevelnder Verkehrtheit nach einem irdischen Glück zu trachten mich vermaß, dem ich Gottgeweihter ja entsagt hatte – ach, wo ich, dem ewigen reinen Geist der Liebe abgewandt, für des Lebens höchsten Lichtpunkt, in dem das Sinnliche und Übersinnliche in *einer* Flamme auflodert, den Moment der Befriedigung des irdischen Triebes nahm: wo mir die rege Fülle des Lebens, genährt von seinem eigenen üppigen Reichtum, als das Prinzip erschien, das sich kräftig auflehnen müsse gegen jenes Aufstreben nach dem Himmlischen, das ich nur unnatürliche Selbstverleugnung nennen konnte! – Aber noch mehr! – tief im Innern fühlte ich, trotz der Erkräftigung, die mir durch unsträflichen Wandel, durch anhaltende schwere Buße werden sollte, die Ohnmacht, einen Kampf glorreich zu bestehen, zu dem mich jene dunkle, grauenvolle Macht, deren Einwirkung ich nur zu oft, zu schreckbar gefühlt, unversehends aufreizen könne. – Aurelien wiedersehen! – vielleicht in voller Anmut und Schönheit prangend! – Konnt ich das ertragen, ohne übermannt zu werden von dem Geist des Bösen, der wohl noch mit den Flammen der Hölle mein Blut aufkochte, daß es zischend und gärend durch die Adern strömte. – Wie oft erschien mir Aureliens Gestalt, aber wie oft regten sich dabei Gefühle in meinem Innersten, deren Sündhaftigkeit ich erkannte und mit aller Kraft des Willens vernichtete. Nur in dem Bewußtsein alles dessen, woraus die hellste Aufmerksamkeit auf mich selbst hervorging und dem Gefühl meiner Ohnmacht, die mich den Kampf vermeiden hieß, glaubte ich die Wahrhaftigkeit meiner Buße zu erkennen, und tröstend war die Überzeugung, daß wenigstens der höllische Geist des Stolzes, die Vermessenheit es aufzunehmen mit den dunklen Mächten, mich verlassen habe. Bald war ich im Gebirge, und eines Morgens tauchte aus dem Nebel des vor mir liegenden Tals ein Schloß auf, das ich näher schreitend wohl erkannte. Ich war auf dem Gute des Barons von F. Die Anlagen des Parks waren verwildert, die Gänge verwachsen und mit Unkraut bedeckt; auf dem sonst so schönen Rasenplatz vor dem Schlosse weidete in dem hohen Grase Vieh – die Fenster des Schlosses hin und wieder zerbrochen – der Aufgang verfallen. – Keine menschliche Seele ließ sich blicken. – Stumm und starr stand ich da in grauenvoller Einsamkeit. Ein leises Stöhnen drang aus einem noch ziemlich erhaltenen Boskett, und ich wurde einen alten eisgrauen Mann gewahr, der in dem Boskett saß, und mich, unerachtet ich ihm nahe genug war, nicht wahrzunehmenn schien. Als ich mich noch mehr näherte, vernahm ich die Worte: „Tot – tot sind sie alle, die ich liebte! – Ach Aurelie! Aurelie – auch du! – die letzte! – tot – tot für diese Welt!“ Ich erkannte den alten Reinhold – eingewurzelt blieb ich stehen. – „Aurelie tot? Nein, nein du irrst Alter, *die* hat die ewige Macht beschützt vor dem Messer des frevelichen Mörders.“ – So sprach ich, da fuhr der Alte wie vom Blitz getroffen zusammen, und rief laut: „Wer ist hier? – wer ist hier? Leopold! – Leopold!“ – Ein Knabe sprang herbei; als er mich erblickte, neigte er sich tief und grüßte: „Laudetur Jesus Christus!“ – „In omnia saecula saeculorum“, erwiderte ich, da raffte der Alte sich auf und rief noch stärker: „Wer ist hier? –

wer ist hier?" – Nun sah ich, daß der Alte blind war. – „Ein ehrwürdiger Herr", sprach der Knabe: „ein Geistlicher vom Orden der Kapuziner ist hier." Da war es, als erfasse den Alten tiefes Grauen und Entsetzen, und er schrie: „Fort – fort – Knabe führe mich fort – hinein – hinein – verschließ die Türen – Peter soll Wache halten – fort, fort, hinein." Der Alte nahm alle Kraft zusammen, die ihm geblieben, um vor mir zu fliehen, wie vor dem reißenden Tier. Verwundert, erschrocken sah mich der Knabe an, doch der Alte, statt sich von ihm führen zu lassen, riß ihn fort, und bald waren sie durch die Türe verschwunden, die, wie ich hörte, fest verschlossen wurde. – Schnell floh ich fort von dem Schauplatz meiner höchsten Frevel, die bei diesem Auftritt lebendiger als jemals vor mir sich wiedergestalteten, und bald befand ich mich in dem tiefsten Dickicht. Ermüdet setzte ich mich an den Fuß eines Baumes in das Moos nieder; unweit davon war ein kleiner Hügel aufgeschüttet auf welchem ein Kreuz stand. Als ich aus dem Schlaf, in dem ich vor Ermattung gesunken, erwachte, saß ein alter Bauer neben mir, der alsbald, da er mich ermuntert sah, ehrerbietig seine Mütze abzog und im Ton der vollsten ehrlichsten Gutmütigkeit sprach: „Ei Ihr seid wohl weither gewandert, ehrwürdiger Herr! und recht müde geworden, denn sonst wäret Ihr hier an dem schauerlichen Plätzchen nicht in solch tiefen Schlaf gesunken. Oder Ihr wisset vielleicht gar nicht, was es mit diesem Orte hier für eine Bewandtnis hat?" – Ich versicherte, daß ich als fremder, von Italien hereinwandernder Pilger durchaus nicht von dem, was hier vorgefallen unterrichtet sei. „Es geht", sprach der Bauer: „Euch und Euere Ordensbrüder ganz besonders an, und ich muß gestehen, als ich Euch so sanft schlafend fand, setzte ich mich her, um jede etwanige Gefahr von Euch abzuwenden. Vor mehrern Jahren soll hier ein Kapuziner ermordet worden sein. So viel ist gewiß, daß ein Kapuziner zu der Zeit durch unser Dorf kam, und nachdem er übernachtet, dem Gebürge zuwanderte. An demselben Tage ging mein Nachbar den tiefen Talweg, unterhalb des Teufelsgrundes, hinab, und hörte mit einemmal ein fernes durchdringendes Geschrei, welches ganz absonderlich in den Lüften verklang. Er will sogar, was mir aber unmöglich scheint, eine Gestalt von der Bergspitze herab in den Abgrund stürzen gesehen haben. So viel ist gewiß, daß wir alle im Dorfe, ohne zu wissen warum, glaubten, der Kapuziner könne wohl herabgestürzt sein, und daß mehrere von uns hingingen und, soweit es nur möglich war, ohne das Leben aufs Spiel zu setzen, hinabstiegen, um wenigstens die Leiche des unglücklichen Menschen zu finden. Wir konnten aber nichts entdecken und lachten den Nachbar tüchtig aus, als er einmal in der mondhellen Nacht auf dem Talwege heimkehrend, ganz voll Todesschrecken einen nackten Menschen aus dem Teufelsgrunde wollte emporsteigen gesehen haben. Das war nun pure Einbildung; aber später erfuhr man denn wohl, daß der Kapuziner, Gott weiß warum, hier von einem vornehmen Mann ermordet, und der Leichnam in den Teufelsgrund geschleudert worden sei. Hier auf diesem Fleck muß der Mord geschehen sein, davon bin ich überzeugt, denn seht einmal, ehrwürdiger Herr! hier sitze ich einst, und schaue so in Gedanken da den hohlen Baum neben uns an. Mit einemmal ist es mir, als hinge ein Stück dunkelbraunes Tuch zur Spalte heraus. Ich springe auf, ich gehe hin, und ziehe einen ganz neuen Kapuzinerhabit heraus. An dem einen Ärmel klebte etwas Blut und in einem Zipfel war der Name Medardus hineingezeichnet. Ich dachte, arm wie ich bin, ein gutes Werk zu tun, wenn ich den Habit verkaufe und für das daraus gelöste Geld dem armen ehrwürdigen Herrn, der hier ermordet, ohne sich zum Tode vorzubereiten und seine Rechnung zu machen, Messen lesen ließe. So geschah es denn, daß ich das Kleid nach der Stadt trug, aber kein Trödler wollte es kaufen, und ein Kapuzinerkloster gab es nicht am Orte; endlich kam ein Mann, seiner Kleidung nach war's wohl ein Jäger oder ein Förster, der sagte, er brauche gerade solch einen Kapuzinerrock und bezahlte mir meinen Fund reichlich. Nun ließ ich von unserm Herrn Pfarrer eine tüchtige Messe lesen und setzte, da im Teufelsgrunde kein Kreuz anzubringen, hier eins hin zum Zeichen des schmählichen Todes des Herrn Kapuziners. Aber der selige Herr muß etwas viel über die Schnur gehauen haben, denn er soll hier noch zuweilen herumspuken und so hat des Herrn Pfarrers Messe nicht viel geholfen. Darum bitte ich Euch, ehrwürdiger Herr, seid Ihr gesund heimgekehrt von Eurer Reise, so haltet ein Amt für das Heil der Seele Eures Ordensbruders Medardus. Verprecht mir das!" – „Ihr seid im Irrtum, mein guter Freund!" sprach ich, „der Kapuziner Medardus, der vor mehrern Jahren auf der Reise nach Italien durch Euer Dorf zog, ist nicht ermordet. Noch bedarf es keiner Seelenmesse für ihn, er lebt und kann noch arbeiten für sein ewiges Heil! – Ich bin selbst dieser Medardus!" – Mit diesen Worten schlug ich meine Kutte auseinander und zeigte ihm den in den Zipfel gestickten

Namen Medardus. Kaum hatte der Bauer den Namen erblickt, als er erbleichte und mich voll Entsetzen anstarrte. Dann sprang er jählings auf und lief laut schreiend in den Wald hinein. Es war klar, daß er mich für das umgehende Gespenst des ermordeten Medardus hielt, und vergeblich würde mein Bestreben gewesen sein, ihm den Irrtum zu benehmen. – Die Abgeschiedenheit, die Stille des Orts nur von dem dumpfen Brausen des nicht fernen Waldstroms unterbrochen, war auch ganz dazu geeignet, grauenvolle Bilder aufzuregen; ich dachte an meinen gräßlichen Doppeltgänger, und, angesteckt von dem Entsetzen des Bauers, fühlte ich mich im Innersten erbeben, da es mir war, als würde er aus diesem, aus jenem finstern Busch hervortreten. – Mich ermannend schritt ich weiter fort, und erst dann, als mich die grausige Idee des Gespenstes meines Ichs, für das mich der Bauer gehalten, verlassen, dachte ich daran, daß mir nun ja erklärt worden sei, wie der wahnsinnige Mönch zu dem Kapuzinerrock gekommen, den er mir auf der Flucht zurückließ und den ich unbezweifelt für den meinigen erkannte. Der Förster, bei dem er sich aufhielt, und den er um ein neues Kleid angesprochen, hatte ihn in der Stadt von dem Bauer gekauft. Wie die verhängnisvolle Begebenheit am Teufelsgrunde auf merkwürdige Weise verstümmelt worden, das fiel tief in meine Seele, denn ich sah wohl, wie alle Umstände sich vereinigen mußten, um jene unheilbringende Verwechslung mit Viktorin herbeizuführen. Sehr wichtig schien mir des furchtsamen Nachbars wunderbare Vision, und ich sah mit Zuversicht noch deutlicherer Aufklärung entgegen, ohne zu ahnen, wo und wie ich sie erhalten würde.

Endlich, nach rastloser Wanderung, mehrere Wochen hindurch, nahte ich mich der Heimat; mit klopfendem Herzen sah ich die Türme des Zisterziensernonnenklosters vor mir aufsteigen. Ich kam in das Dorf, auf den freien Platz vor der Klosterkirche. Ein Hymnus, von Männerstimmen gesungen, klang aus der Ferne herüber. – Ein Kreuz wurde sichtbar – Mönche, paarweise wie in Prozession fortschreitend, hinter ihm. – Ach – ich erkannte meine Ordensbrüder, den greisen Leonardus von einem jungen, mir unbekannten Bruder geführt, an ihrer Spitze. – Ohne mich zu bemerken schritten sie singend bei mir vorüber und hinein durch die geöffnete Klosterpforte. Bald darauf zogen auf gleiche Weise die Dominikaner und Franziskaner aus B. herbei, fest verschlossene Kutschen fuhren hinein in den Klosterhof, es waren die Klarennonnen aus B. Alles ließ mich wahrnehmen, daß irgendein außerordentliches Fest gefeiert werden solle. Die Kirchentüren standen weit offen, ich trat hinein, und bemerkte, wie alles sorgfältig gekehrt und gesäubert wurde. – Man schmückte den Hochaltar und die Nebenaltäre mit Blumengewinden, und ein Kirchendiener sprach viel von frisch aufgeblühten Rosen, die durchaus morgen in aller Frühe herbeigeschafft werden müßten, weil die Frau Äbtissin ausdrücklich befohlen habe, daß mit *Rosen* der Hochaltar verziert werden solle. – Entschlossen, nun gleich zu den Brüdern zu treten, ging ich, nachdem ich mich durch kräftiges Gebet gestärkt, in das Kloster und frug nach dem Prior Leonardus; die Pförtnerin führte mich in einen Saal, Leonardus saß im Lehnstuhl, von den Brüdern umgeben; laut weinend, im Innersten zerknirscht, keines Wortes mächtig, stürzte ich zu seinen Füßen. „Medardus!" – schrie er auf, und ein dumpfes Gemurmel lief durch die Reihe der Brüder: „Medardus – Bruder Medardus ist endlich wieder da!" – Man hob mich auf – die Brüder drückten mich an ihre Brust: „Dank den himmlischen Mächten, daß du errettet bist aus den Schlingen der arglistigen Welt – aber erzähle – erzähle, mein Bruder" – so riefen die Mönche durcheinander. Der Prior erhob sich, und auf seinen Wink folgte ich ihm in das Zimmer, welches ihm gewöhnlich bei dem Besuch des Klosters zum Aufenthalt diente. „Medardus", fing er an: „du hast auf freveliche Weise dein Gelübde gebrochen; du hast, indem du, anstatt die dir gegebenen Aufträge auszurichten, schändlich entflohst, das Kloster auf die unwürdigste Weise betrogen. – Einmauern könnte ich dich lassen, wollte ich verfahren nach der Strenge des Klostergesetzes!" – „Richtet mich, mein ehrwürdiger Vater", erwiderte ich: „richtet mich, wie das Gesetz es will; ach! mit Freuden werfe ich die Bürde eines elenden qualvollen Lebens ab! – Ich fühl es wohl, daß die strengste Buße der ich mich unterwarf, mir keinen Trost hienieden geben konnte!" – „Ermanne dich", fuhr Leonardus fort: „der Prior hat mit dir gesprochen, jetzt kann der Freund, der Vater mit dir reden! – Auf wunderbare Weise bist du errettet worden vom Tode, der dir in Rom drohte. – Nur Cyrillus fiel als Opfer . . ." – „Ihr wißt also?" frug ich voll Staunen. „Alles", erwiderte der Prior: „Ich weiß, daß du dem Armen beistandest in der letzten Todesnot, und daß man dich mit dem vergifteten Wein, den man dir zum Labetrunk darbot, zu ermorden gedachte. Wahrscheinlich hast du, bewacht von den Argusaugen der Mönche, doch Gelegenheit gefunden, den

Wein ganz zu verschütten, denn trankst du nur einen Tropfen, so warst du hin, in Zeit von zehn Minuten." – „Oh, schaut her", rief ich und zeigte, den Ärmel der Kutte aufstreifend, dem Prior meinen bis auf den Knochen eingeschrumpften Arm, indem ich erzählte, wie ich, Böses ahnend, den Wein in den Ärmel gegossen. Leonardus schauerte zurück vor dem häßlichen Anblick des mumienartigen Gliedes, und sprach dumpf in sich hinein: „Gebüßt hast du, der du freveltest auf jedigliche Weise; aber Cyrillus – du frommer Greis!" – Ich sagte dem Prior: daß mir die eigentliche Ursache der heimlichen Hinrichtung des armen Cyrillus unbekannt geblieben. „Vielleicht", sprach der Prior, „hattest du dasselbe Schicksal, wenn du, wie Cyrillus als Bevollmächtigter unseres Klosters auftratst. Du weißt, daß die Ansprüche unsers Klosters Einkünfte des Kardinals ***, die er auf unrechtmäßige Weise zieht, vernichten; dies war die Ursache, warum der Kardinal mit des Papstes Beichtvater, den er bis jetzt angefeindet, plötzlich Freundschaft schloß, und so sich in dem Dominikaner einen kräftigen Gegner gewann, den er dem Cyrillus entgegenstellen konnte. Der schlaue Mönch fand bald die Art aus, wie Cyrill gestürzt werden konnte. Er führte ihn selbst ein bei dem Papst, und wußte diesem den fremden Kapuziner so darzustellen, daß der Papst ihn wie eine merkwürdige Erscheinung bei sich aufnahm, und Cyrillus in die Reihe der Geistlichen trat, von denen er umgeben. Cyrillus mußte nun bald gewahr werden, wie der Statthalter des Herrn nur zu sehr sein Reich in dieser Welt und ihren Lüsten suche und finde; wie er einer heuchlerischen Brut zum Spielwerk diene, die ihn trotz des kräftigen Geistes, der sonst ihm einwohnte, den sie aber durch die verworfensten Mittel zu beugen wußte, zwischen Himmel und Hölle herumwerfe. Der fromme Mann, das war vorauszusehen, nahm großes Ärgernis daran, und fühlte sich berufen, durch feurige Reden, wie der Geist sie ihm eingab, den Papst im Innersten zu erschüttern und seinen Geist von dem Irdischen abzulenken. Der Papst, wie verweichlichte Gemüter pflegen, wurde in der Tat von des frommen Greises Worten ergriffen, und eben in diesem erregten Zustande wurde es dem Dominikaner leicht, auf geschickte Weise nach und nach den Schlag vorzubereiten, der den armen Cyrillus treffen sollte. Er berichtete dem Papst, daß es auf nichts Geringeres abgesehen sei, als auf eine heimliche Verschwörung, die ihn der Kirche als unwürdig der dreifachen Krone darstellen sollte; Cyrillus habe den Auftrag, ihn dahin zu bringen, daß er irgendeine öffentliche Bußübung vornehme, welche dann als Signal des förmlichen, unter den Kardinälen gärenden Aufstandes dienen würde. Jetzt fand der Papst in den salbungsvollen Reden unseres Bruders die versteckte Absicht leicht heraus, der Alte wurde ihm tief verhaßt, und um nur irgendeinen auffallenden Schritt zu vermeiden, litt er ihn noch in seiner Nähe. Als Cyrillus wieder einmal Gelegenheit fand, zu dem Papst ohne Zeugen zu sprechen, sagte er geradezu, daß der, der den Lüsten der Welt nicht ganz entsage, der nicht einen wahrhaft heiligen Wandel führe, ein unwürdiger Statthalter des Herrn, und der Kirche eine Schmach und Verdammnis bringende Last sei, von der sie sich befreien müsse. Bald darauf, und zwar nachdem man Cyrillus aus den innern Kammern des Papstes treten gesehen, fand man das Eiswasser, welches der Papst zu trinken pflegte, vergiftet. Daß Cyrillus unschuldig war, darf ich dir, der du den frommen Greis gekannt hast, nicht versichern. Doch überzeugt war der Papst von seiner Schuld, und der Befehl, den fremden Mönch bei den Dominikanern heimlich hinzurichten, die Folge davon. Du warst in Rom eine auffallende Erscheinung; die Art, wie du dich gegen den Papst äußertest, vorzüglich die Erzählung deines Lebenslaufs, ließ ihn eine gewisse geistige Verwandtschaft zwischen ihm und dir finden; er glaubte, sich mit dir zu einem höhern Standpunkte erheben und in sündhaftem Vernünfteln über alle Tugend und Religion recht erlaben und erkräftigen zu können, um, wie ich wohl sagen mag, mit rechter Begeisterung für die Sünde zu sündigen. Deine Bußübungen waren ihm nur ein recht klug angelegtes heuchlerisches Bestreben, zum höheren Zweck zu gelangen. Er bewunderte dich und sonnte sich in den glänzenden, lobpreisenden Reden, die du ihm hieltst. So kam es, daß du, ehe der Dominikaner es ahnte, dich erhobst und der Rotte gefährlicher wurdest, als es Cyrillus jemals werden konnte. – Du merkst, Medardus! daß ich von deinem Beginnen in Rom genau unterrichtet bin; daß ich jedes Wort weiß, welches du mit dem Papst sprachst, und darin liegt weiter nichts Geheimnisvolles, wenn ich dir sage, daß das Kloster in der Nähe Sr. Heiligkeit einen Freund hat, der mir genau alles berichtete. Selbst als du mit dem Papst allein zu sein glaubtest, war er nahe genug um jedes Wort zu verstehen. – Als du in dem Kapuzinerkloster, dessen Prior mir nahe verwandt ist, deine strenge Bußübungen begannst, hielt ich deine Reue für echt. Es war auch wohl dem so, aber in Rom erfaßte dich der böse Geist des sündhaften Hochmuts, dem du bei uns erlagst, aufs neue. Warum klagtest du dich gegen den Papst Verbrechen an, die du niemals begingst? – Warst du denn jemals auf dem Schlosse des Barons von F.?" – „Ach! mein ehrwürdiger Vater", rief ich von innerm Schmerz zermalmt: „das war ja der Ort meiner entsetzlichsten Frevel! – Das ist aber die härteste Strafe der ewigen unerforschlichen Macht, daß ich auf Erden nicht gereinigt erscheinen soll von der Sünde, die ich in wahnsinniger Verblendung beging! – Auch Euch, mein ehrwürdiger Vater, bin ich ein sündiger Heuchler?" – „In der Tat", fuhr der Prior fort: „bin ich jetzt, da ich dich sehe und spreche, beinahe überzeugt, daß du, nach deiner Buße, der Lüge nicht mehr fähig warst, dann aber waltet ein noch mir bis jetzt unerklärliches Geheimnis ob. Bald nach deiner Flucht aus der Residenz (der Himmel wollte den Frevel nicht, den du zu begehen im Begriff standest, er errettete die fromme Aurelie) bald nach deiner Flucht sage ich, und nachdem der Mönch, den selbst Cyrillus für dich hielt wie durch ein Wunder sich gerettet hatte, wurde es bekannt, daß nicht du, sondern der als Kapuziner verkappte Graf Viktorin auf dem Schlosse des Barons gewesen war. Briefe, die sich in Euphemiens Nachlaß fanden, hatten dies zwar schon früher kundgetan, man hielt aber Euphemien selbst für getäuscht, da Reinhold versicherte, er habe dich zu genau gekannt um selbst bei deiner treuesten Ähnlichkeit mit Viktorin getäuscht zu werden. Euphemiens Verblendung blieb unbegreiflich. Da erschien plötzlich der Reitknecht des Grafen, und erzählte, wie der Graf, der seit Monaten im Gebürge einsam gelebt, und sich den Bart wachsen lassen, ihm in dem Walde und zwar bei dem sogenannten Teufelsgrunde plötzlich als Kapuziner gekleidet erschienen sei. Obgleich er nicht gewußt, wo der Graf die Kleider hergenommen, so sei ihm doch die Verkleidung weiter nicht aufgefallen, da er von dem Anschlage des Grafen, im Schlosse des Barons in Mönchshabit zu erscheinen, denselben ein ganzes Jahr zu tragen und so auch wohl noch höhere Dinge auszuführen, unterrichtet gewesen. Geahnt habe er wohl, wo der Graf zum Kapuzinerrock gekommen sei, da er den Tag vorher gesagt, wie er einen Kapuziner im Dorfe gesehen, und von ihm, wandere er durch den Wald, seinen Rock auf diese oder jene Weise zu bekommen hoffe. Gesehen habe er den Kapuziner nicht, wohl aber einen Schrei gehört; bald darauf sei auch im Dorf von einem im Walde ermordeten Kapuziner die Rede gewesen. Zu genau habe er seinen Herrn gekannt, zu viel mit ihm noch auf der Flucht aus dem Schlosse gesprochen, als daß hier eine Verwechselung stattfinden könne. – Diese Aussage des Reitknechts entkräftete Reinholds Meinung, und nur Viktorins gänzliches Verschwinden blieb unbegreiflich. Die Fürstin stellte die Hypothese auf, daß der vorgebliche Herr von Krczynski aus Kwiecziczewo eben der Graf Viktorin gewesen sei, und stützte sich auf seine merkwürdige, ganz auffallende Ähnlichkeit mit Francesko, an dessen Schuld längst niemand zweifelte, so wie auf die Motion die ihr jedesmal sein Anblick verursacht habe. Viele traten ihr bei und wollten, im Grunde genommen, viel gräflichen Anstand an jenem Abenteurer bemerkt haben, den man lächerlicherweise für einen verkappten Mönch gehalten. Die Erzählung des Försters von dem wahnsinnigen Mönch, der im Walde hausete und zuletzt von ihm aufgenommen wurde, fand nun auch ihren Zusammenhang mit der Untat Viktorins, sobald man nur einige Umstände als wahr voraussetzte. – Ein Bruder des Klosters, in dem Medardus gewesen, hatte den wahnsinnigen Mönch ausdrücklich für den Medardus erkannt, er mußte es also wohl sein. Viktorin hatte ihn in den Abgrund gestürzt; durch irgendeinen Zufall, der gar nicht unerhört sein durfte, wurde er errettet. Aus der Betäubung erwacht, aber schwer am Kopfe verwundet, gelang es ihm, aus dem Grabe heraufzukriechen. Der Schmerz der Wunde, Hunger und Durst machten ihn wahnsinnig – rasend! – So lief er durch das Gebürge, vielleicht von einem mitleidigen Bauer hin und wieder gespeiset und mit Lumpen behangen, bis er in die Gegend der Försterwohnung kam. Zwei Dinge bleiben hier aber unerklärbar, nämlich wie Medardus eine solche Strecke aus dem Gebürge laufen konnte, ohne angehalten zu werden, und wie er, selbst in den von Ärzten bezeugten Augenblicken des vollkommensten ruhigsten Bewußtseins, sich zu Untaten bekennen konnte, die er nie begangen. Die, welche die Wahrscheinlichkeit jenes Zusammenhangs der Sache verteidigten, bemerkten, daß man ja von den Schicksalen des aus dem Teufelsgrunde erretteten Medardus gar nichts wisse; es sei ja möglich, daß sein Wahnsinn erst ausgebrochen, als er auf der Pilgerreise in der Gegend der Försterwohnung sich befand. Was aber das Zugeständnis der Verbrechen, deren er beschuldigt, belange, so sei eben daraus abzunehmen, daß er niemals geheilt gewesen, sondern anscheinend bei Verstande, doch immer wahnsinnig geblieben wäre. Daß er die ihm angeschuldigten Mordtaten wirklich begangen, dieser Gedanke habe sich zur fixen Idee

umgestaltet. – Der Kriminalrichter, auf dessen Sagazität man sehr baute, sprach, als man ihn um seine Meinung frug: ‚Der vorgebliche Herr von Krczynski war kein Pole und auch kein Graf, der Graf Viktorin gewiß nicht, aber unschuldig auch keinesweges – der Mönch blieb wahnsinnig und unzurechnungsfähig in jedem Fall, deshalb das Kriminalgericht auch nur auf seine Einsperrung als Sicherheitsmaßregel erkennen konnte.' – Dieses Urteil durfte der Fürst nicht hören, denn *er* war es allein, der, tief ergriffen von den Freveln auf dem Schlosse des Barons, jene von dem Kriminalgericht in Vorschlag gebrachte Einsperrung in die Strafe des Schwerts umwandelte. – Wie aber alles in diesem elenden vergänglichen Leben, sei es Begebenheit oder Tat, noch so ungeheuer im ersten Augenblick erscheinend, sehr bald Glanz und Farbe verliert, so geschah es auch, daß das, was in der Residenz und vorzüglich am Hofe Schauer und Entsetzen erregt hatte, herabsank bis zur ärgerlichen Klatscherei. Jene Hypothese, daß Aureliens entflohener Bräutigam, Graf Viktorin gewesen, brachte die Geschichte der Italienerin in frisches Andenken, selbst die früher nicht Unterrichteten wurden von denen, die nun nicht mehr schweigen zu dürfen glaubten, aufgeklärt, und jeder, der den Medardus gesehen, fand es natürlich, daß seine Gesichtszüge vollkommen denen des Grafen Viktorin glichen, da sie Söhne *eines* Vaters waren. Der Leibarzt war überzeugt, daß die Sache sich so verhalten mußte und sprach zum Fürsten: ‚Wir wollen froh sein, gnädigster Herr! daß beide unheimliche Gesellen fort sind, und es bei der ersten vergeblich gebliebenen Verfolgung bewenden lassen.' – Dieser Meinung trat der Fürst aus dem Grunde seines Herzens bei, denn er fühlte wohl, wie der doppelte Medardus ihn von einem Mißgriff zum andern verleitet hatte. ‚Die Sache wird geheimnisvoll bleiben', sagte der Fürst: ‚wir wollen nicht mehr an dem Schleier zupfen, den ein wunderbares Geschick wohltätig darübergeworfen hat.' – Nur Aurelie . . ."
– „Aurelie", unterbrach ich den Prior mit Heftigkeit: „um Gott, mein ehrwürdiger Vater, sagt mir, wie ward es mit Aurelien?"
– „Ei, Bruder Medardus", sprach der Prior sanft lächelnd: „noch ist das gefährliche Feuer in deinem Innern nicht verdampft? – noch lodert die Flamme empor bei leiser Berührung? – So bist du noch nicht frei von den sündlichen Trieben, denen du dich hingabst. – Und ich soll der Wahrheit deiner Buße trauen; ich soll überzeugt sein, daß der Geist der Lüge dich ganz verlassen? – Wisse, Medardus, daß ich deine Reue für

wahrhaft nur dann anerkennen würde, wenn du jene Frevel, deren du dich anklagst, wirklich begingst. Denn nur in diesem Fall könnt ich glauben, daß jene Untaten so dein Inneres zerrütteten daß du, meiner Lehren, alles dessen, was ich dir über äußere und innere Buße sagte, uneingedenk, wie der Schiffbrüchige nach dem leichten unsichern Brett, nach jenen trügerischen Mitteln dein Verbrechen zu sühnen haschtest, die dich nicht allein einem verworfenen Papst, sondern jedem wahrhaft frommen Mann als einen eitlen Gaukler erscheinen ließen. – Sage, Medardus! war deine Andacht, deine Erhebung zu der ewigen Macht ganz makellos, wenn du Aurelien gedenken mußtest?" – Ich schlug, im Innern vernichtet, die Augen nieder. – „Du bist aufrichtig, Medardus", fuhr der Prior fort, „dein Schweigen sagt mir alles. – Ich wußte mit der vollsten Überzeugung, daß du es warst, der in der Residenz die Rolle eines polnischen Edelmanns spielte und die Baronesse Aurelie heiraten wollte. Ich hatte den Weg, den du genommen, ziemlich genau verfolgt, ein seltsamer Mensch (er nannte sich den Haarkünstler Belcampo) den du zuletzt in Rom sahst, gab mir Nachrichten; ich war überzeugt, daß du auf verruchte Weise Hermogen und Euphemien mordetest, und um so gräßlicher war es mir, daß du Aurelien so in Teufelsbanden verstricken wolltest. Ich hätte dich verderben können, doch weit entfernt, mich zum Rächeramt erkoren zu glauben, überließ ich dich und dein Schicksal der ewigen Macht des Himmels. Du bist erhalten worden auf wunderbare Weise und schon dieses überzeugt mich, daß dein irdischer Untergang noch nicht beschlossen war. – Höre, welches besonderen Umstandes halber ich später glauben mußte, daß es in der Tat Graf Viktorin war, der als Kapuziner auf dem Schlosse des Barons von F. erschien! – Nicht gar zu lange ist es her, als Bruder Sebastianus der Pförtner, durch ein Ächzen und Stöhnen, das den Seufzern eines Sterbenden glich, geweckt wurde. Der Morgen war schon angebrochen, er stand auf, öffnete die Klosterpforte und fand einen Menschen, der dicht vor derselben, halb erstarrt vor Kälte, lag und mühsam die Worte herausbrachte: er sei Medardus, der aus unserm Kloster entflohene Mönch. – Sebastianus meldete mir ganz erschrocken, was sich unten zugetragen; ich stieg mit den Brüdern hinab, wir brachten den ohnmächtigen Mann in das Refektorium. Trotz des bis zum Grausen entstellten Gesichts des Mannes, glaubten wir doch deine Züge zu erkennen, und mehrere meinten, daß wohl nur die veränderte Tracht den wohlbekannten Medardus so fremdartig darstelle. Er hatte Bart und Tonsur, dazu aber eine weltliche Kleidung, die zwar ganz verdorben und zerrissen war, der man aber noch die ursprüngliche Zierlichkeit ansah. Er trug seidene Strümpfe, auf einem Schuhe noch eine goldene Schnalle, eine weiße Atlasweste ..." – „Einen kastanienbraunen Rock von dem feinsten Tuch", fiel ich ein, „zierlich genähte Wäsche – einen einfachen goldenen Ring am Finger." – „Allerdings", sprach Leonardus erstaunt: „aber wie kannst du ..." – „Ach, es war ja der Anzug, wie ich ihn an jenem verhängnisvollen Hochzeittage trug!" – Der Doppeltgänger stand mir vor Augen. – Nein es war nicht der wesenlose entsetzliche Teufel des Wahnsinns, der hinter mir herrannte, der, wie ein mich bis ins Innerste zerfleischendes Untier, aufhockte auf meinen Schultern; es war der entflohene wahnsinnige Mönch, der mich verfolgte, der endlich, als ich in tiefer Ohnmacht dalag, meine Kleider nahm und mir die Kutte überwarf. Er war es, der an der Klosterpforte lag, mich – mich selbst auf schauderhafte Weise darstellend! – Ich bat den Prior nur fortzufahren in seiner Erzählung, da die Ahnung der Wahrheit, wie es sich mit mir auf die wunderbarste, geheimnisvollste Weise zugetragen, in mir aufdämmere. – „Nicht lange dauerte es", erzählte der Prior weiter, „als sich bei dem Manne die deutlichsten unzweifelhaftesten Spuren des unheilbaren Wahnsinns zeigten, und unerachtet, wie gesagt, die Züge seines Gesichts den deinigen auf das genaueste glichen, unerachtet er fortwährend rief: ‚Ich bin Medardus der entlaufene Mönch, ich will Buße tun bei euch' – so war doch bald jeder von uns überzeugt, daß es fixe Idee des Fremden sei, sich für dich zu halten. Wir zogen ihm das Kleid der Kapuziner an, wir führten ihn in die Kirche, er mußte die gewöhnlichen Andachtsübungen vornehmen, und wie er dies zu tun sich bemühte, merkten wir bald, daß er niemals in einem Kloster gewesen sein könne. Es mußte mir wohl die Idee kommen: Wie, wenn dies der aus der Residenz entsprungene Mönch, wie wenn dieser Mönch Viktorin wäre? – Die Geschichte, die der Wahnsinnige ehemals dem Förster aufgetischt hatte, war mir bekannt worden, indessen fand ich, daß alle Umstände, das Auffinden und Austrinken des Teufelselixiers, die Vision in dem Kerker, kurz der ganze Aufenthalt im Kloster, wohl die, durch deine auf seltsame psychische Weise einwirkende Individualität, erzeugte Ausgeburt des erkrankten Geistes sein könne. Merkwürdig war es in dieser Hinsicht, daß der Mönch in bösen Augenblicken immer geschrieen hatte, er sei Graf und gebietender Herr! – Ich beschloß, den fremden Mann der Irrenanstalt zu St. Getreu zu übergeben, weil ich hoffen durfte, daß, wäre Wiederherstellung möglich, sie gewiß dem Direktor jener Anstalt, einem in jede Abnormität des menschlichen Organismus tief eindringenden, genialen Arzte, gelingen werde. Des Fremden Genesung mußte das geheimnisvolle Spiel der unbekannten Mächte wenigstens zum Teil enthüllen. – Es kam nicht dazu. In der dritten Nacht weckte mich die Glocke, die, wie du weißt, angezogen wird, sobald jemand im Krankenzimmer meines Beistandes bedarf. Ich trat hinein, man sagte mir, der Fremde habe eifrig nach mir verlangt und es scheine, als habe ihn der Wahnsinn gänzlich verlassen, wahrscheinlich wolle er beichten; denn er sei so schwach, daß er die Nacht wohl nicht überleben werde. ‚Verzeiht', fing der Fremde an: als ich ihm mit frommen Worten zugesprochen, ‚verzeiht, ehrwürdiger Herr, daß ich Euch täuschen zu wollen mich vermaß. Ich bin nicht der Mönch Medardus, der Euerm Kloster entfloh. Den Grafen Viktorin seht Ihr vor Euch ... Fürst sollte er heißen, denn aus fürstlichem Hause ist er entsprossen, und ich rate Euch, dies zu beachten, da sonst mein Zorn Euch treffen könnte.' – Sei er auch Fürst, erwiderte ich, so wäre dies in unsern Mauern, und in seiner jetzigen Lage, ohne alle Bedeutung und es schiene mir besser zu sein, wenn er sich abwende von dem Irdischen, und in Demut erwarte, was die ewige Macht über ihn verhängt habe. – Er sah mich starr an, ihm schienen die Sinne zu vergehen, man gab ihm stärkende Tropfen, er erholte sich bald und sprach: ‚Es ist mir so, als müsse ich bald sterben und vorher mein Herz erleichtern. Ihr habt Macht über mich, denn sosehr Ihr Euch auch verstellen möget, merke ich doch wohl, daß Ihr der heilige Antonius seid und am besten wisset, was für Unheil Eure Elixiere angerichtet. Ich hatte wohl Großes im Sinne, als ich beschloß, mich als ein geistlicher Herr darzustellen mit großem Barte und brauner Kutte. Aber als ich so recht mit mir zu Rate ging, war es, als träten die heimlichsten Gedanken aus meinem Innern heraus und verpuppten sich zu einem körperlichen Wesen, das recht graulich doch mein Ich war. Dies zweite Ich hatte grimmige Kraft und schleuderte mich, als aus dem schwarzen Gestein des tiefen Abgrundes, zwischen sprudelndem schäumigen Gewässer, die Prinzessin schneeweiß hervortrat, hinab. Die Prinzessin fing mich auf in ihren Armen und wusch meine Wunden aus, daß ich bald keinen Schmerz mehr fühlte. Mönch war ich nun freilich geworden, aber das Ich meiner Gedanken war stärker, und trieb mich, daß ich die Prinzessin die mich errettet und die ich sehr liebte, samt ihrem Bruder ermorden mußte. Man warf mich in den Kerker, aber Ihr wißt selbst, heiliger Antonius, auf welche Weise Ihr, nachdem ich Euern verfluchten Trank gesoffen, mich entführtet, durch die Lüfte. Der grüne Waldkönig nahm mich schlecht auf, unerachtet er doch meine Fürstlichkeit kannte; das Ich meiner Gedanken erschien bei ihm und rückte mir allerlei Häßliches vor, und wollte, weil wir doch alles zusammen getan, in Gemeinschaft mit mir bleiben. Das geschah auch, aber bald, als wir davonliefen, weil man uns den Kopf abschlagen wollte, haben wir uns doch entzweit. Als das lächerliche Ich indessen immer und ewig genährt sein wollte von meinem Gedanken, schmiß ich es nieder, prügelte es derb ab und nahm ihm seinen Rock.' – So weit waren die Reden des Unglücklichen einigermaßen verständlich, dann verlor er sich in das unsinnige alberne Gewäsch des höchsten Wahnsinns. Eine Stunde später, als das Frühamt eingeläutet wurde, fuhr er mit einem durchdringenden entsetzlichen Schrei auf, und sank, wie es uns schien, tot nieder. Ich ließ ihn nach der Totenkammer bringen, er sollte in unserm Garten an geweihter Stätte begraben werden, du kannst dir aber wohl unser Erstaunen, unsern Schreck denken, als die Leiche, da wir sie hinaustragen und einsargen wollten, spurlos verschwunden war. Alles Nachforschen blieb vergebens, und ich mußte darauf verzichten, jemals Näheres, Verständlicheres über den rätselhaften Zusammenhang der Begebenheiten in die du mit dem Grafen verwickelt wurdest, zu erfahren. Indessen, hielt ich alle mir über die Vorfälle im Schloß bekannt gewordenen Umstände mit jenen verworrenen, durch Wahnsinn entstellten Reden zusammen, so konnte ich kaum daran zweifeln, daß der Verstorbene wirklich Graf Viktorin war. Er hatte, wie der Reitknecht andeutete, irgendeinen pilgernden Kapuziner im Gebürge ermordet und ihm das Kleid genommen, um seinen Anschlag im Schlosse des Barons auszuführen. Wie er vielleicht es gar nicht im Sinn hatte, endete der begonnene Frevel mit dem Morde Euphemiens und Hermogens. Vielleicht war er schon wahnsinnig, wie Reinhold es behauptet, oder er wurde es dann auf der Flucht, gequält von Gewissensbissen. Das Kleid, welches er trug und die Ermordung des Mönchs, gestaltete sich in ihm zur fixen Idee, daß er wirklich ein Mönch, und sein Ich zerspaltet sei in zwei sich feindliche Wesen. Nur die Periode von der Flucht aus dem Schlosse bis zur Ankunft bei dem Förster, bleibt dunkel, so wie es unerklärlich ist, wie sich die Erzählung von seinem Aufenthalt im Kloster und der Art seiner Rettung aus dem Kerker in ihm bildete. Daß äußere Motive stattfinden mußten, leidet gar keinen Zweifel, aber höchst merkwürdig ist es, daß diese Erzählung dein Schicksal, wiewohl verstümmelt, darstellt. Nur die Zeit der Ankunft des Mönchs bei dem Förster, wie dieser sie angibt, will gar nicht mit Reinholds Angabe des Tages wann Viktorin aus dem Schlosse entfloh, zusammenstimmen. Nach der Behauptung des Försters mußte sich der wahnsinnige Viktorin gleich haben im Walde blicken lassen, nachdem er auf dem Schlosse des Barons angekommen." – „Haltet ein", unterbrach ich den Prior: „Haltet ein, mein ehrwürdiger Vater, jede Hoffnung, der Last meiner Sünden unerachtet, nach der Langmut des Herrn, noch Gnade und ewige Seligkeit zu erringen, soll aus meiner Seele schwinden; in trostloser Verzweiflung, mich selbst und mein Leben verfluchend, will ich sterben, wenn ich nicht in tiefster Reue und Zerknirschung Euch alles, was sich mit mir begab, seitdem ich das Kloster verließ, getreulich offenbaren will, wie ich es in heiliger Beichte tat." Der Prior geriet in das höchste Erstaunen, als ich ihm nun mein ganzes Leben mit aller nur möglichen Umständlichkeit enthüllte. – „Ich muß dir glauben", sagte der Prior, als ich geendet, „ich muß dir glauben, Bruder Medardus, denn alle Zeichen wahrer Reue entdeckte ich, als du redetest. – Wer vermag das Geheimnis zu enthüllen, das die geistige Verwandtschaft zweier Brüder, Söhne eines verbrecherischen Vaters, und selbst in Verbrechen befangen, bildete. – Es ist gewiß, daß Viktorin auf wunderbare Weise errettet wurde aus dem Abgrunde, in den du ihn stürztest, daß *er* der wahnsinnige Mönch war, den der Förster aufnahm, der dich als dein Doppeltgänger verfolgte und hier im Kloster starb. Er diente der dunkeln Macht, die in dein Leben eingriff nur zum Spiel – nicht dein Genosse war er, nur das untergeordnete Wesen, welches dir in den Weg gestellt wurde, damit das lichte Ziel, das sich dir vielleicht auftun konnte, deinem Blick verhüllt bleibe. Ach, Bruder Medardus, noch geht der Teufel rastlos auf Erden umher, und bietet den Menschen seine Elixiere dar! – Wer hat dieses oder jenes seiner höllischen Getränke nicht einmal schmackhaft gefunden; aber das ist der Wille des Himmels, daß der Mensch, der bösen Wirkung des augenblicklichen Leichtsinns sich bewußt werde, und aus diesem klaren Bewußtsein die

Kraft schöpfe, ihr zu widerstehen. Darin offenbart sich die Macht des Herrn, daß, so wie das Leben der Natur durch das Gift, das sittlich gute Prinzip in ihr erst durch das Böse bedingt wird. – Ich darf zu dir so sprechen, Medardus! da ich weiß, daß du mich nicht mißverstehest. Gehe jetzt zu den Brüdern."

In dem Augenblick erfaßte mich, wie ein jäher alle Nerven und Pulse durchzuckender Schmerz, die Sehnsucht der höchsten Liebe; „Aurelie – ach Aurelie!" rief ich laut. Der Prior stand auf und sprach in sehr ernstem Ton: „Du hast wahrscheinlich die Zubereitungen zu einem großen Feste in dem Kloster bemerkt? – Aurelie wird morgen eingekleidet und erhält den Klosternamen Rosalia." – Erstarrt – lautlos blieb ich vor dem Prior stehen. „Gehe zu den Brüdern", rief er beinahe zornig, und ohne deutliches Bewußtsein stieg ich hinab in das Refektorium, wo die Brüder versammelt waren. Man bestürmte mich aufs neue mit Fragen, aber nicht fähig war ich, auch nur ein einziges Wort über mein Leben zu sagen; alle Bilder der Vergangenheit verdunkelten sich in mir, und nur Aureliens Lichtgestalt trat mir glänzend entgegen. Unter dem Vorwande einer Andachtsübung verließ ich die Brüder und begab mich nach der Kapelle, die an dem äußersten Ende des weitläuftigen Klostergartens lag. Hier wollte ich beten, aber das kleinste Geräusch, das linde Säuseln des Laubganges riß mich empor aus frommer Betrachtung. – „Sie ist es . . . Sie kommt . . . ich werde sie wiedersehen" – so rief es in mir, und mein Herz bebte vor Angst und Entzücken. Es war mir, als höre ich ein leises Gespräch. Ich raffte mich auf, ich trat aus der Kapelle, und siehe, langsamen Schrittes, nicht fern von mir, wandelten zwei Nonnen, in ihrer Mitte eine Novize. – Ach es war gewiß Aurelie – mich überfiel ein krampfhaftes Zittern – mein Atem stockte – ich wollte vorschreiten, aber keines Schrittes mächtig sank ich zu Boden. Die Nonnen, mit ihnen die Novize, verschwanden im Gebüsch. Welch ein Tag! – welch eine Nacht! Immer nur Aurelie und Aurelie – Kein anderes Bild – Kein anderer Gedanke fand Raum in meinem Innern.

Sowie die ersten Strahlen des Morgens aufgingen, verkündigten die Glocken des Klosters das Fest der Einkleidung Aureliens, und bald darauf versammelten sich die Brüder in einem großen Saal; die Äbtissin trat, von zwei Schwestern begleitet, herein. – Unbeschreiblich ist das Gefühl, das mich durchdrang als ich *die* wiedersah, die meinen Vater so innig liebte, und unerachtet er durch Freveltaten ein Bündnis, das ihm das höchste

Erdenglück erwerben mußte, gewaltsam zerriß, doch die Neigung, die ihr Glück zerstört hatte, auf den Sohn übertrug. Zur Tugend, zur Frömmigkeit wollte sie diesen Sohn aufziehen, aber dem Vater gleich, häufte er Frevel auf Frevel und vernichtete so jede Hoffnung der frommen Pflegemutter, die in der Tugend des Sohnes Trost für des sündigen Vaters Verderbnis finden wollte. – Niedergesenkten Hauptes, den Blick zur Erde gerichtet, hörte ich die kurze Rede an, worin die Äbtissin nochmals der versammelten Geistlichkeit Aureliens Eintritt in das Kloster anzeigte, und sie aufforderte, eifrig zu beten, in dem entscheidenden Augenblick des Gelübdes, damit der Erbfeind nicht Macht haben möge, sinneverwirrendes Spiel zu treiben, zur Qual der frommen Jungfrau. „Schwer", sprach die Äbtissin: „schwer waren die Prüfungen, die die Jungfrau zu überstehen hatte. Der Feind wollte sie verlocken zum Bösen, und alles was die List der Hölle vermag, wandte er an, sie zu betören, daß sie, ohne Böses zu ahnen, sündige und dann aus dem Traum erwachend untergehe in Schmach und Verzweiflung. Doch die ewige Macht beschützte das Himmelskind, und mag denn der Feind auch noch heute es versuchen ihr verderblich zu nahen, ihr Sieg über ihn wird desto glorreicher sein. Betet – betet, meine Brüder, nicht darum, daß die Christusbraut nicht wanke, denn fest und standhaft ist ihr dem Himmlischen ganz zugewandter Sinn, sondern daß kein irdisches Unheil die fromme Handlung unterbreche. – Eine Bangigkeit hat sich meines Gemüts bemächtigt, der ich nicht zu widerstehen vermag!"

Es war klar, daß die Äbtissin mich – mich allein den Teufel der Versuchung nannte, daß sie meine Ankunft mit der Einkleidung Aureliens in Bezug, daß sie vielleicht in mir die Absicht irgendeiner Greueltat voraussetzte. Das Gefühl der Wahrheit meiner Reue, meiner Buße, der Überzeugung, daß mein Sinn geändert worden, richtete mich empor. Die Äbtissin würdigte mich nicht eines Blickes; tief im Innersten gekränkt, regte sich in mir jener bittere, verhöhnende Haß, wie ich ihn sonst in der Residenz bei dem Anblick der Fürstin gefühlt, und statt daß ich, ehe die Äbtissin jene Worte sprach, mich hätte vor ihr niederwerfen mögen in den Staub, wollte ich keck und kühn vor sie hintreten und sprechen: „Warst du denn immer solch ein überirdisches Weib, daß die Lust der Erde dir nicht aufging? ... Als du meinen Vater sahst, verwahrtest du denn immer dich so, daß der Gedanke der Sünde nicht Raum fand? ... Ei sage doch, ob selbst dann, als schon die Inful und der

Stab dich schmückten, in unbewachten Augenblicken meines Vaters Bild, nicht Sehnsucht nach irdischer Lust in dir aufregte? ... Was empfandest du denn, Stolze! als du den Sohn des Geliebten an dein Herz drücktest, und den Namen des Verlorenen, war er gleich ein frevelicher Sünder, so schmerzvoll riefst? – Hast du jemals gekämpft mit der dunklen Macht wie ich? Kannst du dich eines wahren Sieges erfreuen, wenn kein harter Kampf vorherging? – Fühlst du dich selbst so stark, daß du *den* verachtest, der dem mächtigsten Feinde erlag und sich dennoch erhob in tiefer Reue und Buße?" – Die plötzliche Änderung meiner Gedanken, die Umwandlung des Büßenden in den, der stolz auf den bestandenen Kampf fest einschreitet in das wiedergewonnene Leben, muß selbst im Äußern sichtlich gewesen sein. Denn der neben mir stehende Bruder frug: „Was ist dir, Medardus, warum wirfst du solche sonderbare zürnende Blicke auf die hochheilige Frau?" – „Ja", erwiderte ich halblaut: „wohl mag es eine hochheilige Frau sein, denn sie stand immer so hoch, daß das Profane sie nicht erreichen konnte, doch kommt sie mir jetzt nicht sowohl wie eine christliche, sondern wie eine heidnische Priesterin vor, die sich bereitet, mit gezücktem Messer das Menschenopfer zu vollbringen." Ich weiß selbst nicht, wie ich dazu kam, die letzten Worte, die außer meiner Ideenreihe lagen, zu sprechen, aber mit ihnen drängten sich im buntem Gewirr Bilder durcheinander, die nur im Entsetzlichsten sich zu einen schienen. – Aurelie sollte auf immer die Welt verlassen, sie sollte, wie ich, durch ein Gelübde, das mir jetzt nur die Ausgeburt des religiösen Wahnsinns schien, dem Irdischen entsagen? – So wie ehemals, als ich, dem Satan verkauft, in Sünde und Frevel den höchsten strahlendsten Lichtpunkt des Lebens zu schauen wähnte, dachte ich jetzt daran, daß beide, ich und Aurelie, im Leben, sei es auch nur durch den einzigen Moment des höchsten irdischen Genusses, vereint und dann als der unterirdischen Macht Geweihte sterben müßten. – Ja, wie ein gräßlicher Unhold, wie der Satan selbst, ging der Gedanke des Mordes mir durch die Seele! – Ach, ich Verblendeter gewahrte nicht, daß in dem Moment, als ich der Äbtissin Worte auf mich deutete, ich preisgegeben war, der vielleicht härtesten Prüfung, daß der Satan Macht bekommen über mich, und mich verlocken wollte zu dem Entsetzlichsten, das ich noch begangen! Der Bruder, zu dem ich gesprochen sah mich erschrocken an: „Um Jesus und der heiligen Jungfrau willen, was sagt Ihr da!" so sprach er; ich schaute nach der Äbtissin, die im Begriff stand, den Saal zu verlassen, ihr Blick fiel auf mich, totenbleich starrte sie mich an, sie wankte, die Nonnen mußten sie unterstützen. Es war mir, als lisple sie die Worte: „O all ihr Heiligen, meine Ahnung.“ Bald darauf wurde der Prior Leonardus zu ihr gerufen. Schon läuteten aufs neue alle Glocken des Klosters, und dazwischen tönten die donnernden Töne der Orgel, die Weihgesänge der im Chor versammelten Schwestern, durch die Lüfte, als der Prior wieder in den Saal trat. Nun begaben sich die Brüder der verschiedenen Orden in feierlichem Zuge nach der Kirche, die von Menschen beinahe so überfüllt war, als sonst am Tage des heiligen Bernardus. An einer Seite des mit duftenden Rosen geschmückten Hochaltars waren erhöhte Sitze für die Geistlichkeit angebracht, der Tribune gegenüber, auf welcher die Kapelle des Bischofs die Musik des Amts, welches er selbst hielt, ausführte. Leonardus rief mich an seine Seite, und ich bemerkte, daß er ängstlich auf mich wachte; die kleinste Bewegung erregte seine Aufmerksamkeit; er hielt mich an, fortwährend aus meinem Brevier zu beten. Die Klarennonnen versammelten sich in dem mit einem niedrigen Gitter eingeschlossenen Platz dicht vor dem Hochaltar, der entscheidende Augenblick kam; aus dem Innern des Klosters, durch die Gittertüre hinter dem Altar, führten die Zisterziensernonnen Aurelien herbei. – Ein Geflüster rauschte durch die Menge, als sie sichtbar worden, die Orgel schwieg und der einfache Hymnus der Nonnen erklang in wunderbaren tief ins Innerste dringenden Akkorden. Noch hatte ich keinen Blick aufgeschlagen; von einer furchtbaren Angst ergriffen, zuckte ich krampfhaft zusammen, so daß mein Brevier zur Erde fiel. Ich bückte mich darnach, es aufzuheben, aber ein plötzlicher Schwindel hätte mich von dem hohen Sitz herabgestürzt, wenn Leonardus mich nicht faßte und festhielt. „Was ist dir, Medardus“, sprach der Prior leise: „du befindest dich in seltsamer Bewegung, widerstehe dem bösen Feinde der dich treibt.“ Ich faßte mich mit aller Gewalt zusammen, ich schaute auf, und erblickte Aurelien, vor dem Hochaltar knieend. O Herr des Himmels, in hoher Schönheit und Anmut strahlte sie mehr als je! Sie war bräutlich – ach! ebenso wie an jenem verhängnisvollen Tage, da sie mein werden sollte, gekleidet. Blühende Myrten und Rosen im künstlich geflochtenen Haar. Die Andacht, das Feierliche des Moments, hatte ihre Wangen höher gefärbt, und in dem zum Himmel gerichteten Blick lag der volle Ausdruck himmlischer Lust. Was waren jene Augenblicke, als ich Aurelien zum erstenmal, als ich sie am Hofe des Fürsten sah, gegen dieses Wiedersehen. Rasender als jemals flammte in mir die Glut der Liebe – der wilden Begier auf – „O Gott – oh, all ihr Heiligen! laßt mich nicht wahnsinnig werden, nur nicht wahnsinnig – rettet mich, rettet mich von dieser Pein der Hölle – Nur nicht wahnsinnig laßt mich werden – denn das Entsetzliche muß ich sonst tun, und meine Seele preisgeben der ewigen Verdammnis!" – So betete ich im Innern, denn ich fühlte, wie immer mehr und mehr der böse Geist über mich Herr werden wollte. – Es war mir als habe Aurelie teil an dem Frevel, den *ich* nur beging, als sei das Gelübde, das sie zu leisten gedachte, in ihren Gedanken nur der feierliche Schwur, vor dem Altar des Herrn *mein* zu sein. – Nicht die Christusbraut, des Mönchs der sein Gelübde brach verbrecherisches Weib sah ich in ihr. – Sie mit aller Inbrunst der wütenden Begier umarmen und dann ihr den Tod geben – *der* Gedanke erfaßte mich unwiderstehlich. Der böse Geist trieb mich wilder und wilder – schon wollte ich schreien: „Haltet ein, verblendete Toren! nicht die von irdischem Triebe reine Jungfrau, die Braut des Mönchs wollt ihr erheben zur Himmelsbraut!" – mich hinabstürzen unter die Nonnen, sie herausreißen – ich faßte in die Kutte, ich suchte nach dem Messer, da war die Zeremonie so weit gediehen, daß Aurelie anfing das Gelübde zu sprechen. – Als ich ihre Stimme hörte, war es als bräche milder Mondesglanz durch die schwarzen, von wildem Sturm gejagten Wetterwolken. Licht wurde es in mir, und ich erkannte den bösen Geist, dem ich mit aller Gewalt widerstand. – Jedes Wort Aureliens gab mir neue Kraft, und im heißen Kampf wurde ich bald Sieger. Entflohen war jeder schwarze Gedanke des Frevels, jede Regung der irdischen Begier. – Aurelie war die fromme Himmelsbraut, deren Gebet mich retten konnte von ewiger Schmach und Verderbnis. – Ihr Gelübde war mein Trost, meine Hoffnung, und hell ging in mir die Heiterkeit des Himmels auf. Leonardus, den ich nun erst wieder bemerkte, schien die Änderung in meinem Innern wahrzunehmen, denn mit sanfter Stimme sprach er: „Du hast dem Feinde widerstanden, mein Sohn! das war wohl die letzte schwere Prüfung die dir die ewige Macht auferlegt!"

Das Gelübde war gesprochen; während eines Wechselgesanges den die Klarenschwestern anstimmten, wollte man Aurelien das Nonnengewand anlegen. Schon hatte man die Myrten und Rosen aus dem Haar geflochten, schon stand man im Begriff die herabwallenden Locken abzuschneiden, als ein

Getümmel in der Kirche entstand – ich sah, wie die Menschen auseinandergedrängt und zu Boden geworfen wurden; – näher und näher wirbelte der Tumult. – Mit rasender Gebärde – mit wildem, entsetzlichen Blick drängte sich ein halbnackter Mensch, (die Lumpen eines Kapuzinerrocks hingen ihm um den Leib,) alles um sich her mit geballten Fäusten niederstoßend durch die Menge. – Ich erkannte meinen gräßlichen Doppeltgänger, aber in demselben Moment, als ich, Entsetzliches ahnend, hinabspringen und mich ihm entgegenwerfen wollte, hatte der wahnsinnige Unhold die Galerie die den Platz des Hochaltars einschloß, übersprungen. Die Nonnen stäubten schreiend auseinander; die Äbtissin hatte Aurelien fest in ihre Arme eingeschlossen. – „Ha ha ha!" – kreischte der Rasende mit gellender Stimme: „wollt ihr mir die Prinzessin rauben! – Ha ha ha! – die Prinzessin ist mein Bräutchen, mein Bräutchen" – und damit riß er Aurelien empor, und stieß ihr das Messer, das er hochgeschwungen in der Hand hielt, bis an das Heft in die Brust, daß des Blutes Springquell hoch emporspritzte. „Juchhe – Juch Juch – nun hab ich mein Bräutchen, nun hab ich die Prinzessin gewonnen!" – So schrie der Rasende auf, und sprang hinter den Hochaltar, durch die Gittertüre fort in die Klostergänge. Voll Entsetzen kreischten die Nonnen auf. – „Mord – – Mord am Altar des Herrn", schrie das Volk, nach dem Hochaltar stürmend. „Besetzt die Ausgänge des Klosters, daß der Mörder nicht entkomme", rief Leonardus mit lauter Stimme, und das Volk stürzte hinaus und wer von den Mönchen rüstig war, ergriff die im Winkel stehenden Prozessionsstäbe und setzte dem Unhold nach durch die Gänge des Klosters. Alles war die Tat eines Augenblicks; bald kniete ich neben Aurelien, die Nonnen hatten mit weißen Tüchern die Wunde, so gut es gehen wollte, verbunden, und standen der ohnmächtigen Äbtissin bei. Eine starke Stimme sprach neben mir: „Sancta Rosalia, ora pro nobis", und alle die noch in der Kirche geblieben, riefen laut: „Ein Mirakel – ein Mirakel ja sie ist eine Märtyrin. – Sancta Rosalia ora pro nobis" – Ich schaute auf. – Der alte Maler stand neben mir, aber ernst und mild, so wie er mir im Kerker erschien. – Kein irdischer Schmerz über Aureliens Tod, kein Entsetzen über die Erscheinung des Malers konnte mich fassen, denn in meiner Seele dämmerte es auf, wie nun die rätselhaften Schlingen, die die dunkle Macht geknüpft, sich lösten.

„Mirakel, Mirakel", schrie das Volk immerfort: „Seht ihr

wohl den alten Mann im violetten Mantel? – der ist aus dem Bilde des Hochaltars herabgestiegen – ich habe es gesehen – ich auch, ich auch –" riefen mehrere Stimmen durcheinander und nun stürzte alles auf die Knie nieder und das verworrene Getümmel verbrauste und ging über in ein von heftigem Schluchzen und Weinen unterbrochenes Gemurmel des Gebets. Die Äbtissin erwachte aus der Ohnmacht, und sprach mit dem herzzerschneidenden Ton des tiefen, gewaltigen Schmerzes: „Aurelie! – mein Kind! – meine fromme Tochter! – ewiger Gott – es ist dein Ratschluß!" – Man hatte eine mit Polstern und Dekken belegte Bahre herbeigebracht. Als man Aurelien hinaufhob, seufzte sie tief und schlug die Augen auf. Der Maler stand hinter ihrem Haupte, auf das er seine Hand gelegt. Er war anzusehen wie ein mächtiger Heiliger, und alle, selbst die Äbtissin, schienen von wunderbarer scheuer Ehrfurcht durchdrungen. – Ich kniete beinahe dicht an der Seite der Bahre. Aureliens Blick fiel auf mich, da erfaßte mich tiefer Jammer über der Heiligen schmerzliches Märtyrertum. Keines Wortes mächtig, war es nur ein dumpfer Schrei, den ich ausstieß. Da sprach Aurelie sanft und leise: „Was klagest du über die, welche von der ewigen Macht des Himmels gewürdigt wurde von der Erde zu scheiden, in dem Augenblick als sie die Nichtigkeit alles Irdischen erkannt, als die unendliche Sehnsucht nach dem Reich der ewigen Freude und Seligkeit ihre Brust erfüllte?" – Ich war aufgestanden, ich war dicht an die Bahre getreten. „Aurelie", sprach ich: „– heilige Jungfrau! Nur einen einzigen Augenblick senke deinen Blick herab aus den hohen Regionen, sonst muß ich vergehen, in – meine Seele, mein innerstes Gemüt zerrüttenden, verderbenden Zweifeln. – Aurelie! verachtest du den Frevler der, wie der böse Feind selbst, in dein Leben trat? – Ach! schwer hat er gebüßt – aber er weiß es wohl, daß alle Buße seiner Sünden Maß nicht mindert – Aurelie! bist du versöhnt im Tode?" – Wie von Engelsfittichen berührt, lächelte Aurelie und schloß die Augen. „Oh – Heiland der Welt – heilige Jungfrau – so bleibe ich zurück, ohne Trost der Verzweiflung hingegeben, o Rettung! – Rettung von höllischem Verderben!" So betete ich inbrünstig, da schlug Aurelie noch einmal die Augen auf und sprach: „Medardus – nachgegeben hast du der bösen Macht! Aber blieb *ich* denn rein von der Sünde, als ich irdisches Glück zu erlangen hoffte in meiner verbrecherischen Liebe? – Ein besonderer Ratschluß des Ewigen hatte uns bestimmt, schwere Verbrechen unseres freveligen

Stammes zu sühnen, und so vereinigte uns das Band der Liebe, die nur über den Sternen thront und die nichts gemein hat, mit irdischer Lust. Aber dem listigen Feinde gelang es, die tiefe Bedeutung unserer Liebe uns zu verhüllen, ja uns auf entsetzliche Weise zu verlocken, daß wir das Himmlische nur deuten konnten auf irdische Weise. – Ach! war *ich* es denn nicht, die dir ihre Liebe bekannte im Beichtstuhl, aber statt den Gedanken der ewigen Liebe in dir zu entzünden, die höllische Glut der Lust in dir entflammte, welche du, da sie dich verzehren wollte, durch Verbrechen zu löschen gedachtest? Fasse Mut, Medardus! der wahnsinnige Tor, den der böse Feind verlockt hat zu glauben, er sei du, und müsse vollbringen was du begonnen, war das Werkzeug des Himmels, durch das sein Ratschluß vollendet wurde. – Fasse Mut, Medardus – bald bald ..." Aurelie, die das letzte schon mit geschlossenen Augen und hörbarer Anstrengung gesprochen, wurde ohnmächtig, doch der Tod konnte sie noch nicht erfassen. „Hat sie Euch gebeichtet, ehrwürdiger Herr? hat sie Euch gebeichtet?" so frugen mich neugierig die Nonnen. „Mit nichten", erwiderte ich: „nicht ich, *sie* hat meine Seele mit himmlischen Trost erfüllt." – „Wohl dir, Medardus, bald ist deine Prüfungszeit beendet – und wohl mir dann!" Es war der Maler, der diese Worte sprach. Ich trat auf ihn zu: „So verlaßt mich nicht, wunderbarer Mann." – Ich weiß selbst nicht, wie meine Sinne, indem ich weitersprechen wollte, auf seltsame Weise betäubt worden; ich geriet in einen Zustand zwischen Wachen und Träumen, aus dem mich ein lautes Rufen und Schreien erweckte. Ich sah den Maler nicht mehr. Bauern – Bürgersleute – Soldaten waren in die Kirche gedrungen und verlangten durchaus, daß ihnen erlaubt werden solle, das ganze Kloster zu durchsuchen, um den Mörder Aureliens, der noch im Kloster sein müsse, aufzufinden. Die Äbtissin, mit Recht Unordnungen befürchtend, verweigerte dies, aber ihres Ansehens unerachtet vermochte sie nicht die erhitzten Gemüter zu beschwichtigen. Man warf ihr vor, daß sie aus kleinlicher Furcht den Mörder verhehle, weil er ein Mönch sei, und immer heftiger tobend schien das Volk sich zum Stürmen des Klosters aufzuregen. Da bestieg Leonardus die Kanzel und sagte dem Volk nach einigen kräftigen Worten über die Entweihung heiliger Stätten, daß der Mörder keinesweges ein Mönch, sondern ein Wahnsinniger sei, den er im Kloster zur Pflege aufgenommen, den er, als er tot geschienen, im Ordenshabit nach der Totenkammer bringen lassen, der aber aus dem todähnlichen Zustande erwacht und entsprungen sei. Wäre er noch im Kloster, so würden es ihm die getroffenen Maßregeln unmöglich machen, zu entspringen. Das Volk beruhigte sich, und verlangte nur, daß Aurelie nicht durch die Gänge, sondern über den Hof in feierlicher Prozession nach dem Kloster gebracht werden solle. Dies geschah. Die verschüchterten Nonnen hoben die Bahre auf, die man mit Rosen bekränzt hatte. Auch Aurelie war, wie vorher, mit Myrten und Rosen geschmückt. Dicht hinter der Bahre, über welche vier Nonnen den Baldachin trugen, schritt die Äbtissin von zwei Nonnen unterstützt, die übrigen folgten mit den Klarenschwestern, dann die Brüder der verschiedenen Orden, ihnen schloß sich das Volk an, und so bewegte sich der Zug durch die Kirche. Die Schwester, welche die Orgel spielte, mußte sich auf den Chor begeben haben, denn sowie der Zug in der Mitte der Kirche war, ertönten dumpf und schauerlich tiefe Orgeltöne vom Chor herab. Aber siehe, da richtete sich Aurelie langsam auf, und erhob die Hände betend zum Himmel, und aufs neue stürzte alles Volk auf die Knie nieder und rief: „Sancta Rosalia, ora pro nobis." – So wurde *das* wahr, was ich, als ich Aurelien zum erstenmal sah, in satanischer Verblendung nur frevelig heuchelnd verkündet.

Als die Nonnen in dem untern Saal des Klosters die Bahre niedersetzten, als Schwestern und Brüder betend im Kreis umherstanden, sank Aurelie mit einem tiefen Seufzer der Äbtissin, die neben ihr kniete, in die Arme. – Sie war tot! – Das Volk wich nicht von der Klosterpforte, und als nun die Glocken den irdischen Untergang der frommen Jungfrau verkündeten, brach alles aus in Schluchzen und Jammergeschrei. – Viele taten das Gelübde, bis zu Aureliens Exequien in dem Dorf zu bleiben, und erst nach denselben in die Heimat zurückzufahren, während der Zeit aber strenge zu fasten. Das Gerücht von der entsetzlichen Untat, und von dem Martyrium der Braut des Himmels, verbreitete sich schnell, und so geschah es, daß Aureliens Exequien, die nach vier Tagen begangen wurden, einem hohen die Verklärung einer Heiligen feiernden Jubelfest glichen. Denn schon Tages vorher war die Wiese vor dem Kloster, wie sonst am Bernardustage, mit Menschen bedeckt, die, sich auf den Boden lagernd, den Morgen erwarteten. Nur statt des frohen Getümmels hörte man fromme Seufzer und ein dumpfes Murmeln. – Von Mund zu Mund ging die Erzählung von der entsetzlichen Tat am Hochaltar der Kirche, und brach einmal eine laute Stimme hervor, so geschah es in Verwünschungen des Mörders, der spurlos verschwunden blieb.

Von tieferer Einwirkung auf das Heil meiner Seele, waren wohl diese vier Tage, die ich meistens einsam in der Kapelle des Gartens zubrachte, als die lange strenge Buße im Kapuzinerkloster bei Rom. Aureliens letzte Worte hatten mir das Geheimnis meiner Sünden erschlossen und ich erkannte, daß ich, ausgerüstet mit aller Kraft der Tugend und Frömmigkeit, doch wie ein mutloser Feigling dem Satan, der den verbrecherischen Stamm zu hegen trachtete, daß er fort und fort gedeihe, nicht zu widerstehen vermochte. Gering war der Keim des Bösen in mir, als ich des Konzertmeisters Schwester sah, als der freveliche Stolz in mir erwachte, aber da spielte mir der Satan jenes Elixier in die Hände, das mein Blut wie ein verdammtes Gift, in Gärung setzte. Nicht achtete ich des unbekannten Malers, des Priors, der Äbtissin ernste Mahnung. – Aureliens Erscheinung am Beichtstuhl vollendete den Verbrecher. Wie eine physische Krankheit von jenem Gift erzeugt, brach die Sünde hervor. Wie konnte der dem Satan Ergebene das Band erkennen, das die Macht des Himmels als Symbol der ewigen Liebe um mich und Aurelien geschlungen? – Schadenfroh fesselte mich der Satan an einen Verruchten, in dessen Sein mein Ich eindringen, so wie er geistig auf mich einwirken mußte. Seinen scheinbaren Tod, vielleicht das leere Blendwerk des Teufels, mußte ich *mir* zuschreiben. Die Tat machte mich vertraut mit dem Gedanken des Mordes, der dem teuflischen Trug folgte. So war der in verruchter Sünde erzeugte Bruder das vom Teufel beseelte Prinzip, das mich in die abscheulichsten Frevel stürzte und mich mit den gräßlichsten Qualen umhertrieb. Bis dahin, als Aurelie nach dem Ratschluß der ewigen Macht ihr Gelübde sprach, war mein Innres nicht rein von der Sünde; bis dahin hatte der Feind Macht über mich, aber die wunderbare innere Ruhe, die wie von oben herabstrahlende Heiterkeit, die über mich kam, als Aurelie die letzten Worte gesprochen, überzeugte mich, daß Aureliens Tod die Verheißung der Sühne sei. – Als in dem feierlichen Requiem der Chor die Worte sang: „Confutatis maledictis flammis acribus addictis", fühlte ich mich erbeben, aber bei dem „Voca me cum benedictis" war es mir, als sähe ich in himmlischer Sonnenklarheit Aurelien, wie sie erst auf mich niederblickte und dann ihr von einem strahlenden Sternenringe umgebenes Haupt zum höchsten Wesen erhob, um für das ewige Heil meiner Seele zu bitten! – „Oro supplex et acclinis cor contritum quasi cinis!" – Nieder sank ich in den Staub, aber wie wenig glich mein inneres Gefühl, mein demütiges Flehen, jener leidenschaftlichen Zerknirschung, jenen grausamen wilden Bußübungen im Kapuzinerkloster. Erst jetzt war mein Geist fähig, das Wahre von dem Falschen zu unterscheiden, und bei diesem klaren Bewußtsein mußte jede neue Prüfung des Feindes wirkungslos bleiben. Nicht Aureliens Tod, sondern nur die als gräßlich und entsetzlich erscheinende Art desselben hatte mich in den ersten Augenblicken so tief erschüttert; aber wie bald erkannte ich, daß die Gunst der ewigen Macht sie das Höchste bestehen ließ! – Das Martyrium der geprüften, entsündigten Christusbraut! – War sie denn für mich untergegangen? Nein! jetzt erst, nachdem sie der Erde voller Qual entrückt, wurde sie mir der reine Strahl der ewigen Liebe, der in meiner Brust aufglühte. Ja! Aureliens Tod war das Weihfest jener Liebe, die, wie Aurelie sprach, nur über den Sternen thront, und nichts gemein hat mit dem Irdischen. – Diese Gedanken erhoben mich über mein irdisches Selbst, und so waren wohl jene Tage im Zisterzienserkloster die wahrhaft seligsten meines Lebens.

Nach der Exportation welche am folgenden Morgen stattfand wollte Leonardus mit den Brüdern nach der Stadt zurückkehren; die Äbtissin ließ mich, als schon der Zug beginnen sollte, zu sich rufen. Ich fand sie allein in ihrem Zimmer, sie war in der höchsten Bewegung, die Tränen stürzten ihr aus den Augen. „Alles – alles weiß ich jetzt, mein Sohn Medardus! Ja ich nenne dich so wieder, denn überstanden hast du die Prüfungen, die über dich Unglücklichen, Bedauernswürdigen ergingen! Ach, Medardus, nur *sie*, nur *sie*, die am Throne Gottes unsere Fürsprecherin sein mag, ist rein von der Sünde. Stand ich nicht am Rande des Abgrundes, als ich, von dem Gedanken an irdische Lust erfüllt, dem Mörder mich verkaufen wollte? – Und doch! – Sohn Medardus! – verbrecherische Tränen hab ich geweint, in einsamer Zelle, deines Vaters gedenkend! – Gehe, Sohn Medardus! Jeder Zweifel, daß ich vielleicht, zur mir selbst anzurechnenden Schuld in dir den frevelichsten Sünder erzog, ist aus meiner Seele verschwunden."

Leonardus, der gewiß der Äbtissin alles enthüllt hatte, was ihr aus meinem Leben noch unbekannt geblieben, bewies mir durch sein Betragen, daß auch er mir verziehen und dem Höchsten anheimgestellt hatte, wie ich vor seinem Richterstuhl bestehen werde. Die alte Ordnung des Klosters war geblieben, und ich trat in die Reihe der Brüder ein, wie sonst. Leonardus sprach eines Tages zu mir: „Ich möchte dir, Bruder Medardus wohl noch eine Bußübung aufgeben." Demütig frug ich, worin sie bestehen solle. „Du magst", erwiderte der Prior, „die Geschichte deines Lebens genau aufschreiben. Keinen der merkwürdigen Vorfälle, auch selbst der unbedeutenderen, vorzüglich nichts was dir im bunten Weltleben widerfuhr, darfst du auslassen. Die Fantasie wird dich wirklich in die Welt zurückführen, du wirst alles Grauenvolle, Possenhafte, Schauerliche und Lustige noch einmal fühlen, ja es ist möglich, daß du im Moment Aurelien anders, nicht als die Nonne Rosalia, die das Märtyrium bestand, erblickst; aber hat der Geist des Bösen dich ganz verlassen, hast du dich ganz vom Irdischen abgewendet, so wirst du, wie ein höheres Prinzip über alles schweben, und so wird jener Eindruck keine Spur hinterlassen." Ich tat wie der Prior geboten. Ach! – wohl geschah es so, wie er es ausgesprochen! – Schmerz und Wonne, Grauen und Lust – Entsetzen und Entzücken stürmten in meinem Innern, als ich mein Leben schrieb. – Du, der du einst diese Blätter liesest, ich sprach zu dir von der Liebe höchster Sonnenzeit, als Aureliens Bild mir im regen Leben aufging! – Es gibt Höheres als irdische Lust, die meistens nur Verderben bereitet dem leichtsinnigen, blödsinnigen Menschen, und *das* ist jene höchste Sonnenzeit, wenn fern von dem Gedanken frevelicher Begier die Geliebte wie ein Himmelsstrahl, alles Höhere, alles, was aus dem Reich der Liebe segensvoll herabkommt auf den armen Menschen, in deiner Brust entzündet. – Dieser Gedanke hat mich erquickt, wenn bei der Erinnerung an die herrlichsten Momente, die mir die Welt gab, heiße Tränen den Augen entstürzten und alle längst verharrschte Wunden aufs neue bluteten.

Ich weiß, daß vielleicht noch im Tode der Widersacher Macht haben wird, den sündigen Mönch zu quälen, aber standhaft ja mit inbrünstiger Sehnsucht erwarte ich den Augenblick, der mich der Erde entrückt, denn es ist der Augenblick der Erfüllung alles dessen, was mir Aurelie, ach! die heilige Rosalia selbst, im Tode verheißen. Bitte – bitte für mich, o heilige Jungfrau in der dunklen Stunde, daß die Macht der Hölle, der ich so oft erlegen, nicht mich bezwinge und hinabreiße in den Pfuhl ewiger Verderbnis!

*Nachtrag des Paters Spiridion,*
*Bibliothekar des Kapuzinerklosters zu B.*

In der Nacht vom dritten auf den vierten September des Jahres 17** hat sich viel Wunderbares in unserm Kloster ereignet. Es mochte wohl um Mitternacht sein, als ich in der, neben der meinigen liegenden, Zelle des Bruders Medardus ein seltsames Kichern und Lachen, und währenddessen ein dumpfes klägliches Ächzen vernahm. Mir war es, als höre ich deutlich von einer sehr häßlichen, widerwärtigen Stimme die Worte sprechen: „Komm mit mir, Brüderchen Medardus, wir wollen die Braut suchen." Ich stand auf, und wollte mich zum Bruder Medardus begeben, da überfiel mich aber ein besonderes Grauen, so daß ich, wie von dem Frost eines Fiebers ganz gewaltig durch alle Glieder geschüttelt wurde; ich ging demnach, statt in des Medardus Zelle, zum Prior Leonardus, weckte ihn nicht ohne Mühe, und erzählte ihm, was ich vernommen. Der Prior erschrak sehr, sprang auf und sagte, ich solle geweihte Kerzen holen und wir wollten uns beide dann zum Bruder Medardus begeben. Ich tat, wie mir geheißen, zündete die Kerzen an der Lampe des Muttergottesbildes auf dem Gange an, und wir stiegen die Treppe hinauf. Sosehr wir aber auch horchen mochten, die abscheuliche Stimme, die ich vernommen, ließ sich nicht wieder hören. Statt dessen hörten wir leise liebliche Glockenklänge, und es war so, als verbreite sich ein feiner Rosenduft. Wir traten näher, da öffnete sich die Türe der Zelle, und ein wunderlicher großer Mann, mit weißem krausen Bart, in einem violetten Mantel, schritt heraus; ich war sehr erschrocken, denn ich wußte wohl, daß der Mann ein drohendes Gespenst sein mußte, da die Klosterpforten fest verschlossen waren, mithin kein Fremder eindringen konnte; aber Leonardus schaute ihn keck an, jedoch ohne ein Wort zu sagen. „Die Stunde der Erfüllung ist nicht mehr fern", sprach die Gestalt sehr dumpf und feierlich, und verschwand in dem dunklen Gange, so daß meine Bangigkeit noch stärker wurde und ich schier hätte die Kerze aus der zitternden Hand fallen lassen mögen. Aber der Prior, der, ob seiner Frömmigkeit und Stärke im Glauben, nach Gespenstern nicht viel frägt, faßte mich beim Arm und sagte: „Nun wollen wir in die Zelle des Bruders Medardus treten." Das geschah denn auch. Wir fanden den Bruder, der schon seit einiger Zeit sehr schwach worden, im Sterben, der Tod hatte ihm die Zunge gebunden, er röchelte nur noch was weniges. Leonardus blieb bei ihm, und ich weckte die Brüder, indem ich die Glocke stark anzog und mit lauter Stimme rief: „Steht auf! – steht auf! – Der Bruder Medardus liegt im Tode!“ Sie standen auch wirklich auf, so daß nicht ein einziger fehlte, als wir mit angebrannten Kerzen uns zu dem sterbenden Bruder begaben. Alle, auch ich, der ich dem Grauen endlich widerstanden, überließen uns vieler Betrübnis. Wir trugen den Bruder Medardus auf einer Bahre nach der Klosterkirche, und setzten ihn vor dem Hochaltar nieder. Da erholte er sich zu unserm Erstaunen und fing an zu sprechen, so daß Leonardus selbst, sogleich nach vollendeter Beichte und Absolution, die Letzte Ölung vornahm. Nachher begaben wir uns, während Leonardus unten blieb und immerfort mit dem Bruder Medardus redete, in den Chor und sangen die gewöhnlichen Totengesänge für das Heil der Seele des sterbenden Bruders. Gerade als die Glocke des Klosters den andern Tag, nämlich am fünften September des Jahres 17** mittags zwölfe schlug, verschied Bruder Medardus in des Priors Armen. Wir bemerkten, daß es Tag und Stunde war, in der voriges Jahr die Nonne Rosalia auf entsetzliche Weise, gleich nachdem sie das Gelübde abgelegt, ermordet wurde. Bei dem Requiem und der Exportation hat sich noch folgendes ereignet. Bei dem Requiem nämlich verbreitete sich ein sehr starker Rosenduft, und wir bemerkten, daß an dem schönen Bilde der heiligen Rosalia, das von einem sehr alten unbekannten italienischen Maler verfertigt sein soll, und das unser Kloster von den Kapuzinern in der Gegend von Rom für erkleckliches Geld erkaufte, so daß sie nur eine Kopie des Bildes behielten, ein Strauß der schönsten, in dieser Jahreszeit seltenen Rosen befestigt war. Der Bruder Pförtner sagte, daß am frühen Morgen ein zerlumpter, sehr elend aussehender Bettler, von uns unbemerkt, hinaufgestiegen und den Strauß an das Bild geheftet habe. Derselbe Bettler fand sich bei der Exportation ein und drängte sich unter die Brüder. Wir wollten ihn zurückweisen, als aber der Prior Leonardus ihn scharf angeblickt hatte, befahl er, ihn unter uns zu leiden. Er nahm ihn als Laienbruder im Kloster auf; wir nannten ihn Bruder Peter, da er im Leben Peter Schönfeld geheißen, und gönnten ihm den stolzen Namen, weil er überaus still und gutmütig war, wenig sprach und nur zuweilen sehr possierlich lachte, welches, da es gar nichts Sündliches hatte, uns sehr ergötzte. Der Prior Leonardus sprach einmal: des Peters Licht sei im Dampf der Narrheit verlöscht, in die sich in seinem Innern die Ironie des Lebens umgestaltet. Wir verstanden alle nicht, was der gelehrte Leonardus damit sagen wollte, merkten aber wohl, daß er mit dem Laienbruder Peter längst bekannt sein müsse. So habe ich den Blättern, die des Bruders Medardi Leben enthalten sollen, die ich aber nicht gelesen, die Umstände seines Todes sehr genau und nicht ohne Mühe ad majorem dei gloriam hinzugefügt. Friede und Ruhe dem entschlafenen Bruder Medardus, der Herr des Himmels lasse ihn dereinst fröhlich auferstehen und nehme ihn auf in den Chor heiliger Männer, da er sehr fromm gestorben.

die Ikone des Lebens[illegible] Wir [illegible] nicht, was der geistliche [illegible] wollte, merkten aber wohl, daß es mit ihm [illegible] sein mußte. So habe ich der [illegible] Leben enthalten sollten, [illegible] die Umstände seines Todes sehr genau und nicht ohne Mühe zu erforschen [illegible] Friede und Ruhe dem [illegible] Bruder Medardus, der Herr des Himmels lasse ihn [illegible] fröhlich auferstehen und nehme ihn auf in den Chor heiliger Männer, da er sehr fromm gestorben.

# LEBENS-ANSICHTEN DES KATERS MURR

*nebst fragmentarischer Biographie*
*des Kapellmeisters Johannes Kreisler*
*in zufälligen Makulaturblättern*

*Herausgegeben*
*von E. T. A. Hoffmann*

ERSTER BAND

## VORWORT DES HERAUSGEBERS

Keinem Buche ist ein Vorwort nötiger, als gegenwärtigem, da es, wird nicht erklärt, auf welche wunderliche Weise es sich zusammengefügt hat, als ein zusammengewürfeltes Durcheinander erscheinen dürfte.

Daher bittet der Herausgeber den günstigen Leser, wirklich zu lesen, nämlich dies Vorwort.

Besagter Herausgeber hat einen Freund, mit dem er ein Herz und eine Seele ist, den er ebenso gut kennt, als sich selbst. Dieser Freund sprach eines Tages zu ihm ungefähr also: „Da du, mein Guter, schon manches Buch hast drucken lassen, und dich auf Verleger verstehst, wird es dir ein leichtes sein, irgendeinen von diesen wackern Herren aufzufinden, der auf deine Empfehlung etwas druckt, was ein junger Autor von dem glänzendsten Talent, von den vortrefflichsten Gaben vorher aufschrieb. Nimm dich des Mannes an, er verdient es."

Der Herausgeber versprach, sein Bestes zu tun für den schriftstellerischen Kollegen. Etwas verwunderlich wollt es ihm nun wohl bedünken, als sein Freund ihm gestand, daß das Manuskript von einem Kater, Murr geheißen, herrühre, und dessen Lebensansichten enthalte; das Wort war jedoch gegeben, und da der Eingang der Historie ihm ziemlich gut stilisiert schien, so lief er sofort, mit dem Manuskript in der Tasche, zu dem Herrn Dümmler Unter den Linden, und proponierte ihm den Verlag des Katerbuchs.

Herr Dümmler meinte, bis jetzt habe er zwar nicht unter seinen Autoren einen Kater gehabt, wisse auch nicht, daß irgendeiner seiner werten Kollegen mit einem Mann des Schlages bis jetzt sich eingelassen, indessen wolle er den Versuch wohl machen.

Der Druck begann, und dem Herausgeber kamen die ersten Aushängebogen zu Gesicht. Wie erschrak er aber, als er gewahrte, daß Murrs Geschichte hin und wieder abbricht, und dann fremde Einschiebsel vorkommen, die einem andern Buch, die Biographie des Kapellmeisters Johannes Kreisler enthaltend, angehören.

Nach sorgfältiger Nachforschung und Erkundigung erfuhr

der Herausgeber endlich folgendes. Als der Kater Murr seine Lebensansichten schrieb, zerriß er ohne Umstände ein gedrucktes Buch, das er bei seinem Herrn vorfand, und verbrauchte die Blätter harmlos teils zur Unterlage, teils zum Löschen. Diese Blätter blieben im Manuskript und – wurden, als zu demselben gehörig, aus Versehen mit abgedruckt!

De- und wehmütig muß nun der Herausgeber gestehen, daß das verworrene Gemisch fremdartiger Stoffe durcheinander lediglich durch seinen Leichtsinn veranlaßt, da er das Manuskript des Katers hätte genau durchgehen sollen, ehe er es zum Druck beförderte, indessen ist noch einiger Trost für ihn vorhanden.

Fürs erste wird der geneigte Leser sich leicht aus der Sache finden können, wenn er die eingeklammerten Bemerkungen, *Mak. Bl.* (Makulatur-Blatt) und *M. f. f.* (Murr fährt fort) gütigst beachten will, dann ist aber das zerrissene Buch höchst wahrscheinlich gar nicht in den Buchhandel gekommen, da niemand auch nur das mindeste davon weiß. Den Freunden des Kapellmeisters wenigstens wird es daher angenehm sein, daß sie durch den literarischen Vandalismus des Katers zu einigen Nachrichten über die sehr seltsamen Lebensumstände jenes in seiner Art nicht unmerkwürdigen Mannes kommen.

Der Herausgeber hofft auf gütige Verzeihung.

Wahr ist es endlich, daß Autoren ihre kühnsten Gedanken, die außerordentlichsten Wendungen, oft ihren gütigen Setzern verdanken, die dem Aufschwunge der Ideen nachhelfen durch sogenannte Druckfehler. So sprach z. B. der Herausgeber im zweiten Teile seiner Nachtstücke Pag. 326 von geräumigen *Bosketts*, die in einem Garten befindlich. Das war dem Setzer nicht genial genug, er setzte daher das Wörtlein *Bosketts* um in das Wörtlein *Kasketts*. So läßt in der Erzählung, Das Fräulein Scuderi* der Setzer pfiffigerweise besagtes Fräulein statt in einer schwarzen *Robe*, in einer schwarzen *Farbe* von schwerem Seidenzeug erscheinen u. s. w.

Jedem jedoch das Seine! Weder der Kater Murr, noch der unbekannte Biograph des Kapellmeisters Kreisler soll sich mit fremden Federn schmücken, und der Herausgeber bittet daher den günstigen Leser dringend, bevor er das Werklein liest, nachfolgende Änderungen zu veranstalten, damit er von beiden Autoren nicht besser oder schlechter denke, als sie es verdienen.

* Taschenbuch zum geselligen Vergnügen bei Gleditsch, 1820.

Übrigens werden nur die Hauptterrata bemerkt, geringere dagegen der Diskretion des gütigen Lesers überlassen*.

Schließlich darf der Herausgeber versichern, daß er den Kater Murr persönlich kennen gelernt und in ihm einen Mann von angenehmen milden Sitten gefunden hat. Er ist auf dem Umschlage dieses Buchs frappant getroffen.

Berlin, im November 1819

*E. T. A. Hoffmann*

* Es folgt die Angabe einer Reihe von Druckfehlern, die im Text der vorliegenden Ausgabe verbessert sind und auch im Rechenschaftsbericht über die Textgestaltung am Schluß des Bandes nicht erwähnt werden (Anmerkung des Verlages).

## VORREDE DES AUTORS

Schüchtern – mit bebender Brust, übergebe ich der Welt einige Blätter des Lebens, des Leidens, der Hoffnung, der Sehnsucht, die in süßen Stunden der Muße, der dichterischen Begeisterung, meinem innersten Wesen entströmten.

Werde, kann ich bestehen vor dem strengen Richterstuhl der Kritik? Doch ihr seid es, ihr fühlenden Seelen, ihr rein kindlichen Gemüter, ihr mir verwandten treuen Herzen, ja ihr seid es, für die ich schrieb, und eine einzige schöne Träne in eurem Auge wird mich trösten, wird die Wunde heilen, die der kalte Tadel unempfindlicher Rezensenten mir schlug!

Berlin, im Mai (18--)

*Murr*
(Étudiant en belles lettres)

## VORWORT

Unterdrücktes des Autors

Mit der Sicherheit und Ruhe, die dem wahren Genie angeboren, übergebe ich der Welt meine Biographie, damit sie lerne, wie man sich zum großen Kater bildet, meine Vortrefflichkeit im ganzen Umfange erkenne, mich liebe, schätze, ehre, bewundere, und ein wenig anbete.

Sollte jemand verwegen genug sein, gegen den gediegenen Wert des außerordentlichen Buchs einige Zweifel erheben zu wollen, so mag er bedenken, daß er es mit einem Kater zu tun hat, der Geist, Verstand besitzt, und scharfe Krallen.

Berlin, im Mai (18--)

*Murr*

(Homme de lettres très renommé)

N. S. Das ist zu arg! – Auch das Vorwort des Autors, welches unterdrückt werden sollte, ist abgedruckt! – Es bleibt nichts übrig, als den günstigen Leser zu bitten, daß er dem schriftstellerischen Kater den etwas stolzen Ton dieses Vorworts nicht zu hoch anrechnen, und bedenken möge, daß, wenn manche wehmütige Vorrede irgendeines andern empfindsamen Autors in die wahre Sprache der innigen Herzensmeinung übersetzt werden sollte, es nicht viel anders herauskommen würde.

d. H.

*Erster Abschnitt*

## GEFÜHLE DES DASEINS
## DIE MONATE DER JUGEND

Es ist doch etwas Schönes, Herrliches, Erhabenes um das Leben! – „O du süße Gewohnheit des Daseins!“ ruft jener niederländische Held in der Tragödie aus. So auch ich, aber nicht wie der Held in dem schmerzlichen Augenblick, als er sich davon trennen soll – nein! – in dem Moment, da mich eben die volle Lust des Gedankens durchdringt, daß ich in jene süße Gewohnheit nun ganz und gar hineingekommen und durchaus nicht willens bin, jemals wieder hinauszukommen. – Ich meine nämlich, die geistige Kraft, die unbekannte Macht, oder wie man sonst das über uns waltende Prinzip nennen mag, welches mir besagte Gewohnheit ohne meine Zustimmung gewissermaßen aufgedrungen hat, kann unmöglich schlechtere Gesinnungen haben, als der freundliche Mann bei dem ich in Kondition gegangen und der mir das Gericht Fische, das er mir vorgesetzt, niemals vor der Nase wegzieht, wenn es mir eben recht wohlschmeckt.

O Natur, heilige hehre Natur! wie durchströmt all deine Wonne, all dein Entzücken, meine bewegte Brust, wie umweht mich dein geheimnisvoll säuselnder Atem! – Die Nacht ist etwas frisch und ich wollte – doch jeder der dies lieset oder nicht lieset, begreift nicht meine hohe Begeisterung, denn er kennt nicht den hohen Standpunkt, zu dem ich mich hinaufgeschwungen! – Hinaufgeklettert wäre richtiger, aber kein Dichter spricht von seinen Füßen, hätte er auch deren viere so wie ich, sondern nur von seinen Schwingen, sind sie ihm auch nicht angewachsen, sondern nur Vorrichtung eines geschickten Mechanikers. Über mir wölbt sich der weite Sternenhimmel, der Vollmond wirft seine funkelnden Strahlen herab und in feurigem Silberglanz stehen Dächer und Türme um mich her! Mehr und mehr verbraust das lärmende Gewühl unter mir in den Straßen, stiller und stiller wird die Nacht – die Wolken ziehen – eine einsame Taube flattert in bangen Liebesklagen girrend um den Kirchturm! – Wie! – wenn die liebe Kleine sich mir nähern wollte? – Ich fühle wunderbar es sich in mir regen, ein gewisser schwärmerischer Appetit reißt mich hin mit unwiderstehlicher Gewalt! – O käme sie die süße Huldin, an mein liebekrankes Herz wollt ich sie drücken, sie nimmer von mir lassen – ha dort flattert sie hinein in den Taubenschlag, die Falsche und läßt mich hoffnungslos sitzen auf dem Dache! – Wie selten ist doch in dieser dürftigen, verstockten, liebeleeren Zeit wahre Sympathie der Seelen.

Ist denn das auf zwei Füßen aufrecht Einhergehen etwas so Großes, daß das Geschlecht, welches sich Mensch nennt, sich die Herrschaft über uns alle, die wir mit sichererem Gleichgewicht auf vieren daherwandeln, anmaßen darf? Aber ich weiß es, sie bilden sich was Großes ein auf etwas, was in ihrem Kopfe sitzen soll und das sie die Vernunft nennen. Ich weiß mir keine rechte Vorstellung zu machen, was sie darunter verstehen, aber so viel ist gewiß, daß wenn, wie ich es aus gewissen Reden meines Herrn und Gönners schließen darf, Vernunft nichts anders heißt, als die Fähigkeit mit Bewußtsein zu handeln und keine dumme Streiche zu machen, ich mit keinem Menschen tausche. – Ich glaube überhaupt, daß man sich das Bewußtsein nur angewöhnt; durch das Leben und zum Leben kommt man doch, man weiß selbst nicht wie. Wenigstens ist es mir so gegangen und wie ich vernehme, weiß auch kein einziger Mensch auf Erden das Wie und Wo seiner Geburt aus eigner Erfahrung, sondern nur durch Tradition, die noch dazu öfters sehr unsicher ist. Städte streiten sich um die Geburt eines berühmten Mannes und so wird es, da ich selbst nichts Entscheidendes darüber weiß, immerdar ungewiß bleiben, ob ich in dem Keller, auf dem Boden, oder in dem Holzstall, das Licht der Welt erblickte, oder vielmehr nicht erblickte, sondern nur in der Welt erblickt wurde von der teuren Mama. Denn wie es unserm Geschlecht eigen, waren meine Augen verschleiert. Ganz dunkel erinnere ich mich gewisser knurrender prustender Töne die um mich her erklangen und die ich beinahe wider meinen Willen hervorbringe, wenn mich der Zorn überwältigt. Deutlicher und beinahe mit vollem Bewußtsein finde ich mich in einem sehr engen Behältnis mit weichen Wänden eingeschlossen, kaum fähig Atem zu schöpfen und in Not und Angst ein klägliches Jammergeschrei erhebend. Ich fühlte, daß etwas in das Behältnis hinabgriff und mich sehr unsanft beim Leibe packte und dies gab mir Gelegenheit, die erste wunderbare Kraft, womit mich die Natur begabt, zu fühlen und zu üben. Aus meinen reichen überpelzten Vorderpfoten schnellte ich spitze gelenkige Krallen hervor und grub sie ein in das Ding das mich gepack- und das, wie ich später gelernt, nichts anders sein konnte, als eine menschliche Hand. Diese Hand zog mich aber heraus aus dem Behältnis, und warf mich hin und gleich darauf fühlte ich zwei heftige Schläge auf den beiden Seiten des Gesichts über die jetzt ein, wie ich wohl sagen mag, stattlicher Bart herüberragt. Die Hand teilte mir, wie ich jetzt beurteilen kann, von jenem Muskelspiel der Pfoten verletzt, ein paar Ohrfeigen zu, ich machte die erste Erfahrung von moralischer Ursache und Wirkung und eben ein moralischer Instinkt trieb mich an, die Krallen ebenso schnell wieder einzuziehen, als ich sie hervorgeschleudert. Später hat man dieses Einziehen der Krallen mit Recht als einen Akt der höchsten Bonhomie und Liebenswürdigkeit anerkannt und mit dem Namen „Samtpfötchen", bezeichnet.

Wie gesagt, die Hand warf mich wieder zur Erde. Bald darauf erfaßte sie mich aber aufs neue beim Kopf und drückte ihn nieder, so daß ich mit dem Mäulchen in eine Flüssigkeit geriet, die ich, selbst weiß ich nicht, wie ich darauf verfiel, es mußte daher physischer Instinkt sein, aufzulecken begann, welches mir eine seltsame innere Behaglichkeit erregte. Es war wie ich jetzt weiß, süße Milch die ich genoß, mich hatte gehungert und ich wurde satt indem ich trank. So trat nachdem die moralische begonnen, die physische Ausbildung ein.

Aufs neue, aber sanfter als vorher, faßten mich zwei Hände und legten mich auf ein warmes weiches Lager. Immer besser und besser wurde mir zumute und ich begann mein inneres Wohlbehagen zu äußern, indem ich jene seltsame, meinem Geschlecht allein eigene, Töne von mir gab, die die Menschen durch den nicht unebenen Ausdruck, spinnen, bezeichnen. So ging ich mit Riesenschritten vorwärts in der Bildung für die Welt. Welch ein Vorzug, welch ein köstliches Geschenk des Himmels, inneres physisches Wohlbehagen ausdrücken zu können durch Ton und Gebärde! – Erst knurrte ich, dann kam mir jenes unnachahmliche Talent den Schweif in den zierlichsten Kreisen zu schlängeln dann die wunderbare Gabe durch das einzige Wörtlein „Miau", Freude, Schmerz, Wonne und Entzücken, Angst und Verzweiflung, kurz alle Empfindungen und Leidenschaften, in ihren mannigfaltigsten Abstufungen auszudrücken. Was ist die Sprache der Menschen gegen dieses einfachste aller einfachen Mittel sich verständlich zu machen! –

Doch weiter in der denkwürdigen, lehrreichen Geschichte meiner ereignisreichen Jugend!

Ich erwachte aus tiefem Schlaf, ein blendender Glanz umfloß mich, vor dem ich erschrak, fort waren die Schleier von meinen Augen, ich sah!

Ehe ich mich an das Licht, vorzüglich aber an das buntscheckige Allerlei das sich meinen Augen darbot, gewöhnen konnte, mußte ich mehrmals hintereinander entsetzlich niesen, bald ging es indessen mit dem Sehen ganz vortrefflich, als habe ich es schon mehrere Zeit hintereinander getrieben.

O das Sehen! es ist eine wunderbare herrliche Gewohnheit, eine Gewohnheit, ohne die es sehr schwer werden würde, überhaupt in der Welt zu bestehen! – Glücklich diejenigen Hochbegabten, denen es so leicht wird als mir, sich das Sehen anzueignen.

Leugnen kann ich nicht, daß ich doch in einige Angst geriet und dasselbe Jammergeschrei erhob, wie damals in dem engen Behältnis. Sogleich erschien ein kleiner hagerer alter Mann, der mir unvergeßlich bleiben wird, da ich meiner ausgebreiteten Bekanntschaft unerachtet keine Gestalt, die ihm gleich oder auch nur ähnlich zu nennen, jemals wieder erblickt habe. Es trifft sich häufig bei meinem Geschlecht, daß dieser, jener Mann einen weiß und schwarz gefleckten Pelz trägt, selten findet man aber wohl einen Menschen der schneeweißes Haupthaar haben sollte und dazu rabenschwarze Augenbraunen, dies war aber der Fall bei meinem Erzieher. Der Mann trug im Hause einen kurzen hochgelben Schlafrock, vor dem ich mich entsetzte und daher, so gut es bei meiner damaligen Unbehülflichkeit gehen wollte, von dem weichen Kissen herab, zur Seite kroch. Der Mann bückte sich herab zu mir mit einer Gebärde, die mir freundlich schien und mir Zutrauen einflößte. Er faßte mich, ich hütete mich wohl vor dem Muskelspiel der Krallen, die Ideen Kratzen und Schläge verbanden sich von selbst und in der Tat, der Mann meinte es gut mit mir, denn er setzte mich nieder vor einer Schüssel süßer Milch, die ich begierig auflutschte, worüber er sich nicht wenig zu freuen schien. Er sprach vieles mit mir, welches ich aber nicht verstand, da mir damals als einem jungen unerfahrenen Kiekindiewelt von Käterchen das Verstehen der menschlichen Sprache noch nicht eigen. Überhaupt weiß ich von meinem Gönner nur wenig zu sagen. So viel ist aber gewiß, daß er in vielen Dingen geschickt – in Wissenschaften und Künsten hocherfahren sein mußte, denn alle die zu ihm kamen (ich bemerkte Leute darunter, die gerade da, wo mir die Natur einen gelblichen Fleck im Pelze beschert hat, d. h. auf der Brust, einen Stern oder ein Kreuz trugen) behandelten ihn ausnehmend artig, ja zuweilen mit einer gewissen scheuen Ehrfurcht, wie ich späterhin den Pudel Skaramuz, und nannten ihn nicht anders, als mein hochverehrtester, mein teurer, mein geschätztester Meister Abraham! – Nur zwei Personen nannten ihn schlechtweg „Mein Lieber!" Ein großer dürrer Mann in papageigrünen Hosen und weißseidenen Strümpfen und eine kleine sehr dicke Frau mit schwarzem Haar und einer Menge Ringe an allen Fingern. Jener Herr soll aber ein Fürst, die Frau hingegen eine jüdische Dame gewesen sein.

Dieser vornehmen Besucher unerachtet wohnte Meister Abraham doch in einem kleinen hochgelegenen Stübchen, so daß ich meine ersten Promenaden sehr bequem durchs Fenster aufs Dach und auf den Hausboden machen konnte.

Ja! es ist nicht anders, auf einen Boden muß ich geboren sein! – Was Keller, was Holzstall – ich entscheide mich für den Boden! – Klima, Vaterland, Sitten, Gebräuche, wie unauslöschlich ist ihr Eindruck, ja wie sind sie es nur, die des Weltbürgers äußere und innere Gestaltung bewirken! – Woher kommt in mein Inneres dieser Höhesinn, dieser unwiderstehliche Trieb zum Erhabenen? Woher diese wunderbar seltene Fertigkeit im Klettern, diese beneidenswerte Kunst der gewagtesten genialsten Sprünge? – Ha! es erfüllt eine süße Wehmut meine Brust! – Die Sehnsucht nach dem heimatlichen Boden regt sich mächtig! – Dir weihe ich diese Zähren o! schönes Vaterland, dir dies wehmütig jauchzende Miau! – Dich ehren diese Sprünge, diese Sätze, es ist Tugend darin und patriotischer Mut! – Du, o! Boden, spendest mir in freigebiger Fülle manch Mäuslein und nebenher kann man manche Wurst, manche Speckseite, aus dem Schornstein erwischen, ja wohl manchen Sperling haschen, und sogar hin und wieder ein Täublein erlauren. „Gewaltig ist die Liebe zu dir o Vaterland!"

Doch ich muß rücksichts meiner –

*(Mak. Bl.)* „,– – und erinneren Sie sich gnädigster Herr! denn nicht des großen Sturms, der dem Advokaten, als er zur Nachtzeit über den Pontneuf wandelte, den Hut vom Kopfe herunter in die Seine warf? – Ähnliches steht im Rabelais, doch war es eigentlich nicht der Sturm, der dem Advokaten den Hut raubte, den er, indem er den Mantel dem Spiel der Lüfte preisgab, mit der Hand fest auf den Kopf gedrückt hielt, sondern ein

Grenadier riß, mit dem lauten Ausruf: ›Es weht ein großer Wind mein Herr‹, vorüberlaufend, schnell den feinen Kastor dem Advokaten unter der Hand von der Perücke und nicht dieser Kastor war es, der in die Wellen der Seine hinabgeschleudert wurde, sondern des Soldaten eignen schnöden Filz führte wirklich der Sturmwind in den feuchten Tod. Sie wissen nun, gnädigster Herr, daß in dem Augenblick als der Advokat ganz verblüfft dastand, ein zweiter Soldat mit demselben Ausruf: ›Es weht ein großer Wind mein Herr!‹ vorüberrennend, den Mantel des Advokaten beim Kragen packte und ihn ihm herabriß von den Schultern und daß gleich darauf ein dritter Soldat mit demselben Ausruf: ›Es weht ein großer Wind mein Herr!‹ vorbeilaufend, ihm das spanische Rohr mit dem goldnen Knopf aus den Händen wand. Der Advokat schrie aus allen Kräften, warf dem letzten Spitzbuben die Perücke nach und ging dann barhäuptig ohne Mantel und Stock hin, um das merkwürdigste aller Testamente aufzunehmen, um das seltsamste aller Abenteuer zu erfahren. Sie wissen das alles gnädigster Herr!‘

‚Ich weiß‘, erwiderte der Fürst, als ich dies gesprochen, ‚ich weiß gar nichts, und begreife überhaupt nicht, wie Ihr, Meister Abraham, mir solches wirres Zeug vorschwatzen könnt. Den Pontneuf kenne ich allerdings, er befindet sich zu Paris und bin ich zwar niemals darüber zu Fuße gegangen, wohl aber oft darüber gefahren, wie es meinem Stande geziemt. Den Advokaten Rabelais habe ich niemals gesehen und um Soldatenstreiche in meinem ganzen Leben mich nicht bekümmert. Als ich in jüngern Jahren noch meine Armee kommandierte, ließ ich wöchentlich einmal sämtliche Junkers durchfuchteln für die Dummheiten die sie begangen oder künftig noch begehen möchten, das Prügeln der gemeinen Leute war aber die Sache der Lieutenants, die damit meinem Beispiel gemäß auch allwöchentlich verfuhren, und zwar sonnabends, so daß sonntags es keinen Junker, keinen gemeinen Kerl in der ganzen Armee gab, der nicht seine gehörige Tracht Schläge erhalten, wodurch die Truppen, nächst der eingeprügelten Moralität, auch ans Geschlagenwerden überhaupt gewöhnt wurden, ohne jemals vor dem Feinde gewesen zu sein und in diesem Fall nichts anders tun konnten als schlagen. – Das leuchtet Euch ein, Meister Abraham, und nun sagt mir um tausend Gottes willen, was wollt Ihr mit Eurem Sturm, mit Euren auf dem Pontneuf beraubten Advokaten Rabelais, wo bleibt Eure Entschuldigung, daß das Fest sich auflöste in wilder Verwirrung, daß mir eine Leuchtkugel ins Toupet fuhr, daß mein teurer Sohn in das Bassin geriet und von verräterischen Delphinen bespritzt wurde über und über, daß die Prinzessin entschleiert mit aufgeschürzten Rock wie Atalanta durch den Park fliehen mußte, daß – daß – wer zählt die Unglücksfälle der verhängnisvollen Nacht! – Nun Meister Abraham, was sagt Ihr?'

'Gnädigster Herr', erwiderte ich, mich demutsvoll verbeugend, 'was war an allem Unheil schuld, als der Sturm – das gräßliche Unwetter welches einbrach, als alles im schönsten Gange. Kann ich den Elementen gebieten? – Hab ich denn nicht selbst dabei schlimmes Malheur erlitten, habe ich nicht wie jener Advokat, den ich untertänigst bitte, nicht mit dem berühmten französischen Schriftsteller Rabelais zu verwechseln, Hut, Rock und Mantel verloren? Habe ich nicht –'"

„Höre", unterbrach hier den Meister Abraham, Johannes Kreisler, „höre Freund, noch jetzt, unerachtet es schon ziemlich lange her ist, spricht man von dem Geburtstage der Fürstin, dessen Feier du angeordnet hast, wie von einem dunklen Geheimnis, und gewiß hast du nach deiner gewöhnlichen Art und Weise viel Abenteuerliches begonnen. Hielt das Volk dich schon immer für eine Art von Hexenmeister, so scheint dieser Glaube durch jenes Fest noch um vieles stärker geworden zu sein. Sage mir nur geradezu wie sich alles begeben. Du weißt, ich war damals nicht hier –"

„Eben das", fiel Meister Abraham dem Freunde ins Wort, „eben das, daß du nicht hier, daß du, der Himmel weiß, von welchen Furien der Hölle getrieben, fortgerannt warst wie ein Wahnsinniger, eben das machte mich toll und wild, eben deshalb beschwor ich die Elemente herauf, ein Fest zu stören, das meine Brust zerschnitt, da du, der eigentliche Held des Stücks, fehltest, ein Fest das nur erst dürftig und mühsam daherschlich, dann aber über geliebte Personen nichts brachte als die Qual beängstigender Träume – Schmerz – Entsetzen! – Erfahre es jetzt Johannes, ich habe tief in dein Inneres geschaut und das gefährliche – bedrohliche Geheimnis erkannt, das darin ruht, ein gärender Vulkan, in jedem Augenblick vermögend loszubrechen in verderblichen Flammen, rücksichtslos alles um sich her verzehrend! – Es gibt Dinge in unserm Innern, die sich so gestalten, daß die vertrautesten Freunde darüber nicht reden dürfen. Darum verhehlte ich dir sorglich was ich in dir erschaut, aber mit jenem Fest, dessen tieferer Sinn nicht die Fürstin, sondern eine andere geliebte Person und dich selbst traf, wollte ich dein ganzes Ich gewaltsam erfassen. Die verborgensten Qualen sollten lebendig werden in dir, und wie aus dem Schlaf erwachte Furien mit verdoppelter Kraft deine Brust zerfleischen. Wie einem zum Tode Siechen sollte Arznei, dem Orkus selbst entnommen, die im stärksten' Paroxysmus kein weiser Arzt scheuen darf, dir den Tod bereiten oder Genesung! – Wisse Johannes, daß der Fürstin Namenstag zusammentrifft mit dem Namenstage Julias, die auch wie sie Maria, geheißen."

„Ha!" rief Kreisler indem er, zehrendes Feuer im Blick, aufsprang, „ha! – Meister! ist dir die Macht gegeben mit mir freches höhnendes Spiel zu treiben? – Bist du das Verhängnis selbst, daß du mein Inneres erfassen magst?"

„Wilder unbesonnener Mensch", erwiderte Meister Abraham ruhig, „wann wird endlich der verwüstende Brand in deiner Brust zur reinen Naphtaflamme werden, genährt von dem tiefsten Sinn für die Kunst, für alles Herrliche und Schöne der in dir wohnt! – Du verlangtest von mir die Beschreibung jenes verhängnisvollen Festes; so höre mich denn ruhig an, oder ist deine Kraft gebrochen ganz und gar, daß du das nicht vermagst, so will ich dich verlassen."

„Erzähle", sprach Kreisler mit halberstickter Stimme, indem er, beide Hände vors Gesicht, sich wieder hinsetzte. „Ich will", sprach Meister Abraham, plötzlich einen heitern Ton annehmend, „ich will dich, lieber Johannes, gar nicht ermüden mit der Beschreibung aller der sinnreichen Anordnungen, die größtenteils dem erfindungsreichen Geiste des Fürsten selbst ihren Ursprung verdankten. Da das Fest am späten Abend begann, so versteht es sich von selbst, daß der ganze schöne Park, der das Lustschloß umgibt, erleuchtet war. Ich hatte mich bemüht, in dieser Erleuchtung ungewöhnliche Effekte hervorzubringen, das gelang aber nur zum Teil, da auf des Fürsten ausdrücklichen Befehl in allen Gängen, mittelst auf großen schwarzen Tafeln angebrachter buntfarbiger Lampen, der Namenszug der Fürstin brennen mußte, nebst der fürstlichen Krone darüber. Da die Tafeln an hohen Pfählen angenagelt, so glichen sie beinahe illuminierten Warnungsanzeigen, daß man nicht Tabak rauchen oder die Maut nicht umfahren solle. Der Hauptpunkt des Festes war das durch Gebüsch und künstliche Ruinen gebildete Theater in der Mitte des Parks, welches du kennst. Auf diesem Theater sollten die Schauspieler aus der Stadt etwas Allegorisches agieren, welches läppisch genug war, um ganz außerordentlich zu gefallen, hätte es auch nicht der Fürst selbst verfaßt und wäre es daher auch nicht, um mich des geistreichen Ausdrucks jenes Schauspieldirektors, der ein fürstliches Stück aufführte, zu bedienen, aus einer durchlauchtigen Feder geflossen. Der Weg vom Schloß bis zum Theater war ziemlich weit. Nach der poetischen Idee des Fürsten sollte der wandelnden Familie ein in den Lüften schwebender Genius mit zwei Fackeln vorleuchten, sonst aber kein Licht brennen, sondern erst nachdem die Familie und das Gefolge Platz genommen, das Theater plötzlich erleuchtet werden. Deshalb blieb besagter Weg finster. Vergebens stellte ich die Schwierigkeit dieser Maschinerie vor, welche die Länge des Wegs herbeiführte, der Fürst hatte in den Fêtes de Versailles etwas Ähnliches gelesen, und da er hinterher den poetischen Gedanken selbst gefunden, bestand er auf dessen Ausführung. Um jeden unverdienten Vorwurf zu entgehen, überließ ich den Genius samt den Fackeln dem Theater-Maschinisten aus der Stadt. – Sowie nun das fürstliche Paar, hinter ihm das Gefolge, aus der Türe des Salons trat, wurde ein kleines pausbackiges Männlein, in die Hausfarben des Fürsten gekleidet, mit zwei brennenden Fackeln in den Händchen, vom Dache des Lustschlosses herabgezogen. Die Puppe war aber zu schwer, und es begab sich, daß kaum zwanzig Schritt davon die Maschine stockte, so daß der leuchtende Schutzgeist des fürstliches Hauses hängen blieb, und da die Arbeiter stärker anzogen, sich überkugelte. Nun schleuderten die brennenden abwärts gekehrten Wachskerzen glühende Tropfen zur Erde. Der erste dieser Tropfen traf den Fürsten selbst, der indessen mit stoischem Gleichmut den Schmerz verbiß, wiewohl er in der Gravität des Schrittes nachließ und schneller vorwärts eilte. Der Genius schwebte jetzt fort über der Gruppe, die der Hofmarschall mit den Kammerjunkern nebst andern Hofchargen bildete, Füße oben, Kopf unten, so daß der Glutregen aus den Fackeln bald diesen, bald jenen auf den Kopf und auf die Nase traf. Den Schmerz zu äußern und so das frohe Fest zu stören, hätte den Respekt verletzt, es war daher hübsch anzusehen, wie die Unglücklichen, eine ganze Kohorte stoischer Scävolas, mit gräßlich verzerrten Gesichtern und doch mit Gewalt die Qual niederkämpfend, ja wohl gar ein Lächeln erzwingend das dem Orkus anzugehören schien, daherschritten, lautlos, kaum bangen Seufzern Raum gebend. Dazu wirbelten die Pauken, schmetterten die Trompeten, riefen hundert Stimmen: ‚Vivat, vivat die gnädigste Frau

Fürstin! Vivat der gnädigste Herr Fürst!‘ so daß der durch den wunderlichen Kontrast jener Laokoontischen Gesichter mit dem lustigen Jubel erzeugte tragische Pathos der ganzen Szene eine Majestät gab, wie kaum zu denken.

Der alte dicke Hofmarschall konnte es endlich nicht mehr ertragen; als ihn ein glühender Tropfen grade auf die Backe traf, sprang er in grimmer Wut der Verzweiflung seitwärts, verwickelte sich aber in die Stricke die zur Flugmaschine gehörend gerade an der Seite hart über dem Boden fortliefen und stürzte mit dem lauten Ausruf: ‚Alle Teufel!‘ nieder zur Erde. In demselben Moment hatte auch der luftige Page seine Rolle ausgespielt. Der gewichtige Hofmarschall zog ihn mit Zentnerschwere nieder, er stürzte herab mitten unter das Gefolge, das laut aufschreiend auseinanderprallte. Die Fackeln verlöschten, man befand sich in der dicksten Finsternis. Dies alles geschah dicht vor dem Theater. Ich hütete mich wohl den Zünder anzustecken, der alle Lampen, alle Feuerbecken des Platzes auf einmal in Brand setzen mußte, sondern wartete damit ein paar Minuten, um der Gesellschaft Zeit zu lassen, sich in Baum und Gebüsch gehörig zu verwirren. ‚Licht – Licht‘ – rief der Fürst wie der König im Hamlet, ‚Licht – Licht‘ eine Menge heisere Stimmen durcheinander. Als der Platz erleuchtet, glich der auseinandergesprengte Haufe einem geschlagenen Heer, das sich mühsam zusammenfindet. Der Oberkammerherr bewies sich als ein Mann von Gegenwart des Geistes, als der geschickteste Taktiker seiner Zeit; denn in wenigen Minuten war vermöge seiner Bemühungen die Ordnung wiederhergestellt. Der Fürst trat mit der nächsten Umgebung auf eine Art von erhöhten Blumenthron, der in der Mitte des Zuschauer-Platzes errichtet. Sowie das fürstliche Paar sich niederließ, fielen vermöge einer sehr pfiffigen Vorrichtung jenes Maschinisten eine Menge Blumen auf dasselbe herab. Nun wollte es aber das dunkle Verhängnis, daß eine große Feuerlilie dem Fürsten gerade auf die Nase fiel und sein ganzes Gesicht glutrot überstäubte, wodurch er ein ungemein majestätisches, der Feierlichkeit des Festes würdiges, Ansehen gewann.“

„Das ist zu arg – das ist zu arg“, rief Kreisler, indem er eine rasende Lache aufschlug, daß die Wände dröhnten.

„Lache nicht so konvulsivisch“, sprach Meister Abraham, „auch ich lachte in jener Nacht unmäßiger als jemals, ich fühlte mich eben zu allerlei tollem Mutwillen aufgelegt, und hätte wie der Spukgeist Droll selbst gern alles noch mehr durcheinanderjagen, noch mehr verwirren mögen, aber desto tiefer drangen dann die Pfeile, die ich gegen andere gerichtet, ein in meine eigene Brust. – Nun! – ich will es nur sagen! Den Moment des läppischen Blumenbewerfens hatte ich gewählt, um den unsichtbaren Faden festzuknüpfen, der sich nun durch das ganze Fest ziehen und, wie ein elektrischer Leiter, das Innerste der Personen durchbeben sollte, die ich mit meinem geheimnisvollen geistigen Apparat, in den sich der Faden verlor, mir in Rapport gesetzt denken mußte. – Unterbrich mich nicht Johannes – höre mich ruhig an. – Julia saß mit der Prinzessin hinter der Fürstin seitwärts, ich hatte beide im Auge. Sowie Pauken und Trompeten schwiegen, fiel Julien eine unter duftenden Nachtviolen versteckte aufbrechende Rosenknospe in den Schoß, und wie strömender Hauch des Nachtwindes schwammen die Töne deines tief ins Herz dringenden Liedes herüber: Mi lagnerò tacendo della mia sorte amara. – Julie war erschrocken, als aber das Lied, das ich, ich sag es damit du über die Art des Vortrags etwa nicht in bange Zweifel gerätst, von unsern vier vortrefflichen Bassetthornisten ganz in der Ferne spielen ließ – begann; entfloh ein leichtes Ach ihren Lippen, sie drückte den Strauß an die Brust, und ich hörte deutlich, daß sie zur Prinzessin sprach: ‚Er ist gewiß wieder da!' – Die Prinzessin umarmte Julien mit Heftigkeit und rief so laut: ‚Nein nein – ach niemals', daß der Fürst sein feuriges Antlitz umdrehte und ihr ein zorniges Silence! zuwarf. Der Herr mochte auch wohl eben nicht gerade auf das liebe Kind sehr böse sein, aber ich will es hier bemerken, daß die wunderbare Schminke, ein Tiranno ingrato in der Oper hätte sich nicht zweckmäßiger anmalen können, ihm wirklich das Aussehen eines fortwährenden unvertilgbaren Zorns gab, so daß die rührendsten Reden, die zartesten Situationen, welche häusliches Glück auf dem Throne allegorisch darstellten, rein verloren schienen; Schauspieler und Zuschauer gerieten darüber in nicht geringe Verlegenheit. Ja selbst, wenn der Fürst bei den Stellen, die er sich zu dem Behuf in dem Exemplar das er in der Hand hielt, rot angestrichen, der Fürstin die Hand küßte und mit dem Tuch eine Träne von dem Auge wegdrückte; schien es in verbissenem Ingrimm zu geschehen; so daß die Kammerherrn, die diensttuend ihm zur Seite standen sich zuflüsterten: ‚O Jesus, was ist unserm gnädigsten Herrn!' – Ich will dir nur sagen Johannes, daß während die Schauspieler das alberne Zeug vorne auf dem Theater hertragierten, ich mittelst magischer Spiegel und anderer Vorrichtungen hinterwärts in den Lüften ein Geisterschauspiel darstellte, zur Verherrlichung des Himmelskindes, der holden Julia, daß eine Melodie nach der andern, die du in hoher Begeisterung geschaffen, ertönte, ja daß oft ferner, oft näher, wie banger ahnungsvoller Geisterruf, der Name: Julia, erklang. – Aber du fehltest – du fehltest, mein Johannes! Und wenn ich auch nachdem das Schauspiel geendet, meinen Ariel rühmen, wie Shakespeares Prospero den seinigen, wenn ich auch sagen müßte, daß er alles trefflich vollführt, so fand ich doch das, was ich mit tiefem Sinn angeordnet zu haben glaubte, schal und matt. – Die Julia hatte alles mit feinem Takt verstanden. Doch schien sie nur angeregt wie von einem lieblichen Traum, dem man übrigens keine sonderliche Einwirkung ins wache Leben verstattet. Die Prinzessin war dagegen tief in sich gekehrt. Arm in Arm lustwandelte sie mit Julien in den erleuchteten Gängen des Parks, während der Hof in einem Pavillon Erfrischungen zu sich nahm. – Ich hatte den Hauptschlag in diesem Moment vorbereitet, aber du fehltest – du fehltest, mein Johannes. – Voller Unmut und Zorn rannte ich umher, ich sah zu, ob alle Anstalten zu dem großen Feuerwerk, womit das Fest schließen sollte, gehörig geordnet. Da gewahrte ich, aufschauend zum Himmel, über dem fernen Geierstein, im Schimmer der Nacht, die kleine rötliche Wolke, die jedesmal ein Wetter bedeutet, das still heraufzieht und dann hier über uns mit einer fürchterlichen Explosion losbricht. Zu welcher Zeit diese Explosion geschehen muß, berechne ich, wie du weißt, nach dem Stand der Wolke, auf die Sekunde. Keine Stunde konnte es mehr dauern, ich beschloß daher, mit dem Feuerwerk zu eilen. In dem Augenblick vernahm ich, daß mein Ariel mit jener Fantasmagorie begonnen, die alles, alles entscheiden sollte, denn ich hörte am Ende des Parks in der kleinen Marienkapelle den Chor dein Ave maris stella singen. Ich eilte schnell hin. Julia und die Prinzessin knieten in dem Betstuhl, der vor der Kapelle im Freien angebracht. Kaum war ich an Ort und Stelle als – aber du fehltest – du fehltest, mein Johannes! – Laß mich darüber schweigen, was sich jetzt begab – Ach! – wirkungslos blieb das, was ich für ein Meisterstück meiner Kunst gehalten, und ich erfuhr, was ich blöder Tor nicht geahnt."

„Heraus mit der Sprache", rief Kreisler, „alles, alles sage Meister! wie es sich begeben."

„Mitnichten", erwiderte Meister Abraham, „es nützt dir nichts Johannes, und mir zerschneidet es die Brust, wenn ich noch sagen soll, wie meine eignen Geister mir Graus einjagten, und Entsetzen! – Die Wolke! – glücklicher Gedanke! ‚So soll', rief ich wild aus, ‚denn alles in toller Verwirrung enden', und rannte fort nach dem Platz des Feuerwerks. Der Fürst ließ mir sagen, wenn alles fertig sei, sollte ich das Zeichen geben. Das Auge nicht abwendend von der Wolke, die vom Geierstein weg höher und höher heraufzog, ließ ich, als sie mir hoch genug schien, die Böller lösen. Bald war der Hof, die ganze Gesellschaft, an Ort und Stelle. Nach dem gewöhnlichen Spiel mit Feuerrädern, Raketen, Leuchtkugeln und anderm gemeinem Zeuge, ging endlich der Namenszug der Fürstin in chinesischem Brillantfeuer auf, doch hoch über ihn in den Lüften schwamm und verschwamm in milchweißem Licht der Name Julia. – Nun war es Zeit – Ich zündete die Girandola an, und wie zischend und prasselnd die Raketen in die Höhe fuhren, brach das Wetter los mit glutroten Blitzen, mit krachenden Donnern, von denen Wald und Gebürge erdröhnten. Und der Orkan brauste hinein in den Park und störte auf den tausendstimmig heulenden Jammer im tiefsten Gebüsch. Ich riß einem fliehenden Trompeter das Instrument aus der Hand und blies lustig jauchzend darin, während die Artilleriesalven der Feuertöpfe, der Kanonenschläge, der Böller, wacker dem rollenden Donner entgegenknallten."

Während Meister Abraham also erzählte, sprang Kreisler auf, schritt heftig im Zimmer auf und ab, focht mit den Armen um sich, und rief endlich ganz begeistert: „Das ist schön, das ist herrlich, daran erkenne ich meinen Meister Abraham, mit dem ich ein Herz bin und eine Seele!"

„Oh", sprach Meister Abraham, „ich weiß es ja, das Wildeste, Schauerlichste, ist dir eben recht, und doch habe ich das vergessen, was dich ganz und gar den unheimlichen Mächten der Geisterwelt preisgegeben hätte. Ich hatte die Wetterharfe, die, wie du weißt, sich über das große Bassin hinzieht, anspannen lassen, auf der der Sturm als ein tüchtiger Harmoniker gar wacker spielte. In dem Geheul, in dem Gebraus des Orkans, in dem Krachen des Donners, erklangen furchtbar die Akkorde der Riesenorgel. Schneller und schneller schlugen die gewaltigen Töne los, und man mochte wohl ein Furienballett vernehmen, dessen Stil ungemein groß zu nennen, wie man es beinahe zwischen den leinewandnen Wänden des Theaters nicht zu hören bekommt! – Nun! – in einer halben Stunde war alles vorüber. Der Mond trat hinter den Wolken hervor. Der Nachtwind säuselte tröstend durch den erschrockenen Wald, und trocknete die Tränen weg von den dunklen Büschen. Dazwischen ertönte noch dann und wann die Wetterharfe, wie dumpfes, fernes Glockengeläute. – Mir war wunderbarlich zumute. Du, mein Johannes, erfülltest mein Inneres so ganz und gar, daß ich glaubte, du würdest gleich vor mir aufsteigen aus dem Grabhügel verlorner Hoffnungen, unerfüllter Träume, und an meine Brust sinken. Nun in der Stille der Nacht kam der Gedanke, was für ein Spiel ich unternommen, wie ich gewaltsam den Knoten, den das dunkle Verhängnis geschlungen, zerreißen wollen, aus meinem Innern herausgetreten, fremdartig, in anderer Gestaltung, auf mich los, und indem mich kalte Schauer durchbebten, war ich es selbst, vor dem ich mich entsetzen mußte. – Eine Menge Irrlichter tanzten und hüpften im ganzen Park umher, aber es waren die Bedienten mit Laternen, welche die auf der schnellen Flucht verlornen Hüte, Perücken, Haarbeutel, Degen, Schuhe, Shawls, zusammensuchten. Ich machte mich davon. Mitten auf der großen Brücke vor unserer Stadt blieb ich stehen, und schaute noch einmal zurück nach dem Park, der vom magischem Schimmer des Mondes umflossen dastand, wie ein Zaubergarten, in dem das lustige Spiel flinker Elfen begonnen. Da fiel mir ein feines Piepen in die Ohren, ein Quäcken, das beinahe dem eines neugebornen Kindes glich. Ich vermutete eine Untat, bückte mich tief über das Geländer, und entdeckte im hellen Mondschein ein Kätzchen, das sich mühsam an den Pfosten angeklammert, um dem Tod zu entgehen. Wahrscheinlich hatte man eine Katzenbrut ersäufen wollen, und das Tierchen war wieder hinaufgekrochen. Nun, dacht ich, ist's auch kein Kind, so ist es doch ein armes Tier, das dich um Rettung anquäckt und das du retten mußt."

„O du empfindsamer Just", rief Kreisler lachend, „sage, wo ist dein Tellheim?"

„Erlaube", fuhr Meister Abraham fort, „erlaube mein Johannes, mit dem Just magst du mich kaum vergleichen. Ich habe den Just überjustet. Er rettete einen Pudel, ein Tier das jeder gern um sich duldet, von dem sogar angenehme Dienstleistungen zu erwarten, mittelst Apportieren, Handschuhe, Tabaksbeutel und Pfeife nachtragen u. s. w. aber ich rettete einen Kater, ein Tier vor dem sich viele entsetzen, das allgemein als perfid, keiner sanften, wohlwollenden Gesinnung, keiner offenherzigen Freundschaft fähig, ausgeschrieen wird, das niemals ganz und gar die feindliche Stellung gegen den Menschen aufgibt, ja, einen Kater rettete ich aus purer uneigennütziger Menschenliebe. – Ich kletterte über das Geländer, griff, nicht ohne Gefahr, herab, faßte das wimmernde Kätzchen, zog es hinauf und steckte es in die Tasche. Nach Hause gekommen, zog ich mich schnell aus, und warf mich ermüdet und erschöpft wie ich war, aufs Bett. Kaum war ich aber eingeschlafen, als mich ein klägliches Piepen und Winseln weckte, das aus meinem Kleiderschrank herzukommen schien. – Ich hatte das Kätzchen vergessen und es in der Rocktasche gelassen. Ich befreite das Tier aus dem Gefängnis, wofür es mich dermaßen kratzte, daß mir alle fünf Finger bluteten. Schon war ich im Begriff den Kater durchs Fenster zu werfen, ich besann mich aber und schämte mich meiner kleinlichen Torheit, meiner Rachsucht, die nicht einmal bei Menschen angebracht ist, viel weniger bei der unvernünftigen Kreatur. – Genug, ich zog mit aller Mühe und Sorgfalt den Kater groß. Es ist das gescheuteste, artigste, ja witzigste Tier der Art, das man sehen kann, dem es nur noch an der höhern Bildung fehlt, die du mein lieber Johannes, ihm mit leichter Mühe beibringen wirst, weshalb ich denn gesonnen bin, dir den Kater Murr, so habe ich ihn benannt, fernerhin zu überlassen. Obschon Murr zur Zeit, wie die Juristen sich ausdrücken, noch kein homo sui juris ist, so habe ich ihn doch um seine Einwilligung gefragt, ob er in deine Dienste treten wolle. Er ist durchaus damit zufrieden."

„Du faselst", sprach Kreisler, „du faselst Meister Abraham! du weißt, daß ich Katzen nicht sonderlich leiden mag, daß ich dem Geschlecht der Hunde bei weitem den Vorzug gebe."

„Ich bitte", erwiderte Meister Abraham, „ich bitte dich lieber Johannes, recht von Herzen, nimm meinen hoffnungsvollen Kater Murr wenigstens so lange zu dir, bis ich heimkehre von meiner Reise. Ich habe ihn schon deshalb mitgebracht, er ist draußen und wartet auf gütigen Bescheid. Sieh ihn wenigstens an."

Damit öffnete Meister Abraham die Türe und auf der Strohmatte zusammengekrümmt, schlafend, lag ein Kater, der wirklich in seiner Art ein Wunder von Schönheit zu nennen. Die grauen und schwarzen Streifen des Rückens liefen zusammen auf dem Scheitel zwischen den Ohren und bildeten auf der Stirne die zierlichste Hieroglyphenschrift. Ebenso gestreift und von ganz ungewöhnlicher Länge und Stärke war der stattliche Schweif. Dabei glänzte des Katers buntes Kleid und schimmerte von der Sonne beleuchtet, so daß man zwischen dem Schwarz und Grau noch schmale goldgelbe Streifen wahrnahm. „Murr! Murr!“ rief Meister Abraham, „krrr – krrr“, erwiderte der Kater sehr vernehmlich, dehnte – erhob sich, machte den außerordentlichsten Katzenpuckel und öffnete ein Paar grasgrüne Augen aus denen Geist und Verstand in funkelndem Feuer hervorblitzten. Das behauptete wenigstens Meister Abraham, und auch Kreislern mußte so viel einräumen, daß der Kater etwas Besonderes, Ungewöhnliches im Antlitz trage, daß sein Kopf hinlänglich dick um die Wissenschaften zu fassen, sein Bart aber schon jetzt in der Jugend weiß und lang genug sei, um dem Kater gelegentlich die Autorität eines griechischen Weltweisen zu verschaffen.

„Wie kann man aber auch überall gleich schlafen“, sprach Meister Abraham zum Kater, „du verlierst alle Heiterkeit darüber, und wirst vor der Zeit ein grämliches Tier. Putz dich fein Murr!“

Sogleich setzte sich der Kater auf die Hinterfüße, fuhr mit den Samtpfötchen sich zierlich über Stirn und Wangen, und stieß dann ein klares freudiges Miau aus.

„Dies ist“, fuhr Meister Abraham fort, „dies ist der Herr Kapellmeister Johannes Kreisler, bei dem du in Dienste treten wirst.“ Der Kater glotzte den Kapellmeister mit seinen großen funkelnden Augen an, begann zu knurren, sprang auf den Tisch, der neben Kreislern stand und, von da ohne weiteres auf seine Schulter, als wolle er ihm etwas ins Ohr sagen. Dann setzte er wieder herab zur Erde und umkreiste schwänzelnd, und knurrend den neuen Herrn, als wolle er recht Bekanntschaft mit ihm machen.

„Gott verzeih mir“, rief Kreisler, „ich glaube gar, der kleine graue Kerl hat Verstand und stammt aus der illustren Familie des gestiefelten Katers her!“

„So viel ist gewiß“, erwiderte Meister Abraham, „daß der Kater Murr das possierlichste Tier von der Welt ist, ein wahrer Pulcinell und dabei artig und sittsam, nicht zudringlich und unbescheiden, wie zuweilen Hunde die uns mit ungeschickten Liebkosungen beschwerlich fallen.“

„Indem ich“, sprach Kreisler, „diesen klugen Kater betrachte, fällt es mir wieder schwer aufs Herz, in welchen engen Kreis unsere Erkenntnis gebannt ist. – Wer kann es sagen, wer nur ahnen, wie weit das Geistesvermögen der Tiere geht! – Wenn uns etwas, oder vielmehr alles, in der Natur unerforschlich bleibt, so sind wir gleich mit Namen bei der Hand, und brüsten uns mit unserer albernen Schulweisheit, die eben nicht viel weiter reicht als unsere Nase. So haben wir denn auch das ganze geistige Vermögen der Tiere, das sich oft auf die wunderbarste Art äußert, mit der Bezeichnung Instinkt abgefertigt. Ich möchte aber nur die einzige Frage beantwortet haben, ob mit der Idee des Instinkts, des blinden willkürlosen Triebes, die Fähigkeit zu träumen vereinbar sei. Daß aber z. B. Hunde mit der größten Lebhaftigkeit träumen, weiß jeder, der einen schlafenden Jagdhund beobachtet hat, dem im Traum die ganze Jagd aufgegangen. Er sucht, er schnuppert, er bewegt die Füße, als sei er im vollem Rennen, er keucht, er schwitzt. – Von träumenden Katern weiß ich zur Zeit nichts."

„Der Kater Murr", unterbrach Meister Abraham den Freund, „träumt nicht allein sehr lebendig, sondern er gerät auch, wie deutlich zu bemerken, häufig in jene sanfte Reverien, in das träumerische Hinbrüten, in das somnambule Delirieren, kurz in jenen seltsamen Zustand zwischen Schlafen und Wachen, der poetischen Gemütern für die Zeit des eigentlichen Empfanges genialer Gedanken gilt. In diesem Zustande stöhnt und ächzt er seit kurzer Zeit ganz ungemein, so, daß ich glauben muß, daß er entweder in Liebe ist, oder an einer Tragödie arbeitet."

Kreisler lachte hell auf, indem er rief: „Nun so komm denn du kluger, artiger, witziger, poetischer Kater Murr, laß uns –"

*(M.f.f.)* ersten Erziehung, meiner Jugendmonate überhaupt noch vieles anführen.

Es ist nämlich wohl höchst merkwürdig und lehrreich, wenn ein großer Geist in einer Autobiographie über alles, was sich mit ihm in seiner Jugend begab, sollte es auch noch so unbedeutend scheinen, recht umständlich [sich] ausläßt. Kann aber auch wohl einem hohen Genius jemals Unbedeutendes begegnen? Alles, was er in seiner Knabenzeit unternahm oder nicht unternahm, ist von der höchsten Wichtigkeit, und verbreitet helles Licht über den tiefern Sinn, über die eigentliche Tendenz seiner unsterblichen Werke. Herrlicher Mut geht auf in der Brust des strebenden Jünglings, den bange Zweifel quälen, ob die innere Kraft auch wohl genüge, wenn er lieset, daß der große Mann als Knabe auch Soldat spielte, sich in Naschwerk übernahm und zuweilen was weniges Schläge erhielt, weil er faul war ungezogen und tölpisch. „Gerade wie ich, gerade wie ich", ruft der Jüngling begeistert aus und zweifelt nicht länger, daß auch er ein hoher Genius ist trotz seinem angebeteten Idol.

Mancher las den Plutarch oder auch wohl nur den Cornelius Nepos und wurde ein großer Held, mancher die Tragödiendichter der Alten in der Übersetzung, und nebenher den Calderon und Shakespeare, den Goethe und Schiller und wurde, wo nicht ein großer Dichter, doch ein kleiner allerliebster Versmacher, wie ihn die Leute ebenso gern haben. So werden meine Werke auch gewiß in der Brust manches jungen geist- und gemütreichen Katers das höhere Leben der Poesie entzünden, und nimmt denn der edle Katerjüngling meine biographischen Belustigungen auf dem Dache vor, geht er ganz ein in die hohen Ideen des Buchs das ich soeben unter den Klauen habe, dann wird er im Entzücken der Begeisterung ausrufen: „Murr, göttlicher Murr, größter deines Geschlechts, dir, dir allein verdanke ich alles, nur dein Beispiel macht mich groß."

Es ist zu rühmen, daß Meister Abraham bei meiner Erziehung sich weder an den vergessenen Basedow hielt, noch die Pestalozzische Methode befolgte, sondern mir unbeschränkte Freiheit ließ, mich selbst zu erziehen, insofern ich mich nur in gewisse Normalprinzipien fügte, die Meister Abraham sich als unbedingt notwendig für die Gesellschaft, die die herrschende Macht auf dieser Erde versammelt, dachte, da sonst alles blind und toll durcheinanderrennen und es überall vertrackte Rippenstöße und garstige Beulen setzen, eine Gesellschaft überhaupt nicht denkbar sein würde. Den Inbegriff dieser Prinzipien nannte der Meister die natürliche Artigkeit im Gegensatz der konventionellen, der gemäß man sprechen muß: „Ich bitte ganz gehorsamst um gütige Verzeihung", wenn man von einem Lümmel angerannt, oder auf den Fuß getreten worden. Mag es sein, daß jene Artigkeit den Menschen nötig ist, so kann ich doch nicht begreifen, wie sich ihr auch mein freigebornes Geschlecht fügen soll, und war nun das Hauptregens, mittelst dessen der Meister mir jene Normalprinzipien beibrachte, ein gewisses sehr fatales Birkenreis, so kann ich mich wohl mit Recht über Härte meines Erziehers beklagen. Davongelaufen wäre ich, hätte mich nicht der mir angeborne Hang zur höhern Kultur an den Meister festgebunden. – Je mehr Kultur, desto weniger Freiheit, das ist ein wahres Wort. Mit der Kultur steigen die Bedürfnisse, mit den Bedürfnissen – Nun; eben die augenblickliche Befriedigung mancher natürlichen Bedürfnisse ohne Rücksicht auf Ort und Zeit, das war das erste, was mir der Meister mittelst des verhängnisvollen Birkenreises total abgewöhnte. Dann kam es an die Gelüste, die, wie ich mich später überzeugt habe, lediglich aus einer gewissen abnormen Stimmung des Gemüts entstehen. Eben diese seltsame Stimmung, die vielleicht von meinem psychischen Organismus selbst erzeugt wurde, trieb mich an, die Milch, ja selbst den Braten, den der Meister für mich hingestellt, stehenzulassen, auf den Tisch zu springen, und das wegzunaschen, was er selbst genießen wollte. Ich empfand die Kraft des Birkenreises, und ließ es bleiben. – Ich sehe es ein, daß der Meister recht hatte, meinen Sinn von dergleichen abzulenken, da ich weiß, daß mehrere meiner guten Mitbrüder, weniger kultiviert, weniger gut erzogen als ich, dadurch in die abscheulichsten Verdrießlichkeiten, ja in die traurigste Lage, auf ihre Lebenszeit geraten sind. Ist es mir doch bekannt worden, daß ein hoffnungsvoller Katerjüngling den Mangel an innerer geistiger Kraft seinem Gelüst zu widerstehen einen Topf Milch auszunaschen, mit dem Verlust seines Schweifs büßen, und verhöhnt, verspottet, sich in die Einsamkeit zurückziehen mußte. Also der Meister hatte recht, mir dergleichen abzugewöhnen; daß er aber meinem Drange nach den Wissenschaften und Künsten Widerstand leistete, das kann ich ihm nicht verzeihen.

Nichts zog mich in des Meisters Zimmer mehr an, als der mit Büchern, Schriften und allerlei seltsamen Instrumenten bepackte Schreibtisch. Ich kann sagen, daß dieser Tisch ein Zauberkreis war, in den ich mich gebannt fühlte, und doch empfand ich eine gewisse heilige Scheu, die mich abhielt, meinem Triebe ganz mich hinzugeben. Endlich eines Tages, als eben der Meister abwesend war, überwand ich meine Furcht und sprang herauf auf den Tisch. Welche Wollust, als ich nun mitten unter den Schriften und Büchern saß, und darin wühlte. Nicht Mutwille, nein nur Begier, wissenschaftlicher Heißhunger war es, daß ich mit den Pfoten ein Manuskript erfaßte, und so lange hin und her zauste, bis es in kleine Stücke zerrissen vor mir lag. Der Meister trat hinein, sah was geschehen, stürzte, mit dem kränkenden Ausruf: „Bestie, vermaledeite!“ auf mich los, und prügelte mich mit dem Birkenreis so derb ab, daß ich mich winselnd vor Schmerz unter den Ofen verkroch, und den ganzen Tag über durch kein freundliches Wort wieder hervorzulocken war. Wen hätte dies Ereignis nicht abgeschreckt auf immer, selbst die Bahn zu verfolgen, die ihm die Natur vorgezeichnet! Aber kaum hatte ich mich ganz erholt von meinen Schmerzen, als ich, meinem unwiderstehlichen Drange folgend, wieder auf den Schreibtisch sprang. Freilich war ein einziger

Ruf meines Meisters, ein abgebrochener Satz wie z. B. „Will er!“ – hinlänglich, mich wieder herabzujagen, so daß es nicht zum Studieren kam; indessen wartete ich ruhig auf einen günstigen Moment, meine Studien anzufangen, und dieser trat denn auch bald ein. Der Meister rüstete sich eines Tages zum Ausgehen, alsbald versteckte ich mich so gut im Zimmer, daß er mich nicht fand, als er, eingedenk des zerrissenen Manuskripts, mich herausjagen wollte. Kaum war der Meister fort, so sprang ich mit einem Satz auf den Schreibtisch und legte mich mitten hinein in die Schriften, welches mir ein unbeschreibliches Wohlgefallen verursachte. Geschickt schlug ich mit der Pfote ein ziemlich dickes Buch auf, welches vor mir lag, und versuchte, ob es mir nicht möglich sein würde, die Schriftzeichen darin zu verstehen. Das gelang mir zwar anfangs ganz und gar nicht, ich ließ aber gar nicht ab, sondern starrte hinein in das Buch, erwartend, daß ein ganz besonderer Geist über mich kommen, und mir das Lesen lehren werde. So vertieft überraschte mich der Meister. Mit einem lauten: „Seht die verfluchte Bestie“, sprang er auf mich zu. Es war zu spät mich zu retten, ich kniff die Ohren an, ich duckte mich nieder, so gut es gehen wollte, ich fühlte schon die Rute auf meinem Rücken. Aber die Hand schon aufgehoben hielt der Meister plötzlich inne, schlug eine helle Lache auf und rief: „Kater – Kater du liesest? ja das kann, das will ich dir nicht verwehren. Nun sieh – sieh! – was für ein Bildungstrieb dir inwohnt.“ – Er zog mir das Buch unter den Pfoten weg, schaute hinein, und lachte noch unmäßiger als vorher. „Das muß ich sagen“, sprach er dann, „ich glaube gar, du hast dir eine kleine Handbibliothek angeschafft, denn ich wüßte sonst gar nicht, wie das Buch auf meinen Schreibtisch kommen sollte? – Nun lies nur – studiere fleißig mein Kater, allenfalls magst du auch die wichtigen Stellen im Buche durch sanfte Einrisse bezeichnen, ich stelle dir das frei!“ – Damit schob er mir das Buch aufgeschlagen wieder hin. Es war, wie ich später erfuhr, Knigge über den Umgang mit Menschen, und ich habe aus diesem herrlichen Buch viel Lebensweisheit geschöpft. Es ist so recht aus meiner Seele geschrieben, und paßt überhaupt für Kater, die in der menschlichen Gesellschaft etwas gelten wollen, ganz ungemein. Diese Tendenz des Buchs ist, soviel ich weiß, bisher übersehen, und daher zuweilen das falsche Urteil gefällt worden, daß der Mensch, der sich ganz genau an die im Buch aufgestellten Regeln halten wolle, notwendig überall als ein steifer herzloser Pedant auftreten müsse.

Seit dieser Zeit litt mich der Meister nicht allein auf dem Schreibtisch, sondern er sah es sogar gern, wenn ich, arbeitete er selbst, heraufsprang, und mich vor ihm unter die Schriften hinlagerte.

Meister Abraham hatte die Gewohnheit oftmals viel hintereinander laut zu lesen. Ich unterließ dann nicht, mich so zu postieren, daß ich ihm ins Buch sehen konnte, welches bei den scharfblickenden Augen, die mir die Natur verliehen, möglich war, ohne ihm beschwerlich zu fallen. Dadurch, daß ich die Schriftzeichen mit den Worten verglich die er aussprach, lernte ich in kurzer Zeit lesen, und wem dies etwa unglaublich vorkommen möchte, hat keinen Begriff von dem ganz besonderem Ingenium womit mich die Natur ausgestattet. Genies die mich verstehen und mich würdigen, werden keinen Zweifel hegen rücksichts einer Art Ausbildung, die vielleicht der ihrigen gleich ist. Dabei darf ich auch nicht unterlassen, die merkwürdige Beobachtung mitzuteilen, die ich rücksichts des vollkommenen Verstehens der menschlichen Sprache gemacht. Ich habe nämlich mit vollem Bewußtsein beobachtet, daß ich gar nicht weiß wie ich zu diesem Verstehen gekommen bin. Bei den Menschen soll dies auch der Fall sein, das nimmt mich aber gar nicht wunder, da dies Geschlecht in den Jahren der Kindheit beträchtlich dümmer und unbeholfener ist, als wir. Als ein ganz kleines Käterchen ist es mir niemals geschehen, daß ich mir selbst in die Augen gegriffen, ins Feuer oder ins Licht gefaßt, oder Stiefelwichse statt Kirschmus gefressen, wie das wohl bei kleinen Kindern zu geschehen pflegt.

Wie ich nun fertig las, und ich mich täglich mehr mit fremden Gedanken vollstopfte, fühlte ich den unwiderstehlichsten Drang, auch meine eignen Gedanken, wie sie der mir inwohnende Genius gebar, der Vergessenheit zu entreißen, und dazu gehörte nun allerdings die freilich sehr schwere Kunst des Schreibens. So aufmerksam ich auch meines Meisters Hand, wenn er schrieb, beobachten mochte, durchaus wollte es mir doch nicht gelingen, ihm die eigentliche Mechanik abzulauren. Ich studierte den alten Hilmar Curas, das einzige Schreibevorschriftsbuch, welches mein Meister besaß, und wäre beinahe auf den Gedanken geraten, daß die rätselhafte Schwierigkeit des Schreibens nur durch die große Manschette gehoben werden könne, welche die darin abgebildete schreibende Hand trägt, und daß es nur besonders erlangte Fertigkeit sei, wenn mein Meister ohne Manschette schriebe, so wie der geübte

Seiltänzer zuletzt nicht mehr der Balancierstange bedarf. Ich trachtete begierig nach Manschetten, und war im Begriff die Dormeuse der alten Haushälterin für meine rechte Pfote zuzureißen und zu aptieren, als mir plötzlich in einem Moment der Begeisterung, wie es bei Genies zu geschehen pflegt, der geniale Gedanke einkam der alles löste. Ich vermutete nämlich, daß die Unmöglichkeit die Feder, den Stift, so zu halten, wie mein Meister, wohl in dem verschiedenen Bau unserer Hände liegen könne, und diese Vermutung traf ein. Ich mußte eine andere dem Bau meines rechten Pfötchens angemessene Schreibart erfinden, und erfand sie wirklich, wie man wohl denken mag. – So entstehen aus der besonderen Organisation des Individuums neue Systeme.

Eine zweite böse Schwierigkeit fand ich in dem Eintunken der Feder in das Tintenfaß. Nicht glücken wollt es mir nämlich, bei dem Eintunken das Pfötchen zu schonen, immer kam es mit hinein in die Tinte, und so konnte es nicht fehlen, daß die ersten Schriftzüge mehr mit der Pfote, als mit der Feder gezeichnet, etwas groß und breit gerieten. Unverständige mochten daher meine ersten Manuskripte beinahe nur für mit Tinte beflecktes Papier ansehen. Genies werden den genialen Kater in seinen ersten Werken leicht erraten, und über die Tiefe, über die Fülle des Geistes, wie er zuerst aus unversiegbarer Quelle aussprudelte, erstaunen, ja ganz außer sich geraten. Damit die Welt sich dereinst nicht zanke über die Zeitfolge meiner unsterblichen Werke, will ich hier sagen, daß ich zuerst den philosophisch sentimental didaktischen Roman schrieb: „Gedanke und Ahnung oder Kater und Hund." Schon dieses Werk hätte ungeheures Aufsehen machen können. Dann, in allen Sätteln gerecht, schrieb ich ein politisches Werk unter dem Titel: „Über Mausefallen und deren Einfluß auf Gesinnung und Tatkraft der Katzheit", hierauf fühlt ich mich begeistert zu der Tragödie: „Rattenkönig Kawdallor." Auch diese Tragödie hätte auf allen nur erdenklichen Theatern unzähligemal mit dem lärmendsten Beifall gegeben werden können. Den Reihen meiner sämtlichen Werke sollen diese Erzeugnisse meines hoch emporstrebenden Geistes eröffnen, über den Anlaß sie zu schreiben werde ich mich gehörigen Orts auslassen können.

Als ich die Feder besser zu halten gelernt, als das Pfötchen rein blieb von Tinte, wurde auch freilich mein Stil anmutiger, lieblicher, heller, ich legte mich ganz vorzüglich auf Musenalmanache, schrieb verschiedene freundliche Schriften, und wurde übrigens sehr bald der liebenswürdige gemütliche Mann, der ich noch heute bin. Beinahe hätte ich schon damals ein Heldengedicht gemacht, in vierundzwanzig Gesängen, doch als ich fertig, war es etwas anderes geworden, wofür Tasso und Ariost noch im Grabe dem Himmel danken können. Sprang wirklich ein Heldengedicht unter meinen Klauen hervor, beide hätte kein Mensch mehr gelesen.

Ich komme jetzt auf die –

*(Mak. Bl.)* – zum bessern Verständnis doch nötig sein, dir, geneigter Leser das ganze Verhältnis der Dinge klar und deutlich auseinanderzusetzen.

Jeder der nur ein einziges Mal im Gasthofe des anmutigen Landstädtchens Sieghartsweiler abgestiegen ist, hat sogleich von dem Fürsten Irenäus reden gehört. Bestellte er nämlich bei dem Wirt nur ein Gericht Forellen, die in der Gegend vorzüglich, so erwiderte derselbe gewiß: „Sie haben recht mein Herr! unser gnädigster Fürst essen auch dergleichen ungemein gern, und ich vermag die angenehmen Fische gerade so zu bereiten, wie es bei Hofe üblich." Aus den neuesten Geographieen, Landcharten, statistischen Nachrichten, wußte der unterrichtete Reisende aber nichts anders, als daß das Städtchen Sieghartsweiler samt dem Geierstein und der ganzen Umgebung längst dem Großherzogtum, das er soeben durchreiset, einverleibet worden; nicht wenig mußte es ihm daher verwundern, hier einen gnädigsten Herrn Fürsten, und einen Hof zu finden. Die Sache hatte aber folgenden Zusammenhang. Fürst Irenäus regierte sonst wirklich ein artiges Ländchen nicht fern von Sieghartsweiler, und da er mittelst eines guten Dollonds von dem Belvedere seines Schlosses im Residenzmarktflecken seine sämtlichen Staaten zu übersehen vermochte, so konnt es nicht fehlen daß er das Wohl und Weh seines Landes, das Glück der geliebten Untertanen, stets im Auge behielt. Er konnte in jeder Minute wissen, wie Peters Weizen in dem entferntesten Bereich des Landes stand, und ebenso gut beobachten, ob Hans und Kunz ihre Weinberge gut und fleißig besorgten. Man sagt, Fürst Irenäus habe sein Ländchen, auf einem Spaziergange über die Grenze, aus der Tasche verloren, so viel ist aber gewiß, daß in einer neuen mit mehrern Zusätzen versehenen Ausgabe jenes Großherzogtums, das Ländchen des Fürsten Irenäus einfoliiert und einregistriert war. Man überhob ihn der Mühe des Regierens, indem man ihm aus den Revenüen des Landes, das er besessen, eine ziemlich reichliche Apanage aussetzte, die er eben in dem anmutigen Sieghartsweiler verzehren sollte.

Außer jenem Ländchen besaß Fürst Irenäus noch ein ansehnliches bares Vermögen, das ihm unverkürzt blieb, und so sah er sich aus dem Stande eines kleinen Regenten plötzlich versetzt in den Stand eines ansehnlichen Privatmannes, der zwanglos nach freier Willkür sich das Leben gestalten konnte wie er wollte.

Fürst Irenäus hatte den Ruf eines feingebildeten Herrn, der empfänglich für Wissenschaft und Kunst. Kam nun noch hinzu, daß er oft die lästige Bürde der Regentschaft schmerzlich gefühlt, ja ging auch schon einmal von ihm die Rede, daß er den romanhaften Wunsch, in einem kleinen Hause, an einem murmelnden Bach, mit einigem Hausvieh ein einsames idyllisches Leben procul negotiis zu führen, in anmutige Verse gebracht, so hätte man denken sollen, daß er nun, den regierenden Herrn vergessend, sich einrichten werde mit dem gemütlichen Hausbedarf, wie es in der Macht steht des reichen unabhängigen Privatmannes. Dem war aber ganz und gar nicht so!

Es mag wohl sein, daß die Liebe der großen Herrn zur Kunst und Wissenschaft nur als ein integrierender Teil des eigentlichen Hoflebens anzusehen ist. Der Anstand erfordert es, Gemälde zu besitzen und Musik zu hören, und übel würde es sein, wenn der Hofbuchbinder feiern und nicht die neueste Literatur fortwährend in Gold und Leder kleiden sollte. Ist aber jene Liebe ein integrierender Teil des Hoflebens selbst, so muß sie mit diesem zugleich untergehen, und kann nicht als etwas für sich Fortbestehendes Trost gewähren, für den verlornen Thron oder das kleine Regentenstühlchen, auf dem man zu sitzen gewohnt.

Fürst Irenäus erhielt sich beides, das Hofleben, und die Liebe für die Künste und Wissenschaften, indem er einen süßen Traum ins Leben treten ließ, in dem er selbst mit seiner Umgebung, so wie ganz Sieghartsweiler figurierte.

Er tat nämlich so, als sei er regierender Herr, behielt die ganze Hofhaltung, seinen Kanzler des Reichs, sein Finanzkollegium etc. etc. bei, erteilte seinen Hausorden, gab Cour, Hofbälle, die meistenteils aus zwölf bis funfzehn Personen bestanden, da auf die eigentliche Courfähigkeit strenger geachtet wurde, als an den größten Höfen, und die Stadt war gutmütig genug, den falschen Glanz dieses träumerischen Hofes für etwas zu halten, das ihr Ehre und Ansehen bringe. So nannten die guten Sieghartsweiler den Fürsten Irenäus ihren gnädigsten Herrn, illuminierten die Stadt an seinem Namensfeste, und an den Namenstagen seines Hauses, und opferten sich überhaupt gern auf für das Vergnügen des Hofes, wie die atheniensischen Bürgersleute in Shakespeares Sommernachtstraum.

Es war nicht zu leugnen, daß der Fürst seine Rolle mit dem wirkungsvollsten Pathos durchführte, und diesen Pathos seiner ganzen Umgebung mitzuteilen wußte. – So erscheint ein fürstlicher Finanzrat in dem Klub zu Sieghartsweiler finster, in sich gekehrt, wortkarg! – Wolken ruhen auf seiner Stirne, er versinkt oft in ein tiefes Nachdenken, fährt dann auf, wie plötzlich erwachend! – Kaum wagt man es laut zu sprechen, hart aufzutreten in seiner Nähe. Es schlägt neun Uhr, da springt er auf, nimmt seinen Hut, vergebens sind alle Bemühungen, ihn festzuhalten, er versichert mit stolzem tiefbedeutendem Lächeln, daß ihn Aktenstöße erwarteten, daß er die Nacht würde opfern müssen, um sich zu der morgenden, höchst wichtigen, letzten Quartalsitzung des Kollegiums vorzubereiten; eilt hinweg, und hinterläßt die Gesellschaft in ehrfurchtsvoller Erstarrung über die enorme Wichtigkeit und Schwierigkeit seines Amts. – Und der wichtige Vortrag, auf den sich der geplagte Mann die Nacht über vorbereiten muß? – Je nun, die Waschzettel aus sämtlichen Departements, der Küche, der Tafel, der Garderobe etc. fürs verflossene Vierteljahr sind eingegangen, und er ist es, der in allen Waschangelegenheiten den Vortrag hat. – So bemitleidet die Stadt den armen fürstlichen Wagenmeister, spricht jedoch von dem sublimen Pathos des fürstlichen Kollegiums ergriffen: „Strenge aber gerecht!“ Der Mann hat nämlich erhaltener Instruktion gemäß einen Halbwagen, der unbrauchbar geworden, verkauft, das Finanz-Kollegium ihm aber bei Strafe augenblicklicher Kassation aufgegeben, binnen drei Tagen nachzuweisen, wo er die andere Hälfte gelassen, die vielleicht noch brauchbar gewesen.

Ein besonderer Stern, der am Hofe des Fürsten Irenäus leuchtete, war die Rätin Benzon, Witwe in der Mitte der dreißiger Jahre, sonst eine gebietende Schönheit, noch jetzt nicht ohne Liebreiz, die einzige, deren Adel zweifelhaft und die der Fürst dennoch ein für allemal als courfähig angenommen. Der Rätin heller durchdringender Verstand, ihr lebhafter Geist, ihre Weltklugheit, vorzüglich aber eine gewisse Kälte des Charakters, die dem Talent zu herrschen unerläßlich, übten ihre Macht in voller Stärke, so daß sie es eigentlich war, die die Faden des Puppenspiels an diesem Miniaturhofe zog. Ihre Tochter, Julia geheißen, war mit der Prinzessin Hedwiga aufgewachsen, und auch auf die Geistesbildung dieser hatte die Rätin so gewirkt, daß sie in dem Kreise der fürstlichen Familie wie eine Fremde erschien und sonderbar abstach gegen den Bruder. Prinz Ignaz war nämlich zu ewiger Kindheit verdammt, beinahe blödsinnig zu nennen.

Der Benzon gegenüber, ebenso einflußreich, ebenso eingreifend in die engsten Verhältnisse des fürstlichen Hauses, wiewohl auf ganz andere Weise als sie, stand der seltsame Mann, den du, geneigter Leser, bereits kennst als Maître de Plaisir des Irenäusschen Hofes und ironischen Schwarzkünstler.

Merkwürdig genug ist es, wie Meister Abraham in die fürstliche Familie geriet.

Des Fürsten Irenäus hochseliger Herr Papa war ein Mann von einfachen milden Sitten. Er sah es ein, daß irgendeine Kraftäußerung das kleine schwache Räderwerk der Staatsmaschine zerbrechen müsse, statt ihm einen bessern Schwung zu geben. Er ließ es daher in seinem Ländlein fortgehen, wie es zuvor gegangen, und fehlt' es ihm dabei an Gelegenheit, einen glänzenden Verstand oder andere besondere Gaben des Himmels zu zeigen, so begnügte er sich damit, daß in seinem Fürstentum jedermann sich wohl befand, und daß, rücksichts des Auslandes, es ihm so ging wie den Weibern, die dann am tadelfreisten sind, wenn man gar nicht von ihnen spricht. War des Fürsten kleiner Hof steif, zeremoniös, altfränkisch, konnte der Fürst gar nicht eingehen in manche loyale Ideen wie sie die neuere Zeit erzeugt, so lag das an der Unwandelbarkeit des hölzernen Gestelles, das Oberhofmeister, Hofmarschälle, Kammerherrn, in seinem Innern mühsam zusammengerichtet. In diesem Gestelle arbeitete aber ein Triebrad, das kein Hofmeister, kein Marschall, jemals hätte zum Stillstehen bringen können. Dies war nämlich ein, dem Fürsten angeborner, Hang zum Abenteuerlichen, Seltsamen, Geheimnisvollen. – Er pflegte zuweilen, nach dem Beispiel des würdigen Kalifen Harun Al Raschid, verkleidet Stadt und Land zu durchstreichen, um jenen Hang, der mit seiner übrigen Lebenstendenz in dem sonderbarsten Widerspiel stand, zu befriedigen, oder wenigstens Nahrung dafür zu suchen. Dann setzte er einen runden Hut auf, und zog einen grauen Oberrock an, so daß jedermann auf den ersten Blick wußte, daß der Fürst nun nicht zu erkennen.

Es begab sich, daß der Fürst also verkleidet und unerkennbar die Alleen durchschritt, die von dem Schloß aus nach einer entfernten Gegend führten, in der einzeln ein kleines Häuschen stand, von der Witwe eines fürstlichen Mundkochs bewohnt. Gerade vor diesem Häuschen angekommen, gewahrte der Fürst zwei in Mäntel gehüllte Männer, die zur Haustüre hinausschlichen. Er trat zur Seite, und der Historiograph des Irenäusschen Hauses, dem ich dies nachschreibe, behauptet, der Fürst sei selbst dann nicht bemerkt und erkannt worden, wenn er, statt des grauen Oberrocks, das glänzendste Staatskleid angehabt mit dem funkelnden Ordensstern darauf, aus dem Grunde, weil es stockfinsterer Abend gewesen. Als die beiden verhüllten Männer dicht vor dem Fürsten langsam vorübergingen, vernahm dieser ganz deutlich folgendes Gespräch. Der eine: „Bruder Exzellenz, ich bitte dich, nimm dich zusammen, sei nur dieses Mal kein Esel! – Der Mensch muß fort, ehe der Fürst etwas von ihm erfährt, denn sonst behalten wir den verfluchten Hexenmeister auf dem Halse, der uns mit seinen Satanskünsten alle ins Verderben stürzt." Der andere: „Mon cher frère, ereifere dich doch nur nicht so, du kennst meine Sagazität, mein savoir faire. Morgen werf ich dem gefährlichen Menschen ein paar Karolin an den Hals, und da mag er seine Kunststückchen den Leuten vormachen wo er will. Hier darf er nicht bleiben. Der Fürst ist überdies ein –"

Die Stimmen verhallten, der Fürst erfuhr daher nicht, wofür ihn sein Hofmarschall hielt, denn kein anderer als dieser, und sein Bruder der Oberjägermeister, waren die Personen, welche aus dem Hause schlichen, und das verfängliche Gespräch führten. Der Fürst hatte beide sehr genau an der Sprache erkannt.

Man kann denken, daß der Fürst nichts Angelegentlicheres zu tun hatte, als jenen Menschen, jenen gefährlichen Hexenmeister aufzusuchen, dessen Bekanntschaft ihm entzogen werden sollte. Er klopfte an das Häuschen, die Witwe trat mit einen Licht in der Hand heraus, und fragte, da sie den runden Hut und den grauen Oberrock des Fürsten gewahrte, mit kalter Höflichkeit: „Was steht zu Ihren Diensten Monsieur!" Monsieur wurde nämlich der Fürst angeredet, wenn er verkleidet war und unkenntlich. Der Fürst erkundigte sich nach dem Fremden der bei der Witwe eingekehrt sein sollte, und erfuhr, daß der Fremde kein anderer sei, als ein sehr geschickter, berühmter, mit vielen Attestaten, Konzessionen und Privilegien versehener, Taschenspieler, der hier seine Künste zu produzieren gedenke. Soeben, erzählte die Witwe, wären zwei Herrn vom Hofe bei ihm gewesen, die er, vermöge der ganz unerklärlichen Sachen, welche er ihnen vorgemacht, dermaßen in Erstaunen gesetzt, daß sie ganz blaß, verstört, ja ganz außer sich, das Haus verlassen hätten.

Ohne weiteres ließ sich der Fürst hinaufführen. Meister Abraham (niemand anders war der berühmte Taschenspieler) empfing ihn wie einen den er längst erwartet, und verschloß die Türe.

Niemand weiß, was nun Meister Abraham begonnen, gewiß ist es aber, daß der Fürst die ganze Nacht über bei ihm blieb, und daß am andern Morgen Zimmer eingerichtet wurden auf dem Schlosse, die Meister Abraham bezog, und zu denen der Fürst aus seinem Studierzimmer mittelst eines geheimen Ganges unbemerkt gelangen konnte. Gewiß ist es ferner, daß der Fürst den Hofmarschall nicht mehr: „mon cher ami" nannte, und sich von dem Oberjägermeister niemals mehr die wunderbare Jagdgeschichte von dem weißen gehörnten Hasen, den er (der Oberjägermeister), bei seinem ersten jägerischen Ausflug in den Wald, nicht schießen können, erzählen ließ, welches die Gebrüder in Gram und Verzweiflung stürzte, so, daß beide sehr bald den Hof verließen. Gewiß endlich, daß Meister Abraham nicht allein durch seine Fantasmagorieen, sondern auch durch das Ansehen, das er sich immer mehr und mehr bei dem Fürsten zu erwerben wußte, Hof, Stadt und Land in Erstaunen setzte.

Von den Kunststücken, die Meister Abraham vollführte, erzählt oben bemeldeter Historiograph des Irenäusschen Hauses so viel ganz Unglaubliches, daß man es nicht nachschreiben kann, ohne alles Zutrauen des geneigten Lesers aufs Spiel zu setzen. Dasjenige Kunststück, welches aber der Historiograph für das wunderbarste von allen hält, ja von dem er behauptet, daß es hinlänglich beweise, wie Meister Abraham offenbar mit fremden unheimlichen Mächten in bedrohlichen Bunde stehe, ist indes nichts anders, als jenes akustische Zauberspiel, das später unter der Benennung des unsichtbaren Mädchens so viel Aufsehen gemacht, und das Meister Abraham schon damals sinnreicher, fantastischer, das Gemüt ergreifender, aufzustellen wußte, als es nachher jemals geschehen.

Nebenher wollte man auch wissen, daß der Fürst selbst mit dem Meister Abraham gewisse magische Operationen unternehme, über deren Zweck unter den Hofdamen, Kammerherrn, und andern Leuten vom Hofe, ein angenehmer Wettstreit alberner, sinnloser, Vermutungen entstand. Darin waren alle einig, daß Meister Abraham dem Fürsten das Goldmachen beibringe, wie aus dem Rauch, der aus dem Laboratorio bisweilen dringe, zu schließen, und daß er ihn eingeführt in allerlei nützliche Geisterkonferenzen. Alle waren ferner davon überzeugt, daß der Fürst das Patent für den neuen Bürgermeister im Marktflecken nicht vollziehe, ja dem fürstlichen Ofenheizer keine Zulage bewillige, ohne den Agathodämon, den Spiritum familiarem, oder die Gestirne zu befragen.

Als der alte Fürst starb, und Irenäus ihm in der Regierung folgte, verließ Meister Abraham das Land. Der junge Fürst, der von des Vaters Neigung zum Abenteuerlichen, Wunderbaren durchaus nichts ererbt, ließ ihn zwar ziehen, fand aber bald, daß Meister Abrahams magische Kraft vorzüglich sich darin bewähre, einen gewissen bösen Geist zu beschwören, der sich an kleinen Höfen nur gar zu gern einnistet, nämlich den Höllengeist der Langenweile. Dann hatte auch das Ansehen in dem Meister Abraham bei dem Vater stand, tiefe Wurzel gefaßt in dem Gemüt des jungen Fürsten. Es gab Augenblicke in denen dem Fürsten Irenäus zumute wurde, als sei Meister Abraham ein überirdisches Wesen, über alles was menschlich erhaben, stehe es auch noch so hoch. Man sagt, daß diese ganz besondere Empfindung von einem kritischen unvergeßlichen Moment in der Jugendgeschichte des Fürsten herrühre. Als Knabe war er einst mit kindischer überlästiger Neugier in Meister Abrahams Zimmer eingedrungen, und hatte läppisch eine kleine Maschine, die der Meister eben mit vieler Mühe und Kunst vollendet, zerbrochen, der Meister aber in vollem Zorn über den verderblichen Ungeschick dem kleinen fürstlichen Bengel eine fühlbare Ohrfeige zugeteilt, und ihn dann mit einiger nicht ganz sanfter Schnelligkeit hinausgeführt aus der Stube auf den Korridor. Unter hervorquellenden Tränen konnte der junge Herr nur mit Mühe die Worte hervorstammeln: „Abraham – soufflet“ – so daß der bestürzte Oberhofmeister es für eine gefahrvolle Wagnis hielt, tiefer einzudringen in das fürchterliche Geheimnis, das zu ahnen er sich unterstehen mußte.

Der Fürst fühlte lebhaft das Bedürfnis, den Meister Abraham als das belebende Prinzip der Hofmaschine bei sich zu behalten; vergebens waren aber alle seine Bemühungen ihn zurückzubringen. Erst nach jenem verhängnisvollen Spaziergange, als Fürst Irenäus sein Ländchen verloren, als er die chimärische Hofhaltung zu Sieghartsweiler eingerichtet, fand sich auch Meister Abraham wieder ein, und in der Tat, zu gelegenerer Zeit hätte er gar nicht kommen können. Denn außerdem daß –

*(M.f.f.)* – merkwürdige Begebenheit die, um mich des gewöhnlichen Ausdrucks geistreicher Biographen zu bedienen, einen Abschnitt in meinem Leben machte.

– Leser! – Jünglinge, Männer, Frauen unter deren Pelz ein fühlend Herz schlägt, die ihr Sinn habt für Tugend – die ihr die süßen Bande erkennet, womit uns die Natur umschlingt, ihr werdet mich verstehen und – mich lieben!

Der Tag war heiß gewesen, ich hatte ihn unter dem Ofen verschlafen. Nun brach die Abenddämmerung ein, und kühle Winde sausten durch meines Meisters geöffnetes Fenster. Ich erwachte aus dem Schlaf, meine Brust erweiterte sich, durchströmt von dem unnennbaren Gefühl, das, Schmerz und Lust zugleich, die süßesten Ahnungen entzündet. Von diesen Ahnungen überwältigt, erhob ich mich hoch in jener ausdrucksvollen Bewegung, die der kalte Mensch Katzenpuckel benennet! – Hinaus – hinaus trieb es mich in die freie Natur, ich begab mich daher aufs Dach, und lustwandelte in den Strahlen der sinkenden Sonne. Da vernahm ich Töne von dem Boden aufsteigen, so sanft, so heimlich, so bekannt, so anlockend, ein unbekanntes Etwas zog mich hinab mit unwiderstehlicher Gewalt. Ich verließ die schöne Natur, und kroch durch eine kleine Dachluke hinein in den Hausboden. – Hinabgesprungen gewahrte ich alsbald eine große, schöne, weiß und schwarz gefleckte Katze, die, auf den Hinterfüßen sitzend in bequemer Stellung, eben jene anlockenden Töne von sich gab, und mich nun mit forschenden Blicken durchblitzte. Augenblicklich setzte ich mich ihr gegenüber, und versuchte, dem innern Trieb nachgebend, in das Lied einzustimmen, das die weiß und schwarz Gefleckte angestimmt. Das gelang mir, ich muß es selbst sagen, über die Maßen wohl, und von diesem Augenblick an datiert sich, wie ich für die Psychologen, die mich und mein Leben studieren, hier bemerke, mein Glaube an mein inneres musikalisches Talent, und, wie zu erachten, mit diesem Glauben, auch das Talent selbst. Die Gefleckte blickte mich an schärfer und emsiger, schwieg plötzlich, sprang mit einem gewaltigen Satz auf mich los! Ich, nichts Gutes erwartend, zeigte meine Krallen, doch in dem Augenblick schrie die Gefleckte, indem ihr die hellen Tränen aus den Augen stürzten: „Sohn – o Sohn! komm! – eile in meine Pfoten!" – Und dann, mich umhalsend, mich mit Inbrunst an die Brust drückend: „Ja du bist es, du bist mein Sohn, mein guter Sohn, den ich ohne sonderliche Schmerzen geboren!"

Ich fühlte mich tief im Innersten bewegt, und schon dies Gefühl mußte mich überzeugen, daß die Gefleckte wirklich meine Mutter war, demunerachtet fragte ich doch, ob sie auch dessen ganz gewiß sei.

„Ha, diese Ähnlichkeit", sprach die Gefleckte, „diese Ähnlichkeit, diese Augen, diese Gesichtszüge, dieser Bart, dieser Pelz, alles erinnert mich nur zu lebhaft an den Treulosen, Undankbaren, der mich verließ. – Du bist ganz das getreue Ebenbild deines Vaters, lieber Murr (denn so wirst du ja geheißen) ich hoffe jedoch, daß du mit der Schönheit des Vaters zugleich die sanftere Denkungsart, die milden Sitten deiner Mutter Mina erworben haben wirst. – Dein Vater hatte einen sehr vornehmen Anstand, auf seiner Stirne lag eine imponierende Würde, voller Verstand funkelten die grünen Augen, und um Bart und Wangen spielte oft ein anmutiges Lächeln. Diese körperlichen Vorzüge, so wie sein aufgeweckter Geist, und eine gewisse liebenswürdige Leichtigkeit mit der er Mäuse fing, ließen ihn mein Herz gewinnen. – Aber bald zeigte sich ein hartes tyrannisches Gemüt, das er so lange geschickt zu verbergen gewußt. – Mit Entsetzen sag ich es! – Kaum warst du geboren, als dein Vater den unseligen Appetit bekam, dich nebst deinen Geschwistern zu verspeisen."

„Beste Mutter", fiel ich der Gefleckten ins Wort, „beste Mutter, verdammen Sie nicht ganz jene Neigung. Das gebildetste Volk der Erde legte den sonderbaren Appetit des Kinderfressens dem Geschlecht der Götter bei, aber gerettet wurde ein Jupiter und so auch ich!"

„Ich verstehe dich nicht mein Sohn", erwiderte Mina, „aber es kommt mir vor, als sprächest du albernes Zeug, oder als wolltest du gar deinen Vater verteidigen. Sei nicht undankbar, du wärest ganz gewiß erwürgt und gefressen worden von dem blutdürstigen Tyrannen, hätte ich dich nicht so tapfer verteidigt mit diesen scharfen Krallen, hätte ich nicht bald hier, bald dort hinfliehend in Keller, Boden, Ställe, dich den Verfolgungen des unnatürlichen Barbaren entzogen. – Er verließ mich endlich! nie habe ich ihn wiedergesehen! Und doch schlägt noch mein Herz für ihn! – Es war ein schöner Kater! – Viele hielten ihn seines Anstandes, seiner feiner Sitten wegen, für einen reisenden Grafen. – Ich glaubte nun, im kleinen häuslichen Zirkel meine Mutterpflichten übend, ein stilles ruhiges Leben führen zu können, doch der entsetzlichste Schlag sollte mich noch treffen. – Als ich von einem kleinen Spaziergange einst heimkehrte, weg warst du samt deinem Geschwister! – Ein altes Weib hatte mich Tages zuvor in meinem Schlupfwinkel entdeckt, und allerlei verfängliche Worte von ins Wasser werfen, und dergleichen gesprochen! – Nun! ein Glück, daß du mein Sohn gerettet, komm nochmals an meine Brust, Geliebter!"

Die gefleckte Mama liebkoste mich mit aller Herzlichkeit, und fragte mich dann nach den nähern Umständen meines Lebens. Ich erzählte ihr alles, und vergaß nicht meiner hohen Ausbildung zu erwähnen, und wie ich dazu gekommen.

Mina schien weniger gerührt von den seltenen Vorzügen des Sohnes, als man hätte denken sollen. Ja! sie gab mir nicht undeutlich zu verstehen, daß ich mitsamt meinem außerordentlichen Geiste, mit meiner tiefen Wissenschaft, auf Abwege geraten, die mir verderblich werden könnten. Vorzüglich warnte sie mich aber, dem Meister Abraham ja nicht meine erworbenen Kenntnisse zu entdecken, da dieser sie nur nützen würde, mich in der drückendsten Knechtschaft zu erhalten.

„Ich kann mich", sprach Mina, „zwar gar nicht deiner Ausbildung rühmen, indessen fehlt es mir doch durchaus nicht an natürlichen Fähigkeiten und angenehmen mir von der Natur eingeimpften Talenten. Darunter rechne ich z. B. die Macht, knisternde Funken aus meinen Pelz hervorstrahlen zu lassen, wenn man mich streichelt. Und was für Unannehmlichkeiten hat mir nicht schon dieses einzige Talent bereitet! Kinder und Erwachsene haben unaufhörlich auf meinen Rücken herumhantiert, jenes Feuerwerks halber, mir zur Qual, und wenn ich unmutig wegsprang oder die Krallen zeigte, mußte ich mich ein scheues wildes Tier schelten, ja wohl gar prügeln lassen. – Sowie Meister Abraham erfährt, daß du schreiben kannst, lieber Murr! macht er dich zu seinem Kopisten, und als Schuldigkeit wird von dir gefordert, was du jetzt nur aus eigenem Antriebe zu deiner Lust tust."

Mina sprach noch mehreres über mein Verhältnis zum Meister Abraham, und über meine Bildung. Erst später habe ich eingesehen, daß das, was ich für Abscheu gegen die Wissenschaften hielt, wirkliche Lebensweisheit war, die die Gefleckte in sich trug.

Ich erfuhr, daß Mina bei der alten Nachbarsfrau in ziemlich dürftigen Umständen lebe, und daß es ihr oft schwer falle, ihren Hunger zu stillen. Dies rührte mich tief, die kindliche Liebe erwachte in voller Stärke in meinen Busen, ich besann mich auf den schönen Heringskopf, den ich vom gestrigen Mahle erübrigt, ich beschloß ihn darzubringen der guten Mutter, die ich so unerwartet wiedergefunden.

Wer ermißt die Wandelbarkeit der Herzen derer, die da wandeln unter dem Mondschein! – Warum verschloß das Schicksal nicht unsere Brust dem wilden Spiel unseliger Leidenschaften! – Warum müssen wir, ein dünnes schwankendes Rohr, uns beugen vor dem Sturm des Lebens? – Feindliches Verhängnis! – O Appetit, dein Name ist Kater! – Den Heringskopf im Maule kletterte ich, ein pius Aeneas, aufs Dach – ich wollte hinein ins Bodenfenster! – Da geriet ich in einen Zustand, der auf seltsame Weise mein Ich meinem Ich entfremdend, doch mein eigentliches Ich schien. – Ich glaube mich verständlich und scharf ausgedrückt zu haben, so daß in dieser Schilderung meines seltsamen Zustandes jeder den die geistige Tiefe durchschauenden Psychologen erkennen wird. – Ich fahre fort!

Das sonderbare Gefühl, gewebt aus Lust und Unlust, betäubte meine Sinne – überwältigte mich – kein Widerstand möglich – ich fraß den Heringskopf!

Ängstlich hörte ich Mina miauen, ängstlich sie meinen Namen rufen – Ich fühlte mich von Reue, von Scham durchdrungen, ich sprang zurück in meines Meisters Zimmer, ich verkroch mich unter den Ofen. Da quälten mich die ängstlichsten Vorstellungen. Ich sah Mina, die wiedergefundene gefleckte Mutter, trostlos, verlassen, lechzend nach der Speise, die ich versprochen, der Ohnmacht nahe – Ha! – der durch den Rauchfang sausende Wind rief den Namen Mina – Mina – Mina rauschte es in den Papieren meines Meisters, knarrte es in den gebrechlichen Rohrstühlen, Mina – Mina – lamentierte die Ofentüre – Oh! es war ein bitteres herzzerschneidendes Gefühl, das mich durchbohrte! – Ich beschloß, die Arme womöglich einzuladen zur Frühstücksmilch. Wie kühlender wohltuender Schatten, kam bei diesem Gedanken ein seliger Frieden über mich! – Ich kniff die Ohren an und schlief ein!

Ihr fühlenden Seelen, die ihr mich ganz versteht, ihr werdet es, seid ihr sonst keine Esel, sondern wahrhaftige honette Kater, ihr werdet es, sage ich, einsehen, daß dieser Sturm in meiner Brust meinen Jugendhimmel aufheitern mußte, wie ein wohltätiger Orkan der die finstern Wolken zerstäubt und die reinste Aussicht schafft. Oh! so schwer anfangs der Heringskopf auf meiner Seele lastete, doch lernte ich einsehen, was Appetit heißt, und daß es Frevel ist, der Mutter Natur zu widerstreben. Jeder suche sich seine Heringsköpfe und greife nicht vor der

Sagazität der andern, die, vom richtigen Appetit geleitet, schon die ihrigen finden werden.

So schließe ich diese Episode meines Lebens die –

*(Mak. Bl.)* – – nichts verdrießlicher für einen Historiographen oder Biographen, als wenn er, wie auf einen wilden Füllen reitend hin und her sprengen muß, über Stock und Stein, über Äcker und Wiesen, immer nach gebahnten Wegen trachtend, niemals sie erreichend. So geht es dem, der es unternommen für dich, geliebter Leser, das aufzuschreiben, was er von dem wunderlichen Leben des Kapellmeisters Johannes Kreisler erfahren. Gern hätte er angefangen: In dem kleinen Städtchen N. oder B. oder K., und zwar am Pfingstmontage oder zu Ostern des und des Jahres, erblickte Johannes Kreisler das Licht der Welt! – Aber solche schöne chronologische Ordnung kann gar nicht aufkommen, da dem unglücklichen Erzähler nur mündlich, brockenweis mitgeteilte Nachrichten zu Gebote stehen, die er, um nicht das Ganze aus dem Gedächtnisse zu verlieren, sogleich verarbeiten muß. Wie es eigentlich mit der Mitteilung dieser Nachrichten herging, sollst du, sehr lieber Leser! noch vor dem Schlusse des Buchs erfahren, und dann wirst du vielleicht das rhapsodische Wesen der Ganzen entschuldigen, vielleicht aber auch meinen, daß, trotz des Anscheins der Abgerissenheit, doch ein fester durchlaufender Faden alle Teile zusammenhalte.

Eben in diesem Augenblick ist nichts anders zu erzählen, als daß nicht lange nachher, als Fürst Irenäus in Sieghartsweiler sich niedergelassen, an einem schönen Sommerabend Prinzessin Hedwiga und Julia in dem anmutigen Park zu Sieghartshof lustwandelten. Wie ein goldner Schleier lag der Schein der sinkenden Sonne ausgebreitet über dem Walde. Kein Blättlein rührte sich. In ahnungsvollem Schweigen harrten Baum und Gebüsch, daß der Abendwind komme und mit ihnen kose. Nur das Getöse des Waldbachs, der über weiße Kiesel fortbrauste, unterbrach die tiefe Stille. Arm in Arm verschlungen, schweigend, wandelten die Mädchen fort durch die schmalen Blumengänge, über die Brücken, die über die verschiedenen Schlingungen des Bachs führten, bis sie an das Ende des Parks, an den großen See kamen, in dem sich der ferne Geierstein mit seinen malerischen Ruinen abspiegelte.

„Es ist doch schön!“ rief Julia recht aus voller Seele. „Laß uns“, sprach Hedwiga, „in die Fischerhütte treten. Die Abendsonne brennt entsetzlich und drin ist die Aussicht nach dem

Geierstein aus dem mittlern Fenster noch schöner als hier, da die Gegend dort nicht Panorama, sondern in gruppierter Ansicht, wahrhaftes Bild erscheint."

Julia folgte der Prinzessin, die kaum hineingetreten und zum Fenster hinausschauend, sich nach Crayon und Papier sehnte, um die Aussicht in der Beleuchtung zu zeichnen, welche sie ungemein pikant nannte.

„Ich möchte", sprach Julia, „ich möchte dich beinahe um deine Kunstfertigkeit beneiden, Bäume und Gebüsche, Berge, Seen, so ganz nach der Natur zeichnen zu können. Aber ich weiß es schon, könnte ich auch so hübsch zeichnen als du, doch wird es mir niemals gelingen, eine Landschaft nach der Natur aufzunehmen, und zwar um desto weniger, je herrlicher der Anblick. Vor lauter Freude und Entzücken des Schauens würd ich gar nicht zur Arbeit kommen." – Der Prinzessin Antlitz überflog, bei diesen Worten Julias, ein gewisses Lächeln, das bei einem sechszehnjährigen Mädchen bedenklich genannt werden dürfte. Meister Abraham, der im Ausdruck zuweilen etwas seltsam, meinte, solch Muskelspiel im Gesicht sei dem Wirbel zu vergleichen auf der Oberfläche des Wassers, wenn sich in der Tiefe etwas Bedrohliches rührt. – Genug, Prinzessin Hedwiga lächelte; indem sie aber die Rosenlippen öffnete, um der sanften unkünstlerischen Julia etwas zu entgegnen, ließen sich ganz in der Nähe Akkorde hören, die so stark und wild angeschlagen wurden, daß das Instrument kaum eine gewöhnliche Gitarre zu sein schien.

Die Prinzessin verstummte, und beide, sie und Julia, eilten vor das Fischerhaus.

Nun vernahmen sie eine Weise nach der andern, verbunden durch die seltsamsten Übergänge, durch die fremdartigste Akkordenfolge. Dazwischen ließ sich eine sonore männliche Stimme hören, die bald alle Süßigkeit des italienischen Gesanges erschöpfte, bald, plötzlich abbrechend, in ernste düstere Melodien fiel, bald rezitativisch, bald mit starken kräftig akzentuierten Worten dreinsprach.

Die Gitarre wurde gestimmt – dann wieder Akkorde – dann wieder abgebrochen und gestimmt – dann heftige, wie im Zorn ausgesprochene Worte – dann Melodieen – dann aufs neue gestimmt.

Neugierig auf den seltsamen Virtuosen, schlichen Hedwiga und Julia näher und näher heran, bis sie einen Mann in schwarzer Kleidung gewahrten, der, den Rücken ihnen zugewendet, auf einen Felsstück dicht an dem See saß, und das wunderliche Spiel trieb, mit Singen und Sprechen.

Eben hatte er die Gitarre ganz und gar umgestimmt, auf ungewöhnliche Weise, und versuchte nun einige Akkorde, dazwischen rufend: „Wieder verfehlt – keine Reinheit – bald ein Komma zu tief, bald ein Komma zu hoch!"

Dann faßte er das Instrument, das er von dem blauen Bande, an dem es ihm um die Schultern hing, losgenestelt, mit beiden Händen, hielt es vor sich hin und begann: „Sage mir, du kleines eigensinniges Ding, wo ruht eigentlich dein Wohllaut, in welchem Winkel deines Innersten hat sich die reine Skala verkrochen? – Oder willst du dich vielleicht auflehnen gegen deinen Meister und behaupten, sein Ohr sei totgehämmert worden in der Schmiede der gleichschwebenden Temperatur, und seine Enharmonik nur ein kindisches Vexierspiel? Du verhöhnst mich, glaub ich, unerachtet ich den Bart viel besser geschoren trage als Meister Stefano Pacini, detto il Venetiano, der die Gabe des Wohllauts in dein Innerstes legte, die mir ein unerschließbares Geheimnis bleibt. Und, liebes Ding, daß du es nur weißt, willst du den unisonierenden Dualismus von Gis und As oder Cis und Des – oder vielmehr sämtlicher Töne durchaus nicht verstatten, so schicke ich dir neun tüchtige teutsche Meister auf den Hals, die sollen dich ausschelten, dich kirre machen mit enharmonischen Worten. – Und du magst dich nicht deinen Stefano Pacini in die Arme werfen, du magst nicht, wie ein keifendes Weib das letzte Wort behalten wollen. – Oder bist du vielleicht gar dreist und stolz genug, zu meinen, daß alle schmucke Geister, die in dir wohnen, nur dem gewaltigen Zauber folgen der Magier, die längst von der Erde gegangen, und daß in den Händen eines Hasenfußes –"

Bei dem letzten Worte hielt der Mann plötzlich inne, sprang auf, und schaute wie in tiefen Gedanken versunken, in den See hinein. – Die Mädchen, gespannt durch des Mannes seltsames Beginnen, standen wie eingewurzelt hinter dem Gebüsch; sie wagten kaum zu atmen.

„Die Gitarre", brach der Mann endlich los, „ist doch das miserabelste, unvollkommenste Instrument von allen Instrumenten, nur wert von girrenden liebeskrankenden Schäfern in die Hand genommen zu werden, die das Emboucheur zur Schalmei verloren haben, da sie sonst es vorziehen würden, erklecklich zu blasen, das Echo zu wecken mit den Kuhreigen der süßesten Sehnsucht und klägliche Melodieen entgegenzusenden den Emmelinen in den weiten Bergen, die das liebe Vieh zusammentreiben mit dem lustigen Geknalle empfindsamer Hetzpeitschen! – O Gott! – Schäfer die, ‚wie ein Ofen seufzen mit Jammerlied auf ihrer Liebsten Brau'n' – lehrt ihnen, daß der Dreiklang aus nichts andern bestehe, als aus drei Klängen, und niedergestoßen werde durch den Dolchstich der Septime, und gebt ihnen die Gitarre in die Hände! – Aber ernsten Männern von leidlicher Bildung, von vorzüglicher Erudition, die sich abgegeben mit griechischer Weltweisheit und wohl wissen, wie es am Hofe zu Peking oder Nanking zugeht, aber den Teufel was verstehen von Schäferei und Schafzucht, was soll denen das Ächzen und Klimpern? – Hasenfuß, was beginnst du? Denke an den seligen Hippel, welcher versichert, daß, säh er einen Mann Unterricht erteilen im Klavierschlagen, es ihm zumute werde als sötte besagter Lehrherr weiche Eier – und nun Gitarre klimpern – Hasenfuß! – Pfui Teufel!" – Damit schleuderte der Mann das Instrument weit von sich ins Gebüsch, und entfernte sich raschen Schrittes, ohne die Mädchen zu bemerken.

„Nun", rief Julia nach einer Weile, lachend, „nun Hedwiga, was sagst du zu dieser verwunderlichen Erscheinung? Wo mag der seltsame Mann her sein, der erst so hübsch mit seinem Instrument zu sprechen weiß, und es dann verächtlich von sich wirft, wie eine zerbrochene Schachtel?"

„Es ist unrecht", sprach Hedwiga, wie im plötzlich aufwallenden Zorn, indem ihre verbleichten Wangen sich blutrot färbten, „es ist unrecht, daß der Park nicht verschlossen ist, daß jeder Fremde hinein kann."

„Wie", erwiderte Julia, „der Fürst sollte, meinst du, engherzig, den Sieghartsweilern – nein, nicht diesen allein, jeden der des Weges wandelt, gerade den anmutigsten Fleck der ganzen Gegend verschließen! das ist unmöglich deine ernste Meinung!" – „Du bedenkst", fuhr die Prinzessin noch bewegter fort, „du bedenkst die Gefahr nicht, die für uns daraus entsteht. Wie oft wandeln wir so wie heute allein, entfernt von aller Dienerschaft in den entlegensten Gängen des Waldes umher! – Wie wenn einmal irgendein Bösewicht –"

„Ei", unterbrach Julia die Prinzessin, „ich glaube gar, du fürchtest, aus diesem, jenem Gebüsch könnte irgendein ungeschlachter märchenhafter Riese, oder ein fabelhafter Raubritter, hervorspringen, und uns entführen auf seine Burg! – Nun das wollte der Himmel verhüten! – Aber sonst muß ich dir gestehen, daß mir irgendein kleines Abenteuer hier in dem einsamen romantischen Walde recht hübsch recht anmutig bedünken möchte. – Ich denke eben an Shakespeares ‚Wie es euch gefällt‘, das uns die Mutter so lange nicht in die Hände geben wollte, und das uns endlich Lothario vorgelesen. Was gilt es, du würdest auch gern ein bißchen Celia spielen und ich wollte deine treue Rosalinde sein. – Was machen wir aus unserm unbekannten Virtuosen?“

„Oh“, erwiderte die Prinzessin, „eben dieser unbekannte Mensch – Glaubst du wohl Julia, daß mir seine Gestalt, seine wunderlichen Reden ein inneres Grauen erregten, das mir unerklärlich ist? – Noch jetzt durchbeben mich Schauer, ich erliege beinahe einem Gefühl, das, seltsam und entsetzlich zugleich, alle meine Sinne gefangen nimmt. In dem tiefsten dunkelsten Gemüt regt sich eine Erinnerung auf, und ringt vergebens sich deutlich zu gestalten. – Ich sahe diesen Menschen schon in irgendeine fürchterliche Begebenheit verflochten, die mein Herz zerfleischte – vielleicht war es nur ein spukhafter Traum, dessen Andenken mir geblieben – Genug – der Mensch mit seinem seltsamen Beginnen, mit seinen wirren Reden, deuchte mir ein bedrohliches gespenstisches Wesen, das uns vielleicht verlocken wollte in verderbliche Zauberkreise.“

„Welche Einbildungen“, rief Julia, „ich für mein Teil verwandle das schwarze Gespenst mit der Gitarre in den Monsieur Jacques oder gar in den ehrlichen Probstein, dessen Philosophie beinahe so lautet, wie die wunderlichen Reden des Fremden. – Doch hauptsächlich ist es nun nötig, die arme Kleine zu retten, die der Barbar so feindselig in das Gebüsch geschleudert hat.“

„Julia – was beginnst du – um des Himmels willen“, rief die Prinzessin; doch ohne auf sie zu achten, schlüpfte Julia hinein in das Dickicht, und kam nach wenigen Augenblicken triumphierend, die Gitarre, die der Fremde weggeworfen, in der Hand, zurück.

Die Prinzessin überwand ihre Scheu und betrachtete sehr aufmerksam das Instrument, dessen seltsame Form schon von hohem Alter zeigte, hätte das auch nicht die Jahrzahl und [der] Namen des Meisters bestätigt, den man durch die Schallöffnung auf dem Boden deutlich wahrnahm. Schwarz eingeätzt waren nämlich die Worte: Stefano Pacini fec. Venet. 1532.

Julia konnte es nicht unterlassen, sie schlug einen Akkord auf dem zierlichen Instrument an, und erschrak beinahe über den mächtigen vollen Klang, der aus dem kleinen Dinge heraustönte. „O herrlich – herrlich“, rief sie aus und spielte weiter. Da sie aber gewohnt, nur ihren Gesang mit der Gitarre zu begleiten, so konnte es nicht fehlen, daß sie bald unwillkürlich zu singen begann, indem sie weiter fortwandelte. Die Prinzessin folgte ihr schweigend. Julia hielt inne; da sprach Hedwiga: „Singe, spiele auf dem zauberischen Instrumente, vielleicht gelingt es dir die bösen, feindlichen Geister, die Macht haben wollten über mich, hinabzubeschwören in den Orkus.“

„Was willst du“, erwiderte Julia, „mit deinen bösen Geistern, die sollen uns beiden fremd sein und bleiben, aber singen will ich und spielen, denn ich wüßte nicht, daß jemals mir ein Instrument so zur Hand gewesen, mir überhaupt so zugesagt hätte, als eben dieses. Mir scheint auch, als wenn meine Stimme viel besser dazu laute als sonst.“ – Sie begann eine bekannte italienische Kanzonetta und verlor sich in allerlei zierliche Melismen, gewagte Läufe und Capriccios, Raum gebend dem vollen Reichtum der Töne, der in ihrer Brust ruhte.

War die Prinzessin erschrocken über den Anblick des Unbekannten, so erstarrte Julia zur Bildsäule, als er, da sie eben in einen andern Gang einbiegen wollte, plötzlich vor ihr stand.

Der Fremde, wohl an dreißig Jahre alt, war nach dem Zuschnitt der letzten Mode schwarz gekleidet. In seinem ganzen Anzuge fand sich durchaus nichts Sonderbares, Ungewöhnliches, und doch hatte sein Ansehen etwas Seltsames, Fremdartiges. Trotz der Sauberkeit seiner Kleidung war eine gewisse Nachlässigkeit sichtbar, die weniger von Mangel an Sorgfalt, als davon herzurühren schien, daß der Fremde gezwungen worden, einen Weg zu machen, auf den er nicht gerechnet, und zu dem sein Anzug nicht paßte. Mit aufgerissener Weste, das Halstuch nur leicht umgeschlungen, die Schuhe dick bestäubt, auf denen die goldnen Schnällchen kaum sichtbar, stand er da, und närrisch genug sah es aus, daß er an dem kleinen dreieckigen Hütchen, das nur bestimmt, unter den Armen getragen zu werden, die hintere Krempe herabgeschlagen hatte, um sich gegen die Sonne zu schützen. Er hatte sich durchgedrängt durch das tiefste Dickicht des Parks, denn sein wirres schwarzes Haar hing voller Tannadeln. Flüchtig schaute er die Prinzessin an und ließ dann den seelenvollen leuchtenden Blick seiner großen dunklen Augen auf Julia ruhen, deren Verlegenheit noch dadurch erhöht wurde, so daß ihr, wie es in dergleichen Fällen ihr zu geschehen pflegte, die Tränen in die Augen traten.

„Und diese Himmelstöne", begann der Fremde endlich mit weicher sanfter Stimme, „und diese Himmelstöne schweigen vor meinem Anblick und zerfließen in Tränen?"

Die Prinzessin, den ersten Eindruck, den der Fremde auf sie gemacht, mit Gewalt niederkämpfend, blickte ihn stolz an, und sprach dann mit beinahe schneidendem Ton: „Allerdings überrascht uns Ihre plötzliche Erscheinung mein Herr! man erwartet um diese Zeit keine Fremden mehr im fürstlichen Park. – Ich bin die Prinzessin Hedwiga."

Der Fremde hatte sich, sowie die Prinzessin zu sprechen begann, rasch zu ihr gewendet, und schaute ihr jetzt in die Augen, aber sein ganzes Antlitz schien ein andres worden. – Vertilgt war der Ausdruck schwermütiger Sehnsucht, vertilgt jede Spur des tief im Innersten aufgeregten Gemüts, ein toll verzerrtes Lächeln steigerte den Ausdruck bitterer Ironie bis zum Possierlichen, bis zum Skurrilen. – Die Prinzessin blieb, als träfe sie ein elektrischer Schlag, mitten in der Rede stecken, und schlug, blutrot im ganzen Gesicht, die Augen nieder.

Es schien, als wollte der Fremde etwas sagen, in dem Augenblick begann indessen Julia: „Bin ich nicht ein dummes törichtes Ding, daß ich erschrecke, daß ich weine wie ein kindisches Kind, das man ertappt über dem Naschen! – Ja mein Herr! ich habe genascht, hier die trefflichsten Töne weggenascht von Ihrer Gitarre – die Gitarre ist an allem schuld und unsere Neugier! – Wir haben Sie belauscht, wie Sie mit dem kleinen Dinge so hübsch zu sprechen wußten, und wie Sie dann im Zorn die Arme wegschleuderten in das Gebüsch, daß sie im lauten Klageton ausseufzte, auch das haben wir gesehen. Und das ging mir so recht tief ins Herz, ich mußte hinein in das Dickicht und das schöne liebliche Instrument aufheben. – Nun, Sie wissen wohl wie Mädchen sind, ich klimpere etwas auf der Gitarre und da fuhr es mir in die Finger – ich konnt es nicht lassen. – Verzeihen Sie mir mein Herr und empfangen Sie Ihr Instrument zurück."

Julia reichte die Gitarre dem Fremden hin.

„Es ist", sprach der Fremde, „ein sehr seltnes klangvolles Instrument, noch aus alter guter Zeit her, das nur in meinen ungeschickten Händen – doch was Hände – was Hände! – Der wunderbare Geist des Wohllauts, der diesem kleinen seltsamen Dinge befreundet, wohnt auch in meiner Brust, aber eingepuppt, keiner freien Bewegung mächtig; doch aus Ihrem Innern, mein Fräulein, schwingt er sich auf zu den lichten Himmelsräumen, in tausend schimmernden Farben, wie das glänzende Pfauenauge. – Ha mein Fräulein! als Sie sangen, aller sehnsüchtige Schmerz der Liebe, alles Entzücken süßer Träume, die Hoffnung, das Verlangen, wogte durch den Wald, und fiel nieder wie erquickender Tau in die duftenden Blumenkelche, in die Brust horchender Nachtigallen! – Behalten Sie das Instrument, nur Sie gebieten über den Zauber, der in ihm verschlossen!"

„Sie warfen das Instrument fort", erwiderte Julia hoch errötend.

„Es ist wahr", sprach der Fremde indem er mit Heftigkeit die Gitarre ergriff, und an seine Brust drückte, „es ist wahr, ich warf es fort und empfange es geheiligt zurück; nie kommt es mehr aus meinen Händen!"

Plötzlich verwandelte sich nun das Antlitz des Fremden wieder in jene skurrile Larve und er sprach mit hohen schneidenden Ton: „Eigentlich hat mir das Schicksal oder mein Kakodämon einen sehr bösen Streich gespielt, daß ich hier so ganz ex abrupto, wie die Lateiner und noch andere ehrliche Leute sagen, vor Ihnen erscheinen muß, meine hochverehrtesten Damen! – O Gott gnädigste Prinzessin, riskieren Sie es, mich anzuschauen von Kopf bis zu Fuß. Sie werden denn aus meinem Ajustement zu entnehmen geruhen, daß ich mich auf einer großen Visitenfahrt befinde. – Ha! ich gedachte eben bei Sieghartsweiler vorzufahren, und der guten Stadt, wo nicht meine Person, doch wenigstens eine Visitenkarte abzugeben. – O Gott! fehlt es mir denn an Konnexionen meine gnädigste Prinzessin? – War nicht sonst der Hofmarschall Dero Herrn Vaters mein Intimus? – Ich weiß es, sah er mich hier, so drückte er mich an seine Atlasbrust und sagte gerührt, indem er mir eine Prise darbot: ‚Hier sind wir unter uns, mein Lieber, hier kann ich meinem Herzen und den angenehmsten Gesinnungen freien Lauf lassen.' – Audienz hätte ich erhalten bei dem gnädigsten Herrn Fürsten Irenäus und wäre auch Ihnen vorgestellt worden, o Prinzessin! Vorgestellt worden auf eine Weise, daß ich mein bestes Gespann von Septime-Akkorden gegen eine Ohrfeige setze, ich hätte Ihre Huld erworben! – Aber nun! – hier im Garten am unschicklichsten Orte, zwischen Ententeich und Froschgraben, muß ich mich selbst präsentieren, mir zum ewigen Malheur! – O Gott, könnt ich nur was weniges hexen, könnt ich nur subito diese edle Zahnstocherbüchse (er zog eine aus der Westentasche hervor) verwandeln in den schmuckesten Kammerherrn des Irenäusschen Hofes, welcher mich beim

Fittich nähme und spräche: ‚Gnädigste Prinzessin hier ist der und der!' – Aber nun! – che far, che dir! – Gnade – Gnade, o Prinzessin, o Damen! – o Herren!"

Damit warf sich der Fremde vor der Prinzessin nieder, und sang mit kreischender Stimme: „Ah pietà pietà Signora!"

Die Prinzessin faßte Julien und rannte mit ihr unter dem lauten Ausruf: „Es ist ein Wahnsinniger, ein Wahnsinniger, der dem Tollhause entsprungen", so schnell von dannen als sie es nur vermochte. .

Dicht vor dem Lustschlosse kam die Rätin Benzon den Mädchen entgegen, die atemlos ihr beinahe zu Füßen sanken. „Was ist geschehen, um des Himmels willen, was ist euch geschehen, was bedeutet die übereilte Flucht?" So fragte sie. Die Prinzessin vermochte, außer sich, verstört wie sie war, nur in abgebrochenen Reden etwas von einem Wahnsinnigen herzustammeln, der sie überfallen. Julia erzählte ruhig und besonnen, wie sich alles begeben, und schloß damit, daß sie den Fremden durchaus nicht für wahnsinnig, sondern nur für einen ironischen Schalk, wirklich für eine Art von Monsieur Jacques halte, der zur Komödie im Ardenner Walde passe.

Die Rätin Benzon ließ sich alles nochmals wiederholen, sie fragte nach dem kleinsten Umstande, sie ließ sich den Fremden beschreiben in Gang, Stellung, Gebärde, Ton der Sprache u. s. w. „Ja", rief sie dann, „ja es ist nur zu gewiß, er ist es, er ist es selbst, kein anderer kann – darf es sein."

„Wer – wer ist es", fragte die Prinzessin ungeduldig.

„Ruhig, liebe Hedwiga", erwiderte die Benzon, „Sie haben Ihren Atem umsonst verkeucht, kein Wahnsinniger ist dieser Fremde, der Ihnen so bedrohlich erschien. Welchen bittern unziemlichen Scherz er sich auch seiner barocken Manier gemäß erlaubte, so glaube ich doch, daß Sie sich mit ihm aussöhnen werden."

„Nimmermehr", rief die Prinzessin, „nimmermehr sehe ich ihn wieder, den – unbequemen Narren."

„Ei Hedwiga", sprach die Benzon lachend, „welcher Geist gab Ihnen das Wort, unbequem, ein, das nach dem, was vorgegangen, viel besser paßt, als Sie vielleicht selbst glauben und ahnen mögen."

„Ich weiß auch gar nicht", begann Julia, „wie du auf den Fremden so zürnen magst, liebe Hedwiga! – Selbst in seinem närrischen Tun, in seinen wirren Reden, lag etwas, das auf seltsame und gar nicht unangenehme Weise mein Innerstes anregte." „Wohl dir", erwiderte die Prinzessin, indem ihr die Tränen in die Augen traten, „wohl dir, daß du so ruhig sein kannst, und unbefangen, aber mir zerschneidet der Hohn des entsetzlichen Menschen das Herz! – Benzon! – wer ist es, wer ist der Wahnsinnige?" „Mit zwei Worten", sprach die Benzon, „erkläre ich alles. Als ich mich vor fünf Jahren in –"

*(M.f.f.)* – mich überzeugte, daß in einem echten tiefen Dichtergemüt auch kindliche Tugend wohnt und Mitleid mit dem Bedrängnis der Genossen.

Eine gewisse Schwermut, wie sie oft junge Romantiker befällt, wenn sie den Entwicklungskampf der großen erhabenen Gedanken in ihrem Innern bestehen, trieb mich in die Einsamkeit. Unbesucht blieben, mehrere Zeit hindurch, Dach, Keller und Boden. Ich empfand mit jenem Dichter die süßen idyllischen Freuden im kleinen Häuschen am Ufer eines murmelnden Bachs, umschattet von düster belaubten Hängebirken und Trauerweiden, und blieb, mich meinen Träumen hingebend, unter dem Ofen. So kam es aber, daß ich Mina, die süße schöngefleckte Mutter nicht wiedersah. – In den Wissenschaften fand ich Trost und Beruhigung. O es ist etwas Herrliches um die Wissenschaften! – Dank, glühender Dank, dem edlen Mann der sie erfunden. – Wie viel herrlicher wie viel nützlicher ist diese Erfindung, als jene des entsetzlichen Mönchs, der zuerst es unternahm Pulver zu fabrizieren, ein Ding, das mir, seiner Natur und Wirkung nach, in den Tod zuwider. Die richtende Nachwelt hat auch den Barbaren, den höllischen Barthold, gestraft mit höhnender Verachtung, indem man noch heutigen Tages, um einen scharfsinnigen Gelehrten, einen umschauenden Statistiker, kurz jeden Mann von exquisiter Bildung, recht hoch zu stellen, sprüchwörtlich sagt: „Er hat das Pulver nicht erfunden!"

Zur Belehrung der hoffnungsvollen Katerjugend, kann ich nicht unbemerkt lassen, daß ich, wollte ich studieren, mit zugedrückten Augen in die Bibliothek meines Meisters sprang, und dann das Buch, was ich angekrallt, herauszupfte und durchlas, mochte es einen Inhalt haben wie es wollte. Durch diese Art zu studieren gewann mein Geist diejenige Biegsamkeit und Mannigfaltigkeit, mein Wissen den bunten glänzenden Reichtum, den die Nachwelt an mir bewundern wird. Der Bücher, die ich in dieser Periode des dichterischen Schwermuts hintereinander las, will ich hier nicht erwähnen, teils, weil sich dazu eine schicklichere Stelle vielleicht finden wird, teils, weil ich auch die Titel davon vergessen, und dies wieder gewissermaßen darum, weil ich die Titel meistenteils nicht gelesen, und also nie gewußt habe. – Jedermann wird mit dieser Erklärung zufrieden sein, und mich nicht biographischen Leichtsinns anklagen.

Mir standen neue Erfahrungen bevor.

Eines Tages, als mein Meister eben in einen großen Folianten vertieft war, den er vor sich aufgeschlagen, und ich dicht bei ihm unter dem Schreibtisch, auf einem Bogen des schönsten Royalpapiers liegend, mich in griechischer Schrift versuchte, die mir vorzüglich in der Pfote zu liegen schien, trat rasch ein junger Mann hinein, den ich schon mehrmals bei dem Meister gesehen, und der mich mit freundlicher Hochachtung, ja mit der wohltuenden Verehrung, behandelte, die dem ausgezeichneten Talent, dem entschiedenen Genie gebührt. Denn nicht allein, daß er jedesmal, nachdem er den Meister begrüßt, zu mir sprach: „Guten Morgen Kater!“ so kraute er mir auch jedesmal mit leichter Hand hinter den Ohren, und streichelte mir sanft den Rücken, so daß ich in diesem Betragen wahre Aufmunterung fand, meine innern Gaben leuchten zu lassen vor der Welt.

Heute sollte sich alles anders gestalten!

Wie sonst niemals sprang nämlich heute dem jungen Mann ein schwarzes zottiges Ungeheuer mit glühenden Augen nach zur Türe hinein, und als es mich erblickte, gerade auf mich zu. Mich überfiel eine unbeschreibliche Angst, mit einem Satz war ich auf dem Schreibtisch meines Meisters, und stieß Töne des Entsetzens und der Verzweiflung aus, als das Ungeheuer hoch hinaufsprang nach den Tisch, und dazu einen mörderlichen Lärm machte. Mein guter Meister, dem um mich bange, nahm mich auf den Arm, und steckte mich unter den Schlafrock. Doch der junge Mann sprach: „Seid doch nur ganz unbesorgt, lieber Meister Abraham. Mein Pudel tut keiner Katze was, er will nur spielen. Setzt den Kater nur hin, sollt Euch freuen wie die Leutchen miteinander Bekanntschaft machen werden, mein Pudel und Euer Kater.“

Mein Meister wollte mich wirklich niedersetzen, ich klammerte mich aber fest an, und begann kläglich zu lamentieren, wodurch ich es denn wenigstens dahin brachte, daß der Meister mich, als er sich niederließ, dicht neben sich auf dem Stuhle litt.

Ermutigt durch meines Meisters Schutz, nahm ich, auf den Hinterpfoten sitzend, den Schweif umschlungen, eine Stellung an, deren Würde, deren edler Stolz meinem vermeintlichen schwarzen Gegner imponieren mußte. Der Pudel setzte sich vor mir hin auf die Erde, schaute mir unverwandt ins Auge, und sprach zu mir in abgebrochnen Worten, die mir freilich unverständlich blieben. Meine Angst verlor sich nach und nach ganz und gar, und ruhig geworden im Gemüt, vermochte ich zu bemerken, daß in dem Blick des Pudels nichts zu entdecken, als Gutmütigkeit und biederer Sinn. Unwillkürlich fing ich an, meine zum Vertrauen geneigte Seelenstimmung durch sanftes Hin- und Herbewegen des Schweifes an den Tag zu legen, und sogleich begann auch der Pudel mit dem kurzen Schweiflein zu wedeln auf die anmutigste Weise.

Oh! mein Inneres hatte ihn angesprochen, nicht zu zweifeln war an dem Anklang unserer Gemüter! – „Wie", sprach ich zu mir selbst, „wie konnte dich das ungewohnte Betragen dieses Fremden so in Furcht und Schrecken setzen? – Was bewies dieses Springen, dieses Klaffen, dieses Toben, dieses Rennen, dieses Heulen anders, als den in Liebe und Lust, in der freudigen Freiheit des Lebens, heftig und mächtig bewegten Jüngling? – O es wohnt Tugend, edle Pudeltümlichkeit in jener schwarz bepelzten Brust!" – Durch diese Gedanken erkräftigt, beschloß ich den ersten Schritt zu tun zu näherer engerer Einigung unserer Seelen, und herabzusteigen von dem Stuhl des Meisters.

Sowie ich mich erhob und dehnte, sprang der Pudel auf und in der Stube umher, mit lautem Klaffen! – Äußerungen eines herrlichen lebenskräftigen Gemüts! – Es war nichts mehr zu befürchten, ich stieg sogleich herab, und näherte mich behutsam leisen Schrittes dem neuen Freunde. Wir begannen jenen Akt, der in bedeutender Symbolik die nähere Erkenntnis verwandter Seelen, den Abschluß des aus dem inneren Gemüt heraus bedingten Bündnisses ausdrückt, und den der kurzsichtige freveliche Mensch mit dem gemeinen unedlen Ausdruck „Beschnüffeln", bezeichnet. Mein schwarzer Freund bezeigte Lust, etwas von den Hühnerknochen zu genießen, die in meiner Speiseschüssel lagen. So gut ich es vermochte, gab ich ihm zu verstehen, daß es der Weltbildung, der Höflichkeit gemäß sei, ihn als meinen Gast zu bewirten. Er fraß mit erstaunlichem Appetit, während ich von weitem zusah. – Gut war es doch, daß ich den Bratfisch beiseite gebracht und einmagaziniert unter mein Lager. – Nach der Tafel begannen wir die anmutigsten Spiele, bis wir uns zuletzt, ganz ein Herz und eine Seele, umhalsten, und fest aneinandergeklammert, uns ein Mal über das andere überkugelnd, uns innige Treue und Freundschaft zuschworen.

Ich weiß nicht, was dieses Zusammentreffen schöner Seelen, dieses Einandererkennen herziger Jünglingsgemüter, Lächerliches in sich tragen konnte; so viel ist aber gewiß, daß beide, mein Meister und der fremde junge Mann, unaufhörlich aus vollem Halse lachten, zu meinem nicht geringen Verdruß.

Auf mich hatte die neue Bekanntschaft einen tiefen Eindruck gemacht, so daß ich in der Sonne und im Schatten, auf dem Dach, und unter dem Ofen, nichts dachte, nichts sann, nichts träumte, nichts empfand als, Pudel – Pudel – Pudel! – Dadurch ging mir das innerste Wesen des Pudeltums mächtig auf, mit glänzenden Farben, und durch diese Erkenntnis wurde das tiefsinnige Werk geboren, dessen ich schon erst erwähnte, nämlich: Gedanke und Ahnung, oder Kater und Hund. Sitten, Gebräuche, Sprache beider Geschlechter, entwickelte ich als tief bedingt durch ihr eigentümlichstes Wesen und bewies, wie beide nur diverse Strahlen, aus einem Prisma geworfen. Vorzüglich faßte ich den Charakter der Sprache auf, und bewies, daß da Sprache überhaupt nur symbolische Darstellung des Naturprinzips in der Gestaltung des Lauts sei, mithin es nur *eine* Sprache geben könne, auch das Kätzische und Hündische in der besondern Formung des Pudelischen, Zweige eines Baums wären, von höherem Geist inspirierte Kater und Pudel sich daher verstünden. Um meinen Satz ganz ins klare zu stellen, führte ich mehrere Beispiele aus beiden Sprachen an und machte auf die gleichen Stammwurzeln aufmerksam, von: Bau – Bau – Mau – Miau – Blaf – blaf – Auvau – Korr – Kurr – Ptsi – Pschrzi u. s. w.

Nachdem das Buch vollendet, fühlte ich die unwiderstehlichste Lust, das Pudelische wirklich zu erlernen, welches mir, vermöge meines neu erworbenen Freundes, des Pudels Ponto, wiewohl nicht ohne Mühe, gelang, da das Pudelische für uns Kater wirklich eine schwere Sprache. Genies finden sich indes in alles, und ebendiese Genialität ist es, die ein berühmter menschlicher Schriftsteller verkennt, wenn er behauptet, daß, um eine fremde Sprache, mit allen Eigentümlichkeiten des Volks, dem Volke nachzusprechen, man durchaus was weniges ein Narr sein müsse. Mein Meister hatte freilich dieselbe Meinung, und mochte eigentlich nur die gelehrte Kenntnis der fremden Sprache statuieren, welche Kenntnis er dem Parlieren entgegensetzte, worunter er die Fertigkeit verstand, in einer fremden Sprache über nichts und um nichts reden zu können. Er ging so weit, daß er das Französischsprechen unserer Herren und Damen vom Hofe für eine Art von Krankheit hielt, die, wie kataleptische Zufälle, mit schrecklichen Symptomen eintrete, und hörte ich ihn diese absurde Behauptung gegen den Hofmarschall des Fürsten selbst ausführen.

„Erzeigen Sie", sprach Meister Abraham, „erzeigen Sie mir die Güte, beste Exzellenz, und beobachten Sie sich selbst. Hat Ihnen der Himmel nicht ein schönes volltönendes Stimmorgan verliehen, und wenn Ihnen das Französische ankommt, da beginnen Sie plötzlich zu zischen, zu lispeln, zu schnarren, und dabei verzerren sich Dero angenehme Gesichtszüge ganz erschrecklich, und selbst der hübsche, feste, ernste Anstand, dessen Dieselben sonst mächtig, wird verstört durch allerlei seltsame Konvulsionen. Was kann dies alles anders bedeuten, als empörtes Treiben irgendeines fatalen Krankheitskobolds im Innern!" – Der Hofmarschall lachte sehr, und zum Lachen war auch wirklich Meister Abrahams Hypothese von der Krankheit fremder Sprachen.

Ein sinnreicher Gelehrter gibt in irgendeinem Buche, den Rat, daß man sich bemühen möge in der fremden Sprache, die man rasch erlernen will, zu *denken*. Der Rat ist vortrefflich, seine Ausführung aber nicht ohne Gefahr. Es gelang mir nämlich sehr bald, pudelisch zu denken, ich vertiefte mich aber in diese pudelische Gedanken so sehr, daß meine eigentliche Sprachfertigkeit zurückblieb, und ich selbst nicht verstand was ich dachte. Diese nicht verstandenen Gedanken brachte ich meistenteils zu Papier, und ich erstaune über die Tiefe dieser Sprache, die ich unter dem Titel „Akanthusblätter" gesammelt, und die ich noch nicht verstehe.

Ich glaube, daß diese kurzen Andeutungen über die Geschichte meiner Jugendmonate hinreichen dürften, dem Leser ein deutliches Bild davon zu geben, was ich bin und wie ich es wurde.

Unmöglich kann ich mich aber von der Blütezeit meines merkwürdigen ereignisreichen Lebens trennen, ohne noch eines Vorfalls zu erwähnen, der gewissermaßen meinen Übertritt in die Jahre der reifern Bildung bezeichnet. Die Katerjugend wird daraus lernen, daß keine Rose ohne Dornen ist, und daß dem mächtig emporstrebenden Geiste manches Hindernis gelegt, mancher Stein des Anstoßes in den Weg geworfen wird, an dem er sich die Pfoten wundstoßen muß. – Und der Schmerz solcher Wunden ist empfindlich, sehr empfindlich!

Gewiß, hast du mich, geliebter Leser, beinahe beneidet um meine glückliche Jugendzeit, um den günstigen Stern der über mich wachte! – In Dürftigkeit von vornehmen aber armen Eltern geboren, dem schmachvollem Tode nahe, komme ich plötzlich in den Schoß des Überflusses, in den Peruschacht der Literatur! – Nichts verstört meine Bildung, nichts widerstrebt meinen Neigungen, mit Riesenschritten gehe ich der Vollkommenheit entgegen, die mich hoch erhebt über meine Zeit. Da hält mich plötzlich ein Zollverwalter an, und fordert den Tribut, dem alles hienieden unterworfen!

Wer hätte denken sollen, daß unter den Banden der süßesten, innigsten, Freundschaft die Dornen verborgen, die mich ritzen, verwunden, blutig verwunden mußten!

Jeder, der ein gefühlvolles Herz im Busen trägt, wie ich, wird aus dem, was ich über mein Verhältnis mit dem Pudel Ponto gesagt, sehr leicht entnehmen können, was der Teure mir war, und doch mußte er es sein, der den ersten Anlaß gab zu der Katastrophe, die mich gänzlich verderben konnte, hätte der Geist meines großen Ahnherrn nicht über mich gewacht. – Ja mein Leser! – ich hatte einen Ahnherrn, einen Ahnherrn, ohne den ich gewissermaßen gar nicht existieren würde – einen großen vortrefflichen Ahnherrn, einen Mann von Stande, Ansehen, Vermögen, ausgebreiteter Wissenschaft, mit einer ganz vortrefflichen Sorte Tugend, mit der feinsten Menschenliebe begabt, einen Mann von Eleganz und Geschmack, nach dem neuesten Geschmack – einen Mann der – doch dies alles jetzt nur beiläufig gesagt, künftig mehr von dem Würdigen, der niemand anders war, als der weltberühmte Premierminister Hinz von Hinzenfeldt der der Welt so teuer, so über alles wert worden unter dem Namen des gestiefelten Katers.

Wie gesagt, künftig mehr von dem edelsten der Kater!

Konnt es anders sein; mußt ich, als ich mich im Pudelischen leicht und zierlich auszudrücken vermochte, mit meinem Freunde Ponto nicht davon reden, was mir das Höchste im Leben war, nämlich von mir selbst und von meinen Werken? So kam es, daß er mit meinen besondern Geistesgaben, mit meiner Genialität, mit meinem Talent, bekannt wurde, und hier entdeckte ich zu meinem nicht geringen Leid, daß ein unüberwindlicher Leichtsinn, ja ein gewisser Übermut, es dem jungen Ponto unmöglich machte, in den Künsten und Wissenschaften etwas zu tun. Statt in Erstaunen zu geraten über meine Kenntnis, versicherte er, daß es gar nicht zu begreifen, wie ich darauf fallen können, mich mit derlei Dingen abzugeben, und daß er seinerseits, was Künste betreffe, sich lediglich darauf beschränke, über den Stock zu springen, und seines Herrn Mütze aus dem Wassser zu apportieren, die Wissenschaften anlangend, er aber der Meinung sei, daß Leute, wie ich und er, sich nur den Magen dabei verdürben, und allen Appetit gänzlich verlören.

Bei einem solchen Gespräch, in dem ich mich mühte, meinen jungen leichtsinnigen Freund eines Bessern zu belehren, geschah das Entsetzliche. Denn ehe ich mir's versah, sprang –

*(Mak. Bl.)* – „Und immer werden Sie", erwiderte die Benzon, „mit dieser fantastischen Überspanntheit, mit dieser herzzerschneidenden Ironie, nichts anstiften als Unruhe – Verwirrung – völlige Dissonanz aller konventionellen Verhältnisse wie sie nun einmal bestehen."

„O wundervoller Kapellmeister", rief Johannes Kreisler lachend, „der solcher Dissonanzen mächtig!"

„Sein Sie ernst", fuhr die Rätin fort, „sein Sie ernst, Sie entkommen mir nicht durch bittern Scherz! Ich halte Sie fest, lieber Johannes! – Ja, so will ich Sie nennen, mit dem sanften Namen Johannes, damit ich wenigstens hoffen darf, daß hinter der Satyrmaske am Ende ein sanftes weiches Gemüt verborgen. Und dann! – nimmermehr werde ich mich davon überzeugen, daß der bizarre Name: Kreisler, nicht eingeschwärzt, nicht einem ganz andern Familiennamen untergeschoben sein sollte!"

„Rätin", sprach Kreisler, indem sein ganzes Gesicht in einem seltsamen Muskelspiel an tausend Falten und Furchen vibrierte, „teuerste Rätin, was haben Sie gegen meinen ehrlichen Namen? – Vielleicht führte ich sonst einen andern, aber das ist lange her, und mir geht es so wie dem Ratgeber in Tiecks Blaubart, der da sagt: ‚Ich hatte sonst einmal einen ganz vortrefflichen Namen, durch die Länge der Zeit hab ich ihn fast vergessen, ich kann mich nur noch dunkel daran erinnern.'"

„Besinnen Sie sich Johannes!" rief die Rätin, ihn mit leuchtenden Blicken durchbohrend, „der halbvergessene Name kommt Ihnen gewiß wieder in den Gedanken."

„Durchaus nicht, Teuerste", erwiderte Kreisler, „es ist unmöglich, und ich vermute beinahe, daß die dunkle Erinnerung, wie ich sonst, was eben meine äußere Gestalt rücksichts des Namens als Lebenspasseport betrifft, anders gestaltet, aus der angenehmen Zeit herrührt, da ich eigentlich noch gar nicht geboren. – Erzeigen Sie mir die Güte, Verehrungswürdigste, betrachten Sie meinen schlichten Namen im gehörigen Licht, und Sie werden ihn, was Zeichnung, Kolorit und Physiognomie betrifft, allerliebst finden! Noch mehr! stülpen Sie ihn um, sezieren Sie ihn mit dem grammatischen Anatomiermesser, immer herrlicher wird sich sein innerer Gehalt zeigen. Es ist ganz unmöglich, Vortreffliche! daß Sie meines Namens Abstammung in dem Worte *Kraus* finden, und mich, nach der Analogie des Wortes *Haarkräusler*, für einen Tonkräusler, oder gar für einen Kräusler überhaupt halten können, da ich mich alsdann eben *Kräusler* schreiben müßte. Sie können nicht wegkommen von dem Worte Kreis, und der Himmel gebe, daß Sie denn gleich an die wunderbaren Kreise denken mögen, in denen sich unser ganzes Sein bewegt, und aus denen wir nicht herauskommen können, wir mögen es anstellen wie wir wollen. In diesen Kreisen kreiselt sich der Kreisler, und wohl mag es sein, daß er oft, ermüdet von den Sprüngen des St. Veits-Tanzes, zu dem er gezwungen, rechtend mit der dunklen unerforschlichen Macht, die jene Kreise umschrieb, sich mehr als es einem Magen, der ohnedies nur schwächlicher Konstitution, zusagt, hinaussehnt ins Freie. Und der tiefe Schmerz dieser Sehnsucht mag nun wieder eben jene Ironie sein, die Sie Verehrte! so bitter tadeln, nicht beachtend, daß die kräftige Mutter einen Sohn gebar, der in das Leben eintritt wie ein gebietender König. Ich meine den Humor, der nichts gemein hat mit seinem ungeratenen Stiefbruder, dem Spott!" – „Ja", sprach die Rätin, „ebendieser Humor, dieser Wechselbalg einer ausschweifenden grillenhaften Fantasie ohne Gestalt, ohne Farbe, von dem ihr harten Männerseelen selbst nicht wißt, für wen ihr ihn ausgeben sollt nach Stand und Würden, ebendieser ist es, den ihr uns gern als etwas Großes, Herrliches unterschieben möchtet, wenn ihr alles, was uns lieb und wert, in bittern Hohn zu vernichten trachtet. – Wissen Sie wohl Kreisler! daß Prinzessin Hedwiga noch jetzt ganz außer sich ist über Ihre Erscheinung, über Ihr Betragen im Park? Reizbar wie sie ist, verwundet sie jeder Scherz, in dem sie nur die leiseste Verspottung ihrer Persönlichkeit findet, überdies aber beliebten Sie, lieber Johannes, sich ihr als ein vollkommen Wahnsinniger darzustellen, und ihr so ein Entsetzen zu erregen, das sie hätte auf das Krankenlager werfen können. Ist das zu entschuldigen?"

„Ebensowenig", erwiderte Kreisler, „als wenn ein Prinzeßlein es unternimmt, in dem offnen Park ihres Herrn Papas einem

Fremden von honettem Ansehen, der ihr zufällig begegnet, durch ihre kleine Person imponieren zu wollen."

„Dem sei wie ihm wolle", fuhr die Rätin fort, „genug, Ihre abenteuerliche Erscheinung in unserm Park hätte böse Folgen haben können. Daß sie abgewandt, daß die Prinzessin wenigstens sich an den Gedanken gewöhnt, Sie wiederzusehen, alles das haben wir meiner Julia zu verdanken. Sie allein nimmt Sie in Schutz, indem sie in allem, was Sie begonnen, was Sie gesprochen, nur den Erguß einer überspannten Laune findet, wie sie oft einem tief verletzten oder zu reizbaren Gemüt eigen. Mit einem Wort, Julia, die erst vor kurzer Zeit Shakespeares: ‚Wie es euch gefällt', kennen gelernt, hat Sie gerade mit dem melancholischen Monsieur Jacques verglichen."

„O du ahnendes Himmelskind", rief Kreisler, indem ihm die Tränen in die Augen traten.

„Überdies", sprach die Benzon weiter, „hat meine Julia in Ihnen, als Sie auf der Gitarre fantasierten und wie sie erzählt, dazwischen sangen und sprachen, den sublimen Musiker und Komponisten erkannt. Sie meint, in dem Augenblick sei ihr ein ganz besonderer Geist der Musik aufgegangen, sie habe, wie von unsichtbarer Macht dazu gezwungen, singen und spielen müssen, und das sei ihr gar anders geglückt, als sonst jemals. – Erfahren Sie es nur, Julia konnte sich gar nicht darin finden, daß sie den seltsamen Mann nicht wiedersehen, daß er ihr nur wie ein anmutig wunderlicher, musikalischer Spuk erschienen sein solle; wogegen die Prinzessin mit aller ihr eignen Heftigkeit behauptete, daß ein zweiter Besuch des gespenstischen Wahnsinnigen ihr den Tod geben würde. Da die Mädchen sonst ein Herz und eine Seele, und niemals eine Entzweiung unter ihnen stattgefunden, so konnt ich mit vollem Recht behaupten, daß sich jene Szene aus früher Kindheit umgekehrt wiederhole, als Julia einen etwas bizarren Skaramuz, der ihr einbeschert worden, durchaus in den Kamin werfen wollte, die Prinzessin hingegen ihn in Schutz nahm, und für ihren Liebling erklärte."

„Ich lasse mich", fiel Kreisler der Benzon laut lachend in die Rede, „ich lasse mich, ein zweiter Skaramuz, von der Prinzessin in den Kamin werfen, und vertraue der süßen Huld der holden Julia." – „Sie müssen", fuhr die Benzon fort, „die Erinnerung an den Skaramuz für einen humoristischen Einfall halten, und diesen können Sie Ihrer eignen Theorie gemäß, nicht übel deuten. Übrigens mögen Sie es sich wohl vorstellen, daß ich in der Schilderung, die die Mädchen mir von Ihrer Erscheinung, von dem ganzen Vorfall im Park machten, Sie augenblicklich wiedererkannte, und daß es Juliens Sehnsucht Sie wiederzusehen, gar nicht bedurfte; ohnedies hätte ich in dem nächsten Augenblick alle Leute, die mir zu Gebote standen, in Bewegung gesetzt, den ganzen Park, ganz Sieghartsweiler durchsuchen lassen, um Sie, der mir bei kurzer Bekanntschaft so wert geworden, wiederzufinden. Alle Nachforschungen blieben vergebens, ich glaubte Sie verloren, um so mehr mußte ich erstaunen, als Sie heute morgen bei mir eintraten. Julia ist bei der Prinzessin, welch ein Zwiespalt der verschiedensten Empfindungen würde sich erheben, wenn die Mädchen in diesem Augenblick Ihre Ankunft erführen. – Was Sie, den ich als wohlbestallten Kapellmeister an dem Hofe des Großherzogs glaubte, so plötzlich herbringt, darüber verlange ich nur dann Aufschluß, wenn es Ihnen recht und gemütlich sein wird, mir darüber etwas zu sagen."

Kreisler war, als die Rätin dies alles sprach, in tiefes Nachdenken versunken. Er starrte zur Erde nieder, und fingerte an der Stirne, wie einer der sich auf etwas Vergessenes zu besinnen trachtet.

„Ach", begann er, als die Rätin schwieg, „ach, das ist eine sehr alberne Geschichte, kaum des Erzählens wert. Doch so viel ist gewiß, daß das, was die kleine Prinzessin für die wirren Reden eines Wahnwitzigen zu halten geruht hat, in der Wahrheit begründet ist. In der Tat befand ich mich damals, als ich das Unglück hatte die kleine Reizbare im Park zu erschrecken, auf einer Visitenfahrt, denn ich kam eben von einer Visite, die ich niemanden anders abstattete, als dem Durchlauchtigsten Großherzoge selbst, und hier in Sieghartsweiler wollte ich nun ja eben mit den außerordentlichsten angenehmsten Visiten kontinuieren."

„O Kreisler", rief die Rätin, ein wenig lächelnd, niemals lachte sie stark und laut, „o Kreisler, das ist gewiß wieder irgendein bizarrer Einfall, dem Sie freien Lauf gestattet. Irre ich nicht, so liegt die Residenz wenigstens dreißig Stunden entfernt von Sieghartsweiler?"

„So ist es", erwiderte Kreisler, „aber man wandelt in einem Garten, der mir in solch großem Stil angelegt scheint, daß selbst ein Le Notre darüber erstaunen müßte. Statuieren Sie nun Verehrte! nicht meine Visitenfahrt, so mögen Sie bedenken, daß ein empfindsamer Kapellmeister, Stimme in Kehle und Brust,

Gitarre in der Hand, lustwandelnd durch duftende Wälder, über frisch grünende Wiesen, über wild getürmtes Steingeklüft, über schmale Stege, unter denen die Waldbäche schäumend fortbrausen, ja, daß ein solcher Kapellmeister als Solosänger einstimmend in die Chöre die überall ihn umtönen, sehr leicht hineingeraten kann in einzelne Partien des Gartens, absichtslos, ohne es zu wollen. So mag ich hineingeraten sein in den fürstlichen Park zu Sieghartshof, der nichts ist, als eine etwas kleinliche Partie in dem großen Park den die Natur anlegte. – Doch nein, es ist dem nicht so! – Als Sie vorhin davon sprachen, wie ein ganzes lustiges Jägervolk aufgeboten worden, mich einzufangen als jagdbares Wild, das sich verlaufen, gewann ich erst die innere feste Überzeugung von der Notwendigkeit meines Hierseins. Eine Notwendigkeit, die mich, hätte ich auch meinen irren Lauf fortsetzen wollen, ins Garn treiben mußte. – Sie erwähnten gütig, daß meine Bekanntschaft Ihnen wert geworden, mußten mir dabei nicht jene verhängnisvollen Tage der Verwirrung, der allgemeinen Not, einfallen, in denen uns das Schicksal zusammenführte? Sie fanden mich damals hin und her schwankend, unfähig einen Entschluß zu fassen, zerrissen im innersten Gemüt. Sie nahmen mich auf mit freundlicher Gesinnung, und indem Sie, mir den klaren wolkenlosen Himmel einer ruhigen in sich abgeschlossenen Weiblichkeit auftuend, mich zu trösten gedachten, tadelten und verziehen Sie zugleich die tolle Ausgelassenheit meines Treibens, welches Sie durch den Drang der Umstände herbeigeführter trostloser Verzweiflung zuschrieben. Sie entzogen mich einer Umgebung, die ich selbst für zweideutig anerkennen mußte, Ihr Haus wurde das friedliche freundliche Asyl, in dem ich, Ihren stillen Schmerz ehrend, den meinigen vergaß. Ihre Gespräche voll Heiterkeit und Milde wirkten, wohltuende Arznei, ohne daß Sie meine Krankheit kannten. Nicht die bedrohlichen Ereignisse die meine Stellung im Leben vernichten konnten, waren es, die so feindlich auf mich wirkten. Längst hatte ich gewünscht, Verhältnisse aufzugeben, die mich drückten und ängstigten, und nicht zürnen konnte ich auf das Schicksal, welches das bewirkte, was auszuführen ich selbst so lange nicht Mut und Kraft genug gehabt hatte. Nein! – Als ich mich frei fühlte, da erfaßte mich jene unbeschreibliche Unruhe, die, seit meinen frühen Jugendjahren, so oft mich mit mir selbst entzweit hat. Nicht die Sehnsucht ist es, die, wie jener tiefe Dichter so herrlich sagt, aus dem höheren Leben entsprungen, ewig währt, weil sie ewig nicht erfüllt wird, weder getäuscht noch hintergangen, sondern nur nicht erfüllt, damit sie nicht sterbe; nein – ein wüstes wahnsinniges Verlangen bricht oft hervor nach einem Etwas, das ich in rastlosem Treiben außer mir selbst suche, da es doch in meinem eignen Innern verborgen, ein dunkles Geheimnis, ein wirrer rätselhafter Traum von einem Paradies der höchsten Befriedigung, das selbst der Traum nicht zu nennen, nur zu ahnen vermag, und diese Ahnung ängstigt mich mit den Qualen des Tantalus. Dies Gefühl bemeisterte sich schon, als ich noch ein Kind, meiner oft so plötzlich, daß ich mitten aus dem frohsten Spiel mit meinen Kameraden davonlief in den Wald, auf den Berg, dort mich niederwarf auf die Erde und trostlos weinte und schluchzte, unerachtet ich eben der tollste ausgelassenste von allen gewesen. Später lernte ich mich selbst mehr bekämpfen, aber nicht auszusprechen vermag ich die Marter meines Zustandes, wenn in der heitersten Umgebung gemütlicher wohlwollender Freunde, bei irgendeinem Kunstgenuß, ja selbst in den Momenten, wenn meine Eitelkeit in Anspruch genommen wurde auf diese jene Weise, ja! wenn mir dann plötzlich alles elend, nichtig, farblos, tot erschien, und ich mich versetzt fühlte in eine trostlose Einöde. Nur einen Engel des Lichts gibt es, der Macht hat über den bösen Dämon. Es ist der Geist der Tonkunst, der oft aus mir selbst sich siegreich erhebt, und vor dessen mächtiger Stimme alle Schmerzen irdischer Bedrängnis verstummen."

„Immer", nahm die Rätin das Wort, „immer habe ich geglaubt, daß die Musik auf Sie zu stark, mithin verderblich wirke; denn indem bei der Aufführung irgendeines vortrefflichen Werks Ihr ganzes Wesen durchdrungen schien, veränderten sich alle Züge Ihres Gesichts. Sie erblaßten, Sie waren keines Wortes mächtig, Sie hatten nur Seufzer und Tränen, und fielen dann her mit dem bittersten Spott, mit tief verletzendem Hohn, über jeden, der auch nur ein Wort über das Werk des Meisters sagen wollte. – Ja wenn –"

„O beste Rätin", fiel Kreisler der Benzon ins Wort, indem er, so ernst und tiefbewegt er zuvor gesprochen, plötzlich den besondern Ton der Ironie wieder aufnahm, der ihm eigen, „o beste Rätin, das ist nun alles anders geworden. Sie glauben gar nicht, Verehrte, was ich an dem großherzoglichen Hofe artig und gescheut geworden bin. Ich kann mit der größten Seelenruhe und Gemütlichkeit zum Don Juan und zur Armida den Takt schlagen, ich kann der ersten Sängerin freundlich zuwinken, wenn sie in der merkwürdigsten Kadenz auf den Sprossen der Tonleiter herumhopst, ich kann, wenn der Hofmarschall nach Haydns Jahreszeiten mir zuflüstert: ‚C'étoit bien ennuyant mon cher maître de chapelle', lächelnd mit dem Kopfe nicken, und eine bedeutungsvolle Prise nehmen, ja ich kann es geduldig anhören, wenn der kunstverständige Kammer- und Spektakelherr mir weitläuftig demonstriert, daß Mozart und Beethoven den Teufel was von Gesang verstünden, und daß Rossini, Pucitta und wie die Männerchen alle heißen mögen sich à la hauteur aller Opernmusik geschwungen. – Ja Verehrte, Sie glauben nicht, was ich während meiner Kapellmeisterschaft profitiert, vorzüglich aber die schöne Überzeugung, wie gut es ist, wenn Künstler förmlich in Dienst treten, der Teufel und seine Großmutter könnte es sonst mit dem stolzen übermütigen Volke aushalten. Laßt den braven Komponisten Kapellmeister oder Musikdirektor werden, den Dichter Hofpoet, den Maler Hofporträtisten, den Bildhauer Hofporträtmeißler und Ihr habt bald keine unnütze Fantasten mehr im Lande, vielmehr lauter nützliche Bürger von guter Erziehung und milden Sitten!"

„Still still", rief die Rätin unmutig, „halten Sie ein, Kreisler, Ihr Steckenpferd fängt wieder an sich zu bäumen, nach gewöhnlicher Art und Weise. Übrigens merke ich Unrat, und wünsche jetzt in der Tat recht sehnlich zu wissen, welch ein schlimmes Ereignis Sie zur schnellen übereilten Flucht aus der Residenz nötigte. Denn auf eine solche Flucht deuten alle Umstände Ihrer Erscheinung im Park."

„Und ich", sprach Kreisler ruhig, indem er seinen Blick fest auf die Rätin heftete, „und ich kann versichern, das das schlimme Ereignis, welches mich forttrieb aus der Residenz, unabhängig von allen äußern Dingen, nur in mir selbst lag.

Eben jene Unruhe, von der ich vorhin vielleicht mehr und ernster sprach, als gerade nötig, überfiel mich mit stärkerer Macht als jemals, es war meines Bleibens nicht länger. – Sie wissen, wie ich mich auf meine Kapellmeisterschaft bei dem Großherzog freute. Törichterweise glaubte ich, daß, in der Kunst lebend, meine Stellung eben mich ganz beschwichtigen, daß der Dämon in meinem Innern besiegt werden würde. Aus dem wenigen, was ich erst über meine Bildung am großherzoglichen Hofe angebracht, werden Sie, Verehrte, aber entnehmen, wie sehr ich mich täuschte. Erlassen Sie mir die Schilderung, wie ich durch fade Spielerei mit der heiligen Kunst, zu der ich notgedrungen die Hand bieten mußte, durch die Albernheiten seelenloser Kunstpfuscher, abgeschmackter Dilettanten, durch das ganze tolle Treiben einer Welt voll Kunstgliederpuppen, immer mehr und mehr dahin gebracht wurde, die erbärmliche Nichtswürdigkeit meiner Existenz einzusehen. An einem Morgen mußt ich zum Großherzog, um meine Einwirkung bei den Festlichkeiten, die in den nächsten Tagen stattfinden sollten, zu erfahren. Der Spektakelherr war, wie natürlich zugegen, und stürmte auf mich ein mit allerlei sinn- und geschmacklosen Anordnungen, denen ich mich fügen sollte. Vorzüglich war es ein von ihm selbst verfaßter Prolog, den er, als höchste Spitze der Theaterfeste, von mir komponiert verlangte. Da diesmal, so sprach er zum Fürsten, einen stechenden Seitenblick auf mich werfend, nicht von gelehrter teutscher Musik, sondern von geschmackvollem italienischen Gesange die Rede sein solle, so habe er selbst einige zarte Melodieen aufgesetzt, die ich gehörig anzubringen. Der Großherzog genehmigte nicht nur alles, sondern nahm auch Gelegenheit, mir überhaupt anzudeuten, daß er meine fernere Ausbildung durch eifriges Studium der neuern Italiener hoffe und erwarte. – Wie ich so erbärmlich dastand! – ich verachtete mich selbst tief – alle Demütigungen erschienen mir gerechte Strafe für meinen kindischen aberwitzigen Langmut! – Ich verließ das Schloß, um nie wieder zurückzukehren. Noch denselben Abend wollte ich meine Entlassung fordern, aber selbst dieser Entschluß konnte mich nicht über mich selbst beruhigen, da ich mich schon durch einen geheimen Ostrazismus verbannt sah. Die Gitarre, die ich zu anderm Behuf mitgenommen, nahm ich aus dem Wagen, den ich, vors Tor gekommen fortschickte, und lief hinaus ins Freie, unaufhaltsam fort, immer weiter fort! – Schon sank die Sonne, immer breiter und schwärzer wurden die Schatten der Berge, des Waldes. Unerträglich, ja vernichtend, war mir der Gedanke, zurückzukehren nach der Residenz – ‚Welche Macht zwingt mich zum Rückweg', so rief ich laut. Ich wußte, daß ich mich auf dem Wege nach Sieghartsweiler befand, ich gedachte meines alten Meister Abraham, von dem ich Tages zuvor einen Brief erhalten, worin er, meine Lage in der Residenz ahnend, mich wegwünschte von dort, mich zu sich einlud."

„Wie", unterbrach die Rätin den Kapellmeister, „wie, Sie kennen den wunderlichen Alten?"

„Meister Abraham", fuhr Kreisler fort, „war der innigste Freund meines Vaters, mein Lehrer, zum Teil mein Erzieher! – Nun Verehrte, wissen Sie ausführlich, wie ich in den Park des wackern Fürsten Irenäus kam, und werden nicht mehr daran zweifeln, daß ich, kommt es darauf an, imstande bin, ruhig, mit erforderlicher historischer Genauigkeit, und so angenehm zu erzählen, daß mir selbst davor graut. Überhaupt kommt mir die ganze Geschichte meiner Flucht aus der Residenz, wie gesagt, so albern vor, und von solch allen Geist zerstörender Nüchternheit, daß man selbst nicht davon sprechen kann, ohne in erkleckliche Schwachheit zu verfallen. – Möchten Sie, Teure, aber die seichte Begebenheit als krampfstillendes Wasser der erschrockenen Prinzessin beibringen, damit sie sich beruhige, und daran denken, daß ein ehrlicher deutscher Musikus, den, als er gerade seidene Strümpfe angezogen, und sich in einem saubern Kutschkasten vornehm gebärdete, Rossini und Pucitta und Pavesi und Fioravanti und Gott weiß welche andere inis und ittas, in die Flucht schlugen, sich unmöglich sehr gescheut betragen kann. Verzeihung ist zu hoffen, will ich hoffen! – Als poetischen Nachklang des langweiligen Abenteuers vernehmen Sie aber, beste Rätin, daß in dem Augenblick, da ich, gepeitscht von meinem Dämon, fortrennen wollte, mich der süßeste Zauber festbannte. Schadenfroh trachtete der Dämon eben das tiefste Geheimnis meiner Brust zuschanden zu machen, da rührte der mächtige Geist der Tonkunst die Schwingen, und vor dem melodischen Rauschen erwachte der Trost, die Hoffnung, ja selbst die Sehnsucht, die die unvergängliche Liebe selbst ist und das Entzücken ewiger Jugend. – Julia sang!“

Kreisler schwieg. Die Benzon horchte auf, gespannt auf das, was nun nachfolgen würde. Da der Kapellmeister sich in stumme Gedanken zu verlieren schien, fragte sie mit kalter Freundlichkeit: „Sie finden den Gesang meiner Tochter in der Tat angenehm, lieber Johannes?“

Kreisler fuhr heftig auf, das, was er sagen wollte, erstickte aber ein Seufzer aus der tiefsten Brust.

„Nun“, fuhr die Rätin fort, „das ist mir recht lieb. Julia kann von Ihnen, lieber Kreisler, was den wahren Gesang betrifft, recht viel lernen, denn, daß Sie hier bleiben, sehe ich nun als eine ausgemachte Sache an.“

„Verehrteste“, begann Kreisler, aber in dem Augenblick öffnete sich die Türe und Julia trat hinein.

Als sie den Kapellmeister gewahrte, verklärte ihr holdes Antlitz ein süßes Lächeln, und ein leises: Ach! hauchte von ihren Lippen.

Die Benzon stand auf, nahm den Kapellmeister bei der Hand,

und führte ihn Julien entgegen, indem sie sprach: „Nun mein Kind, da ist der seltsame – –"

*(M.f.f.)* – der junge Ponto los auf mein neuestes Manuskript, das neben mir lag, faßte es, ehe ich's verhindern konnte, zwischen die Zähne, und rannte damit spornstreichs auf und davon. Er stieß dabei ein schadenfrohes Gelächter aus, und schon dies hätte mich vermuten lassen sollen, daß nicht bloßer jugendlicher Mutwille ihn zur bösen Tat spornte, sondern daß noch etwas mehr im Spiele war. Bald wurde ich darüber aufgeklärt.

Nach ein paar Tagen trat der Mann, bei dem der junge Ponto in Diensten, hinein zu meinem Meister. Es war, wie ich nachher erfahren, Herr Lothario, Professor der Ästhetik am Gymnasio zu Sieghartsweiler. – Nach gewöhnlicher Begrüßung schaute der Professor im Zimmer umher, und sprach, als er mich erblickte: „Wolltet Ihr nicht, lieber Meister, den Kleinen dort aus der Stube entfernen?" „Warum", fragte der Meister, „warum? – Ihr konntet doch sonst die Katzen leiden, Professor, und vorzüglich meinen Liebling, den zierlichen, gescheuten Kater Murr!" – „Ja", sprach der Professor, indem er höhnisch lachte, „ja, zierlich und gescheut, das ist wahr! – Aber tut mir den Gefallen, Meister, und entfernt Euern Liebling, denn ich habe Dinge mit Euch zu reden, die er durchaus nicht hören darf." „Wer?" rief Meister Abraham, indem er den Professor anstarrte. „Nun", fuhr dieser fort, „Euer Kater. Ich bitte Euch, fragt nicht weiter, sondern tut, warum ich Euch bitte." – „Das ist doch seltsam", sprach der Meister, indem er die Türe des Kabinetts öffnete, und mich hineinrief. Ich folgte seinem Ruf, ohne daß er es gewahrte, schlüpfte ich aber wieder hinein, und verbarg mich im untersten Fach des Bücherschranks, so daß ich unbemerkt das Zimmer übersehen, und jedes Wort, was gesprochen wurde, vernehmen konnte.

„Nun möchte ich", sprach Meister Abraham, indem er sich dem Professor gegenüber in seinen Lehnstuhl setzte, „nun möchte ich doch in aller Welt wissen, welch ein Geheimnis Ihr mir zu entdecken habt, das meinem ehrlichen Kater Murr verschwiegen bleiben soll."

„Sagt mir", begann der Professor sehr ernst und nachdenklich, „sagt mir zuvörderst, lieber Meister, was haltet Ihr von den Grundsatz, daß, nur körperliche Gesundheit vorausgesetzt, sonst ohne Rücksicht auf angeborne geistige Fähigkeit, auf Talent, auf Genie, vermöge einer besonders geregelten Erziehung, aus jedem Kinde, in kurzer Zeit, mithin noch in den Knabenjahren, ein Heros in Wissenschaft und Kunst geschaffen werden kann?"

„Ei", erwiderte der Meister, „was kann ich von diesem Grundsatz anders halten, als daß er albern und abgeschmackt ist. Möglich, ja sogar leicht mag es sein, daß man einem Kinde, das die Auffassungsgabe, wie sie ungefähr bei den Affen anzutreffen, und ein gutes Gedächtnis, besitzt, eine Menge Dinge systematisch eintrichtern kann, die es dann vor den Leuten auskramt; nur muß es diesem Kinde durchaus an allem natürlichen Ingenium fehlen, da sonst der innere bessere Geist der heillosen Prozedur widerstrebt. Wer wird aber jemals solch einen einfältigen, mit allerlei verschluckbaren Brocken des Wissens dick gemästeten, Jungen, einen Gelehrten im echten Sinne des Worts nennen?"

„Die Welt", rief der Professor heftig, „die ganze Welt! – O es ist entsetzlich! – Aller Glaube an die innere, höhere, angeborne Geisteskraft, die allein nur den Gelehrten, den Künstler schafft, geht ja über jenen heillosen, tollen Grundsatz zum Teufel!"

„Ereifert Euch nicht", sprach der Meister lächelnd, „soviel wie ich weiß, ist bis jetzt in unserm guten Teutschland nur ein einziges Produkt jener Erziehungsmethode aufgestellt worden, von dem die Welt eine Zeitlang sprach, und zu sprechen aufhörte, als sie einsah, daß das Produkt eben nicht sonderlich geraten. Zudem fiel die Blütezeit jenes Präparats in die Periode, als gerade die Wunderkinder in die Mode gekommen, die, wie sonst mühsam abgerichtete Hunde und Affen, gegen ein billiges Entree ihre Künste zeigten."

„So sprecht Ihr nun", nahm der Professor das Wort, „so sprecht Ihr nun, Meister Abraham, und man würde Euch glauben, kennte man nicht den verborgenen Schalk in Euch, wüßte man nicht, daß Euer ganzes Leben eine Reihe der wunderlichsten Experimente darbietet. Gesteht es nur Meister Abraham, gesteht es nur, Ihr habt ganz im stillen, im geheimsten Geheim, experimentiert nach jenem Grundsatz, aber überbieten wolltet Ihr den Mann, den Verfertiger jenes Präparats von dem wir sprachen. – Ihr wolltet, wart Ihr ganz fertig, hervortreten mit Eurem Zögling, und alle Professoren in der ganzen Welt in Erstaunen versetzen und Verzweiflung, Ihr wolltet den schönen Grundsatz: non ex quovis ligno fit Mercurius ganz und gar zuschanden machen! – Nun! kurz, der quovis ist da, aber kein

Mercurius, sondern ein Kater!" – „Was sagt Ihr", rief der Meister, indem er laut auflachte, „was sagt Ihr, ein Kater?"

„Leugnet es nur nicht", fuhr der Professor fort, „leugnet es nur nicht, an dem Kleinen dort in der Kammer habt Ihr jene abstrakte Erziehungsmethode versucht, Ihr habt ihn lesen, schreiben gelehrt, Ihr habt ihm die Wissenschaften beigebracht, so daß er sich schon jetzt unterfängt den Autor zu spielen, ja sogar Verse zu machen."

„Nun", sprach der Meister, „das ist doch in der Tat das Tollste was mir jemals vorgekommen! – Ich meinen Kater erziehen, ich ihm die Wissenschaften beibringen! – Sagt, was für Träume rumoren in Eurem Sinn, Professor? – Ich versichere Euch, daß ich von meines Katers Bildung nicht das mindeste weiß, dieselbe auch für ganz unmöglich halte."

„So!" fragte der Professor mit gedehntem Ton, zog ein Heft aus der Tasche, das ich augenblicklich für das mir von dem jungen Ponto geraubte Manuskript erkannte, und las:

„*Sehnsucht nach dem Höheren*

Ha welch Gefühl, das meine Brust beweget
Was sagt dies unruh- – ahnungsvolle Beben,
Will sich zum kühnen Sprung der Geist erheben,
Vom Sporn des mächtgen Genius erreget?

Was ist es, was der Sinn im Sinne träget
Was will dem liebesdrangerfüllten Leben
Dies rastlos brennend feurig-süße Streben,
Was ist es, das im bangen Herzen schläget?

Entrückt werd ich nach fernen Zauberlanden,
Kein Wort, kein Laut, die Zunge ist gebunden,
Ein sehnlich Hoffen weht mit Frühlingsfrische,

Befreit mich bald von drückend schweren Banden.
Erträumt, erspürt, im grünsten Laub gefunden!
Hinauf mein Herz! beim Fittich *ihn* erwische!"

Ich hoffe, daß jeder meiner gütigen Leser die Musterhaftigkeit dieses herrlichen Sonetts, das aus der tiefsten Tiefe meines Gemüts hervorfloß, einsehen, und mich um so mehr bewundern wird, wenn ich versichere, daß es zu den ersten gehört, die ich überhaupt verfertigt habe. Der Professor las es aber, in seiner Bosheit, so ohne allen Nachdruck, so abscheulich vor, daß ich mich kaum selbst erkannte, und daß ich von plötzlichem Jähzorn, wie er jungen Dichtern wohl eigen, übermannt, im Begriff war, aus meinem Schlupfwinkel hervor, dem Professor ins Gesicht zu springen, und ihn die Schärfe meiner Krallen fühlen zu lassen. Der kluge Gedanke, daß ich doch, wenn beide, der Meister und der Professor, sich über mich hermachten, notwendig den kürzern ziehen müsse, ließ mich meinen Zorn mit Gewalt niederkämpfen, jedoch entfuhr mir unwillkürlich ein knurrendes Miau, das mich unfehlbar verraten haben würde, hätte der Meister nicht, da der Professor mit dem Sonett fertig, aufs neue eine dröhnende Lache aufgeschlagen, die mich beinahe noch mehr kränkte, als des Professors Ungeschick.

„Hoho", rief der Meister, „wahrhaftig das Sonett ist eines Katers vollkommen würdig, aber noch immer verstehe ich nicht Euern Spaß, Professor, sagt mir nur lieber geradezu, wo Ihr hinauswollt."

Der Professor, ohne dem Meister zu antworten, blätterte im Manuskript, und las weiter:

„*Glosse*

Liebe schwärmt auf allen Wegen,
Freundschaft bleibt für sich allein,
Liebe kommt uns rasch entgegen
Aufgesucht will Freundschaft sein.

---

Schmachtend wehe, bange Klagen,
Hör ich überall ertönen,
Ob den Sinn zum Schmerz gewöhnen,
Ob zur Lust, ich kann's nicht sagen,
Möchte oft mich selber fragen,
Ob ich träume, ob ich wache.
Diesem Fühlen, diesem Regen,
Leih ihm Herz die rechte Sprache;
Ja im Keller, auf dem Dache,
Liebe schwärmt auf allen Wegen!

Doch, es heilen alle Wunden;
Die der Liebesschmerz geschlagen
Und in einsam stillen Tagen
Mag, von aller Qual entbunden,
Geist und Herz wohl bald gesunden;
Artger Kätzchen los Gehudel
Darf es auf die Dauer sein?

Nein! – fort aus dem bösen Strudel,
Unterm Ofen mit dem Pudel,
Freundschaft bleibt für sich allein!

Wohl ich weiß es –"

„Nein", unterbrach hier der Meister den lesenden Professor, „nein, mein Freund, Ihr macht mich in der Tat ungeduldig, Ihr oder ein anderer Schalk hat sich den Spaß gemacht, im Geist eines Katers, der nun gerade mein guter Murr sein soll, Verse zu machen, und nun foppt Ihr mich den ganzen Morgen damit herum. Der Spaß ist übrigens nicht übel, und wird vorzüglich dem Kreisler sehr wohl gefallen, der wohl nicht unterlassen dürfte, damit eine kleine Parforcejagd anzustellen, in der Ihr am Ende selbst ein gehetztes Wild sein könntet. Aber nun laßt Eure sinnreiche Einkleidung fahren, und sagt mir ganz ehrlich und trocken, was es mit Eurem seltsamen Spaß eigentlich für eine Bewandtnis hat."

Der Professor schlug das Manuskript zusammen, sah den Meister ernst ins Auge, und sprach dann: „Diese Blätter brachte mir vor einigen Tagen mein Pudel Ponto, der, wie euch bekannt sein wird, mit Eurem Kater Murr in freundschaftlichen Verhältnissen lebt. Zwar trug er das Manuskript zwischen den Zähnen, wie er nun einmal alles zu tragen gewohnt ist, indessen legte er es mir doch ganz unversehrt in den Schoß, und gab mir dabei deutlich zu verstehen, daß er es von keinem andern habe, als von seinem Freunde Murr. Als ich nun einen Blick hineinwarf, fiel mir gleich die ganz besondere, eigentümliche Handschrift auf, als ich aber einiges gelesen, stieg in mir, selbst weiß ich nicht, auf welche unbegreifliche Art, der seltsame Gedanke auf, Murr könnte das alles selbst gemacht haben. So sehr mir die Vernunft, ja eine gewisse Lebenserfahrung, der wir alle nicht entgehen können, und die am Ende nun wieder weiter nichts ist, als die Vernunft, so sehr mir also eben diese Vernunft sagt: daß jener Gedanke unsinnig, da Kater weder zu schreiben noch Verse zu machen imstande, so konnte ich ihn doch durchaus nicht loswerden. Ich beschloß Euern Kater zu beobachten, und stieg, da ich von meinem Ponto wußte, daß Murr viel auf Eurem Boden hausiere, auf meinen Boden, nahm einige Dachziegel herab, so daß ich mir die freie Aussicht in Eure Dachluken verschaffte. Was gewahrte ich! – Hört es und erstaunt! – In dem einsamsten Winkel des Bodens sitzt Euer Kater! – sitzt aufgerichtet vor einem kleinen Tisch, auf dem

Schreibzeug und Papier befindlich, sitzt und reibt sich bald mit der Pfote Stirn und Nacken, fährt sich übers Gesicht, tunkt bald die Feder ein, schreibt, hört wieder auf, schreibt von neuem, überliest das Geschriebene, knurrt (ich konnte es hören) knurrt und spinnt vor lauter Wohlbehagen. – Und um ihn her liegen verschiedene Bücher, die, nach ihrem Einband, aus Eurer Bibliothek entnommen."

„Das wäre ja der Teufel", rief der Meister, „nun so will ich dann gleich nachsehen, ob mir Bücher fehlen."

Damit stand er auf, und trat an den Bücherschrank. Sowie er mich erblickte, prallte er drei Schritte zurück, und blickte mich an voll Erstaunen. Aber der Professor rief: „Seht Ihr wohl, Meister! Ihr denkt, der Kleine sitzt harmlos in der Kammer, in die Ihr ihn eingesperrt, und er hat sich hineingeschlichen in den Bücherschrank, um zu studieren, oder noch wahrscheinlicher, um uns zu belauschen. Nun hat er alles gehört was wir gesprochen, und kann seine Maßregeln darnach nehmen."

„Kater", begann der Meister, indem er fortwährend den Blick voll Erstaunen auf mich ruhen ließ, „Kater, wenn ich wüßte daß du, deine ehrliche natürliche Natur ganz und gar verleugnend, dich wirklich darauf verlegtest, solche vertrackte Verse zu machen, wie sie der Professor vorgelesen, wenn ich glauben könnte, daß du wirklich den Wissenschaften nachstelltest, statt den Mäusen, ich glaube, ich könnte dir die Ohren wund zwicken, oder gar –"

Mich überfiel eine schreckliche Angst, ich kniff die Augen zu, und tat als schliefe ich fest.

„Aber nein, nein", fuhr der Meister fort, „schaut nur einmal her, Professor, wie mein ehrlicher Kater so sorglos schläft, und sagt selbst, ob er in seinem gutmütigen Antlitz etwas trägt, das auf solche geheime wunderbare Schelmereien, wie Ihr sie ihm schuld gebt, gedeutet werden könnte – Murr! – Murr! –"

So rief der Meister mich an, und ich unterließ nicht wie gewöhnlich mit meinen Krr – Krr – zu antworten, die Augen aufzuschlagen, mich zu erheben und einen hohen sehr anmutigen, Katzenpuckel zu machen.

Der Professor warf mir, voller Zorn, mein Manuskript an den Kopf, ich tat aber, (die mir angeborne Schlauheit gab es mir ein) als wollte er mit mir spielen, und zerrte springend und tänzelnd, die Papiere hin und her, so daß die Stücke umherflogen.

„Nun", sprach der Meister, „nun ist es ausgemacht, daß Ihr ganz unrecht habt, Professor, und daß Euch Ponto etwas vorlog.

Seht nur hin, wie Murr die Gedichte bearbeitet, welcher Dichter würde sein Manuskript handhaben auf die Weise?"

„Ich habe Euch gewarnt, Meister, tut nun was Ihr wollt", erwiderte der Professor, und verließ das Zimmer.

Nun glaubte ich, der Sturm sei vorüber, wie sehr war ich im Irrtum! – Meister Abraham hatte sich, mir zum großen Verdruß, gegen meine wissenschaftliche Bildung erklärt, und demunerachtet er so getan, als glaube er den Worten des Professors gar nicht, so wurde ich doch bald gewahr, daß er mir auf allen Gängen nachspürte, mir den Gebrauch seiner Bibliothek dadurch abschnitt, daß er den Schrank sorgfältig verschloß, und es durchaus nicht mehr leiden wollte, daß ich mich, wie sonst, auf seinen Schreibtisch unter die Papiere legte.

So kam Leid und Kümmernis über meine keimende Jugend! Was kann einem Genie mehr Schmerz verursachen, als sich verkannt, ja verspottet zu sehen, was kann einen großen Geist mehr erbittern, als *da* auf Hindernisse zu stoßen, wo er nur allen möglichen Vorschub erwartete! – Doch, je stärker der Druck, desto gewaltiger die Kraft der Entlastung, je straffer der Bogen gespannt, desto schärfer der Schuß! – War mir die Lektüre versperrt, so arbeitete desto freier mein eigner Geist, und schuf aus sich selbst.

Unmutig wie ich war, brachte ich in dieser Periode manche Nächte, manche Tage, in den Kellern des Hauses zu, wo mehrere Mäusefallen aufgestellt waren, und sich überdem viele Kater verschiedenen Alters und Standes versammelten.

Einem tapfern philosophischen Kopf entgehen überall nicht die geheimsten Beziehungen des Lebens im Leben, und er erkennt, wie sich eben aus demselben das Leben gestaltet in Gesinnung und Tat. So gingen mir auch in den Kellern die Verhältnisse der Mäusefallen und der Katzen in ihrer Wechselwirkung auf. Es wurde mir, als einem Kater von edlem echten Sinn, warm ums Herz, wenn ich gewahren mußte, wie jene tote Maschinen, in ihrem pünktlichen Treiben, eine große Schlaffheit in den Katerjünglingen hervorbrachten. Ich ergriff die Feder und schrieb das unsterbliche Werk, dessen ich schon vorhin gedachte, nämlich: „Über Mäusefallen, und deren Einfluß auf Gesinnung und Tatkraft der Katzheit." In diesem Büchlein hielt ich den verweichlichten Katerjünglingen einen Spiegel vor die Augen, in dem sie sich selbst erblicken mußten, aller eignen Kraft entsagend, indolent, träge, ruhig es ertragend, daß die schnöden Mäuse nach dem Speck liefen! – Ich rüttelte sie aus dem Schlafe, mit donnernden Worten. – Nächst dem Nutzen, den das Werklein schaffen mußte, hatte das Schreiben desselben auch noch den Vorteil für mich, daß ich selbst indessen keine Mäuse fangen durfte, und auch nachher, da ich so kräftig gesprochen, es wohl keinem einfallen konnte, von mir zu verlangen, daß ich selbst ein Beispiel des von mir ausgesprochenen Heroismus im Handeln geben solle.

Damit könnte ich nun meine erste Lebensperiode schließen, und zu meinen eigentlichen Jünglingsmonaten, die an das männliche Alter streifen, übergehen; unmöglich kann ich aber den günstigen Lesern die beiden letzten Strophen der herrlichen Glosse vorenthalten, die mein Meister nicht hören wollte. Hier sind sie:

Wohl, ich weiß es, widerstehen,
Mag man nicht dem süßen Kosen,
Wenn aus Büschen duftger Rosen
Süße Liebeslaute wehen.
Will das trunkne Aug dann sehen
Wie die Holde kommt gesprungen,
Die da lauscht' an Blumenwegen,
Kaum ist Sehnsuchts-Ruf erklungen,
Hat sich schnell hinangeschwungen.
Liebe kommt uns rasch entgegen.

Dieses Sehnen, dieses Schmachten
Kann wohl oft den Sinn berücken,
Doch wie lange kann's beglücken,
Dieses Springen, Rennen, Trachten!
Holder Freundschaft Trieb' erwachten,
Strahlten auf bei Hespers Scheine.
Und den Edlen brav und rein,
Ihn zu finden den ich meine,
Klettr ich über Maur und Zäune,
Aufgesucht will Freundschaft sein.

*(Mak. Bl.)* – – gerade den Abend in solch heitrer gemütlicher Stimmung, wie man sie an ihm nicht verspürt hatte seit gar geraumer Zeit. Und diese Stimmung war es, die das Unerhörte geschehen ließ. Denn ohne wild aufzufahren, und davonzurennen, wie er sonst in gleichem Fall wohl zu tun pflegte, hörte er ruhig und sogar mit gutmütigem Lächeln den langen und noch langweiligern ersten Akt eines entsetzlichen Trauerspiels an, den ein junger hoffnungsvoller Lieutenant mit roten

Wangen und wohlgekräuseltem Haupthaar, verfaßt hatte und mit aller Prätension des glücklichsten Dichters vortrug. Ja als besagter Lieutenant, da er geendet, ihn heftig fragte, was er von der Dichtung halte, begnügte er sich, mit dem mildesten Ausdruck des innern Ergötzens im ganzen Gesicht, dem jungen Kriegs- und Vershelden zu versichern, daß der Aushängeakt, das gierigen ästhetischen Leckermäulern dargebotene Koststück, in der Tat herrliche Gedanken enthalte, für deren originelle Genialität schon der Umstand spräche, daß auch anerkannt große Dichter w. z. B. Calderon, Shakespeare und der moderne Schiller darauf gefallen. Der Lieutenant umarmte ihn sehr, und verriet mit geheimnisvoller Miene, daß er gedenke, noch denselben Abend eine ganze Gesellschaft der auserlesensten Fräuleins, unter denen sogar eine Gräfin befindlich, die spanisch lese, und in Öl male, mit dem vortrefflichsten aller ersten Akte zu beglücken. Auf die Versicherung, daß er daran ungemein wohl tun werde, lief er voller Enthusiasmus von dannen.

„Ich begreife", sprach jetzt der kleine Geheime Rat, „ich begreife dich heute gar nicht, lieber Johannes, mit deiner unbeschreiblichen Sanftmut! – Wie war es dir möglich, das durchaus abgeschmackte Zeug so ruhig, so aufmerksam, anzuhören! – Angst und bange wurde mir, als der Lieutenant uns, die wir unbewacht keine Gefahr ahnten, überfiel, und uns rettungslos eingarnte in die tausendfältigen Schlingen seiner endlosen Verse! – Ich dachte, jeden Augenblick würdest du dazwischenfahren, wie du es sonst wohl tust bei geringerem Anlaß; aber du bleibst ruhig, ja, dein Blick spricht Wohlgefallen aus, und am Ende, nachdem ich für meine Person ganz schwach und elend worden, fertigst du den Unglückseligen ab mit einer Ironie, die er nicht einmal zu fassen imstande, und sagst ihm wenigstens nicht zur Warnung für künftige Fälle, daß das Ding viel zu lang sei, und merklich amputiert werden müsse."

„Ach", erwiderte Kreisler, „ach was hätte ich denn ausgerichtet mit diesem kläglichen Rat! – Kann denn ein prägnanter Dichter wie unser liebe Lieutenant, wohl mit Nutzen irgendeine Amputation an seinen Versen vornehmen, wachsen sie ihm nicht nach, unter der Hand? – Und weißt du denn nicht, daß überhaupt die Verse unserer jungen Dichter die Reproduktionskraft der Eidechsen besitzen, denen die Schwänze munter wiederum hervorschießen, hat man sie auch an der Wurzel weggeschnitten! – Wenn du aber meinst, daß ich des

Lieutenants Leserei ruhig angehört, so bist du in großem Irrtum! – Der Sturm war vorüber, alle Gräser und Blumen im kleinen Garten erhoben ihre gebeugten Häupter, und schlürften begierig den Himmelsnektar ein, der aus den Wolkenschleiern in einzelnen Tropfen hinabfiel. Ich stellte mich unter den großen blühenden Apfelbaum, und horchte auf die verhallende Stimme des Donners in den fernen Bergen, die wie eine Weissagung von unaussprechlichen Dingen in meiner Seele widerklang, und schaute auf zu dem Blau des Himmels, das wie mit leuchtenden Augen dort und dort durch die fliehenden Wolken blickte! – Aber dazwischen rief der Onkel: ich solle fein ins Zimmer und mir den neuen geblümten Schlafrock nicht verderben durch ungeziemliche Nässe, und mir nicht den Schnupfen holen im feuchten Grase. Und dann war es wieder nicht der Onkel, welcher sprach, sondern irgendein Filou von Papagei oder Starmatz hinterm Busch oder im Busch, oder Gott weiß wo sonst, machte sich den unnützen Spaß, mich damit zu necken, daß er mir allerlei köstliche Gedanken aus dem Shakespeare zurief nach seiner Manier. Und das war nun wieder der Lieutenant und sein Trauerspiel! – Geheimer Rat, gib dir die Mühe zu merken, daß es eine Erinnerung an meine Knabenzeit war, die mich dir und dem Lieutenant entführte. Ich stand wirklich, ein Junge von höchstens zwölf Jahren, in des Onkels kleinem Garten, und hatte den schönsten Zitz als Schlafrock an, den jemals eine Kattundruckerseele ersonnen, und vergebens hast du, o Geheimer Rat! heute dein Königsräucherpulver verschwendet, denn ich habe nichts verspürt, als das Aroma meines blühenden Apfelbaums, nicht einmal das Haaröl des Versifikanten, der sein Haupt salbt, ohne es jemals schützen zu können gegen Wind und Wetter durch eine Krone, vielmehr nichts aufstülpen darf, als Filz und Leder, durch das Reglement ausgeprägt zu einem Tschako! – Genug Bester! du warst von uns dreien das einzige Opferlamm, das sich dem infernalischem Trauerspielmesser des dichterischen Helden darbot. Denn, während ich mich, alle Extremitäten sorglich einziehend, in das kleine Schlafröckchen eingepuppt hatte, und mit zwölfjähriger, zwölflötiger Leichtigkeit hineingesprungen war in mehrbesagten Garten, verbrauchte Meister Abraham, wie du siehst, drei bis vier Bogen des schönsten Notenpapiers, um allerlei ergötzliche Fantasmata zuzuschneiden. Auch er ist also dem Lieutenant entwischt!“

Kreisler hatte recht, Meister Abraham verstand sich darauf,

Kartonblätter so zuzuschneiden, daß, fand man auch aus dem Gewirre durchschnittner Flecke nicht das mindeste deutlich heraus, doch, hielt man ein Licht hinter das Blatt, in den auf die Wand geworfenen Schatten, sich die seltsamsten Gestalten in allerlei Gruppen bildeten. Hatte nun Meister Abraham schon an und für sich selbst einen natürlichen Abscheu gegen alles Vorlesen, war ihm noch besonders des Lieutenants Verselei im Grunde des Herzens zuwider, so konnt es nicht fehlen, daß er, kaum hatte der Lieutenant begonnen, begierig nach dem steifen Notenpapier griff, das zufällig auf dem Tische des Geheimen Rats lag, eine kleine Schere aus der Tasche langte, und eine Beschäftigung begann, die ihn dem Attentat des Lieutenants gänzlich entzog.

„Höre", begann nun der Geheime Rat, „höre, Kreisler – also eine Erinnerung an deine Knabenzeit war es, die in deine Seele kam, und dieser Erinnerung mag ich es wohl zuschreiben, daß du heute so mild bist, so gemütlich – höre mein innigstgeliebter Freund! es wurmt mir, wie allen, die dich ehren und lieben, daß ich von deinem frühern Leben so ganz und gar nichts weiß, daß du der leisesten Frage darüber so unfreundlich ausweichst, ja, daß du absichtlich Schleier über die Vergangenheit wirfst, die doch zuweilen zu durchsichtig sind, um nicht durch allerlei in seltsamer Verzerrung durchschimmernde Bilder die Neugierde zu reizen. Sei offen gegen die, denen du doch schon dein Vertrauen schenktest."

Kreisler blickte den Geheimen Rat an mit großen Augen, voll Verwunderung, wie einer, der aus dem tiefen Schlafe erwachend, eine fremde unbekannte Gestalt vor sich erblickt, und fing dann sehr ernsthaft an:

„Am Tage Johannis Chrysostomi, das heißt am vierundzwanzigsten Januar des Jahres Eintausendsiebenhundert und etzliche dazu, um die Mittagsstunde, wurde einer geboren, der hatte ein Gesicht und Hände und Füße. Der Vater aß eben Erbsensuppe, und goß sich vor Freuden einen ganzen Löffel voll über den Bart, worüber die Wöchnerin, unerachtet sie es nicht gesehen, dermaßen lachte, daß von der Erschütterung dem Lautenisten, der dem Säugling seinen neuesten Murki vorspielte, alle Saiten sprangen, und er bei der atlasnen Nachthaube seiner Großmutter schwor, was Musik betreffe, würde der kleine Hans Hase ein elender Stümper bleiben ewiglich und immerdar. Darauf wischte sich aber der Vater das Kinn rein und sprach pathetisch: ‚Johannes soll er zwar heißen, jedoch kein Hase sein.' Der Lautenist –"

„Ich bitte dich", unterbrach der kleine Geheime Rat den Kapellmeister, „ich bitte dich Kreisler! verfalle nicht in die verdammte Sorte von Humor, die mir, ich mag's wohl sagen, den Aten versetzt. Verlange ich denn, daß du mir eine pragmatische Selbstbiographie geben, will ich denn mehr, als daß du mir vergönnen sollst, einige Blicke in dein früheres Leben zu tun, ehe ich dich kannte? – In der Tat magst du eine Neugierde nicht verargen, die keine andere Quelle hat, als die innigste Zuneigung recht aus dem tiefsten Herzen. Und nebenher mußt du es dir, da du nun einmal seltsam genug auftrittst, gefallen lassen, daß jeder glaubt, nur das bunteste Leben, eine Reihe der fabelhaftesten Ereignisse könne die psychische Form so auskneten und bilden wie es bei dir geschehen." – „O des groben Irrtums", sprach Kreisler, indem er tief seufzte, „o des groben Irrtums, meine Jugendzeit gleicht einer dürren Heide ohne Blüten und Blumen, Geist und Gemüt erschlaffend im trostlosen Einerlei! –"

„Nein nein", rief der Geheime Rat, „dem ist nicht so, denn ich weiß wenigstens, daß in dieser Heide ein hübscher kleiner Garten steht, mit einem blühenden Apfelbaum, der mein feinstes Königspulver überduftet. Nun! ich meine, Johannes, du rückst hervor mit der Erinnerung aus deiner frühern Jugendzeit, die heute, wie du erst sagtest, deine ganze Seele befängt."

„Ich dächte", sprach Meister Abraham, indem er dem eben fertig gewordenen Kapuziner die Tonsur einschnitt, „ich dächte auch, Kreisler, daß Ihr in Eurer heutigen passablen Stimmung nichts Besseres tun könntet, als Euer Herz oder Euer Gemüt, oder wie Ihr sonst gerade Euer inneres Schatzkästlein nennen möget, aufschließen, und dies, jenes, daraus hervorlangen. Das heißt, da Ihr nun einmal verraten, daß Ihr wider den Willen des besorgten Oheims im Regen hinausliefet, und abergläubischer Weise, auf die Weissagungen des sterbenden Donners horchtet, so möget Ihr immer noch mehr erzählen, wie sich damals alles begab. Aber lügt nicht, Johannes denn Ihr wißt, daß Ihr, was wenigstens die Zeit betrifft, als Ihr die ersten Hosen truget, und dann der erste Haarzopf Euch eingeflochten wurde, unter meiner Kontrolle stehet."

Kreisler wollte etwas erwidern, aber Meister Abraham wandte sich schnell zum kleinen Geheimen Rat und sprach: „Sie glauben gar nicht, Vortrefflichster wie unser Johannes, sich dem bösen Geist des Lügens ganz und gar hingibt, wenn er, wie es jedoch gar selten geschieht, von seiner frühesten Jugendzeit erzählt. Gerade, wenn die Kinder noch sagen: ‚Pä Pä und Mä Mä!' und mit den Fingern ins Licht fahren, gerade zu der Zeit will er schon alles beachtet, und tiefe Blicke getan haben ins menschliche Herz."

„Ihr tut mir Unrecht", sprach Kreisler, mild lächelnd, mit sanfter Stimme, „Ihr tut mir großes Unrecht, Meister! Sollt es mir denn möglich sein, Euch was weismachen zu wollen von frühreifem Geistesvermögen, wie es wohl eitle Gecken tun? – Und ich frage dich, Geheimer Rat, ob es dir auch nicht widerfährt, daß oft Momente lichtvoll vor deine Seele treten aus einer Zeit, die manche erstaunlich kluge Leute ein bloßes Vegetieren nennen und nichts statuieren wollen, als bloßen Instinkt, dessen höhere Vortrefflichkeit wir den Tieren einräumen müssen! – Ich meine, daß es damit eine eigene Bewandtnis hat! – Ewig unerforschlich bleibt uns das erste Erwachen zum klaren Bewußtsein! – Wäre es möglich, daß dies mit einem Ruck geschehen könnte, ich glaube, der Schreck darüber müßte uns töten. – Wer hat nicht schon die Angst der ersten Momente im Erwachen aus tiefem Traum, bewußtlosen Schlaf, empfunden, wenn er sich selbst fühlend, sich auf sich selbst besinnen mußte! – Doch, um mich nicht zu weit zu verlieren, ich meine, jeder starke psychische Eindruck in jener Entwicklungszeit läßt wohl ein Samenkorn zurück, das eben mit dem Emporsprossen des geistigen Vermögens fortgedeiht, und so lebt aller Schmerz, alle Lust jener Stunden der Morgendämmerung, in uns fort, und es sind wirklich die süßen wehmutsvollen Stimmen der Lieben, die wir, als sie uns aus dem Schlafe weckten, nur im Traum zu hören glaubten, und die noch in uns forthallen! – Ich weiß aber, worauf der Meister anspielt. Auf nichts anders, als auf die Geschichte von der verstorbenen Tante, die er mir wegstreiten will, und die ich, um ihn erklecklich zu ärgern, nur gerade dir, Geheimer Rat erzählen werde, wenn du mir versprichst, mir was weniges empfindelnde Kinderei zugute zu halten. – Was ich dir von der Erbssuppe und dem Lautenisten –" „Oh", unterbrach der Geheime Rat dem Kapellmeister, „o still, still, nun merk ich wohl, du willst mich foppen, und das ist denn doch wider alle Sitte und Ordnung."

„Keineswegs", fuhr Kreisler fort, „keineswegs mein Herz! Aber von dem Lautenisten muß ich anfangen, denn er bildet den natürlichsten Übergang zur Laute, deren Himmelstöne das Kind in süße Träume wiegten. Die jüngere Schwester meiner

Mutter war Virtuosin auf diesem zur Zeit in die musikalische Polterkammer verwiesenen Instrument. Gesetzte Männer, die schreiben und rechnen können, und wohl noch mehr als das, haben in meiner Gegenwart Tränen vergossen, wenn sie bloß dachten an das Lautenspiel der seligen Mamsell Sophie, mir ist es deshalb gar nicht zu verdenken, wenn ich ein durstig Kind, meiner selbst nicht mächtig, noch ohne in Wort und Rede aufgekeimtes Bewußtsein, alle Wehmut des wunderbaren Tonzaubers, den die Lautenistin aus ihrem Innersten strömen ließ, in begierigen Zügen einschlürfte – Jener Lautenist an der Wiege war aber der Lehrer der Verstorbenen, klein von Person, mit hinlänglich krummen Beinen, hieß Monsieur Turtel, und trug eine sehr saubere weiße Perücke mit einem breiten Haarbeutel, sowie einen roten Mantel. – Ich sage das nur, um zu beweisen, wie deutlich mir die Gestalten aus jener Zeit aufgehen, und daß weder Meister Abraham, noch sonst jemand, daran zweifeln darf, wenn ich behaupte, daß ich, ein Kind von noch nicht drei Jahren, mich finde auf dem Schoß eines Mädchens, deren mildblickende Augen mir recht in die Seele leuchteten, daß ich noch die süße Stimme höre, die zu mir sprach, zu mir sang, daß ich es noch recht gut weiß, wie ich der anmutigen Person all meine Liebe, all meine Zärtlichkeit zuwandte. Dies war aber eben Tante Sophie, die in seltsamer Verkürzung ‚Füßchen' gerufen wurde. Eines Tages lamentierte ich sehr, weil ich Tante Füßchen nicht gesehen hatte. Die Wärterin brachte mich in ein Zimmer, wo Tante Füßchen im Bette lag, aber ein alter Mann, der neben ihr gesessen, sprang schnell auf, und führte, heftig scheltend, die Wärterin, die mich auf dem Arm hatte, heraus. Bald darauf kleidete man mich an, hüllte man mich ein in dicke Tücher, brachte man mich ganz und gar in ein anderes Haus zu andern Personen, die sämtlich Onkel und Tanten von mir sein wollten, und versicherten, daß Tante Füßchen sehr krank sei, und ich, wäre ich bei ihr geblieben, ebenso krank geworden sein würde. Nach einigen Wochen brachte man mich zurück nach meinem vorigen Aufenthalt. Ich weinte, ich schrie, ich wollte zu Tante Füßchen. Sowie ich in jenes Zimmer gekommen, trippelte ich hin an das Bette, in dem Tante Füßchen gelegen, und zog die Gardinen auseinander. Das Bette war leer, und eine Person, die nun wieder eine Tante von mir war, sprach, indem ihr die Tränen aus den Augen stürzten: ‚Du findest sie nicht mehr, Johannes, sie ist gestorben, und liegt unter der Erde.'

Ich weiß wohl, daß ich den Sinn dieser Worte nicht verstehen konnte, aber noch jetzt, jenes Augenblicks gedenkend, erbebe ich in dem namenlosen Gefühl, das mich damals erfaßte. Der Tod selbst preßte mich hinein in seinen Eispanzer, seine Schauer drangen in mein Innerstes und vor ihnen erstarrte alle Lust der ersten Knabenjahre. – Was ich begann, weiß ich nicht mehr, wüßte es vielleicht niemals, aber erzählt hat man mir oft genug, daß ich langsam die Gardinen fahren ließ, ganz ernst und still einige Augenblicke stehen blieb, dann aber, wie tief in mich gekehrt und darüber nachsinnend, was man mir eben gesagt, mich auf ein kleines Rohrstühlchen setzte, das mir eben zur Hand. Man fügte hinzu, daß diese stille Trauer des sonst zu den lebhaftesten Ausbrüchen geneigten Kindes, etwas unbeschreiblich Rührendes gehabt, und daß man selbst einen nachteiligen psychischen Einfluß gefürchtet, da ich mehrere Wochen in demselben Zustande geblieben, nicht weinend, nicht lachend, zu keinem Spiel aufgelegt, kein freundlich Wort erwidernd, nichts um mich her beachtend."

In diesem Augenblick nahm Meister Abraham ein in Kreuz- und Querzügen wunderlich durchschnittenes Blatt zur Hand, hielt es vor die brennenden Kerzen, und auf der Wand reflektierte sich ein ganzer Chor von Nonnen, die auf seltsamen Instrumenten spielten.

„Hoho!" rief Kreisler, indem er die ganz artig geordnete Gruppe der Schwestern erblickte, „hoho Meister, ich weiß wohl, woran Ihr mich erinnern wollt! – Und noch jetzt behaupte ich keck, daß Ihr unrecht tatet mich auszuschelten, mich einen störrigen, unverständigen Burschen zu nennen, der durch die dissonierende Stimme seiner Torheit einen ganzen singenden und spielenden Konvent aus Ton und Takt bringen könne. Hatte ich nicht zu der Zeit, als Ihr mich, zwanzig oder dreißig Meilen weit von meiner Vaterstadt, in das Clarissenkloster führtet, um die erste wahrhaft katholische Kirchenmusik zu hören; hatte ich, sag ich, damals nicht den gerechtesten Anspruch auf die brillanteste Lümmelhaftigkeit, da ich gerade mitten in den Lümmeljahren stand? War es nicht desto schöner, daß demunerachtet der längst verwundene Schmerz des dreijährigen Knaben erwachte mit neuer Kraft, und einen Wahn gebar, der meine Brust mit allem tötenden Entzücken der herzzerschneidendsten Wehmut erfüllte? – Mußte ich nicht behaupten, und alles Einredens unerachtet dabei bleiben, daß niemand anders das wunderliche Instrument, die Trompette marine geheißen, spiele, als Tante Füßchen, unerachtet sie längst verstorben? – Warum hieltet ihr mich ab, einzudringen in den Chor, wo ich sie wiedergefunden hatte in ihrem grünen Kleide mit rosfarbnen Schleifen!"

Nun starrte Kreisler hin nach der Wand, und sprach mit bewegter, zitternder Stimme: „Wahrhaftig! – Tante Füßchen ragt hervor unter den Nonnen! – Sie ist auf eine Fußbank getreten um das schwierige Instrument besser handhaben zu können" – Doch der Geheime Rat trat vor ihn hin, so daß er ihm den Anblick des Schattenbildes entzog, faßte ihn bei den Schultern und begann. „In der Tat Johannes! es wäre gescheuter, du überließest dich nicht deinen seltsamen Träumereien, und sprächest nicht von Instrumenten die gar nicht existieren, denn in meinem Leben habe ich nichts gehört von einer Trompette marine!"

„Oh", rief Meister Abraham lachend, indem er, das Blatt unter den Tisch werfend, den ganzen Nonnenkonvent samt der chimärischen Tante Füßchen mit ihrer Trompette marine schnell verschwinden ließ, „o mein würdigster Geheimer Rat, der Herr Kapellmeister ist auch jetzt wie immer, ein vernünftiger, ruhiger Mann, und kein Fantast oder Haselant, wofür ihn gern viele ausgeben möchten. Ist es nicht möglich, daß die Lautenistin, nachdem sie Todes verblichen, sich mit Effekt auf das wunderbare Instrument verlegte, welches Sie vielleicht noch jetzt hin und wieder in Nonnenklöstern, wahrnehmen und darüber in Erstaunen geraten können? – Wie! – die Trompette marine soll nicht existieren? – Schlagen Sie doch nur diesen Artikel gefälligst in Kochs musikalischem Lexikon nach, das Sie ja selbst besitzen."

Der Geheime Rat tat es auf der Stelle, und las laut:

„Dieses alte ganze einfache Bogeninstrument bestehet aus drei dünnen sieben Schuh langen Brettern, die unten, wo das Instrument auf dem Fußboden aufstehet, sechs bis sieben Zoll, oben aber kaum zwei Zoll breit, und in der Form eines Triangels zusammengeleimt sind, so daß das Korpus, welches oben eine Art von Wirbelkasten hat, von unten bis oben verjüngt zuläuft. Eins von diesen drei Brettern macht den Sangboden aus, der mit einigen Schallöchern versehen, und mit einer einzigen, etwas starken, Darmsaite bezogen ist. Bei dem Spielen stellt man das Instrument schief vor sich hin, und stemmt den obern Teil desselben gegen die Brust. Mit dem Daumen der linken Hand berührt der Spieler die Saite, da wo die zu greifenden Töne liegen, ganz gelinde, und ungefähr ebenso wie bei dem Flautino oder Flageolet auf der Geige, während mit der rechten Hand die Saite mit dem Bogen angestrichen wird. Der eigentümliche Ton dieses Instruments, der dem Tone einer gedämpften Trompete gleicht, wird durch den besondern Steg hervorgebracht, auf welchem die Saite unten auf dem Resonanzboden ruhet. Dieser Steg hat beinahe die Gestalt eines kleinen Schuhes, der vorn ganz niedrig und dünne, hinten hingegen höher und stärker ist. Auf dem hintern Teile desselben liegt die Saite auf, und verursacht, wenn sie angestrichen wird, durch ihre Schwingungen, daß sich der vordere und leichte Teil des Steges auf dem Sangboden auf und nieder bewegt, wodurch der schnarrende, und der gedämpften Trompete ähnliche Ton, hervorgebracht wird!"

„Baut mir ein solches Instrument", rief der Geheime Rat mit glänzenden Augen, „baut mir ein solches Instrument, Meister Abraham, ich werfe meine Nagelgeige in den Winkel, berühre nicht mehr den Euphon, sondern setze Hof und Stadt in Erstaunen, auf der Trompette marine die wunderbarsten Lieder spielend!"

„Ich tue das", erwiderte Meister Abraham, „und möge, bester Geheimer Rat, der Geist von Tante Füßchen im grüntaftnen Kleide über Sie kommen, und Sie eben als Geist begeistern!"

Der Geheime Rat umarmte entzückt den Meister, aber Kreisler trat zwischen beide, indem er beinahe ärgerlich sprach: „Ei! seid Ihr nicht ärgere Haselanten, als ich jemals einer gewesen bin, und dabei unbarmherzig gegen den, den Ihr zu lieben vorgebt! – Begnügt Euch doch damit, daß Ihr mit jener Beschreibung eines Instruments, dessen Ton mein Innerstes durchbebte, mir Eiswasser über die heiße Stirn gegossen, und schweigt von der Lautenistin! – Nun! Du wolltest ja Geheimer Rat, ich sollte von meiner Jugend sprechen, und schnitt der Meister dazu Schattenbilder, die zu Momenten aus jener Zeit paßten, so konntest du mit der schönen, mit Kupferstichen verzierten, Ausgabe meiner biographischen Skizzen zufrieden sein. Als du aber den Artikel aus dem Koch lasest, fiel mir sein lexikalischer Kollege Gerber ein, und ich erblickte mich, ein Leichnam, ausgestreckt auf der Tafel liegend, bereit zur biographischen Sektion. – Der Prosektor könnte sagen: ‚Es ist gar nicht zu verwundern, daß in dem Innern dieses jungen Mannes durch tausend Adern und Äderchen lauter musikalisches Blut läuft, denn das war der Fall bei vielen seiner Blutsverwandten, deren Blutsverwandter er eben deshalb ist.‘ – Ich will nämlich sagen, daß die mehrsten von meinen Tanten und Onkels, deren es, wie der Meister weiß, und du eben erst erfahren hast, eine nicht geringe Anzahl gab, Musik trieben, und noch dazu meistenteils Instrumente spielten, die schon damals sehr selten waren, jetzt aber zum Teil verschwunden sind, so, daß ich nur noch im Traum die ganz wunderbar klingenden Konzerte vernehme, die ich ungefähr bis zu meinem zehnten, eilften Jahr, hörte. – Mag es sein, daß deshalb mein musikalisches Talent schon im ersten Aufkeimen die Richtung genommen hat, die in meiner Art zu instrumentieren sich kundtun soll, und die man als zu fantastisch verwirft. – Kannst du dir, Geheimer Rat, der Tränen enthalten, wenn du recht schön auf dem uralten Instrument, auf der Viola d'amore, spielen hörst, so danke dem Schöpfer für deine robuste Konstitution; ich für mein Teil flennte beträchtlich, als der Ritter Eßer sich darauf hören ließ, früher aber noch mehr, wenn ein großer ansehnlicher Mann, dem die geistliche Kleidung ungemein gut stand, und der nun wieder mein Onkel war, mir darauf vorspielte. So war auch eines andern Verwandten Spiel auf der Viola di gamba gar angenehm und verlockend, wiewohl derjenige Onkel, der mich erzog, oder vielmehr nicht erzog, und der das Spinett mit barbarischer Virtuosität zu hantieren wußte, ihm mit Recht Mangel an Takt vorwarf. Der Arme geriet auch bei der ganzen Familie in nicht geringe Verachtung, als man erfahren, daß er in aller Fröhlichkeit nach der Musik einer Sarabande, eine Menuett à la Pompadour getanzt. Ich könnte Euch überhaupt viel erzählen von den musikalischen Belustigungen meiner Familie, die oft einzig in ihrer Art sein mochten, aber es würde manches Groteske mit unterlaufen, worüber Ihr lachen müßtet, und meine werten Verwandten Eurem Gelächter preiszugeben, das verbietet der Respectus Parentelae.“

„Johannes“, begann der Geheime Rat, „Johannes! Du wirst es mir in deiner Gemütlichkeit nicht verargen, wenn ich eine Saite in deinem Innern anschlage, deren Berührung dich vielleicht schmerzt. – Immer sprichst du von Onkeln, von Tanten, nicht gedenkst du deines Vaters, deiner Mutter!“

„O mein Freund“, erwiderte Kreisler mit dem Ausdruck der tiefsten Bewegung, „o mein Freund, eben heute gedachte ich – doch nein, nichts mehr von Erinnerungen, von Träumen, nichts von dem Augenblick, der heute alles nur gefühlte, nicht verstandene, Weh meiner frühen Knabenzeit weckte, aber eine Ruhe kam dann in mein Gemüt, die der ahnungsvollen Stille des Waldes gleicht, wenn der Gewittersturm vorüber! – Ja Meister, Ihr habt recht, ich stand unter dem Apfelbaum, und horchte auf die weissagende Stimme des hinsterbenden Donners! – Du kannst dir deutlicher die dumpfe Betäubung denken, in der ich wohl ein paar Jahre fortleben mochte, als ich Tante Füßchen verloren, wenn ich dir sage, daß der Tod meiner Mutter, der in diese Zeit fällt, keinen sonderlichen Eindruck auf mich machte. Weshalb aber mein Vater mich ganz dem Bruder meiner Mutter überließ, oder überlassen mußte, darf ich dir nicht sagen, da du Ähnliches in manchem verbrauchten Familienroman, oder in irgendeiner Ifflandschen Hauskreuzkomödie nachlesen kannst. Es genügt, dir zu sagen, daß, wenn ich meine Knaben- ja einen guten Teil meiner Jünglingsjahre, im trostlosen Einerlei verlebte, dies wohl eben dem Umstande zuzuschreiben, daß ich elternlos war. Der schlechte Vater ist noch immer viel besser, als jeder gute Erzieher, mein ich, und mir schauert die Haut, wenn Eltern in lieblosem Unverstande ihre Kinder von sich lassen und verweisen in diese, jene Erziehungsanstalt, wo die Armen ohne Rücksicht auf ihre Individualität, die ja niemanden anders als eben den Eltern recht klar aufgehen kann, nach bestimmter Norm zugeschnitten und appretiert werden. – Was nun eben die Erziehung betrifft, so darf sich kein Mensch auf Erden darüber verwundern, daß ich ungezogen bin, denn der Oheim zog oder erzog mich ganz und gar nicht, sondern überließ mich der Willkür der Lehrer die ins Haus kamen, da ich keine Schule besuchen, und auch durch irgendeine Bekanntschaft mit einem Knaben meines Alters die Einsamkeit des Hauses, das der unverheiratete Oheim mit einem alten trübsinnigen Bedienten allein bewohnte, nicht stören durfte. – Ich besinne mich nur auf drei verschiedene Fälle, in denen der beinahe bis zum Stumpfsinn gleichgültige, ruhige Oheim einen kurzen Akt der Erziehung vornahm, indem er mir eine Ohrfeige zuteilte, so, daß ich wirklich während meiner Knabenzeit drei Ohrfeigen empfangen. Ich könnte dir, mein Geheimer Rat, da ich eben zum Schwatzen so aufgelegt, die Geschichte von den drei Ohrfeigen, als ein romantisches Kleeblatt auftischen, doch hebe ich nur die mittelste heraus, da ich weiß, daß du auf nichts so erpicht bist, als auf meine musikalischen Studien, und es dir nicht gleichgültig sein kann, zu erfahren, wie ich zum erstenmal komponierte. – Der Oheim hatte eine ziemlich starke Bibliothek, in der ich nach Gefallen stöbern und lesen durfte was ich wollte; mir fielen Rousseaus Bekenntnisse in der deutschen Übersetzung in die Hände. Ich verschlang das Buch, das eben nicht für einen zwölfjährigen Knaben geschrieben, und das den Samen manches Unheils in mein Inneres hätte streuen können. Aber nur ein einziger Moment aus allen, zum Teil sehr verfänglichen, Begebenheiten erfüllte mein Gemüt so ganz und gar, daß ich alles übrige darüber vergaß. Gleich elektrischen Schlägen traf mich nämlich die Erzählung, wie der Knabe Rousseau von dem mächtigen Geist seiner innern Musik getrieben, sonst aber ohne alle Kenntnis der Harmonik, des Kontrapunkts, aller praktischen Hülfsmittel, sich entschließt, eine Oper zu komponieren, wie er die Vorhänge des Zimmers herabläßt, wie er sich aufs Bette wirft, um sich ganz der Inspiration seiner Einbildungskraft hinzugeben, wie ihm nun sein Werk aufgeht, gleich einem herrlichen Traum! – Tag und Nacht verließ mich nicht der Gedanke an diesen Moment, mit dem mir die höchste Seligkeit über den Knaben Rousseau gekommen zu sein schien! – Oft war es mir, als sei ich auch schon dieser Seligkeit teilhaftig geworden, und dann, nur von meinem festen Entschluß hinge es ab, mich auch in dies Paradies hinaufzuschwingen, da der Geist der Musik in mir ebenso mächtig beschwingt. Genug, ich kam dahin, es meinem Vorbilde nachmachen zu wollen. Als nämlich, an einem stürmischen Herbstabend, der Oheim wider seine Gewohnheit das Haus verlassen, ließ ich sofort die Vorhänge herab, und warf mich auf des Oheims Bette, um, wie Rousseau, eine Oper im Geiste zu empfangen. So vortrefflich aber die Anstalten waren, so sehr ich mich abmühte, den dichterischen Geist hinanzulocken, doch blieb er im störrischem Eigensinn davon! – Durchaus summte mir, statt aller herrlichen Gedanken, die mir aufgehen sollten, ein altes erbärmliches Lied vor den Ohren, dessen weinerlicher Text begann: ‚Ich liebte nur Ismenen, Ismenen liebt' nur mich', und ließ, sosehr ich mich dagegen sträubte, nicht nach. ‚Jetzt kommt der erhabene Priesterchor: Hoch von Olympos' Höhn', rief ich mir zu, aber: ‚Ich liebte nur Ismenen', summte die Melodie fort und unaufhörlich fort, bis ich zuletzt fest einschlief. Mich weckten laute Stimmen, indem ein unerträglicher Geruch mir in die Nase fuhr und den Atem versetzte! Das ganze Zimmer war von dickem Rauch erfüllt, und in dem Gewölk stand der Oheim, und trat die Reste der flammenden Gardine, die den Kleiderschrank verbarg, nieder und rief: ‚Wasser her – Wasser her', bis der alte Diener Wasser in reichlicher Fülle herbeibrachte, über den Boden ausgoß, und so das Feuer löschte. Der Rauch zog langsam durch die Fenster. ‚Wo ist nur der Unglücksvogel', fragte der Oheim, indem er im Zimmer umherleuchtete. Ich wußte wohl, welchen Vogel er meinte, und blieb mäuschenstill im Bette, bis der Oheim hinantrat und mir mit einem zornigen: ‚Will Er wohl gleich heraus!' auf die Beine half. ‚Steckt mir der Bösewicht das Haus über dem Kopfe an', fuhr der Onkel fort! – Ich versicherte, auf weiteres Befragen, ganz ruhig, daß ich auf dieselbe Weise wie der Knabe Rousseau nach dem Inhalt seiner Bekenntnisse es getan, eine Opera seria im Bett komponiert hätte, und daß ich durchaus gar nicht wisse, wie der Brand entstanden. ‚Rousseau? komponiert? Opera seria? – Pinsel!' – So stotterte der Oheim vor Zorn, und teilte mir die kräftige Ohrfeige zu, die ich als die zweite empfing, so daß ich vor Schreck erstarrt, sprachlos stehen blieb, und in dem Augenblick hörte ich wie einen Nachklang des Schlages ganz deutlich: ‚Ich liebte nur Ismenen etc. etc.' Sowohl gegen dieses Lied, als gegen die Begeisterung des Komponierens überhaupt, empfand ich von diesem Augenblick an einen lebhaften Widerwillen."

„Aber wie war nur das Feuer entstanden", fragte der Geheime Rat.

„Noch", erwiderte Kreisler, „noch in diesem Augenblick ist es mir unbegreiflich, durch welchen Zufall die Gardine in Brand geriet, und einen schönen Schlafrock des Oheims, so wie drei oder vier schön frisierte Toupets, die der Oheim als partielle Perückenstudien aus einer Gesamtfrisur aufzusetzen pflegte, mit in ihr Verderben riß. Mir ist es auch immer so vorgekommen, als habe ich nicht des unverschuldeten Feuers, sondern nur der unternommenen Komposition halber, die Ohrfeige erhalten. – Seltsam genug war es die Musik allein, die zu treiben mich der Oheim mit Strenge anhielt, unerachtet der Lehrer, getäuscht von dem nur momentanen Widerwillen, den ich dagegen äußerte, mich für ein durchaus unmusikalisches Prinzip hielt. Was ich übrigens lernen oder nicht lernen mochte, das war dem Oheim völlig gleich. Äußerte er manchmal lebhaften Unwillen, daß es so schwer hielt, mich zur Musik anzuhalten, so hätte man denken sollen, daß er von der Freude hätte durchdrungen sein müssen, als nach ein paar Jahren der musikalische Geist sich so mächtig in mir regte, daß er alles übrige überflügelte, das war aber nun wieder ganz und gar nicht der

Fall. Der Oheim lächelte bloß ein wenig, wenn er bemerkte, daß ich bald mehrere Instrumente mit einiger Virtuosität spielte, ja daß ich manches kleine Stück aufsetzte zur Zufriedenheit der Meister und Kenner. Ja, er lächelte bloß ein wenig, und sprach, wenn man ihn mit Lobeserhebungen anfuhr, mit schlauer Miene: ‚Ja der kleine Neveu ist närrisch genug.'"

„So ist", nahm der Geheime Rat das Wort, „so ist es mir aber ganz unbegreiflich, daß der Oheim deiner Neigung nicht Freiheit ließ, sondern dich hineinzwang in eine andere Laufbahn. Soviel ich nämlich weiß, ist deine Kapellmeisterschaft eben nicht von lange her."

„Und auch nicht weit her", rief Meister Abraham lachend, und fuhr, indem er das Bildnis eines kleinen wunderlich gebauten Mannes an die Wand warf, weiter fort: „Aber nun muß ich mich des wackern Oheims, den mancher verruchte Neffe den O-weh-Onkel nannte, weil er sich mit Vornamen Ottfried Wenzel schrieb, ja nun muß ich mich seiner annehmen, und der Welt versichern, daß wenn der Kapellmeister Johannes Kreisler es sich einfallen ließ, Legationsrat zu sein und sich abzuquälen mit seiner innersten Natur ganz widrigen Dingen, niemand weniger daran schuld ist, als eben der O-weh-Onkel." – „O still", sprach Kreisler, „o still davon Meister, und nehmt mir dort den Oheim von der Wand, denn mocht er auch wirklich lächerlich genug aussehen, so mag ich doch eben heute über den Alten, der lange im Grabe ruht, nicht lachen!"

„Ihr übernehmt Euch heute ja ganz in geziemlicher Empfindsamkeit", erwiderte der Meister; Kreisler achtete aber nicht darauf, sondern sprach, sich zum kleinen Geheimen Rat wendend: „Du wirst es bedauern, mich zum Schwatzen gebracht zu haben, da ich dir, der vielleicht das Außerordentliche erwartete, nur Gemeines, wie es sich tausendmal im Leben wiederholt, auftischen kann. – So ist es auch gewiß, daß es nicht Erziehungszwang, nicht besonderer Eigensinn des Schicksals, nein, daß es der gewöhnlichste Lauf der Dinge war, der mich fortschob, so daß ich unwillkürlich dort hinkam, wo ich eben nicht hin wollte. – Hast du nicht bemerkt, daß es in jeder Familie einen gibt, der sich, sei es durch besonderes Genie, oder durch das glückliche Zusammentreffen günstiger Ereignisse, zu einer gewissen Höhe hinaufschwang, und der nun, ein Heros, in der Mitte des Kreises steht, zu dem die lieben Verwandten demütig hinaufblicken, dessen gebietende Stimme vernommen wird, in entscheidenden Sprüchen, von denen keine

Appellation möglich? – So ging es mit dem jüngern Bruder meines Oheims, der dem musikalischen Familiennest entflohen war, und in der Residenz als Geheimer Legationsrat, in der Nähe des Fürsten, eine ziemlich wichtige Person vorstellte. Sein Emporsteigen hatte die Familie in eine staunende Bewunderung gesetzt, die nicht nachließ. Man nannte den Legationsrat mit feierlichem Ernst, und wenn es hieß: ‚Der Geheime Legationsrat hat geschrieben, der Geh. Legationsrat hat das und das geäußert', so horchte alles in stummer Ehrfurcht auf. Dadurch schon seit meiner frühesten Kindheit daran gewöhnt, den Oheim in der Residenz als einen Mann anzusehen, der das höchste Ziel alles menschlichen Strebens erreicht, mußte ich es natürlich finden, daß ich gar nichts anders tun konnte, als in seine Fußtapfen treten. Das Bildnis des vornehmen Oheims hing in dem Prunkzimmer, und keinen größern Wunsch hegte ich, als so frisiert, so gekleidet umherzugehen wie der Oheim auf dem Bilde. Diesen Wunsch gewährte mein Erzieher, und ich muß wirklich, als zehnjähriger Knabe, anmutig genug ausgesehen haben, im himmelhoch frisierten Toupet, und kleinen zirkelrunden Haarbeutel, im zeisiggrünen Rock mit schmaler silberner Stickerei, seidenen Strümpfen und kleinem Degen. Dies kindische Streben ging tiefer ein, als ich älter worden, da, um mir Lust zur trockensten Wissenschaft einzuflößen, es genügte, mir zu sagen, dies Studium sei mir nötig, damit ich, dem Oheim gleich, dereinst Legationsrat werden könne. Daß die Kunst, welche mein Inneres erfüllte, mein eigentliches Streben, die wahre einzige Tendenz meines Lebens sein dürfe, fiel mir um so weniger ein, als ich gewohnt war, von Musik, Malerei, Poesie, nicht anders reden zu hören, als von ganz angenehmen Dingen, die zur Erheiterung und Belustigung dienen könnten. Die Schnelle, mit der ich, ohne daß sich jemals auch nur ein einziges Hindernis offenbart hätte, durch mein erlangtes Wissen, und durch den Vorschub des Oheims in der Residenz, in der Laufbahn, die ich gewissermaßen selbst gewählt, vorwärts schritt, ließ mir keinen Moment übrig, mich umzuschauen, und die schiefe Richtung des Weges, den ich genommen wahrzunehmen. Das Ziel war erreicht, umzukehren nicht mehr möglich, als in einem nicht geahnten Moment die Kunst sich rächte, der ich abtrünnig worden, als der Gedanke eines ganzen verlornen Lebens mich mit trostlosem Weh erfaßte, als ich mich in Ketten geschlagen sah, die mir unzerbrechlich dünkten!"

„Glückselig", rief der Geheime Rat, „glückselig, heilbringend also die Katastrophe, die dich aus den Fesseln befreite!"

„Sage das nicht", erwiderte Kreisler, „zu spät trat die Befreiung ein. Mir geht es, wie jenem Gefangenen, der, als er endlich befreit wurde, dem Getümmel der Welt, ja dem Licht des Tages, so entwöhnt war, daß er nicht vermögend, der goldnen Freiheit zu genießen, und sich wieder zurücksehnte in den Kerker."

„Das ist", nahm Meister Abraham das Wort, „das ist nun eine von Euern konfusen Ideen, Johannes, mit denen Ihr Euch und andere plagt! – Geht! geht! – Immer hat es das Schicksal mit Euch gut gemeint, aber daß Ihr nun einmal nicht im gewöhnlichen Trott bleiben könnt, daß Ihr rechts, links, herausspringt aus dem Wege, daran ist niemand schuld als Ihr selbst. Recht habt Ihr indessen wohl, daß, was Eure Knabenjahre betrifft, Euer Stern besonders waltete, und – –"

*Zweiter Abschnitt*

## LEBENSERFAHRUNGEN DES JÜNGLINGS AUCH ICH WAR IN ARKADIEN

*(M.f.f.)* „Närrisch genug und zugleich ungemein merkwürdig wär es doch", sprach eines Tages mein Meister zu sich selbst, „wenn der kleine graue Mann dort unter dem Ofen wirklich die Eigenschaften besitzen sollte, die der Professor ihm andichten will! – Hm! ich dächte, er könnte mich dann reich machen, mehr als mein unsichtbares Mädchen es getan. Ich sperrt ihn ein in einen Käficht, er müßte seine Künste machen vor der Welt, die reichlichen Tribut dafür gern zahlen würde. Ein wissenschaftlich gebildeter Kater will doch immer mehr sagen, als ein frühreifer Junge, dem man die Exercitia eingetrichtert. – Überdem erspart ich mir einen Schreiber! – Ich muß dem Dinge näher auf die Spur kommen!"

Ich gedachte, als ich des Meisters verfängliche Worte vernahm, der Warnung meiner unvergeßlichen Mutter Mina, und wohl mich hütend, auch nur durch das geringste Zeichen zu verraten, daß ich den Meister verstanden, nahm ich mir fest vor, auf das sorgfältigste meine Bildung zu verbergen. Ich las und schrieb daher nur des Nachts, und erkannte auch dabei mit Dank die Güte der Vorsehung, die meinem verachteten Geschlecht manchen Vorzug vor den zweibeinichten Geschöpfen, die sich, Gott weiß warum, die Herren der Schöpfung nennen, gegeben hat. Versichern kann ich nämlich, daß ich bei meinen Studien weder des Lichtziehers noch des Ölfabrikanten bedurfte, da der Phosphor meiner Augen hell leuchtet in der finstersten Nacht. Gewiß ist es daher auch, daß meine Werke erhaben sind über den Vorwurf, der irgendeinem Schriftsteller aus der alten Welt gemacht wurde, daß nämlich die Erzeugnisse seines Geistes nach der Lampe röchen.

Doch innig überzeugt von der hohen Vortrefflichkeit, mit der mich die Natur begabt hat, muß ich doch gestehen, daß alles hienieden gewisse Unvollkommenheiten in sich trägt, die wieder ein gewisses abhängiges Verhältnis verraten. Von den leiblichen Dingen, die die Ärzte nicht natürlich nennen, unerachtet sie mir eben recht natürlich dünken, will ich gar nicht reden, sondern nur rücksichts unsers psychischen Organismus bemerken, daß sich auch darin jene Abhängigkeit recht deutlich offenbaret. Ist es nicht ewig wahr, daß unsern Flug oft Bleigewichte hemmen, von denen wir nicht wissen, was sie sind, woher sie kommen, wer sie uns angehängt?

Doch besser und richtiger ist es wohl, wenn ich behaupte, daß alles Übel vom bösen Beispiel herrührt, und daß die Schwäche unserer Natur lediglich darin liegt, daß wir dem bösen Beispiel zu folgen gezwungen sind. Überzeugt bin ich auch, daß das menschliche Geschlecht recht eigentlich dazu bestimmt ist, dies böse Beispiel zu geben.

Bist du geliebter Katerjüngling, der du dieses liesest, nicht einmal in deinen Leben in einen Zustand geraten, der dir selbst unerklärlich, dir überall die bittersten Vorwürfe und vielleicht auch – einige tüchtige Bisse deiner Kumpane zuzog? Du warst träge, zänkisch, ungebärdig, gefräßig, fandest an nichts Gefallen, warst immer da, wo du nicht sein solltest, fielst allen zur Last, kurz, warst ein ganz unausstehlicher Bursche! – Tröste dich o Kater! Nicht aus deinem eigentlichen, tiefern Innern formte sich diese heillose Periode deines Lebens, nein, es war der Zoll, den du dem über uns waltenden Prinzip dadurch darbrachtest, daß auch du dem bösen Beispiel der Menschen, die diesen vorübergehenden Zustand eingeführt haben, folgtest. Tröste dich o Kater! denn auch mir ist es nicht besser ergangen!

Mitten in meinen Lukubrationen überfiel mich eine Unlust – eine Unlust gleichsam der Übersättigung von unverdaulichen Dingen, so daß ich ohne weiteres auf demselben Buch, worin ich gelesen, auf demselben Manuskript, woran ich geschrieben, mich zusammenkrümmte und einschlief. Immer mehr und mehr nahm diese Trägheit zu, so daß ich zuletzt nicht mehr schreiben, nicht mehr lesen, nicht mehr springen, nicht mehr laufen, nicht mehr mit meinen Freunden im Keller, auf dem Dache, mich unterhalten mochte. Statt dessen fühlte ich einen unwiderstehlichen Trieb, alles das zu tun, was den Meister, was den Freunden nie angenehm sein, womit ich ihnen beschwerlich fallen mußte. Was den Meister anlangt, so begnügte er, lange Zeit hindurch, sich damit, mich fortzujagen, wenn ich zu meiner Lagerstätte immer Plätze erkor, wo er mich durchaus nicht leiden konnte, bis er endlich genötigt wurde, mich etwas zu prügeln. Immer wieder auf des Meisters Schreibtisch gesprungen, hatt ich nämlich so lange hin und her geschwänzelt, bis die Spitze meines Schweifs in das große Tintenfaß geraten, mit der ich nun auf Boden und Kanapee die schönsten Malereien ausführte. Das brachte den Meister, der keinen Sinn für dieses Genre der Kunst zu haben schien, in Harnisch. Ich flüchtete auf den Hof, aber beinah noch schlimmer ging es mir dort. Ein großer Kater, von Ehrfurcht gebietendem Ansehen, hatte längst sein Mißfallen über mein Betragen geäußert; jetzt, da ich freilich tölpischerweise einen guten Bissen, den er zu verzehren eben im Begriff, vor dem Maule wegschnappen wollte, gab er mir ohne Umstände eine solche Menge Ohrfeigen von beiden Seiten, daß ich ganz betäubt wurde, und mir beide Ohren bluteten. – Irre ich nicht, so war der würdige Herr mein Oheim, denn Minas Züge strahlten aus seinem Antlitz, und die Familienähnlichkeit des Barts unleugbar. – Kurz, ich gestehe, daß ich mich in dieser Zeit in Unarten erschöpfte, so daß der Meister sprach: „Ich weiß gar nicht, was dir ist, Murr! ich glaube am Ende, du bist jetzt in die Lümmeljahre getreten!" Der Meister hatte recht, es war meine verhängnisvolle Lümmelzeit, die ich überstehen mußte, nach dem bösen Beispiel der Menschen, die, wie gesagt, diesen heillosen Zustand, als durch ihre tiefste Natur bedingt, eingeführt haben. *Lümmeljahre* nennen sie diese Periode, unerachtet mancher zeit seines Lebens nicht herauskommt, unsereins kann nur von Lümmelwochen reden und ich meinerseits kam nun auf einmal heraus, mittelst eines starken Rucks, der mir ein Bein oder ein paar Rippen hätte kosten können. Eigentlich *sprang* ich heraus aus den Lümmelwochen auf vehemente Weise.

Ich muß sagen wie das sich begab:

Auf dem Hofe der Wohnung meines Meisters stand eine inwendig reich ausgepolsterte Maschine auf vier Rädern, wie ich nachher einsehen lernte, ein englischer Halbwagen. Nichts war in meiner damaligen Stimmung natürlicher, als daß mir die Lust ankam, mit Mühe hinaufzuklettern und hineinzukriechen in diese Maschine. Ich fand die darin befindlichen Kissen so angenehm, so anlockend, daß ich nun die mehrste Zeit in den Polstern des Wagens verschlief, verträumte.

Ein heftiger Stoß, dem ein Knattern, Klirren, Brausen, wirres Lärmen folgte, weckte mich, als eben süße Bilder von Hasenbraten und dergleichen, vor meine Seele vorübergingen. Wer schildert meinen jähen Schreck, als ich wahrnahm, daß die ganze Maschine sich mit ohrbetäubendem Getöse fortbewegte, mich hin und her schleudernd auf meinen Polstern. Die immer steigende und steigende Angst wurde Verzweiflung, ich wagte den entsetzlichen Sprung heraus aus der Maschine, ich hörte das wiehernde Hohngelächter höllischer Dämonen, ich hörte ihre barbarischen Stimmen: „Katz – Katz, huz huz!“ hinter mir her kreischen, sinnlos rannte ich in voller Furie von dannen, Steine flogen mir nach, bis ich endlich hineingeriet in ein finstres Gewölbe, und ohnmächtig niedersank.

Endlich war es mir, als höre ich hin und her gehen über meinem Haupte, und schloß aus dem Schall der Tritte, da ich wohl schon Ähnliches erfahren, daß ich mich unter einer Treppe befinden müsse. Es war dem so!

Als ich nun aber herausschlich, Himmel! da dehnten sich überall unabsehbare Straßen vor mir aus, und eine Menge Menschen, von denen ich nicht einen einzigen kannte, wogte vorüber. Kam noch hinzu, daß Wagen rasselten, Hunde laut bellten, ja, daß zuletzt eine ganze Schar, deren Waffen in der Sonne blitzten, die Straße einengte; daß dicht bei mir einer urplötzlich so ganz erschrecklich auf eine große Trommel schlug, daß ich unwillkürlich drei Ellen hoch aufsprang, ja, so konnte es nicht fehlen, daß eine seltsame Angst meine Brust erfüllte! – Ich merkte nun wohl, daß ich mich in der Welt befand – in der Welt, die ich aus der Ferne von meinem Dache erblickt, oft nicht ohne Sehnsucht, ohne Neugierde, ja mitten in dieser Welt stand ich nun, ein unerfahrner Fremdling. Behutsam spazierte ich dicht an den Häusern die Straße entlang, und begegnete endlich ein paar Jünglingen meines Geschlechts. Ich blieb stehen, ich versuchte ein Gespräch mit ihnen anzuknüpfen, aber sie begnügten sich, mich mit funkelnden Augen anzuglotzen, und sprangen dann weiter. „Leichtsinnige Jugend“, dacht ich, „du weißt nicht wer es war, der dir in den Weg trat! – so gehen große Geister durch die Welt, unerkannt, unbeachtet. – Das ist das Los sterblicher Weisheit!“ – Ich rechnete auf größere Teilnahme bei den Menschen, sprang auf einen hervorragenden Kellerhals, und stieß manches fröhliche, wie ich glaubte, anlockende, Miau aus, aber kalt ohne Teilnahme, kaum sich nach mir umblickend, gingen alle vorüber. Endlich gewahrte ich einen hübschen blondgelockten Knaben, der mich freundlich ansah, und endlich mit den Fingern schnalzend rief: „Mies – Mies!“ – „Schöne Seele, du verstehst mich“, dacht ich, sprang herab, und nahte mich ihm freundlich schnurrend. Er fing mich an zu streicheln, aber indem ich glaubte, mich dem freundlichen Gemüt ganz hingeben zu können, kniff er mich dermaßen in den Schwanz, daß ich vor rasendem Schmerz aufschrie. *Das* eben schien dem tückischen Bösewicht rechte Freude zu machen, denn er lachte laut, hielt mich fest, und versuchte das höllische Manœuvre zu wiederholen. Da faßte mich der tiefste Ingrimm, von dem Gedanken der Rache durchflammt, grub ich meine Krallen tief in seine Hände, in sein Gesicht, so, daß er aufkreischend mich fahren ließ. Aber in dem Augenblick hörte ich auch rufen: „– Tyras – Kartusch – hez hez!“ – Und laut blaffend setzten zwei Hunde hinter mir her. – Ich rannte, bis mir der Atem verging, sie waren mir auf den Fersen – keine Rettung. – Blind vor Angst fuhr ich hinein in das Fenster eines Erdgeschosses, daß die Scheiben zusammenklirrten, und ein paar Blumentöpfe, die auf der Fensterbank gestanden, krachend hineinfielen in das Stübchen. Erschrocken fuhr eine Frau, die an einem Tisch sitzend arbeitete, in die Höhe, rief dann: „Seht die abscheuliche Bestie“, ergriff einen Stock, und ging auf mich los. Aber meine zornglühenden Augen, meine ausgestreckten Krallen, das Geheul der Verzweiflung, das ich ausstieß, hielten sie zurück, so daß, wie es in jenem Trauerspiel heißt, der zum Schlagen aufgehobene Stock in der Luft gehemmt schien, und sie dastand, ein gemalter Wütrich, parteilos zwischen Kraft und Willen! – In dem Augenblick ging die Türe auf, schnellen Entschluß fassend, schlüpfte ich dem eintretenden Mann zwischen den Beinen durch, und war so glücklich, mich aus dem Hause herauszufinden auf die Straße.

Ganz erschöpft, ganz entkräftet, gelangte ich endlich zu einem einsamen Plätzchen, wo ich mich ein wenig niederlassen konnte. Da fing aber der wütendste Hunger an, mich zu peinigen, und ich gedachte nun erst mit tiefem Schmerz des guten Meisters Abraham, von dem mich ein hartes Schicksal getrennt. – Aber, wie ihn wiederfinden! – Ich blickte wehmütig umher, und als ich keine Möglichkeit sah, den Weg zur Rückkehr zu erforschen, traten mir die blanken Tränen in die Augen.

Doch neue Hoffnung ging mir auf, als ich an der Ecke der Straße ein junges freundliches Mädchen wahrnahm, die vor einem kleinen Tische saß, auf dem die appetitlichsten Bröte und Würste lagen. Ich näherte mich langsam, sie lächelte mich an, und um mich ihr gleich als einen Jüngling von guter Erziehung, von galanten Sitten darzustellen, machte ich einen höheren schöneren Katzenpuckel als jemals. Ihr Lächeln wurde lautes Lachen. „Endlich eine schöne Seele, ein teilnehmendes Herz gefunden! – O Himmel, wie tut das wohl der wunden

Brust!" So dachte ich, und langte mir eine von den Würsten herab, aber in demselben Nu schrie auch das Mädchen laut auf, und hätte mich der Schlag, den sie mit einem derben Stück Holz nach mir führte, getroffen, in der Tat, weder die Wurst, die ich mir im Vertrauen auf die Loyalität, auf die menschenfreundliche Tugend des Mädchens, herabgelangt, noch irgendeine andere, hätte ich jemals mehr genossen. Meine letzte Kraft setzte ich daran, der Unholdin, die mich verfolgte, zu entrinnen. Das gelang mir, und ich erreichte endlich einen Platz, wo ich die Wurst in Ruhe verzehren konnte.

Nach dem frugalen Mahle kam viel Heiterkeit in mein Gemüt, und da eben die Sonne mir warm auf den Pelz schien, so fühlte ich lebhaft, daß es doch schön sei auf dieser Erde. Als aber dann die kalte feuchte Nacht einbrach, als ich kein weiches Lager fand wie bei meinem guten Meister, als ich, vor Frost starrend, vom Hunger aufs neue gepeinigt, am andern Morgen erwachte, da überfiel mich eine Trostlosigkeit, die an Verzweiflung grenzte. „Das ist" (so brach ich aus in laute Klagen) „das ist also die Welt, in die du dich hineinsehntest von dem heimatlichen Dache? – Die Welt, wo du Tugend zu finden hofftest, und Weisheit, und die Sittlichkeit der höhern Ausbildung! – O diese herzlosen Barbaren! – Worin besteht ihre Kraft als im Prügeln? Worin ihr Verstand, als in hohnlachender Verspottung? Worin ihr ganzes Treiben, als in scheelsüchtiger Verfolgung tieffühlender Gemüter? – O fort – fort aus dieser Welt voll Gleißnerei und Trug! – Nimm mich auf in deine kühle Schatten, süßer heimatlicher Keller! – O Boden! – Ofen – o Einsamkeit, die mich erfreut, nach dir mein Herz, sich sehnt mit Schmerz!"

Der Gedanke meines Elends, meines hoffnungslosen Zustandes, übermannte mich. Ich kniff die Augen zu, und weinte sehr.

Bekannte Töne schlugen an mein Ohr. „Murr – Murr! – geliebter Freund, wo kommst du her? was ist mit dir geschehen?"

Ich schlug die Augen auf, der junge Ponto stand vor mir!

Sosehr mich Ponto auch gekränkt hatte, doch war mir seine unverhoffte Erscheinung tröstlich. Ich vergaß die Unbill, die er mir angetan, erzählte ihm, wie sich alles mit mir begeben, stellte ihm unter vielen Tränen meine traurige, hülflose Lage vor, schloß damit, ihm zu klagen, daß mich ein tötender Hunger quäle.

Statt mir, wie ich geglaubt, seine Teilnahme zu bezeugen,

brach der junge Ponto in ein schallendes Gelächter aus. „Bist du“, sprach er dann, „bist du nicht ein ausgemachter törichter Geck, lieber Murr? – Erst setzt sich der Hase in eine Halbchaise hinein, wo er nicht hingehört, schläft ein, erschrickt, als er weggefahren wird, springt hinaus in die Welt, wundert sich gar mächtig, daß ihn, der kaum vor die Türe seines Hauses gekuckt, niemand kennt, daß er mit seinen dummen Streichen überall schlecht ankommt, und ist dann so einfältig, nicht einmal den Rückweg finden zu können zu seinem Herrn. – Sieh Freund Murr, immer hast du geprahlt mit deiner Wissenschaft, mit deiner Bildung, immer hast du vornehm getan gegen mich, und nun sitzest du da, verlassen, trostlos, und all die großen Eigenschaften deines Geistes reichen nicht hin, dich zu belehren, wie du es anfangen mußt, deinen Hunger zu stillen, und nach Hause zurückzufinden zu deinem Meister! – Und wenn sich nun der, den du tief unter dir glaubtest, nicht deiner annimmt, so stirbst du zuletzt eines elendiglichen Todes, und keine sterbliche Seele frägt was nach deinem Wissen, nach deinem Talent, und keiner von den Dichtern, denen du dich befreundet glaubtest, setzt ein freundliches: Hic jacet! auf die Stelle, wo du aus lauter Kurzsichtigkeit verschmachtetest! – Siehst du, daß ich wohl auch durch die Schule gelaufen bin, und lateinische Brocken einmischen kann, trotz einem? – Aber du hungerst, armer Kater, und diesem Bedürfnis muß zuerst abgeholfen werden, komm nur mit mir.“

Der junge Ponto hüpfte fröhlich vorauf, ich folgte niedergeschlagen, ganz zerknirscht über seine Reden, die mir in meiner hungrigen Stimmung viel Wahres zu enthalten schienen. Doch wie erschrak ich als –

*(Mak. Bl.)* – für den Herausgeber dieser Blätter das angenehmste Ereignis von der Welt, daß er das ganze merkwürdige Gespräch Kreislers mit dem kleinen Geheimen Rat, brühwarm wieder erfuhr. Dadurch wurde er in den Stand gesetzt, dir, geliebter Leser, wenigstens ein paar Bilder aus der frühern Jugendzeit des seltnen Mannes, dessen Biographie er aufzuschreiben gewissermaßen genötigt, vor die Augen zu bringen, und er vermeint, daß, was Zeichnung und Kolorit betrifft, diese Bilder wohl für charakteristisch und bedeutsam genug gelten können. Wenigstens mag man nach dem, was Kreisler von Tante Füßchen und ihrer Laute erzählt, nicht daran zweifeln, daß die Musik mit all ihrer wunderbaren Wehmut, mit all ihrem Himmelsentzücken, recht in die Brust des

Knaben mit tausend Adern verwuchs, und nicht zum Verwundern mag's darum auch sein, daß eben dieser Brust, wird sie nur leise verwundet, gleich heißes Herzblut entquillt. Auf zwei Momente aus dem Leben des geliebten Kapellmeisters war bemeldeter Herausgeber besonders begierig, ja wie man zu sagen pflegt, ganz versessen. Nämlich, auf welche Weise Meister Abraham in die Familie geriet und einwirkte auf den kleinen Johannes, und welche Katastrophe den ehrlichen Kreisler aus der Residenz warf und umstempelte zum Kapellmeister, welches er hätte von Haus aus sein sollen, wiewohl man der ewigen Macht trauen darf, die jeden zu rechter Zeit an die rechte Stelle setzt. Manches ist darüber ausgemittelt worden, welches du o Leser! sogleich erfahren sollst.

Fürs erste ist gar nicht daran zu zweifeln, daß zu Göniönesmühl, wo Johannes Kreisler geboren und erzogen wurde, es einen Mann gab, der in seinem ganzen Wesen, in allem was er unternahm, seltsam und eigentümlich erschien. Überhaupt ist das Städtlein Göniönesmühl seit jeher das wahre Paradies aller Sonderlinge gewesen, und Kreisler wuchs auf, umgeben von den seltsamsten Figuren, die einen desto stärkern Eindruck auf ihn machen mußten, als er wenigstens während der Knabenzeit mit seinesgleichen keinen Umgang pflegte. Jener Mann trug aber mit einem bekannten Humoristen gleichen Namen, denn er hieß Abraham Liscov und war ein Orgelbauer, welches Metier er bisweilen tief verachtete, zu anderer Zeit aber hoch in den Himmel erhob, so daß man nicht recht wußte, was er eigentlich wollte.

So wie Kreisler erzählt, wurde in der Familie von dem Herrn Liscov immer mit hoher Bewunderung gesprochen. Man nannte ihn den geschicktesten Künstler den es geben könne, und bedauerte nur, daß seine tollen Grillen, seine ausgelassenen Einfälle, ihn von jedermann entfernt hielten. Als einen besondern Glücksfall rühmte dieser, jener, daß Herr Liscov wirklich dagewesen und seinen Flügel neu befiedert und gestimmt habe. Eben von Liscovs fantastischen Streichen wurde dann auch manches erzählt, welches auf den kleinen Johannes ganz besonders wirkte, so daß er sich von dem Mann, ohne ihn zu kennen, ein ganz bestimmtes Bild entwarf, sich nach ihm sehnte, und als der Oheim versicherte, Herr Liscov würde vielleicht kommen und den schadhaften Flügel reparieren, jeden Morgen fragte, ob Herr Liscov denn nicht endlich erscheinen werde. Dieses Interesse des Knaben für den unbekannten Herrn Liscov steigerte sich aber bis zur höchsten anstaunenden Ehrfurcht, als er in der Hauptkirche, die der Oheim in der Regel nicht zu besuchen pflegte, zum erstenmal die mächtigen Töne der großen schönen Orgel vernahm, und als der Oheim ihm sagte, niemand anders, als eben Herr Abraham Liscov, habe dies herrliche Werk verfertigt. Von diesem Augenblick an, verschwand auch das Bild, das Johannes sich von Herrn Liscov entworfen, und ein ganz anderes trat an seine Stelle. Herr Liscov mußte nach des Knaben Meinung ein großer schöner Mann sein, von stattlichem Ansehen, hell und stark sprechen, und vor allen Dingen einen pflaumfarbnen Rock tragen, mit breiten goldnen Tressen, wie der Pate Kommerzienrat, der so gekleidet ging, und vor dessen reicher Tracht der kleine Johannes den tiefsten Respekt hegte.

Als eines Tages der Oheim mit Johannes am offnen Fenster stand, kam ein kleiner hagerer Mann die Straße herabgeschossen, in einem Roquelaur von hellgrünem Berkan, dessen offne Ärmelklappen seltsam im Winde auf und nieder flatterten. Dazu hatte er ein kleines dreieckiges Hütchen martialisch auf die weißgepuderte Frisur gedrückt, und ein zu langer Haarzopf schlängelte sich herab über den Rücken. Er trat hart auf, daß das Straßenpflaster dröhnte, und stieß auch bei jedem zweiten Schritt mit dem langen spanischen Rohr, das er in der Hand trug, heftig auf den Boden. Als der Mann vor dem Fenster vorbeikam, warf er aus seinen funkelnden pechschwarzen Augen dem Oheim einen stechenden Blick zu, ohne seinen Gruß zu erwidern. Dem kleinen Johannes bebte es eiskalt durch alle Glieder, und zugleich war es ihm zumute, als müsse er über den Mann entsetzlich lachen, und könne nur nicht dazu kommen, weil ihm die Brust so beengt. „Das war der Herr Liscov“, sprach der Oheim, „das wußte ich ja“, erwiderte Johannes, und er mochte recht haben. Weder ein großer stattlicher Mann war Herr Liscov, noch trug er einen pflaumfarbnen Rock mit goldnen Tressen, wie der Pate Kommerzienrat, seltsam, ja wunderbar genug begab es sich aber, daß Herr Liscov ganz genau so aussah, wie der Knabe sich ihn früher gedacht hatte, ehe er das Orgelwerk vernommen. Noch hatte sich Johannes nicht von seinem Gefühl erholt, das dem eines jähen Schrecks zu vergleichen, als Herr Liscov plötzlich still stand, sich umdrehte, die Straße entlang hinanpolterte, bis vor das Fenster, dem Oheim eine tiefe Verbeugung machte, davonrannte unter lautem Gelächter.

„Ist das", sprach der Oheim, „ist das wohl ein Betragen für einen gesetzten Mann, der in den Studiis nicht unerfahren, der als privilegierter Orgelbauer zu den Künstlern zu rechnen, und dem die Gesetze des Landes verstatten, einen Degen zu tragen? Sollte man nicht vermeinen, er habe schon am lieben frühen Morgen zu tief ins Glas gekuckt, oder sei dem Tollhause entsprungen? Aber ich weiß es, nun wird er herkommen und den Flügel in Ordnung bringen."

Der Oheim hatte recht. Schon andern Tages war Herr Liscov da, aber statt die Reparatur des Flügels vorzunehmen, verlangte er, der kleine Johannes sollte ihm vorspielen. Dieser wurde auf den mit Büchern bepackten Stuhl gesetzt, Herr Liscov ihn gegenüber am schmalen Ende des Flügels, stützte beide Arme auf das Instrument, und sah den Kleinen starr ins Antlitz, welches ihn dermaßen außer Fassung brachte, daß die Menuetts, die Arien, die er aus dem alten Notenbuche abspielte, holpricht genug gingen. Herr Liscov blieb ernst, aber plötzlich rutschte der Knabe herab, und versank unter des Flügels Gestell, worüber der Orgelbauer, der ihm mit einen Ruck die Fußbank unter den Füßen weggezogen, eine unmäßige Lache aufschlug. Beschämt rappelte sich der Knabe hervor, doch in dem Augenblick saß Herr Liscov auch schon vor dem Flügel, hatte einen Hammer hervorgezogen, und hämmerte auf das arme Instrument so unbarmherzig los, als wolle er alles in tausend Stücken schlagen. „Herr Liscov sind Sie von Sinnen!" schrie der Onkel, aber der kleine Johannes, ganz entrüstet, ganz außer sich über des Orgelbauers Beginnen, stemmte sich mit aller Gewalt gegen den Deckel des Instruments, so, daß er mit lautem Krachen zuschlug, und Herr Liscov schnell den Kopf zurückziehen mußte, um nicht getroffen zu werden. Dann rief er: „Ei lieber Onkel, das ist nicht der geschickte Künstler, der die schöne Orgel gebaut hat, er kann es nicht sein, denn dieser hier ist ja ein alberner Mensch, der sich beträgt, wie ein ungezogner Bube!"

Der Oheim verwunderte sich über die Dreistigkeit des Knaben; aber Herr Liscov sah ihn lange starr an, sprach: „Er ist wohl ein kurioser Monsieur!" öffnete leise und behutsam den Flügel, zog Instrumente hervor, begann seine Arbeit, die er in ein paar Stunden beendete, ohne ein einziges Wort zu sprechen.

Seit diesem Augenblick zeigte sich des Orgelbauers entschiedene Vorliebe für den Knaben. Beinahe täglich kam er ins Haus, und wußte den Knaben bald für sich zu gewinnen, indem er ihm eine ganze neue bunte Welt erschloß, in der sich sein reger Geist mutiger und freier bewegen konnte. Eben nicht löblich war es, daß Liscov, vorzüglich als Johannes schon in Jahren mehr vorgerückt, den Knaben anregte zu den seltsamsten Foppereien, die oft gegen den Oheim selbst gerichtet waren, der freilich, beschränkten Verstandes, und voll der lächerlichsten Eigenheiten, dazu reichen Anlaß bot. Gewiß ist es aber, daß, wenn Kreisler über die trostlose Verlassenheit in seinen Knabenjahren klagt, wenn er das zerrissene Wesen, das ihn oft in seiner innersten Natur verstört, jener Zeit zuschreibt, wohl das Verhältnis mit dem Oheim in Anschlag zu bringen ist. Er konnte den Mann, der, Vaterstelle zu vertreten, berufen, und der ihm mit seinen ganzen Tun und Wesen, lächerlich erscheinen mußte, nicht achten.

Liscov wollte den Johannes ganz an sich reißen, und es wäre ihm gelungen, hätte sich nicht des Knaben edlere Natur dagegen gesträubt. Ein durchdringender Verstand, ein tiefes Gemüt, eine ungewöhnliche Erregbarkeit des Geistes, alles das waren anerkannte Vorzüge des Orgelbauers. Was man aber Humor zu nennen beliebte, war nicht jene seltne wunderbare Stimmung des Gemüts, die aus der tieferen Anschauung des Lebens in all seinen Bedingnissen, aus dem Kampf der feindlichsten Prinzipe sich erzeugt, sondern nur das entschiedene Gefühl des Ungehörigen, gepaart mit dem Talent es ins Leben zu schaffen, und der Notwendigkeit der eignen bizarren Erscheinung. Dies war die Grundlage des verhöhnenden Spottes, den Liscov überall ausströmen ließ, der Schadenfreude, mit der er alles als ungehörig Erkannte rastlos verfolgte bis in die geheimsten Winkel. Eben diese schadenfrohe Verspottung verwundete des Knaben zartes Gemüt, und stand dem innigsten Verhältnis, wie es der in wahrhafter innerer Gesinnung väterliche Freund herbeigeführt haben würde, entgegen. Zu leugnen ist aber auch nicht, daß der wunderliche Orgelbauer recht dazu geeignet war, den Keim des tiefern Humors, der in des Knaben Innern lag, zu hegen und zu pflegen, der denn auch sattsam gedeihte und emporwuchs.

Herr Liscov pflegte viel von Johannes' Vater zu erzählen, dessen vertrautester Freund er in seinen Jünglingsjahren gewesen, zum Nachteil des erziehenden Oheims, der merklich in den Schatten trat, wenn der Bruder in hellem Sonnenlicht erschien. So rühmte auch eines Tages der Orgelbauer den tiefen musikalischen Sinn des Vaters, und verspottete die verkehrte Art, wie der Oheim dem Knaben die ersten Elemente der Musik beigebracht. Johannes, dessen ganze Seele durchdrungen war von dem Gedanken an den, der ihm der Nächste gewesen, und den er nie gekannt, wollte immer noch mehr hören. Da verstummte aber Liscov plötzlich, und sah, wie einer, dem irgendein das Leben erfassender Gedanke vor die Seele tritt, starr zum Boden nieder.

„Was ist Euch Meister", fragte Johannes, „was bewegt Euch so?"

Liscov fuhr auf wie aus einem Traum, und sprach lächelnd: „Weißt du noch Johannes! wie ich dir die Fußbank wegzog unter den Beinen, und du hinabschobst unter den Flügel, da du mir des Oheims abscheuliche Murkis und Menuetten vorspielen mußtest?"

„Ach", erwiderte Johannes, „wie ich Euch zum ersten Male sah, daran mag ich gar nicht denken. Es machte Euch gerade Spaß, ein Kind zu betrüben."

„Und das Kind", nahm Liscov das Wort, „war dafür tüchtig grob. – Doch nimmermehr hätt ich damals geglaubt, daß in Euch ein solch tüchtiger Musiker verborgen, und darum, Söhnlein, tu mir den Gefallen und spiele mir, einen ordentlichen Choral vor auf dem papiernen Positiv. Ich will den Balg treten."

– Es ist hier nachzuholen, daß Liscov großen Geschmack fand an allerlei wunderlichen Spielereien, und den Johannes damit sehr ergötzte. Schon, als Johannes noch ein Kind, pflegte Liscov bei jedem Besuch ihm irgend etwas Seltsames mitzubringen. Empfing das Kind bald einen Apfel, der in hundert Stücke zerfiel, wenn er abgeschält wurde, oder irgendein seltsam geformtes Backwerk, so wurde der erwachsene Knabe bald mit diesem, bald mit jenem überraschenden Kunststück aus der natürlichen Magie erfreut, so half der Jüngling optische Maschinen bauen, sympathetische Tinten kochen u. s. w. An der Spitze der mechanischen Künsteleien, die der Orgelbauer für den Johannes verfertigte, stand aber ein Positiv mit achtfüßigem Gedackt, dessen Pfeifen von Papier geformt, das mithin jenem Kunstwerk des alten Orgelbauers aus dem siebzehnten Jahrhundert, Eugenius Casparini geheißen, glich, welches in der kaiserlichen Kunstkammer in Wien zu sehen. Liscovs seltsames Instrument hatte einen Ton, dessen Stärke und Anmut unwiderstehlich hinriß, und Johannes versichert noch, daß er niemals darauf spielen können, ohne in die tiefste Bewegung zu geraten, und daß ihm dabei manche wahrhaft fromme Kirchenmelodie hell aufgegangen.

Auf diesem Positiv mußte Johannes nun dem Orgelbauer vorspielen. Nachdem er, wie Liscov verlangt, ein paar Choräle gespielt, fiel er in den Hymnus: Misericordias domini cantabo, den er vor wenigen Tagen gesetzt. – Da Johannes geendet, so sprang Liscov auf, drückte ihn stürmisch an die Brust, rief laut lachend: „Hasenfuß, was foppst du mich mit deiner lamentablen Cantilena? Wär ich nicht immer und ewig dein Kalkant gewesen, nichts Vernünftiges hättest du jemals herausgebracht. – Aber nun renne ich fort, und lasse dich im Stich ganz und gar, und du magst dir in der Welt einen andern Kalkanten suchen, der es mit dir so gut meint als ich!" – Dabei standen ihm die hellen Tränen in den Augen. Er sprang zur Türe heraus, die er sehr heftig zuschlug. Dann steckte er aber nochmals den Kopf hinein und sprach sehr weich: „Es kann nun einmal nicht anders sein. – Adieu Johannes! – Wenn der Oheim seine rotgeblümte Gros-de-Tourweste vermißt, so sage nur, ich hätte sie gestohlen, und ließe mir daraus einen Turban machen, um dem Großsultan vorgestellt zu werden! – Adieu Johannes!" – Kein Mensch konnte begreifen, warum Herr Liscov so plötzlich die angenehme Stadt Göniönesmühl verlassen, warum er niemanden entdeckt, wohin er sich zu wenden entschlossen.

Der Oheim sprach: „Längst hab ich vermutet, daß der unruhige Geist sich auf und davon machen würde, denn er hält es, unerachtet er schöne Orgeln verfertigt, doch nicht mit dem Spruch: Bleibe im Lande und nähre dich redlich! – Es ist nur gut, daß unser Flügel imstande; nach dem überspannten Menschen selbst frag ich nicht viel!" – Anders dachte wohl Johannes, dem Liscov überall fehlte, und dem nun ganz Göniönesmühl ein totes düstres Gefängnis dünkte.

So kam es, daß er den Rat des Orgelbauers befolgen, und sich in der Welt einen andern Kalkanten suchen wollte. Der Oheim meinte, da er seine Studien vollendet, könne er in der Residenz sich unter den Fittich des Geheimen Legationsrates begeben und vollends ausbrüten lassen. – Es geschah so!

– In diesem Augenblick ärgert sich gegenwärtiger Biograph über alle Maßen, denn indem er an den zweiten Moment aus Kreislers Leben kommt, von dem er dir, geliebter Leser, zu erzählen versprochen, nämlich, wie Johannes Kreisler den wohlerworbenen Posten eines Legationsrates verlor, und gewissermaßen aus der Residenz verwiesen wurde, wird er gewahr, daß alle Nachrichten, die ihm darüber zu Gebote stehen, ärmlich, dürftig, seicht, unzusammenhängend sind.

Es genügt indessen am Ende wohl, zu sagen, daß, bald nachdem Kreisler in die Stelle seines verstorbenen Oheims getreten, und Legationsrat geworden, ehe man sich's versah, ein gewaltiger gekrönter Koloß den Fürsten in der Residenz heimsuchte, und ihn als seinen besten Freund so innig und herzlich in seine eiserne Arme schloß, daß der Fürst darüber den besten Teil seines Lebensatems verlor. Der Gewaltige hatte in seinem Tun und Wesen etwas ganz Unwiderstehliches, und so kam es, daß seine Wünsche befriedigt werden mußten, sollte auch, wie es wirklich geschah, darüber alles in Not und Verwirrung geraten. Manche fanden die Freundschaft des Gewaltigen etwas verfänglich, wollten sich wohl gar dagegen auflehnen, gerieten aber selbst darüber in das verfängliche Dilemma, entweder die Vortrefflichkeit jener Freundschaft anzuerkennen, oder außerhalb Landes einen andern Standpunkt zu suchen, um vielleicht den Gewaltigen im richtigeren Licht zu erblicken.

Kreisler befand sich unter diesen.

Trotz seines diplomatischen Charakters hatte Kreisler geziemliche Unschuld konserviert, und ebendeshalb gab es Augenblicke, in denen er nicht wußte, wozu sich entschließen. Eben in einem solchen Augenblick erkundigte er sich bei einer hübschen Frau in tiefer Trauer, was sie überhaupt von Legationsräten halte? Sie erwiderte vieles in zierlichen artigen Worten, am Ende kam aber so viel heraus, daß sie von einem Legationsrat gar nicht viel halten könne, sobald er sich auf enthusiastische Weise mit der Kunst beschäftige, ohne sich ihr ganz zuzuwenden.

„Vortrefflichste der Witwen", sprach darauf Kreisler, „ich reiße aus!"

Als er bereits Reisestiefeln angezogen und mit dem Hut in der Hand sich empfehlen wollte, nicht ohne Rührung und gehörigen Abschiedsschmerz, steckte ihm die Witwe den Ruf zur Kapellmeisterstelle bei dem Großherzog, der das Ländchen des Fürsten Irenäus verspeist, in die Tasche.

Kaum ist es nötig, hinzuzufügen, daß die Dame in Trauer niemand anders war, als die Rätin Benzon, die eben des Rates verlustig geworden, da der Gemahl verstorben.

Merkwürdigerweise trug es sich zu, daß die Benzon eben zu der Zeit als –

*(M. f. f.)* – Ponto gerade zu auf das Brot und Würste feilhaltende Mädchen loshüpfte, die mich, da ich freundlich bei ihr zulangte, beinahe totgeschlagen. „Mein Pudel Ponto, mein

Pudel Ponto, was tust du, nimm dich in acht, hüte dich vor der herzlosen Barbarin, vor dem rachedürstenden Wurstprinzip!" – So rief ich hinter Ponto her, ohne auf mich zu achten, setzte er aber seinen Weg fort, und [ich] folgte in der Ferne, um, sollte er in Gefahr geraten, mich gleich aus dem Staube machen zu können. – Vor dem Tisch angekommen, richtete sich Ponto auf den Hinterfüßen in die Höhe, und tänzelte in den zierlichsten Sprüngen um das Mädchen her, die sich darüber gar sehr erfreute. Sie rief ihn an sich, er kam, legte den Kopf in ihren Schoß, sprang wieder auf, bellte lustig, hüpfte wieder um den Tisch, schnupperte bescheiden, und sah dem Mädchen freundlich in die Augen.

„Willst du ein Würstchen, artiger Pudel?" So fragte das Mädchen, und als nun Ponto anmutig schwänzelnd laut aufjauchzte, nahm sie zu meinem nicht geringen Erstaunen, eine der schönsten größten Würste, und reichte sie dem Ponto dar. Dieser tanzte, wie zur Danksagung noch ein kurzes Ballet, und eilte dann zu mir mit der Wurst, die er mit den freundlichen Worten hinlegte: „Da, iß, erquicke dich Bester!" Nachdem ich die Wurst verzehrt, lud mich Ponto ein, ihm zu folgen, er wolle mich zurückführen zu Meister Abraham.

Wir gingen langsam nebeneinander her, so daß es uns nicht schwerfiel, wandelnd, vernünftige Gespräche zu führen.

„Ich seh es wohl ein", (so begann ich die Unterredung) „daß du, geliebter Ponto, es viel besser verstehst, in der Welt fortzukommen, als ich. Nimmermehr würd es mir gelungen sein, das Herz jener Barbarin zu rühren, welches dir so ungemein leicht wurde. Doch verzeih! – In deinem ganzen Benehmen gegen die Wurstverkäuferin lag doch etwas, wogegen mein innerer mir angeborner Sinn sich auflehnt. Eine gewisse unterwürfige Schmeichelei, ein Verleugnen des Selbstgefühls, der edleren Natur – nein! guter Pudel, nicht entschließen könnte ich mich, so freundlich zu tun, so mich außer Atem zu setzen mit angreifenden Manœuvres, so recht demütig zu betteln, wie du es tatest. Bei dem stärksten Hunger, oder wenn mich ein Appetit nach etwas Besonderem anwandelt, begnüge ich mich, hinter dem Meister auf den Stuhl zu springen, und meine Wünsche durch ein sanftes Knurren anzudeuten. Und selbst dies ist mehr Erinnerung an die übernommene Pflicht, für meine Bedürfnisse zu sorgen, als Bitte um eine Wohltat."

Ponto lachte laut auf, als ich dies gesprochen und begann denn: „O Murr, mein guter Kater, du magst ein tüchtiger

Literatus sein, und dich wacker auf Dinge verstehen, von denen ich gar keine Ahnung habe, aber von dem eigentlichen Leben weißt du gar nichts, und würdest verderben, da dir alle Weltklugheit gänzlich abgeht. – Fürs erste würdest du vielleicht anders geurteilt haben, ehe du die Wurst genossen, denn hungrige Leute sind viel artiger, und fügsamer, als satte, dann aber bist du rücksichts meiner sogenannten Unterwürfigkeit in großem Irrtum. Du weißt ja, daß das Tanzen und Springen mir großes Vergnügen macht, so, daß ich es oft auf meine eigene Hand unternehme. Treibe ich nun, eigentlich nur zu meiner Motion, meine Künste vor den Menschen, so macht es mir ungemeinen Spaß, daß die Toren glauben, ich täte es aus besonderm Wohlgefallen an ihrer Person, und nur, ihnen Lust und Freude zu erregen. Ja sie glauben das, sollte auch eine andere Absicht ganz klar sein. Du hast, Geliebter! das lebendige Beispiel davon soeben erfahren. Mußte das Mädchen nicht gleich einsehen, daß es mir nur um eine Wurst zu tun war, und doch geriet sie in volle Freude, daß ich ihr, der Unbekannten, meine Künste vormachte, als einer Person, die dergleichen zu schätzen vermögend, und eben in dieser Freude tat sie das, was ich bezweckte. Der Lebenskluge muß es verstehen, allem, was er bloß seinetwegen tut, den Anschein zu geben als täte er es um anderer willen, die sich dann hoch verpflichtet glauben, und willig sind zu allem was man bezweckte. Mancher erscheint gefällig, dienstfertig bescheiden, nur den Wünschen anderer lebend, und hat nichts im Auge als sein liebes Ich, dem die andern dienstbar sind, ohne es zu wissen. Das, was du also unterwürfige Schmeichelei zu nennen beliebst, ist nichts als weltkluges Benehmen, das in der Erkenntnis und der foppenden Benutzung der Torheit anderer seine eigentlichste Basis findet."

„O Ponto", erwiderte ich, „du bist ein Weltmann, das ist gewiß, und ich wiederhole, daß du dich auf das Leben besser verstehst als ich, aber demunerachtet kann ich kaum glauben, daß deine seltsamen Künste dir selbst Vergnügen machen sollten. Wenigstens ist mir das entsetzliche Kunststück durch Mark und Bein gegangen, als du in meiner Gegenwart deinem Herrn ein schönes Stück Braten apportiertest, es sauber zwischen den Zähnen haltend, und nicht eher einen Bissen davon genossest, bis dein Herr dir die Erlaubnis zuwinkte."

„Sage mir doch", fragte Ponto, „sage mir doch guter Murr, was sich nachher begab!"

„Beide", erwiderte ich, „dein Herr und Meister Abraham

lobten dich über alle Maßen, und setzten dir einen ganzen Teller mit Braten hin, den du mit erstaunlichem Appetit verzehrtest."

„Nun", fuhr Ponto fort, „nun also bester Kater, glaubst du wohl, daß, hätt ich apportierend das kleine Stück Braten gefressen, daß ich dann eine solch reichliche Portion, und überhaupt Braten erhalten? Lerne, o unerfahrner Jüngling! daß man kleine Opfer nicht scheuen darf, um Großes zu erreichen. Mich wundert's, daß bei deiner starken Lektüre dir nicht bekannt worden, was es heißt, die Wurst nach der Speckseite werfen. – Pfote aufs Herz, muß ich dir gestehen, daß, träf ich einsam im Winkel einen ganzen schönen Braten an, ich ihn ganz gewiß verzehren würde, ohne auf die Erlaubnis meines Herrn zu warten, könnt ich das nur unbelauscht vollbringen. Es liegt nun einmal in der Natur, daß man im Winkel ganz anders handelt, als auf offner Straße. – Übrigens ist es auch ein aus tiefer Weltkenntnis geschöpfter Grundsatz, daß es ratsam ist, in Kleinigkeiten ehrlich zu sein."

Ich schwieg einige Augenblicke, über Pontos geäußerte Grundsätze nachdenkend, mir fiel ein, irgendwo gelesen zu haben, ein jeder müsse so handeln, daß seine Handelsweise als allgemeines Prinzip gelten könne, oder wie er wünsche, daß alle rücksichts seiner handeln möchten, und bemühte mich vergebens, dies Prinzip mit Pontos Weltklugheit in Übereinstimmung zu bringen. Mir kam in den Sinn, daß alle Freundschaft, die mir Ponto in dem Augenblick erzeigte, wohl auch gar zu meinem Schaden, nur seinen eignen Vorteil bezwecken könne, und ich äußerte dies unverhohlen.

„Kleiner Schäker", rief Ponto lachend, „von dir ist gar nicht die Rede! – Du kannst mir keinen Vorteil gewähren, keinen Schaden verursachen. Um deine toten Wissenschaften beneide ich dich nicht, dein Treiben ist nicht das meinige, und solltest du dir es etwa beikommen lassen, feindliche Gesinnungen gegen mich zu äußern, so bin ich dir an Stärke und Gewandtheit überlegen. Ein Sprung, ein tüchtiger Biß meiner scharfen Zähne, würde dir auf der Stelle den Garaus machen."

Mich wandelte eine große Furcht an, vor meinem eignen Freunde, die sich vermehrte, als ein großer schwarzer Pudel ihn freundlich nach gewöhnlicher Art begrüßte, und beide, mich mit glühenden Augen anblickend, leise miteinander sprachen.

Die Ohren angekniffen, drückte ich mich an die Seite, doch bald sprang Ponto, den der Schwarze verlassen, wieder auf mich zu, und rief: „Komm nur, mein Guter!"

„Ach Himmel", fragte ich in der Bestürzung, „wer war denn der ernste Mann, der vielleicht ebenso weltklug als du?"

„Ich glaube gar", erwiderte Ponto, „du fürchtest dich vor meinem guten Oheim, den Pudel Skaramuz? Ein Kater bist du schon, und willst nun gar ein Hase werden. –"

„Aber", sprach ich, „warum warf der Oheim mir solche glühende Blicke zu, und was flüstertet ihr so heimlich, so verdächtig miteinander?" – „Nicht verhehlen", erwiderte Ponto, „nicht verhehlen will ich's dir, mein guter Murr, daß mein alter Oheim etwas mürrisch ist, und wie es denn nun bei alten Leuten gewöhnlich der Fall, an verjährten Vorurteilen hängt. Er wunderte sich über unser Beisammensein, da die Ungleichheit unsers Standes jede Annäherung verbieten müsse. Ich versicherte, daß du ein junger Mann von vieler Bildung und angenehmen Wesen wärst, der mich bisweilen sehr belustige. Da meinte er, denn könne ich mich wohl dann und wann einsam mit dir unterhalten, nur solle ich's mir nicht etwa einfallen lassen, dich mitzubringen in eine Pudelassemblee, da du nun und nimmermehr assembleefähig werden könntest, schon deiner kleinen Ohren halber, die nur zu sehr deine niedere Abkunft verrieten, und von tüchtigen großgeohrten Pudeln durchaus für unanständig geachtet würden. – Ich versprach das."

Hätt ich schon damals etwas gewußt von meinem großen Ahnherrn, dem gestiefelten Kater, der Ämter und Würden erlangte, dem Busenfreunde König Gottliebs, ich würde dem Freunde Ponto sehr leicht bewiesen haben, daß jede Pudelassemblee sich geehrt fühlen müsse durch die Gegenwart eines Abkömmlings aus der illustersten Familie, so mußte ich, aus der Obskurität noch nicht hervorgetreten, es aber leiden, daß beide, Skaramuz und Ponto, sich über mich erhaben dünkten. – Wir schritten weiter fort. Dicht vor uns wandelte ein junger Mann, der trat mit einem lauten Ausruf der Freude so schnell zurück, daß er mich, sprang ich nicht schnell zur Seite, schwer verletzt haben würde. Ebenso laut schrie ein anderer junger Mann, der, die Straße herab, jenem entgegenkam. Und nun stürzten sich beide in die Arme, wie Freunde die sich lange nicht gesehen, und wandelten dann eine Strecke vor uns her, Hand in Hand, bis sie stillstanden, und, ebenso zärtlich voneinander Abschied nehmend, sich trennten. Der, der vor uns hergeschritten, sah dem Freunde lange nach und schlüpfte dann schnell in ein Haus hinein. Ponto stand still, ich desgleichen. Da wurde im zweiten Stock des Hauses, in das der junge Mann getreten, ein Fenster geöffnet, ein bildhübsches Mädchen schaute heraus, hinter ihr stand der junge Mann, und beide lachten sehr, dem Freunde nachschauend, von dem sich der junge Mann soeben getrennt. Ponto sah herauf, und murmelte etwas zwischen den Zähnen, welches ich nicht verstand.

„Warum weilst du hier, lieber Ponto, wollen wir nicht weitergehen?" So fragte ich, Ponto ließ sich aber nicht stören, bis er nach einigen Augenblicken heftig den Kopf schüttelte, und dann schweigend den Weg fortsetzte.

„Laß uns", sprach er, als wir auf einen mit Bäumen umgebenen, mit Statuen verzierten, anmutigen Platz gelangten, „laß uns hier ein wenig verweilen guter Murr. Mir kommen jene beiden jungen Männer, die sich so herzlich auf der Straße umarmten, nicht aus dem Sinn. Es sind Freunde wie Damon und Pylades."

„Damon und Pythias", verbesserte ich, „Pylades war der Freund des Orestes, den er jedesmal getreulich im Schlafrock zu Bette brachte, und mit Kamillentee bediente, wenn die Furien und Dämonen dem armen Mann zu hart zugesetzt. Man merkt guter Ponto, daß du in der Geschichte nicht sonderlich bewandert."

„Gleichviel", fuhr der Pudel fort, „gleichviel, aber die Geschichte von den beiden Freunden weiß ich sehr genau, und will sie dir erzählen mit allen Umständen, so wie ich sie zwanzigmal von meinem Herrn erzählen hörte. Vielleicht wirst du neben Damon und Pythias, Orestes und Pylades, als drittes Paar, Walter und Formosus nennen. Formosus ist nämlich derselbe junge Mann, der dich beinahe zu Boden getreten, in der Freude seinen geliebten Walter wiederzusehen. – Dort in dem schönen Hause mit den hellen Spiegelfenstern wohnt der alte steinreiche Präsident, bei dem sich Formosus durch seinen leuchtenden Verstand, durch seine Gewandtheit, durch sein glänzendes Wissen, so einzuschmeicheln wußte, daß er dem Alten bald war, wie der eigne Sohn. Es begab sich, daß Formosus plötzlich all seine Heiterkeit verlor, daß er blaß aussah und kränklich, daß er in einer Viertelstunde zehnmal aus tiefer Brust aufseufzte, als wolle er sein Leben aushauchen, daß er, ganz in sich gekehrt, ganz in sich verloren, für nichts in der Welt mehr seine Sinne aufschließen zu können schien. – Lange Zeit hindurch drang der Alte vergebens in den Jüngling, daß er ihm die Ursache seines geheimen Kummers entdecken möge;

endlich kam es heraus, daß er bis zum Tode verliebt war in des Präsidenten einzige Tochter. Anfangs erschrak der Alte, der mit seinem Töchterlein ganz andere Dinge im Sinne haben mochte, als sie an den rang- und amtlosen Formosus zu verheiraten, als er aber den armen Jüngling immer mehr und mehr hinwelken sah, ermannte er sich, und fragte Ulriken, wie ihr der junge Formosus gefalle, und ob er ihr schon etwas von seiner Liebe gesagt? – Ulrike schlug die Augen nieder, und meinte, erklärt habe sich der junge Formosus zwar gar nicht gegen sie, aus lauter Zurückhaltung und Bescheidenheit, aber gemerkt habe sie wohl längst, daß er sie liebe, denn so was sei wohl zu bemerken. Übrigens gefalle ihr der junge Formosus recht wohl, und wenn sonst dem nichts im Wege stände, und wenn der Herzenspapa nichts dagegen habe, und – kurz, Ulrike sagte alles, was Mädchen bei derlei Gelegenheit zu sagen pflegen, die nicht mehr in der ersten vollsten Blüte stehen, und fleißig denken: ‚Wer wird der sein, der dich heimführt?' – Darauf sprach der Präsident zum Formosus: ‚Richte dein Haupt auf, mein Junge! – Sei froh und glücklich, du sollst sie haben, meine Ulrike!' und so wurde Ulrike die Braut des jungen Herrn Formosus. Alle Welt gönnte dem hübschen bescheidenen Jüngling sein Glück, nur einer geriet darüber in Gram und Verzweiflung, und das war Walter, mit dem Formosus ein Herz und eine Seele aufgewachsen. Walter hatte Ulriken einigemal gesehen, auch wohl gesprochen, und sich in sie verliebt, vielleicht noch viel ärger, als Formosus! – Doch ich rede immer von Liebe und verliebt sein, und weiß nicht ob du, mein Kater, schon jemals in Liebe gewesen bist und also dies Gefühl kennst?" „Was mich betrifft", erwiderte ich, „was mich betrifft, lieber Ponto, glaube ich nicht, daß ich schon geliebt habe oder liebe, da ich mir bewußt bin noch nicht in den Zustand geraten zu sein, wie ihn mehrere Dichter beschreiben. Den Dichtern ist nicht allemal ganz zu trauen, nach dem was ich aber sonst darüber weiß und gelesen habe, muß die Liebe eigentlich nichts anders sein, als ein psychischer Krankheitszustand, der sich bei dem menschlichen Geschlecht, als partieller Wahnsinn darin offenbart, daß man irgendeinen Gegenstand für etwas ganz anders hält, als was er eigentlich ist z. B. ein kleines dickes Ding von Mädchen, welche Strümpfe stopft, für eine Göttin. Doch fahre nur fort, geliebter Pudel, in deiner Erzählung von den beiden Freunden Formosus und Walter."

„Walter" (so sprach Ponto weiter) „stürzte dem Formosus

an den Hals, und sprach unter vielen Tränen: ‚Du raubst mir das Glück meines Lebens, aber daß *du* es bist, daß *du* glücklich wirst, das ist mein Trost, lebe wohl mein Geliebter, lebe wohl auf ewig!' – Darauf lief Walter in den Busch wo er am dicksten war, und wollte sich totschießen. Es unterblieb aber, weil er in der Verzweiflung vergessen hatte, das Pistol zu laden, er begnügte sich daher mit einigen Ausbrüchen des Wahnsinnes, die jeden Tag wiederkehrten. Eines Tages trat Formosus, den er in vielen Wochen nicht gesehen, ganz unvermutet zu ihm hinein, als er eben vor Ulrikens Pastellgemälde, das unter Glas und Rahmen an der Wand hing, auf den Knieen lag und gräßlich lamentierte. ‚Nein', rief Formosus, indem er den Walter an seine Brust drückte, ‚nein, ich konnte deinen Schmerz deine Verzweiflung nicht ertragen, dir opfere ich gern mein Glück. – Ich habe Ulriken entsagt, ich habe den alten Vater dahin gebracht, daß er dich zum Eidam annimmt! – Ulrike liebt dich, vielleicht ohne es selbst zu wissen. – Bewirb dich um sie, ich scheide! – lebe wohl!' – Er wollte fort, Walter hielt ihn fest. Es war diesem als läge er im Traum, er glaubte an alles nicht früher, als bis Formosus ein eigenhändiges Billett des alten Präsidenten hervorzog, worin es ungefähr hieß: ‚Edler Jüngling! du hast gesiegt, ungern lasse ich dich, aber ich ehre deine Freundschaft, die dem Heroismus gleicht, von welchen man in den alten Skribenten lieset. Mag Herr Walter, der ein Mann ist von löblichen Eigenschaften, und ein schönes einträgliches Amt hat, sich um meine Tochter Ulrike bewerben, will sie ihn ehelichen, so habe ich meinerseits nichts dagegen.' Formosus verreiste wirklich, Walter bewarb sich um Ulriken, Ulrike wurde wirklich Walters Frau. – Der alte Präsident schrieb nun nochmals an Formosus, überhäufte ihn mit Lobsprüchen und fragte, ob es ihm vielleicht Vergnügen machen würde, nicht etwa als Entschädigung, denn er wisse wohl, daß es in solchem Fall keine gebe, sondern nur als ein geringes Zeichen seiner innigen Zuneigung, dreitausend Taler anzunehmen. Formosus antwortete, der Alte kenne die Geringfügigkeit seiner Bedürfnisse, Geld mache, könne ihn nicht glücklich machen und nur die Zeit ihn trösten über einen Verlust, an dem niemand schuld sei, als das Schicksal, welches in der Brust des teuren Freundes die Liebe zu Ulriken entzündet, und nur dem Schicksal sei er gewichen, von irgendeiner edlen Tat daher gar nicht die Rede. Übrigens nehme er das Geschenk an, unter der Bedingung, daß der Alte es einer armen Witwe, die da und da mit einer tugendhaften Tochter in trostlosem Elende lebe, zuwende. Die Witwe wurde ausfindig gemacht, und erhielt die dem Formosus zugedachten dreitausend Reichstaler. Bald darauf schrieb Walter dem Formosus: ‚Ich kann nicht mehr leben ohne dich, kehre zurück in meine Arme!‘ Formosus tat es und erfuhr, als er gekommen, daß Walter seinen schönen einträglichen Posten aufgegeben, unter der Bedingung, daß Formosus, der sich längst einen ähnlichen gewünscht, ihn erhalte. Formosus erhielt den Posten wirklich, und geriet, rechnete man die getäuschte Hoffnung rücksichts der Heirat mit Ulriken ab, in die behaglichste Lage. Stadt und Land erstaunte über den Wettstreit des Edelmuts beider Freunde, ihre Tat wurde als Nachklang aus einer längst vergangenen schönern Zeit vernommen, als Beispiel aufgestellt eines Heroismus, dessen nur hohe Geister fähig.“

„In der Tat“, begann ich, als Ponto schwieg, „in der Tat, nach allem was ich gelesen, müssen Walter und Formosus edle kräftige Menschen sein, die in treuer Aufopferung füreinander nichts von deiner gerühmten Weltklugheit wissen.“

„Hm“, erwiderte Ponto hämisch lächelnd, „es kommt darauf an! – Ein paar Umstände von denen die Stadt keine Notiz genommen, und die ich zum Teil von meinem Herrn erfahren, teils selbst belauscht habe, sind noch nachzuholen. – Mit der Liebe des Herrn Formosus zu der reichen Präsidententochter muß es doch nicht so arg gewesen sein, wie der Alte glaubte, denn im höchsten Stadium dieser tötenden Leidenschaft unterließ der junge Mann nicht, nachdem er den Tag über verzweifelt, jeden Abend eine hübsche niedliche Putzmacherin zu besuchen. Als Ulrike nun aber seine Braut worden, fand er bald, daß das engelsmilde Fräulein das eigne Talent besaß, sich bei schicklicher Gelegenheit plötzlich in einen kleinen Satan zu verwandeln. Außerdem kam ihm aus sichrer Quelle, die verdrüßliche Nachricht zu, daß Fräulein Ulrike in der Residenz, was Liebe und Liebesglück betrifft, ganz besondere Erfahrungen gemacht, und nun ergriff ihn plötzlich ein unwiderstehlicher Edelmut, vermöge dessen er die reiche Braut dem Freunde abtrat. Walter hatte sich in seltsamer Verwirrung in Ulriken, die er an öffentlichen Orten im höchsten Glanz aller Toilettenkünste gesehen, wirklich verliebt, und Ulriken ihrerseits war es ziemlich einerlei, wer von beiden sich ihr als Gemahl anheftete, Formosus oder Walter. Dieser hatte auch wirklich ein schönes einträgliches Amt, bei dessen Verwaltung aber solche krause Streiche gemacht, daß er der Entsetzung binnen weniger Zeit entgegensehen mußte. Er zog es vor, früher zugunsten seines Freundes den Abschied zu nehmen und so durch einen Akt, der alle Kennzeichen der edelsten Gesinnung trug, seine Ehre zu retten. Die dreitausend Taler wurden, in guten Papieren, einer alten sehr anständigen Frau eingehändigt, die zuweilen die Mutter, zuweilen die Muhme, zuweilen die Aufwärterin jener hübschen Putzmacherin vorstellte. Bei diesem Geschäft erschien sie in doppelter Gestalt. Erst bei dem Empfang des Geldes als Mutter, dann, als sie das Geld überbrachte und einen guten Tragelohn empfing, als Aufwärterin des Mädchens, die du kennst, lieber Murr, da sie eben erst mit dem Herrn Formosus zum Fenster hinausschaute. – Übrigens wissen beide, Formosus und Walter längst, auf welche Weise sie sich in edelmütiger Gesinnung überboten, sie haben sich, um wechselseitigen Lobeserhebungen auszuweichen, lange vermieden, und deshalb waren ihre heutigen Begrüßungen, als der Zufall sie auf der Straße zusammenführte, so herzlich."

In dem Augenblick entstand ein fürchterlicher Lärm. Die Menschen liefen durcheinander, schrien: „Feuer! – Feuer!" Reuter sprengten durch die Straßen – Wagen rasselten. – Aus den Fenstern eines Hauses, unfern uns, strömten Rauchwolken und Flammen. – Ponto sprang schnell vorwärts, ich aber in der Angst kletterte eine hohe Leiter hinauf, die an ein Haus gelehnt, und befand mich bald auf dem Dache in voller Sicherheit. Plötzlich kam mir –

*(Mak. Bl.)* „– ganz unvermutet über den Hals", sprach Fürst Irenäus, „ohne Anfrage des Hofmarschalls, ohne Vorwort des diensttuenden Kammerherrn, beinahe – ich sag Euch das unter uns, Meister Abraham, bringt es nicht etwa unter die Leute – beinahe unangemeldet – keine Liverei in den Vorzimmern. Die Esel spielten Brausebart im Vestibule. Spielen ist ein großes Laster. Schon in die Türe getreten erwischte ihn der Tafeldecker, der zum Glück gerade durchging, beim Rockschoß, und fragte, wer der Herr sei, und wie er ihn dem Fürsten servieren solle. Aber er hat mir wohlgefallen, es ist ein ganz artiger Mensch. Sagtet Ihr nicht, daß er sonst nichts weniger gewesen wäre, als ein purer simpler Musikant? Sogar von einigem Stande?"

Meister Abraham versicherte, daß Kreisler allerdings sonst in ganz anderen Verhältnissen gelebt, die es ihm sogar vergönnt an der fürstlichen Tafel zu speisen, und daß nur der verwüstende Sturm der Zeit ihn aus diesen Verhältnissen vertrieben.

Übrigens wünsche er aber, daß der Schleier, den er über die Vergangenheit geworfen, unverrückt liegen bleiben möge.

„Also", nahm der Fürst das Wort, „also von Adel, vielleicht Baron – Graf – vielleicht gar – Nun man muß nicht zu weit gehen in träumerischer Hoffnung! – Ich habe ein Foible für dergleichen Mysterien! Es war eine schöne Zeit nach der französischen Revolution als Marquis Siegellack fabrizierten und Comtes Nachtmützen strickten von Filet, und nichts sein wollten als simple Monsieurs, und man sich erlustigte auf dem großen Maskenball. – Ja, was den Herrn von Kreisler betrifft! – Die Benzon versteht sich auf so etwas, sie rühmte ihn, sie empfahl mir ihn, sie hat recht. An der Manier den Hut unter dem Arm zu halten, erkannte ich gleich den Mann von Bildung, von feinem geläutertem Ton."

Der Fürst setzte noch einiges Lob über Kreislers äußere Erscheinung hinzu, so daß Meister Abraham überzeugt war, sein Plan müsse gelingen. Er hatte nämlich im Sinn, den Herzensfreund dem eingebildeten Hofstaat einzuschieben als Kapellmeister, und ihn so in Sieghartsweiler festzuhalten. Als er nun aber aufs neue davon sprach, erwiderte der Fürst ganz entschieden, daß daraus ganz und gar nichts werden könne.

„Sagt selbst", fuhr er dann fort, „sagt selbst, Meister Abraham, ob es möglich sein würde den angenehmen Mann in meinen engeren Familienkreis zu ziehen, wenn ich ihn zum Kapellmeister, und so zu meinen Offizianten mache? – Ich könnte ihm eine Hofcharge verleihen, und ihn zum Maître de Plaisir oder des Spectacles machen, aber der Mann versteht die Musik aus dem Grunde, und ist auch, wie Ihr sagt, im Theaterwesen wohl erfahren. Nun weiche ich aber nicht ab von dem Grundsatz meines höchstseligen in Gott ruhenden Herrn Vaters, der immer behauptete, besagter Maître müsse um des Himmels willen sich auf die Sachen, deren Maître er repräsentiere, nicht verstehen, da er sich sonst gar zu sehr darum bekümmere, und sich viel zu sehr für die Menschen, die dabei beschäftigt, als da sind, Schauspieler, Musikanten u. s. w. interessiere – Also dafür behalte Herr von Kreisler die Maske des fremden Kapellmeisters, und schreite damit hinein in die inneren Gemächer des fürstlichen Hauses nach dem Beispiel eines hinlänglich vornehmen Mannes, der vor einiger Zeit in der freilich verwerflichen Maske eines schnöden Histrionen die auserlesensten Zirkel mit den anmutigsten Faxen amüsierte.

„Und", rief der Fürst dem Meister Abraham, der sich

fortbegeben wollte, zu, „und, da Ihr gewissermaßen den Chargé d'Affaires des Herrn von Kreisler zu machen scheinet, so will ich es Euch nicht verhehlen, daß nur zwei Dinge mir nicht recht an ihm gefallen wollen, die vielleicht mehr Gewohnheiten sind, als wirkliche Dinge. – Ihr versteht schon, wie ich das meine. – Fürs erste starrt er mir, wenn ich mit ihm spreche, geradezu ins Antlitz. Ich habe doch konsiderable Augen, kann fürchterlich daraus blitzen, wie weiland Friedrich der Große, kein Kammerjunker, kein Page wagt es aufzuschauen, wenn ich den entsetzlichen Blick auf ihn schießend frage, ob das mauvais sujet schon wieder Schulden gemacht, oder den Marzipan aufgefressen, aber der Herr von Kreisler, den mag ich anblitzen, wie ich will, er macht sich gar nichts daraus, sondern lächelt mich an auf eine Weise, daß – ich selbst die Augen niederschlagen muß. Dann hat der Mann eine solche besondere Art zu sprechen, zu antworten, das Gespräch fortzuführen, daß man zuweilen ordentlich glaubt, das, was man selbst gesagt, sei eben nicht sonderlich gewesen, man wäre gewissermaßen ein Bê – Beim St. Januar, Meister, das ist ganz unausstehlich, und Ihr müßt dafür sorgen, daß Herr von Kreisler sich diese Dinge oder Gewohnheiten abgewöhne."

Meister Abraham versprach, zu tun, was Fürst Irenäus von ihm verlangte, und wollte aufs neue davon, da erwähnte der Fürst noch des besondern Widerwillens, den Prinzessin Hedwige gegen den Kreisler geäußert, und meinte, daß das Kind seit einiger Zeit von seltsamen Träumen und Einbildungen geplagt werde, weshalb der Leibarzt die Molkenkur zum nächsten Frühjahr angeraten. Hedwiga sei nämlich jetzt auf den sonderbaren Gedanken geraten, daß Kreisler dem Tollhause entsprungen, und allerlei Unheil anrichten werde bei nächster Gelegenheit.

„Sagt", sprach der Fürst, „sagt Meister Abraham, ob der vernünftige Mann wohl nur die mindeste Spur der Geisteszerrüttung an sich trägt?" Abraham erwiderte, daß Kreisler zwar ebensowenig verrückt sei, als er selbst, jedoch sich zuweilen etwas seltsam gebärde, und in einen Zustand gerate, der beinahe dem des Prinzen Hamlet zu vergleichen, dadurch aber nur um so interessanter werde. – „Soviel wie ich weiß", nahm der Fürst das Wort, „war der junge Hamlet ein vortrefflicher Prinz aus einem alten angesehenen Regentenhause, der sich nur zuzeiten mit der sonderbaren Idee herumtrug, daß sämtliche Hofleute sich auf das Flötenblasen verstehen sollten. Hohen

Personen steht es wohl an, auf Seltsames zu verfallen, es vermehrt den Respekt. Was bei dem Mann ohne Rang und Stand eine Absurdität zu nennen, ist bei ihnen bloß die angenehme Kapriole eines ungemeinen Geistes, welche Staunen erregen muß, und Bewunderung. – Herr von Kreisler sollte fein im geraden Wege bleiben, will er aber durchaus den Prinzen Hamlet imitieren, so ist das ein schönes Streben nach dem Höheren, vielleicht veranlaßt durch seine überwiegende Neigung zu den musikalischen Studien. Man mag es ihm verzeihen, wenn er bisweilen sich wunderlich betragen will."

Es schien, als wenn Meister Abraham heute nun einmal nicht aus dem Zimmer des Fürsten kommen sollte; denn wiederum rief der Fürst ihn zurück, als er schon die Türe geöffnet, und verlangte zu wissen, woher der seltsame Widerwille der Prinzessin Hedwiga gegen den Kreisler wohl rühren möge. Meister Abraham erzählte die Art wie Kreisler der Prinzessin und Julien zum erstenmal im Park zu Sieghartshof erschienen und meinte, daß die aufgeregte Stimmung, in der der Kapellmeister damals gewesen auf eine Dame von zarten Nerven wohl habe feindlich wirken müssen.

Der Fürst gab mit einiger Heftigkeit zu erkennen, wie er hoffe, daß Herr von Kreisler nicht wirklich zu Fuße nach Sieghartshof gekommen sondern daß der Wagen hier oder dort im breiten Fahrwege des Parks gehalten, da nur gemeine Abenteurer zu Fuße zu reisen pflegten.

Meister Abraham meinte, daß man zwar das Beispiel eines tapfern Offiziers vor Augen habe, der von Leipzig nach Syrakus gelaufen, ohne sich ein einziges Mal die Stiefeln versohlen zu lassen, was aber den Kreisler betreffe, so sei er überzeugt, daß ein Wagen wirklich im Park gehalten. – Der Fürst war zufrieden.

Während sich dies im Gemach des Fürsten begab, saß Johannes bei der Rätin Benzon vor dem schönsten Flügel den jemals die kunstreiche Nannette Streicher gebaut, und begleitete Julien das große leidenschaftliche Rezitativ der Klytämnestra aus Glucks Iphigenia in Aulis.

Gegenwärtiger Biograph ist leider genötigt, seinen Helden, soll das Porträt richtig sein, als einen extravaganten Menschen darzustellen, der, vorzüglich was die musikalische Begeisterung betrifft, oft dem ruhigen Beobachter beinahe wie ein Wahnsinniger erscheint. Er hat ihm schon die ausschweifende Redensart nachschreiben müssen, daß „als Julia sang, aller sehnsüchtige

Schmerz der Liebe, alles Entzücken süßer Träume, die Hoffnung, das Verlangen, durch den Wald wogte und niederfiel wie erquickender Tau in die duftenden Blumenkelche, in die Brust horchender Nachtigallen.“ Kreislers Urteil über Julias Gesang scheint hiernach eben nicht von sonderlichem Wert. Versichern kann aber bemeldeter Biograph bei dieser Gelegenheit dem günstigen Leser, daß Julias Gesang, den er, dem Himmel sei's geklagt, niemals selbst hörte, etwas Geheimnisvolles, etwas ganz Wunderbares, in sich getragen haben muß. Ungemein solide Leute, die sich erst seit kurzer Zeit den Zopf wegschneiden lassen, die, nachdem sie einen tüchtigen Rechtsfall, eine malitiös merkwürdige Krankheit, oder einen jungen Ankömmling von Straßburger Pastete gehörig erprobt, der Umgang mit Gluck, Mozart, Beethoven, Spontini im Theater nicht im mindesten aus der schicklichen Seelenruhe brachte, ja solche Leute haben oft versichert, daß, sänge das Fräulein Julia Benzon, ihnen ganz absonderlich zumute würde, sie könnten gar nicht sagen, wie. Eine gewisse Beklommenheit, die ihnen denn doch ein unbeschreibliches Wohlbehagen errege, bemächtige sich ihrer ganz und gar, und oft kämen sie auf den Punkt, Narrenstreiche zu machen, und sich zu gebärden, wie junge Fantasten und Versmacher. Anzuführen ist auch ferner, daß einmal als Julia bei Hofe sang, Fürst Irenäus vernehmlich ächzte, und als der Gesang geendet, geradezu losschritt auf Julien, ihre Hand an den Mund drückte, und dabei sehr weinerlich sprach: „Bestes Fräulein!“ – Der Hofmarschall wagte zu behaupten, Fürst Irenäus habe der kleinen Julia wirklich die Hand geküßt, und dabei wären ihm ein paar Tränen aus den Augen getröpfelt. Auf Anlaß der Oberhofmeisterin, wurde aber diese Behauptung, als ungeziemend, und dem Wohl des Hofes zuwider, unterdrückt.

Julia, einer vollen metallreichen, glockenreinen Stimme mächtig, sang mit dem Gefühl, mit der Begeisterung, die aus dem im Innersten bewegten Gemüt hervorströmt, und darin mochte wohl der wunderbare unwiderstehliche Zauber liegen, den sie auch heute übte. Der Atem jedes Zuhörers stockte als sie sang, jeder fühlte seine Brust beengt von süßem namenlosen Weh, erst ein paar Augenblicke, nachher als sie geendet brach das Entzücken los im stürmischen ungemessensten Beifall. Nur Kreisler saß da, stumm und starr, zurückgelehnt in den Sessel: dann stand er leise und langsam auf, Julia wandte sich zu ihm mit einem Blick, der deutlich fragte: „War es denn auch wohl so recht?" – Errötend schlug sie aber die Augen nieder, als Kreisler, die Hand aufs Herz legend, mit zitternder Stimme, lispelte: „Julia!" und dann mit gebücktem Haupte mehr schlich als ging hinter den Kreis den die Damen geschlossen.

Mit Mühe hatte die Rätin Benzon Prinzessin Hedwiga dahin vermocht, in der Abendgesellschaft zu erscheinen, wo sie den Kapellmeister Kreisler antreffen mußte. Sie gab nur nach, als die Rätin ihr sehr ernsthaft vorstellte, wie kindisch es sein würde, einen Mann zu meiden, bloß weil er nicht zu den, auf eine Art und Weise wie Scheidemünze ausgeprägten, zu rechnen, sondern sich in freilich hin und wieder bizarrer Eigentümlichkeit darstelle. Zudem habe Kreisler auch Eingang gefunden bei dem Fürsten, und unmöglich würd es daher sein, den seltsamen Eigensinn durchzuführen.

Prinzessin Hedwiga wußte sich den ganzen Abend über so geschickt zu drehen und zu wenden, daß Kreisler dem es, harmlos und gefügig wie er war, wirklich galt, die Prinzessin zu versöhnen, alles Mühens unerachtet, sich nicht ihr nähern konnte. Den geschicktesten Manœuvres wußte sie zu begegnen mit schlauer Taktik. – Desto mehr mußte der Benzon, die das alles bemerkt, es auffallen, als die Prinzessin jetzt plötzlich den Kreis der Damen durchbrach, und geradezu losschritt auf den Kapellmeister. So tief in sich versunken stand Kreisler da, daß erst die Anrede der Prinzessin, ob er allein denn keine Zeichen, keine Worte habe, für den Beifall, den Julia errungen, ihn aus dem Traume weckte.

„Gnädigste", erwiderte Kreisler mit einem Ton, der die innere Bewegung verriet, „Gnädigste, nach der bewährten Meinung berühmter Schriftsteller haben die Seligen statt des Worts nur Gedanken und Blick. – Ich war, glaub ich im Himmel!"

„So ist", erwiderte die Prinzessin lächelnd, „unsere Julia ein Engel des Lichts, da sie vermochte Ihnen das Paradies zu erschließen. – Jetzt bitte ich Sie aber, auf einige Augenblicke den Himmel zu verlassen, und einem armen Erdenkinde wie ich es nun einmal bin, Gehör zu geben."

Die Prinzessin hielt inne, als erwarte sie, daß Kreisler etwas sage. Da dieser sie aber schweigend anschaute mit leuchtendem Blick schlug sie die Augen nieder, und wandte sich rasch um, so daß der leicht umgeworfene Shawl von den Schultern hinabwallte. Kreisler faßte ihn im Fallen. Die Prinzessin blieb stehen. „Lassen Sie uns", sprach sie dann mit unsicherm schwankendem

Ton, als ringe sie mit irgendeinem Entschluß, als würd es ihr schwer es herauszusagen was sie im Innern beschlossen – „lassen Sie uns von poetischen Dingen ganz prosaisch reden. Ich weiß, Sie geben Julien Unterricht im Gesange, und ich muß gestehen, daß sie seit der Zeit in Stimme und Vortrag unendlich gewann. Das gibt mir die Hoffnung, daß Sie imstande wären, selbst ein mittelmäßiges Talent, wie das meinige, zu heben. – Ich meine daß –"

Die Prinzessin stockte hocherrötend, die Benzon trat hinzu, und versicherte, daß die Prinzessin sich selbst großes Unrecht tue, wenn sie ihr musikalisches Talent mittelmäßig nenne, da sie das Pianoforte vorzüglich spiele, und recht ausdrucksvoll singe. Kreisler, dem die Prinzessin, in ihrer Verlegenheit, auf einmal über alle Maßen liebenswürdig erschien, ergoß sich in einen Strom freundlicher Redensarten, und schloß damit, daß ihm nichts Glücklicheres begegnen könne, als wenn die Prinzessin es vergönne, ihr beizustehen im Studium der Musik mit Rat und Tat.

Die Prinzessin hörte den Kapellmeister an mit sichtlichem Wohlgefallen, und als er geendet, und der Benzon Blick ihr die seltsame Scheu vor dem artigen Mann vorwarf, da sprach sie halb leise: „Ja, ja, Benzon, Sie haben recht, ich bin wohl oft ein kindisches Kind!" – In demselben Augenblick faßte sie, ohne hinzublicken, nach dem Shawl, den Kreisler noch immer in den Händen hielt, und den er ihr nun hinreichte. Selbst wußte er nicht, wie es sich begab, daß er dabei der Prinzessin Hand berührte. Aber ein heftiger Pulsschlag dröhnte ihm durch alle Nerven, und es war, als wollten ihm die Sinne vergehen.

Wie einen Lichtstrahl, der durch finstere Wolken bricht, vernahm Kreisler Juliens Stimme. „Ich soll", sprach sie, „ich soll noch mehr singen lieber Kreisler! man läßt mir keine Ruhe. – Wohl möchte ich das schöne Duett versuchen, das Sie mir letzthin gebracht." „Sie dürfen das", nahm die Benzon das Wort, „Sie dürfen das meiner Julie nicht abschlagen, lieber Kapellmeister – fort an den Flügel!"

Kreisler keines Wortes mächtig saß am Flügel, schlug die ersten Akkorde des Duetts an, wie von einem seltsamen Rausch betört und befangen. Julia begann: „Ah che mi manca l'amina in si fatal momento" – – Es ist nötig zu sagen, daß die Worte dieses Duetts nach gewöhnlicher italischer Weise ganz einfach die Trennung eines liebenden Paars aussprachen, daß auf momento natürlicherweise sento und tormento gereimt war, und daß es wie in hundert andern Duetten ähnlicher Art, auch nicht an dem Abbi pietade o cielo und an der pena di morir fehlte. Kreisler hatte indessen diese Worte, in der höchsten Aufregung des Gemüts, mit einer Inbrunst komponiert, die beim Vortrage jeden, dem der Himmel nur passable Ohren gegeben, unwiderstehlich hinreißen mußte. Das Duett war den leidenschaftlichsten dieser Art an die Seite zu stellen, und, da Kreisler nur nach dem höchsten Ausdruck des Moments, und nicht darnach strebte, was eben ganz ruhig und bequem von der Sängerin aufzufassen, in der Intonation ziemlich schwer geraten. So kam es, daß Julia schüchtern, mit beinahe ungewisser Stimme, begann, und daß Kreisler eben nicht viel besser eintrat. Bald erhoben sich aber beide Stimmen auf den Wellen des Gesanges wie schimmernde Schwäne, und wollten bald mit rauschendem Flügelschlag emporsteigen zu dem goldnen strahlenden Gewölk, bald in süßer Liebesumarmung sterbend untergehen in dem brausenden Strom der Akkorde, bis tief aufatmende Seufzer den nahen Tod verkündeten, und das letzte Addio in dem Schrei des wilden Schmerzes, wie ein blutiger Springquell herausstürzte aus der zerrissenen Brust.

Niemand befand sich in dem Kreise, den das Duett nicht tief ergriffen, vielen standen die hellen Tränen in den Augen, selbst die Benzon gestand, daß sie selbst im Theater bei irgendeiner gut dargestellten Abschiedsszene Ähnliches noch nicht empfunden. Man überhäufte Julien und den Kapellmeister mit Lobsprüchen, man sprach von der wahren Begeisterung, die beide beseelt, und stellte die Komposition vielleicht noch höher, als sie es verdiente.

Der Prinzessin Hedwiga hatte man während des Gesanges die innere Bewegung wohl angemerkt, unerachtet sie bemüht war, ruhig zu scheinen, ja durchaus jede Teilnahme zu verbergen. Neben ihr saß ein junges Ding von Hofdame mit roten Wangen, zum Weinen und Lachen gleich aufgelegt, der raunte sie allerlei in die Ohren, ohne daß es ihr gelang, irgend andere Antwort zu erhalten, als einzelne Wörter, in der Angst der höfischen Konvenienz ausgestoßen. Auch der Benzon, die an der andern Seite saß, flüsterte sie gleichgültige Dinge zu, als höre sie gar nicht auf das Duett, die, nach ihrer strengen Manier, bat aber die Gnädigste, die Unterhaltung aufzusparen bis nach geendetem Duett. Jetzt aber sprach die Prinzessin, im ganzen Gesicht glühend, mit blitzenden Augen, so laut, daß sie die

Lobsprüche der ganzen Gesellschaft übertönte. „Es wird mir nun wohl erlaubt sein, auch meine Meinung zu sagen. Ich gebe zu, daß das Duett als Komposition seinen Wert haben mag, daß meine Julie vortrefflich gesungen hat, aber ist es recht, ist es billig, daß man im gemütlichen Zirkel, wo freundliche Unterhaltung obenanstehen soll, wo wechselseitige Anregungen Rede, Gesang, forttreiben sollen wie einen zwischen Blumenbeeten sanft murmelnden Bach, daß man da extravagante Sachen auftischt, die das Innere zerschneiden, deren gewaltsamen zerstörenden Eindruck man nicht verwinden kann? Ich habe mich bemüht, mein Ohr, meine Brust, zu verschließen dem wilden Schmerz des Orkus, den Kreisler mit, unser leicht verletzliches Inneres verhöhnender Kunst in Tönen aufgefaßt hat, aber niemand war so gütig, sich meiner anzunehmen. Gern will ich meine Schwäche Ihrer Ironie preisgeben, Kapellmeister, gern will ich gestehen, daß der üble Eindruck Ihres Duetts mich ganz krank gemacht hat. – Gibt es denn keinen Cimarosa, keinen Paesiello, deren Kompositionen recht für die Gesellschaft geschrieben sind?“

„O Gott“, rief Kreisler, indem sein Gesicht in dem mannigfaltigsten Muskelspiel vibrierte, wie es allemal zu geschehen pflegte, wenn der Humor aufstieg in dem Innern, „o Gott, gnädigste Prinzessin! – wie ganz bin ich ärmster Kapellmeister Ihrer gütigen gnädigen Meinung! – Ist es nicht gegen alle Sitte und Kleiderordnung, die Brust mit all der Wehmut, mit all dem Schmerz, mit all dem Entzücken, das darin verschlossen, anders in die Gesellschaft zu tragen, als dick verhüllt mit dem Fichu vortrefflicher Artigkeit und Konvenienz? Taugen denn alle Löschanstalten, die der gute Ton überall bereitet, taugen sie wohl was, sind sie wohl hinlänglich, um das Naphthafeuer zu dämpfen, das hie und da hervorlodern will? Spült man noch so viel Tee, noch so viel Zuckerwasser, noch so viel honettes Gespräch, ja noch so viel angenehmes Dudeldumdei hinunter, doch gelingt es diesem, jenem frevelichen Mordbrenner, eine Congrevische Rakete ins Innere zu werfen, und die Flamme leuchtet empor, leuchtet und brennt sogar, welches dem puren Mondschein niemals geschieht! – Ja! gnädigste Prinzessin! – ja, ich! – aller Kapellmeister hienieden unseligster, ich habe schändlich gefrevelt mit dem entsetzlichen Duett, das wie ein höllisches Feuerwerk mit allerlei Leuchtkugeln, Schwanzraketen, Schwärmern und Kanonenschlägen durch die ganze Gesellschaft gefahren ist, und leider merk ich's, fast überall gezündet hat! – Ha! – Feuer – Feuer – Mordio! – es brennt – Spritzenhaus auf – Wasser – Wasser – Hülfe rettet!"

Kreisler stürzte zu auf den Notenkasten, zog ihn hervor unter dem Flügel, öffnete ihn – warf die Noten umher – riß eine Partitur heraus, es war Paesiellos Molinara, setzte sich an das Instrument, begann das Ritornell der bekannten hübschen Ariette: La Rachelina molinarina, mit der die Müllerin auftritt –

„Aber lieber Kreisler!" sprach Julie ganz schüchtern und erschrocken.

Doch Kreisler warf sich vor Julien nieder auf beide Knie, und flehte: „Teuerste, holdseligste Julia! erbarmen Sie sich der hochverehrten Gesellschaft, gießen Sie Trost in die hoffnungslosen Gemüter, singen Sie die Rachelina! – Tun Sie es nicht, so bleibt mir nichts übrig, als mich hier vor Ihren sichtlichen Augen hinabzustürzen in die Verzweiflung, an deren Rand ich mich bereits befinde, und Sie halten den verlornen Maître de la Chapelle vergebens am Rockschoß, denn indem Sie gutmütig rufen: ‚Bleibe bei uns o Johannes!' so ist er schon hinabgefahren zum Acheron, und wagt im dämonischen Shawltanz die allerzierlichsten Sprünge: darum singen Sie Werte!"

Julia tat, wiewohl, so schien es, mit einigem Widerwillen, warum Kreisler sie gebeten.

Sowie die Ariette geendet, begann Kreisler sofort das bekannte komische Duett des Notars mit der Müllerin.

Julias Gesang, in Stimme und Methode, neigte sich ganz zum Ernsten, Pathetischen, demungeachtet stand ihr eine Laune zu Gebote, wenn sie komische Sachen vortrug, die die reizendste Liebenswürdigkeit selbst war. Kreisler hatte sich den seltsamen aber unwiderstehlich hinreißenden Vortrag der italienischen Buffi zu eigen gemacht, das ging heute aber beinahe bis zur Übertreibung, denn indem Kreislers Stimme nicht dieselbe schien, da sie dem höchsten dramatischen Ausdruck in tausend Nuancen sich fügte, so schnitt er dabei auch solche absonderliche Gesichter, die einen Cato zum Lachen gebracht hätten.

Es konnte nicht fehlen, daß alle laut aufjauchzten, losbrachen in schallendem Gelächter.

Kreisler küßte Julien entzückt die Hand, die sie ihm ganz unmutig schnell wegzog. „Ach", sprach Julie, „ach Kapellmeister, ich kann mich nun einmal in Ihre seltsame Launen – abenteuerliche möcht ich sie nennen, ich kann mich nun einmal gar nicht darin finden! – Dieser Todessprung von einem Extrem zum andern zerschneidet mir die Brust! – Ich bitte Sie, lieber Kreisler, verlangen Sie nicht mehr, daß ich mit tief bewegtem Gemüt, wenn noch die Töne der tiefsten Wehmut widerklingen in meinem Innern, daß ich dann Komisches singe, sei es auch noch so artig und hübsch. Ich weiß es – ich vermag es, ich setze es durch, aber es macht mich ganz matt und krank. – Verlangen Sie es nicht mehr! – nicht wahr, Sie versprechen mir das, lieber Kreisler?"

Der Kapellmeister wollte antworten, in dem Augenblick umarmte aber die Prinzessin Julien stärker, ausgelassener lachend, als es irgendeine Oberhofmeisterin für schicklich halten, oder verantworten kann.

„Komm an meine Brust", rief sie, „du aller Müllerinnen holdeste, stimmreichste, launigste! – Du mystifizierst alle Barone, Amtsverweser, Notare in der ganzen Welt, und wohl noch gar –" Das übrige, was sie noch sagen wollte, ging unter in der dröhnenden Lache, die sie von neuem aufschlug.

Und dann sich rasch zum Kapellmeister wendend: „Sie haben mich ganz mit sich ausgesöhnt, lieber Kreisler! – O jetzt verstehe ich Ihren springenden Humor. – Er ist köstlich, in der Tat köstlich! – Nur in dem Zwiespalt der verschiedensten Empfindungen, der feindlichsten Gefühle, geht das höhere Leben auf! – Haben Sie Dank, herzlichen Dank – da! – ich erlaube Ihnen, mir die Hand zu küssen!"

Kreisler faßte die ihm dargebotene Hand, und wiederum, wiewohl nicht so heftig als zuvor, durchdröhnte ihn der Pulsschlag, so daß er einen Moment zu zögern genötigt, ehe er nun die zarten enthandschuhten Finger an den Mund drückte, sich mit solchen Anstand verbeugend, als sei er noch Legationsrat. Selbst wußte er nun nicht, wie es kam, daß ihm diese physische Empfindung bei dem Berühren der fürstlichen Hand ungemein lächerlich bedünken wollte. „Am Ende", sprach er zu sich selbst, als die Prinzessin ihn verlassen, „am Ende ist die Gnädigste eine Art von Leydner Flasche, und walkt honette Leute durch mit elektrischen Schlägen nach fürstlichem Belieben!"

Die Prinzessin hüpfte, tänzelte im Saal umher, lachte, trällerte dazwischen: „La Rachelina molinarina", und herzte und küßte bald diese bald jene Dame, versicherte, nie in ihrem Leben sei sie froher gewesen, und das habe sie dem wackern Kapellmeister zu verdanken. Der ernsten Benzon war das alles im höchsten Grade zuwider, sie konnte es nicht lassen, die Prinzessin endlich beiseite zu ziehen, und ihr ins Ohr zu flüstern: „Hedwiga, ich bitte Sie, welch ein Betragen!"

„Ich dächte", erwiderte die Prinzessin mit funkelnden Augen: „ich dächte, liebe Benzon, wir ließen heute das Hofmeistern und gingen alle zu Bette! – Ja! – zu Bette – zu Bette!" Und damit rief sie nach ihrem Wagen.

Schweifte die Prinzessin aus in krampfhafter Lustigkeit, so war Julia indessen still und trübe geworden. Den Kopf auf die Hand gestützt, saß sie am Flügel, und ihr sichtliches Verbleichen, das umflorte Auge, bewies, daß ihr Unmut bis zum physischen Weh sich gesteigert.

Auch Kreislern war das Brillantfeuer des Humors verlöscht. Jedem Gespräch ausweichend tappte er mit leisen Schritten nach der Türe. Die Benzon trat ihm in den Weg. „Ich weiß nicht", sprach sie, „welche sonderbare Verstimmung heute mir – –"

*(M.f.f.)* alles so bekannt, so heimisch vor, ein süßes Aroma, selbst wußt ich nicht, von welchen vortrefflichen Braten, wallte in bläulichen Wolken über die Dächer daher, und wie aus weiter – weiter Ferne, im Säuseln des Abendwindes, lispelten holde Stimmen: „Murr mein Geliebter! wo weiltest du so lange."

„Was ist's das die beengte Brust,
Mit Wonneschauer so durchbebt,
den Geist zum Himmel hoch erhebt,
Ist's Ahnung hoher Götterlust?
Ja! – springe auf, du armes Herz,
Ermutge dich zu kühnen Taten,
Umwandelt ist in Lust und Scherz,
Der trostlos bittre Todesschmerz,
Die Hoffnung lebt – ich rieche Braten!"

So sang ich, und verlor mich, des entsetzlichen Feuerlärms nicht achtend, in die angenehmsten Träume! Doch auch hier auf dem Dache sollten mich noch die schreckhaften Erscheinungen des grotesken Weltlebens, in das ich hineingesprungen, verfolgen. Denn, ehe ich mir's versah, stieg aus dem Rauchfange eines jener seltsamen Ungetüme empor, die die Menschen Schornsteinfeger nennen. Kaum mich gewahrend, rief der schwarze Schlingel: „Husch Katz!" und warf den Besen nach mir. Dem Wurfe ausweichend, sprang ich über das nächste Dach hinweg, und hinunter in die Dachrinne. Doch wer schildert mein frohes Erstaunen, ja meinen freudigen Schreck, als ich wahrnahm, daß ich mich auf dem Hause meines wackern Herrn befand. Behende kletterte ich von Dachluke zu Dachluke, doch alle waren verschlossen. Ich erhob meine Stimme, jedoch umsonst, niemand hörte mich. Indessen wirbelten die Rauchwolken von dem brennenden Hause hoch auf, Wasserstrahlen zischten dazwischen, tausend Stimmen schrieen durcheinander, das Feuer schien bedrohlicher zu werden. Da öffnete sich die Dachluke, und Meister Abraham schaute heraus in seinem gelben Schlafrock. „Murr, mein guter Kater Murr, da bist du ja – Komm hinein, komm hinein, kleiner Graupelz!" So rief der Meister freudig, als er mich erblickte. Ich unterließ nicht, ihm durch alle Zeichen, die mir zu Gebote standen, auch *meine* Freude zu erkennen zu geben: es war ein schöner herrlicher Moment des Wiedersehens, den wir feierten. Der Meister streichelte mich, als ich zu ihm hinein in den Dachboden gesprungen, so, daß ich vor Wohlbehagen in jenes sanfte, süße Knurren ausbrach, das die Menschen in höhnender Verspottung mit dem Worte „spinnen", bezeichnen. „Ha ha", sprach der Meister lachend, „ha ha mein Junge, dir ist wohl, da du vielleicht von weiter Wanderung zurückgekehrt bist in die Heimat, du erkennst nicht die Gefahr in der wir schweben. – Beinahe möchte ich wie du, ein glücklicher harmloser Kater sein, der sich den Teufel was schert um Feuer und Spritzenmeister, und dem kein Mobiliare verbrennen kann, da das einzige Mobile, dessen sein unsterblicher Geist mächtig, er selbst ist."

Damit nahm mich der Meister auf den Arm und stieg herab in sein Zimmer.

Kaum waren wir hineingetreten, als Professor Lothario uns nachstürzte, dem noch zwei Männer folgten.

„Ich bitte Euch", rief der Professor, „ich bitte Euch um des Himmels willen Meister! Ihr seid in der dringendsten Gefahr, das Feuer schlägt schon über Euer Dach. – Erlaubt, daß wir Eure Sachen wegtragen."

Der Meister erklärte sehr trocken, daß in solcher Gefahr der jähe Eifer der Freunde viel verderblicher sich gestalte, als die Gefahr selbst, da das, was vor dem Feuer geborgen, gewöhnlich zum Teufel ginge, wiewohl auf schönere Art. Er selbst habe in früherer Zeit einem Freunde, der von Feuer bedroht, in dem wohlwollendsten Enthusiasmus, beträchtliches chinesisches Porzellan durchs Fenster geworfen, damit es nur ja nicht verbrenne. Wollten sie aber fein ruhig, drei Nachtmützen, ein paar graue Röcke, und andere Kleidungsstücke, worunter eine seidne Hose vorzüglich zu beachten, nebst einiger Wäsche, in einen Koffer, Bücher und Manuskripte in ein paar Körbe packen, seine Maschinen aber nicht mit einem Finger anrühren, so werde es ihm lieb sein. Stehe dann das Dach in Flammen, so wolle er samt dem Mobiliar sich von dannen machen.

„Erst aber", (so schloß er) „erst aber erlaubt, daß ich meinen Hausgenossen und Stubenkameraden, der soeben von weiten Reisen müde, ermattet, zurückgekommen, mit Speis und Trank erquicke, nachher möget ihr wirtschaften!"

Alle lachten sehr, da sie gewahrten, daß der Meister niemanden anders gemeint, als mich.

Es schmeckte mir herrlich, und die schöne Hoffnung, die ich auf dem Dach in sehnsuchtsvollen süßen Tönen ausgesprochen, wurde ganz erfüllt.

Als ich mich erquickt, setzte mich der Meister in einen Korb; neben mir, es war dazu Platz, stellte er eine kleine Schüssel mit Milch hin, und deckte den Korb sorgfältig zu.

„Wart's ruhig ab", sprach der Meister, „wart's ruhig ab mein Kater! in dunkler Behausung, was aus uns noch werden wird, nippe zum Zeitvertreib von deinem Lieblingstrank, denn springst oder trottierst du hier im Zimmer umher, so treten sie dir den Schwanz, die Beine entzwei, im Tumult des Rettens. Kommt es zur Flucht, so trage ich dich selbst mit mir fort, damit du dich nicht wieder verläufst, wie es schon geschehen. Sie glauben nicht", wandte sich nun der Meister zu den andern, „Sie glauben nicht verehrteste Herren und Helfer in der Not, was der kleine graue Mann im Korbe, was das für ein herrlicher grundgescheuter Kater ist. Naturhistorische Galls behaupten, daß sonst, mit den vortrefflichsten Organen, als da sind, Mordlust, Diebssinn, Schelmerei u. s. w., ausgerüsteten Katern von leidlicher Edukation, doch der Ortsinn gänzlich mangele, daß sie, einmal sich verlaufen, die Heimat nie wiederfänden, aber mein guter Murr macht davon eine glänzende Ausnahme. Seit ein paar Tagen vermißte ich ihn, und betrauerte recht herzlich seinen Verlust, heut, soeben, ist er zurückgekehrt, und hat, wie ich mit Recht vermuten darf, noch dazu die Dächer benutzt, als angenehme Kunststraße. Die gute Seele hat nicht allein Klugheit bewiesen und Verstand, sondern auch die treueste Anhänglichkeit an seinen Herrn, weshalb ich ihn nun noch viel mehr liebe als vorher." – Mich erfreute des Meisters Lob ganz ungemein, mit innerm Wohlbehagen fühlte ich meine Überlegenheit über mein ganzes Geschlecht, über ein ganzes Heer verirrter Kater ohne Ortsinn, und wunderte mich, daß ich selbst das ganz Ungemeine meines Verstandes nicht hinlänglich eingesehen. Zwar dacht ich daran, daß eigentlich der junge Ponto mich auf den rechten Weg, und der Wurf des Schornsteinfegers auf das rechte Dach gebracht, indessen glaubte ich doch nicht im mindesten an meiner Sagazität, und an der Wahrheit des Lobes, das mir der Meister erteilte, zweifeln zu dürfen. Wie gesagt, ich fühlte meine innere Kraft, und dies Gefühl bürgte mir für jene Wahrheit. Daß unverdientes Lob viel mehr erfreue, und den Gelobten viel mehr aufblähe als verdientes, wie ich einmal las, oder jemanden behaupten hörte, das gilt wohl nur von den Menschen, gescheute Kater sind frei von solcher Torheit, und ich glaube bestimmt, daß ich vielleicht ohne Ponto und Schornsteinfeger den Rückweg nach Hause gefunden hätte, und daß beide sogar nur den richtigen Ideengang im Innern verwirrten. Das bißchen Weltklugheit, womit der junge Ponto so prahlte, wäre mir auch wohl zugekommen auf andere Weise, wenngleich die mancherlei Begebenheiten, die ich mit dem liebenswürdigen Pudel – mit dem aimable roué erlebte, mir guten Stoff gaben zu den freundschaftlichen Briefen, in welche ich meine Reisebeschreibung einkleidete. In allen Morgen- und Abendzeitungen, in allen eleganten und freimütigen Blättern, könnten diese Briefe mit Effekt abgedruckt stehen, da mit Geist und Verstand darin die glänzendsten Seiten meines Ichs hervorgehoben sind, was doch jedem Leser am interessantesten sein muß. Aber ich weiß es schon, die Herren Redakteurs und Verleger fragen: „Wer ist dieser Murr?“ und erfahren sie denn, daß ich ein Kater bin, wiewohl der vortrefflichste auf Erden, so sprechen sie verächtlich: „Ein Kater und will schreiben!“ – Und hätt ich Lichtenbergs Humor und Hamanns Tiefe – von beiden habe ich viel Gutes vernommen, sie sollen für Menschen nicht übel geschrieben haben, sind aber Todes verblichen, welches für jeden Schriftsteller und Dichter, der leben will, eine durchaus riskante Sache ist – und, sag ich, noch einmal, hätt ich Lichtenbergs Humor und Hamanns Tiefe, doch erhielte ich das Manuskript zurück, bloß weil man mir vielleicht meiner Krallen halber keine amüsante Schreibart zutraut. So was chagriniert! – O Vorurteil, himmelschreiendes Vorurteil, wie befängst du doch die Menschen, und vorzüglich diejenigen, die da heißen Verleger!

Der Professor, und die, die mit ihm gekommen, machten nun einen grimmigen Spektakel um mich her, der meines Bedünkens wenigstens bei dem Verpacken der Nachtmützen, und der grauen Röcke, nicht nötig gewesen wäre.

Auf einmal rief draußen eine hohle Stimme: „Das Haus brennt!“ „Hoho“, sprach der Meister Abraham, „da muß ich auch dabei sein, bleibt nur ruhig, ihr Herren! wenn die Gefahr da ist, bin ich wieder hier, und wir packen an!“

Und damit verließ er eilig das Zimmer.

Mir wurde in meinem Korbe wirklich bange. Das wilde Getöse – der Rauch, der nun in das Zimmer zu dringen begann, alles mehrte meine Angst! – Allerlei schwarze Gedanken stiegen in mir auf! – Wie wenn der Meister mich vergäße, wenn ich schmachvoll umkommen müßte in den Flammen! – Ich fühlte, die furchtbare Angst mochte es verschulden, ein besonderes häßliches Kneifen im Leibe. – „Ha!“ dacht ich, „wenn im Herzen falsch, wenn neidisch ob meiner Wissenschaft, mich loszuwerden, enthoben jeder Sorg zu sein, nun mich der Meister noch in diesen Korb gespunden. – Wie wenn selbst dieser unschuldsweiße Trank – wie, wär es Gift, das er mit schlauer Kunst hier zubereitet, mir den Tod zu geben?“ – Herrlicher Murr, selbst in der Todesangst denkst du in Jamben, läss’st nicht aus der Acht, was du im Shakespeare, Schlegel einst gelesen!

Meister Abraham steckte jetzt den Kopf zur Türe hinein, und sprach: „Die Gefahr ist vorüber, ihr Herren! Setzt euch nur ruhig hin an jenen Tisch, und trinkt die paar Flaschen Wein aus, die ihr in dem Wandschrank gefunden, ich meinesteils begebe mich noch ein wenig aufs Dach, und will erklecklich spritzen – Doch halt, erst muß ich nachsehen, was mein guter Kater macht.“

Der Meister trat vollends hinein, nahm den Deckel von dem Korbe, in dem ich saß, sprach mir zu mit freundlichen Worten, erkundigte sich nach meinem Wohlbefinden, fragte, ob ich vielleicht noch einen gebratenen Vogel verspeisen wolle, welches alles ich mit mehrmaligem süßen Miau erwiderte, und mich recht bequem ausstreckte, welches mein Meister mit Recht für das beredte Zeichen nahm, daß ich satt sei, noch im Korbe zu bleiben wünsche, und stülpte den Deckel wieder auf.

Wie wurde ich nun von der guten freundlichen Gesinnung überzeugt, die Meister Abraham für mich hegte. Ich hätte mich meines schnöden Mißtrauens schämen müssen, wenn es überhaupt für einen Mann von Verstande schicklich wäre, sich zu schämen. Am Ende, dacht ich, war auch die fürchterliche Angst, das ganze Unheil ahnende Mißtrauen weiter nichts als poetische Schwärmerei, wie sie jungen genialen Enthusiasten eigen, die dergleichen oft förmlich brauchen, als berauschendes Opium. Das beruhigte mich ganz und gar.

Kaum hatte der Meister die Stube verlassen, als der Professor, ich konnt es durch eine kleine Ritze des Korbes bemerken, sich mit mißtrauischen Blicken nach dem Korbe umschaute, und dann den andern zuwinkte, als habe er ihnen irgend Wichtiges zu entdecken. Dann sprach er mit so leiser Stimme, daß ich kein Wörtlein verstanden, hätte der Himmel nicht in meine spitze Ohren mir unglaublich scharfes Gehör gelegt. „Wißt ihr wohl, wozu ich eben jetzt Lust hätte? – Wißt ihr wohl, daß ich hingehen zu jenem Korbe, ihn öffnen, und dem verfluchten Kater, der drinnen sitzt, und der uns jetzt vielleicht alle mit seinem übermütigen Selbstgenugsein verhöhnt, dies spitze Messer in die Kehle stoßen möchte?"

„Was fällt euch ein", rief ein anderer, „was fällt Euch ein, Lothario, den hübschen Kater, den Liebling unseres wackern Meisters wolltet Ihr umbringen? – Und warum sprecht Ihr denn so leise?"

Der Professor ebenso mit gedämpfter Stimme wie vorher, weiter sprechend, erklärte, daß ich alles verstehe, daß ich lesen und schreiben könne, daß mir Meister Abraham auf eine, freilich geheimnisvolle, unerklärliche Weise, die Wissenschaften beigebracht, so daß ich schon jetzt, wie ihm der Pudel Ponto verraten, schriftstellere und dichte, und daß das alles dem schelmischen Meister zu nichts anderm dienen werde, als zur Verspottung der vortrefflichsten Gelehrten und Dichter.

„Oh", sprach Lothario mit unterdrückter Wut, „o ich seh es kommen, daß Meister Abraham, der ohnedem das Vertrauen des Großherzogs in vollem Maße besitzt, daß er mit dem unglückseligen Kater alles durchsetzt, was er nur will. Die Bestie wird Magister legens werden, die Doktorwürde erhalten, zuletzt als Professor der Ästhetik Collegia lesen über den Aeschylos – Corneille – Shakespeare! – ich komme von Sinnen! – der Kater wird in meinen Eingeweiden wühlen, und hat ganz infame Krallen!"

Alle gerieten bei diesen Reden Lotharios, des Professors der Ästhetik, in das tiefste Erstaunen. Einer meinte, es sei ganz unmöglich, daß ein Kater lesen und schreiben lernen könne, da diese Elemente aller Wissenschaft nächst der Geschicklichkeit, der nur der Mensch fähig, eine gewisse Überlegung, man möchte sagen, Verstand, erforderten, der sogar nicht allemal bei dem Menschen, dem Meisterstück der Schöpfung, anzutreffen, viel weniger bei gemeinem Vieh!

„Bester“, nahm ein anderer, wie mir's in meinem Korbe schien, sehr ernsthafter Mann, das Wort, „Bester, was nennen Sie gemeines Vieh? – Es gibt gar kein gemeines Vieh. Oft in stille Selbstbetrachtung versunken, empfinde ich den tiefsten Respekt vor Eseln und andern nützlichen Tieren. Ich begreife nicht, warum einer angenehmen Hausbestie von glücklichen natürlichen Anlagen nicht sollte das Lesen und Schreiben beigebracht werden, ja warum sich ein solches Tierlein nicht solle erheben können zum Gelehrten und Dichter? – Ist denn das so etwas Beispielloses? – An Tausendundeine Nacht, als der besten historischen Quelle voll pragmatischer Authentizität, mag ich gar nicht denken, sondern Sie, mein Allerliebster! nur an den gestiefelten Kater erinnern, einen Kater, der voll Edelmut, durchdringendem Verstande war, und tiefer Wissenschaft.“

Vor Freude über dieses Lob eines Katers, der, wie mir eine deutliche Stimme im Innern sagte, mein würdiger Ahnherr sein mußte, konnt ich mir nicht enthalten, zwei, drei Mal ziemlich stark zu niesen. – Der Redner hielt inne, und alle schauten sich ganz verschüchtert um nach meinem Korbe.

„Contentement mon cher“, rief endlich der ernsthafte Mann, der eben gesprochen, und fuhr dann weiter fort: „Irre ich nicht, so erwähnten Sie, teurer Ästhetiker, vorhin eines Pudels Ponto, der Ihnen des Katers dichterisches und wissenschaftliches Treiben verraten. Dies bringt mich denn auf Cervantes' höchst vorzüglichen Berganza, von dessen neuesten Schicksalen in einem gewissen neuen höchst abenteuerlichen Buche Nachricht gegeben wird. Auch dieser Hund gibt ein entscheidendes Beispiel über das Naturell, und über die Bildungsfähigkeit der Tiere.“

„Aber“, nahm der andere das Wort, „aber mein teurer, liebster Freund, welche Beispiele führen Sie denn da an? Von dem Hunde Berganza spricht ja Cervantes, der bekanntlich ein Romanschreiber war, und die Geschichte vom gestiefelten Kater ist ja ein Kindermärchen, welches Herr Tieck freilich mit solcher Lebendigkeit uns vor Augen gebracht hat, daß man beinahe die Torheit begehen könnte, wirklich daran zu glauben. Also zwei Dichter allegieren Sie, als wären es ernste Naturhistoriker und Psychologen, nun sind aber Dichter nichts weniger als das, sondern ausgemachte Fantasten, die lauter eingebildetes Zeug ausbrüten und vorbringen. Sagen Sie, wie mag denn aber ein verständiger Mann wie Sie sich auf

Dichter berufen, um das zu bewahrheiten, was wider Sinn und Verstand läuft? Lothario ist Professor der Ästhetik, und es ist billig, daß er als solcher bisweilen etwas weniges über die Schnur haue, aber Sie –"

„Halt", sprach der Ernste, „halt, mein Liebster, ereifern Sie sich nicht. Bedenken Sie fein, daß wenn vom Wunderbaren, Unglaublichen die Rede, man füglich Dichter allegieren darf, denn simple Historiker verstehen den Teufel was davon. Ja, wenn das Wunderbare in Schick und Form gebracht, und als reine Wissenschaft vorgetragen werden soll, wird der Beweis irgendeines Erfahrungssatzes am besten aus berühmten Dichtern entnommen, auf deren Wort man bauen darf. Ich führe Ihnen, und damit werden Sie, selbst ein gelehrter Arzt, zufrieden sein – ja! sage ich, ich führe Ihnen das Beispiel eines berühmten Arztes an, der in seiner wissenschaftlichen Darstellung des animalischen Magnetismus um unsern Rapport mit dem Weltgeiste, um das Dasein eines wunderbaren Ahnungsvermögens unleugbar ins Licht zu stellen, sich auf Schiller und dessen Wallenstein bezieht, welcher sagt: ‚Es gibt im Menschenleben Augenblicke' und: ‚Dergleichen Stimmen gibt's – es ist kein Zweifel' – und wie es denn weiter heißt. Sie können das Weitere selbst nachlesen, in der Tragödie." – „Ho ho!" erwiderte der Doktor, „Sie springen ab – Sie geraten in den Magnetismus, und sind imstande, zuletzt zu behaupten, daß, nächst allen Wundern die dem Magnetiseur zu Gebote stehen, er auch den Schulmeister für empfängliche Kater abgeben könnte."

„Nun", sprach der Ernste, „wer weiß wie der Magnetismus auf Tiere wirkt. Kater die schon das elektrische Fluidum in sich tragen, wie Sie sich gleich überzeugen können – –"

Plötzlich an Mina denkend, die über dergleichen Versuche, die mit ihr angestellt worden, so bitter klagte, erschrak ich so heftig, daß ich ein lautes Miau ausstieß!

„Bei dem Orkus", rief der Professor erschrocken, „bei dem Orkus und all seinem Entsetzen, der höllische Kater hört uns, versteht uns – Herz gefaßt – mit diesen Händen erwürg ich ihn."

„Ihr seid nicht klug", sprach der Ernste, „Ihr seid wahrhaftig nicht klug, Professor. Nimmermehr leide ich, daß Ihr dem Kater, den ich schon jetzt herzlich liebgewonnen, ohne das Glück seiner nähern Bekanntschaft zu genießen, daß Ihr ihm nur das geringste Leid zufügt. Am Ende muß ich glauben, daß Ihr eifersüchtig seid auf ihn, weil er Verse macht? Professor der Ästhetik kann ja der kleine graue Mann niemals werden, darüber beruhigen Sie sich nur ganz. Steht es denn nicht deutlich in den uralten akademischen Statuten, daß, überhandgenommenen Mißbrauchs halber, keine Esel mehr zur Professur gelangen sollen, und ist diese Verordnung nicht auch auf Tiere auszudehnen von jeder Art und Gattung, mithin auch auf Kater?"

„Mag es sein", sprach der Professor unmutig, „mag es sein, daß der Kater niemals weder Magister legens, noch Professor der Ästhetik, werden wird, als Schriftsteller tritt er doch auf über kurz oder lang, findet der Neuheit wegen Verleger und Leser, schnappt uns gute Honorare weg –"

„Ich finde", erwiderte der Ernste, „ich finde durchaus keine Ursache, warum dem guten Kater, dem aimablen Liebling unsers Meisters, es verwehrt sein solle, eine Bahn zu betreten, auf der sich so viele ohne Rücksicht auf Kraft und Haltung umhertummeln. Die einzige Maßregel, die dabei zu beobachten, wäre, daß man ihn nötigte, sich die spitzen Krallen verschneiden zu lassen, und das wäre vielleicht das einzige, was wir jetzt gleich tun könnten, um sicher zu sein, daß er uns nie verwunde, wenn er ein Autor worden."

Alle standen auf. Der Ästhetiker griff nach der Schere. Man kann sich meine Lage denken, ich beschloß, mit Löwenmut anzukämpfen gegen die Verunglimpfung die man mir zugedacht; den ersten der sich mir nahen würde, zu zeichnen auf ewige Zeiten, ich rüstete mich zum Sprunge, sowie der Korb geöffnet werden würde.

In dem Augenblick trat Meister Abraham hinein, und vorüber war meine Angst, die schon sich steigern wollte zur Verzweiflung. Er öffnete den Korb, und noch ganz außer mir, sprang ich mit einem Satz hinaus, und schoß dem Meister wild vorbei, unter den Ofen.

„Was ist dem Tiere widerfahren", rief der Meister, die andern mißtrauisch anblickend, welche dastanden ganz verlegen und vom bösen Gewissen geplagt, gar nicht zu antworten vermochten.

So bedrohlich auch meine Lage im Gefängnis war, doch empfand ich inniges Wohlbehagen darüber, was der Professor von meiner mutmaßlichen Laufbahn sagte, sowie sein deutlich ausgesprochener Neid mich höchlich erfreute. Ich fühlte schon das Doktorhütlein auf meiner Stirne, ich sah mich schon auf dem Katheder! – Sollten meine Vorlesungen denn nicht am häufigsten besucht werden von der wißbegierigen Jugend? – Sollte wohl ein einziger Jüngling, von milden Sitten, es übel deuten können, wenn der Professor bäte, keine Hunde ins Kollegium zu bringen? – Nicht alle Pudel hegen solch freundlichen Sinn, wie mein Ponto, und dem Jägervolk mit langen hängenden Ohren ist nun vollends gar nicht zu trauen, da sie überall mit den gebildetesten Leuten meines Geschlechts unnütze Händel anfangen und sie mit Gewalt nötigen, zu den unartigsten Äußerungen des Zorns, als da ist Prusten – Kratzen – Beißen etc. etc.

Wie höchst fatal müßt es –

*(Mak. Bl.)* – nur der kleinen rotwangigen Hofdame gelten, die Kreisler bei der Benzon gesehen. „Tun Sie mir", sprach die Prinzessin, „tun Sie mir den Gefallen Nannette, gehen Sie selbst herab, und sorgen Sie, daß man die Nelkenstöcke in meinen Pavillon trage, die Leute sind saumselig genug, um nichts auszurichten." – Das Fräulein sprang auf, verbeugte sich sehr zeremoniös, flog dann aber schnell zum Zimmer heraus, wie ein Vogel, dem man den Käfig geöffnet.

„Ich kann", wandte sich die Prinzessin zum Kreisler, „ich kann nun einmal nichts herausbringen, wenn ich nicht mit dem Lehrer allein bin, der den Beichtvater vorstellt, dem man ohne Scheu alle Sünden vertrauen kann. Überhaupt werden Sie, lieber Kreisler, die steife Etiquette bei uns seltsam, werden es lästig finden, daß ich überall von Hofdamen umgeben, gehütet werde, wie die Königin von Spanien. – Wenigstens sollte man hier in dem schönen Sieghartshof mehr Freiheit genießen. Wäre der Fürst im Schlosse, ich hätte Nannette nicht fortschicken dürfen, die sich selbst bei unseren musikalischen Studien ebensosehr langeweilt, als sie mich geniert. – Fangen wir noch einmal an, jetzt wird es besser gehen." – Kreisler, bei dem Unterricht die Geduld selbst, begann das Gesangstück, welches die Prinzessin einzustudieren unternommen, von neuem, aber so sichtlich Hedwiga sich auch mühte, soviel Kreisler auch einhelfen mochte, sie verirrte sich in Takt und Ton, sie machte Fehler über Fehler, bis sie glutrot im ganzen Gesicht aufsprang, an das Fenster lief, und hinausschaute in den Park. Kreisler glaubte zu bemerken, daß die Prinzessin heftig weine, und fand seinen ersten Unterricht, den ganzen Auftritt, etwas peinlich. Was konnte er Bessers tun, als versuchen, ob der feindliche unmusikalische Geist, der die Prinzessin zu verstören schiene, sich nicht bannen lasse eben durch Musik. Er ließ daher allerlei angenehme Melodieen fortströmen, variierte die bekanntesten Lieblingslieder in kontrapunktischen Wendungen und melismatischen Schnörkeln, so daß er zuletzt sich selbst darüber wunderte, wie er so scharmant den Flügel zu spielen verstehe, und die Prinzessin vergaß, samt ihrer Arie, und ihrer rücksichtslosen Ungeduld.

„Wie herrlich doch der Geierstein in der leuchtenden Abendsonne steht", sprach die Prinzessin, ohne sich umzuwenden.

Kreisler war eben in einer Dissonanz begriffen, natürlicherweise mußte er diese auflösen, und konnte daher nicht mit der Prinzessin den Geierstein und die Abendsonne bewundern. „Gibt's wohl einen reizendern Aufenthalt weit und breit, als unser Sieghartshof", sprach Hedwiga lauter und stärker als vorher! – Nun mußte Kreisler wohl, nachdem er einen tüchtigen Schlußakkord angeschlagen, zu der Prinzessin an das Fenster treten, der Aufforderung zum Gespräch höflich genügend.

„In der Tat", sprach der Kapellmeister, „in der Tat, gnädigste Prinzessin, der Park ist herrlich, und ganz besonders ist es mir lieb, daß sämtliche Bäume grünes Laub tragen, welches ich überhaupt an allen Bäumen, Sträuchern und Gräsern sehr bewundere und verehre, und jeden Frühling dem Allmächtigen danke, daß es wieder grün worden, und nicht rot, welches in jeder Landschaft zu tadeln, und bei den besten Landschaftern, wie z. B. Claude Lorrain oder Berghem, ja selbst bei Hackert, der bloß seine Wiesengründe was weniges pudert, nirgends zu finden."

Kreisler wollte weiterreden, als er aber in den kleinen Spiegel, der zur Seite des Fensters angebracht, der Prinzessin todbleiches, seltsam verstörtes Antlitz erblickte, verstummte er vor dem Schauer, der sein Inneres durcheiste.

Die Prinzessin unterbrach endlich das Schweigen, indem sie, ohne sich umzuwenden, immerfort hinausschauend, mit dem rührenden Ton der tiefsten Wehmut sprach: „Kreisler, das Schicksal will es nun einmal, daß ich Ihnen überall wie von seltsamen Einbildungen geplagt – aufgeregt, ich möchte sagen, albern, erscheine, daß ich Ihnen Stoff darbieten soll, Ihren schneidenden Humor an mir zu üben. Es ist Zeit, Ihnen zu erklären, daß, und warum Sie es sind, dessen Anblick mich in einen Zustand versetzt, der dem nervenerschütternden Anfall eines heftigen Fiebers zu vergleichen. Erfahren Sie alles. Ein offnes Geständnis wird meine Brust erleichtern, und mir die Möglichkeit verschaffen, Ihren Anblick, Ihre Gegenwart, zu ertragen. – Als ich Sie zum erstenmal dort im Park antraf, da erfüllten Sie, da erfüllte Ihr ganzes Betragen, mich mit dem tiefsten Entsetzen, selbst wußte ich nicht warum! – aber es war eine Erinnerung aus meinen frühsten Kinderjahren, die plötzlich mit all ihrem Schrecken in mir aufstieg, und die sich erst später in einem seltsamen Traume deutlich gestaltete. – An unserm Hofe befand sich ein Maler, Ettlinger geheißen, den Fürst und Fürstin sehr hoch hielten, da sein Talent wunderbar zu nennen. Sie finden auf der Galerie vortreffliche Gemälde von seiner Hand, auf allen erblicken Sie die Fürstin, in dieser jener Gestalt, in der historischen Gruppe angebracht. Das schönste Gemälde, das die höchste Bewunderung aller Kenner erregt, hängt aber in dem Kabinett des Fürsten. Es ist das Porträt der Fürstin, die er, als sie in der höchsten Blüte der Jugend stand, ohne daß sie ihm jemals gesessen, so ähnlich malte, als habe er das Bild aus dem Spiegel gestohlen. Leonhard, so wurde der Maler mit seinem Vornamen am Hofe genannt, muß ein milder guter Mensch gewesen sein. Alle Liebe, deren meine kindische Brust fähig, ich mochte kaum drei Jahre alt sein, hatte ich ihm zugewandt, ich wollte, er sollte mich nie verlassen. Aber unermüdlich spielte er auch mit mir, malte mir kleine bunte Bilder, schnitt mir allerlei Figuren aus. Plötzlich, es mochte ein Jahr vergangen sein, blieb er aus. Die Frau, der meine erste Erziehung anvertraut, sagte mir mit Tränen in den Augen, Herr Leonhard sei gestorben. Ich war untröstlich, ich mochte nicht mehr in dem Zimmer bleiben, wo Leonhard mit mir gespielt. Sowie ich nur konnte, entschlüpfte ich meiner Erzieherin, den Kammerfrauen, lief im Schlosse umher rief laut den Namen: Leonhard! Denn immer glaubt ich, es sei nicht wahr, daß er gestorben, und er sei irgendwo im Schlosse versteckt. So begab es sich, daß ich auch an einem Abend, als die Erzieherin sich nur auf einen Augenblick entfernt, mich aus dem Zimmer schlich, um die Fürstin aufzusuchen. Die sollte mir sagen, wo Herr Leonhard sei, und mir ihn wiederschaffen. Die Türen des Korridors standen offen, und so gelangte ich wirklich zur Haupttreppe, die ich hinauflief, und oben, auf gut Glück, in das erste geöffnete Zimmer trat. Als ich mich nun umschaute, wurde die Türe, die, wie ich meinte, in die Gemächer der Fürstin führen mußte, und an die ich zu pochen im Begriff stand, heftig aufgestoßen, und hinein stürzte ein Mensch in zerrissenen Kleidern, mit verwildertem Haar. Es war Leonhard, der mich mit fürchterlich funkelnden Augen anstarrte. Totenbleich, eingefallen, kaum wiederzuerkennen, war sein Antlitz. ‚Ach, Herr Leonhard', rief ich, ‚wie siehst du aus, warum bist du so blaß, warum hast du solche glühende Augen, warum starrst du mich so an? – Ich fürchte mich vor dir! – O sei doch gut wie sonst – male mir wieder hübsche bunte Bilder!' – da sprang Leonhard mit einem wilden wiehernden Gelächter auf mich los – eine Kette die um den Leib befestigt schien, klirrte ihm nach – kauerte nieder auf den Boden, sprach mit heiserer Stimme: ‚Ha ha, kleine Prinzeß – bunte Bilder? – ja nun kann ich erst recht malen, malen – nun will ich dir ein Bild malen und deine schöne Mutter! nicht wahr, du hast eine schöne Mutter? – Aber bitte sie, daß sie mich nicht wieder verwandelt – ich will nicht der elende Mensch Leonhard Ettlinger sein – der ist längst gestorben. Ich bin der rote Geier und kann malen, wenn ich Farbenstrahlen gespeist! – ja malen kann ich, wenn ich heißes Herzblut habe zum Firnis – und dein Herzblut brauche ich, kleine Prinzeß!' – Und damit faßte er mich, riß mich an sich, entblößte mir den Hals, mir war's, als sähe ich ein kleines Messer in seiner Hand blinken. Auf das durchdringende Angstgeschrei, das ich ausstieß, stürzten Diener hinein, und warfen sich her über den Wahnsinnigen. Der schlug sie aber mit Riesenkraft zu Boden. In demselben Augenblick polterte und klirrte es aber die Treppe herauf, ein großer starker Mann sprang hinein mit dem lauten Ausruf: ‚Jesus, er ist mir entsprungen! Jesus, das Unglück! – Warte warte Höllenkerl!' – Sowie der Wahnsinnige diesen Mann gewahrte, schienen ihn plötzlich alle Kräfte zu verlassen, heulend stürzte er zu Boden. Man legte ihm die Ketten an, die der Mann mitgebracht, man führte ihn fort, indem er entsetzliche Töne ausstieß, wie ein gefesseltes wildes Tier.

Sie mögen sich es denken, mit welcher verstörenden Gewalt dieser entsetzliche Auftritt das vierjährige Kind erfassen mußte. Man versuchte mich zu trösten, mir begreiflich zu machen, was wahnsinnig sei. Ohne dies ganz zu verstehen, ging doch ein tiefes namenloses Grausen durch mein Inneres, das noch jetzt wiederkehrt, wenn ich einen Wahnsinnigen erblicke, ja wenn ich nur an den fürchterlichen Zustand denke, der einer fortgesetzten ununterbrochenen Todesqual zu vergleichen. – Jenem Unglücklichen sehen Sie ähnlich Kreisler, als wären Sie sein Bruder. – Vorzüglich erinnert mich Ihr Blick, den ich oft seltsam nennen möchte, nur zu lebhaft an Leonhard, und dies ist es, was mich, als ich Sie zum erstenmal erblickte, außer Fassung brachte, was mich noch jetzt in Ihrer Gegenwart beunruhigt – beängstigt!"

Kreisler stand da, tief erschüttert, keines Wortes mächtig. Von jeher hatte er die fixe Idee, daß der Wahnsinn auf ihn lauere, wie ein nach Beute lechzendes Raubtier, und ihn einmal plötzlich zerfleischen werde; er erbebte nun in demselben Grausen, das die Prinzessin bei seinem Anblick erfaßt, vor sich selbst, rang mit dem schauerlichen Gedanken, daß er es gewesen, der die Prinzessin in der Raserei ermorden wollen.

Nach einigen Augenblicken des Schweigens fuhr die Prinzessin fort: „Der unglückliche Leonhard liebte insgeheim meine Mutter, und diese Liebe, schon selbst Wahnsinn, brach zuletzt aus in Wut und Raserei."

„So", sprach Kreisler sehr weich und mild wie er pflegte, wenn ein Sturm im Innern vorübergegangen, „so war in Leonhards Brust nicht die Liebe des Künstlers aufgegangen."

„Was wollen Sie damit sagen, Kreisler", fragte die Prinzessin, indem sie sich rasch umwandte.

„Als", erwiderte Kreisler sanft lächelnd, „als ich einst in einem hinlänglich toll lustigen Schauspiel einen Witzbold von Diener die Spielleute mit der süßen Anrede beehren hörte: ‚Ihr guten Leute und schlechten Musikanten', teilte ich, wie der Weltenrichter, flugs alles Menschenvolk in zwei verschiedene Haufen, einer davon bestand aber aus den guten Leuten, die schlechte, oder vielmehr gar keine Musikanten sind, der andere aber aus den eigentlichen Musikanten. Doch niemand sollte verdammt, sondern alle sollten selig werden, wiewohl auf verschiedene Weise. – Die guten Leute verlieben sich leichtlich in ein paar schöne Augen, strecken beide Ärme aus nach der angenehmen Person, aus deren Antlitz besagte Augen strahlen, schließen die Holde ein in Kreise, die, immer enger und enger werdend, zuletzt zusammenschrumpfen zum Trauring, den sie der Geliebten an den Finger stecken, als pars pro toto – Sie verstehen einiges Latein, gnädigste Prinzeß – als pars pro toto sag ich, als Glied der Kette, an der sie die in Liebeshaft Genommene heimführen in das Ehestandsgefängnis. Dabei schreien sie denn ungemein. ‚O Gott' – oder ‚o Himmel!' oder, sind sie der Astronomie ergeben, ‚o ihr Sterne!' oder haben sie Inklination zum Heidentum, ‚o all ihr Götter, sie ist mein, die Schönste, all mein sehnend Hoffen erfüllt!' – Also lärmend, gedenken die guten Leute es nachzumachen den Musikanten, jedoch vergebens, da es mit der Liebe dieser durchaus sich anders verhält. – Es begibt sich wohl, daß besagten Musikanten unsichtbare Hände urplötzlich den Flor wegziehen, der ihre Augen verhüllte, und sie erschauen, auf Erden wandelnd, das Engelsbild, das, ein süßes unerforschtes Geheimnis, schweigend ruhte in ihrer Brust. Und nun lodert auf in reinem Himmelsfeuer, das nur leuchtet und wärmt, ohne mit verderblichen Flammen zu vernichten, alles Entzücken, alle namenlose Wonne des höheren aus dem Innersten emporkeimenden Lebens, und tausend Fühlhörner streckt der Geist aus in brünstigem Verlangen, und umnetzt die, die er geschaut, und hat sie, und hat sie nie, da die Sehnsucht ewig dürstend fortlebt! – Und *sie*, *sie* selbst ist es, die Herrliche, die, zum Leben gestaltete Ahnung, aus der Seele des Künstlers hervorleuchtet, als Gesang – Bild – Gedicht! – Ach, Gnädigste, glauben Sie mir, sein Sie überzeugt, daß wahre Musikanten, die mit ihren leiblichen Armen und den darangewachsenen Händen nichts tun, als passabel musizieren, sei es nun mit der Feder, mit dem Pinsel oder sonst, in der Tat nach der wahrhaften Geliebten nichts ausstrecken, als geistige Fühlhörner, an denen weder Hand noch Finger befindlich, die mit konvenabler Zierlichkeit einen Trauring erfassen und anstecken könnten an den kleinen Finger der Angebeteten, schnöde Mesalliancen sind daher durchaus nicht zu befürchten, und scheint ziemlich gleichgültig, ob die Geliebte, die in dem Innern des Künstlers lebt, eine Fürstin ist oder eine Bäckerstochter, insofern letztere nur keine Eule. Besagte Musikanten, schaffen, sind sie in Liebe gekommen, mit der Begeisterung des Himmels, herrliche Werke, und sterben weder elendiglich dahin an der Schwindsucht, noch werden sie wahnsinnig. Sehr verdenke ich es daher dem Herrn Leonhard Ettlinger, daß er in einige Raserei verfiel, er hätte, nach der Art echter Musikanten, die durchlauchtige Frau Fürstin ohne allen Nachteil lieben können wie er nur wollte!“

Die humoristischen Töne, die der Kapellmeister anschlug, gingen bei dem Ohr der Prinzessin vorüber, unvernommen oder übertönt von dem Nachhall der Saite, die er berührt, und die in der weiblichen Brust schärfer gespannt, stärker vibrieren mußte als alle übrigen.

„Die Liebe des Künstlers“, sprach sie, indem sie niedersank in den Lehnstuhl, und wie im Nachsinnen den Kopf auf die Hand stützte, „die Liebe des Künstlers! – so geliebt zu werden!

– o es ist ein schöner herrlicher Traum des Himmels – nur ein Traum, ein leerer Traum. –“

„Sie scheinen“, nahm Kreisler das Wort, „Sie scheinen, Gnädigste, für Träume eben nicht sehr portiert, und doch sind es lediglich die Träume, in denen uns recht die Schmetterlingsflügel wachsen, so daß wir dem engsten festesten Kerker zu entfliehen, uns bunt und glänzend in die hohen, in die höchsten Lüfte zu erheben vermögen. Jeder Mensch hat doch am Ende einen angebornen Hang zum Fliegen, und ich habe ernste honette Leute gekannt, die am späten Abend sich bloß mit Champagner, als einem dienlichen Gas, füllten um in der Nacht, Luftballon und Passagier zugleich, aufsteigen zu können.“

„Sich so geliebt zu wissen“, wiederholte die Prinzessin noch bewegter als vorher.

„Und“, sprach, als die Prinzessin schwieg, Kreisler weiter, „und was die Liebe des Künstlers betrifft, wie ich sie zu schildern mich bemüht, so haben Sie, Gnädigste! freilich das böse Beispiel des Herrn Leonhard Ettlinger vor Augen, der Musikant war und lieben wollte, wie die guten Leute, worüber sein schöner Verstand freilich etwas wacklicht werden konnte, aber ebendeshalb mein ich, war Herr Leonhard kein echter Musikant. Diese tragen die erkorne Dame im Herzen, und wollen nichts als ihr zu Ehren singen, dichten, malen, und sind in der vorzüglichsten Courtoisie den galanten Rittern zu vergleichen, ja was unschuldsvolle Gesinnung betrifft, ihnen vorzuziehen, da sie nicht verfahren wie sonst diese, die, blutdürstiger Weise, waren nicht gleich Riesen, Drachen bei der Hand, die schätzbarsten Leute niederstreckten in den Staub, um der Herzensdame zu huldigen!“

„Nein“, rief die Prinzessin, wie erwachend aus einem Traum, „nein es ist unmöglich, daß in der Brust des Mannes ein solch reines Vestasfeuer sich entzünden sollte! – Was ist die Liebe des Mannes anders, als die verräterische Waffe, die er gebraucht, einen Sieg zu feiern, der das Weib verdirbt, ohne ihn zu beglücken.“

Kreisler wollte sich eben über solche absonderliche Gesinnungen einer siebzehn- achtzehnjährigen Prinzessin höchlich verwundern, als die Türe aufging, und Prinz Ignatius hineintrat.

Der Kapellmeister war froh, ein Gespräch zu enden, das er sehr gut mit einem wohleingerichteten Duett verglich, in dem jede Stimme ihrem eigentümlichen Charakter getreu bleiben muß. Während die Prinzessin, so behauptete er, im wehmütigen Adagio beharrt, und nur hie und da einen Mordent, einen Pralltriller angebracht, sei er als ein vorzüglicher Buffo und erzkomischer Chanteur mit einer ganzen Legion kurzer Noten parlando dazwischengefahren, so daß er, da das Ganze ein wahres Meisterstück der Komposition und der Ausführung zu nennen, nichts weiter gewünscht, als der Prinzessin und sich selbst zuhören zu können aus irgendeiner Loge oder einem schicklichen Sperrsitz.

Also Prinz Ignatius trat hinein mit einer zerbrochenen Tasse in der Hand, schluchzend und weinend.

Es ist nötig, zu sagen, daß der Prinz, unerachtet hoch in die zwanzig, doch sich noch immer nicht von den Lieblingsspielen der Kinderjahre trennen konnte. Ganz vorzüglich liebte er schöne Tassen, mit denen er stundenlang in der Art spielen konnte, daß er sie in Reihen vor sich hinstellte auf den Tisch, und diese Reihen immer anders und anders ordnete, so daß bald die gelbe Tasse neben der roten, dann die grüne bei der roten u. s. w. stehen mußte. Dabei freute er sich so innig, so herzlich, wie ein frohes zufriedenes Kind.

Das Unglück, worüber er jetzt lamentierte, bestand darin, daß ihm der kleine Mops unversehens auf den Tisch gesprungen war, und die schönste der Tassen herabgeworfen hatte.

Die Prinzessin versprach, dafür zu sorgen, daß er eine Mundtasse im neuesten Geschmack aus Paris erhalten solle. Da gab er sich zufrieden, und lächelte mit dem ganzen Gesicht. Jetzt erst schien er den Kapellmeister zu bemerken. Er wandte sich zu ihm mit der Frage, ob er auch viele schöne Tassen besitze. Kreisler wußte schon, von Meister Abraham hatte [er] es erfahren, was man darauf zu antworten. Er versicherte nämlich, daß er keinesweges solche schöne Tassen besitze, wie der gnädigste Herr, und daß es ihm auch ganz unmöglich sei, so viel Geld darauf zu verwenden, als der gnädigste Herr es tue.

„Sehn Sie wohl", erwiderte Ignaz sehr vergnügt, „sehen Sie wohl, ich bin ein Prinz und kann deshalb schöne Tassen haben, wie ich nur mag, aber das können Sie nicht, weil Sie kein Prinz sind, denn weil ich nun einmal ganz gewiß ein Prinz bin, so sind schöne Tassen –" Tassen und Prinzen, und Prinzen und Tassen, gingen nun durcheinander in immer mehr verwirrter Rede, und dabei lachte und hüpfte Ignatius und klopfte in die Hände vor seligem Vergnügen! – Hedwiga schlug errötend die Augen nieder, sie schämte sich des imbezillen Bruders, sie fürchtete mit Unrecht Kreislers Spott, dem, nach seiner innersten Gemütsstimmung, des Prinzen Albernheit, als ein Zustand des wirklichen Wahnsinnes, nur ein Mitleid erregte, das eben nicht wohltun konnte, vielmehr die Spannung des Augenblicks vermehren mußte. Um den Armen nur abzubringen von den unseligen Tassen, bat die Prinzessin ihn, die kleine Handbibliothek in Ordnung zu bringen, die in einem zierlichen Wandschrank aufgestellt stand. Ganz vergnügt, unter fröhlichem Gelächter, begann der Prinz sogleich, die sauber gebundenen Bücher herauszunehmen, und sie, nach dem Format sorglich ordnend, so hinzustellen, daß die goldnen Schnitte nach außen stehend, eine blanke Reihe formten, worüber er sich über alle Maßen freute.

Fräulein Nannette stürzte hinein, und rief laut: „Der Fürst, der Fürst mit dem Prinzen!" – „O mein Gott", sprach die Prinzessin, „meine Toilette, in der Tat, Kreisler, wir haben die Stunden verplaudert, ohne daran zu denken. – Ich habe mich ganz vergessen! – Mich und den Fürsten und den Prinzen." Sie verschwand mit Nannetten in das Nebengemach. Prinz Ignaz ließ sich in seinem Geschäft gar nicht stören.

Schon rollte der Staatswagen des Fürsten heran, als Kreisler sich unten an der Haupttreppe befand, stiegen eben die beiden Laufer in Staatslivree aus der Wurst. – Das muß näher erklärt werden.

Fürst Irenäus ließ nicht ab von dem alten Brauch, und so hatte er zur selben Zeit, als kein schnellfüßiger Hanswurst in bunter Jacke vor den Pferden herzulaufen genötigt, wie ein gehetztes Tier, in der zahlreichen Dienerschaft von allen Waffen, auch noch zwei Laufer, artige hübsche Leute von gesetzten Jahren; wohlgefüttert, und nur zuweilen von Unterleibsbeschwerden geplagt, wegen der sitzenden Lebensweise. Viel zu menschenfreundlich war nämlich der Fürst gesinnt, um irgendeinem Diener zuzumuten, daß er sich zuzeiten umsetze in ein Windspiel, oder einen andern vergnügten Köter, um indessen doch die gehörige Etiquette im Ansehen zu erhalten, mußten die beiden Laufer, fuhr der Fürst in Gala aus, vorauffahren auf einer passablen Wurst, und an schicklichen Stellen, wo z. B. einige Gaffer sich versammelt, etwas die Beine rühren, als Andeutung des wirklichen Laufs. – Es war hübsch anzusehen.

Also – die Laufer waren eben ausgestiegen, die Kammerherrn traten ins Portal, und ihnen folgte Fürst Irenäus, an dessen Seite ein junger Mann von stattlichem Ansehen daherschritt, in reicher Uniform der neapolitanischen Garde, Sterne und Kreuze auf der Brust. – „Je vous salue Monsieur de Krösel", sprach der Fürst, als er Kreisler erblickte. – Krösel pflegte er zu sagen, statt Kreisler, wenn er bei festlichen, feierlichen Gelegenheiten Französisch sprach, und sich auf keinen deutschen Namen recht besinnen konnte. Der fremde Prinz – denn den jungen stattlichen Mann hatte doch wohl die Fräulein Nannette gemeint, als sie rief, daß der Fürst komme mit dem Prinzen – nickte Kreislern im Vorbeigehen flüchtig zu mit dem Kopfe, eine Art der Begrüßung, die Kreislern selbst von den vornehmsten Personen ganz unausstehlich war. Er bückte sich daher bis tief an die Erde auf solch burleske Weise, daß der dicke Hofmarschall, der überhaupt Kreislern für einen ausgemachten Spaßmacher, und alles für Spaß hielt, was er tat und sprach, nicht umhin konnte, etwas zu kickern. Der junge Fürst warf aus seinen dunkeln Augen Kreislern einen glühenden Blick zu, murmelte zwischen den Zähnen: „Hasenfuß", und schritt dann schnell dem Fürsten nach, der sich mit milder Gravität nach ihm umschaute. – „Für einen italienischen Gardisten", rief Kreisler laut lachend dem Hofmarschall zu, „spricht der durchlauchtige Herr ein passables Deutsch, sagen Sie ihm, beste Exzellenz, daß ich ihm dafür dienen mit dem auserlesensten Neapolitanisch und dabei kein artiges Romanisch, am wenigsten aber als Gozzische Maske schnödes Venetianisch einschwärzen, kurz kein X vor ein U machen will. – Sagen Sie ihm beste Exzellenz –" Aber die Exzellenz stieg schon, die Schultern hoch heraufgezogen, als Bollwerk und Schutzschanze der Ohren, die Treppe herauf.

Der fürstliche Wagen, mit dem Kreisler gewöhnlich nach Sieghartshof zu fahren pflegte hielt, der alte Jäger öffnete den Schlag und fragte ob's gefällig wäre. In dem Augenblick rannte aber ein Küchenjunge vorbei, heulend und schreiend. „Ach das Unglück – ach das Malheur!" – „Was ist geschehen", rief ihm Kreisler nach. „Ach das Unglück", erwiderte der Küchenjunge noch heftiger weinend, „da drinnen liegen der Herr Oberküchenmeister, in der Verzweiflung, in purer Raserei, und wollen sich durchaus das Ragoutmesser in den Leib stoßen, weil der gnädigste Herr plötzlich befohlen hat zu soupieren, und es ihm an Muscheln fehlt zum italienischen Salat. Er will selbst nach der Stadt, und der Herr Oberstallmeister, weigern sich anspannen zu lassen, da es an einer Ordre des gnädigsten Herrn fehlt" – „Da ist zu helfen", sprach Kreisler, „der Herr Oberküchenmeister steige in gegenwärtigen Wagen, und versehe sich mit den schönsten Muscheln in Sieghartsweiler, während ich zu Fuß nach selbiger Stadt promeniere." – Damit rannte er fort in den Park.

„Große Seele – edles Gemüt – scharmanter Herr!" rief ihm der alte Jäger nach, indem ihm die Tränen in die Augen traten.

In den Flammen des Abendrots stand das ferne Gebürge, und der goldne glühende Widerschein gleitete spielend über den Wiesenplan, durch die Bäume, durch die Büsche, wie getrieben von dem Abendwinde der sich säuselnd erhoben.

Kreisler blieb mitten auf der Brücke stehen, die über einen breiten Arm des Sees nach dem Fischerhäuschen führte, und schaute in das Wasser hinab, in dem sich der Park mit seinen wunderbaren Baumgruppen, der hoch darüber emporragende Geierstein, der seine weißblinkende Ruinen auf dem Haupte, wie eine seltsame Krone trug, abspiegelte in magischem Schimmer. Der zahme Schwan, der auf den Namen Blanche hörte, plätscherte auf dem See daher, den schönen Hals stolz emporgehoben, rauschend mit den glänzenden Schwingen. „Blanche, Blanche", rief Kreisler laut indem er beide Arme weit ausstreckte, „singe dein schönstes Lied, glaube ja nicht, daß du dann sterben mußt! du darfst dich nur singend an meine Brust schmiegen, dann sind deine herrlichsten Töne mein, und nur ich gehe unter in brünstiger Sehnsucht, während du in Liebe und Leben daherschwebst auf den kosenden Wellen!" – Selbst wußte Kreisler nicht, was ihn plötzlich so tief bewegte, er stützte sich auf das Geländer, schloß unwillkürlich die Augen. Da hörte er Julias Gesang, und ein unnennbar süßes Weh durchbebte sein Inneres.

Düstere Wolken zogen daher, und warfen breite Schatten über das Gebürge, über den Wald, wie schwarze Schleier. Ein dumpfer Donner dröhnte im Morgen, stärker sauste der Nachtwind, rauschten die Bäche, und dazwischen schlugen einzelne Töne der Wetterharfe an, wie ferne Orgelklänge, aufgescheucht erhob sich das Geflügel der Nacht, und schweifte kreischend durch das Dickicht.

Kreisler erwachte aus dem Traume, und erblickte seine dunkle Gestalt im Wasser. Da war es ihm, als schaue ihn Ettlinger, der wahnsinnige Maler, an aus der Tiefe. „Hoho", rief er herab, „hoho, bist du da geliebter Doppeltgänger, wackerer Kumpan? – Höre mein ehrlicher Junge, für einen Maler der etwas über die Schnur gehauen, der in stolzen Übermut fürstliches Herzblut verbrauchen wollte, statt Firnis, siehst du passabel genug aus. – Ich glaube am Ende, guter Ettlinger, daß du illustre Familien genarrt hast mit deinem wahnsinnigen Treiben! – Je länger ich dich anschaue, desto mehr gewahre ich an dir die vornehmsten Manieren, und so du magst, will ich der Fürstin Maria versichern, du wärst, was deinen Stand oder deine Lage im Wasser betrifft, ein Mann von dem importantesten Range, und sie könne dich lieben ohne alle weitere Umstände. – Willst du aber, Kumpan, daß die Fürstin noch jetzt deinem Bilde gleiche, so mußt du es nachtun dem fürstlichen Dilettanten, der seine Porträts ausglich mit den zu Porträtierenden, durch geschicktes Anpinseln der letztern. – Nun! – haben sie dich einmal unverdienterweise hinabgeschickt in den Orkus, so trage ich dir hiemit allerlei Neuigkeiten zu! – Wisse verehrter Tollhauskolonist, daß die Wunde die du dem armen Kinde, der schönen Prinzessin Hedwiga beibrachtest, noch immer nicht recht geheilt ist, so daß sie vor Schmerz manchmal allerlei Faxen macht. Trafst du denn ihr Herz so hart, so schmerzlich, daß ihr noch jetzt heißes Blut entquillt, wenn sie deine Larve erblickt, so wie Leichname bluten, wenn der Mörder hinantritt? Rechne es mir nicht zu, Guter, daß sie mich für ein Gespenst hält, und zwar für das deinige. – Aber bin ich so recht in voller Lust ihr zu beweisen, daß ich kein schnöder Revenant bin, sondern der Kapellmeister Kreisler, dann kommt mir der Prinz Ignatius in die Quere, der offenbar an einer Paranoia laboriert, an einer fatuitas, stoliditas, die nach *Kluge* eine sehr angenehme Sorte der eigentlichen Narrheit ist. – Mache mir nicht alle Gesten nach, Maler, wenn ich ernsthaft mit dir rede! – Schon wieder? Fürchtete ich mich nicht vor dem Schnupfen, ich spränge zu dir herab, und prügelte dich erklecklich. – Schere dich zum Teufel halunkischer Mimiker!"

Kreisler sprang schnell fort.

Es war nun ganz finster geworden, Blitze leuchteten durch die schwarzen Wolken, der Donner rollte, und der Regen begann in großen Tropfen herabzufallen. Aus dem Fischerhäuschen strahlte ein helles blendendes Licht, dem eilte Kreisler schnell entgegen.

Unfern der Türe, im vollen Schimmer des Lichts, erblickte Kreisler sein Ebenbild, sein eignes Ich, das neben ihm daherschritt. Vom tiefsten Entsetzen erfaßt, stürzte Kreisler hinein in das Häuschen, sank atemlos, zum Tode erbleicht, in den Sessel.

Meister Abraham, der vor einen kleinen Tische saß, auf dem eine Astrallampe ihre blendende Strahlen umherwarf, in einem großen Folianten lesend, fuhr erschrocken in die Höhe, nahte sich Kreisler, rief: „Um des Himmels willen, was ist Euch, Johannes, wo kommt Ihr her am späten Abend – was hat Euch so entsetzt!"

Mit Mühe ermannte sich Kreisler, und sprach dann mit dumpfer Stimme: „Es ist nun nicht anders, wir sind unserer zwei – ich meine ich und mein Doppeltgänger, der aus dem See gesprungen ist, und mich verfolgt hat, hieher. – Seid barmherzig Meister, nehmt Euern Dolchstock, stoßt den Halunken nieder – er ist rasend, glaubt mir das, und kann uns beide verderben. Er hat draußen das Wetter heraufbeschworen. – Die Geister rühren sich in den Lüften, und ihr Choral zerreißt die menschliche Brust! – Meister – Meister, lockt den Schwan herbei – er soll singen – erstarrt ist mein Gesang, denn der Ich hat seine weiße kalte Totenhand auf meine Brust gelegt, die muß er wegziehen, wenn der Schwan singt – und sich wieder untertauchen in den See." – Meister Abraham ließ Kreislern nicht weiterreden, er sprach ihm zu mit freundlichen Worten, nötigte ihm einige Gläser eines feurigen italienischen Weins ein, den er eben zur Hand hatte, und fragte ihm dann nach und nach ab, wie sich alles begeben.

Aber kaum hatte Kreisler geendet, als Meister Abraham laut lachend rief: „Da sieht man den eingefleischten Fantasten, den vollendeten Geisterseher! – Was den Organisten betrifft, der Euch draußen in dem Park schauerliche Chorale vorgespielt hat, so ist das niemand anders gewesen, als der Nachtwind, der durch die Lüfte brausend daherfuhr, und vor dem die Saiten der Wetterharfe erklangen. Ja ja, Kreisler, die Wetterharfe habt Ihr vergessen, die zwischen den beiden Pavillons am Ende des Parks aufgespannt ist*. Und was Euern Doppeltgänger betrifft, der im Schimmer meiner Astrallampe, neben Euch herlief, so will ich Euch sogleich beweisen, daß, sobald ich nur vor die Tür trete, auch mein Doppeltgänger bei der Hand ist, ja, daß ein jeder, der zu mir hineintritt, solch einen Chevalier d'Honneur seines Ichs, an der Seite leiden muß."

* Der Abt Gattoni zu Mailand ließ, von einem Turme zum andern, funfzehn eiserne Saiten ausspannen und dergestalt stimmen, daß sie die diatonische Tonleiter angaben. Bei jeder Veränderung in der Atmosphäre, erklangen diese Saiten stärker oder schwächer, nach dem Maß jener Veränderung. Man nannte diese Äolsharfe im großen, Riesen- oder Wetterharfe.

Meister Abraham trat vor die Türe, und sogleich stand in dem Schimmer ein zweiter Meister Abraham ihm zur Seite.

Kreisler merkte die Wirkung eines verborgenen Hohlspiegels, und ärgerte sich, wie jeder, dem das Wunderbare, woran er geglaubt, zu Wasser gemacht wird. Dem Menschen behagt das tiefste Entsetzen mehr, als die natürliche Aufklärung dessen, was ihm gespenstisch erschienen, er will sich durchaus nicht mit dieser Welt abfinden lassen; er verlangt etwas zu sehen aus einer andern, die des Körpers nicht bedarf, um sich ihm zu offenbaren.

„Ich kann", sprach Kreisler, „ich kann nun einmal, Meister, Euren seltsamen Hang zu solchen Foppereien nicht begreifen. Ihr präpariert das Wunderbare wie ein geschickter Mundkoch, aus allerlei scharfen Ingredienzien, und meint, daß die Menschen, deren Fantasie, wie der Magen der Schlemmer, flau geworden, irritiert werden müssen durch solches Unwesen. Nichts ist abgeschmackter, als wenn man bei solchen vermaledeiten Kunststückchen, die einem die Brust zusammenschnüren, dahinterkommt, daß alles natürlich zugegangen."

„Natürlich! – natürlich", rief Meister Abraham, „als ein Mann von ziemlichen Verstande, solltet Ihr doch einsehen, daß nichts in der Welt natürlich zugeht, gar nichts! – Oder glaubt Ihr, werter Kapellmeister, daß deshalb, weil wir mit uns zu Gebote stehenden Mitteln eine bestimmte Wirkung hervorzubringen vermögen, uns die aus dem geheimnisvollen Organism strömende Ursache der Wirkung klar vor Augen liegt? – Ihr habt doch sonst vielen Respekt vor meinen Kunststücken gehabt, unerachtet Ihr die Krone davon niemals schautet." – „Ihr meint das unsichtbare Mädchen", sprach Kreisler.

„Allerdings", fuhr der Meister fort, „eben dieses Kunststück – es ist wohl mehr als das – würde Euch bewiesen haben, daß die gemeinste am leichtesten zu berechnende Mechanik oft mit den geheimnisvollsten Wundern der Natur in Beziehung treten, und dann Wirkungen hervorbringen kann, die unerklärlich – selbst dies Wort im gewöhnlichen Sinn genommen, bleiben müssen." „Hm", sprach Kreisler, „wenn Ihr nach der bekannten Theorie des Schalls verfuhret, den Apparat geschickt zu verbergen wußtet, und ein schlaues gewandtes Wesen an der Hand hattet."

„O Chiara!" rief Meister Abraham, indem Tränen in seinen Augen perlten, „o Chiara mein süßes liebes Kind!"

Kreisler hatte noch nie den Alten so tief bewegt gesehen,

wie dieser denn von jeher keiner wehmütigen Empfindung Raum geben wollte, sondern dergleichen wegzuspotten pflegte.

„Was ist das mit der Chiara?“ fragte der Kapellmeister.

„Es ist wohl dumm“, sprach der Meister lächelnd, „es ist wohl dumm, daß ich Euch heute erscheinen muß, wie ein alter weinerlicher Geck, aber die Gestirne wollen es nun einmal, daß ich von einem Moment meines Lebens mit Euch reden soll, über den ich so lange schwieg. – Kommt her Kreisler, schaut dieses große Buch, es ist das merkwürdigste was ich besitze, das Erbstück eines Tausendkünstlers, Severino geheißen, und eben sitze ich da und lese die wunderbarsten Sachen, und schaue die kleine Chiara an, die darin abgebildet, und da stürzt Ihr hinein, außer Euch selbst, und verachtet meine Magie in dem Augenblick, als ich eben in der Erinnerung schwelge an ihr schönstes Wunder, das mein war in der Blütezeit meines Lebens!“

„Nun erzählt nur“, rief Kreisler, „damit ich stracks mit Euch heulen kann –“

„Es ist“, begann Meister Abraham, „es ist nun eben nicht sehr merkwürdig, daß ich, sonst ein junger kräftiger Mann, von ganz hübschem Ansehn, aus übertriebenem Eifer und großer Ruhmbegier, mich matt und krank gearbeitet hatte an der großen Orgel in der Hauptkirche zu Göniönesmühl. Der Arzt sprach: ‚Laufen Sie, werter Orgelbauer, laufen Sie über Berg und Tal, weit in die Welt hinein‘, und das tat ich denn wirklich, indem ich mir den Spaß machte, überall als Mechaniker aufzutreten, und den Leuten die artigsten Kunststücke vorzumachen. Dies ging recht gut, und brachte mir viel Geld ein, bis ich auf den Mann stieß, Severino geheißen, der mich derb auslachte mit meinen Kunststückchen, und durch manches mich beinahe dahin gebracht hätte, mit dem Volk zu glauben, er stehe mit dem Teufel oder wenigstens mit andern honetteren Geistern im Bunde. Das mehreste Aufsehen erregte sein weibliches Orakel, ein Kunststück, das eben später unter dem Namen des unsichtbaren Mädchens bekannt worden. Mitten im Zimmer, von der Decke herab, hing frei eine Kugel von dem feinsten klarsten Glase, und aus dieser Kugel strömten, wie ein linder Hauch, die Antworten auf die an das unsichtbare Wesen gerichtete Fragen. Nicht allein das unbegreiflich Scheinende dieses Phänomens, sondern auch die ins Herz dringende, das Innerste erfassende, Geisterstimme der Unsichtbaren, das Treffende ihrer Antworten, ja ihre wahrhafte Weissagungsgabe, verschaffte dem Künstler unendlichen Zulauf. Ich drängte mich an ihn, ich sprach viel von meinen mechanischen Kunststücken, er verachtete aber, wiewohl im andern Sinn, als Ihr es tut Kreisler, all mein Wissen, und bestand darauf, ich sollte ihm eine Wasserorgel bauen, zu seinem häuslichen Gebrauch, unerachtet ich ihm bewies, daß, wie auch der verstorbene Herr Hofrat Meister zu Göttingen in seinem Traktat: De veterum Hydraulo versichre, an einem solchen Hydraulos gar nichts sei, und nichts erspart werde, als einige Pfund Luft, die man, dem Himmel sei es gedankt, doch noch überall umsonst haben könne. Endlich beteuerte Severino, er brauche die sanfteren Töne eines solchen Instruments, um der Unsichtbaren beizustehen, und er wolle mir das Geheimnis entdecken, wenn ich auf das Sakrament schwöre, es weder selbst zu gebrauchen, noch andern zu entdecken, wiewohl er glaube, daß es nicht leicht möglich sein werde, sein Kunstwerk nachzuahmen ohne – hier stockte er und machte ein geheimnisvoll süßes Gesicht, wie weiland Cagliostro, wenn er von seinen zaubrischen Verzückungen zu Weibern sprach. Voll Begier, die Unsichtbare zu schauen, versprach ich die Wasserorgel zu verfertigen, so gut es ginge, und nun schenkte er mir sein Zutrauen – gewann mich sogar lieb, als ich ihm willig Beistand leistete in seinen Arbeiten. Eines Tages, eben wollte ich zu Severino gehen, war das Volk auf der Straße zusammengelaufen. Man sagte mir, ein anständig gekleideter Mann sei ohnmächtig zu Boden gefallen. Ich drängte mich durch, und erkannte Severino, den man eben aufhob und ins nächste Haus trug. Ein Arzt, der des Weges gekommen, nahm sich seiner an. Severino schlug, nachdem verschiedne Mittel angewandt, mit einem tiefen Seufzer die Augen auf. Der Blick, mit dem er unter den krampfhaft zusammengezogenen Augenbraunen, mich anstarrte, war furchtbar, alle Schrecken des Todeskampfs glühten darin in düstrem Feuer. Seine Lippen bebten, er versuchte zu reden, und vermocht's nicht. Endlich schlug er einigemal heftig mit der Hand auf die Westentasche. Ich faßte hinein, und zog einige Schlüssel hervor. ‚Das sind die Schlüssel Eurer Wohnung', sprach ich, er nickte mit dem Kopfe. ‚Das ist', fuhr ich fort, indem ich ihm einen von den Schlüsseln vor Augen hielt, ‚das ist der Schlüssel zu dem Kabinett, in das Ihr mich niemals hineinlassen wolltet.' Er nickte aufs neue. Als ich aber weiterfragen wollte, begann er wie in fürchterlicher Angst zu ächzen und zu stöhnen, kalte Schweißtropfen standen ihm auf der Stirne, er breitete die Arme aus, und bog sie im Zirkel zusammen, wie wenn man etwas umfaßt, und wies auf mich. ‚Er will', sprach der Arzt, ‚daß Sie seine Sachen, seine Apparate, in Sicherheit bringen, vielleicht, stirbt er, behalten sollen?' Severino nickte stärker mit dem Kopfe, schrie endlich: ‚Corre!' und sank aufs neue ohnmächtig zurück. Schnell eilte ich nun nach Severinos Wohnung, vor Neugier, vor Erwartung bebend, öffnete ich das Kabinett, in dem die geheimnisvolle Unsichtbare verschlossen sein mußte, und erstaunte nicht wenig, als ich es ganz leer fand. Das einzige Fenster war dicht verhängt, so daß das Licht nur hineindämmerte, und ein großer Spiegel hing an der Wand, der Türe des Zimmers gegenüber. Sowie ich zufällig vor diesen Spiegel trat, und meine Gestalt im schwachen Schimmer erblickte, durchströmte mich ein seltsames Gefühl, als befände ich mich auf dem Isolierstuhl einer Elektrisiermaschine. In demselben Augenblick sprach die Stimme des unsichtbaren Mädchens auf italienisch: ‚Verschont mich nur heute Vater! – geißelt mich nicht so grausam, Ihr seid ja doch nun gestorben!' – Schnell öffnete ich die Türe des Zimmers, so, daß das volle Licht hineinströmte, aber keine lebendige Seele konnt ich erblicken. ‚Es ist gut', sprach die Stimme, ‚es ist gut Vater, daß Ihr Herrn Liscov geschickt habt, aber der läßt es nicht mehr zu, daß Ihr mich geißelt, er zerbricht den Magnet, und Ihr könnt nicht mehr aus dem Grabe heraus, in das er Euch legen läßt, Ihr möget Euch sträuben wie Ihr wollt, denn Ihr seid doch nun ein Verstorbner, und gehört nicht mehr dem Leben.' Ihr könnt wohl denken, Kreisler, daß mich tiefe Schauer durchbebten, da ich niemand sah, und die Stimme doch dicht vor meinen Ohren schwebte. ‚Teufel', sprach ich laut, um mich zu ermutigen, ‚säh ich nur irgendwo ein lumpiges Fläschlein, so würd ich es zerschmeißen, und der diable boiteux stünde, seinem Kerker entronnen, leibhaftig vor mir, aber so –' Nun kam es mir plötzlich vor, als gingen die leisen Seufzer, die durch das Kabinett wehten, aus einem Verschlage hervor der in der Ecke stand, und mir viel zu klein schien, um ein menschliches Wesen zu beherbergen. Doch springe ich hin, öffne den Schieber, und zusammengekrümmt, wie ein Wurm, liegt ein Mädchen darin, starrt mich an mit großen wunderbar schönen Augen, streckt endlich mir den Arm entgegen, als ich rufe: ‚Komm heraus mein Lämmchen, komm heraus meine kleine Unsichtbare!' – Ich faßt endlich die Hand, die sie emporhält, und ein elektrischer Schlag fährt mir durch alle Glieder." – „Halt", rief Kreisler, „halt,

Meister Abraham, was ist das, als ich das erstemal zufällig der Prinzessin Hedwiga Hand berührte, ging es mir ebenso, und noch immer, wiewohl schwächer, fühl ich dieselbe Wirkung, wenn sie mir sehr gnädig die Hand reicht." – „Hoho", erwiderte Meister Abraham, „hoho, am Ende ist unser Prinzeßlein eine Art von Gymnotus electricus oder Raja torpedo oder Trichiurus indicus, wie in gewisser Art meine süße Chiara es war, oder auch wohl nur eine muntere Hausmaus, wie jene, die dem wackern Signor Cotugno eine tüchtige Ohrfeige versetzte, als er sie beim Rücken erfaßte, um sie zu sezieren, was Ihr freilich mit der Prinzessin nicht im Sinn haben konntet! – Doch sprechen wir ein andermal von der Prinzessin, und bleiben wir jetzt bei meiner Unsichtbaren! – Als ich erschrocken über den unvermuteten Schlag des kleinen Torpedo zurückprallte, sprach das Mädchen mit wunderbar anmutigen Ton auf deutsch: ‚Ach nehmet es doch ja nur nicht übel, Herr Liscov, aber ich kann nicht anders, der Schmerz ist gar zu groß.' – Ohne mich weiter mit meinem Erstaunen aufzuhalten, faßte ich die Kleine sanft bei den Schultern, zog sie aus dem abscheulichen Gefängnis, und ein zart gebautes liebliches Ding in der Größe eines zwölfjährigen Mädchens, nach der körperlichen Ausbildung zu urteilen, aber wenigstens sechszehn Jahre alt, stand vor mir. Schaut nur dort ins Buch hinein, das Bild ist ähnlich, und Ihr werdet gestehen müssen, daß es kein lieblicheres ausdrucksvolleres Antlitz geben kann, wozu Ihr aber rechnen müßt, daß das wunderbare, das Innerste entzündende, Feuer der schönsten schwarzen Augen in keinem Bilde zu erreichen. Jeder, der nicht auf eine Schneehaut und Flachshaar erpicht ist, mußte das Gesichtlein für vollendet schön anerkennen, denn freilich war die Haut meiner Chiara etwas zu braun, und ihr Haar glänzte im brennenden Schwarz. – Chiara – Ihr wißt nun schon, daß die kleine Unsichtbare so geheißen war – Chiara fiel vor mir nieder, ganz Wehmut und Schmerz, ein Tränenstrom stürzte ihr aus den Augen, und sie sprach mit einem unnennbaren Ausdruck: ‚Je suis sauvée.' Ich fühlte mich von dem tiefsten Mitleid durchdrungen, ich ahnte entsetzliche Dinge! – Man brachte jetzt Severinos Leiche, ein zweiter Anfall des Schlages hatte ihn, gleich nachdem ich ihn verlassen, getötet. Sowie Chiara den Leichnam gewahrte, versiegten ihre Tränen, sie schaute den toten Severino an mit ernstem Blick, und entfernte sich dann, als die Leute, die mitgekommen, sie neugierig betrachteten, und lachend meinten, das sei wohl gar am

Ende das unsichtbare Mädchen in dem Kabinett. Ich fand es unmöglich, das Mädchen allein zu lassen bei dem Leichnam, die gutmütigen Wirtsleute erklärten sich bereit, sie bei sich aufzunehmen. Als ich nun aber, nachdem sich alles entfernt, hineintrat ins Kabinett, saß Chiara vor dem Spiegel in dem seltsamsten Zustande. Mit fest auf den Spiegel gerichteten Augen schien sie nichts zu gewahren, gleich einer Mondsüchtigen. Sie lispelte unverständliche Worte, die aber immer deutlicher und deutlicher wurden, bis sie, Deutsch, Französisch, Italienisch, Spanisch wechselnd, von Dingen sprach, die sich auf entfernte Personen zu beziehen schienen. – Ich bemerkte zu meinem nicht geringen Erstaunen, daß gerade die Stunde eingetreten, in der Severino das weibliche Orakel reden zu lassen pflegte. – Endlich schloß Chiara die Augen, und schien in tiefen Schlaf verfallen. Ich nahm das arme Kind in meine Arme, und trug sie herab zu den Wirtsleuten. Am andern Morgen fand ich die Kleine heiter, und ruhig, erst jetzt schien sie ihre Freiheit ganz zu begreifen, und erzählte alles, was ich zu wissen verlangte. – Es wird Euch nicht verschnupfen, Kapellmeister, unerachtet Ihr sonst auf gute Geburt was haltet, daß meine kleine Chiara nichts anders war, als ein Zigeunermägdlein, die mit einer ganzen Bande des schmutzigen Volks auf dem Markte in irgendeiner großen Stadt, von Häschern bewacht, sich von der Sonne braten ließ, als eben Severino vorüberging. ‚Blanker Bruder, soll ich dir wahrsagen?' rief ihn das achtjährige Mädchen an. Severino sah der Kleinen lange in die Augen, ließ sich dann wirklich die Züge seines Handtellers deuten, und äußerte ein besonderes Erstaunen. Er mußte etwas ganz Besonderes an dem Mädchen gefunden haben, denn sogleich trat er zu dem Polizeilieutenant, der den Zug der verhafteten Zigeuner führte, und meinte, er wolle was Erkleckliches geben, wenn es ihm vergönnt würde, das Zigeunermädchen mit sich zu nehmen. Der Polizeilieutenant erklärte barsch, es sei hier kein Sklavenmarkt, setzte indessen hinzu, daß da die Kleine doch eigentlich nicht zu den wirklichen Menschen zu rechnen, und das Zuchthaus nur molestiere, so stände sie zu Befehl, wenn der Herr zehn Dukaten zur Stadtarmenkasse zahlen wolle. Severino zog sogleich seinen Beutel hervor, und zählte die Dukaten ab. Chiara und ihre alte Großmutter, beide hatten die ganze Verhandlung gehört, fingen an zu heulen und zu schreien, und wollten sich nicht trennen. Da traten aber die Häscher hinzu, schmissen die Alte auf den Leiterwagen, der zum Abfahren bereit stand, der Polizeilieutenant, der vielleicht seinen Beutel in dem Augenblick für die Stadtarmenkasse halten mochte, steckte die blanken Dukaten ein, und Severino schleppte die kleine Chiara fort, die er dadurch möglichst zu beruhigen suchte, daß er ihr auf demselben Markt, wo er sie gefunden, ein hübsches neues Röcklein kaufte, und sie überdies mit Zuckerwerk fütterte. – Es ist gewiß, daß Severino damals eben das Kunststück mit dem unsichtbaren Mädchen im Kopf hatte, und in der kleinen Zigeunerin alle Anlagen fand, die Rolle der Unsichtbaren zu übernehmen. Neben einer sorgfältigen Erziehung suchte er auf ihren Organism, der zu einem erhöhten Zustande besonders geeignet, zu wirken. Er brachte diesen erhöhten Zustand, in dem ein prophetischer Geist in dem Mädchen aufglühte, durch künstliche Mittel hervor – denkt an Mesmer und seine furchtbaren Operationen – und versetzte sie jedesmal, wenn sie wahrsagen sollte, in diesen Zustand. Ein unglückliches Ungefähr ließ ihn wahrnehmen, daß die Kleine nach empfundenem Schmerz vorzüglich reizbar war, und daß dann ihre Gabe, das fremde Ich zu durchschauen, bis zum Unglaublichen stieg, so daß sie ganz vergeistigt schien. Und nun geißelte sie der entsetzliche Mensch jedesmal, vor der Operation, die sie in den Zustand des höhern Wissens versetzte, auf die grausamste Weise. Zu dieser Qual kam noch, daß Chiara, die Ärmste, oft tagelang, wenn Severino abwesend, sich zusammenkrümmen mußte in jenem Verschlag, damit, dränge selbst jemand in das Kabinett, doch Chiaras Gegenwart ein Geheimnis bliebe. Ebenso machte sie die Reisen mit Severino in jenem Kasten. Unglücklicher, fürchterlicher, war Chiaras Schicksal, als das jenes Zwerges, den der bekannte Kempelen mit sich führte, und der, in dem Türken versteckt, Schach spielen mußte. – Ich fand in Severinos Pult eine namhafte Summe in Gold und Papieren, es gelang mir, der kleinen Chiara dadurch ein gutes Einkommen zu sichern, den Apparat zum Orakel, das heißt die akustischen Vorrichtungen, im Zimmer und Kabinett vernichtete ich, so wie manches andere Kunstwerk, das nicht transportabel, wogegen ich nach Severinos deutlich ausgesprochenem Vermächtnis, manches Geheimnis aus seinem Nachlaß mir zu eigen machte. Dies alles abgetan, nahm ich von der kleinen Chiara, die die Wirtsleute halten wollten wie ihr liebes Kindlein, den wehmütigsten Abschied, und verließ den Ort. – Ein Jahr war vergangen, ich wollte zurück nach Göniönesmühl, wo der Hochlöbliche Magistrat die Reparatur der Stadtorgel von mir verlangte, aber der Himmel hatte ein besonderes Wohlgefallen daran, mich als Taschenspieler hinzustellen vor den Leuten, und gab daher einem verfluchten Spitzbuben die Macht, meine Börse, in der mein ganzer Reichtum befindlich, zu stehlen, und mich so zu zwingen, noch als berühmter mit vielen Attesten und Konzessionen versehener, Mechaniker, Künste zu machen des nötigen Proviants halber. – Das geschah an einem Örtchen unfern Sieghartsweiler. Eines Abends sitze ich, und hämmere und feile an einem Zauberkästchen, da geht die Türe auf, ein weibliches Wesen tritt hinein, ruft: ‚Nein, ich konnte es nicht länger ertragen, ich mußte Euch nach, Herr Liscov – ich wäre gestorben vor Sehnsucht! – Ihr seid mein Herr, gebietet über mich!‘ – stürzt auf mich zu, will mir zu Füßen fallen, ich fange sie auf in meinen Armen – es ist Chiara! – Kaum erkenne ich das Mädchen, wohl einen Fuß höher, stärker ist sie geworden, ohne daß das den zartesten Formen ihres Wuchses geschadet! – ‚Liebe süße Chiara!‘ rief ich tiefbewegt, und drückte sie an meine Brust! ‚Nicht wahr‘, spricht nun Chiara, ‚Ihr leidet mich bei Euch, Herr Liscov, Ihr verstoßet nicht die arme Chiara, die Euch Freiheit und Leben zu verdanken hat?‘ – Und damit springt sie schnell an den Kasten, den eben ein Postknecht hineinschiebt, drückt dem Kerl so viel Geld in die Hand, daß er mit einem großen Katzensprung zur Türe hinaus, laut ruft: ‚Ei der Daus, das liebe Mohrenkind‘, öffnet den Kasten, nimmt dieses Buch heraus, gibt mir es sprechend: ‚Da Herr Liscov, nehmt das Beste aus Severinos Nachlaß, das Ihr vergessen‘, fängt an, während ich das Buch aufschlage, ganz getrost Kleider und Wäsche auszupacken – Ihr möget denken, Kreisler, daß mich die kleine Chiara in nicht geringe Verlegenheit setzte; aber – nun ist es Zeit, Kerl! daß du auf mich was halten lernst, da du, weil ich dir half dem Oheim die reifen Birnen vom Baume naschen, und ihm hölzerne mit saubrer Malerei hinhängen, oder ihm gedüngtes Pomeranzenwasser hinstellen in der Gießkanne, womit er die auf dem Rasen zum Bleichen ausgespannten weißen Kanevashosen begoß, und einen schönen Marmor herausbrachte ohne Mühe – kurz weil ich dich zu tollen Narrenstreichen anführte, da du, sag ich, sonst mich selbst zu nichts anderm machtest, als zu einem puren Schalksnarren, der niemals ein Herz, oder wenigstens die Hanswurstjacke so dick darübergelegt hatte, daß er nichts von seinen Schlägen spürte! – Brüste dich nicht, Mensch, mit deiner Empfindsamkeit, mit deinen Tränen, denn siehe, schon wieder muß ich, so wie du es nur zu oft tust, niederträchtig flennen, aber der Teufel hole doch alles, wenn man erst im hohen Alter jungen Leuten das Innere aufschließen soll, wie eine Chambre garnie." – Meister Abraham trat ans Fenster, und schaute hinaus in die Nacht. Das Gewitter war vorüber, im Säuseln des Waldes hörte man die einzelnen Tropfen fallen, die der Nachtwind hinabschüttelte. Von fern her aus dem Schlosse ertönte lustige Tanzmusik. „Prinz Hektor", sprach Meister Abraham, „Prinz Hektor eröffnet die Partie à la Chasse mit einigen Sprüngen, glaub ich –"

„Und Chiara?" fragte Kreisler.

„Recht", fuhr Meister Abraham fort, indem er sich erschöpft in den Lehnstuhl niederließ, „recht mein Sohn, daß du mich erinnerst an Chiara, denn ich muß in dieser verhängnisvollen Nacht den Kelch der bittersten Erinnerung nun einmal ausschlürfen bis auf den letzten Tropfen. – Ach! – so wie Chiara geschäftig hin und her hüpfte, wie aus ihren Blicken die reinste Freude strahlte, da fühlt ich es wohl, daß es mir ganz unmöglich sein würde, mich jemals von ihr zu trennen, daß sie mein Weib werden müsse. – Und doch sprach ich: ‚Aber Chiara, was soll ich mit dir anfangen, wenn du nun hier bleibst?' – Chiara trat vor mich hin und sprach sehr ernst: ‚Meister, Ihr findet in dem Buch, das ich Euch gebracht, die genaue Beschreibung des Orakels, Ihr habt ja ohnedies die Vorrichtungen dazu gesehen. – Ich will Euer unsichtbares Mädchen sein!' – ‚Chiara', rief ich ganz bestürzt, ‚Chiara was sprichst du? – Kannst du mich für einen Severino halten!' – ‚O schweigt von Severino', erwiderte Chiara. – Nun was soll ich Euch alles umständlich erzählen, Kreisler, Ihr wißt ja schon, daß ich alle Welt in Erstaunen setzte mit meinem unsichtbaren Mädchen, und möget mir wohl zutrauen, daß ich es verabscheute, auch nur durch irgendein künstliches Mittel meine liebe Chiara aufzuregen, oder auf irgendeine Weise ihre Freiheit zu verschränken. – Sie deutete mir selbst Zeit und Stunde an, wenn sie sich fähig fühlte, oder vielmehr fühlen würde, die Rolle der Unsichtbaren zu spielen, und nur dann sprach mein Orakel. – Überdies war meiner Kleinen jene Rolle zum Bedürfnis geworden. Gewisse Umstände, die Ihr künftig erfahren sollt, brachten mich nach Sieghartsweiler. Es lag in meinem Plan, sehr geheimnisvoll aufzutreten. Ich bezog eine einsame Wohnung, bei der Witwe des fürstlichen Mundkochs, durch die ich sehr bald das Gerücht von meinen wunderbaren Kunststücken an den Hof brachte. Was ich erwartet hatte, geschah. Der Fürst – ich meine den Vater des Fürsten Irenäus – suchte mich auf, und meine weissagende Chiara war die Zauberin, die, wie von überirdischer Kraft beseelt, ihm oft sein eignes Inneres erschloß, so daß er manches, was ihm sonst verschleiert gewesen, jetzt klar durchschaute. Chiara, die mein Weib worden, wohnte bei einem mir vertrauten Mann in Sieghartshof, und kam zu mir im Dunkel der Nacht, so daß ihre Gegenwart ein Geheimnis blieb. Denn seht Kreisler, so versessen sind die Menschen auf Wunder, daß, war auch das Kunststück mit dem unsichtbaren Mädchen nicht anders möglich, als durch die Mitwirkung eines menschlichen Wesens, sie doch das ganze Ding für eine dumme Fopperei geachtet haben würden, sobald sie erfuhren, daß das unsichtbare Mädchen von Fleisch und Bein. So wie denn in jener Stadt den Severino nach seinem Tode, alle Leute einen Betrüger schalten, da es herausgekommen, daß eine kleine Zigeunerin im Kabinett gesprochen, ohne die künstliche akustische Einrichtung, die den Ton aus der Glaskugel kommen ließ, auch nur im mindesten zu beachten. – Der alte Fürst starb, ich hatte die Kunststücke, die Geheimniskrämerei mit meiner Chiara, herzlich satt, ich wollte mit meinem lieben Weibe hinziehen nach Göniönesmühl, und wieder Orgeln bauen. Da blieb eine Nacht Chiara, die zum letztenmal, die Rolle des unsichtbaren Mädchens spielen sollte, aus, ich mußte die Neugierigen unbefriedigt fortschicken. Mir schlug das Herz vor banger Ahnung. – Am Morgen lief ich nach Sieghartshof, Chiara war zur gewöhnlichen Stunde fortgegangen. – Nun Kerl! was schaust du mich so an? ich hoffe, daß du keine alberne Frage tun wirst! – Du weißt es ja – Chiara war spurlos verschwunden, nie – nie – hab ich sie wiedergesehen!“

Meister Abraham sprang rasch auf, und stürzte ans Fenster. Ein tiefer Seufzer machte den Blutstropfen Luft, die aus der aufgerissenen Herzwunde quollen. Kreisler ehrte den tiefen Schmerz des Greises durch Schweigen.

„Ihr könnet“, begann endlich Meister Abraham, „Ihr könnet nun nicht mehr zurück nach der Stadt, Kapellmeister. Mitternacht ist heran, draußen, Ihr wißt es, hausen böse Doppeltgänger, und allerlei anderes bedrohliches Zeug könnt uns in den Kram pfuschen. Bleibt bei mir! – Toll, ganz toll müßt es ja –“

*(M.f.f.)* aber sein, wenn dergleichen Unschicklichkeiten vorfielen an heiliger Stätte – ich meine im Auditorio. – Es

wird mir so enge, so beklommen ums Herz – ich vermag, von den erhabensten Gedanken durchströmt, nicht weiterzuschreiben – ich muß abbrechen, muß ein wenig spazierengehen!

Ich kehre zurück an den Schreibtisch, mir ist besser – Aber wovon das Herz voll ist, davon geht der Mund über, und auch wohl der Federkiel des Dichters! – Ich hört einmal den Meister Abraham erzählen, in einem alten Buche stände etwas von einem kuriosen Menschen, dem eine besondere Materia peccans im Leibe rumorte, die nicht anders abging, als durch die Finger. Er legte aber hübsches weißes Papier unter die Hand, und fing so alles, was nur von dem bösen rumorenden Wesen abgehen wollte, auf, und nannte diesen schnöden Abgang Gedichte, die er aus dem Innern geschaffen. Ich halte das Ganze für eine boshafte Satire, aber wahr ist es, zuweilen fährt mir ein eignes Gefühl, beinahe möcht ich's geistiges Leibkneifen nennen, bis in die Pfoten, die alles hinschreiben müssen, was ich denke. – Eben jetzt geht's mir so – es kann mir Schaden tun, betörte Kater können in ihrer Verblendung böse werden, sogar mich ihre Krallen fühlen lassen, aber es muß heraus!

Mein Meister hatte heute den ganzen Vormittag hindurch in einem schweinsledernen Quartanten gelesen, als er sich endlich zur gewöhnlichen Stunde entfernte, ließ er das Buch aufgeschlagen auf dem Tische liegen. Schnell sprang ich herauf, um neugierig, verpicht auf die Wissenschaften, wie ich nun einmal bin, zu erschnuppern, was das wohl für ein Buch sein könne, worin der Meister mit so vieler Anstrengung studiert. Es war das schöne herrliche Werk des alten Johannes Kunisperger, vom natürlichen Einfluß der Gestirne, Planeten und zwölf Zeichen. Ja wohl, mit Recht kann ich das Werk schön und herrlich nennen, denn, indem ich las, gingen mir da nicht die Wunder meines Seins, meines Wandelns hienieden, auf in voller Klarheit? – Ha! indem ich dieses schreibe, flammt über meinem Haupt das herrliche Gestirn, das in treuer Verwandtschaft in meine Seele hinein, aus meiner Seele hinaus, leuchtet – ja ich fühle den glühenden, sengenden Strahl des langgeschweiften Kometen auf meiner Stirne – ja ich bin selbst der glänzende Schwanzstern, das himmlische Meteor, das in hoher Glorie prophetisch dräuend durch die Welt zieht. So wie der Komet alle Sterne überleuchtet, so verschwindet ihr, stell ich nur nicht meine Gaben unter den Scheffel, sondern lasse mein Licht gehörig leuchten, und das dependiert ganz von mir – ja so verschwindet ihr alle in finstre Nacht, ihr Kater, andere Tiere und Menschen! –

Aber trotz der göttlichen Natur, die aus mir, dem geschwänzten Lichtgeist herausstrahlt, teile ich doch nicht das Los aller Sterblichen? – Mein Herz ist zu gut, ich bin ein zu empfindsamer Kater, möchte mich gern gemütlich anschließen den Schwächern, und gerate darüber in Trauer und Herzeleid. – Denn muß ich nicht überall gewahren, daß ich allein stehe, wie in der tiefsten Einöde, da ich nicht dem jetzigen Zeitalter, nein einem künftigen der höhern Ausbildung angehöre, da es keine einzige Seele gibt, die mich gehörig zu bewundern versteht? Und es macht mir doch so viel Freude, wenn ich tüchtig bewundert werde, selbst das Lob junger gemeiner ungebildeter Kater tut mir unbeschreiblich wohl. Ich weiß sie vor Erstaunen außer sich selbst zu setzen, aber was hilft's, sie können doch, bei aller Anstrengung, nicht den rechten Lobposaunenton treffen, schreien sie auch noch so sehr, Mau – Mau! – An die Nachwelt muß ich denken, die mich würdigen wird. Schreib ich jetzt ein philosophisches Werk, wer ist's der die Tiefen meines Geistes durchdringt? Laß ich mich herab, ein Schauspiel zu dichten, wo sind die Schauspieler, die es aufzuführen vermögen? Laß ich mich ein auf andere literarische Arbeiten; schreib ich z. B. Kritiken, die mir schon deshalb anstehen, weil ich über alles, was Dichter, Schriftsteller, Künstler heißt, schwebe, mich gleich überall selbst, als, freilich unerreichbares, Muster, als Ideal der Vollkommen heit, hinstellen, deshalb auch allein ein kompetentes Urteil aussprechen kann, wer ist's der sich auf meinen Standpunkt hinaufzuschwingen, meine Ansichten mit mir zu teilen vermag? – Gibt es denn Pfoten oder Hände, die mir den verdienten Lorbeerkranz auf die Stirne drücken könnten? – Doch dafür ist guter Rat vorhanden, das tue ich selbst, und lasse den die Krallen fühlen, der sich etwa unterstehen möchte, an der Krone zu zupfen. – Es existieren wohl solche neidische Bestien, ich träume oft nur, daß ich von ihnen angegriffen werde, fahre, in der Einbildung mich verteidigen zu müssen, mir selbst ins Gesicht mit meinen spitzen Waffen und verwunde kläglich das holde Antlitz – Man wird auch wohl im edeln Selbstgefühl etwas mißtrauisch, aber es kann nicht anders sein. Hielt ich es doch neulich für einen versteckten Angriff auf meine Tugend und Vortrefflichkeit, als der junge Ponto, mit mehreren Pudeljünglingen auf der Straße, über die neuesten Erscheinungen des Tages sprach, ohne meiner zu erwähnen, unerachtet ich doch kaum sechs Schritte von ihm an der Kellerluke meiner Heimat saß. Nicht wenig ärgerte es mich, daß der

Fat, als ich ihm Vorwürfe darüber machte, behaupten wollte, er habe mich wirklich gar nicht bemerkt.

Doch es ist Zeit, daß ich euch, mir verwandte Seelen einer schönern Nachwelt – o ich wollte, diese Nachwelt befände sich schon mitten in der Gegenwart, und hätte gescheute Gedanken über Murrs Größe, und spräche diese Gedanken laut aus, mit so heller Stimme, daß man nichts anderes vernehmen könnte vor dem lauten Geschrei – ja daß ihr etwas Weiteres davon erfahrt, was sich mit eurem Murr zutrug, in seinen Jünglingsjahren. – Paßt auf gute Seelen, ein merkwürdiger Lebenspunkt tritt ein.

Des Märzen Idus war angebrochen, die schönen milden Strahlen der Frühlingssonne fielen auf das Dach, und ein sanftes Feuer durchglühte mein Inneres. Schon seit ein paar Tagen hatte mich eine unbeschreibliche Unruhe, eine unbekannte wunderbare Sehnsucht geplagt – jetzt wurde ich ruhiger, doch nur um bald in einen Zustand zu geraten den ich niemals geahnt!

Aus einer Dachluke, unfern von mir, stieg leis und linde ein Geschöpf heraus – oh, daß ich es vermöchte, die Holdeste zu malen! – Sie war ganz weiß gekleidet, nur ein kleines schwarzes Samtkäppchen bedeckte die niedliche Stirn, so wie sie auch schwarze Strümpfchen an den zarten Beinen trug. Aus dem lieblichsten Grasgrün der schönsten Augen funkelte ein süßes Feuer, die sanften Bewegungen der feingespitzten Ohren ließen ahnen, daß Tugend in ihr wohne und Verstand, so wie das wellenförmige Ringeln des Schweifs hohe Anmut aussprach, und weiblichen Zartsinn!

Das holde Kind schien mich nicht zu erschauen, es blickte in die Sonne, blinzelte und nieste. – O der Ton durchbebte mein Innerstes mit süßen Schauern, meine Pulse schlugen – mein Blut wallte siedend durch alle Adern – mein Herz wollte zerspringen – alles unnennbar schmerzliche Entzücken, das mich außer mir selbst setzte, strömte heraus in dem lang gehaltenen Miau! das ich ausstieß. – Schnell wandte die Kleine den Kopf nach mir, blickte mich an, Schreck, kindliche süße Scheu in den Augen. – Unsichtbare Pfoten rissen mich hin zu ihr mit unwiderstehlicher Gewalt – aber, sowie ich auf die Holde lossprang um sie zu erfassen, war sie, schnell wie der Gedanke, hinter dem Schornstein verschwunden! – Ganz Wut und Verzweiflung rannte ich auf dem Dache umher, und stieß die kläglichsten Töne aus, alles umsonst – sie kam nicht wieder! – Ha welcher Zustand! – mir schmeckte kein Bissen, die

Wissenschaften ekelten mich an, ich mochte weder lesen noch schreiben. – „Himmel!“ rief ich andern Tages aus, als ich die Holde überall gesucht auf dem Dache, auf dem Boden, in dem Keller, in allen Gängen des Hauses, und nun trostlos heimkehrte, als, da ich, die Kleine beständig in Gedanken, mich nun selbst der Bratfisch, den mir der Meister hingesetzt, aus der Schüssel anstarrte mit ihren Augen, so daß ich laut rief im Wahnsinn des Entzückens: „Bist du es, Langersehnte“, und ihn auffraß mit einem Schluck: ja da rief ich: „Himmel o Himmel! sollte das Liebe sein?“ ich wurde ruhiger, ich beschloß als ein Jüngling von Erudition mich über meinen Zustand ganz ins klare zu setzen, und begann sogleich, wiewohl mit Anstrengung, den Ovid De arte amandi durchzustudieren, sowie Mansos Kunst zu lieben, aber keines von den Kennzeichen eines Liebenden, wie es in diesen Werken angegeben, wollte recht auf mich passen. Endlich fuhr es mir plötzlich durch den Sinn, daß ich in irgendeinem Schauspiel* gelesen, ein gleichgültiger Sinn und ein verwilderter Bart seien sichere Kennzeichen eines Verliebten! – Ich schaute in einen Spiegel Himmel mein Bart war verwildert! – Himmel mein Sinn war gleichgültig!

Da ich nun wußte, daß es seine Richtigkeit hatte mit meinem Verliebtsein, kam Trost in meine Seele. Ich beschloß, mich gehörig mit Speis und Trank zu stärken, und dann die Kleine aufzusuchen, der ich mein ganzes Herz zugewandt. Eine süße Ahnung sagte mir, daß sie vor der Türe des Hauses sitze, ich stieg die Treppe herab, und fand sie wirklich! – O welch ein Wiedersehen! – wie wallte in meiner Brust das Entzücken, die unnennbare Wonne des Liebesgefühls. – Miesmies, so wurde die Kleine geheißen, wie ich von ihr später erfuhr, Miesmies saß da in zierlicher Stellung auf den Hinterfüßen, und putzte sich, indem sie mit den Pfötchen mehrmals über die Wangen, über die Ohren fuhr. Mit welcher unbeschreiblichen Anmut besorgte sie vor meinen Augen das, was Reinlichkeit und Eleganz erfordern, sie bedurfte nicht schnöder Toilettenkünste, um die Reize, die ihr die Natur verliehen, zu erhöhen! Bescheidner als das erstemal, nahte ich mich ihr, setzte mich zu ihr hin! – Sie floh nicht, sie sah mich an, mit forschendem Blick, und schlug dann die Augen nieder. – „Holdeste“, begann ich leise, „sei mein!“ – „Kühner Kater“, erwiderte sie verwirrt, „kühner

* Der Kater meint Shakespeares, Wie es euch gefällt: dritter Aufzug, zweite Szene. A. d. H.

Kater, wer bist du? Kennst du mich denn? – Wenn du aufrichtig bist, so wie ich, und wahr, so sage und schwöre mir, daß du mich wirklich liebst." – „Oh", rief ich begeistert, „ja bei den Schrecken des Orkus, bei dem heiligen Mond, bei allen sonstigen Sternen und Planeten, die künftige Nacht scheinen werden, wenn der Himmel heiter, schwöre ich dir's, daß ich dich liebe!" – „Ich dich auch", lispelte die Kleine, und neigte in süßer Verschämtheit das Haupt mir zu. Ich wollte sie voll Inbrunst umpfoten, da sprangen aber mit teuflischem Geknurre zwei riesige Kater auf mich los, zerbissen, zerkratzten mich kläglich, und wälzten mich zum Überfluß noch in die Gosse, so daß das schmutzige Spülwasser über mich zusammenschlug. Kaum konnt ich mir aus den Krallen der mordlustigen Bestien retten, die meinen Stand nicht achteten, mit vollem Angstgeschrei lief ich die Treppe herauf. Als der Meister mich erblickte, rief er, laut lachend: „Murr, Murr, wie siehst du aus? Ha ha! ich merke schon, was geschehen, du hast Streiche machen wollen, wie der im Irrgarten der Liebe herumtaumelnde Kavalier, und dabei ist's dir übel ergangen!" – Und dabei brach der Meister zu meinem nicht geringen Verdruß aufs neue aus in ein schallendes Gelächter. Der Meister hatte ein Gefäß mit lauwarmem Wasser füllen lassen, darein stülpte er mich ohne Umstände einigemal ein, so daß mir vor Niesen und Prusten Hören und Sehen verging, wickelte mich dann fest in Flanell ein, und legte mich in meinen Korb. Ich war beinahe besinnungslos vor Wut und Schmerz, ich vermochte kein Glied zu rühren. Endlich wirkte die Wärme wohltätig auf mich, ich fühlte meine Gedanken sich ordnen. „Ha", klagte ich, „welch neue bittere Täuschung des Lebens! – Das ist also die Liebe, die ich schon so herrlich besungen, die das Höchste sein, die uns mit namenloser Wonne erfüllen, die uns in den Himmel tragen soll! – Ha! – mich hat sie in die Gosse geworfen! – ich entsage einem Gefühl, das mir nichts eingebracht als Bisse, ein abscheuliches Bad, und niederträchtige Einmummung in schnöden Flanell!" – Aber kaum war ich wieder in Freiheit und genesen, als aufs neue Miesmies mir unaufhörlich vor Augen stand, und ich, jener ausgestandenen Schmach wohl eingedenk, zu meinem Entsetzen gewahrte, daß ich noch in Liebe. Mit Gewalt nahm ich mich zusammen, und las als ein vernünftiger gelehrter Kater den Ovid nach, da ich mich wohl erinnerte in der Ars amandi auch auf Rezepte gegen die Liebe gestoßen zu sein.

Ich las die Verse:

Venus otia amat. Qui finem quaeris amoris
Cedit amor rebus, res age, tutus eris!

Mit neuem Eifer wollt ich mich dieser Vorschrift gemäß in die Wissenschaften vertiefen, aber Miesmies hüpfte auf jedem Blatte mir vor den Augen, Miesmies dachte – las – schrieb ich! – Der Autor, dacht ich, muß andere Arbeit meinen, und da ich von andern Katern gehört, daß die Mäusejagd ein ungemein angenehmes zerstreuendes Vergnügen sein solle, war es ja möglich daß unter dem rebus auch die Mäusejagd begriffen sein konnte. Ich begab mich daher, sowie es finster worden, in den Keller, und durchstrich die düstern Gänge indem ich sang: „Im Walde schlich ich still und wild, gespannt mein Feuerrohr –"

Ha! – statt des Wildes, das ich zu jagen trachtete, schaute ich aber wirklich ihr holdes Bild, aus den tiefen Gründen trat es wirklich überall hervor! Und dabei zerschnitt der herbe Liebesschmerz mein nur zu leicht verwundbar Herz! Und ich sprach: „Lenk auf mich die holden Blicke, jungfräulichen Morgenschein, und als Braut und Bräutgam wandeln Murr und Miesmies selig heim." Also sprach ich, freudger Kater, hoffend auf des Sieges Preis. – Armer! mit verhüllten Augen floh sie scheue Katz dachein!

So geriet ich Bedaurenswürdiger immer mehr und mehr in Liebe, die ein feindlicher Stern mir zum Verderben in meiner Brust entzündet zu haben schien. Wütend, mich auflehnend gegen mein Schicksal, fiel ich aufs neue her über den Ovid und las die Verse:

Exige, quod cantet, si qua est sine voce puella,
Non didicit chordas tangere, posce lyram.

„Ha", rief ich, „zu ihr hinauf aufs Dach! – Ha ich werde sie wiederfinden die süße Huldin, da, wo ich sie zum erstenmal erblickte, aber singen soll sie, ja singen, und bringt sie nur eine einzige falsche Note heraus, dann ist's vorbei, dann bin ich geheilt, gerettet." Der Himmel war heiter, und der Mond bei dem ich der holden Miesmies Liebe zugeschworen, schien wirklich, als ich auf das Dach stieg, um sie zu erlauern. Lange gewahrte ich sie nicht, und meine Seufzer wurden laute Liebesklagen.

Ich stimmte endlich ein Liedlein an im wehmütigsten Ton, ungefähr folgendermaßen:

„Rauschende Wälder, flüsternde Quellen
Strömender Ahnung spielende Wellen
Mit mir o klaget!
Saget o saget!
Miesmies die Holde, wo ist sie gegangen,
Jüngling in Liebe, Jüngling wo hat er,
Miesmies die süße Huldin umfangen?
Tröstet den Bangen.
Tröstet den gramverwilderten Kater!
Mondschein o Mondschein,
Sag mir wo thront mein
Artiges Kindlein, liebliches Wesen!
Wütender Schmerz kann niemals genesen!
Trostloser Liebender kluger Berater
Eil ihn zu retten
Von Liebesketten,
Hilf ihm, o hilf dem verzweifelnden Kater."

Seht ein, geliebter Leser! daß ein wackerer Dichter weder sich im rauschendem Walde befinden, noch an einer flüsternden Quelle sitzen darf, ihm strömen der Ahnung spielende Wellen doch zu, und in diesen Wellen erschaut er doch alles, *was* er will, und kann davon singen *wie* er will. Sollte jemand über die hohe Vortrefflichkeit obiger Verse zu sehr in Erstaunen geraten, so will ich bescheiden ihn darauf aufmerksam machen, daß ich mich in der Ekstase befand, in verliebter Begeisterung, und nun weiß jeder, daß jedem, der von dem Liebesfieber ergriffen, konnt er auch sonst kaum Wonne auf Sonne, und Triebe auf Liebe reimen, konnt er, sag ich, auf diese nicht ganz ungewöhnlichen Reime trotz aller Anstrengung, sich durchaus nicht besinnen, plötzlich das Dichten ankommt und er die vortrefflichsten Verse heraussprudeln muß, wie einer der vom Schnupfen befallen, unwiderstehlich ausbricht in schreckliches Niesen. Wir haben dieser Ekstase prosaischer Naturen schon viel Vortreffliches zu verdanken, und schön ist es, daß oft dadurch menschliche Miesmiese von nicht sonderlicher Beauté auf einige Zeit einen herrlichen Ruf erhielten. Geschieht das nun am dürren Holz, was muß sich am grünen begeben? – Ich meine, werden schon hündische Prosaiker, bloß durch die Liebe umgesetzt in Dichter, was muß erst wirklichen Dichtern geschehen in diesem Stadium des Lebens. – Nun! weder im rauschenden Walde saß ich, noch an flüsternder Quelle, ich saß auf einem kahlen hohen Dache, das bißchen Mondschein war kaum zu rechnen, und doch flehte ich in jenen meisterhaften Versen, Wälder und Quellen und Wellen, und zuletzt meinen Freund Ovid an, mir zu helfen, mir beizustehen in der Liebesnot. Etwas schwer wurde es mir, Reime zu den Namen meines Geschlechts zu finden, den gewöhnlichen, Vater, wußte ich selbst in der Begeisterung nicht anzubringen. Daß ich aber wirklich Reime fand, bewies mir aufs neue den Vorzug meines Geschlechts vor dem menschlichen, da auf das Wort Mensch sich bekanntlich nichts reimt, weshalb, wie schon irgendein Witzbold von Theaterdichter bemerkt hat, der Mensch ein ungereimtes Tier ist. Ich bin dagegen ein gereimtes. – Nicht vergebens hatte ich die Töne der schmerzhaften Sehnsucht angeschlagen, nicht vergebens Wälder, Quellen, den Mondschein, beschworen, mir die Dame meiner Gedanken zuzuführen, hinter dem Schornstein kam die Holde daherspaziert mit leichten anmutigen Schritten. „Bist du es lieber Murr, der so schön singt?“ So rief mir Miesmies entgegen. „Wie“, erwiderte ich mit freudigem Erstaunen, „wie du kennst mich süßes Wesen?“ – „Ach“, sprach sie, „ach ja wohl, du gefielst mir gleich beim ersten Blick, und es hat mir in der Seele weh getan, daß meine beiden unartigen Vettern dich so unbarmherzig in die Gosse“ – „Schweigen wir“, unterbrach ich sie, „schweigen wir von der Gosse, bestes Kind – o sage mir, sage mir ob du mich liebst?“ – „Ich habe mich“, sprach Miesmies weiter, „nach deinen Verhältnissen erkundigt, und erfahren, daß du Murr hießest, und bei einem sehr gütigen Mann nicht allein dein reichliches Auskommen hättest, sondern auch alle Bequemlichkeiten des Lebens genössest, ja diese wohl mit einer zärtlichen Gattin teilen könntest! – o ich liebe dich sehr, guter Murr!“ – „Himmel“, rief ich im höchsten Entzücken, „Himmel, ist es möglich, ist es Traum, ist es Wahrheit? – O halte dich – halte dich Verstand, schnappe nicht über! – Ha! bin ich noch auf der Erde! – sitze ich noch auf dem Dache? – schwebe ich nicht in den Wolken? Bin ich noch der Kater Murr! bin ich nicht der Mann im Monde? – Komm an meinen Busen Geliebte – doch sage mir erst deinen Namen Schönste.“ – „Ich heiße Miesmies“, erwiderte die Kleine süß lispelnd in holder Verschämtheit, und setzte sich traulich neben mir hin. Wie schön sie war! Silbern glänzte ihr weißer Pelz im Mondschein, in sanftem schmachtendem Feuer funkelten die grünen Äuglein. „Du –

*(Mak. Bl.)* – hättest, geliebter Leser, das freilich schon etwas früher erfahren können, aber der Himmel gebe, daß ich nicht noch mehr querfeldein springen muß, als es bis jetzt schon geschehen. – Also, wie gesagt, dem Vater des Prinzen Hektor war es ebenso ergangen, wie dem Fürsten Irenäus, er hatte, selbst wußte er nicht wie, sein Ländlein aus der Tasche verloren. Prinz Hektor, der zu nichts wenigerem aufgelegt, als zum stillen, friedlichen Leben, der, unerachtet ihm der Fürstenstuhl unter den Beinen weggezogen, doch gern aufrecht stehen, und statt zu regieren, wenigstens kommandieren wollte, nahm französische Dienste, war ungemein tapfer, ging aber, als ihn eines Tages ein Zithermädel anplärrte: „Kennst du das Land, wo die Zitronen glühn", sofort nach dem Lande, wo dergleichen Zitronen wirklich glühn, das heißt, nach Neapel, und zog statt der französischen Uniform eine neapolitanische an. Er wurde nämlich so geschwinde General, wie es nur irgendeinem Prinzen geschehen kann. – Als der Vater des Prinzen Hektor gestorben, schlug Fürst Irenäus das große Buch auf, worin er selbst sämtliche fürstliche Häupter in Europa verzeichnet, und notierte den erfolgten Tod seines fürstlichen Freundes und Gefährten im Malheur. Nachdem dies geschehen, schaute er lange den Namen des Prinzen Hektor an, rief dann sehr laut: „Prinz Hektor!" und klappte den Folianten so heftig zu, daß der Hofmarschall entsetzt drei Schritte zurückprallte. Nun stand der Fürst auf, ging langsam im Zimmer auf und ab, und schnupfte so viel Spaniol, als nötig, um eine ganze Welt von Gedanken in Ordnung zu bringen. Der Hofmarschall sprach viel von dem seligen Herrn, der nächst vielen Reichtümern ein aimables Herz besessen, vom jungen Prinzen Hektor, der vergöttert werde in Neapel von dem Monarchen und der Nation u. s. w. Fürst Irenäus schien das alles nicht zu beachten, er blieb plötzlich dicht vor dem Hofmarschall stehen, schaute ihn an mit dem entsetzlichen Friedrichsblick, sprach sehr stark: „Peut-être" und verschwand in das Nebenkabinett.

„Gott", sprach der Hofmarschall, „der gnädigste Fürst haben gewiß die konsiderabelsten Gedanken, vielleicht gar Pläne."

Es war dem so. – Fürst Irenäus dachte an den Reichtum des Prinzen, an seine Verwandtschaft mit mächtigen Häuptern, er rief sich die Überzeugung ins Gedächtnis, daß Prinz Hektor gewiß noch den Degen mit dem Zepter vertauschen werde, und ihm kam der Gedanke, daß die Vermählung des Prinzen mit der Prinzessin Hedwiga von den ersprießlichsten Folgen sein könne. Ganz im geheimsten Geheim mußte der Kammerherr, den der Fürst sogleich absandte, um den Prinzen seinerseits namhaftes Beileid über den Tod des Vaters zu bezeigen, das bis auf die Farbe der Haut wohlgetroffene Miniaturbild der Prinzessin in die Tasche stecken. – Es ist hier zu bemerken, daß die Prinzessin in der Tat eine vollendete Schönheit zu nennen gewesen, hätte ihre Haut weniger ins Gelbe gespielt. Daher war ihr die Beleuchtung des Kerzenscheins günstig.

Der Kammerherr richtete den geheimen Auftrag des Fürsten – niemanden, selbst nicht der Fürstin, hatte dieser das mindeste von seiner Absicht vertraut – sehr geschickt aus. Als der Prinz das Gemälde sah, geriet er beinahe in dieselbe Ekstase, wie sein prinzlicher Kollege in der Zauberflöte. Wie Tamino hätte er beinahe, wenn auch nicht gesungen, doch gerufen: „Dies Bildnis ist bezaubernd schön", und dann weiter: „Soll die Empfindung Liebe sein, ja, ja die Liebe ist's allein!" – Bei Prinzen ist es sonst eben nicht die Liebe allein, die sie streben läßt nach der Schönsten, indessen dachte Prinz Hektor gerade nicht an andere Verhältnisse, als er sich hinsetzte und an den Fürsten Irenäus schrieb: es möge ihm vergönnet sein, sich um Herz und Hand der Prinzessin Hedwiga zu bewerben.

Fürst Irenäus antwortete, daß, da er mit Freuden in eine Vermählung willige, die er schon seines verstorbenen fürstlichen Freundes halber aus dem Grunde des Herzens wünsche, es gar keiner weitern Bewerbung eigentlich bedürfe. Da aber die Form sauviert werden müsse, möge der Prinz einen artigen Mann von dem gehörigen Stande nach Sieghartsweiler senden, den er ja auch gleich mit Vollmacht versehen könne, die Trauung zu vollziehen, und nach altem schönem Herkommen, gestiefelt und gespornt den Bettsprung zu unternehmen. Der Prinz schrieb zurück: „Ich komme selbst, mein Fürst!"

Dem Fürsten war das nicht recht, er hielt die Trauung durch einen Bevollmächtigten für schöner, erhabner, fürstlicher, hatte sich im Innersten auf das Fest gefreut, und beruhigte sich nur damit, daß vor dem Beilager ein großes Ordensfest gefeiert werden könne. Er wollte nämlich das Großkreuz eines Hausordens, den sein Vater gestiftet hatte, und den kein Ritter mehr trug, nicht tragen durfte, dem Prinzen umhängen auf die solenneste Weise.

Prinz Hektor kam also nach Sieghartsweiler, um die Prinzessin Hedwiga heimzuführen, und nebenher das Großkreuz eines verschollenen Hausordens zu erhalten. Es schien ihm erwünscht, daß der Fürst seine Absicht geheimgehalten, er bat vorzüglich rücksichts Hedwigas, in diesem Schweigen zu verharren, da er erst der vollen Liebe Hedwigas versichert sein müsse, ehe er mit seiner Bewerbung hervortreten könne.

Der Fürst verstand nicht recht, was der Prinz damit sagen wollte, und meinte, daß soviel er wisse und sich erinnere, diese Form, was nämlich die Versicherung der Liebe vor dem Beilager beträfe, in fürstlichen Häusern niemals üblich gewesen sei. Verstehe der Prinz aber darunter weiter nichts, als die Äußerung eines gewissen Attachements, so dürfe das vorzüglich während des Brautstandes wohl eigentlich nicht stattfinden, könne aber, da doch die leichtsinnige Jugend über alles, was die Etiquette gebiete, hinwegzuspringen geneigt, ja in der Kürze abgemacht werden, drei Minuten vor dem Ringewechseln. Herrlich und erhaben wär's freilich, wenn das fürstliche Brautpaar in diesem Augenblick einigen Abscheu gegeneinander bewiese, leider wären aber diese Regeln des höchsten Anstandes in neuester Zeit zu leeren Träumen geworden.

Als der Prinz Hedwiga zum erstenmal erblickte, flüsterte er seinen Adjutanten in den andern unverständlichem neapolitanischen Dialekt zu: „Bei allen Heiligen! sie ist schön, aber unfern des Vesuvs geboren, und sein Feuer blitzt aus ihren Augen."

Prinz Ignaz hatte sich bereits sehr angelegentlich erkundigt, ob es in Neapel schöne Tassen gebe, und wieviel davon Prinz Hektor besitze, so daß dieser durch die ganze Tonleiter der Begrüßungen durchgestiegen, sich wieder zu Hedwiga wenden wollte, als die Türen sich öffneten, und der Fürst den Prinzen einlud zu der Prachtszene, die er durch die Zusammenberufung sämtlicher Personen, welche nur im mindesten was Hoffähiges an und in sich trugen, im Prunksaal bereitet. Er war diesmal in dem Auswählen weniger strenge gewesen als sonst, da der Zirkel in Sieghartshof eigentlich für eine Landpartie zu achten. Auch die Benzon war zugegen mit Julien.

Prinzessin Hedwiga war still, in sich gekehrt, teilnahmlos, sie schien den schönen Fremdling aus dem Süden nicht mehr nicht weniger zu beachten, als jede andere neue Erscheinung am Hofe, und fragte ziemlich mürrisch ihr Hoffräulein, die rotwangige Nannette, ob sie närrisch worden, als diese nicht aufhören konnte, ihr ins Ohr zu flüstern, der fremde Prinz sei doch gar zu hübsch und eine schönere Uniform habe sie zeit ihres Lebens nicht gesehen.

Prinz Hektor entfaltete nun vor der Prinzessin den bunten prahlenden Pfauenschweif seiner Galanterie, sie, beinahe verletzt durch den Ungestüm seiner süßlichen Verzücktheit, fragte nach Italien, nach Neapel. Der Prinz gab ihr die Beschreibung eines Paradieses, in dem sie als herrschende Göttin wandelte. Er bewährte sich als ein Meister in der Kunst, zu der Dame so zu sprechen, daß alles, alles sich gestaltet, als ein Hymnus, der ihre Schönheit, ihre Anmut preist. Mitten aus diesem Hymnus sprang aber die Prinzessin heraus, und hin zu Julien, die sie in der Nähe gewahrte. Die drückte sie an ihre Brust, nannte sie mit tausend zärtlichen Namen, rief: „Das ist meine liebe liebe Schwester, meine herrliche süße Julia!" als der Prinz etwas betroffen über Hedwigas Flucht, hinzutrat. Der Prinz heftete einen langen seltsamen Blick auf Julien, so daß diese, über und über errötend, die Augen niederschlug, und sich scheu zur Mutter wandte, die hinter ihr stand. Aber die Prinzessin umarmte sie aufs neue und rief: „Meine liebe liebe Julia", und dabei traten ihr die Tränen in die Augen. „Prinzessin", sprach die Benzon leise, „Prinzessin warum dieses krampfhafte Benehmen?" Die Prinzessin, ohne die Benzon zu beachten, drehte sich zu dem Prinzen, dem wirklich über alles das der Strom der Rede versiegt, und war sie erst still, ernst, mißmütig gewesen, so schweifte sie beinahe jetzt aus, in seltsamer krampfhafter Lustigkeit. Endlich ließen die zu stark gespannten Saiten nach, und die Melodieen die nun aus ihrem Innern heraustönten, waren weicher, milder, jungfräulich zarter. Sie war liebenswürdiger als jemals, und der Prinz schien ganz und gar hingerissen. Endlich begann der Tanz. Der Prinz, nachdem mehrere Tänze gewechselt, erbot sich einen neapolitanischen Nationaltanz anzuführen, und es gelang ihm bald, den Tanzenden die volle Idee davon zu geben, so daß sich alles gar artig fügte, und selbst der leidenschaftlich zärtliche Charakter des Tanzes gut hervortrat.

Niemand hatte aber eben diesen Charakter so ganz begriffen, als Hedwiga, die mit dem Prinzen tanzte. Sie verlangte die Wiederholung, und als der Tanz zum zweitenmal geendet, bestand sie, des Mahnens der Benzon, die auf ihren Wangen schon die verdächtige Blässe wahrnahm, nicht achtend, darauf, zum drittenmal den Tanz auszuführen, der ihr nun erst recht gelingen werde. Der Prinz war entzückt. Er schwebte hin mit Hedwiga, die in jeder Bewegung die Anmut selbst schien. Bei einer der vielen Verschlingungen, die der Tanz gebot, drückte der Prinz die Holde stürmisch an die Brust, aber in demselben

Augenblick, sank auch Hedwiga entseelt in seinen Armen zusammen.

Der Fürst meinte, eine unschicklichere Störung eines Hofballs könne es nicht geben, und nur das Land entschuldige vieles.

Prinz Hektor hatte selbst die Ohnmächtige in ein benachbartes Zimmer auf ein Sofa getragen, wo ihr die Benzon die Stirne rieb mit irgendeinem starken Wasser, das der Leibarzt zur Hand gehabt. Dieser erklärte übrigens die Ohnmacht für einen Nervenzufall, den die Erhitzung des Tanzes veranlaßt, und der sehr bald vorübergehen werde.

Der Arzt hatte recht, nach wenigen Sekunden schlug die Prinzessin mit einem tiefen Seufzer die Augen auf. Der Prinz, sobald er vernommen, die Prinzessin habe sich erholt, drang durch den dichten Kreis der Damen, von dem sie umschlossen, kniete nieder bei dem Sofa, klagte sich bitter an, daß er allein schuld sei an dem Begegnis, das ihm das Herz durchschneide. Sowie die Prinzessin ihn aber erblickte, rief sie mit allen Zeichen des Abscheues: „Fort fort!“ und sank aufs neue in Ohnmacht.

„Kommen Sie“, sprach der Fürst, indem er den Prinzen bei der Hand erfaßte, „kommen Sie, bester Prinz, Sie wissen nicht, daß die Prinzessin oft an den seltsamsten Reverien leidet. Weiß der Himmel, auf welche sonderbare Weise Sie ihr in diesem Augenblick erschienen sind! – Imaginieren Sie sich, bester Prinz, schon als Kind – entre nous soit dit – schon als Kind, hielt mich einmal die Prinzessin einen ganzen Tag hindurch für den Großmogul, und prätendierte, ich solle in Samtpantoffeln ausreiten, wozu ich mich auch endlich entschloß, wiewohl nur im Garten.“

Prinz Hektor lachte dem Fürsten ohne Umstände ins Gesicht, und rief nach dem Wagen.

Die Benzon mußte, so wollt es die Fürstin, aus Besorgnis für Hedwiga, mit Julien im Schlosse bleiben. Sie wußte, welche psychische Macht sonst die Benzon über die Prinzessin übte, und ebenso, daß dieser psychischen Macht auch Krankheitszufälle der Art zu weichen pflegten. In der Tat geschah es auch diesmal, daß Hedwiga in ihrem Zimmer sich bald erholte, als die Benzon ihr unermüdlich zugeredet mit sanften Worten. Die Prinzessin behauptete nichts Geringeres, als daß im Tanzen der Prinz sich in ein drachenartiges Ungeheuer verwandelt, und mit spitzer glühender Zunge ihr einen Stich ins Herz gegeben habe. „Gott behüte“, rief die Benzon, „am Ende ist

Prinz Hektor gar das mostro turchino aus der Gozzischen Fabel! – Welche Einbildungen, zuletzt wird es sich so begeben, wie mit Kreisler, den Sie für einen bedrohlichen Wahnsinnigen hielten!" – „Nimmermehr", rief die Prinzessin heftig, und setzte dann lachend hinzu, „wahrhaftig, ich wollte nicht, daß mein guter Kreisler sich so plötzlich in das mostro turchino verwandelte, wie Prinz Hektor!"

Als am frühsten Morgen die Benzon, die bei der Prinzessin gewacht, in Juliens Zimmer trat, kam ihr diese entgegen, erblaßt, übernächtig, das Köpfchen gehängt, wie eine kranke Taube. „Was ist dir, Julie", rief ihr die Benzon, die nicht gewohnt, die Tochter in solchem Zustande zu sehen, erschrocken entgegen. „Ach Mutter", sprach Julie ganz trostlos, „ach Mutter, niemals mehr in diese Umgebungen, mein Herz erbebt, wenn ich an die gestrige Nacht denke. – Es ist etwas Entsetzliches in diesem Prinzen; als er mich anblickte, ich kann dir's nicht beschreiben, was in meinem Innern vorging. – Ein Blitzstrahl fuhr tötend aus diesen dunklen unheimlichen Augen, von dem getroffen ich Ärmste vernichtet werden konnte. – Lache mich nicht aus, Mutter, aber es war der Blick des Mörders, der sein Opfer erkoren, das mit der Todesangst getötet wird, noch ehe der Dolch gezückt! – Ich wiederhol es, ein ganz fremdes Gefühl, ich vermag es nicht zu nennen, bebte wie ein Krampf mir durch alle Glieder! – Man spricht von Basilisken, deren Blick, ein giftiger Feuerstrahl, augenblicklich tötet, wenn man es wagt, sie anzuschauen. Der Prinz mag solchem bedrohlichen Untier gleichen."

„Nun", rief die Benzon laut lachend, „nun muß ich in der Tat glauben, daß es mit dem mostro turchino seine Richtigkeit hat, da der Prinz, ist er gleich der schönste liebenswürdigste Mann, zweien Mädchen erschienen ist als Drache, als Basilisk. Der Prinzessin traue ich die tollsten Einbildungen zu, aber daß meine ruhige sanfte Julie, mein süßes Kind, sich hingeben sollte närrischen Träumen." – „Und Hedwiga", unterbrach Julie die Benzon, „und Hedwiga, ich weiß nicht welch eine böse feindliche Macht sie losreißen von meinem Herzen, ja mich hineinstürzen will in den Kampf einer fürchterlichen Krankheit, der in ihrem Innern wütet! – Ja, Krankheit nenne ich der Prinzessin Zustand, gegen den die Ärmste nichts vermag. Als sie gestern sich schnell abwandte von dem Prinzen, als sie mich liebkoste, umarmte, da fühlte ich, wie sie in Fieberhitze glühte. Und dann das Tanzen, das entsetzliche Tanzen!

Du weißt Mutter, wie ich die Tänze hasse, in denen es den Männern vergönnt, uns zu umschlingen. – Es ist mir, als müßten wir in dem Augenblick alles aufgeben, was Sitte und Anstand erfordern und den Männern eine Übermacht einräumen, die wenigstens den zartfühlenden unter ihnen unerfreulich bleiben wird. – Und nun Hedwiga, die nicht aufhören konnte, jenen südlichen Tanz zu tanzen, der mir, je länger er dauerte, desto abscheulicher schien. Rechte teuflische Schadenfreude war es, die aus den Augen des Prinzen blitzte –"

„Närrin", sprach die Benzon, „was fällt dir alles ein! – Doch! – ich kann deine Gesinnung über das alles nicht tadeln, bewahre sie treulich, aber sei nicht ungerecht gegen Hedwiga, denke überhaupt gar nicht weiter nach, was mit ihr ist und mit dem Prinzen, schlage es dir aus dem Sinn! – Willst du, so werd ich dafür sorgen, daß du eine Zeitlang weder Hedwiga noch den Prinzen sehen darfst. Nein, deine Ruhe soll nicht gestört werden, mein gutes liebes Kind! Komm an mein Herz!" – Damit umarmte die Benzon Julien mit aller mütterlichen Zärtlichkeit.

„Und", fuhr Julie fort, indem sie das glühende Antlitz an die Brust der Mutter drückte, „und aus der entsetzlichen Unruhe, die ich empfand, mochten auch wohl die seltsamen Träume kommen, die mich ganz verstört haben."

„Was träumtest du denn", fragte die Benzon.

„Mir war's", sprach Julie weiter, „mir war's, ich wandle in einem herrlichen Garten, in dem unter dichtem dunklem Gebüsch Nachtviolen und Rosen durcheinander blühten, und ihr süßes Aroma in die Lüfte streuten. Ein wunderbarer Schimmer, wie Mondesglanz, ging auf in Ton und Gesang, und wie er die Bäume die Blumen mit goldnem Strahl berührte, bebten sie vor Entzücken, und die Büsche säuselten, und die Quellen flüsterten in leisen sehnsüchtigen Seufzern. Da gewahrte ich aber, daß ich selbst der Gesang sei, der durch den Garten ziehe, doch so wie der Glanz der Töne verbleiche, müsse ich auch vergehen in schmerzlicher Wehmut! – Nun sprach aber eine sanfte Stimme: ‚Nein! der Ton ist die Seligkeit und keine Vernichtung, und ich halte dich fest mit starken Armen, und in deinem Wesen ruht mein Gesang, der ist aber ewig wie die Sehnsucht!' – Es war Kreisler, der vor mir stand und diese Worte sprach. Ein himmlisches Gefühl von Trost und Hoffnung ging durch mein Inneres, und selbst wußte ich nicht – ich sage dir alles, Mutter! – ja selbst wußte ich nicht, wie es kam, daß ich Kreislern an die Brust sank. Da fühlte ich plötzlich, wie mich eiserne Arme fest umschlangen, und eine entsetzliche höhnende Stimme rief: ‚Was sträubst du dich, Elende, du bist ja schon getötet, und mußt nun mein sein.‘ – Es war der Prinz, der mich festhielt. – Mit einem lauten Angstgeschrei fuhr ich auf aus dem Schlafe, ich warf mein Nachtkleid über, und lief ans Fenster, das ich öffnete, da die Luft im Zimmer schwül und dunstig. In der Ferne gewahrte ich einen Mann, der mit einem Perspektiv nach den Fenstern des Schlosses schaute, dann aber die Allee hinabsprang auf seltsame, ich möchte sagen närrische Weise, indem er von beiden Seiten allerlei Entrechats und andere Tänzerpas ausführte, mit den Armen in den Lüften herumfocht, und, wie ich zu vernehmen glaubte, laut dazu sang. Ich erkannte Kreislern, und indem ich über sein Beginnen herzlich lachen mußte, kam er mir doch vor, wie der wohltätige Geist, der mich schützen würde vor dem Prinzen. Ja es war, als würde mir jetzt erst Kreislers inneres Wesen recht klar, und ich sähe jetzt erst ein, wie sein schalkisch scheinender Humor, von dem mancher sich oft verwundet fühle, aus dem treusten herrlichsten Gemüte komme. Ich hätte hinablaufen in den Park, ich hätte Kreislern alle Angst des entsetzlichen Traums klagen mögen!“

„Das ist“, sprach die Benzon ernst, „das ist ein einfältiger Traum und das Nachspiel noch einfältiger! – Du bedarfst der Ruhe, Julie, ein leichter Morgenschlummer wird dir wohltun, auch ich gedenke noch ein paar Stunden zu schlafen.“

Damit verließ die Benzon das Zimmer und Julie tat, wie ihr geheißen.

Als sie erwachte, strahlte die Mittagssonne in die Fenster hinein, und ein starker Duft von Nachtviolen und Rosen strömte durch das Zimmer. „Was ist das“, rief Julie voll Erstaunen, „was ist das! – mein Traum! –“ Doch wie sie sich umschaute, lag über ihr auf der Lehne des Sofas, auf dem sie geschlafen, ein schöner Strauß jener Blumen!

„Kreisler, mein lieber Kreisler“, sprach Julie sanft, nahm den Strauß, und geriet in träumerisches Sinnen.

Prinz Ignaz ließ anfragen, ob es ihm nicht erlaubt sei, Julien ein Stündchen zu sehen. Schnell kleidete sich Julie an, und eilte in das Zimmer, wo Ignaz sie schon mit einem ganzen Korbe voll Porzellantassen und chinesischer Puppen erwartete. Julie, das gute Kind, ließ es sich gefallen, stundenlang mit dem Prinzen, der ihr tiefes Mitleid einflößte, zu spielen. Kein Wort der Neckerei oder wohl gar der Verachtung, entschlüpfte ihr, wie es wohl andern bisweilen, vorzüglich der Prinzessin Hedwiga, geschah, daher kam es, daß dem Prinzen Julias Gesellschaft über alles ging, und er sie oft gar seine kleine Braut nannte. – Die Tassen waren aufgestellt, die Puppen geordnet, Julie hielt eben im Namen eines kleinen Harlekins eine Anrede an den Kaiser von Japan (beide Püppchen standen einander gegenüber) als die Benzon hineintrat.

Nachdem sie eine Weile dem Spiele zugeschaut, drückte sie Julien einen Kuß auf die Stirn und sprach: „Du bist doch mein liebes gutes Kind!"

Es war späte Dämmerung eingebrochen. Julie, die, wie sie gewünscht, bei der Mittagstafel nicht erscheinen dürfen, saß einsam in ihrem Zimmer und erwartete die Mutter. Da schlichen leise Tritte hinan, die Türe öffnete sich und totenbleich, mit starren Augen, in weißem Kleide, gespenstisch, trat die Prinzessin hinein. „Julia", sprach sie leise und dumpf, „Julia! – nenne mich töricht, ausgelassen – wahnsinnig, aber entziehe mir nicht dein Herz, ich bedarf deines Mitleids, deines Trostes! – Es ist nichts, als der Überreiz, die heillose Erschöpfung des abscheulichen Tanzes, die mich krank gemacht hat, aber es ist vorüber, mir ist besser! – Der Prinz ist fort nach Sieghartsweiler! – Ich muß in die Luft, laß uns hinabwandeln in den Park!"

Als beide, Julie und die Prinzessin, sich am Ende der Allee befanden, strahlte ein helles Licht ihnen aus dem tiefsten Dickicht entgegen, und sie vernahmen fromme Gesänge. „Das ist die Abendlitanei aus der Marienkapelle", rief Julia.

„Ja", sprach die Prinzessin, „wir wollen hin, laß uns beten! – bete du auch für mich, Julie!"

„Wir wollen", erwiderte Julie, vom tiefsten Schmerz über der Freundin Zustand ergriffen, „wir wollen beten, daß nie ein böser Geist Macht habe über uns, daß unser reines frommes Gemüt nicht verstört werden möge durch des Feindes Verlockung."

Eben zogen, als die Mädchen bei der Kapelle angekommen, die am äußersten Ende des Parks befindlich, die Landleute von dannen, die die Litanei vor dem mit Blumen geschmückten, und mit vielen Lampen erleuchteten, Marienbilde gesungen. Sie knieten nieder in dem Betstuhl. Da begannen die Sänger auf dem kleinen Chor, der zur Seite des Altars angebracht, das Ave maris stella, das Kreisler erst vor kurzem komponiert.

Leise beginnend brauste der Gesang stärker und mächtiger auf in dem dei mater alma, bis die Töne, in dem felix coeli porta dahinsterbend, fortschwebten auf den Fittichen des Abendwindes.

Noch immer lagen die Mädchen auf den Knieen, tief versunken in brünstige Andacht. Der Priester murmelte Gebete, und aus weiter Ferne, wie ein Chor von Engelstimmen aus dem nächtlichen verschleierten Himmel, hallte der Hymnus: O sanctissima, den die heimziehenden Sänger angestimmt.

Endlich erteilte ihnen der Priester den Segen. Da standen sie auf, und fielen sich in die Arme. Ein namenloses Weh, aus Entzücken und Schmerz gewoben, schien gewaltsam sich loswinden zu wollen aus ihrer Brust, und Blutstropfen, dem wunden Herzen entquollen, waren die heißen Tränen, die aus ihren Augen stürzten. „Das war *er*", lispelte die Prinzessin leise. „*Er* war's", erwiderte Julie. – Sie verstanden sich.

In ahnungsvollem Schweigen harrte der Wald, daß die Mondscheibe aufsteige, und ihr schimmerndes Gold über ihn ausstreue. Der Choral der Sänger, noch immer vernommen in der Stille der Nacht, schien entgegenzuziehen dem Gewölk, das glühend aufflammte, und sich über den Bergen lagerte, die Bahn des leuchtenden Gestirns bezeichnend, vor dem die Sterne erblaßten.

„Ach", sprach Julia, „was ist es denn, das uns so bewegt, das so mit tausend Schmerzen unser Inneres durchschneidet? – Horche doch nur, wie das ferne Lied so tröstend zu uns herüberhallt? Wir haben gebetet, und aus den goldnen Wolken sprechen fromme Geister zu uns herab von himmlischer Seligkeit." – „Ja meine Julia", erwiderte die Prinzessin ernst und fest, „ja meine Julia, über den Wolken ist Heil und Seligkeit, und ich wollte, daß ein Engel des Himmels mich hinauftrüge zu den Sternen, ehe' mich die finstre Macht erfaßte. Ich möchte wohl sterben, aber ich weiß es, dann trügen sie mich in die fürstliche Gruft, und die Ahnherrn, die dort begraben, würden es nicht glauben, daß ich gestorben bin, und erwachen aus der Totenerstarrung zum entsetzlichen Leben, und mich hinaustreiben. Dann gehörte ich ja aber weder den Toten an, noch den Lebendigen, und fände nirgends Obdach."

„Was sprichst du, Hedwiga, um aller Heiligen willen, was sprichst du", rief Julie erschrocken.

„Mir hat", fuhr die Prinzessin fort, in demselben festen, beinahe gleichgültigen Ton beharrend, „mir hat dergleichen einmal geträumt. Es kann aber auch sein, daß ein bedrohlicher Ahnherr im Grabe zum Vampir geworden, der mir nun das Blut aussaugt. Davon mögen meine häufigen Ohnmachten herrühren."

„Du bist krank", rief Julia, „du bist sehr krank, Hedwiga, die Nachtluft schadet dir, laß uns forteilen."

Damit umschlang sie die Prinzessin, die sich schweigend fortführen ließ.

Der Mond war nun hoch heraufgestiegen über den Geierstein, und in magischer Beleuchtung standen die Büsche, die Bäume, und flüsterten und rauschten, mit dem Nachtwinde kosend, in tausend lieblichen Weisen.

„Es ist doch schön", sprach Julie, „o es ist doch schön auf der Erde, beut uns die Natur nicht ihre herrlichsten Wunder dar, wie eine gute Mutter ihren lieben Kindern?" – „Meinst du?" erwiderte die Prinzessin, und fuhr dann nach einer Weile fort: „Ich wollte nicht, daß du mich erst ganz verstanden hättest, und bitte, alles nur für den Erguß einer bösen Stimmung zu halten. – Du kennst noch nicht den vernichtenden Schmerz des Lebens. Die Natur ist grausam, sie hegt und pflegt nur die gesunden Kinder, die kranken verläßt sie, ja richtet bedrohliche Waffen gegen ihr Dasein. – Ha! du weißt, daß mir sonst die Natur nichts war, als eine Bildergalerie, hingestellt um die Kräfte des Geistes und der Hand zu üben, aber jetzt ist es anders worden, da ich nichts fühle, nichts ahne, als ihr Entsetzen. Ich möchte lieber in erleuchteten Sälen zwischen bunter Gesellschaft wandeln, als einsam mit dir in dieser mondhellen Nacht."

Julien wurde nicht wenig bange, sie bemerkte, wie Hedwiga immer schwächer, erschöpfter wurde, so daß die Arme all ihre geringe Kraft anwenden mußte, um sie im Gehen aufrecht zu erhalten.

Endlich hatten sie das Schloß erreicht. Unfern desselben, auf der steinernen Bank, die unter einem Holunderbusch stand, saß eine finstre verhüllte Gestalt. Sowie Hedwiga diese gewahrte, rief sie voll Freude: „Dank der Jungfrau und allen Heiligen, da ist sie!" und ging plötzlich erkräftigt, und sich von Julien losmachend, auf die Gestalt los, die sich erhob, und mit dumpfer Stimme sprach: „Hedwiga, mein armes Kind!" – Julia gewahrte, daß die Gestalt eine von Kopf bis zu Fuß in braune Gewänder gehüllte Frau war, die tiefen Schatten ließen die Züge ihres Gesichts nicht erkennen. Von innern Schauern durchbebt, blieb Julia stehen.

Beide, die Frau und die Prinzessin, ließen sich auf die Bank nieder. Die Frau strich ihr sanft die Haarlocken von der Stirne, legte dann die Hände darauf, und sprach langsam und leise in einer Sprache, die Julie sich nicht erinnern konnte, jemals gehört zu haben. Nachdem dies einige Minuten gewährt, rief die Frau Julien zu: „Mädchen, eile nach dem Schloß, rufe die Kammerfrauen, sorge, daß man die Prinzessin hineinschaffe. Sie ist in sanften Schlaf gesunken, von dem sie gesund und froh erwachen wird."

Julie, ihrem Erstaunen nicht einen Augenblick Raum gebend, tat schnell, wie ihr geheißen.

Als sie mit den Kammerfrauen ankam, fand man die Prinzessin, sorgsam in ihren Shawl eingehüllt, wirklich im sanften Schlaf, die Frau war verschwunden.

„Sage mir", sprach Julie am andern Morgen, als die Prinzessin ganz genesen erwacht, und keine Spur innerer Zerrüttung sich zeigte, was Julie befürchtet, „sage mir um Gott, wer war die wunderbare Frau?"

„Ich weiß es nicht", erwiderte die Prinzessin, „ein einziges Mal in meinem Leben habe ich sie gesehen. Du erinnerst dich, wie ich einmal, noch ein Kind, in eine tödliche Krankheit verfallen, so daß die Ärzte mich aufgaben. Da saß sie in einer Nacht plötzlich an meinem Bette, und lullte mich, wie heute, ein in süßen Schlummer, von dem ich ganz genesen erwachte. – In der gestrigen Nacht trat zum erstenmal das Bild dieser Frau mir wieder vor die Augen, es war mir, als müsse sie mir wieder erscheinen, und mich retten, und so hat es sich wirklich begeben. – Tu es mir zur Liebe, und schweige ganz von der Erscheinung, laß dir auch nichts merken durch Wort oder Zeichen, daß uns etwas Wunderbares begegnet. Denke an den Hamlet, und sei mein lieber Horatio! – Es ist gewiß, daß es mit dieser Frau eine geheimnisvolle Bewandtnis haben muß, aber, mag das Geheimnis mir und dir verschlossen bleiben, weiteres Forschen bedünkt mir gefährlich. – Ist es nicht genug, daß ich genesen bin, und froh, frei von allen Gespenstern, die mich verfolgten?" – Alles verwunderte sich über der Prinzessin so plötzlich wiedergekehrte Gesundheit. Der Leibarzt behauptete, der nächtliche Spaziergang nach der Marienkapelle habe durch die Erschütterung aller Nerven so drastisch gewirkt, und er nur vergessen denselben ausdrücklich zu verordnen. Die Benzon sprach aber in sich hinein: „Hm! – die Alte ist bei ihr gewesen – mag das diesmal hingehen!" – Es ist nun an der Zeit, daß jene verhängnisvolle Frage des Biographen: „Du –

*(M. f. f.)* liebst mich also, holde Miesmies? O wiederhol es mir, wiederhol es mir tausendmal, damit ich noch in ferneres Entzücken geraten und so viel Unsinn aussprechen möge, wie es einem von dem besten Romandichter geschaffenen Liebeshelden geziemt! – Doch Beste, du hast meine erstaunliche Neigung zum Gesange, so wie meine Kunstfertigkeit darin, schon bemerkt, würd es dir wohl gefällig sein, Teure! mir ein kleines Liedchen vorzusingen?" „Ach", erwiderte Miesmies, „ach geliebter Murr, zwar bin ich auch in der Kunst des Gesanges nicht unerfahren, aber du weißt, wie es jungen Sängerinnen geht, wenn sie zum erstenmal singen sollen vor Meistern und Kennern! – Die Angst, die Verlegenheit, schnürt ihnen die Kehle zu, und die schönsten Töne, Trillos und Mordenten bleiben auf die fatalste Weise in der Kehle stecken, wie Fischgräten. – Eine Arie zu singen ist dann pur unmöglich, weshalb der Regel nach mit einem Duett begonnen wird. Laß uns ein kleines Duett versuchen Teurer! wenn's dir gefällig!" – Das war mir recht. Wir stimmten nun gleich das zärtliche Duett an: „Bei meinem ersten Blick, flog dir mein Herz entgegen" etc. etc. Miesmies begann furchtsam, aber bald ermutigte sie mein kräftiges Falsett. Ihre Stimme war allerliebst, ihr Vortrag gerundet, weich, zart, kurz sie zeigte sich als wackre Sängerin. Ich war entzückt, wiewohl ich einsah, daß mich Freund Ovid wiederum im Stich gelassen. Da Miesmies mit dem cantare so herrlich bestanden, so war es mit dem chordas tangere gar nichts, und ich durfte nicht erst nach der Gitarre verlangen.

Miesmies sang nun mit seltner Geläufigkeit, mit ungemeinem Ausdruck, mit höchster Eleganz das bekannte: Di tanti palpiti etc. etc. Von der heroischen Stärke des Rezitativs stieg sie herrlich hinein in die wahrhaft kätzliche Süßigkeit des Andantes. Die Arie schien ganz für sie geschrieben, so daß auch mein Herz überströmte und ich in ein lautes Freudengeschrei ausbrach. Ha! – Miesmies mußte mit dieser Arie eine Welt fühlender Katerseelen begeistern! – Nun stimmten wir noch ein Duett an, aus einer ganz neuen Oper, das ebenfalls herrlich gelang, da es ganz und gar für uns geschrieben schien. Die himmlischen Rouladen gingen glanzvoll aus unserm Innern heraus, da sie meistenteils aus chromatischen Gängen bestanden. Überhaupt muß ich bei dieser Gelegenheit bemerken, daß unser Geschlecht chromatisch ist, und daß daher jeder Komponist, der für uns komponieren will, sehr wohl tun wird, Melodieen und alles übrige, chromatisch einzurichten. Leider hab ich den Namen des trefflichen Meisters, der jenes Duett komponiert, vergessen, das ist ein wackrer lieber Mann, ein Komponist nach meinem Sinn.

Während dieses Singens war ein schwarzer Kater heraufgestiegen, der uns mit glühenden Augen anfunkelte. „Bleiben Sie gefälligst von dannen, bester Freund", rief ich ihm entgegen, „sonst kratze ich Ihnen die Augen aus, und werfe Sie vom Dache herab, wollen Sie aber eins mit uns singen, so kann das geschehen." – Ich kannte den jungen schwarzgekleideten Mann als einen vortrefflichen Bassisten, und schlug daher vor, eine Komposition zu singen, die ich zwar sonst nicht sehr liebe, die sich aber zu der bevorstehenden Trennung von Miesmies sehr gut schickte. – Wir sangen: „Soll ich dich Teurer nicht mehr sehen!" Kaum versicherte ich aber mit dem Schwarzen, daß die Götter mich bewahren würden, als eine gewaltige Ziegelscherbe zwischen uns durchfuhr, und eine entsetzliche Stimme rief: „Wollen die verfluchten Katzen wohl die Mäuler halten!" – Wir stoben, von der Todesfurcht gehetzt, wild auseinender in den Dachboden hinein. – O der herzlosen Barbaren ohne Kunstgefühl, die selbst unempfindlich bleiben bei den rührendsten Klagen der unaussprechlichen Liebeswehmut, und nur Rache und Tod brüten und Verderben!

Wie gesagt, das, was mich befreien sollte von meiner Liebesnot, stürzte mich nur noch tiefer hinein. Miesmies war so musikalisch, daß wir beide auf das anmutigste miteinander zu fantasieren vermochten. Zuletzt sang sie meine eignen Melodieen herrlich nach, darüber wollte ich denn nun ganz und gar närrisch werden, und quälte mich schrecklich ab in meiner Liebespein, so daß ich ganz blaß, mager und elend wurde. – Endlich, endlich, nachdem ich mich lange genug abgehärmt, fiel mir das letzte, wiewohl verzweifelte, Mittel ein, mich von meiner Liebe zu heilen. – Ich beschloß meiner Miesmies Herz und Pfote zu bieten. Sie schlug ein, und sobald wir ein Paar worden, merkte ich auch alsbald, wie meine Liebesschmerzen sich ganz und gar verloren. Mir schmeckte Milchsuppe und Braten vortrefflich, ich gewann meine joviale Laune wieder, mein Bart kam in Ordnung, mein Pelz erhielt wieder den alten schönen Glanz, da ich nun die Toilette mehr beachtete als vorher, wogegen meine Miesmies sich gar nicht mehr putzen mochte. Ich fertigte demunerachtet, wie zuvor geschehen, noch einige Verse auf meine Miesmies, die um so hübscher, um so wahrer empfunden waren, als ich den Ausdruck der schwärmerischen Zärtlichkeit so immer mehr und mehr heraufschrob, bis er mir die höchste Spitze erreicht zu haben schien. Ich dedizierte endlich der Guten noch ein dickes Buch, und hatte so auch in literarisch-ästhetischer Hinsicht alles abgetan, was von einem honetten treuverliebten Kater nur verlangt werden kann. Übrigens führten wir, ich und meine Miesmies, auf der Strohmatte vor der Türe meines Meisters, ein häuslich ruhiges, glückliches Leben. – Doch welches Glück ist hienieden auch nur von einigem Bestand! – Ich bemerkte bald, daß Miesmies oft in meiner Gegenwart zerstreut war, daß sie, wenn ich mit ihr sprach, verwirrtes Zeug antwortete, daß ihr tiefe Seufzer entflohen, daß sie nur schmachtende Liebeslieder singen mochte, ja daß sie zuletzt ganz matt und krank tat. Fragte ich denn, was ihr fehle, so streichelte sie mir zwar die Wangen und erwiderte: „Nichts gar nichts, mein liebes gutes Papachen", aber das Ding war mir doch gar nicht recht. Oft erwartete ich sie vergebens auf der Strohmatte, suchte sie vergebens im Keller, auf dem Boden, und fand ich sie denn endlich und machte ihr zärtliche Vorwürfe, so entschuldigte sie sich damit, daß ihre Gesundheit weite Spaziergänge erfordere, und daß ein ärztlicher Kater sogar eine Badereise angeraten. Das war mir wieder nicht recht. Sie mochte wohl meinen versteckten Ärger gewahren, und ließ es sich angelegen sein, mich mit Liebkosungen zu überhäufen, aber auch in diesen Liebkosungen lag so etwas Sonderbares, ich weiß es nicht zu nennen, das mich erkältete, statt mich zu erwärmen, und auch das war mir nicht recht. Ohne zu vermuten, daß dies Betragen meiner Miesmies seinen besonderen Grund haben könnte, wurde ich nur inne, daß nach und nach auch das letzte Fünkchen der Liebe zu der Schönsten erlosch, und daß in ihrer Nähe mich die tötendste Langeweile erfaßte. Ich ging daher meine Wege und sie die ihrigen; kamen wir aber einmal zufällig auf der Strohmatte zusammen, so machten wir uns die liebevollsten Vorwürfe, waren dann die zärtlichsten Gatten, und besangen die friedliche Häuslichkeit, in der wir lebten.

Es begab sich, daß mich einmal der schwarze Bassist in dem Zimmer meines Meisters besuchte. Er sprach in abgebrochenen geheimnisvollen Worten, fragte dann stürmisch, wie ich mit meiner Miesmies lebe – kurz, ich merkte wohl, daß der Schwarze etwas auf dem Herzen hatte, das er mir entdecken wollte. Endlich kam es denn auch zum Vorschein. Ein Jüngling, der im Felde gedient, war zurückgekehrt, und lebte in der Nachbarschaft von einer kleinen Pension, die ihm ein dort wohnender

Speisewirt an Fischgräten und Speisabgang ausgeworfen. Schön von Figur, herkulisch gebaut, wozu noch kam, daß er eine reiche fremde Uniform trug, schwarz grau und gelb, und wegen bewiesener Tapferkeit, als er mit wenigen Kameraden einen ganzen Speicher von Mäusen reinigen wollen, das Ehrenzeichen des gebrannten Specks auf der Brust trug, fiel er allen Mädchen und Frauen in der Gegend auf. Alle Herzen schlugen ihm entgegen, wenn er auftrat keck und kühn, den Kopf emporgehoben, feurige Blicke um sich werfend. *Der* hatte sich, wie der Schwarze versicherte, in meine Miesmies verliebt, sie war ihm ebenso mit Liebe entgegengekommen, und es war nur zu gewiß, daß sie heimliche verliebte Zusammenkünfte hielten allnächtlich hinter dem Schornstein oder im Keller.

„Mich wundert", sprach der Schwarze, „mich wundert, bester Freund! daß Sie bei Ihrer sonstigen Sagazität das nicht längst bemerkt, aber liebende Gatten sind oft blind, und es tut mir leid, daß Freundespflicht mir gebot, Ihnen die Augen zu öffnen, da ich weiß, daß Sie in Ihre vortreffliche Gattin ganz und gar vernarrt sind."

„O Muzius", so hieß der Schwarze, „o Muzius", rief ich, „ob ich ein Narr bin, ob ich sie liebe, die süße Verräterin! Ich bete sie an, mein ganzes Wesen gehört ihr! – Nein, sie kann mir das nicht tun, die treue Seele! – Muzius, schwarzer Verleumder, empfange den Lohn deiner Schandtat!" – Ich hob die gekrallte Pfote auf, Muzius blickte mich freundlich an und sprach sehr ruhig: „Ereifern Sie sich nicht, mein Guter, Sie teilen das Los vieler vortrefflichen Leute, überall ist schnöder Wankelmut zu Hause, und leider vorzüglich bei unserm Geschlecht." Ich ließ die aufgehobene Pfote wieder sinken, sprang wie in voller Verzweiflung einigemal in die Höhe und schrie dann wütend: „Wär es möglich, wär es möglich! – O Himmel – Erde! – was noch sonst? – nenn ich die Hölle mit! – Wer hat mir das getan, der schwarzgraugelbe Kater? – Und sie, die süße Gattin, treu und hold sonst, sie konnte, höllschen Trugs voll, *den* verachten, der oft, an ihrem Busen eingewiegt, in süßen Liebesträumen selig schwelgte? – O fließt, ihr Zähren, fließt der Undankbaren! – Himmel tausend sapperment, das geht nicht an, den bunten Kerl am Schornstein soll der Teufel holen!"

„Beruhigen Sie sich", sprach Muzius, „beruhigen Sie sich doch nur, Sie überlassen sich zu sehr der Wut des jähen Schmerzes. Als Ihr wahrer Freund mag ich Sie jetzt weiter nicht in Ihrer angenehmen Verzweiflung stören. Wollen Sie sich in

Ihrer Trostlosigkeit ermorden, so könnte ich Ihnen zwar mit einem tüchtigen Rattenpulver aufwarten, ich will es aber nicht tun, da Sie sonst ein lieber scharmanter Kater sind, und es jammerschade wäre um Ihr junges Leben. Trösten Sie sich, lassen Sie Miesmies laufen, es gibt der anmutigen Katzen noch viele in der Welt. – Adieu Bester!" – Damit sprang Muzius fort durch die geöffnete Türe.

Sowie ich still, unter dem Ofen liegend, mehr nachsann über die Entdeckungen, die mir der Kater Muzius gemacht, fühlte ich wohl etwas in mir [sich] regen, wie heimliche Freude. Ich wußte nun, wie ich mit Miesmies daran war, und die Quälerei mit dem ungewissen Wesen war am Ende. Hatte ich aber anstandshalber erst die gehörige Verzweiflung geäußert, so glaubte ich, daß derselbe Anstand es erfordere, dem Schwarzgraugelben zu Leibe zu gehen.

Ich belauschte zur Nachtzeit das Liebespaar hinter dem Schornstein, und fuhr mit den Worten: „Höllischer bestialischer Verräter", auf meinen Nebenbuhler grimmig los. Der aber, an Stärke, wie ich leider zu spät bemerkte, mir weit überlegen, packte mich, ohrfeigte mich gräßlich ab, daß ich mehreres Pelzwerk einbüßte, und sprang dann schnell fort. Miesmies lag in Ohnmacht, als ich mich ihr aber näherte, sprang sie ebenso behende als ihr Liebhaber auf, und ihm nach in den Dachboden hinein.

Lendenlahm, mit blutigen Ohren, schlich ich herab zu meinem Meister, und verwünschte den Gedanken, meine Ehre konservieren zu wollen, hielt es auch für gar keine Schande, die Miesmies dem Schwarzgraugelben ganz und gar zu überlassen.

„Welch ein feindliches Schicksal", dacht ich, „der himmlischromantischen Liebe halber werde ich in die Gosse geworfen, und das häusliche Glück verhilft mir zu nichts anderm, als zu gräßlichen Prügeln."

Am andern Morgen erstaunte ich nicht wenig, als ich, aus dem Zimmer des Meisters heraustretend, Miesmies auf der Strohmatte fand. „Guter Murr", sprach sie sanft und ruhig, „ich glaube zu fühlen, daß ich dich nicht mehr so liebe, als sonst, welches mich sehr schmerzt."

„O teure Miesmies", erwiderte ich zärtlich, „es zerschneidet mir das Herz, aber ich muß es gestehen, seit der Zeit, daß sich gewisse Dinge begeben, bist du mir auch gleichgültig geworden."

„Nimm es nicht übel", sprach Miesmies weiter, „nimm es nicht übel, süßer Freund, aber es ist mir so, als wärst du mir schon längst ganz unausstehlich gewesen."

„Mächtger Himmel", rief ich begeistert, „welche Sympathie der Seelen, mir geht es so, wie dir."

Nachdem wir auf diese Weise einig geworden, daß wir uns einander ganz unausstehlich wären, und uns notwendigerweise trennen müßten auf ewig, umpfoteten wir uns auf das zärtlichste, und weinten heiße Tränen der Freude und des Entzückens!

Dann trennten wir uns, jeder war hinfort von der Vortrefflichkeit, von der Seelengröße des andern überzeugt, und pries sie jedem an, der davon hören mochte.

„Auch ich war in Arkadien", rief ich, und legte mich auf die schönen Künste und Wissenschaften eifriger als jemals.

*(Mak. Bl.)* – „Euch", sprach Kreisler, „ja ich sag es Euch aus tiefer Seele, diese Ruhe scheint mir bedrohlicher, als der wütendste Sturm. Es ist die dumpfe taube Schwüle vor dem zerstörenden Gewitter, in der sich jetzt alles an dem Hofe bewegt, den Fürst Irenäus im Duodez-Format mit vergoldetem Schnitt, wie einen Almanach ans Tageslicht gebracht. Vergebens steckt der gnädigste Herr unaufhörlich glänzende Feste auf, wie Gewitterableiter, als zweiter Franklin, die Blitze werden doch einschlagen, und vielleicht sein eignes Staatskleid versengen. – Es ist wahr, Prinzessin Hedwiga gleicht jetzt in ihrem ganzen Wesen einer hell und klar hinströmenden Melodie, statt daß sonst wilde unruhige Akkorde durcheinander auffuhren aus ihrer wunden Brust, aber – Nun! und Hedwiga schreitet jetzt in verklärtem freundlichem Stolz an dem Arm des wackern Neapolitaners daher, und Julia lächelt ihn an auf ihre holdselige Weise, und läßt sich seine Galanterien gefallen, die der Prinz, ohne ein Auge von der bestimmten Braut zu lassen, ihr so geschickt zuzuwenden weiß, daß sie ein junges unerfahrnes Gemüt wie Ricochet-Schüsse schärfer treffen müssen, als wenn das bedrohliche Geschütz geradezu darauf gerichtet! – Und doch glaubte sich, wie mir die Benzon erzählt, erst Hedwiga von dem mostro turchino erdrückt, und der sanften ruhigen Julia, dem Himmelskinde, wurde der schmucke General en Chef zum schnöden Basilisk! – O ihr ahnenden Seelen, ihr hattet ja recht! – Teufel, hab ich denn nicht in Baumgartens Welthistorie gelesen, daß die Schlange, die uns um das Paradies gebracht, stolzierte in goldgleißendem Schuppenwams? –

Das fällt mir ein, wenn ich den goldverbrämten Hektor sehe. – Hektor hieß übrigens sonst ein sehr würdiger Bullenbeißer, der unbeschreibliche Liebe und Treue zu mir hegte. – Ich wollt er wär bei mir, und ich könnt ihn dem fürstlichen Namensvetter in die Rockschöße hetzen, wenn er sich so recht spreizt zwischen dem holden Schwesterpaar! Oder sagt, Meister, da Ihr so manches Kunststück wisset, sagt mir, wie ich es anfange, mich bei schicklicher Gelegenheit in eine Wespe zu verwandeln, und den fürstlichen Hund dermaßen zu turbieren, daß er aus seinem verfluchten Konzept kommt!"

„Ich habe", nahm Meister Abraham das Wort, „ich habe Euch ausreden lassen, Kreisler, und frage Euch nun, ob Ihr mich ruhig anhören wollt, wenn ich Euch gewisse Dinge entdecke die Eure Ahnungen rechtfertigen?"

„Bin ich", erwiderte Kreisler, „bin ich denn nicht ein gesetzter Kapellmeister – ich meine das nicht im philosophischen Sinn, daß ich mein Ich gesetzt als Kapellmeister; sondern beziehe das bloß auf die geistige Fähigkeit, in honetter Gesellschaft ruhig zu bleiben, wenn mich ein Floh sticht."

„Nun also", fuhr Meister Abraham fort, „wisset Kreisler, daß ein seltsamer Zufall mir tiefe Blicke in des Prinzen Leben vergönnt hat. Ihr habt recht, wenn Ihr ihn mit der Schlange im Paradiese vergleicht. Unter der schönen Hülle – die werdet Ihr ihm nicht absprechen – liegt giftige Verderbtheit, ich möchte lieber sagen, Verruchtheit, verborgen. – Er führt Böses im Schilde – er hat, aus vielem was sich zugetragen weiß ich's, er hat es abgesehen auf die holde Julia."

„Hoho", schrie Kreisler, indem er im Zimmer umhersprang, „hoho blanker Vogel, sind das deine süßen Lieder? – Wetter, Wetter, der Prinz ist ein tüchtiger Kerl, er greift zu, mit beiden Krallen auf einmal, nach gebotenen und verbotenen Früchten! – Holla, süßer Neapolitaner, du weißt nicht, daß Julien ein wackrer Kapellmeister, mit hinlänglicher Musik im Leibe, zur Seite steht, der hält dich, sowie du dich ihr näherst, für einen verdammten Quartquinten-Akkord, der aufgelöst werden muß. Und der Kapellmeister tut, was seines Berufs ist, das heißt, er löst dich auf, indem er dir eine Kugel durch das Gehirn jagt, oder dir gegenwärtigen Stockdegen durch den Leib rennt!" – Damit zog Kreisler seine Stockklinge heraus, setzte sich in Fechterpositur, und fragte den Meister, ob er Anstand genug besitze, einen fürstlichen Hund zu durchspießen. – „Seid doch nur ruhig", erwiderte Meister Abraham, „seid doch nur ruhig,

Kreisler, es bedarf solcher Heldentaten gar nicht, um dem Prinzen das Spiel zu verderben. Es gibt andere Waffen für ihn, und die geb ich Euch in die Hand. Gestern war ich im Fischerhäuschen, der Prinz kam mit seinem Adjutanten vorüber. Sie gewahrten mich nicht. ‚Die Prinzessin ist schön', sprach der Prinz, ‚aber die kleine Benzon ist göttlich! Mein ganzes Blut wallte siedend auf, als ich sie sah – ha, sie muß mein werden, noch ehe ich der Prinzessin die Hand reiche. – Glaubst du, daß sie unerbittlich sein wird?' ‚Welches Weib hat Euch widerstanden, gnädigster Herr', erwiderte der Adjutant. ‚Aber beim Teufel', fuhr der Prinz fort, ‚sie scheint ein frommes Kind zu sein' – ‚und ein argloses', fiel ihm der Adjutant lachend ins Wort, ‚und die frommen arglosen Kindlein sind es ja eben, die überrascht von dem Angriff des sieggewohnten Mannes duldend unterliegen, und dann alles für Gottes Fügung halten, wohl gar in ungemeine Liebe geraten zu dem Sieger! – Das kann Euch auch so gehen, gnädigster Herr.' – ‚Das wäre toll genug', rief der Prinz. ‚Aber könnte ich sie nur allein sehen – wie das anfangen?' ‚Nichts', erwiderte der Adjutant, ‚nichts ist leichter als das. Ich habe bemerkt, daß die Kleine oft allein lustwandelt in diesem Park. Wenn nun' – Jetzt verhallten die Stimmen in der Ferne, ich konnte nichts mehr verstehen! – Wahrscheinlich wird irgendein höllischer Plan schon heute ausgeführt, und der muß vereitelt werden. Ich könnte das selbst tun, aber aus gewissen Ursachen möchte ich mich zur Zeit dem Prinzen nicht zeigen, daher müßt Ihr Kreisler gleich fort nach Sieghartshof, und aufpassen, wenn Julia etwa in der Dämmerung, wie sie zu tun pflegt, nach dem See lustwandelt, um den zahmen Schwan zu füttern. Diesen Gang hat wahrscheinlich der italienische Bösewicht erlauscht. – Doch, empfangt die Waffe Kreisler, und die höchst nötige Instruktion, damit Ihr, im Kampf gegen den bedrohlichen Prinzen, als ein guter Feldherr Euch zeigen möget!"

Der Biograph erschrickt abermals über das total Abrupte der Nachrichten, aus denen er gegenwärtige Geschichte zusammenstoppeln muß. – Wäre hier nicht schicklich einzurücken gewesen, welche Instruktion Meister Abraham dem Kapellmeister erteilte, denn zeigt sich auch später die Waffe selbst, so wird es dir, geliebter Leser! doch unmöglich sein, einzusehen, was es damit für eine Bewandtnis hat. Doch kein einziges Wörtlein weiß der unglückliche Biograph zur Zeit von jener Instruktion, mittelst der (so viel scheint gewiß) der wackre Kreisler in ein ganz besonderes Geheimnis eingeweiht wurde. – Doch! gedulde dich, günstiger Leser, noch ein wenig, bemeldeter Biograph setzt seinen Schreibedaumen zum Pfande, daß noch vor dem Schluß des Buchs auch dieses Geheimnis an den Tag kommen soll. – Es ist nun zu erzählen, daß, sowie die Sonne zu sinken begann, Julia, ein Körbchen mit Weißbrot am Arm, singend durch den Park wandelte, zum See, und sich mitten auf die Brücke unweit des Fischerhäuschens stellte. Aber Kreisler lag im Hinterhalt des Gebüsches, und hatte einen tüchtigen Dollond vor den Augen, mit dem er scharf hinüberschaute durch die Sträucher, die ihn versteckten. Der Schwan plätscherte heran, und Julie warf ihm Brocken hinab, die er begierig wegnaschte. Julie fuhr fort im lauten Gesange, und so kam es, daß sie es nicht gewahrte, wie Prinz Hektor schnell hinaneilte. Als er plötzlich bei ihr stand, fuhr sie zusammen, wie im heftigen Schreck. Der Prinz faßte ihre Hand, drückte sie an die Brust, an die Lippen, und legte sich dann dicht neben Julien über das Geländer der Brücke. Julia fütterte, indem der Prinz eifrig sprach, den Schwan, in den See hinabschauend. – „Schneide nicht solche infame süße Gesichter Potentat! merkst du denn nicht, daß ich dicht vor dir auf dem Geländer sitze und dich erklecklich maulschellieren kann? – O Gott, warum färben sich deine Wangen, in immer höherem Purpur, du holdes Himmelskind? – Warum blickst du jetzt den Bösen so seltsam an? – Du lächelst? – Ja es ist der glühende Gifthauch, vor dem sich deine Brust öffnen muß, wie vor dem sengendem Sonnenstrahl, sich die Knospe in den schönsten Blättern entfaltet, um desto jäher hinzusterben!" – So sprach Kreisler, das Paar beobachtend, das der gute Dollond ihm dicht hinangerückt. – Der Prinz warf jetzt auch Brocken hinab, der Schwan verschmähte sie aber, und brach in ein lautes widriges Geschrei aus. Nun schlang der Prinz den Arm um Julia, und warf so die Brocken herab, als solle der Schwan glauben, daß es Julia sei, die ihn füttere. Dabei berührte seine Wange beinahe die Wange Julias. – „Recht so", sprach Kreisler, „recht so gnädigster Halunke, umkralle, würdiger Stoßvogel, nur deine Beute recht fest, hier liegt aber einer im Busch, der schon auf dich zielt, und sogleich dir deinen glänzenden Fittich lahm schießen wird, und es steht denn erbärmlich mit dir und deiner Freijagd!"

Nun faßte der Prinz Julias Arm, und beide schritten dem Fischerhäuschen zu. Dicht vor demselben trat aber Kreisler aus dem Gebüsch, schritt auf das Paar zu und sprach, indem er sich vor dem Prinzen tief bückte: „Ein herrlicher Abend, eine ungemein heitere Luft, ein erquickliches Aroma darin, Sie müssen sich gnädigster Herr hier befinden, wie in dem schönen Neapolis.“ – „Wer sind Sie mein Herr?“ fuhr ihn der Prinz barsch an. Doch in demselben Augenblick machte sich auch Julia los von seinem Arm, trat freundlich auf Kreislern zu, reichte ihm die Hand und sprach: „O wie herrlich lieber Kreisler, daß Sie wieder da sind. Wissen Sie wohl, daß ich mich recht herzlich nach Ihnen gesehnt habe? – In der Tat, die Mutter schilt, daß ich mich gebärde wie ein weinerliches ungezogenes Kind, wenn Sie nur einen einzigen Tag ausbleiben. Ich könnte krank werden vor Verdruß, wenn ich glaube, daß Sie mich, meinen Gesang, aus der Acht lassen.“ – „Ha“, rief der Prinz, giftige Blicke schießend, auf Julien, auf Kreislern, „ha, Sie sind Monsieur de Krösel. Der Fürst sprach sehr günstig von Ihnen!“ – „Gesegnet“, sprach Kreisler, indem sein ganzes Gesicht in hundert Falten und Fältchen seltsam vibrierte, „gesegnet sei der gute Herr dafür, denn so wird es mir vielleicht gelingen, das zu erhalten, warum ich Sie gnädigster Prinz anflehen wollte, nämlich Ihre angenehme Protektion. – Ich habe die kühne Ahnung, daß Sie mir auf den ersten Blick Ihr Wohlwollen zuwandten, da Sie im Vorübergehen, aus höchst eigner Bewegung, mich zum Hasenfuß zu kreieren geruhten, und da nun Hasenfüße, zu allem nur Ersinnlichen taugen so“ – „Sie sind“, unterbrach ihn der Prinz, „Sie sind ein spaßhafter Mann –“ „Ganz und gar nicht“, fuhr Kreisler fort, „ich liebe zwar den Spaß, aber nur den schlechten, und der ist nun wieder nicht spaßhaft. Gegenwärtig wollt ich gern nach Neapel gehen, und beim Molo einige gute Fischer- und Banditenlieder aufschreiben ad usum delphini. Sie sind, bester Prinz, ein gütiger kunstliebender Herr, sollten Sie mir vielleicht durch einige Empfehlungen –“ „Sie sind“, unterbrach ihn der Prinz aufs neue, „Sie sind ein spaßhafter Mann, Monsieur de Krösel, ich liebe das, ich liebe das in der Tat, aber jetzt mag ich Sie in Ihrem Spaziergange nicht aufhalten – Adieu!“ – „Nein gnädigster Herr“, rief Kreisler, „ich kann die Gelegenheit nicht vorüberlassen, ohne mich Ihnen in meinem vollsten Lüstre zu zeigen. Sie wollten in das Fischerhäuschen treten, dort steht ein kleines Pianoforte, Fräulein Julia ist gewiß so gütig, mit mir ein Duett zu singen!“ „Mit tausend Freuden“, rief Julia, und hing sich an Kreislers Arm. Der Prinz biß die Zähne zusammen und schritt stolz voran. Im Gehen flüsterte Julia Kreislern ins Ohr:

„Kreisler! welche seltsame Stimmung." „O Gott", erwiderte Kreisler ebenso leise, „o Gott, und du liegst eingelullt in betörenden Träumen, wenn die Schlange sich naht, dich zu töten mit giftigem Biß?" – Julia blickte ihn an im tiefsten Erstaunen. Nur ein einziges Mal, im Moment der höchsten musikalischen Begeisterung, hatte Kreisler sie *Du* genannt.

Als das Duett geendet, brach der Prinz, der schon während des Gesanges öfters brava, bravissima, gerufen, aus in stürmischen Beifall. Er bedeckte Julias Hände mit feurigen Küssen, er schwor, daß kein Gesang jemals so sein ganzes Wesen durchdrungen, und bat Julien, es zu verstatten, daß er einen Kuß auf die Himmelslippen drücke, über die der Nektarstrom der Paradieseslaute geflossen.

Julia wich scheu zurück. Kreisler trat vor den Prinzen hin und sprach: „Da Sie mir, Gnädigster! auch nicht ein Wörtlein des Lobes zuwenden wollen, das ich als Komponist und wackrer Sänger ebensogut verdient zu haben vermeine, als Fräulein Julia, so merke ich schon, daß ich mit meinen schwachen musikalischen Kenntnissen nicht stark genug wirke. Aber auch in der Malerei bin ich erfahren, und werde die Ehre haben, Ihnen ein kleines Bildnis zu zeigen, das eine Person vorstellt, deren merkwürdiges Leben und seltsames Ende mir so bekannt ist, daß ich alles jedem erzählen kann, der es nur hören will." „Überlästiger Mensch!" murmelte der Prinz. Kreisler zog ein Kästchen aus der Tasche, nahm ein kleines Bildnis heraus, und hielt es dem Prinzen entgegen. Er blickte hin, alles Blut schwand von dem Antlitz, seine Augen starrten, seine Lippen bebten, zwischen den Zähnen murmelnd: „Maledetto!" stürzte er fort.

„Was ist das", rief Julia zum Tode erschrocken, „um aller Heiligen willen, was ist das, Kreisler – sagen Sie mir alles!"

„Tolles Zeug", erwiderte Kreisler, „lustige Streiche, Teufelsbannerei! Sehn Sie, teures Fräulein, wie der gütige Prinz mit den allerlängsten Schritten, deren seine gnädigsten Beine mächtig, über die Brücke läuft. – Gott! er verleugnet ganz seine süße idyllische Natur, er schaut nicht einmal in den See, er verlangt nicht mehr, den Schwan zu füttern, der liebe gute – Teufel!"

„Kreisler", sprach Julia, „Ihr Ton geht eiskalt durch mein Inneres, ich ahne Unheil – was haben Sie mit dem Prinzen?"

Der Kapellmeister trat von dem Fenster weg, an dem er gestanden, schaute tief bewegt Julia an, die vor ihm stand, die Hände gefaltet, als wolle sie den guten Geist anflehen, daß er die Angst von ihr nehme, die ihr Tränen aus den Augen preßte. „Nein", sprach Kreisler, „kein feindlicher Mißton soll den Wohllaut des Himmels verstören, der in deinem Gemüt wohnt, du frommes Kind! – In gleißnerischer Verkappung gehen die Geister der Hölle durch die Welt, aber sie haben keine Macht über dich, und du darfst sie nicht erkennen in ihrem schwarzen Tun und Treiben! – Sei'n Sie ruhig, Julia! – lassen Sie mich schweigen, es ist nun alles vorüber!"

In dem Augenblick trat die Benzon hinein in großer Bewegung. „Was ist geschehen", rief sie, „was ist geschehen? – Wie rasend stürzt der Prinz dicht bei mir vorüber, ohne mich zu sehen. Dicht bei dem Schloß kommt ihm der Adjutant entgegen, sie sprechen beide heftig miteinander, dann gibt der Prinz, so glaubt ich zu bemerken, dem Adjutanten irgendeinen wichtigen Auftrag, denn indem der Prinz in das Schloß schreitet, stürzt der Adjutant in größter Eil nach dem Pavillon, in dem er wohnt. – Der Gärtner sagte mir, du hättest mit dem Prinzen auf der Brücke gestanden, da überfiel mich, selbst weiß ich nicht warum, die fürchterliche Ahnung irgend etwas Entsetzlichen, das sich begeben – ich eilte her, sagt, was ist geschehen?" – Julia erzählte alles. „Geheimnisse?" fragte die Benzon scharf, indem sie einen durchbohrenden Blick auf Kreislern warf. „Beste Rätin", antwortete Kreisler, „es gibt Augenblicke – Lagen – Situationen vielmehr, mein ich, in denen der Mensch durchaus das Maul halten muß, da er, sobald er es öffnet, nichts herausbringt, als konfuses Zeug, das die vernünftigen Leute irritiert!"

Dabei blieb es, unerachtet die Benzon verletzt schien durch Kreislers Schweigen.

Der Kapellmeister begleitete die Rätin mit Julien bis ans Schloß, dann begab er sich auf den Rückweg nach Sieghartsweiler. Sowie er in den Laubgängen des Parks verschwunden, trat der Adjutant des Prinzen aus dem Pavillon und verfolgte denselben Weg, den Kreisler genommen. Bald darauf fiel tief im Walde ein Schuß!

In derselben Nacht verließ der Prinz Sieghartsweiler, er hatte sich bei dem Fürsten schriftlich beurlaubt, und baldige Rückkehr versprochen. Als am andern Morgen der Gärtner mit seinen Leuten den Park durchsuchte, fand er Kreislers Hut, an dem blutige Spuren befindlich. Er selbst war und blieb verschwunden. – Man –

ZWEITER BAND

*Dritter Abschnitt*

## DIE LEHRMONATE
## LAUNISCHES SPIEL DES ZUFALLS

*(M.f.f.)* Sehnsucht, heißes Verlangen erfüllt die Brust, aber hat man endlich das gewonnen, nach dem man rang mit tausend Not und Sorgen, so erstarrt jenes Verlangen alsbald zur todkalten Gleichgültigkeit, und man wirft das errungene Gut von sich, wie ein abgenutztes Spielzeug. Und kaum ist dies geschehen, so folgt bittre Reue der raschen Tat, man ringt aufs neue und das Leben eilt dahin in Verlangen und Abscheu. – So ist einmal der Katz. – Richtig bezeichnet dieser Ausdruck mein Geschlecht, zu dem sich auch der hochmütige Löwe zählt, den deshalb auch der berühmte Hornvilla in Tiecks Oktavian einen großen Katz nennt. – Ja, wiederhole ich, so und nicht anders ist einmal der Katz, und das katzliche Herz ein gar wankelmütiges Ding.

Des ehrlichen Biographen erste Pflicht ist, aufrichtig zu sein, und sich beileibe nicht selbst zu schonen. Ganz aufrichtig, Pfote aufs Herz, will ich daher gestehen, daß trotz des unsäglichen Eifers mit dem ich mich auf die Künste und Wissenschaften legte, doch oft der Gedanke an die schöne Miesmies, plötzlich in mir aufstieg und mein Studium unterbrach ganz und gar.

Es war mir, als hätte ich sie nicht lassen sollen, als hätte ich ein treuliebendes Herz verschmäht, das nur von einem falschen Wahn augenblicklich verblendet. Ach! oft, wenn ich mich an dem großen Pythagoras erlaben wollte, (ich studierte zu der Zeit viel Mathematik) verschob plötzlich ein zartes schwarzbestrumpftes Pfötchen, alle Katheten und Hypotenusen und vor mir stand sie selbst die holde Miesmies, ihr kleines allerliebstes Samtkäppchen auf dem Haupt und aus dem anmutigen Grasgrün der schönsten Augen, traf mich der funkelnde Blick des zärtlichsten Vorwurfs. – Welche niedliche Seitensprünge, welches holdselige Wirbeln und Schlängeln des Schweifs. – Umpfoten wollt ich sie mit Entzücken neu entflammter Liebe, doch verschwunden war die neckende Truggestalt.

Nicht fehlen konnt es, daß dergleichen Träumereien aus

dem Arkadien der Liebe mich in eine gewisse Schwermut versenkten, die der gewählten Laufbahn als Dichter und Gelehrter schädlich werden mußte, zumal sie bald in eine Trägheit ausartete, der ich nicht zu widerstehen vermochte. Mit Gewalt wollte ich mich herausreißen, aus diesem verdrießlichen Zustande, einen raschen Entschluß fassen, Miesmies wieder aufzusuchen. Doch, hatte ich schon die Pfote auf die erste Treppenstufe gesetzt, um hinaufzusteigen in die oberen Regionen, wo ich die Holde zu finden hoffen durfte, so wandelte mich Scham und Scheu an, und ich zog die Pfote wieder zurück, und begab mich traurig unter den Ofen.

Dieser psychischen Bedrängnisse unerachtet erfreute ich mich indessen doch eines außerordentlichen körperlichen Wohlseins, ich nahm merklich zu, wo nicht in Wissenschaften, so doch in der Stärke meines Leibes, und bemerkte wenn ich mich im Spiegel anschaute mit Vergnügen, daß mein rundbackiges Antlitz nächst der jugendlichen Frische, etwas Ehrfurchtgebietendes zu erhalten begann.

Selbst der Meister gewahrte meine veränderte Stimmung. Es ist wahr, sonst knurrte ich und machte lustige Sprünge, wenn er mir schmackhafte Speisung reichte, sonst wälzte ich mich zu seinen Füßen, kaboltzte und sprang auch wohl auf seinen Schoß, wenn er, nachdem er morgens aufgestanden, mir zurief: „Guten Morgen Murr!“ – Jetzt unterließ ich das alles und begnügte mich mit einem freundlichen Miau! und jener anmutig stolzen Erhebung des Rückens, die dem geneigten Leser unter dem Namen: Katzenpuckel, bekannt sein wird. Ja ich verachtete jetzt sogar das mir sonst so liebe Vogelspiel. – Es möchte für junge Gymnastiker oder Turner meines Geschlechts lehrreich sein zu sagen, worin dieses Spiel bestand. – Mein Meister band nämlich eine oder ein paar Schreibfedern an einen langen Faden, und ließ sie schnell in der Luft auf- und absteigen, ordentlich fliegen. Im Winkel lauernd und die richtigen Tempos wahrnehmend sprang ich nun so lange nach den Federn, bis ich sie erwischte und wacker zerzauste. Dies Spiel riß mich oft ganz hin, ich hielt die Federn wirklich für einen Vogel, ich geriet in Feuer und Flammen, so daß Geist und Körper zugleich in Anspruch genommen, sich bildeten und stärkten. – Ja selbst dies Spiel verachtete ich jetzt, und blieb ruhig auf meinem Kissen liegen, der Meister mochte seine Federn fliegen lassen soviel er wollte. – „Kater“, sprach der Meister eines Tages zu mir als ich, wenn die Feder an meine Nase streifend, selbst auf mein

Kissen flog, kaum blinzelnd die Pfote darnach ausstreckte, „Kater, du bist gar nicht mehr wie sonst, du wirst mit jedem Tage träger und fauler. Ich glaube, du frissest, du schläfst zu viel."

Ein Lichtstrahl fiel bei diesen Worten des Meisters in meine Seele! – Nur dem Andenken an Miesmies, an das verscherzte Paradies der Liebe hatte ich meine träge Traurigkeit zugeschrieben, nun erst gewahrte ich aber, wie das irdische Leben mich mit meinen aufwärts strebenden Studien entzweit, und seine Ansprüche geltend gemacht hatte. Es gibt Dinge in der Natur, die es deutlich erkennen lassen, wie die gefesselte Psyche dem Tyrannen, Körper genannt, ihre Freiheit hinopfern muß. Zu diesen Dingen rechne ich nun ganz vorzüglich, den wohlschmeckenden Brei von Mehl, süßer Milch und Butter, so wie ein breites mit Roßhaaren wohlgepolstertes Kissen. Jenen süßen Brei wußte die Aufwärterin des Meisters gar herrlich zu bereiten, so daß ich jeden Morgen zum Frühstück zwei tüchtige Teller voll mit dem größten Appetit verzehrte. Hatte ich aber dermaßen gefrühstückt, dann wollten mir die Wissenschaften gar nicht mehr munden, sie kamen mir vor wie trockene Speise, und nichts half es auch, wenn ich davon ablassend mich rasch in die Poesie warf. Die hochgepriesensten Werke der neuesten Autoren, die gerühmtesten Trauerspiele hochgefeierter Dichter, konnten meinen Geist nicht festhalten, ich geriet in ein ausschweifendes Gedankenspiel, unwillkürlich trat die kunstfertige Aufwärterin des Meisters in Konflikt mit dem Autor, und es wollte mir gemuten als verstehe jene sich viel besser auf die gehörige Gradation und Mischung der Fettigkeit, Süße und Stärke als dieser. – Unglückliche träumerische Verwechselung des geistigen und leiblichen Genusses! – Ja träumerisch kann ich sie nennen diese Verwechslung denn Träume stiegen auf und ließen mich jenes zweite gefährliche Ding, das breite mit Roßhaaren gepolsterte Kissen suchen, um sanft darauf zu entschlummern. Dann erschien mir das süße Bild der holden Miesmies! – Himmel, so stand wohl alles im Zusammenhange, Milchbrei, Verachtung der Wissenschaften, Melancholie, Polster, unpoetische Natur, Liebesandenken! – Der Meister hatte recht ich fraß, ich schlief zuviel! – Mit welchem stoischen Ernst nahm ich mir vor, mäßiger zu sein, aber schwach ist des Katers Natur, die besten herrlichsten Entschlüsse scheiterten an dem süßen Geruch des Milchbreies, an dem einladend aufgeschwellten Polster. – Eines Tages hört ich den Meister, da er zum Zimmer herausgetreten, auf dem Flur zu jemanden sagen: „Mag es sein, meinetwegen, vielleicht heitert ihn Gesellschaft auf. Aber macht ihr mir dumme Streiche, springt ihr mir auf die Tische, schmeißt ihr mir das Tintenfaß um, oder sonst was herab, so werf ich euch alle beide zum Tempel heraus.“

Darauf öffnete der Meister die Türe ein wenig und ließ jemanden herein. Dieser Jemand war aber kein anderer als Freund Muzius. Beinahe hätte ich ihn nicht wiedererkannt. Seine Haare sonst glatt und glänzend waren struppig und unscheinbar, die Augen lagen ihm tief im Kopf und sein sonst, zwar etwas rauhes aber doch ganz leidliches Wesen hatte etwas Übermütiges, Brutales angenommen. „Na“, prustete er mich an, „na, findet man Euch einmal! muß man Euch aufsuchen hinter Euerm verfluchten Ofen? – Doch mit Verlaub!“ Er trat an den Teller und verzehrte die Backfische die ich mir aufgespart hatte zum Abendbrot. „Sagt“, sprach er dazwischen, „sagt mir nur ins Teufels Namen, wo Ihr steckt, warum Ihr auf kein Dach mehr kommt, Euch nirgends mehr sehen laßt, wo es munter hergeht?“

Ich erklärte, daß nachdem ich die Liebe zur holden Miesmies aufgegeben, mich die Wissenschaften ganz und gar beschäftigt hätten, weshalb denn an Spaziergänge nicht zu denken gewesen wäre. Nicht im mindesten sehne ich mich nach Gesellschaft, da ich bei dem Meister alles hätte, was mein Herz nur wünschen könne, Milchbrei, Fleisch, Fische, ein weiches Lager und so w. Ein ruhiges sorgenfreies Leben, das sei für einen Kater von meinen Neigungen und Anlagen das ersprießlichste Gut, und um so mehr müßt ich fürchten, daß dies, ginge ich aus, verstört werden könne, da, wie ich leider wahrgenommen, meine Inklination zur kleinen Miesmies noch nicht ganz erloschen, und ihr Wiedersehen mich leicht zu Übereilungen hinreißen dürfe, die ich nachher vielleicht sehr schwer zu bereuen haben würde.

„Ihr könnt mir nachher noch einen Backfisch aufwixen!“ So sprach Muzius, putzte sich mit gekrümmter Pfote nur ganz obenhin Maul, Bart und Ohren und nahm den Platz dicht neben mir auf dem Polster.

„Rechnet“, begann Muzius nachdem er zum Zeichen seiner Zufriedenheit ein paar Sekunden gesponnen, mit sanfter Stimme und Gebärde, „rechnet es Euch, mein guter Bruder Murr! für ein Glück an, daß ich auf den Einfall geriet, Euch zu besuchen in Eurer Klause, und daß der Meister mich zu Euch ließ ohne Widerrede. Ihr seid in der größten Gefahr in die ein tüchtiger junger Kerl von Kater, der Grütz im Kopfe hat, und Stärke in den Gliedern, nur geraten kann. Das heißt Ihr seid in der Gefahr ein arger abscheulicher Philister zu werden. Ihr sagt, daß Ihr den Wissenschaften zu strenge obliegt um Zeit übrig zu behalten Euch umzusehen, unter Katern. Verzeiht Bruder, das ist nicht wahr, Ihr seht, rund, gemästet, spiegelglatt wie ich Euch finde, gar nicht aus wie ein Bücherwurm, wie ein Lukubrant. Glaubt mir, das verfluchte bequeme Leben ist es was Euch faul und träge macht. Ganz anders wird Euch zumute sein, wenn Ihr Euch wie unsereins abstrapazieren müßtet, bis Ihr einmal ein paar Fischgräten erwischtet oder ein Vögelein finget."

„Ich dachte", unterbrach ich den Freund, „daß Ihre Lage gut und glücklich zu nennen, Sie waren ja sonst –"

„Davon", fuhr mich Muzius zornig an, „davon ein andermal, aber nennt mich nicht *Sie*, das verbitt ich mir, sondern *Ihr* bis wir Schmolles getrunken haben. – Doch Ihr seid ein Philister und versteht Euch nicht auf den Komment."

Nachdem ich mich bei dem erzürnten Freunde zu entschuldigen gesucht, fuhr er sanfter fort: „Also wie gesagt, Eure Lebensart taugt nichts Bruder Murr. Ihr müßt heraus, Ihr müßt heraus in die Welt."

„Himmel", rief ich voll Schreck, „was sprecht Ihr, Bruder Muzius! in die Welt soll ich? – Habt Ihr vergessen was ich Euch vor einigen Monaten im Keller davon erzählte, wie ich einst hinaussprang aus einem englischen Halbwagen in die Welt? Welche Gefahren mir von allen Seiten drohten? wie mich endlich der gute Ponto rettete und zurückbrachte zu meinem Meister?" Muzius lachte hämisch. – „Ja", sprach er dann, „ja das ist es eben darin liegt es eben, der gute Ponto! – Der stutzerische, superkluge, narrenhafte, stolze Heuchler, der sich Eurer annahm, weil er gerade nichts Besseres zu tun wußte, weil es ihn gerade belustigte, der, suchtet Ihr ihn auf in seinen Assembleen und Koterien, Euch gar nicht wiedererkennen, ja Euch, weil Ihr nicht seinesgleichen seid, herausbeißen würde! der gute Ponto der statt Euch einzuführen in das wahre Weltleben, Euch unterhielt mit albernen, menschlichen Geschichten! – Nein guter Murr, jenes Ereignis hat Euch eine ganz andere Welt gezeigt, als die ist in welche Ihr hineingehört! Glaubt mir aufs Wort, all Euer einsames Studieren, hilft Euch ganz und gar nichts, und ist Euch vielmehr noch schädlich. Denn Ihr bleibt dennoch ein Philister, und es gibt auf der ganzen weiten Erde nichts Langweiligeres und Abgeschmackteres als einen gelehrten Philister!"

Aufrichtig gestand ich dem Freunde Muzius, daß ich den Ausdruck Philister so wie seine eigentliche Meinung nicht ganz fasse. „O mein Bruder", erwiderte Muzius, indem er anmutig lächelte, so daß er in dem Augenblick sehr hübsch aussah, und wieder ganz der alte propre Muzius schien, „o mein Bruder Murr, ganz vergeblich würde der Versuch sein, Euch dieses alles zu erklären denn nimmermehr könnt Ihr begreifen, was ein Philister ist, solange Ihr selbst einer seid. Wollt Ihr indessen zur Zeit, mit einigen Grundzügen eines Katzphilisters vorliebnehmen, so kann –

*(Mak. Bl.)* – – gar seltsames Schauspiel. In der Mitte des Zimmers stand Prinzessin Hedwiga; ihr Antlitz war leichenblaß, todstarr ihr Blick. Prinz Ignatius trieb sein Spiel mit ihr, wie mit einer Gliederpuppe. Er hob ihr den Arm in die Höhe, der stehen blieb, und sank wenn er ihn niederbeugte. Er stieß sie sanft vorwärts, sie ging, er ließ sie stehen, sie stand, er setzte sie in den Sessel, sie saß. So vertieft war der Prinz in dies Spiel, daß er die Eintretenden gar nicht bemerkte.

„Was machen Sie da, Prinz!" – So rief ihm die Fürstin zu, da versicherte er kichernd und fröhlich sich die Hände reibend, daß Schwester Hedwiga jetzt gut und artig geworden und alles tue, was er wünsche, auch ihm gar nicht so widerspreche und ihn ausschelte wie sonst. – Und damit begann er aufs neue indem er militärisch kommandierte, die Prinzessin in allerlei Stellungen zu bringen, und jedesmal wenn sie wie festgezaubert in der Stellung blieb, die er ihr gegeben, lachte er laut und sprang vor Freuden in die Höhe. „Das ist nicht zu ertragen", sprach die Fürstin leise mit zitternder Stimme, indem Tränen ihr in den Augen glänzten, doch der Leibarzt trat auf den Prinzen zu, und rief mit strengem gebietendem Ton: „Lassen Sie das bleiben gnädigster Herr!" Dann nahm er die Prinzessin in die Arme, ließ sie sanft nieder auf die Ottomanne die im Zimmer befindlich, und zog die Vorhänge zu. „Es ist", wandte er sich dann zur Fürstin, „es ist zur Zeit der Prinzessin nichts nötiger als die unbedingteste Ruhe, ich bitte daß der Prinz das Zimmer verlasse."

Prinz Ignatius stellte sich sehr ungebärdig an und klagte schluchzend, daß jetzt allerlei Leute die gar keine Prinzen wären, und nicht einmal von Adel, sich unterfingen ihm zu widersprechen. Er wolle nun bei der Prinzessin Schwester bleiben, die ihm lieber geworden sei, als seine schönsten Tassen und der Herr Leibarzt habe ihm gar nichts zu befehlen.

„Gehen Sie lieber Prinz", sprach die Fürstin sanft, „gehen Sie in Ihre Zimmer, die Prinzessin muß jetzt schlafen, und nach der Tafel kommt Fräulein Julia."

„Fräulein Julia!" rief der Prinz indem er kindisch lachte und hüpfte, „Fräulein Julia! – Ha das ist schön, der zeige ich die neuen Kupferstiche und wie ich abgebildet bin in der Geschichte vom Wasserkönig als Prinz Lachs mit dem großen Orden!" – damit küßte er der Fürstin zeremoniös die Hand und reichte die seinige mit stolzem Blick dar dem Leibarzt zum Kuß. Der faßte aber die Hand des Prinzen und führte ihn zur Türe die er öffnete, sich höflich verneigend. Der Prinz ließ es sich gefallen auf diese Art hinausgewiesen zu werden.

Die Fürstin sank ganz Schmerz und Erschöpfung nieder in den Lehnstuhl, stützte den Kopf in die Hand und sprach mit dem Ausdruck des tiefsten Wehs leise vor sich hin: „Welche Todsünde lastet auf mir, daß mich der Himmel so hart straft. – Dieser Sohn zu ewiger Unmündigkeit verdammt – und nun – Hedwiga – meine Hedwiga!" – Die Fürstin verfiel in trübes düstres Nachdenken.

Der Leibarzt hatte indessen mit Mühe der Prinzessin ein paar Tropfen irgendeiner heilsamen Arzenei eingeflößt und die Kammerfrauen herbeigerufen, die die Prinzessin deren automatischer Zustand sich nicht im mindesten änderte, fortbrachten in ihre Zimmer, nachdem sie von dem Leibarzt die Weisung erhalten, bei dem kleinsten Zufall, den die Prinzessin erleiden könne, ihn sogleich herbeizurufen.

„Gnädigste Frau", wandte sich der Leibarzt zur Fürstin, „so höchst seltsam, so höchst besorglich auch der Zustand der Prinzessin scheinen mag, so glaube ich doch mit Gewißheit versichern zu können, daß er bald aufhören wird ohne die mindesten gefährlichen Folgen zu hinterlassen. Die Prinzessin leidet an jener ganz besondern wunderbaren Art des Starrkrampfs, die in der ärztlichen Praxis so selten vorkommt, daß mancher hochberühmte Arzt niemals in seinem Leben Gelegenheit fand dieselbe zu beobachten. Ich muß mich daher in der Tat glücklich schätzen –" Der Leibarzt stockte –

„Ha", sprach die Fürstin mit bitterm Ton, „daran erkenne ich den praktischen Arzt, der grenzenloses Leiden nicht achtet wenn er nur seine Kenntnis bereichert."

„Noch“, fuhr der Leibarzt fort ohne den Vorwurf der Fürstin zu beachten, „noch vor ganz kurzer Zeit fand ich in einem wissenschaftlichen Buche das Beispiel eines Zufalls der ganz dem gleich ist, in den die Prinzessin verfallen. Eine Dame (so erzählt mein Autor) kam von Vesoul nach Besançon um einen Rechtshandel zu betreiben. Die Wichtigkeit der Sache, der Gedanke daß der Verlust des Prozesses die letzte höchste Stufe der empfindlichsten Widerwärtigkeiten die sie erduldet, sein und sie in Not und Elend stürzen mußte, erfüllte sie mit der lebhaftesten Unruhe die bis zu einer Exaltation ihres ganzen Gemüts stieg. Sie brachte die Nächte schlaflos zu, aß wenig, man sah sie in der Kirche auf ungewöhnliche Weise niederfallen und beten, genug, auf verschiedene Art tat sich der abnorme Zustand kund. Endlich aber an demselben Tage, da ihr Prozeß entschieden werden sollte, traf sie ein Zufall den die anwesenden Personen für einen Schlagfluß hielten. Die herbeigerufenen Ärzte fanden die Dame in einem Lehnstuhle unbeweglich mit gen Himmel gerichteten funkelnden Augen, offenen und unbeweglichen Augenlidern, mit erhobenen Armen und gefaltenen Händen. Ihr vorher trauriges bleiches Gesicht war blühender, heiterer, angenehmer als sonst, ihr Atemzug ungehindert und gleich, der Puls weich, langsam, ziemlich voll beinahe wie bei einer ruhig schlafenden Person. Ihre Glieder waren biegsam, leicht und ließen ohne den geringsten Widerstand sich in alle Stellungen bringen. Aber darin äußerte sich die Krankheit und die Unmöglichkeit irgendeiner Täuschung, daß die Glieder von selbst nicht aus der Stellung kamen in die sie versetzt worden. Man drückte ihr Kinn abwärts, der Mund öffnete sich und blieb offen. Man hob einen Arm, nachher den andern auf, sie fielen nicht abwärts, man bog sie ihr nach dem Rücken hin, streckte sie hoch in die Höhe, so daß es jedem unmöglich gewesen sein würde, sich lange in dieser Stellung zu behaupten, und doch geschah es. Man mochte den Körper so sehr herabbeugen als man wollte, immer blieb er in dem vollkommensten Gleichgewicht. Sie schien gänzlich ohne Empfindung, man rüttelte, kneipte, quälte sie, stellte ihr die Füße auf ein heißes Kohlenbecken, schrie ihr in die Ohren, sie werde ihren Prozeß gewinnen, alles umsonst, sie gab kein Zeichen des willkürlichen Lebens von sich. Nach und nach kam sie zu sich selbst, doch führte sie unzusammenhängende Reden – Endlich –“

„Fahren Sie fort“, sprach die Fürstin, als der Leibarzt innehielt, „fahren Sie fort, verschweigen Sie mir nichts und sei es das Entsetzlichste! – Nicht wahr? – in Wahnsinn verfiel die Dame!"

„Es genügt", sprach der Leibarzt weiter, „es genügt hinzuzufügen, daß ein sehr böser Zustand der Dame nur vier Tage hindurch anhielt, daß sie in Vesoul, wohin sie zurückkehrte völlig genas und nicht die mindesten schlimmen Folgen ihrer harten ungewöhnlichen Krankheit verspürte."

Während die Fürstin aufs neue in trübes Nachdenken versank, verbreitete sich der Leibarzt weitläuftig über die ärztlichen Mittel die er anzuwenden gedenke, um der Prinzessin zu helfen und verlor sich zuletzt in solche wissenschaftliche Demonstrationen als spräche er in einer ärztlichen Beratung zu den tief gelehrtesten Doktoren.

„Was", unterbrach endlich die Fürstin den wortreichen Leibarzt, „was helfen alle Mittel, die die spekulierende Wissenschaft darbietet wenn das Heil, das Wohl des Geistes gefährdet."

Der Leibarzt schwieg einige Augenblicke, dann fuhr er fort: „Gnädigste Frau, das Beispiel von der wunderbaren Starrsucht jener Dame in Besançon zeigt, daß der Grund ihrer Krankheit in einer psychischen Ursache lag. Man fing, als sie zu einiger Besinnung gekommen, ihre Kur damit an, daß man ihr Mut einsprach und ihr den bösen Prozeß als gewonnen darstellte. – Einig sind auch die erfahrensten Ärzte darüber, daß eben irgendeine plötzliche starke Gemütsbewegung jenen Zustand am ersten hervorbringt. Prinzessin Hedwiga ist reizbar bis zum höchsten ungewöhnlichen Grade, ja ich möchte den Organismus ihres Nervensystems manchmal schon an und für sich selbst abnorm nennen. Gewiß scheint es, daß irgendeine heftige Erschütterung des Gemüts auch ihren Krankheitszustand erzeugte. Man muß die Ursache zu erforschen suchen, um psychisch mit Erfolg auf sie wirken zu können! – Die schnelle Abreise des Prinzen Hektor – Nun gnädigste Frau, die Mutter dürfte vielleicht tiefer schauen als jeder Arzt, und diesem die besten Mittel an die Hand geben können zur heilsamen Kur."

Die Fürstin erhob sich und sprach stolz und kalt: „Selbst die Bürgerfrau bewahrt gern die Geheimnisse des weiblichen Herzens, das Fürstenhaus erschließt sein Inneres nur der Kirche und ihren Dienern, zu denen der Arzt sich nicht zählen darf!"

„Wie", rief der Leibarzt lebhaft, „wer vermag das leibliche Wohl so scharf zu trennen von dem geistigen? Der Arzt ist der zweite Beichtvater, in die Tiefe des psychischen Seins müssen ihm Blicke vergönnt werden, wenn er nicht jeden Augenblick Gefahr laufen will zu fehlen. Denken Sie an die Geschichte jenes kranken Prinzen gnädigste Frau –"

„Genug!" unterbrach die Fürstin den Arzt beinahe mit Unwillen, „genug! – Nie werde ich mich bewegen lassen eine Unschicklichkeit zu begehen; ebensowenig als ich glauben kann daß irgendeine Unschicklichkeit auch nur in Gedanke und Empfindung die Krankheit der Prinzessin veranlaßt haben kann."

Damit entfernte sich die Fürstin, und ließ den Leibarzt stehen.

„Wunderliche", sprach dieser zu sich selbst, „wunderliche Frau diese Fürstin! Gern möchte sie andere ja sich selbst überreden, daß der Kitt womit die Natur Seel und Körper zusammenleimt, wenn es darauf ankommt etwas Fürstliches zu bilden, von ganz besonderer Art sei, und keinesweges dem zu vergleichen den sie bei uns armen Erdensöhnen, bürgerlicher Abkunft verbraucht. – Man soll gar nicht daran denken, daß die Prinzessin ein Herz hat, so wie jener höfische Spanier der das Geschenk von seidnen Strümpfen, das gute niederländsche Bürger seiner Fürstin machen wollten, deshalb verschmähte, weil es unschicklich sei daran zu erinnern, daß eine spanische Königin wirklich Füße habe wie andere ehrliche Leute! – Und doch: zu wetten ist es, daß in dem Herzen, dem Laboratorio alles weiblichen Wehs die Ursache des fürchterlichsten aller Nervenübel zu suchen ist, das die Prinzessin befallen."

Der Leibarzt dachte an Prinz Hektors schnelle Abreise, an der Prinzessin übermäßige krankhafte Reizbarkeit, an die leidenschaftliche Art, wie sie sich (so hatte er es vernommen) gegen den Prinzen betragen haben sollte, und so schien es ihm gewiß, daß irgendein plötzlicher Liebeszwist die Prinzessin bis zu jäher Krankheit verletzt. – Man wird sehen ob des Leibarztes Vermutungen Grund hatten oder nicht. Was die Fürstin betrifft, so mochte sie Ähnliches vermuten und eben deshalb alle Nachfrage, alles Forschen des Arztes für unschicklich halten, da der Hof überhaupt jedes tiefere Gefühl als unstatthaft verwirft und gemein. – Die Fürstin hatte sonst Gemüt und Herz, aber das seltsam halb lächerliche, halb widrige Ungeheuer, Etiquette genannt, hatte sich auf ihre Brust gelegt wie ein bedrohlicher Alp, und keine Seufzer, kein Zeichen des innern Lebens sollte mehr hinaufsteigen aus dem Herzen. Gelingen mußt es ihr daher selbst Szenen der Art, wie sie sich eben mit dem Prinz und der Prinzessin begeben, zu verwinden und den stolz abzuweisen, der nichts wollte als helfen.

Während sich dies im Schlosse begab, ereignete sich auch im Park manches, was hier beizubringen ist.

In dem Gebüsch links bei dem Eingange stand der dicke Hofmarschall, zog ein kleines goldnes Döschen aus der Tasche, wischte, nachdem er eine Prise Tabak genommen, mit dem Rockärmel einigemal darüber weg, reichte es dem Leibkammerdiener des Fürsten hin und sprach also: „Schätzenswerter Freund, ich weiß, Sie lieben dergleichen artige Pretiosen, nehmen Sie gegenwärtiges Döschen als ein geringes Zeichen meines gnädigen Wohlwollens an, auf das Sie stets rechnen können. – Doch sagen Sie Liebster! wie kam das mit dem seltsamen ungewöhnlichen Spaziergange?"

„Mich untertänigst zu bedanken", erwiderte der Leibkammerdiener indem er die goldne Dose einsteckte. Dann räusperte er sich und fuhr fort: „Versichern kann ich, hochgebietende Exzellenz, daß unser gnädigster Herr sehr alarmiert sind, seit dem Augenblick als der gnädigsten Prinzessin Hedwiga, man weiß nicht wie, die fünf Sinne abhanden gekommen. Heute standen sie am Fenster ganz hoch aufgerichtet wohl eine halbe Stunde und trommelten mit den gnädigsten Fingern der rechten Hand schrecklich auf die Spiegelscheibe, daß es klirrte und krachte. Aber lauter hübsche Märsche von anmutiger Melodie und frischem Wesen, wie mein seliger Schwager der Hoftrompeter zu sagen pflegte. – Exzellenz wissen, mein seliger Schwager der Hoftrompeter war ein geschickter Mann, er brachte sein Flattergrob heraus wie ein Däuschen, seine Grobstimme, seine Faulstimme klang wie Nachtigallschlag, und was das Prinzipalblasen betrifft" – „Alles", unterbrach der Hofmarschall den Schwätzer, „alles weiß ich, mein Bester! Ihr seliger Herr Schwager war ein vortrefflicher Hoftrompeter, aber jetzt, was taten, was sprachen Durchlaucht, als sie die Märsche zu trommeln geruht hatten?"

„Taten, sprachen!" fuhr der Leibkammerdiener fort, „hm! – eben nicht viel. Durchlaucht wandten sich um, sahen mich starr an mit recht feurigen Augen, zogen die Klingel auf furchtbare Weise und riefen dabei laut: ‚François – François!' – ‚Durchlaucht ich bin schon hier', rief ich. Da sprachen aber der gnädigste Herr ganz zornig: ‚Esel warum sagt Er das nicht gleich!' Und darauf: ‚Mein Promenadenkleid!' – Ich tat wie mir geheißen. Durchlaucht geruhten den grünseidenen Überrock ohne Stern anzulegen und sich nach den Park zu begeben. Sie verboten mir Ihnen zu folgen aber – hochgebietende Exzellenz, man muß doch wissen wo sich der gnädigste Herr befinden, wenn etwa ein Unglück – Nun! – ich folgte so ganz von weitem und gewahrte daß der gnädigste Herr sich in das Fischerhäuschen begaben.“

„Zum Meister Abraham!“ – rief der Hofmarschall ganz verwundert. „So ist es“, sprach der Leibkammerdiener und schnitt ein sehr wichtiges geheimnisvolles Gesicht.

„Ins Fischerhäuschen“, wiederholte der Hofmarschall, „ins Fischerhäuschen zum Meister Abraham! – Nie haben Durchlaucht den Meister aufgesucht im Fischerhäuschen!“

Ein ahnungsvolles Stillschweigen folgte, dann sprach der Hofmarschall weiter: „Und sonst äußerten Durchlaucht gar nichts?“ „Gar nichts“, erwiderte der Leibkammerdiener bedeutungsvoll. „Doch“, fuhr er schlau lächelnd fort, „ein Fenster des Fischerhäuschens geht heraus nach dem dicksten Gebüsch, es ist dort eine Vertiefung, man versteht jedes Wort, was drinnen im Häuschen gesprochen wird – man könnte –“ „Bester, wenn Sie das tun wollten“, rief der Hofmarschall entzückt. – „Ich tue es“, sprach der Kammerdiener und schlich leise fort. Doch als er aus dem Gebüsch hervortrat, stand der Fürst der eben nach dem Schloß zurückkehrte, dicht vor ihm, so daß er ihn beinahe berührte. In scheuer Ehrfurcht prallte er zurück: „Vous êtes un grand Tölpel!“ donnerte ihn der Fürst an, rief den Hofmarschall ein kaltes „dormez bien!“ zu und entfernte sich mit dem Leibkammerdiener der ihm folgte ins Schloß.

Ganz bestürzt blieb der Hofmarschall stehen, murmelte: „Fischerhäuschen – Meister Abraham – dormez bien –“ und beschloß sogleich zu dem Kanzler des Reichs zu fahren, um sich über die außerordentliche Begebenheit, zu beraten und womöglich die Konstellation herauszufinden, die am Hofe ob dieses Ereignisses sich erzeugen könne.

Meister Abraham hatte den Fürsten bis eben an das Gebüsch begleitet, in dem sich der Hofmarschall und der Leibkammerdiener befanden, hier war er umgekehrt auf Geheiß des Fürsten, der nicht wollte, daß man ihn aus den Fenstern des Schlosses in Gesellschaft des Meisters bemerke. – Der geneigte Leser weiß, wie gut es dem Fürsten gelungen, seinen einsamen geheimen Besuch bei dem Meister Abraham, im Fischerhäuschen zu verbergen. Aber noch eine Person außer dem Kammerdiener hatte den Fürsten, ohne daß er es ahnen konnte, belauscht.

Beinahe war Meister Abraham angelangt in seiner Wohnung,

als ihm, ganz unvermutet aus den Gängen die schon zu dunkeln begannen, die Rätin Benzon entgegentrat.

„Ha", rief die Benzon mit bittrem Lachen: „der Fürst hat sich bei Euch Rats erholt, Meister Abraham. In der Tat, Ihr seid die wahre Stütze des fürstlichen Hauses, dem Vater und dem Sohne laßt Ihr Eure Weisheit und Erfahrung zufließen, und wenn guter Rat teuer oder gar nicht zu haben –" „So", fiel Meister Abraham der Benzon ins Wort, „so gibt es eine Rätin die eigentlich das glanzvolle Gestirn ist, das hier alles erleuchtet, und unter dessen Einfluß auch nur ein armer alter Orgelbauer bestehen, und sein einfaches Leben ungestört durchfristen kann."

„Scherzt", sprach die Benzon, „scherzt nicht so bitter, Meister Abraham, ein Gestirn, das glanzvoll geleuchtet, kann unserm Horizont entfliehend schnell verbleichen, und endlich ganz untergehen. Die seltsamsten Ereignisse scheinen sich durchkreuzen zu wollen, in diesem einsamen Familienkreise, den eine kleine Stadt und ein paar Dutzend Menschen mehr als eben darin wohnen, *Hof* zu nennen gewohnt sind. – Die schnelle Abreise des sehnlich erwarteten Bräutigams – Hedwigas bedrohlicher Zustand! – In der Tat, tief niederbeugen mußte dies den Fürsten, wäre er nicht ein ganz gefühlloser Mann."

„Nicht", unterbrach der Meister Abraham die Benzon, „nicht immer waren Sie dieser Meinung Frau Rätin."

„Ich verstehe Euch nicht", sprach die Benzon mit verächtlichem Ton, indem sie dem Meister einen stechenden Blick zuwarf und dann schnell das Gesicht abwandte.

Fürst Irenäus hatte im Gefühl des Vertrauens, das er dem Meister Abraham schenken, ja der geistigen Übermacht, die er ihm zugestehen mußte, alle fürstliche Bedenklichkeiten beiseite gestellt, und im Fischerhäuschen sein ganzes Herz ausgeschüttet, auf alle Äußerungen der Benzon über die verstörenden Ereignisse des Tages aber geschwiegen. Dies wußte der Meister, und um so weniger durfte ihm die Empfindlichkeit der Rätin auffallen, wiewohl er sich verwunderte daß kalt und in sich verschlossen wie sie war, sie diese Empfindlichkeit nicht besser zu verbergen vermochte.

Wohl mußte es aber die Rätin tief schmerzen, daß sie das Monopol der Vormundschaft über den Fürsten das sie sich angeeignet, aufs neue und zwar in einem kritischen, verhängnisvollen Augenblick gefährdet sah.

Aus Gründen, die sich vielleicht später klar entwickeln

dürften, war die Verbindung der Prinzessin Hedwiga mit dem Prinzen Hektor der Rätin feurigster Wunsch. Auf dem Spiele, stand diese Verbindung, so mußte sie glauben, und jede Einmischung eines Dritten in diese Angelegenheit ihr bedrohlich erscheinen. Überdies sah sie sich zum erstenmal von unerklärlichen Geheimnissen umringt, zum erstenmal schwieg der Fürst, konnte sie die gewohnt das ganze Spiel des fantastischen Hofes zu regieren, tiefer gekränkt werden?

Meister Abraham wußte, daß einem aufgeregtem Weibe nichts besser entgegenzusetzen ist als unüberwindliche Ruhe, er sprach daher kein Wörtchen sondern schritt schweigend daher neben der Benzon, die sich in tiefen Gedanken nach jener Brücke wandte, die der geneigte Leser schon kennt. Sich auf das Geländer stützend schaute die Rätin hinein in die fernen Büsche, denen die sinkende Sonne noch wie zum Abschiede, goldene leuchtende Blicke zuwarf.

„Ein schöner Abend“, sprach die Rätin ohne sich umzuwenden. „Gewiß“, erwiderte Meister Abraham, „gewiß, still, ruhig, heiter wie ein unbefangenes, unverstörtes Gemüt.“

„Sie können“, fuhr die Rätin fort, das vertraulichere Ihr mit dem sie sonst den Meister anredete, aufgebend, „Sie können, mein lieber Meister es mir nicht verargen, daß ich mich schmerzhaft berührt fühlen muß, wenn der Fürst plötzlich nur *Sie* zu seinem Vertrauten macht, nur *Sie* zu Rate zieht, in einer Angelegenheit, über die eigentlich die welterfahrene Frau besser zu raten, zu entscheiden weiß. Doch vorüber, ganz vorüber ist die kleinliche Empfindlichkeit, die ich nicht zu bergen vermochte. Ich bin ganz beruhigt, da nur die Form verletzt ist. Der Fürst selbst hätte mir das alles sagen sollen, was ich nun erfahren habe auf andere Weise und ich kann in der Tat alles was Sie lieber Meister, ihm erwiderten nur höchlich billigen. – Selbst will ich gestehen, daß ich etwas tat, was eben nicht lobenswert ist. Mag es nicht sowohl weibliche Neugierde, als die tiefste Teilnahme an allem was sich in dieser fürstlichen Familie begibt entschuldigen. Erfahren Sie es Meister, ich habe Sie belauscht, Ihre ganze Unterredung mit dem Fürsten angehört, jedes Wort verstanden –“

Den Meister Abraham erfaßte bei diesen Worten der Benzon ein seltsames von höhnender Ironie und tiefer Verbitterung gemischtes Gefühl. Ebensogut wie jener Leibkammerdiener des Fürsten, hatte Meister Abraham bemerkt, daß man in der buschichten Vertiefung, dicht vor dem einen Fenster des Fischerhäuschens versteckt, jedes Wort vernehmen konnte was drinnen gesprochen wurde. Durch eine geschickte akustische Vorrichtung war ihm indessen gelungen, es zu bewirken, daß jedes Gespräch im Innern des Häuschens dem draußen Stehenden nur wie ein verwirrtes unverständliches Geräusch klang und es schlechterdings unmöglich blieb, auch nur eine Silbe zu unterscheiden. – Erbärmlich mußte es daher dem Meister erscheinen, wenn die Benzon zu einer Lüge ihre Zuflucht nahm, um hinter Geheimnisse zu kommen, die sie zwar ahnen mochte aber nicht der Fürst und die dieser daher auch nicht wohl dem Meister Abraham vertrauen konnte. – Man wird erfahren, was der Fürst mit dem Meister im Fischerhäuschen verhandelte.

„Oh", rief der Meister, „o meine Gnädige, es war der rege Geist der lebensweisen unternehmenden Frau selbst, der Sie an das Fischerhäuschen führte. Wie kann ich armer alter jedoch unerfahrner Mann mich in allen diesen Dingen zurechtfinden, ohne Ihren Beistand. Eben wollt ich alles was mir der Fürst vertraut, weitläuftig hererzählen, aber es bedarf keiner fernern Erläuterungen, da Ihnen schon alles bekannt. Möchten Sie Gnädige mich würdig achten, sich über alles was vielleicht schlimmer sich darstellen mag, als es wirklich ist, recht von Herzen auszusprechen."

Meister Abraham traf den Ton der biedern Zutraulichkeit so gut, daß die Benzon all ihrer Scharfsichtigkeit unerachtet, nicht gleich zu entscheiden wußte, ob es hier auf eine Mystifikation abgesehen sei oder nicht und die Verlegenheit darüber schnitt ihr jeden Faden ab, den sie erfassen und zur für den Meister verfänglichen Schlinge hätte verknüpfen können. So geschah es aber, daß sie vergebens nach Worten ringend wie festgebannt auf der Brücke stehenblieb, und hinabschaute in den See.

Der Meister weidete sich einige Augenblicke an ihrer Pein, dann richteten sich aber seine Gedanken auf die Begebnisse des Tages. Er wußte wohl, wie Kreisler in dem Mittelpunkt eben dieser Begebnisse gestanden, ein tiefer Schmerz über den Verlust des teuersten Freundes erfaßte ihn und unwillkürlich entfloh ihm der Ausruf: „Armer Johannes!"

Da wandte sich die Benzon rasch zu dem Meister und sprach mit losbrechender Heftigkeit: „Wie Meister Abraham, Ihr seid doch nicht so töricht an Kreislers Untergang zu glauben? Was kann ein blutiger Hut beweisen? – Was sollte ihn auch so plötzlich zu dem schrecklichen Entschluß gebracht haben sich selbst zu töten – man hätte ihn ja auch gefunden."

Nicht wenig erstaunte der Meister, die Benzon von Selbstmord sprechen zu hören, hier wo ein ganz anderer Verdacht sich zu regen schien, ehe er indessen antworten konnte, fuhr die Rätin fort: „Wohl uns, wohl uns daß er fort ist, der Unglückliche der überall, wo er sich blicken läßt, nur verstörendes Unheil anrichtet. Sein leidenschaftliches Wesen, seine Verbitterung, nicht anders kann ich seinen hochgepriesenen Humor bezeichnen, steckt jedes reizbare Gemüt an, mit dem er dann sein grausames Spiel treibt. Zeugt die höhnende Verachtung aller konventionellen Verhältnisse, ja der Trotz gegen alle übliche Formen von Übergewicht des Verstandes, so müssen wir alle unsere Knie beugen vor diesem Kapellmeister, doch soll er uns in Ruhe lassen und sich nicht auflehnen gegen alles, was durch die richtige Ansicht des wirklichen Lebens bedingt, und als unsere Zufriedenheit begründend anerkannt wird. Darum! – dem Himmel sei gedankt, daß er fort ist, ich hoffe ihn nie wiederzusehen."

„Und doch", sprach der Meister sanft, „und doch waren Sie sonst die Freundin meines Johannes Frau Rätin und doch nahmen Sie sich seiner an, in einer bösen kritischen Zeit und führten ihn selbst auf die Bahn, von der ihn nur eben jene konventionellen Verhältnisse die Sie so eifrig in Schutz nehmen, weggelockt hatten? – Welch ein Vorwurf trifft jetzt so plötzlich meinen guten Kreisler? – Was für Böses hat sich aus seinen Innern aufgetan? Will man ihn darum hassen, weil in den ersten Augenblicken, da der Zufall ihn in eine neue Region geworfen, das Leben feindlich auf ihn zutrat, weil das Verbrechen ihn bedrohte, weil – ein italienischer Bandit ihm nachschlich?"

Die Rätin fuhr bei diesen Worten sichtlich zusammen. – „Welch", sprach sie dann mit zitternder Stimme, „welch einen Gedanken der Hölle, hegt Ihr in der Brust Meister Abraham? – Aber wäre es so, wäre Kreisler wirklich gefallen so wurde in dem Augenblick die Braut gerächt die er verdorben. Eine innere Stimme sagt es mir, Kreisler allein ist schuld an dem fürchterlichen Zustande der Prinzessin. Schonungslos spannte er die zarten Saiten im innern Gemüt der Kranken, bis sie zersprangen." „So war", erwiderte Meister Abraham giftig, „so war der italienische Herr ein Mann von raschem Entschluß, der die Rache der Tat vorausschickte. Sie haben ja, Gnädige, alles angehört was ich mit dem Fürsten gesprochen im Fischerhäuschen, Sie wissen daher auch, daß Prinzessin Hedwiga in demselben Augenblick als der Schuß im Walde fiel, zur Leblosigkeit erstarrte.“

„In der Tat“, sprach die Benzon, „man möchte an all das chimärische Zeug glauben, das uns jetzt aufgetischt wird, an psychische Korrespondenzen und dergleichen! – Doch! noch einmal, wohl uns daß er fort ist, der Zustand der Prinzessin kann und wird sich ändern – Das Verhängnis hat den Störer unserer Ruhe vertrieben und – sagt selbst Meister Abraham, ist nicht unser Freund im Innersten zerrissen auf solche Weise, daß das Leben ihm keinen Frieden mehr zu geben vermag? – Gesetzt also wirklich daß –“

Die Rätin endete nicht, aber Meister Abraham fühlte den Zorn, den er mit Mühe unterdrückt, hoch aufflammen.

„Was“, rief er mit erhöhter Stimme, „was habt ihr alle gegen diesen Johannes, was hat er euch Böses getan, daß ihr ihm keine Freistatt, kein Plätzchen gönnt auf dieser Erde? – wißt ihr's nicht? – Nun so will ich es euch sagen. – Seht, der Kreisler, trägt nicht eure Farben, er versteht nicht eure Redensarten, der Stuhl den ihr ihm hinstellt damit er Platz nehme unter euch, ist ihm zu klein, zu enge; ihr könnt ihn gar nicht für euresgleichen achten, und das ärgert euch. Er will die Ewigkeit der Verträge die ihr über die Gestaltung des Lebens geschlossen, nicht anerkennen, ja er meint, daß ein arger Wahn, von dem ihr befangen, euch gar nicht das eigentliche Leben erschauen lasse, und daß die Feierlichkeit mit der ihr über ein Reich zu herrschen glaubt, das euch unerforschlich, sich gar spaßhaft ausnehme, und das alles nennt ihr Verbitterung. Vor allen Dingen liebt er jenen Scherz, der sich aus der tiefern Anschauung des menschlichen Seins erzeugt und der die schönste Gabe der Natur zu nennen, die sie aus der reinsten Quelle ihres Wesens schöpft. Aber ihr seid vornehme ernste Leute, und wollet nicht scherzen – Der Geist der wahren Liebe wohnt in ihm doch vermag dieser ein Herz zu erwärmen, das auf ewig zum Tode erstarret ist, ja in dem niemals der Funke war, den jener Geist zur Flamme aufhaucht? Ihr möget den Kreisler nicht, weil euch das Gefühl des Übergewichts, das ihr ihm einzuräumen gezwungen, unbehaglich ist, weil ihr ihn, der Verkehr treibt mit höheren Dingen als die gerade in euern engen Kreis passen, fürchtet.“

„Meister“, sprach die Benzon mit dumpfer Stimme, „Meister Abraham, der Eifer mit dem du für deinen Freund sprichst, führt dich zu weit. Du wolltest mich verletzen? – Nun wohl, es ist dir gelungen, denn du hast Gedanken in mir geweckt die lange, lange schlummerten! – Todstarr nennst du mein Herz? – Weißt du denn, ob jemals der Geist der Liebe freundlich zu ihm gesprochen, ob ich nicht allein in konventionellen Verhältnissen des Lebens, die der überspannte Kreisler verächtlich finden mag, Trost und Ruhe fand? – Glaubst du denn nicht überhaupt, alter Mann, der auch wohl so manches Leid erfahren, daß es ein gefährliches Spiel ist, sich über jene Verhältnisse erheben, und dem Weltgeist näher treten zu wollen in der Mystifikation des eignen Seins? Ich weiß es, die kälteste regungsloseste Prosa des Lebens selbst, hat mich Kreisler gescholten und es ist sein Urteil, das sich in dem deinigen ausspricht, wenn du mich todstarr nennst, aber habt ihr jemals dieses Eis zu durchblicken vermocht, das meiner Brust schon längst ein schützender Harnisch war? – Mag bei den Männern die Liebe nicht das Leben schaffen, sondern es nur auf eine Spitze stellen, von der herab noch sichre Wege führen, *unser* höchster Lichtpunkt, der unser ganzes Sein erst schafft und gestaltet, ist der Augenblick der ersten Liebe. Will es das feindliche Geschick, daß dieser Augenblick verfehlt wurde, verfehlt ist das ganze Leben für das schwache Weib, das untergeht in trostloser Unbedeutsamkeit, während das mit stärkerer Geisteskraft begabte, sich mit Gewalt emporrafft, und eben in den Verhältnissen des gewöhnlichen Lebens eine Gestaltung erringt, die ihm Ruhe und Frieden gibt. – Laß es dir sagen, alter Mann – hier in der Dunkelheit der Nacht, die das Vertrauen verschleiert, laß es dir sagen! – Als jener Moment in mein Leben trat, als ich *den* erblickte, der alle Glut der innigsten Liebe, deren die weibliche Brust nur fähig, in mir entzündete – da stand ich vor dem Traualtar mit jenem Benzon, der ein guter Ehemann wurde wie kein anderer. Seine völlige Bedeutungslosigkeit gewährte mir alles, was ich, um ein friedfertiges Leben zu führen nur wünschen konnte und nie ist eine Klage, ein Vorwurf meinen Lippen entflohen. Nur den Kreis des Gewöhnlichen nahm ich in Anspruch, und wenn dann selbst in diesem Kreise sich manches begab, das mich unvermerkt irreleitete, wenn ich manches das strafbar erscheinen möchte, mit nichts anderm zu entschuldigen weiß, als mit dem Drange des augenblicklichen Verhältnisses, so mag *das* Weib mich zuerst verdammen, die so wie ich, den schweren Kampf durchkämpfte, der zu gänzlicher Verzichtung auf alles höhere Glück führt, sollte dies auch nichts anders sein, als ein süßer träumerischer Wahn. – Fürst

Irenäus machte meine Bekanntschaft. – Doch ich schweige von dem was längst vergangen, nur von der Gegenwart soll noch die Rede sein. – Ich hab es dir vergönnt in mein Innerstes zu schauen, Meister Abraham, du weißt nun, warum ich, so wie die Dinge sich hier gestalten, jedes Hineindrängen eines fremdartigen exotischen Prinzips als bedrohlich fürchten muß. Mein eigenes Geschick in jener verhängnisvollen Stunde grinset mich an, wie ein furchtbar warnendes Gespenst. Retten muß ich die, die mir teuer sind, ich habe meine Pläne gemacht. – Meister Abraham, seid mir nicht entgegen, oder, wollt Ihr in den Kampf treten mit mir, so seht Euch vor, daß ich Eure besten Taschenspielerkünste nicht zuschanden mache!"

„Unglückliche Frau", rief Meister Abraham.

„Unglücklich nennst du mich", erwiderte die Benzon, „mich, die ich ein feindliches Geschick zu bekämpfen wußte und mir da, wo alles verloren schien, Ruhe und Zufriedenheit gewann?"

„Unglückliche Frau", rief Meister Abraham nochmals mit einem Ton, der von seiner innern Bewegung zeugte, „arme unglückliche Frau! Ruhe, Zufriedenheit vermeinst du gewonnen zu haben, und ahndest nicht, daß es die Verzweiflung war die, ein Vulkan, alle flammende Gluten aus deinem Innern hinausströmen ließ, und daß du nun die tote Asche aus der keine Blüte, keine Blume mehr sproßt, in starrer Betörung für das reiche Feld des Lebens hältst, das dir noch Früchte spenden soll. – Ein künstliches Gebäude willst du aufführen auf den Grundstein, den ein Blitzstrahl zermalmte und befürchtest nicht, daß es einstürzen wird in dem Augenblick, da lustig bunte Bänder wehen von der Blumenkrone, die den Sieg des Baumeisters verkünden soll? – Julia – Hedwiga – ich weiß es, für sie wurden jene Pläne künstlich gewoben! – Unglückliche Frau, hüte dich, daß jenes unheilbringende Gefühl, jene eigentliche Verbitterung, die du mit großem Unrecht meinem Johannes vorwirfst, nicht aus deinem eignen tiefsten Innern hervortritt, so daß deine weisen Entwürfe weiter nichts sind, als das feindliche Auflehnen gegen ein Glück, das du niemals genossest, und das du nun selbst deinen Lieben mißgönnst. – Ich weiß mehr von deinen Entwürfen als du es glauben magst, mehr von deinen gerühmten Verhältnissen des Lebens, die dir Ruhe bringen sollen und die – dich verlockten zu strafbarer Schande!"

Ein dumpfer unartikulierter Schrei den die Benzon bei diesen letzten Worten des Meisters ausstieß, verriet ihre tiefe Erschütterung. Der Meister hielt inne, da aber die Benzon ebenfalls schwieg ohne sich von der Stelle zu rühren, fuhr er gelassen fort: „Zu nichts wenigerm habe ich Lust, als mich in irgendeinen Kampf mit Ihnen zu begeben Gnädige! Was aber meine sogenannten Taschenspielerkünste betrifft, so wissen Sie ja recht gut, werteste Frau Rätin, daß seit der Zeit, da mein unsichtbares Mädchen mich verlassen –" In dem Augenblick erfaßte den Meister der Gedanke an die verlorne Chiara mit einer Gewalt, wie seit langer Zeit nicht mehr, er glaubte ihre Gestalt zu erblicken in der dunklen Ferne, er glaubte ihre süße Stimme zu vernehmen. – „O Chiara! – meine Chiara!" So rief er in der schmerzlichsten Wehmut!

„Was ist Euch", sprach die Benzon sich schnell nach ihm umwendend, „was ist Euch Meister Abraham! – welchen Namen nanntet Ihr? – Doch noch einmal, laßt ruhen alles Vergangne, beurteilt mich nicht nach jenen seltsamen Ansichten des Lebens, die Ihr mit Kreislern teilt, versprecht mir das Vertrauen nicht zu mißbrauchen, das Euch Fürst Irenäus geschenkt, versprecht mir nicht entgegen zu sein, in meinem Tun und Treiben."

So ganz vertieft in das schmerzliche Andenken an seine Chiara war Meister Abraham, daß er kaum vernahm was die Rätin sprach und nur unverständliche Worte zu erwidern vermochte.

„Weiset", fuhr die Rätin fort, „weiset mich nicht zurück Meister Abraham, Ihr seid, wie es scheint, in der Tat mit manchem mehr bekannt als ich vermuten durfte, doch ist es möglich, daß ich auch noch Geheimnisse bewahre, deren Mitteilung Euch sehr viel wert sein würde, ja daß ich Euch vielleicht einen Liebesdienst erzeigen könnte an den Ihr gar nicht denkt. Laßt uns zusammen diesen kleinen Hof beherrschen, der in der Tat des Gängelbandes bedarf. – ‚Chiara' rieft Ihr mit einem Ausdruck des Schmerzes der –" Ein starkes Geräusch vom Schlosse her unterbrach die Benzon. Meister Abraham erwachte aus Träumen, das Geräusch – –

*(M.f.f.)* – ich folgendes beibringen. Ein Katzphilister beginnt, ist er auch noch so durstig die Schüssel Milch vom Rande rundumher an aufzulecken, damit er sich nicht Schnauze und Bart bemilche und anständig bleibe, denn der Anstand gilt ihm mehr, als der Durst. Besuchst du einen Katzphilister, so bietet er dir alles nur mögliche an, versichert dich aber, wenn du scheidest bloß seiner Freundschaft, und frißt nachher heimlich und allein die Leckerbissen die er dir angeboten. Ein Katz-

philister weiß vermöge eines sichern untrüglichen Takts überall, auf dem Boden, im Keller u. s. den besten Platz zu finden, wo er sich so wohlbehaglich und bequem hinstreckt, als es nur geschehen kann. Er erzählt viel von seinen guten Eigenschaften und wie er, dem Himmel sei Dank, nicht klagen könne, daß das Schicksal diese guten Eigenschaften übersehen. Sehr wortreich setzt er dir auseinander, wie er zu dem guten Platz gekommen den er behaupte und was er noch alles tun werde, um seine Lage zu verbessern. Willst du nun aber auch endlich von dir und deinem geringer günstigem Schicksal etwas sagen, so kneift der Katzphilister sofort die Augen zu und drückt die Ohren an, tut auch wohl, als wenn er schliefe oder spinnt. Ein Katzphilister leckt sich fleißig den Pelz rein und glänzend, und passiert selbst auf der Mausjagd keine nasse Stelle, ohne bei jedem Schritt die Pfoten auszuschütteln, damit er, geht auch das Wild darüber verloren, doch in allen Verhältnissen des Lebens ein feiner, ordentlicher, wohlgekleideter Mann bleibe. Ein Katzphilister scheut und vermeidet die leiseste Gefahr und bedauert, befindest du dich in solcher, und sprichst seine Hülfe an, unter den heiligsten Beteuerungen seiner freundschaftlichen Teilnahme, daß gerade in dem Augenblick es seine Lage, die Rücksichten die er nehmen müsse, es ihm nicht erlaubten dir beizustehen. Überhaupt ist alles Tun und Treiben des Katzphilisters bei jeder Gelegenheit abhängig von tausend und tausend Rücksichten. Selbst z. B. gegen den kleinen Mops der ihm in den Schwanz gebissen auf empfindliche Weise, bleibt er artig und höflich, um es nicht mit dem Hofhunde zu verderben, dessen Protektion er zu erlangen gewußt, und er nutzt nur den nächtlichen Hinterhalt, um jenem Mops ein Auge auszukratzen. Tages darauf bedauert er den teuern Mopsfreund gar von Herzen und schmält über die Bosheit arglistiger Feinde. Übrigens gleichen diese Rücksichten einem wohlangelegten Fuchsbau, der dem Katzphilister Gelegenheit gibt, überall zu entwischen in dem Augenblick als du ihn zu fassen glaubst. Ein Katzphilister bleibt am liebsten unter den heimischen Ofen wo er sich sicher fühlt, das freie Dach verursacht ihm Schwindel – Und seht Ihr nun wohl Freund Murr, das ist Euer Fall. Sage ich Euch nun, daß der Katzbursch offen, ehrlich, uneigennützig, herzhaft, stets bereit dem Freunde zu helfen ist, daß er keine andere Rücksichten kennt, als die Ehre und redlicher Sinn gebieten, genug, daß der Katzbursch durchaus der Antipode des Katzphilisters ist, so werdet Ihr keinen Anstand nehmen Euch zu erheben aus dem Philistertum um ein ordentlicher tüchtiger Katzbursch zu werden."

Lebhaft fühlte ich die Wahrheit in Muzius' Worten. Ich sahe ein, daß ich nur das Wort Philister, nicht gekannt, wohl aber den Charakter, da mir schon manche Philister, d. h. schlechte Katzkerle vorgekommen waren die ich herzlich verachtet hatte. Um so schmerzhafter fühlte ich daher den Irrtum von dem befangen ich in die Kategorie jener verächtlichen Leute hätte geraten können und beschloß, Muzius' Rat in allem zu folgen um so vielleicht noch ein tüchtiger Katzbursche zu werden. – Ein junger Mensch sprach einst zu meinem Meister von einem treulosen Freunde und bezeichnete diesen mit einem sehr seltsamen mir unverständlichen Ausdruck. Er nannte ihn einen pomadigen Kerl. Nun war es mir, als sei das Beiwort pomadig, sehr passend dem Hauptwort Philister hinzuzufügen, und ich befragte Freund Muzius darum. Kaum hatte ich aber das Wort pomadig ausgesprochen, als Muzius laut jauchzend aufsprang, und, mich kräftig umhalsend rief: „Herzensjunge, nun gewahre ich, daß du mich ganz verstanden hast – ja, pomadiger Philister! das ist die verächtliche Kreatur, die sich auflegt gegen das edle Burschentum und die wir überall wo wir sie finden tothetzen möchten. Ja Freund Murr, du hast jetzt schon dein inneres wahrhaftes Gefühl für alles Edle, Große! bewiesen, laß dich nochmals an diese Brust drücken, in der ein treues deutsches Herz schlägt." – Damit umhalste mich Freund Muzius aufs neue und erklärte, wie er in der nächstfolgenden Nacht mich einzuführen gedenke in das Burschentum, ich möge mich nur in der Mitternachtsstunde einfinden auf dem Dache, wo er mich abholen werde zu einem Fest, das ein Katzsenior veranstaltet, nämlich der Kater Puff.

Der Meister trat ins Zimmer. Ich sprang wie gewöhnlich ihm entgegen, schmiegte mich wälzte mich auf dem Boden, um ihm meine Freude zu bezeugen. Auch Muzius glotzte ihn an mit zufriedenem Blick. Nachdem der Meister etwas weniges mir Kopf und Hals gekraut, sah er sich um im Zimmer und sprach, da er alles in gehöriger Ordnung fand: „Nun das ist recht! Eure Unterhaltung ist still und friedlich gewesen wie es anständigen gut erzognen Leuten geziemt. Das verdient belohnt zu werden."

Der Meister schritt zu der Türe heraus, die nach der Küche führte und wir, Muzius und ich, seine gute Absicht erratend, schritten hinter ihm her mit einem fröhlichen Mau – Mau – Mau! Wirklich öffnete auch der Meister den Küchenschrank und holte die Skelette und Knöchelchen von ein paar jungen Hühnern hervor, deren Fleisch er gestern verzehrt hatte. Es ist bekannt, daß mein Geschlecht Hühnerskelette zu den allerfeinsten Leckerbissen rechnet, die es geben kann und daher kam es, daß Muzius' Augen in glanzvollem Feuer strahlten, daß er den Schweif in den anmutigsten Windungen schlängelte, daß er laut schnurrte, als der Meister die Schüssel vor uns hinsetzte auf den Boden. Des pomadigen Philisters wohl eingedenk, schob ich dem Freunde Muzius die besten Bissen hin, die Hälse, die Bäuche, die Steiße, und begnügte mich mit den gröbern Schenkel- und Flügelknochen. Als wir mit den Hühnern fertig waren, wollte ich den Freund Muzius fragen, ob ihm vielleicht mit einer Tasse süßer Milch gedient sei? Doch den pomadigen Philister stets vor Augen, unterließ ich es und schob statt dessen die Tasse, welche, wie ich wußte unter dem Schrank stand, hervor und lud Muzius freundlich ein zuzusaufen, indem ich ihm Bescheid tat. – Muzius soff die Tasse rein aus, dann drückte er mir die Pfote und sprach, während ihm die hellen Tränen in die Augen traten: „Freund Murr, Ihr lebt lukullisch, aber Ihr habt mir Euer treues, biederes und edelmütiges Herz kund getan, und so wird die eitle Lust der Welt Euch nicht verlocken zum schnöden Philistertum! Habt Dank, habt innigen Dank!"

Mit einem biedern deutschen Pfotendruck nach altvörderischer Sitte nahmen wir Abschied. Muzius war, gewiß um die tiefe Rührung die ihn Tränen auspreßte zu verbergen, mit einem halsbrechenden Satze schnell zum offnen Fenster heraus auf das nächst anstoßende Dach. – Selbst mich, den die Natur doch mit vorzüglicher Schwungkraft begabt, setzte dieser gewagte Satz in Erstaunen und ich fand Gelegenheit aufs neue mein Geschlecht zu preisen, das aus gebornen Turnern besteht, die keines Springstocks keiner Kletterstange bedürfen.

Übrigens gab mir Freund Muzius auch den Beweis, wie oft hinter einem rauhen abschreckenden Äußern sich ein zartes tief fühlendes Gemüt verbirgt.

Ich kehrte ins Zimmer zu meinem Meister zurück und legte mich unter den Ofen. Hier in der Einsamkeit die Gestaltung meines bisherigen Seins bedenkend, meine letzte Stimmung, meine ganze Lebensweise erwägend, erschrak ich bei dem Gedanken wie nahe ich dem Abgrunde gewesen, und Freund Muzius erschien mir trotz seines struppigen Balgs, wie ein schöner rettender Engel. In eine neue Welt sollte ich treten, die Leere im Innern sollte ausgefüllt, ein anderer Kater sollte ich werden, mir klopfte das Herz vor banger freudiger Erwartung.

Noch lange war es nicht Mitternacht, als ich den Meister mit der gewöhnlichen Redensart: „Ma – – au", bat mich hinauszulassen. „Recht gerne", erwiderte er indem er die Türe öffnete, „recht gerne Murr. Aus dem ewigen unterm Ofen liegen und schlafen kommt gar nichts heraus. Geh – geh, daß du wieder in die Welt unter Kater kommst. Vielleicht findest du gemütsverwandte Katerjünglinge, die sich mit dir ergötzen in Ernst und Scherz."

Ach! – der Meister ahnte wohl, daß ein neues Leben mir bevorstand! – Endlich nachdem ich bis Mitternacht gewartet, stellte sich Freund Muzius ein, und führte mich fort über verschiedene Dächer, bis endlich auf einem beinahe ganz platten italienischen Dache uns zehn stattliche, nur ebenso nachlässig und seltsam wie Muzius gekleidete Katerjünglinge, mit lautem Jubelgeschrei empfingen. Muzius stellte mich den Freunden vor, rühmte meine Eigenschaften, meinen treuen biedern Sinn, hob vorzüglich hervor, wie ich ihn mit Backfischen, Hühnerknochen und süßer Milch gastlich bewirtet und schloß damit, daß ich als tüchtiger Katzbursch aufgenommen sein wolle. Alle gaben ihre Beistimmung.

Es erfolgten nun gewisse Feierlichkeiten, die ich indessen verschweige, da geneigte Leser meines Geschlechts vielleicht argwöhnen, ich sei in einen verbotenen Orden getreten und noch jetzt Red und Antwort darüber von mir verlangen könnten. Ich versichere aber auf Gewissen, daß von einem Orden und seinen Bedingnissen, als da sind Statuten, geheime Zeichen u. s. durchaus nicht die Rede war, sondern daß der Verein lediglich auf Gleichheit der Gesinnung beruhte. Denn es fand sich bald, daß jeder von uns süße Milch lieber zu sich nahm als Wasser, Braten lieber als Brot.

Nachdem die Feierlichkeiten vorüber, empfing ich von allen den brüderlichen Kuß und Pfotendruck und sie nannten mich: Du! – Dann setzten wir uns zu einem einfachen aber fröhlichen Mahl, dem eine wackere Zecherei folgte. Muzius hatte trefflichen Katzpunsch bereitet. – Sollte ein lüsterner Katerjüngling nach dem Rezept dieses köstlichen Getränks Begierde tragen, so kann ich leider darüber keine genügende Auskunft geben. So viel ist gewiß, daß die hohe Annehmlichkeit des Geschmacks, so wie die siegende Kraft, vorzüglich durch eine derbe Zutat von Heringslake hervorgebracht wird.

Mit einer Stimme die weit über viele Dächer hinwegdonnerte, intonierte nun der Senior Puff das schöne Lied: Gaudeamus igitur! – Mit Wonne fühlte ich mich im Innern und Äußern ganz trefflicher Juvenis und mochte gar nicht an den tumulus denken, den ein düstres Verhängnis unserm Geschlecht selten in der stillen friedlichen Erde gönnt. Es wurden noch verschiedene schöne Lieder gesungen w. z. B. Laßt die Politiker nur sprechen u. s. w. bis der Senior Puff mit gewichtiger Pfote auf den Tisch schlug und verkündete, daß nun das wahre echte Weihelied, nämlich das Ecce quam bonum gesungen werden müsse, und intonierte sofort den Chor: Ecce etc. etc.

Noch nie hatte ich dieses Lied gehört dessen Komposition ebenso tief gedacht, so harmonisch und melodisch richtig, als wunderbar und geheimnisvoll zu nennen. Der Meister ist soviel ich weiß, nicht bekannt geworden, doch schreiben viele dieses Lied dem großen Händel zu, andere dagegen behaupten, daß es lange lange, vor Händels Zeit schon existiert habe, da nach der Chronik von Wittenberg es schon gesungen worden, als Prinz Hamlet noch Fuchs gewesen. Doch gleichviel wer es gemacht hat, das Werk ist groß und unsterblich und vorzüglich zu bewundern, wie die in den Chor eingeflochtenen Solos den Sängern freien Spielraum lassen, zu den anmutigsten unerschöpflichsten Veränderungen. Einige dieser Veränderungen, die ich in dieser Nacht hörte, habe ich treu im Gedächtnis behalten.

Als der Chor geendet, fiel ein schwarz und weiß gefleckter Jüngling ein:

„Gar zu spitzig klafft der Spitz
Gar zu grob der Pudel.
Jenem gönnt den Steiß zum Sitz
Dem die Schnauz zum Hudel."

Chor. „Ecce quam etc. etc."

Darauf ein Grauer:

„Höflich zieht die Mütz vom Kopf,
Kommt Philister gangen.
Froh gebärdet sich der Tropf,
Will vor nichts ihm bangen."

Chor. „Ecce quam etc. etc."

Darauf ein Gelber:

„Schwimmen muß der muntere Fisch,
Vögelein muß fliegen.
Floss' und Federn wachsen frisch
Werd't sie nimmer kriegen."

Chor. „Ecce quam etc. etc."

Darauf ein Weißer:

„Miaut und knurrt und knurrt und miaut,
Nur beileib nicht kratzen;
Seid galant, daß man euch traut,
Schonet eure Tatzen."

Chor. „Ecce quam etc. etc."

Darauf Freund Muzius:

„Denkt Herr Aff nach seinem Maß
Alle uns zu messen!
Spitzt das Maul, trägt hoch die Nas,
Wird uns doch nicht fressen."

Chor. „Ecce quam etc. etc."

Ich saß neben Muzius, an mir war daher jetzt die Reihe mit einem Solo einzufallen. Alle Solos die bis jetzt vorgetragen, wichen so sehr von den Versen ab, die ich sonst gedichtet, daß ich in Unruhe und Angst geriet, den Ton, die Haltung des Ganzen zu verfehlen. Daher kam es, daß ich als der Chor geendet, noch schwieg. Schon erhoben einige die Gläser und riefen: „pro poena", als ich mich mit aller Gewalt zusammennahm und sofort sang:

„Pfot in Pfot und Brust an Brust
Soll uns nichts verdüstern.
Katzbursch sein ist unsere Lust,
Trotzen Katzphilistern!"

Chor. „Ecce quam etc. etc."

Meine Variation fand den lautesten unerhörtesten Beifall. Die hochherzigen Jungen stürmten jubelnd auf mich ein, umpfoteten mich, drückten mich an ihre klopfende Brust. Auch hier erkannte man also den hohen Genius in meinem Innern. Es war einer der schönsten Augenblicke meines Lebens. – Nun wurde noch manchen großen berühmten Katern, vorzüglich solchen die ihrer Größe und Berühmtheit unerachtet sich von aller und jeder Philisterei entfernt gehalten und es bewiesen hatten durch Wort und Tat, ein feuriges Lebehoch! gebracht und dann schieden wir auseinander.

Der Punsch war mir doch etwas zu Kopfe gestiegen, die Dächer schienen sich zu drehen, kaum vermochte ich mittelst des Schweifes, den ich als Balancierstange benutzte, mich aufrecht zu erhalten. Der treue Muzius, meinen Zustand bemerkend, nahm sich meiner an, und brachte mich glücklich durch die Dachluke nach Hause.

Wüste im Kopfe wie ich mich noch niemals gefühlt konnte ich lange nicht –

*(Mak. Bl.)* – – ebensogut gewußt, als die scharfsinnige Frau Benzon, aber daß ich gerade heute, eben jetzt von dir Nachricht erhalten sollte du treue Seele das hat mein Herz nicht geahnt." So sprach Meister Abraham verschloß den Brief den er erhalten und in dessen Aufschrift er mit freudiger Überraschung Kreislers Hand erkannt hatte, ohne ihn zu öffnen in den Schubkasten seines Schreibtisches und ging hinaus in den Park. – Meister Abraham hatte schon seit vielen Jahren die Gewohnheit Briefe die er erhielt, Stunden, ja, oft Tage lang uneröffnet liegen zu lassen. „Ist der Inhalt gleichgültig", sprach er, „so kommt es auf den Verzug nicht an, enthält der Brief eine böse Nachricht, so gewinn ich noch einige frohe oder wenigstens ungetrübte Stunden; steht eine Freudenpost darin, so kann ein gesetzter Mann wohl es abwarten, daß die Freude ihm über den Hals komme." Diese Gewohnheit des Meisters ist zu verwerfen, denn einmal ist solch ein Mensch, der Briefe liegen läßt, ganz untauglich zum Kaufmann, zum politischen oder literarischen Zeitungsschreiber, dann leuchtet es aber auch ein, wie manches Unheil sich sonst noch bei Personen, die weder Kaufleute sind noch Zeitungsschreiber, daraus erzeugen kann. – Was gegenwärtigen Biographen betrifft, so glaubt er ganz und gar nicht an Abrahams stoischen Gleichmut, sondern rechnet jene Gewohnheit vielmehr einer gewissen ängstlichen Scheu zu, das Geheimnis eines verschloßnen Briefes zu entfalten. – Es ist eine ganz eigene Lust Briefe zu empfangen und darum sind uns die Personen besonders angenehm, die zunächst

uns diese Lust verschaffen, nämlich, die Briefträger, wie schon irgendwo ein geistreicher Schriftsteller bemerkt hat. Dies mag eine anmutige Selbstmystifikation genannt werden. Der Biograph erinnert sich, daß als er einst auf der Universität mit dem sehnlichsten Schmerz, lange vergebens auf einen Brief von einer geliebten Person gewartet hatte, er den Briefträger mit Tränen im Auge bat, ihm doch recht bald einen Brief aus der Vaterstadt zu bringen, er solle auch dafür ein namhaftes Trinkgeld erhalten. Der Kerl versprach was von ihm verlangt wurde, mit pfiffiger Miene, brachte den Brief, der in der Tat nach wenigen Tagen einging triumphierend, als habe es nur an ihm gelegen Wort zu halten und strich das versprochene Trinkgeld ein. – Doch weiß der Biograph der eben vielleicht selbst gewissen Selbstmystifikationen zu sehr Raum gibt – doch weiß er nicht, ob du, geliebter Leser mit ihm gleichen Sinnes, mit jener Lust eine seltsame Angst fühlest, die dir, indem du den erhaltenen Brief öffnen willst, Herzklopfen verursacht, selbst wenn es kaum möglich, daß der Brief Wichtiges für dein Leben enthalten sollte. – Mag es sein, daß dasselbe die Brust beengende Gefühl, mit dem wir in die Nacht der Zukunft schauen, auch hier sich regt und daß eben deshalb, weil ein leichter Druck der Finger hinreicht, das Verborgene zu enthüllen, der Moment auf einer Spitze steht, die uns beunruhigt. Und! – wie viele schöne Hoffnungen zerbrachen schon mit dem verhängnisvollen Siegel, und die lieblichen Traumbilder, die aus unserm eignen Innern gestaltet, unsere brünstige Sehnsucht selbst schienen, zerrannen in nichts und das kleine Blättchen war der Zauberfluch, vor dem der Blumengarten in dem wir zu wandeln gedachten, verdorrte, und das Leben lag vor uns wie eine unwirtbare trostlose Wüstenei – Scheint es gut den Geist zu sammeln ehe jener leichte Druck der Finger das Verborgene erschließt, so kann dies vielleicht Meister Abrahams sonst verwerfliche Gewohnheit entschuldigen, die übrigens auch gegenwärtigem Biographen anklebt aus einer gewissen verhängnisvollen Zeit, in der beinahe jeder Brief, den er erhielt, der Büchse Pandoras glich, aus der, sowie sie geöffnet, tausend Unheil und Ungemach aufstieg ins Leben. – Hat aber nun auch Meister Abraham des Kapellmeisters Brief verschlossen in seinen Schreibepult oder Schreibtischkasten und ist er auch spazieren gegangen in den Park, doch soll der geneigte Leser den Inhalt sogleich buchstäblich erfahren. – Johannes Kreisler hatte folgendes geschrieben:

Mein herzlieber Meister!

„La fin couronne les œuvres!" hätte ich rufen können, wie Lord Clifford in Shakespeares Heinrich dem Sechsten, als ihm der sehr edle Herzog von York eins versetzt hatte zum Tode. Denn bei Gott, mein Hut stürzte schwer verwundet ins Gebüsch und ich ihm nach, rücklings, wie einer, von dem man in der Schlacht zu sagen pflegt: Er fällt oder, er ist gefallen. – Dergleichen Leute stehen aber selten wieder auf, dagegen tat das aber Euer Johannes, mein lieber Meister und das auf der Stelle. – Um meinen schwer verwundeten Kameraden, der nicht sowohl an meiner Seite, als über oder von meinem Haupte gefallen, konnte ich mich gar nicht bekümmern da ich genug zu tun hatte, durch einen tüchtigen Seitensatz (ich nehme das Wort *Satz* hier weder in philosophischem noch in musikalischem sondern lediglich in gymnastischem Sinn) der Mündung einer Pistole auszuweichen, die jemand etwa drei Schritte davon auf mich hielt. Doch ich tat noch mehr als das, ich ging plötzlich aus der Defensive in die Offensive über, sprang auf den Pistolanten los und stieß ihm ohne weitere Umstände meinen Stockdegen in den Leib. – Immer habt Ihr mir den Vorwurf gemacht Meister! daß ich des historischen Stils nicht mächtig, und unfähig etwas zu erzählen, ohne unnütze Phrasen und Abschweifungen. Was sagt Ihr zu der bündigen Darstellung meines italienischen Abenteuers in dem Park zu Sieghartshof, den ein hochsinniger Fürst so mild beherrscht, daß er selbst Banditen toleriert vergnüglicher Abwechslung halber?

Nehmt, lieber Meister, das bisher Gesagte nur für die vorläufige epitomatische Inhaltsanzeige des historischen Kapitels, das ich, erlaubt es meine Ungeduld und der Herr Prior, statt eines ordinären Briefes für Euch aufschreiben will. – Wenig nachzuholen ist über das eigentliche Abenteuer im Walde. – Gewiß war es mir sogleich, daß, als der Schuß fiel, ich davon profitieren sollte, denn im Niederstürzen empfand ich einen brennenden Schmerz an der linken Seite meines Kopfs, den der Konrektor in Göniönesmühl mit Recht einen *hartnäckigen* nannte. Hartnäckigen Widerstand hatte der wackere Knochenbau nämlich geleistet dem schnöden Blei, so, daß die Streifwunde kaum zu achten. – Aber sagt mir, lieber Meister, sagt mir auf der Stelle oder heute abend oder wenigstens morgen in aller Frühe in wessen Leib meine Stockklinge gefahren? Sehr lieb würde es mir sein zu vernehmen, daß ich eigentlich gar kein gemeines Menschenblut vergossen, sondern bloß einigen prinzlichen Ichor; und es will mir ahnen als wäre dem so. – Meister! – so hätte der Zufall mich denn zu der Tat geführt, die der finstere Geist mir verkündete, bei Euch im Fischerhäuschen! – War vielleicht diese kleine Stockklinge in dem Augenblick, als ich sie brauchte, zur Notwehr gegen Mörder, das furchtbare Schwert der, Blutschuld rächenden Nemesis? – Schreibt mir alles, Meister und vor allen Dingen was es mit der Waffe, die Ihr mir in die Hand gabt, mit dem kleinen Bilde für eine Bewandtnis hat. – Doch nein – nein, sagt mir davon nichts. Laßt mich dieses Medusenbild, vor dessen Anblick der bedrohliche Frevel erstarrt, bewahren, mir selbst ein unerklärliches Geheimnis. Es ist mir, als würde dieser Talisman seine Kraft verlieren, sobald ich wüßte, was für eine Konstellation ihn gefeit zur Zauberwaffe! – Wollt Ihr mir's glauben Meister, daß ich bis jetzt Euer kleines Bild noch gar nicht einmal recht angeschaut? – Ist es an der Zeit, so werdet Ihr mir alles sagen, was mir zu wissen nötig, und dann gebe ich den Talisman zurück in Eure Hände. Also für jetzt kein Wort weiter davon! – Doch fortfahren will ich nun in meinem historischen Kapitel.

Als ich besagtem Jemand, besagtem Pistolanten meinen Stockdegen in den Leib gerannt, so daß er lautlos niederstürzte, sprang ich fort mit der Schnellfüßigkeit eines Ajax, da ich Stimmen im Park zu hören und mich noch in Gefahr glaubte. Ich gedachte nach Sieghartsweiler zu laufen aber die Dunkelheit der Nacht ließ mich den Weg verfehlen. Schneller und schneller rannte ich fort, immer noch hoffend mich zurechtzufinden. Ich durchwatete Feldgraben, ich erklimmte eine steile Anhöhe und sank endlich in einem Gebüsch vor Ermattung nieder. Es war als blitze es dicht vor meinen Augen, ich fühlte einen stechenden Schmerz am Kopf, und erwachte aus tiefem Todesschlaf. Die Wunde hatte stark geblutet, ich machte mir, das Taschentuch benutzend, einen Verband, der dem geschicktesten Kompagnie-Chirurgus auf dem Schlachtfelde zur Ehre gereicht haben würde, und schaute nun ganz froh und fröhlich umher. Unfern von mir stiegen die mächtigen Ruinen eines Schlosses empor. – Ihr merkt es Meister, ich war zu meiner nicht geringen Verwunderung auf den Geierstein geraten.

Die Wunde schmerzte nicht mehr, ich fühlte mich frisch und leicht, ich trat heraus aus dem Gebüsch, das mir zum Schlafgemach gedient, die Sonne stieg empor, und warf blinkende Streiflichter auf Wald und Flur, wie fröhliche Morgengrüße.

Die Vögel erwachten in den Gebüschen und badeten sich zwitschernd im kühlen Morgentau, und schwangen sich auf in die Lüfte. Noch in nächtliche Nebel gehüllt lag tief unter mir Sieghartshof, doch bald sanken die Schleier und in flammenden Gold standen Bäume und Büsche. Der See des Parks glich einem blendend strahlendem Spiegel: ich unterschied das Fischerhäuschen wie einen kleinen weißen Punkt – sogar die Brücke glaubte ich deutlich zu schauen. – Das Gestern trat auf mich ein, aber als sei es eine längst vergangene Zeit, aus der mir nichts geblieben, als die Wehmut der Erinnerung an das ewig Verlorne, die in demselben Augenblick die Brust zerreißt und mit süßer Wonne erfüllt. „Haselant, was willst du denn eigentlich damit sagen, was hast du denn in dem längst vergangenen Gestern auf ewig verloren?" So ruft Ihr mich an, Meister, ich hör es. – Ach Meister, noch einmal stelle ich mich hin auf jene hervorragende Spitze des Geiersteins – noch einmal breite ich die Arme aus wie Adlersflügel mich dort hinzuschwingen, wo ein süßer Zauber waltete, wo jene Liebe, die nicht in Raum und Zeit bedingt, die ewig ist wie der Weltgeist, mir aufging in den ahnungsvollen Himmelstönen, die die dürstende Sehnsucht selbst sind und das Verlangen! – Ich weiß es, dicht vor meiner Nase setzt sich ein Teufelskerl von hungrigem Opponenten hin, der nur opponiert des irdischen Gerstenbrots halber, und fragt mich höhnisch: ob es möglich sei, daß ein Ton dunkelblaue Augen haben könne? Ich führe den bündigsten Beweis, daß der Ton eigentlich auch ein Blick sei, der aus einer Lichtwelt durch zerrissene Wolkenschleier hinabstrahle; der Opponent geht aber weiter, und frägt nach Stirn, nach Haar, nach Mund und Lippen, nach Armen, Händen, Füßen, und zweifelt durchaus mit hämischem Lächeln, daß ein bloßer purer Ton mit diesem allem begabt sein könne. – O Gott, ich weiß, was der Schlingel meint, nämlich nichts weiter, als daß, solange ich ein glebae adscriptus sei, wie er und die übrigen, solange wir alle nicht bloß Sonnenstrahlen fräßen, und uns manchmal noch auf einen andern Stuhl setzen müßten als auf den Lehrstuhl, es mit jener ewigen Liebe, mit jener ewigen Sehnsucht, die nichts will als sich selbst und von der jeder Narr zu schwatzen weiß – Meister! ich wünschte nicht, daß Ihr auf die Seite des hungrigen Opponenten trätet – es würde mir unangenehm sein. – Und sagt selbst, könnte Euch wohl eine einzige vernünftige Ursache dazu treiben? – hab ich jemals Hang gezeigt zu trister Sekundanernarrheit? – Ja hab ich zu reifen Jahren gekommen, mich nicht stets nüchtern zu erhalten gewußt, hab ich etwa jemals gewünscht ein Handschuh zu sein bloß um Julias Wange zu küssen wie Vetter Romeo? – Glaubt es nur Meister, die Leute mögen auch sagen was sie wollen, im Kopf trag ich nichts als Noten, und im Gemüt und Herzen die Klänge dazu, denn alle Teufel! wie sollt ich sonst imstande sein, solche manierliche, bündige Kirchenstücke zu setzen, als die Vesper es ist, die da eben vollendet auf dem Pulte liegt. – Doch – schon wieder war es um die Historie geschehen – ich erzähle weiter.

Aus der Ferne vernahm ich den Gesang einer kräftigen Männerstimme, der sich immer mehr und mehr näherte. Bald gewahrte ich denn auch einen Benediktinergeistlichen der auf dem Fußsteig unterwärts fortwandelnd, einen lateinischen Hymnus sang. Nicht weit von meinem Platze stand er still, hielt inne mit dem Singen und schaute, indem er den breiten Reisehut vom Kopfe nahm und sich mit einem Tuch den Schweiß von der Stirne trocknete, in der Gegend umher, dann verschwand er ins Gebüsch. Mir kam die Lust an, mich zu ihm zu gesellen, der Mann war mehr als wohlgenährt, die Sonne brannte stärker und stärker, und so konnt ich wohl denken, daß er ein Ruheplätzchen gesucht haben würde im Schatten. Ich hatte mich nicht geirrt, denn in das Gebüsch tretend, erblickte ich den ehrwürdigen Herrn, der sich auf einen dick bemoosten Stein niedergelassen hatte. Ein höheres Felsstück dicht daneben diente ihm zum Tisch; er hatte ein weißes Tuch darüber ausgebreitet, und holte eben aus dem Reisesack, Brot und gebratenes Geflügel hervor das er mit vielem Appetit zu bearbeiten begann: „Sed praeter omnia bibendum quid“, so rief er sich selbst zu und schenkte aus einer Korbflasche Wein ein in den kleinen silbernen Becher, den er aus der Tasche hervorgezogen. Eben wollte er trinken, als ich mit einem „Gelobt sei Jesus Christ!“ zu ihm hintrat. Mit dem Becher an den Lippen schaute er auf und ich erkannte im Augenblick meinen alten gemütlichen Freund aus der Benediktinerabtei zu Kanzheim, den ehrlichen Pater und Präfektus Chori Hilarius. „In Ewigkeit!“ stammelte Pater Hilarius, indem er mich mit weit aufgerissenen Augen starr anblickte. Ich dachte sogleich an meinen Kopfputz, der mir vielleicht ein fremdes Ansehen geben mochte und begann: „O mein sehr geliebter würdiger Freund Hilarius, haltet mich nicht für einen verlaufenen vagabondierenden Hindus, auch nicht für ein auf den Kopf gefallnes

Landeskind, da ich doch nun einmal nichts anderes bin und sein will, als Euer Intimus, der Kapellmeister Johannes Kreisler!"

„Beim heilgen Benedikt", rief Pater Hilarius freudig, „ich hatte Euch gleich erkannt, herrlicher Kompositor und angenehmer Freund, aber per diem sagt mir, wo kommt Ihr her, was ist Euch geschehen, Euch, den ich mir in floribus dachte am Hofe des Großherzogs?"

Ich nahm gar keinen Anstand dem Pater kürzlich alles zu erzählen, was sich mit mir begeben und wie ich genötigt gewesen dem, dem es beliebt nach mir, wie nach einem aufgesteckten Ziel, Probeschüsse zu tun, meinen Stockdegen in den Leib zu stoßen und wie besagter Zielschießer wahrscheinlich ein italienischer Prinz gewesen, der Hektor geheißen, wie mancher würdige Pirschhund. – „Was nun beginnen, zurückkehren nach Sieghartsweiler oder – ratet mir, Pater Hilarius!"

So schloß ich meine Erzählung. – Pater Hilarius, der manches – Hm! – so! – ei! – heiliger Benedikt – dazwischengeworfen, sah jetzt vor sich nieder, murmelte: „Bibamus!" und leerte den silbernen Becher auf einen Zug.

Dann rief er lachend: „In der Tat, Kapellmeister, der beste Rat den ich Euch fürs erste erteilen kann, ist, daß Ihr Euch fein zu mir hersetzt und mit mir frühstückt. Ich kann Euch diese Feldhühner empfehlen, erst gestern schoß sie unser ehrwürdige Bruder Macarius, der, wie Ihr Euch wohl erinnert, alles trifft, nur nicht die Noten in den Responsorien und wenn Ihr den Kräuteressig vorschmeckt mit dem sie angefeuchtet, so verdankt Ihr das der Sorgfalt des Bruders Eusebius, der sie selbst gebraten mir zu Liebe. Was aber den Wein betrifft, so ist er wert die Zunge eines landflüchtigen Kapellmeisters zu netzen. Echter Bocksbeutel, carrissime Johannes, echter Bocksbeutel aus dem St. Johannis-Hospital zu Würzburg, den wir, unwürdige Diener des Herrn, erhalten in bester Qualität. – Ergo bibamus!"

Damit schenkte er den Becher voll und reichte ihn mir hin. – Ich ließ mich nicht nötigen, ich trank und aß wie einer der solcher Stärkung bedarf.

Pater Hilarius hatte den anmutigsten Platz gewählt um sein Frühstück einzunehmen. Ein dichtes Birkengebüsch beschattete den blumichten Rasen des Bodens und der kristallhelle Waldbach, der über hervorragendes Gestein plätscherte, vermehrte noch die erfrischende Kühle. Die einsiedlerische

Heimlichkeit des Orts erfüllte mich mit Wohlbehagen und Ruhe, und während Pater Hilarius mir von allem erzählte, was sich seit der Zeit in der Abtei begeben, wobei er nicht vergaß seine gewöhnlichen Schwänke und sein hübsches Küchenlatein einzumischen, horchte ich auf die Stimmen des Waldes, der Gewässer, die zu mir sprachen in tröstenden Melodieen.

Pater Hilarius mochte mein Schweigen der bittern Sorge zuschreiben, die mir das Geschehene verursachte.

„Seid", begann er, indem er mir den aufs neue gefüllten Becher hinreichte, „seid guten Muts Kapellmeister! Ihr habt Blut vergossen, das ist wahr und Blut vergießen ist Sünde doch distinguendum est inter et inter – Jedem ist sein Leben das liebste, er hat es nur einmal. Ihr habt das Eurige verteidigt, und das verbietet die Kirche keinesweges, wie sattsam zu erweisen und weder unser hochwürdiger Herr Abt noch irgendein anderer Diener des Herrn wird Euch die Absolution versagen, seid Ihr auch unversehns in fürstliche Eingeweide gefahren. – Ergo bibamus! – Vir sapiens non te abhorrebit Domine! – Aber teuerster Kreisler, kehrt Ihr zurück nach Sieghartsweiler, so wird man Euch garstig befragen über das cur, quomodo, quando, ubi und wollt Ihr dem Prinzen des mörderischen Angriffs zeihen, wird man Euch glauben? Ibi jacet lepus in pipere! – Aber seht Kapellmeister wie – doch, bibendum quid –" Er leerte den vollgeschenkten Becher und fuhr dann fort: „Ja seht, Kapellmeister, wie der gute Rat kommt mit dem Bocksbeutel. – Erfahrt daß ich mich eben zum Kloster Allerheiligen begeben wollte, um mir von dem dortigen Präfektus Chori Musik zu holen zu den nächsten Festen. Ich habe die Kasten schon zwei-, dreimal umgekehrt, es ist alles alt und verbraucht und was die Musik betrifft, die Ihr uns komponiert habt während Eures Aufenthalts in der Abtei, ja die ist gar schön und neu, aber – nehmt mir es nicht übel, Kapellmeister, so auf kuriose Weise gesetzt, daß man keinen Blick wenden darf, von der Partitur. Will man nur ein bißchen durchs Gitter schielen nach dieser jener hübschen Dirne unten im Schiff, gleich hat man einen Halt verfehlt oder sonst was, und schlägt einen falschen Takt und schmeißt das Ganze um – Pump da liegt's und Di – di – Diedel diedel greift Bruder Jakob in die Orgeltasten! – ad patibulum cum illis – Ich durfte also – doch bibamus!"

Nachdem wir beide getrunken, floß der Strom der Rede also weiter: „Desunt die nicht da sind und die nicht da sind, können nicht gefragt werden, ich dächte daher, Ihr wandertet sogleich mit mir zurück nach der Abtei die, schlägt man Richtwege ein, kaum zwei Stunden von hier entfernt ist. In der Abtei seid Ihr gesichert gegen alle Nachstellungen, contra hostium insidias, ich bringe Euch hin, als lebendige Musik und Ihr bleibt da, solange es Euch gefällt oder solange Ihr es geraten findet. Der hochwürdige Herr Abt versorgt Euch mit allem Nötigen. Ihr kleidet Euch in die feinste Wäsche und zieht das Benediktinergewand darüber, das Euch sehr wohl stehen wird. Aber damit Ihr nicht unterweges ausseht wie der Wundgeschlagene auf dem Bilde vom mitleidigen Samariter, so setzt meinen Reisehut auf, ich werde mir den Kapuschon über die Glatze ziehn. – Bibendum quid, Liebster!"

Damit leerte er den Becher noch einmal, schwenkte ihn aus im nahen Waldbach, packte alles schnell in seinen Reisesack, drückte mir seinen Hut auf die Stirne und rief ganz fröhlich: „Kapellmeister, wir dürfen nur ganz langsam und bequem einen Fuß vor den andern setzen und kommen doch grade an, wenn sie läuten ad conventum conventuales, d. h. wenn der hochwürdige Herr Abt sich zu Tische setzt."

Ihr dürft wohl denken lieber Meister, daß ich gegen den Vorschlag des fröhlichen Paters Hilarius nicht das mindeste einzuwenden hatte, daß es mir vielmehr gar willkommen sein mußte, mich an einen Ort zu begeben, der mir in so mancher Hinsicht ein wohltätiges Asyl werden konnte.

Wir schritten gemächlich fort unter allerlei Gesprächen und langten so wie Pater Hilarius es gewollt, in der Abtei an, als man gerade die Tischglocke läutete.

Um vor der Hand allen Fragen zuvorzukommen sagte Pater Hilarius dem Abt, daß, da er zufällig erfahren wie ich mich in Sieghartsweiler aufhalte, er es vorgezogen statt der Musik aus dem Kloster Allerheiligen, lieber den Komponisten zu holen, der ja ein ganzes unerschöpfliches Magazin von Musik in sich trage.

Der Abt Chrysostomus (mich dünkt, ich hätte Euch schon viel von ihm erzählt) empfing mich mit jener gemütlichen Freude, die nur wahrhaft guter Gesinnung eigen und lobte den Entschluß des Paters Hilarius.

Seht mich nun, Meister Abraham, wie ich, umgeschaffen zum passablen Benediktinermönch, in einem hohen geräumigen Zimmer des Hauptgebäudes der Abtei, sitze und emsig Vespern und Hymnen ausarbeite, ja wie ich schon mitunter Gedanken notiere zu einem feierlichen Hochamt, wie sich die singenden und spielenden Brüder, die Chorknaben versammeln, wie ich emsig Proben halte, wie ich hinter dem Gitter des Chors dirigiere! In der Tat, so vergraben fühle ich mich in diese Einsamkeit, daß ich mich mit Tartini vergleichen möchte der die Rache des Kardinals Cornaro fürchtend, in das Minoritenkloster zu Assisi floh, wo ihn endlich nach Jahren ein Paduaner entdeckte, der sich in der Kirche befand und den verlornen Freund auf dem Chore erblickte, als ein Windstoß den Vorhang, der das Orchester verhüllte, einige Augenblicke aufhob. – Es hätte Euch selbst Meister! so mit mir gehen können wie jenem Paduaner, aber ich mußte Euch ja doch sagen wo ich geblieben, Ihr könntet sonst wunder gedacht haben, was aus mir geworden. – Hat man vielleicht meinen Hut gefunden und sich gewundert, daß ihm der Kopf abhanden gekommen? – Meister! eine besondere wohltätige Ruhe ist in mein Inneres gekommen; sollte ich vielleicht hier am Ankerplatz gelandet sein? Als ich neulich an dem kleinen See, der in der Mitte des weitläuftigen Gartens der Abtei liegt wandelte und mein Bild neben mir wandelnd im See erblickte, da sprach ich: „Der Mensch der da unten neben mir hergeht, das ist ein ruhiger besonnener Mensch, der nicht mehr wild umherschwirrend in vagen unbegrenzten Räumen, die gefundene Bahn festhält, und es ist ein Glück für mich, daß der Mensch kein anderer ist, als ich selbst." – Aus einem andern See schaute mich einst ein fataler Doppeltgänger an – Doch still – still von dem allem. – Meister nennt mir keinen Namen – erzählt mir nichts – auch nicht einmal wen ich gespießt – Aber von Euch selbst schreibt mir viel – Die Brüder kommen zur Probe, ich schließe mein historisches Kapitel und zugleich meinen Brief. Lebt wohl mein guter Meister und gedenkt meiner! etc. etc. etc. etc.

– In den fernen wild verwachsenen Gängen des Parks einsam wandelnd, bedachte Meister Abraham das Schicksal des geliebten Freundes und wie er ihn kaum wiedergewonnen aufs neue verloren. Er sah den Knaben Johannes, sich selbst in Göniönesmühl vor dem Flügel des alten Onkels, der Kleine hämmerte mit stolzen Blick Sebastian Bachs schwerste Sonaten herunter mit beinahe männlicher Faust, er steckte ihm dafür eine Tüte Zuckerwerk heimlich in die Tasche – Es war ihm als sei dies erst wenige Tage her, und er mußte sich verwundern, daß der Knabe eben kein anderer als der Kreisler, der in ein wunderliches launenhaftes Spiel geheimnisvoller Verhältnisse verflochten schien. – Aber mit dem Gedanken an jene vergangene Zeit an die verhängnisvolle Gegenwart, stieg das Bild seines eignen Lebens vor ihm auf.

Sein Vater ein strenger eigensinniger Mann, hatte ihn beinahe mit Zwang zu der Kunst des Orgelbaues angehalten, die er selbst trieb, wie ein gewöhnliches rohes Handwerk. Er litt nicht daß irgendein anderer als der Orgelbauer selbst Hand anlege an das Werk, und so mußten die Lehrlinge geübte Tischler, Zinngießer u. s. werden, ehe sie zu der innern Mechanik gelangten. – Genauigkeit, Dauerhaftigkeit, gute Spielart des Werks galt dem Alten für alles; für die Seele, für den Ton hatte er keinen Sinn, und merkwürdig genug sprach sich dies aus, in den Orgeln, die er baute, und denen man mit Recht einen harten spitzen Klang vorwarf. Nächstdem war der Alte den kindischen Künsteleien verjährter Zeit ganz und gar ergeben. So hatte er an einer Orgel die Könige David und Salomo angebracht, die während des Spiels wie vor Verwunderung die Köpfe drehten; so fehlte es keinem seiner Werke an paukenden, posaunenden, taktierenden Engeln, mit den Flügeln schlagenden krähenden Hähnen u. s. w. Abraham konnte oft verdienten oder nicht verdienten Schlägen nicht anders entgehen, und dem Alten eine Äußerung väterlicher Freude entlocken, als wenn er vermöge eigner Erfindungsgabe irgendeine neue Künstelei, etwa ein schärfer tönendes Kikeriki herausgebracht, für den nächsten Orgelhahn. Mit angstvoller Sehnsucht hatte Abraham die Zeit herbeigewünscht in der er den Handwerksgebrauch gemäß auf die Wanderschaft gehen sollte. Endlich kam diese Zeit heran und Abraham verließ das väterliche Haus um nie wieder zurückzukehren.

Auf dieser Wanderung die er in Gemeinschaft mit andern Gesellen, meistens wüsten, rohen Burschen unternahm, sprach er einst ein in der Abtei St. Blasius die im Schwarzwalde belegen und hörte dort das berühmte Orgelwerk des alten Johann Andreas Silbermann. In den vollen herrlichen Tönen dieses Werks ging zum erstenmal der Zauber des Wohllauts auf in seinem Innern, er fühlte sich in eine andere Welt versetzt, und von dem Augenblick an war er ganz Liebe für eine Kunst, die er sonst mit Widerwillen treiben müssen. – Nun kam ihm aber auch sein ganzes Leben in der Umgebung wie er es bis jetzt geführt hatte so nichtswürdig vor, daß er alle Kraft aufbot sich herauszureißen aus dem Schlamm in den er sich versunken glaubte. – Sein natürlicher Verstand, seine Fassungsgabe ließen ihn in der wissenschaftlichen Bildung Riesenschritte machen und doch – fühlte er oft die Bleigewichte, die die frühere Erziehung, das Forttreiben in der Gemeinheit ihm angehängt. – Chiara, die Verbindung mit diesem seltsamen geheimnisvollen Wesen, das war der zweite Lichtpunkt in seinem Leben, und so bildete beides, jenes Erwachen des Wohllauts und Chiaras Liebe einen Dualismus seines poetischen Seins, der wohltätig hineinwirkte in seine rohe aber kräftige Natur. – Kaum den Herbergen, kaum den Schenken wo im dicken Tabaksqualm Zotenlieder ertönten, entronnen, brachte der Zufall oder vielmehr die Geschicklichkeit in mechanischen Künsteleien denen er den Anstrich des Geheimnisses zu geben wußte (wie der geneigte Leser schon erfahren) den jungen Abraham in Umgebungen, die ihm eine neue Welt sein mußten, und in denen er ewig Fremdling bleibend, sich nur dadurch aufrecht erhielt, daß er den festen Ton behauptete, den seine innere Natur ihm angegeben. Dieser feste Ton wurde mit der Zeit immer fester, und da er keineswegs der eines simplen Grobians, sondern auf klaren gesunden Menschenverstand, richtiger Lebensansicht, und daraus sich erzeugenden treffenden Spott basiert war, so konnt es nicht fehlen, daß da, wo der Jüngling sich nur aufrecht erhalten und toleriert worden, der Mann als ein zu fürchtendes Prinzip großen Respekt einflößte. Es ist nichts leichter als gewissen vornehmen Leuten zu imponieren, die immer noch weiter unter dem stehen, wofür man sie etwa halten mochte. Daran dachte nun Meister Abraham eben in dem Augenblick als er von seinem Spaziergange wieder an das Fischerhäuschen gekommen, und schlug eine laute herzliche Lache auf, die Luft machte seiner gepreßten Brust.

Zur innigsten Wehmut die ihm sonst wohl gar nicht eigen, hatte den Meister nämlich das lebhafte Andenken an den Moment in der Kirche der Abtei St. Blasius und an die verlorne Chiara gestimmt. „Warum", sprach er zu sich selbst, „warum blutet eben die Wunde jetzt so häufig, die ich längst verharscht glaubte, warum hänge ich jetzt leeren Träumereien nach, da es mir scheint als müsse ich tätig eingreifen in das Maschinenwerk, das ein böser Geist falsch zu treiben scheint!" – Der Meister fühlte sich beängstigt durch den Gedanken daß er, selbst wußte er nicht wodurch, in seinem eigentümlichsten Tun und Treiben sich gefährdet sah, bis wie gesagt, er im Ideengange, auf die vornehme Leute kam, über die er lachte und augenblicklich merkliche Linderung verspürte.

Er trat ins Fischerhäuschen um nun Kreislers Brief zu lesen. –

In dem fürstlichen Schlosse hatte sich Merkwürdiges begeben. Der Leibarzt sprach: „Wunderbar! – es geht über alle Praxis, über alle Erfahrung hinaus!" – Die Fürstin: „So mußte es kommen und die Prinzessin ist nicht kompromittiert!" der Fürst: „Hätt ich's nicht ausdrücklich verboten aber die Crapule der dienenden Esel hat keine Ohren – Nun – der Oberforstmeister soll dafür sorgen daß der Prinz kein Pulver mehr in die Hände bekommt!" die Rätin Benzon: „Dank dem Himmel sie ist gerettet!" – Währenddessen schaute Prinzessin Hedwiga zum Fenster ihres Schlafgemachs heraus, indem sie dann und wann abgebrochene Akkorde anschlug, auf derselben Gitarre, die Kreisler im Unmut von sich warf und aus Julias Händen, wie er meinte geheiligt zurückempfing. Auf dem Sofa saß Prinz Ignatius und weinte und klagte: „Es tut weh, es tut weh", vor ihm aber Julia, die emsig beschäftigt war in eine kleine silberne Schüssel hinein – rohe Kartoffeln zu schaben.

Alles dieses bezog sich auf ein Ereignis, das der Leibarzt mit vollem Recht wunderbar nannte, und über alle Praxis erhaben. Prinz Ignatius hatte sich, wie der geneigte Leser schon mehrmals erfahren den unschuldig tändelnden Sinn, die glückliche Unbefangenheit des sechsjährigen Knaben erhalten und spielte daher gern wie dieser. Unter anderm Spielzeuge besaß er auch eine kleine aus Metall gegossene Kanone, die ihm zu seinem Lieblingsspiel diente, an dem er sich jedoch höchst selten ergötzen konnte, da manche Dinge dazugehörten, die nicht gleich zur Hand waren, nämlich einige Körner Pulver, ein tüchtiges Schrotkorn und ein kleiner Vogel. Hatte er das alles, so ließ er seine Truppen aufmarschieren, hielt Kriegsgericht über den kleinen Vogel, der eine Rebellion angezettelt in des fürstlichen Papas verlornem Lande, lud die Kanone und schoß den Vogel, den er mit einem schwarzen Herzen auf der Brust an einen Leuchter gebunden, tot, zuweilen aber auch nicht, so daß er mit dem Federmesser nachhelfen mußte, um die gerechte Strafe an dem Hochverräter zu vollstrecken.

Fritz, des Gärtners zehnjähriger Knabe hatte dem Prinzen einen gar hübschen bunten Hänfling verschafft, und dafür, wie gewöhnlich eine Krone erhalten. Sogleich war dann aber der Prinz in die Jägerstube geschlichen, gerade, wenn die Jäger abwesend, hatte richtig Schrotbeutel und Pulverhorn gefunden, und sich daraus mit der nötigen Munition versehen. Schon wollte er mit der Exekution beginnen, die Beschleunigung zu fordern schien, da der bunte zwitschernde Rebell alle nur möglichen Mittel versuchte zu entwischen, als es ihm einfiel, daß er der Prinzessin Hedwiga, die jetzt so artig geworden, durchaus nicht die Lust versagen dürfe, bei der Hinrichtung des kleinen Hochverräters gegenwärtig zu sein. Er nahm also den Kasten worin seine Armee befindlich unter den einen, die Kanone unter den andern Arm, den Vogel aber in die hohle Hand und schlich, da es ihm von dem Fürsten untersagt worden, die Prinzessin zu sehen, leise, leise nach Hedwigas Schlafgemach, wo er sie in dem fortdauernden kataleptischen Zustande, auf dem Ruhebette angekleidet liegend fand. Schlimm, und wie man sehen wird zugleich gut war es, daß die Kammerfrau die Prinzessin eben verlassen.

Ohne weiteres band nun der Prinz den Vogel an einen Leuchter, ließ die Armee in Reihe und Glied treten, und lud die Kanone, dann hob er die Prinzessin vom Ruhebette, ließ sie an den Tisch treten und erklärte, daß sie jetzt den kommandierenden General vorstelle, *er* seinerseits bleibe der regierende Fürst und brenne nebenher die Artillerie ab, welche den Rebellen töte. – Überfluß an Munition hatte den Prinzen verführt und er nicht allein das Geschütz überladen, sondern auch Pulver rund umher auf den Tisch verstreut. Sowie er das Stück abprotzte, gab es nicht allein einen ungewöhnlichen Knall, sondern das umhergestreute Pulver flog auch auf, und verbrannte ihm tüchtig die Hand, so, daß er laut aufschrie, und gar nicht einmal bemerkte, daß die Prinzessin in dem Augenblick der Explosion hart zu Boden gestürzt war. Der Schuß hallte durch die Korridors, alles stürzte Unglück ahnend herbei und selbst Fürst und Fürstin drängten sich, alle Etiquette im jähen Schreck vergessend, mit der Dienerschaft durch die Türe hinein. Die Kammerfrauen hoben die Prinzessin von dem Boden und legten sie auf das Ruhebett, während man nach dem Leibarzt, nach dem Chirurgus lief. Der Fürst ersah aus den Anstalten auf dem Tische sehr bald was geschehen, und sprach zum Prinzen, der entsetzlich schrie und lamentierte, mit zornfunkelnden Augen: „Sieht Er Ignaz! das kommt von Seinen dummen kindischen Faxen. Laß Er sich Brandsalbe auflegen und heul Er nicht, wie ein Straßenjunge! – Mit einem Birkenreis – sollt – Hint –" Die bebenden Lippen ließen keine Deutlichkeit der Sprache zu, der Fürst wurde unverständlich und verließ gravitätisch das Zimmer. Tiefes Entsetzen hatte die Dienerschaft erfaßt, denn erst zum drittenmal redete der Fürst den Prinzen an, mit Er und

Ignaz und jedesmal bewies es den wildesten, schwer zu sühnenden Zorn.

Als der Leibarzt erklärte, die Krisis sei eingetreten und er hoffe, daß der bedrohliche Zustand der Prinzessin nun bald vorüber und sie völlig genesen werde, sprach die Fürstin mit weniger Teilnahme, als man wohl denken sollte: „Dieu soit loué, man gebe mir weitere Nachricht." Den weinenden Prinzen schloß sie aber zärtlich in ihre Arme, tröstete ihn mit süßen Worten und folgte dann dem Fürsten.

Indessen war die Benzon, die im Sinn gehabt, mit Julien die unglückliche Hedwiga zu sehen im Schlosse angekommen. Kaum hörte sie was geschehen, als sie hinaufeilte nach dem Zimmer der Prinzessin, zuflog auf das Ruhebette, niederkniete, Hedwigas Hand faßte und ihr starr in die Augen blickte, während Julia heiße Tränen vergoß wähnend, daß wohl der Todesschlaf über die Herzensfreundin kommen werde. Da holte Hedwiga tief Atem und sprach mit dumpfer kaum vernehmlicher Stimme: „Ist er tot?" – Sogleich hielt Prinz Ignatius ein mit Weinen trotz seines Schmerzes und erwiderte in voller Freude über die gelungene Exekution lachend und kichernd: „Ja ja – Prinzessin Schwester, ganz tot, gerade durch das Herz geschossen." – „Ja", sprach die Prinzessin weiter, indem sie die Augen, die sie aufgeschlagen wieder sinken ließ, „ja ich weiß es. Ich sah den Blutstropfen der aus dem Herzen quoll, aber er fiel in meine Brust und ich erstarrte zu Kristall und er nur lebte in dem Leichnam!" „Hedwiga", begann die Rätin leise und zärtlich, „Hedwiga, erwachen Sie aus bösen unglücklichen Träumen, Hedwiga erkennen Sie mich?" Die Prinzessin winkte sanft mit der Hand, als wolle sie verlassen sein. „Hedwiga", fuhr die Benzon fort, „Julia ist hier." Ein Lächeln schimmerte auf Hedwigas Wangen. Julia beugte sich über sie hin, drückte einen leisen Kuß auf die erblaßten Lippen der Freundin. Da lispelte Hedwiga kaum hörbar: „Es ist nun alles vorüber, in wenigen Minuten bin ich ganz erkräftigt, ich fühl es."

Niemand hatte sich bis jetzt um den kleinen Hochverräter bekümmert, der mit zerfleischter Brust auf dem Tisch lag. Nun fiel er Julien ins Auge und erst in dem Augenblick wurde sie auch inne, daß Prinz Ignatius wieder das abscheuliche ihr verhaßte Spiel gespielt. „Prinz", sprach sie, indem ihre Wangen sich hoch röteten, „Prinz, was hat Ihnen der arme Vogel getan, daß Sie ihn ohne Erbarmen töten hier im Zimmer? –

Das ist ein rechtes einfältiges grausames Spiel – Sie haben mir längst versprochen es zu lassen, und doch nicht Wort gehalten – Aber! tun Sie es noch einmal, niemals ordne ich mehr Ihre Tasssen oder lehre Ihre Püppchen reden, oder erzähle Ihnen die Geschichte vom Wasserkönig!" „Nicht böse sein", wimmerte der Prinz, „nicht böse sein Fräulein Julia! Aber es war ein bunter Erzschelm. Er hatte allen Soldaten heimlich die Rockschöße abgeschnitten, und überdem eine Rebellion angezettelt. Ach es tut weh – es tut weh!" – Die Benzon blickte den Prinzen, dann Julien an, mit seltsamen Lächeln, dann rief sie: „Was das für ein Wehklagen ist über ein paar verbrannte Finger! – Aber es ist wahr, der Chirurgus wird ewig mit seiner Brandsalbe nicht fertig. Doch hilft ein gemeines Hausmittel auch wohl ungemeinen Leuten. Man schaffe rohe Kartoffeln herbei!" – Sie schritt nach der Türe, aber wie plötzlich von irgendeinem Gedanken erfaßt, blieb sie stehen, kehrte um, schloß Julien in die Arme, küßte sie auf die Stirne und sprach: „Du bist mein gutes liebes Kind, und wirst immer das *ganz* sein was du sein sollst! – Hüte dich nur vor überspannten wahnsinnigen Toren und verschließe dein Gemüt, dem bösen Zauber ihrer verlockenden Reden!" – Damit warf sie noch einen forschenden Blick auf die Prinzessin, die sanft und süß zu schlummern schien, und verließ das Zimmer.

Der Chirurgus trat hinein mit einem ungeheuren Pflaster in den Händen, unter vielen Beteuerungen versichernd, daß er schon seit geraumer Zeit gewartet in den Zimmern des gnädigsten Prinzen, da er nicht vermuten können, daß in dem Schlafgemach der gnädigsten Prinzessin – Er wollte mit dem Pflaster los auf den Prinzen, die Kammerfrau die ein paar stattliche Kartoffeln auf einer silbernen Schüssel herbeigebracht, vertrat ihm aber den Weg und versicherte, daß für Verletzungen durch Brand geschabte Kartoffeln das allerbeste Mittel wären. „Und ich", fiel Julia der Kammerfrau ins Wort indem sie ihr die silberne Schüssel abnahm, „und ich selbst will für Sie, mein Prinzchen, das Pflaster gar fein bereiten."

„Gnädigster Herr", sprach der Chirurg erschrocken: „Bedenken Sie! – ein Hausmittel für verbrannte Finger eines hohen fürstlichen Herrn! – Die Kunst – die Kunst soll – muß hier allein helfen!" Er wollte von neuem auf den Prinzen los, der prallte aber zurück und rief: „Weg da, weg da! Fräulein Julia soll mir das Pflaster bereiten, die Kunst soll sich zum Zimmer hinausscheren!"

Die Kunst empfahl sich samt ihrem wohlpräparierten Pflaster, indem sie giftige Blicke auf die Kammerfrau warf.

Stärker und stärker hörte Julia die Prinzessin atmen, doch wie erstaunte sie als –

*(M.f.f.)* – einschlafen. Hin und her wälzte ich mich auf meinem Lager; ich versuchte alle nur mögliche Stellungen. Bald streckte ich mich lang aus, bald wickelte ich mich rund zusammen, ließ den Kopf auf den weichen Pfoten ruhen und ringelte den Schweif zierlich um mich herum, so daß er die Augen bedeckte, bald warf ich mich auf die Seite, ließ die Pfoten wegstarren vom Leibe, den Schweif in lebloser Gleichgültigkeit hinabhängen vom Lager. Alles – alles vergebens! – Wirrer und wirrer wurden Vorstellungen, Gedanken, bis ich endlich in jenes Delirium fiel, das kein Schlaf sondern ein Kampf zwischen Schlafen und Wachen zu nennen, wie Moritz, Davidson, Nudow, Tiedemann, Wienholt, Reil, Schubert, Kluge und andere physiologische Schriftsteller, die über Schlaf und Traum geschrieben und die ich nicht gelesen, mit Recht behaupten.

Die helle Sonne schien in des Meisters Zimmer hinein, als ich aus diesem Delirium, aus diesem Kampf zwischen Schlafen und Wachen, wirklich zum klaren Bewußtsein erwachte. Aber welch ein Bewußtsein, welch ein Erwachen. – O Katerjüngling, der du dieses liesest, spitze die Ohren und lies aufmerksam, daß dir die Moral nicht entwische! – Nimm dir zu Herzen, was ich über einen Zustand sage, dessen unnennbare Trostlosigkeit ich dir nur mit schwachen Farben schildern kann. – Nimm dir diesen Zustand, wiederhole ich, zu Herzen und dich selbst möglichst in acht, wenn du zum erstenmal in einer Katzburschengesellschaft, Katzpunsch genießest. Nippe mäßig und berufe dich, will man das nicht leiden, auf mich und meine Erfahrung, der Kater Murr sei deine Autorität, die jeder, hoff ich, anerkennen und gelten lassen wird.

Nun also! – Was zuvörderst mein physisches Befinden betrifft, so fühlte ich mich nicht allein matt und elend, sondern was mir ganz besondere Qualen schuf, war ein gewisser kecker abnormer Anspruch des Magens, der eben seiner Abnormität halber nicht durchzusetzen war und nur einen unnützen Rumor im Innern verursachte, an dem sogar die affizierten Ganglien teilnahmen, die in ewigem physischem Wollen und Nichtvermögen krankhaft zitterten und bebten. – Es war ein heilloser Zustand!

Aber beinahe noch empfindlicher war die psychische Affektion. Mit der bittern Reue und Zerknirschung eines Gestern halber, das ich doch eigentlich gar nicht für tadelnswert achten konnte, kam eine trostlose Gleichgültigkeit in meine Seele gegen alles irdische Wohl! – Ich verachtete alle Güter der Erde, alle Gaben der Natur, Weisheit, Verstand, Witz u. s. w. Die größten Philosophen, die geistreichsten Dichter galten mir nicht höher als Lumpenpuppen, sogenannte Hansemänner und was das ärgste war, auf mich selbst dehnte sich jene Verachtung aus und ich glaubte zu erkennen, daß ich nichts sei, als ein ganz gewöhnlicher miserabler Mausekatz! – Niederschlagenderes gibt es nicht! Der Gedanke, daß ich in dem größten Jammer befangen, daß die ganze irdische Erde überhaupt ein Jammertal sei, vernichtete mich in namenlosen Schmerz. – Ich kniff die Augen zu und weinte sehr!

„Du hast geschwärmt, Murr, und nun ist dir miserabel zumute? – Ja ja, so geht's! – Nun schlaf nur aus alter Junge, dann wird's besser werden!" – So rief der Meister mir zu, als ich das Frühstück stehen ließ und einige Schmerzenstöne von mir gab. Der Meister! – o Gott er wußte nicht, er kannte nicht meine Leiden! – er ahnte nicht, wie Burschentum und Katzpunsch wirkt auf ein zartfühlendes Gemüt!

Es mochte Mittag sein, noch hatte ich mich nicht vom Lager gerührt, als plötzlich, der Himmel weiß wie er sich hineinzuschleichen gewußt, Bruder Muzius vor mir stand. – Ich klagte ihm meinen unseligen Zustand, statt aber, wie ich gehofft mich zu bedauern, mich zu trösten, schlug er eine unmäßige Lache auf und rief: „Hoho, Bruder Murr, es ist weiter nichts als die Krisis, der Übergang von unwürdiger philistriger Knabenschaft zum würdigen Burschentum, die dich glauben läßt, daß du krank bist und elend. Du bist das edle Kommerschieren noch nicht gewohnt! – Aber tu mir den Gefallen und halte das Maul und klage nicht etwa dem Meister dein Leiden. Unser Geschlecht ist überdem schon verrufen genug, dieser Scheinkrankheit halber und der schmähsüchtige Mensch hat ihr einen Namen gegeben, der sich auf uns bezieht und den ich nicht wiederholen mag. Aber raffe dich auf, nimm dich zusammen, komm mit mir, die frische Luft wird dir wohltun und dann mußt du vor allen Dingen Haare auflegen. Komm nur, du wirst schon praktisch erfahren, was das heißt."

Bruder Muzius übte seit der Zeit, als er mich dem Philistertum entrissen, eine unbedingte Herrschaft über mich aus; ich mußte tun was er wollte. Mühsam stand ich daher auf von meinem Lager, dehnte mich, so gut es bei den erschlafften Gliedern gehen wollte und folgte dem treuen Bruder aufs Dach. Wir spazierten einigemal auf und nieder und in der Tat, mir wurde etwas wohler, frischer zumute. Dann führte mich Bruder Muzius hinter den Schornstein und hier mußte ich, wollte ich mich auch dagegen sträuben, zwei, drei Schnäpschen reine Heringslake nehmen. Dies waren die Haare, die ich nach Muzius' Ausdruck, auflegen sollte. – O wunderbarer als wunderbar war die drastische Wirkung dieses Mittels! Was soll ich sagen? – Des Magens abnorme Ansprüche schwiegen, der Rumor war gestillt, das Gangliensystem beruhigt, das Leben wieder schön, ich schätzte das irdische Wohl, die Wissenschaft, die Weisheit, den Verstand, den Witz u. s. ich war mir selbst wiedergegeben, ich war wieder der herrliche höchst exzellente Kater Murr! – O Natur Natur! Kann es denn geschehen, daß ein paar Tropfen, die der leichtsinnige Kater genießt in unzähmbarer freier Willkür, Rebellion zu erwecken vermögen gegen dich, gegen das wohltätige Prinzip, das du mit mütterlicher Liebe in seine Brust gepflanzt hast und nach dem er überzeugt sein muß, daß die Welt mit ihren Freuden, als da sind Bratfische, Hühnerknochen, Milchbrei etc. die beste sei und er das Allerbeste in dieser Welt, da ihre Freuden nur für ihn und seinethalber geschaffen sind? – Aber – ein philosophischer Kater erkennt das, es ist tiefe Weisheit darin – jener trostlose ungeheure Jammer ist nur das Gegengewicht, das die zum Forttreiben in der Bedingung des Seins nötige Reaktion bewirkt und so ist derselbe (der Jammer nämlich) in dem Gedanken des ewigen Weltalls begründet! – Legt Haare auf, Katerjünglinge! und tröstet euch dann mit diesem philosophischen Erfahrungssatz eures gelehrten, scharfsinnigen Standesgenossen.

Es genügt zu sagen, daß ich nun manche Zeit hindurch ein frisches frohes Burschenleben führte auf den Dächern ringsumher, in Kompagnie mit Muzius und andern kreuzbraven, biderben fidelen Jungen, weißen, gelben und bunten. Ich komme zu einer wichtigern Begebenheit meines Lebens, die nicht ohne Folgen blieb.

Als ich nämlich einmal bei dem Anbruch der Nacht, im Schimmer des hellen Mondscheins, mit dem Bruder Muzius zu einer Kneiperei, die die Burschen angeordnet, gehen wollte, begegnete mir jener schwarz, grau, gelbe Verräter, der mir meine Miesmies geraubt. Wohl konnt es sein, daß ich bei dem

Anblick des verhaßten Nebenbuhlers, dem ich noch dazu schändlicherweise unterliegen müssen, etwas stutzte. Er ging indessen hart an mir vorbei, ohne mich zu grüßen, und es wollte mich bedünken als lächle er mich verhöhnend an; im Gefühl der Übermacht, die er über mich gewonnen. Ich dachte an die verlorne Miesmies, an die erhaltenen Prügel, das Blut kochte mir in den Adern! Muzius bemerkte meine Aufwallung und da ich ihm mitteilte, was ich bemerkt zu haben glaubte, so sprach er: „Du hast recht, Bruder Murr. Der Kerl schnitt solch ein schiefes Gesicht und trat dabei so keck auf; am Ende wollte er dich wirklich tuschieren. – Nun das wollen wir bald erfahren. Irre ich nicht, so hat der bunte Philister hier in der Nähe eine neue Liebschaft angesponnen, er schleicht alle Abende hier auf diesem Dache umher. Warten wir ein wenig, vielleicht kommt der Monsieur bald zurück und da kann sich ja wohl das übrige bald finden."

In der Tat dauerte es nicht lange, so kam der Bunte wieder trotzig zurück und maß schon von weiten mich mit verächtlichen Blicken. Ich trat ihm herzhaft und keck entgegen, wir gingen so hart aneinander vorüber, daß unsere Schweife sich unsanft berührten: Sogleich blieb ich stehen; drehte mich um und sprach mit fester Stimme: „Mau!" – Er blieb ebenfalls stehen, drehte sich um und erwiderte trotzig: „Mau!" – Dann ging ein jeder seinen Weg.

„Das war Tusch", rief Muzius ganz zornig aus, „ich werde den bunten trotzigen Kerl morgen koramieren."

Muzius begab sich den andern Morgen zu ihm hin und fragte ihn in meinem Namen: ob er meinen Schweif berührt? Er ließ mir erwidern: er hätte meinen Schweif berührt. Darauf ich: habe er meinen Schweif berührt, so müsse ich das für Tusch nehmen. Darauf er: ich könne es nehmen wie ich wollte. Darauf ich: ich nehme es für Tusch. Darauf er: ich sei gar nicht imstande zu beurteilen was Tusch sei. Darauf ich: ich wisse das sehr gut und besser als er. Darauf er: ich sei nicht der Mann dazu, daß er mich tuschieren solle. Darauf ich nochmals: ich nehme es aber für Tusch. Darauf er: ich sei ein dummer Junge. Darauf ich um mich in Avantage zu setzen: wenn ich ein dummer Junge sei, so sei er ein niederträchtiger Spitz! – Dann kam die Ausforderung.

(*Randglosse des Herausgebers*. O Murr! mein Kater. Entweder hat sich der Ehrenpunkt seit Shakespeares Zeit nicht geändert oder ich ertappe dich auf einer schriftstellerischen Lüge. Das heißt, auf einer Lüge, die dazu dienen soll, der Begebenheit, die du erzählst, mehr Glanz und Feuer zu geben! – Ist die Art, wie es zum Duell mit dem bunten Pensionär kam, nicht die rein ausgesprochene Parodie von Probsteins siebenmal zurückgeschobener Lüge in: Wie es euch gefällt? Finde ich nicht in deinem angeblichen Duellprozeß die ganze Stufenleiter von dem höflichen Bescheid, dem feinen Stich, der groben Erwiderung, der beherzten Abfertigung, bis zum trotzigen Widerspruch und kann es dich wohl einigermaßen retten, daß du anstatt mit der bedingten und offenbaren Lüge, mit ein paar Schimpfreden schließest? – Murr! mein Kater! die Rezensenten werden über dich herfallen, aber bewiesen hast du doch wenigstens, daß du den Shakespeare mit Verstand und Nutzen gelesen und das entschuldigt vieles.)

Aufrichtig gestanden fuhr es mir doch etwas in die Glieder, als ich die Ausforderung erhielt, die auf den Kratz lautete. Ich dachte daran wie übel mich der bunte Verräter zugerichtet hatte, als von Eifersucht und Rache getrieben, ich ihn angriff und wünschte wenigstens die Avantage, zu der mir Freund Muzius verholfen, hinweg. Muzius mochte gewahren, daß ich beim Lesen des blutfordernden Handbilletts erblaßte und überhaupt meine Seelenstimmung bemerken. „Bruder Murr", sprach er, „mir scheint, als ob dir das erste Duell, das du bestehen sollst, etwas in die Glieder führe?" – Keinen Anstand nahm ich dem Freunde mein ganzes Herz zu öffnen, ihm zu sagen, was meinen Mut erschütterte.

„O mein Bruder", sprach Muzius, „o mein geliebter Bruder Murr! Du vergissest, daß damals, als der übermütige Frevler dich ausprügelte auf schnöde Weise, du noch ein blutjunger Neuling und kein wackrer, tüchtiger Bursche warst, wie jetzt. Auch war dein Kampf mit dem Bunten kein ordentliches Duell nach Regel und Recht, ja nicht einmal ein Renkontre zu nennen, sondern nichts weiter als eine philistermäßige Balgerei, die unanständig ist für jeden Katzbursch. Merk dir's, Bruder Murr, daß der auf unsre besondre Gaben neidische Mensch, uns die Neigung vorwirft, uns auf ehrwidrige beschimpfende Weise zu prügeln und fällt unter seinem Geschlecht dergleichen vor, dies mit dem Schimpf- und Spottnamen: Katzbalgerei, bezeichnet. Schon darum wird und muß ein ordentlicher Kater, der Ehre im Leibe hat und auf gute Sitten hält, jedes böse Renkontre der Art vermeiden; er beschämt den Menschen, der unter gewissen Umständen sehr geneigt ist, zu prügeln und geprügelt zu werden. – Also, geliebter Bruder, laß alle Furcht und Scheu fahren, bewahre dein tapfres Herz und sei überzeugt, daß du im ordentlichen Duell genugsame Rache für alle erfahrne Unbill nehmen und den bunten Gecken dermaßen zerkratzen kannst, daß er das dumme Liebeln und alberne Daherstolzieren wohl auf einige Zeit lassen wird. – Doch halt! – Eben will mich bedünken, daß nach dem, was zwischen euch vorgefallen, der Zweikampf auf den Kratz keinen genügenden Ausschlag geben kann, daß ihr euch vielmehr auf entscheidendere Weise, nämlich auf den Biß, schlagen müßt. – Wir wollen die Meinung der Burschen hören!“

Muzius trug in einer sehr wohlgesetzten Rede, den Fall, der sich mit mir und dem Bunten ereignet, der Burschenversammlung vor. Alle stimmten dem Redner bei und ich ließ daher dem Bunten durch Muzius sagen: ich nehme die Ausforderung zwar an, könnte und würde bei der Schwere der erlittenen Beschimpfung mich aber nicht anders schlagen, als auf den Biß. Der Bunte wollte zwar Einwendungen machen, vorschützen, er habe stumpfe Zähne u. s. w.; da aber Muzius ihm nach seiner ernsten und festen Weise erklärte, daß hier nur durchaus von dem entscheidenderen Duell auf den Biß die Rede sein könne und daß wenn er dies nicht eingehen wolle, er den niederträchtigen Spitz auf sich sitzen lassen müßte, entschloß er sich zu diesem Duell auf den Biß. – Die Nacht, in der der Zweikampf vor sich gehen sollte, kam heran. Ich stellte mich auf dem Dache des Hauses, das an der Grenze des Reviers lag mit Muzius um die bestimmte Stunde ein. Auch mein Gegner kam bald mit einem stattlichen Kater, der beinahe bunter gefleckt war und noch viel trotzigere keckere Züge im Antlitz trug als er selbst. Er war, wie wir vermuten konnten, sein Sekundant; beide hatten verschiedene Feldzüge als Kameraden zusammen gemacht und befanden sich auch beide bei der Eroberung des Speichers, die dem Bunten den Orden des gebrannten Specks erwarb. Außerdem hatte sich, wie ich nachher erfuhr, auf des um- und vorsichtigen Muzius Anlaß eine kleine lichtgraue Katze eingefunden, die sich ganz außerordentlich auf Chirurgie verstehen und die schlimmsten gefährlichsten Wunden zweckmäßig behandeln und in kurzer Zeit heilen sollte. – Es wurde noch verabredet, daß der Zweikampf in drei Sprüngen stattfinden und falls bei dem dritten Sprunge noch nichts Entscheidendes geschehen, weiter beschlossen werden sollte, ob das Duell in neuen Sprüngen fortzusetzen, oder die Sache als abgemacht anzusehen. Die Sekundanten maßen die Schritte aus und wir setzten uns gegenüber in Positur. Der Sitte gemäß erhoben die Sekundanten ein Zetergeschrei, und wir sprangen aufeinander los.

Im Augenblick hatte mein Gegner, indem ich ihn fassen wollte mein rechtes Ohr gepackt, das er dermaßen zerbiß, daß ich wider Willen laut aufschrie. „Auseinander!" rief Muzius. Der Bunte ließ ab, wir gingen in die Position zurück.

Neuer Zeter der Sekundanten, zweiter Sprung. Nun glaubte ich meinen Gegner besser zu fassen, aber der Verräter duckte sich und biß mir in die linke Pfote, daß das Blut in dicken Tropfen hervorquoll. – „Auseinander!" rief Muzius zum zweitenmal. „Eigentlich", sprach der Sekundant meines Gegners sich zu mir wendend, „eigentlich ist nun die Sache ausgemacht, da Sie mein Bester durch die bedeutende Wunde an der Pfote hors de combat gesetzt sind." Doch Zorn, tiefer Ingrimm ließen mich keinen Schmerz fühlen und ich entgegnete, daß es sich bei dem dritten Sprunge finden würde, inwiefern es mir an Kraft gebräche und die Sache als abgemacht anzusehen. „Nun", sprach der Sekundant mit höhnischem Lachen, „nun, wenn Sie denn durchaus von der Pfote Ihres Ihnen überlegenen Gegners fallen wollen, so geschehe Ihr Wille!" – Doch Muzius klopfte mir auf die Schulter und rief: „Brav, brav mein Bruder Murr, ein echter Bursche achtet solch einen Ritz nicht! – Halt dich tapfer!"

Zum drittenmal Zeter der Sekundanten, dritter Sprung! – Meiner Wut ungeachtet hatte ich die List meines Gegners gemerkt, der immer etwas seitwärts sprang, weshalb ich ihn fehlte, während er mich mit Sicherheit packte. – Diesmal nahm ich mich in acht, sprang auch seitwärts und als er mich zu fassen glaubte, hatte ich ihn schon dermaßen in den Hals gebissen, daß er nicht schreien, nur stöhnen konnte. „Auseinander!" rief jetzt der Sekundant meines Gegners. Ich sprang sogleich zurück, der Bunte sank aber ohnmächtig nieder, indem das Blut reichlich aus der tiefen Wunde hervorquoll. Die hellgraue Katze eilte sogleich auf ihn zu und bediente sich um vor dem Verbande das Blut einigermaßen zu stillen, eines Hausmittels, das wie Muzius versicherte, ihr stets zu Gebote stand, da sie es immer bei sich führte. Sie goß nämlich sofort eine Flüssigkeit in die Wunde und besprengte überhaupt den Ohnmächtigen ganz und gar damit, die ich ihres scharfen beizenden Geruchs halber für stark und drastisch wirkend halten mußte. Thedensche

Arquebusade war es nicht, auch nicht Eau de Cologne. – Muzius drückte mich feurig an seine Brust und sprach: „Bruder Murr, du hast deine Ehrensache ausgefochten, wie ein Kater dem das Herz auf dem rechten Flecke sitzt. – Murr du wirst dich erheben zur Krone des Burschentums, du wirst keinen Makel dulden und stets bei der Hand sein, wenn es darauf ankommt unsre Ehre zu erhalten." – Der Sekundant meines Gegners, der so lange dem hellgrauen Chirurgus beigestanden, trat nun trotzig auf und behauptete, daß ich im dritten Gange gegen den Komment gefochten. Da setzte sich aber Bruder Muzius in Positur und erklärte mit funkelnden Augen und hervorgestreckten Krallen, daß der, der solches behaupte, es mit ihm zu tun habe und daß die Sache gleich auf der Stelle ausgemacht werden könne. Der Sekundant hielt es für geraten, nichts weiter darauf zu erwidern, sondern packte stillschweigend den wunden Freund, der was weniges zu sich selbst gekommen, auf den Rücken und marschierte mit ihm ab durch die Dachluke. – Der aschgraue Chirurgus fragte an, ob er meiner Wunden halber mich auch etwa mit seinem Hausmittel bedienen solle. Ich lehnte das aber ab, so sehr mich auch Ohr und Pfote schmerzten, sondern machte mich im Hochgefühl des errungenen Sieges, der gestillten Rache für Miesmies' Entführung und erhaltene Prügel, auf den Weg nach Hause.

Für dich, o Katerjüngling! habe ich mit gutem Bedacht die Geschichte meines ersten Zweikampfs so umständlich aufgeschrieben. Außerdem daß dich diese merkwürdige Geschichte über den Ehrenpunkt belehrt ganz und gar, so kannst du auch noch manche für das Leben höchst nötige und nützliche Moral daraus schöpfen. Wie z. B. daß Mut und Tapferkeit gar nichts ausrichten gegen Finten und daß daher das genaue Studium der Finten unerläßlich ist, um nicht zu Boden getreten zu werden, sondern sich aufrecht zu erhalten. „Chi no se ajuta, se nega", sagt Brighella in Gozzis glücklichen Bettler und der Mann hat recht, vollkommen recht. – Sieh das ein, Katerjüngling und verachte keinesweges Finten, denn in ihnen liegt, wie im reichen Schacht, die wahre Lebensweisheit verborgen.

– Als ich herabkam, fand ich des Meisters Tür verschlossen und mußte daher mit der Strohmatte die davor lag, als Nachtlager vorlieb nehmen. Die Wunden hatten mir einen starken Blutverlust verursacht und mir wurde in der Tat etwas ohnmächtig zumute. Ich fühlte mich sanft fortgetragen. Es war mein guter Meister, der (ich mochte wohl ohne es zu wissen etwas gewinselt haben) mich vor der Tür gehört, aufgemacht und meine Wunden bemerkt hatte. „Armer Murr", rief er, „was haben sie mit dir gemacht? das hat tüchtige Bisse gegeben – nun ich hoffe, du wirst deinen Gegnern nichts geschenkt haben!" „Meister", dacht ich, „wenn du wüßtest!" und aufs neue fühlte ich mich von dem Gedanken des vollständig erfochtenen Sieges, der Ehre die ich mir gewonnen, gar mächtig erhoben. – Der gute Meister legte mich auf mein Lager, holte aus dem Schrank eine kleine Büchse in der Salbe befindlich, hervor, bereitete zwei Pflaster und legte sie mir auf Ohr und Pfote. Ruhig und geduldig ließ ich alles geschehen und stieß nur ein kleines leises Mrrrr! aus, als der erste Verband mich etwas schmerzen wollte. – „Du bist", sprach der Meister, „ein kluger Kater, Murr! du verkennst nicht wie andre knurrige Wildfänge deines Geschlechts, die gute Absicht deines Herrn. Halt dich nur ruhig und wenn es Zeit ist, daß du die Wunde an der Pfote heil leckst, so wirst du schon selbst den Verband lösen. Was aber das wunde Ohr betrifft, so kannst du nichts dafür tun armer Geselle und mußt das Pflaster leiden."

Ich versprach das dem Meister und reichte zum Zeichen meiner Zufriedenheit und Dankbarkeit für seine Hülfe, ihm meine gesunde Pfote hin, die er wie gewöhnlich nahm und leise schüttelte, ohne sie im mindesten zu drücken. – Der Meister verstand mit gebildeten Katern umzugehen.

Bald spürte ich die wohltätige Wirkung der Pflaster und war froh, daß ich des kleinen aschgrauen Chirurgus fatales Hausmittel nicht angenommen. Muzius, der mich besuchte, fand mich heiter und kräftig. Bald war ich imstande ihm zu folgen zur Burschenkneiperei. Man kann denken, mit welchem unbeschreiblichen Jubel ich empfangen wurde. Allen war ich doppelt lieb geworden.

Von nun an führte ich ein köstliches Burschenleben und übersah es gern, daß ich dabei die besten Haare aus dem Pelze verlor. – Doch gibt es hienieden ein Glück, das von Dauer sein sollte? Lauert bei jeder Freude, die man genießt, nicht schon der –

*(Makl. Bl.)* – hohen und steilen Hügel, im flachen Lande hätte er für einen Berg gegolten, belegen. Ein breiter, bequemer, von duftendem Gebüsch eingeschlossener Weg, an dessen beiden Seiten häufig angebrachte steinerne Sitze und Lauben die gastliche Sorge für die wandernden Pilger bewiesen, führte

hinauf. Oben angekommen gewahrte man erst die Größe und Pracht des Gebäudes, das man in der Ferne nur für eine einzeln dastehende Kirche gehalten. Wappen, Bischofsmütze, Krummstab und Kreuz, über dem Tor in Stein gehauen, zeigten, daß sonst hier eine bischöfliche Residenz gewesen und die Inschrift: Benedictus, qui venit in nomine domini, lud fromme Gäste ein, zum Eintritt. Aber jeder der eingetreten, blieb wohl unwillkürlich stehen, überrascht, erfaßt von dem Anblick der Kirche, die mit ihrer prächtigen, im Stil des Palladio erbauten Façade, mit ihren beiden hohen luftigen Türmen in der Mitte stand, als Hauptgebäude, an das sich von beiden Seiten Flügel anschlossen. In dem Hauptgebäude befanden sich noch die Zimmer des Abts, in den Seitenflügeln dagegen die Wohnungen der Mönche, das Refektorium, andere Versammlungssäle, so wie auch Zimmer zur Aufnahme einkehrender Fremden. Unfern dem Kloster lagen die Wirtschaftsgebäude, die Meierei, das Haus des Amtmanns; tiefer im Tal umflocht aber das schöne Dorf Kanzheim den Hügel mit der Abtei, wie ein bunter üppiger Kranz.

Dieses Tal breitete sich aus bis an den Fuß des fernen Gebirges. Zahlreiche Herden weideten in den, von spiegelhellen Bächen durchschnittenen Wiesengründen, fröhlich zogen die Landleute aus den Dörfern, die hin und wieder verstreut lagen, durch die reichen Kornfelder, jubelnder Gesang der Vögel scholl aus den anmutigen Gebüschen, sehnsüchtiger Hörnerschall rief herüber aus der fernen dunklen Waldung, beschwingt mit weißen Segeln glitten schwer beladene Kähne auf dem breiten Fluß, der das Tal durchströmte schnell vorüber und man vernahm die frohen Grüße der Schiffer. Überall üppige Fülle, reichlich gespendeter Segen der Natur, überall reges ewig forttreibendes Leben. Die Aussicht in die lachende Landschaft vom Hügel herab, aus den Fenstern der Abtei, erhob das Gemüt und erfüllte es zugleich mit innigem Wohlbehagen.

Mocht es sein, daß man den innern Schmuck der Kirche, der edlen, grandiosen Grundanlage unerachtet, bei dem vielen bunten, vergoldeten Schnitzwerk und der kleinlichen Bilderei mit Recht den Vorwurf der Überladung, des mönchischen Ungeschmacks machen könnte, so fiel dafür der reine Stil, in dem die Zimmer des Abts gebaut und verziert waren, desto mehr ins Auge. Aus dem Chor der Kirche trat man unmittelbar in einen geräumigen Saal, der zur Versammlung der Geistlichen und zugleich zur Aufbewahrung der Instrumente und Musikalien diente. Aus diesem Saal führte ein langer Korridor der eine jonische Säulenstellung bildete, in die Gemächer des Abts. Seidene Tapeten, auserlesene Gemälde der besten Meister aus verschiedenen Schulen, Büsten, Statüen großer Männer der Kirche, Teppiche, zierlich ausgelegte Fußböden, kostbares Gerät, alles deutete hier auf den Reichtum des wohldotierten Klosters. Dieser Reichtum, der in dem Ganzen herrschte, war aber nicht jener glänzende Prunk, der das Auge blendet ohne ihm wohlzutun und der Staunen, aber nicht Wohlbehagen erzeugt. Alles war an seiner rechten Stelle angebracht, nichts wollte prahlerisch die Aufmerksamkeit für sich allein fesseln und die Wirkung des andern zerstören, und so dachte man nicht an die Kostbarkeit dieses, jenes einzelnen Schmucks, sondern fühlte sich von dem Ganzen gemütlich angeregt. Das durchaus *Gehörige* in der Anordnung brachte diesen gemütlichen Eindruck hervor und eben das richtig entscheidende Gefühl des Gehörigen möchte wohl das sein, was man guten Geschmack zu nennen pflegt. Das Bequeme, Wohnliche dieser Gemächer des Abts grenzte an das Üppige, ohne in der Tat üppig zu werden und so durfte es keinen Anstoß geben, daß ein Geistlicher alles dies selbst angeordnet und herbeigeschafft. Der Abt Chrysostomus hatte, als er vor wenigen Jahren nach Kanzheim kam, die abteiliche Wohnung einrichten lassen, wie sie sich jetzt fand und sein ganzer Charakter, seine ganze Art zu sein, sprach sich schon lebhaft aus in dieser Einrichtung, ehe man ihn selbst sah und bald die hohe Stufe seiner geistigen Bildung gewahrte. Noch in den vierziger Jahren, groß, wohlgebaut, geistvollen Ausdruck im männlich schönen Antlitz, Anmut und Würde im ganzen Betragen, flößte der Abt jedem, der sich ihm nahte, die Ehrfurcht ein, die sein Stand forderte. Eifriger Kämpfer für die Kirche, rastloser Verfechter der Rechte seines Ordens, seines Klosters, schien er doch nachgiebig und duldsam. Aber eben diese scheinbare Nachgiebigkeit war eine Waffe, die er wohl zu führen und damit jeden Widerstand, selbst den der obersten Gewalt zu besiegen wußte. Durfte man denn auch ahnen, daß hinter einfachen salbungsreichen Worten, die aus dem treusten Herzen zu kommen schienen, sich mönchische Schlauheit verberge, so gewahrte man nur die Gewandtheit eines eminenten Geistes, der in die tiefern Verhältnisse der Kirche eingedrungen. Der Abt war ein Zögling der Propaganda in Rom. – Selbst gar nicht geneigt den Ansprüchen des Lebens zu entsagen, insofern sie mit geistlicher Sitte und Ordnung verträglich, ließ er seinen zahlreichen

Untergebenen alle Freiheit, die sie nur nach ihrem Stande fordern konnten. So kam es denn, daß während einige dieser, jener Wissenschaft ergeben, in einsamer Zelle studierten, andere lustig umherschwärmten in dem Park der Abtei und sich erlustigten im heitern Gespräch, während einige zu schwärmerischer Andacht geneigt, fasteten und ihre Zeit hinbrachten in stetem Gebet, andere sich es wohl schmecken ließen an der reichbesetzten Tafel und ihre religiösen Übungen auf die Ordensregel beschränkten, während einige die Abtei nicht verlassen mochten, andere sich auf weitere Wege begaben, auch wohl, kam die Zeit heran, das lange Priestergewand vertauschten mit dem kurzen Jägerrock und sich als wackre Weidmänner herumtummelten. Waren nun aber die Meinungen der Brüder verschieden und durfte jeder der seinigen nachhängen, wie er wollte, so kamen sie alle in der enthusiastischen Vorliebe für die Musik überein. Beinahe ein jeder war ausgebildeter Musiker und es gab Virtuosen unter ihnen, die der besten fürstlichen Kapelle Ehre gemacht haben würden. Eine reiche Musikaliensammlung, eine Auswahl der vortrefflichsten Instrumente setzte jeden in den Stand, die Kunst zu treiben wie er wollte und häufige Aufführungen auserlesener Werke erhielten jeden in praktischer Übung.

Eben diesem musikalischen Treiben gab nun Kreislers Ankunft in der Abtei einen neuen Schwung. Die Gelehrten schlugen ihre Bücher zu, die Andächtigen kürzten ihre Gebete ab, alle versammelten sich um Kreisler, den sie liebten und dessen Werke sie hochschätzten, wie keine anderen. Der Abt selbst hing ihm an mit inniger Freundschaft und er, so wie alle übrigen beeiferten sich ihm ihre Achtung, ihre Liebe darzutun, wie sie es nur vermochten. War nun die Gegend in der die Abtei lag ein Paradies zu nennen, gewährte das Leben im Kloster die bequemste Behaglichkeit, wozu ein leckrer Tisch und edler Wein für den der Vater Hilarius sorgte, wohl auch zu rechnen, herrschte unter den Brüdern die gemütliche Heiterkeit, welche von dem Abt selbst ausging, schwamm überdem Kreisler, den die Kunst rastlos beschäftigte, recht in seinem Elemente, so konnt es nicht fehlen, daß sein bewegtes Gemüt ruhig wurde, wie seit langer Zeit nicht mehr. Selbst der Zorn seines Humors dämpfte sich, er wurde sanft und weich wie ein Kind. Aber noch mehr als das alles, er glaubte an sich selbst, verschwunden war jener gespenstische Doppeltgänger, der emporgekeimt aus den Blutstropfen der zerrissenen Brust.

Irgendwo* heißt es von dem Kapellmeister Johannes Kreisler, daß seine Freunde es nicht dahin hätten bringen können, daß er eine Komposition aufgeschrieben und sei dies wirklich einmal geschehen, so habe er doch das Werk, soviel Freude er auch über das Gelingen geäußert, gleich nachher ins Feuer geworfen. – So mag es sich begeben haben, in einer sehr verhängnisvollen Zeit, die dem armen Johannes den rettungslosen Untergang drohte, von der gegenwärtiger Biograph bis jetzt aber nicht recht viel weiß. Jetzt in der Abtei Kanzheim wenigstens hütete sich Kreisler wohl die Kompositionen zu vernichten, die recht aus seinem Innersten hervorgingen und seine Stimmung sprach sich in dem Charakter süßer wohltuender Wehmut aus, den seine Werke trugen, statt daß er sonst nur zu oft im mächtigen Zauber aus der Tiefe der Harmonik, die gewaltigen Geister hinaufbeschwor, die die Furcht, das Entsetzen, alle Qualen hoffnungsloser Sehnsucht aufregen in der menschlichen Brust.

– Man hatte eines Abends im Chor der Kirche die letzte Probe eines Hochamts gehalten, mit dem Kreisler fertig worden und das am folgenden Morgen aufgeführt werden sollte. Die Brüder waren zurückgekehrt in ihre Zellen, Kreisler allein weilte in dem Säulengange und schaute hinaus in die Gegend, die im Schimmer der letzten Strahlen der sinkenden Sonne vor ihm lag. Da war es ihm, als vernähme er aus weiter Ferne noch einmal sein Werk, das ihm eben lebendig dargestellt von den Brüdern. Als nun aber das Agnus dei kam, da erfaßte ihn aufs neue und stärker die namenlose Wonne jener Augenblicke, in denen ihm dieses Agnus aufgegangen. „Nein", rief er aus, indem glühende Tränen seine Augen füllten; „nein! – ich bin es nicht, du allein! du mein einziger Gedanke, du mein einziges Sehnen!"

Wunderbar war es wohl, auf welche Weise Kreisler diesen Satz in dem der Abt, die Brüder den Ausdruck der brünstigsten Andacht, der himmlischen Liebe selbst fanden, hervorgebracht hatte. Ganz erfüllt von dem Hochamt, das er zu setzen begonnen, aber noch lange nicht vollendet hatte, träumte er in einer Nacht, der Heiligentag, für den die Komposition bestimmt, sei da, das Hochamt eingeläutet, er stehe an dem Pult, die fertige Partitur vor sich, der Abt, selbst Messe lesend, intoniere und sein Kyrie fange an.

Satz auf Satz folge nun, die Aufführung gediegen und kraftvoll, überrasche ihn, reiße ihn fort bis zum Agnus dei. Da

* Fantasiestücke in Callots Manier. Neue Ausg. T. I. Seite 32.

gewahre er zu seinem Schreck in der Partitur weiße Blätter, keine Note aufgeschrieben, die Brüder schauten ihn, der plötzlich den Taktstock sinken lassen, an, gewärtig, daß er endlich anfangen, daß die Stockung endlich aufhören werde. Aber bleischwer drücke ihn Verlegenheit und Angst nieder und er könne, ungeachtet er das ganze Agnus fertig in seiner Brust bewahre, nur es nicht herausbringen in die Partitur. Da erschiene aber plötzlich eine holde Engelsgestalt, trete an den Pult, sänge das Agnus mit Tönen des Himmels und diese Engelsgestalt wäre Julia! – Im Entzücken hoher Begeisterung erwachte Kreisler und schrieb das Agnus auf, das im seligen Traum ihm aufgegangen. – Und diesen Traum träumte Kreisler nun noch einmal, er vernahm Julias Stimme, höher und höher schlugen die Wellen des Gesanges, als nun der Chor einfiel: „Dona nobis pacem", er wollte untergehen in dem Meer von tausend seligen Wonnen, das ihn überströmte.

Ein leiser Schlag auf die Schulter weckte Kreisler aus der Ekstase, in die er geraten. Es war der Abt, der vor ihm stand und ihn mit Wohlgefallen anblickte.

„Nicht wahr", begann der Abt, „nicht wahr mein Sohn Johannes! was du tief in deinem Gemüt empfunden, was dir gelang herrlich und kräftig in das Leben zu rufen, das erfreut jetzt deine ganze Seele? – Ich meine, du dachtest an dein Hochamt, das ich zu den besten Werken zähle, die du jemals geschaffen."

Kreisler starrte den Abt stillschweigend an, noch war er keines Wortes mächtig.

„Nun nun", fuhr der Abt lächelnd fort, „steige herab aus der obern Region, zu der du dich hinaufgeschwungen! – Ich glaube gar, du komponierst in Gedanken und lässest so nicht ab von der Arbeit, die dir freilich eine Lust ist, wiewohl eine gefährliche, da sie zuletzt deine Kräfte aufzehrt. Entschlage dich jetzt aller schaffenden Gedanken, laß uns in diesem kühlen Gange auf und ab wandeln und unbefangen miteinander plaudern."

Der Abt sprach nun von den Einrichtungen des Klosters, von der Lebensweise der Mönche, rühmte den wahrhaft heiterfrommen Sinn, den alle in sich trügen und fragte zuletzt den Kapellmeister, ob er (der Abt) sich nicht täusche, wenn er bemerkt zu haben glaube, daß Kreisler seit den Monaten, daß er sich in der Abtei befinde, ruhiger, unbefangener, dem tätigen Forttreiben in der hohen Kunst, die den Dienst der Kirche verherrliche, geneigter geworden.

Kreisler konnte nicht anders, als dies zugeben und überdies versichern, daß die Abtei sich ihn aufgetan, wie ein Asyl, in das er geflüchtet und daß er sich so heimisch dünke, als sei er wirklich Ordensbruder und werde das Kloster niemals mehr verlassen.

„Lassen Sie", so endete Kreisler, „lassen Sie mir, ehrwürdiger Herr! die Täuschung, die dies Kleid befördert. Lassen Sie mich glauben, daß von bedrohlichem Sturm verschlagen, mich die Gunst des versöhnten Geschicks an einem Eilande stranden ließ, wo ich geborgen, wo nie mehr der schöne Traum zerstört werden kann, der nichts anders ist, als die Begeisterung der Kunst selbst."

„In der Tat", erwiderte der Abt, indem eine besondere Freundlichkeit sein Antlitz überstrahlte, „in der Tat mein Sohn Johannes, das Kleid das du angelegt, um als unser Bruder zu erscheinen, steht dir wohl und ich wollte, daß du es nie wieder ablegtest. Du bist der würdigste Benediktiner den man nur sehen kann."

„Doch", fuhr der Abt nach einem kurzen Stillschweigen fort, indem er Kreislers Hand faßte, „doch, kein Scherz ist hier zu treiben. Sie wissen mein Johannes! wie lieb Sie mir gewesen sind seit dem Augenblick, als ich Sie kennen lernte, wie meine innige Freundschaft, sich mit der hohen Achtung für Ihr ausgezeichnetes Talent paarend, immer höher gestiegen ist. Für den, den man liebt, wird man mit Sorge erfüllt und eben diese Sorge war es, die mich Sie seit der Zeit Ihres Aufenthalts im Kloster bis zur Ängstlichkeit beobachten ließ. Das Resultat dieser Beobachtungen brachte mich zu einer Überzeugung, die ich nicht aufgeben darf! – Längst wollt ich Ihnen in dieser Hinsicht mein ganzes Herz öffnen, ich wartete auf einen günstigen Augenblick, er ist gekommen! – Kreisler! Entsagen Sie der Welt, treten Sie in unsern Orden!"

Sosehr sich auch Kreisler in der Abtei gefiel, so willkommen es ihm war, einen Aufenthalt verlängern zu können, der ihm Ruhe und Frieden gab, indem er seine rege künstlerische Tätigkeit in Anspruch nahm, doch überraschte ihn der Antrag des Abts auf beinahe unangenehme Weise, da er an nichts weniger mit wirklichem Ernst gedacht, als seine Freiheit aufgebend, sich unter die Mönche stecken zu lassen auf immer, wiewohl ihm manchmal schon solch eine Grille aufgestiegen und dies vom Abt bemerkt sein mochte. Ganz verwundert schaute er den Abt an, der ihn aber nicht zum Worte kommen ließ, sondern fortfuhr: „Hören Sie mich erst ruhig an, Kreisler, ehe Sie mir antworten. Wohl muß es mir angelegen sein der Kirche einen tüchtigen Diener zu gewinnen, indessen verwirft die Kirche selbst jede künstliche Überredung und will nur, daß der innere Funke der wahren Erkenntnis angeregt werde, damit er zur hell lodernden Flamme des Glaubens aufleuchte und jede Betörung vernichte. Und so will ich nur das, was dunkel und verworren vielleicht in Ihrer eignen Brust liegt, entfalten, Ihnen selbst zur deutlichen Erkenntnis bringen. Darf ich zu Ihnen, mein Johannes! denn von den aberwitzigen Vorurteilen sprechen, die man in der Welt gegen das Klosterleben hegt? – Immer muß den Mönch irgendein ungeheures Schicksal in die Klause getrieben haben, wo er aller Lust der Welt entsagend unter beständiger Qual ein trostloses Leben vertrauert. So wäre das Kloster der finstre Kerker, wo die trostloste Trauer um ewig verlornes Gut, die Verzweiflung, der Wahnsinn erfinderischer Selbstqual sich eingesperrt, wo abgehärmte bleiche Todesgestalten ein elendes Dasein hinschleppten und ihre herzzermalmende Angst aushauchten in dumpfmurmelnden Gebeten!"

Kreisler konnte sich nicht eines Lächelns erwehren, denn er gedachte, als der Abt von abgehärmten bleichen Todesgestalten sprach, so manches wohlgenährten Benediktiners und vorzüglich des wackern rotwangichten Hilarius, der keine größere Qual kannte, als Wein zu trinken von schlechtem Gewächs und nur die Angst, die ihm eine neue Partitur verursachte, welche er nicht gleich verstand.

„Sie belächeln", sprach der Abt weiter, „Sie belächeln den Kontrast des Bildes, das ich aufstellte mit dem Klosterleben, wie Sie es hier kennen gelernt und haben gewiß Ursache dazu. – Mag es auch sein, daß mancher zerrissen von irdischem Leid, alles Glück, alles Heil der Welt für immer aufgebend, in das Kloster flieht, wohl ihm dann, daß die Kirche ihn aufnimmt und er in ihrem Schoß einen Frieden findet, der allein ihn über alles erlittene Ungemach trösten und ihn erheben kann über das verderbliche Geschick im weltlichen Treiben. Aber wie viele gibt es, die der wahre innere Hang zum andächtigen kontemplativen Leben in das Kloster führt, die ungefügig in der Welt, jeden Augenblick verstört durch das Andringen aller kleinlichen Verhältnisse, wie sie sich nun einmal im Leben erzeugen, nur in selbstgewählter Einsamkeit sich wohl befinden. Dann gibt es aber andere, die ohne entschiedenen Hang zum klosterlichen Leben doch nirgends anders hingehören, als eigentlich ins Kloster. – Ich meine diejenigen, die Fremdlinge in der Welt sind und bleiben, weil sie einem höheren Sein angehören und die Ansprüche dieses höheren Seins für die Bedingung des Lebens halten, so aber rastlos das verfolgend, was hienieden nicht zu finden, ewig dürstend in nie zu befriedigender Sehnsucht, hin und her schwanken und vergeblich Ruhe suchen und Frieden, deren offne Brust jeder abgeschossene Pfeil trifft, für deren Wunden es keinen Balsam gibt, als die bittre Verhöhnung des stets wider sie bewaffneten Feindes. Nur die Einsamkeit, ein einförmiges Leben ohne feindliche Unterbrechung und vor allem das stete freie Aufschauen zur Lichtwelt, der sie angehören, kann das Gleichgewicht herstellen und sie im Innern eine überirdische Zufriedenheit fühlen lassen, die in dem wirren Treiben der Welt nicht zu erringen. – Und Sie – Sie mein Johannes gehören zu diesen Menschen, die die ewige Macht im Druck des Irdischen hoch erhebt zum Himmlischen. Das rege Gefühl des höhern Seins, das Sie ewig mit dem schalen irdischen Treiben entzweien wird, entzweien muß, strahlt mächtig heraus in der Kunst, die einer andern Welt gehört und die, ein heiliges Geheimnis der himmlischen Liebe mit Sehnsucht in Ihrer Brust verschlossen. Die glühendste Andacht selbst ist diese Kunst und ihr ganz ergeben haben Sie nichts mehr gemein mit einer buntscheckigen Welttändelei, die Sie von sich werfen mit Verachtung, wie der zum Jüngling gereifte Knabe das abgenutzte Spielzeug. – Entfliehen Sie für immer den aberwitzigen Neckereien hohnlächelnder Toren, die Sie mein armer Johannes oft gequält haben bis aufs Blut! – Der Freund breitet die Arme aus Sie zu empfangen, Sie einzuführen in den sichern Port, den kein Gewittersturm bedroht!“

„Tief“, sprach Johannes da der Abt schwieg, ernst und düster, „tief fühle ich die Wahrheit Ihrer Worte, mein ehrwürdiger Freund! tief, daß ich wirklich nicht in eine Welt tauge, die sich mir gestaltet wie ein ewiges rätselhaftes Mißverständnis. Und doch – ich gestehe es frei, erregt mir der Gedanke Schauer, auf Kosten so mancher Überzeugung, die ich mit der Muttermilch eingesogen, dies Kleid zu tragen, wie einen Kerker, aus dem ich nimmer wieder heraus kann. Es ist mir, als wenn dem Mönch Johannes dieselbe Welt, in der der Kapellmeister Johannes doch so manches hübsche Gärtlein voll duftender Blumen fand, plötzlich eine öde unwirtbare Wüste sein würde, als wenn einmal in das rege Leben verflochten die Entsagung –“

„Entsagung", unterbrach der Abt den Kapellmeister mit erhöhter Stimme, „Entsagung? – Gibt es für dich Johannes, eine Entsagung, wenn der Geist der Kunst immer mächtiger wird in dir, wenn du mit starkem Fittich dich erhebst in die leuchtenden Wolken? – Welche Lust des Lebens gibt es denn noch, die dich betören könnte? – Doch" (so fuhr der Abt mit sanfterer Stimme fort) „doch wohl hat die ewige Macht ein Gefühl in unsere Brust gelegt, das mit unbesiegbarer Gewalt unser ganzes Wesen erschüttert; es ist das geheimnisvolle Band das Geist und Körper verbindet, indem jener nach dem höchsten Ideal einer chimärischen Glückseligkeit zu streben vermeint und doch nur will, was dieser als notwendiges Bedürfnis in Anspruch nimmt und so eine Wechselwirkung entsteht, die in der Fortexistenz des menschlichen Geschlechts bedingt ist. – Nicht hinzufügen darf ich, daß ich von der Geschlechtsliebe spreche und daß ich es allerdings für nichts Geringes achte, ihr ganz zu entsagen. – Doch Johannes! wenn du entsagst, so rettest du dich vom Verderben; niemals, niemals kannst du, wirst du des eingebildeten Glücks der irdischen Liebe teilhaftig werden."

Der Abt sprach die letzten Worte so feierlich, mit solcher Salbung, als läge das Buch des Schicksals offen vor ihm und er verkündige daraus dem armen Kreisler alles bedrohliche Leid, dem zu entgehen, er sich hineinretten müsse ins Kloster.

Da begann aber auf Kreislers Antlitz jenes seltsame Muskelspiel, das den Geist der Ironie zu verkünden pflegte, der seiner mächtig worden. „Hoho", sprach er, „hoho! Ew. Hochehrwürden haben unrecht, haben durchaus unrecht. Ew. Hochwürden irren sich in meiner Person, werden konfuse durch das Gewand, das ich angelegt, um en masque einige Zeit hindurch die Leute zu foppen und selbst unerkannt, ihnen ihre Namen in die Hand zu schreiben, damit sie wissen, woran sie sind! – Bin ich denn nicht ein passabler Mensch, noch in den besten Jahren, von leidlich hübschem Ansehn und sattsam gebildet und artig? – Kann ich nicht den schönsten schwarzen Frack ausbürsten, ihn anlegen und was die Unterkleider betrifft, ganz Seide keck hintreten, vor jede rotwangichte Professors-, vor jede blau- oder braunäugichte Hofratstochter, und alle Süßigkeit des zierlichsten Amoroso in Gebärde, Antlitz und Ton, ohne weiteres fragen: ‚Allerschönste, wollen Sie mir Ihre Hand geben und Ihre ganze werte Person dazu, als Attinenz derselben?' Und die Professorstochter würde die Augen niederschlagen und ganz leise lispeln: ‚Sprechen Sie mit Papa!' oder die Hofratstochter mir gar einen schwärmerischen Blick zuwerfen und dann versichern, wie sie schon lange im stillen die Liebe bemerkt, der ich nun erst Sprache geliehen und beiläufig vom Besatz des Brautkleides sprechen. Und o Gott! die respektiven Herrn Väter, wie gern würden sie die Töchter losschlagen auf das Gebot einer solchen respektablen Person, als es ein großherzoglicher Exkapellmeister ist! – Aber ich könnte mich auch versteigen in das höhere Romantische, eine Idylle beginnen und der glauen Pachterstochter mein Herz offerieren und meine Hand, wenn sie eben Ziegenkäse bereitet, oder ein zweiter Notar Pistofolus, in die Mühle laufen und meine Göttin suchen, in den Himmelswolken des Mehlstaubs! – Wo würde ein treues ehrliches Herz verkannt werden, das nichts will, nichts verlangt als Hochzeit – Hochzeit – Hochzeit! – Kein Glück in der Liebe? – Ew. Hochehrwürden bedenken gar nicht, daß ich eigentlich recht der Mann dazu bin, um in *der* Liebe ganz horrend glücklich zu sein, deren einfaches Thema weiter nichts ist als: ‚Willst du mich, so nehm ich dich!' dessen weitere Variationen nach dem Allegro brillante der Hochzeit, dann in der Ehe weiter fortgespielt werden. Ew. Hochehrwürden wissen ferner nicht, daß ich schon vor mehrerer Zeit sehr ernsthaft daran gedacht, mich zu vermählen. Ich war damals freilich noch ein junger Mensch von weniger Erfahrung und Ausbildung, nämlich erst sieben Jahr alt, aber das dreiunddreißigjährige Fräulein, das ich zu meiner Braut erkieset, versprach mir doch mit Hand und Mund keinen andern zum Mann zu nehmen als mich und ich weiß selbst nicht, warum sich die Sache nachher zerschlug. Bemerken Ew. Hochehrwürden doch nur, daß mir das Glück der Liebe lachte von Kindesbeinen an und nun – Seidene Strümpfe her – seidene Strümpfe her – Schuhe her um gleich mit beiden Freiersfüßen hineinzufahren und unmäßig zu rennen nach der, die schon den niedlichsten Zeigefinger ausgestreckt hat, damit er stracks bereift werde. – Wäre es nicht für einen ehrsamen Benediktiner unanständig sich in Hasensprüngen zu erlustieren, ich tanzte sogleich hier auf der Stelle vor Ew. Hochehrwürden Augen einen Matelot, oder eine Gavotte, oder einen Hopswalzer aus purer Freude, die mich ganz übernimmt, wenn ich nur an Braut und Hochzeit denke. – Hoho! – was Liebesglück und Heirat betrifft, da bin ich ein ganzer Kerl! – Ich wünschte, Ew. Hochehrwürden möchten das einsehen" – „Ich habe", erwiderte der Abt, als Kreisler nun endlich innehielt, „ich habe Sie nicht unterbrechen mögen in Ihren seltsamen Scherzreden, Kapellmeister, die eben das beweisen, was ich behaupte. – Wohl fühle ich auch den Stachel, der mich verwunden sollte, aber nicht verwundet hat! – Wohl mir, daß ich nie an jene chimärische Liebe geglaubt, die körperlos in den Lüften schwebt und nichts gemein haben soll mit dem Bedingnis des menschlichen Prinzips! – Wie ist es möglich, daß Sie, bei dieser krankhaften Spannung des Geistes – Doch genug hievon! – Es ist an der Zeit dem bedrohlichen Feinde näher zu treten, der Sie verfolgt – Haben Sie während Ihres Aufenthalts in Sieghartshof nicht von dem Schicksal jenes unglücklichen Malers, jenes Leonhard Ettlinger gehört?" – Kreislern durchfuhren die Schauer des unheimlichen Grauens, als der Abt diesen Namen nannte. Weggelöscht vom Antlitz war jede Spur jener bittern Ironie, die ihn zuvor erfaßt und er fragte mit dumpfer Stimme: „Ettlinger? – Ettlinger? was soll mir der? – was habe ich mit dem zu schaffen? – Nie hab ich ihn gekannt, nur ein Spiel erhitzter Fantasie war es, als ich einmal wähnte, er spräche zu mir herauf aus dem Wasser."

„Ruhig", sprach der Abt sanft und milde, indem er Kreislers Hand faßte, „ruhig mein Sohn Johannes! – Nichts hast du gemein mit jenem Unglücklichen, den die Verirrung einer zu mächtig gewordenen Leidenschaft in das tiefste Verderben stürzte. Doch zum warnenden Beispiel mag dir sein entsetzliches Schicksal dienen. Mein Sohn Johannes! – noch auf schlüpfrigerem Wege befindest du dich, als jener, drum entflieh – entflieh! – Hedwiga! – Johannes! ein böser Traum hält die Prinzessin fest in Banden die unauflöslich scheinen, wenn ein freier Geist sie nicht durchschneidet! – Und du?"

Tausend Gedanken gingen auf in Kreisler bei diesen Worten des Abts. Er gewahrte, daß der Abt nicht allein mit allen Begebnissen des fürstlichen Hauses zu Sieghartshof, sondern auch mit dem bekannt war, was sich dort während seines Aufenthalts zugetragen. Klar wurd es ihm, daß die krankhafte Reizbarkeit der Prinzessin wohl in seiner Annäherung eine Gefahr befürchten lassen, an die er gar nicht gedacht und eben diese Furcht, wer anders konnte sie hegen und darum wünschen, daß er vom Schauplatz ganz abtrete, als die Benzon? – Eben diese Benzon mußte mit dem Abt in Verbindung stehen, von seinem (Kreislers) Aufenthalt in der Abtei unterrichtet sein und so war sie die Triebfeder alles Beginnens des ehrwürdigen Herrn. Lebhaft gedachte er aller Momente in denen die Prinzessin wirklich, wie von einer im Innern aufkeimenden Leidenschaft befangen, erschienen, aber selbst wußte er nicht warum bei dem Gedanken, daß er selbst der Gegenstand jener Leidenschaft sein könne, es ihn erfaßte wie Gespensterfurcht. Es war ihm als wolle eine fremde geistige Macht gewaltsam in sein Inneres dringen und ihm die Freiheit des Gedankens rauben. Prinzessin Hedwiga stand plötzlich vor ihm, starrte ihn an mit jenem seltsamen Blick der ihr eigen, aber in dem Augenblick dröhnte ein Pulsschlag ihm durch alle Nerven, wie damals, als er zum erstenmal der Prinzessin Hand berührte. Doch war ihm auch nun jene unheimliche Angst entnommen, er fühlte eine elektrische Wärme wohltätig sein Inneres durchgleiten, er sprach leise wie im Traum: „Kleiner schalkischer Raja torpedo, neckst du mich schon wieder und weißt doch, daß du nicht ungestraft verwunden darfst, da ich aus reiner Liebe zu dir Benediktinermönch geworden?"

Der Abt betrachtete den Kapellmeister mit durchbohrendem Blick, als wolle er sein ganzes Ich durchschauen und begann dann ernst und feierlich: „Mit wem redest du mein Sohn Johannes?"

Kreisler wurde aber wach aus seinen Träumen; es fiel ihm ein, daß der Abt, war er von allem was sich in Sieghartshof zugetragen, unterrichtet, vor allen Dingen den weitern Verlauf der Katastrophe, die ihn fortgetrieben, wissen mußte, und wohl war ihm daran gelegen, mehr davon zu erfahren.

„Mit", erwiderte er dem Abt skurril lächelnd, „mit niemanden anders, sprach ich, hochehrwürdiger Herr, als, wie Sie ja vernommen haben, mit einer schalkischen Raja torpedo, die sich ganz unberufenerweise in unser vernünftiges Gespräch mischen und mich noch konfuser machen wollte, als ich es schon wirklich bin. – Doch aus allem muß ich ja zu meinem großen Leid gewahren, daß diverse Leute mich für ebensolch einen großen Narren halten, als den seligen Hofporträtisten Leonardus Ettlinger, der eine erhabene Person, die sich natürlicherweise aus ihm gar nichts machen konnte, nicht bloß malen wollte, sondern auch lieben und zwar so ganz ordinär, wie Hans seine Grete. O Gott! hab ich es denn jemals an Respekt fehlen lassen, wenn ich die schönsten Akkorde griff zu schnöder Singefaselei! – Habe ich jemals unziemliche oder grillenhafte Materien aufs Tapet zu bringen gewagt von Entzücken und Schmerz, von Liebe und Haß, wenn der kleine fürstliche Eigensinn sich seltsam gebärden, in allerlei wunderbaren

Gemütsergötzlichkeiten und ehrsame Leute vexieren wollte, mit magnetischen Visionen? – habe ich solches jemals getan? Sagt –"

„Doch", unterbrach ihn der Abt, „doch sprachst du, mein Johannes! einst von der Liebe des Künstlers –"

Kreisler starrte den Abt an, dann rief er, indem er die Hände zusammenschlug und den Blick aufwärts richtete: „O Himmel! *Das* also! – Schätzbare Leute", sprach er dann weiter, indem jenes skurrile Lächeln auf dem Antlitz wieder die Oberhand gewann und dabei die innere Wehmut die Stimme beinahe erstickte, „schätzbare Leute allzumal, habt ihr denn nicht jemals irgendwo, sei es auch auf ordinären Brettern, den Prinzen Hamlet zu einem ehrlichen Mann, Güldenstern geheißen, sagen gehört: ‚Ihr könnt mich zwar verstimmen aber nicht auf mir spielen'? – Wetter! – das ist ja ganz mein Kasus! – Warum belauscht Ihr den harmlosen Kreisler, wenn der Wohllaut der Liebe, der in seiner Brust verschlossen, euch nur mißtönt? – O Julia! –"

Der Abt schien, plötzlich von etwas ganz Unerwartetem überrascht, vergebens Worte zu suchen, während Kreisler vor ihm stand und ganz verzückt in das Feuermeer schaute das im Abend emporgewogt.

Da erhoben sich die Glockentöne von den Türmen der Abtei und zogen, wunderbare Stimmen des Himmels, durch das golden leuchtende Abendgewölk.

„Mit euch", rief Kreisler indem er beide Arme weit ausbreitete, „mit euch will ich ziehen ihr Akkorde! Von euch getragen soll sich aller trostlose Schmerz emporrichten zu mir und sich selbst vernichten in meiner eignen Brust und eure Stimmen sollen wie himmlische Friedensboten es verkünden, daß der Schmerz untergegangen in der Hoffnung, in der Sehnsucht der ewigen Liebe."

„Die Abendhora", sprach der Abt, „wird eingeläutet, ich höre die Brüder kommen. Morgen, mein lieber Freund! sprechen wir vielleicht weiter von manchen Begebnissen in Sieghartshof."

„Ei", rief Kreisler, dem nun erst wieder einfiel, was er von dem Abt zu wissen verlangt, „ei, hochehrwürdiger Herr, ich will viel erfahren von lustiger Hochzeit und dergleichen! – Prinz Hektor wird doch nun nicht zaudern, die Hand zu ergreifen, nach der er schon aus der Ferne gelangt? Dem herrlichen Bräutigam ist doch nichts Arges widerfahren?"

Da verschwand alles Feierliche aus des Abts Antlitz und er sprach mit dem gemütlichen Humor, der ihm sonst wohl eigen: „Nichts ist dem herrlichen Bräutigam geschehen, mein ehrlicher Johannes, aber seinem Adjudanten soll im Walde eine Wespe gestochen haben.“ „Hoho“, erwiderte Kreisler, „hoho! eine Wespe, die er mit Feuer und Dampf vertreiben wollte!“

Die Brüder traten in den Korridor und –

*(M.f.f.)* – böse Feind und sucht den guten Bissen einem ehrlichen harmlosen Kater recht vor dem Maule wegzuschnappen? – Nicht lange dauerte es nämlich, so erhielt unser gemütliche Verein auf dem Dache einen Stoß, der ihn erschütterte zum gänzlichen Verfall. – Jener böse, alles katzliche Behagen verstörende Feind, erschien uns nämlich in der Gestalt eines gewaltigen wütenden Philisters, namens Achilles. Mit seinem homerischen Namensvetter war er in weniger Hinsicht zu vergleichen, man müßte denn annehmen, daß des letzteren Heldentum vorzüglich auch in einer gewissen unbehülflichen Tappigkeit und in groben topfhohlen Redensarten bestanden. Achilles war eigentlich ein gemeiner Fleischerhund, stand aber in Diensten als Hofhund und der Herr, bei dem er in Dienst getreten, hatte ihn um sein Attachement an das Haus zu befestigen, anketten lassen, so daß er nur des Nachts frei umherlaufen konnte. Mancher von uns bedauerte ihn sehr, trotz seines unleidlichen Wesens, er aber ließ sich den Verlust seiner Freiheit gar nicht zu Herzen gehen, da er töricht genug war, zu vermeinen, die schwerlastende Kette gereiche ihm zur Ehre und Zierde. Achilles fand sich nun zu seinem nicht geringen Verdruß durch unsere Konvivia in der Nacht, wenn er umherlaufen und das Haus beschützen sollte gegen jede Unbill, im Schlafe gestört, und drohte uns als Ruhestörern Tod und Verderben. Da er aber seiner Unbehülflichkeit halber nicht einmal auf den Boden, geschweige denn auf das Dach kommen konnte, so machten wir uns aus seinen Drohungen auch nicht das allermindeste, sondern trieben unser Wesen so nach- wie vorher. Achilles nahm andere Maßregeln; er begann den Angriff gegen uns, wie ein guter General manche Schlacht, mit verdeckten Angriffen und dann mit offenbarer Plänkelei.

Verschiedene Spitze, denen Achilles zuweilen die Ehre antat, mit ihnen zu spielen, indem er sie mit seinen ungeschickten Tatzen handhabte, mußten nämlich auf sein Geheiß, sobald wir unsern Gesang begannen, dermaßen bestialisch bellen, daß wir keine vernünftige Note verstehen konnten! – Noch mehr!

– Bis auf den Dachboden drangen einige dieser Philisterknechte und trieben, ohne sich mit uns, wenn wir ihnen die Krallen zeigten, auf irgendeinen offnen ehrlichen Kampf einlassen zu wollen, solch einen fürchterlichen Lärm mit Schreien und Bellen, daß, wurde erst nur der Hofhund in seinem Schlaf gestört, jetzt der Herr des Hauses selbst kein Auge zudrücken konnte, und, da der Zeterspektakel gar nicht enden wollte, die Hetzpeitsche ergriff, um die Tumultuanten über seinem Haupte zu vertreiben.

– O Kater, der du dieses liesest, ist dir, trägst du wahren männlichen Sinn in der Brust, hellen Verstand im Kopf, hast du keine verwöhnte Ohren, ist dir, sage ich, denn jemals etwas abscheulicher, widriger, verhaßter und dabei erbärmlicher vorgekommen, als das kreischende, gellende durch alle Tonarten dissonierende Gebelle in Harnisch geratener Spitze? – Diese kleinen wedelnden, schmatzenden sich niedlich gebärdenden Kreaturen, nimm dich für sie in acht Kater! trau ihnen nicht. Glaube mir, eines Spitzes Freundlichkeit ist gefährlicher, als die hervorgestreckte Kralle des Tigers! – Schweigen wir von bittren Erfahrungen, die wir in dieser Hinsicht leider! nur zu oft gemacht und kehren wir zurück zu dem ferneren Verlauf unsrer Geschichte.

Also wie gesagt, der Herr ergriff die Peitsche, um die Tumultuanten vom Boden zu vertreiben. Was aber geschah? die Spitze schwanzwedelten dem erzürnten Herrn entgegen, leckten ihm die Füße und stellten ihm vor, wie aller Zeterlärm nur seiner Ruhe wegen erhoben, unerachtet er eben dadurch aus aller behaglichen Ruhe gekommen. Gebellt hätten sie bloß um uns, die wir allerlei unduldsamen Unfug trieben auf dem Dache mit Singen von Liedern in allzu hell klingenden Tonarten u. d. zu verjagen. Der Herr ließ sich leider durch der Spitze geschwätzige Beredsamkeit um so mehr dahin bringen, alles zu glauben, als der Hofhund, den er darum zu befragen nicht unterließ, in dem bittern Haß, den er wider uns im Innern trug es bestätigte. Uns traf nun die Verfolgung! – Überall wurden wir vertrieben, von Hausknechten mit Besenstielen, mit geworfenen Dachziegeln, ja! überall waren Schlingen und Fuchseisen aufgestellt, in die wir uns verfangen sollten, und leider! wirklich verfingen. Selbst mein lieber Freund Muzius fiel ins Malheur, das heißt in ein Fuchseisen, welches ihm die rechte Hinterpfote jämmerlich zerquetschte!

So war es um unser fröhliches Zusammenleben geschehen,

und ich kehrte zurück unter den Ofen des Meisters, beweinend in tiefer Einsamkeit das Schicksal meiner unglücklichen Freunde.

– Eines Tages trat Herr Lothario, der Professor der Ästhetik in meines Herrn Zimmer und hinter ihm her – sprang Ponto hinein.

Gar nicht zu sagen vermag ich, welch ein unangenehmes unheimliches Gefühl mir Pontos Anblick verursachte. War er auch geradezu selbst weder Hofhund noch Spitz, so gehörte er doch zu dem Geschlecht, dessen üble feindselige Gesinnung mein Leben in der lustigen Katzburschen-Gesellschaft verstört hatte und schon deshalb mir mitsamt aller Freundschaft, die er mir erwiesen, dennoch zweideutig. Überdem schien mir in Pontos Blick, in seinem ganzen Wesen etwas Übermütiges, Verhöhnendes zu liegen und ich beschloß daher, ihn lieber gar nicht zu sprechen. Leise, leise schlich ich weg von meinem Kissen, und war mit einem Satz im Ofen, dessen Türe gerade offen stand, die ich hinter mir anzog.

Herr Lothario sprach nun mit dem Meister so manches, was meine Teilnahme um so weniger erregte, als ich meine ganze Aufmerksamkeit auf den jungen Ponto gerichtet hatte, der, nachdem er recht stutzermäßig ein Liedchen trällernd, im Zimmer herumgetänzelt, auf die Fensterbank gesprungen war, zum Fenster hinausschaute, und wie es Fanfarons zu tun pflegen, jeden Augenblick vorübergehenden Bekannten zunickte, auch wohl gar ein wenig blaffte, gewiß, um die Blicke vorübergehender Schönen seines Geschlechts auf sich zu ziehen. – An mich schien der Leichtsinnige gar nicht zu denken und unerachtet ich, wie gesagt, ihn gar nicht zu sprechen wünschte, so war es mir doch gar nicht recht, daß er nicht nach mir fragte, gar keine Notiz von mir nahm.

Ganz anderer und wie es mich bedünken wollte, viel artigerer und vernünftigerer Gesinnung war der ästhetische Professor, Herr Lothario, der, nachdem er sich überall im Zimmer nach mir umhergeschaut, zu dem Meister sprach: „Aber wo ist denn Euer vortrefflicher Monsieur Murr!"

Es gibt für einen ehrlichen Katzburschen keine schnödere Benennung, als das fatale Wort: Monsieur, indessen muß man von Ästhetikern in der Welt viel leiden und so verzieh ich dem Professor die Unbill.

Meister Abraham versicherte, daß ich seit einiger Zeit meine eignen Gänge gehabt und vorzüglich nachts selten zu Hause gewesen, wovon ich denn müde und ermattet geschienen.

Soeben habe ich auf dem Kissen gelegen und er wisse in der Tat nicht wohin ich eben jetzt so schnell verschwunden.

„Ich vermute", sprach der Professor weiter, „ich vermute fast, Meister Abraham, daß Euer Murr – Doch ist er auch hier irgendwo versteckt und lauscht? – Laßt uns doch einmal ein wenig nachsehen."

Leise zog ich mich in den Hintergrund des Ofens, aber man kann denken wie ich die Ohren spitzte, da nun von mir die Rede. – Der Professor hatte vergebens alle Winkel durchsucht zu nicht geringer Verwunderung des Meisters, der lachend rief: „In der Tat Professor, Ihr tut meinem Murr unglaubliche Ehre an!"

„Hoho", erwiderte der Professor, „der Verdacht, den ich gegen Euch, Meister! hege, wegen des pädagogischen Experiments, vermöge dessen ein Kater zum Dichter und Schriftsteller wurde, kommt mir nicht aus der Seele. Gedenkt Ihr nicht mehr des Sonetts, der Glosse, die mein Ponto Euerm Murr, recht unter den Pfoten weggeraubt? – Doch dem sei wie ihm wolle, ich nutze Murrs Abwesenheit, um Euch eine schlimme Vermutung mitzuteilen und Euch recht dringend zu empfehlen, achtsam zu sein auf Murrs Betragen. – So wenig ich mich sonst um Katzen bekümmere, doch ist es mir nicht entgangen, daß manche Kater, die sonst ganz artig und manierlich waren, jetzt plötzlich ein Wesen annehmen, das gegen alle Sitte und Ordnung gröblich anstößt.

Statt wie sonst sich demütig zu biegen und zu schmiegen, stolzieren sie trotzig daher und scheuen sich gar nicht, durch funkelnde Blicke durch zorniges Knurren, ihre ursprüngliche wilde Natur zu verraten, auch wohl gar die Krallen zu zeigen. So wenig sie auf ein bescheidenes stilles Betragen achten, ebenso wenig ist ihnen daran gelegen, was das Äußere betrifft, als gesittete Weltleute zu erscheinen. Da ist an kein Putzen des Bartes, an kein Glänzendlecken des Fells, an kein Abbeißen der zu lang gewordenen Krallen zu denken; zottig und rauh mit struppigem Schweif rennen sie daher, allen gebildeten Katzen ein Greuel und Abscheu. Was aber vorzüglich tadelnswert erscheint und nicht geduldet werden darf, sind die heimlichen Zusammenkünfte, die sie zur Nachtzeit halten und dabei ein tolles Wesen treiben, welches sie Gesang nennen, unerachtet dabei nichts vernehmbar, als ein widersinniges Geschrei, dem es an schicklichen Takt, ordnungsmäßiger Melodie und Harmonie gänzlich mangelt. Ich fürchte, ich fürchte, Meister Abraham, daß Euer Murr sich auch auf die schlechte Seite gelegt hat und teilnimmt an jenen unanständigen Belustigungen, die ihm nichts einbringen können, als tüchtige Prügel. – Es sollte mir leid tun, wenn alle Mühe, die Ihr auf den kleinen Grauen verwandt, umsonst wäre und er sich trotz aller Wissenschaft, zu dem gewöhnlichen wüsten Treiben gemeiner liederlicher Kater herabließe." – Als ich mich, meinen guten Muzius, meine hochherzigen Brüder verkannt sah, auf so schnöde Weise, entfloh mir unwillkürlich ein Schmerzenslaut. „Was war das", rief der Professor, „ich glaube gar, Murr sitzt doch versteckt im Zimmer! – Ponto! Allons! – Such, such!" – Mit einem Satz war Ponto herunter von der Fensterbank und schnüffelte im Zimmer umher. Vor der Ofentüre blieb er stehen, knurrte, bellte, sprang herauf. – „Er ist im Ofen, das hat keinen Zweifel!" So sprach der Meister und öffnete die Türe. Ich blieb ruhig sitzen und blickte den Meister mit klaren glänzenden Augen an. „Wahrhaftig", rief der Meister, „wahrhaftig, da sitzt er ganz hinten im Ofen. – Nun? – bequemt Er sich hervorzukommen? – Ob Er hinaus will!"

So wenig ich auch Lust hatte, meinen Versteck zu verlassen, so mußte ich doch wohl dem Befehl des Meisters gehorchen, wollte ich es nicht auf Gewalt gegen mich ankommen lassen und dabei den kürzeren ziehen. Langsam kroch ich daher hervor. Kaum war ich aber an das Tageslicht gekommen, als beide, der Professor und der Meister laut riefen: „Murr! – Murr! wie siehst du aus! – Was sind das für Streiche!"

Freilich war ich über und über voller Asche und kam noch hinzu, daß wirklich mein Äußeres seit einiger Zeit merklich gelitten, so daß ich mich in der Schilderung, die der Professor von schismatischen Katern gemacht, wiedererkennen mußte, so konnte ich mir freilich die erbärmliche Figur, in der ich erschien, wohl denken. Verglich ich nun eben meine erbärmliche Figur mit der meines Freundes Ponto, der in seinem stattlichen, glänzenden, schön gekräuselten Pelz in der Tat ganz hübsch anzusehen, so erfüllte mich tiefe Scham und ich kroch still und betrübt in den Winkel.

„Ist das", rief der Professor, „ist das der gescheute sittige Kater Murr? der elegante Schriftsteller, der geistreiche Dichter der Sonette schreibt und Glossen? – Nein das ist ein ganz gemeiner Katz, der sich in Küchen auf den Herden herumtreibt, und sich auf sonst weiter nichts versteht, als Mäuse zu fangen in Kellern und auf Böden! – Hoho! sag mir doch, mein sittiges

Vieh, ob du bald zu promovieren verlangst oder gar das Katheder zu besteigen als Professor der Ästhetik? – In der Tat ein netter Doktorhabit, in den du dich geworfen!"

So ging es fort in verhöhnenden Redensarten; was konnt ich tun, als, wie es bei derlei Fällen, nämlich wenn ich ausgehunzt wurde, meine Sitte war, die Ohren dicht ankneifen an den Kopf.

Beide, der Professor und der Meister, schlugen zuletzt eine helle Lache auf die mir das Herz durchbohrte. Beinahe noch empfindlicher war mir aber Pontos Betragen. Nicht allein daß er durch Mienen und Gebärden den Hohn seines Herrn teilte, so bewies er auch durch allerlei Seitensprünge offenbar seine Scheu sich mir zu nahen, wahrscheinlich fürchtete er seinen schönen reinen Pelz zu beschmutzen. Es ist nichts Geringes für einen Kater der sich solcher Vortrefflichkeit bewußt ist, als ich, von einem stutzerhaften Pudel dergleichen Verachtung dulden zu müssen.

Der Professor geriet nun mit dem Meister in ein weitläuftiges Gespräch, das sich nicht auf mich und auf mein Geschlecht zu beziehen schien und von dem ich eigentlich wenig verstand. Doch so viel vernahm ich wohl, daß davon die Rede war, ob es besser sei dem oftmals wirren ungezügelten Treiben exaltierter Jugend mit offner Gewalt entgegenzutreten, oder es nur einzugrenzen auf geschickte unbemerkbare Weise und Raum zu geben der eignen Erkenntnis, in der sich jenes Treiben alsbald selbst vernichtet. Der Professor war für die offne Gewalt, da die Gestaltung der Dinge zum äußern Wohl es fordere, daß jeder Mensch alles Widerstrebens unerachtet so zeitig als möglich in die Form gepreßt werde, wie sie durch das Verhältnis aller einzelnen Teile zum Ganzen bedingt werde, da sonst sogleich eine verderbliche Monstruosität entstehe, die allerlei Unheil verursachen könne. – Der Professor sprach dabei etwas von Pereatbringen und Fenstereinwerfen, welches ich aber durchaus nicht verstand. – Der Meister meinte dagegen, daß es mit jugendlichen exaltierten Gemütern so gehe, wie mit Partiell-Wahnsinnigen, die der offne Widerstand immer wahnsinniger mache, wogegen die selbst errungene Erkenntnis des Irrtums radikal heile und nie einen Rückfall befürchten lasse.

„Nun", rief der Professor endlich, indem er aufstand und Stock und Hut ergriff, „nun, Meister, was die offne Gewalt gegen exaltiertes Treiben betrifft, so werdet Ihr mir doch insofern recht geben, daß sie da schonungslos eintreten muß, wenn jenes Treiben verstörend hineingreift in das Leben und so ist es nun wieder auf Euern Kater Murr zurückzukommen, denn doch recht gut, daß wie ich höre, tüchtige Spitze die verwünschten Kater auseinandergetrieben haben, die so bestialisch sangen und dabei Wunder sich große Virtuosen dünkten."

„Wie man es nimmt", erwiderte der Meister, „hätte man sie singen lassen, vielleicht wären sie das geworden, was sie sich irrtümlicherweise schon zu sein dünkten, nämlich in der Tat gute Virtuosen, statt daß sie jetzt vielleicht an der wahren Virtuosität zweifeln ganz und gar."

Der Professor empfahl sich, Ponto sprang hinterdrein, ohne mich einmal, wie er doch sonst mit vieler Freundlichkeit getan, eines Abschiedsgrußes zu würdigen.

„Ich", wandte sich nun der Meister zu mir, „ich bin selbst bisher unzufrieden gewesen mit deinem Betragen, Murr und es ist Zeit, daß du einmal wieder ordentlich und vernünftig wirst, damit du wieder zu besserm Ruf gelangest, als in dem du jetzt zu stehen scheinst. Wäre es möglich, daß du mich ganz verstündest, so würde ich dir raten immer still, freundlich zu sein und alles, was du beginnen magst, ohne alles Geräusch zu vollbringen, denn auf diese Weise erhält man sich den guten Ruf am besten. – Ja ich würde dir als Beispiel zwei Leute zeigen, von denen der eine jeden Tag still für sich allein im Winkel sitzt und so lange eine Flasche Wein nach der andern trinkt, bis er völlig in trunknen Zustand gerät, den er aber vermöge langer praktischer Übung so gut zu verbergen weiß, daß ihn niemand ahnet. Der andere trinkt dagegen nur dann und wann in Gesellschaft fröhlicher gemütlicher Freunde ein Glas Wein; das Getränk macht ihm Herz und Zunge frei, er spricht, indem seine Laune steigt, viel und eifrig, doch ohne Sitte und Anstand zu verletzen und eben ihn nennt die Welt einen leidenschaftlichen Weintrinker, während jener geheime Trunkenbold für einen stillen mäßigen Mann gilt. Ach mein guter Kater Murr! Kenntest du den Lauf der Welt, so würdest du einsehen, daß ein Philister, der stets die Fühlhörner einzieht, es am besten hat. Aber wie kannst du wissen, was ein Philister ist, unerachtet es wohl in deinem Geschlecht auch dergleichen genug geben mag."

Bei diesen Worten des Meisters konnte ich mich im Bewußtsein der vortrefflichen Katerkenntnis, die ich mir durch des wackern Muzius Belehrungen sowohl, als durch eigne Erfahrung erworben, eines lauten freudigen Prustens und Knurrens nicht erwehren.

„Ei", rief der Meister laut lachend, „ei Murr mein Kater! ich glaube gar, du verstehst mich, und der Professor hat recht, der in dir einen besondern Verstand entdeckt haben will und dich gar fürchtet als seinen ästhetischen Nebenbuhler?"

Zur Bestätigung, daß dem wirklich so sei, gab ich ein sehr klares, wohltönendes Miau von mir und sprang ohne weiteres dem Meister auf den Schoß. Nicht bedacht hatte ich indessen, daß der Meister gerade seinen Staatsschlafrock von gelbem, großgeblümtem, seidenem Zeuge angezogen, den ich notwendigerweise beschmutzen mußte. Mit einem zornigen: „Will Er wohl!" schleuderte der Meister mich so heftig von sich, daß ich überpurzelte und ganz erschrocken die Ohren ankneifend, die Augen zudrückend, niederduckte auf den Fußboden. Gepriesen sei aber die Gutmütigkeit meines guten Meisters! „Nun", sprach er freundlich, „nun nun Murr mein Kater! so böse war es nicht gemeint! – Ich weiß es, deine Absicht war gut, du wolltest mir deine Zuneigung beweisen, aber das tatst du auf täppische Weise und geschieht dieses, so fragt man freilich den Henker was, nach der Absicht! – Nun, komm nur her, kleiner Äscherling, ich muß dich putzen, damit du wieder aussiehst, wie ein honetter Kater!"

Damit warf der Meister den Schlafrock ab, nahm mich in die Arme und ließ es sich nicht verdrießen, mir mit einer weichen Bürste den Pelz rein zu bürsten und dann die Haare mit einen kleinen Kamm glänzend zu kämmen.

Als die Toilette geendet und ich bei dem Spiegel vorüberspazierte, erstaunte ich selbst, wie ich so plötzlich ein ganz anderer Kater worden. Ich konnt es gar nicht unterlassen mich selbst behaglich anzuschnurren, so schön kam ich mir vor und nicht leugnen mag ich, daß in dem Augenblick sich große Zweifel gegen die Anständigkeit und Nützlichkeit des Burschenklubs in mir regten. Daß ich in den Ofen gekrochen, schien mir ein wahrer Barbarismus, den ich nur einer Art Verwilderung zuschreiben konnte und nicht einmal nötig war daher die Warnung des Meisters, der mir zurief: „Daß Er mir nur nicht wieder in den Ofen kriecht!"

In der folgenden Nacht war es mir, als vernehme ich an der Türe ein leises Kratzen und ein furchtsames Miau! das mir sehr bekannt vorkam. Ich schlich heran und fragte, wer da sei? – Da erwiderte (ich erkannte ihn sogleich an der Stimme) der wackre Senior Puff: „Ich bin es, trauter Bruder Murr, und habe dir eine höchst betrübte Nachricht zu bringen!" – O Himmel, was –

*(Mak. Bl.)* „– großes Unrecht getan, meine liebe süße Freundin. – Nein! mehr bist du mir als das, meine treue Schwester! Ich habe dich nicht genug geliebt, dir nicht genug vertraut. Erst jetzt öffnet sich dir meine ganze Brust, erst jetzt, da ich weiß –“

Die Prinzessin stockte, ein Tränenstrom stürzte ihr aus den Augen, aufs neue drückte sie Julien zärtlich an ihr Herz.

„Hedwiga“, sprach Julie sanft, „hast du mich denn nicht sonst mit ganzer Seele geliebt, trugst du denn jemals Geheimnisse in dir, die du mir nicht vertrauen wolltest? – Was weißt du, was hast du erst jetzt erfahren! Doch nein, nein! Kein Wort weiter, bis diese Pulse wieder ruhig schlagen, bis diese Augen nicht mehr so düster glühen.“

„Ich weiß nicht“, erwiderte die Prinzessin plötzlich zur Empfindlichkeit gereizt, „ich weiß nicht was ihr alle wollt. Krank soll ich noch sein und nie fühlte ich mich kräftiger, gesünder. Der seltsame Zufall der mich traf, hat euch erschreckt und doch mag es sein, daß solche elektrische Schläge, die den ganzen Organismus des Lebens ins Stocken bringen, mir gerade nötig und nützlicher sind als alle Mittel die eine blöde dürftige Kunst in unglückseliger Selbsttäuschung darbietet. – Wie er mir fatal ist, dieser Leibarzt, der die menschliche Natur zu handhaben vermeint, wie ein Uhrwerk, das man abstäuben, aufziehen muß. – Grauenhaft ist er mir mit seinen Tropfen, mit seinen Essenzen. – Von diesen Dingen soll mein Wohl abhängig sein? – So wäre ja das Leben hienieden eine entsetzliche Neckerei des Weltgeistes.“

„Und“, unterbrach Julie die Prinzessin, „und eben diese Überspannung ist der Beweis, daß du noch krank bist, meine Hedwiga und dich viel mehr schonen solltest, als du es wirklich tust.“

„Auch du willst mir weh tun!“ So rief die Prinzessin, sprang hastig auf und eilte ans Fenster, das sie öffnete und hinausschaute in den Park. Julia folgte ihr nach, umschlang sie mit einem Arm und bat mit der zärtlichsten Wehmut, daß sie doch wenigstens den rauhen Herbstwind scheuen und sich *die* Ruhe gönnen möge, die der Leibarzt für so heilsam geachtet. Die Prinzessin erwiderte indessen, daß sie sich gerade durch den kalten Luftzug, der zum Fenster hineinströme, erquickt und gestärkt fühle.

Recht aus dem innigsten Gemüt heraus sprach nun Julia von der letztvergangenen Zeit, in der ein finstrer bedrohlicher Geist gewaltet, und wie sie alle innere Kraft aufbieten müssen, um nicht verstört zu werden von so mancher Erscheinung, die ihr ein Gefühl erregt, dem sie kein anderes gleichstellen könne als die wahre tötende Gespensterfurcht. Dahin rechnete sie vorzüglich den geheimnisvollen Zwiespalt, der sich zwischen dem Prinzen Hektor und Kreisler erhoben und der das Entsetzlichste ahnen lassen, denn nur zu gewiß sei es, daß der arme Johannes fallen sollen, von der Hand des rachsüchtigen Italieners, und nur, wie Meister Abraham versichere, durch ein Wunder gerettet worden.

„Und", so sprach Julia, „und dieser furchtbare Mann; er sollte dein Gemahl werden? – Nein – nimmermehr! Dank der ewigen Macht! du bist gerettet! Niemals kehrt er zurück. Nicht wahr, Hedwiga? Niemals!"

„Niemals!" erwiderte die Prinzessin mit dumpfer kaum vernehmbarer Stimme. Dann seufzte sie auf aus tiefer Brust und sprach leise weiter wie im Traume. „Ja dieses reine Himmelsfeuer soll nur leuchten und wärmen, ohne mit verderblichen Flammen zu vernichten und aus der Seele des Künstlers leuchtet die zum Leben gestaltete Ahnung – sie selbst – seine Liebe hervor! So sprachst du hier an dieser Stelle."

„Wer", rief Julia ganz bestürzt, „wer sprach so? – An wen dachtest du Hedwiga?"

Die Prinzessin fuhr mit der Hand über die Stirne, als müsse sie sich besinnen auf die Gegenwart, der sie entrückt. Dann wankte sie von Julien unterstützt zum Sofa, auf dem sie sich ganz erschöpft niederließ. Julia um die Prinzessin besorgt, wollte die Kammerfrauen herbeirufen, Hedwiga zog sie aber sanft nieder auf den Sofa, indem sie leise lispelte: „Nein Mädchen! – Du *du* allein sollst bei mir bleiben, glaube ja nicht, daß mich etwa Krankheit erfaßt. – Nein es war der Gedanke der höchsten Seligkeit, der zu mächtig wurde, der diese Brust zersprengen wollte und dessen Himmelsentzücken sich gestaltete wie tötender Schmerz. Bleibe bei mir Mädchen, du weißt es selbst nicht, welch einen wunderbaren Zauber du über mich zu üben vermagst! – Laß mich schauen in deine Seele, wie in einen klaren reinen Spiegel, damit ich mich selbst nur wiedererkenne! – Julia! oft ist es mir, als käme die Begeisterung des Himmels über dich und die Worte die wie Liebeshauch über deine süßen Lippen strömten, wären trostreiche Prophezeiung. Julia! – Mädchen, bleibe bei mir, verlasse mich nie – nie!"

Damit sank die Prinzessin, indem sie Julias Hände festhielt, mit geschlossenen Augen zurück in den Sofa.

Wohl war Julia an Augenblicke gewöhnt, in denen Hedwiga geistig krankhafter Überspannung erlag, doch fremd, ganz fremd und rätselhaft war ihr der Paroxysmus, wie er sich eben jetzt zeigte. Sonst war es eine leidenschaftliche Verbitterung, die erzeugt von dem Mißverhältnis des innern Gefühls mit der Gestaltung des Lebens, beinahe bis zum Gehässigen sich steigernd, Julias kindliches Gemüt verletzte. Jetzt schien Hedwiga, wie sonst niemals, ganz aufgelöst im Schmerz und namenloser Wehmut und dieser trostlose Zustand rührte Julien in eben dem Grade, als ihre Angst stieg, um die geliebte Freundin.

„Hedwiga", rief sie, „meine Hedwiga, ich verlasse dich ja nicht, kein treueres Herz neigt sich zu dir als das meinige, aber sprich o sprich doch nur, vertraue mir doch nur, welch eine Qual dein Inneres zerreißt? – Mit dir will ich klagen, mit dir will ich weinen!"

Da verbreitete sich ein seltsames Lächeln auf Hedwigas Antlitz, ein sanftes Rot schimmerte auf den Wangen, und ohne die Augen zu öffnen, lispelte sie leise: „Nicht wahr Julia du bist nicht in Liebe?"

Seltsam fühlte sich Julia von dieser Frage der Prinzessin getroffen, als durchbebe sie ein jäher Schreck.

In welches Mädchens Brust regen sich nicht Ahnungen einer Leidenschaft, die das Hauptbedingnis scheint, seiner Existenz, denn nur das liebende Weib, ist dies ganz. Doch ein reiner, kindlicher, frommer Sinn läßt diese Ahnungen ruhen, ohne weiter zu forschen, ohne im lüsternen Vorwitz das süße Geheimnis enthüllen zu wollen, das nur in *dem* Moment aufgeht, den eine dunkle Sehnsucht verheißen. So war es mit Julia, die plötzlich ausgesprochen hörte, was sie zu denken nicht gewagt und geängstigt, als zeihe man sie einer Sünde, der sie selbst nicht klar sich bewußt, ihr eignes Innres ganz zu durchschauen sich mühte.

„Julia", wiederholte die Prinzessin, „du liebst nicht? – sage es mir! – sei aufrichtig."

„Wie sonderbar", erwiderte Julia, „wie seltsam du mich frägst, was kann, was soll ich dir antworten."

„Sprich o sprich", flehte die Prinzessin. – Da ward es sonnenhell in Julias Seele und sie fand Worte das auszusprechen, was sie deutlich erblickte in ihrem eignen Innern.

„Was", so begann Julia sehr ernst und gefaßt, „was geht vor in deinem Gemüt Hedwiga, indem du mich so frägst? Was ist dir die Liebe, von der du sprichst? Nicht wahr, man soll sich hingezogen fühlen zu dem Geliebten, mit solcher unwiderstehlichen Macht, daß man nur ist, nur lebt in dem Gedanken an ihn, daß man sein ganzes Ich aufgibt um ihn, daß er allein uns alles Sehnen, alles Hoffen, alles Verlangen, die ganze Welt dünkt? Und diese Leidenschaft soll die höchste Stufe der Seligkeit gewähren? – Mich schwindelt's vor dieser Höhe, denn dem Blick herab, gähnt der bodenlose Abgrund mit allen Schrecknissen des rettungslosen Verderbens entgegen. Nein Hedwiga, diese Liebe, die ebenso entsetzlich ist, als sündhaft, hat dies Gemüt nicht erfaßt und fest will ich halten an dem Glauben, daß es ewig rein, ewig davon frei bleiben wird. Doch wohl mag es sich begeben, daß ein Mann vor allen übrigen, in uns die höchste Achtung, ja, bei der männlich eminenten Kraft seines Geistes wahre Bewunderung erregt. Doch noch mehr als das, wir fühlen uns in seiner Nähe von einem gewissen gemütlichen Wohlbehagen geheimnisvoll durchströmt, erhoben über uns selbst, es scheint als wenn unser Geist dann erst recht erwache, als wenn uns das Leben dann erst recht leuchte und so sind wir froh, wenn er kommt und traurig wenn er geht. – Nennst du dieses Liebe? – Nun warum sollte ich es dir nicht gestehen, daß unser verlorne Kreisler mir dies Gefühl erweckt hat und daß ich ihn schmerzhaft vermisse."

„Julia", rief die Prinzessin plötzlich auffahrend und Julien mit glühendem Blick durchbohrend, „Julia kannst du ihn dir denken in den Armen einer andern, ohne zu vergehn in namenloser Qual?"

Hoch errötete Julia und mit einem Ton, der erkennen ließ, wie sehr sie sich verletzt fühlte, erwiderte sie: „Nie habe ich *ihn* mir gedacht in meinen Armen!"

„Ha! – du liebst ihn nicht – du liebst ihn nicht!" – so schrie die Prinzessin gellend auf und sank dann wieder zurück in dem Sofa!

„Oh", sprach Julie, „o daß er wiederkehrte! – Rein und schuldlos ist das Gefühl, das ich für den teuern Mann hege in dieser Brust und sehe ich ihn niemals wieder, so wird der Gedanke an ihn, den Unvergeßlichen in mein Leben hineinleuchten, wie ein schöner heller Stern. – Doch gewiß, er kehrt zurück! – Denn wie kann –"

„Niemals", unterbrach die Prinzessin Julien mit schroffem schneidendem Ton, „niemals kann, darf er wiederkehren, denn wie man vernimmt, befindet er sich in der Abtei Kanzheim und wird, sich der Welt entziehend, in den Orden des heiligen Benedikt treten."

Julien kamen die hellen Tränen in die Augen, sie stand schweigend auf und begab sich an das Fenster.

„Deine Mutter“, fuhr die Prinzessin fort, „deine Mutter hat recht, ganz recht. Wohl uns, daß er fort ist, dieser Wahnsinnige, der sich wie ein böser Geist eindrängte in unseres Herzens Rat, der uns in unserm eignen Innern zu zerreißen wußte. – Und die Musik war das Zaubermittel, mit dem er uns umstrickte. – Nie mag ich ihn wiedersehen.“

Dolchstiche waren für Julien die Worte der Prinzessin, sie griff nach Hut und Shawl.

„Du willst“, rief die Prinzessin, „du willst mich verlassen, meine süße Freundin? – Bleibe – bleibe – tröste mich wenn du kannst! – Unheimliches Grauen geht durch diese Säle, durch den Park! denn wisse –“ Damit führte Hedwiga Julien an das Fenster, zeigte nach dem Pavillon hin, in dem der Adjutant des Prinzen Hektor gewohnt hatte und begann mit dumpfer Stimme: „Schau dort hin, Julia, jene Mauern verbergen ein bedrohliches Geheimnis; der Kastellan, die Gärtner, beteuern, daß seit der Abreise des Prinzen niemand dort wohne, daß die Türe fest verschlossen und doch – O schau nur hin – schau nur hin! – siehst du es nicht, am Fenster?“

In der Tat gewahrte Julia an dem Fenster, das in dem Giebel des Pavillons angebracht war, eine dunkle Gestalt, die in demselben Augenblick wieder schnell verschwand.

Hier dürfe, meinte Julia, indem sie fühlte, wie Hedwigas Hand krampfhaft in der ihrigen bebte, von einem bedrohlichen Geheimnis oder gar von etwas Gespenstischem durchaus nicht die Rede sein, da es nur zu leicht möglich, daß irgend jemand von der Dienerschaft den leeren Pavillon unbefugterweise benutze. Der Pavillon könne ja augenblicklich durchsucht und so auf der Stelle aufgeklärt werden, was es mit der Gestalt, die sich am Fenster blicken lasse, für eine Bewandtnis habe, die Prinzessin versicherte aber dagegen, daß der alte treue Kastellan dies längst auf ihren Wunsch getan und beteuert, daß er in dem ganzen Pavillon auch nicht die Spur eines menschlichen Wesens gefunden.

„Laß es“, sprach die Prinzessin, „laß es dir erzählen, was sich vor drei Nächten begab! – Du weißt, daß mich oft der Schlaf flieht und daß ich dann aufzustehen und so lange durch die Zimmer zu wandeln pflege, bis mich eine Müdigkeit überfällt, der ich mich überlasse und es wirklich zum Einschlafen bringe. So geschah es, daß mich vor drei Nächten Schlaflosigkeit in dies Zimmer trieb. Plötzlich zitterte der Widerschein eines Lichts an der Wand vorüber, ich schaute durch das Fenster und gewahrte vier Männer, von denen einer eine Blendlaterne trug und die in der Gegend des Pavillons verschwanden, ohne daß ich bemerken konnte, ob sie wirklich hineingingen in den Pavillon. Nicht lange dauerte es aber, so wurde eben jenes Fenster hell und Schatten huschten inwendig hin und her. Dann wurde es wieder finster, aber durch das Gebüsch strahlte nun bald ein blendender Schimmer der aus der Türe des geöffneten Pavillons kommen mußte. Immer mehr näherte sich der Schein, bis endlich aus dem Gebüsch ein Benediktinermönch hinaustrat, der in der linken Hand eine Fackel, in der rechten aber ein Kruzifix trug. Ihm folgten vier Männer eine mit schwarzen Tüchern behängte Bahre auf den Schultern. Nur einige Schritte waren sie gezogen, als ihnen eine in einen weiten Mantel eingehüllte Gestalt entgegentrat. Sie standen still, setzten die Bahre nieder, die Gestalt zog die Tücher weg und ein Leichnam wurde sichtbar. Mir wollten die Sinne vergehn, kaum gewahrte ich noch, daß die Männer die Bahre aufhoben und dem Mönch schnell nacheilten, auf den breiten Seitenwege, der bald zum Park hinausführt auf die Straße nach der Abtei Kanzheim. Seit dieser Zeit läßt sich jene Gestalt am Fenster sehen und vielleicht ist es der Spuk eines Ermordeten, der mich ängstigt."

Julia war geneigt, den ganzen Vorgang, wie ihn Hedwiga erzählte, für einen Traum oder, stand sie in der Tat wach am Fenster, für das täuschende Spiel der aufgeregten Sinne zu halten. Wer sollte, wer konnte der Tote sein, den man unter solchen geheimnisvollen Umständen aus dem Pavillon forttrug, da niemand vermißt worden und wer mochte daran glauben, daß dieser unbekannte Tote noch spuken solle, in der Behausung, aus der man ihn fortgebracht? Julia äußerte dieses alles der Prinzessin und fügte noch hinzu, daß jene Erscheinung am Fenster auch wohl auf optischer Illusion beruhen, auch wohl gar ein Scherz des alten Magikers, Meister Abraham sein könne, der ja oft sein Wesen treibe mit solchem Spiel und vielleicht dem leeren Pavillon einen gespenstischen Einsassen gegeben habe.

„Wie", sprach die Prinzessin, die ihre ganze Fassung wieder gewonnen, sanft lächelnd, „wie man doch gleich mit der Erklärung bei der Hand ist, geschieht das Wunderbare Übernatürliche! – Was den Toten betrifft, so vergissest du das, was sich in dem Park begab, ehe Kreisler uns verließ." „Um Gott", rief Julia, „sollte denn wirklich eine gräßliche Tat begangen sein? – Wer? – von wem?"

„Du weißt", fuhr Hedwiga fort, „du weißt ja Mädchen, daß Kreisler lebt. – Aber auch er lebt, der in Liebe ist zu dir – Sieh mich nicht so erschrocken an! – Solltest du das nicht längst ahnen, was ich dir sagen muß, damit dir es klar werde, was länger verborgen, dich verderben könnte? – Prinz Hektor liebt *dich*, *dich* Julia mit all der wilden Leidenschaft, die seiner Nation eigen. Ich war, ich bin seine Braut, du aber, Julia, bist seine Geliebte." Die letzten Worte betonte die Prinzessin auf eine eigne scharfe Weise, ohne übrigens jenen besonderen Akzent hineinzulegen, der dem Gefühl innerer Kränkung eigen.

„O ewige Macht", rief Julia heftig, indem ihr die Tränen aus den Augen stürzten, „Hedwiga, willst du denn meine Brust zerreißen? – Welcher finstre Geist spricht aus dir! – Nein, nein, gern will ich es leiden, daß du aller bösen Träume halber, die dich verstörten, an mir Ärmsten Rache nimmst, aber nie werde ich an die Wahrheit dieser bedrohlichen Phantome glauben! – Hedwiga! – besinne dich doch nur, du bist ja nicht mehr die Braut des entsetzlichen Mannes, der uns erschien wie das Verderben selbst! Nie kehrt er zurück, niemals wirst du sein!"

„Doch", erwiderte die Prinzessin, „doch! – Fasse dich nur Mädchen! – Nur dann wenn die Kirche mich mit dem Prinzen verbunden, löst sich vielleicht das ungeheure Mißverständnis des Lebens, das mich elend macht! – Dich rettet des Himmels wunderbare Fügung. – Wir trennen uns, ich folge dem Gemahl, du bleibst!" – Die Prinzessin verstummte vor innerer Bewegung, auch Julia war keines Wortes mächtig, beide fielen sich schweigend, in Tränen zerfließend an die Brust!

Man meldete daß der Tee serviert sei. Julia war aufgeregter, als es ihr besonnenes ruhiges Gemüt zuzulassen schien. Es war ihr unmöglich in der Gesellschaft zu bleiben und die Mutter erlaubte ihr gern, nach Hause zu gehen, da die Prinzessin sich ebenfalls nach Ruhe sehnte.

Fräulein Nannette versicherte auf Befragen der Fürstin, daß die Prinzessin den Nachmittag und Abend sich sehr wohl befunden, indessen mit Julien durchaus allein sein wollen. Soviel sie im Nebenzimmer beobachten können, hätten beide, die Prinzessin und Julia sich allerlei Geschichten erzählt, auch Komödie gespielt und bald gelacht und bald geweint.

„Die lieben Mädchen", sprach der Hofmarschall leise. „Die

aimable Prinzessin, das liebe Mädchen!" verbesserte der Fürst, indem er den Hofmarschall mit großen Augen anblitzte. Dieser wollte in der Bestürzung über den entsetzlichen Fehlgriff, ein ziemliches Stücklein Zwieback, das er sattsam in Tee getränkt, auf einmal hinunterschlucken. Das blieb ihm aber in der Kehle stecken und er brach aus in ein fürchterliches Husten, so daß er schnell den Saal verlassen mußte und nur dadurch gerettet werden konnte vom schnöden Erstickungstode, daß der Hoffourier im Vorsaal mit geübter Faust ein wohlgesetztes Paukensolo ausführte auf seinem Rücken.

Nach zwei Unschicklichkeiten, deren er sich schuldig gemacht, fürchtete indessen der Hofmarschall noch die dritte zu begehen, er wagte es daher nicht zurückzukehren in den Saal, sondern ließ sich bei dem Fürsten mit plötzlich ihm angewandelter Krankheit entschuldigen.

Durch des Hofmarschalls Abwesenheit wurde aber die Whistpartie zerrissen, wie sie der Fürst gewöhnlich zu spielen pflegte. Als nun die Spieltische geordnet, war alles in gespannter Erwartung, was der Fürst in diesem kritischen Fall tun werde. Der tat aber nichts, als daß er, da auf seinen Wink die übrigen sich zum Spiel gesetzt hatten, die Hand der Rätin Benzon faßte, sie zum Kanapee führte und Platz nehmen hieß, indem er selbst sich ihr zur Seite hinsetzte.

„Unlieb", sprach er dann sanft und leise, wie immer zur Benzon, „unlieb wäre es mir doch gewesen, wenn der Hofmarschall erstickt wäre am Zwieback. Doch schien er Abwesenheiten des Geistes zu haben, wie ich es schon oftmals bemerkt, da er die Prinzessin Hedwiga ein Mädchen nannte und würde daher im Whist miserabel gewesen sein. – Überhaupt liebe Benzon ist es mir heute recht erwünscht und angenehm, statt des Spiels mit Ihnen hier in der Einsamkeit einige Worte vertraulich zu wechseln wie sonst. Ach – wie sonst! Nun Sie kennen mein Attachement für Sie, geliebte Frau! Nie kann es aufhören, ein fürstliches Herz ist jedesmal ein treues, sobald nicht unabwendbare Verhältnisse ein anderes gebieten."

Bei diesen Worten küßte der Fürst der Benzon viel zärtlicher die Hand, als es Stand, Alter und Umgebung zu erlauben schienen. Die Benzon versicherte mit vor Freude funkelnden Augen, daß sie längst den Moment ersehnt, mit dem Fürsten vertraulich zu reden, da sie ihm so manches mitzuteilen habe, was ihm nicht unangenehm sein werde.

„Erfahren Sie", sprach die Benzon, „erfahren Sie, gnädigster Herr, daß der Geheime Legationsrat aufs neue geschrieben, daß unsere Angelegenheit plötzlich eine günstigere Wendung genommen, daß –"

„Still", unterbrach sie der Fürst, „still, beste Frau, nichts von Regierungsgeschäften! Auch der Fürst trägt Schlafröcke und setzt eine Nachtmütze auf, wenn er beinahe erdrückt von der Last des Regierens, sich zur Ruhe begibt, wovon freilich Friedrich der Große, König von Preußen eine Ausnahme machte, der, wie es Ihnen als einer belesenen Frau, bekannt sein wird, auch im Bette einen Filzhut aufsetzte. Nun ich meine, daß auch der Fürst immer zuviel von dem in sich trägt was – nun! was eben, wie die Leute sagen, das sogenannte bürgerliche Verhältnis, Ehe, Vaterfreuden u. s. w. begründet, um sich diesen Gefühlen ganz zu entschlagen und es ist mindestens pardonnabel, wenn er sich ihnen überläßt in Augenblicken, da der Staat, die Vorsorge für den gehörigen Anstand am Hofe und im Lande nicht sein ganzes Selbst in Anspruch nimmt – Gute Benzon! solche Augenblicke sind die jetzigen; fertig liegen sieben Unterschriften in meinem Kabinett, und nun lassen Sie mich den Fürsten ganz vergessen, lassen Sie mich hier beim Tee ganz Hausvater sein, der deutsche Hausvater vom Freiherrn von Gemmingen. Lassen Sie mich von meinen – ja von meinen Kindern reden, die mir solchen Kummer verursachen, daß ich oft in eine ganze unschickliche Gemütsunruhe verfalle." „Von Ihren", sprach die Benzon mit spitzem Ton, „von Ihren Kindern soll die Rede sein, gnädigster Herr? Das heißt also von dem Prinzen Ignaz und von der Prinzessin Hedwiga! – Sprechen Sie gnädigster Herr, sprechen Sie, vielleicht kann ich Rat und Trost geben wie Meister Abraham." – „Ja", sprach der Fürst weiter, „ja Rat und Trost, der möchte mir manchmal vonnöten sein. – Sehn Sie, gute Benzon, was zuerst den Prinzen betrifft, so bedurfte er freilich nicht besonderer Geistesgaben, die die Natur denjenigen zuzuteilen pflegt, die sonst ihres Standes halber obskur und fühllos bleiben würden, aber etwas mehr Esprit wäre ihm doch zu wünschen, er ist und bleibt ein – Simple! – Sehn Sie nur, da sitzt er und baumelt mit den Füßen und spielt eine falsche Karte aus nach der andern und kichert und lacht wie ein Knabe von sieben Jahren! – Benzon! entre nous soit dit, nicht die Kunst des Schreibens insofern sie ihm nötig, ist ihm beizubringen; sein fürstlicher Name sieht aus wie eine Eulenkralle. Ewige Barmherzigkeit was soll daraus werden! Neulich wurde ich in meinen

Geschäften gestört durch abscheuliches Gebelle vor meinem Fenster, ich schaue heraus um den unangenehmen Spitz fortjagen zu lassen, und was muß ich erblicken! Sollten Sie es glauben gute Frau! Es ist der Prinz, der wie wahnsinnig laut bellend hinter dem Gärtnerburschen herspringt – Sie spielen mitsammen Hase und Hund! – Ist wohl nur einiger Verstand darin, sind das fürstliche Passionen? – Kann der Prinz wohl jemals zu der geringsten Selbstständigkeit kommen?"

„Darum", erwiderte die Benzon, „darum ist es nötig, daß der Prinz alsbald vermählt werde und eine Gemahlin erhalte, deren Anmut, deren Liebreiz, deren klarer Verstand seine schlafenden Sinne weckt und die gutmütig genug ist, sich ganz zu ihm hinabzuneigen, um ihn dann allmählich zu sich heraufzuziehen. Diese Eigenschaften sind dem weiblichen Wesen, das dem Prinzen angehören soll, unerläßlich, um ihn aus einem Seelenzustande zu retten, der, mit Schmerz spreche ich es aus, gnädigster Herr! zuletzt in wirklichen Wahnsinn ausarten kann. Eben daher dürfen auch nur die seltenen Eigenschaften entscheiden und der Stand nicht in allzustrengen Betracht kommen."

„Niemals", sprach der Fürst, indem er die Stirn runzelte, „niemals gab es Mesalliancen in unserm Hause, lassen Sie ab von einem Gedanken, den ich nicht billigen kann. Immer war und bin ich noch bereit sonst Ihre Wünsche zu erfüllen!"

„Daß", erwiderte die Benzon mit scharfem Ton, „daß ich nicht wüßte gnädigster Herr! – Wie oft müßten gerechte Wünsche schweigen chimärischer Rücksichten halber. Aber es gibt Ansprüche, die aller Verhältnisse spotten."

„Laissons cela", unterbrach der Fürst die Benzon, indem er sich ausräusperte und Tabak nahm. Nach einigen Augenblicken des Stillschweigens fuhr er fort: „Noch mehr Kummer als der Prinz, macht mir die Prinzessin. Sagen Sie, Benzon wie war es möglich, daß uns eine Tochter von dieser seltsamen Gemütsart, noch mehr von dieser absonderlichen Krankhaftigkeit, die selbst den Leibarzt in Verlegenheit setzt, geboren werden konnte? Hat sich die Fürstin nicht immer einer blühenden Gesundheit erfreut, hat sie zu mystischen Nervenzufällen inkliniert? Bin ich selbst nicht, was Leib und Seele betrifft, ein robuster Fürst gewesen? Wie kommen wir zu dem Kinde, das, gestehen muß ich es zu meinem bittern Leidwesen, mir oft – ganz verrückt erscheint, alles fürstlichen Anstandes los und ledig?" – „Auch mir", erwiderte die Benzon, „auch mir ist der Organismus der Prinzessin unbegreiflich. – Die Mutter ist sich immer klar, verständig, von jeder zu heftigen verderblichen Leidenschaftlichkeit frei gewesen." – Die letzten Worte sprach die Benzon dumpf und leise vor sich hin, indem sie den Blick niedersenkte. „Sie meinen die Fürstin", fragte der Fürst mit Akzent, da es ihm nicht anständig schien, daß dem Worte: Mutter, nicht das Prädikat: Fürstin, hinzugefügt.

„Wen sonst", erwiderte die Benzon gespannt, „wen sonst sollte ich meinen."

„Hat", sprach der Fürst weiter, „hat mich nicht der letzte fatale Zufall der Prinzessin um den Erfolg meiner Bemühungen, und die Freude ihrer baldigen Vermählung, meinen Wünschen gemäß, gebracht? – Denn gute Benzon, entre nous soit dit, der Prinzessin plötzliche Katalepsie, die ich bloß einer starken Erkältung zuschreibe, war wohl lediglich schuld an der plötzlichen Abreise des Prinzen Hektor. – Er will abbrechen und – juste ciel! selbst muß ich es gestehen, ich kann es ihm nicht ganz verdenken, so daß, verböte nicht ohnehin der Anstand jede weitre Annäherung, schon dieses mich, den Fürsten, abhalten müßte jetzt noch Schritte zu tun zur Erfüllung eines Wunsches, den ich freilich sehr ungern und nur notgedrungen aufgebe. Recht werden Sie mir nämlich geben, geliebte Frau, daß es immer etwas Ängstliches hat mit einer Gemahlin, die solchen wunderlichen Zufällen unterworfen. Kann eine solche fürstliche und zugleich kataleptische Gemahlin nicht mitten in der glänzendsten Cour davon erfaßt werden, automatisch dastehen und sämtliche würdige Anwesende zwingen, es ihr nachzutun und regungslos zu bleiben? – Freilich kann man wohl auch eine von einer allgemeinen Katalepsie befallene Cour, sich als die feierlichste und erhabenste denken, die es in der Welt nur geben mag, da die leiseste Verletzung der nötigen Würde auch dem Leichtsinnigsten unmöglich. Doch ein Gefühl, das mich eben in solchen hausväterlichen Augenblicken, wie die jetzigen hier beim Spiel befällt, läßt es mich bemerken daß ein solcher Zustand der Braut dem fürstlichen Bräutigam einiges fröstelndes Grauen erregen kann und darum – Benzon! Sie sind eine liebenswürdige verständige Frau, fänden Sie vielleicht eine Möglichkeit die Sache mit dem Prinzen zu redressieren, irgendein Mittel –"

„Es bedarf", unterbrach die Benzon lebhaft den Fürsten, „es bedarf dessen gar nicht gnädigster Herr! Nicht der Prinzessin Krankheit trieb den Prinzen so schnell fort, ein anderes

Geheimnis ist hier im Spiele und in dieses Geheimnis ist der Kapellmeister Kreisler verflochten."

„Wie", rief der Fürst voll Erstaunen, „wie, was sagen Sie Benzon? der Kapellmeister Kreisler? So sollte es doch wahr sein, daß er –"

„Ja", sprach die Rätin weiter, „ja gnädigster Herr, ein Zwiespalt zwischen ihm und dem Prinzen Hektor, der vielleicht geschlichtet werden sollte auf zu heroische Weise, war es, der den Prinzen entfernte."

„Zwiespalt", unterbrach der Fürst die Benzon, „Zwiespalt – geschlichtet – heroische Weise! – Der Schuß im Park – der blutige Hut! – Benzon! es ist ja unmöglich – der Prinz – der Kapellmeister! – ein Duell – ein Renkontre, beides ist ja undenkbar!"

„So viel", fuhr die Benzon fort, „so viel gnädigster Herr ist gewiß, daß Kreisler auf der Prinzessin Gemüt nur zu mächtig einwirkte, daß jene seltsame Angst, ja jenes Entsetzen, das sie erst empfand in Kreislers Gegenwart, sich gestalten wollte zur verderblichen Leidenschaft. Möglich daß der Prinz scharf genug sah, dies zu gewahren, daß er in Kreisler, der ihm von Anfang an entgegentrat mit feindlicher verhöhnender Ironie, einen Widersacher fand, den er sich vom Halse schaffen zu müssen glaubte und daß hieraus sich eine Tat erzeugte, die freilich nur dem blutigen Haß des gekränkten Ehrgefühls, der Eifersucht verziehen werden darf und die, Dank sei der ewigen Macht, nicht gelang. Ich gestehe, daß dies alles die schnelle Abreise des Prinzen nicht erklärt und daß wie gesagt, noch ein dunkles Geheimnis waltet. Der Prinz floh, wie mir Julia erzählt, entsetzt vor einem Bilde das Kreisler bei sich trug und ihm vorzeigte. – Nun, mag dem sein wie ihm wolle, Kreisler ist fort und der Prinzessin Krisis ist vorüber! – Glauben Sie mir, gnädigster Herr, blieb Kreisler, so flammte die heftigste Leidenschaft für ihn auf in der Prinzessin Brust, und sie wäre lieber gestorben, als daß sie dem Prinzen ihre Hand gegeben hätte. Alles hat sich jetzt anders gestaltet, bald kehrt Prinz Hektor zurück, und die Vermählung mit der Prinzessin endigt alle Besorgnisse."

„Sehn Sie", rief der Fürst zornig, „sehn Sie, Benzon, die Insolenz des schnöden Musikanten! – In ihn will die Prinzessin sich verlieben, seinetwegen die Hand des liebenswürdigsten Prinzen ausschlagen! – Ah le coquin! – Nun verstehe ich Euch, Meister Abraham erst ganz! – Ihr sollt mir den fatalen Menschen vom Halse schaffen, daß er niemals wiederkehrt."

„Jede", sprach die Rätin, „jede Maßregel die der weise Meister Abraham deshalb etwa vorschlagen dürfte, würde überflüssig sein, da das Erforderliche deshalb schon geschehen ist. Kreisler befindet sich in der Abtei Kanzheim und wie mir der Abt Chrysostomus schreibt, wird er wahrscheinlich sich entschließen der Welt zu entsagen und in den Orden zu treten. Die Prinzessin hat dies schon erfahren von mir zur günstigen Stunde, und daß ich dabei keine sonderliche Gemütsbewegung der Prinzessin gewahrte, bürgt mir dafür, daß die bedrohliche Krisis wie gesagt, schon vorüber."

„Herrliche", nahm der Fürst das Wort, „herrliche, liebenswürdige Frau! welches Attachement beweisen Sie mir und meinen Kindern! Wie sorgen Sie für das Wohl, für das Beste meines Hauses!"

„Wirklich", sprach die Benzon mit bittrem Ton, „wirklich? – tue ich das? *Konnte*, *durfte* ich immer für das Wohl Ihrer Kinder sorgen?"

Die Benzon legte auf die letzten Worte einen besonderen Nachdruck, der Fürst sah schweigend vor sich nieder und spielte mit den Daumen der zusammengefalteten Hände. Endlich murmelte er leise: „Angela! – noch immer keine Spur? – ganz verschwunden?"

„So ist es", erwiderte die Benzon, „und ich fürchte, daß das unglückliche Kind das Opfer irgendeiner Schändlichkeit geworden ist. Man wollte sie in Venedig gesehen haben aber gewiß war dies ein Irrtum. – Gestehen Sie es gnädigster Herr! es war grausam – entsetzlich, daß Sie Ihr Kind von der Brust der Mutter reißen ließen, es in ein trostloses Exil verbannten! – Diese Wunde, die mir Ihre Strenge schlug, werde ich niemals verschmerzen!"

„Benzon", sprach der Fürst, „habe ich Ihnen, dem Kinde nicht ein ansehnliches Jahrgehalt ausgesetzt? – konnte ich mehr tun? Mußte ich nicht, blieb Angela bei uns, jeden Augenblick befürchten, daß unsre foiblesses verraten werden und auf unangenehme Weise die anständige Ruhe unseres Hofes zerstören konnten? – Sie kennen die Fürstin, gute Benzon! Sie wissen, daß sie manchmal besondere Grillen hat."

„Also", nahm die Benzon das Wort, „also Geld, ein Jahrgehalt soll die Mutter entschädigen für allen Schmerz, für alle Trauer, für alle bittre Klage um das verlorne Kind? – In der Tat, gnädigster Herr! es gibt eine andere Art für sein Kind zu sorgen, die die Mutter besser zufriedenstellt, als alles Gold!"

Die Benzon sprach diese Worte mit einem Blick, mit einem Ton, der den Fürsten in einige Verlegenheit setzte.

„Vortreffliche Frau", begann er betreten, „warum diese seltsame Gedanken! – Glauben Sie denn nicht, daß mir ebenfalls das spurlose Verschwinden unserer lieben Angela sehr unangenehm, sehr fatal ist? Es muß ein artiges schönes Mägdlein geworden sein, da es von hübschen scharmanten Eltern geboren." Aufs neue küßte der Fürst der Benzon sehr zärtlich die Hand, die sie aber schnell wegzog und mit funkelndem durchbohrendem Blick dem Fürsten ins Ohr flüsterte: „Gestehen Sie es gnädigster Herr, Sie waren ungerecht, grausam, als Sie darauf bestanden, daß das Kind entfernt werden müsse. Ist es nicht Ihre Pflicht, den Wunsch nicht zurückzuweisen, dessen Erfüllung ich gutmütig genug, wirklich für einigen Ersatz all meines Leids ansehen will?" „Benzon", erwiderte der Fürst noch kleinlauter als zuvor, „gute herrliche Benzon, kann denn unsere Angela nicht wiedergefunden werden? Ich will Heroisches tun für Ihre Wünsche, teure Frau! Ich will mich dem Meister Abraham anvertrauen, mich mit ihm beraten. – Es ist ein vernünftiger erfahrner Mann, vielleicht kann er helfen."

„Oh", unterbrach die Benzon den Fürsten, „o des weisen Meisters Abraham! Glauben Sie denn, gnädigster Herr, daß Meister Abraham wirklich aufgelegt ist, für Sie etwas zu unternehmen, daß er Ihnen, Ihrem Hause getreulich anhängt? Und wie sollte er imstande sein etwas herauszubringen über Angelas Schicksal, nachdem in Venedig, in Florenz, alle Nachforschungen vergeblich geblieben sind und, was das schlimmste ist, ihm jenes geheimnisvolle Mittel geraubt wurde, dessen er sich sonst bediente, um das Unbekannte zu erforschen."

„Sie", sprach der Fürst, „Sie meinen sein Weib, die böse Zauberin Chiara."

„Sehr", erwiderte die Benzon, „sehr fraglich möchte es sein, ob die vielleicht nur inspirierte, mit höhren wunderbaren Kräften begabte Frau, diesen Namen verdient. Auf jeden Fall war es ungerecht, unmenschlich, dem Meister das geliebte Wesen zu rauben, an dem er hing mit ganzer Seele, ja die ganz ein Teil seines Ichs war."

„Benzon", rief der Fürst ganz erschrocken, „Benzon, ich verstehe Sie heute nicht! – Mir schwindelt's im Kopfe! Waren Sie selbst nicht dafür, daß das bedrohliche Geschöpf, vermöge dessen der Meister bald alle unsere Verhältnisse beherrschen konnte, entfernt werden möchte? Billigten Sie nicht selbst mein Schreiben an den Großherzog, in dem ich vorstellte, daß, da jede Zauberei im Lande längst verboten, Personen die in dieser Art beeigenschaftet ihr Wesen trieben, nicht geduldet werden dürften und sicherheitshalber ein wenig eingesperrt werden müßten? Geschah es nicht aus purer Schonung gegen den Meister Abraham, daß der mysteriösen Chiara nicht der offne Prozeß gemacht, sondern daß sie in aller Stille aufgegriffen und fortgeschafft wurde, wohin weiß ich nicht einmal, da ich mich darum nicht weiter bekümmert? – Welch ein Vorwurf kann mich hier treffen?"

„Verzeihung", erwiderte die Benzon, „Verzeihung gnädigster Herr, aber es ist doch in der Tat der Vorwurf des wenigstens übereilten Verfahrens, der Sie wohl mit Recht trifft. – Aber! – erfahren Sie es gnädigster Herr! Meister Abraham ist davon unterrichtet, daß seine Chiara weggeschafft wurde auf Ihren Anlaß. Er ist still, er ist freundlich, aber glauben Sie nicht, gnädigster Herr, daß Haß und Rache brütet in seinem Innern, gegen den, der ihm sein Liebstes raubte auf Erden? Und diesen Mann wollen Sie vertrauen, wollen ihm Ihr Inneres erschließen?" – „Benzon", sprach der Fürst, indem er sich die Schweißtropfen von der Stirne wegtrocknete, „Benzon! Sie alterieren mich sehr – ganz unbeschreiblich möcht ich sagen! – Barmherziger! kann ein Fürst so aus der Kontenance gebracht werden? Muß beim Teufel – Gott ich glaube gar, ich fluche, wie ein Dragoner hier beim Tee! – Benzon! warum sprachen Sie nicht früher! – Er weiß schon alles! – Im Fischerhäuschen, gerade als ich ganz außer mir war, über der Prinzessin Zustand, da floß mir das Herz, der Mund über. – Ich sprach von Angela, entdeckte ihm – Benzon, schrecklich ist es! – j'étois un – Esel! – Voilà tout!"

„Und er erwiderte?" So fragte die Benzon gespannt.

„Beinahe", sprach der Fürst weiter, „beinahe ist es mir so, als habe der Meister Abraham zuerst angefangen von unserm früheren Attachement zu sprechen und wie ich ein glücklicher Vater sein können, statt daß ich nun ein malheureuser sei. – So viel ist aber richtig, daß, als ich meine Beichte geendet, er lächelnd erklärte, wie er schon längst alles wisse und hoffe, daß sich vielleicht in ganzer kurzer Zeit aufklären werde, wo Angela geblieben. – Mancher Trug würde dann vernichtet werden, manche Täuschung zerrinnen."

„Das", sprach die Benzon mit bebenden Lippen, „das sagte der Meister?"

„Sur mon honneur", erwiderte der Fürst, „das sprach er. – Tausend sapperment – pardonnieren Sie Benzon, aber ich bin im Zorn – wenn der Alte es mir nachtragen sollte? – Benzon, que faire?"

Beide, der Fürst und die Benzon starrten sich sprachlos an. „Durchlauchtigster Herr!" lispelte leise ein Kammerlakei, indem er dem Fürsten Tee präsentierte. „Bête!" schrie aber der Fürst, im hastigen Aufspringen dem Lakei Präsentierteller samt der Tasse aus den Händen schleudernd; alles fuhr entsetzt von den Spieltischen in die Höhe, das Spiel war geendet, der Fürst, sich mit Macht bezwingend, lächelte ein freundliches „Adieu" den Erschrockenen zu und begab sich mit der Fürstin in die inneren Gemächer. Auf jedem Gesicht las man aber ganz deutlich: „Gott was ist das, was bedeutet das? – Der Fürst spielte nicht, sprach so lange, so angelegentlich mit der Rätin und geriet dann in solch entsetzlichen Zorn!"

Unmöglich konnte die Benzon auch nur entfernt ahnen, was sie in ihrer Wohnung, die in einem Seitengebäude dicht neben dem Schlosse belegen, für ein Auftritt erwartete. – Kaum eingetreten stürzte ihr nämlich ganz außer sich Julia entgegen und – Doch! gegenwärtiger Biograph ist sehr zufrieden, daß er diesmal das, was sich mit Julia während des fürstlichen Tees begeben, viel besser und deutlicher zu erzählen vermag, als manches andere Faktum, der bis jetzt wenigstens etwas verworrenen Geschichte. – Also! – Wir wissen, daß Julien erlaubt wurde, früher nach Hause zurückzukehren. Ein Leibjäger leuchtete ihr mit einer Fackel vor. Kaum waren sie aber einige Schritte von dem Schlosse entfernt, als der Leibjäger plötzlich stillstand und die Fackel hoch emporhob. „Was gibt es", fragte Julia. „Ei", erwiderte der Leibjäger, „ei Fräulein Julia, haben Sie wohl die Gestalt bemerkt, die dort vor uns so schnell forthuschte? Ich weiß gar nicht, was ich davon denken soll, seit mehreren Abend schleicht hier ein Mensch umher, der bei seiner Heimlichkeit was Böses im Schilde führen muß. Wir haben ihm schon nachgestellt auf alle nur mögliche Weise, aber er entwischt uns unter den Händen, ja er wird vor unsern Augen unsichtbar, wie ein Gespenst oder wie der, Gott sei bei uns! selbst."

Julia dachte an die Erscheinung im Giebelfenster des Pavillons und fühlte sich von unheimlichen Schauern durchbebt. „Fort, ach nur schnell fort", rief sie dem Jäger zu, der meinte aber lachend, das liebe Fräulein möge sich nur nicht fürchten, denn ehe ihr etwas geschehe, müsse ihm erst das Gespenst den Hals umdrehen, überdem habe aber wohl das unbekannte Ding, was sich in der Gegend des Schlosses blicken lasse, Fleisch und Bein wie andere ehrliche Leute und sei ein furchtsamer lichtscheuer Hase.

Julia schickte ihr Mädchen, das über Kopfschmerz und Fieberfrost klagte, zu Bette und legte ohne ihre Beihülfe die Nachtkleider an.

Nun, als sie einsam auf ihrem Zimmer, ging noch einmal alles in ihrer Seele auf, was Hedwiga in einem Zustande zu ihr gesprochen, den sie nur krankhafter Überspannung zuschreiben wollte. Und doch war es gewiß, daß eben jene krankhafte Überspannung nur eine psychische Ursache haben konnte. – Mädchen von solch unbefangenem reinem Gemüt, wie Julia, erraten in derlei intrikaten Fällen wohl selten das Richtige. So glaubte auch Julia, als sie sich alles nochmals in den Sinn gerufen, nichts anderes, als daß Hedwiga von jener entsetzlichen Leidenschaft ergriffen, die sie selbst ihr so furchtbar, als die Ahnung davon in ihrer eignen Seele lag, geschildert, und daß Prinz Hektor der Mann sei, dem sie ihr eignes Selbst geopfert. – Nun, schloß sie ferner, sei, der Himmel wisse wie, der Wahn in Hedwiga aufgestiegen, daß der Prinz in anderer Liebe befangen und habe sie gequält, wie ein fürchterliches, rastlos sie verfolgendes Gespenst, so daß daraus sich die heillose Zerrüttung im Innern erzeugt. „Ach“, sprach Julia zu sich selbst, „ach du gute liebe Hedwiga, kehrte Prinz Hektor zurück, wie bald würdest du dich überzeugen, daß du von deiner Freundin nichts zu befürchten!“ – Doch in dem Augenblick, als Julia diese Worte sprach, trat der Gedanke, daß der Prinz sie liebe, so aus dem Innersten hervor, daß sie vor seiner Macht und Lebendigkeit erschrak, daß sie sich von unnennbarer Angst erfaßt fühlte, es könne doch wahr, was die Prinzessin glaube, und ihr Verderben gewiß sein. Jener seltsame fremdartige Eindruck, den des Prinzen Blick, sein ganzes Wesen auf sie gemacht, kam ihr wieder zu Sinn, jenes Entsetzen durchbebte aufs neue ihre Glieder. Sie gedachte jenes Moments auf der Brücke, als der Prinz sie umschlingend den Schwan fütterte, all der verfänglichen Worte die er damals sprach und die, so harmlos ihr damals alles vorgekommen, ihr jetzt von tieferer Bedeutung schienen. Aber auch des verhängnisvollen Traums gedachte sie, als sie sich von eisernen Armen fest umschlungen gefühlt und es der Prinz gewesen, der sie festgehalten, als sie dann erwacht den Kapellmeister im Garten erblickt und sein ganzes Wesen ihr klar geworden und sie daran geglaubt, daß er sie schützen werde vor dem Prinzen.

„Nein“, rief Julia laut, „nein es ist nicht so, es kann dem nicht so sein, es ist nicht möglich! Es ist der böse Geist der Hölle selbst, der diese sündhaften Zweifel in mir Ärmsten aufregt! – Nein er soll nicht Macht haben über mich!“

Mit dem Gedanken an den Prinzen, an jene gefahrvollen Augenblicke regte sich in Julias tiefster Brust eine Empfindung, deren Bedrohlichkeit nur daran zu erkennen, daß sie die Scham weckte, die das wallende Blut ihr in die Wangen, heiße Tränen ihr in die Augen trieb. Wohl der holden frommen Julia, daß sie Kraft genug besaß den bösen Geist zu beschwören, ihm keinen Raum zu verstatten, in dem er fest fußen können. Es ist hier noch wiederholt zu bemerken, daß Prinz Hektor der schönste liebenswürdigste Mann war den man nur sehen konnte, daß seine Kunst zu gefallen auf die tiefe Weiberkenntnis gegründet war, die ihm das Leben voll glücklicher Abenteuer erworben und daß eben ein junges unbefangenes Mädchen wohl erschrecken mochte vor der siegenden Kraft seines Blicks, seines ganzen Wesens.

„O Johannes“, sprach sie sanft, „du guter herrlicher Mann, kann ich denn nicht bei dir den Schutz suchen, den du mir versprochen? Kannst du nicht selbst zu mir tröstend reden mit den Himmelstönen, die recht widerhallen in meiner Brust?“

Damit öffnete Julia das Pianoforte und begann die Kompositionen Kreislers, die ihr die liebsten waren, zu spielen und zu singen. In der Tat fühlte sie sich bald getröstet, erheitert, der Gesang trug sie fort, in eine andere Welt, es gab keinen Prinzen, ja keine Hedwiga mehr, deren krankhafte Phantome sie verstören durften!

„– Nun noch meine liebste Kanzonetta! –“ So sprach Julia und begann das von so vielen Komponisten gesetzte: Mi lagnero tacendo etc. In der Tat war Kreislern dieses Lied vor allen übrigen gelungen. Der süße Schmerz der brünstigsten Liebessehnsucht war darin in einfacher Melodie, mit einer Wahrheit, mit einer Stärke ausgedrückt, die jedes fühlende Gemüt unwiderstehlich ergreifen mußte. Julia hatte geendet, in das Andenken an Kreisler ganz und gar versunken, schlug sie noch einzelne Akkorde an, die ein Echo schienen ihrer innern Gefühle. Da ging die Türe auf, sie schaute hin und ehe sie sich vom Sitz erheben konnte, lag Prinz Hektor ihr zu Füßen und hielt sie fest, beide Hände erfassend. Laut schrie sie auf vor jähem Schreck, doch der Prinz beschwor sie bei der Jungfrau und allen Heiligen ruhig zu sein, ihm nur zwei Minuten den Himmel ihres Anblicks, ihres Worts zu gönnen. Mit Ausdrücken wie sie nur die Raserei der heftigsten Leidenschaft einzugeben vermag, sagte er ihr dann, daß er nur sie, nur sie anbete, daß der Gedanke der Vermählung mit Hedwiga ihm schrecklich, todbringend sei. Daß er deshalb fliehen wollen, doch bald von der Macht einer Leidenschaft die erst mit seinem Tode enden könne, getrieben, zurückgekehrt sei, nur um Julien zu sehen, zu sprechen, ihr zu sagen, daß nur sie allein sein Leben, sein alles sei!

„Fort", rief Julia in trostloser Herzensangst, „fort – Sie töten mich Prinz!"

„Nimmermehr", schrie der Prinz, indem er in Liebeswut Julias Hände an die Lippen drückte, „nimmermehr, der Moment ist da, der Leben über mich bringt oder Tod! – Julia! Kind des Himmels! Kannst du mich, kannst du den verwerfen, dessen ganzes Sein, dessen Seligkeit du bist? – Nein du liebst mich Julia, ich weiß es, o sprich es aus daß du mich liebst und alle Himmel überschwenglichen Entzückens sind mir geöffnet!"

Damit umschlang der Prinz die vor Entsetzen und Angst halb ohnmächtige Julia und drückte sie heftig an seine Brust.

„Weh mir", rief sie mit halberstickter Stimme, „weh mir – erbarmt sich niemand meiner?"

Da erhellte Fackelglanz die Fenster und mehrere Stimmen ließen sich vor der Türe hören. Julia fühlte einen glühenden Kuß auf den Lippen brennen und schnell war der Prinz entflohen.

Also – ganz außer sich, stürzte wie gesagt Julia der eintretenden Mutter entgegen und mit Entsetzen vernahm diese, was sich begeben. Sie begann damit die arme Julia zu trösten, wie sie nur vermochte, ihr zu versichern, daß sie den Prinzen zu seiner Scham aus dem Versteck in dem er sich befinden müsse, hervorziehen werde.

„Oh", sprach Julia, „o tue das nicht Mutter, ich muß vergehen, wenn der Fürst, wenn Hedwiga erfährt –" Sie fiel schluchzend an der Mutter Brust ihr Antlitz verbergend.

„Du hast recht", erwiderte die Rätin, „du hast recht mein liebes gutes Kind, niemand darf zur Zeit wissen, ahnen, daß der Prinz sich hier befindet, daß er dir nachstellt du liebe fromme Julia! – Die im Komplott sind müssen schweigen. Denn daß es deren gibt, die im Bunde sind mit dem Prinzen, hat nicht den mindesten Zweifel, da er sonst ebensowenig unbemerkt hier in Sieghartshof sich hätte aufhalten, als in unsre Wohnung schleichen können. – Unbegreiflich ist es mir wie es den Prinzen möglich wurde aus dem Hause zu entfliehen, ohne mir und Friedrich, der mir vorleuchtete, zu begegnen? Den alten Georg fanden wir im tiefen unnatürlichen Schlaf, aber wo ist Nanny?" „Weh mir", lispelte Julia, „weh mir, daß sie krank war und ich sie fortschicken mußte."

„Vielleicht", sprach die Benzon, „vielleicht kann ich ihr Arzt sein" und stieß rasch die Türe des Nebenzimmers auf. Da stand die kranke Nanny völlig angekleidet; sie hatte gelauscht und sank nun vor Schreck und Furcht nieder der Benzon zu Füßen.

Wenige Fragen der Benzon reichten hin, um zu erfahren daß der Prinz durch den alten für so treu gehaltenen Kastellan –

*(M. f. f.)* – mußt ich erfahren! – Muzius mein treuer Freund, mein herziger Bruder war an den Folgen der bösen Verwundung am Hinterbeine Todes verblichen. – Die Trauerpost traf mich sehr hart, nun erst fühlte ich, was mir Muzius gewesen! – In künftiger Nacht sollte, wie mir Puff sagte, in dem Keller desselben Hauses, wo der Meister wohnte und wo man die Leiche hingeschafft, die Totenfeier gehalten werden. Ich versprach, mich nicht allein zu gehöriger Zeit einzufinden, sondern auch für Speise und Trank zu sorgen, damit nach alter edler Sitte auch das Trauermahl gehalten werden könne. Ich besorgte dies auch wirklich, indem ich den Tag über nach und nach, meinen reichlichen Vorrat an Fischen, Hühnerknochen und Gemüse hinabtrug. – Für Leser, die alles gern auf das genaueste erklärt haben und daher auch wohl wissen möchten, wie ich es angefangen, das Getränk hinabzutransportieren bemerke ich, daß ohne weiteres Mühen mir eine freundliche Hausmagd dazu verhalf. Die Hausmagd, welche ich gar oft im Keller zu treffen und auch wohl in ihrer Küche zu besuchen pflegte, schien meinem Geschlecht und insonderheit mir ganz vorzüglich gewogen, so daß wir uns nie sahen ohne auf anmutige Weise miteinander zu spielen. Sie reichte mir manchen Bissen, der eigentlich schlechter war, als wie ich ihn von meinem Meister empfing, den ich aber doch verzehrte und dabei tat als wenn er mir ganz vorzüglich schmeckte, aus purer Galanterie. So was rührt wohl das Herz einer Hausmagd und sie tat worauf es eigentlich abgesehen war. Ich sprang ihr nämlich auf den Schoß und sie

kratzte mir so lieblich Kopf und Ohren, daß ich ganz Wonne und Seligkeit war und an die Hand mich gar sehr gewöhnte, die: wochtags ihren Besen führt, und sonntags denn am besten karessiert! – An diese freundliche Person wandte ich mich nun in dem Augenblick, als sie aus dem Keller, in dem ich mich gerade befand, einen großen Topf voll süßer Milch herauftragen wollte und äußerte auf ihr verständliche Weise, den lebhaften Wunsch, die Milch für mich zu behalten. „Närrischer Murr", sprach das Mädchen, die ebensogut wie alle übrigen Leute im Hause, ja wie die ganze Nachbarschaft meinen Namen wußte, „närrischer Murr, du willst gewiß die Milch nicht für dich allein, du willst gewiß traktieren! Nun, behalt nur die Milch, kleiner Graukittel, ich muß oben schon für andere sorgen!" Damit setzte sie den Topf mit Milch auf den Boden nieder, streichelte mir, der ich in den zierlichsten Purzelbäumen meine Freude und meinen Dank zu erkennen gab, noch was weniges den Rücken und stieg denn die Kellertreppe hinauf. – Merke dir o Katerjüngling hiebei, daß die Bekanntschaft, ja ein gewisses sentimentell gemütliches Verhältnis mit einer freundlichen Köchin für junge Leute unseres Standes und Geschlechts ebenso angenehm ist als ersprießlich.

Um die Mitternachtsstunde begab ich mich hinab in den Keller. Trauriger, herzzerreißender Anblick! Da lag in der Mitte auf einem Katafalk der freilich dem einfachen Sinn, den der Verstorbene stets in sich trug, gemäß, nur in einem Bündel Stroh bestand, die Leiche des teuern geliebten Freundes! – Alle Kater waren schon versammelt, wir drückten uns keines Wortes mächtig, die Pfoten, setzten uns, heiße Tränen in den Augen in einen Kreis rings um den Katafalk umher und stimmten einen Klagegesang an, dessen die Brust durchschneidende Töne furchtbar in den Kellergewölben widerhallten. Es war der trostloseste, entsetzlichste Jammer, der jemals gehört worden, kein menschliches Organ vermag ihn herauszubringen.

Nachdem der Gesang geendet, trat ein sehr hübscher, anständig in Weiß und Schwarz gekleideter Jüngling aus dem Kreise, stellte sich an das Kopfende der Leiche und hielt nachfolgende Standrede, welche er mir, unerachtet er sie aus dem Stegreif gesprochen, schriftlich mitteilte.

TRAUERREDE

am Grabe des zu früh verblichenen Katers Muzius,

der Phil. und Gesch. Befliss.

gehalten von seinem treuen Freunde und Bruder,

dem Kater Hinzmann,

der Poes. und Bereds. Befliss.

„Teure in Betrübnis versammelte Brüder!
Wackre hochherzige Bursche!

Was ist der Kater! – ein gebrechliches vergängliches Ding, wie alles, was geboren auf Erden! – Ist es wahr, was die berühmtesten Ärzte und Physiologen behaupten, daß der Tod, dem alle Kreatur unterworfen, hauptsächlich in dem gänzlichen Aufhören alles Atmens bestehe, o so ist unser biedere Freund, unser wackere Bruder, dieser treue tapfere Genosse in Freud und Leid, o so ist unser edle Muzius gewiß tot! – Seht da liegt der Edle auf dem kalten Stroh und hat alle Viere von sich gestreckt! – Nicht der leiseste Atemzug stiehlt sich durch die auf ewig geschlossenen Lippen! Eingefallen sind die Augen, die sonst bald sanftes Liebesfeuer, bald vernichtenden Zorn strahlten in grüngleißendem Gold! Totenblässe überzieht das Antlitz, schlaff hängen die Ohren, hängt der Schweif herab! – O Bruder Muzius, wo sind nun deine lustigen Sprünge, wo ist deine Heiterkeit, deine gute Laune, dein klares fröhliches: Miau! das alle Herzen erfreute, dein Mut, deine Standhaftigkeit, deine Klugheit, dein Witz? – Alles, alles hat dir der bittre Tod geraubt und du weißt vielleicht nun nicht einmal genau, ob du gelebt hast? – Und doch warst du die Gesundheit, die Kraft selbst, gerüstet gegen alles körperliche Weh, als solltest du ewig leben! Kein Rädchen des Uhrwerks, das dein Inneres trieb, war ja auch schadhaft und der Todesengel hatte sein Schwert nicht über dein Haupt geschwungen, weil das Räderwerk abgelaufen und nicht mehr wieder aufgezogen werden konnte. – Nein! ein feindliches Prinzip griff gewaltsam hinein in den Organismus und zerstörte freveInd, was noch lange hätte bestehen können. – Ja! – Noch oft hätten diese Augen freundlich gestrahlt, noch oft wären lustige Einfälle, fröhliche Lieder diesen Lippen, dieser erstarrten Brust entströmt, noch oft hätte dieser Schweif, frohen Mutes innere Kraft verkündend, sich in Wellenlinien geringelt, noch oft hätten diese

Pfoten Stärke und Gewandtheit bewiesen in den mächtigsten gewagtesten Sprüngen – und nun – – O kann es die Natur zulassen, daß das, was sie auf lange Dauer mühsam konstruiert hat, vor der Zeit zerstört werde, oder gibt es wirklich einen finstren Geist, Zufall genannt, der in despotischer frevelnder Willkür hineingreifen darf in die Schwingungen, die alles Sein dem ewigen Naturprinzip gemäß zu bedingen scheinen? – O du Toter, könntest du das hier der betrübten jedoch lebendigen Versammlung sagen! – Doch werte Anwesende, wackre Brüder, laßt uns solchen tiefsinnigen Betrachtungen nicht nachhängen, sondern uns ganz der Klage um den viel zu früh verlornen Freund Muzius zuwenden. – Es ist gebräuchlich, daß der Trauerredner den Anwesenden die ganze vollständige Biographie mit lobpreisenden Zusätzen und Anmerkungen vorträgt und dieser Gebrauch ist sehr gut, da durch einen solchen Vortrag auch in dem betrübtesten Zuhörer der Ekel der Langeweile erregt werden muß, dieser Ekel aber nach der Erfahrung und dem Ausspruch bewährter Psychologen am besten jede Betrübnis zerstört, weshalb denn auf jene Weise der Trauerredner beide Pflichten, die, dem Verewigten die gehörige Ehre zu erweisen und die, die Hinterlassenen zu trösten, auf einmal erfüllt. Man hat Beispiele, und sie sind natürlich, daß der Gebeugteste nach solcher Rede ganz vergnügt und munter von hinnen gegangen ist; über der Freude erlöst zu sein von der Qual des Vortrags, verschmerzte er den Verlust des Hingeschiedenen. – Teure, versammelte Brüder! wie gern folgte auch ich dem löblichen bewährten Gebrauch, wie gern trüge ich euch die ganze ausführliche Biographie des erblaßten Freundes und Bruders vor und setzte euch um aus betrübten Katern in vergnügte, aber es geht nicht, es geht wahrhaftig nicht. – Seht das ein, teure, geliebte Brüder, wenn ich euch sage, daß ich von dem eigentlichen Leben des Verblichenen, was Geburt, Erziehung, weiteres Fortkommen betrifft, beinahe gar nichts weiß, daß ich daher euch lauter Fabeln auftischen müßte, wozu der Ort hier bei der Leiche des Erblaßten viel zu ernst und unsere Stimmung viel zu feierlich ist. – Nichts für ungut, Bursche, aber ich will statt alles weitern langweiligen Sermons nur mit wenigen schlichten Worten sagen, was für ein schmähliches Ende der arme Teufel der hier starr und tot vor uns liegt, nehmen mußte und was es für ein wackrer, tüchtiger Kerl im Leben war! – Doch o Himmel! ich falle aus dem Ton der Beredsamkeit, unerachtet ich derselben beflissen, und will es das Schicksal Professor poeseos et eloquentiae zu werden hoffe!“

(Hinzmann schwieg, putzte sich mit der rechten Pfote Ohren, Stirn, Nase und Bart, betrachtete lange unverwandten Blicks die Leiche, räusperte sich aus, fuhr nochmals mit der Pfote übers Gesicht und sprach dann mit erhöhtem Tone weiter.)

„O bittres Verhängnis! – o grauser Tod! mußtest du auf solch grausame Weise den verewigten Jüngling hinraffen in der Blüte seiner Jahre? – Brüder! ein Redner darf dem Zuhörer nochmals sagen, was dieser schon erfahren bis zum Überdruß, darum wiederhole ich, was ihr schon alle wißt, daß nämlich der dahingeschiedene Bruder fiel, als ein Opfer des wütenden Hasses der Spitzphilister. – Dorthin auf jenes Dach, wo sonst wir uns ergötzten in Friede und Freude, wo fröhliche Lieder schallten, wo Pfot in Pfot und Brust an Brust wir ein Herz, eine Seele waren, wollte er hinaufschleichen um in stiller Einsamkeit mit dem Senior Puff das Andenken jener schönen Tage, wahrer Tage in Aranjuez, die nun vorüber, zu feiern, da hatten die Spitzphilister, die auf jede Weise jede Erneuerung unsers frohen Katerbundes hintertreiben wollten, in die dunklen Winkel des Bodens, Fuchseisen hingestellt; in eins derselben geriet der unglückliche Muzius, zerquetschte sich das Hinterbein und – mußte sterben! – Schmerzhaft und gefährlich sind die Wunden, die Philister schlagen, denn sie bedienen sich jederzeit stumpfer, schartiger Waffen, doch stark und kräftig von Natur, hätte der Dahingeschiedene der bedrohlichen Verletzung unerachtet wieder aufkommen können, aber der Gram, der tiefe Gram sich von schnöden Spitzen überwunden, in seiner schönen glanzvollen Laufbahn ganz zerstört zu sehen, der stete Gedanke an die Schmach, die wir alle erlitten, das war es, was an seinem Leben zehrte. – Er litt keinen gehörigen Verband, nahm keine Arzenei – man sagt, er wollte sterben!“

(Ich, wir alle konnten uns bei diesen letzten Worten Hinzmanns nicht lassen vor grimmen Schmerz, sondern brachen all in solch ein klägliches Geheul und Jammergeschrei aus, daß ein Felsen hätte erweicht werden können. Als wir uns nur einigermaßen beruhigt hatten, so daß wir zu hören vermochten, sprach Hinzmann mit Pathos weiter.)

„O Muzius! o schau herab! schau die Tränen, die wir um dich vergießen, höre die trostlose Klage, die wir um dich erheben verewigter Kater! – Ja, schau auf uns herab oder hinauf, wie es du nun eben vermagst, sei im Geiste unter uns, wenn du noch überhaupt eines Geistes mächtig und derselbige, der dir innegewohnt nicht schon anderweitig verbraucht worden! – Brüder! – wie gesagt, ich halte das Maul über die Biographie des Erblaßten, weil ich nichts davon weiß, aber desto lebhafter sind mir die vortrefflichen Eigenschaften des Verewigten im Gedächtnis und die will ich euch, meine teuersten geliebtesten Freunde, vor die Nase rücken, damit ihr den entsetzlichen Verlust, den ihr durch den Tod des herrlichen Katers erlitten im ganzen Umfange fühlen möget! Vernehmt es, o Jünglinge die ihr geneigt seid nie abzuweichen von dem Pfade der Tugend, vernehmt es! – Muzius war, was wenige im Leben sind, ein würdiges Glied der Katzengesellschaft, ein guter treuer Gatte, ein vortrefflicher liebender Vater, ein eifriger Verfechter der Wahrheit und des Rechts, ein unermüdlicher Wohltäter, eine Stütze der Armen, ein treuer Freund in der Not! – Ein würdiges Glied der Katzengesellschaft? – Ja! denn immer äußerte er die besten Gesinnungen und war sogar zu einiger Aufopferung bereit, wenn geschah was er wollte, feindete auch nur ausschließlich diejenigen an, die ihm widersprachen und seinen Willen sich nicht fügten. Ein guter treuer Gatte? Ja! – denn er lief andern Kätzchen nur dann nach, wenn sie jünger und hübscher waren als sein Gemahl und unwiderstehliche Lust ihn dazu trieb. Ein vortrefflicher liebender Vater? Ja! denn niemals hat man vernommen, daß er, wie es wohl von rohen lieblosen Vätern unsers Geschlechts zu geschehen pflegt im Anfall eines besonderen Appetits eines seiner erzielten Kleinen verspeiset; es war ihm vielmehr ganz recht, wenn die Mutter sie sämtlich forttrug und er von ihrem dermaligen Aufenthalt weiter nichts erfuhr. Ein eifriger Verfechter der Wahrheit und des Rechts? Ja! – denn sein Leben hätte er gelassen dafür, weshalb er, da man nur einmal lebt, sich um beides nicht viel kümmerte, welches ihm auch nicht zu verargen. Ein unermüdlicher Wohltäter, eine Stütze der Armen? Ja! denn jahraus jahrein, trug er am Neujahrstage ein kleines Heringsschwänzlein oder ein paar subtile Knöchelchen hinab in den Hof, für die armen Brüder, die der Speisung bedurften und konnte wohl, da er auf diese Weise seine Pflicht als würdiger Katzenfreund erfüllte, diejenigen bedürftigen Kater mürrisch anknurren, die außerdem noch etwas von ihm verlangten. Ein treuer Freund in der Not? Ja! denn geriet er in Not, so ließ er nicht ab selbst von denjenigen Freunden, die er sonst ganz vernachlässigt, ganz vergessen hatte. – Verewigter! was soll ich noch sagen von deinem Heldenmut, von deinem hohen geläuterten Sinn für alles Schöne und Edle, von deiner Gelehrsamkeit, von deiner Kunstkultur, von all den tausend Tugenden, die sich in dir vereinten! Was, sag ich, soll ich sagen davon, ohne unsern gerechten Schmerz über dein klägliches Hinscheiden nicht noch um vieles zu vermehren! – Freunde, gerührte Brüder! – denn in der Tat, an einigen unzweideutigen Bewegungen bemerke ich zu meiner nicht geringen Befriedigung, daß es mir gelang euch zu rühren. – Also! – gerührte Brüder! – Laßt uns ein Beispiel nehmen an diesem Verstorbenen, laßt uns alle Mühe anwenden, ganz in seine würdige Fußtapfen zu treten, laßt uns ganz das sein, was der Vollendete war und auch wir werden im Tode die Ruhe des wahrhaft weisen, des durch Tugenden jeder Art und Gattung geläuterten Katers genießen, wie dieser Vollendete! – Seht nur selbst wie er so still daliegt, wie er keine Pfote rührt, wie ihm all mein Lob seiner Vortrefflichkeit auch nicht ein leises Lächeln des Wohlgefallens abgewonnen! – Glaubt ihr wohl, Traurige! daß der bitterste Tadel, die gröbsten beleidigendsten Schmähungen ebenso jeden Eindruck auf den Verewigten verfehlt haben würden? Glaubt ihr wohl, daß selbst der dämonische Spitzphilister, träte er hinein in diesen Kreis, dem er sonst unmaßgeblich beide Augen ausgekratzt haben würde, jetzt ihn nur im mindesten in Harnisch bringen, seine sanfte süße Ruhe verstören dürfte?

Über Lob und Tadel, über alle Anfeindungen, alle Foppereien, allen neckhaften Spott und Hohn, über allen wirrigen Spuk des Lebens ist unser herrliche Muzius erhaben, er hat kein anmutiges Lächeln, keine feurige Umarmung, keinen biedern Pfotendruck mehr für den Freund, aber auch keine Krallen, keine Zähne mehr für den Feind! – Er ist vermöge seiner Tugenden zu der Ruhe gelangt, der er im Leben vergebens nachgestrebt! – Zwar will es mich beinahe bedünken, daß wir alle, so wie wir hier zusammen sitzen und heulen um den Freund, zu *der* Ruhe kommen würden, ohne gerade so ein Ausbund von aller Tugend zu sein als er und daß es wohl noch ein anderes Motiv geben müsse tugendhaft zu sein, als gerade die Sehnsucht nach dieser Ruhe, indessen ist das nur solch ein Gedanke, den ich euch zu fernerer Bearbeitung überlasse. – Soeben wollte ich euch ans Herz legen, euer ganzes Leben vorzüglich dazu anzuwenden um so schön sterben zu lernen als Freund Muzius, indessen will ich es lieber nicht tun, da ihr mir so manches Bedenkliche entgegensetzen könntet. Ich meine nämlich, daß ihr mir einwenden dürftet, der Verewigte hätte auch lernen sollen, behutsam zu sein und Fuchseisen zu vermeiden, um nicht zu sterben vor der Zeit. Dann gedenke ich aber auch, wie ein sehr junger Katerknabe auf gleiche Ermahnung des Lehrers, daß der Kater sein ganzes Leben darauf verwenden müsse um sterben zu lernen, schnippisch genug erwiderte: es könne doch so gar schwer nicht sein, da es jedem gelinge aufs erste Mal! – Laßt uns jetzt, hochbetrübte Jünglinge, einige Augenblicke stiller Betrachtung widmen!"

(Hinzmann schwieg und fuhr sich wiederum mit der rechten Pfote über Ohren und Gesicht, dann schien er in tiefes Nachdenken zu versinken, indem er die Augen fest zudrückte. Endlich als es zu lange währte, stieß ihn der Senior Puff an und sprach leise: „Hinzmann ich glaube gar, du bist eingeschlafen. Mache nur, daß du fertig wirst mit deinem Sermon, denn wir verspüren alle einen desperaten Hunger." Hinzmann fuhr in die Höhe, setzte sich wieder in die zierliche Rednerstellung und sprach weiter.)

„Teuerste Brüder! – ich hoffte zu noch einigen erhabenen Gedanken zu gelangen und gegenwärtige Standrede glänzend zu schließen, es ist mir aber gar nichts eingefallen, ich glaube der große Schmerz, den ich zu empfinden mich bemüht, hat mich ein wenig stupid gemacht. Laßt uns daher meine Rede, der ihr den vollkommensten Beifall nicht versagen könnet, für geschlossen annehmen und jetzt das gewöhnliche De oder Ex profundis anstimmen!"

So endete der artige Katerjüngling seinen Trauersermon, der mir zwar in rhetorischer Hinsicht wohl geordnet und von guter Wirkung zu sein schien, an dem ich aber doch manches auszusetzen fand. Mir kam es nämlich vor, daß Hinzmann gesprochen, mehr, um ein glänzendes Rednertalent zu zeigen, als den armen Muzius noch zu ehren nach seinem betrübten Hinscheiden. Alles was er gesagt, paßte gar nicht recht auf den Freund Muzius, der ein einfacher, schlichter, gerader Kater und, ich hatte es ja wohl recht erfahren, eine treue gutmütige Seele gewesen. Überdem war auch das Lob, das Hinzmann gespendet, von zweideutiger Art, so daß mir eigentlich die Rede hinterher mißfiel, und ich während des Vortrags bloß durch die Anmut des Redners und, durch seine in der Tat ausdrucksvolle

Deklamation bestochen worden. Auch der Senior Puff schien meiner Meinung zu sein; wir wechselten Blicke die Hinzmanns Rede betreffend, von unserm Einverständnis zeugten.

Dem Schluß der Rede gemäß, stimmten wir ein De profundis an, das womöglich noch viel jämmerlicher, viel herzzerschneidender klang, als das entsetzliche Grabeslied vor der Rede. – Es ist bekannt, daß die Sänger von unserm Geschlecht den Ausdruck des tiefsten Wehs, des trostlosesten Jammers, mag nun die Klage wegen zu sehnsüchtiger oder verschmähter Liebe oder um einen geliebten Verstorbenen ertönen, ganz vorzüglich in der Gewalt haben, so daß selbst der kalte gefühllose Mensch von Gesängen solcher Art tief durchdrungen wird und der gepreßten Brust nur Luft zu machen vermag durch seltsames Fluchen. – Als das De profundis geendigt, hoben wir die Leiche des verewigten Bruders auf und senkten sie in ein tiefes in einer Ecke des Kellers befindliches Grab.

In diesem Augenblick begab sich aber das Unerwartetste und zugleich anmutig Rührendste der ganzen Totenfeier. Drei Katzenmädchen schön wie der Tag, hüpften heran und streuten Kartoffel- und Petersilienkraut, das sie im Keller gepflückt, in das offne Grab, während eine ältere ein einfaches herziges Lied dazu sang. Die Melodie war mir bekannt, irre ich nicht, so fängt der Originaltext des Liedes, dem die Stimme untergeschoben mit den Worten an: O Tannenbaum! o Tannenbaum! u. s. w. Es waren, wie mir der Senior Puff ins Ohr sagte, die Töchter des verstorbenen Muzius, die auf diese Weise des Vaters Trauerfest mit begingen.

Nicht das Auge abwenden konnte ich von der Sängerin; sie war allerliebst, der Ton ihrer süßen Stimme, selbst das Rührende tief Empfundene in der Melodie des Trauerliedes riß mich hin, ganz und gar; ich konnte mich der Tränen nicht enthalten. Doch der Schmerz der mir sie auspreßte, war von ganz besonderer seltsamer Art, da er mir das süßeste Wohlbehagen erregte.

Daß ich es nur geradezu heraussage! – Mein ganzes Herz neigte sich der Sängerin hin, es war mir, als habe ich nie eine Katzenjungfrau erblickt von dieser Anmut, von diesem Adel in Haltung und Blick, kurz von dieser siegenden Schönheit!

Das Grab wurde mit Mühe von vier rüstigen Katern, die so viel Sand und Erde herankratzten als nur möglich, gefüllt, die Beerdigung war vorbei und wir gingen zu Tische. Muzius' schöne liebliche Töchter wollten sich entfernen, das litten wir jedoch nicht, sie mußten vielmehr teilnehmen am Trauermahl und ich wußte es so geschickt anzufangen, daß ich die Schönste zur Tafel führte und mich dicht neben ihr hinsetzte. Hatte mir erst ihre Schönheit geglänzt, hatte mich ihre süße Stimme bezaubert, so versetzte mich jetzt ihr heller klarer Verstand, die Innigkeit, die Zartheit ihres Gefühls, das rein weibliche fromme Wesen, das aus ihrem Innern hervorstrahlte, in den höchsten Himmel des Entzückens. Alles erhielt in ihrem Munde, in ihren süßen Worten einen ganz eignen Zauberreiz, ihr Gespräch war ganz liebliche zarte Idylle. – So sprach sie z. B. mit Wärme von einem Milchbrei, den sie wenige Tage vor des Vaters Tode nicht ohne Appetit genossen und als ich sagte, daß bei meinem Meister solch ein Brei ganz vorzüglich bereitet würde und zwar mit einer guten Zutat von Butter, da blickte sie mich an mit ihren frommen grünstrahlenden Taubenaugen und fragte mit einem Ton, der mein ganzes Herz durchbebte: „O gewiß – gewiß mein Herr! – Sie lieben auch den Milchbrei? – Mit Butter!" wiederholte sie dann, wie in schwärmerische Träume versinkend. – Wer weiß nicht, daß hübschen blühenden Mädchen von sechs bis acht Monaten (so viele konnte die Schönste zählen) nichts besser kleidet, als ein kleiner Anstrich von Schwärmerei, ja daß sie denn oft ganz unwiderstehlich sind. So geschah es, daß ich ganz in Liebe entflammt, die Pfote der Schönsten heftig drückend laut rief: „Englisches Kind! frühstücke mit mir Milchbrei und es gibt keine Seligkeit des Lebens, gegen die ich mein Glück austausche!" – Sie schien verlegen, sie schlug errötend die Augen nieder, doch ließ sie ihre Pfote in der meinigen, welches die schönsten Hoffnungen in mir erregte. Ich hatte nämlich einmal bei meinem Meister einen alten Herrn, der, irre ich nicht, ein Advokat war, sagen gehört, es sei für ein junges Mädchen sehr gefährlich, ihre Hand lange in der Hand eines Mannes zu lassen, weil dieser es mit Recht für eine traditio brevi manu ihrer ganzen Person ansehen und allerlei Ansprüche darauf begründen könne, die dann nur mit Mühe zurückzuweisen. – Zu solchen Ansprüchen hatte ich nun aber große Lust und wollte eben damit beginnen, als das Gespräch durch eine Libation zu Ehren des Verstorbenen unterbrochen wurde. – Die drei jüngeren Töchter des hingeschiedenen Muzius hatten indessen eine frohe Laune, eine schalkhafte Naivität entwickelt, über die alle Kater entzückt waren. Schon durch Speise und Trank merklich dem Gram und Schmerz entnommen, wurde nun die

Gesellschaft immer froher und lebendiger. Man lachte, man scherzte und als die Tafel aufgehoben, war es der ernste Senior Puff selbst, welcher vorschlug, ein Tänzchen zu machen. Schnell war alles fortgeräumt; drei Kater stimmten ihre Kehlen und bald sprangen und drehten sich Muzius' aufgeweckte Töchter mit den Jünglingen wacker herum.

Nicht von der Seite wich ich der Schönsten, ich forderte sie auf zum Tanz, sie gab mir die Pfote, wir flogen in die Reihen. – Ha! wie ihr Atem an meiner Wange spielte, wie meine Brust an der ihrigen bebte! wie ich ihren süßen Leib mit meinen Pfoten umschlungen hielt! – O des seligen, himmlisch seligen Augenblicks!

Als wir zwei, auch wohl drei Hopser getanzt, führte ich die Schönste in eine Ecke des Kellers und bediente sie galanter Sitte gemäß mit einigen Erfrischungen, wie sie sich eben vorfinden lassen wollten, da das Fest eigentlich auf einen Ball nicht eingerichtet. Nun ließ ich meinem innern Gefühl ganz freien Lauf. Ein Mal übers andere drückte ich ihre Pfote an meine Lippen und versicherte ihr, daß ich der glücklichste Sterbliche sein werde, wenn sie mich ein bißchen lieben wolle.

„Unglücklicher", sprach plötzlich eine Stimme dicht hinter mir, „Unglücklicher, was beginnst du! – es ist deine Tochter Mina!"

Ich erbebte, denn wohl erkannte ich die Stimme! – Es war Miesmies! – Launisch spielte der Zufall mit mir, daß in dem Augenblick, als ich Miesmies ganz vergessen zu haben geglaubt, ich erfahren, was ich nicht ahnen können, ich in Liebe kommen mußte, zu eignem Kinde! – Miesmies war in tiefer Trauer, ich wußte selbst nicht, was ich davon denken sollte. „Miesmies", sprach ich sanft, „Miesmies was führt Sie hieher, warum in Trauer und – o Gott! – jene Mädchen – Minas Schwestern?" – Ich erfuhr das Seltsamste! – Mein gehässiger Nebenbuhler, der Schwarzgraugelbe, hatte sich gleich nachher, als er in jenem mörderischen Zweikampf meiner ritterlichen Tapferkeit erlegen von Miesmies getrennt und war, als nur seine Wunden geheilt, fortgegangen niemand wußte wohin. Da warb Muzius um ihre Pfote, die sie ihm willig reichte und es machte ihm Ehre und bewies sein Zartgefühl, daß er mir dies Verhältnis gänzlich verschwieg. So waren aber jene muntre naive Kätzchen nur meiner Mina Stiefschwestern!

„O Murr", sprach Miesmies zärtlich, nachdem sie erzählt, wie sich das alles ergeben, „o Murr! Ihr schöner Geist hat sich nur in dem Gefühl geirrt, das ihn überströmte. Es war die Liebe des zärtlichsten Vaters, nicht des verlangenden Liebhabers, die in Ihrer Brust erwachte als Sie unsre Mina sahen. *Unsere* Mina! o welch ein süßes Wort! – Murr! können Sie dabei unempfindlich bleiben, sollte alle Liebe erloschen sein in Ihrem Innern gegen die, die Sie so innig liebte – o Himmel noch so innig liebt, die Ihnen treu geblieben bis in den Tod, wäre nicht ein anderer dazwischengekommen und hätte sie verlockt durch schnöde Verführungskünste? – O Schwachheit, dein Name ist Katz! Das denken Sie, ich weiß es, aber ist es nicht Katertugend, der schwachen Katze zu verzeihen? – Murr! Sie sehen mich gebeugt, trostlos über den Verlust des dritten zärtlichen Gatten, aber in dieser Trostlosigkeit flammt aufs neue die Liebe auf, die sonst mein Glück, mein Stolz, mein Leben war! – Murr! hören Sie mein Geständnis! – ich liebe Sie noch und ich dächte wir verhei –" Tränen erstickten ihre Stimme!

Mir war bei dem ganzen Auftritt sehr peinlich zumute. Mina saß da, bleich und schön, wie der erste Schnee, der manchmal im Herbste die letzten Blumen küßt und gleich in bittres Wasser zerfließen wird!

(*Anmerkung des Herausgebers.* Murr! – Murr! schon wieder ein Plagiat! – In Peter Schlemihls wundersamer Geschichte beschreibt der Held des Buchs seine Geliebte, auch Mina geheißen, mit denselben Worten.)

Schweigend betrachtete ich beide, Mutter und Tochter, die letzte gefiel mir doch unendlich viel besser und da bei unserm Geschlecht die nächsten verwandtschaftlichen Verhältnisse kein kanonisches Ehehindernis – Vielleicht verriet mich mein Blick, denn Miesmies schien meine innerste Gedanken zu durchschauen. „Barbar!" rief sie, indem sie schnell auf Mina lossprang und sie heftig umpfotend, an ihre Brust riß, „Barbar! was willst du beginnen? – Wie? du kannst dies dich liebende Herz verschmähen und Verbrechen häufen auf Verbrechen!" – Unerachtet ich nun gar nicht begriff, was für Ansprüche Miesmies geltend machen und welche Verbrechen sie mir vorwerfen konnte, so fand ich es, um den Jubel, in den sich das Trauerfest aufgelöst, nicht zu verstören doch geratener, gute Miene zu machen zu bösem Spiel. Ich versicherte daher der ganz aus sich selbst gekommenen Miesmies, daß bloß die unaussprechliche Ähnlichkeit Minas mit ihr mich irregeführt und ich geglaubt habe, dasselbe Gefühl entflamme mein Inneres, das ich für sie, die noch immer schöne Miesmies, in mir trage. Miesmies trocknete alsbald ihre Tränen, setzte sich dicht zu mir und fing ein so vertrauliches Gespräch mit mir an, als sei nie etwas Böses unter uns vorgefallen. Hatte nun noch der junge Hinzmann die schöne Mina zum Tanz aufgefordert, so kann man denken, in welcher unangenehmen peinlichen Lage ich mich befand.

Ein Glück für mich war es, daß der Senior Puff endlich Miesmies aufzog zum Kehraus, da sie mir sonst noch allerlei seltsame Propositionen hätte machen können. Ich schlich leise leise aus dem Keller herauf und dachte: Kommt Zeit, kommt Rat!

Ich sehe dieses Trauerfest für den Wendepunkt an, in dem sich meine Lehrmonate schlossen und ich eintrat in einen andern Kreis des Lebens.

*(Mak. Bl.)* – Kreisler veranlaßt, sich in aller Frühe in die Gemächer des Abts zu begeben. Er fand den hochehrwürdigen Herrn, wie er eben mit Beil und Meißel in der Hand, beschäftigt war, eine große Kiste aufzuschlagen, in welcher der Form nach, ein Gemälde eingepackt sein mußte. „Ha!“ rief der Abt dem eintretenden Kreisler entgegen, „gut, daß Ihr kommt, Kapellmeister! Ihr könnet mir beistehen in einer schweren mühseligen Arbeit. Die Kiste ist mit tausend Nägeln zugehämmert, als solle sie verschlossen bleiben in Ewigkeit. Sie kommt geradesweges aus Neapel und es ist ein Gemälde darin, das ich vorderhand in meinem Kabinett aufhängen und den Brüdern nicht zeigen will. Darum rief ich mir keinen zur Hülfe; aber nun sollt Ihr mir helfen Kapellmeister.“ Kreisler legte Hand an und nicht lange dauerte es, so war das große schöne Gemälde, das in einen prächtigen vergoldeten Rahmen gefaßt, aus der Kiste zutage gefördert. Nicht wenig verwunderte sich Kreisler, als er in dem Kabinett des Abts die Stelle über dem kleinen Altar, wo sonst ein sehr anmutiges Bild von Leonardo da Vinci, die heilige Familie darstellend, aufgehängt war, leer fand. Der Abt hatte dies Gemälde für eins der besten geachtet, was die an alten Originalen reiche Sammlung besaß und doch sollte dieses Meisterstück Platz machen einem Gemälde, dessen große Schönheit aber auch entschiedene Neuheit Kreisler auf den ersten Blick erkannte.

Mit großer Mühe hatten beide, der Abt und Kreisler das Gemälde an der Wand mit Mauerschrauben befestigt und nun stellte sich der Abt in das rechte Licht und schaute das Bild mit einem solch innigen Wohlbehagen, mit solch sichtlicher Freude an, daß es schien, als sei, außer der in der Tat bewundrungswürdigen Malerei, noch ein besonderes Interesse hier im Spiele. – Der Gegenstand des Gemäldes war ein Mirakel. Von der strahlenden Glorie des Himmels umflossen, erschien die heilige Jungfrau; in der linken Hand trug sie einen Lilienzweig, mit den beiden Mittelfingern der rechten Hand, berührte sie aber die nackte Brust eines Jünglings und man sah, wie unter den Fingern dickes Blut aus einer offnen Wunde hervortropfte. Der Jüngling erhob sich halb von dem Lager auf das er ausgestreckt, er schien aus dem Todesschlafe zu erwachen, noch hatte er nicht die Augen geöffnet, aber das verklärte Lächeln, das auf seinem schönen Antlitz ausgebreitet, zeigte, daß er die Mutter Gottes schaute im seligen Traum, daß ihm der Schmerz der Wunde entnommen, daß der Tod keine Macht mehr hatte über ihn. – Jeder Kenner mußte die korrekte Zeichnung, die geschickte Anordnung der Gruppe, die richtige Verteilung des Lichts und Schattens, den grandiosen Wurf der Gewänder, die hohe Anmut der Gestalt Marias, vorzüglich auch die lebensvolle Farbe, die den modernen Künstlern meistens nicht zu Gebote steht, höchlich bewundern. Worin sich aber am meisten und wie es in der Natur der Sache liegt auch am entschiedensten der wahre Genius des Künstlers offenbarte, war der unbeschreibliche Ausdruck der Gesichter. Maria war das schönste anmutigste Weib, das man nur sehen konnte und doch lag auf dieser hohen Stirne des Himmels gebietende Majestät, strahlte überirdische Seligkeit in milden Glanz aus diesen dunklen Augen. Ebenso war die himmlische Verzückung des zum Leben erwachenden Jünglings mit einer seltenen Kraft des schöpferischen Geistes vom Künstler aufgefaßt und dargestellt. – Kreisler kannte in der Tat kein einziges Gemälde der neuern Zeit, das er diesem herrlichen Bilde hätte an die Seite stellen können; er äußerte dies dem Abt, indem er sich über alle einzelne Schönheiten des Werks weitläuftig ausließ und dann hinzufügte, daß in der neuesten Zeit wohl kaum Gediegeneres hervorgebracht worden.

„Das“, sprach der Abt lächelnd, „das hat seinen guten Grund, wie Ihr, Kapellmeister! sogleich erfahren sollt. – Es ist ein eignes Ding mit unsern jungen Künstlern, sie studieren und studieren, erfinden, zeichnen, machen gewaltige Kartons und am Ende kommt Totes Starres hervor, das nicht eindringen kann ins Leben, weil es selbst nicht lebt. Statt des alten großen

Meisters, den sie sich zum Muster und Vorbild gewählt haben, Werke sorglich zu kopieren und so einzudringen in seinen eigentümlichsten Geist, wollen sie gleich die Meister selbst sein und Similia malen, verfallen aber darüber in eine Nachahmerei der Nebendinge, die sie ebenso kindisch und lächerlich erscheinen läßt, als jenen, der um einem großen Mann gleichzukommen, ebenso zu husten, zu schnarren, etwas gebückt zu gehen sich mühte, wie dieser. – Es fehlt unsern jungen Malern an der wahren Begeisterung, die das Bild in aller Glorie des vollendetsten Lebens aus dem Innern hervorruft und ihnen vor Augen stellt. Man sieht, wie sich dieser, jener vergebens abquält um endlich in jene erhöhte Stimmung des Gemüts zu geraten, ohne die kein Werk der Kunst geschaffen wird. Was dann aber die Ärmsten, für wahre Begeisterung halten, wie sie den heitern ruhigen Sinn der alten Maler erhob, ist nur das seltsam gemischte Gefühl von hochmütiger Bewunderung des selbst gefaßten Gedankens und von ängstlicher, quälender Sorge, nun bei der Ausführung es dem alten Vorbilde auch in der kleinsten Kleinigkeit nachzutun. – So wird denn oft die Gestalt, die selbst lebendig, ins helle freundliche Leben treten sollte, zur widerlichen Fratze. Unsere jungen Maler bringen es nicht zur deutlichen Anschauung der im Innern aufgefaßten Gestalt und mag es vielleicht nicht lediglich daher kommen, daß sie, gerät ihnen auch sonst alles so ziemlich gut, doch die Färbung verfehlen? – Mit einem Wort, sie können höchstens zeichnen, aber durchaus nicht malen. Unwahr ist es nämlich, daß die Kenntnis der Farben und ihrer Behandlung verlorengegangen sein, daß es den jungen Malern an Fleiß fehlen sollte. Denn was das erste betrifft so ist es unmöglich, da die Malerkunst seit der christlichen Zeit in der sie sich erst als wahrhaftige Kunst gestaltete, nie geruht hat, sondern Meister und Schüler eine ununterbrochene, fortlaufende Reihe bilden und der Wechsel der Dinge, der freilich nach und nach die Abweichungen vom Wahrhaftigen herbeiführte, auf die Übertragung des Mechanischen keinen Einfluß haben konnte. Anlangend aber den Fleiß der Künstler, so möchte ihnen eher Übermaß als Mangel daran vorzuwerfen sein. Ich kenne einen jungen Künstler der ein Gemälde, läßt es sich auch ziemlich gut an, so lange übermalt und übermalt bis alles in einen stumpfen bleiernen Ton hinschwindet und so vielleicht erst dem innern Gedanken gleicht, dessen Gestalten nicht in das vollendete, lebendige Leben treten konnten. – Seht da, Kapellmeister, ein Bild, aus dem wahres herrliches Leben haucht, und das darum, weil es die wahre fromme Begeisterung schuf! – Das Mirakel ist Euch deutlich. Der Jüngling der sich dort vom Lager erhebt, wurde in gänzlicher Hülflosigkeit von Mördern überfallen und zum Tode getroffen. Laut rief er, der sonst ein gottloser Frevler gewesen, der die Gebote der Kirche in höllischem Wahn verachtet, die heilige Jungfrau um Hülfe an und es gefiel der himmlischen Mutter Gottes, ihn aus dem Tode zu erwecken, damit er noch lebe, seine Irrtümer einsehe und sich in frommer Hingebung der Kirche weihe und ihrem Dienst. – Dieser Jüngling, dem die Gottgesandte so viel Gnade angedeihen ließ, ist zugleich der Maler des Bildes."

Kreisler bezeugte darüber, was ihm der Abt sagte, seine nicht geringe Verwunderung und schloß damit, daß auf diese Weise das Mirakel ja in der neuesten Zeit sich zugetragen haben müsse?

„Auch Ihr", sprach der Abt mit sanftem mildem Ton, „auch Ihr, mein lieber Johannes seid also der törichten Meinung, daß das Gnadentor des Himmels jetzt verschlossen sei, so daß das Mitleiden, die Barmherzigkeit in der Gestalt des Heiligen, den der bedrängte Mensch in der zermalmenden Angst des Verderbens brünstig anflehte, nicht mehr hindurchwandeln, selbst dem Bedürftigen erscheinen und ihm Frieden und Trost bringen könne? – Glaubt mir Johannes, nie haben die Wunder aufgehört aber des Menschen Auge ist erblödet in sündigem Frevel, es kann den überirdischen Glanz des Himmels nicht ertragen, und vermag daher nicht die Gnade der ewigen Macht zu erkennen, wenn sie sich kund tut in sichtbarlicher Erscheinung. – Doch mein lieber Johannes! die herrlichsten göttlichsten Wunder geschehen in dem innersten Gemüt des Menschen selbst und diese Wunder soll er laut verkünden, wie er es nur vermag, in Wort, Ton oder Farbe. So hat jener Mönch, der das Bild malte, das Wunder seiner Bekehrung herrlich verkündet, und so – Johannes, ich muß von Euch reden, es strömt mir aus dem Herzen – und so verkündet Ihr in mächtigen Tönen das herrliche Wunder der Erkenntnis des ewigen klarsten Lichts aus Euerm tiefsten Innern heraus. Und daß Ihr das vermöget, ist das nicht auch ein gnadenvolles Wunder, das die ewige Macht geschehen läßt zu Euerm Heil?"

Kreisler fühlte sich von des Abts Worten gar seltsam erregt; so wie es selten geschehen, trat der volle Glauben an seine innere schöpferische Kraft lebendig hervor und ihn durchbebte ein seliges Wohlbehagen.

Nicht den Blick hatte Kreisler indessen abgewandt von dem wunderbaren Gemälde, aber wie es wohl zu geschehen pflegt, daß wir auf Bildern, vorzüglich wenn wie es hier der Fall, starke Lichteffekte im Vor- oder Mittelgrunde angebracht sind, die in den dunklen Hintergrund gestellten Figuren erst später entdecken, so gewahrte auch jetzt erst Kreisler die Gestalt, die in einen weiten Mantel gehüllt, den Dolch, auf den nur ein Strahl der Glorie der Himmelskönigin zu fallen schien, so daß er kaum bemerkbar blinkte, in der Hand, durch die Türe entfloh. Es war offenbar der Mörder; im Entfliehen blickte er rückwärts und sein Gesicht trug den furchtbaren Ausdruck der Angst und des Entsetzens.

Wie ein Blitz traf es den Kreisler, als er in dem Antlitz des Mörders die Züge des Prinzen Hektor erkannte; nun war es ihm auch, als habe er den zum Leben erwachenden Jüngling schon irgendwo, wiewohl nur sehr flüchtig, gesehen. Eine ihm selbst unerklärliche Scheu hielt ihn zurück, diese Bemerkungen dem Abt mitzuteilen, dagegen fragte er den Abt, ob er es nicht für störend und anstößig halte, daß der Maler ganz im Vorgrunde, wiewohl im Schlagschatten, Gegenstände des modernen Anzuges angebracht und wie er jetzt erst sehe auch den erwachenden Jüngling, also sich selbst modern gekleidet?

In der Tat war auf dem Bilde und zwar zur Seite des Vorgrundes ein kleiner Tisch und ein dicht daneben stehender Stuhl angebracht, auf dessen Lehne ein türkischer Shawl hing, so wie auf dem Tisch ein Offiziershut mit einen Federbusch und ein Säbel lagen. Der Jüngling trug einen modernen Hemdkragen, eine Weste, die ganz aufgeknöpft und einen dunklen ebenfalls ganz aufgeknöpften Überrock, dessen Schnitt aber einen guten Faltenwurf zuließ. Die Himmelskönigin war gekleidet, wie man sie auf den Bildern der besten alten Maler zu sehen gewohnt ist.

„Mir ist", erwiderte der Abt auf Kreislers Frage, „mir ist die Staffage im Vorgrunde so wie des Jünglings Überrock nicht allein keineswegs anstößig, sondern ich meine auch, daß der Maler nicht von des Himmels Gnade, sondern von weltlicher Torheit und Eitelkeit hätte durchdrungen sein müssen, wenn er auch nur in dem geringfügigsten Nebenpunkte von der Wahrheit abgewichen wäre. So wie es sich wirklich begab, getreu nach Ort, Umgebung, Kleidung der Personen u. s. w. mußte er das Mirakel darstellen, so sieht auch jeder auf den ersten Blick, daß sich das Mirakel in unsern Tagen begab und so wird das Gemälde des frommen Mönchs zur schönen Trophäe der siegenden Kirche in diesen Zeiten des Unglaubens und der Verderbtheit."

„Und doch", sprach Kreisler, „und doch ist mir dieser Hut, dieser Säbel, dieser Shawl, dieser Tisch, dieser Stuhl – ist mir das alles, sage ich, fatal und ich wollte, der Maler hätte diese Staffage des Vorgrundes weggelassen, und sich selbst ein Gewand umgeworfen, statt des Überrocks. Sagt selbst, hochehrwürdiger Herr, könnt Ihr Euch eine heilige Geschichte denken im modernen Kostüm, einen heiligen Joseph im Flauschrock, einen Heiland im Frack, eine Jungfrau in einer Robe, mit umgeworfenen türkischen Shawl? Würde Euch das nicht als eine unwürdige ja abscheuliche Profanation des Erhabensten erscheinen? Und doch stellten die alten, vorzüglich die deutschen Maler alle biblischen und heiligen Geschichten in dem Kostüm ihres Zeitalters dar und ganz falsch möchte die Behauptung sein, daß sich jene Trachten besser zur malerischen Darstellung eigneten als die jetzigen, die freilich, bis auf manche Kleidung der Weiber, albern und unmalerisch genug sind. Doch bis ins Übertriebene, bis ins Ungeheuere, möcht ich sagen gingen ja manche Moden der Vorzeit; man denke an jene ellenhoch aufgekrümmte Schnabelschuhe, an jene bauschichte Pluderhosen, an jene zerschnittene Wämser und Ärmel u. s. w., vollends unausstehlich und Antlitz und Wuchs entstellend waren aber manche Weibertrachten, wie man sie auf alten Bildern findet, auf denen das junge blühende, bildschöne Mädchen bloß der Tracht halber das Ansehn hat, einer alten grämlichen Matrone. Und doch sind gewiß jene Bilder niemanden anstößig gewesen."

„Nun", erwiderte der Abt, „nun kann ich Euch, mein lieber Johannes, mit wenigen Worten recht den Unterschied der alten frommen und der jetzigen verderbteren Zeit vor Augen bringen. – Seht, damals waren die heiligen Geschichten so in das Leben der Menschen eingedrungen, ja, ich möchte sagen, so im Leben bedingt, daß jeder glaubte, vor seinen Augen habe sich das Wundervolle begeben und jeden Tag könne die ewige Allmacht gleiches geschehen lassen. So ging dem frommen Maler die heilige Geschichte, der er seinen Sinn zugewendet, in der Gegenwart auf; unter den Menschen, wie sie ihn im Leben umgaben, sah er das Gnadenreiche geschehen und wie er es lebendig geschaut, brachte er es auf die Tafel. Heutzutage sind jene Geschichten etwas ganz Entferntes, das als für sich bestehend und in die Gegenwart nicht eintretend, nur in der Erinnerung ein mattes Leben mühsam behauptet und vergebens ringt der Künstler nach lebendiger Anschauung, da, mag er es sich auch selbst nicht gestehen, sein innerer Sinn durch das weltliche Forttreiben verflacht ist. – Ebenso fade und lächerlich ist es aber hiernach, wenn man den alten Malern Unkenntnis des Kostüms vorwirft und darin die Ursache findet, warum sie nur die Trachten ihrer Zeit in ihren Gemälden aufstellten, als wenn unsere jungen Maler sich mühen die abenteuerlichsten geschmackwidrigsten Trachten des Mittelalters in ihren Abbildungen heiliger Geschichten anzubringen, dadurch aber zeigen, daß sie das, was sie abzubilden unternommen nicht unmittelbar im Leben anschauten, sondern sich mit dem Reflex davon begnügten wie er ihnen im Gemälde des alten Meisters aufging. Eben daher, mein lieber Johannes, weil die Gegenwart zu profan, um nicht mit jenen frommen Legenden im häßlichen Widerspruch zu stehen, weil niemand imstande ist, sich jene Wunder als unter uns geschehen vorzustellen, eben daher würde allerdings die Darstellung in unserem modernen Kostüm uns abgeschmackt, fratzenhaft, ja frevelig bedünken. Ließe es aber die ewige Macht geschehen, daß vor aller unser Augen nun wirklich ein Wunder geschehe, so würde es durchaus unzulässig sein, das Kostüm der Zeit zu ändern, so wie die jungen Maler nun freilich, wollen sie einen Stützpunkt finden, darauf bedacht sein müssen, in alten Begebenheiten das Kostüm des jedesmaligen Zeitalters, so wie es erforschlich, richtig zu beobachten. – Recht, wiederhole ich noch einmal, recht hatte der Maler dieses Bildes, daß er die Gegenwart andeutete und eben jene Staffage, die Ihr, lieber Johannes, verwerflich findet, erfüllt mich mit frommen heiligen Schauern, da ich selbst einzutreten wähne in das enge Gemach des Hauses zu Neapel, wo sich erst vor ein paar Jahren das Wunder der Erweckung jenes Jünglings begab."

Kreisler wurde durch die Worte des Abts zu Betrachtungen mancherlei Art veranlaßt; er mußte ihm in vielem recht geben, nur meinte er doch, daß was die höhere Frömmigkeit der alten Zeit und die Verderbtheit der jetzigen betreffe, aus dem Abt gar zu sehr der Mönch spreche, der Zeichen, Wunder, Verzückungen verlange und wirklich schaue, deren ein frommer kindlicher Sinn, dem die krampfhafte Ekstase eines berauschenden Kultus fremd bleibe, nicht bedürfe um wahrhafte christliche Tugend zu üben; und eben diese Tugend sei keinesweges von der Erde verschwunden und könne dies wirklich geschehen, so würde die ewige Macht, die uns aufgegeben und dem finstren Dämon freie Willkür gegönnt, uns auch durch kein Mirakel zurückbringen wollen auf den rechten Weg.

Alle diese Betrachtungen behielt indessen Kreisler für sich und betrachtete schweigend noch immer das Bild. Aber immer mehr traten auch wie bei näherem und näherem Anschauen die Züge des Mörders aus dem Hintergrunde hervor und Kreisler überzeugte sich, daß das lebendige Original der Gestalt niemand anders sein könne, als Prinz Hektor.

„Mich dünkt", begann Kreisler, „mich dünkt, hochehrwürdiger Herr! ich erblicke dort im Hintergrunde einen wackern Freischützen, der es abgesehen hat auf das edelste Tier, nämlich auf den Menschen, den er pirscht auf mannigfache Weise. Er hat diesmal, wie ich sehe, ein treffliches wohlgeschliffnes Fangeisen zur Hand genommen und gut getroffen, mit dem Schießgewehr hapert's aber merklich, da er vor nicht langer Zeit auf dem Anstand einen muntren Hirsch garstig fehlte. – In der Tat, mich gelüstet's gar sehr nach dem Curriculum vitae dieses entschlossenen Weidmanns, sei es auch nur ein epitomatischer Auszug aus demselben, der mir schon zeigen könnte, wo ich eigentlich meine Stelle finde und ob es nicht geraten, mich nur gleich an die heilige Jungfrau zu wenden, wegen eines mir vielleicht nötigen Frei- und Schutzbriefes!"

„Laßt", sprach der Abt, „laßt nur die Zeit hingehn, Kapellmeister! mich sollt es wundern, wenn Euch nicht in kurzem so manches klar würde, das jetzt noch in trübem Dunkel liegt. – Es kann sich noch vieles Euern Wünschen, die ich erst jetzt erkannt, gar freudig fügen. Seltsam – ja so viel kann ich Euch wohl sagen – seltsam genug scheint es, daß man in Sieghartshof über Euch im gröbsten Irrtum ist. Meister Abraham mag vielleicht der einzige sein, der Euer Innres durchschaut."

„Meister Abraham", rief Kreisler, „Ihr kennt den Alten, hochehrwürdiger Herr?"

„Ihr", erwiderte der Abt lächelnd, „Ihr vergeßt, daß unsere schöne Orgel ihre neue wirkungsvolle Struktur der Geschicklichkeit Meister Abrahams zu verdanken hat! – Doch künftig mehr! – Wartet nur in Geduld der Dinge, die da kommen werden."

Kreisler beurlaubte sich beim Abt; er wollte hinab in den

Park um so manchen Gedanken nachzuhängen, die ihn durchkreuzten; doch als er schon die Treppe hinabgestiegen war, hörte er hinter sich herrufen: „Domine, domine Capellmeistere! – paucis te volo!" – Es war der Pater Hilarius, welcher versicherte, daß er mit höchster Ungeduld auf das Ende der langen Konferenz mit dem Abt gewartet. Soeben habe er sein Kellermeisteramt verrichtet und den herrlichsten Leistenwein abgezogen, der seit Jahren im Keller gewesen. Ganz unumgänglich nötig sei es, daß Kreisler sogleich einen Pokal davon leere zum Frühstück, um die Güte des edlen Gewächses zu erkennen und sich zu überzeugen, daß es ein Wein sei, der, feurig, geist- und herzstärkend, für einen tüchtigen Kompositor und echten Musikanten geboren.

Kreisler wußte wohl, daß es vergeblich sein würde, dem begeisterten Pater Hilarius entgehen zu wollen und es war ihm selbst recht bei der Stimmung in die er sich versetzt fühlte, ein Glas guten Wein zu genießen, er folgte daher dem fröhlichen Kellermeister, der ihn in seine Zelle führte, wo er auf einem kleinen, mit einer saubern Serviette bedeckten Tischchen schon eine Flasche des edlen Getränks sowie frisch gebacknes Weißbrot und Salz und Kümmel vorfand. – „Ergo bibamus!" rief Pater Hilar, schenkte die zierlichen grünen Römer voll und stieß mit Kreislern fröhlich an. „Nicht wahr", begann er, nachdem die Pokale geleert, „nicht wahr, Kapellmeister, unser hochwürdiger Herr will Euch gern in den langen Rock hinein vexieren? – Tut's nicht, Kreisler! – Mir ist wohl in der Kutte, ich möchte sie um keinen Preis wieder ablegen aber distinguendum est inter et inter! – Für mich ist ein gut Glas Wein und ein tüchtiger Kirchengesang die ganze Welt, aber Ihr – Ihr! Nun Ihr seid noch zu ganz andern Dingen aufgehoben, Euch lacht noch das Leben auf ganz andre Weise, Euch leuchten noch ganz andre Lichter als die Altarskerzen! – Nun Kreisler! kurz von der Sache zu reden – stoßt an! – Vivat Euer Mädel und wenn Ihr Hochzeit macht, so soll Euch der Herr Abt alles Verdrusses unerachtet durch mich von dem besten Wein senden, der nur in unserm reichen Keller befindlich!"

Kreisler fühlte sich durch Hilarius' Worte berührt auf unangenehme Weise, so wie es uns schmerzt, wenn wir etwas Zartes, Schneereines erfaßt sehn von plumpen ungeschickten Händen. „Was", sprach Kreisler indem er sein Glas zurückzog, „was Ihr nicht alles wißt, nicht alles erfahrt in Euern vier Mauern."

„Domine", rief Pater Hilarius, „Domine Kreislere, nichts für ungut, video mysterium aber ich will das Maul halten! Wollt Ihr nicht auf Euer – Nun! Laßt uns frühstücken in Camera et faciemus bonum cherubim – und bibamus, daß der Herr uns hier in der Abtei die Ruhe und Gemütlichkeit erhalten möge die bisher geherrscht."

„Ist", fragte Kreisler gespannt, „ist denn die jetzt in Gefahr gekommen!"

„Domine", sprach Pater Hilarius leise indem er Kreislern vertraulich näher rückte, „Domine dilectissime! Ihr seid lange genug bei uns um zu wissen, in welcher Eintracht wir leben, wie sich die verschiedensten Neigungen der Brüder in einer gewissen Heiterkeit einigen, die von allem, von unserer Umgebung, von der Milde der Klosterzucht, von der ganzen Lebensweise begünstigt wird. – Vielleicht hat das am längsten gedauert. Erfahrt es Kreisler! eben ist Pater Cyprianus angekommen, der längst erwartete, der von Rom aus dem Abt auf das dringendste empfohlen wurde. Es ist noch ein junger Mann, aber auf diesem ausgedörrten starren Antlitz ist auch nicht eine Spur eines heitern Gemüts zu finden, vielmehr liegt in den finstren abgestorbenen Zügen eine unerbittliche Strenge, die den bis zur höchsten Selbstqual gesteigerten Aszetiker verkündet. Dabei zeugt sein ganzes Wesen, von einer gewissen feindseligen Verachtung alles dessen, was ihn umgibt, die vielleicht wirklich dem Gefühl einer geistlichen Übermacht über uns alle, ihren Ursprung verdanken mag. – Schon erkundigte er sich in abgebrochenen Worten nach der Klosterzucht und schien großes Ärgernis an unserer Lebensweise zu nehmen. – Gebt acht, Kreisler, dieser Ankömmling wird unsre ganze Ordnung, die uns so wohlgetan, verkehren! Gebt acht, nunc probo! Die Strenggesinnten werden sich leicht an ihn anschließen und bald wird sich eine Partei wider den Abt bilden, der vielleicht der Sieg nicht entgehen kann, weil es mir gewiß scheint, daß Pater Cyprianus ein Emissar Sr. päpstlichen Heiligkeit ist, dessen Willen sich der Abt beugen muß. – Kreisler! was wird aus unserer Musik, aus Eurem gemütlichen Aufenthalt bei uns werden! – Ich sprach von unserm wohleingerichteten Chor und wie wir die Werke der größten Meister recht wacker auszuführen imstande, da schnitt aber der finstre Aszetiker ein entsetzliches Gesicht und meinte, dergleichen Musik sei für die profane Welt, aber nicht für die Kirche, aus der sie der Papst Marcellus der Zweite mit Recht ganz verbannen wollen. – Per diem wenn es keinen Chor mehr geben soll und man mir vielleicht auch den Weinkeller verschließt so – doch vorderhand, bibamus! – Man muß sich vor der Zeit keine Gedanken machen, ergo – gluc-gluc.“

Kreisler meinte, daß es sich wohl mit dem neuen Ankömmling, der vielleicht strenger schiene als er es wirklich sei, besser fügen und er seinerseits nicht glauben könne, daß der Abt bei dem festen Charakter, den er stets bewiesen, so leicht dem Willen eines fremden Mönchs nachgeben werde, zumal es ihm selbst an wichtigen, erfolgreichen Verbindungen in Rom gar nicht fehle.

In dem Augenblick wurden die Glocken gezogen, ein Zeichen, daß die feierliche Aufnahme des fremden Bruder Cyprianus in den Orden des heiligen Benedikt vor sich gehen solle.

Kreisler begab sich mit dem Pater Hilarius, der mit einem halbängstlichen: „bibendum quid“ noch die Neige seines Römers schnell hinunterschluckte, auf den Weg nach der Kirche. Aus den Fenstern des Korridors, den sie durchschritten, konnte man in die Gemächer des Abts hineinschauen. „Seht, seht!“ rief Pater Hilar, indem er den Kreisler in die Ecke eines Fensters zog. Kreisler schaute herüber und gewahrte in dem Gemach des Abts einen Mönch, mit dem der Abt sehr eifrig sprach indem eine dunkle Röte sein Antlitz überzog. Endlich kniete der Abt nieder vor dem Mönch, der ihm den Segen gab.

„Hab ich recht“, sprach Hilarius leise, „hab ich recht, wenn ich in diesem fremden Mönch, der mit einemmal hinabschneit in unsre Abtei, etwas Besonderes, Seltsames suche und finde.“

„Gewiß“, erwiderte Kreisler, „gewiß hat es mit diesem Cyprianus eine eigne Bewandtnis und mich sollt es wundern, wenn nicht gewisse Beziehungen sich sehr bald kund tun sollten.“

Pater Hilarius begab sich zu den Brüdern um mit ihnen in feierlicher Prozession, das Kreuz vorauf, die Laienbrüder mit angezündeten Kerzen und Fahnen an den Seiten in die Kirche zu ziehen.

Als nun der Abt mit dem fremden Mönch dicht bei Kreisler vorüberkam, erkannte dieser auf den ersten Blick, daß Bruder Cyprianus eben der Jüngling war, den auf jenem Bilde die heilige Jungfrau aus dem Tode zum Leben erweckte. – Doch noch eine Ahnung erfaßte Kreislern plötzlich. Er rannte herauf in sein Zimmer, er holte das kleine Bildnis hervor, das ihm Meister Abraham gegeben; kein Zweifel! er erblickte denselben Jüngling, nur jünger, frischer, und in Offizieruniform abgebildet. – Als nun –

*Vierter Abschnitt*

## ERSPRIESSLICHE FOLGEN HÖHERER KULTUR
## DIE REIFEREN MONATE DES MANNES

*(M.f.f.)* Hinzmanns rührender Sermon, das Trauermahl, die schöne Mina, Miesmies' Wiederfinden, der Tanz, alles das hatte in meiner Brust einen Zwiespalt der widersprechendsten Gefühle erregt, so daß ich, wie man im gewöhnlichen Leben gemeinhin sagt, mich eigentlich gar nicht zu lassen wußte und in einer gewissen trostlosen Bangigkeit des Gemüts wünschte, ich läge im Keller in der Grube, wie Freund Muzius. Das war nun freilich sehr arg und ich wüßte gar nicht, was aus mir geworden wäre, lebte nicht der wahre, hohe Dichtergeist in mir, der sofort mich mit reichlichen Versen versorgte, die ich niederzuschreiben nicht unterließ. – Die Göttlichkeit der Poesie offenbart sich vorzüglich darin, daß das Versemachen, kostet auch der Reim hin und wieder manchen Schweißtropfen, doch ein wunderbares inneres Wohlbehagen erregt, das jedes irdische Leid überwindet, so wie man denn wissen will, daß es sogar oftmals schon Hunger und Zahnschmerzen besiegt hat. Jener soll, da der Tod ihm den Vater, die Mutter, die Gattin raubte, zwar bei jedem Todesfall, wie billig ganz außer sich, aber doch bei dem Gedanken an das herrliche Trauer-Carmen, das er nun im Geist zu empfangen gedachte, niemals untröstlich gewesen sein und bloß noch einmal sich verheiratet haben, um die Hoffnung abermaliger tragischer Begeisterung derselben Art nicht aufzugeben.

Hier sind die Verse, die meinen Zustand, so wie den Übergang von Leid zur Freude mit poetischer Kraft und Wahrheit schildern.

Was wandelt horch! durch finstre Räume,
In öder Keller Einsamkeit?
Was ruft mir zu: „Nicht länger säume!“
Wes Stimme klagt ein herbes Leid?
Dort liegt der treue Freund begraben,
Nach mir verlangt sein irrer Geist.
*Mein* Trost soll ihn im Tode laben,
*Ich* bin's, der Leben ihm verheißt!

Doch nein! – das ist kein flüchtger Schatten,
Der solche Töne von sich gibt!
Sie seufzen nach dem treuen Gatten,
Nach ihm, der noch so heiß geliebt!
In alte Liebesketten fallen,
Rinaldo will's, er kehrt zurück,
Doch wie! – schau ich nicht spitze Krallen?
Nicht eifersüchtgen Zornes Blick?

Sie ist's – die Frau! – wohin entfliehen! –
Ha! welch Gefühl bestürmt die Brust.
Im keuschen Schnee der Jugend blühen
Seh ich des Lebens höchste Lust.
Sie springt, sie naht und immer heller,
Wird's um mich Hochbeglückten her.
Ein süßer Duft durchweht den Keller,
Die Brust wird leicht, das Herz wird schwer.

Der Freund gestorben – *sie* gefunden –
Entzücken! – Wonne! – bittrer Schmerz!
Die Gattin – Tochter – neue Wunden! –
Ha! – sollst du brechen armes Herz?
Doch kann den Sinn wohl so betören,
Ein Trauermahl, ein lustger Tanz?
Nein – diesem Treiben muß ich wehren,
Mich blendet nur ein falscher Glanz.

Hinweg ihr eitlen Truggebilde,
Gebt höherm Streben willig Raum.
Gar manches führt die Katz im Schilde,
Sie liebt, sie haßt und weiß es kaum.
Kein Ton, kein Blick, senkt eure Augen,
O Mina, Miesmies, falsch Geschlecht!
Verderblich Gift, nicht will ich's saugen,
Ich flieh und Muzius sei gerächt.

Verklärter! – ja bei jedem Braten,
Bei jedem Fisch gedenk ich dein!
Denk deiner Weisheit, deiner Taten,
Denk Kater ganz wie du zu sein.
Gelang es hündschem Frevelwitze,
Dich zu verderben edler Freund,

So trifft die Schmach blutgierge Spitze,
Es rächet dich, der um dich weint.

So flau, so jammervoll im Busen,
War mir's, ich wußte gar nicht wie.
Doch hoher Dank den holden Musen,
Dem kühnen Flug der Fantasie.
Mir ist jetzt wieder leidlich besser,
Spür gar nicht g'ringen Appetit,
Bin Muzius gleich ein wackrer Esser,
Und ganz in Poesie erglüht.

Ja Kunst! du Kind aus hohen Sphären,
Du Trösterin im tiefsten Leid,
Oh! – Verslein laß mich stets gebären,
Mit genialer Leichtigkeit.
Und: „Murr", so sprechen edle Frauen,
Hochherzge Jünglinge, „o Murr;
Du Dichterherz, ein zart Vertrauen,
Weckt in der Brust dein süß Gemurr!"

Die Wirkung des Versleinmachens war zu wohltätig, ich konnte mich nicht mit diesem Gedicht begnügen, sondern machte mehre hintereinander mit gleicher Leichtigkeit, mit gleichem Glück. Die gelungensten würd ich hier dem geneigten Leser mitteilen, hätte ich nicht im Sinn, dieselben nebst mehreren Witzwörtern und Impromptus, die ich in müßigen Stunden angefertigt und über die ich schon beinahe vor Lachen bersten mögen, unter dem allgemeinen Titel: Was ich gebar in Stunden der Begeisterung, herauszugeben. – Zu meinem nicht geringen Ruhm muß ich es sagen, daß selbst in meinen Jünglingsjahren, wenn der Sturm der Leidenschaft noch nicht verbraust ist, ein heller Verstand, ein feiner Takt für das Gehörige, die Oberhand behielt, über jeden abnormen Sinnenrausch. So gelang es mir auch die plötzlich aufgewallte Liebe zu der schönen Mina gänzlich zu unterdrücken. Einmal mußte mir denn doch bei ruhiger Überlegung diese Leidenschaft in meinen Verhältnissen etwas töricht vorkommen; dann erfuhr ich aber auch, daß Mina des äußern Scheins kindlicher Frömmigkeit unerachtet, ein keckes eigensinniges Ding sei, die bei gewissen Anlässen den bescheidensten Katerjünglingen in die blanken Augen fahre. Um mir aber jeden Rückfall zu ersparen, vermied ich sorglich Mina zu sehen und da ich Miesmies' vermeintliche Ansprüche und ihr seltsames überspanntes Wesen noch mehr scheute, so hielt ich mich, um ja keiner von beiden zu begegnen, einsam im Zimmer und besuchte weder den Keller, weder den Boden noch das Dach. Der Meister schien dies gern zu sehen; er erlaubte, daß ich, studierte er am Schreibtisch, mich hinter seinem Rücken auf den Lehnstuhl setzen und mit vorgestrecktem Halse durch den Arm in das Buch kucken durfte, welches er eben las. – Es waren ganz hübsche Bücher die wir, ich und mein Meister auf diese Art zusammen durchstudierten, wie z. B. Arpe, de prodigiosis naturae et artis operibus, Talismanes et Amuleta dictis, Beckers bezauberte Welt, Francisci Petrarka Gedenkbuch u. a. m. Diese Lektüre zerstreute mich ungemein und gab meinem Geist einen neuen Schwung.

Der Meister war ausgegangen, die Sonne schien so freundlich, die Frühlingsdüfte wehten so anmutig zum Fenster hinein; ich vergaß meine Vorsätze und spazierte hinauf auf das Dach. Kaum war ich aber oben, als ich auch schon Muzius' Witwe erblickte, die hinter dem Schornstein hervorkam. – Vor Schreck blieb ich regungslos stehen wie eingewurzelt; schon hörte ich mich bestürmt mit Vorwürfen und Beteurungen. – Weit gefehlt. – Gleich hinter her folgte der junge Hinzmann, rief die schöne Witwe mit süßen Namen, sie blieb stehen, empfing ihn mit lieblichen Worten, beide begrüßten sich mit dem entschiedenen Ausdruck inniger Zärtlichkeit und gingen dann schnell an mir vorüber, ohne mich zu grüßen oder sonst im mindesten zu beachten. Der junge Hinzmann schämte sich ganz gewiß vor mir, denn er senkte den Kopf zu Boden und schlug die Augen nieder, die leichtsinnige kokette Witwe warf mir aber einen höhnischen Blick zu.

Der Kater ist, was sein psychisches Wesen betrifft, doch eine gar närrische Kreatur. – Hätte ich nicht froh sein können, sein müssen, daß Muzius' Witwe anderweitig mit einem Liebhaber versehen und doch konnte ich mich eines gewissen innern Ärgers nicht erwehren, der beinahe das Ansehen hatte von Eifersüchtelei. – Ich schwor, niemals mehr das Dach zu besuchen, wo ich große Unbill erlebt zu haben glaubte. Statt dessen sprang ich nun fleißig auf die Fensterbank, sonnte mich, schaute um mich zu zerstreuen auf die Straße hinab, stellte allerlei tiefsinnige Betrachtungen an und verband so das Angenehme mit dem Nützlichen.

Ein Gegenstand dieser Betrachtungen war denn auch, warum

es mir noch niemals eingefallen, mich aus eignem freien Antriebe vor die Haustüre zu setzen oder auf der Straße zu lustwandeln, wie ich es doch viele von meinem Geschlecht tun sah, ohne alle Furcht und Scheu. Ich stellte mir das als etwas höchst Angenehmes vor und war überzeugt, daß nun, da ich zu reiferen Monaten gekommen und Lebenserfahrung genug gesammelt, von jenen Gefahren in die ich geriet, als das Schicksal mich, einen unmündigen Jüngling, hinausschleuderte in die Welt, nicht mehr die Rede sein könne. Getrost wandelte ich daher die Treppe herab und setzte mich fürs erste auf die Türschwelle, in den hellsten Sonnenschein. Daß ich eine Stellung annahm, die jedem auf den ersten Blick den gebildeten, wohlerzogenen Kater verraten mußte, versteht sich von selbst. Es gefiel mir vor der Haustüre ganz ungemein. Indem die heißen Sonnenstrahlen meinen Pelz wohltätig auswärmten, putzte ich mit gekrümmter Pfote zierlich Schnauze und Bart, worüber mir ein paar vorübergehende junge Mädchen, die den großen mit Schlössern versehenen Mappen nach, die sie trugen, aus der Schule kommen mußten, nicht allein ihr großes Vergnügen bezeugten, sondern mir auch ein Stückchen Weißbrot verehrten, welches ich nach gewohnter Galanterie dankbarlichst annahm.

Ich spielte mehr mit der mir dargebotenen Gabe, als daß ich sie wirklich zu verzehren Anstalt machte, aber wie groß war mein Entsetzen als plötzlich ein starkes Brummen dicht bei mir dieses Spiel unterbrach und der mächtige Alte, Pontos Oheim, der Pudel Skaramuz vor mir stand. Mit einem Satz wollte ich fort aus der Türe, doch Skaramuz rief mir zu: „Sei Er kein Hasenfuß und bleib Er ruhig sitzen; glaubt Er, ich werd Ihn fressen?“

Mit der demütigsten Höflichkeit fragte ich, worin ich vielleicht dem Hrn. Skaramuz nach meinen geringen Kräften dienen könne, der erwiderte aber barsch: „In nichts in gar nichts kann Er mir dienen Mosje Murr, und wie sollte das auch möglich sein. Aber fragen wollt ich Ihn, ob Er vielleicht weiß, wo mein liederlicher Neffe steckt, der junge Ponto. Er hat sich ja wohl schon einmal mit Ihm herumgetrieben und ihr scheinet zu meinem nicht geringen Ärger ein Herz und eine Seele. Nun? – sag Er nur an, ob Er weiß, wo der Junge herumschwärmt; ich habe ihn schon seit mehreren Tagen mit keinem Auge gesehen.“

Verlegen durch des mürrischen Alten stolzes wegwerfendes

Betragen, versicherte ich kalt, daß von einer engen Freundschaft zwischen mir und dem jungen Ponto gar nicht die Rede sei und auch niemals die Rede gewesen wäre. Zumal in der letzten Zeit habe sich Ponto, den ich übrigens gar nicht aufgesucht, ganz von mir zurückgezogen.

„Nun“, brummte der Alte, „nun das freut mich, das zeigt doch, daß der Junge Ehre im Leibe hat und nicht gleich bei der Hand ist mit Leuten allerlei Gelichters sein Wesen zu treiben.“

Das war denn doch nicht auszuhalten, der Zorn übermannte mich, das Burschentum regte sich in mir, ich vergaß alle Furcht, und prustete dem schnöden Skaramuz ein tüchtiges: „Alter Grobian!“ ins Gesicht, hob auch die rechte Pfote mit ausgespreizten Krallen in die Höhe und zwar in der Richtung nach des Pudels linkem Auge. Der Alte wich zwei Schritte zurück und sprach weniger barsch, als vorher: „Nun, nun Murr! nichts für ungut, Ihr seid sonst ein guter Kater und da will ich Euch denn raten, nehmt Euch in acht vor dem Blitzjungen dem Ponto! Er ist, Ihr möget es glauben eine ehrliche Haut, aber leichtsinnig! – leichtsinnig! zu allen tollen Streichen aufgelegt, kein Ernst des Lebens, keine Sitte! – Nehmt Euch in acht, sag ich, denn bald wird er Euch verlocken in allerlei Gesellschaften, wo Ihr gar nicht hingehört und Euch mit unsäglicher Mühe zu einer Art des sozialen Umgangs zwingen müßt, die Euerer innersten Natur zuwider und über die Eure Individualität, Eure einfache ungeheuchelte Sitte, wie Ihr sie mir eben bewiesen, zugrunde geht. – Seht, guter Murr, Ihr seid, wie ich schon gesagt, als Kater schätzenswert und habt für gute Lehre ein williges geneigtes Ohr! – Seht! – soviel tolle, unangenehme ja zweideutige Streiche auch ein Jüngling verführen mag, zeigt er nur dann und wann jene weichliche ja oft süßliche Gutmütigkeit, wie sie Leuten von sanguinischem Temperament immer eigen, so heißt es denn gleich mit dem französischen Ausdruck: ‚Au fond ist er doch ein guter Kerl‘ und das soll denn alles entschuldigen, was er beginnt gegen alle Sitte und Ordnung. Aber der fond, in dem der Kern des Guten steckt, liegt so tief und über ihm hat sich so viel Unrat eines ausgelassenen Lebens gesammelt, daß er im Keime ersticken muß. – Für wahrhaftes Gefühl des Guten wird einem aber oft jene alberne Gutmütigkeit aufgetischt, die der Teufel holen soll, wenn sie nicht vermag den Geist des Bösen in einer glänzenden Maske zu erkennen. Traut, o Kater! den Erfahrungen eines alten Pudels, der sich was in der Welt versucht und laßt Euch nicht durch das verdammte: ‚Au fond ist er ein guter Kerl‘, betören. – Seht Ihr etwa meinen liederlichen Neffen, so möget Ihr ihm alles geradezu heraussagen, was ich mit Euch gesprochen und Euch seine fernere Freundschaft gänzlich verbitten. – Gott befohlen! – Ihr freßt das wohl nicht, guter Murr?“

Damit nahm der alte Pudel Skaramuz das Stückchen Weißbrot das vor mir lag, hurtig ins Maul und schritt dann gemächlich von dannen, indem er mit gesenktem Haupt die lang behaarten Ohren an der Erde schleppen ließ und ein ganz klein wenig mit dem Schweif wedelte.

Gedankenvoll schaute ich dem Alten nach, dessen Lebensweisheit mir ganz eingehn wollte. „Ist er fort, ist er fort?“ So lispelte es dicht hinter mir, und ich erstaunte nicht wenig, als ich den jungen Ponto erblickte, der sich hinter die Türe geschlichen und so lange gewartet hatte, bis der Alte mich verlassen. Pontos plötzliche Erscheinung setzte mich gewissermaßen in Verlegenheit, da mir des alten Onkels Auftrag, den ich jetzt eigentlich hätte ausrichten müssen, doch etwas bedenklich schien. Ich dachte an jene entsetzlichen Worte, die Ponto mir einst zugerufen: „Solltest du es dir etwa beikommen lassen, feindliche Gesinnungen gegen mich zu äußern, so bin ich dir an Stärke und Gewandtheit überlegen. Ein Sprung, ein tüchtiger Biß meiner scharfen Zähne, würde dir auf der Stelle den Garaus machen.“ Ich fand es sehr ratsam zu schweigen.

Diese inneren Bedenklichkeiten mochten mein äußeres Betragen kalt und gezwungen erscheinen lassen, Ponto kuckte mich an mit scharfem Blick. Dann brach er aus in eine helle Lache und rief: „Ich merk es schon, Freund Murr! Mein Alter hat dir allerlei Böses vorgeredet von meinem Treiben, er hat mich liederlich, allen tollen Streichen und Ausschweifungen ergeben, geschildert. Sei nicht so töricht, von dem allem auch nur ein Wörtchen zu glauben. Fürs erste! – Schau mich recht aufmerksam an und sage mir, was du von meiner äußern Erscheinung hältst?“ – Den jungen Ponto betrachtend fand ich, daß er nie so wohlgenährt, so glau ausgesehen, daß nie diese Nettigkeit, diese Eleganz in seinem Anzuge, nie diese wohltuende Übereinstimmung in seinem ganzen Wesen geherrscht. Ich äußerte ihm dies unverhohlen.

„Nun wohl“, sprach Ponto, „nun wohl, guter Murr, glaubst du wohl, daß ein Pudel, der sich in schlechter Gesellschaft umhertreibt, der niedrigen Ausschweifungen ergeben, der recht systematisch liederlich ist ohne eigentlichen Geschmack daran zu finden, sondern bloß aus Langeweile wie es denn nun wirklich bei vielen Pudeln der Fall ist – glaubst du wohl, daß ein solcher Pudel so aussehen kann wie du mich findest? Du rühmst vorzüglich die Harmonie in meinem ganzen Wesen. Schon das muß dich belehren, wie sehr mein grämlicher Onkel im Irrtum ist, denke, da du ein literarischer Kater bist, an jenen Lebensweisen, welcher dem, der an einen Lasterhaften vorzüglich das Unharmonische der ganzen Gestaltung rügte, erwiderte: ‚Ist es möglich, daß das Laster Einheit haben kann?' – Wundere dich, Freund Murr, nicht einen Augenblick über die schwarzen Verleumdungen meines Alten. Grämlich und geizig, wie denn nun einmal alle Oheime sind, hat er deshalb seinen ganzen Zorn auf mich geworfen, weil er par honneur einige kleine Spielschulden bezahlen müssen, die ich bei einem Wurstkrämer aufgeborgt hatte, der bei sich verbotenes Spiel duldete und den Spielern oft in Zervelaten, Grützen und Lebern (zu Würsten aptiert nämlich) bedeutende Vorschüsse machte. Dann aber denkt der Alte auch noch immer an eine gewisse Periode, in der meine Lebensweise eben nicht rühmlich war, die aber längst vorüber und dem herrlichsten Anstande gewichen ist."

In dem Augenblick kam ein kecker Pintscher des Weges, kuckte mich an, als hab er meinesgleichen noch niemals gesehen, schrie mir die gröbsten Insolenzen in die Ohren und schnappte dann nach dem Schweif, den ich lang aus von mir gestreckt, welches ihm zu mißfallen schien. Sowie ich aber hochaufgerichtet mich zur Wehre setzen wollte, war Ponto auch schon auf den ungesitteten Krakehler losgesprungen, hatte ihn zu Boden getreten und zwei-, dreimal überrannt, so daß er unter dem jammervollsten Lamento, den Schweif fest eingeklemmt, schnell davonfuhr, wie ein abgeschossener Pfeil.

Dieser Beweis den Ponto mir von seiner guten Gesinnung, von seiner tätigen Freundschaft gab, rührte mich ungemein und ich dachte, daß hier das: „au fond ist er ein guter Kerl!" welches der Onkel Skaramuz mir hatte verdächtig machen wollen, doch auf Ponto anzuwenden sei in besserm Sinn und ihn mit mehrerem Grunde entschuldigen könne, als manchen andern. Überhaupt wollt es mich bedünken, daß der Alte gewiß zu schwarz gesehen und Ponto zwar leichtsinnige aber nie schlechte Streiche machen könne. Alles dieses äußerte ich meinem Freunde ganz unverhohlen und dankte ihm dabei dafür, daß er meine Verteidigung übernommen, in den verbindlichsten Ausdrücken.

„Es freut", erwiderte Ponto, indem er, wie es seine Art war mit muntren schalkischen Augen umherblickte, „es freut mich, guter Murr! daß der pedantische Alte dich nicht irregemacht hat, sondern daß du mein gutes Herz erkennst. – Nicht wahr Murr, ich nahm den übermütigen Jungen tüchtig vor? – Er wird daran denken lange Zeit. Eigentlich habe ich ihm heute schon den ganzen Tag aufgepaßt, der Bengel stahl mir gestern eine Wurst und mußte dafür gezüchtigt werden. Daß dabei auch nebenher die Unbill gerächt wurde, die du von ihm erfahren und daß ich in dieser Art dir meine Freundschaft bewähren konnte, ist mir gar nicht unlieb; ich schlug, wie man im Sprüchwort zu sagen pflegt, zwei Fliegen mit einer Klappe. – Nun aber wiederum auf unser voriges Gespräch zurückzukommen! – Betrachte mich, guter Katz, noch einmal recht genau, und sage mir, ob du denn gar keine merkwürdige Veränderung in meinem Äußern wahrnimmst?"

Ich schaute meinen jungen Freund aufmerksam an und – ach der Tausend! nun erst fiel mir das silberne zierlich gearbeitete Halsband ins Auge, das er trug und auf dem die Worte graviert waren: Baron Alzibiades von Wipp. Marschallstraße Nr. 46.

„Wie", rief ich erstaunt, „wie Ponto, du hast deinen Herrn verlassen, den ästhetischen Professor und dich zu einem Baron begeben?"

„Verlassen", erwiderte Ponto, „habe ich nun eigentlich den Professor nicht, sondern er hat mich von sich gejagt mit Fußtritten und Prügeln."

„Wie konnte das geschehen", sprach ich, „dein Herr bewies dir ja sonst alle Liebe und Güte wie nur möglich?"

„Ach", antwortete Ponto, „das ist eine dumme ärgerliche Geschichte, die nur durch das sonderbare Spiel des neckenden Zufalls zu meinem Glück ausschlug. An der ganzen Sache war bloß meine alberne Gutmütigkeit schuld, der freilich ein wenig eitle Prahlerei beigemischt. In jeder Minute wollt ich meinem Herrn Aufmerksamkeiten erweisen und ihm dabei mein Geschick, meine Ausbildung zeigen. Deshalb war ich auch gewohnt alles, was an Kleinigkeiten am Fußboden lag, dem Herrn ohne weitere Aufforderung zu apportieren. Nun! – Du weißt vielleicht, daß der Professor Lothario eine blutjunge und dabei bildhübsche Frau hat, die ihn auf das zärtlichste liebt, woran er gar nicht zweifeln darf, da sie es ihm jeden Augenblick versichert und ihn gerade dann mit Liebkosungen überhäuft, wenn er in Büchern begraben, sich auf die zu haltende Vorlesung vorbereitet. Sie ist die Häuslichkeit selbst, da sie das Haus niemals vor zwölf Uhr verläßt da sie doch schon um halb eilf Uhr aufgestanden, und einfach in ihren Sitten verschmäht sie nicht, mit der Köchin, mit dem Stubenmädchen, die häuslichen Angelegenheiten bis ins tiefste Detail zu beraten und sich, ist das Wochengeld gewisser nicht etatsmäßiger Ausgaben halber zu früh aus dem Beutel entwischt und darf der Herr Professor nicht angegangen werden, ihrer Kasse zu bedienen. Die Zinsen dieser Anlehne trägt sie ab in kaum getragnen Kleidern, so wie diese und auch wohl Federhüte, in die die erstaunte Welt der Mägde sonntags das Stubenmädchen geputzt sieht, als Lohn für gewisse geheime Gänge und andre Gefälligkeiten gelten dürften. Bei so vielen Vollkommenheiten mag wohl einer liebenswürdigen Frau die kleine Torheit (ist es überhaupt Torheit zu nennen) kaum verargt werden, daß ihr eifrigstes Streben, all ihr Tichten und Trachten dahin geht, stets nach der letzten Mode gekleidet zu gehen, daß ihr das Eleganteste, das Teuerste, nicht elegant, nicht teuer genug ist, daß sie, hat sie ein Kleid dreimal, einen Hut viermal getragen, den türkschen Shawl einen Monat hindurch umgehängt, eine Idiosynkrasie dagegen empfindet und die kostbarste Garderobe wegwirft um einen Spottpreis oder wie gesagt, die Mägde sich darin putzen läßt. Daß die Frau eines Professors der Ästhetik Sinn hat für schöne äußere Gestaltung ist wohl gar nicht zu verwundern und nur erfreulich kann es dem Gemahl sein, wenn dieser Sinn sich darin offenbart, daß die Gemahlin mit sichtlichem Wohlgefallen, den Blick der feuerblitzenden Augen auf schönen Jünglingen ruhen läßt, diesen auch wohl zuweilen etwas nachläuft. Manchmal bemerkte ich, daß dieser, jener artige junge Mann, der die Vorlesungen des Professors besuchte, die Türe des Auditoriums verfehlte und statt dieser, die Türe, welche zum Zimmer der Professorin führte, leise öffnete und ebenso leise hineintrat. Beinahe mußt ich glauben, daß diese Verwechslung nicht ganz absichtslos geschah, oder wenigstens niemanden gereute, denn keiner eilte seinen Irrtum zu verbessern sondern jeder, der hineingetreten, kam erst nach einer guten Zeit heraus und zwar mit solch lächelndem zufriednem Blick als ob ihm der Besuch bei der Professorin ebenso angenehm und nützlich gewesen als eine ästhetische Vorlesung des Professors. Die schöne Lätitia (so hieß des Professors Frau) war mir nicht sonderlich gewogen. Sie litt mich nicht in ihrem Zimmer und mochte recht haben, da freilich der kultivierteste Pudel nicht dort hingehört, wo er bei jedem Schritt Gefahr läuft Florspitzen zu zerreißen, Kleider zu beschmutzen, die auf allen Stühlen umherliegen. Doch wollt es der Professorin böser Genius, daß ich einmal bis in ihr Boudoir hineindrang. – Der Herr Professor hatte eines Tages bei einem Mittagsmahl mehr Wein getrunken als gerade dienlich und war darüber in eine hochbegeisterte Stimmung geraten. Zu Hause angekommen, ging er, ganz gegen seine Gewohnheit geradezu in das Kabinett seiner Frau und ich schlüpfte, selbst wußte ich nicht, was für eine besondere Lust mich dazu antrieb, mit hinein durch die Türe. Die Professorin war in Hauskleidern, deren Weiße dem frischgefallnen Schnee zu vergleichen, ihr ganzer Anzug zeigte nicht sowohl eine gewisse Sorglichkeit, als die tiefste Kunst der Toilette, die sich hinter dem Einfachen verbirgt und wie ein versteckter Feind desto gewisser siegt. Die Professorin war in der Tat allerliebst und stärker als sonst empfand dies der halbberauschte Professor, der ganz Liebe und Entzücken die holde Gattin mit den süßesten Namen nannte, mit den zärtlichsten Liebkosungen überhäufte und darüber gar nicht eine gewisse Zerstreuung, ein gewisses unruhiges Mißbehagen bemerkte, das sich in dem ganzen Wesen der Professorin nur zu deutlich aussprach. Mir war die steigende Zärtlichkeit des begeisterten Ästhetikers unangenehm und lästig. Ich kam auf meinen alten Zeitvertreib und suchte am Boden umher. Gerade als der Professor in der höchsten Ekstase laut rief: ‚Göttliches, hehres, himmlisches Weib, laß uns –‘ tänzelte ich auf den Hinterbeinen zu ihm heran und apportierte ihm zierlich und wie bei diesem Akt jedesmal ein wenig mit dem Stutzschweif wedelnd, den feinen pomeranzfarbnen Männerhandschuh, den ich unter dem Sofa der Frau Professorin gefunden. – Starr blickte der Professor den Handschuh an und rief wie plötzlich aufgeschreckt aus einem süßen Traum: ‚Was ist das? – Wem gehört dieser Handschuh! wie ist er in dies Zimmer gekommen?‘ – Damit nahm er den Handschuh mir aus der Schnauze, besah ihn, hielt ihn an die Nase und rief dann wieder: ‚Wo kommt dieser Handschuh her? Lätitia, sprich, wer ist bei dir gewesen?‘ – ‚Wie du‘, erwiderte die holde treue Lätitia mit dem ungewissen Ton der Verlegenheit, den sie sich vergebens mühte zu unterdrücken, ‚wie du nun auch seltsam bist, lieber Lothar, wem soll, wem wird der Handschuh gehören. Die Majorin war hier und konnte bei dem Abschiede den Handschuh nicht finden, den sie auf der Treppe ausgestreut zu haben glaubte.‘ – ‚Die

Majorin', schrie der Professor ganz außer sich, ,die Majorin, die kleine zartgebaute Frau, deren ganze Hand hineingeht in diesen Daumen! – Höll und Teufel, welcher Zierbengel war hier? – Denn nach parfümierter Seife riecht das verfluchte Ding! – Unglückliche, wer war hier, welcher verbrecherischer Trug der Hölle zerstörte hier meine Ruhe, mein Glück! – Schändliches, verruchtes Weib!'

Die Professorin machte gerade Anstalt in Ohnmacht zu fallen als das Stubenmädchen hineintrat und ich, froh des fatalen Ehestandsauftritts, den ich veranlaßt, entledigt zu werden, schnell hinaussprang.

Den andern Tag war der Professor ganz stumm und in sich gekehrt; ein einziger Gedanke schien ihn zu beschäftigen, einer einzigen Idee schien er nachzugrübeln. Ob er es nur sein mag! – Das waren die Worte die dann und wann den verstummen Lippen unwillkürlich entflohen. Gegen Abend nahm er Hut und Stock, ich sprang und bellte freudig; er sah mich lange an, helle Tränen traten ihm in die Augen, er sprach mit dem Ton der tiefsten innigsten Wehmut: ,Mein guter Ponto! – treue ehrliche Seele!' – Dann lief er schnell vors Tor und ich dicht hinter ihm her, fest entschlossen, den armen Mann aufzuheitern mittelst aller Künste, die mir nur zu Gebote standen. Dicht vor dem Tore begegnete uns der Baron Alzibiades von Wipp, einer der zierlichsten Herrn in unserer Stadt, auf einen schönen Engländer. Sowie der Baron den Professor gewahrte, kurbettierte er zierlich an ihn heran und fragte nach des Professors, dann aber nach der Frau Professorin Wohlbefinden. Der Professor stotterte in der Verwirrung einige unverständliche Worte hervor. ,In der Tat, sehr heiße Witterung!' sprach nun der Baron und zog ein seidnes Tuch aus der Rocktasche, schleuderte aber mit demselben Schwunge einen Handschuh heraus, den ich gewohnter Sitte gemäß meinem Herrn apportierte. Hastig riß mir der Professor den Handschuh fort und rief: ,Das ist Ihr Handschuh Herr Baron?' – ,Allerdings', erwiderte dieser verwundert über des Professors Heftigkeit, ,allerdings, ich glaube, ich schleuderte ihn in dem Augenblick aus der Rocktasche und der dienstfertige Pudel hob ihn auf.' – ,So habe ich', sprach der Professor mit schneidendem Ton, indem er den Handschuh, den ich unter dem Sofa in der Professorin Zimmer hervorgesucht, ihm hinreichte, ,so habe ich das Vergnügen Ihnen den Zwillingsbruder dieses Handschuhs den Sie gestern verloren, überreichen zu können.'

Ohne des sichtlich betretenen Barons Antwort abzuwarten, rannte der Professor wild von dannen.

Ich hütete mich wohl, dem Professor in das Zimmer seiner teuren Gattin zu folgen, da ich den Sturm ahnen konnte, der sich bald bis auf den Flur hinausbrausend vernehmen ließ. Aber in einem Winkel des Flurs lauschte ich und gewahrte, wie der Professor alle Flammen der Wut im rotgleißenden Antlitz, das Stubenmädchen zur Stubentür, dann aber, als sie sich noch unterfing einige kecke Worte zu sprechen, zum Hause hinauswarf. Endlich in später Nacht kam der Professor ganz erschöpft auf seinem Zimmer an. Ich gab ihm meine innige Teilnahme an seinem trüben Malheur durch leises Winseln zu verstehen. Da umhalste er mich und drückte mich an seine Brust, als sei ich sein bester innigster Freund. ‚Guter, ehrlicher Ponto', so sprach er mit ganz kläglichen Ton, ‚treues Gemüt, du, du allein hast mich aus dem betörenden Traum geweckt, der mich meine Schande nicht erkennen ließ, du hast mich dahin gebracht, daß ich das Joch abwerfen, in das [mich] ein falsches Weib gespannt hatte, daß ich wieder ein freier unbefangener Mensch werden kann! Ponto, wie soll ich dir das danken! – Nie – nie sollst du mich verlassen, ich will dich hegen und pflegen wie meinen besten treusten Freund, du allein wirst mich trösten, wenn ich bei dem Gedanken an mein hartes Mißgeschick verzweifeln will.'

Diese rührenden Äußerungen eines edlen dankbaren Gemüts wurden durch die Köchin unterbrochen, welche mit blassem verstörten Gesicht hineinstürzte und dem Professor die entsetzliche Botschaft hinterbrachte, daß die Frau Professorin in den fürchterlichsten Krämpfen liege und den Geist aufgeben wolle. Der Professor flog hinab!

Mehrere Tage hindurch sah ich nun den Professor beinahe gar nicht. Meine Speisung, für die sonst mein Herr liebreich selbst sorgte, war der Köchin übertragen die aber, eine mürrische garstige Person, mir mit Widerwillen statt der sonstigen guten Gerichte, nur die elendesten kaum genießbaren Bissen zukommen ließ. Zuweilen vergaß sie mich auch ganz und gar, so daß ich genötigt wurde bei guten Bekannten zu schmarotzen auch wohl auf Beute auszugehen, um nur meinen Hunger zu stillen.

Endlich schenkte mir, als ich eines Tages hungrig und matt mit herabhängenden Ohren im Hause herumschlich, der Professor einige Aufmerksamkeit. ‚Ponto', rief er lächelnd, wie denn überhaupt sein Antlitz ganz Sonnenschein war, ‚Ponto, mein alter ehrlicher Hund, wo hast du denn gesteckt? Hab ich dich doch so lange nicht gesehen? Ich glaube gar, man hat dich ganz gegen meinen Willen vernachlässigt und nicht sorgsam gefüttert? – Nun komm nur komm, heute sollst du wieder von mir selbst deine Speise erhalten.‘

Ich folgte dem gütigen Herrn in das Eßzimmer. Die Frau Professorin aufgeblüht wie eine Rose, wie der Herr Gemahl vollen Sonnenglanz im Antlitz kam ihm entgegen. Beide taten zärtlicher miteinander als jemals, sie nannte ihn: ‚englischer Mann‘, er sie aber: ‚mein Mäuschen‘ und dabei herzten und küßten sie sich wie ein Turteltaubenpaar. Es war eine rechte Freude, das anzusehn. Auch gegen mich war die holde Frau Professorin freundlich wie sonst niemals und du kannst denken, guter Murr, daß ich mich bei meiner angebornen Galanterie artig und zierlich zu betragen wußte. – Wer hätte ahnen können, was über mich verhängt war! – Es würde mir selbst schwerfallen, dir ausführlich all diese heimtückischen Streiche zu erzählen, die meine Feinde mir spielten um mich zu verderben und noch mehr als das, es würde dich ermüden. Beschränken will ich mich darauf nur einiges zu erwähnen, welches dir ein treues Bild meiner unglücklichen Lage geben wird. – Mein Herr war gewohnt, mir im Speisezimmer während er selbst aß, die gewöhnlichen Portionen an Suppe, Gemüse und Fleisch in einem Winkel am Ofen zu verabreichen. Ich aß mit solchem Anstande, mit solcher Reinlichkeit, daß auch nicht das kleinste Fettfleckchen auf dem getäfelten Fußboden sichtbar. Wie groß war daher mein Entsetzen, als eines Mittags der Napf, kaum hatte ich mich ihm genähert, in hundert Stücke zersprang und die Fettbrühe sich ergoß über den schönen Fußboden. Zornig fuhr der Professor auf mich los mit argen Scheltworten und unerachtet die Professorin mich zu entschuldigen suchte, las man doch den bittern Verdruß in ihrem blassen Gesicht. Sie meinte, dürfte auch der garstige Flecken nicht wohl fortzubringen sein, so könnte ja doch die Stelle abgehobelt oder eine neue Tafel eingesetzt werden. Der Professor hegte einen tiefen Abscheu gegen solche Reparaturen, er hörte schon die Tischlerjungen hobeln und hämmern und so waren es die liebreichen Entschuldigungen der Professorin, die ihn mein vermeintliches Ungeschick erst recht fühlen ließen und mir noch außer jenen Scheltworten ein tüchtiges paar Ohrfeigen einbrachten. – Ich stand da im Bewußtsein meiner Unschuld, ganz verblüfft, und wußte gar nicht, was ich denken, was ich sagen sollte. – Erst als mir dasselbe, zwei – dreimal geschehen, merkte ich die Tücke! – Man hatte mir halb zerbrochene Schüsseln hingestellt, die bei der leisesten Berührung in hundert Stücke zerfallen mußten. Ich durfte nicht mehr im Zimmer bleiben, draußen erhielt ich Speise von der Köchin aber so kärglich, daß ich von nagendem Hunger getrieben manches Stück Brot, manchen Knochen zu erschnappen suchen mußte. Darüber entstand denn nun jedesmal ein gewaltiger Lärm und ich mußte mir eigennützigen Diebstahl da vorwerfen lassen, wo nur von der Befriedigung des dringendsten Naturbedürfnisses die Rede sein konnte. Es kam noch ärger! – Mit großem Geschrei klagte die Köchin, daß ihr eine schöne Hammelkeule aus der Küche verschwunden und daß ich sie ganz gewiß gestohlen. Die Sache kam als eine wichtigere häusliche Angelegenheit vor den Professor. Der meinte, daß er sonst nie den Hang zum Diebstahl an mir bemerkt und daß auch mein Diebsorgan durchaus nicht ausgebildet sei. Auch wäre es nicht denkbar, daß ich eine ganze Hammelkeule so verspeiset, daß keine Spur mehr davon vorhanden. – Man suchte nach und – fand in meinem Lager die Überbleibsel der Keule! – Murr! sieh, mit der Pfote auf der Brust schwöre ich's dir, daß ich völlig unschuldig war, daß es mir nicht in den Sinn gekommen den Braten zu stehlen, doch, was halfen die Beteurungen meiner Unschuld, da der Beweis wider mich sprach! – Um so ergrimmter war der Professor, als er meine Partie genommen und sich in seiner guten Meinung von mir getäuscht sah. – Ich erhielt eine tüchtige Tracht Prügel. – Ließ mich der Professor auch nachher den Widerwillen fühlen, den er gegen mich hegte, so war die Frau Professorin desto freundlicher, streichelte mir, was sie sonst nie getan, den Rücken und gab mir sogar dann und wann einen guten Bissen. Wie konnt ich ahnen, daß das alles nur gleißnerischer Trug, und doch sollte sich dies bald zeigen. – Die Türe des Eßzimmers stand offen, mit leerem Magen schaute ich sehnsüchtig hinein und gedachte schmerzvoll jener guten Zeit, als ich, wenn das süße Aroma des Bratens sich verbreitete, nicht vergebens den Professor bittend anschaute und dabei, wie man zu sagen pflegt, ein wenig schnüffelte! Da rief die Professorin: ‚Ponto, Ponto!' und hielt mir geschickt zwischen dem zarten Daumen und dem niedlichen Zeigefinger ein schönes Stück Braten hin. – Mag es sein, daß ich im Enthusiasmus des aufgeregten Appetits ein wenig heftiger zuschnappte als gerade nötig, doch gebissen habe ich nicht die zarte Lilienhand, das kannst du mir glauben, guter Murr. Und doch schrie die Professorin laut auf: ‚Der böse Hund!' und fiel wie ohnmächtig zurück in den Sessel, und doch sah ich zu meinem Entsetzen wirklich ein paar Blutstropfen am Daumen. Der Professor geriet in Wut; er schlug mich, trat mich mit Füßen, mißhandelte mich so unbarmherzig, daß ich mit dir, mein guter Kater hier wohl nicht vor der Türe säße im lieben Sonnenschein, hätte ich mich nicht durch die schleunige Flucht zum Hause hinausgerettet. An Rückkehr war nicht zu denken. Ich sah ein, daß gegen die schwarze Kabale, die die Professorin aus reiner Rachgier wegen des freiherrlichen Handschuhs gegen mich angezettelt, nichts auszurichten und beschloß mir gleich einen andern Herrn zu suchen. Sonst wäre das der schönen Gaben halber die mir die gütige, mütterliche Natur verliehen, ein leichtes gewesen, Hunger und Gram hatten mich aber so heruntergebracht, daß ich bei meinem miserablen Aussehn in der Tat befürchten mußte, überall abgewiesen zu werden. Traurig, von drückenden Nahrungssorgen gequält, schlich ich vors Tor. Ich erblickte den Herrn Baron Alzibiades von Wipp, der vor mir herging und ich weiß nicht, wie mir der Gedanke kam, ihm meine Dienste anzubieten. Vielleicht war es ein dunkles Gefühl, daß ich auf diese Weise Gelegenheit erhalten würde mich an dem undankbaren Professor zu rächen, wie es sich später denn auch wirklich begab. – Ich tänzelte an den Baron heran, wartete ihm auf und folgte, als er mich mit einigem Wohlgefallen betrachtete, ihm ohne Umstände nach in seine Wohnung. ‚Sehen Sie', so sprach er zu einem jungen Menschen, den er seinen Kammerdiener nannte, unerachtet er sonst keinen andern Diener hatte, ‚sehen Sie Friedrich, was sich da für ein Pudel zu mir eingefunden hat. Wär er nur hübscher!' Friedrich rühmte dagegen den Ausdruck meines Antlitzes, so wie den zierlichen Wuchs und meinte, ich müsse von meinem Herrn schlecht gehalten sein und habe ihn wahrscheinlich deshalb verlassen. Setzte er noch hinzu, daß Pudel die sich so von selbst aus freiem Antriebe einfänden, gewöhnlich treue rechtschaffene Tiere wären, so konnte der Baron nicht umhin mich zu behalten. Unerachtet ich nun durch Friedrichs Vorsorge ein recht glaues Ansehn gewann, so schien der Baron doch nicht sonderlich viel auf mich zu halten und litt es nur eben zur Not, daß ich ihn auf seinen Spaziergängen begleitete. Das sollte anders kommen. – Wir begegneten auf einem Spaziergange die Professorin. – Erkenne, guter Murr, das gemütliche Gemüt – ja so will ich sagen – eines ehrlichen Pudels, wenn ich versichere, daß, unerachtet mir die Frau sehr weh getan, ich doch eine ungeheuchelte Freude empfand, sie wiederzusehen. – Ich tanzte vor ihr her, bellte lustig, und gab ihr meine Freude auf alle nur mögliche Weise zu erkennen. ‚Sieh da, Ponto!' rief sie, streichelte mich und blickte den Baron von Wipp, der stehengeblieben, bedeutend an. Ich sprang zu meinen Herrn zurück, der mich liebkoste. Er schien auf besondere Gedanken zu geraten; mehrmals hintereinander murmelte er in sich hinein: ‚Ponto! – Ponto, wenn das möglich sein sollte!'

Wir hatten einen nahe gelegenen Lustort erreicht; die Professorin nahm Platz mit ihrer Gesellschaft, bei der sich jedoch der liebe gutmütige Herr Professor nicht befand. Unfern davon setzte sich Baron Wipp, so daß er ohne sonderlich von den andern bemerkt zu werden, die Professorin beständig im Auge behielt. Ich stellte mich vor meinen Herrn und kuckte ihn an, indem ich leise mit dem Schweif wedelte, als erwarte ich seine Befehle. ‚Ponto', wiederholte er, ‚Ponto, sollte es möglich sein! – Nun', setzte er nach einem kurzen Stillschweigen hinzu, ‚nun, es kommt auf den Versuch an!' – Damit nahm er einen kleinen Papierstreifen aus der Brieftasche, schrieb einige Worte mit Bleistift darauf, rollte ihn zusammen, steckte ihn mir unter das Halsband, wies nach der Professorin und rief leise: ‚Ponto – Allons!' – Nicht ein solcher kluger, in der Welt gewitzigter Pudel hätte ich sein müssen, als ich es wirklich bin, um nicht sogleich alles zu erraten. Ich machte mich daher sogleich an den Tisch, wo die Professorin saß und tat, als verspüre ich großen Appetit nach dem schönen Kuchen, der auf dem Tische stand. Die Professorin war die Freundlichkeit selbst, sie reichte mir Kuchen mit der einen Hand, während sie mich mit der andern am Halse kraute. Ich fühlte, wie sie den Papierstreifen hervorzog. Bald darauf verließ sie die Gesellschaft und begab sich in einen Nebengang. Ich folgte ihr. Ich sah, wie sie des Barons Worte eifrig las, wie sie aus ihrem Strickkästchen einen Bleistift hervorholte, auf denselben Zettel einige Worte schrieb und ihn dann wieder zusammenrollte. ‚Ponto', sprach sie dann, indem sie mich mit schalkischem Blick betrachtete, ‚Ponto! du bist ein sehr kluger vernünftiger Pudel, wenn du zu rechter Zeit apportierst!' – Damit steckte sie mir das Zettelchen unter das Halsband und ich unterließ nicht eiligst hinzuspringen zu meinem Herrn. Der mutmaßte sogleich, daß ich Antwort brächte, denn er zog alsbald den Zettel unter dem Halsbande hervor. – Der Professorin Worte mußten sehr tröstlich lauten und angenehm, denn des Barons Augen funkelten vor lauter Freude und er rief entzückt: ‚Ponto – Ponto, du bist ein herrlicher Pudel, mein guter Stern hat mir dich zugeführt.‘ Du kannst denken, guter Murr! daß ich nicht weniger erfreut war, da ich einsah, wie ich nach dem, was sich soeben zugetragen, in der Gunst meines Herrn hoch steigen müsse.

In dieser Freude machte ich beinahe unaufgefordert alle nur mögliche Kunststücke. Ich sprach wie der Hund, starb, lebte wieder auf, verschmähte das Stück Weißbrot vom Juden und verzehrte mit Appetit das vom Christen u. s. w. ‚Ein ungemein gelehriger Hund!‘ So rief eine alte Dame die neben der Professorin saß, herüber. ‚Ungemein gelehrig!‘ erwiderte der Baron. ‚Ungemein gelehrig!‘ hallte der Professorin Stimme nach wie ein Echo. – Ich will dir nur ganz kurz sagen, guter Murr! daß ich den Briefwechsel auf die erwähnte Weise fortwährend besorgte und noch jetzt besorge, da ich zuweilen sogar mit Briefchen in des Professors Haus laufe, wenn er gerade abwesend. Schleicht aber manchmal in der Abenddämmerung der Herr Baron Alzibiades von Wipp zur holden Lätitia, so bleibe ich vor der Haustüre und mache, läßt sich der Herr Professor nur in der Ferne blicken, solch einen grimmigen Teufelslärm mit Bellen, daß mein Herr ebensogut als ich, die Nähe des Feindes wittert und ihm ausweicht.“

Mir kam es vor, als könne ich Pontos Betragen doch nicht recht billigen, ich dachte an des verewigten Muzius, an meinen eignen tiefen Abscheu vor jedem Halsbande und schon dies setzte mich darüber ins klare, daß ein ehrliches Gemüt, so wie es ein rechtschaffener Kater in sich trägt, dergleichen Liebeskuppeleien verschmähe. Alles dieses äußerte ich dem jungen Ponto ganz unverhohlen. Der lachte mir aber ins Gesicht und meinte, ob denn die Moral der Katzen so gar strenge sei und ob ich selbst nicht schon hin und wieder über die Schnur gehauen, d. h. etwas getan, was für den engen moralischen Schubkasten etwas zu breit sei. – Ich dachte an Mina und verstummte.

„Fürs erste“, sprach Ponto weiter, „fürs erste mein guter Murr! ist es ein ganz gemeiner Erfahrungssatz, daß niemand seinem Schicksal entgehen kann, er mag es nun anstellen wie er auch will; du kannst als ein Kater von Bildung das Weitre darüber nachlesen in einem sehr belehrendem und ganz angenehm stilisiertem Buche, Jacques le fataliste betittelt. War es nach dem ewigen Ratschluß bestimmt, daß der Professor der Ästhetik, Herr Lothario, ein – Nun du verstehst mich guter Katz, aber zudem hat ja der Professor durch die Art, wie er sich bei der merkwürdigen Handschuhgeschichte – sie sollte mehr Zelebrität erhalten, schreib was darüber Murr – benommen, seinen ganz entschiedenen ihn von der Natur eingepflanzten Beruf bewiesen, in jenen großen Orden zu treten, den so viele viele Männer tragen, mit der gebietendsten Würde, mit dem schönsten Anstande, ohne es zu wissen. Diesen Beruf hätte Herr Lothario erfüllt, gäb es auch keinen Baron Alzibiades von Wipp, keinen Ponto. Hatte aber wohl überhaupt Herr Lothario etwas anderes, Besseres um mich verdient, als daß ich gerade seinem Feinde mich in die Arme warf? – Dann aber fand auch der Baron gewiß andere Mittel, sich mit der Professorin zu verstehen und derselbe Schaden kam über den Professor, ohne mir den Nutzen zu bringen, den ich jetzt wirklich von dem angenehmen Verhältnis des Barons mit der holden Lätitia verspüre. Wir Pudel sind nicht solche überstrenge Moralisten, daß wir in unserm eignen Fleische wühlen und die im Leben schon sonst knapp genug zugeschnittene gute Bissen verschmähen sollten."

Ich fragte den jungen Ponto, ob denn der Nutzen, den ihm sein Dienst bei dem Baron Alzibiades von Wipp verschaffe, in der Tat so groß und wichtig sei, daß er das Unangenehme, das Drückende der damit verbundenen Knechterei aufwiege. Dabei gab ich ihm nicht undeutlich zu verstehen, daß eben diese Knechterei einen Kater, dessen Freiheitssinn in der Brust unauslöschlich, immer widerlich bleiben müsse.

„Du redest", erwiderte Ponto stolz lächelnd, „du redest guter Murr, wie du es verstehst, oder vielmehr wie es dir deine gänzliche Unerfahrenheit in den höhern Verhältnissen des Lebens erscheinen läßt. Du weißt nicht, was es heißt, der Liebling eines solchen galanten gebildeten Mannes zu sein, als es der Baron Alzibiades von Wipp wirklich ist. Denn, daß ich seit der Zeit, als ich mich so klug und dienstfertig benommen, sein größter Liebling geworden, darf ich dir, o mein freiheitsliebender Katz, wohl nicht erst sagen. Eine kurze Schilderung unserer Lebensweise wird dich das Angenehme, das Wohltätige meiner jetzigen Lage, sehr lebhaft fühlen lassen. – Des Morgens stehen wir (ich und mein Herr nämlich) nicht zu früh aber auch nicht zu spät auf; das heißt, auf den Schlag eilf Uhr. – Ich muß dabei bemerken, daß mein breites weiches Lager unfern dem Bette des Barons aufgeschlagen ist und daß wir viel zu harmonisch schnarchen, um beim plötzlichen Erwachen zu wissen, *wer* geschnarcht hat. – Der Baron zieht an der Glocke und sogleich erscheint der Kammerdiener, der dem Baron einen Becher rauchender Schokolade mir aber einen Porzellannapf voll des schönsten süßen Kaffees mit Sahne bringt, den ich mit demselben Appetit leere wie der Baron seinen Becher. Nach dem Frühstück spielen wir ein halbes Stündchen miteinander, welche Leibesbewegung nicht allein unserer Gesundheit zuträglich ist, sondern auch unsern Geist erheitert. Ist das Wetter schön, so pflegt der Baron auch wohl zum offnen Fenster hinauszuschauen und die Vorübergehenden mit dem Fernglas zu bekucken. Gehen gerade nicht viele vorüber, so gibt es noch eine andere Belustigung, die der Baron eine Stunde hindurch fortsetzen kann, ohne zu ermüden. – Unter dem Fenster des Barons ist ein Stein eingepflastert, der sich durch eine besonders rötliche Farbe auszeichnet, in der Mitte dieses Steins befindet sich aber ein kleines eingebröckeltes Loch. Nun kommt es darauf an, so geschickt herabzuspucken, daß gerade in dieses kleine Loch hineingetroffen wird. – Durch viele anhaltende Übung hat es der Baron dahin gebracht, daß er auf das drittemal Treffen pariert und schon manche Wette gewann. Nach dieser Belustigung tritt der sehr wichtige Moment des Anziehens ein. Das geschickte Kämmen und Kräuseln des Haars vorzüglich aber das kunstmäßige Knüpfen des Halstuchs besorgt der Baron ganz allein ohne Hülfe des Kammerdieners. Da diese beiden schwierigen Operationen etwas lange dauern, so benutzt Friedrich die Zeit um mich auch anzukleiden. D. h. mit einem in lauwarmes Wasser eingeweichten Schwamm wäscht er mir den Pelz, kämmt die langen Haare, die der Friseur an schicklichen Örtern zierlich stehen lassen mit einem genugsam engen Kamme durch und legt mir das schöne silberne Halsband um, das der Baron mir gleich verehrte, als er meine Tugenden entdeckt. Die folgenden Augenblicke sind der Literatur und den schönen Künsten gewidmet. Wir gehen nämlich in eine Restauration oder in ein Kaffeehaus, genießen Beefsteak oder Karbonade, trinken ein Gläschen Madeira, und kucken etwas weniges in die neuesten Journale, in die neuesten Zeitungen. Dann beginnen die Vormittagsvisiten. Wir besuchen diese, jene große Schauspielerin, Sängerin ja auch wohl Tänzerin, um ihr die Neuigkeiten des Tages, hauptsächlich aber den Verlauf irgendeines Debüts von gestern abend, zu hinterbringen. Es ist merkwürdig, mit welchem Geschick der

Baron Alzibiades von Wipp seine Nachrichten einzurichten weiß, um die Damen stets bei guter Laune zu erhalten. Niemals ist es der Gegnerin oder wenigstens Kombattantin gelungen, sich nur einen Teil des Ruhms anzueignen, der die Gefeierte krönt, die er soeben im Schmollzimmerchen heimsucht. – Man hat die Arme ausgezischt – ausgelacht – Und ist denn wirklich erhaltener glänzender Beifall nicht wohl zu verschweigen, so weiß der Baron ganz gewiß ein neues skandalöses Geschichtchen von der Dame aufzutischen, das ebenso begierig vernommen als verbreitet wird, damit gehöriges Gift die Blumen des Kranzes vor der Zeit töte. – Die vornehmeren Visiten bei der Gräfin A., bei der Baronesse B., bei der Gesandtin C. u. s. w. füllen die Zeit aus bis halb vier Uhr; und nun hat der Baron seine eigentlichen Geschäfte abgemacht, so daß er um vier Uhr sich beruhigt zu Tische setzen kann. Dies geschieht gewöhnlich wieder in einer Restauration. Nach Tische gehen wir zu Kaffee, spielen auch wohl eine Partie Billard und machen denn, erlaubt es die Witterung, eine kleine Promenade; ich beständig zu Fuß, der Baron aber manchmal zu Pferde. So ist die Theaterstunde herangekommen, die der Baron niemals versäumt. Er soll im Theater eine überaus wichtige Rolle spielen, da er das Publikum nicht allein von allen Verhältnissen der Bühne und der auftretenden Künstler in Kenntnis setzen, sondern auch das gehörige Lob, den gehörigen Tadel anordnen, so aber überhaupt den Geschmack im richtigen Geleise erhalten muß. Er fühlt einen natürlichen Beruf dazu. Da man den feinsten Leuten meines Geschlechts ungerechterweise den Eingang in das Theater durchaus nicht verstattet, so sind die Stunden während der Vorstellung, die einzigen, in denen ich mich von meinem lieben Baron trenne und mich allein auf meine eigene Hand belustige. Wie dies nun geschieht und wie ich die Konnexionen mit Windspielen, englischen Wachtelhunden, Möpsen und andern vornehmen Leuten benutze, das sollst du künftig erfahren, guter Murr! – Nach dem Theater speisen wir wieder in einer Restauration und der Baron überläßt sich in heitrer Gesellschaft ganz seiner frohen Laune. Das heißt, alle sprechen, alle lachen und finden alles auf Ehre göttlich und keiner weiß, was er spricht und worüber er lacht und was als auf Ehre göttlich gerühmt werden darf. Darin besteht aber das Sublime der Konversation, das ganze soziale Leben [derer], die sich zur eleganten Lehre bekennen, wie mein Herr. Manchmal fährt aber auch wohl der Baron noch in später Nacht in diese, jene Gesellschaft und soll dort ganz exzellent sein. Auch davon weiß ich nichts, denn der Baron hat mich noch niemals mitgenommen, wozu er vielleicht seine guten Gründe haben mag. – Wie ich auf weichem Lager in der Nähe des Barons herrlich schlafe, habe ich dir schon gesagt. Gestehe aber nun selbst, guter Katz! wie nach der Lebensweise, die ich hier ausführlich beschrieben, mich der alte mürrische Oheim eines wüsten, liederlichen Wandels anklagen kann? – Es ist wahr, daß ich, schon hab ich dirs gestanden, vor einiger Zeit gerechten Anlaß gab zu allerlei Vorwürfen. Ich trieb mich umher in schlechter Gesellschaft und fand eine besondere Lust darin mich überall, vorzüglich in Vermählungsschmäuse ungebeten einzudrängen und ganz unnützen Skandal anzufangen. Alles dies geschah aber nicht aus reinem Trieb zu wüster Balgerei, sondern aus bloßem Mangel an höherer Kultur, die ich bei den Verhältnissen, wie sie in dem Hause des Professors bestanden, nicht erhalten konnte. Jetzt ist das alles anders. Doch! – wen erblick ich? – Dort geht der Baron Alzibiades von Wipp! – Er sieht sich nach mir um – er pfeift! – A revoir Bester!"

Schnell wie der Blitz sprang Ponto seinem Herrn entgegen. Das Äußere des Barons entsprach ganz dem Bilde, das ich mir wohl nach dem, was Ponto von ihm gesagt, machen durfte. – Er war sehr groß und nicht sowohl schlank gewachsen als spindeldürr. Kleidung, Stellung, Gang, Gebärde, alles konnte für den Prototypus der letzten Mode gelten die aber, bis ins Fantastische hinausgetrieben, seinem ganzen Wesen etwas Seltsames, Abenteuerliches gab. Er trug ein kleines sehr dünnes Röhrchen mit einer stählernen Krücke in der Hand, über das er Ponto einigemal springen ließ. So herabwürdigend mir auch dieses schien, gestehen mußte ich doch, daß Ponto mit der höchsten Geschicklichkeit und Stärke jetzt eine Anmut verband, die ich sonst noch niemals an ihm bemerkt. Überhaupt wie nun der Baron mit vorgestreckter Brust, den Leib eingezogen mit einem sonderbaren ausgespreizten Hahnentritt weiter fortwandelte und Ponto in sehr zierlichen Kurbetten bald vorwärts bald nebenher sprang und sich nur ganz kurze, zum Teil stolze Begrüßungen vorübergehender Kameraden erlaubte, so sprach sich darin ein gewisses Etwas aus, das ohne mir deutlich zu werden, dennoch mich imponierte. – Ich ahnte, was mein Freund Ponto mit der höheren Kultur gemeint und suchte, soviel möglich darüber ganz ins klare zu kommen. Das hielt aber sehr schwer, oder vielmehr, meine Bemühungen blieben ganz vergebens.

Später habe ich eingesehen, daß an gewissen Dingen alle Probleme, alle Theorien, die sich in dem Geiste bilden mögen, scheitern und daß nur durch die lebendige Praxis die Erkenntnis zu erringen; die höhere Kultur die beide, der Baron Alzibiades von Wipp und der Pudel Ponto in der feinen Welt erlangt, gehört aber zu diesen gewissen Dingen.

Der Baron Alzibiades von Wipp lorgnettierte mich im Vorübergehen sehr scharf. Es schien mir, als läs ich Neugierde und Zorn in seinem Blick. Sollte er vielleicht Pontos Unterhaltung mit mir gewahrt und ungnädig vermerkt haben? Mir wurde etwas ängstlich zumute, ich eilte schnell die Treppe hinauf.

Ich sollte nun, um alle Pflichten eines tüchtigen Selbstbiographen zu erfüllen, wiederum meinen Seelenzustand beschreiben und könnte das nicht besser tun, als mittelst einiger sublimer Verse, die ich seit einiger Zeit so recht, wie man zu sagen pflegt, aus dem Pelzärmel schüttle. Ich will –

*(Mak. Bl.)* „– – mit diesem einfältigen armseligen Spielwerk den besten Teil meines Lebens vergeudet. – Und nun jammerst du alter Tor und klagst das Geschick an, dem du vermessen Trotz botest! – Was gingen dich die vornehmen Leute, was ging dich die ganze Welt an die du verhöhntest, weil du sie für närrisch hieltest und selbst am närrischsten warst! – Beim Handwerk, beim Handwerk mußtest du bleiben, Orgeln bauen und nicht den Hexenmeister spielen und den Wahrsager. – Sie hätten sie mir nicht gestohlen, mein Weib wäre bei mir, ein tüchtiger Arbeiter säß ich in der Werkstatt und rüstige Gesellen klopften und hämmerten um mich her und wir förderten Werke, die sich hören und sehen ließen wie keine andere weit und breit. – Und Chiara! – vielleicht hingen muntre Knaben mir am Halse, vielleicht schaukelte ich ein schmukkes Töchterlein auf den Knien. – Tausend Teufel, was hält mich ab, daß ich nicht den Augenblick davonrenne und das verlorne Weib suche in der ganzen weiten Welt!“ – Damit warf Meister Abraham, der dies Selbstgespräch gehalten, das kleine begonnene Automat so wie alles Handwerkszeug, unter den Tisch, sprang auf und schritt heftig hin und her. Der Gedanke an Chiara, der ihn jetzt beinahe niemals verließ, rief alle schmerzliche Wehmut in seinem Innern hervor und wie mit Chiara damals sein höheres Leben begonnen, verließ ihn auch jetzt jener trotzige dem Gemeinen entsprossene Unwille darüber, daß er über sein Handwerk hinweggeschaut und wirkliche Kunst zu üben sich unterfangen. – Er schlug Severinos

Buch auf und schaute lange die holde Chiara an. – Wie ein Mondsüchtiger, der der äußeren Sinne beraubt nur nach dem innern Gedanken automatisch handelt, ging Meister Abraham dann zu einem Kasten, der in einem Winkel des Zimmers stand, räumte Bücher und Sachen, womit er bepackt, herunter, öffnete ihn, nahm die Glaskugel, den ganzen Apparat zum geheimnisvollen Experiment mit dem unsichtbaren Mädchen hervor, befestigte die Kugel an einer dünnen seidnen Schnur, die von der Decke herabhing, stellte im Zimmer alles so her, wie es zu dem versteckten Orakel nötig. Erst als er mit allem fertig geworden, erwachte er aus der träumerischen Betäubung und erstaunte nicht wenig darüber, was er begonnen. „Ach", jammerte er dann laut, indem er ganz ermattet, ganz trostlos in den Lehnstuhl sank, „ach Chiara, arme verlorne Chiara, niemals werd ich wieder deine süße Stimme verkünden hören, was in des Menschen tiefster Brust verschlossen. Kein Trost mehr auf Erden – keine Hoffnung als das Grab!"

Da schwankte die Glaskugel hin und her und ein melodischer Ton ließ sich vernehmen wie wenn Windeshauch leise hinstreift über die Saiten der Harfe. Aber bald wurde der Ton zu Worten:

„Noch ist Leben nicht dahin,
Trost und Hoffnung nicht verschwunden,
Was vermag der frömmste Sinn,
Hält ihn schwerer Eid gebunden?
Meister! Mut! – du wirst gesunden,
Blick auf zu der Dulderin,
Die da heilt die tiefsten Wunden,
Bittrer Schmerz bringt dir Gewinn."

„O du barmherziger Himmel", lispelte der Alte mit bebenden Lippen, „sie ist es selbst die zu mir spricht von dem hohen Himmel herab; sie wandelt nicht mehr unter den Lebendigen!" – Da ließ sich jener melodische Ton abermals vernehmen und noch leiser, noch entfernter erklangen die Worte:

„Nicht erfaßt der bleiche Tod,
Die im Herzen Liebe tragen;
Dem glänzt noch das Abendrot,
Der am Morgen wollt verzagen.
Bald kann dir die Stunde schlagen,
Die entreißt dich aller Not;

Zu vollbringen magst du wagen,
Was die ewge Macht gebot."

Stärker anschwellend und wieder verhallend lockten die süßen Töne den Schlaf herbei, der den Alten einhüllte in seinen schwarzen Fittich. Aber in dem Dunkel ging strahlend wie ein schöner Stern der Traum vergangenen Glücks auf und Chiara lag wieder an des Meisters Brust und beide waren wieder jung und selig und kein finstrer Geist vermochte den Himmel ihrer Liebe zu trüben.

– Hier hat, wie der Herausgeber es dem geneigten Leser bemerklich machen muß, der Kater wieder ein paar Makulaturblätter ganz weggerissen, wodurch in dieser Geschichte voller Lücken wiederum eine Lücke entstanden. Nach der Seitenzahl fehlen aber nur acht Kolumnen, die eben nichts besonders Wichtiges enthalten zu haben scheinen, da das Folgende sich im ganzen noch so ziemlich an das Vorhergegangene reiht. Also weiter heißt es:

– – – nicht erwarten durfte. Fürst Irenäus war überhaupt ein abgesagter Feind von allen ungewöhnlichen Vorfällen, vorzüglich wenn seine eigne Person in Anspruch genommen wurde, die Sache näher zu untersuchen. Er nahm daher, wie er es in kritischen Fällen zu tun pflegte, eine Doppeltprise, starrte den Leibjäger an mit den bekannten niederschmetternden Friedrichsblick und sprach: „Lebrecht, ich glaube, wir sind ein mondsüchtiger Träumer und sehen Gespenster und machen einen ganz unnötigen Hallas?"

„Durchlauchtigster Herr", erwiderte der Leibjäger in sehr ruhiger Fassung, „lassen Sie mich fortjagen wie einen ordinären Schuft, wenn nicht alles buchstäblich wahr ist, wie ich es erzählt habe. Ich wiederhole es keck und freimütig. Rupert ist ein ausgemachter Spitzbube."

„Wie", rief der Fürst in vollem Zorn, „wie, Rupert, mein alter treuer Kastellan, der funfzig Jahre dem Fürstenhause gedient, ohne jemals ein Schloß einrosten zu lassen oder im Auf- und Zuschließen zu mankieren, der soll ein Spitzbube sein? Lebrecht! – Er ist besessen, Er ist rasend! Himmeltausend Sapp –"

Der Fürst stockte wie immer, wenn er sich auf dem Fluchen ertappte, das allem fürstlichen Anstande entgegen. Der Leibjäger nutzte diesen Augenblick um ganz geschwinde einzufallen: „Durchlauchtigster Herr werden nur gleich so hitzig und fluchen denn so gräßlich, und man darf über so etwas doch nicht schweigen, man kann doch nichts behaupten als die reine Wahrheit." – „Wer ist hitzig", sprach der Fürst gelassener, „wer flucht? – Esel fluchen! – Ich will, daß Er mir die ganze Sache in gedrängter Kürze wiederhole, damit ich in einer geheimen Sitzung alles meinen Räten vortragen kann zur umständlichen Beratung und Entscheidung über die fernerhin zu ergreifenden Maßregeln. Ist Rupert wirklich ein Spitzbube, so – Nun, das Weitere wird sich denn finden."

„Wie gesagt", begann der Leibjäger, „als ich gestern Fräulein Julien vorleuchtete, schlüpfte derselbe Mensch, der hier schon längst herumschleicht bei uns vorüber. Halt, dacht ich in meinem Sinn. Den Urian wirst du doch ertappen, und löschte, als ich das liebe Fräulein bis oben heraufgebracht, meine Fackel aus und stellte mich ins Dunkel. Nicht lange dauerte es, so kam derselbe Mensch aus dem Gebüsch hervor und klopfte leise an das Haus. Behutsam schlich ich einher. Da wurde das Haus geöffnet und ein Mädchen trat heraus und mit diesem Mädchen schlüpfte der Fremde hinein. Es war die Nanni, Sie kennen sie doch, durchlauchtigster Herr, der Frau Rätin schöne Nanni?"

„Coquin", rief der Fürst, „mit hohen gekrönten Häuptern spricht man nicht von schönen Nannis, doch! – fahr Er fort, mon fils." – „Ja", sprach der Leibjäger weiter, „ja die schöne Nanni, ich hätt ihr solchen dummen Verkehr gar nicht zugetraut. – Also weiter nichts als eine einfältige Liebschaft, dacht ich in meinem Sinn; aber es wollt mir gar nicht in den Kopf, daß nicht noch was anders dahinterstecken sollte. Ich blieb am Hause stehen. Da kam nach einer guten Weile die Frau Rätin zurück, und kaum war sie ins Haus getreten, als oben ein Fenster geöffnet wurde und mit unglaublicher Behendigkeit der fremde Mensch hinaussprang, gerade in die schönen Nelken- und Levkojenstöcke hinein, die dort vergattert stehen und die das liebe Fräulein Julia selbst so sorglich wartet. Der Gärtner lamentiert schrecklich; er ist mit den zerbrochenen Scherben draußen und wollte bei dem durchlauchtigsten Herrn selbst Klage führen. Ich habe ihn aber nicht hineingelassen, denn der Schlingel ist angesoffen schon am frühen Morgen." „Lebrecht", unterbrach der Fürst den Leibjäger, „Lebrecht, das scheint eine Imitation zu sein, denn selbiges kommt schon in der Oper von Herrn Mozart, Figaros Hochzeit geheißen vor, die ich zu Prag geschaut. Bleib er der Wahrheit getreu, Jäger!"

– „Auch“, sprach Lebrecht weiter, „auch nicht eine Silbe rede ich anders, als ich es bekräftigen kann mit einem körperlichen Eide. – Der Kerl war hingestürzt und ich gedachte ihn nun zu fassen; doch schnell wie der Blitz raffte der Kerl sich auf und rannte spornstreichs – wohin? was denken Sie wohl, durchlauchtigster Fürst, wohin er rannte?“ „Ich denke nichts“, erwiderte der Fürst feierlich, „turbier Er mich nicht mit lästigen Fragen nach Gedanken, Jäger! sondern erzähle Er ruhig so lange, bis die Geschichte aus ist, dann will ich denken.“

„Gerade“, fuhr der Jäger fort, „gerade nach dem unbewohnten Pavillon rannte der Mensch. Ja – unbewohnt! – Sowie er an die Türe geklopft, wurd es inwendig hell und wer nun hinaustrat, war niemand anders als der saubere ehrliche Herr Rupert, dem der Fremde hineinfolgte ins Haus, das er nun wieder fest verschloß. Sie sehen, durchlauchtigster Herr, daß Rupert Verkehr treibt mit fremden gefährlichen Gästen, die bei ihrer Schleicherei gewiß Böses im Schilde führen. Wer weiß, worauf alles abzielt und es ist ja möglich, daß selbst mein durchlauchtigster Fürst, hier in dem stillen ruhigen Sieghartshof von schlechten Menschen bedroht wird.“

Da Fürst Irenäus sich für eine höchst bedeutende fürstliche Person hielt, so konnt es nicht fehlen, daß er manchmal von allerlei höfischen Kabalen und bösen Nachstellungen träumte. Des Jägers letzte Äußerung fiel ihm deshalb gar schwer aufs Herz und er versank einige Augenblicke in tiefes Nachsinnen. „Jäger“, sprach er dann mit weit aufgerissenen Augen, „Jäger! Er hat recht. Die Sache mit dem fremden Menschen der hier herumschleicht, mit dem Licht, das sich zur Nachtzeit im Pavillon sehen läßt, ist bedenklicher als sie im ersten Augenblick erscheint. – Mein Leben steht in Gottes Hand! aber mich umgeben treue Diener und sollte einer sich für mich aufopfern, so würde ich ganz gewiß die Familie reichlich bedenken! – Verbreit Er das unter meinen Leuten guter Lebrecht! – Er weiß, ein fürstliches Herz ist frei von jeder Bangigkeit, von jeder menschlichen Todesfurcht, aber man hat auch Pflichten gegen sein Volk, ihm muß man sich konservieren, zumal wenn der Thronerbe noch unmündig. Darum will ich das Schloß nicht eher verlassen, bis die Kabale im Pavillon zerstört ist. – Der Förster soll mit den Revierjägern und allen übrigen Forstbedienten herankommen, alle meine Leute sollen sich bewaffnen. Der Pavillon soll sogleich umstellt, das Schloß fest verschlossen werden. Besorg Er das guter Lebrecht. Ich selbst schnalle meinen Hirschfänger um, lade Er meine Doppelpistolen, aber vergesse er nicht den Schieber vorzulassen, damit kein Unglück geschieht. – Und daß man mir Nachricht gibt, wenn etwa die Zimmer des Pavillons erstürmt und so die Verschwornen gezwungen werden sollen, sich zu ergeben, damit ich mich zurückziehen kann in die innern Gemächer. Und daß man die Gefangenen auf das sorglichste durchsucht, ehe sie vor den Thron gebracht werden, damit keiner etwa in der Verzweiflung – doch, was steht Er, was sieht Er mich an, was lächelt Er, was soll das heißen Lebrecht?"

„Ei", erwiderte der Leibjäger mit pfiffiger Miene, „ei, durchlauchtigster Herr, ich meine nur, daß es gar nicht vonnöten, den Förster mit seinen Leuten herzubeordern."

„Warum nicht", fragte der Fürst erzürnt, „warum nicht? – Ich glaube gar, Er untersteht sich mir zu widersprechen? – Und in jeder Sekunde steigt die Gefahr! Tausend Sapp – Lebrecht, werf Er sich aufs Pferd – der Förster – seine Leute – geladene Büchsen – den Augenblick sollen sie einrücken."

„Sie sind", sprach der Leibjäger, „sie sind aber schon da, durchlauchtigster Herr!"

„Wie – was!" – rief der Fürst, indem er den Mund offen behielt um dem Erstaunen Luft zu gönnen.

„Schon", fuhr der Jäger fort, „schon als der Morgen graute, war ich draußen beim Förster. Schon ist der Pavillon so sorglich umstellt, daß keine Katze herauskann, viel weniger ein Mensch."

„Er ist", sprach der Fürst gerührt, „Er ist ein vortrefflicher Jäger, Lebrecht und ein treuer Diener des fürstlichen Hauses. Rettet Er mich aus dieser Gefahr, so kann Er sicher auf eine Verdienstmedaille rechnen, die ich selber erfinden und ausprägen lassen werde, von Silber oder von Gold, je nachdem bei der Erstürmung des Pavillons weniger oder mehr Menschen geblieben sind."

„Erlauben", sprach der Jäger, „erlauben Sie es, durchlauchtigster Herr, so gehen wir nun gleich ans Werk. Das heißt, wir schlagen die Türe des Pavillons ein, nehmen das Gesindel, das darin hauset, gefangen und alles ist vorüber. Ja, ja, den Kerl, der mir so oft entschlüpft, der solch ein verfluchter Springer ist, den verdammten Kerl, der sich dort im Pavillon als ein ungebetener Gast selbst einquartiert hat, den will ich schon fassen, den Spitzbuben den, der Fräulein Julien turbiert hat!"

„Welcher Spitzbube", fragte die Rätin Benzon in das Zimmer tretend, „welcher Spitzbube hat Julien turbiert? Wovon sprecht Ihr, guter Lebrecht?“ – Der Fürst schritt feierlich, bedeutsam, wie jemand, dem Großes, Ungeheures begegnet, das er mit aller Stärke des Geistes bemüht ist zu tragen, der Benzon entgegen. Er faßte ihre Hand, drückte sie zärtlich und sprach dann mit sehr weicher Stimme: „Benzon! Selbst in der einsamsten, tiefsten Zurückgezogenheit folgt die Gefahr dem fürstlichen Haupt. – Es ist das Los der Fürsten, daß alle Milde, alle Güte des Herzens, sie nicht schützt, vor dem feindlichen Dämon der den Neid, die Herrschsucht entflammt in der Brust verräterischer Vasallen! – Benzon, die schwärzeste Verräterei hat ihr schlangenhaariges Medusenhaupt erhoben gegen mich, Sie finden mich in der dringendsten Gefahr! – Aber bald ist der Augenblick der Katastrophe da, diesem Getreuen verdanke ich vielleicht bald mein Leben, meinen Thron! – Und ist es anders beschlossen – nun so ergebe ich mich in mein Schicksal. – Ich weiß, Benzon, Sie konservieren Ihre Gesinnungen gegen mich und so kann ich wie jener König in dem Trauerspiel eines deutschen Dichters, mit dem Prinzessin Hedwiga mir neulich den Tee verdarb, hochsinnig rufen: ‚Nichts ist verloren, denn Sie blieben mein!‘ – Küssen Sie mich gute Benzon! – Teures Malchen, wir sind und bleiben die Alten! – Guter Gott, ich radotiere wohl in der Seelenangst! – Lassen Sie uns gefaßt sein, meine Liebe, wenn die Verräter gefangen sind, werd ich sie mit einem Blick vernichten. – Leibjäger, es beginne der Angriff auf den Pavillon.“ – Der Leibjäger wollte schnell fort. „Halt“, rief die Benzon, „was für ein Angriff? – auf welchen Pavillon?“

Der Leibjäger mußte auf den Befehl des Fürsten nochmals über den ganzen Vorfall genauen Rapport abstatten.

Immer mehr und mehr schien die Benzon durch des Leibjägers Erzählung gespannt zu werden. Als er geendet, rief die Benzon lachend: „Nun das ist das drolligste Mißverständnis, das es wohl geben mag. Ich bitte, gnädigster Herr, daß der Förster mit seinen Leuten sogleich nach Hause geschickt werde. – Es ist von gar keiner Verschwörung die Rede, Sie befinden sich nicht in der mindesten Gefahr gnädigster Herr! – Der unbekannte Bewohner des Pavillons ist schon Ihr Gefangener.“

„Wer“, fragte der Fürst voll Erstaunen, „wer, welcher Unglückselige bewohnt den Pavillon ohne meine Erlaubnis?“

„Es ist“, raunte die Benzon dem Fürsten ins Ohr, „es ist Prinz Hektor, der sich im Pavillon verbirgt!“

Der Fürst prallte einige Schritte zurück, als träfe ihn plötzlich ein Schlag von unsichtbarer Hand, dann rief er: „Wer? – wie? est-il possible! – Benzon! träume ich? – Prinz Hektor?" Des Fürsten Blicke fielen auf den Leibjäger, der ganz verblüfft den Hut in der Hand zusammenknillte. – „Jäger", schrie der Fürst ihn an, „Jäger! Scher Er sich herab, der Förster, die Leute, sie sollen fort – fort nach Hause! kein Mensch soll sich blicken lassen! – Benzon", wandte er sich dann zur Rätin, „gute Benzon, können Sie es sich vorstellen, einen Kerl, einen Spitzbuben hat Lebrecht den Prinzen Hektor genannt! – Der Unglückliche! – Doch es bleibt unter uns Benzon, es ist ein Staatsgeheimnis. – Sagen Sie, erklären Sie mir nur, wie es geschehen konnte, daß der Prinz vorgibt abzureisen, und sich hier versteckt, als wolle er auf Abenteuer ausgehen?"

Die Benzon sah sich durch die Beobachtungen des Leibjägers aus großer Verlegenheit gerettet. Hatte sie sich vollkommen überzeugt, daß es ihrerseits nicht ratsam, dem Fürsten die Gegenwart des Prinzen in Sieghartshof, am wenigsten aber seinen Anschlag auf Julien zu entdecken, so konnte doch auch die Sache nicht in der Lage bleiben, die mit jeder Minute sich für Julien, für das ganze Verhältnis das sie, die Benzon selbst, mit aller Mühe aufrecht erhielt, bedrohlicher gestalten mußte. Jetzt, da der Leibjäger den Schlupfwinkel des Prinzen erlauscht und dieser Gefahr lief, auf nicht sehr ehrenvolle Weise hervorgezogen zu werden, konnte, durfte sie ihn verraten, ohne Julia preiszugeben. Sie erklärte also dem Fürsten, daß wahrscheinlich ein Liebeszwist mit der Prinzessin Hedwiga den Prinzen vermocht, eine schnelle Abreise vorzugeben und sich mit seinem treusten Kammerdiener ganz in der Nähe der Geliebten zu verstecken. Daß dies Beginnen etwas Romanhaftes, Abenteuerliches in sich trage, sei nicht zu leugnen, doch welcher Liebende habe nicht Hang zu dergleichen. Übrigens sei des Prinzen Kammerdiener ein sehr eifriger Liebhaber ihrer Nanni und durch diese ihr das Geheimnis verraten worden.

„Ha!" rief der Fürst, „dem Himmel sei es gedankt, so war es der Kammerdiener und nicht der Prinz selbst, der sich zu Ihnen ins Haus stahl und dann durchs Fenster sprang in die Blumentöpfe, wie der Page Cherubim. – Mir stiegen schon allerlei unangenehme Gedanken auf. Ein Prinz und durchs Fenster springen, wie könnte sich das wohl in aller Welt reimen!"

„Ei", erwiderte die Benzon schalkisch lachend, „ich kenne

doch eine fürstliche Person, die den Weg zum Fenster heraus nicht verschmähte, als –"

„Sie", unterbrach der Fürst die Rätin, „Sie alterieren mich Benzon, Sie alterieren mich ganz ungemein! – Schweigen wir von vergangenen Dingen, überlegen wir lieber, was jetzt mit dem Prinzen anzufangen! Alle Diplomatie, alles Staatsrecht, alles Hofgesetz holt der Teufel in dieser verdammten Lage! – Soll ich ihn ignorieren? – soll ich ihn zufällig finden? – soll ich – soll ich? Alles dreht sich in meinem Kopfe wie ein Wirbel. Das kommt davon, wenn fürstliche Häupter sich zu wunderlichen Romanstreichen herabwürdigen!"

Die Benzon wußte in der Tat nicht, wie das weitere Verhältnis mit dem Prinzen zu formen. Doch auch dieser Verlegenheit wurde abgeholfen. Noch ehe die Rätin nämlich dem Fürsten antworten konnte, trat der alte Kastellan Rupert hinein und überreichte dem Fürsten ein klein zusammengefaltetes Billett, indem er schelmisch lächelnd versicherte, es käme von einer hohen Person, die er gar nicht weit von hier die Ehre hätte unter Schloß und Riegel zu bewahren. „Er wußte", sprach der Fürst sehr gnädig zu dem Alten, „Er wußte also Rupert, daß? – Nun ich habe Ihn immer für einen ehrlichen treuen Diener meines Hauses gehalten und Er hat sich auch jetzt als einen solchen bewährt, da Er, wie es Seine Pflicht war, dem Befehl meines erhabenen Eidams gehorchet. – Ich werde an Seine Belohnung denken." Rupert dankte in den demütigsten Ausdrücken und entfernte sich aus dem Zimmer.

Es begibt sich gar oft im Leben, daß einer für besonders ehrlich und tugendhaft gehalten wird, gerade in dem Augenblick, wenn er einen Spitzbubenstreich begangen. Daran dachte die Benzon, die von des Prinzen bösem Anschlage besser unterrichtet und überzeugt war, daß der alte heuchlerische Rupert in das böse Geheimnis eingeweiht.

Der Fürst erbrach das Billett und las:

„Che dolce più, che più giocondo stato
Saria, di quel d'un amoroso core?
Che viver più felice e più beato,
Che ritrovarsi in servitù d'Amore?
Se non fosse l'huom sempre stimulato
Da quel sospetto rio, da quel timore,
Da quel martir, da quella frenesia,
Da quella rabbia, detta gelosia.

In diesen Versen eines großen Dichters finden Sie mein Fürst die Ursache meines geheimnisvollen Beginnens. Ich glaubte mich nicht geliebt von der, die ich anbete, die mein Leben ist, all mein Sehnen und Hoffen, für die alle brünstige Glut lodert in der entflammten Brust. Wohl mir! – ich habe mich eines bessern überzeugt, ich weiß seit wenigen Stunden, daß ich geliebt bin, und trete aus meinen Schlupfwinkel hervor. – Liebe und Glück, das sei das Losungswort, das mich ankündigt. – Bald begrüße ich Sie mein Fürst! mit der Ehrfurcht des Sohnes.

*Hektor*."

Vielleicht es ist dem geneigten Leser nicht ganz unlieb, wenn der Biograph hier auf zwei Sekunden die Geschichte ruhen läßt und den Versuch einer Übersetzung jener italienischen Verse einschiebt. – Sie könnten ungefähr also lauten:

Gäb's süßres noch, gäb's höheres Entzücken,
Als wenn das Herz entbrannt in brünstger Liebe?
Könnt den ein sel'gres Himmelslos beglücken,
Der in des mächtgen Gottes Fesseln bliebe?
Vermöchte nicht den Menschen zu berücken,
Der finstre Geist, Verdacht! der Furcht Getriebe,
Trostlose Qual, Wahnsinns wuchernder Samen,
Der Hölle Furie, Eifersucht ihr Namen!

Der Fürst las das Billett zwei-, dreimal sehr aufmerksam durch und je öfter er es las, desto finstrer zogen sich die Falten auf seiner Stirne zusammen. „Benzon", sprach er endlich, „Benzon! was ist das mit dem Prinzen? Verse, italienische Verse an ein fürstliches Haupt, an einen gekrönten Schwiegervater, statt deutlicher vernünftiger Erklärung? – Was soll das? – Es ist kein Verstand darin. – Der Prinz scheint überspannt zu sein auf ganz ungebührliche Weise. Die Verse sprechen, soviel ich davon verstehe, von dem Glück der Liebe und von den Qualen der Eifersucht. Was will der Prinz mit der Eifersucht, auf wen um tausend Himmels willen kann er hier eifersüchtig sein? – Sagen Sie mir gute Benzon, finden Sie in diesem Billett des Prinzen auch nur ein Fünkchen gesunden Menschenverstand?"

Die Benzon entsetzte sich über den tiefern Sinn, der in den Worten des Prinzen lag und den sie nach dem, was sich gestern in ihrem Hause begeben, leicht erraten konnte. Zugleich mußte sie aber die feine Wendung bewundern, die der Prinz ersonnen, um ohne weitern Anstoß aus seinem Versteck hervortreten zu dürfen. Weit entfernt, sich auch nur leise darüber gegen den Fürsten zu äußern, mühte sie sich aber aus der Lage der Dinge so viel Vorteil zu ziehen als nur möglich. Kreisler und Meister Abraham, das waren die Personen, von denen sie Verwirrung ihrer geheimen Pläne befürchtete und gegen diese glaubte sie jede Waffe brauchen zu müssen, die ihr der Zufall in die Hand spielte. Sie erinnerte den Fürsten daran, was sie ihm über die Leidenschaft gesagt hatte, die in der Prinzessin Brust emporgelodert. Dem Scharfblick des Prinzen, führte sie ferner an, könne die Stimmung der Prinzessin ebensowenig entgangen sein, als Kreislers seltsames überspanntes Betragen ihm Anlaß genug gegeben haben müsse, irgendein wahnsinniges Verhältnis zwischen beiden zu vermuten. So sei hinlänglich erklärt, warum der Prinz den Kreisler auf den Tod verfolgt, warum er, da er den Kreisler getötet zu haben geglaubt, dem Schmerz, der Verzweiflung der Prinzessin aus dem Wege gegangen, dann aber, als er von Kreislers Leben unterrichtet, von Liebe und Sehnsucht getrieben zurückgekehrt sei und die Prinzessin heimlich beobachtet habe. Niemanden anders als Kreislern habe daher die Eifersucht gegolten, von der die Verse des Prinzen sprächen und es sei um so nötiger und ratsamer, dem Kreisler forthin keinen Aufenthalt in Sieghartshof zu gestatten, als er mit dem Meister Abraham ein gegen alle Verhältnisse des Hofes gerichtetes Complot geschmiedet zu haben scheine.

„Benzon“, sprach der Fürst sehr ernsthaft, „Benzon, ich habe darüber nachgedacht, was Sie mir über die unwürdige Neigung der Prinzessin gesagt haben und glaube jetzt von allem auch nicht ein Wort. Fürstliches Blut wallt in den Adern der Prinzessin.“

„Glauben Sie“, fuhr die Benzon heftig auf, indem sie bis unter die Augen errötete, „glauben Sie, gnädigster Herr, daß das fürstliche Weib über den Pulsschlag, über die innere Ader des Lebens gebieten könne wie kein anderes?“

„Sie sind“, sprach der Fürst verdrießlich, „Sie sind heute in sehr seltsamer Stimmung, Rätin! – Ich wiederhole es, entstand in dem Herzen der Prinzessin irgendeine abgeschmackte Leidenschaft, so war das nur ein krankhafter Zufall – ein Krampf sozusagen – sie leidet ja an Spasmen – von dem sie sich sehr bald ganz erholt haben würde. Was aber den Kreisler betrifft, so ist das ein ganz amüsanter Mensch, dem nur gehörige Kultur fehlt. Ich kann ihm gar nicht solche übermütige

Keckheit zutrauen, sich der Prinzessin annähern zu wollen. Keck ist er, aber auf ganz andere Weise. Glauben Sie wohl, Benzon, daß nach seiner wunderlichen Art gerade eine Prinzessin bei ihm gar kein Glück machen würde, sollt es denkbar sein, daß eine dergleichen hohe Person sich herablasssen könnte, in ihn verliebt zu werden. Denn – Benzon, entre nous soit dit – er macht sich gar nicht sonderlich viel aus uns hohen Häuptern und das ist eben die lächerliche abgeschmackte Torheit, die ihn unfähig macht am Hofe zu verweilen. Mag er daher entfernt bleiben; kehrt er aber zurück, so sei er mir herzlich willkommen. Denn nicht genug, daß er denn doch, wie ich vom Meister Abraham – ja den Meister Abraham, den lassen Sie mir aus dem Spiele, Benzon, die Komplotte die er geschmiedet, haben immer zum Wohl des fürstlichen Hauses gereicht. – Wie ich doch sagen wollte! Ja! – Nicht genug, daß der Kapellmeister, wie mir Meister Abraham gesagt, fliehen müssen auf ungebührliche Weise, unerachtet er von mir freundlich aufgenommen, so ist und bleibt er ein ganz gescheuter Mensch der mich amüsiert trotz seines närrischen Wesens et cela suffit!"

Die Rätin erstarrte vor innerer Wut, sich so kalt abgefertigt zu sehen. Ohne es zu ahnen war sie, als sie fröhlich den Strom hinabschwimmen wollte, auf eine verborgene Klippe gestoßen.

Es entstand auf dem Schloßhofe ein großes Geräusch. Eine lange Reihe Wagen rasselte heran, begleitet von einem starken Kommando großherzoglicher Husaren. Der Oberhofmarschall, der Präsident, die Räte des Fürsten, mehrere von der vornehmen Welt aus Sieghartsweiler stiegen aus. Dorthin war die Nachricht gekommen, daß in Sieghartshof eine wider das Leben des Fürsten gerichtete Revolution ausgebrochen und nun kamen die Getreuen nebst andern Verehrern des Hofes, sich um die Person des Fürsten zu stellen und brachten die Verteidiger des Vaterlandes mit, die sie sich vom Gouverneur mit vieler Mühe erbeten.

Vor lauter Beteurungen der Versammelten, daß sie Leib und Leben für den gnädigsten Herrn zu opfern bereit wären, kam der Fürst gar nicht zu Worte. Eben wollt er endlich beginnen als der Offizier, der das Kommando führte hineintrat und den Fürsten nach dem Operationsplan fragte.

Es liegt in der menschlichen Natur, daß wenn die Gefahr die uns Furcht einjagte, sich vor unsern Augen auflöst in einen eitlen nichtigen Popanz, uns dies immer mit großem Unmut erfüllt. Der Gedanke der wirklichen Gefahr glücklich entgangen zu sein, nicht, daß gar keine vorhanden, erregt uns Freude.

So geschah es denn auch, daß der Fürst seinen Unmut, seinen Verdruß über den unnötigen Tumult kaum unterdrücken konnte.

Daß der ganze Lärm über ein Stelldichein eines Kammerdieners mit einer Zofe, über die romanhafte Eifersüchtelei eines verliebten Prinzen entstanden, sollte, konnte er das sagen? Er sann hin und her, die ahnungsvolle Stille im Saal, nur unterbrochen von dem mutigen Sieg versprechenden Wiehern der Husarenpferde die draußen hielten, drückte ihn bleiern nieder.

Endlich räusperte er sich und begann sehr pathetisch: „Meine Herren! Die wunderbare Fügung des Himmels – Was wollen Sie mon ami?"

Mit dieser an den Hofmarschall gerichteten Frage unterbrach der Fürst sich selbst. Wirklich hatte der Hofmarschall sich mehrmals gebückt und durch Blicke zu verstehen gegeben, daß er was Wichtiges zu hinterbringen. Es kam heraus, daß soeben sich Prinz Hektor melden lassen.

Des Fürsten Gesicht heiterte sich auf, er sah, daß er über die vermeintliche Gefahr in der sein Thron geschwebt, sehr kurz sein und die ehrwürdige Versammlung wie mit einem Zauberschlage in eine Bewillkommungscour umsetzen könne. Er tat dies!

Nicht lange dauerte es so trat Prinz Hektor hinein, in Galauniform glänzend gekleidet, schön, kräftig, stolz wie der fernhintreffende Götterjüngling. Der Fürst machte ein paar Schritte vorwärts ihm entgegen, fuhr aber auch gleich zurück als träfe ihn der Blitz. Dicht hinter dem Prinzen Hektor her sprang Prinz Ignatius in den Saal. Der fürstliche Herr wurde leider mit jedem Tage dämischer und abgeschmackter. Die Husaren auf dem Schloßhofe mußten ihm ganz ausnehmend gefallen haben, denn er hatte einen Husaren vermocht ihm Säbel, Tasche und Tschako zu geben und sich in diese Herrlichkeiten geputzt. – So kurbettierte er, als säße er zu Pferde, in kurzen Sprüngen mit dem blanken Säbel in der Faust im Saal umher, indem er die eiserne Scheide tüchtig auf dem Boden nachklirren ließ und lachte und kicherte dabei ganz ungemein anmutig. „Partez – décampez! – Allez-vous-en – tout de suite." So rief der Fürst mit glühenden Augen und donnernder Stimme dem erschrockenen Ignaz entgegen, der sich ganz geschwind davonmachte.

Keiner von den Anwesenden hatte so wenig Takt, den Prinzen Ignaz, die ganze Szene zu bemerken.

Der Fürst im vollsten Sonnenglanz der vorigen Milde und

Freundlichkeit, sprach nun mit dem Prinzen einige Worte und dann gingen beide, der Fürst und der Prinz im Kreise der Versammelten umher und redeten mit diesem, jenem ein paar Worte. Die Cour war beendigt, d. h. die geistreichen, tiefsinnigen Redensarten, deren man sich bei solcher Gelegenheit zu bedienen pflegt, waren gehörig verspendet und der Fürst begab sich mit dem Prinzen in die Gemächer des Fürstin, dann aber, da der Prinz darauf bestand, die geliebte Braut zu überraschen, in das Gemach der Prinzessin. Sie fanden Julia bei ihr.

Mit der Hast des feurigsten Liebhabers flog der Prinz hin zur Prinzessin, drückte ihre Hand hundertmal zärtlich an die Lippen, schwur, daß er nur in dem Gedanken an sie gelebt, daß ein unglückliches Mißverständnis ihm die Qualen der Hölle bereitet, daß er die Trennung von der, die er anbete, nicht länger ertragen könne, daß nun ihm alle Seligkeit des Himmels aufgegangen.

Hedwiga empfing den Prinzen mit unbefangener Heiterkeit, die ihr sonst eben nicht eigen. Sie begegnete den zärtlichen Liebkosungen des Prinzen gerade so, wie es eine Braut wohl tun mag, ohne sich im voraus zu viel zu vergeben; ja sie verschmähte es nicht dem Prinzen mit seinem Versteck ein wenig aufzuziehn und zu versichern, daß sie keine Verwandlung hübscher und anmutiger sich denken könne, als die eines Haubenstocks in einen Prinzenkopf. Denn für einen Haubenstock habe sie den Kopf gehalten, der sich in dem Giebelfenster des Pavillons blicken lassen. Dies gab Anlaß zu allerlei artigen Neckereien des glücklichen Paars, die selbst den Fürsten zu ergötzen schienen. Nun glaubte er den großen Irrtum der Benzon rücksichts des Kreisler erst recht einzusehen, da nach seiner Meinung Hedwigas Liebe zu dem schönsten der Männer sich deutlich genug aussprach. Geist und Körper der Prinzessin schienen in der seltenen hohen Blüte zu stehen, wie sie glücklichen Bräuten ganz besonders eigen. – Gerade entgegengesetzt verhielt es sich mit Julien. Sowie sie den Prinzen erblickte, bebte sie zusammen von innerm Schauer erfaßt. Blaß wie der Tod stand sie da mit tief zu Boden gesenkten Augen, keiner Bewegung mächtig, kaum fähig, sich aufrecht zu erhalten.

Nach einer guten Weile wandte sich der Prinz zu Julien mit den Worten: „Fräulein Benzon, wenn ich nicht irre?“

„Eine Freundin der Prinzessin von der frühsten Kindheit her, gleichsam ein Schwesternpaar!“ – Während der Fürst diese Worte sprach, hatte der Prinz Julias Hand gefaßt und ihr leise,

leise zugehaucht: „Nur du bist's, die ich meine!" – Julia schwankte, Tränen der bittersten Angst drängten sich unter den Wimpern hervor; sie wäre niedergestürzt, hätte die Prinzessin nicht schnell einen Sessel herbeigeschoben.

„Julia", sprach die Prinzessin leise, indem sie sich über die Ärmste hinüberbeugte, „Julia, fasse dich doch nur! – Ahnest du denn nicht den harten Kampf den ich kämpfe." – Der Fürst öffnete die Türe und rief nach Eau de Luce. „Solches", sprach der ihm entgegentretende Meister Abraham, „solches führe ich nicht bei mir, aber guten Äther. Ist jemand ohnmächtig geworden? – Äther hilft auch!"

„So kommt", erwiderte der Fürst, „so kommt schnell hinein, Meister Abraham und helft Fräulein Julien."

Doch sowie Meister Abraham in den Saal trat, sollte sich das Unerwartete ergeben.

Geisterbleich starrte Prinz Hektor den Meister an, sein Haar schien sich zu sträuben, kalter Angstschweiß ihm auf der Stirne zu stehen. Einen Schritt vorwärts, den Leib zurückgebogen, die Arme dem Meister entgegengestreckt, war er dem Macbeth zu vergleichen, wenn plötzlich Bankos entsetzliches blutiges Gespenst den leeren Platz der Tafel füllt. – Ruhig holte der Meister sein Fläschchen hervor und wollte sich Julien nahen.

Da war es, als ermanne sich der Prinz wieder zum Leben. „Severino, seid Ihr's selbst?" – So rief der Prinz mit dem dumpfen Ton des tiefsten Entsetzens. „Allerdings", erwiderte Meister Abraham, ohne im mindesten aus seiner Ruhe zu kommen, ohne nur die Miene zu verändern, „allerdings. Es ist mir lieb, daß Ihr Euch meiner erinnert, gnädigster Herr; ich hatte die Ehre Euch vor etlichen Jahren in Neapel einen kleinen Dienst zu erzeigen."

Der Meister trat noch einen Schritt vorwärts, da faßte ihn der Prinz beim Arm, zog ihn mit Gewalt auf die Seite und nun erfolgte ein kurzes Gespräch, von dem niemand der im Saal Befindlichen etwas verstand, da es zu schnell und im neapolitanischen Dialekt geführt wurde.

„Severino! – wie kam der Mensch zu dem Bildnis?"

„Ich gab es ihm zur Schutzwehr gegen Euch."

„Weiß er?"

„Nein!"

„Werdet Ihr schweigen?"

„Zur Zeit – ja!"

„Severino! – Alle Teufel sind mir auf den Hals gehetzt! – Was nennt Ihr zur Zeit?"

„Solange Ihr artig seid und den Kreisler in Ruhe laßt und auch jene da!"

– Nun ließ der Prinz den Meister los und trat an ein Fenster. – Julia hatte sich indessen erholt. Mit dem unbeschreiblichen Ausdruck herzzerreißender Wehmut den Meister Abraham anschauend, lispelte sie mehr als daß sie sprach: „O mein guter lieber Meister, Ihr könnt mich wohl retten! – Nicht wahr Ihr gebietet über so manches? – Eure Wissenschaft kann noch alles zum Guten lenken!" – Der Meister gewahrte in Julias Worten den wunderbarsten Zusammenhang mit jenen Gespräch, als habe sie in der höhern Erkenntnis des Traums alles verstanden und wisse um das ganze Geheimnis!

„Du bist", sprach der Meister Julien leise ins Ohr, „du bist ein frommer Engel und darum hat der finstre Höllengeist der Sünde keine Macht über dich. Vertraue dich mir ganz; fürchte nichts und fasse dich mit aller Kraft des Geistes. – Denke auch an unsern Johannes."

„Ach", rief Julia schmerzlich, „ach Johannes! – er kehrt zurück, nicht wahr Meister? ich werde ihn wiedersehen!"

„Gewiß", erwiderte der Meister und legte den Finger auf den Mund; Julia verstand ihn.

Der Prinz mühte sich unbefangen zu scheinen; er erzählte, daß der Mann, den man hier, wie er vernehme Meister Abraham nenne, vor mehreren Jahren in Neapel Zeuge einer sehr tragischen Begebenheit gewesen sei, in die er der Prinz selbst verflochten, wie er gestehen müsse. – Diese Begebenheit zu erzählen sei jetzt nicht an der Zeit, doch wolle er künftig damit nicht zurückhalten.

Der Sturm im Innern war zu heftig, als daß sein Tosen nicht auf der Oberfläche hätte sichtbar sein sollen, und so stimmte des Prinzen verstörtes Antlitz, dem jeder Blutstropfen entschwunden schien, sehr schlecht überein mit dem gleichgültigen Gespräch, zu dem er sich nun zwang um nur über den kritischen Moment hinwegzukommen. Besser als dem Prinzen gelang es der Prinzessin die Spannung des Augenblicks zu besiegen. Mit der Ironie, die selbst den Argwohn, die Verbittrung verflüchtigt zum feinsten Hohn, neckte Hedwiga den Prinzen umher in dem Labyrinth seiner eignen Gedanken. Er, der gewandteste Weltmann, noch mehr, ausgerüstet mit allen Waffen einer Ruchlosigkeit, die alles Wahrhafte, jede Gestaltung des Lebens vernichtet, vermochte nicht diesem seltsamen Wesen zu widerstehen. Je lebhafter Hedwiga sprach, je feuriger und zündender die Blitze des geistreichsten Spottes einschlugen, desto verwirrter, beängstigter schien sich der Prinz zu fühlen, bis dies Gefühl zum Unerträglichen stieg und er sich schnell entfernte.

Dem Fürsten geschah das, was ihm bei solchen Anstößen jedesmal zu geschehen pflegte; er wußte gar nicht, was er von dem allem denken sollte. Er begnügte sich mit einigen französischen Brocken ohne sonderliche Bedeutung, die er dem Prinzen zuwarf und die dieser mit ebensolchen erwiderte.

Der Prinz war schon zur Türe heraus, als Hedwiga plötzlich im ganzen Wesen verändert zum Fußboden niederstarrte und mit einem seltsamen das Herz durchschneidenden Ton laut rief: „Ich sehe die blutige Spur des Mörders!" – Dann schien sie aus dem Traum zu erwachen, drückte Julien stürmisch an ihre Brust und lispelte ihr zu: „Kind, mein armes Kind, laß dich nicht betören!"

„Geheimnisse", sprach der Fürst verdrießlich, „Geheimnisse, Einbildungen, Albernheiten, Romanenstreiche! Ma foi, ich kenne meinen Hof nicht mehr! – Meister Abraham! Ihr bringt meine Uhren in Ordnung wenn sie nicht richtig gehen, ich wollt Ihr könntet hier nachsehen, was für Schaden das Räderwerk genommen, das sonst niemals stockte. – Doch was ist das mit dem Severino?"

„Unter diesem Namen", erwiderte der Meister, „ließ ich in Neapel meine optische und mechanische Kunststücke sehen."

„So – so", sprach der Fürst, sah den Meister starr an als schwebe ihm eine Frage auf den Lippen, drehte sich aber dann schnell um und verließ schweigend das Zimmer.

Man hatte geglaubt, die Benzon befinde sich bei der Fürstin, dem war aber nicht so, sie hatte sich in ihre Wohnung begeben.

Julia sehnte sich nach der freien Luft; der Meister führte sie in den Park und lustwandelnd durch die halb entlaubten Gänge sprachen sie von Kreisler und seinem Aufenthalt in der Abtei. Sie waren an das Fischerhäuschen gekommen. Julia trat hinein, um sich zu erholen; Kreislers Brief lag auf dem Tisch, der Meister meinte, es sei gar nichts darin, das Julia Scheu tragen dürfe zu erfahren.

Während Julia den Brief gelesen, hatten sich ihre Wangen höher gefärbt und sanftes Feuer, Abglanz des erheiterten Gemüts, strahlte aus ihren Augen.

„Siehst du," sprach der Meister freundlich, siehst du wohl,

mein liebes Kind, wie der gute Geist meines Johannes auch aus der Ferne tröstend zu dir spricht? Was hast du von bedrohlichen Anschlägen zu fürchten, wenn Standhaftigkeit, Liebe und Mut dich schützen vor den Bösen, die dir nachstellen."

„Barmherziger Himmel", rief Julia mit emporgerichteten Blick, „schütze mich nur vor mir selber!" Sie erbebte wie im jähen Schreck über die Worte die sie willenlos ausgestoßen. Halb ohnmächtig sank sie in den Sessel und bedeckte mit beiden Händen ihr glühendes Antlitz.

„Ich verstehe", sprach der Meister, „ich verstehe dich nicht Mädchen, du verstehst dich vielleicht selbst nicht und darum magst du dein eignes Innres recht auf den Grund erforschen und dir nichts etwa verschweigen aus weichlicher Schonung."

Der Meister überließ Julien dem tiefen Nachsinnen, in das sie versunken und schaute mit übereinandergeschlagenen Armen hinauf zu der geheimnisvollen Glaskugel. – Da schwoll ihm die Brust vor Sehnsucht und wunderbarer Ahnung.

„Dich", sprach er, „dich muß ich ja fragen, mit dir muß ich mich ja beraten, mit dir, du meines Lebens schönes, herrliches Geheimnis! Schweige nicht, laß deine Stimme hören! – Du weißt es ja, niemals war ich ein gemeiner Mensch, unerachtet mich manche dafür hielten. Denn in mir glühte alle Liebe, die der ewige Weltgeist selbst ist und der Funke glimmte in meiner Brust, den der Hauch deines Wesens anfachte zur hellen fröhlichen Flamme! – Glaube nicht, Chiara, daß dies Herz darum, weil es älter worden, vereiset ist und nicht mehr so rasch zu schlagen vermag als damals, da ich dich dem unmenschlichen Severino entriß; glaube nicht daß ich jetzt weniger deiner wert geworden, als ich es damals war da du selbst mich aufsuchtest! – Ja! – laß nur deine Stimme hören und ich will mit der Hast des Jünglings dem Ton so lange nachrennen, bis ich dich gefunden, und dann wohnen wir wieder zusammen und treiben in zauberischer Gemeinschaft die höhere Magie, welche alle Menschen, selbst die allergemeinsten notgedrungen erkennen ohne daran zu glauben. – Und wandelst du nicht mehr leiblich hier auf Erden, spricht deine Stimme aus der Geisterwelt zu mir herab, so bin ich auch damit zufrieden und werde auch denn wohl noch ein tüchtigerer Kerl, als ich jemals gewesen. – Doch nein nein! – Wie lauteten die tröstenden Worte die du zu mir sprachst?

Nicht erfaßt der bleiche Tod
Die im Herzen Liebe tragen,
Dem glänzt noch das Abendrot,
Der am Morgen wollt verzagen!"

„Meister", rief Julia, die sich aus dem Sessel erhoben, und dem Alten in tiefem Erstaunen zugehorcht hatte, „Meister! mit wem redet Ihr? was wollt Ihr beginnen? – Ihr nanntet den Namen: Severino, gütger Himmel! redete der Prinz, als er sich von seinem Entsetzen erholt hatte, Euch nicht selbst an mit diesem Namen? Welches furchtbare Geheimnis liegt hier verborgen?"

Der Alte kam bei diesen Worten Julias augenblicklich aus dem erhöhten Zustande zurück und auf seinem Gesicht verbreitete sich, wie es schon lange nicht mehr geschehen, jene seltsame beinahe grinsende Freundlichkeit, die mit seinem übrigens treuherzigen Wesen in dem wunderlichsten Zwiespalt stand und seiner ganzen Erscheinung den Anstrich einer etwas unheimlichen Karikatur gab.

„Mein schönes Fräulein", sprach er mit dem grellen Ton, in dem aufschneiderische Geheimniskrämer gewöhnlich ihre Wunder anzupreisen pflegen, „mein schönes Fräulein, nur ein wenig Geduld, ich werde bald die Ehre haben Ihnen hier im Fischerhäuschen die allerwunderbarsten Dinge zu zeigen. – Diese tanzenden Männlein, dieser kleine Türke, welcher weiß wie alt jeder in der Gesellschaft ist, diese Automate, diese Palingenesien, diese deformierten Bilder, diese optischen Spiegel – alles hübsches magisches Spielzeug, aber das beste fehlt mir noch. Mein unsichtbares Mädchen ist da! – Bemerken Sie, dort oben sitzt sie bereits in der Glaskugel. Sie spricht aber noch nicht, sie ist noch müde von der weiten Reise, denn sie kommt gerades Weges aus dem fernen Indien. – In einigen Tagen, mein schönes Fräulein, kommt meine Unsichtbare und dann wollen wir sie befragen wegen des Prinzen Hektor, wegen Severino und andern Begebnissen der Vergangenheit und Zukunft! – Für jetzt nur etwas weniges schlichtes Amüsement."

Damit sprang der Meister mit der Schnelle und Lebendigkeit eines Jünglings im Zimmer umher, zog die Maschinen an, ordnete die magischen Spiegel. Und in allen Winkeln wurde es rege und lebendig, die Automaten schritten daher und drehten die Köpfe und ein künstlicher Hahn schlug mit den Flügeln und krähte, während Papageien gellend dazwischenkreischten und Julia selbst und der Meister standen draußen so gut wie im Zimmer. Julien wollte, unerachtet sie an dergleichen Possen genugsam gewöhnt, dennoch bei der seltsamen Stimmung des Meisters, ein Grauen anwandeln. „Meister", sprach sie ganz erschrocken, „Meister, was ist Euch widerfahren?"

„Kind", erwiderte der Meister in seiner ernsten Manier, „Kind etwas Schönes und Wunderbares, aber es taugt nicht recht, daß du es erfährst. Doch! – Laß die lebendigtoten Dinger hier ihre Faxen ausspielen, während ich dir von manchem so viel vertraue, als dir zu wissen nötig und nützlich. – Meine liebe Julia, deine eigne Mutter hat dir ihr mütterliches Herz verschlossen, *ich* will es dir öffnen, daß du hineinzublicken, daß du die Gefahr in der du schwebst zu erkennen und dich ihr zu entziehen vermagst. – Erfahre also fürs erste ohne weitere Umschweife, daß deine Mutter nichts Geringeres fest in ihrem Sinn beschlossen hat, als dich – –"

*(M.f.f.)* – es indessen lieber bleiben lassen. – Katerjüngling, sei bescheiden wie ich, und nicht gleich überall bei der Hand mit deinen Versen, wenn die schlichte ehrliche Prosa hinreicht, deine Gedanken auszuspinnen. – Verse sollen in dem in Prosa geschriebenen Buche das leisten was der Speck in der Wurst, nämlich hin und wieder in kleinen Stückchen eingestreut, dem ganzen Gemengsel mehr Glanz der Fettigkeit, mehr süße Anmut des Geschmacks verleihen. Ich fürchte nicht, daß dichterische Kollegen dies Gleichnis zu gemein und unedel finden werden, da es von unsrer Lieblingsspeise entnommen und in der Tat manchmal ein guter Vers einem mittelmäßigen Roman ebenso dienlich sein kann, als ein fetter Speck einer magern Wurst. Ich sage das als ein Kater von ästhetischer Bildung und Erfahrung. – So sehr nach meinen bisherigen philosophischen und moralischen Grundsätzen Pontos ganzes Verhältnis, seine Lebensweise, seine Art sich in der Gunst des Herrn zu erhalten mir unwürdig, ja ein wenig miserabel vorkommen mochte, doch hatte mich sein ungezwungener Anstand, seine Eleganz, seine anmutige Leichtigkeit im sozialen Umgange gar sehr bestochen. Mit aller Gewalt wollte ich mich selbst überreden, daß ich bei meiner wissenschaftlichen Bildung, bei meinem Ernst in allem Tun und Treiben auf einer viel höheren Stufe stehe als der unwissende Ponto, der nur hier und da etwas von den Wissenschaften aufgeschnappt. Ein gewisses gar nicht zu unterdrückendes Gefühl sagte mir aber ganz unverhohlen, daß Ponto überall mich in den Schatten stellen

würde; ich fühlte mich gedrungen einen vornehmern Stand anzuerkennen und den Pudel Ponto zu diesem Stande zu rechnen.

Ein genialer Kopf wie der meinige hat bei jedem Anlaß, bei jeder Lebenserfahrung immer seine besonderen eigentümlichen Gedanken und so geriet ich auch, meine innere Seelenstimmung, mein ganzes Verhältnis mit Ponto wohl überlegend, in allerlei sehr artige Betrachtungen die der ferneren Mitteilung wohl wert sind. – Wie kommt es, sprach ich zu mir selbst indem ich sinnig die Pfote an die Stirn legte, wie kommt es, daß große Dichter, große Philosophen sonst geistreich, lebensweise, sich im sozialen Verhältnis mit der sogenannten vornehmeren Welt so unbehülflich zeigen? Sie stehen jederzeit da, wo sie eben in dem Augenblick nicht hingehören, sie sprechen wenn sie gerade schweigen sollten, und schweigen umgekehrt da, wo gerade Worte nötig, sie stoßen in, der Form der Gesellschaft, wie sie sich nun eben gestaltet hat, entgegengesetztem Streben überall an und verletzen sich selbst und andere; genug sie gleichen dem, der, wenn eben eine ganze Reihe muntrer Spaziergänger einträchtig hinauswandelt, sich allein zum Tore hineindrängt und nun mit Ungestüm seinen Weg verfolgend diese ganze Reihe verstört. Man schreibt, ich weiß es, dies dem Mangel gesellschaftlicher Kultur zu, die am Schreibtische nicht zu erlangen, ich meine indessen, daß diese Kultur gar leicht zu erlangen sein, und daß jene unbesiegbare Unbehülflichkeit wohl noch einen andern Grund haben müsse. – Der große Dichter oder Philosoph müßte es nicht sein, wenn er seine geistige Überlegenheit nicht fühlen sollte; aber ebenso müßte er nicht das jedem geistreichen Menschen eigne tiefe Gefühl besitzen um nicht einzusehen, daß jene Überlegenheit deshalb nicht anerkannt werden darf, weil sie das Gleichgewicht aufhebt, das stets zu erhalten die Haupttendenz der sogenannten vornehmeren Gesellschaft ist. Jede Stimme darf nur eingreifen in den vollkommenen Akkord des Ganzen aber des Dichters Ton dissoniert, und ist, kann er unter andern Umständen auch ein sehr guter sein, dennoch in dem Augenblick ein schlechter Ton, weil er nicht zum Ganzen paßt. – Der gute Ton besteht aber so wie der gute Geschmack in der Unterlassung alles Ungehörigen. Nun meine ich ferner, daß der Unmut, der sich aus dem widersprechenden Gefühl der Überlegenheit und der ungehörigen Erscheinung, bildet, den in dieser sozialen Welt unerfahrnen Dichter oder Philosophen, hindert, das Ganze zu erkennen und darüber zu schweben. Es ist nötig, daß er in dem

Augenblick seine innere geistige Überlegenheit nicht zu hoch anschlage und unterläßt er dies, so wird er auch die sogenannte höhere gesellschaftliche Kultur, die auf nichts anders hinausläuft als auf das Bemühen, alle Ecken, Spitzen wegzuhobeln, alle Physiognomien zu einer einzigen zu gestalten die eben deshalb aufhört eine zu sein, nicht zu hoch anschlagen. Dann wird er, verlassen von jenem Unmut, unbefangen, das innerste Wesen dieser Kultur und die armseligen Prämissen, worauf sie beruhet, leicht erkennen und schon durch die Erkenntnis sich einbürgern in die seltsame Welt, welche eben diese Kultur als unerläßlich fordert. – Auf eigne Weise verhält es sich mit den Künstlern, die, so wie Dichter, Schriftsteller, der Vornehme hie und da in seine Zirkel ladet, um der guten Sitte nach auf eine Art von Mäzenat Anspruch machen zu können. Diesen Künstlern klebt leider gewöhnlich etwas vom Handwerk an und deshalb sind sie entweder demütig bis zur Kriecherei oder ungezogen bis zur Bengelhaftigkeit.

(*Anmerk. des Herausgeb.:* – Murr, es tut mir leid, daß du dich so oft mit fremden Federn schmückst. Du wirst, wie ich mit Recht befürchten muß, dadurch bei den geneigten Lesern merklich verlieren. – Kommen alle diese Betrachtungen mit denen du dich so brüstest nicht geradehin aus dem Munde des Kapellmeisters Johannes Kreisler und ist es überhaupt möglich, daß du solche Lebensweisheit sammeln konntest, um eines menschlichen Schriftstellers Gemüt, das wunderlichste Ding auf Erden, so tief zu durchschauen!)

Warum, dacht ich ferner, sollt es aber einem geistreichen Kater, ist er auch Dichter, Schriftsteller, Künstler, nicht gelingen können, sich zu jener Erkenntnis der höhern Kultur in ihrer ganzen Bedeutsamkeit hinaufzuschwingen und sie selbst zu üben mit aller Schönheit und Anmut der äußern Erscheinung? – Hat denn die Natur dem Geschlecht der Hunde allein den Vorzug jener Kultur gegönnt? Sind wir Kater, was Tracht, Lebensweise, Art und Gewohnheit betrifft auch etwas von dem stolzen Geschlecht verschieden, so haben wir doch ebensogut Fleisch und Blut, Körper und Geist, und am Ende können es die Hunde auch gar nicht anders anfangen als wir, ihr Leben fortzusetzen. Auch Hunde müssen essen, trinken, schlafen u. s. w. und es tut ihnen weh, wenn sie geprügelt werden. – Was weiter! – ich beschloß mich dem Unterricht meines jungen vornehmen Freundes, des Pudels Ponto hinzugeben und ganz mit mir einig, begab ich mich zurück in meines Meisters Zimmer; ein Blick in den Spiegel überzeugte mich, daß der bloße ernste Wille nach höherer Kultur zu streben, schon vorteilhaft auf meine äußere Haltung gewirkt. – Ich betrachtete mich mit dem innigsten Wohlgefallen. – Gibt es einen behaglichern Zustand, als wenn man mit sich selbst ganz zufrieden ist? – Ich spann!

Andern Tages begnügte ich mich nicht damit, vor der Türe zu sitzen, ich lustwandelte die Straße herab, da erblickte ich in der Ferne den Herrn Baron Alzibiades von Wipp, und hinter ihm her sprang mein munterer Freund Ponto. Gelegeners konnte mir nichts kommen; ich nahm mich soviel wie möglich in Anstand und Würde zusammen und näherte mich dem Freund mit jener unnachahmlichen Grazie die, unschätzbares Geschenk der gütigen Natur, keine Kunst zu lehren vermag. – Doch! – entsetzlich! Was mußte geschehen! – Sowie mich der Baron gewahrte, blieb er stehen und betrachtete mich sehr aufmerksam durch die Lorgnette, dann rief er aber: „Allons – Ponto! Huß – Huß – Katz! Katz!“ – Und Ponto, der falsche Freund sprang in voller Furie auf mich los! – Entsetzt, aus aller Fassung gebracht durch den schändlichen Verrat, war ich keines Widerstandes fähig, sondern duckte mich so tief nieder als ich konnte, um Pontos scharfen Zähnen zu entgehen, die er mir knurrend zeigte. Ponto sprang aber mehrmals über mich hinweg ohne mich zu fassen, und flüsterte mir in die Ohren: „Murr! Sei doch kein Tor und fürchte dich etwa! – du siehst ja, daß es kein Ernst ist, ich tue das nur meinem Herrn zu Gefallen!“ Nun wiederholte Ponto seine Sprünge und tat sogar, als packe er mich bei den Ohren ohne mir indessen im mindesten wehe zu tun. „Jetzt“, raunte mir Ponto endlich zu, „jetzt trolle dich ab, Freund Murr! dort hinein ins Kellerloch!“ – Ich ließ mir das nicht zweimal sagen, sondern fuhr schnell davon, wie der Blitz. – Unerachtet der Versicherung Pontos, mir keinen Schaden zuzufügen, war mir doch nicht wenig bange, denn wissen kann man in solchen kritischen Fällen immer nicht recht, ob die Freundschaft stark genug sein wird, das angeborne Naturell zu besiegen.

Als ich hineingehuscht war in den Keller, spielte Ponto die Komödie, die er seinem Herrn zu Ehren begonnen, weiter fort. Er knurrte und bellte nämlich vor dem Kellerfenster, steckte die Schnauze durch das Gitter, tat, als sei er ganz außer sich darüber, daß ich ihm entwischt sei und er mich nun nicht verfolgen könne. „Siehst du“, sprach aber Ponto zu mir in den Keller hinein, „siehst du, erkennst du nun aufs neue die ersprießlichen Folgen der höhern Kultur? – In dem Augenblick habe ich mich gegen meinen Herrn artig, folgsam bewiesen, ohne mir deine Feindschaft zuzuziehen guter Murr. So macht es der wahre Weltmann, den das Schicksal bestimmt hat, Werkzeug in der Hand eines Mächtigeren zu sein. Angehetzt muß er losfahren aber dabei so viel Geschick beweisen, daß er nur dann wirklich beißt, wenn es gerade auch in seinen eigenen Kram taugt." – In aller Schnelle eröffnete ich meinem jungen Freunde Ponto, wie ich gesonnen sei etwas von seiner höhern Kultur zu profitieren und fragte, ob und auf welche Weise er mich vielleicht in die Lehre nehmen könne. – Ponto sann einige Minuten nach und meinte denn, am besten sei es, wenn mir gleich anfangs ein lebendiges deutliches Bild der höheren Welt aufgehe, in der er jetzt zu leben das Vergnügen habe, und dies könne nicht besser geschehen, als wenn ich ihn heute abend zur niedlichen Badine begleite, die gerade während der Theaterzeit Gesellschaft bei sich sähe. – Badine war aber Windspiel in Diensten der fürstlichen Oberhofmeisterin.

Ich putzte mich heraus so gut ich es vermochte, las noch etwas im Knigge und durchlief auch ein paar ganz neue Lustspiele von Picard um nötigenfalls auch mich im Französischen geübt zu zeigen und ging dann hinab vor die Türe. Ponto ließ nicht lange auf sich warten. Wir wandelten einträchtig die Straße hinab und gelangten bald in Badinens hell erleuchtetes Zimmer, wo ich eine bunte Versammlung von Pudeln, Spitzen, Möpsen, Bolognesern, Windspielen vorfand, teils im Kreise sitzend, teils gruppenweise in die Winkel verteilt.

Das Herz klopfte mir nicht wenig in dieser fremdartigen Gesellschaft mir feindlicher Naturen. Mancher Pudel blickte mich an mit einer gewissen verächtlichen Verwunderung, als wolle er sagen: „Was will ein gemeiner Kater unter uns sublimen Leuten." Hin und wieder fletschte auch wohl ein eleganter Spitz die Zähne, so daß ich merken konnte, wie gern er mir in die Haare gefahren wäre, hätte der Anstand, die Würde, die sittige Bildung der Gäste nicht jede Prügelei, als unschicklich verboten. – Ponto riß mich aus der Verlegenheit, indem er mich der schönen Wirtin vorstellte, die mit anmutiger Herablassung versicherte, wie sehr sie sich freue einen Kater von meinem Ruf bei sich zu sehen. – Nun erst, als Badine einige Worte mit mir gesprochen, schenkte mir dieser, jener mit wahrhaft hündischer Bonhommie mehr Aufmerksamkeit, redete mich auch wohl an und gedachte meiner Schriftstellerei, meiner Werke, die ihm zuweilen ordentlichen Spaß gemacht. Das schmeichelte meiner Eitelkeit und ich gewahrte kaum, daß man mich fragte ohne meine Antworten zu beachten, daß man mein Talent lobte, ohne es zu kennen, daß man meine Werke pries ohne sie zu verstehen. – Ein natürlicher Instinkt lehrte mich antworten wie ich gefragt wurde, nämlich ohne Rücksicht auf diese Frage überall kurz absprechen in solch allgemeinen Ausdrücken, daß sie auf alles nur Mögliche bezogen werden konnten, durchaus keiner Meinung sein und nie das Gespräch von der glatten Oberfläche hinunterziehen wollen in die Tiefe. – Ponto versicherte mir im Vorbeistreifen, daß ein alter Spitz ihm versichert, wie ich für einen Kater amüsant genug sei und Anlagen zur guten Konversation zeige. – So etwas erfreut auch den Mißmütigen!

– Jean Jacques Rousseau gesteht, als er in seinen Bekenntnissen auf die Geschichte von dem Bande kommt, das er stahl und ein armes unschuldiges Mädchen für den Diebstahl züchtigen sah, den er begangen ohne die Wahrheit zu gestehen, wie schwer es ihm werde über diese Untiefe seines Gemüts hinwegzukommen. – Ich befinde mich eben jetzt in gleichem Fall mit jenem verehrten Selbstbiographen. – Habe ich auch kein Verbrechen zu gestehen, so darf ich doch, will ich wahrhaft bleiben, die große Torheit nicht verschweigen, die ich an demselben Abende beging und die lange Zeit hindurch mich verstörte, ja meinen Verstand in Gefahr setzte. – Ist es aber nicht ebenso schwer ja oft noch schwerer eine Torheit zu gestehen als ein Verbrechen?

– Nicht lange dauerte es, so überfiel mich solch eine Unbehaglichkeit, solch ein Unmut, daß ich mich weit fort wünschte unter den Ofen des Meisters. Es war die gräßlichste Langeweile, die mich zu Boden drückte und die endlich mich alle Rücksichten vergessen ließ. Ganz still schlich ich mich in eine entfernte Ecke um dem Schlummer nachzugeben, zu dem mich das Gespräch rundumher einlud. Dasselbe Gespräch nämlich, das ich erst in meinen Unmut vielleicht gar irrtümlich für das geistloseste fadeste Geschwätz gehalten, kam mir nun vor, wie das eintönige Geklapper einer Mühle, bei dem man sehr leicht in ein ganz angenehmes gedankenloses Hinbrüten gerät, dem dann der wirkliche Schlaf bald folgt. – Eben in diesem gedankenlosen Hinbrüten, in diesem sanften Delirieren war es mir, als funkle plötzlich ein helles Licht vor den geschlossenen Augen. Ich blickte auf und dicht vor mir stand ein anmutiges schneeweißes Windspielfräulein, Badines schöne Nichte, Minona geheißen, wie ich später erfuhr.

„Mein Herr“, sprach Minona mit jenem süßlispelnden Ton, der nur zu sehr widerklingt in des feurigen Jünglings erregbarer Brust, „mein Herr, Sie sitzen hier so einsam, Sie scheinen sich zu ennuyieren? – Das tut mir leid! – Aber freilich, ein großer tiefer Dichter wie Sie, mein Herr! muß, in höhern Sphären schwebend, das Treiben des gewöhnlichen sozialen Lebens schal und oberflächlich finden.“

Ich erhob mich etwas bestürzt und es tat mir weh, daß mein Naturell, stärker als alle Theorien des gebildeten Anstandes, mich zwang wider meinen Willen den Rücken hoch zu erheben, einen sogenannten Katzenpuckel zu machen, worüber Minona zu lächeln schien.

Gleich mich zur bessern Sitte erholend faßte ich aber Minonas Pfote, drückte sie leise an meine Lippen und sprach von begeisterten Augenblicken, denen der Dichter oft erliege. Minona hörte mich an mit solchen entscheidenden Zeichen der innigsten Teilnahme, mit solcher Andacht, daß ich mich selbst immer höher steigerte zur ungemeinen Poesie und zuletzt mich selbst nicht recht verstand. – Minona mochte mich ebensowenig verstehen, aber sie geriet ins höchste Entzücken und versicherte, wie oft es schon ihr inniger Wunsch gewesen, den genialen Murr kennen zu lernen, und daß einer der glücklichsten herrlichsten Momente ihres Lebens der gegenwärtige sei. – Was soll ich sagen! – Bald fand sich's, daß Minona meine Werke, meine sublimsten Gedichte gelesen – nein! nicht nur gelesen sondern in der höchsten Bedeutung aufgefaßt hatte! Mehreres davon wußte sie auswendig und sagte es her mit einer Begeisterung, mit einer Anmut, die mich in einen ganzen Himmel voll Poesie versetzte, vorzüglich, da es *meine* Verse waren die die Holdeste ihres Geschlechts mir anzuhören gab.

„Mein bestes“, rief ich ganz hingerissen, „mein bestes holdestes Fräulein, Sie haben dies Gemüt verstanden! Sie haben meine Verse auswendig gelernt; o all ihr Himmel! gibt es eine höhere Seligkeit für den aufwärts strebenden Dichter?“

„Murr“, lispelte Minona, „genialer Kater, können Sie glauben, daß ein fühlendes Herz, ein poetisch gemütliches Gemüt Ihnen entfremdet bleiben kann?“ – Minona seufzte nach diesen Worten aus tiefer Brust und dieser Seufzer gab mir den Rest. – Was anders? – Ich verliebte mich in das schöne Windspielfräulein dermaßen, daß ich ganz toll und verblendet nicht bemerkte, wie sie mitten in der Begeisterung plötzlich abbrach, um mit einem kleinen Zierbengel von Mops gänzlich fades Zeug zu schwatzen, wie sie mir den ganzen Abend auswich, wie sie mich auf eine Art behandelte, die mich hätte deutlich erkennen lassen sollen, wie sie mit jenem Lobe, mit jenem Enthusiasmus niemand anders gemeint, als sich selbst. – Genug ich war und blieb ein verblendeter Tor, lief der schönen Minona nach wie und wo ich nur konnte, besang sie in den schönsten Versen, machte sie zur Heldin mancher anmutig verrückten Geschichte, drängte mich in Gesellschaften ein, wo ich nicht hingehörte und erntete dafür so manchen bittern Verdruß, so manche Verhöhnung, so manches kränkende Ungemach.

Oft in kühlen Stunden trat mir selbst die Albernheit meines Beginnens vor Augen; dann kam mir aber wieder närrischerweise der Tasso und mancher neuere Dichter von ritterlicher Gesinnung ein, dem es an einer hohen Herrin liegt, der seine Lieder gelten und die er aus der Ferne anbetet, wie der Manchaner seine Dulzinea und da wollt ich denn wieder nicht schlechter und unpoetischer sein, als dieser und schwur dem Gaukelbilde meiner Liebesträume, dem anmutigen weißen Windspielfräulein unverbrüchliche Treue und Ritterdienst bis in den Tod. Einmal von diesem seltsamen Wahnsinn erfaßt, fiel ich aus einer Torheit in die andere, und selbst mein Freund Ponto fand für nötig, sich, nachdem er mich ernstlich vor den heillosen Mystifikationen gewarnt, in die man mich überall zu verstricken suchte, von mir zurückzuziehen. Wer weiß was noch aus mir geworden wäre, wenn nicht ein guter Stern über mich gewaltet! – Dieser gute Stern ließ es nämlich geschehen, daß ich einst am späten Abend zur schönen Badine hinschlich, nur um die geliebte Minona zu sehen. Ich fand indessen alle Türen verschlossen und alles Warten, alles Hoffen bei irgendeiner Gelegenheit hineinzuschlüpfen, blieb ganz vergebens. Das Herz voll Liebe und Sehnsucht wollte ich der Holden wenigstens meine Nähe kund tun und begann unter dem Fenster eine der zärtlichsten spanischen Weisen, die jemals empfunden und gedichtet worden sind. Es muß gar lamentabel anzuhören gewesen sein!

Ich hörte Badine bellen, auch Minonas süße Stimme knurrte etwas dazwischen. Ehe ich aber mir's versah, wurde das Fenster rasch geöffnet, und ein ganzer Eimer eiskaltes Wasser über mich ausgeleert. Man kann denken mit welcher Schnelle ich abfuhr in meine Heimat. Die volle Glut im Innern und Eiswasser auf den Pelz harmoniert aber so schlecht miteinander, daß unmöglich jemals Gutes, und wenigstens ein Fieber daraus entstehen kann. So ging es mir. Im Hause meines Meisters angekommen schüttelte mich der Fieberfrost tüchtig. Der Meister mochte aus der Blässe meines Antlitzes, aus dem erloschenem Feuer meiner Augen, aus der brennenden Glut der Stirne, an meinem unregelmäßigen Puls, meine Krankheit ahnen. Er gab mir warme Milch, die ich, da mir die Zunge am Gaumen klebte vor Durst, eifrig verzehrte; dann wickelte ich mich ein in die Decke meines Lagers und gab ganz der Krankheit nach, die mich erfaßt. Erst verfiel ich in allerlei Fieberfantasien von vornehmer Kultur, Windspielen u. s. w. nachher wurde mein Schlaf ruhiger und endlich so tief, daß ich ohne Übertreibung glauben muß, ich habe drei Tage und drei Nächte hintereinander fort geschlafen.

Als ich endlich erwachte, fühlte ich mich frei und leicht, ich war von meinem Fieber und – wie wundervoll! auch von meiner törichten Liebe ganz genesen! Ganz klar wurde mir die Narrheit, zu der mich der Pudel Ponto verleitet, ich sah ein wie albern es war, mich als einen gebornen Kater unter Hunde zu mischen, die mich verhöhnten, weil sie nicht meinen Geist zu erkennen vermochten und die sich bei der Bedeutungslosigkeit ihres Wesens an die Form halten mußten, mir also nichts darbieten konnten, als eine Schale ohne Kern. – Die Liebe zur Kunst und Wissenschaft erwachte in mir mit neuer Stärke und meines Meisters Häuslichkeit zog mich mehr an als jemals. Die reiferen Monate des Mannes kamen und weder Katzbursch noch kultivierter Elegant, fühlte ich lebhaft daß man beides nicht sein dürfe um sich gerade so zu gestalten, wie es die tieferen und bessern Ansprüche des Lebens erfordern.

Mein Meister mußte verreisen und fand es für gut, mich auf die Zeit seinem Freunde, dem Kapellmeister Johannes Kreisler in die Kost zu geben. Da mit dieser Veränderung meines Aufenthalts eine neue Periode meines Lebens anfängt, so schließe ich die jetzige, aus der du, o Katerjüngling! so manche gute Lehre für deine Zukunft entnommen haben wirst.

*(Mak. Bl.)* – – als schlügen entfernte dumpfe Töne an sein Ohr und er höre die Mönche durch die Gänge schreiten. Als Kreisler sich völlig aus dem Schlaf emporraffte gewahrte er denn auch aus seinem Fenster, daß die Kirche erleuchtet und vernahm den murmelnden Gesang des Chors. Die Mitternachtshora war vorüber es mußte daher irgend etwas Ungewöhn-

liches sich ereignet haben, und Kreisler durfte mit Recht vermuten, daß vielleicht ein schneller unvermuteter Tod einen der alten Mönche dahingerafft, den man jetzt der Klostersitte gemäß in die Kirche getragen. Rasch warf der Kapellmeister sich in die Kleider und begab sich nach der Kirche. – Auf dem Gange begegnete er dem Pater Hilarius, der laut gähnend und ganz schlaftrunken hin und her wankte, keines festen Schrittes mächtig und die angezündete Kerze, statt aufrecht, abwärts zu Boden hielt, daß das Wachs prasselnd herabtropfte und jeden Augenblick drohte das Licht zu verlöschen. „Hochehrwürdiger Herr", stammelte Hilarius, als Kreisler ihn anrief, „hochehrwürdiger Herr Abt, das ist gegen alle bisherige Ordnung. Exequien in der Nacht! – zu dieser Stunde – Und bloß weil Bruder Cyprianus darauf besteht! – Domine – libera nos de hoc monacho!"

Es gelang endlich dem Kapellmeister den halbträumenden Hilarius zu überzeugen, daß er nicht der Abt sondern Kreisler sei, und nun erfuhr er von ihm mit Mühe, daß man in der Nacht, von woher, wisse er nicht, den Leichnam eines Fremden nach dem Kloster gebracht, den Bruder Cyprianus allein zu kennen schiene und der kein gemeiner Mann gewesen sein müßte, da sich der Abt auf Cyprianus' dringendes Gesuch dazu verstanden, die Exequien auf der Stelle zu halten, damit morgen nach der ersten Hora die Exportation erfolgen könne.

Kreisler folgte dem Pater in die Kirche, die nur sparsam beleuchtet einen seltsamen schauerlichen Anblick gewährte.

Man hatte nur die Kerzen des großen metallenen Kronleuchters, der vor dem Hochaltar von der hohen Decke herabhing, angezündet, so daß der flackernde Schein kaum das Schiff der Kirche vollkommen erhellte, in die Seitengänge aber nur geheimnisvolle Streiflichter warf, in denen die Statuen der Heiligen zum gespenstischen Leben erwacht, sich zu bewegen und daherzuschreiten schienen. Unter dem Kronleuchter in der hellsten Beleuchtung stand der offne Sarg, in dem der Leichnam lag und die Mönche die ihn umringten schienen bleich und regungslos selbst Tote, in der Geisterstunde den Gräbern entstiegen. Mit dumpfer heiseren Stimme sangen sie die eintönigen Strophen des Requiems und wenn sie dazwischen schwiegen, vernahm man nur von außen her das ahnungsvolle Rauschen des Nachtwindes und die hohen Fenster der Kirche knisterten seltsam, als klopften die Geister der Verstorbenen an das Haus, in dem sie die fromme Totenklage vernahmen. Kreisler nahte sich bis an die Reihe der Mönche und erkannte in dem Toten den Adjutanten des Prinzen Hektor.

Da regten sich die finstern Geister, die so oft Macht hatten über ihn und griffen schonungslos mit scharfen Krallen in seine wunde Brust.

„Neckender Spuk", sprach er zu sich selbst, „treibst du mich her, damit jener erstarrte Jüngling bluten soll, weil man sagt, daß der Leichnam blute, wenn der Mörder sich nahe? – Hoho! weiß ich denn nicht, daß er all sein Blut wegbluten mußte, in den schlimmen Tagen, als er seine Sünden abbüßte auf dem Siechbette? – Er hat keinen bösen Tropfen mehr übrig, mit dem er seinen Mörder vergiften könnte, käme er ihm auch in die Nähe, den Johannes Kreisler aber am wenigsten, denn der hat mit der Natter nichts zu schaffen, die er zu Boden trat, als sie schon die spitze Zunge ausgestreckt zur Todeswunde! – Schlage die Augen auf, Toter damit ich dir fest ins Antlitz blicke, damit du gewahrst daß die Sünde keinen Teil hat an mir! – aber du vermagst es nicht! – Wer hieß dich das Leben einsetzen gegen das Leben? Warum spieltest du trügerisches Spiel mit dem Morde und warst nicht gefaßt es zu verlieren? – Aber deine Züge sind sanft und gut, du stiller blasser Jüngling, der Todesschmerz hat jede Spur verruchter Sünde weggelöscht von deinem schönen Antlitz, und ich könnte sagen, der Himmel hätte dir sein Gnadentor geöffnet, weil die Liebe in deiner Brust gewesen, wenn sich das jetzt ziemte. – Doch wie! – wenn ich mich in dir geirrt? – Wenn nicht du, kein böser Dämon, nein wenn mein guter Stern deinen Arm gegen mich erhoben, um mich dem entsetzlichsten Verhängnis zu entreißen, das im schwarzen Hintergrunde auf mich lauert? – Nun magst du die Augen aufschlagen, blasser Jüngling, nun magst du mit einem Blick der Versöhnung alles, alles entdecken und sollt ich untergehen in Wehmut um dich oder aus entsetzlicher furchtbarer Angst, daß der schwarze Schatten der hinter mir schleicht, mich nun gleich erfassen wird. – Ja! schaue mich an – doch! nein nein, du könntest mich anblicken wie Leonhard Ettlinger, ich könnte glauben, du seist er selbst und da müßtest du mit mir herab in die Tiefe, aus der ich oft seine hohle Geisterstimme vernehme. – Doch wie, du lächelst? – deine Wangen, deine Lippen färben sich? Trifft dich nicht die Waffe des Todes? – Nein, nicht noch einmal will ich mit dir ringen, aber –"

Kreisler der während dieses Selbstgesprächs unbewußt auf einem Knie gelegen, beide Ellbogen auf das andere gestützt, und die Hände unter das Kinn gestemmt hatte, fuhr hastig auf und würde gewiß Seltsames, Wildes begonnen haben; doch in demselben Augenblick schwiegen die Mönche und die Knaben auf dem Chor intonierten mit sanfter Begleitung der Orgel das Salve regina. Der Sarg wurde verschlossen und die Mönche schritten feierlich von dannen. – Da ließen die finstern Geister ab von dem armen Johannes und ganz aufgelöst in Wehmut und Schmerz folgte er mit gebeugtem Haupt den Mönchen. Eben wollte er hinausschreiten zur Türe, als sich in einem finstern Winkel eine Gestalt erhob und hastig auf ihn losschritt.

Die Mönche standen still und der volle Schein ihrer Lichter fiel auf einen großen stämmigen Burschen, der etwa achtzehn bis zwanzig Jahre alt sein mochte. Sein Antlitz nichts weniger als häßlich zu nennen, trug den Ausdruck des wildesten Trotzes; die schwarzen Haare hingen ihm struppig um den Kopf, das zerrissene Wams von buntgestreifter Leinwand bedeckte kaum seine Blöße und ebensolche Schifferhosen gingen nur bis an die bloßen Waden, so daß der herkulische Bau seines Körpers völlig sichtbar.

„Du Verdammter, wer hieß dich meinen Bruder ermorden?" So schrie der Bursche wild auf, daß es in der Kirche widerhallte, sprang wie ein Tiger auf Kreisler los und packte ihn mit einem mörderischen Handgriff bei der Kehle.

Doch ehe Kreisler, ganz entsetzt über den unerwarteten Angriff an Gegenwehr denken konnte, stand schon Pater Cyprianus bei ihm und sprach mit starker gebietender Stimme: „Giuseppo, verruchter sündhafter Mensch! was machst du hier? Wo hast du die Altmutter gelassen? – Packe dich augenblicklich fort! – Hochehrwürdiger Herr Abt, laßt die Klosterknechte herbeirufen, sie sollen den mörderischen Buben zum Kloster hinauswerfen!"

Der Bursche hatte, sowie Cyprianus vor ihm stand, sogleich von Kreisler abgelassen. „Nun nun", rief er mürrisch, „macht nur nicht gleich ein solches tolles Wesen davon, wenn man sein Recht behaupten will Herr Heiliger! – Ich gehe ja schon von selbst, Ihr dürft keine Klosterknechte auf mich loshetzen." – Damit sprang der Bursche schnell davon durch eine Pforte, die man zu verschließen vergessen und durch die er wahrscheinlich sich in die Kirche geschlichen hatte. Die Klosterknechte kamen, man fand aber keinen Anlaß den Verwegenen in tiefer Nacht weiter zu verfolgen.

Es lag in Kreislers Natur, daß gerade die Spannung des

Außerordentlichen, des Geheimnisvollen wohltätig auf sein Gemüt wirkte, sobald er den Sturm des Augenblicks der ihn zu vernichten drohte, siegreich bekämpft.

So geschah es, daß dem Abt die Ruhe wunderbar und befremdlich vorkommen mußte, mit der Kreisler andern Tages vor ihm stand, und von dem erschütternden Eindruck sprach, den unter solchen seltsamen Umständen der Anblick des Leichnams dessen auf ihn gemacht, der ihn ermorden wollen und den er in gerechter Notwehr erschlagen.

„Weder", sprach der Abt, „weder die Kirche noch das weltliche Gesetz kann Euch, lieber Johannes, irgendeine strafbare Schuld an dem Tode jenes sündhaften Menschen beimessen. Doch werdet Ihr aber lange nicht die Vorwürfe einer innern Stimme verwinden können, die Euch sagt, es sei besser gewesen selbst zu fallen als den Gegner zu töten und dies beweiset, daß der ewigen Macht das Opfer des eignen Lebens wohlgefälliger ist, als seine Erhaltung, kann dies nur durch eine rasche blutige Tat geschehen. – Doch laßt uns zur Zeit davon abbrechen, da ich anderes Näherliegendes mit Euch zu reden.

Welcher sterbliche Mensch ermißt, wie der kommende Augenblick die Gestaltung der Dinge ändern kann. – Nicht lange ist es her, als ich fest überzeugt war, daß dem Heil Eurer Seele nichts zuträglicher sein könne, als der Welt zu entsagen und in unsern Orden zu treten. – Ich bin jetzt anderer Meinung und würde Euch raten, so lieb und wert Ihr mir auch geworden, die Abtei recht bald zu verlasssen. – Werdet nicht irre an mir, lieber Johannes! Fragt mich nicht, warum ich meiner Gesinnung entgegen dem Willen eines andern, der alles umzustoßen droht, was ich mit Mühe geschaffen, mich unterwerfe. – Tief müßtet Ihr in die Geheimnisse der Kirche eingeweiht sein, um mich zu verstehen, wollt ich auch mit Euch über die Motive meiner Handlungsweise reden. – Doch freier kann ich wohl mit Euch sprechen als mit jedem andern. Vernehmt also, daß in kurzer Zeit der Aufenthalt in der Abtei Euch nicht mehr die wohltätige Ruhe gewähren, wie bisher, ja daß Euer innerstes Streben einen tödlichen Stoß erhalten und das Kloster Euch ein öder trostloser Kerker dünken wird. Die ganze Klosterordnung ändert sich, die mit frommer Sitte vereinbare Freiheit hört auf und der finstre Geist fanatischer Möncherei herrscht bald mit unerbittlicher Strenge in diesen Mauern. – O mein Johannes, Eure herrlichen Gesänge werden nicht mehr unsern Geist erheben zur höchsten Andacht, der Chor wird abgeschafft und bald hört man nichts als die eintönigen Responsorien von den ältesten Brüdern mühsam gelallt mit heiserer unreiner Stimme."

„Und", fragte Kreisler, „und alles dieses geschieht auf Anlaß des fremden Mönchs Cyprianus?"

„Es ist", erwiderte der Abt beinahe wehmütig, indem er die Augen niederschlug, „es ist dem so, guter Johannes und daß es nicht anders sein kann, daran bin ich nicht schuld. – Doch", setzte der Abt nach kurzem Stillschweigen mit erhöhter feierlicher Stimme hinzu, „doch alles, wodurch der feste Bau, der Glanz der Kirche befördert werden kann, muß geschehen und kein Opfer ist zu groß!"

„Wer ist", sprach Kreisler unmutig, „wer ist denn der hohe mächtige Heilige, der über Euch gebietet, der imstande war, durch das bloße Wort, mir jenen mörderischen Burschen vom Leibe zu schaffen?"

„Ihr seid", erwiderte der Abt, „Ihr seid, lieber Johannes, in ein Geheimnis verflochten ohne es zur Zeit ganz zu kennen. Doch bald erfahrt Ihr mehr, vielleicht mehr als ich selbst davon weiß und zwar durch den Meister Abraham. – Cyprianus, den wir noch jetzt unsern Bruder nennen, ist einer der Erkornen. Er wurde gewürdigt mit den ewigen Mächten des Himmels in unmittelbare Berührung zu treten und wir müssen schon jetzt in ihm den Heiligen verehren. – Was jenen verwogenen Burschen betrifft, der sich während der Exequien in die Kirche geschlichen hatte und Euch mörderisch anpackte, so ist er ein verlaufener halb wahnsinniger Zigeunerbube, den unser Vogt schon einige Mal hat derb auspeitschen lassen, weil er den Leuten im Dorfe die fetten Hühner aus den Ställen gestohlen. Um den zu vertreiben, bedurfte es eben nicht eines besondern Mirakels." – Indem der Abt die letzten Worte sprach, zuckte ein leises ironisches Lächeln in den Mundwinkeln, und verschwand ebenso schnell.

Kreislern erfüllte der tiefste bitterste Unmut; er sah ein, daß der Abt bei allen Vorzügen seines Geistes, seines Verstandes lügnerische Gaukelei trieb und daß alle Gründe, die er damals anführte, um ihn zum Eintritt ins Kloster zu bewegen, ebenso nur einer versteckten Absicht zum Vorwand dienen sollten als diejenigen die er nun für das Gegenteil aufstellte. – Kreisler beschloß die Abtei zu verlassen, und sich aller bedrohlichen Geheimnisse die ihn bei längerem Bleiben noch verstricken konnten in ein Gewebe dem nicht mehr zu entrinnen, völlig

[zu] entschlagen. Als er aber nun gedachte, wie er ja gleich zurückkehren könne nach Sieghartshof zum Meister Abraham, wie er *sie* ja wiedersehen, wiederhören könne, *sie* seinen einzigen Gedanken, da fühlte er in der Brust jene süße Beklemmung, in der sich die glühendste Liebessehnsucht kund tut.

Ganz vertieft wandelte Kreisler den Hauptgang des Parks hinab, als ihn der Pater Hilarius ereilte, und sogleich begann: „Ihr wart beim Abt Kreisler, er sagte Euch alles! – Nun hatte ich recht? – Wir sind alle verloren! – Dieser geistliche Komödiant – es ist heraus, das Wort, wir sind unter uns! – Als er – Ihr wißt, wen ich meine – in der Kutte nach Rom kam, ließ ihn die päpstliche Heiligkeit gleich zur Audienz. Er fiel nieder auf die Knie und küßte den Pantoffel. Ohne einen Wink aufzustehen, ließ ihn aber die päpstliche Heiligkeit eine ganze Stunde lang liegen. ‚Das sei deine erste kirchliche Strafe', fuhr die Heiligkeit ihn an, als er sich endlich erheben durfte und hielt nun eine lange Predigt über die sündlichen Irrtümer in die Cyprianus verfallen. – Nachher erhielt er langen Unterricht in gewissen geheimen Gemächern und zog denn aus! – Es hat lange keinen Heiligen gegeben! – Das Mirakel – nun Ihr habt das Bild gesehen, Kreisler – das Mirakel, sage ich hat erst in Rom seine wahre Gestalt erhalten. – Ich bin nichts als ein ehrlicher Benediktinermönch ein tüchtiger praefectus chori wie Ihr mir einräumen werdet und trinke der alleinseligmachenden Kirche zu Ehren gern ein Gläschen Nierensteiner oder Bocksbeutel, aber! – Mein Trost ist, daß er nicht lange hierbleiben wird. – Herumziehen muß er. Monachus in claustro non valet ova duo: sed quando est extra bene valet triginta. – Er wird denn auch wohl Wunder tun – Seht, Kreisler, seht, da kommt er den Gang herauf – Er hat uns erblickt und weiß wie er sich gebärden muß."

Kreisler erblickte den Mönch Cyprianus der langsam feierlichen Schrittes, den stieren Blick zum Himmel gerichtet, die Hände gefaltet wie in einer frommen Ekstase begriffen den Laubgang hinaufkam.

Hilarius entfernte sich schnell, Kreisler blieb aber verloren in den Anblick des Mönchs, der in seinem Antlitz, in seinem Wesen etwas Seltsames, Fremdartiges trug, das ihn unter allen übrigen Menschen auszuzeichnen schien. Ein großes ungewöhnliches Verhängnis läßt lesbare Spuren zurück und so mocht es auch sein, daß ein wunderbares Geschick des Mönchs äußere Erscheinung gestaltet hatte, wie sie sich nun eben zeigte.

Der Mönch wollte vorüberschreiten, ohne in seiner Verzückung Kreislern zu bemerken, der fühlte sich aber aufgelegt, dem strengen Abgesandten des Oberhaupts der Kirche dem feindlichen Verfolger der herrlichsten Kunst in den Weg zu treten. Er tat es mit den Worten: „Erlaubt ehrwürdiger Herr, daß ich Euch meinen Dank abstatte. Ihr befreitet mich durch Euer kräftiges Wort zur rechten Zeit aus den Händen des groben Lümmels von Zigeunerbuben; er hätte mich erwürgt, wie ein gestohlnes Huhn!"

Der Mönch schien aus einem Traume zu erwachen, er fuhr mit der Hand über die Stirne und blickte Kreislern lange starr an, als müsse er sich auf ihn besinnen. Dann verzog sich aber sein Antlitz zum furchtbaren durchbohrenden Ernst und Flammen des Zorns in den Augen, rief er mit starker Stimme: „Verwegener frevelhafter Mensch, Ihr hättet verdient, daß ich Euch hinfahren ließ in Euern Sünden! Seid Ihr nicht der, der den heiligen Kultus der Kirche, die vornehmste Stütze der Religion profaniert durch weltlichen Klingklang? Seid Ihr es nicht, der hier durch eitle Kunststücke die frömmsten Gemüter betörte, daß sie sich abwandten von dem Heiligen und weltlicher Lust frönten in üppigen Liedern?" Kreisler fühlte sich durch diese wahnsinnigen Vorwürfe ebenso verletzt, als erhoben durch den albernen Hochmut des fanatischen Mönchs, der mit solchen leichten Waffen zu bekämpfen.

„Ist es", sprach Kreisler sehr ruhig und dem Mönch fest ins Auge blickend, „ist es sündhaft, die ewige Macht zu preisen in der Sprache die sie uns selbst gab, damit das Himmelsgeschenk die Begeisterung der brünstigsten Andacht, ja die Erkenntnis des Jenseits in unserer Brust erwecke, ist es sündhaft sich auf den Seraphsfittichen des Gesanges hinwegzuschwingen über alles Irdische und in frommer Sehnsucht und Liebe hinaufzustreben nach dem Höchsten, so habt Ihr recht ehrwürdiger Herr, so bin ich ein arger Sünder. Erlaubt aber, daß ich der entgegengesetzten Meinung bin, und fest glaube, daß dem Kultus der Kirche die wahrhafte Glorie der heiligsten Begeisterung fehlen würde, wenn der Gesang schweigen sollte."

„So flehet", erwiderte der Mönch strenge und kalt, „so flehet zur heiligen Jungfrau, daß sie die Decke von Euern Augen nehmen und Euch den verdammlichen Irrtum erkennen lassen möge."

„Ein Komponist*", sprach Kreisler sanft lächelnd, „wurde

* Joseph Haydn.

von jemanden gefragt, wie er es denn anfange, daß seine geistlichen Kompositionen durchaus andächtige Begeisterung atmeten. ‚Wenn es', erwiderte darauf der fromme kindliche Meister, ‚mit dem Komponieren nicht so recht fort will, so bete ich im Zimmer auf und ab gehend einige Ave und dann kommen mir die Ideen wieder.' Derselbe Meister sagte von einem andern großen geistlichen Werk*: ‚Erst als ich zur Hälfte in meiner Komposition vorgerückt war, merkte ich, daß sie geraten wäre; ich war auch nie so fromm als während der Zeit da ich daran arbeitete; täglich fiel ich auf meine Knie nieder und bat Gott, daß er mir Kraft zur glücklichen Ausführung dieses Werkes verleihen möge.' – Mich will bedünken, ehrwürdiger Herr, als wenn weder dieser Meister noch der alte Palestrina sich um Sündhaftes bemüht, und daß nur ein in aszetischer Verstocktheit erkaltetes Herz nicht zu der höchsten Frömmigkeit des Gesanges entflammt werden kann."

„Menschlein", fuhr der Mönch zornig auf, „wer bist du denn, daß ich mit dir, der du dich hinwerfen müßtest in den Staub, rechten soll? – Fort aus der Abtei, damit du nicht länger das Heilige verstörst!"

Tief empört über des Mönchs gebieterischen Ton, rief Kreisler heftig: „Und wer bist *du* denn, wahnsinniger Mönch, daß du dich erheben willst über alles was menschlich? – Bist du frei geboren von der Sünde? – Hast du nie über Gedanken der Hölle gebrütet? Bist du nie ausgewichen auf dem schlüpfrigen Pfad den du wandeltest? Und wenn die heilige Jungfrau dich wirklich gnadenvoll dem Tode entriß, den du vielleicht irgendeiner grauenvollen Tat verdanktest, so geschah es, daß du in Demut deine Sünde erkennen und sie büßen, nicht aber mit frevelicher Prahlerei dich der Gnade des Himmels, ja der heiligen Krone rühmen solltest, die du niemals erwerben wirst."

Der Mönch stierte Kreislern an mit Tod und Verderben sprühenden Blicken, indem er unverständliche Worte lallte.

„Und", fuhr Kreisler fort mit steigendem Affekt, „und stolzer Mönch, als du noch diesen Rock trugst –"

Damit hielt Kreisler das Bild, das er vom Meister Abraham erhalten, dem Mönch vor Augen; doch sowie dieser es erblickte, schlug er sich wie in wilder Verzweiflung mit beiden Fäusten vor die Stirn, und stieß einen herzzermalmenden Schmerzenslaut aus, als träfe ihn ein Todesstreich.

„Fort mit *dir*", rief nun Kreisler, „fort mit *dir* aus der Abtei,

* Die Schöpfung.

du verbrecherischer Mönch! – Hoho mein Heiliger, wenn du vielleicht auf den Hühnerdieb stößest, mit dem du in Gemeinschaft, so sage ihm, du könntest und wolltest ein andermal mich nicht wieder schützen, doch solle er sich in acht nehmen und von meiner Kehle wegbleiben, sonst würde ich ihn spießen wie eine Lerche oder wie seinen Bruder, denn aufs Spießen –" Kreisler entsetzte sich in diesem Augenblick vor sich selber; der Mönch stand vor ihm starr, regungslos, noch immer beide Fäuste vor die Stirn gedrückt, keines Wortes, keines Lautes mächtig, es war Kreislern als rausche es im nahen Gebüsch, als werde gleich der wilde Giuseppo auf ihn losstürzen. Er rannte von dannen: die Mönche sangen eben im Chor die Abendhora und Kreisler begab sich in die Kirche, weil er hoffte dort sein tief aufgeregtes, tief verletztes Gemüt zu beruhigen.

Die Hora war geendet, die Mönche verließen den Chor, die Lichter verlöschten. Kreislers Sinn hatte sich zu den alten frommen Meistern gewendet, deren er in dem Streit mit dem Mönch Cyprianus gedacht. – Musik – fromme Musik war aufgegangen in ihm, Julia hatte gesungen und nicht mehr brauste der Sturm in seinen Innern. Er wollte fort durch eine Seitenkapelle deren Türe in den langen Gang ging, welcher zu einer Treppe und hinauf in sein Zimmer führte.

Als Kreisler in die Kapelle trat, erhob sich ein Mönch mühsam vom Boden, auf dem er ausgestreckt vor dem wundertätigen Marienbilde gelegen hatte, das dort aufgestellt war. In dem Schein der ewigen Lampe erkannte Kreisler den Mönch Cyprianus, aber matt und elend schien er eben aus einer Ohnmacht zu sich selbst gekommen. Kreisler leistete ihm hülfreiche Hand; da sprach der Mönch mit leiser wimmernder Stimme: „Ich erkenne Euch – Ihr seid Kreisler! Habt Barmherzigkeit, verlaßt mich nicht, helft mir zu jenen Stufen, ich will mich dort niederlassen, aber setzt Euch zu mir, dicht zu mir, denn nur die Gebenedeite darf uns hören. – Übt Mitleiden", fuhr nun der Mönch fort, als beide auf den Stufen des Altars saßen, „übt Mitleiden, Gnade, vertraut mir, ob Ihr nicht das verhängnisvolle Bildnis von dem alten Severino erhieltet, ob Ihr um alles, um das ganze furchtbare Geheimnis wisset?"

Frei und offen versicherte Kreisler, daß er das Bildnis vom Meister Abraham Liscov erhalten und erzählte ohne Scheu alles was sich in Sieghartshof begeben, und wie er nur aus mancherlei Kombinationen auf irgendeine Greueltat schließe, deren lebhafte Erinnerung so wie die Furcht des Verrats das Bildnis wecke. Der Mönch, der bei einigen Momenten in Kreislers Erzählung tief erschüttert geschienen, schwieg jetzt einige Augenblicke. Dann begann er ermutigt mit festerer Stimme: „Ihr wißt zu viel Kreisler um nicht alles erfahren zu müssen. Vernehmt, Kreisler, jener Prinz Hektor, der Euch auf den Tod verfolgte, es ist mein jüngerer Bruder. Wir sind Söhne eines fürstlichen Vaters, dessen Thron ich geerbt haben würde, hätte ihn nicht der Sturm der Zeit umgeworfen. Wir nahmen, da eben der Krieg ausgebrochen beide Dienste, und der Dienst war es, der zuerst mich und dann auch meinen Bruder nach Neapel brachte. – Ich hatte mich damals aller bösen Lust der Welt hingegeben und vorzüglich die wilde Leidenschaft zu den Weibern riß mich ganz und gar hin. Eine Tänzerin, ebenso schön als verrucht, war meine Geliebte und überdem lief ich den liederlichen Dirnen nach, wo ich sie fand.

So geschah es, daß ich eines Tages, als es schon zu dunkeln begann auf dem Molo ein paar Geschöpfe dieser Art verfolgte. Beinahe hatte ich sie erreicht, als dicht neben mir eine Stimme gellend rief: ‚Was das Prinzchen doch für ein allerliebster Taugenichts ist! – Da läuft er gemeinen Dirnen nach und könnte in den Armen der schönsten Prinzessin liegen!‘ – Mein Blick fiel auf ein altes abgelumptes Zigeunerweib, die ich vor wenigen Tagen in der Straße Toledo von den Sbirren wegführen gesehen, weil sie einen Wasserverkäufer, so kräftig er schien, im Zank mit ihrer Krücke zu Boden geschlagen. – ‚Was willst du von mir alte Hexe?‘ So rief ich das Weib an, die mich aber in dem Augenblick mit einem Strom der abscheulichsten niedrigsten Schimpfreden überschüttete, so daß das müßige Volk bald sich um uns versammelte und über meine Verlegenheit ausbrach in ein tolles Gelächter. – Ich wollte fort, da hielt mich aber das Weib beim Kleide fest, ohne vom Boden aufzustehen, und sprach, plötzlich mit den Schimpfreden einhaltend leise, indem sich ihr abscheuliches Antlitz zum grinsenden Lächeln verzog: ‚Ei, mein süßes Prinzlein, willst du denn nicht bei mir bleiben? Willst du nichts hören von dem schönsten Engelskinde, das in dich vernarrt ist?‘ – Damit erhob sich das Weib mühsam, indem sie sich an meinen Armen festklammerte und zischelte mir von einem jungen Mädchen in die Ohren, das schön und anmutig wie der Tag und noch unschuldig sei. – Ich hielt das Weib für eine gemeine Kupplerin und wollte mich, da gerade mein Sinn nicht dahin stand ein neues Abenteuer anzuknüpfen, mit ein paar Dukaten von ihr losmachen. Sie nahm aber das

Geld nicht, und rief, als ich mich entfernte, mir laut lachend nach: ‚Geht nur geht, mein feiner Herr, Ihr werdet mich bald aufsuchen mit großem Kummer und Weh im Herzen!' – Einige Zeit war vergangen, ich hatte nicht mehr an das Zigeunerweib gedacht, als eines Tages auf dem Spaziergange Villa reale genannt, eine Dame vor mir herging, die mir in ihrem Wesen so wunderbar anmutig schien, wie ich noch keine gesehen. Ich eilte ihr voraus und als ich ihr Antlitz erblickte war es mir, als öffne sich der leuchtende Himmel aller Schönheit. – So dachte ich nämlich damals als ein sündiger Mensch und daß ich den frevelhaften Gedanken wiederhole, mag Euch statt aller Beschreibung des Liebreizes mit dem die ewige Macht die holde Angela geschmückt hatte um so mehr dienen, als es mir jetzt nicht geziemen und auch wohl nicht gelingen würde viel zu reden über irdische Schönheit. Zur Seite der Dame ging oder hinkte vielmehr an einem Stabe eine sehr alte ehrbar gekleidete Frau, die nur durch ihre ganz ungewöhnliche Größe und seltsame Unbehülflichkeit auffiel. Trotz des völlig veränderten Anzuges, trotz der tiefen Haube, die einen Teil des Antlitzes verhüllte, erkannte ich in der alten Frau doch augenblicklich das Zigeunerweib vom Molo. Das fratzenhafte Lächeln der Alten, ihr leises Kopfnicken bewies mir, daß ich mich nicht irre. – Ich konnte den Blick nicht abwenden von dem anmutigen Wunder; die Holde schlug die Augen nieder, der Fächer entfiel ihrer Hand. Schnell hob ich ihn auf; indem sie ihn nahm berührte ich ihre Finger; sie zitterten, da loderte das Feuer meiner verdammlichen Leidenschaft in mir auf und ich ahnte nicht, daß die erste Minute der schrecklichen Prüfung gekommen, die mir der Himmel auferlegt. Ganz betäubt, ganz im Sinn verwirrt stand ich da und bemerkte kaum, daß die Dame mit ihrer alten Begleiterin in eine Kutsche stieg, die am Ende der Allee gehalten hatte. Erst als der Wagen fortrollte, kam ich zur Besinnung, und stürzte nach wie ein Rasender. Ich kam noch zu rechter Zeit um zu sehen, daß der Wagen vor einem Hause in der engen kurzen Straße hielt, die nach dem großen Platz Largo delle Piane führt. Beide, die Dame und ihre Begleiterin stiegen aus, und da der Wagen sogleich fortfuhr als sie in das Haus getreten, konnte ich mit Recht vermuten, daß dort ihre Wohnung. Auf dem Platz Largo delle Piane wohnte mein Bankier, Signore Alessandro Sperzi und selbst weiß ich nicht wie ich auf den Einfall geriet diesen Mann jetzt gerade heimzusuchen. Er glaubte ich käme Geschäfte halber und begann sehr weitläuftig über mein Verhältnis zu reden. Mein ganzer Kopf war aber erfüllt von der Dame, ich dachte, ich hörte nichts anders und so kam es, daß ich dem Signor Sperzi statt aller Antwort das anmutige Abenteuer des Augenblicks erzählte. Signor Sperzi wußte mir mehr von meiner Schönen zu sagen, als ich hatte ahnen können. Er war es, der jedes halbe Jahr von einem Handelshause in Augsburg eine ansehnliche Rimesse für eben jene Dame erhielt. Sie wurde Angela Benzoni genannt die Alte aber mit dem Namen Frau Magdala Sigrun bezeichnet. Signor Sperzi mußte dagegen dem Augsburger Handlungshause über das ganze Leben des Mädchens die genaueste Nachricht geben, so daß er, da es ihm auch früher obgelegen ihre ganze Erziehung, so wie jetzt ihren Haushalt zu leiten, in gewisser Art als ihr Vormund anzusehen. Der Bankier hielt das Mädchen für die Frucht eines verbotenen Verhältnisses unter Personen des vornehmsten Standes. – Ich bezeigte dem Signor Sperzi meine Verwunderung darüber, daß man ein solches Kleinod einem so zweideutigen Weibe anvertraue als die Alte sei, die sich in schmutzigen zerlumpten Zigeunerkleidern auf den Straßen herumtreibe und vielleicht gar die Kupplerin spielen wollte. Der Bankier versicherte dagegen, daß es keine treuere sorgsamere Pflegerin gebe als die Alte, die mit dem Mädchen hergekommen, als es erst zwei Jahr alt gewesen. Daß die Alte sich zuweilen als Zigeunerin vermumme, sei eine wunderliche Grille, die man ihr wohl in diesem Lande der Maskenfreiheit nachsehen könne. – Ich darf, ich muß kurz sein! – Die Alte suchte mich bald auf in ihrem Zigeunerhabit und führte mich selbst zu Angela, die mir in holder jungfräulicher Scham hocherrötend ihre Liebe gestand. Noch immer hatte ich in meinem verirrten Wesen geglaubt, die Alte sei eine ruchlose Nährerin der Sünde, aber bald wurde ich des Gegenteils überführt. Angela war keusch und rein wie Schnee, und da wo ich sündhaft zu schwelgen gedachte, lernte ich an eine Tugend glauben, die ich freilich jetzt für ein höllisches Blendwerk des Teufels erkennen muß. In eben dem Grade als meine Leidenschaft höher und höher stieg, neigte ich mich auch mehr und mehr der Alten hin, die mir unaufhörlich in die Ohren raunte, daß ich mich mit Angela vermählen solle. Müßte dies auch zur Zeit heimlich geschehen, so komme doch wohl der Tag an dem ich öffentlich der Gemahlin das fürstliche Diadem auf die Stirn drücken werde. – Angelas Geburt sei der meinigen gleich.

– Wir wurden in einer Kapelle der Kirche San Filippo getraut. – Ich glaubte den Himmel gefunden zu haben, ich entzog mich allen Verbindungen, ich gab den Dienst auf, man sah mich nicht mehr in den Kreisen in denen ich sonst frevelnd allen Lüsten gefrönt. – Eben diese veränderte Lebensweise verriet mich. Jene Tänzerin von der ich mich losgesagt, forschte aus, wohin ich mich jeden Abend begab und ahnend, daß daraus sich vielleicht der Keim ihrer Rache entwickeln könne, entdeckte sie meinem Bruder das Geheimnis meiner Liebe. – Mein Bruder schlich mir nach, überraschte mich in Angelas Armen. – Mit einer scherzhaften Wendung entschuldigte Hektor seine Zudringlichkeit und machte mir Vorwürfe daß ich gar zu selbstsüchtig, ihm nicht einmal das Vertrauen eines aufrichtigen Freundes geschenkt; doch ich merkte nur zu deutlich, wie betroffen er war über Angelas hohe Schönheit. Der Funke war gefallen, die Flamme der wütendsten Leidenschaft angefacht in seinem Innern. – Er kam oft, wiewohl nur in den Stunden, wenn er mich zu finden wußte. – Ich glaubte zu bemerken, daß Hektors wahnsinnige Liebe erwidert wurde, und alle Furien der Eifersucht zerfleischten meine Brust. – Da war ich dem Graus der Hölle verfallen! – Einst, als ich eintrat in Angelas Gemach, glaubte ich Hektors Stimme im Nebenzimmer zu vernehmen. – Den Tod im Herzen blieb ich eingewurzelt stehen. Doch plötzlich stürzte Hektor aus dem Nebengemach hinein mit glutrotem Antlitz und wildrollenden Augen wie ein Rasender. ‚Verdammter, du sollst mir fernerhin nicht in den Weg treten!‘ So rief er schäumend vor Wut und stieß mir den Dolch, den er schnell hervorgezogen in die Brust bis an das Heft. – Der herbeigerufene Chirurgus fand, daß der Stoß durch das Herz gegangen. – Die Hochgebenedeite hat mich gewürdigt, mir das Leben wieder zu schenken durch ein Mirakel.“

Die letzten Worte sprach der Mönch mit leiser zitternder Stimme, und schien dann in trübes Sinnen verloren.

„Und“, fragte Kreisler, „und was wurde aus Angela?“

„Als“, erwiderte der Mönch mit hohler geisterartiger Stimme, „als der Mörder die Früchte seiner Greueltat genießen wollte, da erfaßte die Geliebte der Todeskrampf und sie verschied in seinen Armen. – Gift –“

Dies Wort gesprochen, fiel der Mönch nieder aufs Gesicht und röchelte wie ein Sterbender. – Kreisler setzte durch die Glocke, die er anzog, das Kloster in Bewegung. Man eilte herbei und schaffte den ohnmächtigen Cyprianus in den Krankensaal.

Kreisler fand am andern Morgen den Abt in ganz besonders heitrer Laune. – „Ha ha", rief er ihm entgegen, „ha ha mein Johannes, Ihr wollt an kein Mirakel der neuesten Zeit glauben und Ihr habt gestern in der Kirche selbst das wunderbarste Mirakel bewirkt, das es nur geben mag. – Sagt, was habt Ihr mit unserm stolzen Heiligen gemacht, der daliegt wie ein reuiger zerknirschter Sünder und uns alle in kindischer Todesangst höchlich um Verzeihung gebeten hat, daß er sich über uns erheben wollen! – Habt Ihr ihn, der von Euch nun Beichte verlangte, vielleicht selbst beichten lassen?"

Kreisler fand gar keine Ursache, auch nur das mindeste von dem zu verschweigen, was sich mit ihm und dem Mönch Cyprianus begeben. Er erzählte daher umständlich alles, von der freimütigen Strafpredigt an, die er dem einbildischen Mönch gehalten, als er die heilige Tonkunst herabgewürdigt, bis auf den schrecklichen Zustand in den er verfallen, als er das Wort: „Gift!" ausgesprochen. Dann erklärte Kreisler, daß er eigentlich doch noch immer nicht wisse, warum das Bild, habe sich auch Prinz Hektor davor entsetzt, gleiche Wirkung auf den Mönch Cyprianus hervorgebracht. Ebenso sei er darüber noch ganz im Dunkeln geblieben, auf welche Weise Meister Abraham in jene grauenvolle Begebenheiten verflochten.

„In der Tat", sprach der Abt anmutig lächelnd, „in der Tat mein lieber Sohn Johannes, wir stehen jetzt ganz anders gegenüber, als noch vor wenigen Stunden. Ein standhaftes Gemüt, ein fester Sinn, vorzüglich aber wohl ein tiefes richtiges Gefühl, das wie eine wunderbar wahrsagende Erkenntnis in unserer Brust verborgen, richtet vereint mehr aus, als der schärfste Verstand, der geübteste alles scheidende Blick. Du hast es bewiesen mein Johannes indem du die Waffe, die man dir in die Hand gab, ohne dich ganz über ihre Wirkung zu belehren, so geschickt in dem richtigen Moment zu gebrauchen wußtest, daß du auf der Stelle den Feind zu Boden schlugst, den vielleicht der durchdachteste Plan nicht so leicht aus dem Felde getrieben haben würde. Ohne es zu wissen hast du mir, dem Kloster, vielleicht auch der Kirche überhaupt, einen Dienst erwiesen, dessen ersprießliche Folgen nicht zu übersehen sind. – Ich will, ich darf jetzt gegen dich ganz aufrichtig sein, ich wende mich ab von denen, die mir Falsches vorspiegeln wollten zu deinem Nachteil, du kannst auf mich rechnen, Johannes! – Daß der schönste Wunsch der in deiner Brust ruht, erfüllt werde, dafür laß mich sorgen. Deine Cecilia, du weißt welches holde Wesen ich meine

doch still jetzt davon! – Das was du noch von jener entsetz-
chen Begebenheit in Neapel zu wissen verlangst, ist mit weni-
n Worten gesagt. – Fürs erste hat es unserm würdigen Bruder
rianus beliebt in seiner Erzählung einen kleinen Umstand
bergehen. – Angela starb an dem Gift, das er ihr bei-
cht in dem höllischen Wahnsinn der Eifersucht. – Meister
m befand sich damals in Neapel unter dem Namen
Er glaubte Spuren seiner verlornen Chiara zu finden,
ie wirklich, da ihm jene alte Zigeunerin in den Weg
dala Sigrun geheißen, die du schon kennst. An den
ndte sich die Alte, als das Schrecklichste geschehen
traute sie, ehe sie Neapel verließ jenes Bildnis, des-
se du noch nicht kennst. Drücke den stählernen
nde, dann springt Antonios Bildnis, das nur
el dient auf, und du erblickst nicht allein
dir fallen auch noch ein paar Blätt-
der äußersten Wichtigkeit sind, da
elten Mordes liefern. – Du siehst
kraftvoll wirkt. – Meister Abra-
rpaar in mancherlei Berührung
rd er dir selbst noch besser er-
jetzt hören, Johannes, wie es
s steht!“
reisler indem er den Blick
kleinen Altar warf, wo er
sich der geneigte Leser
icht wenig verwunderte
der Leonardo da Vincis
Platz eingenommen. –
zum zweitenmal. „Ihr
Blick, „Ihr meint das
t war? – Ich habe es
n lassen. Vielleicht
yprianus, vielleicht
mal.“
eiben des Meisters

hnell Ihr könnt!
esondere Hetz-
iben wird mir

ieh
nsten
ßes, abe
r Stelle, w
seh ich Euc
acht, aber
n des alten M

blutsauer denn es steckt mir alles im Halse und droht mich z
ersticken. Von mir, von dem Hoffnungsstern, der mir aufgega
gen, nicht ein Wort. Nur so viel in aller Eil. – Die Rätin B
zon findet Ihr nicht mehr, wohl aber die Reichsgräfin
Eschenau. Das Diplom aus Wien ist angekommen und
künftige Heirat Julias mit dem würdigen Prinzen Ignaz
wie erklärt. Fürst Irenäus beschäftigt sich mit der J
neuen Throns, auf dem er sitzen wird als regierender
Benzon, oder vielmehr die Gräfin von Eschenau h
versprochen. Prinz Hektor hat indessen Versteck
bis er nun wirklich fortmußte zur Armee. – Bald k
der und dann soll eine Doppelthochzeit gefeiert w
wird lustig sein. – Die Trompeter spülen sich scho
aus, die Fiedler schmieren die Bogen, die Lichtz
hartsweiler gießen die Fackeln – aber! – Näc
Namenstag der Fürstin, da unternehm ich Gr
müßt hier sein. Kommt nur lieber gleich auf d
Ihr dies gelesen habt! Lauft was Ihr könnt. Bald
Apropos! – Nehmt Euch doch vor den Pfaffen i
Abt lieb ich sehr. – Adieu!

So kurz und so inhaltsreich war dies Briefle
sters, daß –

weiten Bandes ist der Herausgeber genötigt eine sehr betrübte Nachricht mitzuteilen. lunterrichteten philosophischen, dichteri- at der bittre Tod dahingerafft mitten in bahn. Er schied in der Nacht vom neun- zum dreißigsten November nach kurzen mit der Ruhe und Fassung eines Weisen ieder [illegible] Beweis, daß es mit den früh- [illegible] will; entweder sie steigen ter- und geistlosen Gleich- Masse, oder sie bringen es der Tod deines Freundes gnen, und sollt ich dir den halten, er würde mir ganz anders aus dem Her- mmen als dem teilnahmelosen Hinzmann; denn ich habe eb gehabt und lieber als manchen – Nun! – schlafe wohl – ede deiner Asche!

Schlimm ist es, daß der Verblichene seine Lebens-Ansichten nicht geendet hat, die also Fragment bleiben müssen. Dagegen haben sich in den nachgelassenen Papieren des verewigten Katers noch so manche Reflexionen und Bemerkungen gefunden, die er in der Zeit aufgeschrieben zu haben scheint, als er sich bei dem Kapellmeister Kreisler befand. Ferner war aber auch noch ein guter Teil des von dem Kater zerrissenen Buchs vorhanden, welches Kreislers Biographie enthält.

Der Herausgeber findet es daher der Sache nicht unangemessen, wenn er in einem dritten Bande, der zur Ostermesse erscheinen soll, dies von Kreislers Biographie noch Vorgefundene den geneigten Lesern mitteilt und nur hin und wieder an schicklichen Stellen das einschiebt, was von jenen Bemerkungen und Reflexionen des Katers der weitern Mitteilung wert erscheint.

# ANHANG

# NACHWORT

Dem deutschen Roman, und zumal demjenigen des neunzehnten Jahrhunderts, ist man außerhalb Deutschlands nicht immer gewogen. Man muß darauf gefaßt sein, reservierte Urteile zu hören, wohin man auch hört. An die nicht unbedingt gerechte Kritik des Romanisten Erich Auerbach wollen wir erinnern. Sie läßt an Schärfe nichts zu wünschen übrig und besagt, daß die bedeutenden Werke, die im neunzehnten Jahrhundert in Deutschland überhaupt Gegenstände der zeitgenössischen Gesellschaft zu gestalten versuchen, im Phantastischen, Idyllischen oder Lokalen steckenbleiben. Jean Paul, Jeremias Gotthelf, Adalbert Stifter, aber auch E. T. A. Hoffmann werden in diesem Zusammenhang erwähnt und in das kritische Resümee einbezogen. Die Studie des englischen Germanisten Roy Pascal über den deutschen Roman seit Goethe zielt in dieselbe Richtung. Sie bewahrt gegenüber ihrem Gegenstand eine kühle Distanz. Das Buch beschäftigt sich im ersten Abschnitt mit dem deutschen Bildungsroman von Goethe bis Thomas Mann. Der zweite Teil behandelt Werke von Gotthelf, Raabe, Fontane und Kafka. Dem Erzähler E. T. A. Hoffmann ist ein eigenes Kapitel in diesem Buche nicht vorbehalten, obwohl doch kein Dichter seiner Zeit auf die europäische Literatur einen solchen Einfluß gewonnen hat wie eben er. Aber Einflüsse dieser Art – auf Nerval, Poe, Gogol oder Dostojewskij – beziehen sich in erster Linie auf den Verfasser der phantastischen Geschichten. An seine Romane denkt man zuletzt. Mit den *Elixieren des Teufels* hält man sich ohnehin nicht lange auf. Sie sind zu rasch gearbeitet, sagt man; und ein Nachklang der Trivialliteratur obendrein. Die *Lebens-Ansichten des Katers Murr* aber schätzt man zumeist, weil man den Kapellmeister Kreisler liebt. Sein Schicksal, sein Erlebnis der Kunst und der Liebe ist zwar jedem bekannt, der die *Fantasiestücke* kennt. Die *Lebens-Ansichten des Katers Murr* bieten in diesem Punkt nicht erregend Neues. Dennoch ist es so, daß man weithin den Kapellmeister Kreisler meint, wenn von E. T. A. Hoffmanns letztem Roman die Rede ist.

Eine gewisse Zurücksetzung der Romane im Gesamtwerk des Dichters, die in solchen Vorstellungen zum Ausdruck kommt, ist nicht wohl zu bestreiten. Sie ist verständlich und läßt sich begründen. Hoffmann arbeitete als Schriftsteller rasch, bisweilen allzu rasch. Ohne Zweifel ist eine Arbeitsweise wie die seine umfangreicheren Werken weniger günstig. Auch die Neigung, sich willig und unbekümmert den Einfällen zu überlassen, kommt den kürzeren Geschichten eher zustatten als dem Roman. Und wenn der Zusammenhang einer Handlung vorzüglich auf Einfälle zurückgeht, kann es leicht geschehen, daß sich dem Leser das Ganze verwirrt, wie es in der Tat geschieht. Daß Hoffmann darauf loserzählt, ohne das Ganze vor Augen zu haben, ist oft behauptet worden. Ob es zutrifft, stehe dahin. Aber daß es schwerfällt, in seinen Romanen den Gang der Handlung getreu nachzuzeichnen und nachzuerzählen, erfährt jeder, der es versucht. Selbst durch noch so exakte Stammtafeln genealogischer Art wird die Überschau über das, was in den *Elixieren des Teufels* vor sich geht, nicht wesentlich gefördert. Sicher ist die Unübersichtlichkeit der gegenseitigen Verstrikkungen in Schuld und Sühne ein zentrales Motiv des Romans selbst. Aber das dergestalt Unübersichtliche in erzählerische Vorzüge umzudeuten, dürfte nicht ohne Gewaltsamkeit möglich sein. Es gibt im Zyklus der *Nachtstücke* oder der *Serapionsbrüder* Erzählungen, die man eher dem Gebiet der Unterhaltungsliteratur zuweisen möchte als dem der hohen Dichtung. Auch die Romane unterliegen hier und da so mancher Schwankung im erzählerischen Niveau. Man stößt auf Eigenwilligkeiten, die nicht unbedingt die Zeichen großer Kunst verraten. Die erzählbare Handlung, die „Fabel" dieser Romane haben wir dabei vor allem im Auge. Sie ohne störende Einlagen zu entwickeln ist nicht die Stärke dieses Dichters. Andererseits ist geltend zu machen, daß die erzählbare Handlung gar nicht das Wesentliche dieser Dichtungen ist. Wenn dem aber so ist, dann wird verständlich, daß noch andere Seiten unsere Aufmerksamkeit verdienen. Vom Blickpunkt des frühen neunzehnten Jahrhunderts beruht das erregend Moderne dieser Romankunst in der Form des Romans vor allem, auch wenn Hoffmann allenthalben bemüht scheint, uns durch die Inhalte zu faszinieren. Weil es sich aber so verhält, weil die unübersichtlichen Inhalte gar nicht das Wesentliche darstellen, gedenken wir die Romanform in diesen erläuternden Hinweisen nicht mehr aus dem Auge zu verlieren. Sie in besonderem Maße läßt es geraten sein, die beiden Werke in einem gemeinsamen Band zu präsentieren, wie wir es tun.

Der Einwand liegt nahe, daß wir es bezüglich der in Frage stehenden Romane mit recht unterschiedlichen Werken zu tun haben. In der Tat neigen *Die Elixiere des Teufels* auf Grund ihres Inhalts wie ihrer im ganzen unkomplizierten Form einem Genre zu, das man durch den Schauerroman einerseits und durch die Schicksalstragödie zum andern bestimmt und beeinflußt sieht. Demgegenüber sind die *Lebens-Ansichten des Katers Murr* ein künstlerisches Gebilde sui generis – mit kaum einem zeitgenössischen Roman vergleichbar, es sei denn mit demjenigen Jean Pauls. Und doch haben die beiden Romane E. T. A. Hoffmanns eine Vielzahl von Motiven und Strukturelementen gemeinsam. Da ist die Ichform, die in den *Elixieren des Teufels* durchgehend, im *Kater Murr* zum Teil bevorzugt wird. Hier wie dort geht es um Selbstdarstellungen: um solche, die beschönigt werden, und um solche, an denen, recht besehen, nichts zu beschönigen ist. Hier wie dort liegt der Struktur nach ein in sich vielschichtiges Verhältnis von Autobiographie und Dichtung vor, das man nicht inhaltlich-naiv verstehen darf, im Sinne dessen, was man heute gern als Biographismus bezeichnet. Beide Romane enthalten politische Motive; beide treiben sie Gesellschafts- und Zeitkritik. In den *Elixieren des Teufels* tritt die politische Thematik in den Kapiteln deutlicher hervor, die das Leben am fürstlichen Hofe schildern. In den *Lebens-Ansichten* ist der satirische Ton gegenüber der politischen Umwelt entschieden verschärft. Stets handelt es sich dabei um Macht und Herrschaft über Menschen, um Erhebungen und Überheblichkeiten zugleich. Die Figuren dieser Romane sind bestrebt, sich über das Irdische zu erheben, es mögen dabei in Menschenliebe oder Menschenverachtung die Antriebe des Handelns zu suchen sein. Die Dimension des Höheren, die Rede von einem höheren Sein oder einem höheren Prinzip sind Leitmotive beider Romane, bei allen Unterschieden, die man im einzelnen gewahrt. Wie sich das bezeichnete Leitmotiv des „Höheren" sowohl im „Klosterroman" der *Elixiere des Teufels* wie im „Künstlerroman" des *Kater Murr* darstellt, ist nur aus dem Zusammenhang der Dichtungen heraus zu erläutern. Erhebungen dieser Art mit der Romanform in Verbindung zu bringen liegt nahe.

Die Tugend der epischen Distanz, um sogleich die wichtigste Form dieser „Erhebung“ zu bezeichnen, war dem Erzähler E. T. A. Hoffmann nicht von vornherein vorgezeichnet. Die lyrischen Impressionen des „reisenden Enthusiasten“ lassen den Erzähler nicht schon vermuten, der sich in so erstaunlich kurzer Zeit entwickelt. Zumal die Romane bezeugen eindrucksvoll, in welcher Weise sich Hoffmann der erzählerischen Darstellungsmittel zu bedienen weiß. Sie mehr noch als seine Novellen machen offenkundig, was ihm die epische Distanz des Humors bedeutet. Es ist eine durchaus folgerichtige Entwicklung, die von der enthusiastischen Kunstbetrachtung der *Fantasiestücke* über die Märchen und Novellen zum Roman führt. Sich dieser Kunstform zuzuwenden war für einen Schriftsteller am Ende des achtzehnten Jahrhunderts freilich in jedem Falle naheliegend, verlockend und aussichtsreich. Es ist daher kein Zufall, daß schon die ersten Versuche im Zeichen des Romans stehen. Der achtzehnjährige Student wendet Mühe und Ehrgeiz auf ein dreibändiges opus, von dem wir nicht wissen, ob wir seinen Verlust bedauern sollen oder nicht. *Cornaro, Memoiren des Grafen Julius von S., geschrieben in den Frühlingsmonaten des Jahres 1795* lautet der Titel des Werkes. Daß das Buch unter dem Eindruck zeitgenössischer Unterhaltungsliteratur entstanden war, ist bekannt und durch Hoffmann selbst bezeugt. Ein damals vielgelesener Roman von Karl Grosse gab das Vorbild her. Schon der Titel des Buches – *Der Genius. Aus den Papieren des Marquis C von G*** – läßt vermuten, wieviel ihm der junge Hoffmann verdankte. Dieses Buch nun, nicht ungeschickt erzählt, aber um die grellsten Effekte niemals verlegen, erschien von 1791 bis 1794 in Halle. Für den ersten uns überlieferten Roman, für *Die Elixiere des Teufels*, liegt ein verwandtes Vorbild aus dem Bereich dieser Literatur vor, das Hoffmann selbst nennt: *Ambrosio, or the Monk* von Matthew Gregory Lewis. Unter dem Titel *Der Mönch* wurde der zuerst 1795 in London veröffentlichte Roman zwei Jahre später ins Deutsche übersetzt. Wieweit Hoffmann in seinen ersten Versuchen, die uns nicht überliefert sind, über sein Vorbild hinausgewachsen war, entzieht sich unserer Kenntnis. Daß sich der ausgeführte Roman *Die Elixiere des Teufels* nicht in die Grenzen einer bloßen Unterhaltungsliteratur einschränken läßt wie die Vorlage, wollen wir unsererseits mit Nachdruck betonen. Es wird im folgenden wenigstens andeutend zu begründen sein.

Die Konzeption des Romans geht ohne Zweifel noch in die Bamberger Zeit zurück. Der damals mit Hoffmann befreundete Friedrich Kunz, der mit Wein und Büchern gleichermaßen handelte, berichtet in seinen Erinnerungen von einem Besuch im Bamberger Kapuzinerkloster, wohin Hoffmann im März 1812 zu einem Mittagessen geladen worden war. Die Lebensgeschichte eines Paters, die er hörte, prägte sich nachhaltig ein; und die Vermutung liegt wohl nahe, daß der stets Ruhelose von der Atmosphäre und Stille der klösterlichen Welt angezogen und beeindruckt wurde. An der Fähigkeit, sich in eine solche Umwelt einzustimmen, fehlte es ohnehin nicht. Der Roman selbst, der das persönliche Erlebnis mit zahlreichen Motiven literarischer Art verflicht, ist nicht eine Frucht der ungestörten Muße. Schwere Krankheit begleitet seine Entstehungsgeschichte. In dieselbe Zeit fällt zudem noch die Entlassung durch den Operndirektor Seconda, und Hoffmann trägt unter dem Datum des 26. Februar 1814 in sein Tagebuch ein: „Aufkündigung! Heute hat mir Seconda die Stelle aufgekündigt – konsterniert – meine ganze Karriere ändert sich abermals!! Den Mut ganz sinken lassen". Aber dem dichterischen Schaffen kam die unfreiwillige Muße zustatten, die mit dem Verlust der beruflichen Stellung verbunden war. Und nicht lange hält die Depression an. Schon am 4. März wird die Reinschrift des Märchens *Der goldene Topf* dem Bamberger Verleger übersandt. Der Brief berichtet über Schmerzen und, sobald sie nachlassen, über die beste Laune. Von demselben Tage auch stammt die Notiz: „Recht gute Laune der Schmerzen unerachtet – sich ganz der Zukunft wegen ermutigt – Idee zu dem Buch Die Elixiere des Teufels." Auf die notvolle Lage antwortet der Künstler E. T. A. Hoffmann, wie ähnlich Goethe, mit seinem produktiven Talent: „Der Roman ‚Die Elixiere des Teufels' muß für mich ein Lebenselixier werden", heißt es an anderer Stelle. Rasch macht die Niederschrift Fortschritte. Mitte April schon ist der erste Teil beendet. Mit der Übersiedlung nach Berlin im Sommer 1815 wird auch der zweite Teil gefördert. Unter dem Titel *Die Elixiere des Teufels. Nachgelassene Papiere des Bruders Medardus eines Capuziners. Herausgegeben von dem Verfasser der Fantasiestücke in Callot's Manier* erscheint das Werk bei Duncker und Humblot in Berlin: der erste Teil 1815, der zweite ein Jahr darauf. Hebbel hat es ein höchst bedeutungsvolles Werk genannt, „so voll warmen, glühenden Lebens, so wunderbar angelegt und mit solcher Konsequenz durchgeführt, daß ... das Buch eine eigene Gattung bilden wird". Und ein bedeutungsvolles Buch ist es in der Tat, trotz zahlreicher Einwände, die bis zum heutigen Tag erhoben worden sind.

Die „Lesbarkeit" des Romans ist in hohem Maße der Suggestion zuzuschreiben, die in der Erzählweise selbst beschlossen liegt. Der Leser gerät in den Bann einer Atemlosigkeit, einer Unvermitteltheit und Rasanz der Ereignisse, die sich gleichwohl im bloß stofflichen Interesse nicht erschöpft. Im vermeintlich Vordergründigen der sich überstürzenden Handlung scheinen unversehens tiefere Sinnbezüge durch. Da wird immer wieder in Abgründe der menschlichen Seele hinabgeleuchtet, die uns erschrecken. Das Spukhafte, Grauenvolle und Gespenstische versteht sich als Spiegelung einer solchen gleichsam tiefenpsychologischen Optik, die uns erstaunlich modern berührt. Formen der Selbstentfremdung werden beschrieben, die uns betroffen machen; und es ist nicht schon der uns aus der Geistesgeschichte geläufige Begriff der uns beschäftigt, sondern die Sache selbst, die uns in wahrhaft unheimlichen Bildern nahegebracht wird. Wir verfolgen als Leser den Ablauf der Handlung, suchen uns im Namengewirr des „Familienromans" zurechtzufinden und sind im Begriff, uns in der Fülle des Stoffs zu verirren – bis unversehens diese oder jene Wendung des Erzählers die tieferen Zusammenhänge enthüllt. Als Medardus sich in die Welt begibt, trifft er einen Menschen, der über dem Abgrund hängt und in die Tiefe hinabstürzt, als er ihn mit der Hand berührt. Es ist der Halbbruder Viktorin, dessen Rolle Medardus fortspielt, nicht ohne dabei über das frevelhafte Spiel zu reflektieren, in das er sich eingelassen hat. Seine Reflexionen sind derart, daß sie die tieferen, im Stoff versteckten Bezüge schlagartig beleuchten: „Mein eignes Ich zum grausamen Spiel eines launenhaften Zufalls geworden, und in fremdartige Gestalten zerfließend, schwamm ohne Halt wie in einem Meer all der Ereignisse, die wie tobende Wellen auf mich hineinbrausten. – Ich konnte mich selbst nicht wiederfinden! – Offenbar wurde Viktorin durch den Zufall der meine Hand, nicht meinen Willen, leitete in den Abgrund gestürzt! – Ich trete an seine Stelle, aber Reinhold kennt den Pater Medardus, den Prediger im Kapuzinerkloster in ..r, und so bin ich ihm das wirklich, was ich bin! – Aber das Verhältnis mit der Baronesse, welches Viktorin unterhält, kommt auf mein Haupt, denn ich bin selbst Viktorin. Ich bin das, was ich scheine, und scheine das nicht, was ich bin, mir selbst ein unerklärlich Rätsel, bin ich entzweit mit meinem Ich!" Daß sich der Mensch mit seinem eigenen Ich entzweit, daß dieses zweite Ich sich auf gespenstische Weise verselbständigt und den mit sich selbst Entzweiten als Doppelgänger narrt, ist uns auch von den kürzeren Erzählungen her geläufig. Nirgends aber geschieht es so unheimlich wie hier. Die Wirkung des Unheimlichen wird durch die Ichform ohne Zweifel verstärkt.

Wir müssen nicht ausdrücklich betonen, daß die Ichform in erzählender Dichtung nicht eine Minderung des Poetischen impliziert. Vom spanischen Schelmenroman bis zu Gottfried Kellers Roman *Der grüne Heinrich* und darüber hinaus folgt die Verwendung dieser Form ihren eigenen Gesetzen. Wo in Werken dieser Art die „Wahrheit" aufhört und die „Dichtung" beginnt, ist nicht systematisch ein für allemal zu regeln und auf Grund einer Logik zu dekretieren, die der Dichtung innewohnen soll. Die Übergänge sind fließend, wie die Verwendung der Ichform innerhalb und außerhalb der Dichtung. In den *Elixieren des Teufels* ist sie eine der Gelenkstellen des Romans. Der Inhalt des „Klosterromans" trifft hier mit der Form der Beichte zusammen. Denn als eine Beichte großen Stils, als eine Niederschrift des eigenen Lebenslaufs im Zeichen befreiender Beichte dürfen wir den Roman E. T. A. Hoffmanns bezeichnen. „Die Buße" ist eines der Kapitel des Buches überschrieben, auch das Gespräch zwischen dem Papst und dem Mönch gegen Ende des Romans nimmt die Form einer Beichte an. Ichform, Lebenslauf und Selbsterkenntnis sind die für die Romanform bezeichnenden Darstellungselemente. Sie deuten ihrerseits auf einen Traditionsbereich hin, der sich durch Jahrtausende der europäischen Literatur verfolgen läßt. Autobiographie und Dichtung durchdringen sich in solchen Werken auf eigene Art, worüber der junge Hofmannsthal in einem seiner frühen Essays handelt: „Von den Confessiones des heiligen Augustinus zu denen Rousseaus und vom ‚Werther' zur ‚Kreutzersonate' waren das die Bücher, die am meisten von sich reden machten. Die Seele ist unerschöpflich, weil sie zugleich Beobachter und Objekt ist; das ist ein Thema, das man nicht ausschreiben und nicht aussprechen, weil nicht ausdenken kann." Daß sich die moderne Dichtung sehr willig dem autobiographischen Schrifttum öffnet, kommt in dem Wort zum Ausdruck, das wir zitierten. Es kommt vielerorts in der Literatur unseres Jahrhunderts zum Ausdruck, wie etwa im literarischen Werk Franz Kafkas.

Wir haben nicht die Absicht, auf so eng begrenztem Raum einen Schriftsteller wie Kafka mit dem spätromantischen Dichter zu vergleichen und diesen Vergleich womöglich auf Einflüsse hin zu untersuchen, die es, soweit man sieht, nicht gibt. Kleist, den Kafka wiederholt erwähnt und stets bewundert, eignet sich für solche Vergleiche besser, wenn man sie wünscht. Noch weniger kann es darum gehen, ein nicht überall geschätztes Werk der Vergangenheit auf solche Weise zu aktualisieren. Was uns allenfalls zu einigen Hinweisen vergleichender Art berechtigt, sind die gemeinsamen Traditionslinien einer autobiographischen Literatur, der Hoffmann wie Kafka verpflichtet bleiben. Sie sind auch in den *Elixieren des Teufels* wirksam. Die Vielzahl der teuflischen Verbrechen, die der Mönch Medardus auf sich lädt, werden nicht um ihrer selbst willen erzählt. Sie sind stets an die rückschauende Form der Selbstaussage gebunden. Aber die Selbstaussage, die auf die Enthüllung der Wahrheit gerichtet bleibt, erhält ihre besondere Spannung durch die Verzögerung, die den wahren Sachverhalt verdunkelt. Die Retardationen, die der Wahrheit zuwiderlaufen, wirken auf Spannung und Umfang des Romans ein. Seine Länge kommt nicht zuletzt durch diese Verzögerungstechnik zustande. Medardus ist verhaftet und des Verbrechens schon fast überführt. Er ist in der bedrängten Lage, in der er sich befindet, schon im Begriff, ein umfassendes Geständnis abzulegen. Aber das befreiende Geständnis unterbleibt, weil sich die Bußübungen im äußerlichen Aufwand erschöpfen. Der Bekennende ist mit seiner Person nicht bei dem Bekenntnis, das er ablegen will: „Ich wollte alles, was ich je Sündhaftes und Freveliches begangen, offen eingestehen, aber zu meinem Entsetzen war das, was ich sprach, durchaus nicht das, was ich dachte und sagen wollte. Statt des ernsten, reuigen Bekenntnisses, verlor ich mich in ungereimte, unzusammenhängende Reden." Aber die Bereitschaft zum Geständnis gehört schon einer verhältnismäßig späten Phase dieser Lebensgeschichte an. Die lange Zeit von dem schuldigen Mönch mit Erfolg praktizierte Methode beruht darin, die Wahrheit beharrlich zu leugnen. Es gelingt Medardus, seine Verfolger von der Schuld abzulenken dadurch, daß er sich in immer neuen Masken versteckt, daß er immer neue Rollen spielt. Die Identität mit sich selbst und mit seiner Schuld wird von ihm hintertrieben. Das ist auch die Verfahrensweise, die wir aus Kafkas Roman *Der Prozeß* kennen. Die Schuld, die sich Josef K. weigert anzuerkennen, wird lange Zeit mit Erfolg verdrängt. Martin Buber hat sie in einer Studie über Schuld und Schuldgefühle wie folgt umschrieben: „Diese Schuld ist nicht eine, die sich ins Unbewußte verdrängen ließe. Sie bleibt im Raum des Gedächtnisses, aus dem sie in jedem Augenblick überfallartig in den des Bewußtseins dringen kann . . . Nur wenn die menschliche Person selbst ihren inneren Widerstand überwindet, kann sie zur Selbsterhellung gelangen." Eine solche Selbsterhellung wird von dem Pater Medardus geleistet – im Gegensatz zu Josef K., der sie schuldig bleibt und eben deswegen die Verurteilung durch das Selbstgericht des Erzählers herausfordert. Hier wie dort aber handelt es sich um Formen der Selbsterhellung und Selbsterkenntnis in dichterischer Gestalt. Im Wechselverhältnis von Autobiographie und Dichtung beruht die Gemeinsamkeit der literarischen Tradition, die einer genaueren Erforschung bedürfte.

Im Prozeß der Selbsterkenntnis, wie wir den inneren Vorgang in Hoffmanns Roman nunmehr umschreiben dürfen, gibt es hin und wieder Szenen, die durch ihren krassen Naturalismus befremden, so etwa wenn die Polizeidiener und Kriminalrichter bemüht sind, das Geständnis mit Gewalt und Folter zu erpressen: „Da ergriffen mich die Henkersknechte, und stießen mich hinab in ein tiefes unterirdisches Gewölbe. Der Dominikaner und der Richter stiegen mir nach. Noch einmal forderte mich dieser auf, zu gestehen. Nochmals strengte ich mich an, aber in tollem Zwiespalt stand Rede und Gedanke. – Reuevoll, zerknirscht von tiefer Schmach, bekannte ich im Innern alles – abgeschmackt, verwirrt, sinnlos war, was der Mund ausstieß. Auf den Wink des Dominikaners zogen mich die Henkersknechte nackt aus, schnürten mir beide Arme über den Rücken zusammen, und hinaufgewunden fühlte ich, wie die ausgedehnten Gelenke knackend zerbröckeln wollten." Abermals fühlt man sich an Schilderungen Kafkas erinnert, an die Erzählung *In der Strafkolonie* zum Beispiel. Bei Hoffmann erhält die in Frage stehende Szene einen leitmotivischen Sinn, der sich noch dadurch vertieft, daß hier nicht allein das unterbleibende Geständnis, sondern nicht minder die unmenschliche Folter zum Gegenstand der Entrüstung gemacht wird, auf die es der Erzähler abgesehen hat. Im Vermächtnis des *Meister Floh* hat E.T.A. Hoffmann die Mißachtungen der menschlichen Person durch den Staat, der sich zum Polizeistaat erniedrigt, noch einmal und höchst eindrucksvoll gestaltet. Solche Motive des Spätwerks werden in den *Elixieren des Teufels* verschiedenfach variiert. Als Medardus nach seiner Entfernung vom Schloß eines Tages ein Dorf erreicht, sieht er sich dem durchdringenden Blick des Dorfrichters gegenüber, der ihm einstweilen den Weg verstellt: „Herr! Ihr kommt nicht eher von hinnen, bis Ihr Uns, dem Richter hier am Orte, umständlich gesagt, wer Ihr seid, mit allen Qualitäten, was Geburt, Stand und Würde anbelangt, auch woher Ihr gekommen; und wohin Ihr zu reisen gedenkt, nach allen Qualitäten, der Lage des Orts, des Namens, Provinz und Stadt, und was weiter zu bemerken, und über das alles müßt Ihr Uns, dem Richter, einen Paß vorzeigen, geschrieben und unterschrieben, untersiegelt nach allen Qualitäten, wie es recht ist und gebräuchlich!" Der satirische Unterton in der feierlichen Umständlichkeit dieser offiziellen Rede ist nicht zu überhören, obgleich es sich ja nur um gebräuchliche Ermittlungen handelt. Aber vom Gebräuchlichen solcher Erforschungen zum Mißbrauch im Erpressen von Geständnissen ist es nur ein Schritt. Das gewaltsame Eindringen in das Geheimnis des Menschen, das polizeiliche Ermitteln samt allem Mißbrauch solcher Ermittlungen ist nur die Kehrseite jener Selbsterforschung und Selbsterkenntnis, die in unserem Roman so lange gewaltsam von demjenigen unterdrückt wird, dem sie einzig obliegt. Daß aber die Ermittlungen der Polizeidiener und Kriminalrichter das Entscheidende gar nicht zutage fördern, ist im Sinngefüge des Romans angelegt. Die entscheidenden Ermittlungen führen nicht die staatlichen Organe. Medardus führt sie selbst. Die Anerkennung der Schuld ist seine eigenste Sache. Erst mit dieser Anerkennung ist die Identität mit seiner Person wiederhergestellt.

So dienen die zahlreichen Verbrechen immer nur dazu, den inneren Vorgang zu motivieren. Das Tun des Menschen in der Verstrickung der Sünde ist bezogen auf die Einsicht in die Sündhaftigkeit dieses Tuns. Bewußtsein und Selbsterkenntnis sind daher die beherrschenden Strukturelemente des

Romans. Sie recht eigentlich bilden den Zielpunkt, dem die stoffreiche Handlung zugeordnet bleibt. Denn wie sehr auch das Handeln des Menschen vom Verhängnis determiniert ist, das den Mönch Medardus selbst ohne seinen Willen in Schuld verstrickt, es bleibt dennoch im Menschen die Kraft des Bewußtseins rege, die das teuflische Spiel durchkreuzt, indem sie es erkennt. Dahingehend wird Medardus vom Prior seines Klosters belehrt: „Ach, Bruder Medardus, noch geht der Teufel rastlos auf Erden umher, und bietet den Menschen seine Elixiere dar! – Wer hat dieses oder jenes seiner höllischen Getränke nicht einmal schmackhaft gefunden; aber das ist der Wille des Himmels, daß der Mensch, der bösen Wirkung des augenblicklichen Leichtsinns sich bewußt werde, und aus diesem klaren Bewußtsein die Kraft schöpfe, ihr zu widerstehen. Darin offenbart sich die Macht des Herrn, daß, so wie das Leben der Natur durch das Gift, das sittlich gute Prinzip in ihr erst durch das Böse bedingt wird." Und schon zuvor war Medardus auf diese Funktion des Bewußtseins verwiesen worden, die das Verhängnis überwindet. Im Gespräch mit dem Papst war davon die Rede gewesen: „ ‚Muß der vom Sünder Geborne wieder sündigen, vermöge des vererbten Organism, dann gibt es keine Sünde', so unterbrach ich den Papst. ‚Doch!' sprach er: ‚der ewige Geist schuf einen Riesen, der jenes blinde Tier, das in uns wütet, zu bändigen und in Fesseln zu schlagen vermag. Bewußtsein heißt dieser Riese, aus dessen Kampf mit dem Tier sich die Spontaneität erzeugt . . .' " Das letzte Wort ist damit freilich nicht gesprochen. Noch auf dieser Stufe der Einsicht befindet sich Medardus im Bannkreis von Irrtum und Schuld – insofern vor allem, als das Bewußtsein im bloß Rationalen seiner Funktion verstanden wird, wie es hier geschieht. Es ist eine der letzten Versuchungen, die der Mensch zu bestehen hat. Es gilt einzusehen, daß das Bewußtsein als Mittel zur Karriere, um über Menschen und Völker zu herrschen, nicht das rechte Bewußtsein ist. Momente des Irrationalen gehören nicht minder zum Vermögen des bewußten Geistes, in dem die Wahrheit des Menschen zu sich selbst gelangt. So weist denn nicht zufällig das Prinzip der Narrheit in der Person Belcampos auf diesen Weg, und es ist dem rationalen Bewußtsein durchaus entgegengesetzt. Der Haarkünstler Belcampo – oder Schönfeld, um es auf gut deutsch zu sagen – verkörpert in den *Elixieren des Teufels* das humoristische Prinzip schlechthin. Narrheit und Menschenliebe zugleich sind in dieser skurrilen Gestalt wirksam, die den Mönch gelegentlich aus bedrängter Lage befreien. Den hohen Ernst des Bewußtseins verflacht Belcampo im närrischen Geschwätz, er überantwortet den Riesen Bewußtsein dem Ulk: „Existiere ich überhaupt nur durch mein eignes Bewußtsein, so kommt es nur darauf an, daß dies Bewußtsein dem Bewußten die Hanswurstjacke ausziehe", gibt er gelegentlich zu „bedenken" und fährt in eben diesem Tone fort: „was haben sie denn nun davon! ich meine von der besonderen Geistesfunktion, die man Bewußtsein nennt, und die nichts anders ist, als die verfluchte Tätigkeit eines verdammten Toreinnehmers – Akziseoffizianten – Oberkontrollassistenten, der sein heilloses Comptoir im Oberstübchen aufgeschlagen hat, und zu aller Ware, die hinaus will! sagt: ‚Hei . . . hei . . . die Ausfuhr ist verboten . . . im Lande, im Lande bleibt's' – " Die Legitimation des Bewußtseins gegenüber den Elixieren des Teufels durch den Prior des Kapuzinerklosters und die Verulkung dieses Bewußtseins durch das närrische Prinzip Belcampos lassen auf den ersten Blick einen schlüssigen Zusammenhang vermissen. Es scheint sich um Widersprüche in der Darstellung zu handeln, um bloße Einfälle womöglich, die einen sinnvollen Zusammenhang des Ganzen verhindern. Aber gerade die vermeintlich widersprüchlichen Elemente ergeben die dichterische Deutung des Bewußtseins, wie wir es verstehen sollen. Rationalität und Irrationalität werden bezüglich dieses Bewußtseins als gleichermaßen beteiligt gedacht. Die Identität des Menschen mit sich selbst in der bewußten Anerkennung der eigenen Schuld soll sich vertragen mit dem Abstand von sich selbst im humoristischen Prinzip des gelegentlichen Sichverlachens. Nur in dieser Doppelheit des Bewußtseins ist die rechte Erhebung des Menschen verbürgt, die mit jener Überhebung nicht verwechselt werden darf, mit der Medardus seinen Weg begann. In diesem „Höheren" ist zugleich das Menschenbild wiederhergestellt. Die Gestalt der Aurelie, die Medardus zur Märtyrerin und Heiligen verklärt, ist das Symbol dieses Höchsten. Aber der etwas opernhaft geratene Schluß scheint der bezeichneten Doppelheit nicht mehr ganz zu entsprechen. Askese und Entsagung dominieren, und das Irdische wird dabei kaum noch einbezogen, wenn es heißt: „hast du dich ganz vom Irdischen abgewendet, so wirst du, wie ein höheres Prinzip über alles schweben." Nicht zufällig bleibt im *Kater Murr* Kreislers Aufenthalt im Kloster Episode. Die Erhebung über den

Dualismus der Welt ist im späteren Roman überzeugender an die Form des Romans gebunden – anders als hier, in den *Elixieren des Teufels*. Eine solche Abwendung vom Irdischen in der Erhebung über die Welt mag sich aus den inhaltlichen Prämissen des „Klosterromans" herleiten. Dem Künstlertum Hoffmanns und dem humoristischen Prinzip, das der Haarkünstler Belcampo verkörpert, entspricht der Schluß mit seinem einigermaßen künstlichen Katholizismus nicht unbedingt.

Die Entstehung des letzten Romans, der zugleich eines der letzten Werke Hoffmanns darstellt, entzieht sich einer exakten Datierung, weil eine seiner Hauptgestalten das dichterische Schaffen von Anfang an begleitet. Der Kapellmeister Kreisler ist diese Gestalt. Man betrachtet sie gern als eine Verhüllung der eigenen Dichterpersönlichkeit. Johannes Kreisler war den Lesern E.T.A. Hoffmanns seit den *Fantasiestücken* vertraut. Die Skizze *Johannes Kreislers, des Kapellmeisters, musikalische Leiden* deutet in manchen Bildern und Motiven schon auf den künftigen Roman hin. Die Entstehungszeit im engeren Sinn ist auf wenige Jahre beschränkt, auf die Zeit von 1819 bis 1821. Auch jetzt wird die Arbeit durch Krankheiten erschwert. Dennoch geht schon im Juli 1819 ein Teil der Niederschrift in den Satz, die wenige Monate zuvor begonnen worden war. Noch im Spätherbst desselben Jahres wird der erste Band abgeschlossen und mit der Jahreszahl 1820 im Titelblatt veröffentlicht. Im Sommer 1821 wird dann der zweite Band in Angriff genommen. Er wird noch vor Weihnachten beendet und dem Publikum übergeben: mit der Jahreszahl 1822, die zugleich das Todesjahr des Dichters bezeichnet. Wie sehr Autobiographie und Dichtung auch in diesem Werk ineinanderspielen, bezeugt der Tod der beiden Kater: des literarischen im Roman und des wirklichen im Leben des Dichters. Die den Freunden zugedachte Todesanzeige, die in der Nachschrift des Romans nur in abgekürzter Form anklingt, gehört dem vollen Wortlaut nach zwar nicht zur Dichtung selbst, aber doch zur Geschichte ihrer Entstehung. Sie lautet:

> „In der Nacht vom 29. bis zum 30. November d. J. entschlief, um zu einem beßern Dasein zu erwachen, mein theurer geliebter Zögling der Kater Murr im vierten Jahre seines hoffnungsvollen Lebens. Wer den verewigten Jüngling

kannte, wer ihn wandeln sah auf der Bahn der
Tugend und der Rechte, mißt meinen Schmerz
und ehrt ihn durch Schweigen.
Berlin d. 1. Decbr, 1821 Hoffmann."

Eine Todesanzeige für ein Tier! Das läßt an einen Scherz denken. Aber man würde ihn durchaus mißverstehen, wenn man nicht zugleich den Schmerz vernähme, der sich darin ausspricht. Und wie sehr es sich hinsichtlich dieser Katergestalt – im Roman wie im Leben – um ein schwer zu beschreibendes Ineinander von Scherz und Schmerz handelt, verrät der Brief des Dichters an Speyer vom 1. Mai 1820, in dem es heißt: „Ich empfehle Ihnen den höchst weisen und tiefsinnigen Kater Murr, der in diesem Augenblick neben mir auf einem kleinen Polsterstuhl liegt ... Ein wirklicher Kater von großer Schönheit ... und noch größerem Verstande, den ich auferzogen, gab mir nehmlich Anlaß zu dem skurilen Scherz, der das eigentlich sehr ernste Buch durchflicht ..."

Der skurrile Scherz, der an Jean Paul erinnern mag und doch Hoffmanns unbestreitbares Eigentum bleibt, beruht darin, daß auf höchst seltsame Weise zwei Lebensgeschichten ineinander geraten sind: diejenige des Kapellmeisters Kreisler und diejenige des gestiefelten, will sagen: des literarischen Kater Murr. Die Schuld am Durcheinander wird, wie das Vorwort ausführt, eindeutig dem Kater aufgebürdet, der ein schon gedrucktes Buch seines Herrn teils als Unterlage, teils als Löschpapier benutzte. Diesem Versehen haben wir es zu verdanken, wenn wir mit den hochphilosophischen Lebensansichten des Katers zugleich die tieftragischen Nachrichten über den Kapellmeister gleichsam gratis geliefert erhalten – mit der Einschränkung gleichwohl, daß der fortlaufende Zusammenhang ständig unterbrochen wird und also eine ungestörte Lektüre verhindert. Das ist ein skurriler Scherz in der Tat, ein Einfall echt Hoffmannscher Art. Es ist ein höchst geistreicher Einfall überdies, der bei der Länge des Romans gewisse Nachteile nicht ganz zu verdecken imstande ist, weil man das Geistreiche hin und wieder vergißt und auf unablässige Störungen möglicherweise verärgert reagiert. Dennoch ist die fiktive Zusammenhanglosigkeit der beiden Teile vom Dichter so gewollt. Die fiktive Zusammenhanglosigkeit ist, recht verstanden, ein Bestandteil der Romanform selbst und von dorther künstlerisch zu vertreten. Weil beide Teile dergestalt zusammengehören, sollte man sie nicht trennen, wie es geschehen ist. Die Kunstform, auf die es Hoffmann abgesehen hatte, wird verdeckt, wenn man die Ganzheit der Dichtung in zwei vermeintlich selbständigen Lebensgeschichten isoliert. Daß die editorische Selbstherrlichkeit auf einen der intimsten Kenner des Hoffmannschen Werkes zurückgeht, bleibt ebenso erstaunlich wie schwer verständlich. In jedem Fall ist einem solchen Eingriff zu widerraten. Weder die Katergeschichte noch die Lebensgeschichte Kreislers sind das, was sie sind, wenn man so verfährt. Entgegen der Intention des Dichters spiegeln die derart voneinander getrennten Teile einen Zusammenhang vor, der vom Ganzen des Romans her gerade als fragwürdig erscheinen soll; und diese Fragwürdigkeit ist ihrerseits ein dichterisches Motiv. Allenfalls in der rational überschaubaren Autobiographie des Katers Murr sollen wir den vorhandenen Zusammenhang spüren. Mit den eingeflochtenen Nachrichten über das Leben Kreislers hingegen wird die Zusammenhanglosigkeit selbst auf erregende Weise zum Gegenstand der Dichtung gemacht, die ja ihrerseits in allen ihren Formen und Gattungen Zusammenhang bezeugt und bezeugen muß. Das letztlich unzusammenhängende Leben Kreislers bestätigt sein Biograph in den folgenden Sätzen: „In diesem Augenblick ärgert sich gegenwärtiger Biograph über alle Maßen, denn indem er an den zweiten Moment aus Kreislers Leben kommt, von dem er dir, geliebter Leser, zu erzählen versprochen, nämlich, wie Johannes Kreisler den wohlerworbenen Posten eines Legationsrates verlor, und gewissermaßen aus der Residenz verwiesen wurde, wird er gewahr, daß alle Nachrichten, die ihm darüber zu Gebote stehen, ärmlich, dürftig, seicht, unzusammenhängend sind.“ Unzusammenhängend – wenigstens will es so scheinen – ist aber der Roman im ganzen: in den zwei Teilen, aus denen er sich zusammensetzt, und erst recht im unmotivierten Durcheinander dieser Teile. Indem E. T. A. Hoffmann die Frage der Zusammenhanglosigkeit mit der Romanform unlösbar verknüpft, nimmt er auf überraschende Weise Probleme des modernen Romans vorweg. Er nimmt viel von der Krise des modernen Romans vorweg, um sie auf seine gewiß zeitgemäße Weise zu bewältigen.

Daß die vermeintlich unzusammenhängenden Teile dennoch zusammengehören und durch zahlreiche Motive miteinander verbunden werden, versteht sich im Blick auf die Ganzheit des Romans von selbst. Der Zusammenhang ist in hohem Maße ein solcher des Kontrasts, so in der Form der Lebensgeschichte, die Murr selbst aufzeichnet, während sie im Falle Kreislers von dessen Biographen aufgezeichnet wird. Die Selbstbiographie des Katers ist lückenlos, rational und pragmatisch; diejenige Kreislers ist ihrer Natur nach Fragment. Sie ist bezüglich der Quellen und Nachrichten „ärmlich, dürftig, seicht, unzusammenhängend“, wie wir hörten. Der liebenswürdige, literarische Kater hat keine Mühe, sich über die Welt und ihre Geschöpfe zu erheben; ist ihm doch der Höhensinn angeboren, wie er sich im Herumklettern auf Dächern und Bäumen äußert. Kreisler dagegen ist ein solcher Standort nicht ohne weiteres zugänglich. Er trägt auch in diesem Betracht seinen Namen zu Recht: „In diesen Kreisen kreiselt sich der Kreisler, und wohl mag es sein, daß er oft ... sich ... hinaussehnt ins Freie“. Kater Murr ist unkompliziert und bar jeder Tiefe, während sich der Kapellmeister einen Zerrissenen nennt, den der Dualismus der Welt bedrängt; ein bedrohliches Geheimnis ruht in seinem Innern wie ein gärender Vulkan. Murr kann selbstzufrieden seine Biographie in dem Sprachklischee erzählen, das ihm dafür zur Verfügung steht: daß er das Licht der Welt erblickte – beziehungsweise nicht erblickte, sondern erblickt wurde. Demgegenüber weicht Kreisler in der Beantwortung solcher Fragen in die Launenhaftigkeit eines unverständlichen Redens aus, um sich in Parodien und Persiflagen zu verstecken: „Am Tage Johannis Chrysostomi, das heißt am vierundzwanzigsten Januar des Jahres Eíntausendsiebenhundert und etliche dazu, um die Mittagsstunde, wurde einer geboren, der hatte ein Gesicht und Hände und Füße. Der Vater aß eben Erbsensuppe, und goß sich vor Freuden einen ganzen Löffel voll über den Bart ...“ Murr ist von seiner Bildung tief überzeugt, die er zumeist mit Ausbildung verwechselt. Er ist mühelos in der Lage, sein etwas seichtes Leben zu bewältigen, während es Kreisler gerade an den Mitteln solcher Bewältigung gebricht. Er ist auf Grund seines Künstlertums eine tief tragische Gestalt, ein von der Gesellschaft Verfolgter, für den sich Meister Abraham in warmherziger Weise verwendet: „was habt ihr alle gegen diesen Johannes, was hat er euch Böses getan, daß ihr ihm keine Freistatt, kein Plätzchen gönnt auf dieser Erde?“

Und doch äußert sich die Schärfe des Kontrasts nicht eigentlich in der Gegenüberstellung von Kapellmeister und Kater. Die fast unversöhnliche Schärfe bricht innerhalb der Kreislergeschichte selbst auf. Sie bezeugt sich im Antagonismus von Künstlertum und Bürgerlichkeit, von beglückender Ekstase im Erlebnis der Kunst und von niederer Alltäglichkeit, die das Hohe verhöhnt. Der eigentliche Kontrast kommt in dem eingewurzelten Gegensatz zum Ausdruck, der die Welt des Kapellmeisters von der Gegenwelt der Rätin Benzon trennt, die berechnend über die eigene Tochter verfügt und sich hochmütig über Menschen erhebt, um mit ihnen wie mit Puppen zu spielen: „Der Rätin heller durchdringender Verstand, ihr lebhafter Geist, ihre Weltklugheit, vorzüglich aber eine gewisse Kälte des Charakters, die dem Talent zu herrschen unerläßlich, übten ihre Macht in voller Stärke, so daß sie es eigentlich war, die die Faden des Puppenspiels an diesem Miniaturhofe zog." Kreisler dagegen erstrebt ein Höheres anderer Art, wie Meister Abraham der Rätin Benzon vorhält: „Er will die Ewigkeit der Verträge die ihr über die Gestaltung des Lebens geschlossen, nicht anerkennen . . . Ihr möget den Kreisler nicht, weil euch das Gefühl des Übergewichts, das ihr ihm einzuräumen gezwungen, unbehaglich ist, weil ihr ihn, der Verkehr treibt mit höheren Dingen als die gerade in euern engen Kreisen passen, fürchtet." Die berechnende Rätin, die den chimärischen Hof des Fürsten Irenäus beherrscht, ist aber zugleich die Mutter Julias, deren reiner Gesang den Kapellmeister in eine überirdische Welt entrückt. Das höchste Erlebnis der Kunst und der Liebe ist gebunden an das Niedere, Profane und Alltägliche in der Gestalt einer Mutter wie dieser. Kreisler ersehnt ein Höheres, ein Paradies außerhalb der bedrückenden Alltäglichkeit und sieht sich doch immer erneut auf die grotesken Verhältnisse seiner Umgebung verwiesen. In ihm vor allem ereignet sich der Zusammenprall der feindlichen Prinzipe, der ihn dem Wahnsinn nahe bringt. Seine oft befremdlichen Reaktionen sind die Antwort auf die noch unbewältigte Vereinigung des eigentlich Unvereinbaren. Kunst und Liebe, wie sie Kreisler in ihren höchsten Formen erfährt, sind Anlaß, sich in reiner Begeisterung zu erheben, wie es der bisweilen enthusiastische Ton seiner Rede verrät. Aber alle Aufschwünge dieser Art werden gestört durch die Umgebung, die den hohen Ton desillusioniert. Auf diese Umgebung in ihrer niederen und nicht selten verwerflichen Alltäglichkeit reagiert Kreisler mit Hohn, grimmigem Spott und bitterer Ironie. Die Darstellung der Welt, die der Kunst abgekehrt ist, verwandelt sich in die Satire. Den Figuren des anachronistischen Fürstentums in erster Linie ist die Satire im *Kater Murr* zugedacht. Aber sie gilt nicht unmittelbar der Gestalt des literarischen Katers selbst. Die satirische Darstellung des Tieres würde sich auch schlecht vertragen mit der innigen Zuneigung, die der Dichter seinem lebenden Kater gleichen Namens bezeigte.

Die Gestalt des liebenswürdig-selbstgefälligen Katers ist nicht die Satire selbst, sondern nur der Hinweis auf sie, beziehungsweise auf die Umgebung, die er kopiert. Und wer will ihm verargen, daß er kopiert und imitiert, daß es ihm, dem Kater, am rechten schöpferischen Vermögen fehlt! Sein Stolz bezieht sich auf das, was er sich angelernt. Wenn aber das Angelernte der Satire verfällt, so weist es auf die Umgebung zurück, auf die kunstferne und kunstfeindliche Welt, die damit indirekt getroffen werden soll. Der Kater Murr ist vom künstlerischen Gesichtspunkte her nur das Spiegelbild der Gegenwelt, aber er ist es auf liebenswürdige Weise. Was immer er tut: wie er sich aufbläht und altklug gebärdet, wie er für Geistiges schwärmt, um zuletzt doch, wenn es sein muß, den Heringskopf über alles zu schätzen – wir sind ihm nicht gram, sondern lächeln. In keinem Moment ist die „Person", nach welcher der Roman benannt ist, der Gegenstand unserer Entrüstung, wie sie doch wesensgemäß zur Satire gehört. Denn alle Überlegungen bezüglich seiner Selbstbezogenheit münden in die Feststellung ein: es ist zuletzt eben doch nur ein Kater, dem man im vorhinein verzeiht und verzeihen muß, wenn er sich in seiner Würde etwas übernimmt. Der Umwelt, die der Kater imitiert, gelten Ironie und Satire. Wir ergreifen, der Optik des Erzählers folgend, gegen sie Partei. Wir verlachen den anachronistischen Fürsten Irenäus und seinen schwachsinnigen Sohn, wenn wir über dieser oder jener Situation zum Lachen gestimmt sein sollten. Gegenüber dem Kater Murr sind wir zum Lächeln bereit. Das ist aber nicht die Reaktionsweise, die dem Spott, der Ironie oder der Satire entstammt. Es ist die Erscheinungsform des Humors, mit dem wir es zu tun haben. Der Kater, der in diesem Roman seine Lebensansichten auf köstliche Weise zum besten gibt, ist die Symbolgestalt des Humors kat' exochen. Sie ist dem Dichter nunmehr weit überzeugender gelungen als der Belcampo in den *Elixieren des Teufels.* Was sich an Kontrasten zwischen der Welt des Kapellmeisters und seiner Gegenwelt darbietet, bricht sich in der Spiegelbildlichkeit der Katerwelt, aber auf humorvolle Weise. Die schöne Menschlichkeit des verzeihenden Wortes, das uns gegenüber der Rätin Benzon, dem Prinzen Hektor oder dem Fürsten Irenäus in der Kehle stecken bleibt, äußert sich hinsichtlich der Kreatürlichkeit dieses klugen Geschöpfes mühelos, spielt doch die dem Humor zugehörende Menschenliebe schon bei der Rettung hinein, die der Kater dem Meister Abraham verdankt: „ja, einen Kater rettete ich aus purer uneigennütziger Menschenliebe.“

Wenn aber der Kater Murr des Hoffmannschen Romans nur als das Sinnbild des Humors verstanden werden darf, wer dann eigentlich hat innerhalb der Figurenwelt des Romans den Humor? Sicher derjenige, dem es gelingt, die sich widerstreitenden Prinzipe zu vereinen und zu versöhnen. Der Lehrer Kreislers, Meister Abraham, ist diese Figur nicht. „Was man aber Humor zu nennen beliebte, war nicht jene seltne wunderbare Stimmung des Gemüts, die aus der tieferen Anschauung des Lebens in all seinen Bedingnissen, aus dem Kampf der feindlichsten Prinzipe sich erzeugt, sondern nur das entschiedene Gefühl des Ungehörigen, gepaart mit dem Talent es ins Leben zu schaffen, und der Notwendigkeit der eignen bizarren Erscheinung. Dies war die Grundlage des verhöhnenden Spottes, den Liscov überall ausströmen ließ ...“ Aber auch Johannes Kreisler ist innerhalb des Romans nicht ohne weiteres einer, der Humor besitzt. Auch er, und er besonders, antwortet auf den Dualismus der Welt mit bitterer Ironie, Sarkasmus und Spott. Nach der Begegnung mit der Prinzessin und Julia im Park von Sieghartsweiler bricht es hervor: „Vertilgt war der Ausdruck schwermütiger Sehnsucht, vertilgt jede Spur des tief im Innersten aufgeregten Gemüts, ein toll verzerrtes Lächeln steigerte den Ausdruck bitterer Ironie bis zum Possierlichen, bis zum Skurrilen.“ Das ironische Hoho dringt in die Rede ein, wo immer er sich gegen die Kalkulationen der kunstfeindlichen Welt zur Wehr setzt. Aber der „schneidende Humor“, von dem die Prinzessin spricht, ist nicht der eigentliche Humor. Das weiß keiner besser als Kreisler selbst. Er weiß durchaus zwischen Ironie und Humor zu unterscheiden: „Und der tiefe Schmerz dieser Sehnsucht mag nun wieder eben jene Ironie sein, die Sie Verehrte! so bitter tadeln, nicht beachtend, daß die kräftige Mutter einen Sohn gebar, der in das Leben eintritt wie ein gebietender König. Ich meine den Humor, der nichts gemein hat mit seinem ungeratenen Stiefbruder, dem Spott!“ belehrt er die Rätin. Der Humor ist diesen Worten Kreislers zufolge – und Hoffmann selbst denkt nicht anders – ein „Höheres“ gegenüber allen aggressiven Formen, die uns zum Lachen oder Verlachen nötigen. Kreisler weiß von diesem Höheren, ohne es schon zu besitzen. Nicht er in erster Linie hat Humor, aber die mitspielende Figur des Erzählers hat ihn ohne Zweifel, und die Gestalt des Katers ist in besonderer Weise sein Geschöpf, sein humoristisches Symbol. Erst im Zusammenhang beider Teile wird Hoffmanns einzigartiger Roman zum humoristischen Roman, als welcher er gewollt war. Im Blick auf das Höhere eines solchen Humors ist es zuletzt nicht entscheidend, ob in einem vermeintlich dritten Teil Kreisler im Wahnsinn enden sollte oder nicht. Ein solches Ende ist von der Anlage des Romans her und von der biographischen Situation des Dichters aus gesehen nicht wahrscheinlich. Aber selbst der im Wahnsinn endende Kreisler müßte nicht unbedingt den humoristischen Roman widerlegen. Überzeugender ist es, die Geschlossenheit der mit Absicht fragmentarischen Dichtung anzunehmen, so wie sie vorliegt; geschlossen insofern, als wir mit dem Ende des zweiten Teiles dort sind, wo wir zu Beginn des Romans bereits waren; aber geschlossen doch auch, weil der Roman mit einer humoristischen Notiz schließt, die im Scherz die Leiderfahrung nicht verbirgt, die auch dem Humor innewohnt. Die humoristische Notiz ist die Todesanzeige, die dem Kater gilt. Der nach vielen Seiten hin offene Roman, auch wenn man sich diese oder jene Fortsetzung denken mag, ist in seinem fragmentarischen Charakter künstlerisch zum Abschluß gelangt. Er endet in der Offenheit des Humors: mag es sich dabei um die Verheiratung Julias mit dem Prinzen Ignatius oder mit dem Kapellmeister selbst handeln. In jedem Fall bleibt der Konzeption des Buches zufolge der Humor das Höhere, das episch Erreichte. Es bleibt jene „seltne wunderbare Stimmung des Gemüts, die aus der tieferen Anschauung des Lebens in all seinen Bedingnissen, aus dem Kampf der feindlichsten Prinzipe sich erzeugt“. Und unter den Figuren des Romans ist der Kapellmeister Kreisler nun doch wohl derjenige, der diesen Humor als Keim in sich trägt wie keiner sonst: „Zu leugnen ist aber auch nicht, daß der wunderliche Orgelbauer recht dazu geeignet war, den Keim des tiefern Humors, der in des Knaben Innern lag, zu hegen und zu pflegen, der denn auch sattsam gedeihte und emporwuchs."

Der humoristische Roman des *Kater Murr* ist unerachtet aller Anleihen, geistreichen Plagiate und Zitate das unverwechselbare Eigentum des Dichters E. T. A. Hoffmann. Er ist es in jedem Betracht. Vom „Erreichten" des Humors sind daher in erster Linie einige oft erhobene Vorwürfe zu entkräften. Wir sprechen von dem Einwand, daß Hoffmanns Sprache der eigenen Prägung ermangelt, daß sie sich im Formelhaften zu erschöpfen droht – eine Gefahr, die in der späteren Romantik bekanntlich nicht nur die seine war. In der Tat bedient sich Hoffmann sehr stereotyper Wendungen, besonders dort, wo es über dem Erlebnis der Kunst die Idee der Begeisterung oder die Erfahrung des Leides zu formulieren gilt. Da hören wir denn allzuoft, daß jemand vom Entsetzen erfaßt wird oder daß etwas sein Inneres durchbebt. Das sind gewiß nicht sprachliche Wendungen, die sich einprägen; eher liest man über sie hin. Wenn wir aber sagten, daß der humoristische Roman Hoffmanns unverwechselbares Eigentum ist, so sagen wir zugleich, daß auch die humoristische Sprache diesem Eigentum zugehört. Das Pathos romantischer Begeisterung oder die schmerzliche Erfahrung der kunstfeindlichen Welt mögen in Gefahr sein, sich in formelhafter Rede zu verfestigen. Die humoristische Brechung hebt jede Verfestigung auf. Und es sind doch wohl diese höchst vielfältigen Brechungen, in denen sich der späte Hoffmann als Meister, auch im Sprachlichen, erweist; so gleich eingangs in den spätromantischen Träumereien unseres gelehrten Katers: „O Natur, heilige hehre Natur! wie durchströmt all deine Wonne, all dein Entzücken, meine bewegte Brust, wie umweht mich dein geheimnisvoll säuselnder Atem! – Die Nacht ist etwas frisch und ich wollte – doch jeder der dies lieset oder nicht lieset, begreift nicht meine hohe Begeisterung, denn er kennt nicht den hohen Standpunkt, zu dem ich mich hinaufgeschwungen! – Hinaufgeklettert wäre richtiger, aber kein Dichter spricht von seinen Füßen, hätte er auch deren viere so wie ich . . ." Ein skurriler Scherz in der Tat, der das eigentlich sehr ernste Buch durchflicht! Aber in welcher Weise vermag Hoffmann nun doch das Skurrile wie das Ernste im Übergreifenden des Humors zu bewältigen!

Ein letzter Fragenkreis sei abschließend wenigstens berührt. Er betrifft unseren Roman im Zusammenhang der deutschen Romangeschichte. Sie ist bei uns weithin und lange Zeit von der Sonderform des Bildungsromans geprägt. Im *Wilhelm Meister* faßt Goethe die dahin drängenden Tendenzen des achtzehnten Jahrhunderts zusammen, wie das Werk zugleich und noch lange das allseits anerkannte Vorbild bleibt. Auch die beiden Romane E. T. A. Hoffmanns sind im näheren oder ferneren Umkreis dieser Sonderform angesiedelt, aber doch auf eigene Weise. Dabei stehen die *Elixiere des Teufels* der Vorform dieser Gattung am nächsten, wie es ähnlich für die *Bekenntnisse* Rousseaus zutrifft, den Hoffmann nicht zufällig in seinen Romanen wiederholt erwähnt. Das Verhältnis des *Kater Murr* zum deutschen Bildungsroman ist indessen schwieriger zu umschreiben. Von unmittelbarer Nachfolge kann nicht die Rede sein. Eher möchte man von einem Gegenbild sprechen, das Hoffmann dem Vorbild der damaligen deutschen Romanliteratur entgegenstellt. Die Idee der Bildung, die sich als ein bestimmendes Motiv durch die Selbstbiographie des literarischen Katers verfolgen läßt, hat ihre schöne Fraglosigkeit eingebüßt. Die Kritik an der Bildungsidee des klassisch-romantischen Zeitalters ist hier nicht mehr zu überhören. Sie hat sich im *Kater Murr* in eine Parodie des Bildungsromans verwandelt. Die Kritik, die sich in der Parodie verbirgt, ist in erster Linie Gesellschaftskritik. Daß sie schon um diese Zeit, inmitten der Reaktion und Restauration, im Roman integriert erscheint, ist nicht wohl als selbstverständlich zu bezeichnen. Noch weit in die zweite Hälfte des neunzehnten Jahrhunderts hinein ist die Entwicklung des deutschen Romans von der Bildungsidee bestimmt. Die Kritik, die Hoffmann im *Kater Murr* vorwegnimmt, wird künstlerisch überzeugend erst bei Fontane wieder aufgenommen. Auch um dieser Gesichtspunkte willen ist E.T.A. Hoffmanns letzter Roman ein Gebilde sui generis.

Die Frage ist nicht ganz abwegig und nebensächlich, wie sich denn die indirekte Bildungskritik im Bild des literarischen Katers mit dem Humor verträgt, von dem die Rede war. Gibt es ungeachtet der Kritik an der Bildung nicht auch eine Bildungsidee in echtem, noch unverstellten Sinn? Die Sehnsucht Kreislers, über den Zwiespalt der Welt hinauszugelangen, darf gewiß in dieser Richtung verstanden werden – im Sinne einer Bildung, wollen wir sagen, wie sie von ihrem Ursprung her gedacht und gemeint war. Der Wunsch nach einem höheren Standort, der sich in der Vorstellungswelt Murrs in eine liebenswürdige Überheblichkeit verkehrt, ist mit dem „Bildungstrieb" von einst durchaus vergleichbar. Indem sich Kreisler aus der Gefangenschaft seines Kreises fortwünscht, ist dieser Bildungstrieb in ihm rege. Aber der versuchte Aufschwung im Ton der Begeisterung wird durch niederdrückende Alltäglichkeit gestört. So ist denn doch nur in der Kunstform des Humors der ersehnte Aufschwung zu bewältigen. Es scheint, als seien die Möglichkeiten einer solchen Bewältigung vorzüglich in Kreisler angelegt, in dem sie sich allmählich, obschon zögernd, entfalten. Die Art, wie er sich im Kloster beruhigt, ohne sich der Welt zu verschließen, scheint diesen in ihm wirksamen Bildungstrieb zu bestätigen: den Bildungstrieb in der Erhebung des Humors. Dafür spricht fernerhin, daß Murr als Sinnbild dieses Humors dem Kapellmeister anvertraut wird, wie wir gleich anfangs erfahren. Johannes Kreisler wird aufgetragen, um die Bildung des Tieres besorgt zu sein: „Es ist das gescheuteste, artigste, ja witzigste Tier der Art, das man sehen kann, dem es nur noch an der höhern Bildung fehlt, die du mein lieber Johannes, ihm mit leichter Mühe beibringen wirst, weshalb ich denn gesonnen bin, dir den Kater Murr . . . fernerhin zu überlassen." Grund genug, um anzunehmen, daß in der Perspektive dieses reizvollen Romans wohl auch das ungekehrte Verhältnis denkbar ist – dieses nämlich, daß der Kapellmeister Kreisler durch das Dasein dieses humoristischen Geschöpfes zu jenem höheren Standort hin gebildet wird, den wir uns zugleich als den Standort des humoristischen Erzählers denken dürfen. Es würde sich dabei über alle skurrilen Scherze hinaus um eine Bildung zum Humor handeln, die sich in Hoffmanns letztem Roman entfaltet.

Walter Müller-Seidel

## ZEITTAFEL

1776 Am 24. Januar wird Ernst Theodor Wilhelm Hoffmann in Königsberg i. Pr. geboren. Aus Verehrung für Mozart wandelte er später den Vornamen Wilhelm in Amadeus um.

1778 Scheidung der Eltern.

1781 oder 82 Beginn des Schulbesuchs. Hoffmann erhält Musikunterricht und Unterricht im Zeichnen und Malen.

1786 Bekanntschaft mit Theodor Gottlieb von Hippel, dem Neffen des bekannten Humoristen, die zu einem Freundschaftsbund fürs Leben werden sollte.

1792 Beginn des Studiums der Rechte an der Universität Königsberg.

1794 Hoffmann lernt Dora Hatt kennen (von Hoffmann Cora genannt), der er Musikunterricht erteilt und für die er in glühender Leidenschaft entbrennt (eine Situation, die im *Majorat* ihren Niederschlag gefunden hat).

1795 Erfolgreicher Abschluß des Studiums und Beginn der Amtstätigkeit.

1796 Hoffmann verläßt Königsberg und siedelt zu seinem Onkel Johann Ludwig Doerffer nach Glogau über.

1798 Nach Abklingen des Liebesverhältnisses zu Dora Hatt verlobt sich Hoffmann mit Minna Doerffer, einer Tochter seines Onkels. Er besteht sein Referendarexamen und beantragt, da sein Onkel als Obertribunalsrat nach Berlin versetzt wird, ebenfalls Versetzung nach Berlin. Während seines Berliner Aufenthalts nimmt er Musikunterricht bei Johann Friedrich Reichardt.

1800 Im März erfolgt die dritte juristische Prüfung und Ernennung zum Assessor am Obergericht in Posen.

1801 Reise nach Königsberg. Begegnung mit Hippel in Danzig und Elbing (vergleiche die dichterische Verarbeitung dieser Eindrücke im *Artushof* und in den *Automaten*), Aufführung des Singspiels *Scherz, List und Rache* (nach Goethe).

1802 Hoffmann löst das Verlöbnis mit Minna Doerffer, da er seine künstlerische Veranlagung mit dem bürgerlichen Lebensideal der Familie seiner Braut nicht vereinen zu können glaubt. Von Hoffmann stammende Karikaturen auf einflußreiche Mitglieder der Posener Gesellschaft haben eine Strafversetzung nach Płock zur Folge. Am 26. Juli heiratet Hoffmann Maria Thekla Michalina Rorer. Ernennung zum Regierungsrat.

1803 *Schreiben eines Klostergeistlichen an seinen Freund in der Hauptstadt* erscheint im *Freimütigen* als erste gedruckte Schrift Hoffmanns.

1804 Versetzung nach Warschau. Bekanntschaft mit Zacharias Werner und Julius Eduard Itzig (später Hitzig), der ihn auf die Romantiker aufmerksam machte.

1805 Aufführung des Singspiels *Die Lustigen Musikanten* (nach dem Text von Clemens Brentano). *Messe in d-Moll.* Gründung der „Musikalischen Gesellschaft" und Aufführung der *Es-Dur-Symphonie.*

1806 Einzug der Franzosen in Warschau. Hoffmann verliert seine Stellung.

1807/1808 Zweiter Berliner Aufenthalt.

1808 Hoffmann nimmt die ihm von Graf Soden angebotene Kapellmeisterstelle in Bamberg an. Er sieht sich indes gezwungen, seine Dirigententätigkeit bald wieder aufzugeben, und bleibt vorerst Theaterkomponist.

1809 Hoffmann gibt seine Tätigkeit am Theater ganz auf und erteilt Musikstunden. Beginn der Mitarbeit an der *Allgemeinen Musikalischen Zeitung.* Dort erscheint am 15. Februar *Ritter Gluck.*

1810 Franz von Holbein, der nun die Leitung des Bamberger Theaters übernimmt, ernennt Hoffmann zum Direktionsgehilfen; als solcher ist er sowohl als Theaterkomponist wie auch als Theatermaler und -architekt tätig. Besprechung von Beethovens 5. Sinfonie.

1811 Hoffmann faßt eine leidenschaftliche Zuneigung zu seiner Gesangsschülerin Julia Mark (nach Verehelichung mit ihrem Vetter: Marc); diese Liebe war auf sein späteres dichterisches Schaffen von entscheidendem Einfluß und fand ihren unmittelbaren Niederschlag in der *Nachricht von den neuesten Schicksalen des Hundes Berganza.* Besuch bei Jean Paul in Bayreuth.

1812 Holbein legt die Direktion des Bamberger Theaters nieder, Hoffmann verliert seine Stellung.

1813 Hoffmann nimmt das Angebot des Dresdner Theaterdirektors Seconda an: er wird Kapellmeister in Dresden. Vertragsabschluß mit dem Bamberger Verleger C.F. Kunz über die *Fantasiestücke in Callots Manier.*

1813/1814 Wechselnder Aufenthalt als Kapellmeister in Dresden und Leipzig. Komposition der *Undine* (Text von Fouqué), Entstehung des *Goldenen Topfes* und des 1. Bandes der *Elixiere des Teufels.*

1814 Bruch mit Seconda. Hoffmann wird entlassen. Zu Ostern erscheinen Band 1 und Band 2, im Herbst Band 3 der *Fantasiestücke in Callots Manier.* Wiedereintritt in den Staatsdienst: Tätigkeit beim Kammergericht in Berlin. Zu Hoffmanns Freundes- und Bekanntenkreis zählen u. a. Fouqué, Chamisso, Bernhardi und Tieck.

1815 Beginn der Freundschaft mit den genialen Schauspieler Ludwig Devrient.

*Fantasiestücke in Callots Manier* (Band 4)
*Die Elixiere des Teufels* (Band 1)

1816 Ernennung zum Kammergerichtsrat. Beginn der Seraphinenabende (seit November 1818 Serapionsabende) in Hoffmanns Wohnung, an denen außer Hoffmann vor allem Julius Eduard Hitzig, der Dichter Carl Wilhelm Contessa und der Arzt David Ferdinand Koreff teilnahmen. Von diesen Zusammenkünften, die in erster Linie einen heiter-geselligen Gedankenaustausch zum Ziel hatten, geben die *Serapions-Brüder* ein getreues Bild. Uraufführung der *Undine.*

*Die Elixiere des Teufels* (Band 2)
*Nachtstücke* (Teil 1)

1817 *Nachtstücke* (Teil 2)

1818 Entstehung der *Seltsamen Leiden eines Theater-Direktors* und des *Klein Zaches.*

1819 Hoffmann erkrankt schwer. Nach der Genesung Ernennung zum Mitglied der „Immediatkommission zur Ermittelung hochverräterischer Verbindungen und anderer gefährlicher Umtriebe" (satirischer Niederschlag im *Kater Murr* und in der Knarrpanti-Episode im *Meister Floh*).

*Seltsame Leiden eines Theater-Direktors*
*Klein Zaches genannt Zinnober*
*Fantasiestücke in Callots Manier, zweite durchgesehene Auflage*
*Die Serapions-Brüder* (Band 1 und 2)

1820 *Die Serapions-Brüder* (Band 3)
*Prinzessin Brambilla*
*Lebens-Ansichten des Katers Murr* (Band 1)

1821 Hoffmann rückt in den Oberappellationssenat des Kammergerichts auf.

*Die Serapions-Brüder* (Band 4)
*Lebens-Ansichten des Katers Murr* (Band 2)

1822 Anfang des Jahres tödliche Erkrankung. Beschlagnahme des Manuskripts zum *Meister Floh* durch die preußische Regierung, Disziplinarverfahren gegen Hoffmann wegen der Knarrpanti-Episode.

*Meister Floh* (ohne die Knarrpanti-Episode)

Am 25. Juni stirbt Hoffmann.

# ANMERKUNGEN*

## *Die Elixiere des Teufels*

Die Erstausgabe des Werkes erschien in zwei Teilen im Verlag von Duncker und Humblot in Berlin, Teil 1 um den 19. September 1815, Teil 2 um den 14. Mai 1816 (den Verlagsanzeigen in der Vossischen Zeitung zufolge). Zur Entstehungsgeschichte vgl. Hoffmanns Tagebücher unterm 9. Februar 1812 (Besuch des Kapuzinerklosters in Bamberg), 4. März 1814 („Idee zu dem Buch Die Elixiere des Teufels"), 5. März bis 23. April 1814 (Niederschrift von Teil 1), 24. April bis 4. oder 5. Mai 1814 (Reinschrift von Teil 1) und seine Briefe an Kunz (24. März 1814), Hitzig (8. Juni 1814), Fouqué (14. Mai 1815; über Teil 2) und Duncker und Humblot (16. Mai 1815). Siehe auch Hoffmanns Brief an Kunz vom 8. März 1818: „Die lichten Stunden eines wahnsinnigen Musikers [ein von Hoffmann geplantes, aber nicht zur Ausführung gelangtes Werk] habe ich Ihnen zugesagt; ... Das Buch ist ganz etwas ander[e]s worden, als ich im Sinn hatte. Es ist mir damit so ergangen, wie mit dem ersten Bande der Elixiere des Teufels, den ich nicht [d. h. nicht vor Vollendung von Teil 2] hätte drucken lassen sollen."

S. 7, Z. 31: *B.* = Bamberg; am 9. Febr. 1812 nahm H. mit Kunz an einem Festmahl bei den Bamberger Kapuzinern teil; vgl. seine Tagebücher unterm 9. Febr. 1812 und Kunz' Buch über H. (1836), S. 60–64.

S. 11, Z. 13–14: *nach der heiligen Linde im weit entfernten kalten Preußen.* – Gemeint ist das Kloster Heiligelinde in Ostpreußen, Kreis Rastenburg, Regierungsbezirk Königsberg.

S. 16, Z. 27: *(der Bernardustag fällt in den August)* – 20. August, Todestag des Heiligen (gest. 1153).

S. 17, Z. 2–5: *Der Bischof selbst, welcher in der benachbarten Stadt residiert, hielt an dem Bernardustage in der Kirche des Klosters ... das feierliche Hochamt.* – H. schwebte vermutlich bei der Schilderung des Zisterziensernonnenklosters das in Ebrach bei Bamberg gelegene Zisterziensermönchskloster vor. (Vgl. Maassens Anm.)

S. 17, Z. 7: *Hautelisse.* – Seidenteppich mit eingewebten Bildern.

S. 17, Z. 30: *Inful.* – Bischofsmitra, die ebenso wie der Hirtenstab auch von fürstlichen Äbten und Äbtissinnen getragen werden durfte. (Anm. Ellingers.)

S. 19, Z. 27–31: *Reichliche Spenden ... machten es möglich, an gewissen Tagen die Freunde und Beschützer des Klosters ... zu bewirten.* – Vgl. Anm. zu S. 7, Z. 31.

* Bei der Zeilenzählung werden Überschriften und Leerzeilen nicht berücksichtigt.

S. 22, Z. 1–10: *Eines Morgens ... endlich Luft.* – Die Schilderung erinnert, worauf Ellinger zuerst hingewiesen hat, an eine Stelle im 2. Buch von Rousseaus *Bekenntnissen*, die zur Lieblingslektüre des jungen H. gehörten. Vgl. in der Ausgabe der Fischer-Bücherei (übertragen von Alfred Semerau, Frankfurt a.M. u. Hamburg 1961) S. 63/64: „Ich verschlang mit gierigem Auge alles, was ich unbemerkt sehen konnte: die Blumen ihres Kleids, die Spitze ihres hübschen Fußes, den Teil des festen weißen Arms, der zwischen Handschuh und Manschette sichtbar wurde, und das, was manchmal zwischen Halskrause und Busentuch sich zeigte. Jeder neue Anblick verstärkte den Reiz, den sie schon ausübte. Je mehr ich auf das blickte, was ich sehen konnte und was ich erriet, desto mehr verwirrten sich meine Blicke, verengte sich meine Brust, mein Atem wurde immer beklommener und drohte zu stocken, und alles, was ich tun konnte, war, leise Seufzer auszustoßen ...."

S. 24, Z. 36: Der *Medardustag* ist der 8. Juni.

S. 27, Z. 26 bis S. 28, Z. 9: H. überträgt hier auf den hl. Antonius die Geschichte der Versuchung des hl. Macarius von Alexandrien, wie sie das H. wohlvertraute Werk *Über die Einsamkeit* von J. G. Zimmermann, Bd. 2, Leipzig 1784, S. 119 berichtet: „Einbildung nahm der große Anachoret Macarius für Tatsache, als er erzählte: ... Er habe zweymal dem Teufel begegnet, als er zu den andern Mönchen in die Wüste zog und als er wieder von ihnen zurückkam. Das erste Mal sey ihm der Teufel in einem leinenen Kleide voll Löcher erschienen, und an jedem Loche hieng eine Flasche. Auf Befragen, wozu er diese Flaschen brauche, habe der Teufel gesagt, es wären in diesen Flaschen lauter Getränke, die er den Mönchen zu kosten gebe, indem doch jeder wenigstens eines darunter würde nach seinem Geschmacke finden." (Nachweis Ellingers.)

S. 32, Z. 31: *Am Tage des heiligen Antonius.* – 17. Januar.

S. 41, Z. 34: Die *heilige Rosalia*, die als Einsiedlerin am Monte Pellegrino lebte und als Patronin von Palermo verehrt wird, starb um 1160, jedoch nicht den Märtyrertod, wie H. angibt.

S. 46, Z. 33–40: *Immer dichter und dichter wurde der Tannenwald, im tiefsten Dickicht rauschte es ... Ich trat einige Schritte weiter und erstarrte beinahe vor Schreck, als ich dicht an einem jähen entsetzlichen Abgrund stand, in den sich, zwischen schroffen spitzen Felsen, ein Waldbach zischend und brausend hinabstürzte, dessen donnerndes Getöse ich schon in der Ferne vernommen.* – H. verwendet hier Natureindrücke seiner Reise ins Riesengebirge im Sommer 1798. Vgl. seinen Brief an Hippel vom 15. Okt. 1798: „Wir waren 2 Stunden gegangen, als wir ein ungewöhnliches Rauschen vernahmen ... – Immer stärker – immer mehr durch die Felsenklüfte hallend wurde das Geräusch – noch eine halbe Stunde – wir traten aus dem dichten TannenGebüsch, und standen am Zackenfall – eine ungeheure Wassersäule die sich in eine unabsehbare Felsenkluft zu senken schien." (Nachweis Ellingers.)

S. 85, Z. 4–5: *wie den göttlichen Regimentspfeifer und Hornisten Giacomo Punto, Jakob Stich.* – Johann (nicht Jakob) Wenzel Stich, geb. um 1750, gest. 1803, war einer der berühmtesten Hornisten der Zeit; Beethoven schrieb für ihn seine Hornsonate (op. 17). Über sein geniales, humorvolles Wesen berichtet ausführlich Maassens Anm. auf Grund von zeitgenössischen Schilderungen.

S. 89, Z. 36: *Hasenfuß* = Narr. Entsprechend bedeutet *Hasenfüßigkeit* bei H. (vgl. S. 95, Z. 30) Narrheit.

S. 98, Z. 12–13: *Bertram de Bornis.* – Bertran de Born, der provenzalische Troubadour, lebte etwa von 1140 bis 1215 und war der bedeutendste Vertreter der kriegerischen Poesie und der politischen Zeitsatire unter den Troubadours.

S. 98, Z. 13: *Benvenuto Cellini.* – Berühmter italienischer Goldschmied (1500–1574), dessen Autobiographie H. in Goethes Übersetzung (1803) kannte. Belcampo zitiert hier nach Ellingers Vermutung Cellini wie auch Bertran de Born ihrer Streitlust wegen (im Hinblick auf den Streit, den der Maler hervorgerufen hat).

S. 101, Z. 22: *Zufall* = Unfall.

S. 105, Z. 22–24: *Jetzt wandte er sich, und mir kam aller Mut wieder, als ich ein fremdes Gesicht . . . erblickte.* – Dieser Beschreibung widerspricht im 2. Teil (vgl. S. 176, Z. 36–38) die „ganz unglaubliche Ähnlichkeit" Viktorins mit Medardus. (Nachweis Ellingers.)

S. 108, Z. 18 ff.: *Auch Sie sollen ein gutes Gewehr erhalten, und Ihr Glück versuchen.* – H.s Schilderung des Jägerlebens beruht auf eigener Anschauung; während seines Aufenthalts in Bamberg nahm er mehrmals an Jagdausflügen teil. Vgl. seine Tagebücher (11. Apr., 27. Sept., 3., 10., 13., 18.–20., 25.–26. Okt. 1812 u. ö.) und Kunz' Erinnerungen (1836), S. 38–49.

S. 122, Z. 19: *Farobank.* – Pharao, Pharo oder Faro, ein Kartenglücksspiel, das seinen Namen dem früher auf einer der Karten abgebildeten ägyptischen Pharao verdankt. Es wird mit zwei vollständigen französischen Spielkarten gespielt.

S. 125, Z. 38–39: *wie sie sinnreiche Roman- und Komödienschreiber aushecken.* – Ironische Anspielung auf die Trivialliteratur der Zeit, die mit Vorliebe Themen der von H. genannten Art behandelte. Maassen führt in diesem Zusammenhang den Romanschreiber Carl Gottlob Cramer (1758–1817) an.

S. 128, Z. 25 ff.: Die Episode berührt sich thematisch mit H.s Erzählung *Spielerglück* (zuerst im Taschenbuch *Urania für 1820* erschienen). Im Anschluß an den Neudruck der Erzählung in den *Serapionsbrüdern*, Bd. 3 (1820), berichtet Theodor (= H.) von einem der Novelle zugrundeliegenden eigenen Erlebnis.

S. 128, Z. 42 bis S. 129, Z. 2: *Wohl mag es lächerlich zu sagen sein, daß ich in diesem blassen leblosen Kartengesicht, Aureliens Züge zu entdecken glaubte.* – Ähnlich heißt es in dem Roman *Der Genius* von Karl Grosse, dessen Lektüre H. in seinen Jugendbriefen an Hippel (19. Febr. 1795) und noch später im *Elementargeist* (1821) erwähnt, „jede Karte hatte Ähnlichkeit mit ihm [dem Grafen von S**, an den der Marquis von G** beim Kartenspiel lebhaft denken muß]", Bd. 1, Halle 1791, S. 39. (Nachweis Maassens.) Vgl. auch den in der Bibliographie angeführten Aufsatz von Klaus Kanzog, E. T. A. Hoffmann und Karl Grosses *Genius*.

S. 134, Z. 21: *Bull* = Unsinn, drollige Ungereimtheit. Ein Teil der von H. erzählten Beispiele solcher bulls stammt, wie Maassen gezeigt hat (vgl. seine Anm.), aus den zahlreichen Anekdotensammlungen der Zeit. Ob alle der hier mitgeteilten Anekdoten aus fremden Quellen geschöpft sind, bleibt zweifelhaft, da H. selbst gern Anekdoten erfand; vgl. z. B. die Anekdote über den Turnvater Jahn und die Tacchinardi-Anekdote, abgedruckt in Maassens Ausgabe von H.s Werken, Bd. 4, 1910, S. LXXXVIII f. und XXXIV f. S. auch Hitzigs Mitteilungen aus H.s Notatenbuch in Teil 2 seiner H.-Biographie (1823), S. 286 ff.

S. 135, Z. 17–18: *dem Falstaff ähnlich, daß ich oft nicht allein selbst witzig bin, sondern auch den Witz anderer erwecke.* – Vgl. Shakespeares *König Heinrich IV.*, Teil 2, Aufz. 1, Sz. 2: „Ich bin nicht bloß selbst witzig, sondern auch Ursache, daß Andre Witz haben" (nach der Übersetzung von A. W. Schlegel).

S. 136, Z. 1: *Hornpipe.* – Englischer Volkstanz schottischer Abstammung, wird nach dem gleichnamigen Blasinstrument oder dem Dudelsack getanzt.

S. 140, Z. 24–25: *der Squenz der Mondschein trägt, und Hund, und Dornbusch?* – Vgl. Shakespeares *Sommernachtstraum*, Aufz. 5, Sz. 1.

S. 153, Z. 26–32: *daß der Liebe höchste Seligkeit, die Erfüllung des Geheimnisses im Tode aufgeht. – So verkünden es uns die dunklen weissagenden Stimmen, die aus jener . . . Urzeit zu uns herübertönen, und wie in den Mysterien, die die Säuglinge der Natur feierten, ist uns ja auch der Tod, das Weihfest der Liebe!* – Die sich mit H.s eigenem Erleben (vgl. die Stelle über Julie Mark in seinem Brief an Speyer vom 1. Mai 1820 und das Schlußkapitel von *Meister Floh*) berührende Anschauung, daß „der Tod das Weihfest der Liebe" sei, beruht, wie Ellinger gezeigt hat, auf Gotthilf Heinrich Schuberts *Ansichten von der Nachtseite der Naturwissenschaft*, Dresden 1808. Vgl. dort in der 3. Vorlesung (*Ursprung der Sprache und des Naturcultus. Untergang des letzteren. Die Mysterien*) S. 76: „So ist in allen jenen Mysterien der Tod und die Liebe, der Untergang und die Wiedererneuung der Dinge, zu einem Bilde vereint, dargestellt worden."

S. 184, Z. 36: *und nicht darf ich dann dir's sagen* = und nicht brauche ich dann dir's zu sagen.

S. 192, Z. 14: *Amadis von Gallien.* – Der Held des für das 16. Jahrhundert tonangebenden portugiesisch-spanischen Ritterromans *Amadis von Gaula* [Gaula = Wales], 1. bekannter Druck 1508.

S. 198, Z. 25–26: *ein aus dem Englischen übersetzter Roman: Der Mönch!* – Gemeint ist der bis in die Gegenwart hinein wiederholt neugedruckte Schauerroman *Ambrosio, or the Monk* von Matthew Gregory Lewis (1775 bis 1818), der zuerst London 1795 erschien. Die beste deutsche Übersetzung stammt von Friedrich v. Oertel, Leipzig 1797, 3 Bde. Über die Einwirkung des Romans auf die *Elixiere des Teufels* vgl. die Einleitungen von Maassen und Ellinger zu ihren Ausgaben der *Elixiere* und die in der Bibliographie genannte Sekundärliteratur.

S. 215, Z. 5: *viertehalb* = dreieinhalb.

S. 215, Z. 36: *Hasenfuß.* – Vgl. Anm. zu S. 89, Z. 36.

S. 217, Z. 21: Jean Georges *Noverre* (1727–1810) und Marie Auguste *Vestris* (1760–1842), berühmte französische Tänzer.

S. 218, Z. 11–12: *Puder . . . à la reine de Golconde.* – Nach der beliebten und vielfach komponierten Oper benannt. H. kannte die Oper namentlich in der Vertonung von Henri Montan Barton (1767–1844), wie Ellinger gezeigt hat.

S. 218, Z. 18: *Sonnenmatin.* – Sommermantel.

S. 218, Z. 22–23: *glebae adscriptus* – Höriger, Leibeigener; *Cousin germain* – leiblicher Vetter, Geschwisterkind.

S. 228, Z. 14: *Albert.* – Irrtümliche Bezeichnung für den Prinzen Johann; vgl. S. 241, Z. 1, und S. 143, Z. 36 ff.

S. 251, Z. 31: *Alexander der Sechste* (1492–1503), vorher Rodrigo de Borgia.

S. 253, Z. 36 ff. und S. 256, Z. 14 ff.: Ellinger weist eine auffällige Parallele zu der Hinrichtungsszene des Cyrillus im 1. Buch von Schillers *Geisterseher* nach. Dort heißt es (vgl. Schillers Werke. Hrsg. v. Otto Güntter u. Georg Witkowski. Leipzig: M. Hesse o. J. Bd. 13, S. 111/112): „Ehe wir ausstiegen, wurden uns die Augen verbunden. Man führte uns eine große steinerne Treppe hinauf und dann durch einen langen gewundenen Gang über Gewölbe, wie ich aus dem vielfachen Echo schloß, das unter unsern Füßen hallte. Endlich gelangten wir vor eine andere Treppe, welche uns sechsundzwanzig Stufen in die Tiefe hinunterführte. Hier öffnete sich ein Saal, wo man uns die Binde wieder von den Augen nahm. Wir befanden uns in einem Kreise ehrwürdiger alter Männer, alle schwarz gekleidet, der ganze Saal mit schwarzen Tüchern behangen und sparsam erleuchtet, eine Totenstille in der ganzen Versammlung, welches einen schreckhaften Eindruck machte. Einer von diesen Greisen, vermutlich der oberste Staatsinquisitor, näherte sich dem Prinzen und fragte ihn mit einer feierlichen Miene . . . Sogleich öffnete sich der Kreis, und mit Entsetzen sahen wir den Kopf des Venezianers vom Rumpfe trennen . . .“

S. 265, Z. 40–41: *Dominikaner und Franziskaner aus B.* – Im 18. Jahrhundert, in dem der Roman spielt (vgl. S. 289, Z. 2), befand sich in Bamberg sowohl ein Dominikaner- wie ein Franziskanerkloster, desgl. ein Klarissinnenkloster (vgl. S. 18–20). Alle drei Klöster wurden anfangs des 19. Jahrhunderts säkularisiert bzw. aufgehoben.

S. 270, Z. 20–21: *der gar nicht unerhört sein durfte* = der gar nicht unerhört zu sein brauchte.

S. 274, Z. 2–6: *Irrenanstalt zu St. Getreu . . . dem Direktor jener Anstalt, einem in jede Abnormität des menschlichen Organismus tief eindringenden, genialen Arzte.* – H. meint hier den ihm befreundeten Bamberger Medizinaldirektor Adalbert Friedrich Marcus (1753–1816), der seit 1803 Direktor des gesamten Medizinalwesens sowie aller Hospitäler Frankens war und 1804 das ehemalige Dompropsteigebäude St. Getreu in Bamberg in eine Heilanstalt für Gemütskranke umschaffen ließ. (Nachweis Maassens.)

## STAMMTAFEL DES MEDARDUS

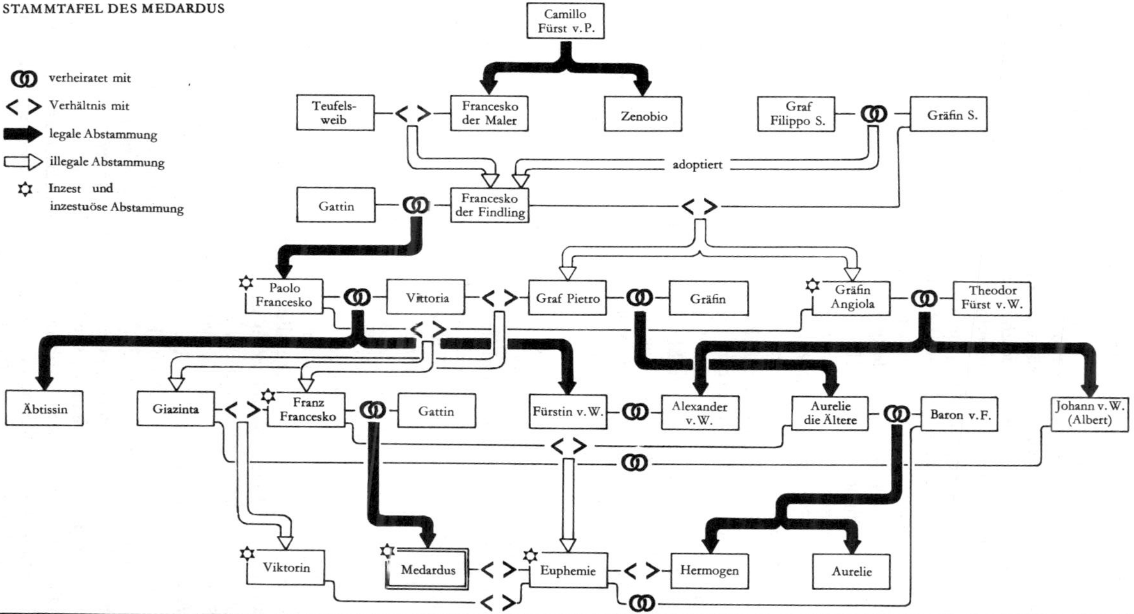

Die Erstausgabe erschien mit Deckelzeichnungen von Hoffmann im Verlag von Ferdinand Dümmler in Berlin, Band 1 mit der Jahreszahl 1820 Anfang Dezember 1819, Band 2 mit der Jahreszahl 1822 um den 13. Dezember 1821 (das Erscheinungsdatum von Bd. 1 nach einem Exemplar, das Hoffmann dem ihm befreundeten Arzt David Ferdinand Koreff sicher unmittelbar nach Erscheinen gewidmet hat und das von Koreffs Hand folgende Eintragung enthält: „Ein Geschenk des Verfassers. 9. December 1819"; das Erscheinungsdatum von Bd. 2 nach Dümmlers Verlagsanzeige in der Vossischen Zeitung vom 13. Dezember 1821). An der Ausführung des geplanten 3. Bandes hinderte Hoffmann der Tod (gest. 25. Juni 1822). Über die Entstehungsgeschichte von Band 1 und 2 vgl. Hans von Müllers Nachwort zu seiner Sonderausgabe von Murrs *Lebensansichten*, Leipzig 1916, S. 286–300. Über den Plan des Schlußbandes berichtet Hitzig 1823, daß er „auf das Grandioseste angelegt war" (*Aus Hoffmann's Leben und Nachlaß*, Teil 2, S. 129). „Der dritte Band sollte Kreislern bis zu der Periode führen, wo ihn die erfahrnen Täuschungen wahnsinnig gemacht, und, unmittelbar an diesen Band sich die, schon mehrmals erwähnten, lichten Stunden eines wahnsinnigen Musikers anschließen. – Auf den Kater Murr legte Hoffmann, fast unter allen seinen Werken, den höchsten Werth, und in dem letzten Theile desselben glaubte er zu leisten, was er früher noch nicht vermocht" (a. a. O. Teil 2, S. 145–46).

S. 299, Z. 3–6: *Schließlich darf der Herausgeber versichern, daß er den Kater Murr persönlich kennen gelernt ... hat ... Er ist auf dem Umschlage dieses Buchs frappant getroffen.* – Vgl. H. an Speyer, 1. Mai 1820: „Von meinem litterarischen Treiben nehmen Sie doch wohl dann und wann Notiz! – Ich empfehle ihnen den höchst weisen und tiefsinnigen Kater Murr, der in diesem Augenblick neben mir auf einem kleinen Polsterstuhl liegt und sich den außerordentlichsten Gedanken und Fantasien zu überlassen scheint denn er spinnt erklecklich! – Ein wirklicher Kater von großer Schönheit (er ist auf dem Umschlage seines Buchs frappant getroffen) und noch größerem Verstande, den ich auferzogen, gab mir nehmlich Anlaß zu dem skurilen Scherz, der das eigentlich sehr ernste Buch durchflicht." Vgl. auch H. v. Müllers Nachwort zu seiner Sonderausgabe von Murrs *Lebensansichten*, Leipzig 1916, S. 284 ff.

S. 303, Z. 2–3: *„O du süße Gewohnheit des Daseins!" ruft jener niederländische Held in der Tragödie aus.* – Vgl. *Egmont*, Aufz. 5; Goethes *Sämtl. Werke*. Jub.-Ausg. Stuttgart u. Berlin: J. G. Cotta o. J. Bd. 11, S. 332.

S. 307, Z. 34: *„Gewaltig ist die Liebe zu dir o Vaterland!"* – Zitat aus dem Singspiel *Die Geisterinsel* (nach Shakespeares *Sturm*) von F. W. Gotter (1746–1797), Akt 3, Finale („Allmächtig ist die Liebe zu dir, o Vaterland!"). Die Oper wurde u. a. von Johann Friedrich Reichardt komponiert (1798); H. erwähnt diese Vertonung zu Beginn seiner Besprechung einer Reichardtschen Klaviersonate. (Nachweis Ellingers.)

S. 307, Z. 36 ff.: „, . . . *und erinnern Sie sich gnädigster Herr! denn nicht des großen Sturms, der dem Advokaten, als er zur Nachtzeit über den Pontneuf wandelte, den Hut vom Kopfe herunter in die Seine warf? – Ähnliches steht im Rabelais . . .*'" – Wie Ellinger gezeigt hat, ist Meister Abrahams Schilderung des Sturms eine freie Wiedergabe des Kapitels *Das Fragment: Paris* in Laurence Sternes Roman *Sentimental Journey through France and Italy*. Bei dem dort mitgeteilten Fragment handelt es sich um ein Makulaturblatt, das durch einen Zufall in Yoricks Hände gelangt ist. „Es war in altem Französisch, aus Rabelais Zeiten, und soviel ich davon verstand, mochte es von ihm selbst geschrieben sein . . ." Vgl. die Neuausgabe der Bodeschen Übersetzung, hrsg. v. Wolfgang Clemen, in der Reihe *Rowohlts Klassiker*, Hamburg (1957), S. 100 ff.

S. 308, Z. 2: *Kastor.* – Hoher Hut aus Biberpelz für Damen und Herren seit 1790; er wurde um 1830 vom Seidenzylinderhut abgelöst.

S. 309, Z. 5: *Atalanta.* – Griechische Sagengestalt, die ihre Freier tötete, wenn sie ihr im Wettlauf unterlagen; erst Hippomenes vermochte sie zu besiegen, indem er ihr die goldenen Äpfel der Aphrodite in den Weg warf und sie damit aufhielt. Nach Ellingers Vermutung ist dem Fürsten die Tatsache ihres Wettlaufs aus irgendeiner der zahlreichen zeitgenössischen Opern bekannt, die diesen Gegenstand behandeln (u. a. von Giordani und Righini).

S. 311, Z. 13: *Fêtes de Versailles.* – Gemeint sind wohl die Molière zugeschriebenen *Plaisirs de l'isle enchantée*, Paris 1664, die später unter dem Titel *Les Festes de Versailles* in Sammelwerken, z. B. in dem *Receuil de diverses pièces faites par plusieurs personnes illustres*, La Haye 1669, abgedruckt wurden. Zu H.s Worten vgl. in dem zuerst genannten Druck S. 10 ff. und das dazugehörige Bild. (Anm. Ellingers.)

S. 312, Z. 20–21: *‚Licht – Licht' – rief der Fürst wie der König im Hamlet.* – Vgl. *Hamlet*, Aufz. 3, Sz. 2, wo aber Polonius die betreffenden Worte spricht.

S. 312, Z. 41–42: *wie der Spukgeist Droll.* – In Shakespeares *Sommernachtstraum*, Aufz. 3, Sz. 2.

S. 313, Z. 14–16: *schwammen die Töne deines tief ins Herz dringenden Liedes herüber: Mi lagnerò tacendo della mia sorte amara.* – Eine verlorengegangene Arie H.s, die laut Tagebuch am 3. Juli 1812 komponiert wurde.

S. 314, Z. 7–8: *meinen Ariel rühmen, wie Shakespeares Prospero den seinigen.* – Vgl. *Der Sturm*, Aufz. 5, Sz. 1.

S. 314, Z. 31–32: *den Chor dein Ave maris stella singen.* – Komposition H.s für 4 Stimmen, entstanden am 27. Juni 1808, aus den *Canzoni per 4 voci alla capella*, No. 1. Ein Faksimile der Handschrift in Hirschbergs Ausgabe von H.s Werken, Berlin u. Leipzig 1922, Bd. 8, neben S. 20. Drucke von Heinrich Möller und Hans Pfitzner in H. v. Müllers Ausgabe des *Kreislerbuchs*, Leipzig 1903, Beil. S. 5–6, und von Gustav Becking in seiner (leider unvollendeten) Ausgabe von H.s *Musikalischen Werken*, Bd. 4, Nr. 1. Leipzig [1927].

S. 316, Z. 31–32: *„O du empfindsamer Just", rief Kreisler lachend, „sage, wo ist dein Tellheim?"* – Vgl. Lessings *Minna von Barnhelm*, Aufz. 1, Auftr. 8.

S. 320, Z. 9–10: *meine biographischen Belustigungen.* – Nach Ellingers Vermutung wohl in Anlehnung an Jean Pauls *Biographische Belustigungen unter der Gehirnschale einer Riesin*, Berlin 1796.

S. 320, Z. 16: Johann Bernhard *Basedow* (1723–1790), bedeutender Pädagoge des Aufklärungszeitalters. Sein *Elementarwerk* (1774) zitiert H. in den *Seltsamen Leiden eines Theaterdirektors*.

S. 322, Z. 34–35: Adolf von *Knigges* Werk *Über den Umgang mit Menschen* erschien zuerst in 2 Bänden Hannover 1788.

S. 323, Z. 36: *Hilmar Curas: Calligraphia Regia. Königliche Schreibfeder.* Berlin 1741.

S. 330, Z. 32–34: *jenes akustische Zauberspiel, das später unter der Benennung des unsichtbaren Mädchens so viel Aufsehen gemacht.* – Vgl. Ellingers Anm. (T. 15 seiner H.-Ausgabe in der 2. Auflage, Berlin-Leipzig [1927], S. 290): „Das *unsichtbare Mädchen* oder die *femme invisible*, ein seit dem Ende des 18. Jh.s an vielen Orten gezeigtes Zauberkunststück, das zahlreiche Federn in Bewegung gesetzt und auch vor H. schon gelegentlich auf die Dichtung eingewirkt hat, so auf Arnims *Armut, Reichtum, Schuld und Buße der Gräfin Dolores* (1810). Das eigentümliche Orakel wird folgendermaßen beschrieben. Die Besucher wurden in ein winziges Zimmer geführt, dessen eine Hälfte durch ein Gitter von dem anderen abgetrennt war. In dem eingehegten Raum sah man einen leeren Glaskasten (später bediente man sich einer Kugel) frei in der Luft hängend. In dem Kasten befand sich ein Sprachrohr, das aus dem Kasten hervorragte. Sprach man in das Rohr hinein, so erhielt man scheinbar eine Antwort aus dem Kasten. Wie der ganze Vorgang zu erklären sei, ist um die Wende des Jahrhunderts häufig erörtert worden; vielfach nahm man an, daß die Leitung durch das Gitter hergestellt würde. Die antwortende Person dachte man sich wie bei H. irgendwo, etwa in einem Verschlage oder unter dem Fußboden versteckt. Vgl. den Aufsatz: *Das unsichtbare Mädchen* in der *Zeitung für die elegante Welt*, 9. Jg., 1809, No. 52, S. 1665 ff. H. bringt den geheimnisvollen Vorgang in die unmittelbarste Verbindung mit somnambulistischen Zuständen; daher die Verwendung des Spiegels; vgl. S. 154, Z. 20 [S. 156, Z. 30–31 unserer Ausgabe]; daher ferner die Einwirkung dazu geeigneter Musik auf die Erweckung somnambulistischer Zustände."

S. 333, Z. 26–27: *aber gerettet wurde ein Jupiter* ... – Zeus (lat. Jupiter) wurde nach der griechischen Mythologie von seiner Mutter Rhea in einer Grotte auf Kreta geboren, um ihn so vor dem seine Kinder verschlingenden Vater Kronos zu retten.

S. 338, Z. 30: *Hasenfuß.* – H. braucht das Wort (wie auch Goethe) im Sinne von Narr.

S. 339, Z. 1: *Emmeline.* – Weibliche Hauptfigur aus Joseph Weigls (1766 bis 1846) Oper *Die Schweizerfamilie.*

S. 339, Z. 3–4: *‚wie ein Ofen seufzen mit Jammerlied auf ihrer Liebsten Braun'n'.* – Ein Lieblingszitat H.s aus *Wie es euch gefällt*, Aufz. 2, Sz. 7.

S. 339, Z. 13–15: *Denke an den seligen Hippel, welcher versichert, daß, säh er einen Mann Unterricht erteilen im Klavierschlagen, es ihm zumute werde als sötte besagter Lehrherr weiche Eier.* – Vgl. Ellingers Anm. (T. 15, S. 285): „Die Stelle, auf die sich H. bezieht, steht in Th. G. v. Hippels Schrift *Über die Ehe* (zuerst Berlin 1774) am Schlusse des 7. Kapitels (Hippels sämtl. Werke, Berlin 1828, Bd. 5, S. 267): ‚Wenn eine Mannsperson singt, so ist sie entweder ein Kastrat oder ein Franzose oder ein Geck; und wenn ich eine Mannsperson im Singen unterrichten sehe, so ist es mir ebenso, als sähe ich sie weiche Eier kochen.‘ Man sieht, es ist vom Gesang-, und nicht vom Klavierunterricht die Rede; wie aber H., der aus dem Gedächtnis zitiert, grade auf den Klavierunterricht kam, lehrt der sich an das Obige unmittelbar anschließende Satz: ‚Auch selbst einige sanfte Instrumente sind nicht gut für uns, sondern bloß die Feldmusik: Blaset die Trompete, schlagt die Pauken, Männer, und laßt die Weiber das Klavier und die Laute spielen!‘"

S. 340, Z. 24–25: *Monsieur Jacques ... Probstein.* – Personen aus Shakespeares Komödie *Wie es euch gefällt.*

S. 344, Z. 5: *„Ah pietà pietà Signora!"* – Scherzhafte Parodie des Anfangs von Nicolo Jomellis (1714–1774) sogenanntem *Miserere*: „Ah pietà, pieà, Signore!" („O Barmherzigkeit, Barmherzigkeit, Herr!") (Anm. Ellingers.)

S. 348, Z. 36–40: *und ebendiese Genialität ist es, die ein berühmter menschlicher Schriftsteller verkennt, wenn er behauptet, daß, um eine fremde Sprache, mit allen Eigentümlichkeiten des Volks, dem Volke nachzusprechen, man durchaus was weniges ein Narr sein müsse.* – Vgl. Georg Christoph Lichtenbergs *Vermischte Schriften*, Bd. 1, Göttingen 1800, S 280: „Um eine fremde Sprache recht gut sprechen zu lernen, und wirklich in Gesellschaft zu sprechen, mit dem eigentlichen Accent des Volks, muß man nicht allein Gedächtnis und Ohr haben, sondern auch in gewissem Grad ein kleiner Geck sein." (Nachweis Ellingers.)

S. 349, Z. 30: *Akanthusblätter.* – Der Titel parodiert die bei H.s erstem Verleger C. F. Kunz 1817 in Bamberg erschienen *Lotosblätter* von Isidorus (d. i. Otto Heinrich Graf v. Loeben); vgl. H.s vernichtendes Urteil über das Loebensche Werk in seinem Brief an Kunz vom 25. Nov. 1816.

S. 350, Z. 21: *meines großen Ahnherrn.* – Tiecks *Gestiefelter Kater. Ein Kindermärchen in 3 Akten, mit Zwischenspielen, einem Prologe und Epiloge* (zuerst 1797).

S. 351, Z. 31: *mir geht es so wie dem Ratgeber in Tiecks Blaubart.* – Vgl. Tiecks *Ritter Blaubart. Ein Ammenmärchen* (zuerst 1797), Akt 2, „Freies Feld". In der umgearbeiteten Fassung in Tiecks *Phantasus*, Bd. 2, Berlin 1812, S. 67: Akt 3, Sz. 1.

S. 354, Z. 40: André *Lenôtre* (1613–1700), der Hauptvertreter des klassischen französischen Gartenstils.

S. 355, Z. 40–41: *wie jener tiefe Dichter so herrlich sagt.* – Vgl. Tiecks *Phantasus*, Bd. 1, Berlin 1812, Einl. S. 33: „O nein, sagte Friedrich, glaubt es mir, meine Freunde, das Leben ist höheren Ursprungs, und es steht in unserer Gewalt es seiner edlen Geburt würdig zu erziehn und zu erhalten, daß Staub und Vernichtung in keinem Augenblicke darüber triumphieren dürfen: ja, es giebt eine ewige Jugend, eine Sehnsucht, die ewig währt, weil sie ewig nicht erfüllt wird; weder getäuscht noch hintergangen, sondern nur nicht erfüllt, damit sie nicht sterbe . . . "

S. 357, Z. 8: Vincenzo *Pucitta* (1778–1861), italienischer Opernkomponist.

S. 359, Z. 14: Stefano *Pavesi* (1778–1850) und Valentino *Fioravanti* (1768 bis 1837), italienische Opernkomponisten.

S. 361, Z. 21–23: *soviel wie ich weiß, ist bis jetzt in unserm guten Teutschland nur ein einziges Produkt jener Erziehungsmethode aufgestellt worden.* – Nach Ellingers überzeugenden Ausführungen (T. 15, S. 286) ist der Jurist und Danteforscher Karl Witte (1800–1883) gemeint, der seit 1817 Privatdozent in Berlin war. Während H. am 1. Band des *Katers Murr* arbeitete, erschien, verfaßt vom Vater des Genannten, dem Pfarrer Karl Heinrich Gottfried Witte (1767–1845), das zweibändige Werk *Karl Witte oder Erziehung und Bildungsgeschichte desselben* (die Vorrede trägt das Datum: 10. April 1819), aus dem Ellinger zwei Stellen zitiert, auf die sich H. offensichtlich bezieht: „Gibt die Gottheit mir einen Sohn . . . , so habe ich mir längst vorgenommen, aus ihm, – ohne daß ich vorher wissen kann, was für Anlagen er haben wird, einen ausgezeichneten Menschen zu bilden" (Bd. 1, S. 27). „Wenn mein Sohn gesund organisiert sein wird, so bin ich fest entschlossen, ihn zu einem ausgezeichneten Menschen zu bilden" (Bd. 1, S. 29). Vgl. damit bei H. S. 360, Z. 38 ff.

S. 361, Z. 24: *von dem die Welt eine Zeitlang sprach.* – Vgl. z. B. *Zeitung für die elegante Welt*, Jg. 12, 22. Mai 1812, Nr. 102, Sp. 815–16. (Nachweis Ellingers.)

S. 363, Z. 18 ff.: Der Text zu der *Glosse* stammt aus Goethes Singspiel *Claudine von Villa Bella*, Vers 379–382; vgl. Goethes *Sämtl. Werke*. Jub.-Ausg. Stuttgart u. Berlin: J. G. Cotta o. J. Bd. 8, S. 208: „Liebe schwärmt auf allen Wegen; Treue wohnt für sich allein. Liebe kommt euch rasch entgegen; Aufgesucht will Treue sein."

S. 370, Z. 29–30: *Am Tage Johannis Chrysostomi, das heißt am vierundzwanzigsten Januar.* – H.s Geburtstag ist der 24. Jan.; der Tag Johannes Chrysostomus fällt jedoch auf den 27. Jan., *Mozarts* Geburtstag. Die Zusammenschiebung der beiden Daten geschah also ähnlich wie die Umänderung seines 3. Vornamens Wilhelm in Amadeus aus Verehrung für Mozart. (Nachweis Maassens in Bd. 1 seiner H.-Ausgabe, S. 503.)

S. 370, Z. 36: *Murki.* – Musikstücke, deren Kennzeichen Oktavenbrechungen in den Bässen sind.

S. 372, Z. 42 bis S. 373, Z. 1: *Die jüngere Schwester meiner Mutter.* – Gemeint ist Charlotte Wilhelmine Doerffer, die am 24. Mai 1779 im 23. Lebensjahr an den Pocken starb. (Nachweis H. v. Müllers in seiner *Autobibliographie 1896-1915*, [Leipzig 1937], S. 38.) Vgl. *Fantasie- und Nachtstücke*, München 1976, S. 793 (Anm. zu S. 307, Z. 25–26).

S. 373, Z. 39–40: *die nun wieder eine Tante von mir war.* – Wahrscheinlich ist die ältere Mutterschwester, Johanna Sophie Doerffer (1745–1803), gemeint.

S. 375, Z. 28: Heinrich Christoph *Kochs* (1749–1816; er war Kammermusikus in Rudolstadt) *Musikalisches Lexikon* erschien 1802.

S. 376, Z. 17: *Nagelgeige.* – Das 1740 erfundene, später verbesserte Instrument bestand in einem halbmondförmigen, etwa $1^1/_2$ Fuß langen und 1 Fuß breiten Resonanzkörper, auf dem 16–20 Drahtstifte von verschiedener Länge angebracht waren. Diese wurden mit einem derben Bogen wie Saiten gespielt. (Anm. Ellingers.)

S. 376, Z. 18: Der *Euphon* (1790 durch den Physiker Chladni erfunden) ähnelte der Nagelgeige, nur daß die Nägel hier durch abgestimmte Glasröhren ersetzt wurden und man zum Spielen nicht einen Bogen, sondern den feuchtgemachten Finger benutzte. (Anm. Ellingers.)

S. 376, Z. 38: Ernst Ludwig *Gerber* (1746–1819) war Hoforganist in Sondershausen. Sein *Historisch-biographisches Lexikon der Tonkünstler* erschien zuerst 1790–1792 (2 Bde.), in umgearbeiteter Form als *Neues historisch-biographisches Lexikon* 1812–1814 (4 Bde.).

S. 377 Z. 15: *Viola d'amore.* – Eine fünf-, sechs- oder siebensaitige Bratsche mit ebensoviel (später weggelassenen) Resonanzsaiten von eigentümlich eindrucksvoller Klangfarbe. (Anm. Ellingers.)

S. 377, Z. 17: Karl Michael Ritter von *Esser*, geb. um 1736, berühmter Virtuose, der namentlich von 1759 bis etwa 1790 ausgedehnte Kunstreisen unternahm, auf denen er sehr gefeiert wurde. Sein Todesjahr ist unbekannt. (Anm. Ellingers.)

S. 377, Z. 20–28: *So war auch eines andern Verwandten Spiel auf der Viola di gamba gar angenehm und verlockend, wiewohl derjenige Onkel, der mich erzog, oder vielmehr nicht erzog, und der das Spinett mit barbarischer Virtuosität zu hantieren wußte, ihm mit Recht Mangel an Takt vorwarf. Der Arme geriet auch bei der ganzen Familie in nicht geringe Verachtung, als man erfahren, daß er in aller Fröhlichkeit nach der Musik einer Sarabande, eine Menuett à la Pompadour getanzt.* – Gemeint ist H.s Vater, Christoph Ludwig H. (ca. 1736–1797), der Advokat am Hofgericht in Königsberg war, bevor er als Justizkommissar und Kriminalrat an das Hofgericht nach Insterburg kam. Vgl. H.s unvollendeten und nicht abgeschickten Brief an seinen Bruder Johann Ludwig H. in Constadt vom 10. Juli 1817: „So viel ich mich erinnere spielte Papa Viola di Gamba worüber ich einmal als drey oder vierjähriger Knabe in ein entsetzliches Weinen ausbrach und nicht zu beschwichtigen war, nisi durch einen schicklichen PfefferKuchen. Papa hatte aber keinen Takt und böse Verläumdung behauptete, er habe einmahl eine Menuett nach einer Polonoise getanzt ..."

S. 377, Z. 21: *Viola di gamba.* – Sechsseitige Kniegeige von ähnlichem Aussehen wie das Violoncello, aber etwas kleiner als dieses. (Anm. Ellingers.)

S. 377, Z. 22–23: *derjenige Onkel, der mich erzog, oder vielmehr nicht erzog.* – Gemeint ist der Mutterbruder Otto Wilhelm Doerffer (1741–1811), der von 1766–1768 Referendar war, am 4. Dez. 1768 zum Richter aufrückte und in dieser Stellung verblieb, bis er 1782 gelegentlich der Auflösung des Justizkollegiums, dem er angehörte, seinen Abschied nahm; vgl. H. v. Müllers *Autobibliographie* a. a. O., S. 38. Über seinen Charakter und seine Lebensweise berichtet Hippel in seinen Erinnerungen an H. (vgl. H.s Briefwechsel, Bd. 1, Berlin 1912, S. 6–7): „Er hatte eine sorgfältige Erziehung genossen. Da ihm aber alles Talent abgieng, das Erlernte in Eigenthum zu verwandeln, so fand er sich verarmt, sobald er auf sich selbst beschränkt war. Er überließ sich daher einer diätetisch geordneten Vegetation, die in Schlafen, Essen und Trinken, Wiederschlafen und Wiederessen und daneben in etwas Lektüre und Musik zur Verdauung, nach Stunden und Minuten eingetheilt, bestand. Etwa einmahl wöchentlich, gewöhnlich am Mittwoch, besuchte er alte Bekannte. – Dies waren die Stunden, in denen Hoffmann sich den Ausbrüchen seines Genius überließ. Dann ward alles hervorgehohlt und versucht, was die Gegenwart des Onkels nicht verstattete. Tolle wilde Musik, Verkleidungen, verbotene Bücher, Leibesübungen: denn beyde waren Schlaf- und Stubengefährten, und der Onkel litt nicht die geringste Abweichung von dem gewohnten Gleise. – Natürlich hatte er auch keinen strengeren Beobachter als Hoffmann, und dieser mochte kaum zwölf Jahre alt gewesen seyn, als er schon alle Schwächen des Onkels zum eigenen Vortheil zu benutzen verstand und fast kein Wort mehr mit ihm wechselte, ohne ihn zu mystifizieren. . . . – Dennoch verdankte Hoffmann ihm viel. Der ersten lästigen Bildung des Kindes hatte er sich unterzogen, und er war sein erster Lehrer in der Musik gewesen, der sich späterhin sein ganzes Gemüth zuwandte. Diesem Onkel verdankte er die Gewöhnung an stetigen Fleiß und den Sinn für Schicklichkeit, der ihn selbst in den wildesten Sprüngen seiner Phantasie auszeichnete."

S. 377, Z. 27: *Sarabande.* – Spanischer feierlicher Tanz im Dreischritt, in der Suite verwendet wie das Menuett in der Sinfonie. (Anm. Ellingers.)

S. 378, Z. 8–9: *der Tod meiner Mutter.* – H.s Mutter, Luise Albertine H. geb. Doerffer, wurde am 23. Juli 1748 geboren und starb am 13. März 1796.

S. 378, Z. 10–14: *Weshalb aber mein Vater mich ganz dem Bruder meiner Mutter überließ, oder überlassen mußte, darf ich dir nicht sagen, da du Ähnliches in manchem verbrauchten Familienroman, oder in irgendeiner Ifflandschen Hauskreuzkomödie nachlesen kannst.* – Die Ehe von H.s Eltern wurde 1778 geschieden. H. blieb bei der Mutter, die in ihr Elternhaus zurückkehrte, während sein älterer Bruder mit dem Vater 1782 nach Insterburg übersiedelte.

S. 378, Z. 28–32: *da ich keine Schule besuchen, und auch durch irgendeine Bekanntschaft mit einem Knaben meines Alters die Einsamkeit des Hauses . . . nicht stören durfte.* – Hier weicht H. von den Tatsachen seiner eigenen Lebensgeschichte insofern ab, als er seit 1781 oder 1782 die reformierte Burgschule in Königsberg besuchte und er 1787 eine Lebensfreundschaft mit Theodor Gottlieb v. Hippel (1775–1843), einem Neffen des gleichnamigen humoristischen Schriftstellers, schloß.

S. 379, Z. 9–13: *die Erzählung, wie der Knabe Rousseau von dem mächtigen Geist seiner innern Musik getrieben, sonst aber ohne alle Kenntnis der Harmonik, des Kontrapunkts, aller praktischen Hülfsmittel, sich entschließt, eine Oper zu komponieren.* – Vgl. Rousseaus *Bekenntnisse*, übertragen von Alfred Semerau, Fischer-Bücherei (1961), S. 239 (Buch 7): „Als ich eines Abends gerade die Oper besuchen wollte, fühlte ich mich durch meine Gedanken so gequält und beherrscht, daß ich mein Geld in die Tasche zurückstecke, nach Hause eile und mich einschließe. Ich lege mich ins Bett, nachdem ich alle meine Vorhänge gut verschlossen habe, um das Eindringen des Tageslichts zu verhindern, überlasse mich ganz dem dichterischen und musikalischen Rausch und komponierte schnell in sieben bis acht Stunden den besten Teil meines Akts." (Rousseau war im Widerspruch zu H.s Angaben damals schon 30 Jahre alt und verfügte auch bereits über musikalische Kenntnisse.)

S. 379, Z. 33–34: *‚Ich liebte nur Ismenen, Ismenen liebt' nur mich'.* – Gesellschaftslied aus der 1. Hälfte des 18. Jh.s, dessen Verfasser nicht bekannt ist. (Anm. Ellingers.)

S. 381, Z. 16–17: *Ottfried Wenzel.* – In Wirklichkeit hieß der Onkel Otto Wilhelm mit Vornamen; vgl. die Anm. zu S. 377, Z. 22–23.

S. 382, Z. 1–2: *dem jüngern Bruder meines Oheims.* – Johann Ludwig Doerffer (1743–1803), Rat am Obergericht in Glogau, wohin H. im Juni 1796 übersiedelte. Als der Onkel im Juni 1798 als Obertribunalsrat nach Berlin versetzt wurde, folgte ihm H. mit der Familie des Onkels im August desselben Jahres nach Berlin.

S. 383, Z. 3–8: *„Sage das nicht", erwiderte Kreisler, „zu spät trat die Befreiung ein. Mir geht es, wie jenem Gefangenen, der, als er endlich befreit wurde, dem Getümmel der Welt, ja dem Licht des Tages, so entwöhnt war, daß er nicht vermögend, der goldenen Freiheit zu genießen, und sich wieder zurücksehnte in den Kerker.*" Vgl. H. an Hippel, 30. Aug. 1816: „Bey dem KammerGericht fällt mir natürlich mein Geschäftsleben ein, das ich wie den Klotz des Baugefangenen hinter mir herschleppe und glaube, es sey nun einmal die Strafe meiner vielen Sünden, daß ich in der freien Luft nicht ausdauern konnte und in den Kerker zurück mußte, so wie der verwöhnte Stubenvogel, dem das Futter so lange zugereicht wurde, daß er im Freien seine Atzung selbst zu suchen nicht mehr vermag."

S. 388, Z. 18–19: *wie es in jenem Trauerspiel heißt.* – Vgl. Shakespeares *Hamlet*, Aufz. 2, Sz. 2: „So stand er, ein gemalter Wütrich, da, Und wie parteilos zwischen Kraft und Willen, Tat nichts."

S. 391, Z. 23: *mit einem bekannten Humoristen.* – Christian Ludwig Liscow (1701–1760).

S. 391, Z. 24: In *Liscov* sind 5 Buchstaben des Namens von H.s Königsberger Musiklehrer, dem Organisten Podbielsky, enthalten. Vgl. auch den Ortsnamen *Göniönesmühl* (S. 391, Z. 14–15), zu dessen Bildung H. 5 Buchstaben des Namens seines Geburtsorts Königsberg verwendete. Über H.s Anagramme vgl. H. v. Müllers Ausgabe von H.s Briefwechsel, Bd. 1, S. 273 Fußnote 1.

S. 392, Z. 17: *Roquelaur* (Rockelor): Knöchellanger, weiter, durchgeknöpfter Reisemantel mit Ärmeln und kleinem Schulterkragen, im 18. Jh. zuerst durch den französischen Herzog de Roquelaure (gest. 1738) getragen. – *Berkan*: Wollenes glattes und schweres Gewebe.

S. 395, Z. 21: *Positiv.* – Kleine Zimmerorgel ohne Pedal oder mit angehängtem Pedal.

S. 395, Z. 34: *Gedackt.* – Name für eine Klasse von Orgelstimmen; der

Zusatz (achtfüßig) bezeichnet die Lage der Töne, deren Stärke oder Klangwirkung.

S. 395, Z. 36: *Eugenius Casparini*, eigentlich Caspar, berühmter Orgelbauer des 17. Jh.s (1624–1706).

S. 396, Z. 7: *Kalkant*. – Bälgetreter.

S. 396, Z. 16: *Gros-de-Tours*. – Seidenähnlicher Stoff, zuerst in Tours angefertigt.

S. 397, Z. 3–4: *ein gewaltiger gekrönter Koloß*. – Napoleon I.

S. 397, Z. 17: *Kreisler befand sich unter diesen*. – H. war von 1804 bis zum Einmarsch der Franzosen in Warschau 1806 Rat an der dortigen „Regierung" (dem Obergericht der damaligen Provinz Südpreußen). Nach dem Verlust seiner Stelle ging er zunächst 1807 nach Berlin und von dort im folgenden Jahre als Musikdirektor an das Theater im Bamberg.

S. 397, Z. 21–23: *Eben in einem solchen Augenblick erkundigte er sich bei einer hübschen Frau in tiefer Trauer, was sie überhaupt von Legationsräten halte?* – Auch dieser Episode aus Kreislers Leben liegt wohl ein eigenes Erlebnis des Dichters zugrunde. Man vgl. mit der vorliegenden Stelle das frühere Gespräch Kreislers mit der Rätin Benzon, S. 355, Z. 15 ff. Eine Bestätigung dieser Annahme enthalten die *Erlebnisse* des Holzschneiders und Schriftstellers Friedrich Wilhelm Gubitz (1786–1870), Bd. 1, Berlin 1868, S. 245 ff. Gubitz' Bericht ist jedoch aus mehreren Gründen mit Vorsicht aufzunehmen; einmal liegt zwischen der geschilderten Begegnung mit H. in Berlin 1807/08 und der Aufzeichnung der Erinnerungen ein Abstand von 60 Jahren (vgl. Bd. 1 der *Erlebnisse*, S. 1–3); ferner fehlte Gubitz jegliches Verständnis für H.s Eigenart (er läßt kein gutes Haar an ihm; man vgl. z. B. seine gehässigen Bemerkungen über H.s Oper *Undine*: Bd. 2, S. 89); schließlich hat sich herausgestellt, daß Gubitz' Behauptung, aus dem Verhältnis H.s zu der schönen „Strohwitwe" sei ein Sohn hervorgegangen, der im 13. Lebensjahr auf tragische Weise ums Leben gekommen sei (vgl. Bd. 1, S. 248–251), auf einer Verwechslung beruht; vgl. Gottfried Fittbogen: *Auf der Suche nach E. T. A. H.s Sohn*. Literarisches Echo, Jg. 24, H. 20, 15. Juli 1922, Sp. 1272–1276.

S. 400, Z. 19–20: *irgendwo gelesen zu haben*. – Gemeint ist natürlich Kants *Kritik der praktischen Vernunft*, § 7: „Handle so, daß die Maxime deines Willens jederzeit als Prinzip einer allgemeinen Gesetzgebung gelten könne!" Vgl. Ellingers Anm. (T. 15, S. 288): „Der scherzhaft angefügte, durchaus unkantische Satz: *oder wie er wünsche, daß alle rücksichts seiner handeln möchten* erinnert in der Formgebung an Ev. Matthäi 7, 12."

S. 407, Z. 38–39: *nach dem Beispiel eines hinlänglich vornehmen Mannes*. – Nach Ellingers Vermutung dürfte der berüchtigte Abenteurer Alexander Graf Cagliostro, eigentlich Giuseppe Balsamo (1743–1795), gemeint sein. Vgl. *Fantasie- und Nachtstücke*, München 1976, S. 161, Anm. S. 788.

S. 409, Z. 26–29: *das Beispiel eines tapfern Offiziers . . ., der von Leipzig nach Syrakus gelaufen, ohne sich ein einziges Mal die Stiefeln versohlen zu lassen*. – Gemeint ist Johann Gottfried Seumes (1763–1810) *Spaziergang nach Syrakus* (1803), den H. im Februar 1804 las (vgl. seinen Brief an Hippel vom

28. Febr. 1804). Am Schluß des Werks sagt Seume (vgl. Seumes Werke, Leipzig 1853, Bd. 2, S. 204), daß er „in den nämlichen Stiefeln ausgegangen und zurückgekommen sei, ohne neue Schuhe ansetzen zu lassen". Ellinger hält es nicht für ausgeschlossen, daß H. durch die Erwähnung der Stelle in Tiecks Märchen *Leben und Taten des kleinen Thomas, genannt Däumchen* (vgl. Tiecks *Phantasus*, Bd. 2, Berlin 1812, S. 537) an Seumes Bericht erinnert wurde.
S. 409, Z. 34: *Nannette Streicher*, berühmte Klavierbauerin (1769–1833).
S. 409, Z. 35–36: *Rezitativ der Klytämnestra aus Glucks Iphigenia in Aulis.* – Gemeint ist (nach Ellinger) Akt 3, Sz. 6: „Dieux puissants que j'atteste . . ."
S. 412, Z. 39: *Ah che mi manca l'anima.* – Nr. 6 der *Sechs italienischen Duettinen für Sopran und Tenor* von H. (1812), die 1819 bei Schlesinger in Berlin erschienen. Ein Neudruck des Duetts erfolgte in den Notenbeilagen zum *Kreislerbuch*, hrsg. von Hans v. Müller, Leipzig 1903, S. 8–12.
S. 414, Z. 17–18: Domenico *Cimarosa* (1749–1801) und Giovanni *Paësiello* (1741–1816), bedeutende Vertreter der italienischen komischen Oper.
S. 414, Z. 35: *Congrevische Raketen* sind Brandraketen, erfunden von William Congreve (1772–1828).
S. 415, Z. 5: *La Molinara*, komponiert 1788. Es handelt sich (nach Ellinger) um Akt 1, Sz. 3.
S. 416, Z. 33: *Leydner Flasche.* – Ältere Form eines Kondensators, ein innen und außen mit leitenden Belägen versehenes Glasgefäß.
S. 418, Z. 2 ff.: Bei der nachfolgenden Schilderung schwebt H. der Brand des Berliner Schauspielhauses am 29. Juli 1817 vor, bei dem auch seine Wohnung, die dem Schauspielhaus gegenüber lag (Charlotten- Ecke Taubenstraße), in Gefahr geriet; vgl. seine Briefe an Adolf Wagner vom 25. Nov. 1817 und an Hippel vom 15. Dez. 1817.
S. 419, Z. 26: Franz Joseph *Gall* (1758–1828), Begründer der Phrenologie. Seine Schlüsse von der Bildung der Schädelformen auf das geistige Vermögen von Menschen und Tieren erregten im 1. Viertel des 19. Jh.s großes Aufsehen.
S. 421, Z. 16–20: *„ . . . wie, wär es Gift, das er mit schlauer Kunst hier zubereitet, mir den Tod zu geben?" – Herrlicher Murr, selbst in der Todesangst denkst du in Jamben, läss'st nicht aus der Acht, was du im Shakespeare, Schlegel einst gelesen!* – Vgl. *Romeo und Julia*, Aufz. 4, Sz. 3: „Wie? Wär' es Gift, das mir mit schlauer Kunst Der Mönch bereitet, mir den Tod zu bringen . . . ?"
S. 423, Z. 27–28: *in einem gewissen neuen höchst abenteuerlichen Buche.* – Anspielung auf die *Nachricht von den neuesten Schicksalen des Hundes Berganza* in H.s *Fantasiestücken.*
S. 424, Z. 14–16: *das Beispiel eines berühmten Arztes an, der in seiner wissenschaftlichen Darstellung des animalischen Magnetismus.* – Gemeint ist das von H. hochgeschätzte Werk *Versuch einer Darstellung des animalischen Magnetismus als Heilmittel* von Carl Alexander Ferdinand Kluge (1782–1844), das 1811 in Berlin erschien.
S. 424, Z. 19: *Wallenstein.* – Anspielung auf *Wallensteins Tod*, Aufz. 2, Auftr. 3 und Aufz. 5, Auftr. 3.

S. 427, Z. 26: *Claude Lorrain* (1600–1682), Claes Pietersz *Berghem* (1620 bis 1683), Philipp *Hackert* (1737–1807), Landschaftsmaler; letzteren schätzte H. in seiner Jugend, lehnte ihn jedoch später ab (s. *Fantasie- und Nachtstücke*, München 1976, S. 796, Anm. zu S. 426, Z. 33).
S. 430, Z. 6–8: *Von jeher hatte er die fixe Idee, daß der Wahnsinn auf ihn lauere, wie ein nach Beute lechzendes Raubtier, und ihn einmal plötzlich zerfleischen werde.* – Vgl. H.s Tagebücher unterm 6. Jan. 1811: „. . . exaltirte humoristische Stimmung – gespannt bis zu Ideen des Wahnsinns die mir oft kommen [Daneben auf dem Durchschußblatt:] Warum denke ich schlafend oder wachend so oft an den Wahnsinn? – Ich meine, geistige Ausleerungen könnten wie ein Aderlaß wirken."
S. 430, Z. 18ff.: *die Liebe des Künstlers.* – Ein Thema, das wiederholt in H.s Dichtungen anklingt; vgl. *Don Juan* (s. *Fantasie- und Nachtstücke*, München 1976, S. 71–72, Anm. S. 782), das Vorwort zum Briefwechsel Wallborn-Kreisler (s. a. a. O., S. 285, und die von Hitzig 1823 in Teil 2, S. 145–146, mitgeteilte Skizze zu den *Lichten Stunden eines wahnsinnigen Musikers*), *Die Fermate, Der Artushof, Die Jesuiterkirche in G.* (s. *Fantasie- und Nachtstücke*, S. 435 und Anm. S. 797) und *Die Brautwahl.* Seine eigenen Anschauungen parodiert H. auf hübsche Weise in dem anschließenden Stück von Murrs *Lebensansichten*, S. 454, Z. 4–6.
S. 430, Z. 21–22: *in einem hinlänglich toll lustigen Schauspiel.* – Gemeint ist Brentanos Lustspiel *Ponce de Leon* (1804), Akt 5, Auftr. 2 (vgl. Brentanos *Gesammelte Werke*, hrsg. v. H. Amelung u. K. Vietor, Frankfurt a. M. 1923, Bd. 4, S. 475): „Diese schlechten Musikanten und guten Leute . . ." Das Zitat kommt auch in den *Seltsamen Leiden eines Theater-Direktors* vor; vgl. *Fantasie- und Nachtstücke*, München 1976, S. 687 (die Anm. auf S. 810 ist ebenso wie Ellingers Anm., T. 15, S. 219, was das Zitat betrifft, nach dem vorstehenden Wortlaut zu berichtigen).
S. 431, Z. 3–7: *Es begibt sich wohl, daß besagten Musikanten unsichtbare Hände urplötzlich den Flor wegziehen, der ihre Augen verhüllte, und sie erschauen, auf Erden wandelnd, das Engelsbild, das, ein süßes unerforschtes Geheimnis, schweigend ruhte in ihrer Brust.* – Wie sehr die hier vorgetragenen Gedanken auf H.s persönlichem Erleben beruhen, enthüllen seine Tagebücher; vgl. namentlich die Eintragung unterm 19. Jan. 1812: „Ich glaube, daß etwas hochpoetisches hinter diesem Daemon spukt, und in so fern wäre Ktch [= Käthchen von Heilbronn = Julie Mark] nur als Maske anzusehn – demasquez vous donc, mon petit Monsieur! –" Vgl. auch die Eintragung unterm 27. Apr. 1812: „Nach der Auflösung [des nach H.s Gefühl obwaltenden Rätsels bezüglich Julie Marks] fällt ein Nebelvorhang herab und die Personen hinter demselben werden und wirken poetisch."
S. 431, Z. 26–27: *oder eine Bäckerstochter, insofern letztere nur keine Eule.* – Vgl. Shakespeares *Hamlet*, Aufz. 4, Sz. 5: „Sie sagen, die Eule war eines Bäckers Tochter."
S. 437, Z. 26–27: *an einer Paranoia laboriert, an einer fatuitas, stoliditas, die nach Kluge eine sehr angenehme Sorte der eigentlichen Narrheit ist.* – Nach Ellinger dürfte eine Verwechslung vorliegen mit Johann Christian Reils

*Rhapsodien über die Anwendung der psychischen Kurmethode auf Geisteszerrüttungen*, Halle 1803, S. 398, wo von den Blödsinnigen gesagt wird: „Sie sind in der Regel zufrieden, vergnügt, gutmütig." Dazu S. 399 Anm.: „Die kindische Albernheit, . . . Paranoia, fatuitas, stoliditas . . ."
S. 441, Z. 6–7: *Herr Hofrat Meister zu Göttingen in seinem Traktat: De veterum Hydraulo.* – Der Traktat von Albert Ludwig Friedrich Meister (gest. 1788) heißt eigentlich *De veterum hydraulis*. H. hat die Wasserorgel wohl zuerst aus Wieglebs *Natürlicher Magie*, Bd. 12, S. 233 ff., kennengelernt. (Anm. Ellingers.)
S. 443, Z. 6–7: *Gymnotus electricus:* Zitteraal; *Raja torpedo:* Zitterrochen; *Trichiurus indicus:* Degenfisch. Alle drei Tiere haben die Möglichkeit, elektrische Schläge auszuteilen; H. schöpft (nach Ellinger) aus Kluges oben zitiertem Werk, S. 291.
S. 443, Z. 9: Domenico *Cotugno* (1754–1822), neapolitanischer Arzt; die berichtete Tatsache nach Kluge, S. 292. (Anm. Ellingers.)
S. 445, Z. 14: Franz Anton *Mesmer* (1734–1815). Über seine gewaltsamen Kuren vgl. die Abhandlung von Christoph Wilhelm Hufeland *Mesmer und sein Magnetismus* im *Teutschen Merkur*, Jg. 1784, 4. Vierteljahr, S. 68: „. . . er gab schon durch zwei verschlossene Türen, durch Mauern hindurch mittelst Ausstreckung des Fingers seinen Kranken die heftigsten Erschütterungen und Schläge, die einem Hiebe mit einem stumpfen Eisen glichen; er erregte durch bloßes Ansehen Krämpfe und Schmerzen." Vgl. ferner ebenda S. 69 u. namentlich S. 82 ff. (Anm. Ellingers.)
S. 445, Z. 29: Der Mechaniker Wolfgang von *Kempelen* (1734–1804) erfand eine Reihe von automatischen Figuren, von denen namentlich der schachspielende Türke Aufsehen erregte; angeblich war ein Zwerg in der Figur versteckt; vgl. den Aufsatz *Über Herrn von Kempelens Schach-Spieler und Sprach-Maschine* im *Teutschen Merkur*, Jg. 1784, 4. Vierteljahr, S. 91 ff. u. S. 178 ff. (Anm. Ellingers.)
S. 449, Z. 27: *Johannes Kunisperger.* – Johann Müller aus Königsberg in Franken, genannt Johann Kunisperger oder Regiomontanus (1436–1476), der bekannte Mathematiker und Astronom. Nach Ellinger dürfte hier sein Werk *Temporal natürlicher Kunst der Astronomey – kurtzer Begriff von natürlichen Eynfluß der Gestirn* (o. J.) gemeint sein.
S. 452, Z. 14: *Die Kunst zu lieben. Ein Lehrgedicht in drei Büchern* von Johann Kaspar Friedrich *Manso* (1760–1826), der seit 1793 Rektor des Magdalenengymnasiums in Breslau war und dem einige von Goethes und Schillers Xenien gewidmet sind, erschien 1794.
S. 452, Z. 39–40: *„Holdeste", begann ich leise, „sei mein!"* . . . – H. parodiert hier Jean Paul; die Stelle klingt wörtlich an ein Gespräch zwischen Albano und Linda in *Titan*, 28. Jobelperiode, 110. Zykel, an; vgl. Jean Pauls Werke, hrsg. v. Eduard Berend, Berlin: Propyläen-Verl. o. J., Bd. 3, S. 588. (Nachweis Ellingers.)
S. 453, Z. 18–19: Der von Johann Gottfried Schnabel, dem Verfasser der *Insel Felsenburg* stammende Roman *Der im Irrgarten der Liebe herumtaumelnde Kavalier* erschien zuerst 1738.

S. 454, Z. 2–3: Das Zitat aus Ovid: *Remedia amoris*, V. 143–144. (Nachweis Ellingers.)

S. 454, Z. 13–14: „*Im Walde schlich ich still und wild, gespannt mein Feuerrohr* –". – Nach Goethe: *Jägers Abendlied*, Str. 1, Z. 1–2: „Im Felde schleich ich still und wild, Gespannt mein Feuerrohr." Schon Tiecks *Gestiefelter Kater* (Akt 2, Sz. 2) singt das Goethesche Lied, worauf Ellinger hingewiesen hat; vgl. Tiecks *Phantasus*, Bd. 2, Berlin 1812, S. 182.

S. 454, Z. 27: *Ovid.* – Vgl. a. a. O., V. 33 und 336. Der Arzt Johann Christian Reil zitiert in seinen *Rhapsodien über die Anwendung der psychischen Kurmethode auf Geisteszerrüttungen*, Halle 1803, S. 348, diese Verse ebenfalls. (Nachweis Ellingers.)

S. 455, Z. 20: *sitzen darf* = zu sitzen braucht.

S. 456, Z. 10–11: *wie schon irgendein Witzbold von Theaterdichter bemerkt hat.* – Gemeint ist August von Kotzebue: *Der arme Poet*, Sz. 1 (vgl. *Auswahl dramatischer Werke von A. v. Kotzebue*, Bd. 1, Leipzig 1867, S. 205): „Lorenz Kindlein (hinter seinem Tische sitzend und dichtend): ‚Der Schöpfung Meisterstück, der Mensch?' – Nein, das geht nicht – es gibt keinen Reim auf Mensch. – Er ist ein ungereimtes Geschöpf." (Nachweis Ellingers.)

S. 462, Z. 1: *das mostro turchino.* – In Carlo Gozzis gleichnamiger Komödie *Il mostro turchino* (Das blaue Ungeheuer).

S. 465, Z. 42: *Ave maris stella.* – Vgl. die Anm. zu S. 314, Z. 31–32.

S. 466, Z. 8–9: *O sanctissima.* – Der fünfte der sechs geistlichen Chöre a capella für gemischten Chor (*Canzoni per 4 voci alla capella*) von H., entstanden am 6. Juli 1808. Faksimiles der Handschrift in den Ausgaben von H.s Werken von L. Hirschberg, Berlin u. Leipzig 1922, Bd. 8, neben S. 176, und von C. G. v. Maassen, Bd. 9/10, München 1928, neben S. 210. Drucke: *Das Kreislerbuch*, hrsg. v. Hans v. Müller, Leipzig 1903, Beil. S. 7; *E. T. A. H.s Musikalische Werke*, hrsg. v. Gustav Becking, Bd. 4, Nr. 1. Leipzig [1927].

S. 469, Z. 28: *Di tanti palpiti.* – Arie aus Rossinis *Tankred.*

S. 470, Z. 13–14: „*Soll ich dich Teurer nicht mehr sehen!*" – Terzett aus der *Zauberflöte*, Akt 2. Murr singt den Tamino, Miesmies die Pamina und Muzius den Sarastro. (Anm. Ellingers.)

S. 472, Z. 31–32: ... *O Himmel – Erde! – was noch sonst? – nenn ich die Hölle mit!* – Nach *Hamlet*, Aufz. 1, Sz. 5: „O Heer des Himmels! Erde! – Was noch sonst? Nenn' ich die Hölle mit?" Auch Tieck parodiert die Verse in seinem *Gestiefelten Kater*, Akt 2, Sz. 4; vgl. Tiecks *Phantasus*, Bd. 2, Berlin 1812, S. 203. (Nachweis Ellingers.)

S. 474, Z. 34: *Ricochet-Schüsse.* – Prallschüsse. (Anm. Ellingers.)

S. 474, Z. 40–41: *Baumgartens Welthistorie.* – Der genaue Titel des von der Aufklärung beeinflußten Werks des evangelischen Theologen Siegmund Jakob Baumgarten (1706–1757) heißt: *Übersetzung der allgemeinen Weltgeschichte, die in England durch eine Gesellschaft von Gelehrten angefertigt worden.* Die von H. angeführte Stelle steht in Bd. 1, Halle 1744, § 156, S. 133–134, und lautet (nach Ellinger): „Diese jetzt angeführte Mutmaßung wird noch wahrscheinlicher, wenn man zugiebt, daß die Schlange, deren Leib der

Teufel besessen, nicht von einer gemeinen und gewöhnlichen Art der Schlangen gewesen, sondern von einer Gattung der glänzenden und geflügelten Schlangen, welche dem Bericht nach in Arabien und Egypten angetroffen worden. Sie sind von einer glänzenden gelben Farbe, wie Erz, und verursachen durch die Bewegung ihrer Flügel und Schwänze, vermittelst der Zurückwerfung der Sonnenstrahlen, ein prächtiges Ansehen."

S. 483, Z. 10: *in Tiecks Oktavian.* – In Teil 1, „Feld".

S. 487, Z. 18: *Schmolles.* – „Schmollis!" Studentischer Trinkgruß.

S. 493, Z. 26–28: Vgl. Ellingers Anm. (T. 15, S. 292): „*Flattergrob, Grobstimme, Faulstimme* sind Bezeichnungen, wie sie in der Trompeterzunft gebräuchlich waren. Das erste ist das große C (der Grundton der Trompete), das zweite das kleine c, die Faulstimme das kleine g. *Prinzipalblasen* ist eine Benennung der gelernten Hof- und Feldtrompeter für eine besondere Behandlung der Trompete. Prinzipal hieß die tiefere Trompete im Gegensatz zur höheren, dem Clarino."

S. 505, Z. 31–32: *das aus gebornen Turnern besteht, die keines Springstocks keiner Kletterstange bedürfen.* – Anspielung auf die von Friedrich Ludwig Jahn (1778–1852) in Berlin 1810/11 begründete Turnbewegung.

S. 507, Z. 2 ff.: Nach Ellinger handelt es sich hier um die älteste bisher nachgewiesene Fassung des *Gaudeamus igitur* (vor 1750): „Gaudeamus igitur – Iuvenes dum sumus. – Post molestam senectutem – Nos habebit tumulus" (statt des heute gebräuchlichen „humus").

S. 507, Z. 7–8: *Laßt die Politiker nur sprechen.* – Das Lied stammt von Leopold von Göckingk (1748–1828) und wurde zuerst unter dem Titel *Lied bei Tische zu singen* im Vossischen Musenalmanach von 1783 veröffentlicht. (Nachweis Ellingers.)

S. 507, Z. 10: *Ecce quam bonum.* – Vgl. Ellingers Anm. (T. 15, S. 293): „Damals vielgesungenes Lied; vgl. Berlinisches Kommersbuch, Berlin 1817, S. 117. Der Rundreim war der Anfang des 133. Psalms: ‚Ecce quam bonum, – Bonum et jucundum, – Habitare fratres, – Fratres in unum', worauf dann ein ‚Solo ad libitum' und hierauf die Wiederholung des lat. Kehrreims folgte."

S. 511, Z. 3: *in Shakespeares Heinrich dem Sechsten.* – Teil 2, Aufz. 5, Sz. 2.

S. 511, Z. 10–12: *Um meinen schwer verwundeten Kameraden, der nicht sowohl an meiner Seite, als . . . gefallen.* – Parodistisch nach Uhlands bekanntem Lied *Der gute Kamerad* (1809).

S. 513, Z. 33: *glebae adscriptus.* – An die Scholle Gebundener, Leibeigener oder Höriger.

S. 514, Z. 3: *wie Vetter Romeo.* – Vgl. *Romeo und Julia*, Aufz. 2, Sz. 2.

S. 516, Z. 18 ff.: Die meisten der folgenden scherzhaften lateinischen Wendungen sind aus Rabelais' *Gargantua* entlehnt. (Nachweis Ellingers.)

S. 518, Z. 4: Giuseppe *Tartini* (1692–1770), italienischer Violinvirtuose und Komponist.

S. 519, Z. 33–34: *Johann Andreas Silbermann* (1712–1783), berühmter Orgelbauer.

S. 525, Z. 15–16: Karl Philipp *Moritz* (1756–1793), der Verfasser des *Anton Reiser*, gab das *Magazin für Erfahrungsseelenkunde* in 10 Bänden (1783–1793) heraus; Wolf *Davidson* (1772–1800), Arzt in Berlin, schrieb einen *Versuch über den Schlaf* (1786, 2. Aufl. 1791); Heinrich *Nudow* (geb. 1752) verfaßte einen *Versuch einer Theorie des Schlafs* (Königsberg 1791); Dietrich *Tiedemann* (1748–1803) handelt in seinen *Untersuchungen über den Menschen*, T. 3, Leipzig 1778, S. 148 ff., über den Schlaf; Arnold *Wienhold* (1749–1804), in seinem Werk *Heilkraft des tierischen Magnetismus nach eignen Beobachtungen*, Lemgo 1803, findet sich ein längerer Abschnitt, betitelt: *Über den Schlaf, seine Natur und Heilkraft und besonders über den durch den Magnetismus hervorgebrachten Schlafzustand;* Johann Christian *Reil* (1759–1813), gemeint ist sein schon mehrfach gen. Werk *Rhapsodien über die Anwendung der psychischen Kurmethode auf Geisteszerrüttungen*, Halle 1803; Gotthilf Heinrich v. *Schubert* (1780–1860), H. bezieht sich hier auf den Anfang seiner *Symbolik des Traumes*, Bamberg 1814; Carl Alexander Ferdinand *Kluge* (1782–1844) äußert sich in seinem *Versuch einer Darstellung des animalischen Magnetismus*, Berlin 1811, auf S. 319 ff. über den Schlaf. (Nachweis Ellingers.)

S. 529, Z. 5: *in: Wie es euch gefällt.* – Vgl. Aufz. 5, Sz. 4.

S. 531, Z. 42 bis S. 532, Z. 1: *Thedensche Arquebusade.* – Von Johann Christian Anton Theden (1714–1797) erfundenes Verbandwasser, eigentlich „Schußwasser". (Anm. Ellingers.)

S. 532, Z. 33–34: *„Chi no se ajuta, se nega", sagt Brighella in Gozzis glücklichen Bettler. – Die glücklichen Bettler*, Akt 1, Sz. 8. Das Zitat lautet in wörtlicher Übersetzung: „Wer sich nicht hilft, verleugnet sich." F. A. C. Werthes überträgt es in seiner Ausgabe von Gozzis *Theatralischen Werken*, Theil 2, Bern 1777, S. 409, wie folgt: „Wer nicht schwimmen kann, geht unter."

S. 535, Z. 13: *fühlte sich von dem Ganzen gemütlich* [d. h. (im älteren Sinne des Wortes) gemüthaft] *angeregt.*

S. 537, Z. 26: *Agnus dei.* – Aus H.s *Missa in D* (1805). Ein Faksimile einer Seite des *Agnus dei* findet sich in L. Hirschbergs Ausgabe von H.s Werken, Berlin u. Leipzig 1922, Bd. 8, neben S. 252. Ein Klavierauszug von Hans Pfitzner in *Das Kreislerbuch*, hrsg. v. H. v. Müller, Leipzig 1903, Beil. S. 1–4.

S. 543, Z. 12: Der *Notar Pistofolus* ist die männliche Hauptfigur in Paësiellos Oper *La Molinara* (1788), die H. auch S. 415, Z. 5 ff. erwähnt.

S. 543, Z. 37: Der *Matelot* ist ein englischer und holländischer Matrosentanz, der im 2/4-Takt mit auf dem Rücken gekreuzten Armen getanzt wird.

S. 546, Z. 12–14: *den Prinzen Hamlet zu einem ehrlichen Mann . . . sagen gehört.* – Vgl. *Hamlet*, Aufz. 3, Sz. 2.

S. 547, Z. 12 ff.: Die Verfolgung der Katzburschen durch den Hofhund Achilles und die Spitze erfand H., um das z. T. unsinnige Vorgehen der Behörden gegen die Burschenschaften seit 1819 brandmarken zu können.

Vgl. dazu Hans v. Müllers Nachwort zu seiner Ausgabe von H.s *Meister Floh*, Berlin 1908, S. 234–238.

S. 563, Z. 21–22: *Der teutsche Hausvater* (1780) von Otto Heinrich *Freiherrn v. Gemmingen* (1755–1836), eines der frühesten bürgerlichen Dramen in Deutschland; das Vorbild war Diderots *Père de famille*. Das Stück wurde während H.s zweiten Berliner Aufenthalts 1807 in Berlin gespielt. (Nachweis Ellingers.)

S. 572, Z. 33–34: *Mi lagnero tacendo etc.* – Vgl. die Anm. zu S. 313, Z. 14–16.

S. 575, Z. 3–4: *wochtags ihren Besen führt, und sonntags denn am besten karessiert!* – Nach *Faust I*, Szene vor dem Tor, V. 844–845.

S. 576, Z. 22–23: *O Bruder Muzius, wo sind nun deine lustigen Sprünge, wo ist deine Heiterkeit, deine gute Laune ...* – Parodistisch nach *Hamlet*, Aufz. 5, Sz. 1: „Wo sind nun deine Schwänke, deine Sprünge?" (Nachweis Ellingers.)

S. 578, Z. 33: *man sagt, er wollte sterben!* – Parodistisch nach *Wallensteins Tod*, Aufz. 4, Auftr. 10, V. 3072. (Nachweis Ellingers.)

S. 583, Z. 33: *traditio brevi manu* = ohne Förmlichkeiten erfolgende Übergabe. (Anm. Ellingers.)

S. 585, Z. 9–10: *O Schwachheit, dein Name ist Katz!* – Parodistisch nach *Hamlet*, Aufz. 1, Sz. 2: „Schwachheit, dein Nam' ist Weib!" Vgl. oben S. 335, Z. 8: *O Appetit, dein Name ist Kater!* (Nachweis Ellingers.)

S. 585, Z. 23: *In Peter Schlemihls wundersamer Geschichte.* – Vgl. *Peter Schlemihl's wundersame Geschichte mitgetheilt von Adalbert von Chamisso.* Nürnberg 1814, S. 58.

S. 595, Z. 42: *Papst Marcellus der Zweite.* – Marcello Cervini (1501–1555) war ein hervorragendes Mitglied der italienischen humanistischen Reformbewegung als Bischof, Kardinal (seit 1539) und Bibliothekar der Vaticana. Als Sekretär Pauls III. war er mehrmals Legat, besonders auf dem Konzil von Trient. Er war nur wenige Tage, vom 10. 4. bis zu seinem Tode am 1. 5. 1555, Papst.

S. 597, Z. 17 ff.: Nach Ellinger dürfte hier eine Anspielung auf Rabeners Satiren vorliegen, bei dem sich ähnliches wiederholt findet; vgl. z. B. *Hinkmars von Repkow Noten ohne Text*: Rabeners Satiren, T. 2, Leipzig 1755, S. 144.

S. 600, Z. 11–12: Das zitierte Werk über die Talismane und Amulette von Peter Friedrich *Arpe* (1682–1748) erschien 1717. H. studierte es in der Tat im Herbst 1821; er entnahm ihm den Namen der mythischen Hauptfigur seines Floh-Märchens; vgl. Max Voigt: *„Zeherit" in E. T. A. H.s „Meister Floh"*. Germanisch-romanische Monatsschrift, Jg. 6, 1914, S. 353–355.

S. 600, Z. 12: *Beckers bezauberte Welt.* – Gemeint ist das in den Jahren 1691 bis 1693 erschienene Werk *De betoverde weereld* von dem holländischen Prediger Balthasar Bekker (1634–1698), der darin vom Standpunkt des Rationalismus aus den Zauber- und Hexenwahn bekämpfte. (Nachweis Ellingers.)

S. 600, Z. 13: Unter dem Titel *Gedenkbuch* kam in Augsburg 1541 eine deutsche Übersetzung von Petrarcas *rerum memorandarum libri* heraus (2. Aufl. Frankfurt a. M. 1566). (Anm. Ellingers.)

S. 604, Z. 6–9: *denke . . . an jenen Lebensweisen, welcher dem, der an einen Lasterhaften vorzüglich das Unharmonische der ganzen Gestaltung rügte, erwiderte: ‚Ist es möglich, daß das Laster Einheit haben kann?'* – Vgl. Diderot-Goethe: *Rameaus Neffe* (Goethes Werke. Vollst. Ausg. letzter Hand. Bd. 36, Stuttgart u. Tübingen 1830, S. 104): „Ich: Ich sinne über die Ungleichheit Eures Tons. Ihr sprecht bald hoch, bald tief. Er: Kann die Stimme eines Lasterhaften eine Einheit haben?" (Nachweis Ellingers.)

S. 614, Z. 42: *Jacques le fataliste.* – Nachgelassener Roman Diderots; er erschien 1797 in Paris.

S. 622, Z. 41: *Figaros Hochzeit.* – Vgl. Akt 1, Finale.

S. 625, Z. 20–21: *‚Nichts ist verloren, denn Sie blieben mein!'* – Nach Schillers *Jungfrau von Orleans*, Aufz. 1, Auftr. 4: „Nichts ist verloren, denn du bist noch mein." (Nachweis Ellingers.)

S. 626, Z. 38: *wie der Page Cherubim.* – In *Figaros Hochzeit;* vgl. die Anm. zu S. 622, Z. 41.

S. 627, Z. 34 ff.: Anfangsstrophe des 31. Gesangs von Ariostos *Orlando furioso.* (Nachweis Ellingers.)

S. 642, Z. 21: Louis-Benoît *Picard* (1769–1828), französischer Lustspieldichter, in Deutschland vor allem durch die beiden von Schiller bearbeiteten Stücke *Der Parasit* und *Der Neffe als Onkel* bekannt.

S. 643, Z. 15–16: *in seinen Bekenntnissen.* – Vgl. Buch 2 gegen Schluß (in der Ausgabe der Fischer-Bücherei, übertragen von Alfred Semerau, 1961, S. 71 ff.). H. irrt sich insofern, als das Mädchen für seinen angeblichen Diebstahl nur entlassen wurde.

S. 649, Z. 36: *Ihr dürft keine Klosterknechte auf mich loshetzen* = Ihr braucht keine . . . auf mich loszuhetzen.

S. 656, Z. 11 ff.: Zu der nachfolgenden Schilderung benutzte H. eine Beschreibung Neapels; vgl. seinen Brief an den ihm befreundeten Leihbibliothekar F. Kralowsky vom 3. Dez. 1821.

S. 663, Z. 5–8: *Er schied in der Nacht vom neunundzwanzigsten bis zum dreißigsten November* [1821] *nach kurzen aber schweren Leiden . . . dahin.* – Vgl. Hitzigs Bericht über den Tod des Katers und H.s Schmerz in seiner H.-Biographie (1823), T. 2, S. 150 ff.

Wolfgang Kron

# LITERATURHINWEISE

## *Wichtige Ausgaben*

### *Die Elixiere des Teufels*

Die Elixiere des Teufels. Nachgelassene Papiere des Bruders Medardus eines Capuziners. Herausgegeben von dem Verfasser der Fantasiestücke in Callots Manier. [Erster Teil] Berlin 1815. Zweiter Teil Berlin 1816 [Erstausgabe].

E. T. A. H.s Sämtliche Werke. Hist.-krit. Ausg. mit Einleitgn., Anm. u. Lesarten von Carl Georg von Maassen. Bd. 2: Die Elixiere des Teufels. Mit 6 Bildbeigaben u. 1 Stammtafel. München u. Leipzig 1908.

E. T. A. H.s Werke. In 15 Tlen. Auf Grund der Hempelschen Ausg. neu hrsg. mit Einleitgn. u. Anm. vers. von Georg Ellinger. Berlin-Leipzig-Wien-Stuttgart [1912]. (Gold. Klassiker-Bibl.) T. 2: Die Elixiere des Teufels [2. Aufl. 1927].

### *Lebens-Ansichten des Katers Murr*

Lebens-Ansichten des Katers Murr nebst fragmentarischer Biographie des Kapellmeisters Johannes Kreisler in zufälligen Makulaturblättern. [Erster Teil] Berlin 1820 [1819]. [Zweiter Teil] Berlin 1822 [1821] [Erstausgabe].

E. T. A. H.s Werke. In 15 Tlen. Auf Grund der Hempelschen Ausg. neu hrsg. mit Einleitgn. u. Anm. vers. von Georg Ellinger. Berlin-Leipzig-Wien-Stuttgart [1912]. (Gold. Klassiker-Bibl.) T. 9: Lebensansichten des Katers Murr [2. Aufl. 1927].

E. T. A. H.s Sämtliche Werke. Hist.-krit. Ausg. mit Einleitgn., Anm. u. Lesarten von Carl Georg von Maassen. Bd. 9/10: Lebens-Ansichten des Katers Murr. Text. Mit 7 Bildbeigaben u. 1 Notenfacs. München 1928.

Das Kreislerbuch. Texte, Compositionen u. Bilder von E. T. A. H. zusammengest. von Hans von Müller. Leipzig 1903.
Einl.-Texte: Fragmentar. Biogr. d. Kapellm. Joh. Kreisler [ohne Murrs Lebensansichten]. Auswahl älterer Kreislerstücke. – Compositionen: Agnus dei aus der Missa in D. Hymnus Ave maris stella. Hymnus O sanctissima. Duett Ah che mi manca l'anima. – Bilder: Der Kapellmeister J. K. in Haustracht. Titelbl. u. Titelkupfer der ‚Lichten Stunden e. wahns. Musikers'. Rückdeckelbezeichnungen d. Originalausg. [Vorder- u. Rückdeckel u. neben S. 298]. – Nachbericht.

### *Zeugnisse zu Leben und Werk*

[Hitzig, Julius Eduard]: Aus H.'s Leben und Nachlaß. Hrsg. v. d. Verf. d. Lebens-Abrißes Friedrich Ludwig Zacharias Werners [d. i. Hitzig].

Th. 1–2. Berlin 1823. – 3. verm. u. verb. Aufl. in: E. T. A. H.'s Erzählungen aus seinen letzten Lebensjahren, sein Leben und Nachlaß. In 5 Bden. Hrsg. v. Micheline Hoffmann, geb. Rorer. Mit Kupfern u. Facsimile. Stuttgart 1839. Bd. 3–5. (Auch u. d. T.: E. T. A. H.'s ausgew. Schriften. Bd. 13–15).

[Kunz, Carl Friedrich]: Aus dem Leben zweier Dichter: Ernst Theodor Wilhelm Hoffmann's und Friedrich Gottlob Wetzel's. Von Z. Funck. Leipzig 1836. (Erinnerungen aus meinem Leben in biogr. Denksteinen u. andern Mittheilungen. Bd. 1) S. 1–172: I. Ernst Theodor Wilhelm Hoffmann.

Hoffmann, E. T. A.: Briefwechsel. Gesammelt u. erl. v. H. v. Müller, F. Schnapp. Hrsg. v. F. Schnapp. 3 Bde. München 1967–1969.

Hoffmann, E. T. A.: Tagebücher. Hrsg. u. erl. v. F. Schnapp. München 1971.

*Gesamtdarstellungen*

Ellinger, Georg: E. T. A. H. Sein Leben und seine Werke. Hamburg u. Leipzig 1894.

Günzel, Klaus: E. T. A. H. Leben und Werk in Briefen, Selbstzeugnissen und Zeitdokumenten. Düsseldorf 1979.

E. T. A. H.s Leben und Werk in Daten und Bildern. Hrsg. v. Gabrielle Wittkop-Ménardeau. Frankfurt 1968.

Harich, Walther: E. T. A. H. Das Leben eines Künstlers. 2 Bde. Berlin 1920.

Helmke, Ulrich: E. T. A. H. Lebensbericht mit Bildern und Dokumenten. Kassel 1975.

Schenck, Ernst von: E. T. A. H. Ein Kampf um das Bild des Menschen. Berlin 1939.

Segebrecht, Wulf: Autobiographie und Dichtung. Eine Studie zum Werk E. T. A. H.s. Stuttgart 1967.

Wittkop-Ménardeau, Gabrielle: E. T. A. H. in Selbstzeugnissen und Bilddokumenten. Reinbek $^2$1968.

Wöllner, Günter: E. T. A. H. und Franz Kafka. Von der „Fortgeführten Methapher" zum „Sinnlichen Paradox". Bern 1971.

*Zu den ‚Elixieren des Teufels'*

Adel, Kurt: Faust-Reflex bei E. T. A. H. In: Jahrbuch des Wiener Goethe-Vereins. N. F. 76, 1972, S. 105–117.

Cramer, Thomas: Das Groteske bei E. T. A. H. München 1966.

Horn, Wilhelm: Über das Komische im Schauerroman. E. T. A. H.s Elixiere des Teufels u. ihre Beziehungen z. engl. Lit. In: Archiv f. d. Studium d. neueren Sprachen u. Literaturen 78, 1923, S. 153–163.

Kanzog, Klaus: E. T. A. H. und Karl Grosses ‚Genius'. In: Mitteilungen der E. T. A. H.-Gesellschaft H. 7, 1960, S. 16–23.

Koziol, H[erbert]: E. T. A. H.s Die Elixiere des Teufels und M. G. Lewis' The Monk. In: Germanisch-romanische Monatsschrift 26, 1938, S. 167 bis 170.
Matt, Peter von: Die gemalte Geliebte. Zur Problematik von Einbildungskraft und Selbsterkenntnis im erzählenden Werk E. T. A. H.s. In: Germanisch-romanische Monatsschrift 21, 1974, S. 395–412 [betr. auch ‚Kater Murr'].

*Zum ‚Kater Murr'*

Leppmann, Franz: Kater Murr und seine Sippe von der Romantik bis zu V. Scheffel und G. Keller. München 1908, S. 11–29.
Meyer, Herman: Das Zitat in der Erzählkunst. Zur Geschichte und Poetik des europäischen Romans. Stuttgart 1961, S. 114–134.
Rosen, Robert S.: E. T. A. H.s ‚Kater Murr'. Aufbauformen und Erzählsituationen. Bonn 1970.
Singer, Herbert: H. Kater Murr. In: Der deutsche Roman. Vom Barock bis zur Gegenwart. Struktur und Geschichte. Hrsg. v. Benno von Wiese. Bd. 1. Düsseldorf 1963, S. 301–328.

## ZUM TEXT DER AUSGABE*

Wie alle bisherigen wissenschaftlichen Ausgaben geht auch die vorliegende auf den Text der Erstdrucke zurück (‚Elixiere‘ 1815/16; ‚Kater Murr‘ 1820/22), die als einzige zu Hoffmanns Lebzeiten erschienene Auflagen allein für die Textgestaltung ausschlaggebend sein können, da keine Handschriften mehr vorhanden sind.

Die vorliegende Ausgabe modernisiert lediglich die Orthographie und die Typographie, sie läßt den Wortlaut der Originalausgabe hinsichtlich Lautstand, Formenbestand, Syntax und Interpunktion prinzipiell unangetastet. Nur offensichtliche Druckfehler wurden stillschweigend verbessert.

Die Wahrung des *Lautstandes* bei gleichzeitiger Modernisierung der Orthographie hat ihre Schwierigkeiten, da bei der vom heutigen Gebrauch abweichenden Schreibung immer nach der lautlichen Realität zu fragen ist. Bei den Fremdwörtern wurden die gleichen Richtlinien wie bei den deutschen Wörtern beachtet: Modernisierung bzw. Eindeutschung, soweit die unterschiedliche Schreibung lautlich ohne Belang ist, sonst Beibehaltung der alten bzw. originalsprachlichen Form. Auch bei den Eigennamen wurde modernisiert bzw. vereinheitlicht, soweit der Lautstand davon nicht betroffen wird (z. B. *Shakespeare*, *Falstaff*, *Leibniz*, *Tieck* statt *Shakspear*, *Fallstaff*, *Leibnitz*, *Tiek*). Bei von Hoffmann erfundenen Namen war der überwiegende Gebrauch ausschlaggebend.

Auch bei den auffallenden Eigenarten der *Syntax* (besonders hinsichtlich der Flexion der attributiven Adjektive, der Pronomen und der Artikel) kann nur selten eindeutig entschieden werden, ob diese dem Autor selbst, dem zeitgenössischen, landschaftlich oft verschiedenen Sprachgebrauch oder auch der Willkür der Setzer – Hoffmann pflegte Endungen meist sehr nachlässig zu schreiben – zuzuschreiben sind. Daher folgt der Text auch in diesem Punkt genau den Erstdrucken.

Die *Interpunktion* der Originalausgaben ist sehr inkonsequent gehandhabt und mag teilweise auf den heutigen Leser befremdlich wirken. In unserer Ausgabe wurde die ursprüngliche Zeichensetzung gewahrt, soweit sie rhythmisch-syntaktische Funktion hat, das heißt der Gliederung des Sprachflusses dient. Generell geändert wurde in einer Reihe von Fällen, die in erster Linie die typographische Gestalt des Schriftbildes betreffen. Hierzu zählt die durchgängige Setzung von Anführungszeichen, die Großschreibung nach Doppelpunkt bei Beginn der direkten Rede, die Ersetzung von Semikolon, Punkt, Ausrufezeichen durch Doppelpunkt zu Beginn der direkten Rede, die Tilgung eines (wohl irrtümlich gesetzten) Punktes vor Gedankenstrich bei abgebrochener Rede, die Tilgung des Kommas vor

* Ein ausführlicher Kommentar zur vorliegenden Textgestalt mit einem Verzeichnis der Abweichungen von den Erstdrucken findet sich in der im Winkler Verlag erschienenen Originalausgabe zu unserer Taschenbuchausgabe, München 1969, S. 721-734.

Gedankenstrich (da der Gedankenstrich das Komma ersetzt), die Tilgung des Gedankenstrichs nach Punkt am Absatzende. In all diesen Fällen handelt es sich lediglich um eine *Ersetzung* eines Zeichens durch ein anderes an ohnehin bezeichneten Satzgrenzen. Der einzige Fall, wo in den Redefluß selbst eingegriffen wurde, ist die einheitliche Setzung des Kommas zur Abgrenzung der direkten Rede. Da hier eine natürliche Zäsur vorliegt, die in den weitaus meisten Fällen bereits in den Originalausgaben durch Setzung des Kommas kenntlich gemacht worden ist, ist diese Vereinheitlichung gerechtfertigt.

# INHALT